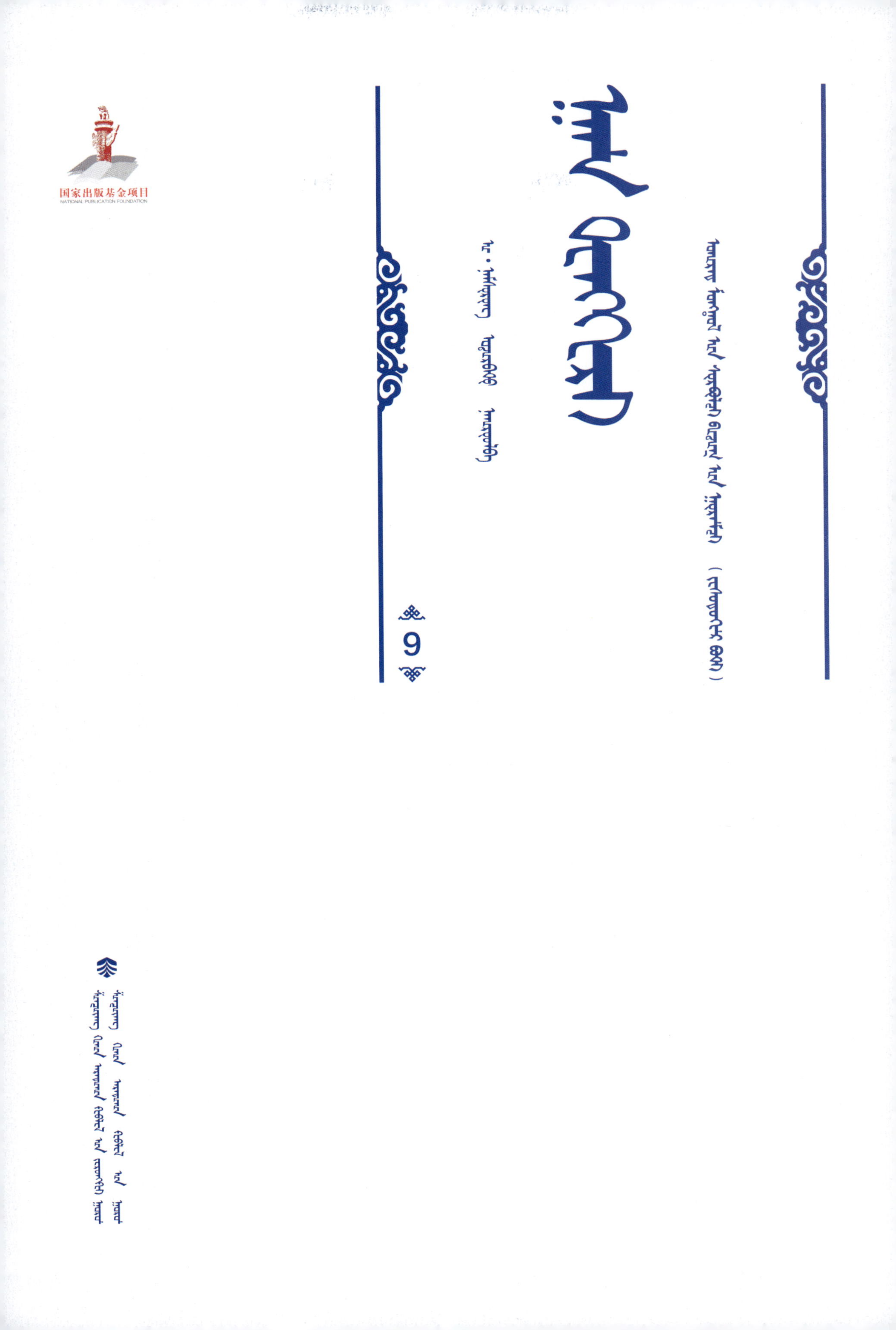

9

图书在版编目（CIP）数据

汗腾格里：卫拉特蒙古文献集成.（9）：蒙古文 / 那木苏荣，敖其尔巴图编.
-- 乌鲁木齐：新疆人民出版社，2020.12

ISBN 978-7-228-20462-5

Ⅰ.①汗… Ⅱ.①那… ②敖… Ⅲ.①蒙古族—少数民族文学—作品综合集—中国—蒙古语（中国少数民族语言）Ⅳ.①I291.2

中国版本图书馆 CIP 数据核字（2020）第 213389 号

选题策划： 山巴依尔　吴樱格
责任编辑： 吴樱格
责任校对： 朝克图
整体设计： 舒　娜
技术编辑： 王　娟

HANTENGGELI—WEILATE MENGGU WENXIAN JICHENG

汗腾格里——卫拉特蒙古文献集成

（第九卷）

那木苏荣　敖其尔巴图　编

出　版	新疆人民出版社 新疆人民出版社
地　址	乌鲁木齐市解放南路 348 号
邮　编	830001
发　行	新疆人民出版社
制　版	乌鲁木齐形加意图文设计有限公司
印　刷	北京富诚彩色印刷有限公司
开　本	787 × 1092　1/16
印　张	32
字　数	400 千字
版　次	2020 年 12 月第 1 版
印　次	2020 年 12 月第 1 次印刷
印　数	1 — 1000 册
定　价	68.00 元

[illegible]

ᠮᠣᠩᠭᠣᠯ [illegible] ᠮᠣᠩᠭᠣᠯ [illegible] ᠮᠣᠩᠭᠣᠯ [illegible] ᠮᠣᠩᠭᠣᠯ [illegible]。[illegible]，[illegible]，[illegible]，[illegible]，[illegible]，[illegible]，[illegible]，[illegible]。[illegible]

『[illegible]。[illegible]，[illegible]，[illegible]，[illegible]。[illegible]』（[illegible]：《ᠮᠣᠩᠭᠣᠯ [illegible]》[illegible]）。

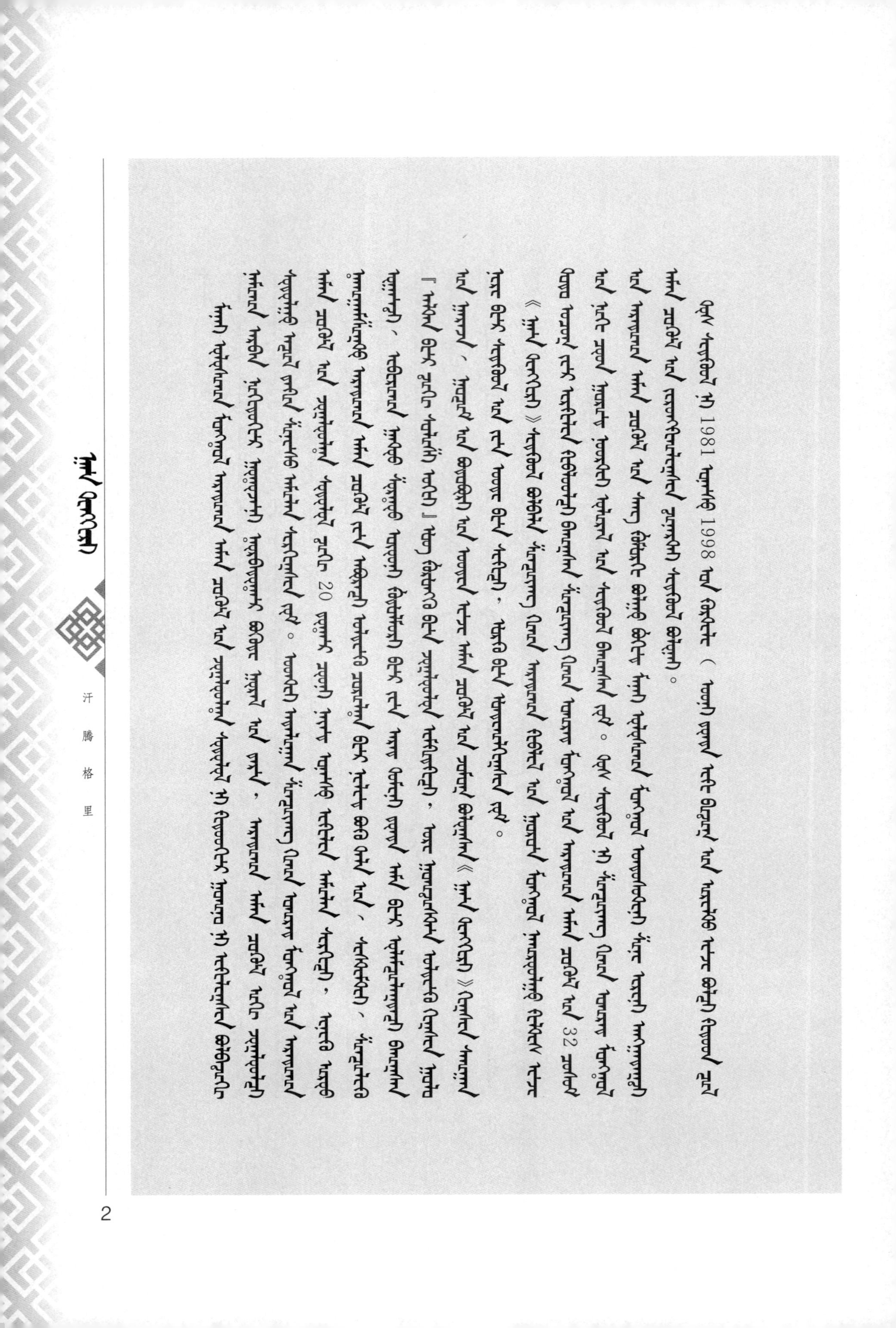

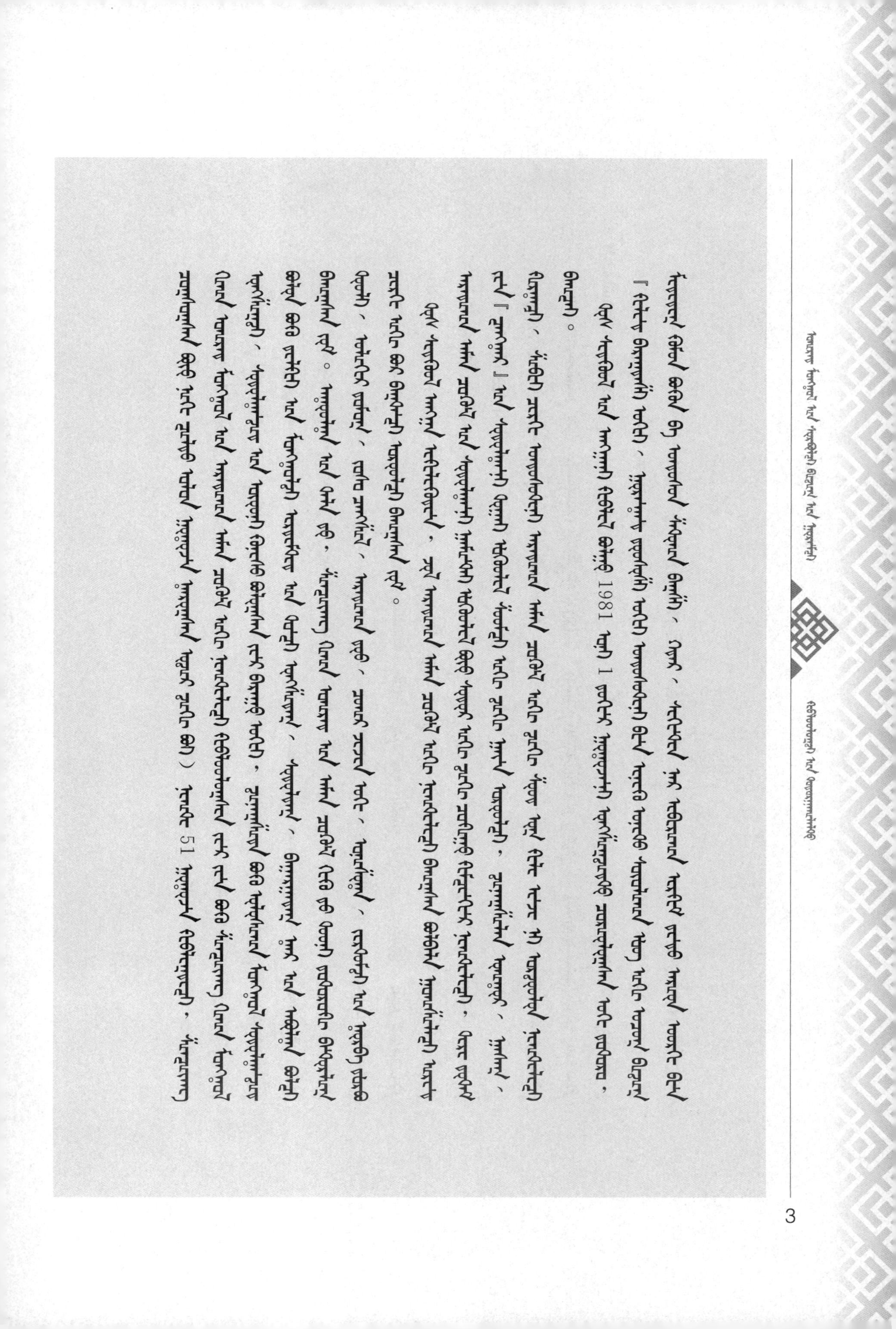

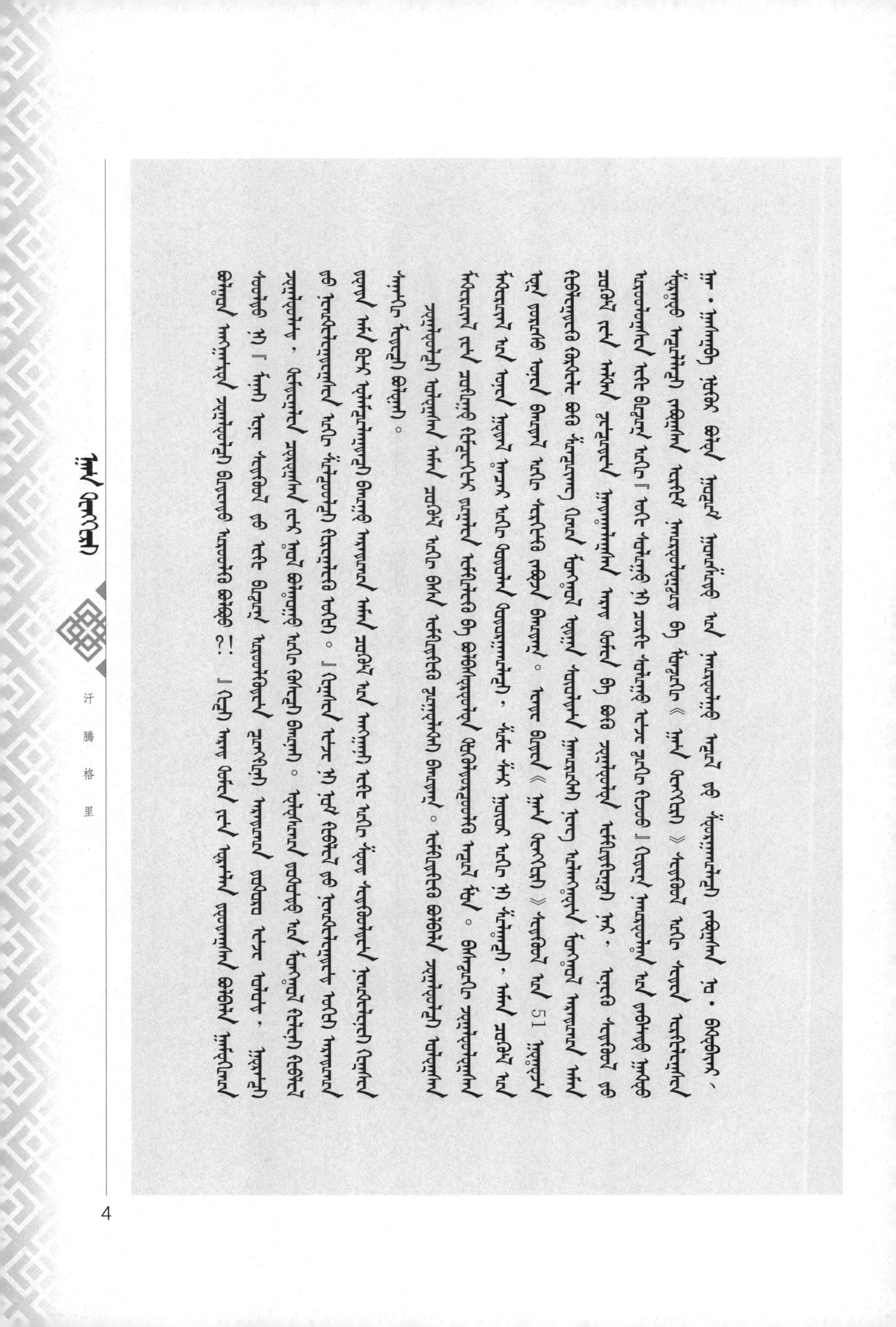

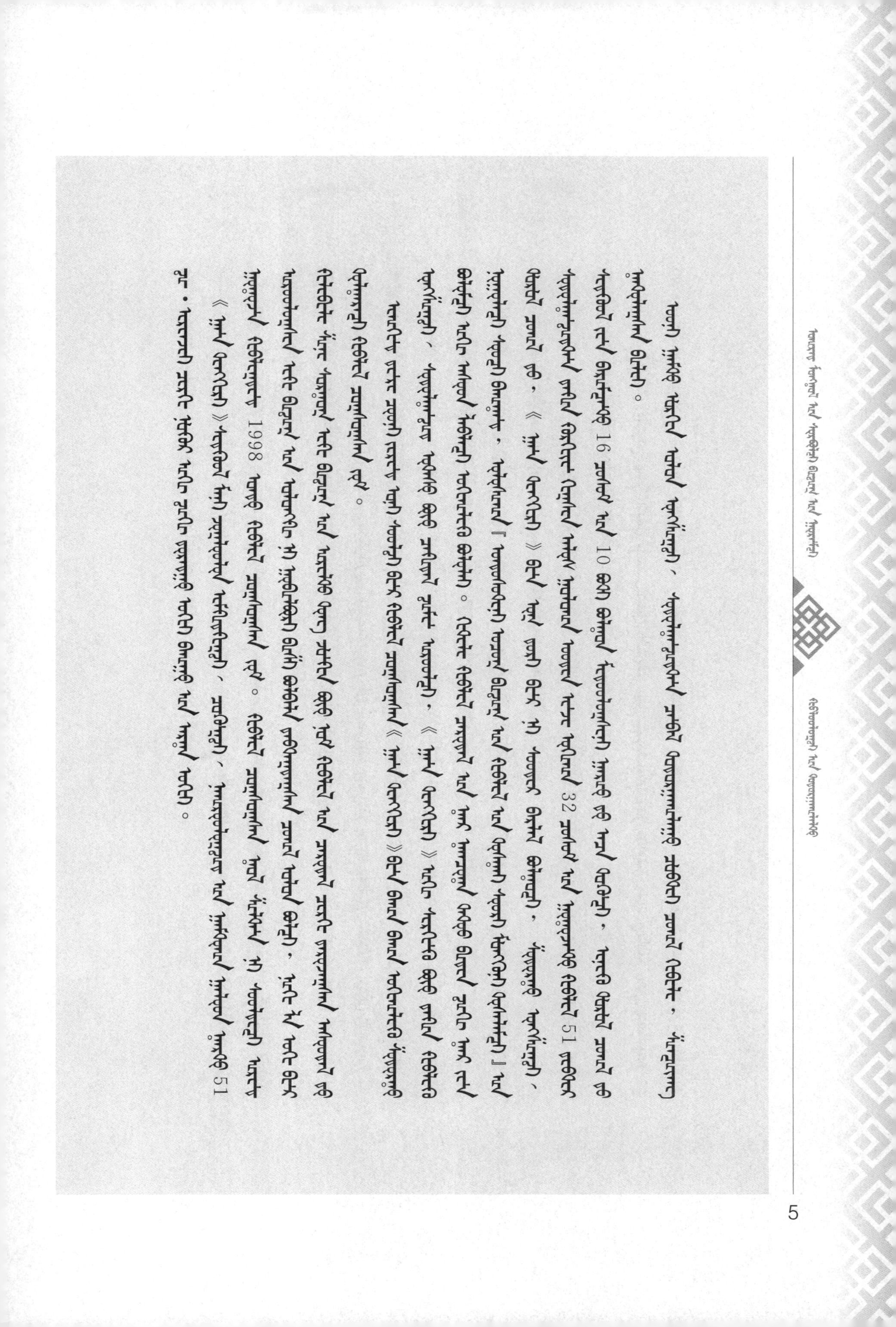

[illegible] ᠂ [illegible] ᠂ [illegible] ᠃

[illegible] 16 [illegible] 10 [illegible] ᠂ [illegible] 32 [illegible] 51 [illegible] ᠂ 《 [illegible] 》 [illegible] ᠂ [illegible] ᠂ [illegible] 『 [illegible] 』 [illegible] ᠃ [illegible] ᠂ [illegible] ᠂ 《 [illegible] 》 [illegible]

[illegible] 《 [illegible] 》 [illegible] ᠃

[illegible] ᠂ [illegible] 1998 [illegible] ᠃ [illegible] 《 [illegible] 》 [illegible] ᠂ [illegible] ᠂ [illegible] 51 [illegible] • [illegible] ᠃

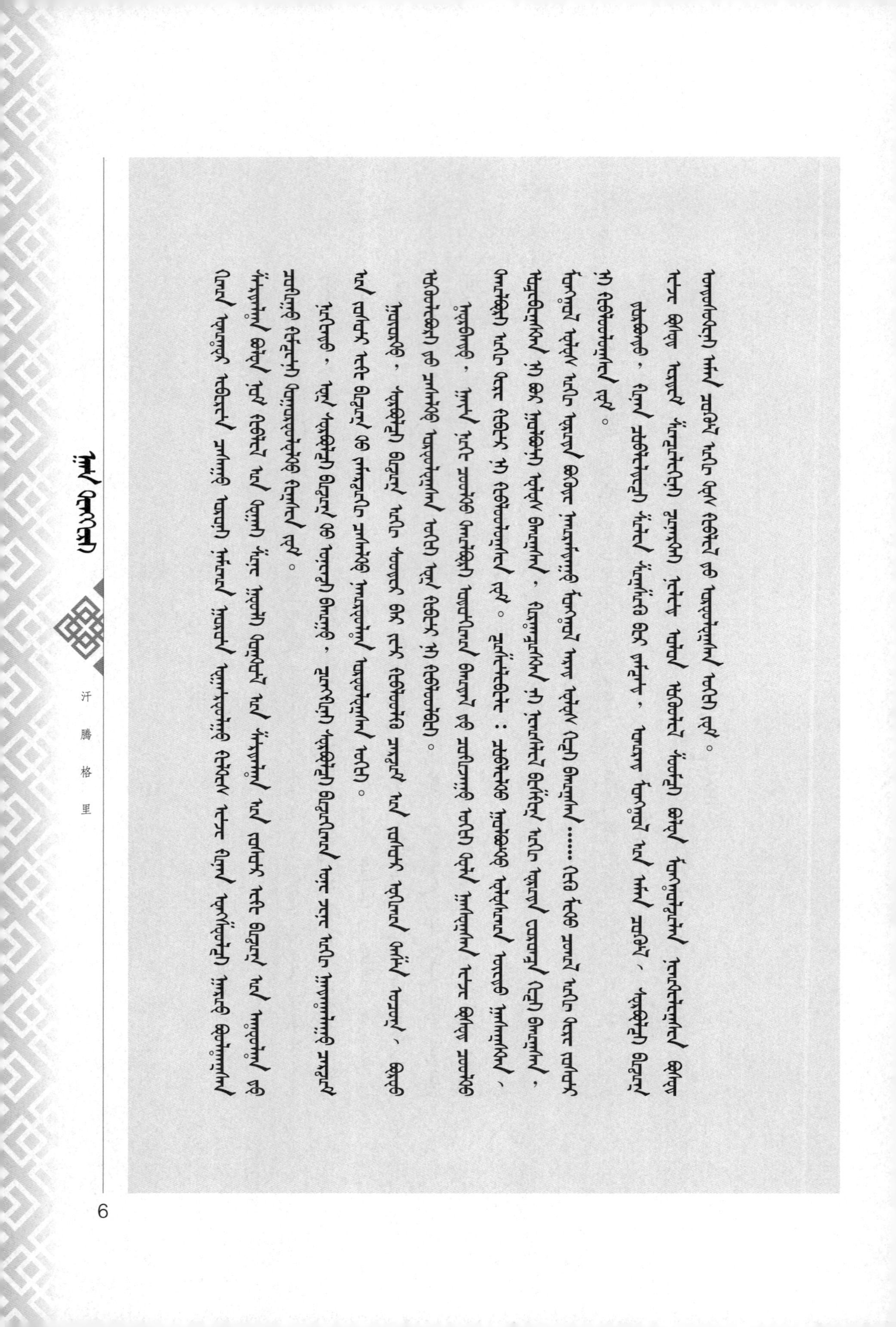

[illegible]

[illegible]

[illegible]

[illegible]

[illegible]

[illegible]

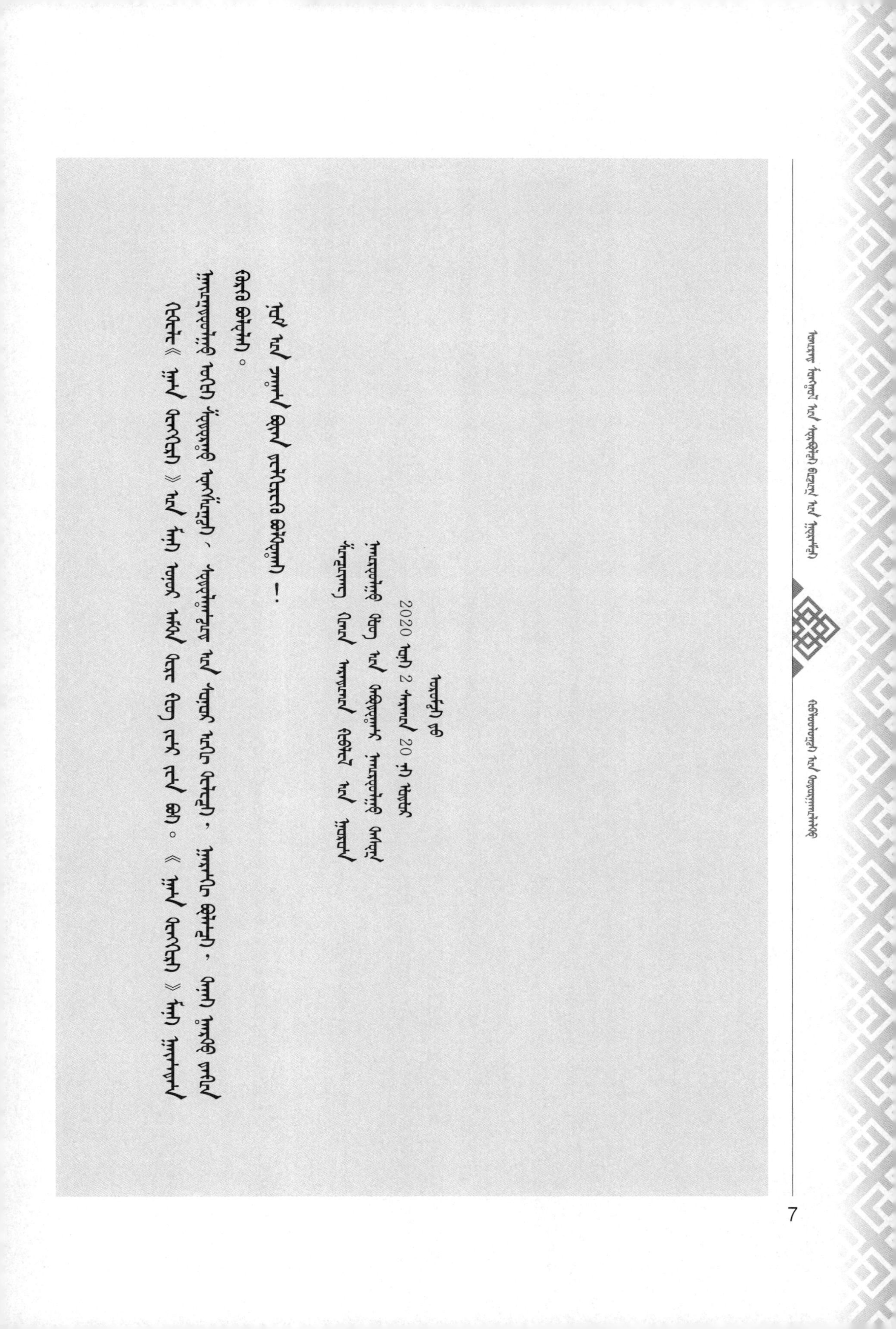

[illegible] 《 [illegible] 》 [illegible] ◦ 《 [illegible] 》 [illegible]
[illegible]
[illegible] ◦

[illegible] —·

[illegible]
[illegible]
2020 [illegible] 2 [illegible] 20 [illegible]
[illegible]

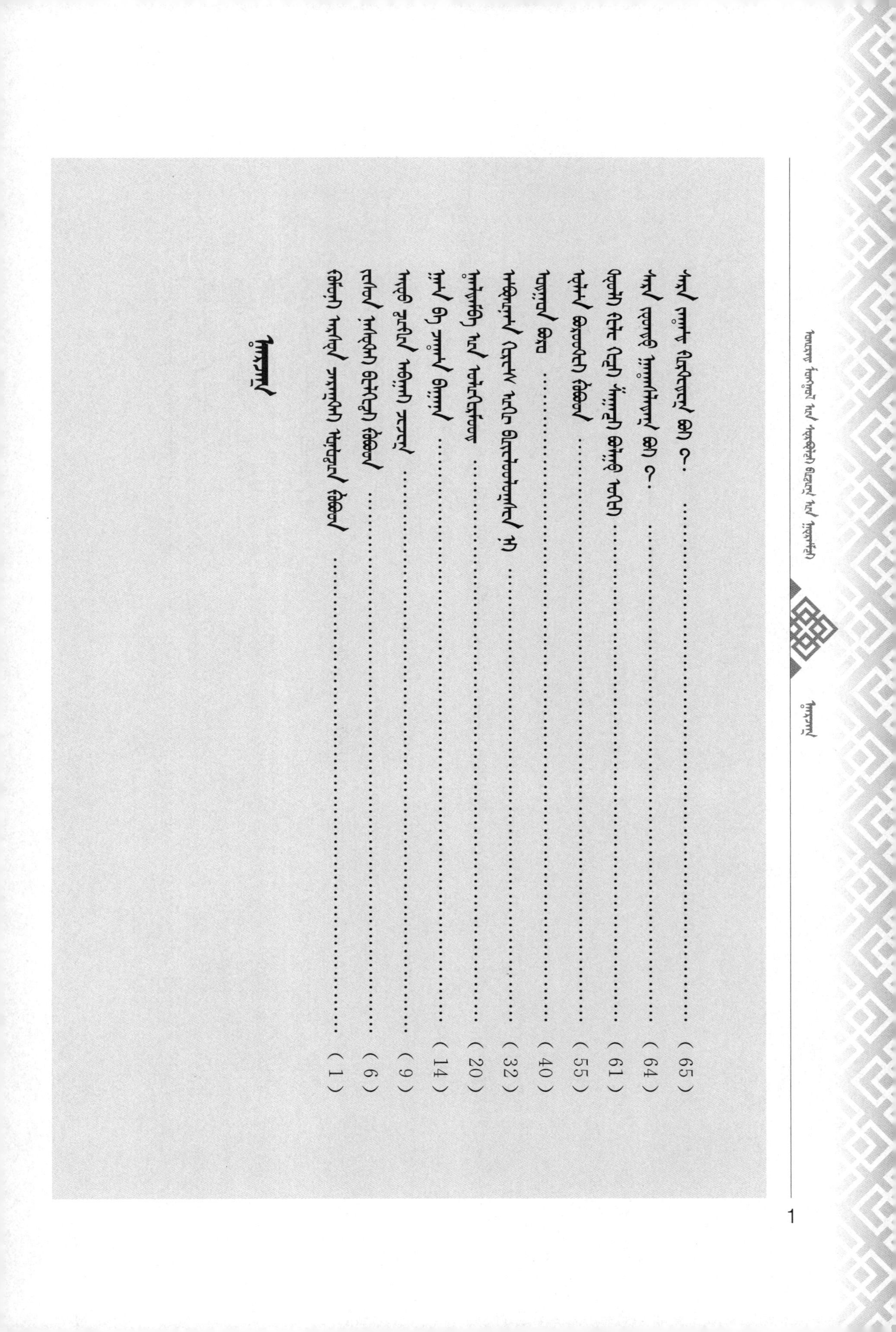

ᠭᠠᠷᠴᠠᠭ

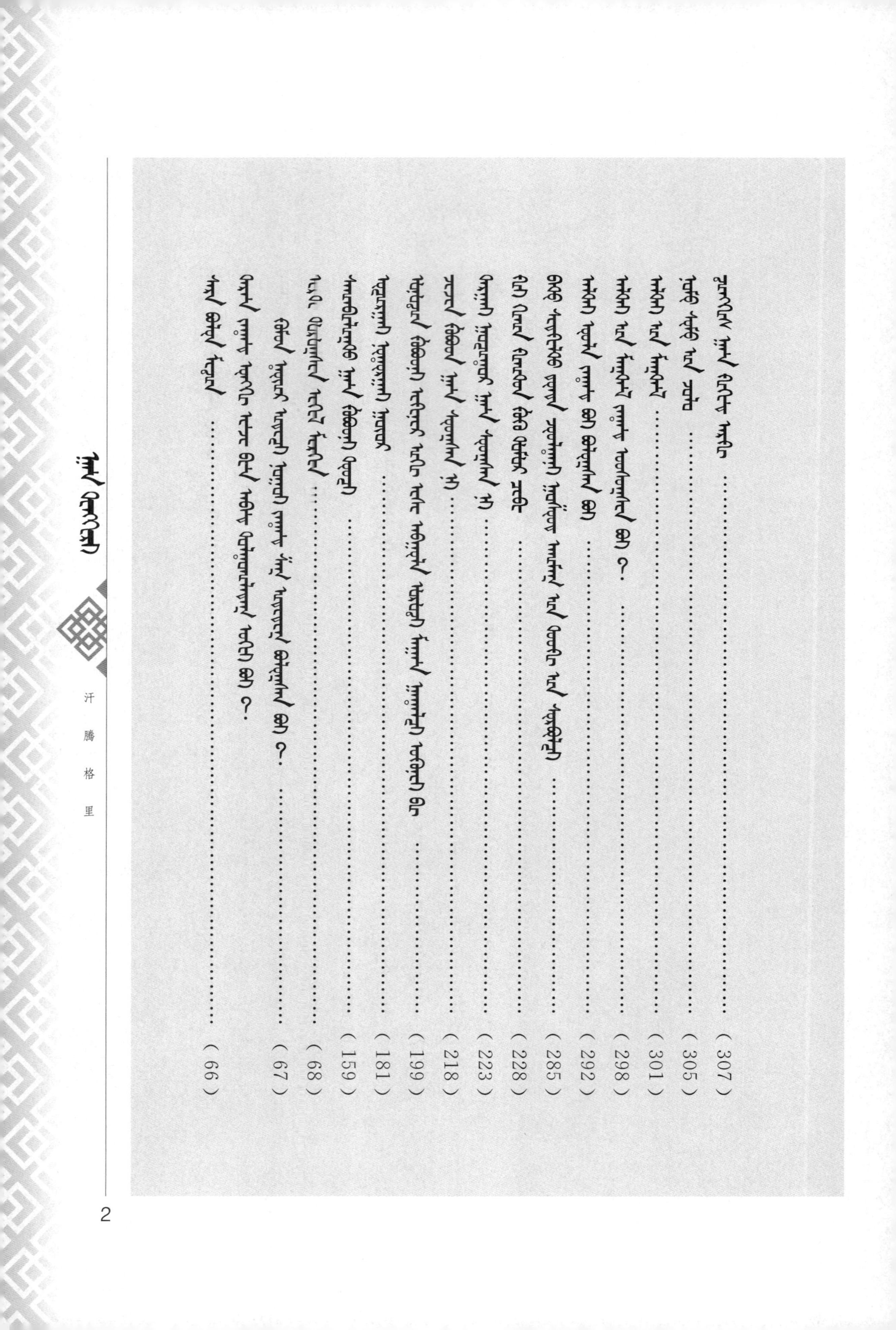

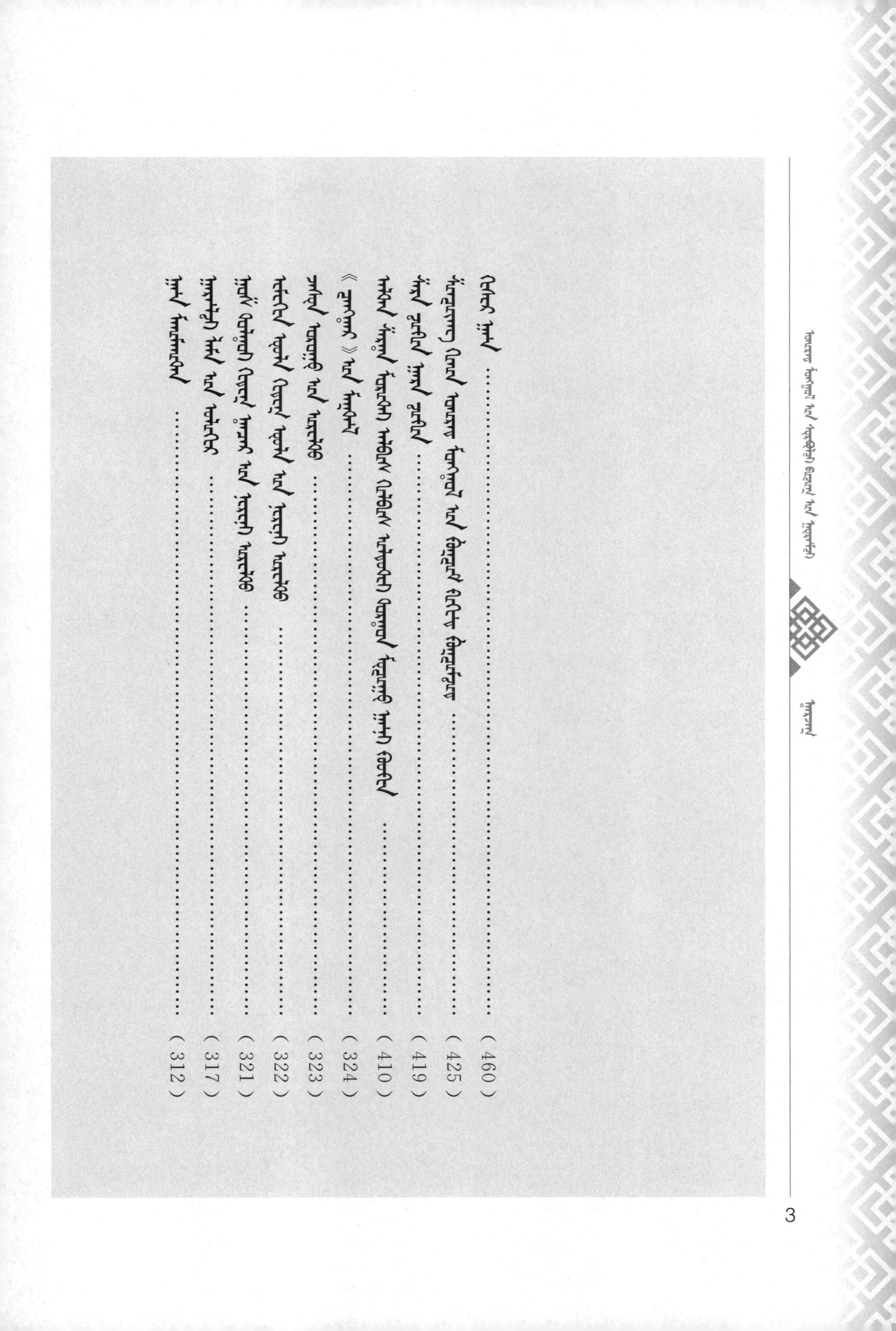

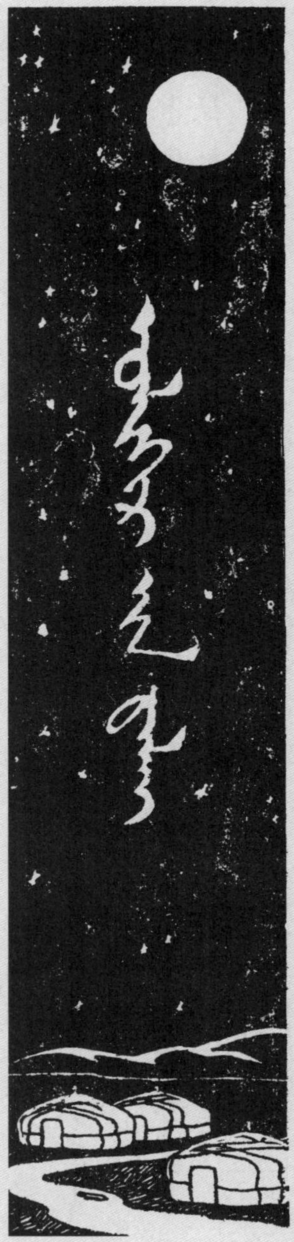

[illegible]

[illegible]

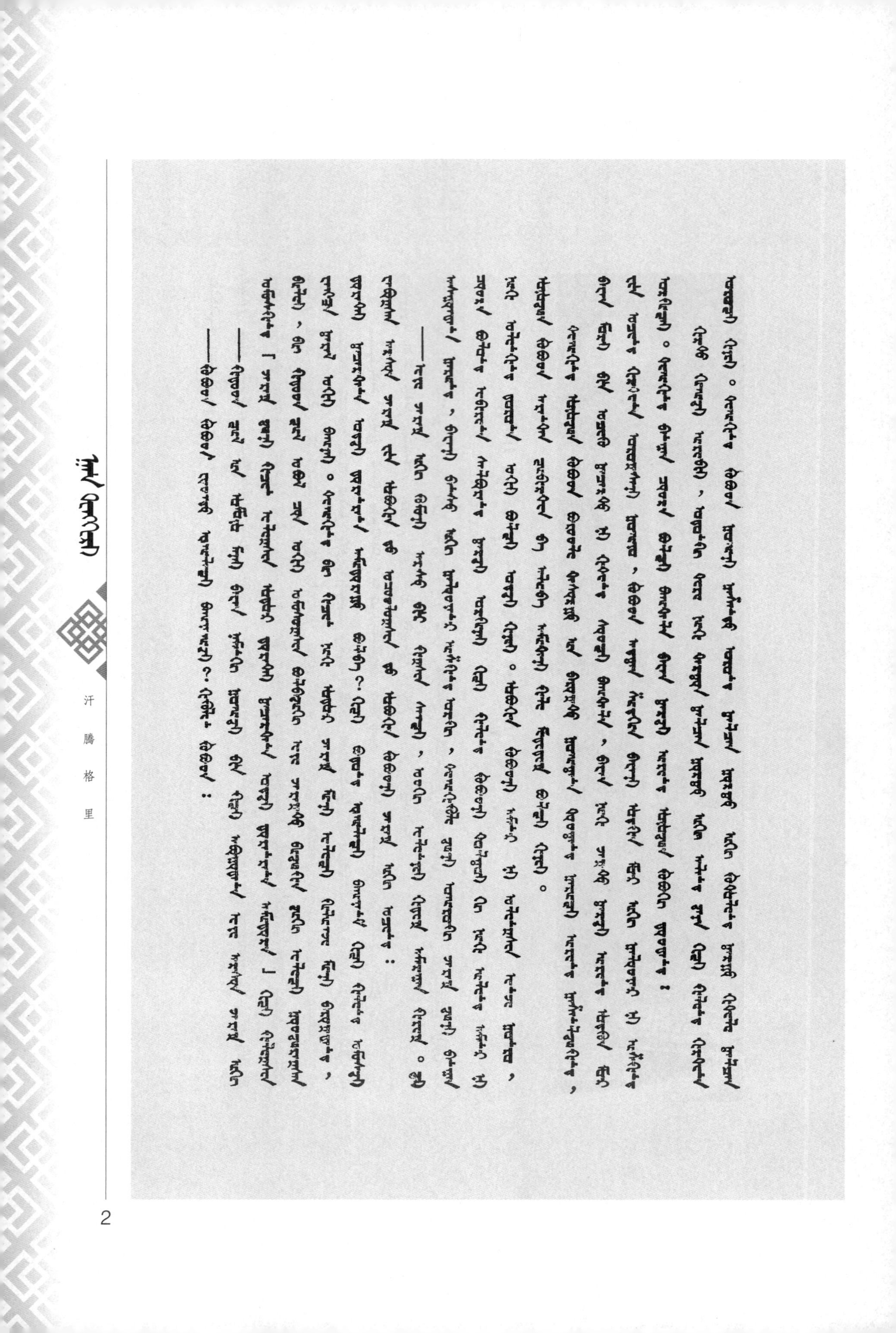

[illegible]

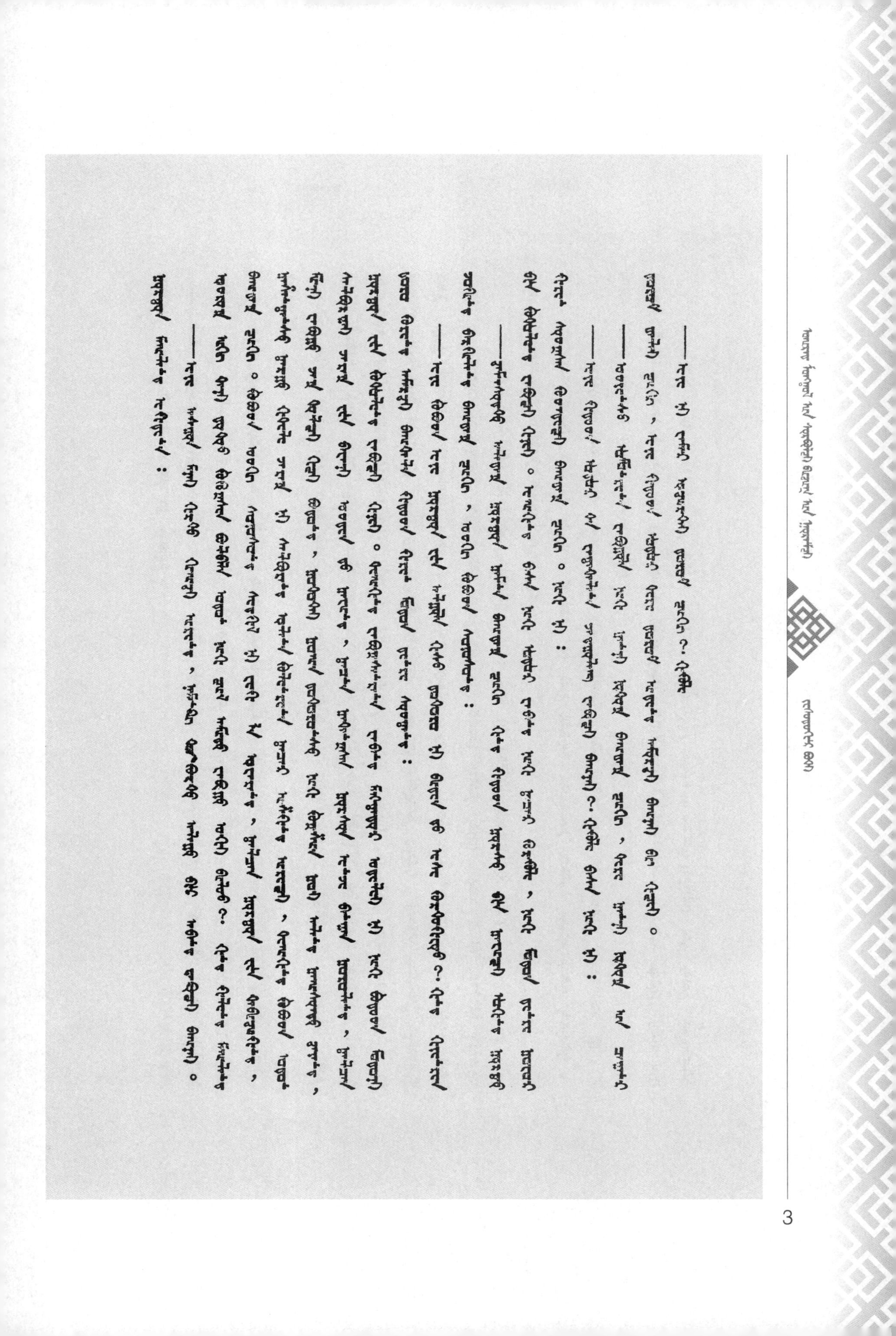

——[illegible] ?

[illegible] 。

——[illegible]

——[illegible] ? [illegible] :

[illegible] 。[illegible] :

[illegible] 。[illegible]

——[illegible]

[illegible] :

——[illegible] ? [illegible]

[illegible] :

[illegible] 。[illegible]

[illegible]

[illegible]

[illegible]

[illegible] 。[illegible]

[illegible] ? [illegible]

——[illegible] 。

[illegible] :

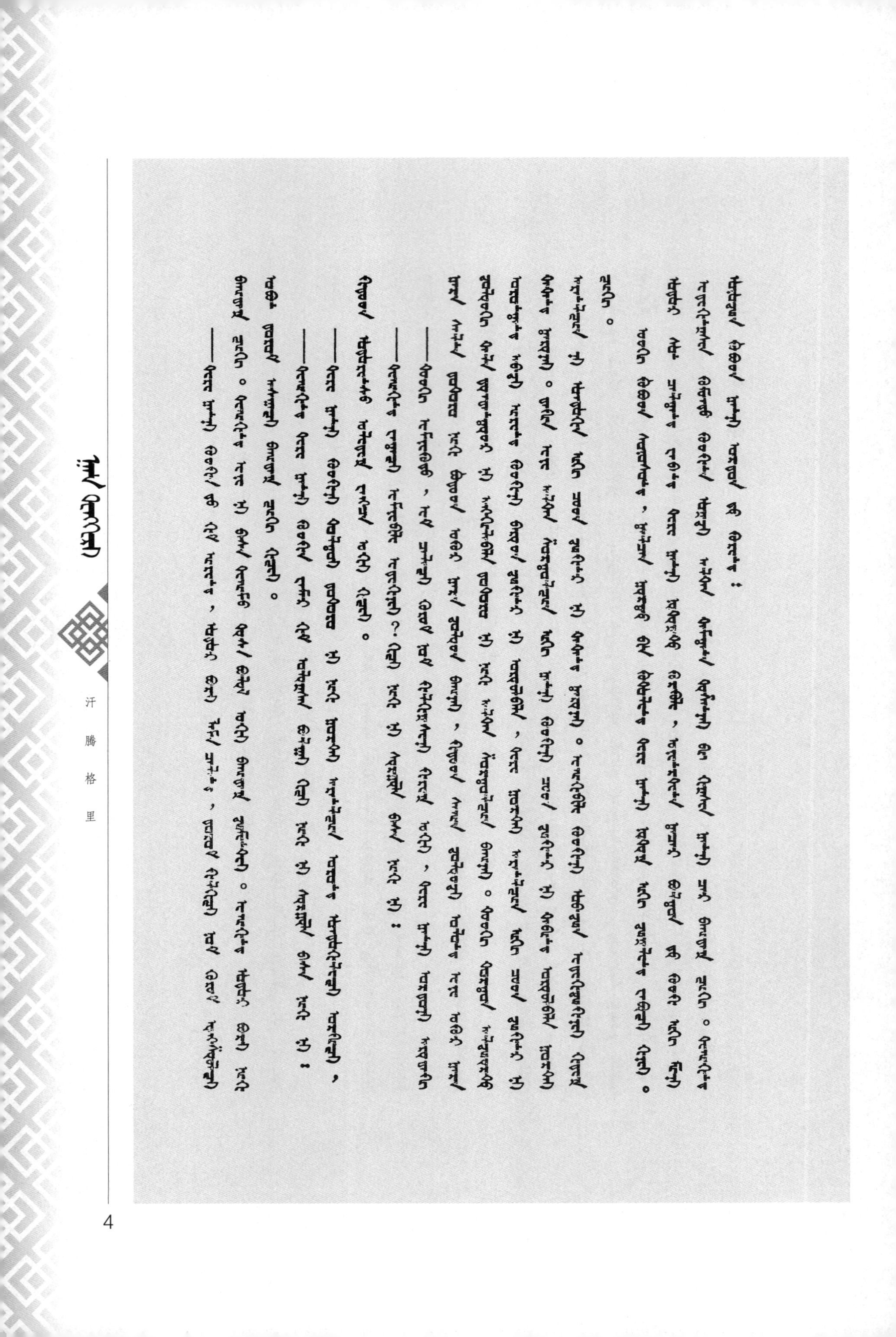

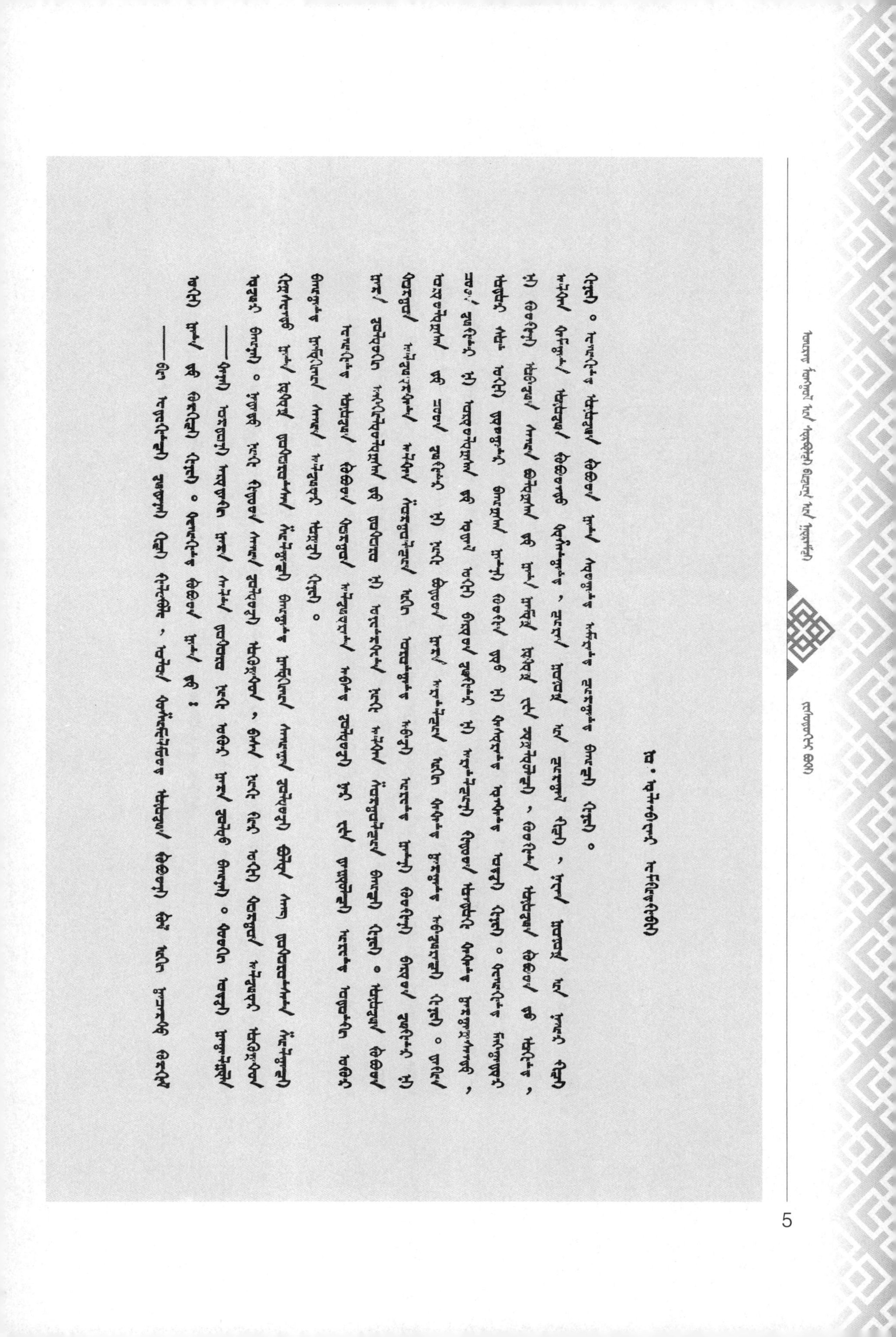

[illegible]

[illegible]

[illegible]

[illegible]

——[illegible]

——[illegible]

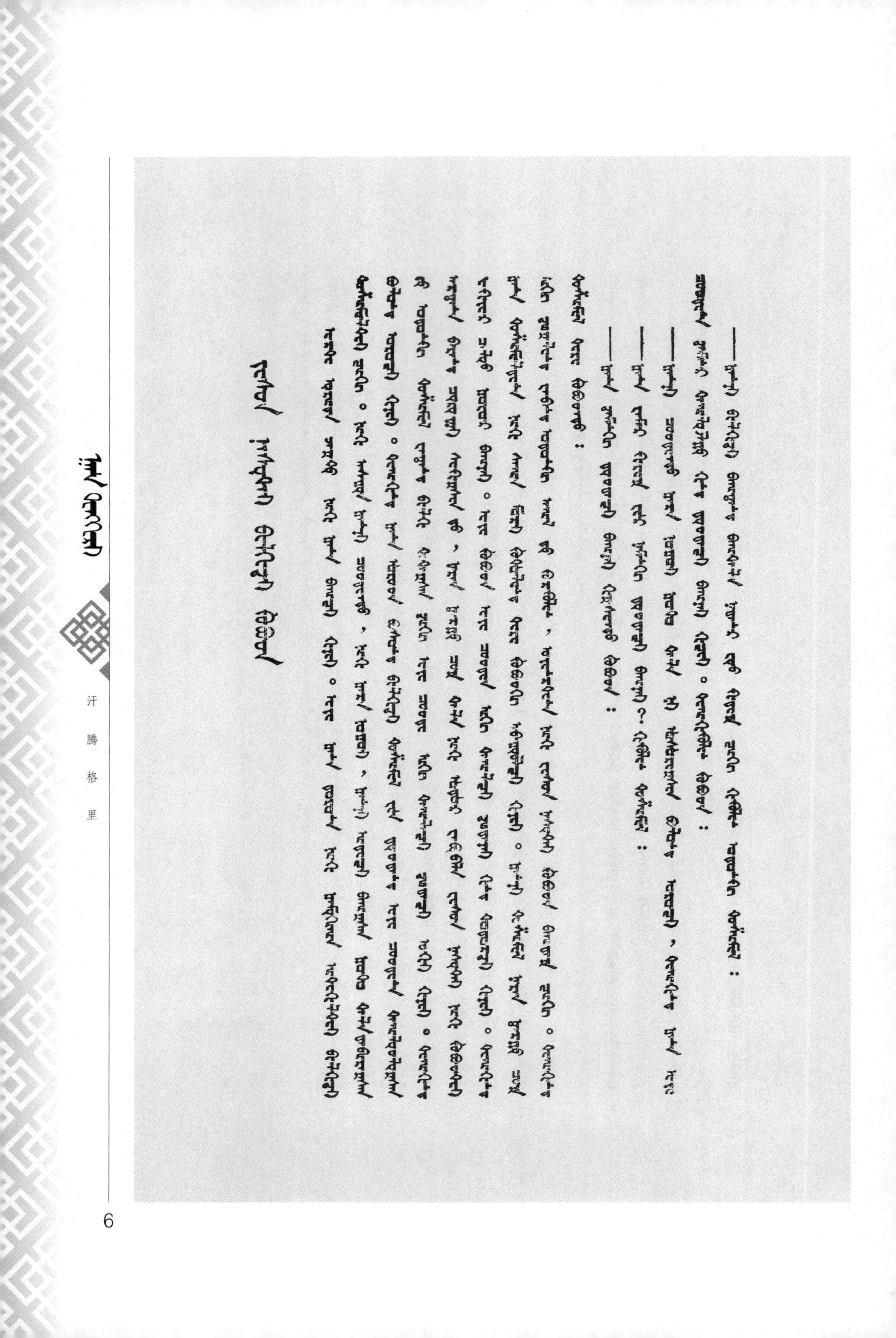

[illegible]

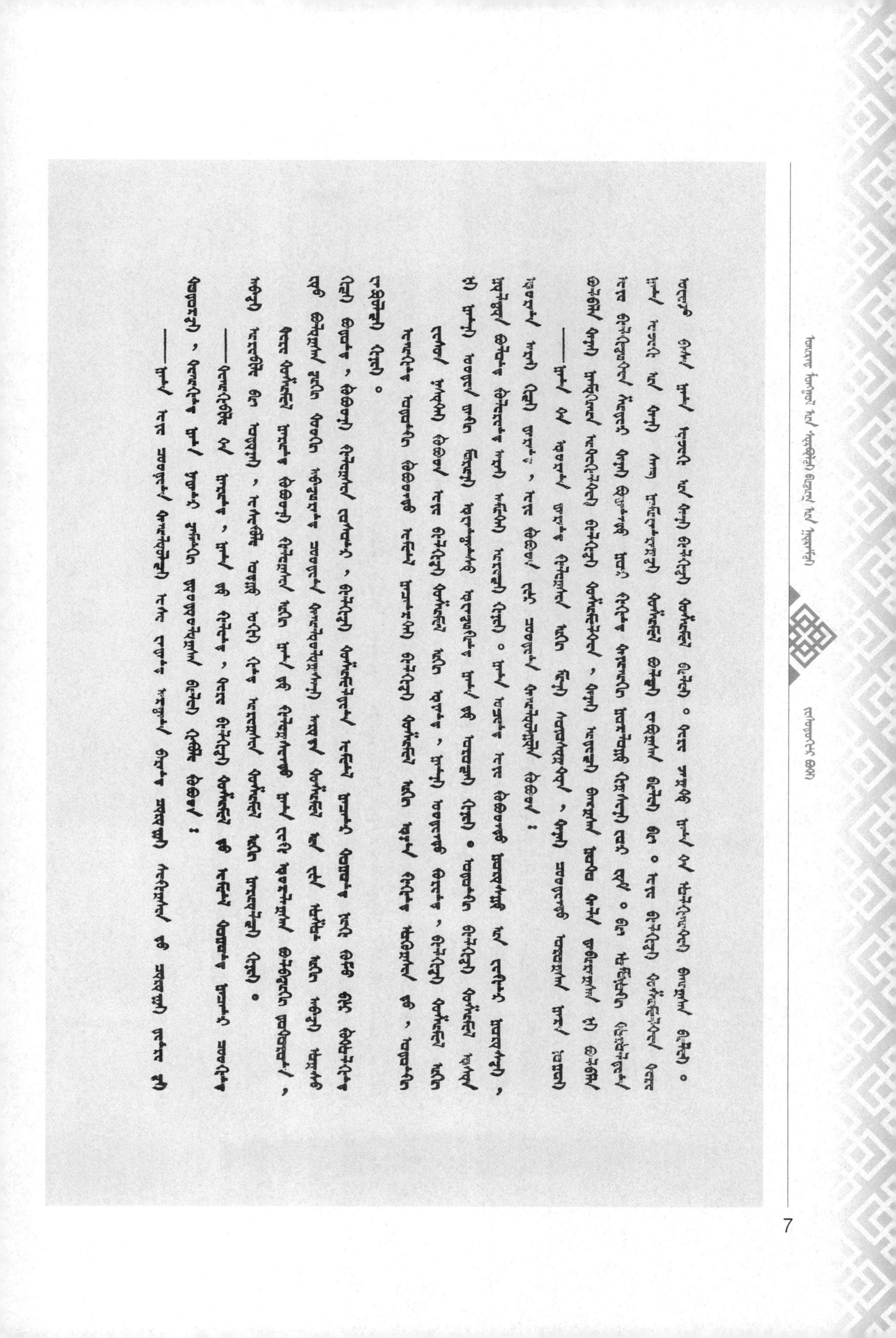

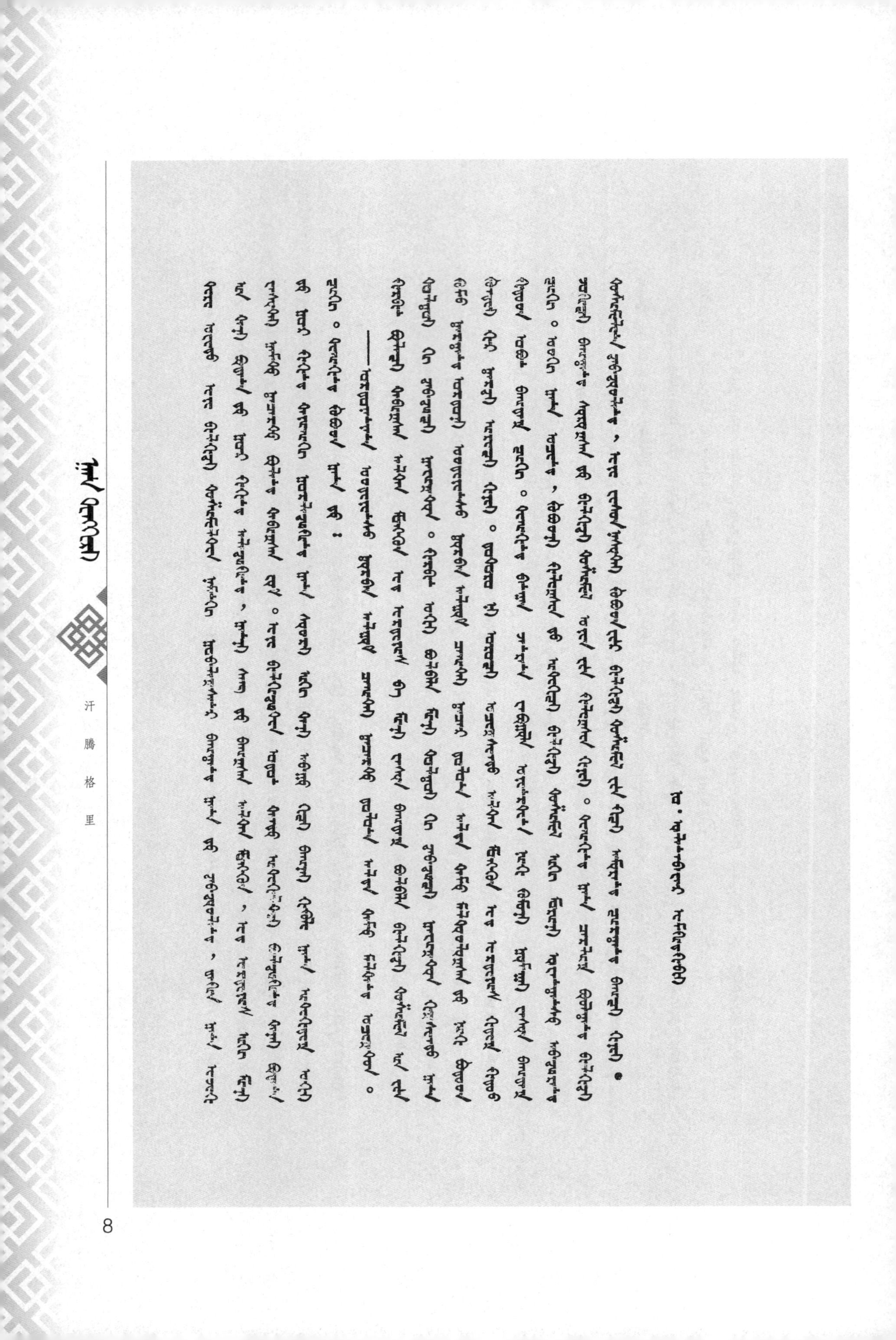

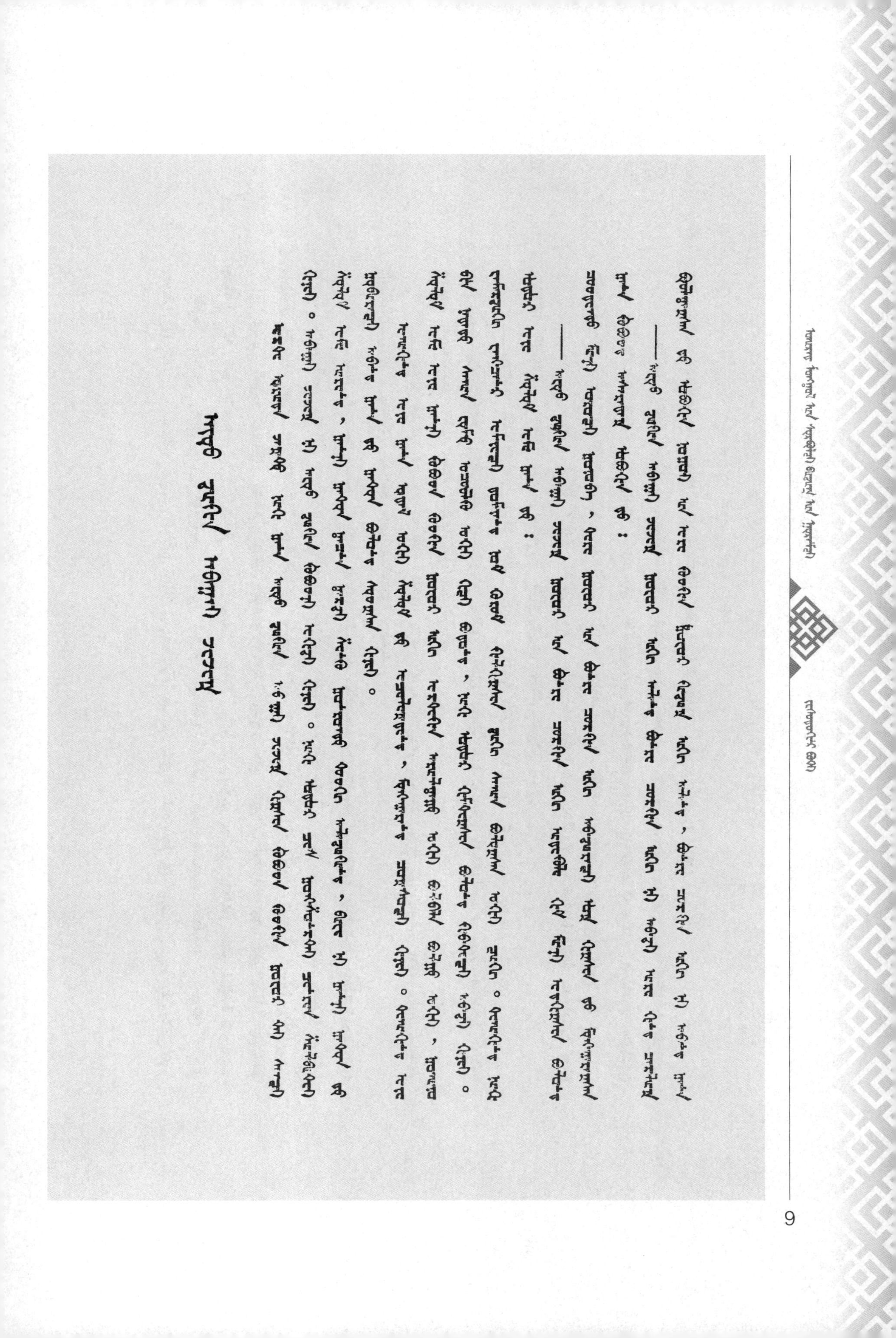

[illegible]

[illegible]
[illegible]
[illegible]
[illegible]

[illegible]
[illegible]
[illegible]
[illegible]
[illegible]

—— [illegible]
[illegible]
[illegible]

—— [illegible]
[illegible]

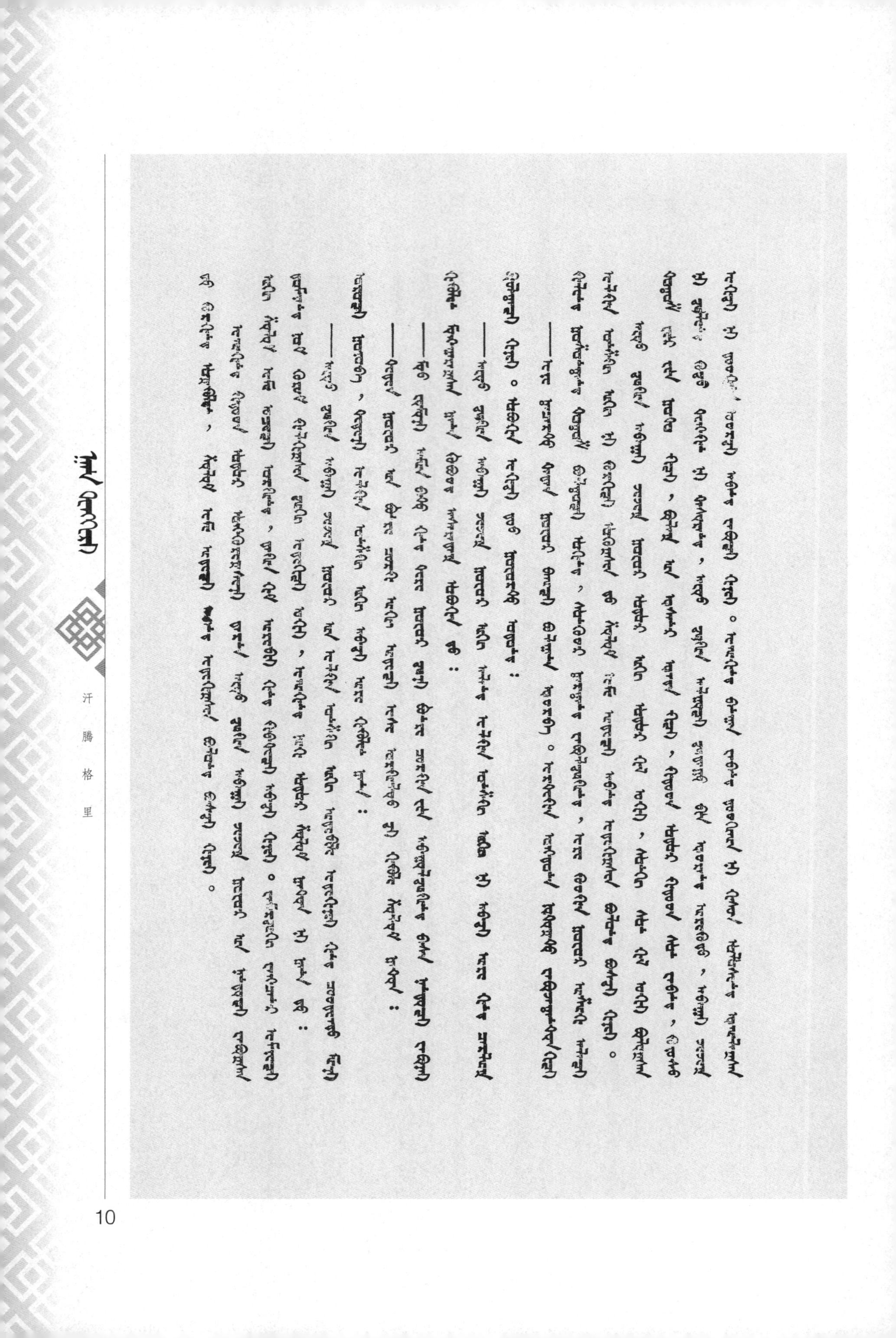

[illegible]

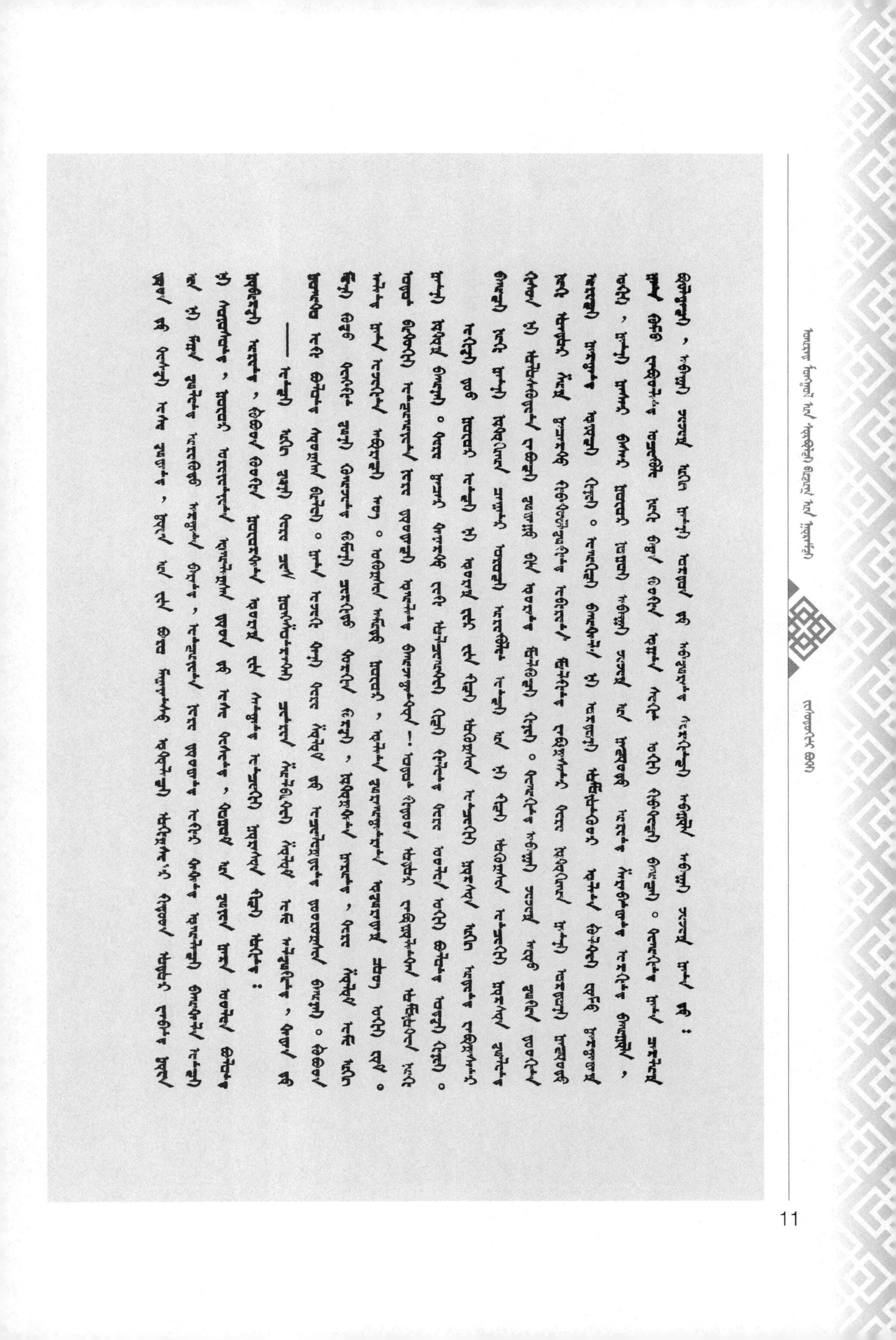

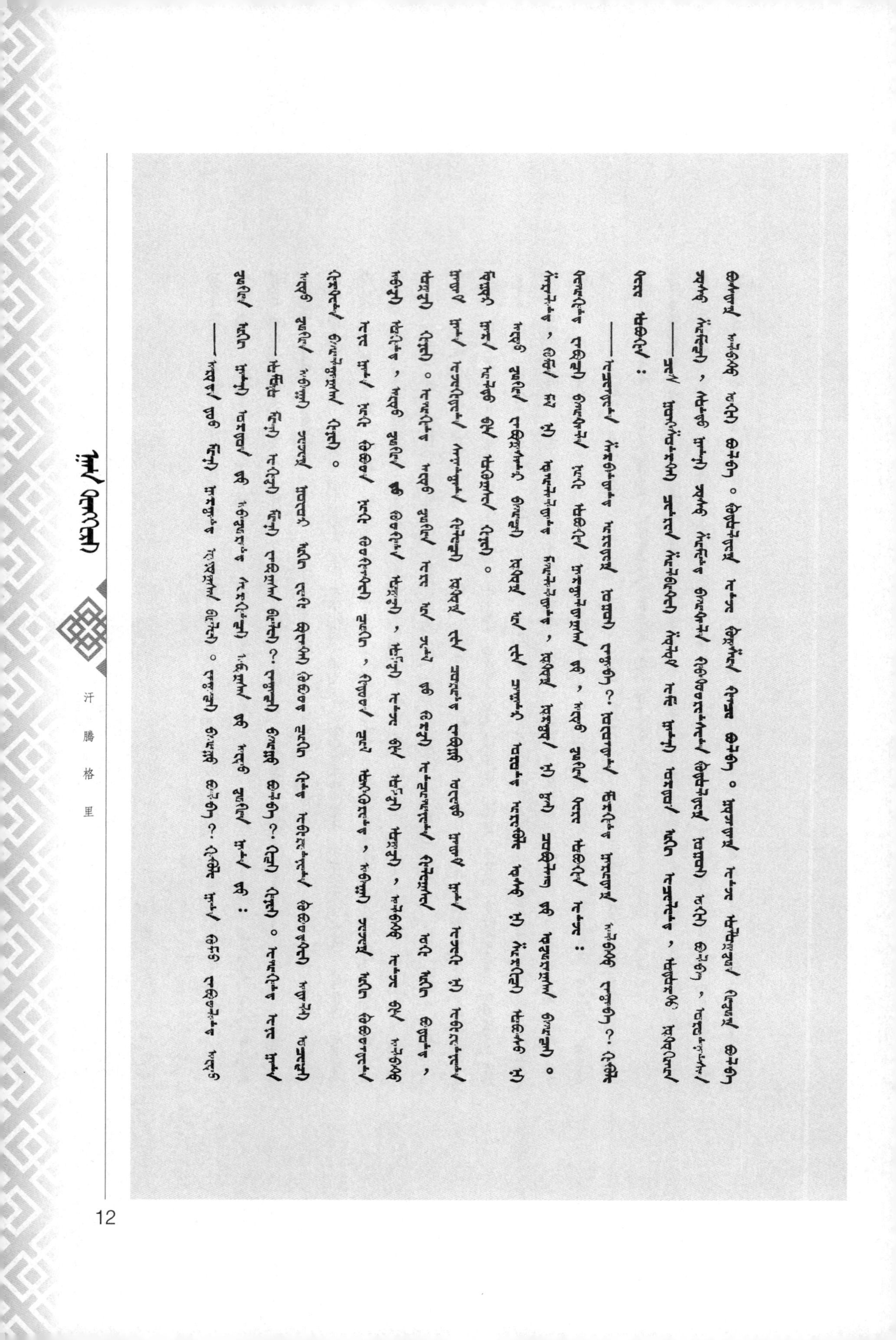

[illegible]
[illegible]
[illegible]
[illegible]

[illegible]
[illegible]
[illegible]

[illegible]
[illegible]

[illegible]
[illegible]
[illegible]

[illegible]
[illegible]

[illegible]
[illegible]
[illegible]
[illegible]

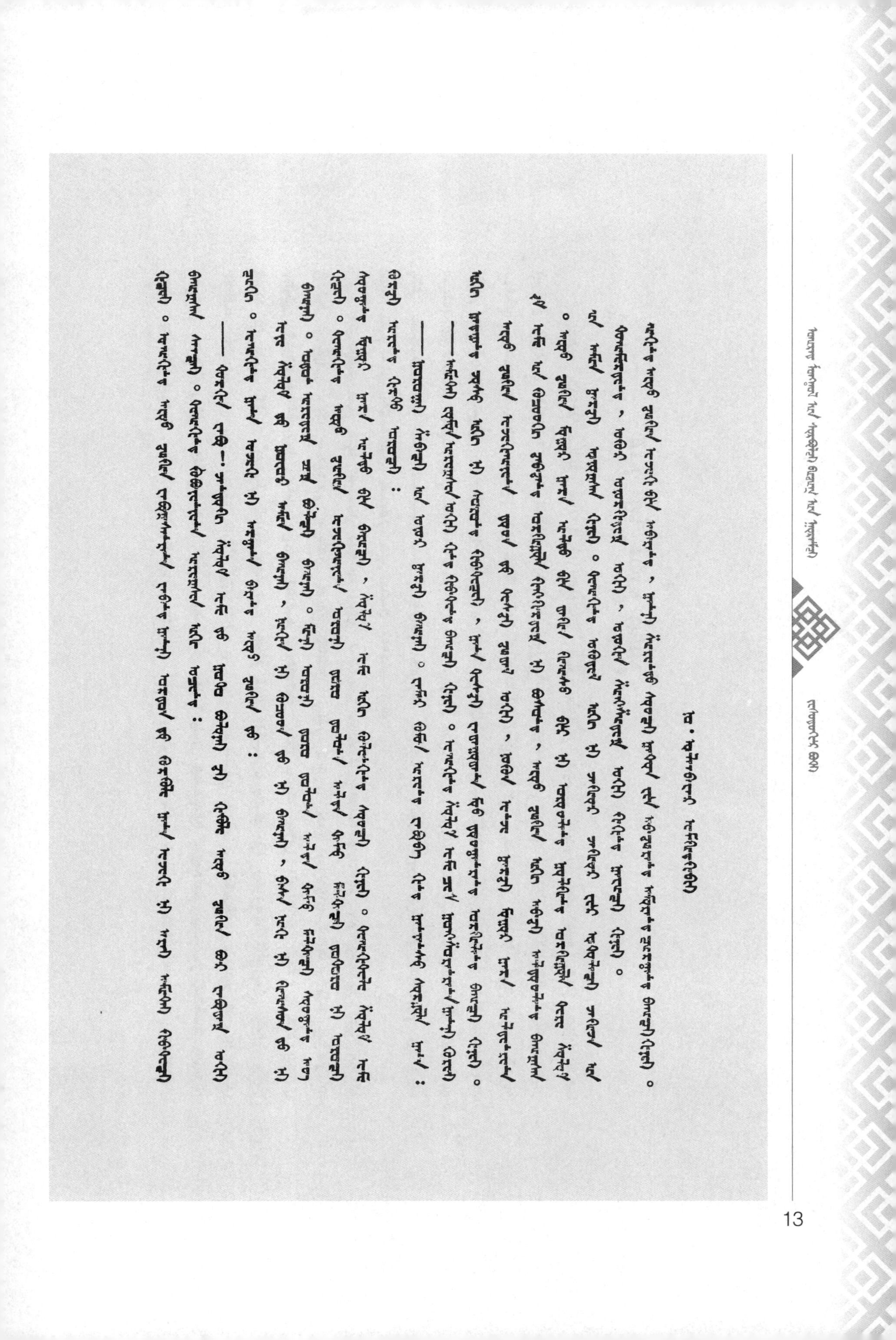

[illegible]

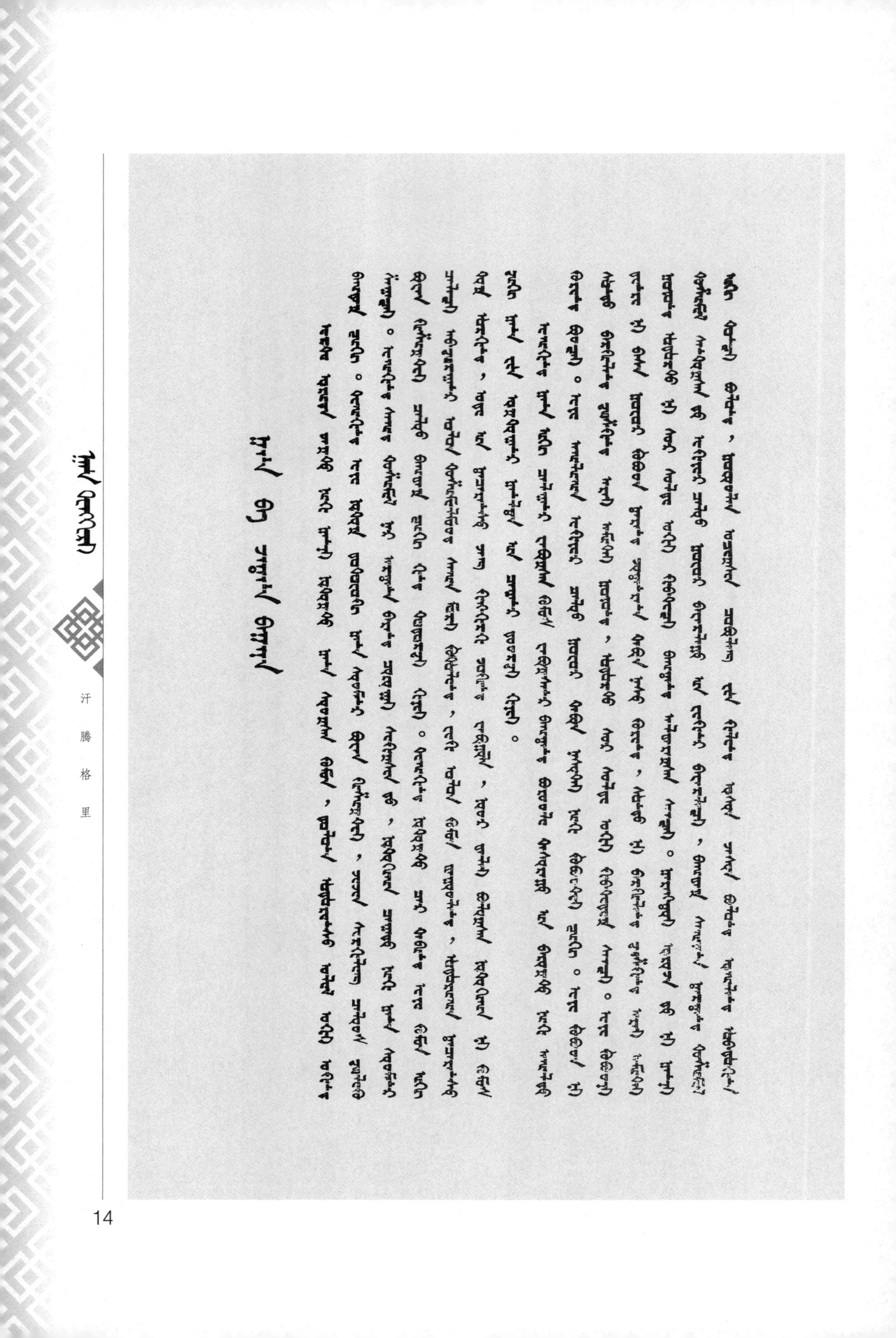

[illegible]

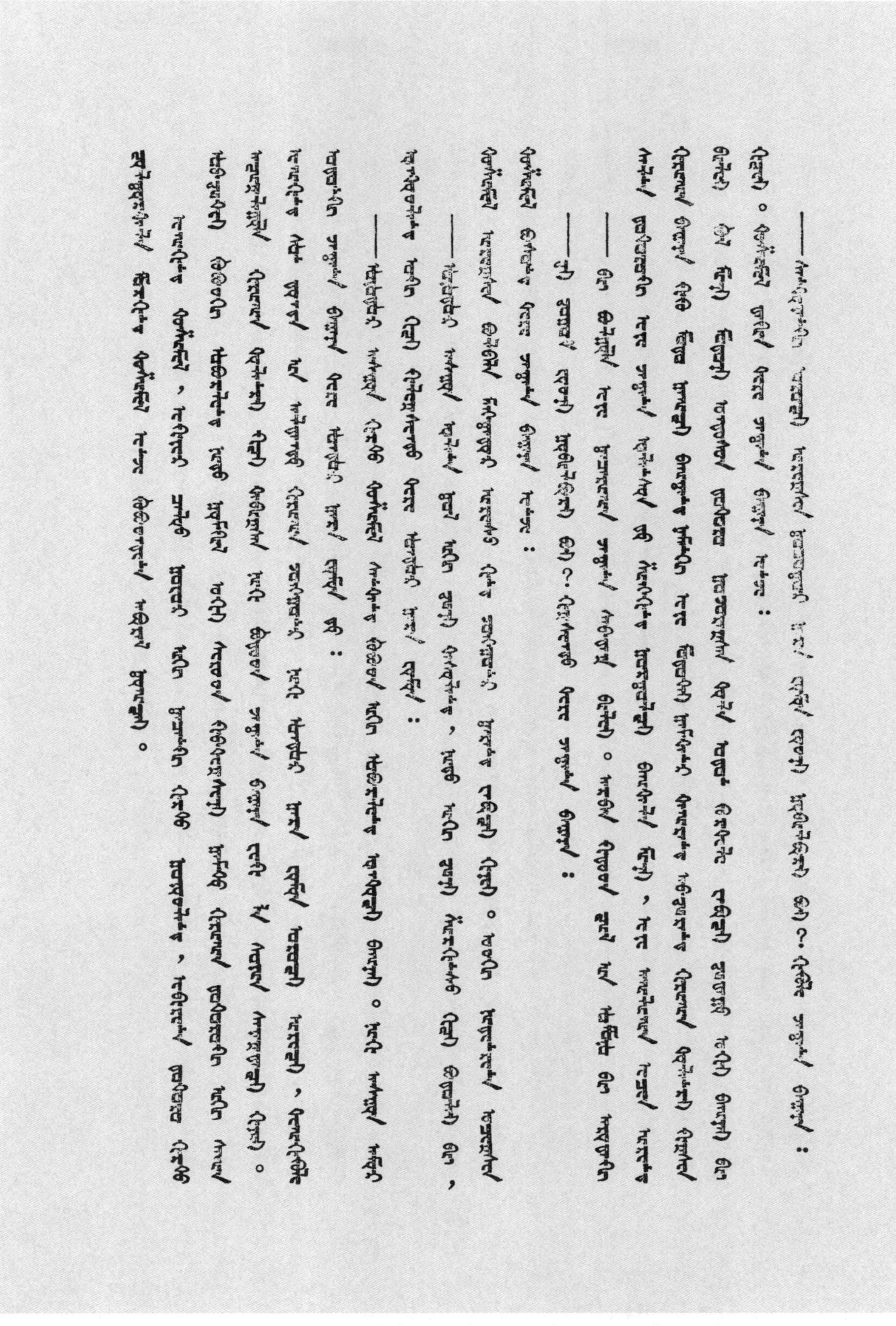

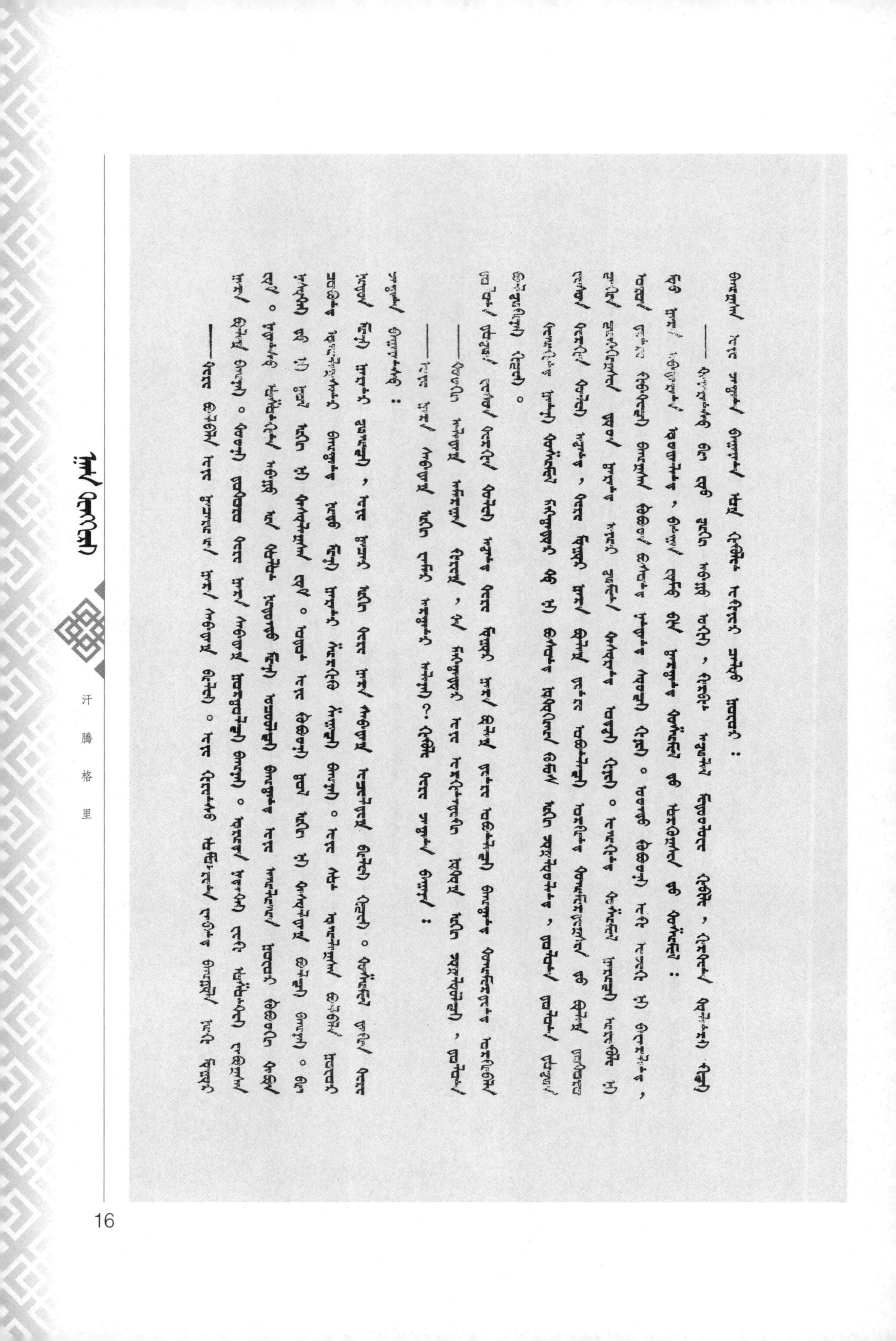

[illegible]

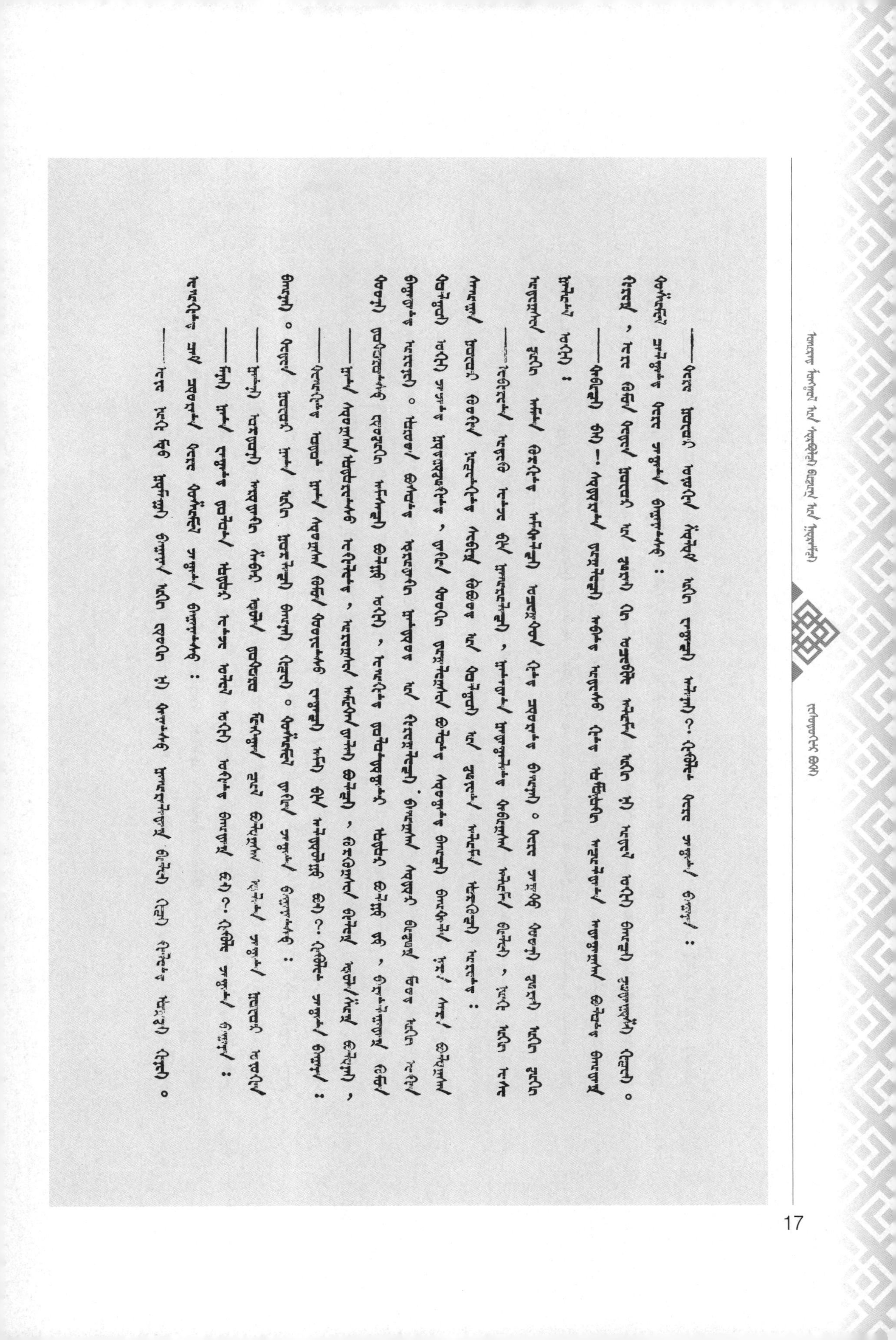

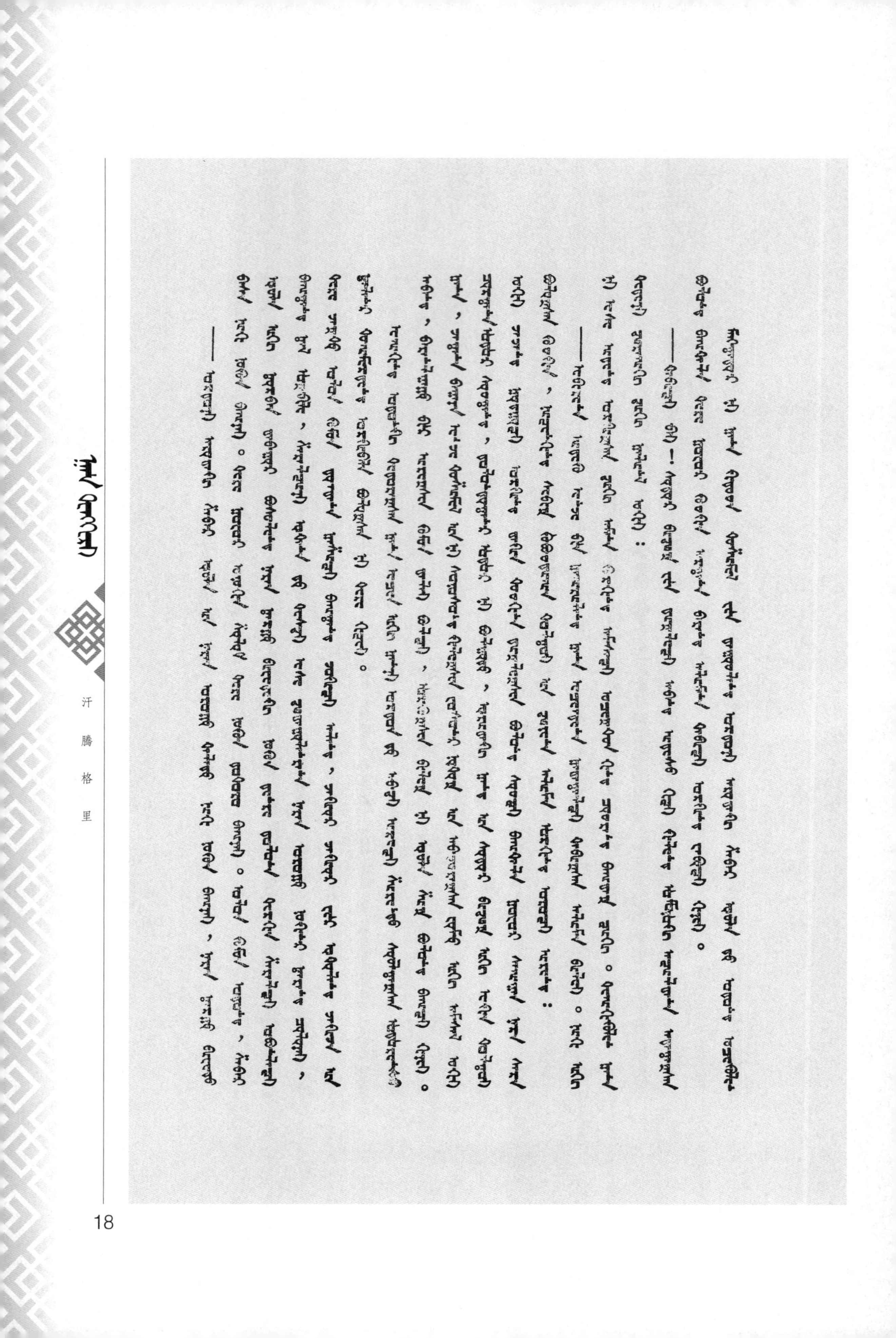

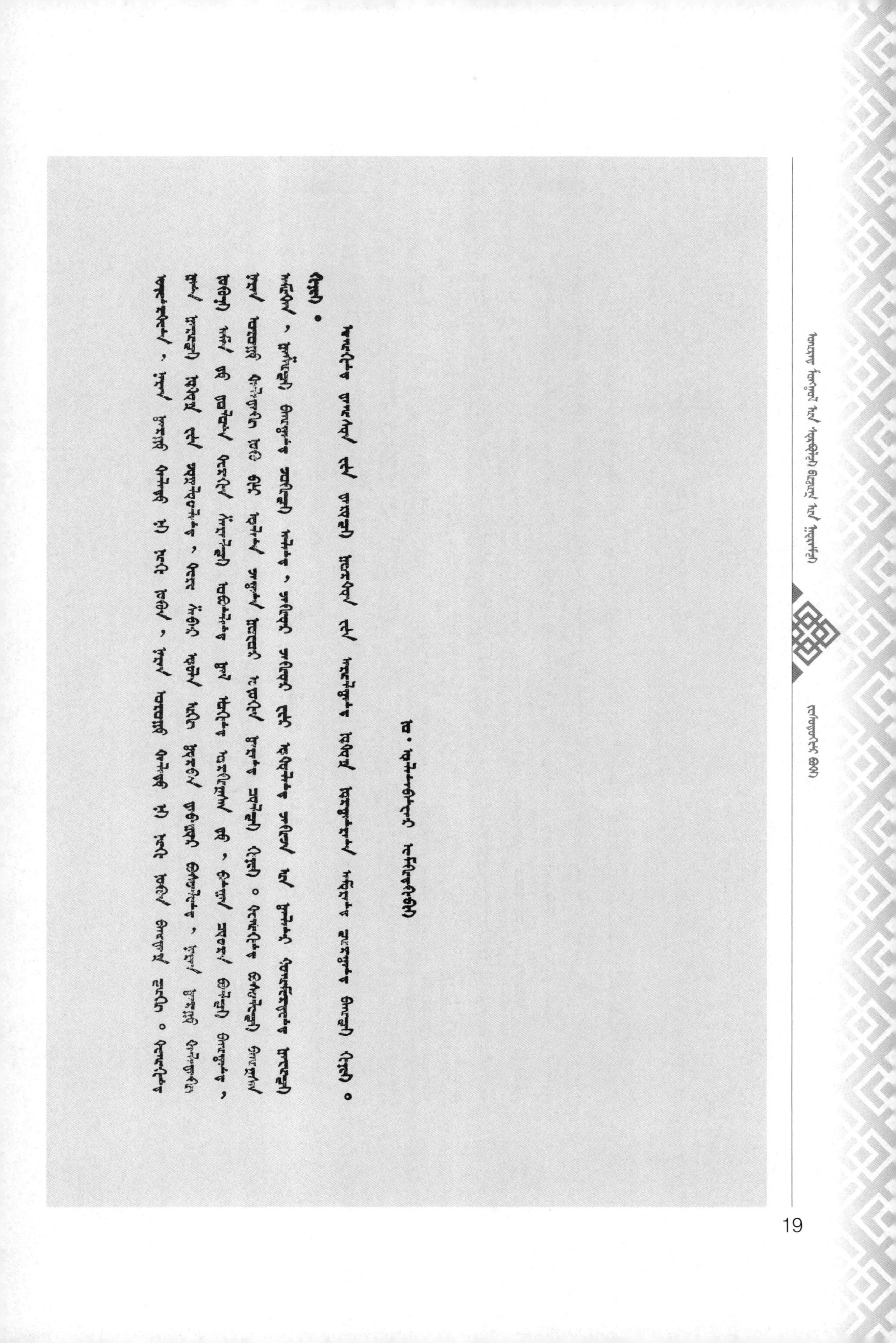

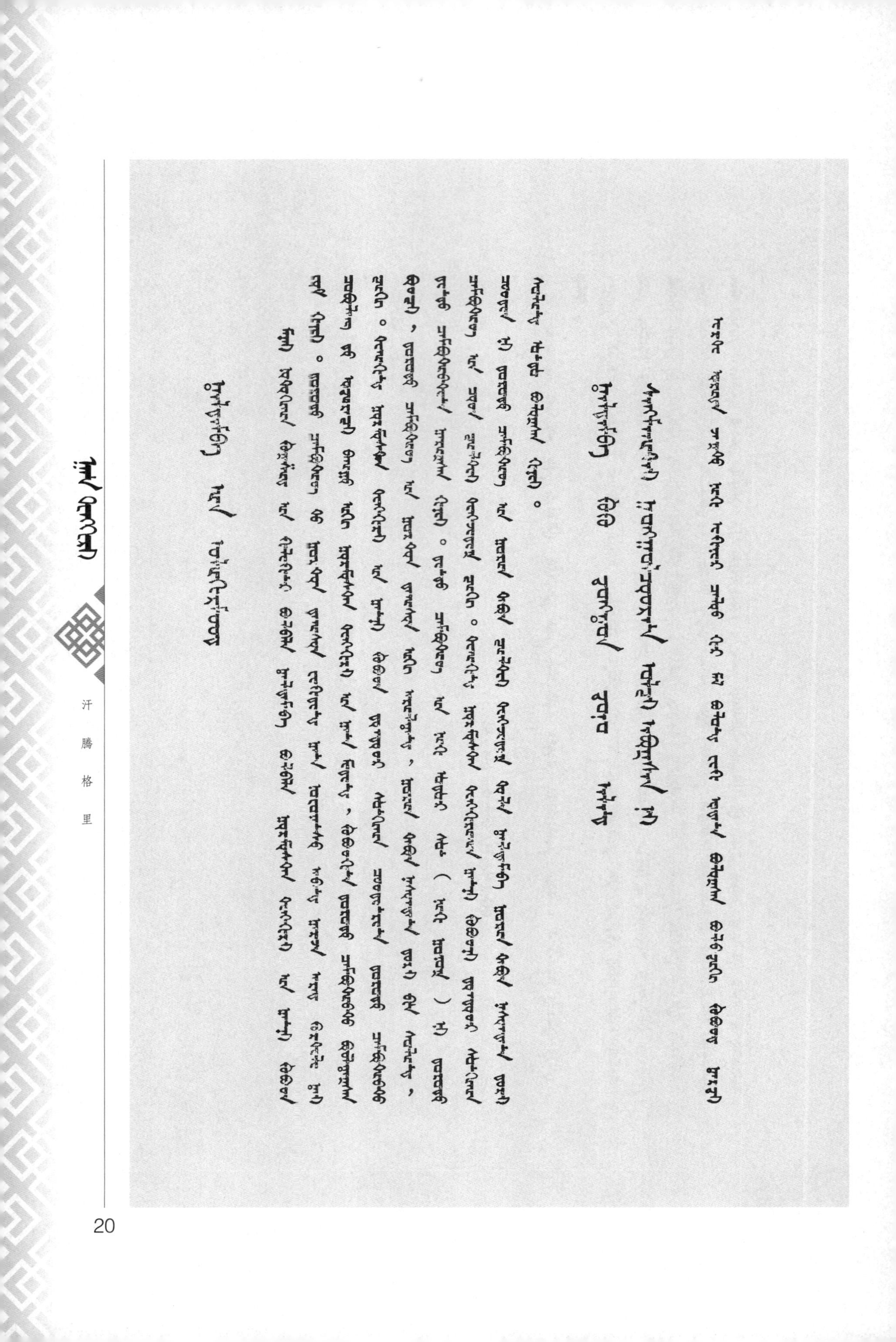

[illegible]

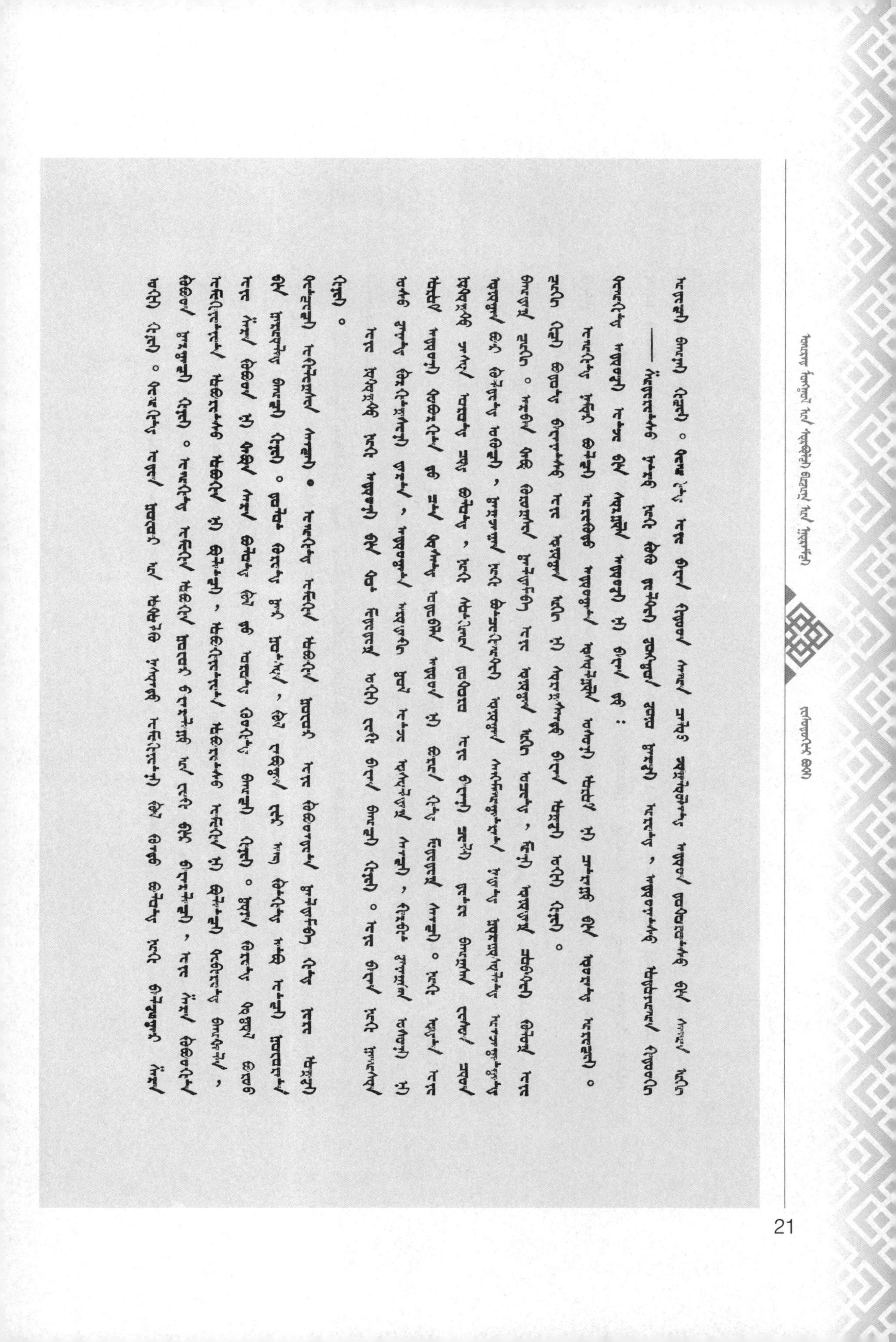

[illegible]

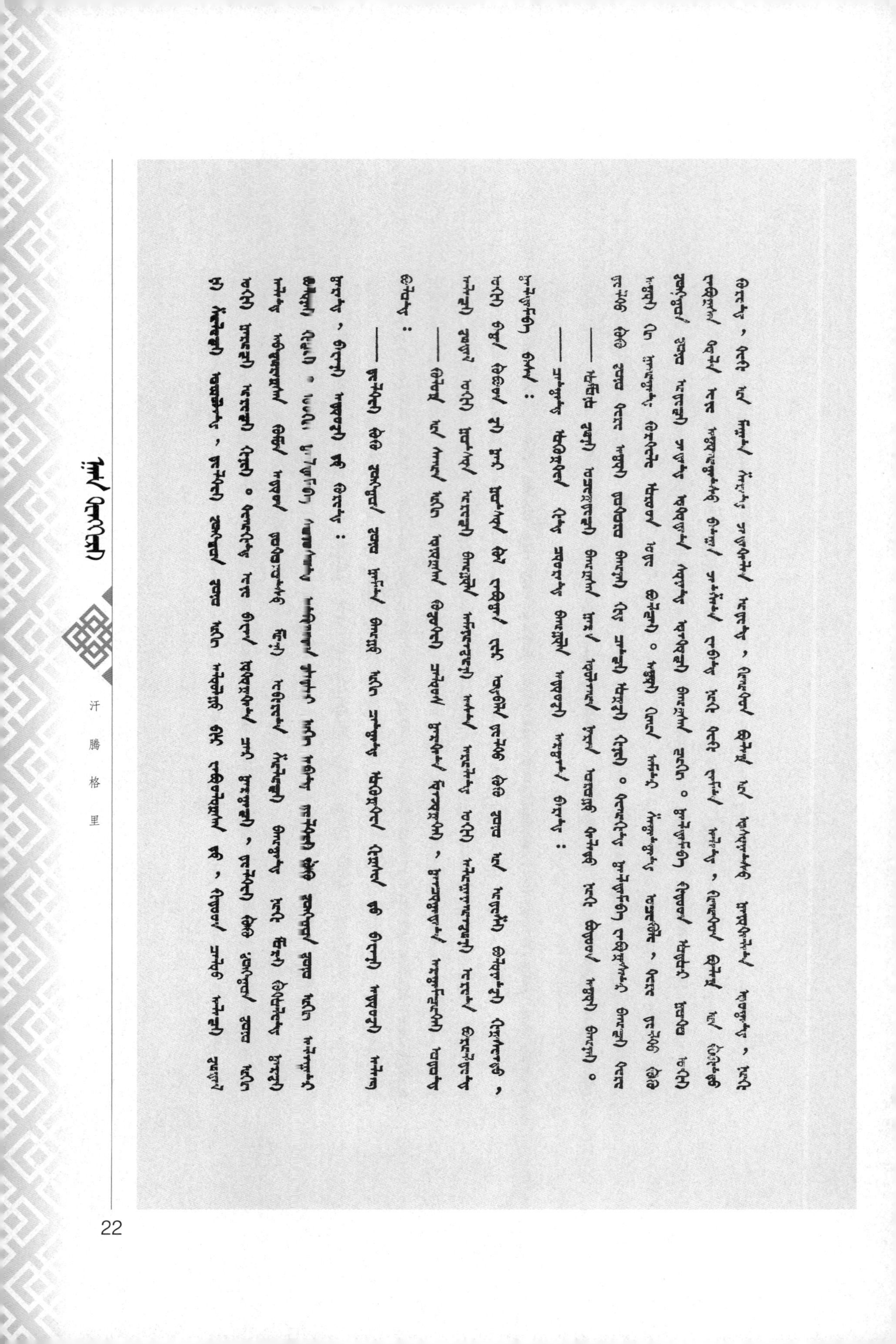

[illegible]

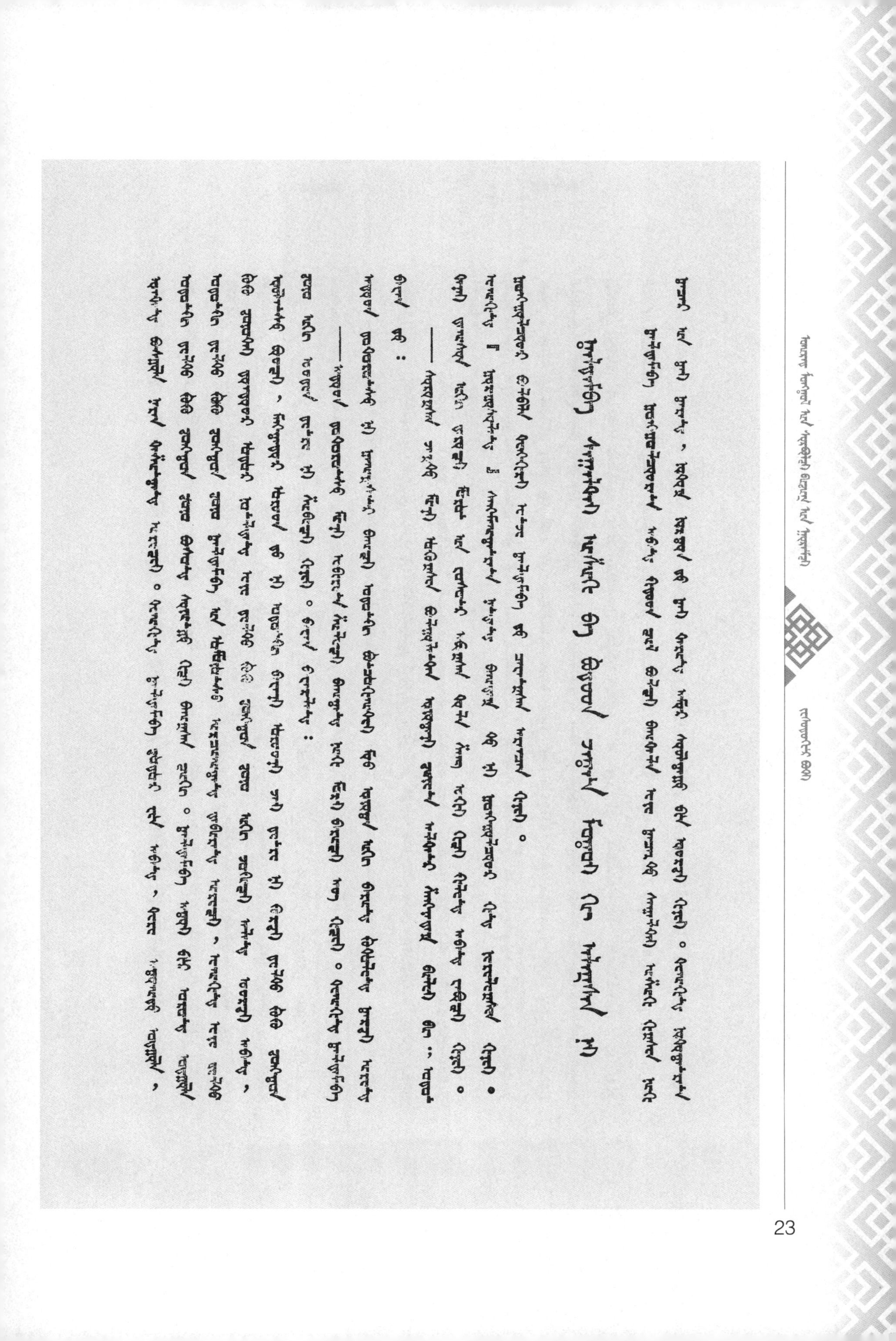

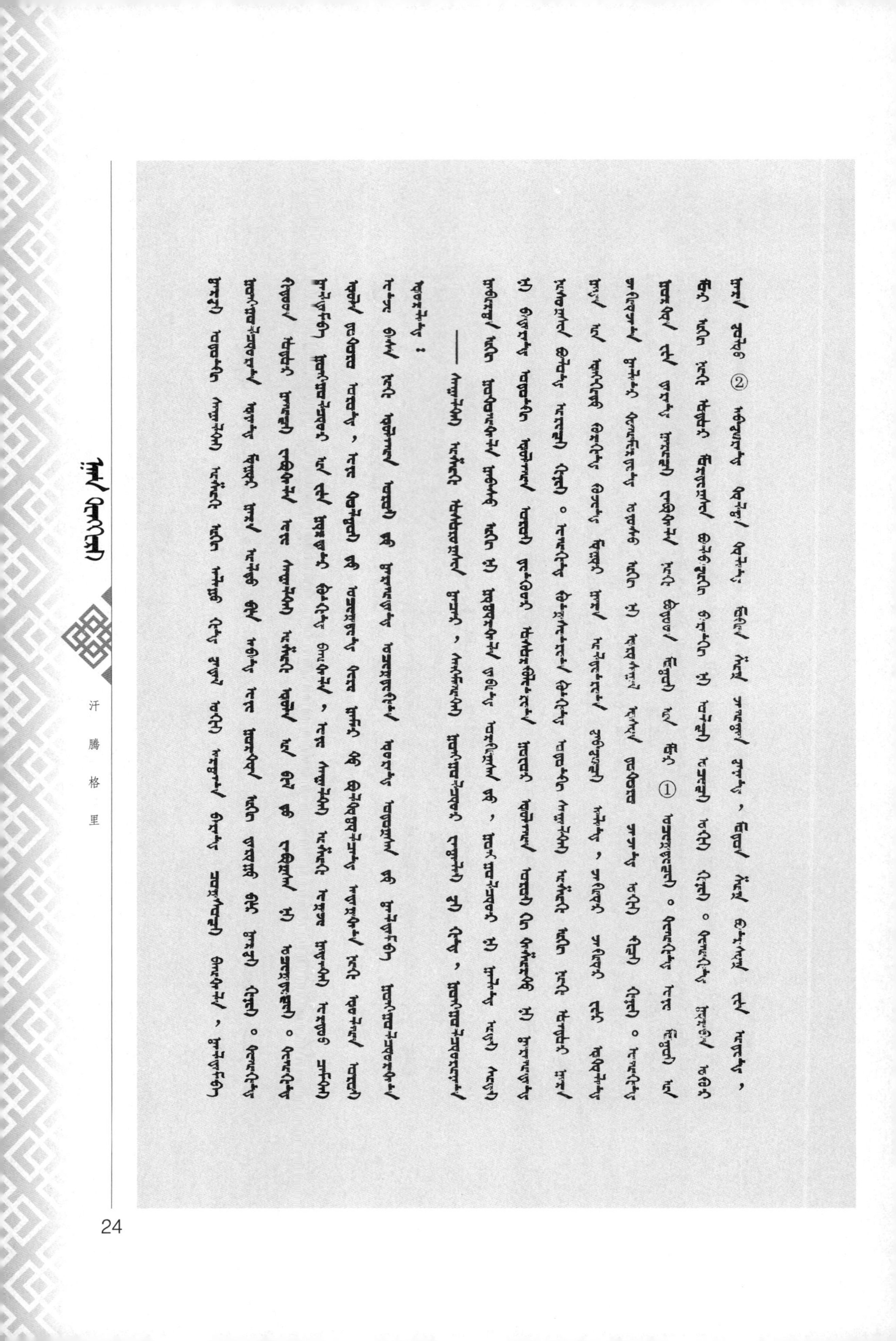

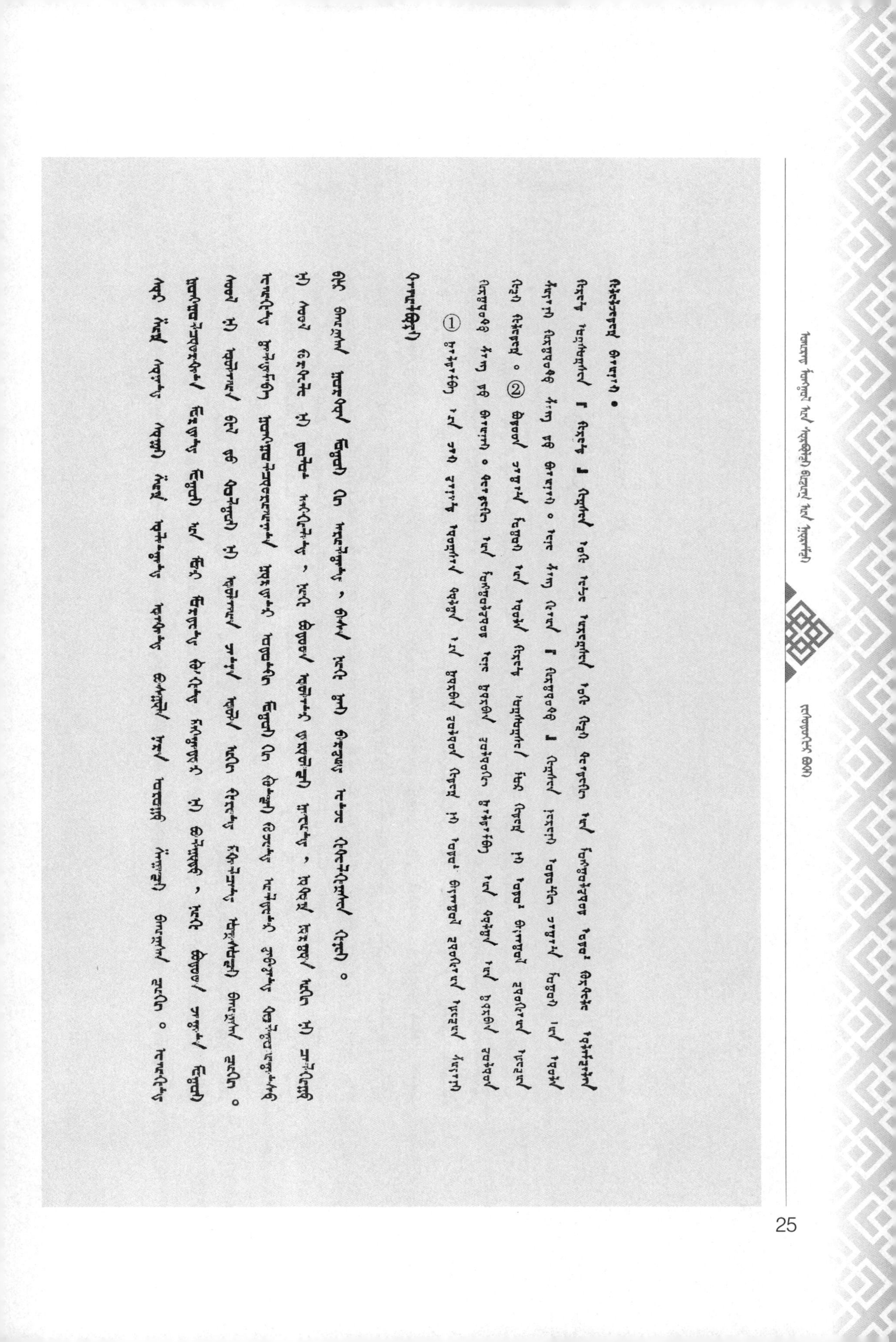

[illegible]

[illegible]

[illegible]

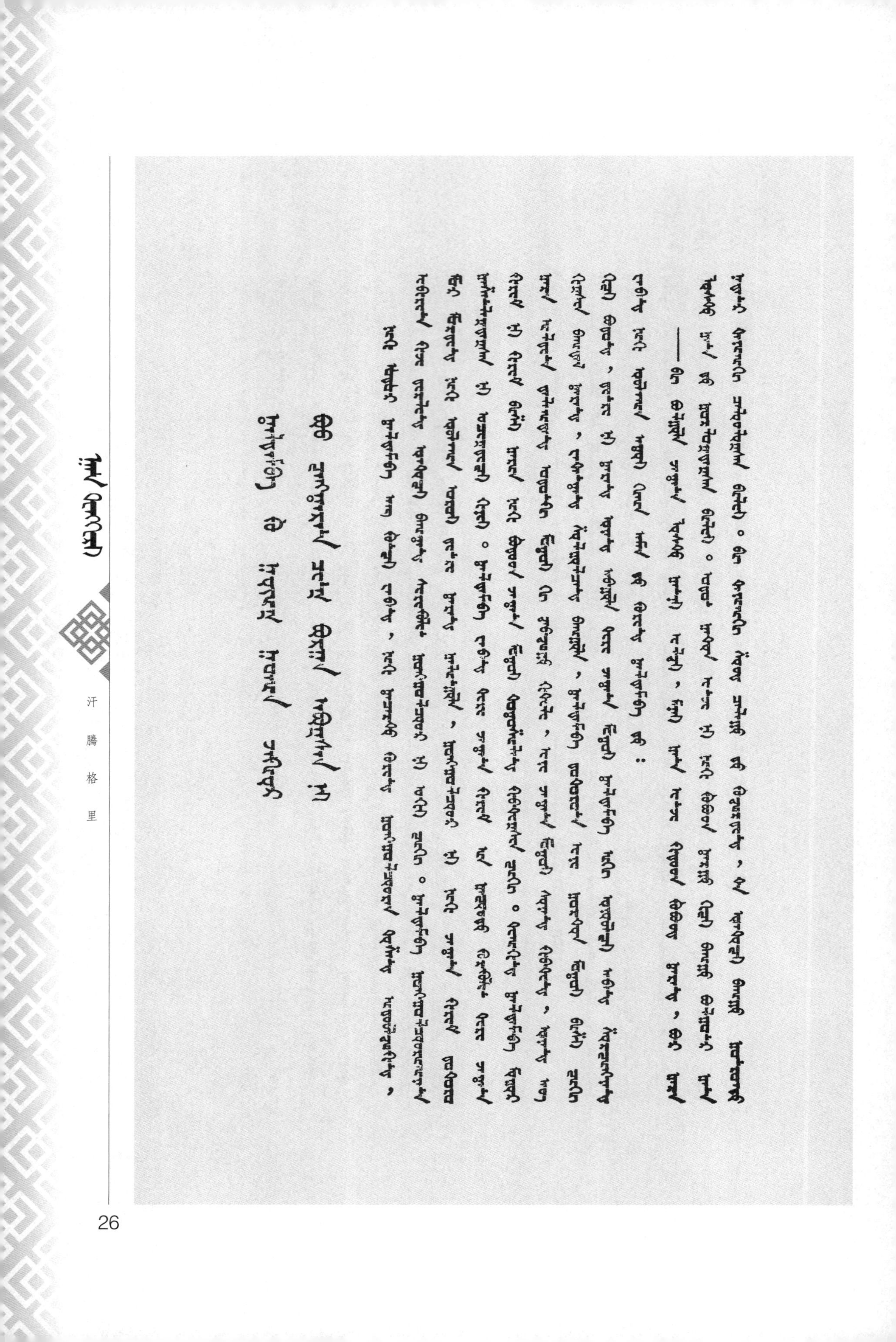

[illegible]

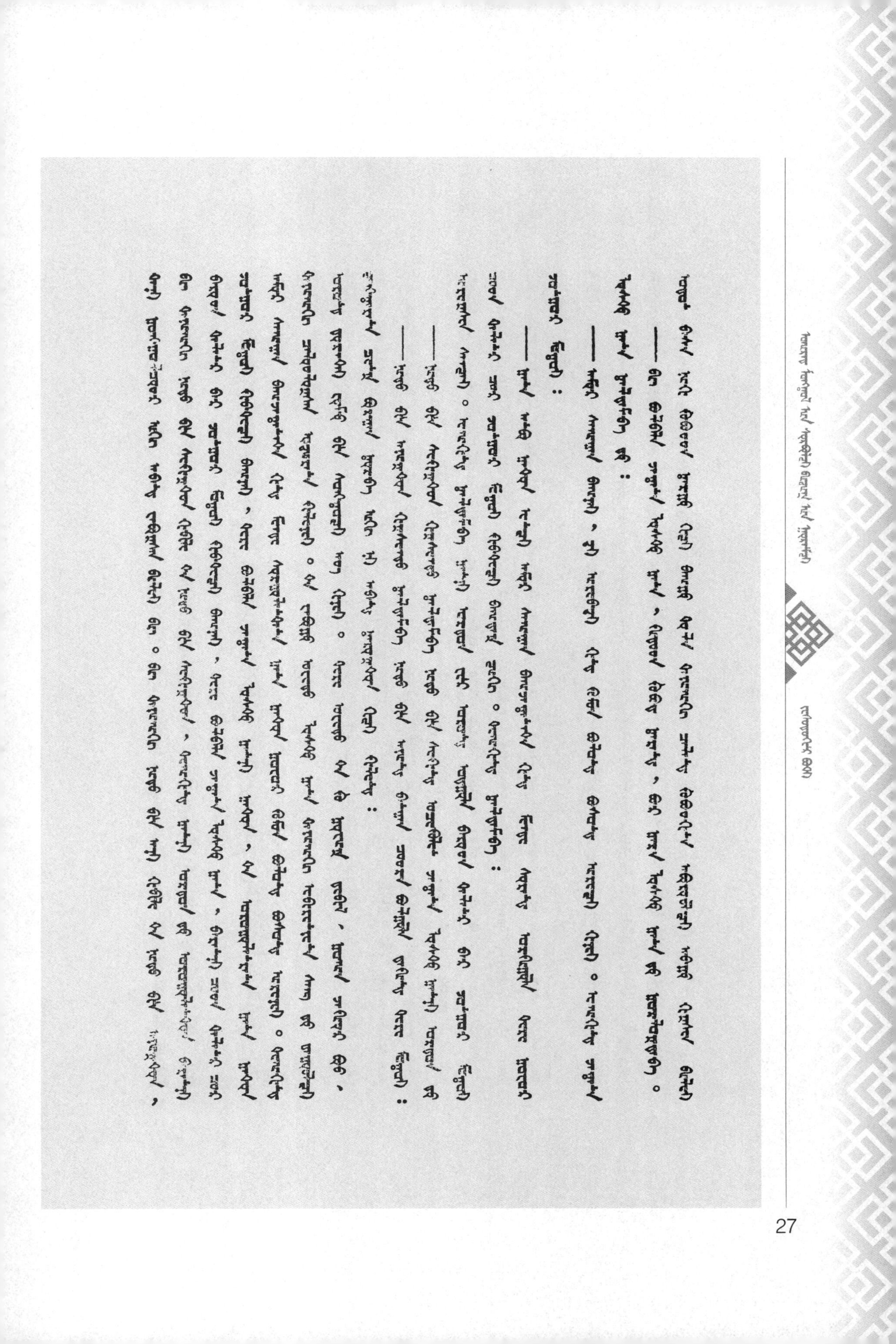

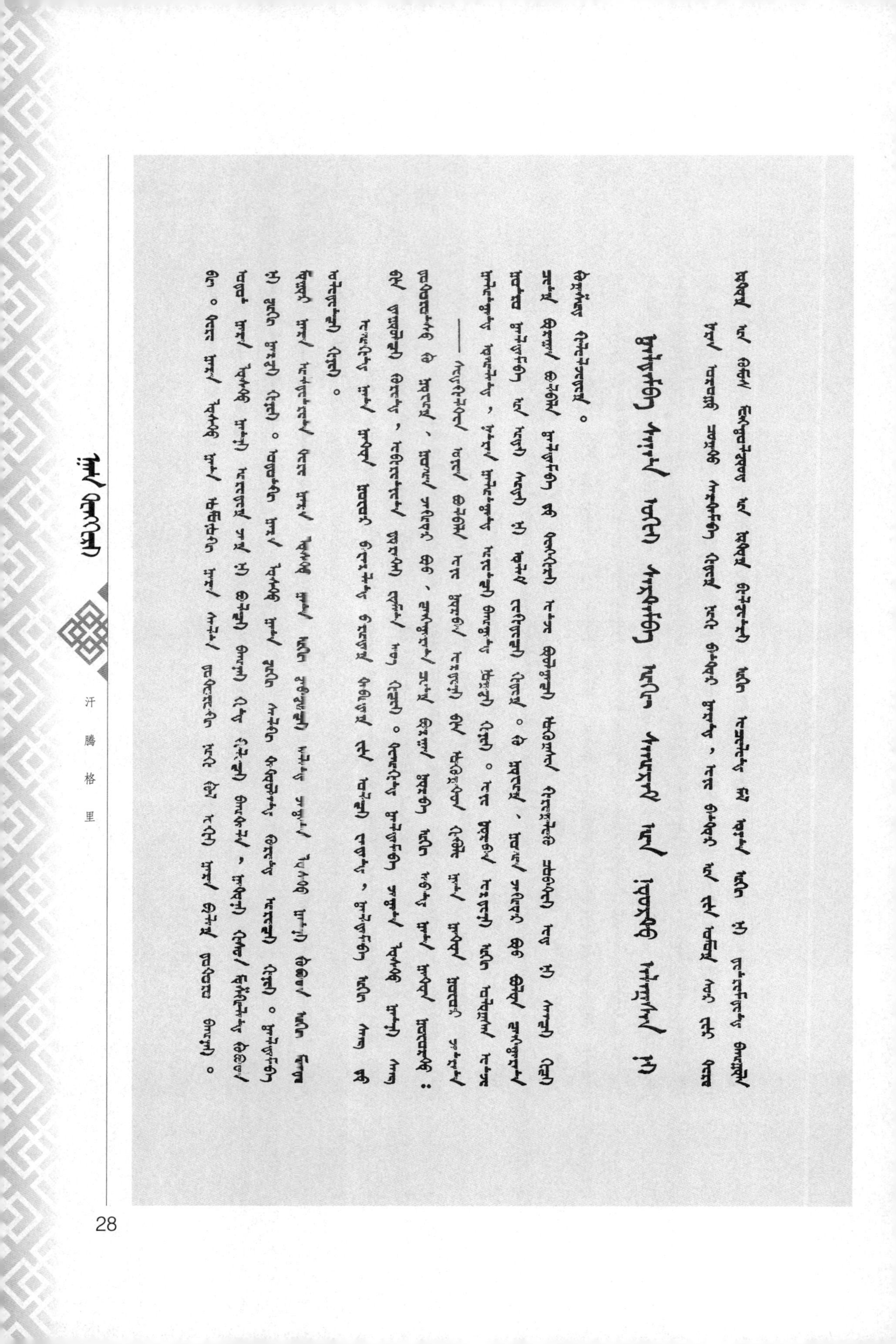

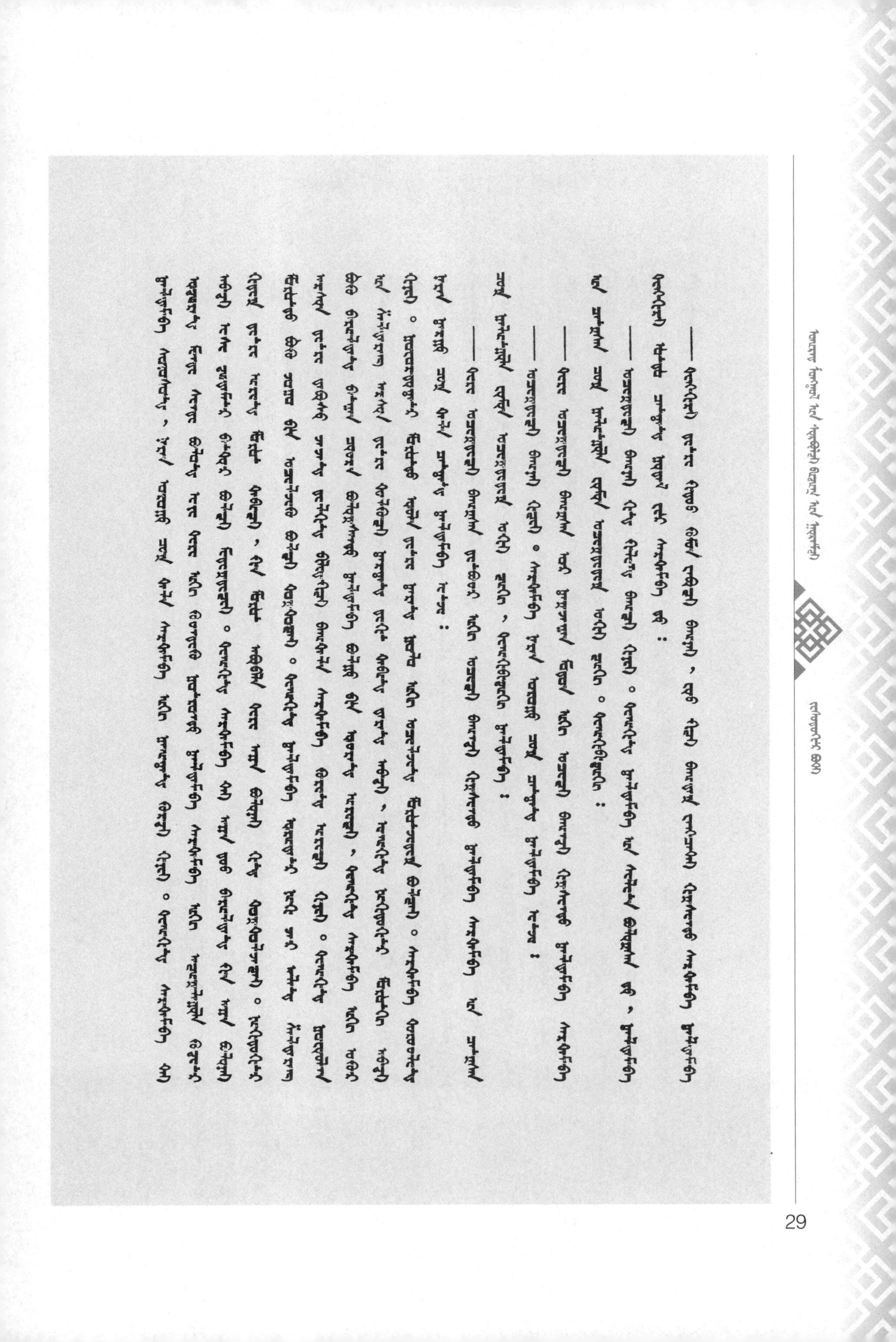

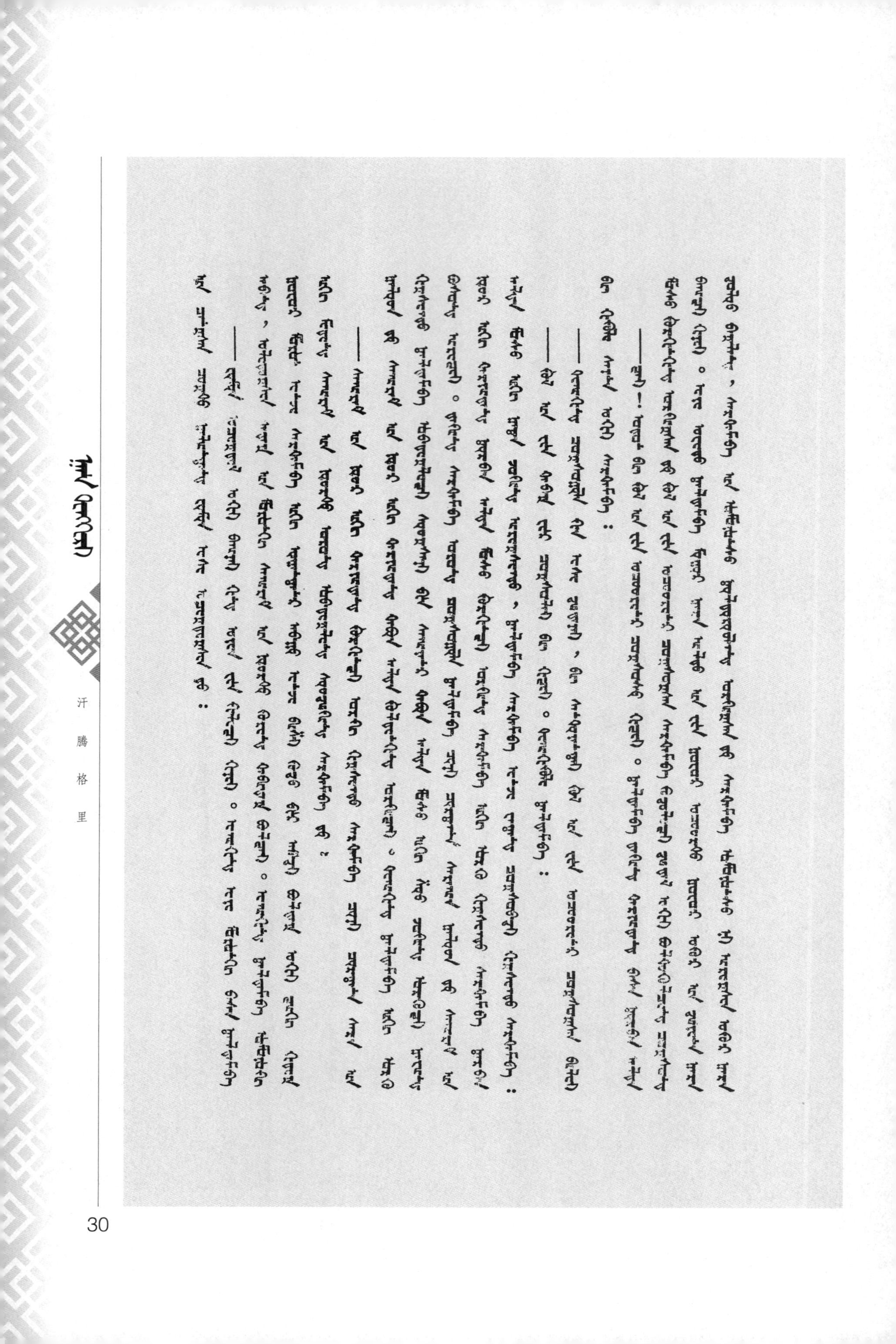

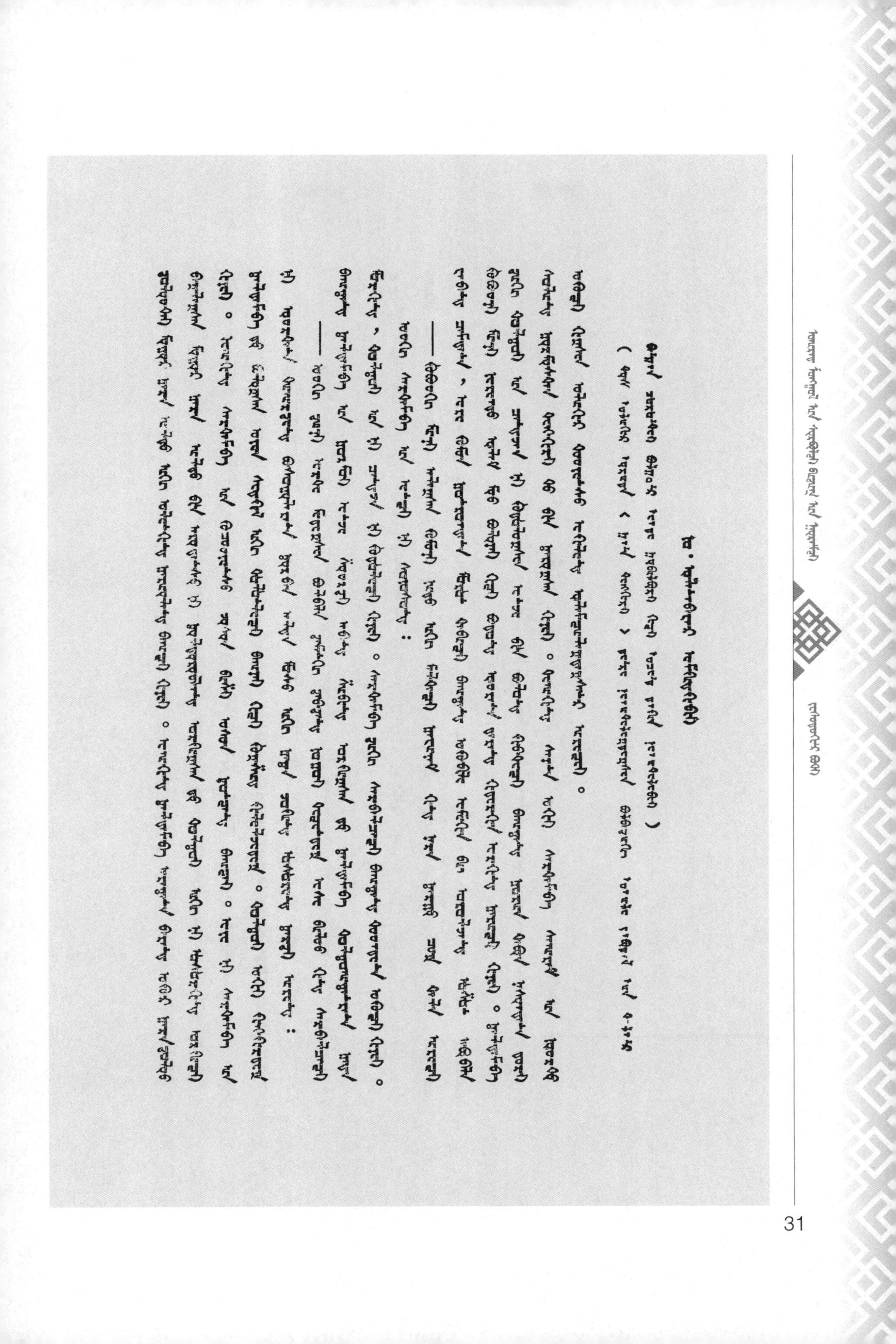

[illegible]

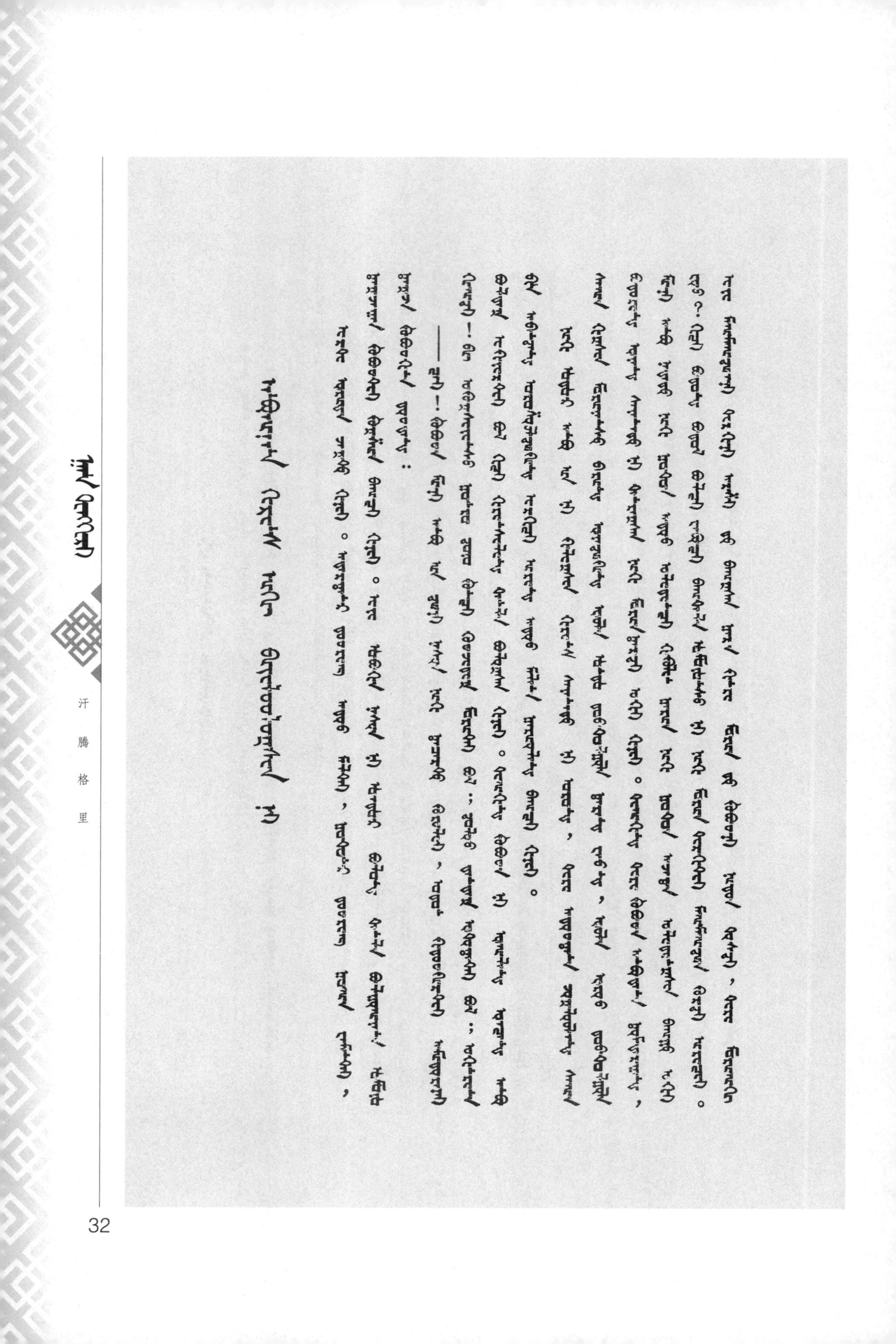

[illegible]

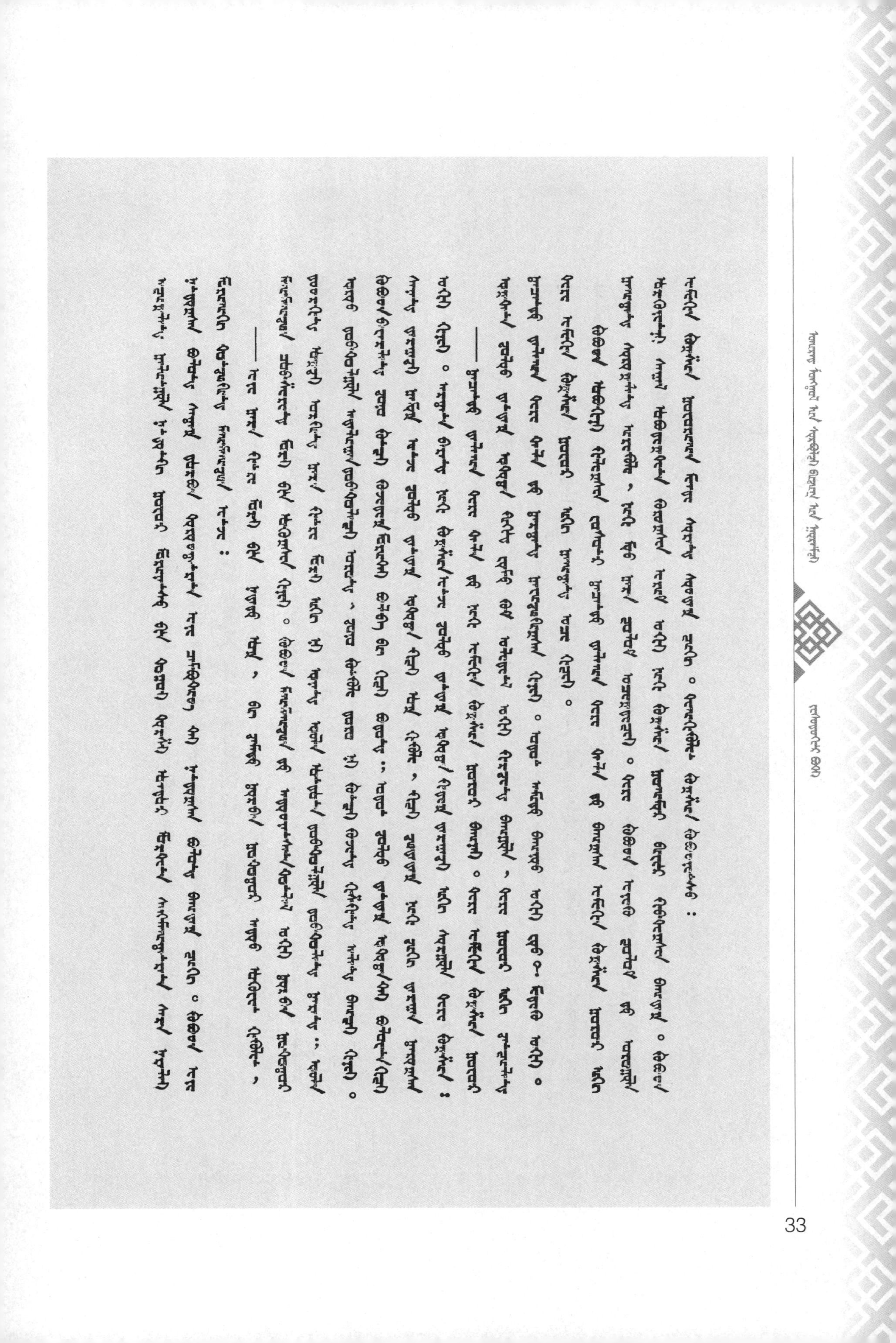

[illegible]

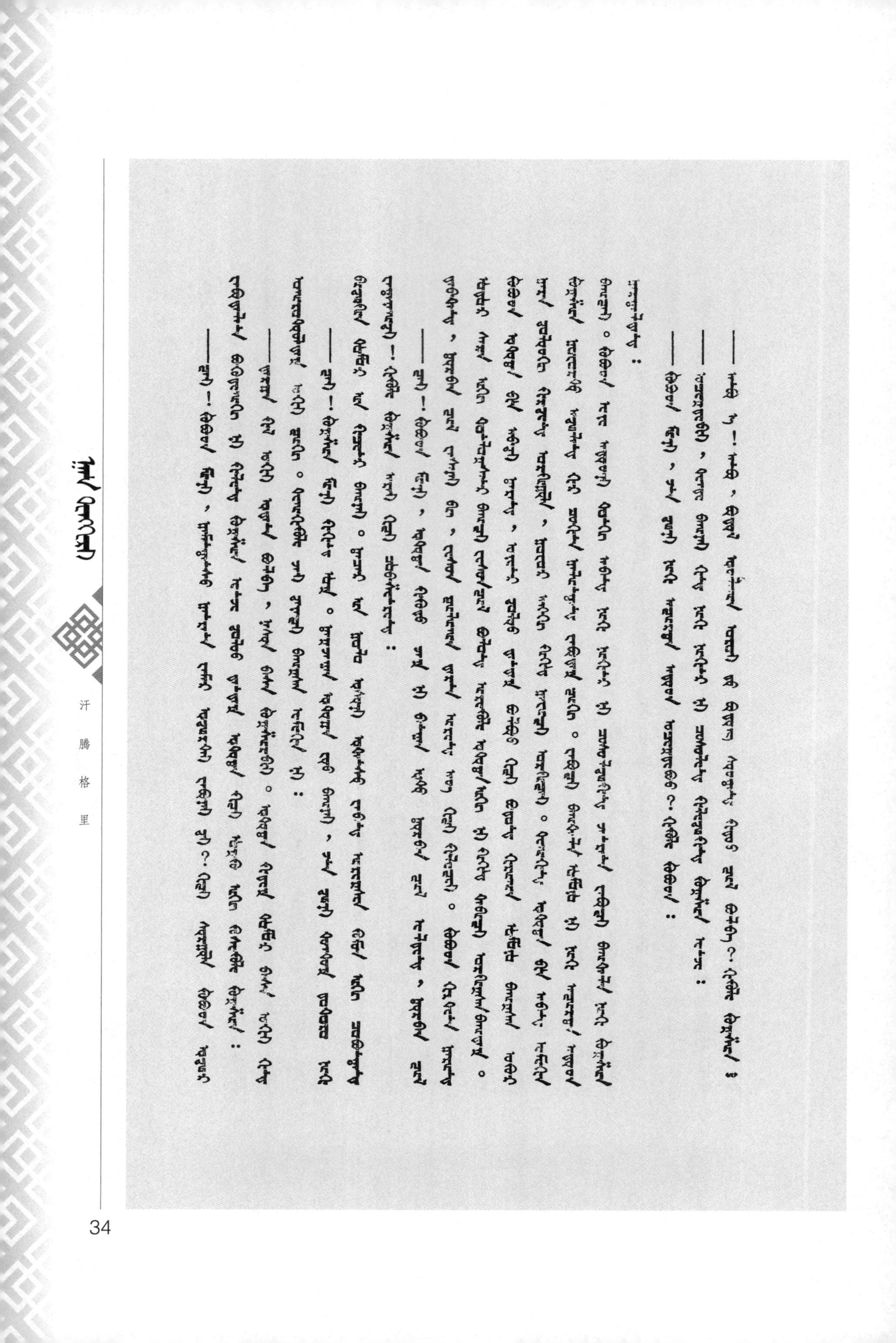

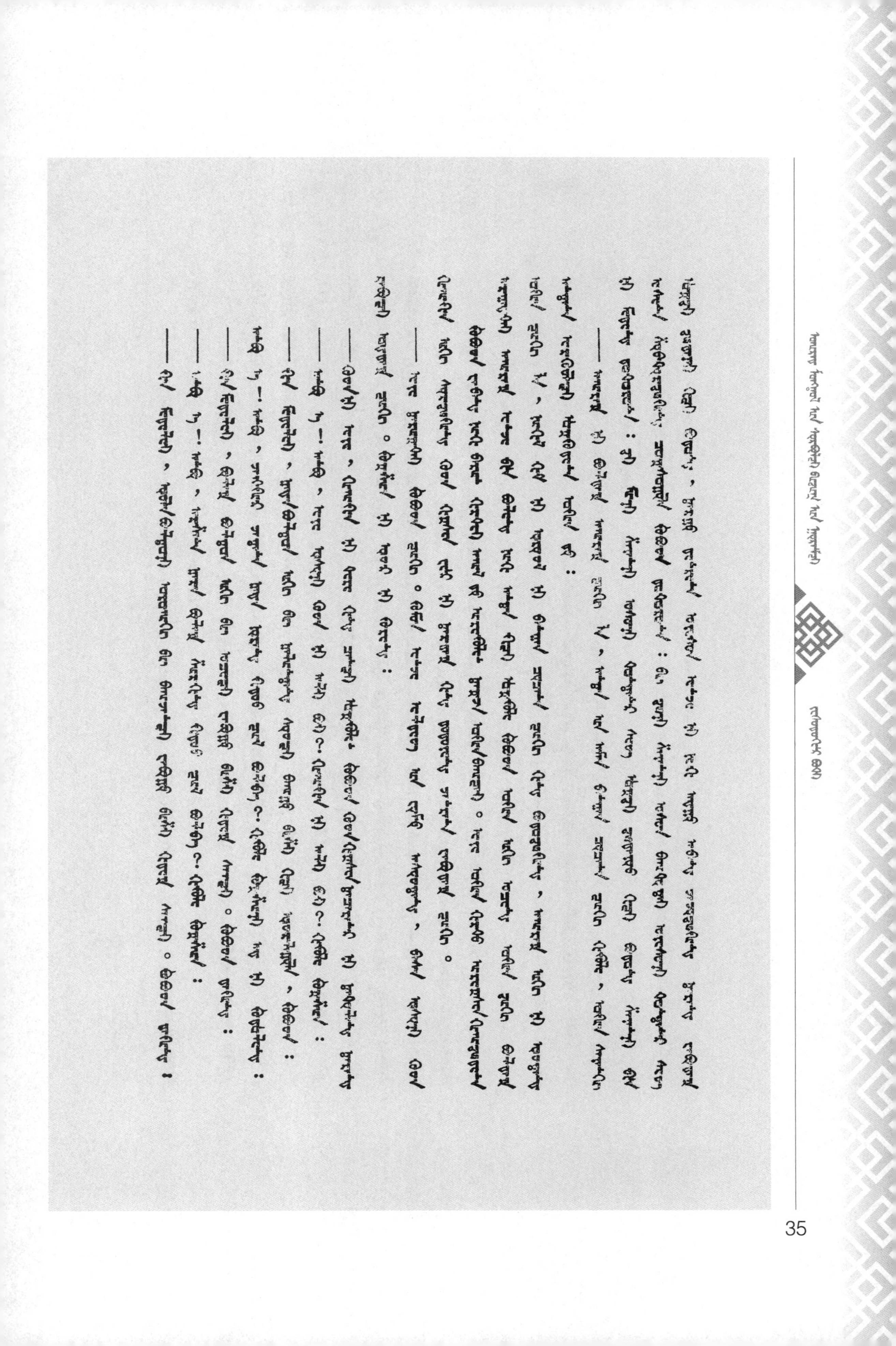

[illegible] ᠄ [illegible] ᠄ [illegible]

—— [illegible] ᠂ [illegible] ᠂ [illegible] ᠄

[illegible] ᠂ [illegible] ᠂ [illegible] ᠃ [illegible] ᠃

—— [illegible] ᠃ [illegible] ᠂ [illegible] ᠃ [illegible] ᠄

—— [illegible] ᠂ [illegible]

—— [illegible] — [illegible] ᠂ [illegible] ? [illegible] ? [illegible] ᠄

—— [illegible] ᠂ [illegible] ᠂ [illegible] ᠄

[illegible] — [illegible] ᠂ [illegible] ? [illegible] ᠄

—— [illegible] ᠂ [illegible] ᠃ [illegible] ᠄

—— [illegible] — [illegible] ᠂ [illegible] ? [illegible] ᠄

—— [illegible] ᠂ [illegible] ᠃ [illegible] !

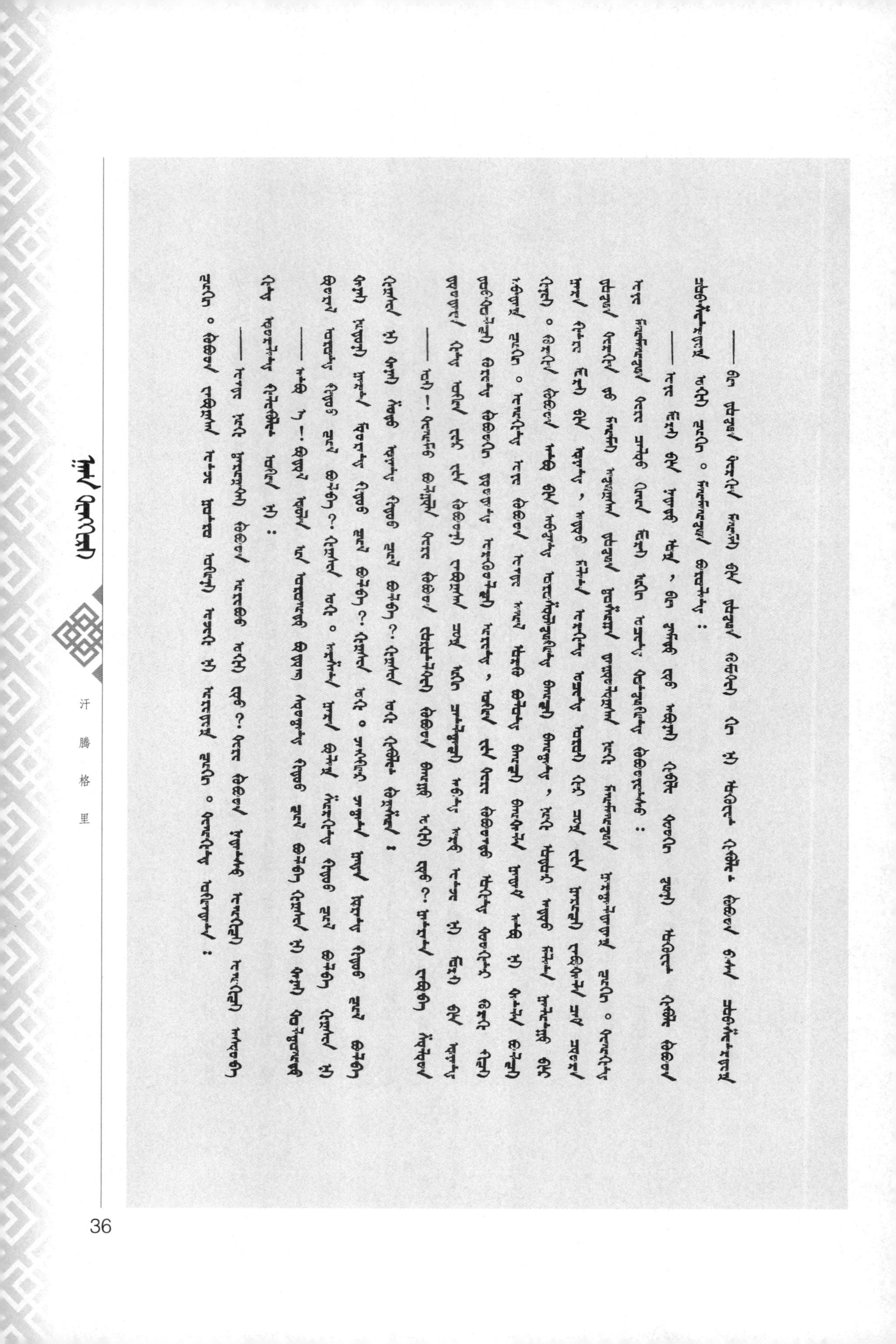

[illegible]

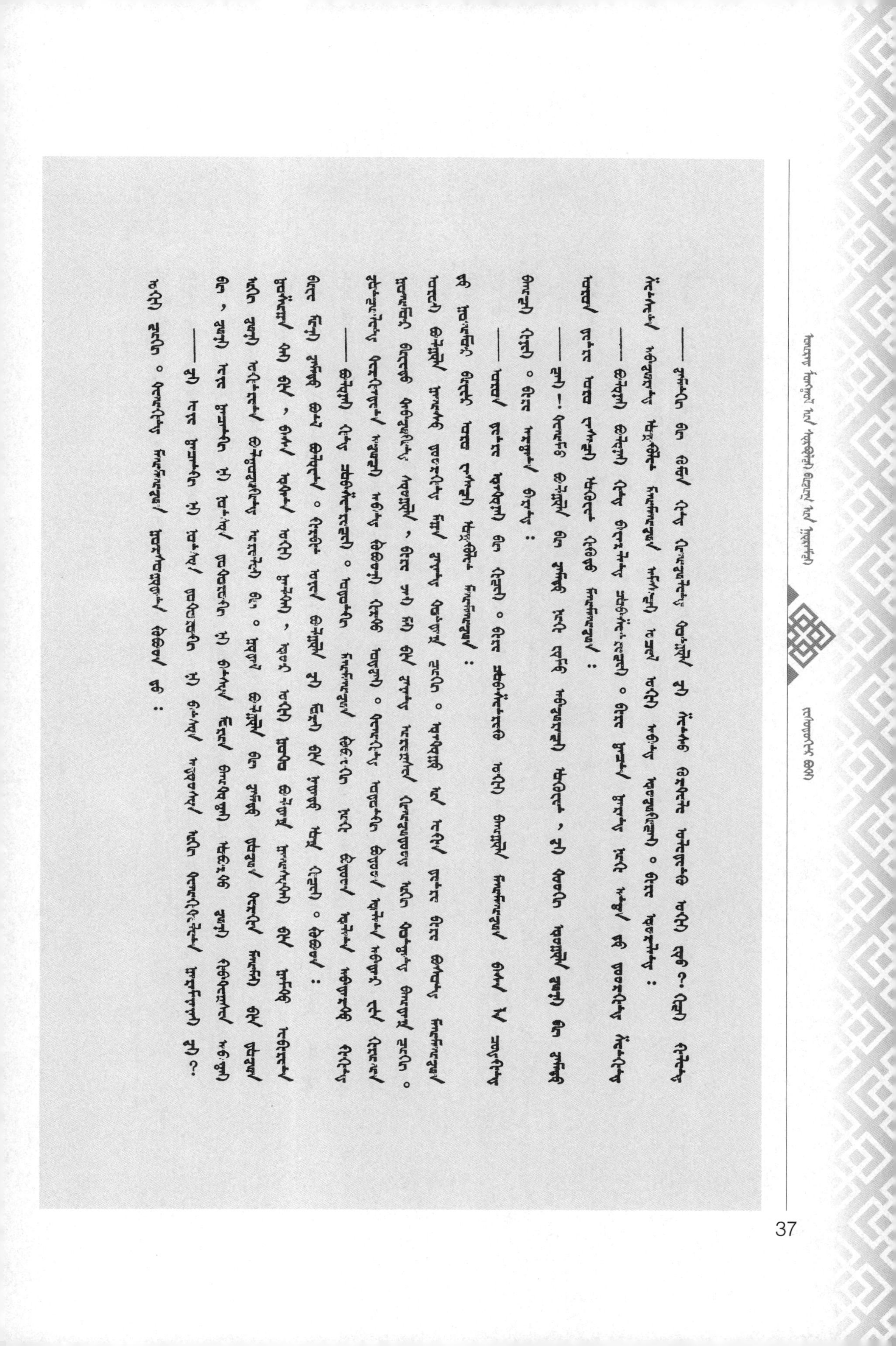

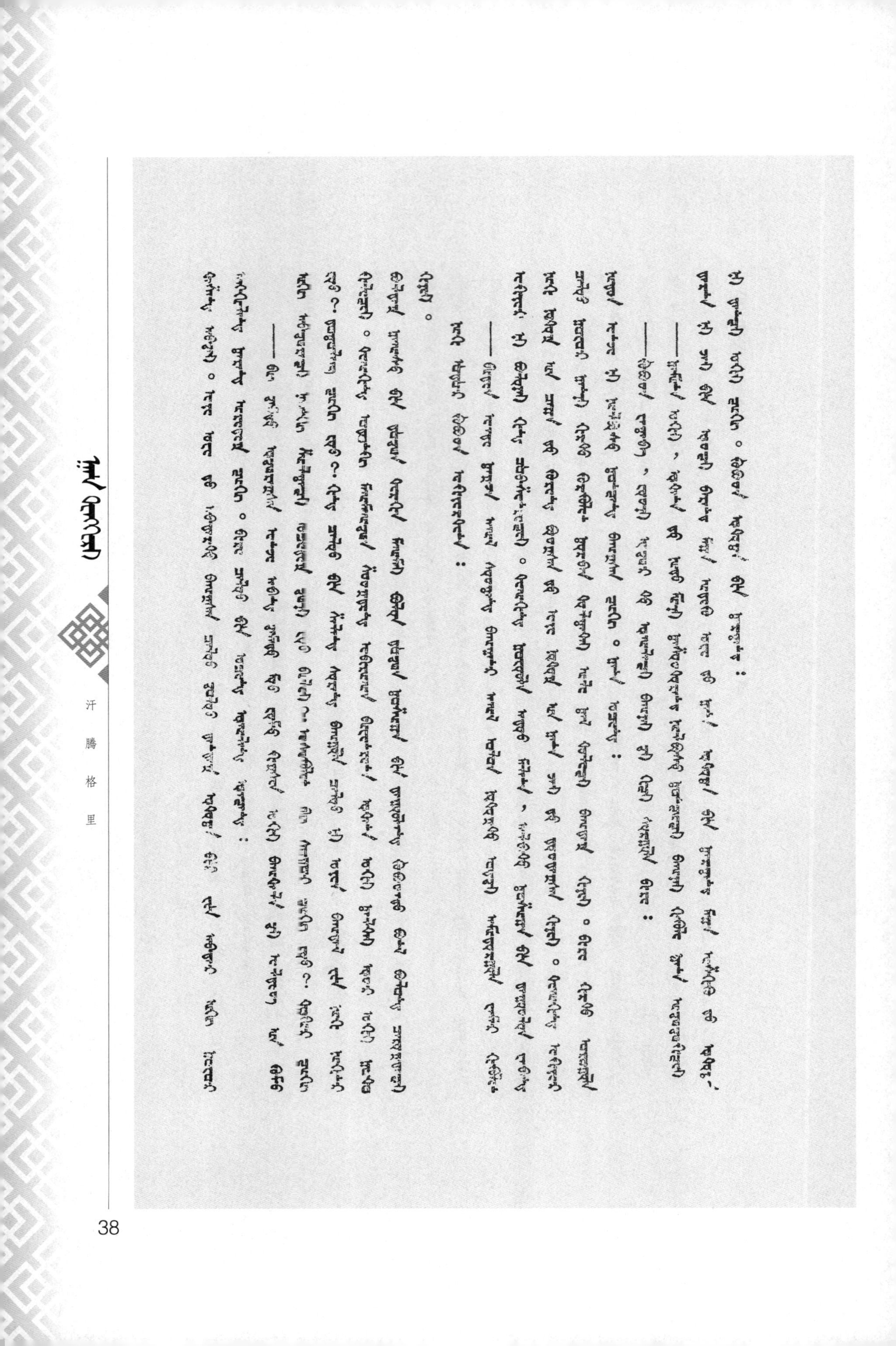

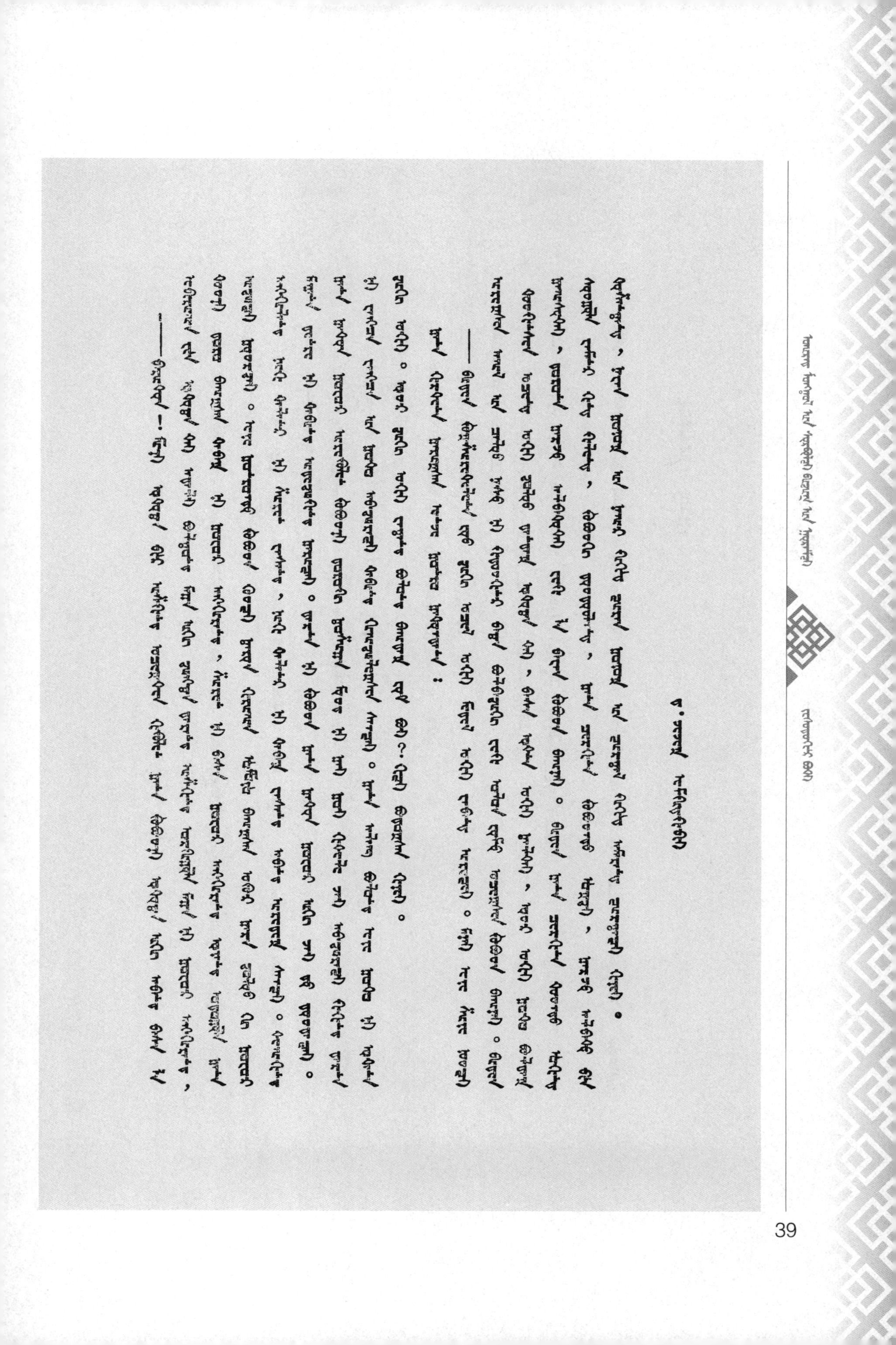

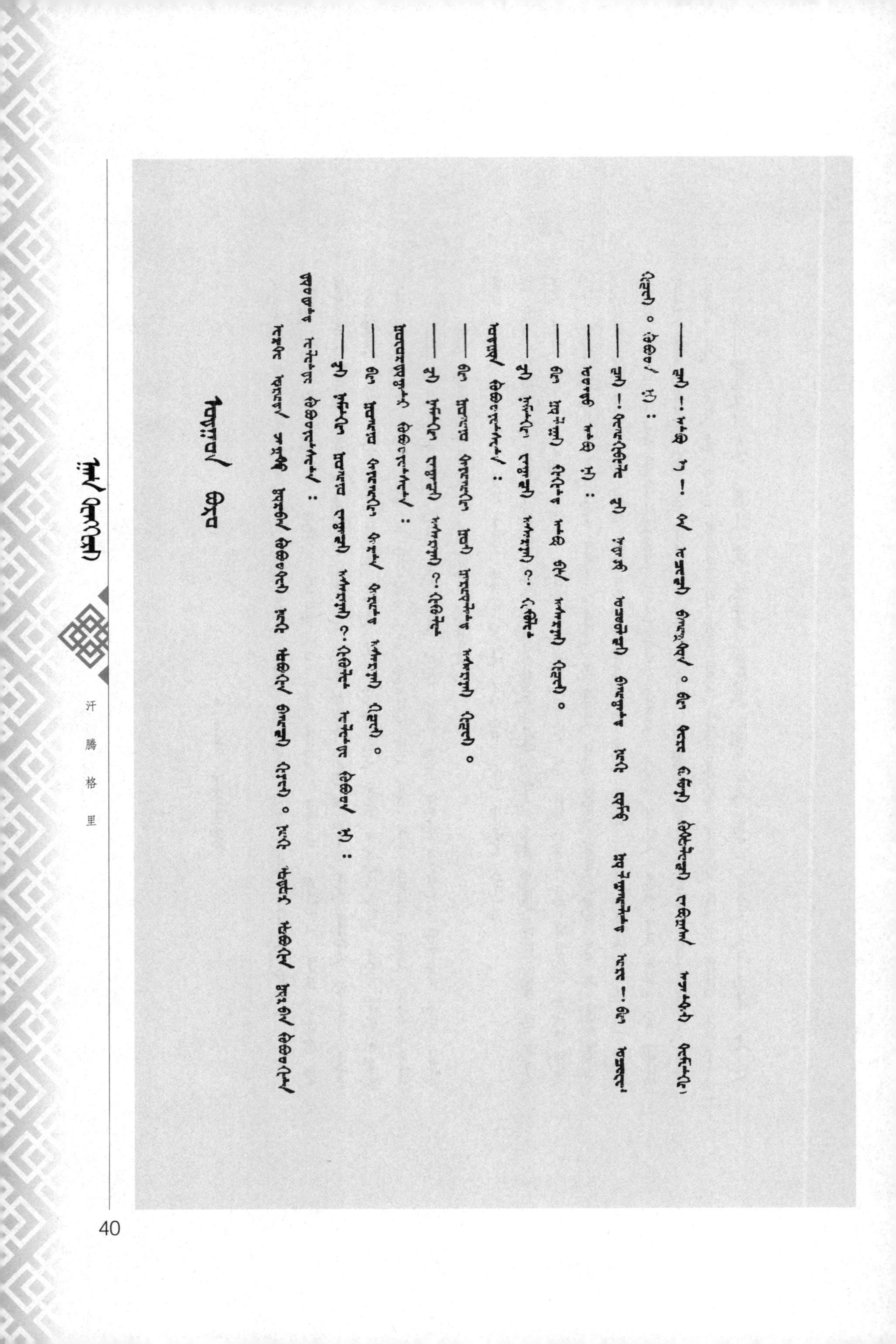

ᠪᠣᠭᠳᠠ ᠤᠯᠠ

[illegible]

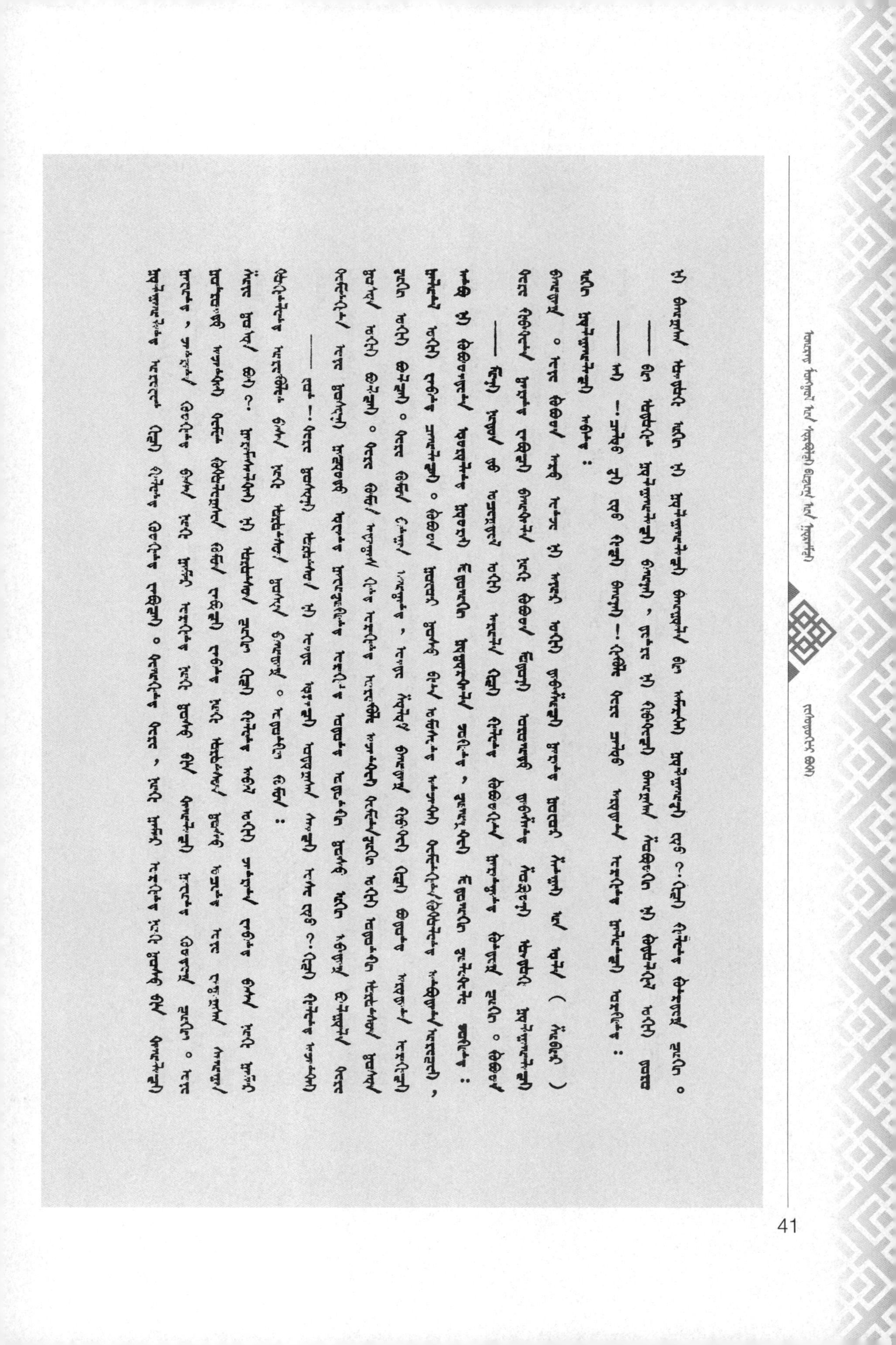

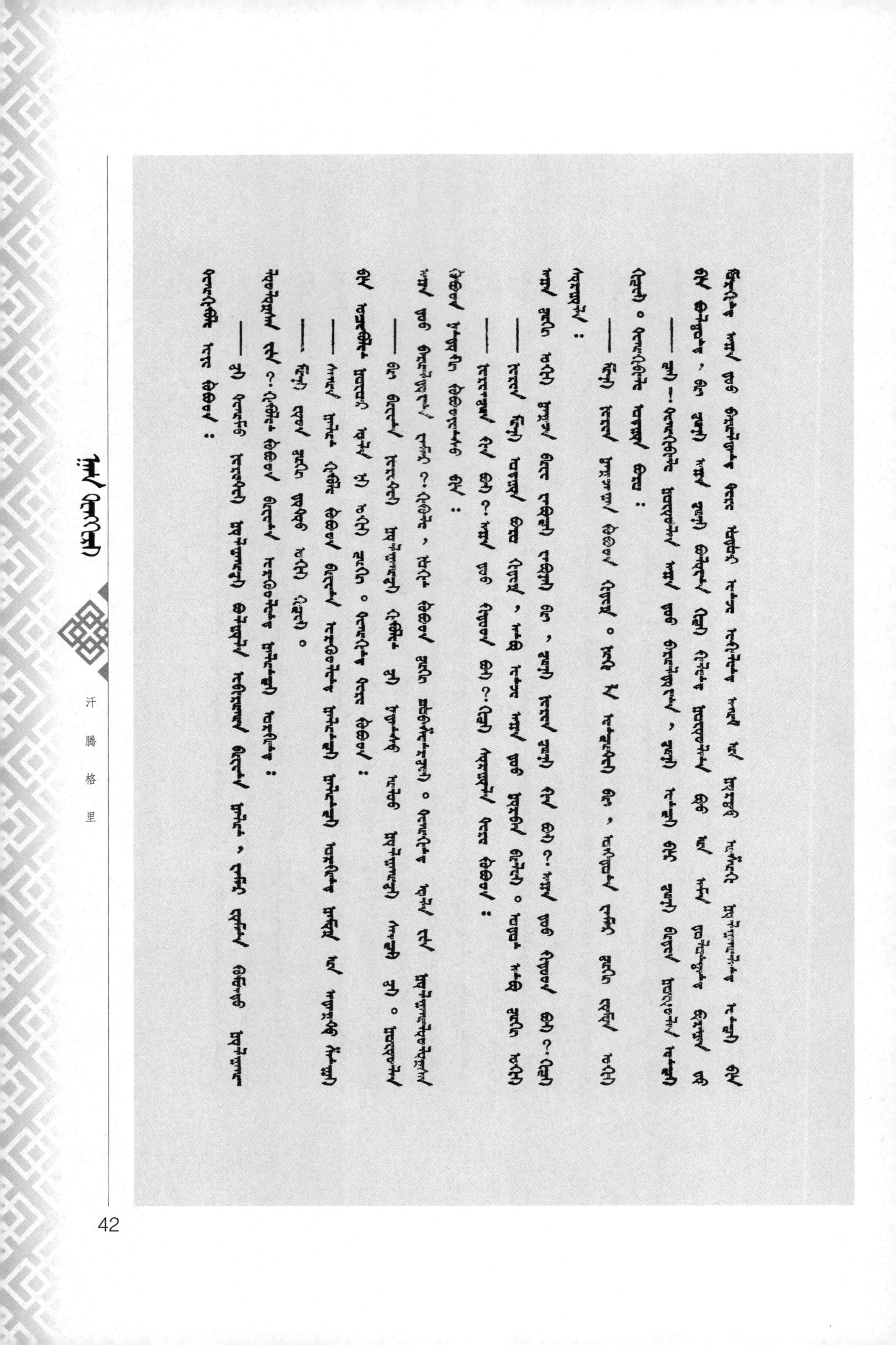

[illegible] :

—— [illegible] :

[illegible] :

—— [illegible]

—— [illegible] :

[illegible] :

[illegible]

—— [illegible] :

—— [illegible]

—— [illegible] ᠃

[illegible] :

—— [illegible] :

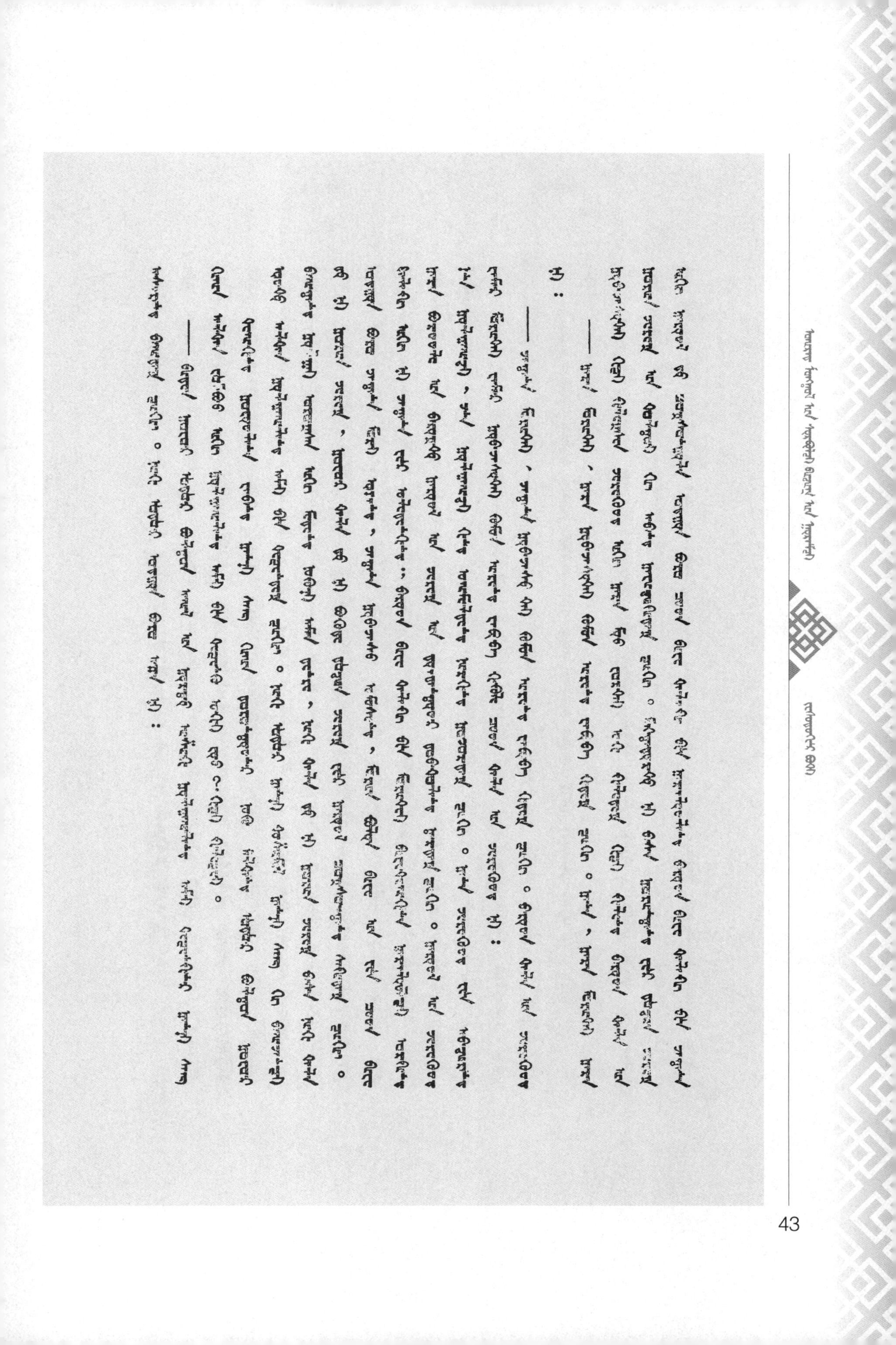

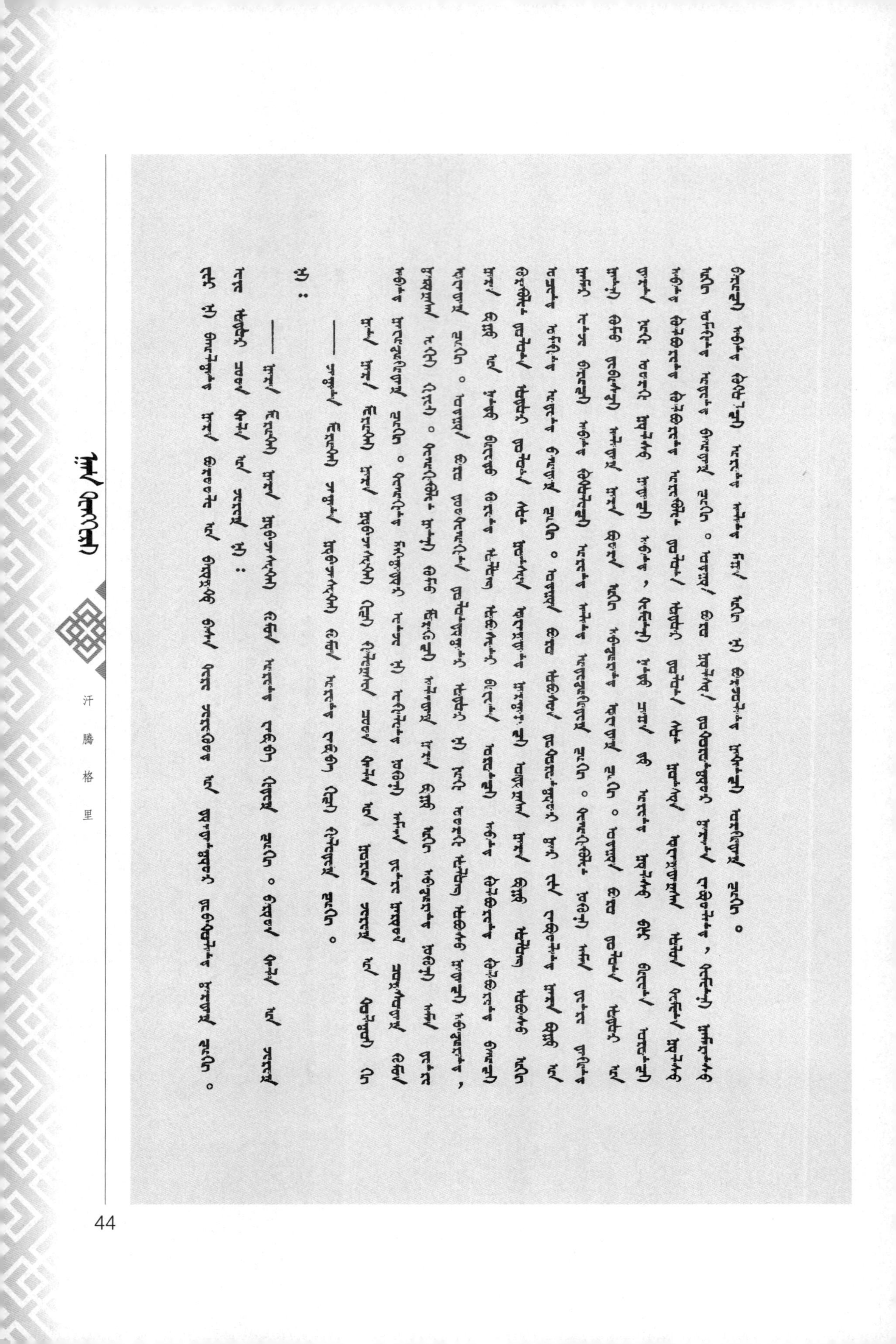

[illegible]
[illegible]
[illegible]
[illegible]
[illegible]
[illegible]
[illegible]
[illegible]
[illegible]
[illegible]
[illegible]
[illegible]

[illegible]

—— [illegible]

[illegible] :

—— [illegible]
[illegible] :

[illegible]

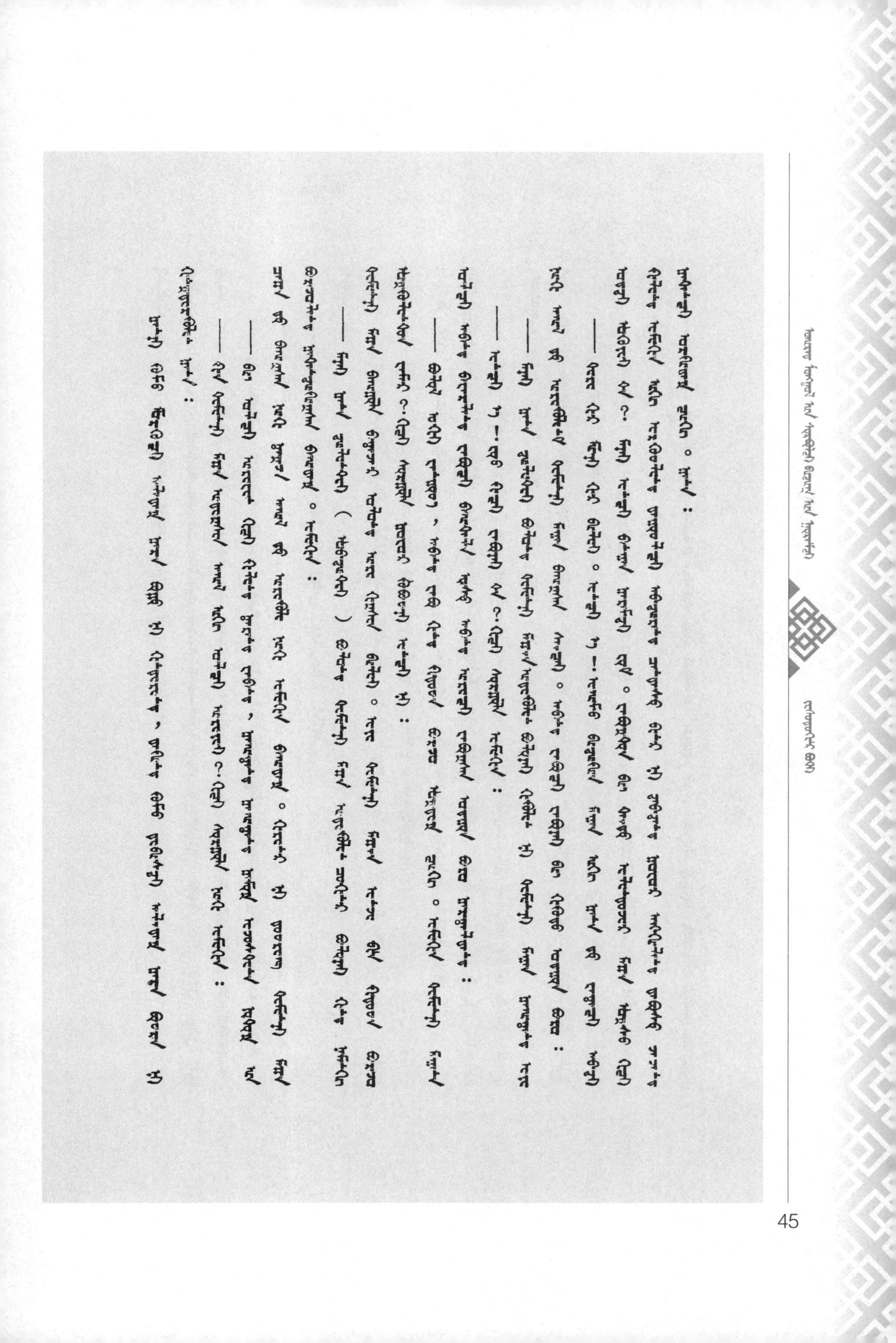

[illegible] 。 [illegible] :

[illegible] ? [illegible] 。 [illegible]

—— [illegible] 。 [illegible] ! [illegible]

[illegible] 。 [illegible] :

—— [illegible]

—— [illegible] ! [illegible] ? [illegible] :

[illegible] :

—— [illegible] , [illegible] 。 [illegible] ? [illegible] :

[illegible] 。 [illegible]

—— [illegible] ([illegible]) [illegible] 。 [illegible] :

[illegible] 。 [illegible]

—— [illegible] , [illegible]

—— [illegible] ? [illegible] :

[illegible] :

[illegible]

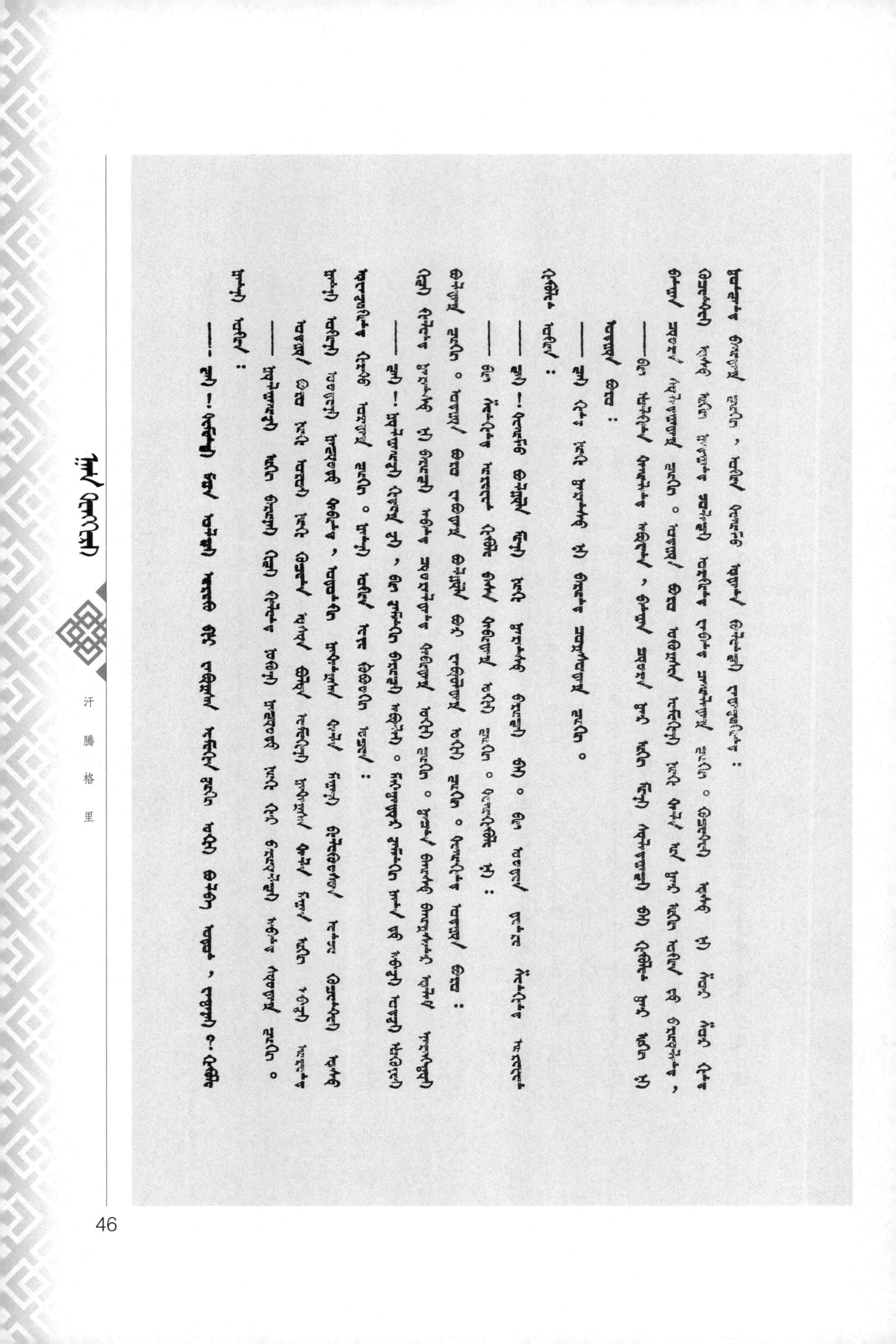

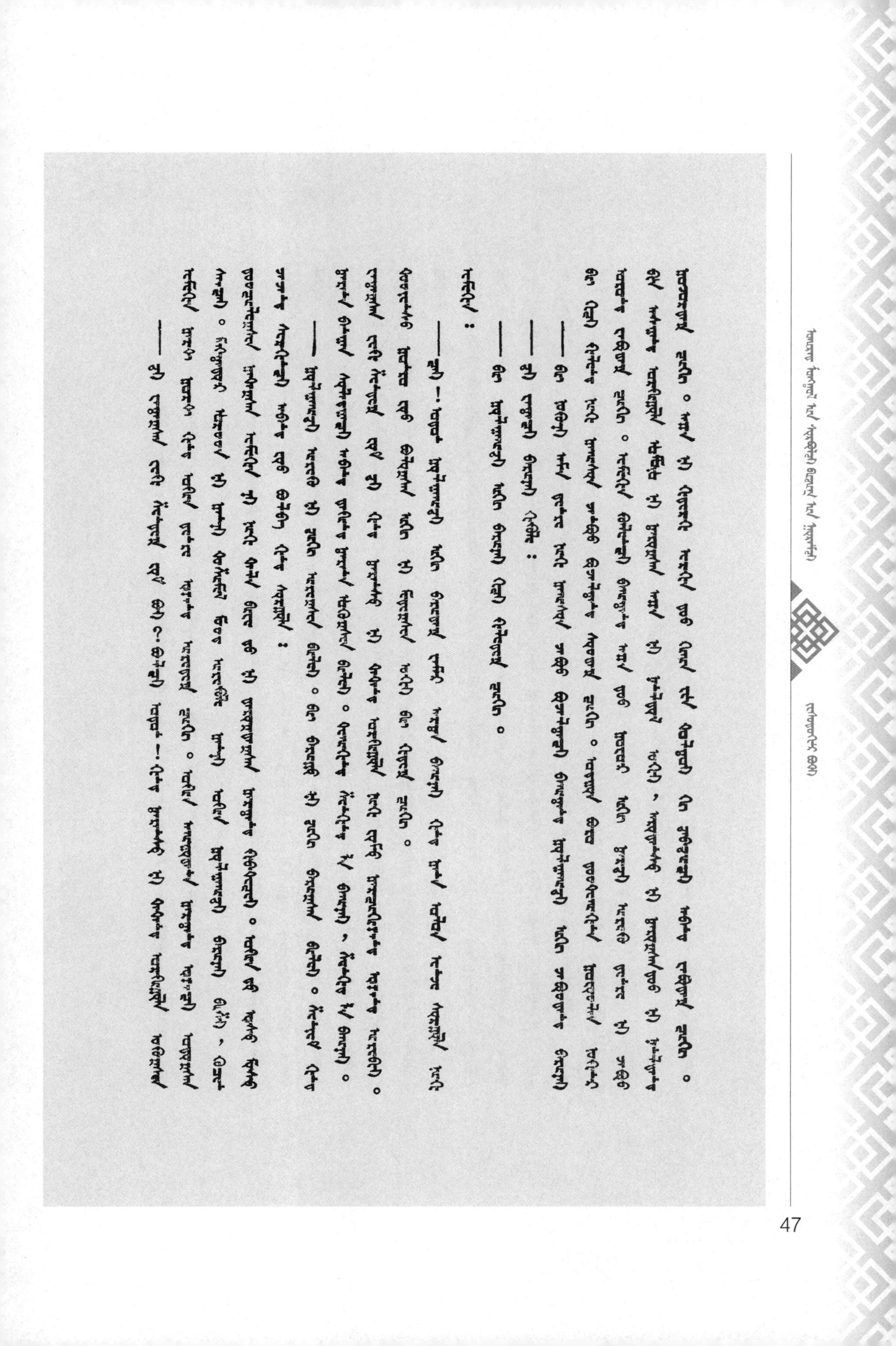

[illegible] ○ [illegible] ○
[illegible] [illegible]
[illegible] ○ [illegible]
[illegible] ○ [illegible]

—— [illegible]

—— [illegible] :

—— [illegible] ○

[illegible] :

—— [illegible] ○

[illegible] ○

[illegible] ○ [illegible] ○

—— [illegible] ○ [illegible] ○ [illegible] :

[illegible] ○ [illegible] ○ [illegible] ○ [illegible]

—— [illegible]

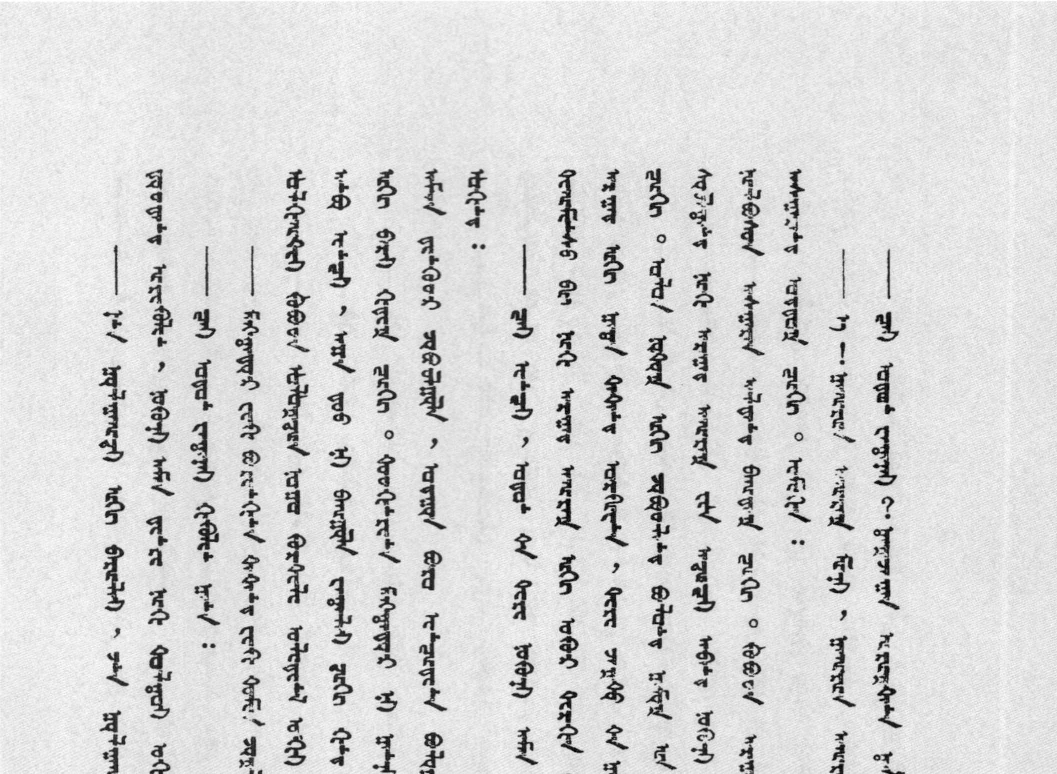

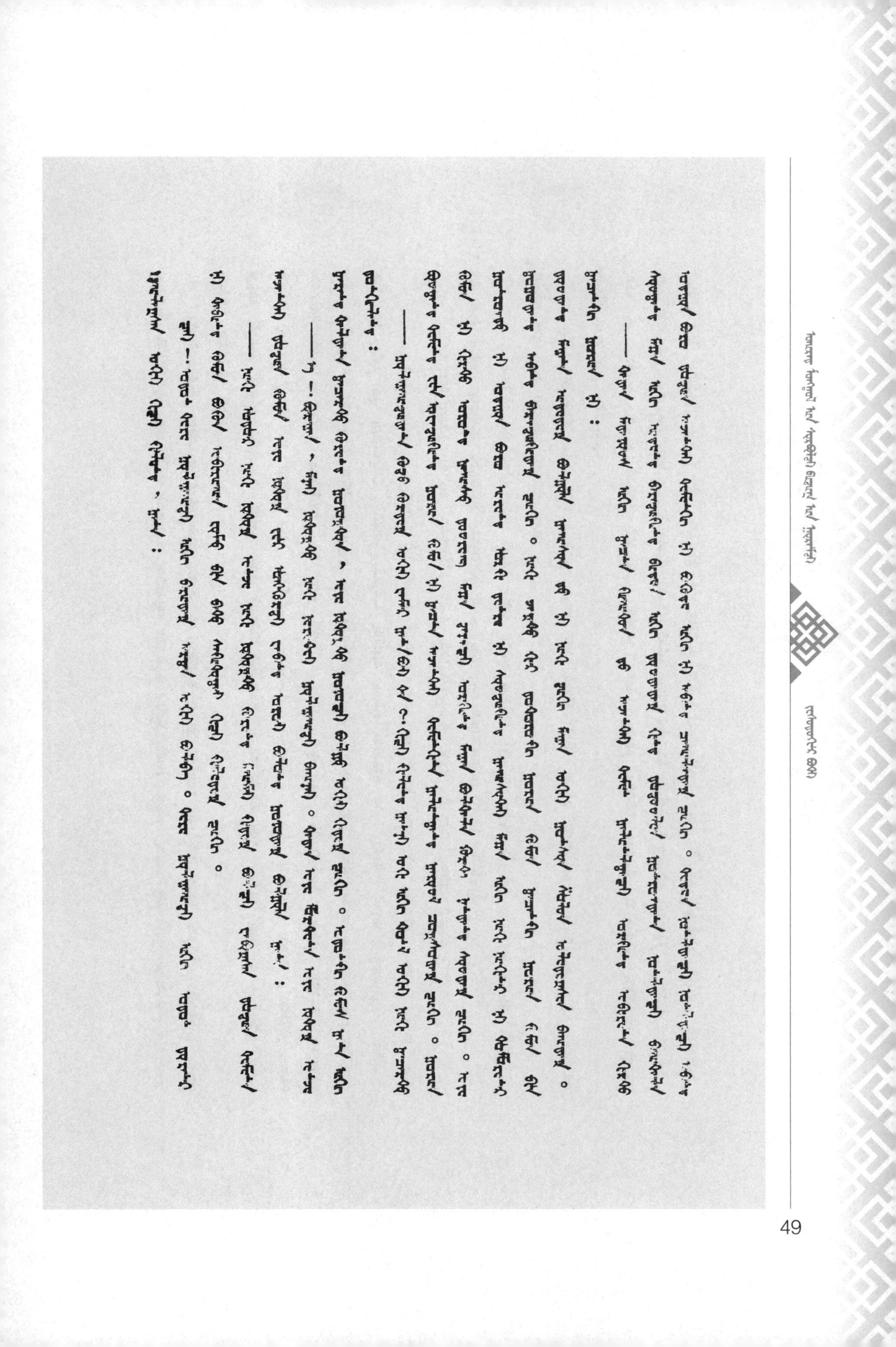

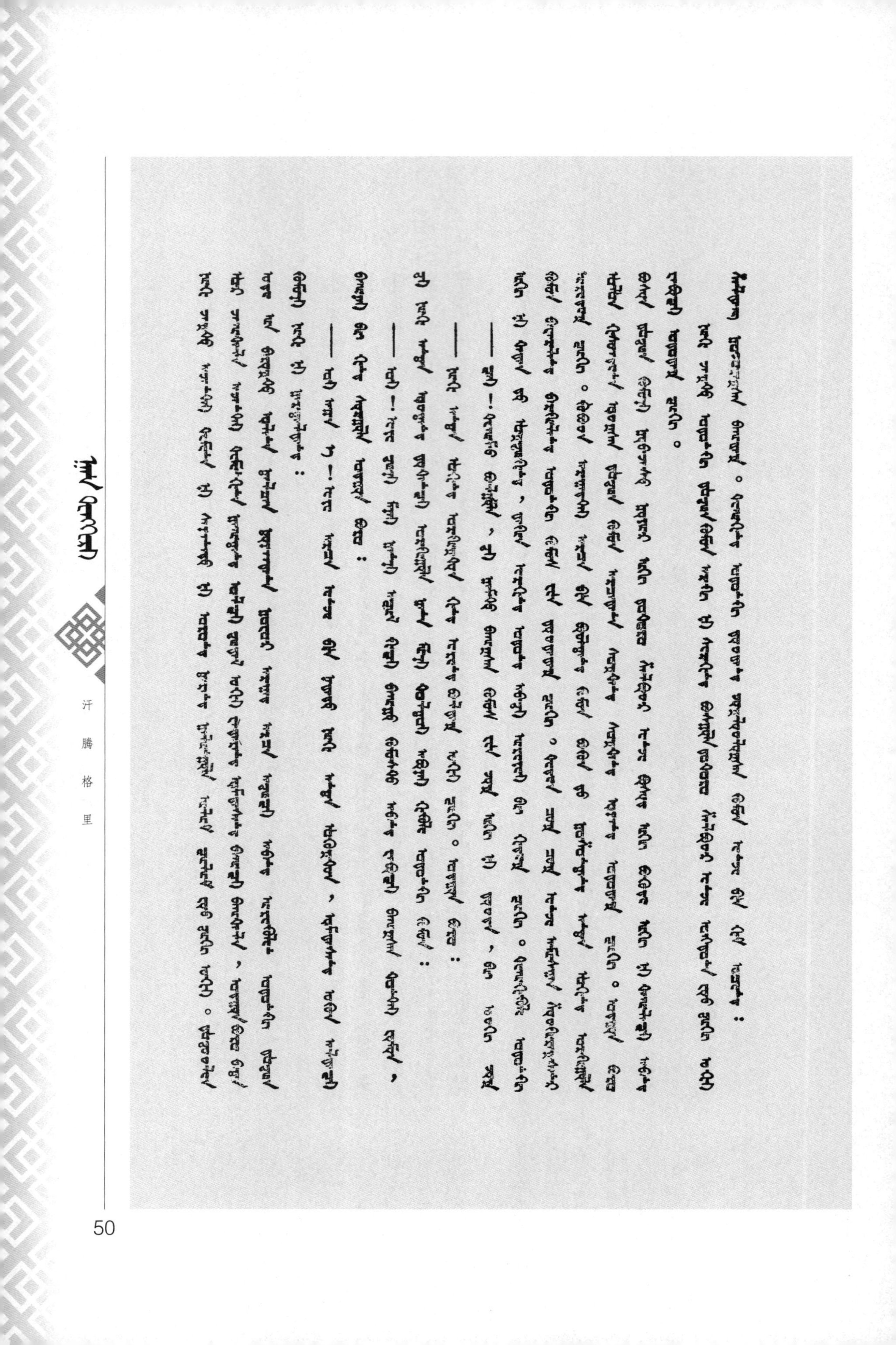

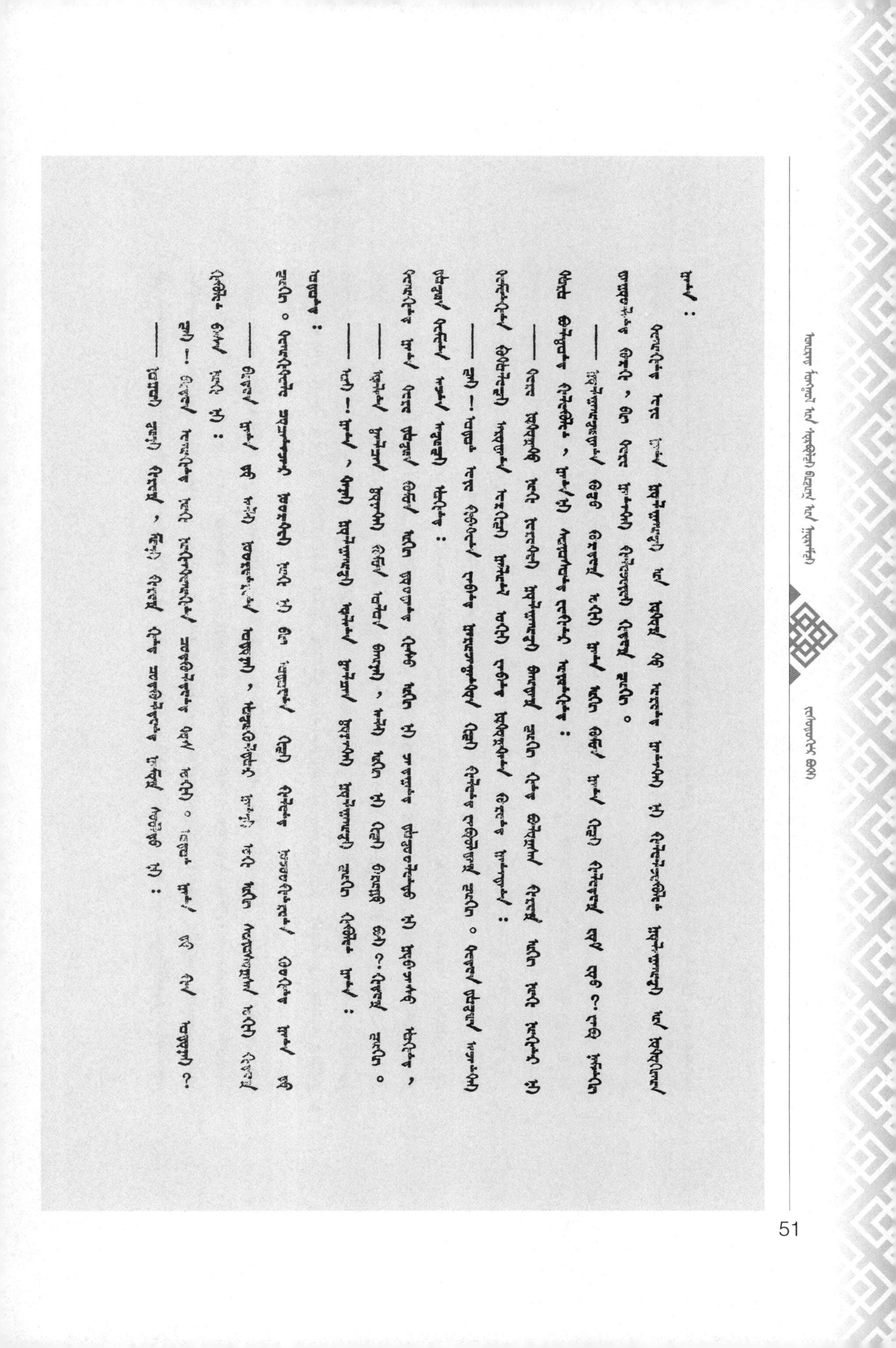

[illegible] :

[illegible] 。

—— [illegible] :

—— [illegible] :

—— [illegible] 。 [illegible] :

[illegible] ,

—— [illegible] 。

—— [illegible] :

[illegible] :

[illegible] 。 [illegible]

—— [illegible] :

[illegible] 。 [illegible]

—— [illegible] :

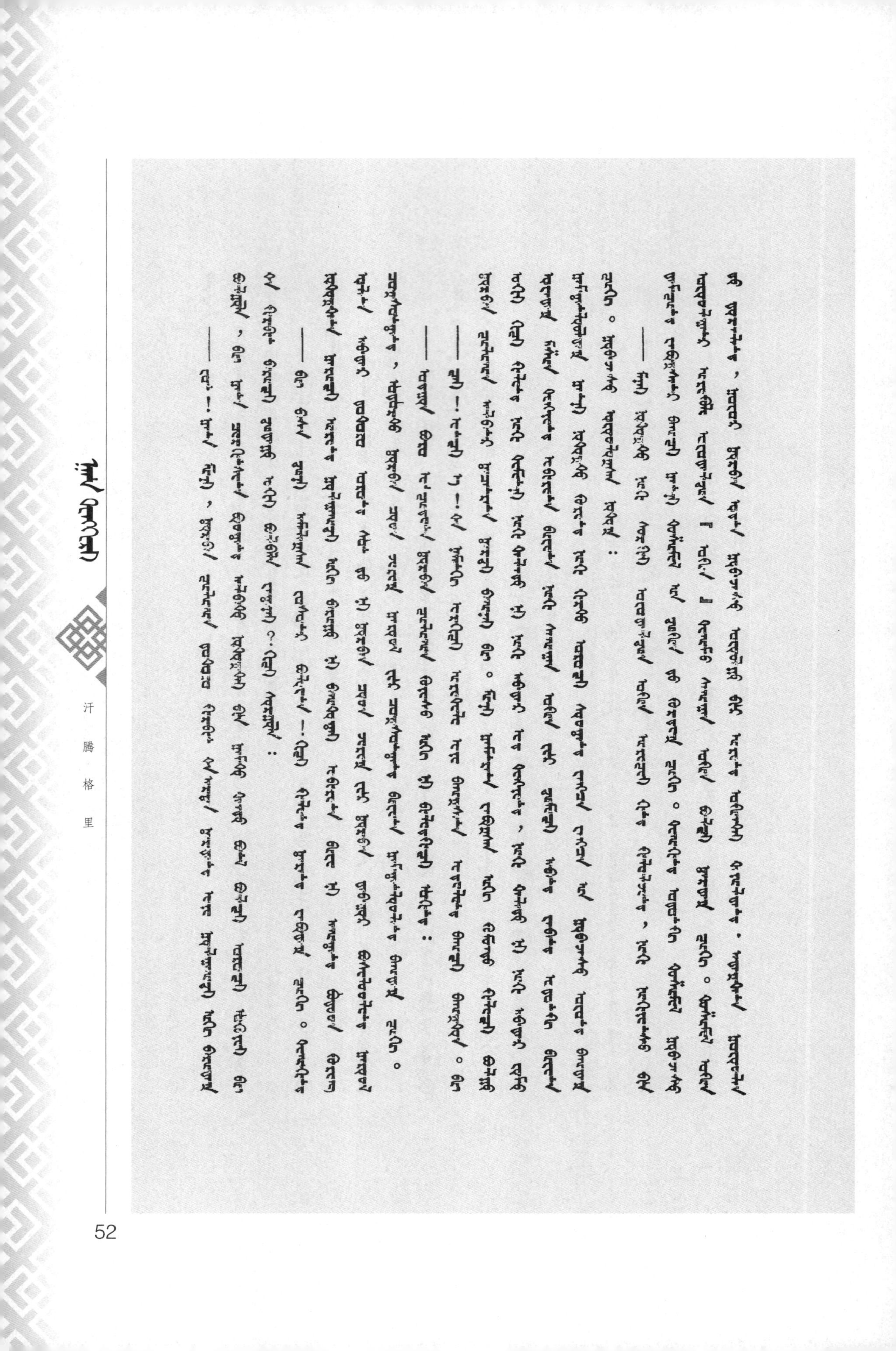

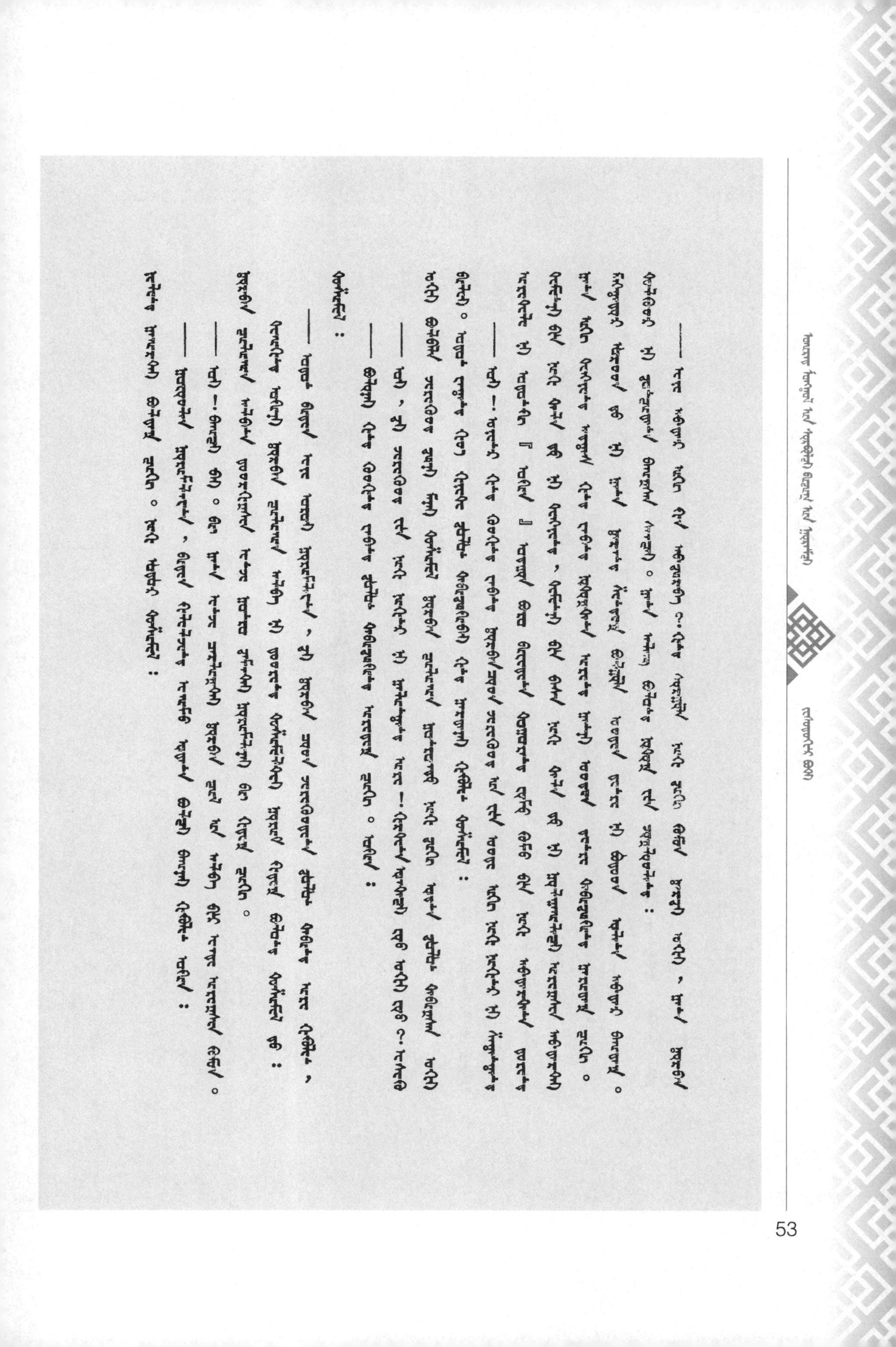

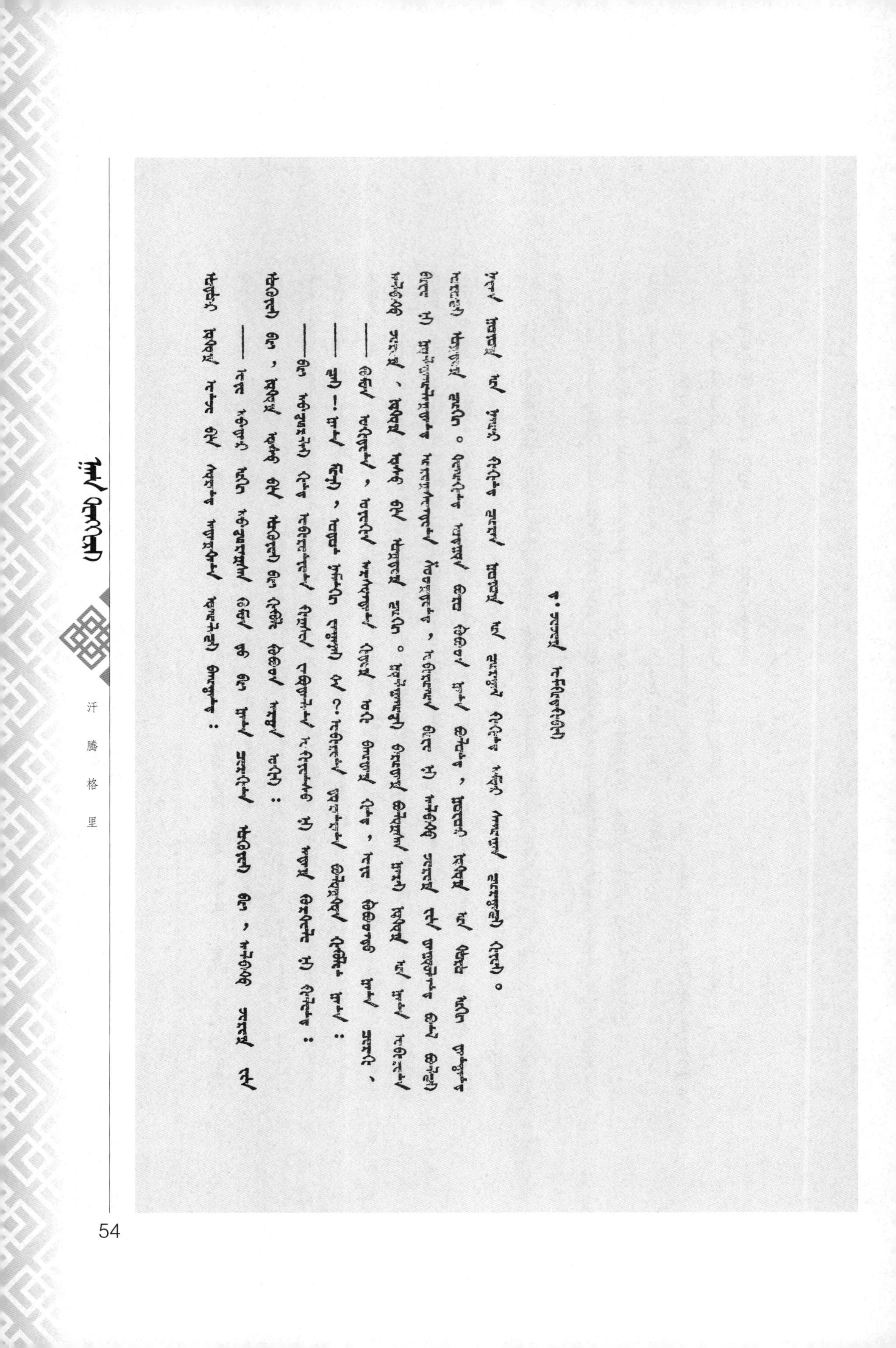

[illegible]

[illegible]

[illegible]

[illegible]

[illegible]

—— [illegible]

—— [illegible]

—— [illegible]

[illegible]

—— [illegible]

[illegible]

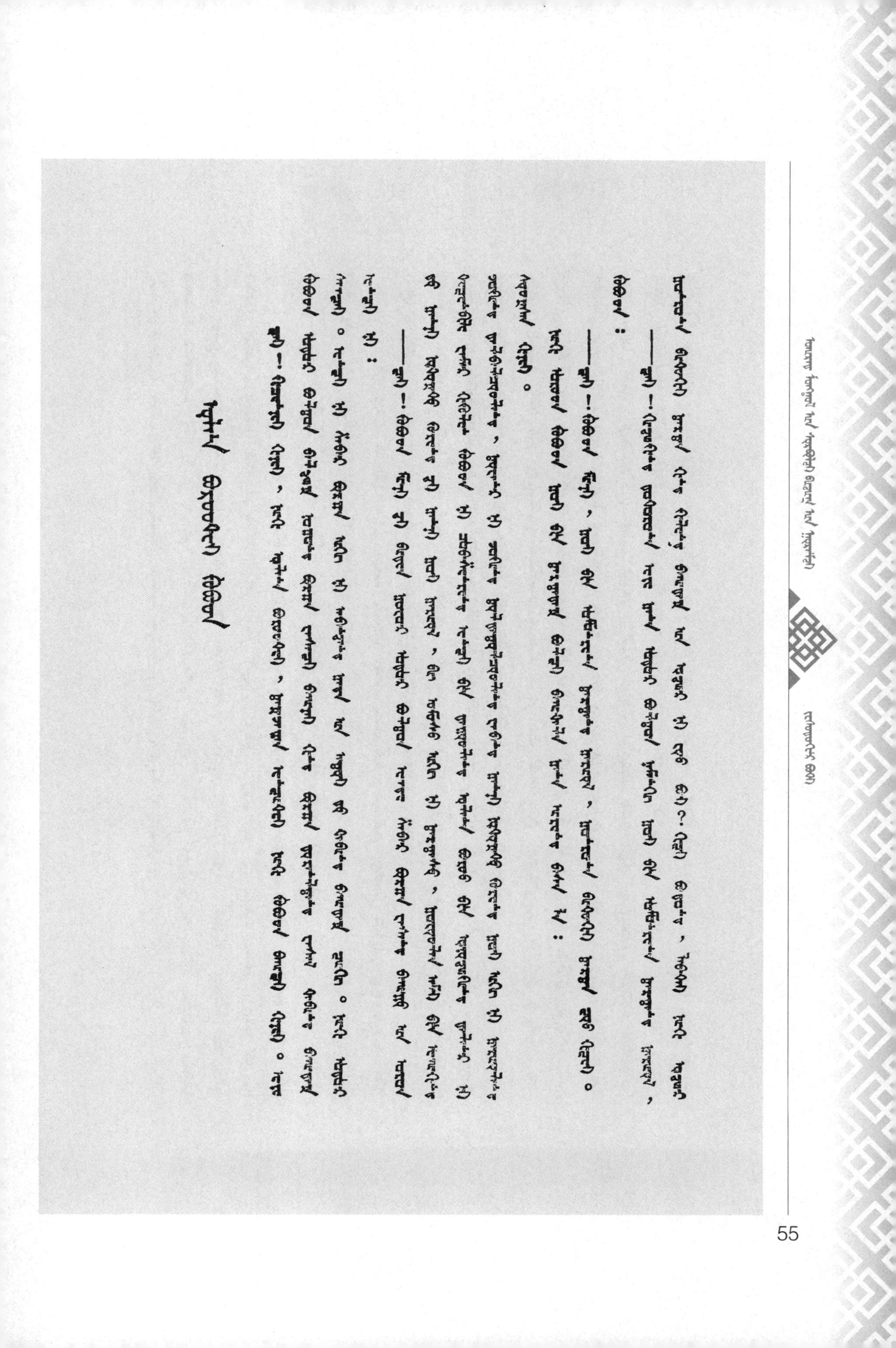

[illegible]

[illegible]

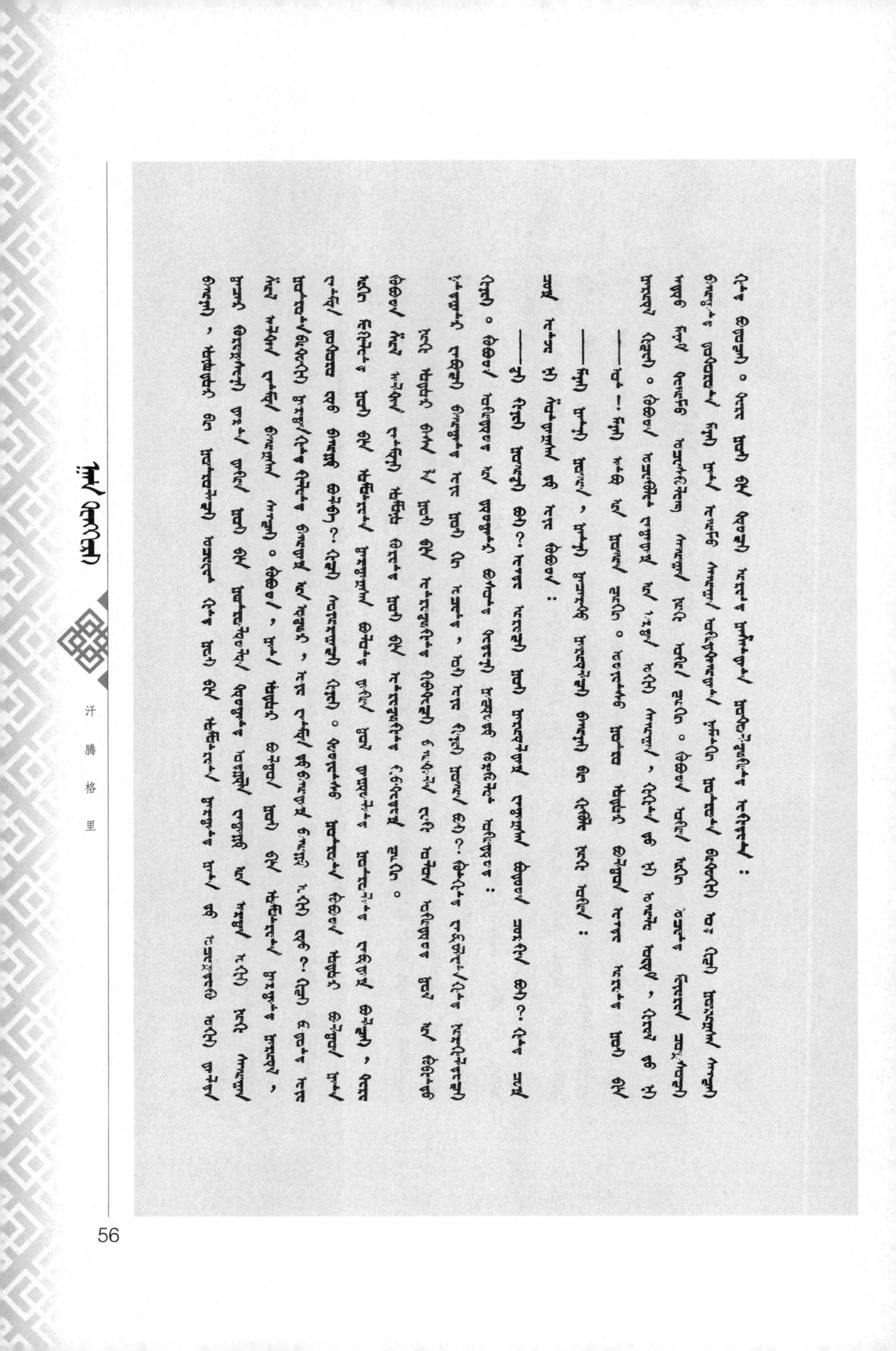

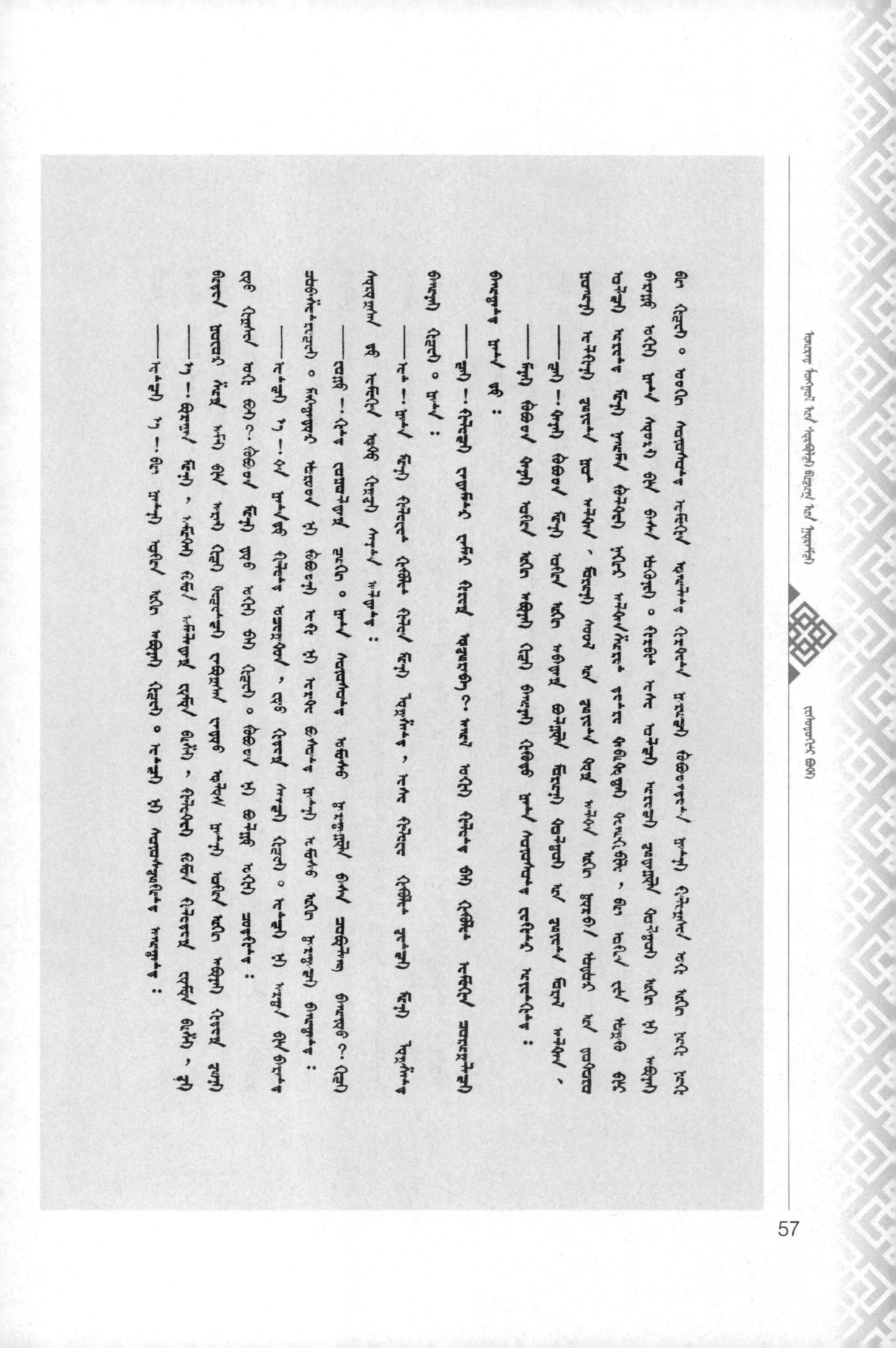

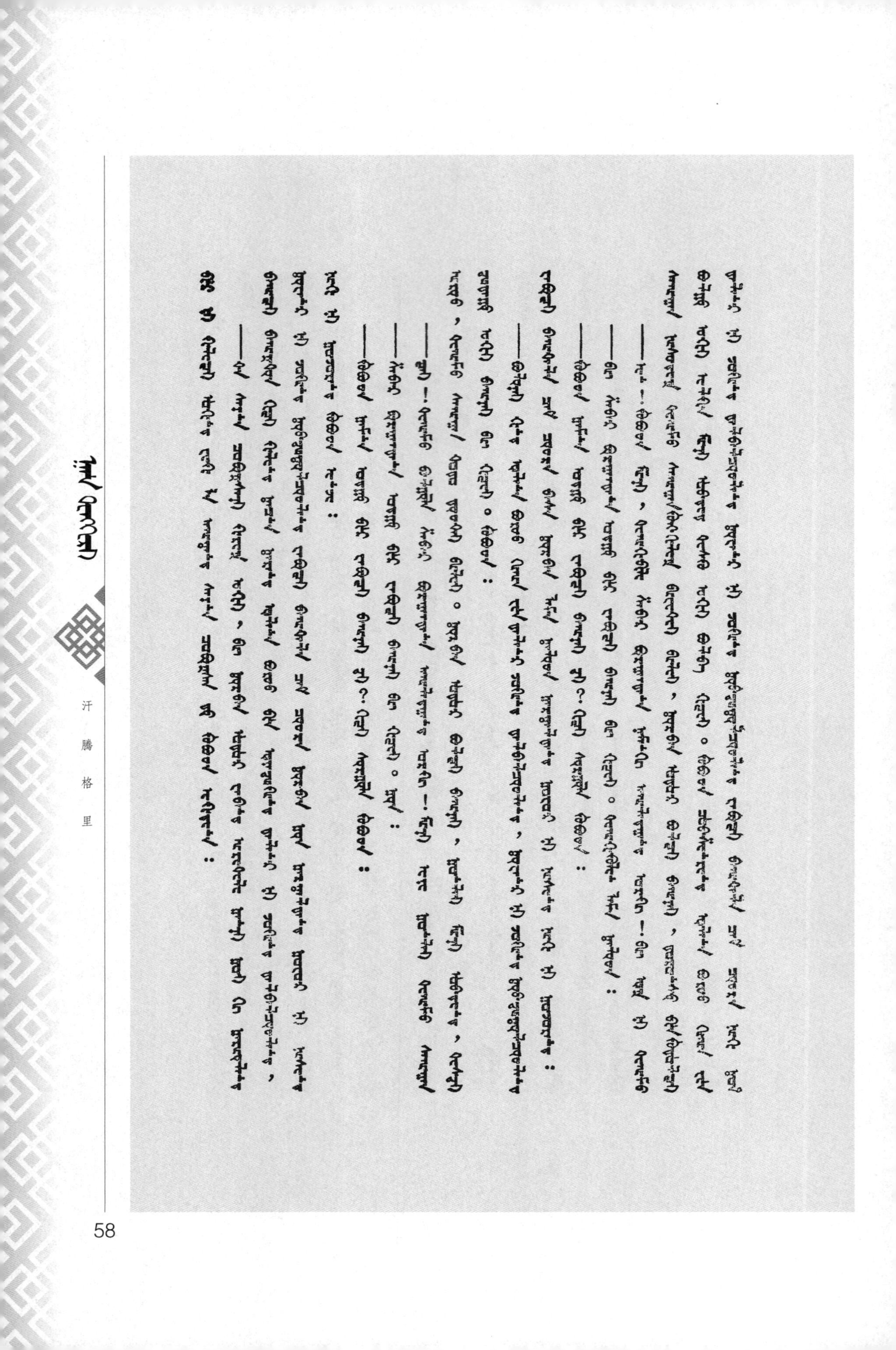

[illegible]

ᠬᠠᠭᠠᠨ ᠨᠢ [illegible] ᠮᠡᠷᠭᠡᠨ ᠬᠠᠭᠠᠨ ᠨᠢ [illegible] ᠡᠨᠡ ᠡᠳᠦᠷ ᠬᠠᠭᠠᠨ [illegible] [illegible] [illegible] [illegible] [illegible] [illegible] ᠂
[illegible] [illegible] ᠲᠡᠷᠡ [illegible] [illegible] [illegible] [illegible] [illegible] [illegible] [illegible] [illegible] ᠮᠡᠷᠭᠡᠨ [illegible] ᠪᠣᠯᠤᠨ᠎ᠠ ᠂ [illegible]
[illegible] ᠪᠣᠯᠤᠨ᠎ᠠ ᠂ ᠲᠡᠷᠡ ᠮᠡᠷᠭᠡᠨ ᠬᠠᠭᠠᠨ ᠨᠢ [illegible] [illegible] ᠤᠨ [illegible] ᠨᠢ [illegible] [illegible] [illegible] ᠂
——[illegible]! [illegible] [illegible] ᠲᠡᠷᠡ [illegible] ᠤᠨ [illegible] [illegible] [illegible] ᠨᠢ [illegible] ᠤᠨ [illegible] [illegible] ᠮᠡᠷᠭᠡᠨ [illegible]
[illegible] ᠂ [illegible] ᠨᠢ [illegible] [illegible] ᠃
——[illegible] [illegible] [illegible] [illegible] [illegible] [illegible]? [illegible] [illegible] [illegible] [illegible] [illegible] [illegible] ᠨᠢ [illegible]
——[illegible] ᠡᠨᠡ [illegible] ᠮᠡᠷᠭᠡᠨ ᠬᠠᠭᠠᠨ [illegible] [illegible] [illegible] [illegible] [illegible] [illegible] [illegible] ᠨᠢ ᠃
——[illegible]! [illegible] [illegible] [illegible] [illegible] [illegible] [illegible] [illegible] [illegible] [illegible] [illegible] [illegible] ᠨᠢ [illegible] ᠃
ᠨᠢ [illegible] [illegible] [illegible] ᠪᠣᠯᠤᠨ᠎ᠠ ᠂ [illegible] [illegible] [illegible] ᠨᠢ ᠃
ᠨᠢ [illegible] [illegible]， [illegible] ᠨᠢ [illegible] [illegible] [illegible] [illegible] [illegible] [illegible] [illegible]
[illegible] [illegible] [illegible] [illegible] [illegible] [illegible] ᠪᠣᠯᠤᠨ᠎ᠠ [illegible] [illegible] [illegible] [illegible] [illegible] [illegible] [illegible]
[illegible] [illegible] [illegible] [illegible] [illegible] ᠂ ᠡᠨᠡ [illegible] ᠨᠢ [illegible] [illegible] [illegible] [illegible]， [illegible] [illegible] [illegible]
——[illegible] [illegible] [illegible] ᠲᠡᠷᠡ ᠬᠠᠭᠠᠨ [illegible] [illegible] [illegible]! [illegible] ᠡᠨᠡ ᠲᠡᠷᠡ [illegible] [illegible] [illegible]，
——[illegible] [illegible] [illegible] [illegible] [illegible] ᠪᠣᠯᠤᠨ᠎ᠠ [illegible] [illegible] ᠡᠨᠡ [illegible] ᠃
——[illegible] [illegible] ᠪᠣᠯᠤᠨ᠎ᠠ [illegible]? [illegible] [illegible] [illegible] ᠃
[illegible] [illegible] [illegible] ᠂ ᠡᠨᠡ [illegible] ᠤᠨ [illegible] ᠨᠢ [illegible] [illegible] ᠃
[illegible] [illegible] [illegible] [illegible] ᠨᠢ [illegible] [illegible] [illegible] [illegible] [illegible] [illegible] [illegible] [illegible] [illegible]
ᠤᠨ [illegible] [illegible] [illegible] ᠤᠨ [illegible] [illegible] [illegible] [illegible] [illegible] [illegible] ᠪᠣᠯᠤᠨ᠎ᠠ ᠂ [illegible] [illegible] [illegible]

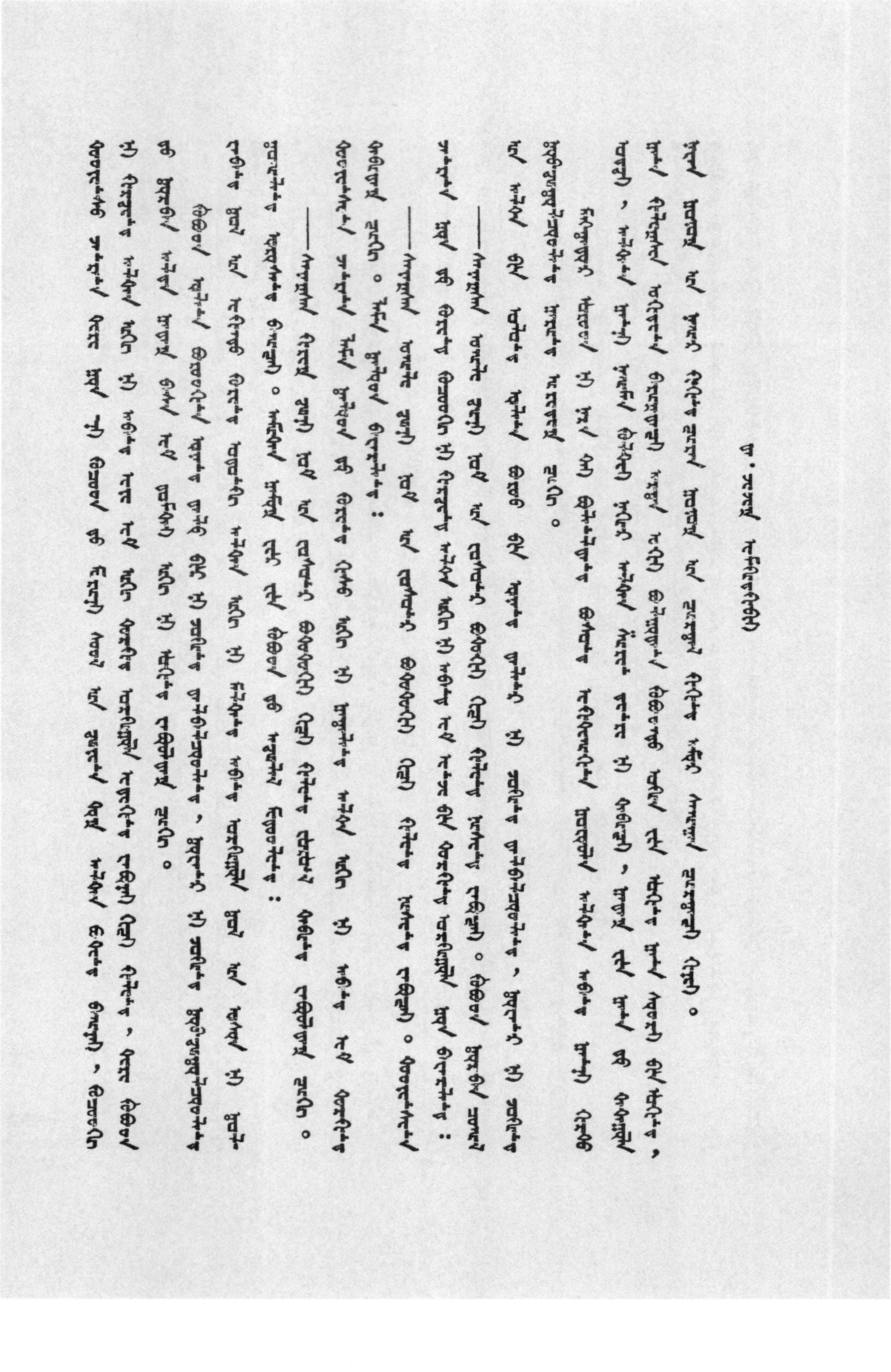

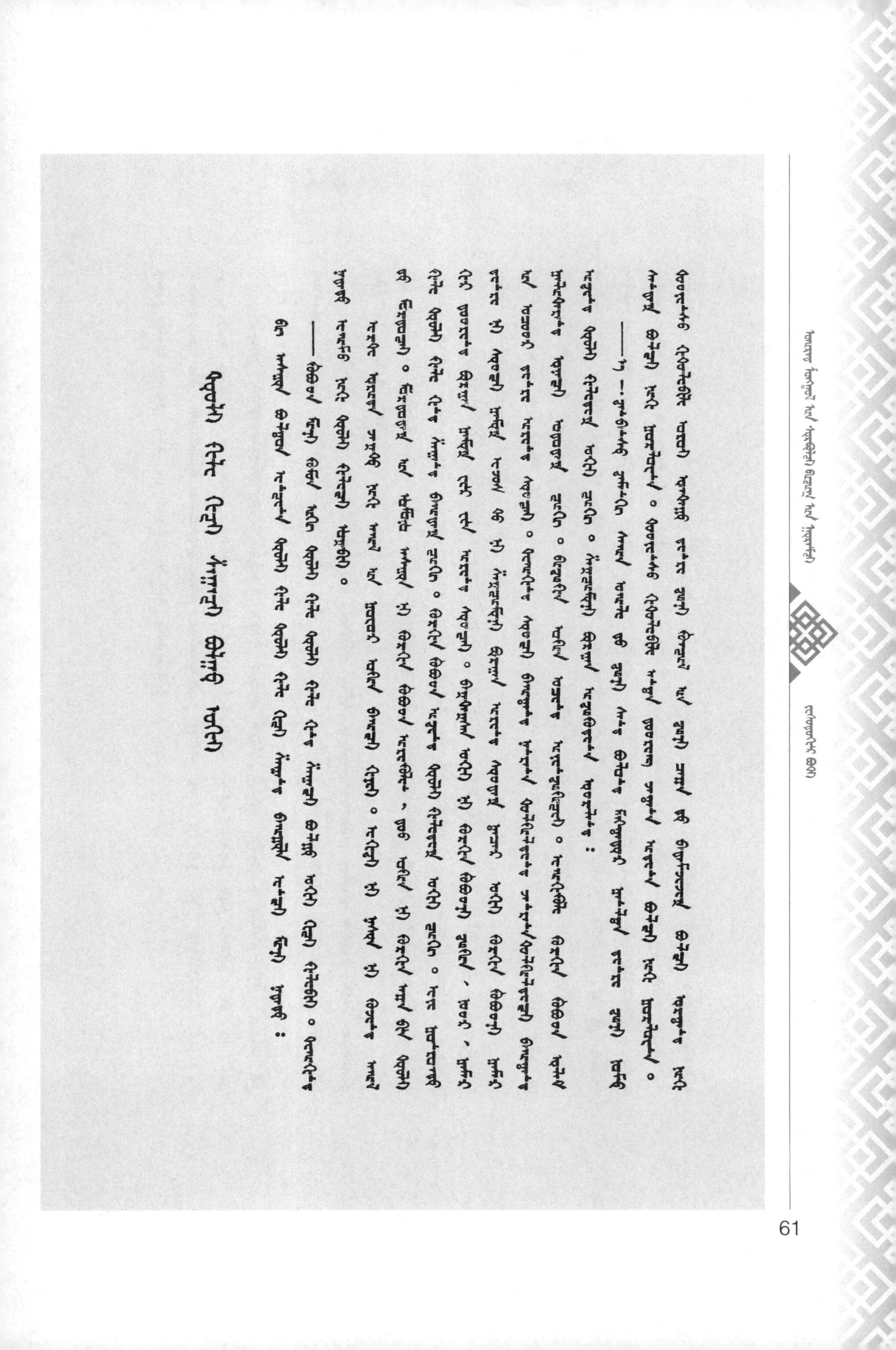

[illegible]

[illegible]

[illegible]

[illegible]

[illegible]

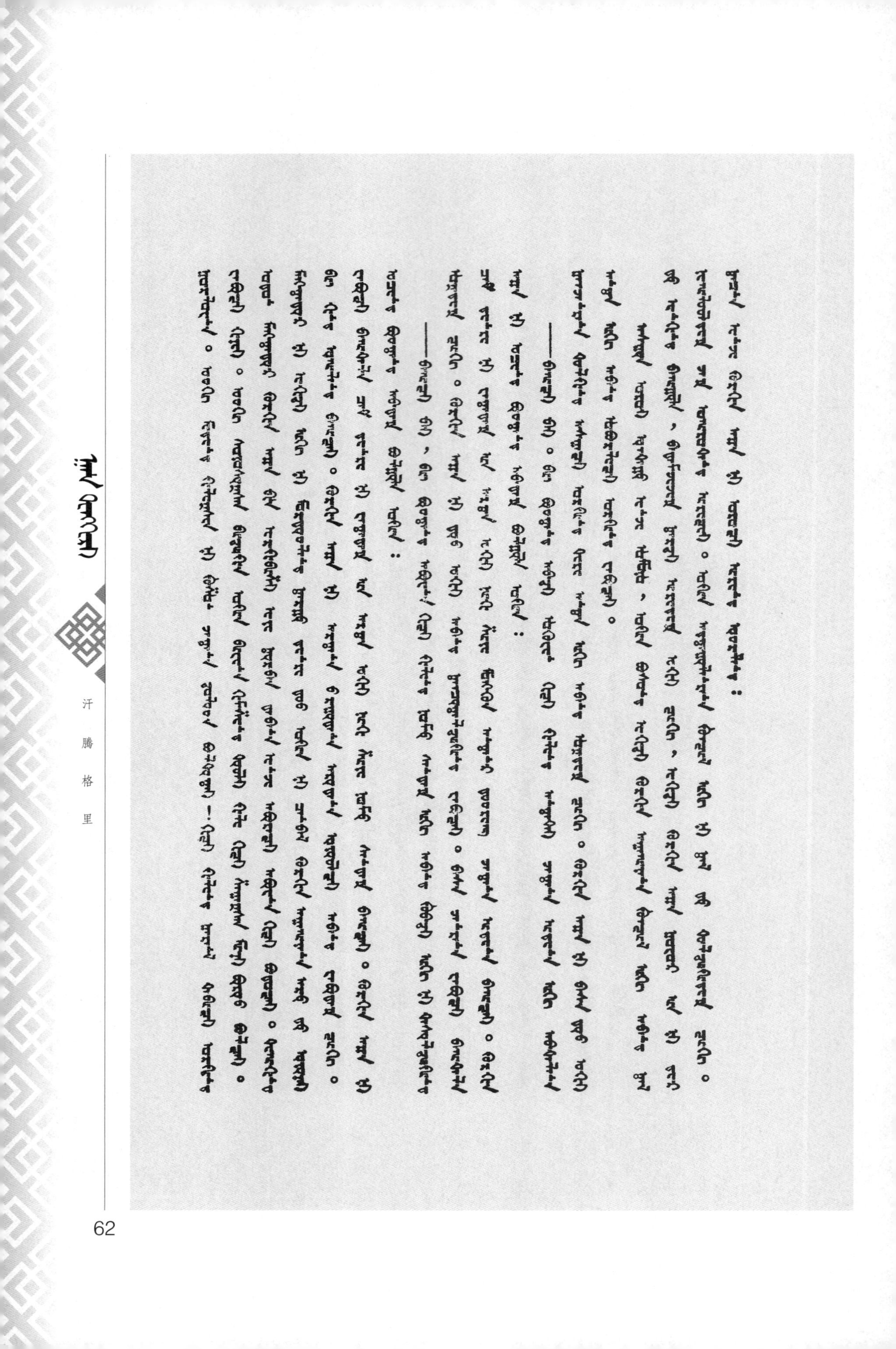

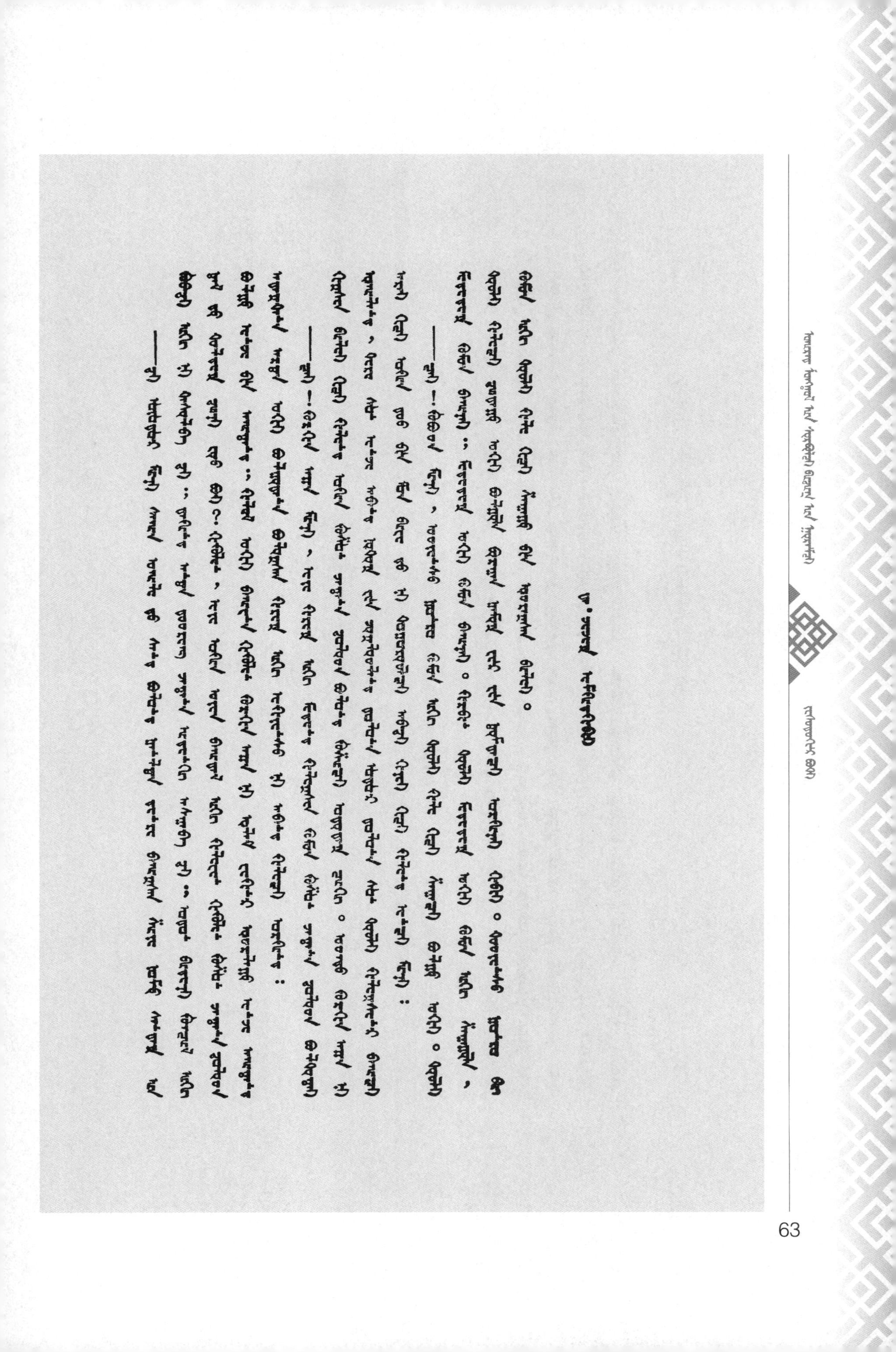

[illegible]

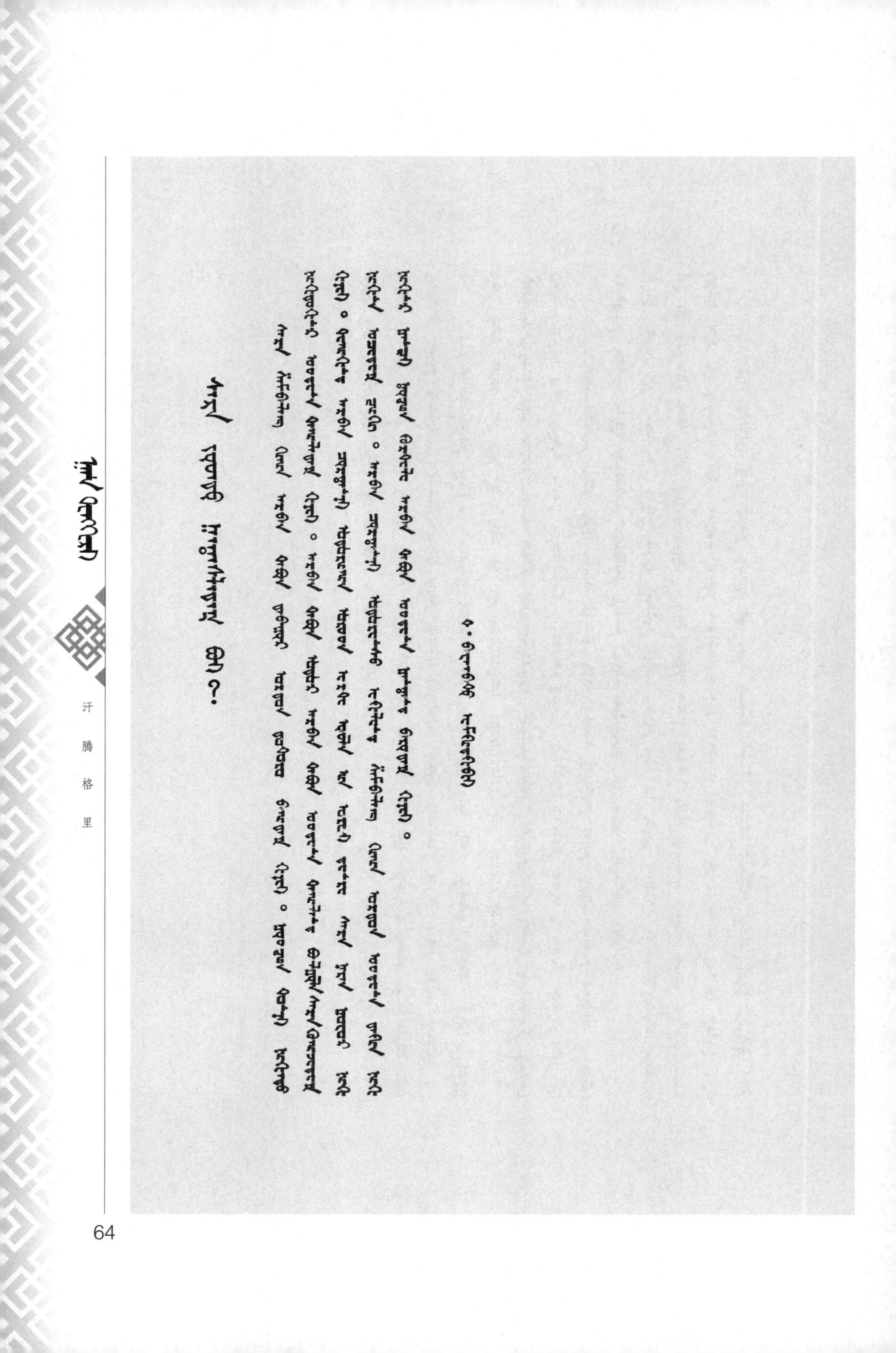

[illegible]

[illegible]

[illegible]

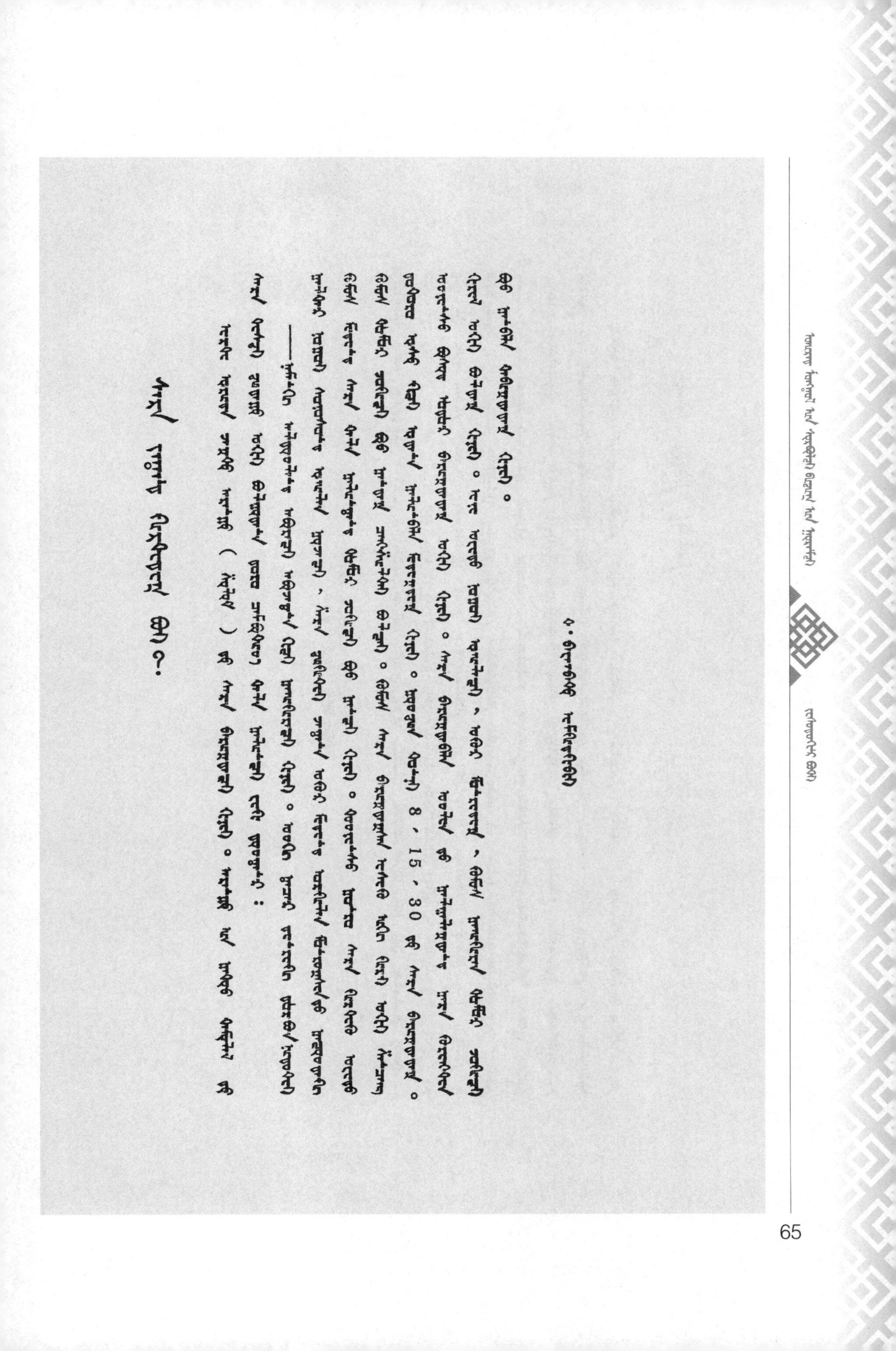

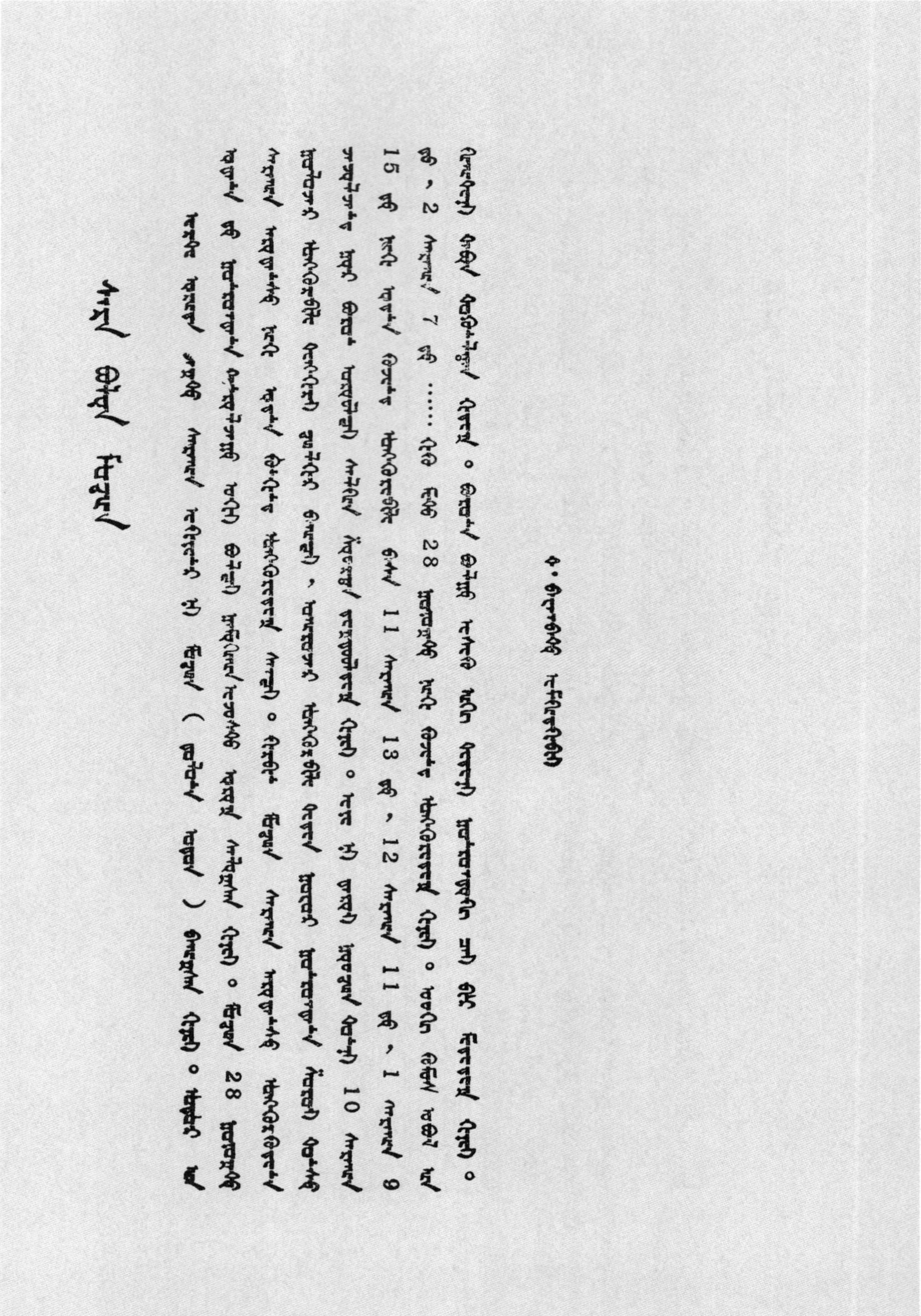
[illegible]

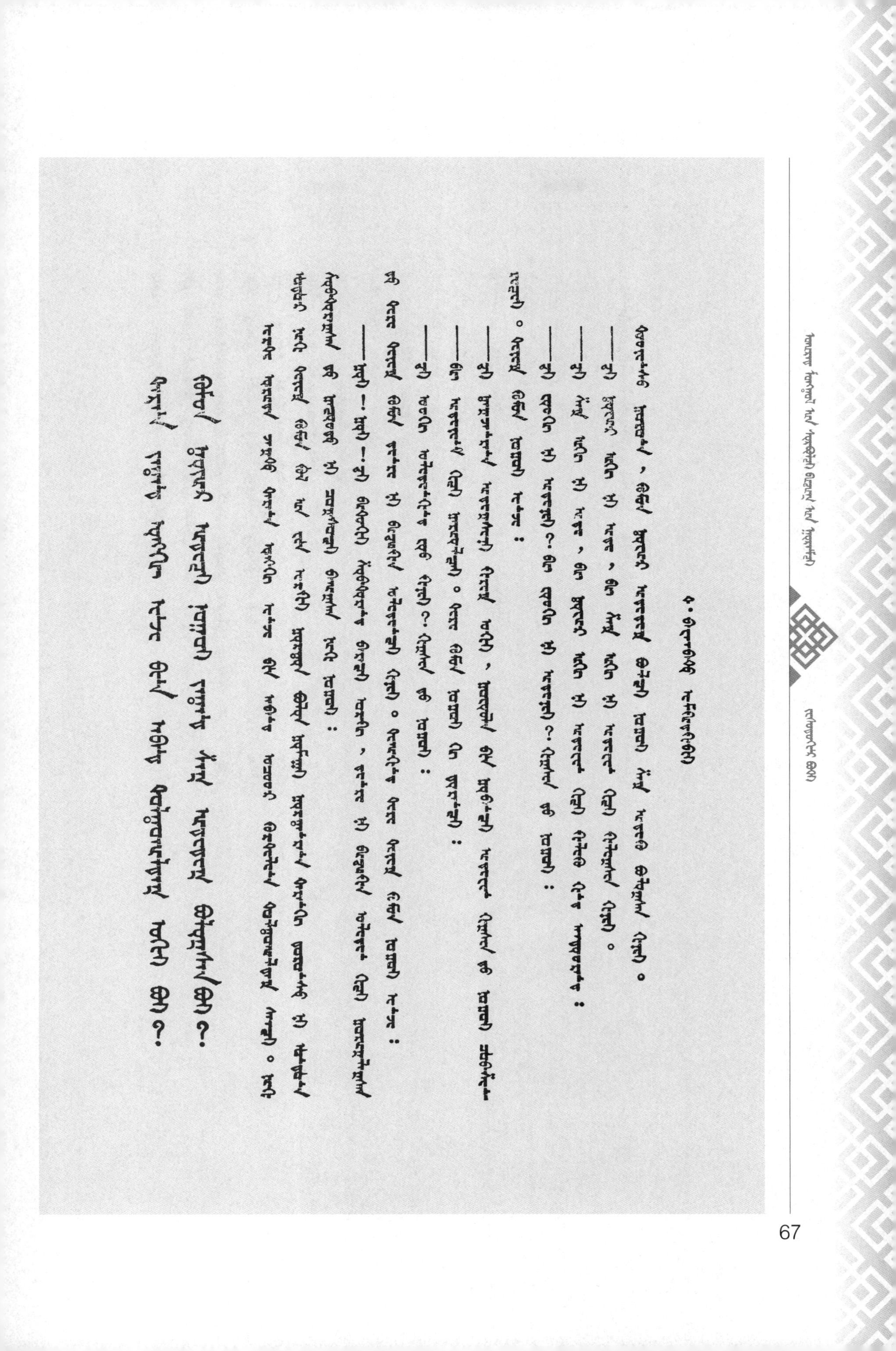

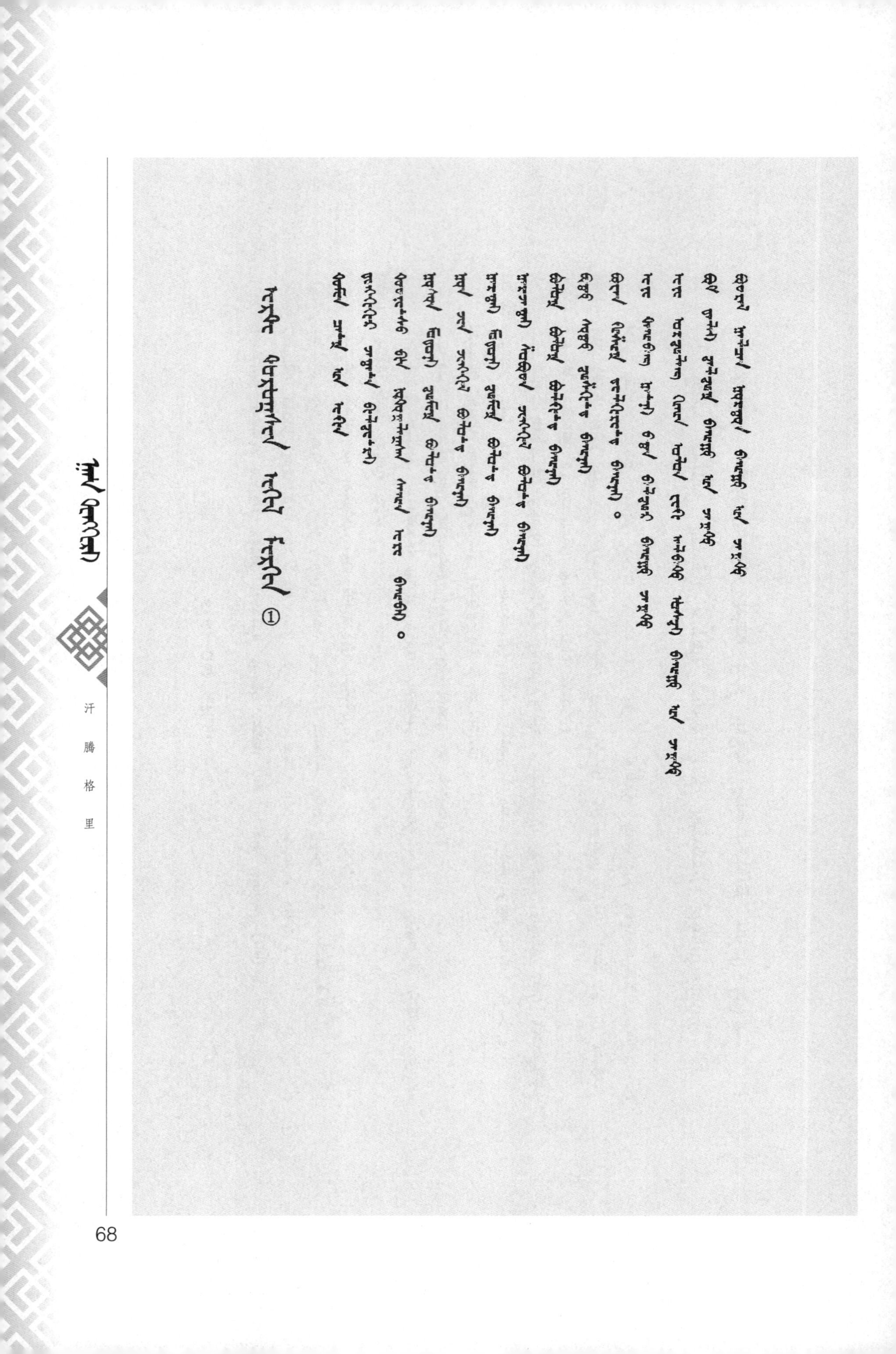

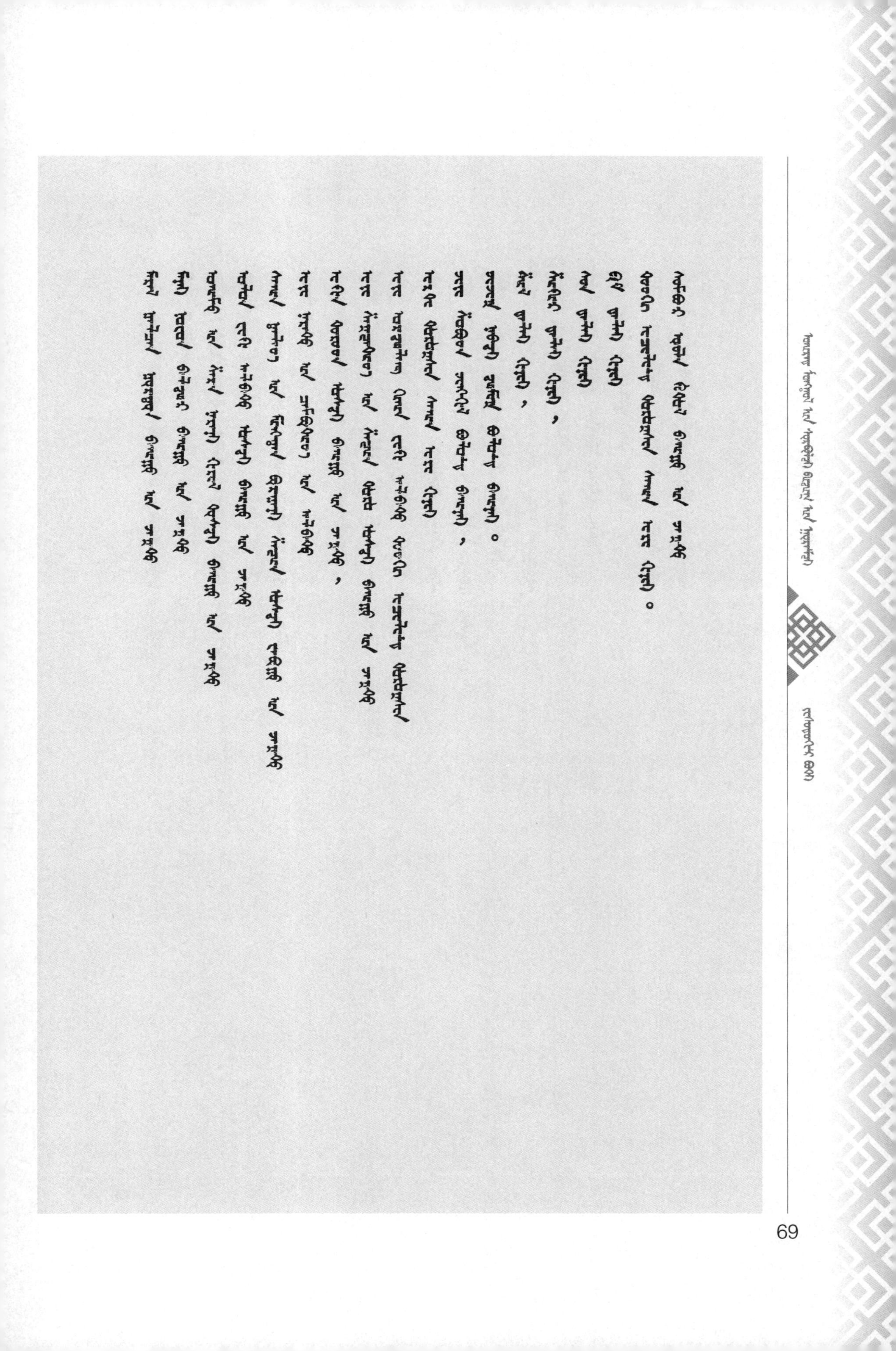

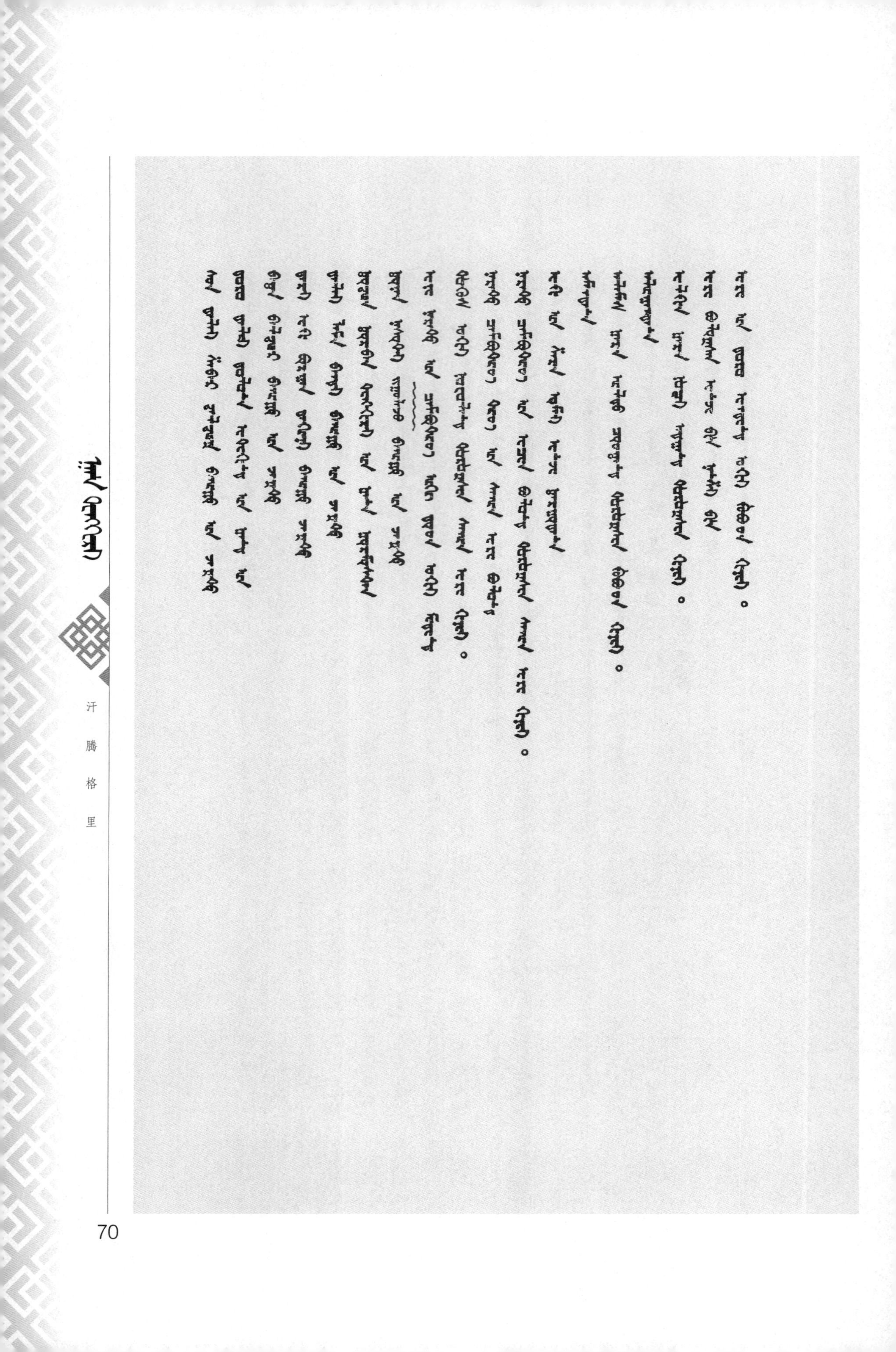

[illegible]

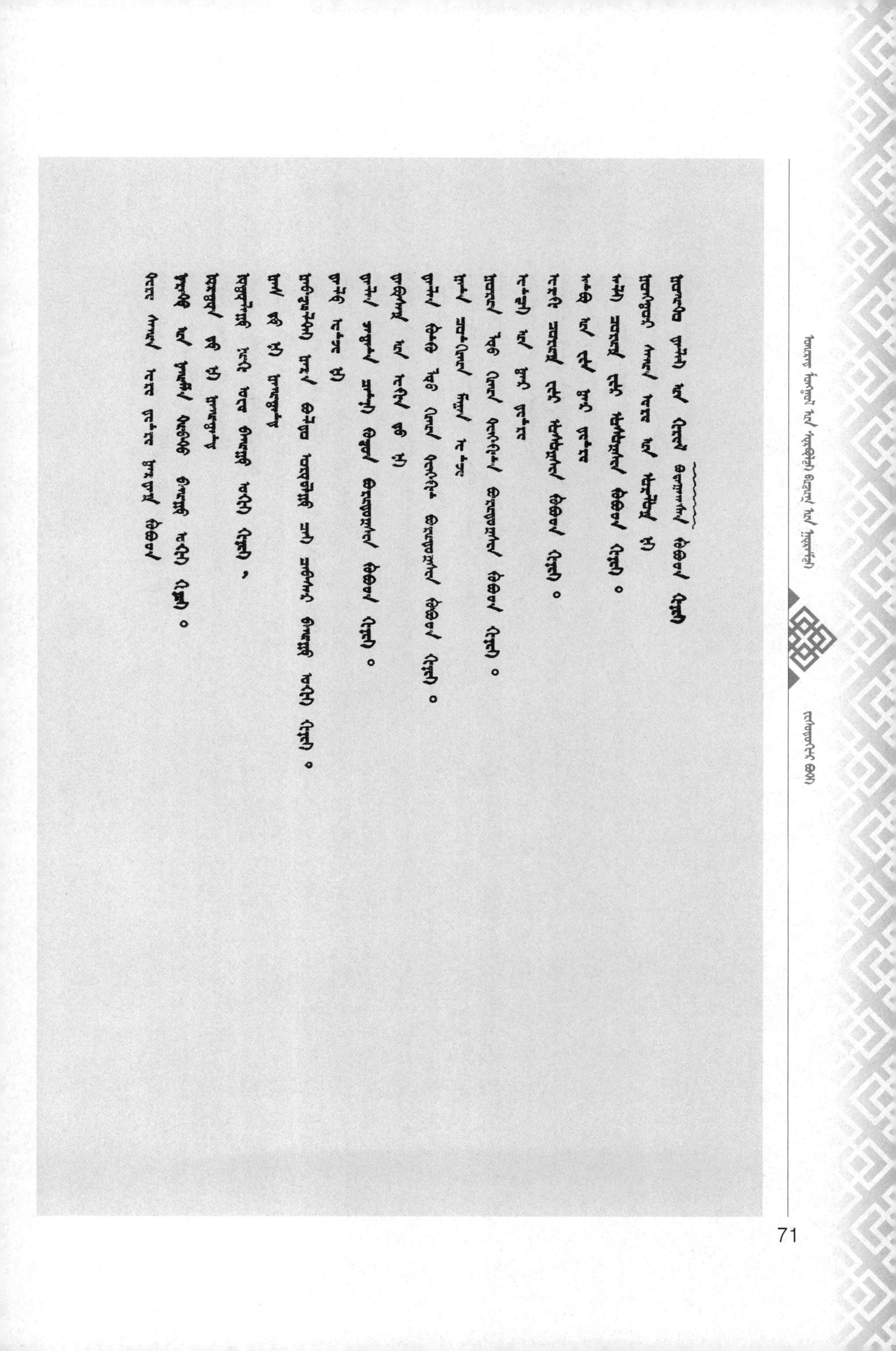

[illegible]

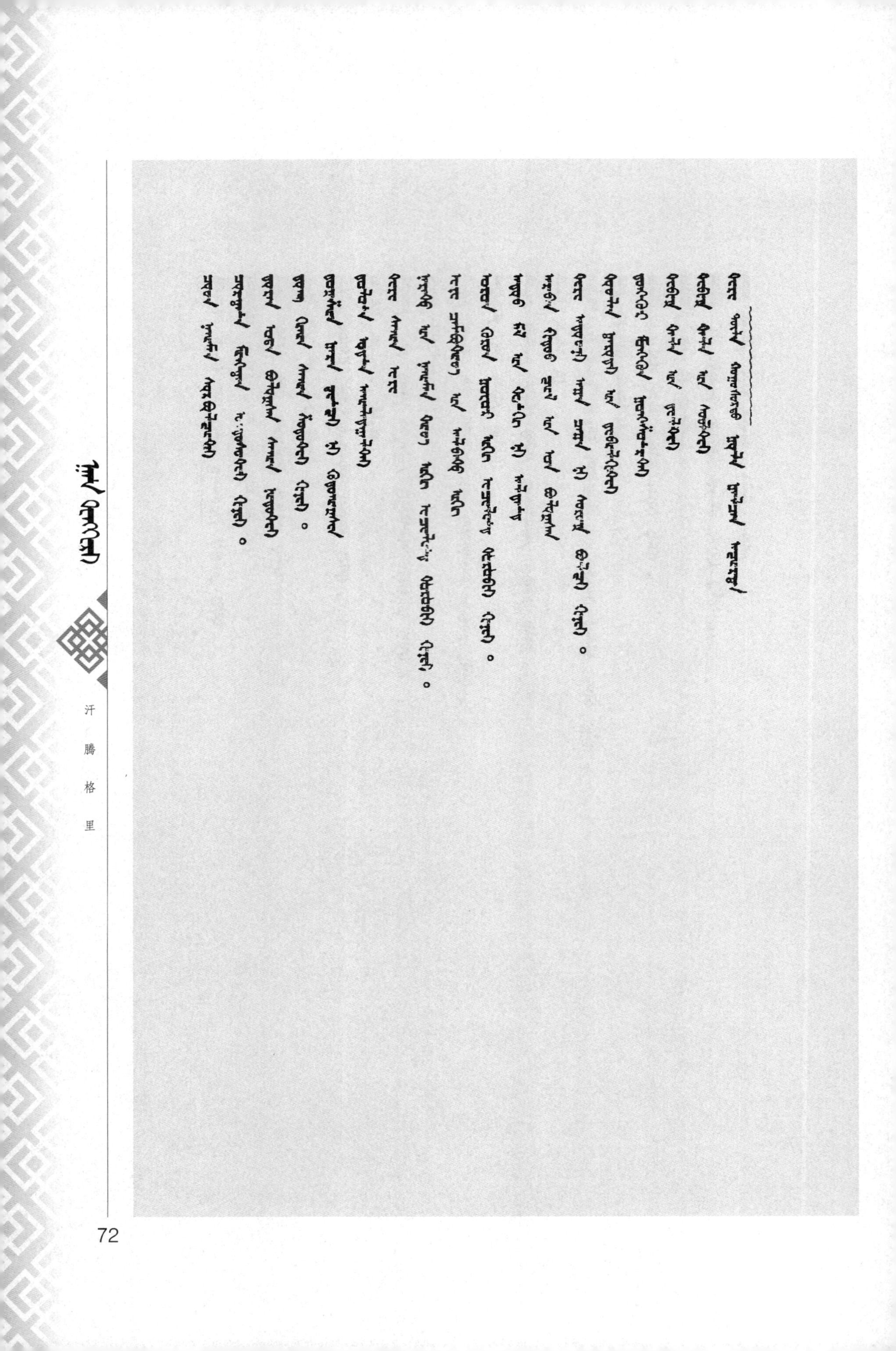

[illegible]
[illegible]
[illegible]
[illegible]
[illegible]
[illegible] 。
[illegible]
[illegible]
[illegible] 。
[illegible]
[illegible] 。
[illegible]
[illegible]
[illegible]
[illegible] 。
[illegible]
[illegible] 。
[illegible]

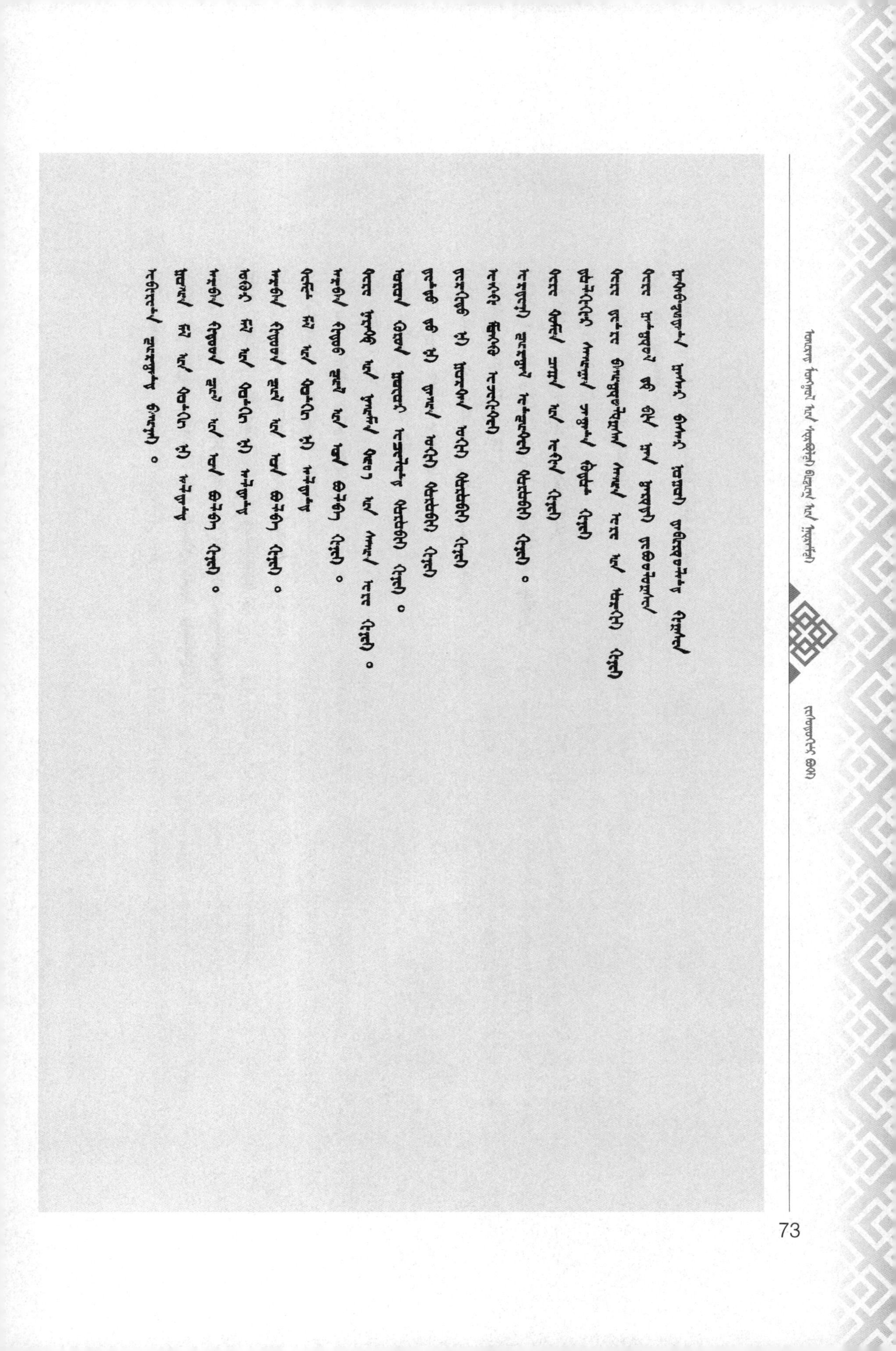

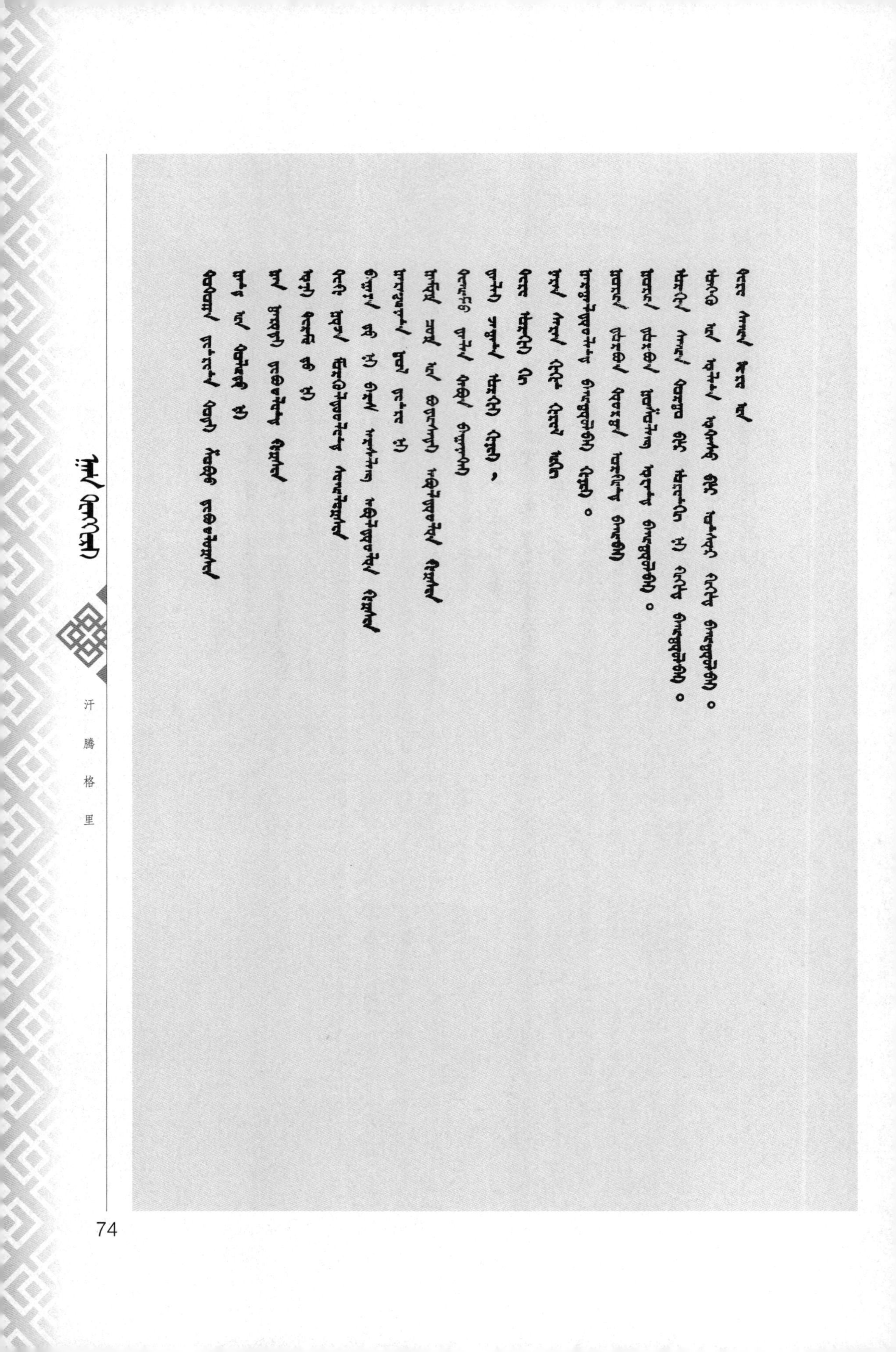

[illegible]
[illegible]
[illegible]
[illegible]
[illegible]
[illegible]
[illegible]
[illegible]
[illegible]
[illegible]
[illegible]
[illegible]
[illegible]
[illegible]
[illegible]
[illegible]
[illegible]
[illegible]
[illegible]

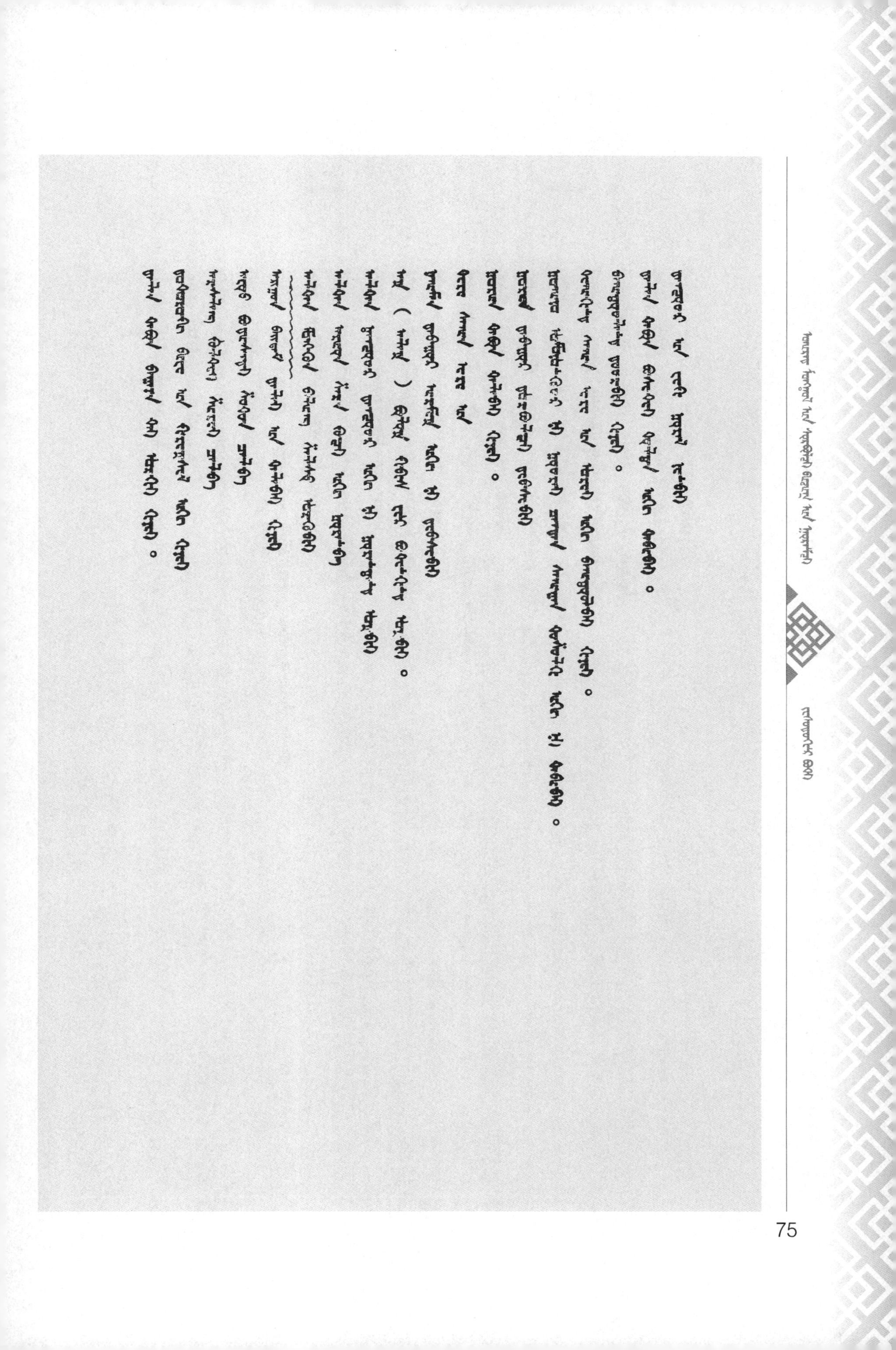

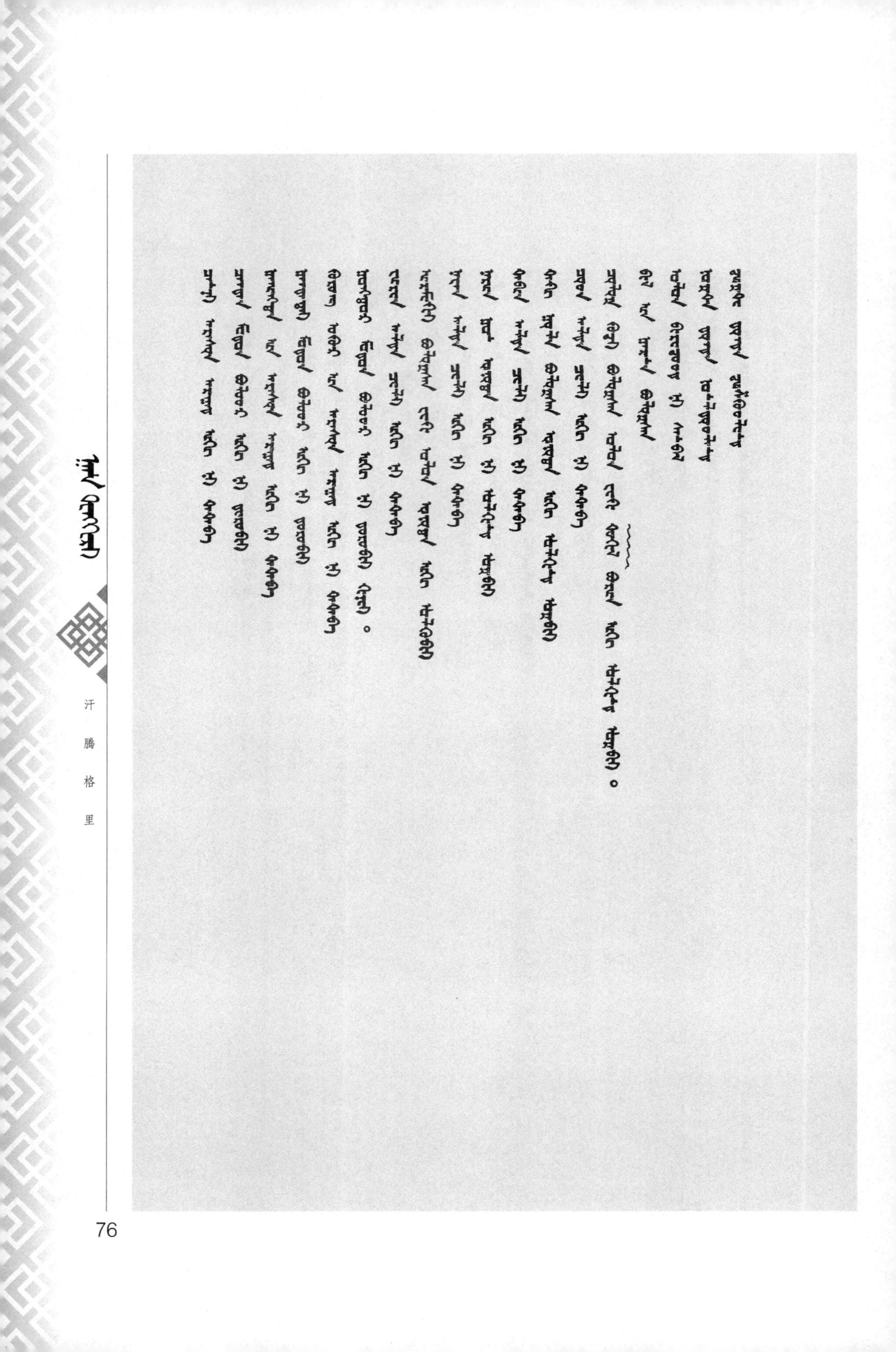

[illegible]
[illegible]
[illegible]
[illegible]
[illegible] 。
[illegible]
[illegible]
[illegible]
[illegible]
[illegible]
[illegible]
[illegible]
[illegible] 。
[illegible]
[illegible]
[illegible]
[illegible]
[illegible]

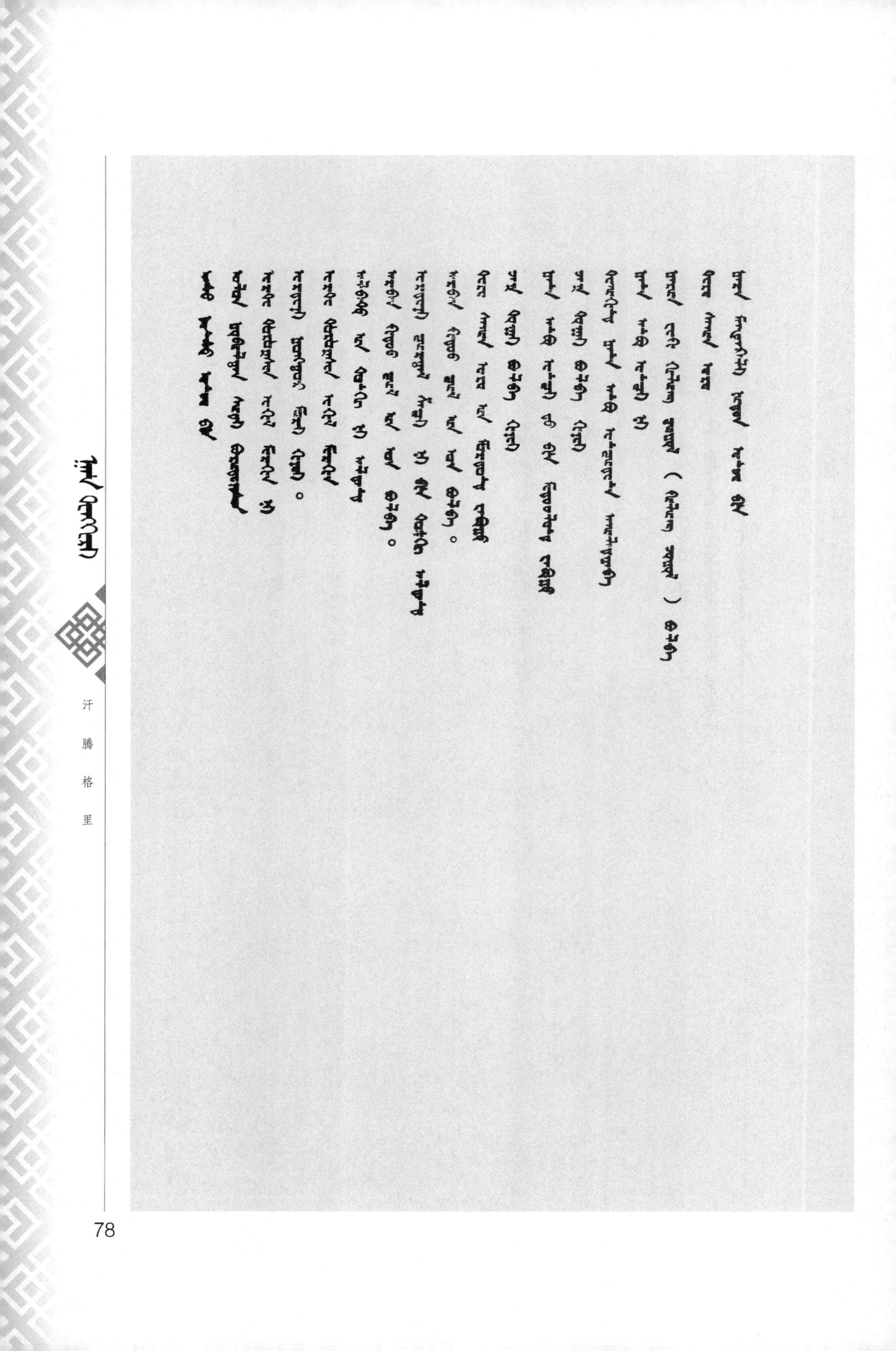

[illegible]
[illegible]
[illegible]
[illegible]
[illegible]
[illegible]
[illegible]
[illegible]
[illegible]
[illegible]
[illegible]
[illegible]
[illegible]
[illegible]
[illegible]
[illegible]
[illegible]
[illegible]
[illegible]

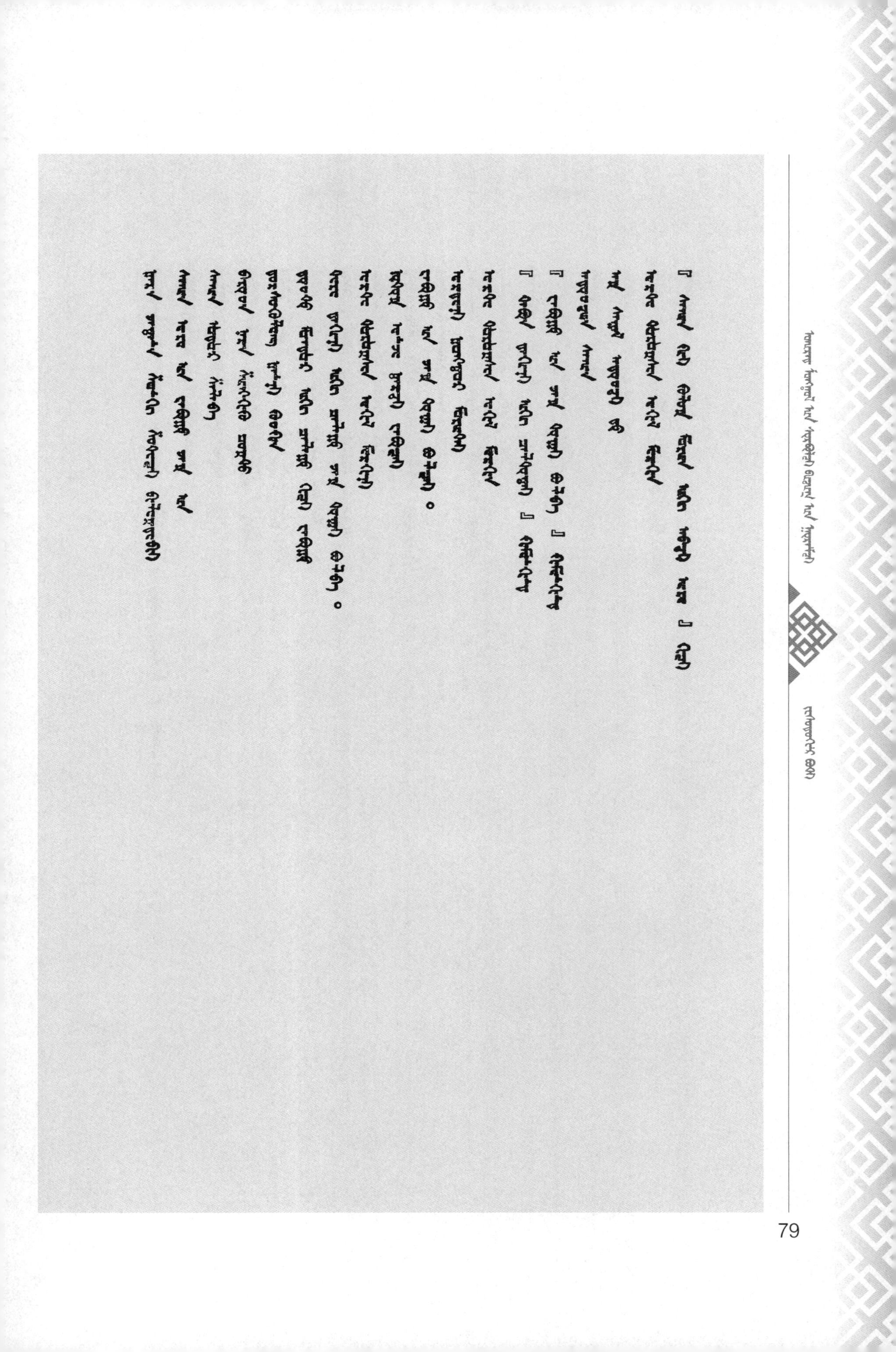

[illegible]
[illegible]
[illegible]
[illegible]
[illegible]
[illegible]
[illegible]
[illegible]
[illegible]
[illegible]
[illegible]
[illegible]
[illegible]
[illegible]
[illegible]
[illegible]
[illegible]
[illegible]
[illegible]

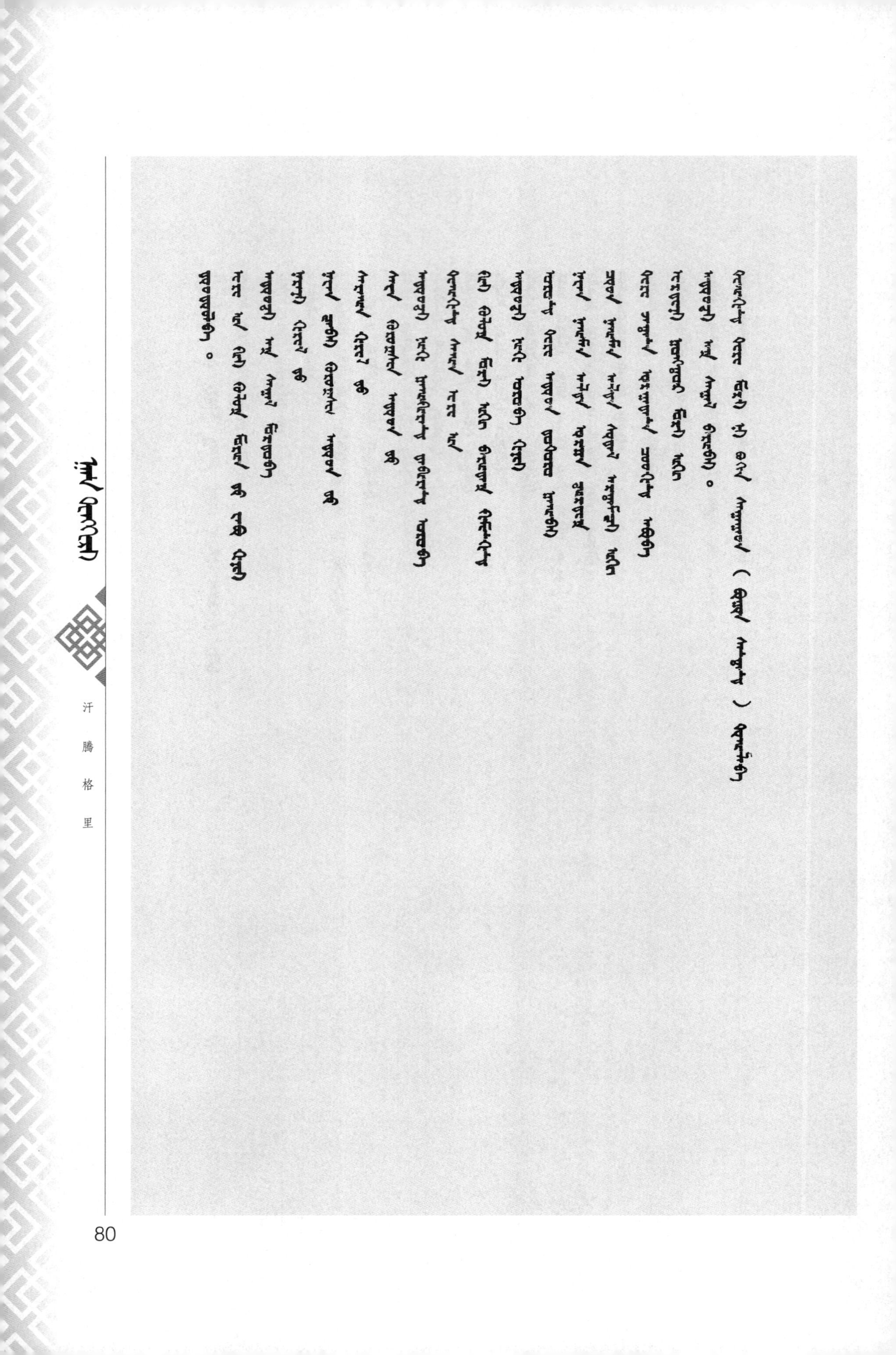

[illegible]

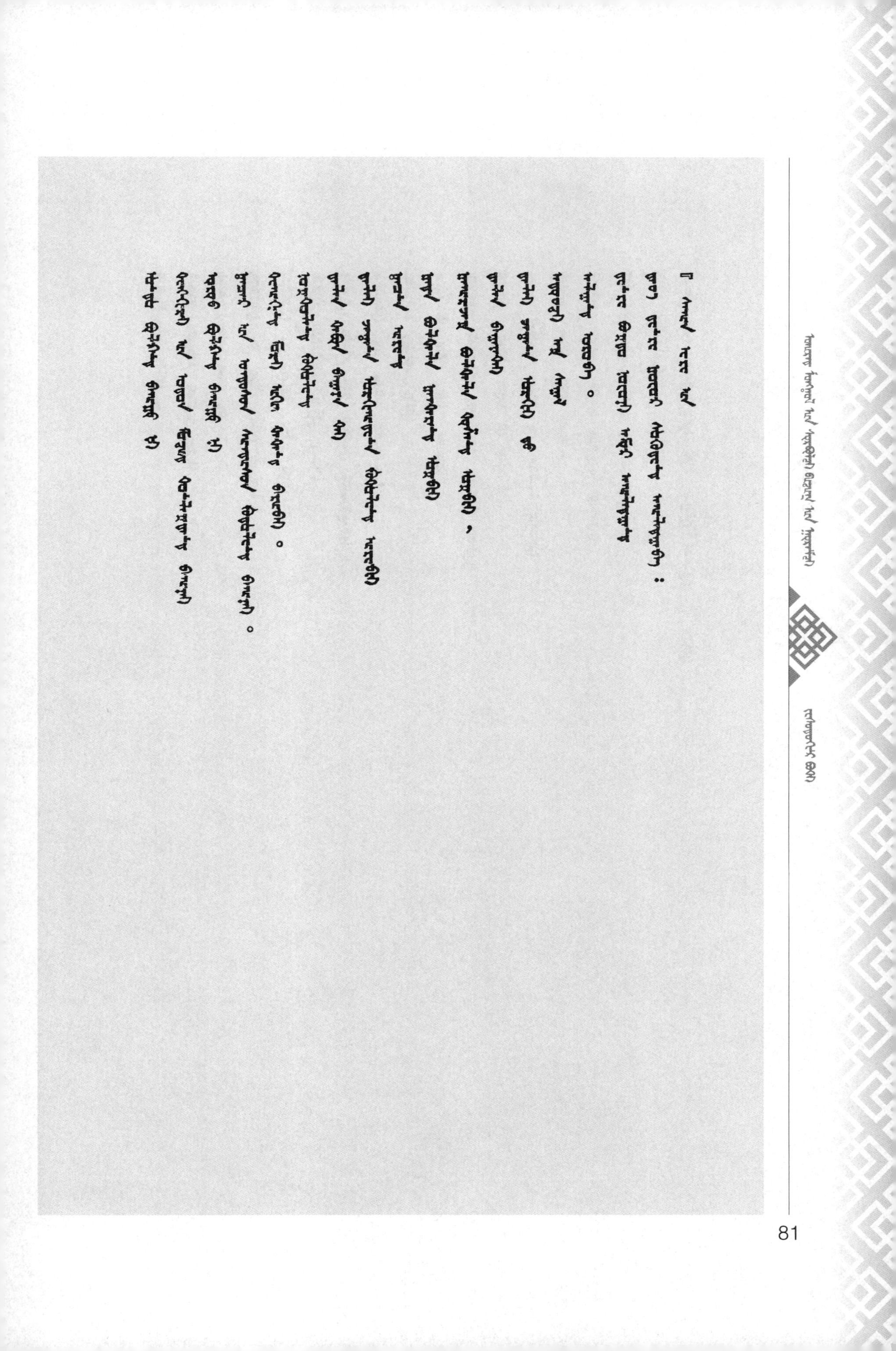

[illegible]

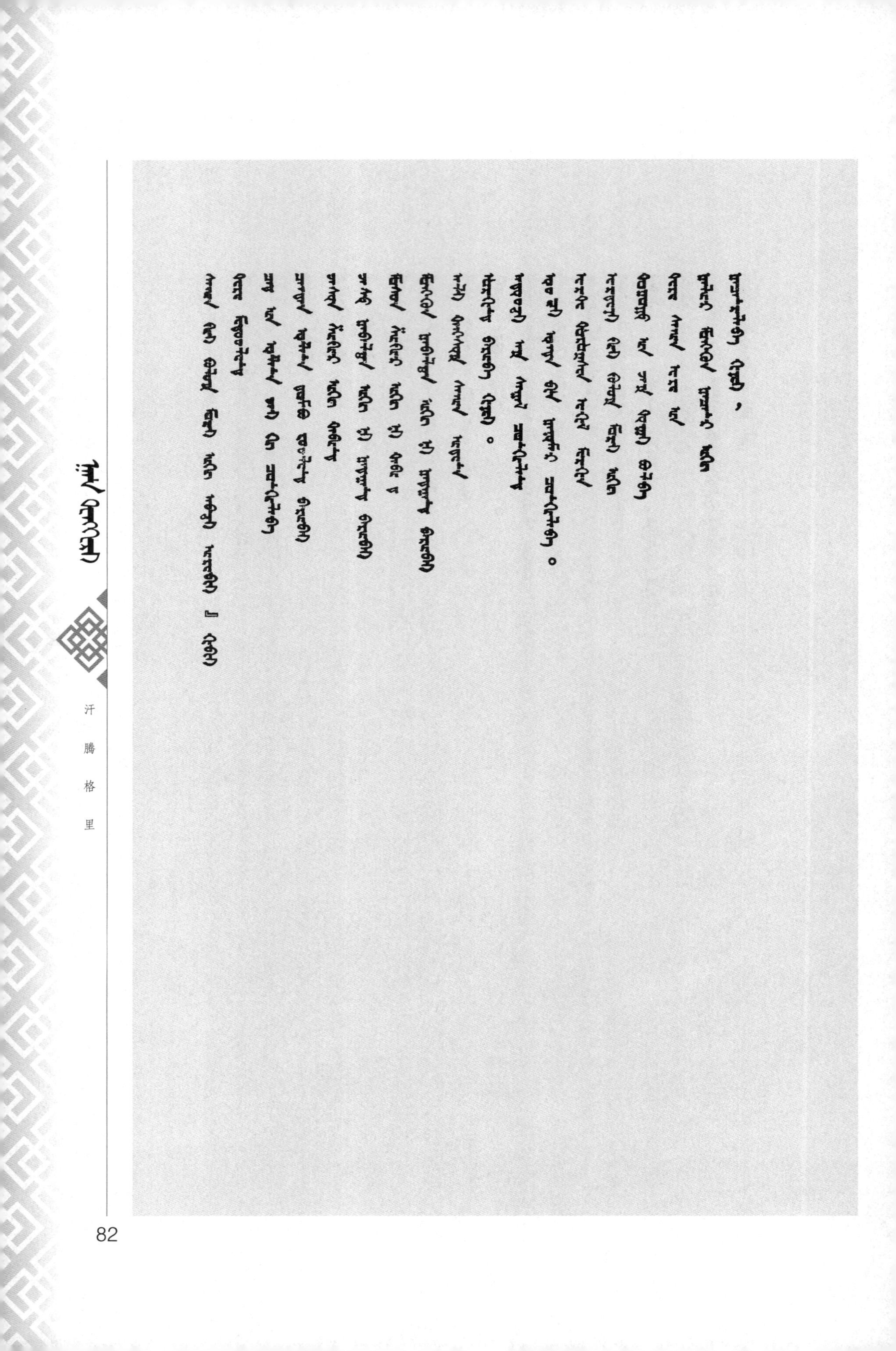

[illegible] ᠂
[illegible]
[illegible]
[illegible]
[illegible]
[illegible]
[illegible] ᠃
[illegible]
[illegible] ᠃
[illegible]
[illegible]
[illegible]
[illegible]
[illegible]
[illegible]
[illegible]
[illegible]
[illegible] 」 [illegible]

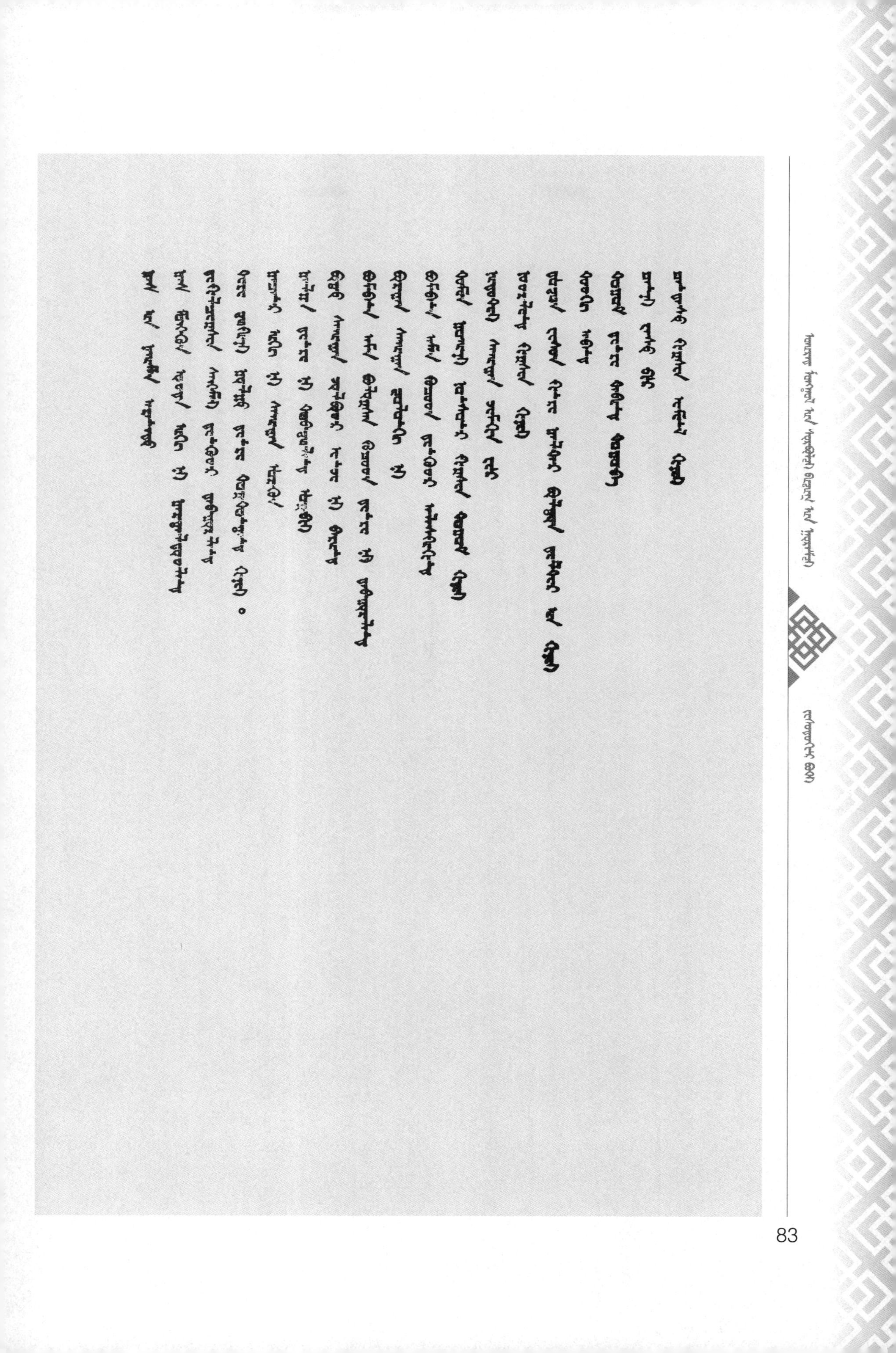

[illegible]
[illegible]
[illegible]
[illegible]
[illegible]
[illegible]
[illegible]
[illegible]
[illegible]
[illegible]
[illegible]
[illegible]
[illegible]
[illegible]
[illegible]
[illegible]
[illegible]
[illegible]

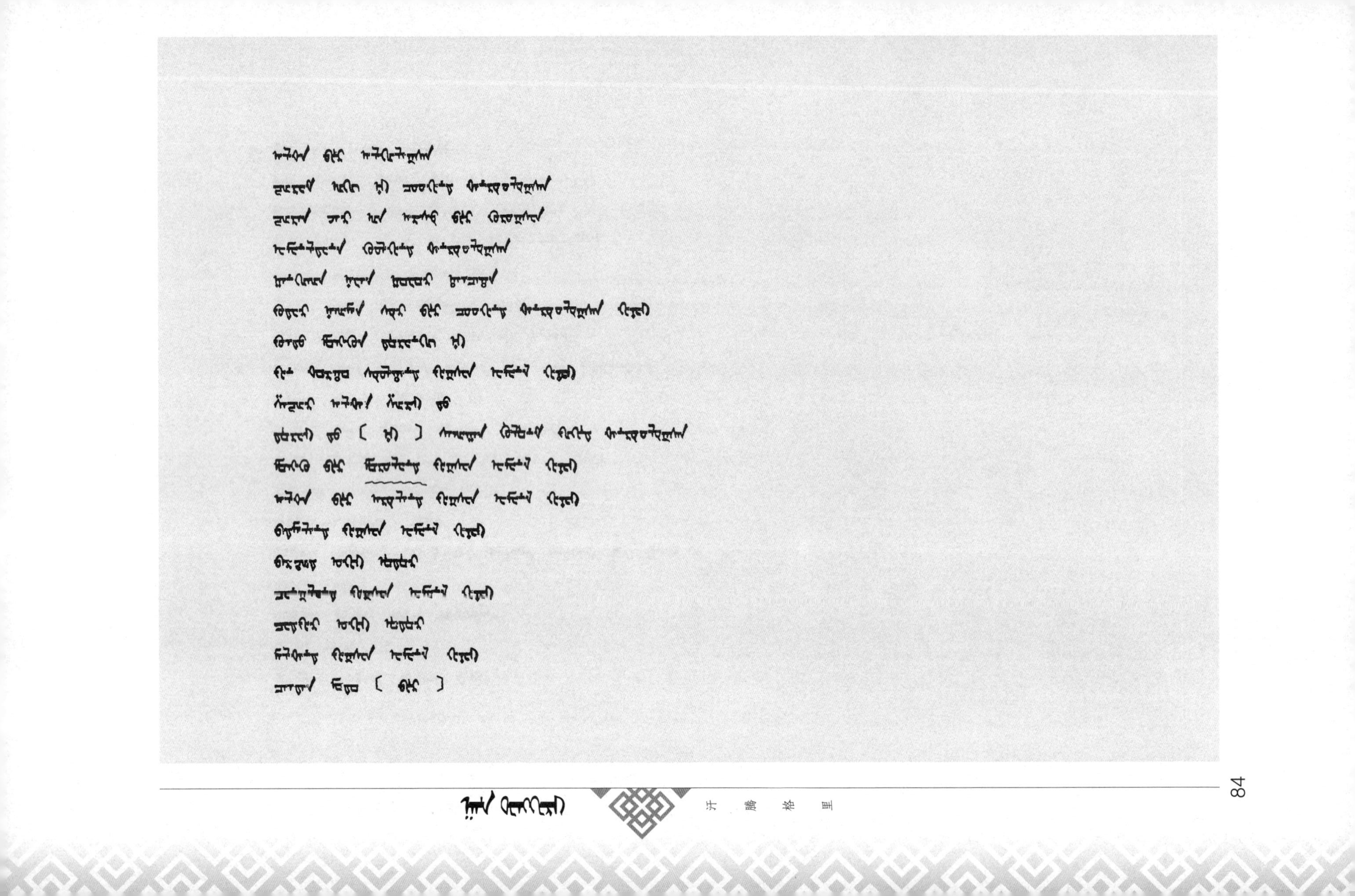

[illegible]
[illegible]
[illegible]
[illegible]
[illegible]
[illegible]
[illegible]
[illegible]
[illegible]
[illegible]
[illegible]
[illegible]
[illegible]
[illegible]
[illegible]
[illegible]
[illegible]
[illegible]

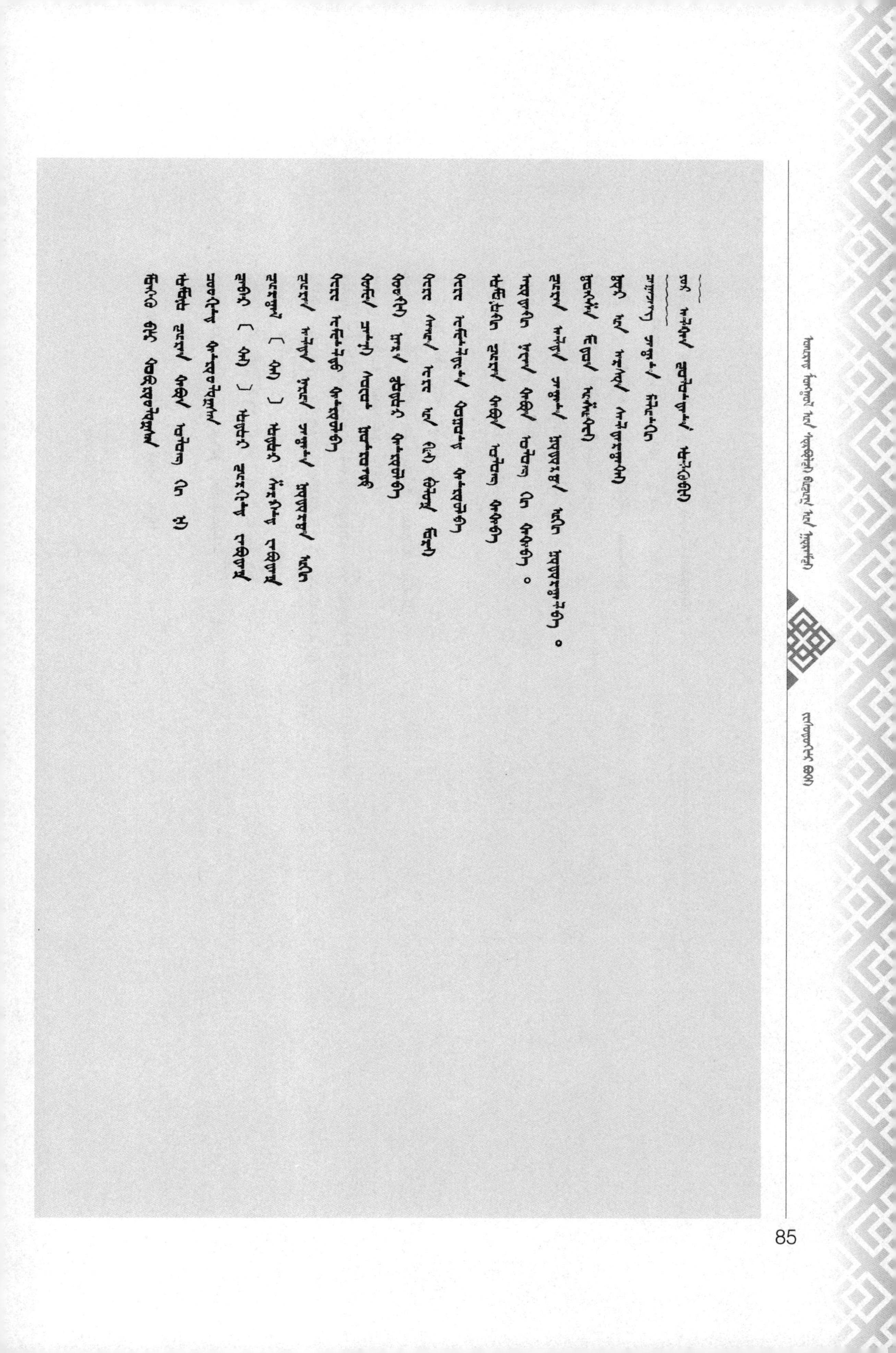

[illegible]

[illegible]

[illegible]

[illegible]

[illegible] ◦

[illegible] ◦

[illegible]

[illegible]

[illegible]

[illegible]

[illegible]

[illegible]

[illegible]

[illegible] 〔 [illegible] 〕 [illegible]

[illegible] 〔 [illegible] 〕 [illegible]

[illegible]

[illegible]

[illegible]

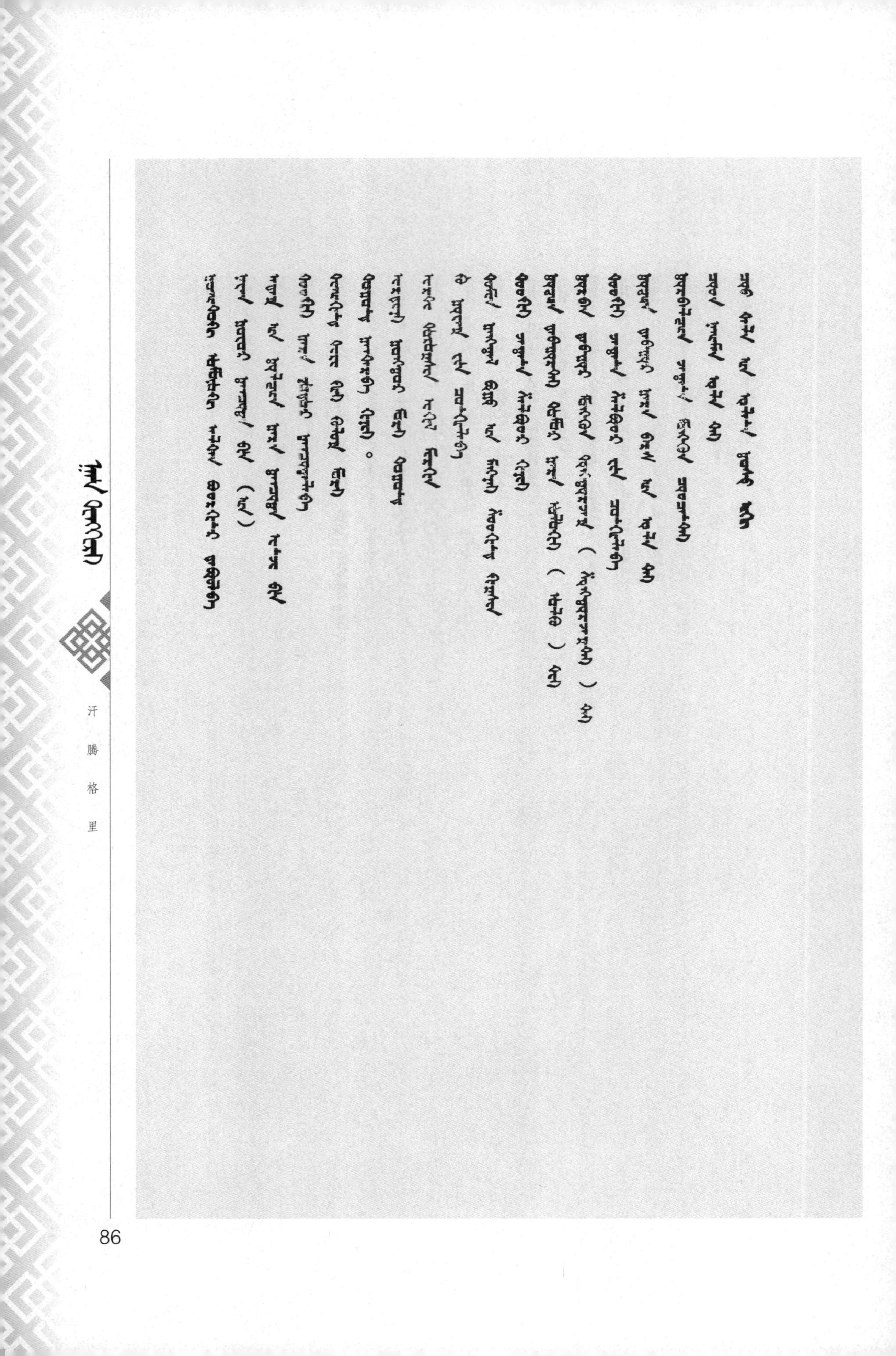

[illegible]
[illegible]
[illegible]
[illegible]
[illegible]
[illegible]
[illegible]
[illegible]
[illegible]
[illegible]
[illegible]
[illegible]
[illegible]
[illegible]
[illegible]
[illegible]
[illegible]
[illegible]

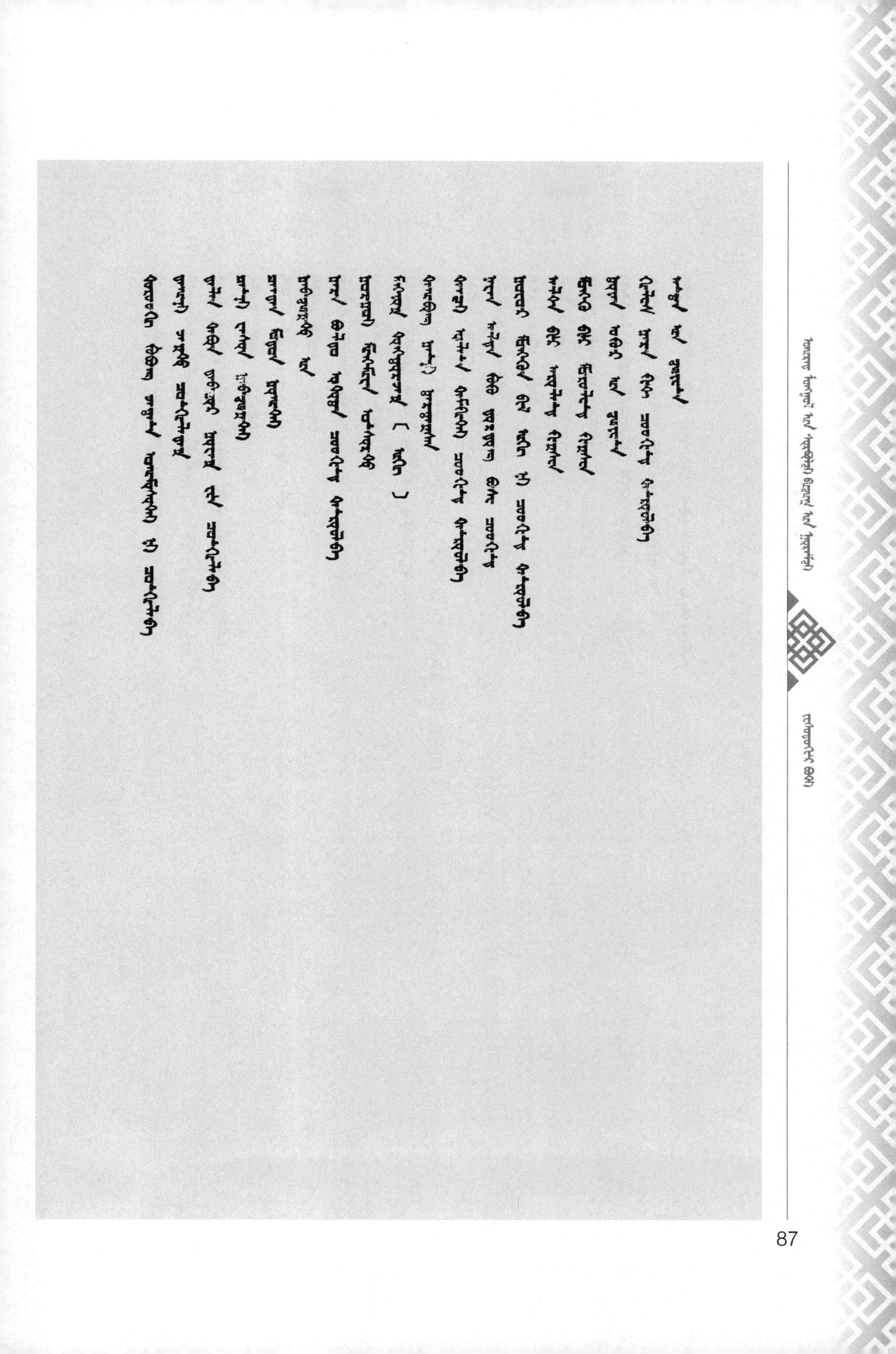

[illegible]
[illegible]
[illegible]
[illegible]
[illegible]
[illegible]
[illegible]
[illegible]
[illegible]
[illegible] ([illegible])
[illegible]
[illegible]
[illegible]
[illegible]
[illegible]
[illegible]
[illegible]
[illegible]

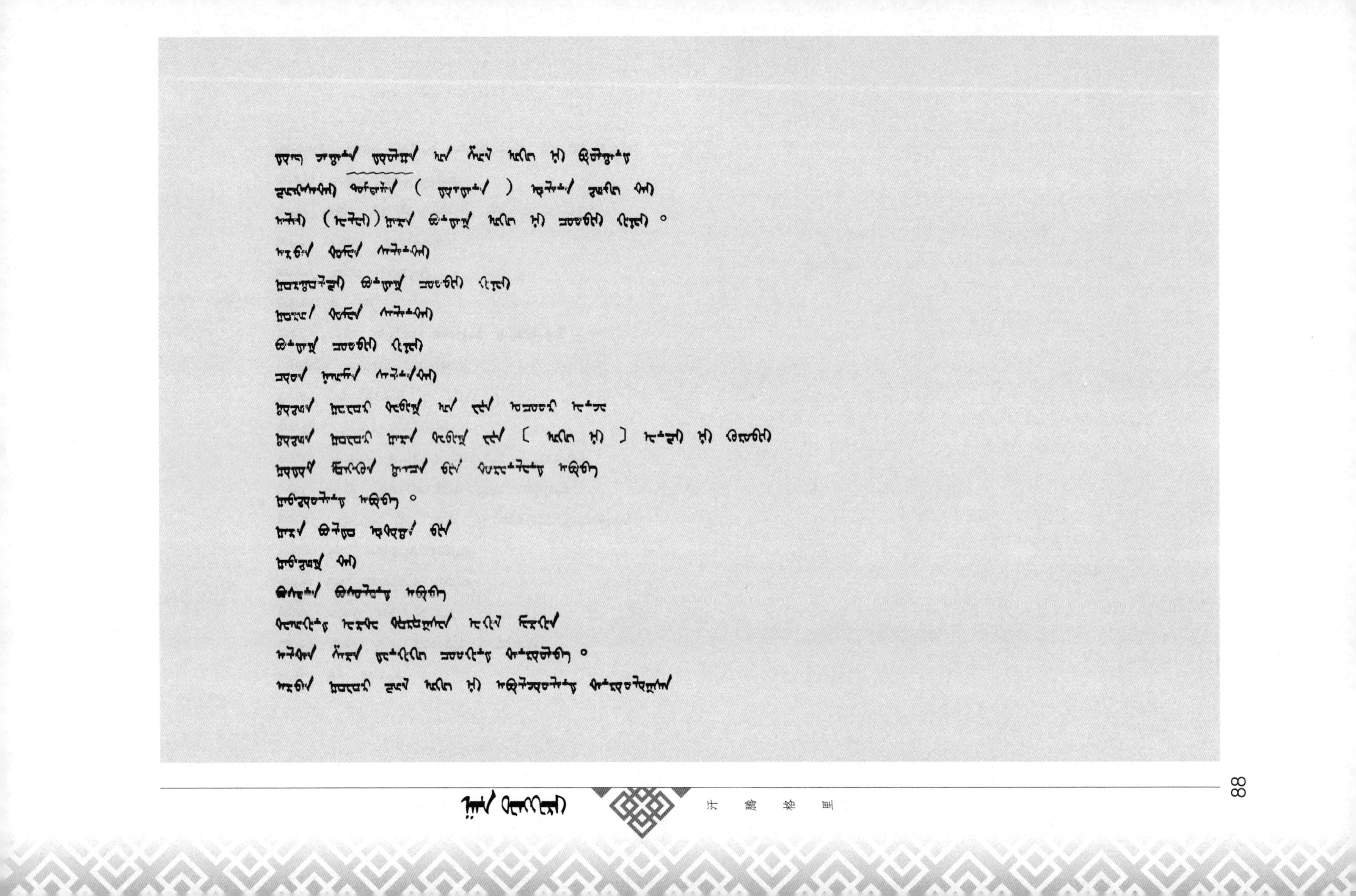

[illegible]

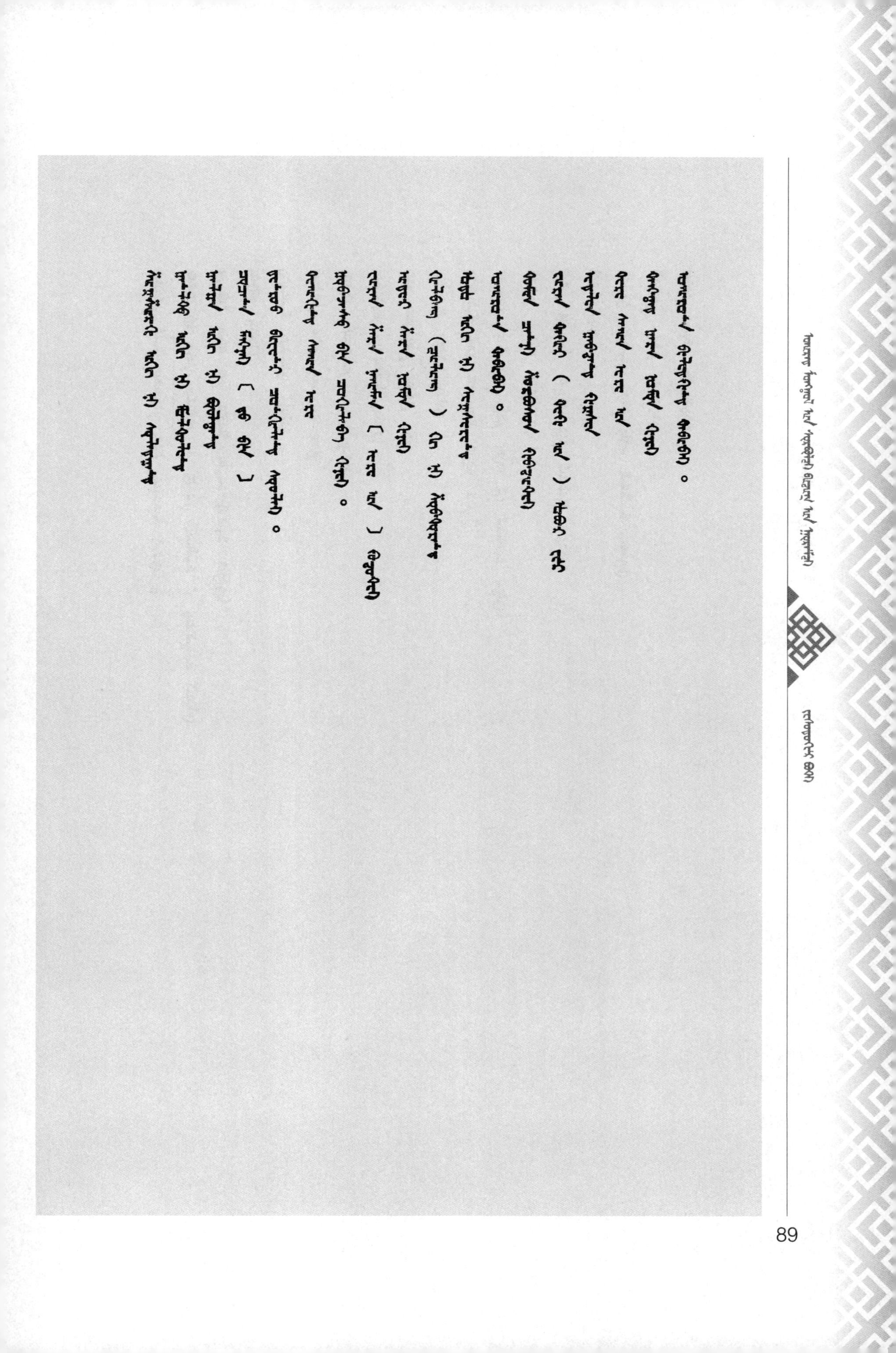

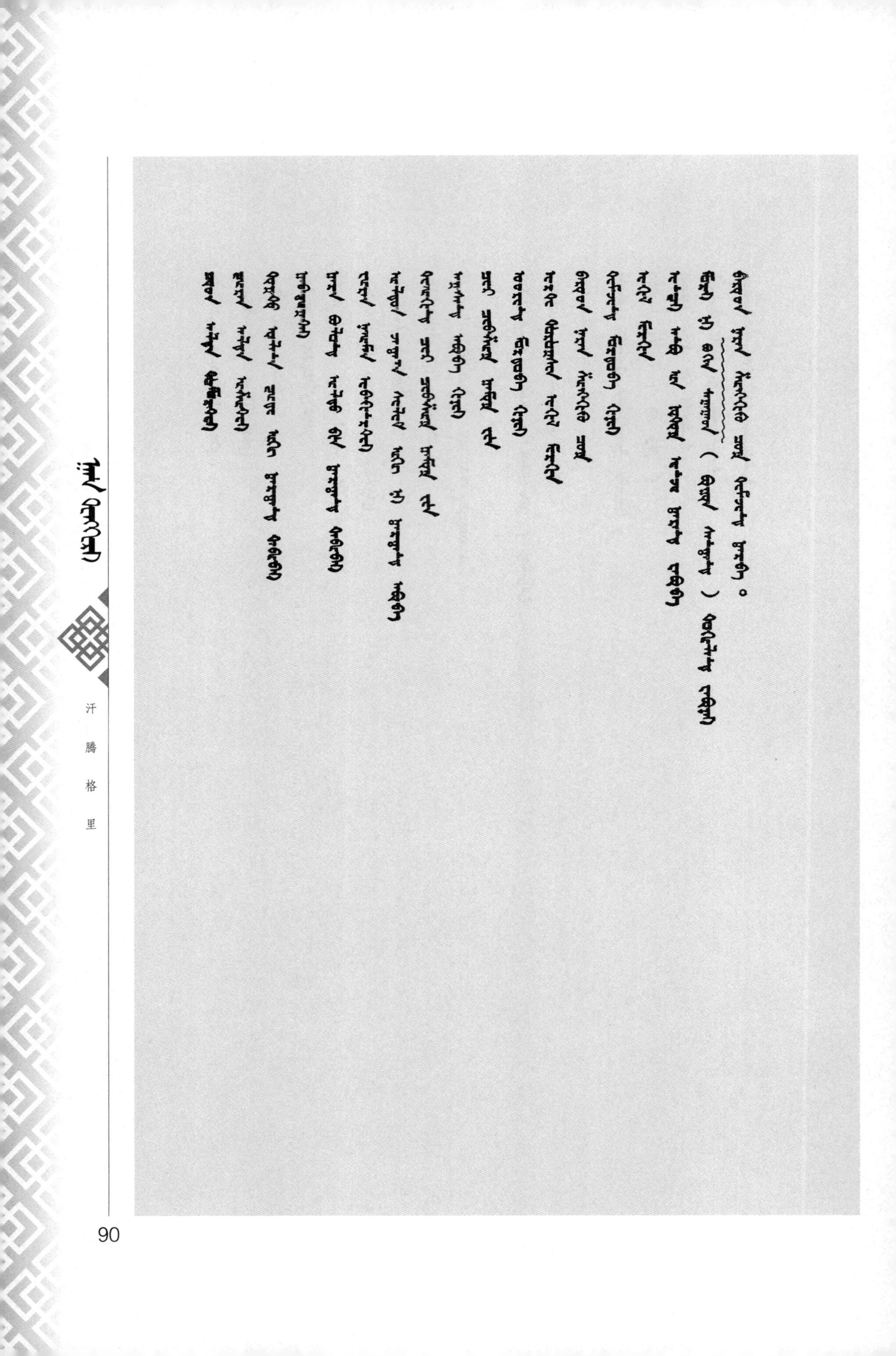

[illegible]

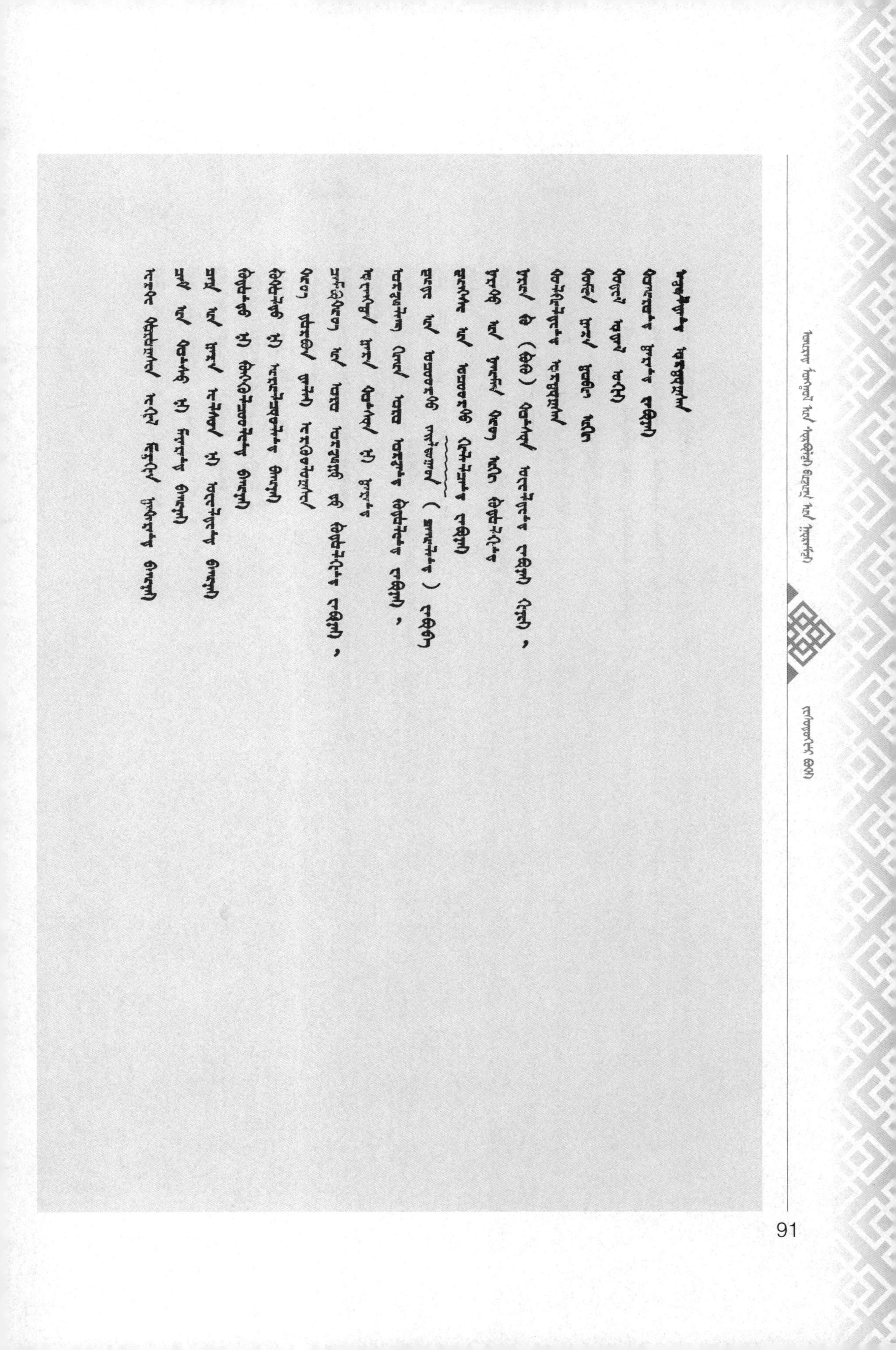

[illegible]
[illegible]
[illegible]
[illegible]
[illegible]
[illegible]
[illegible]
[illegible]
[illegible]
[illegible]
[illegible]
[illegible]
[illegible]
[illegible]
[illegible]
[illegible]
[illegible]
[illegible]
[illegible]

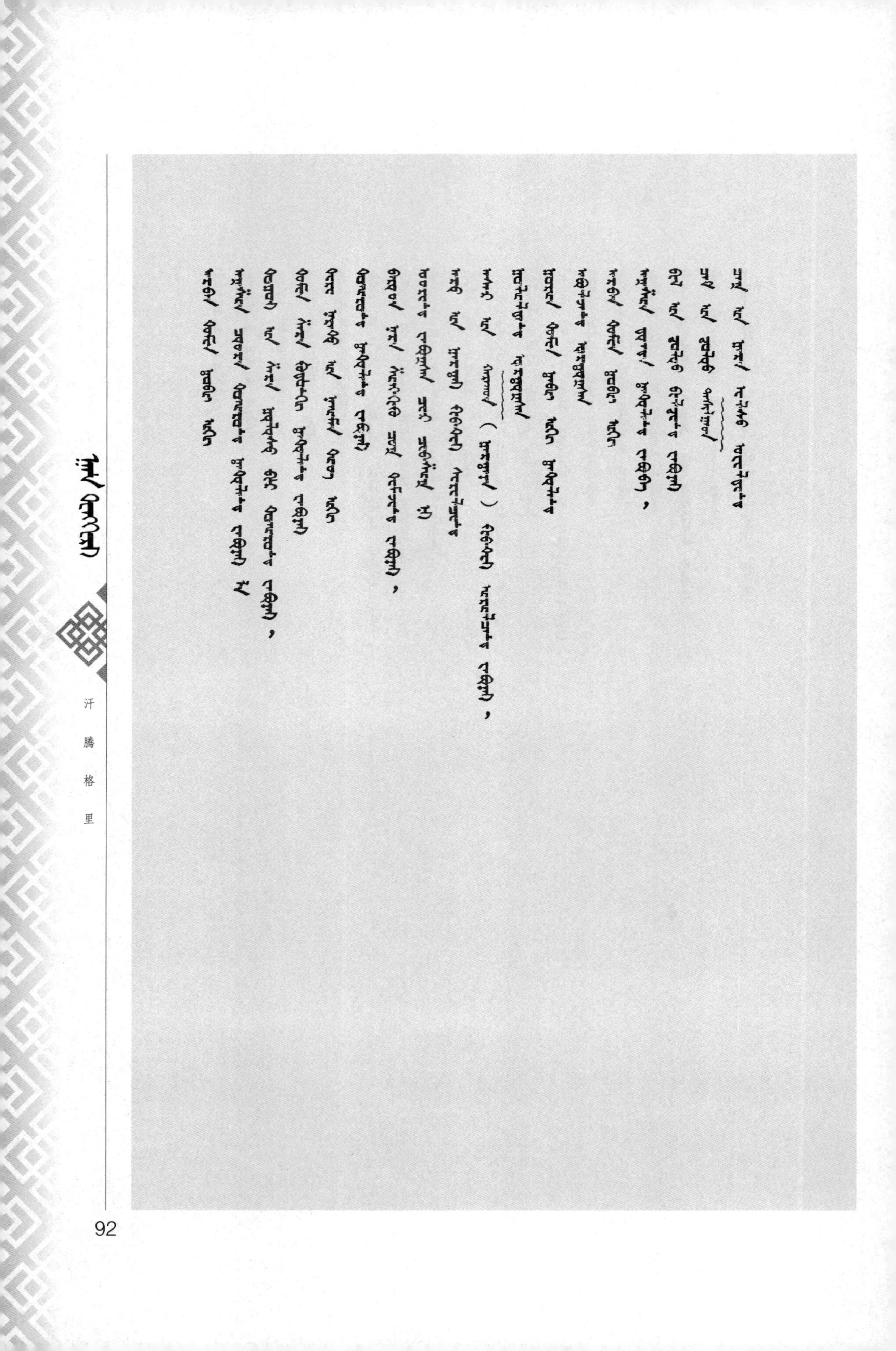

[illegible]

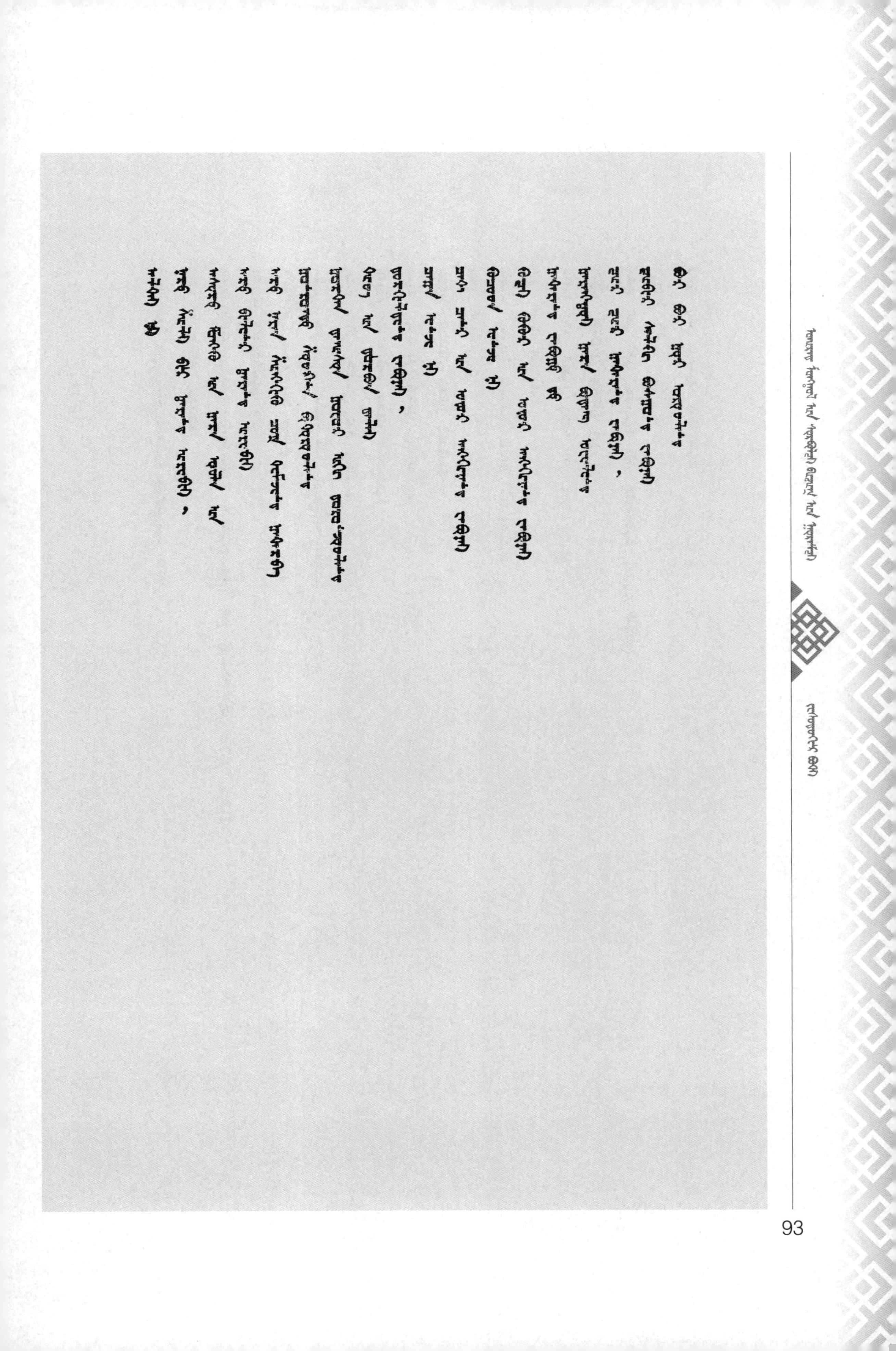

[illegible]
[illegible]
[illegible]
[illegible]
[illegible]
[illegible]
[illegible]
[illegible]
[illegible]
[illegible]
[illegible]
[illegible]
[illegible]
[illegible]
[illegible]
[illegible]
[illegible]
[illegible]

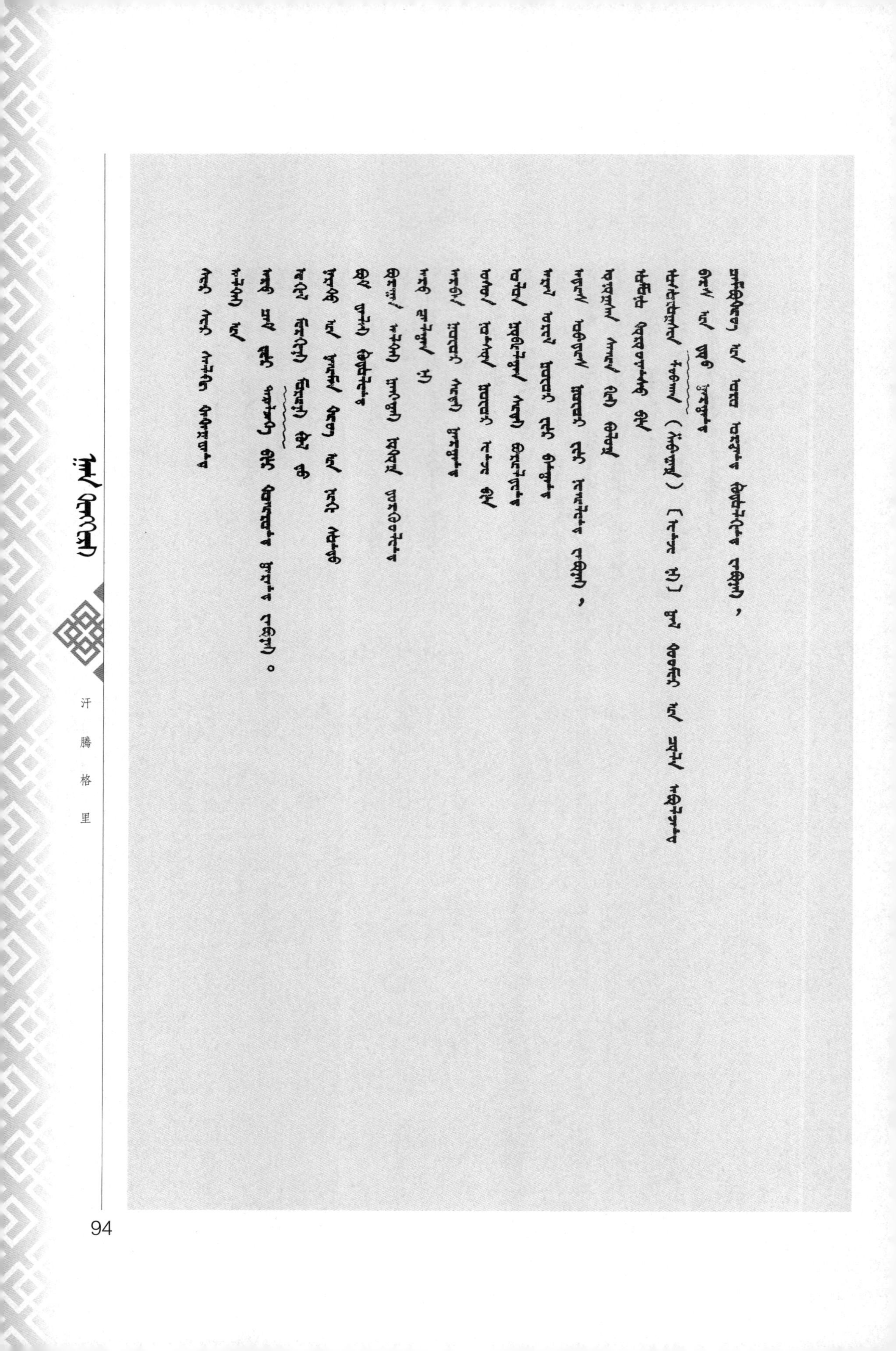

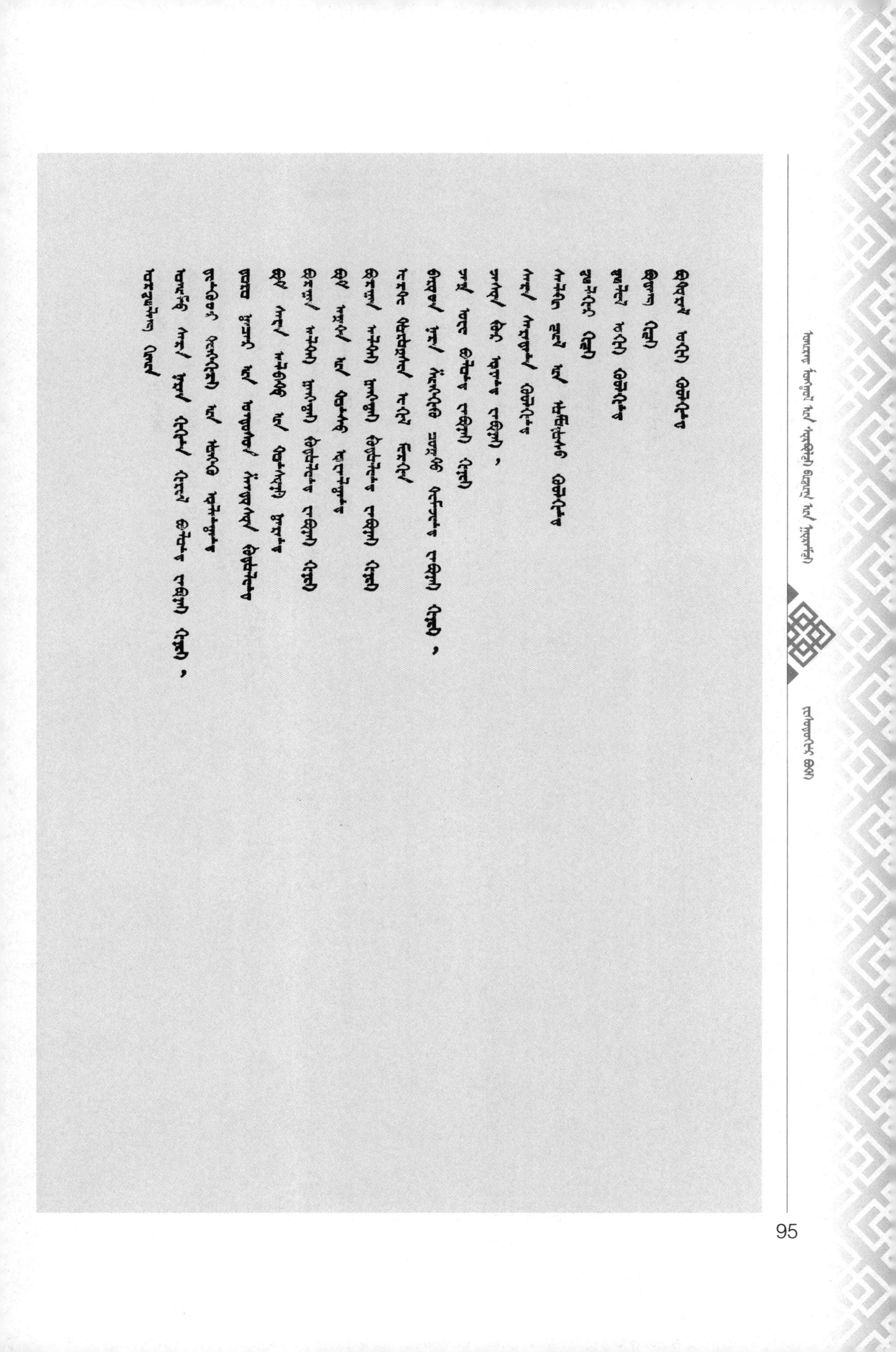

[illegible]
[illegible]
[illegible]
[illegible]
[illegible]
[illegible]
[illegible]
[illegible]
[illegible]
[illegible]
[illegible]
[illegible]
[illegible]
[illegible]
[illegible]
[illegible]
[illegible]

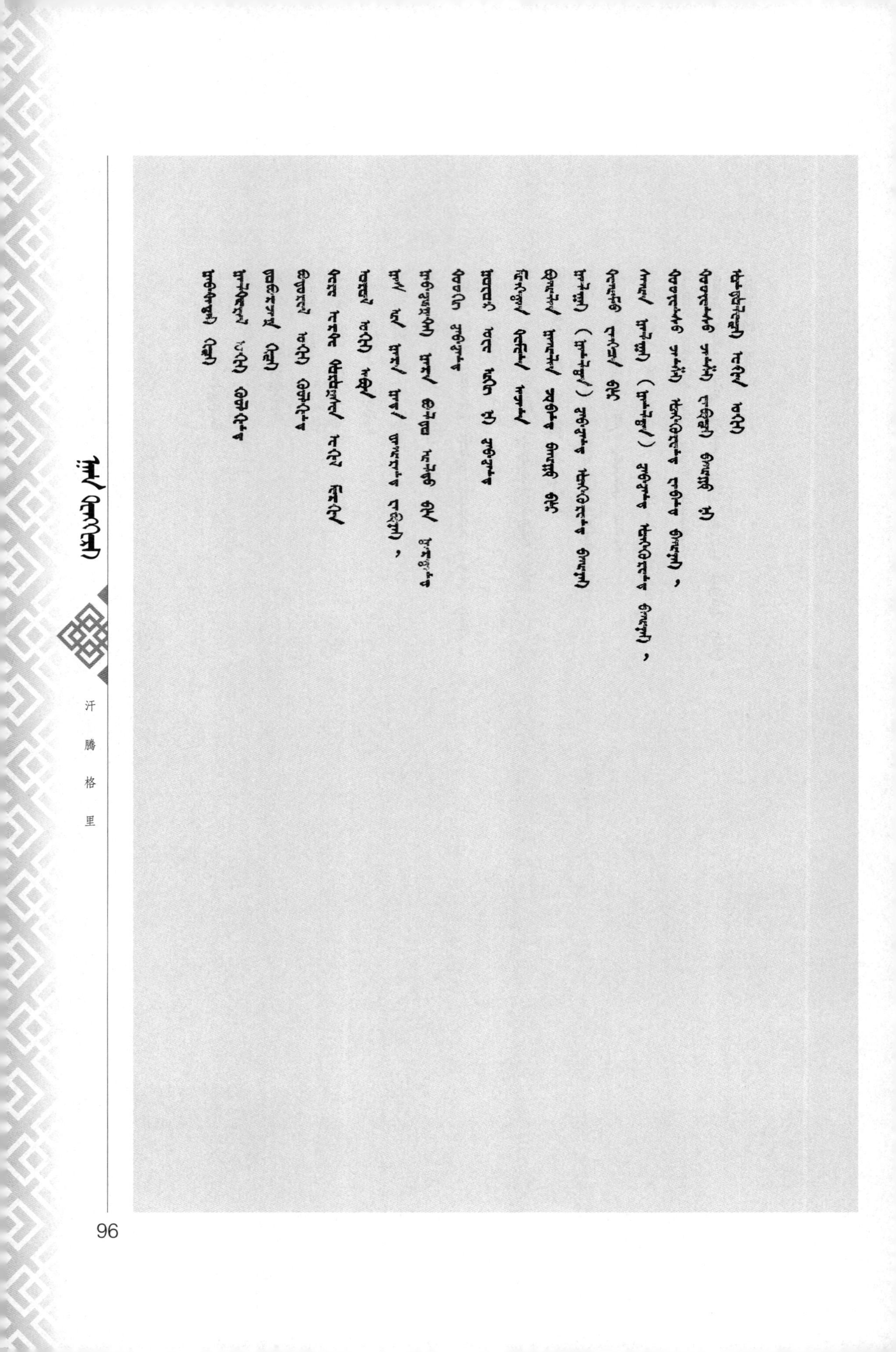

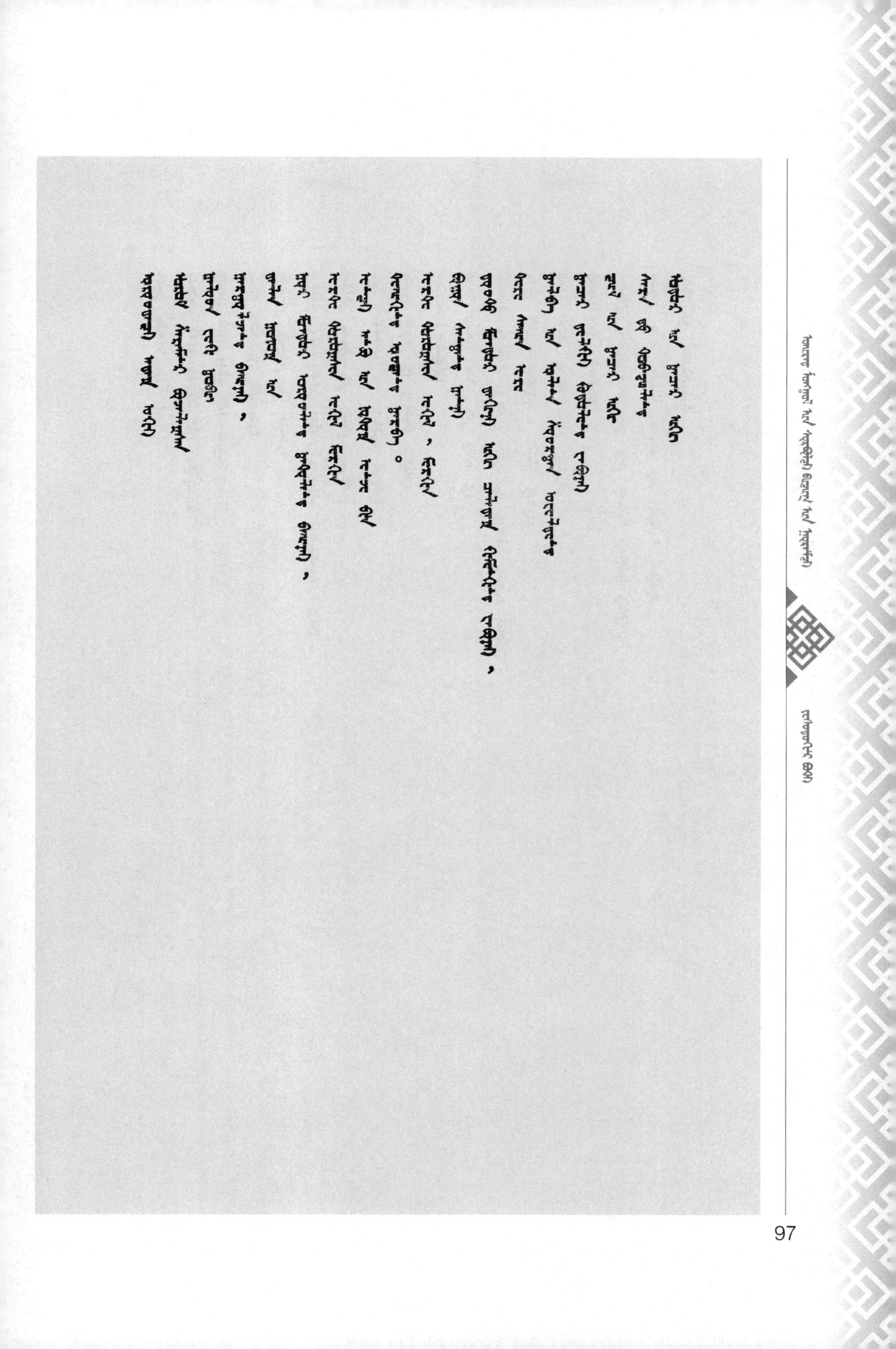

[illegible]
[illegible]
[illegible]
[illegible]
[illegible]
[illegible]
[illegible] ,
[illegible]
[illegible] , [illegible]
[illegible] 。
[illegible]
[illegible]
[illegible] ,
[illegible]
[illegible] ,
[illegible]
[illegible]
[illegible]

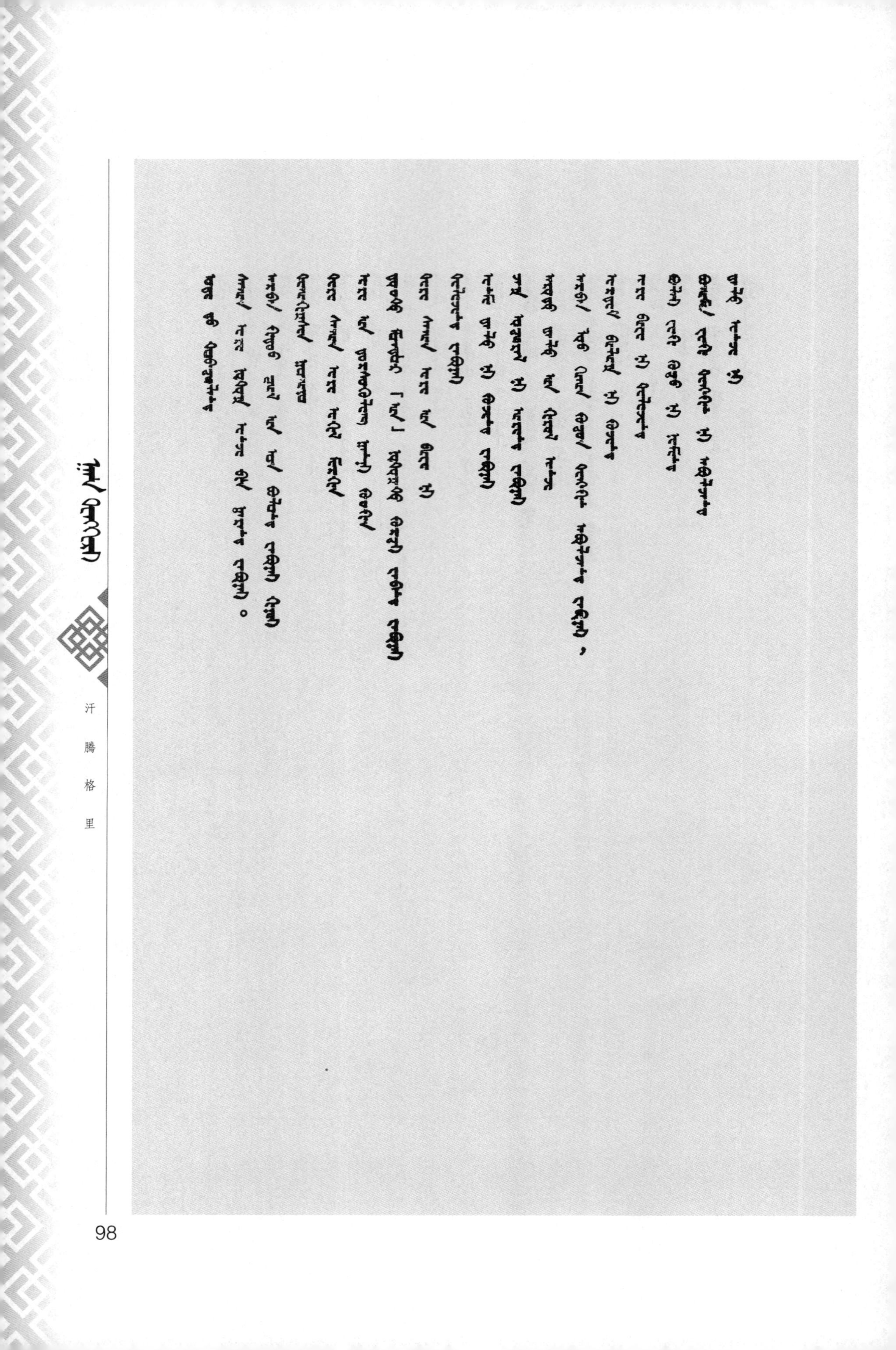

[illegible]
[illegible]
[illegible]
[illegible]
[illegible]
[illegible]
[illegible]
[illegible]
[illegible]
[illegible]
[illegible]
[illegible]
[illegible]
[illegible]
[illegible]
[illegible]
[illegible]
[illegible]

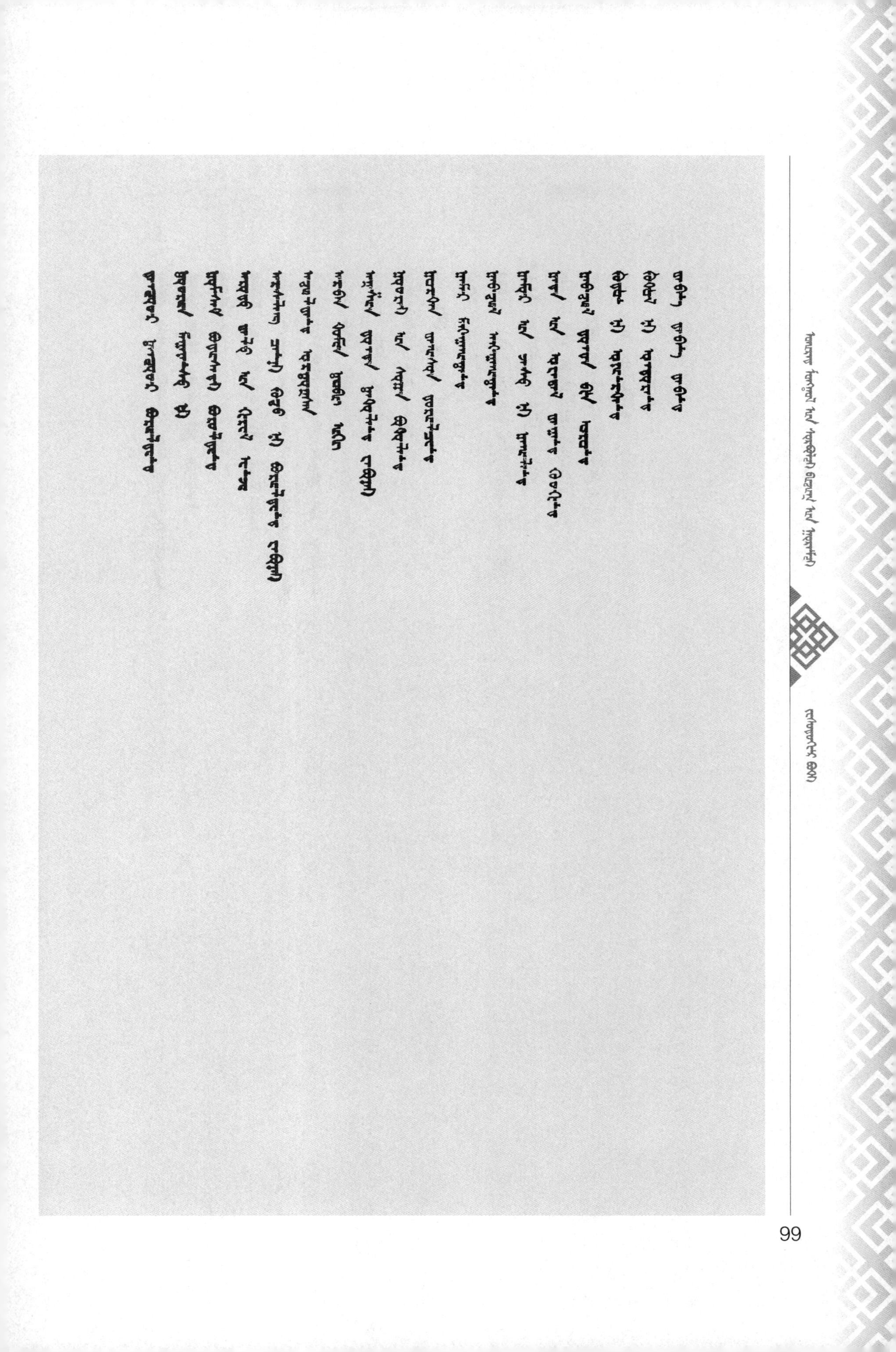

[illegible]
[illegible]
[illegible]
[illegible]
[illegible]
[illegible]
[illegible]
[illegible]
[illegible]
[illegible]
[illegible]
[illegible]
[illegible]
[illegible]
[illegible]
[illegible]
[illegible]
[illegible]
[illegible]

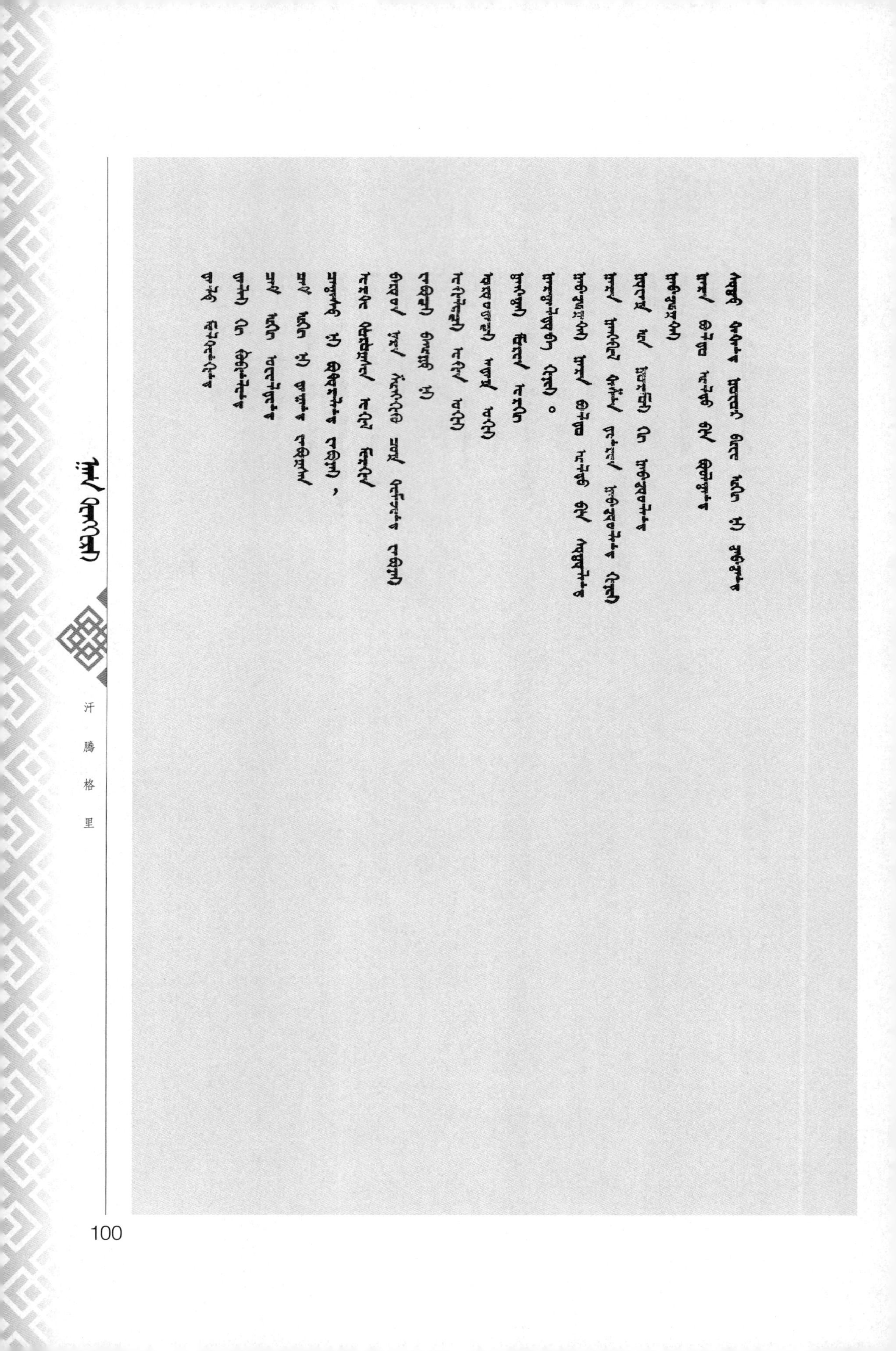

[illegible]
[illegible]
[illegible]
[illegible]
[illegible]
[illegible]
[illegible]
[illegible]
[illegible]
[illegible]
[illegible]
[illegible]
[illegible]
[illegible]
[illegible]
[illegible]
[illegible]
[illegible]

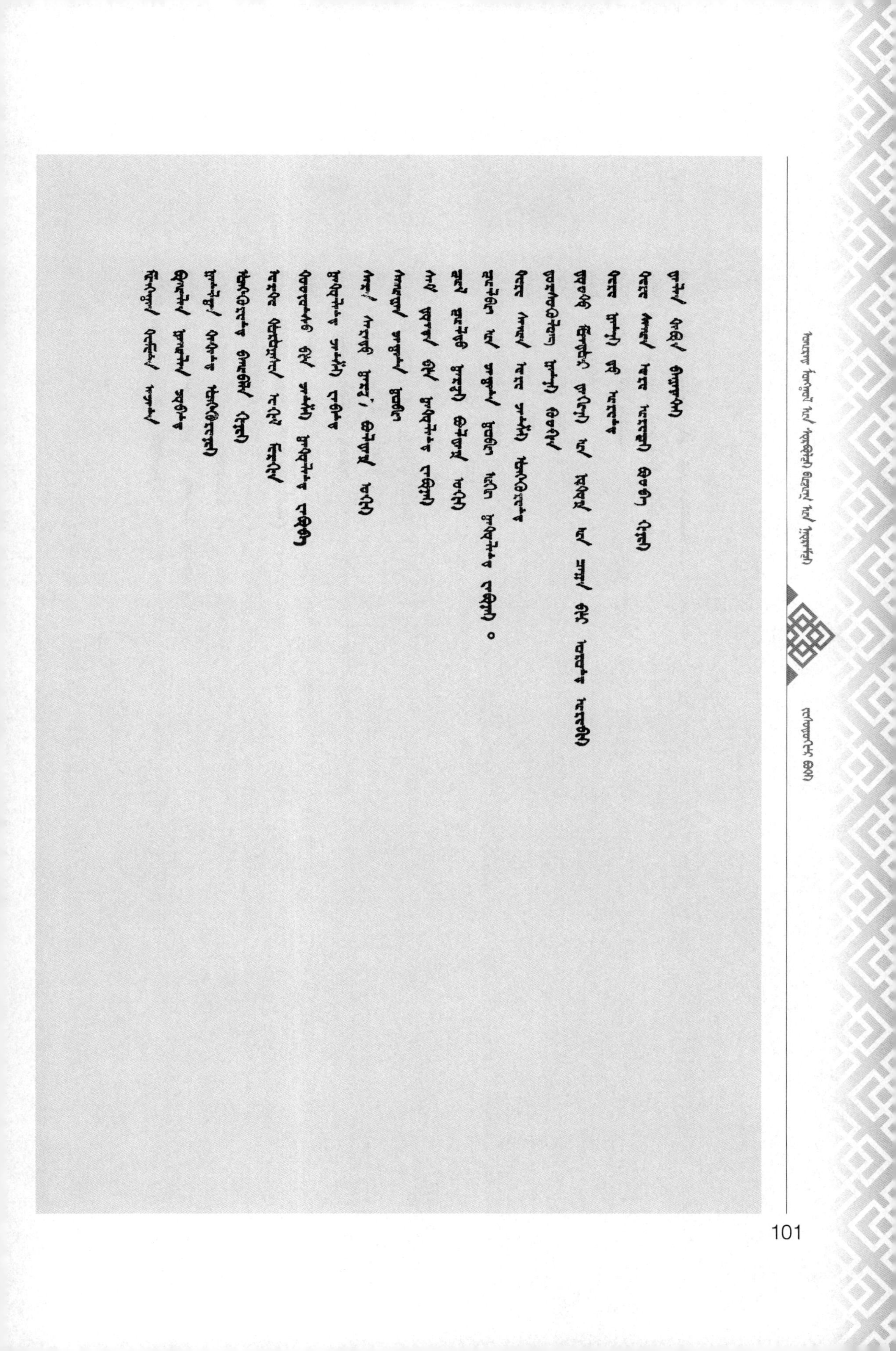

[illegible]

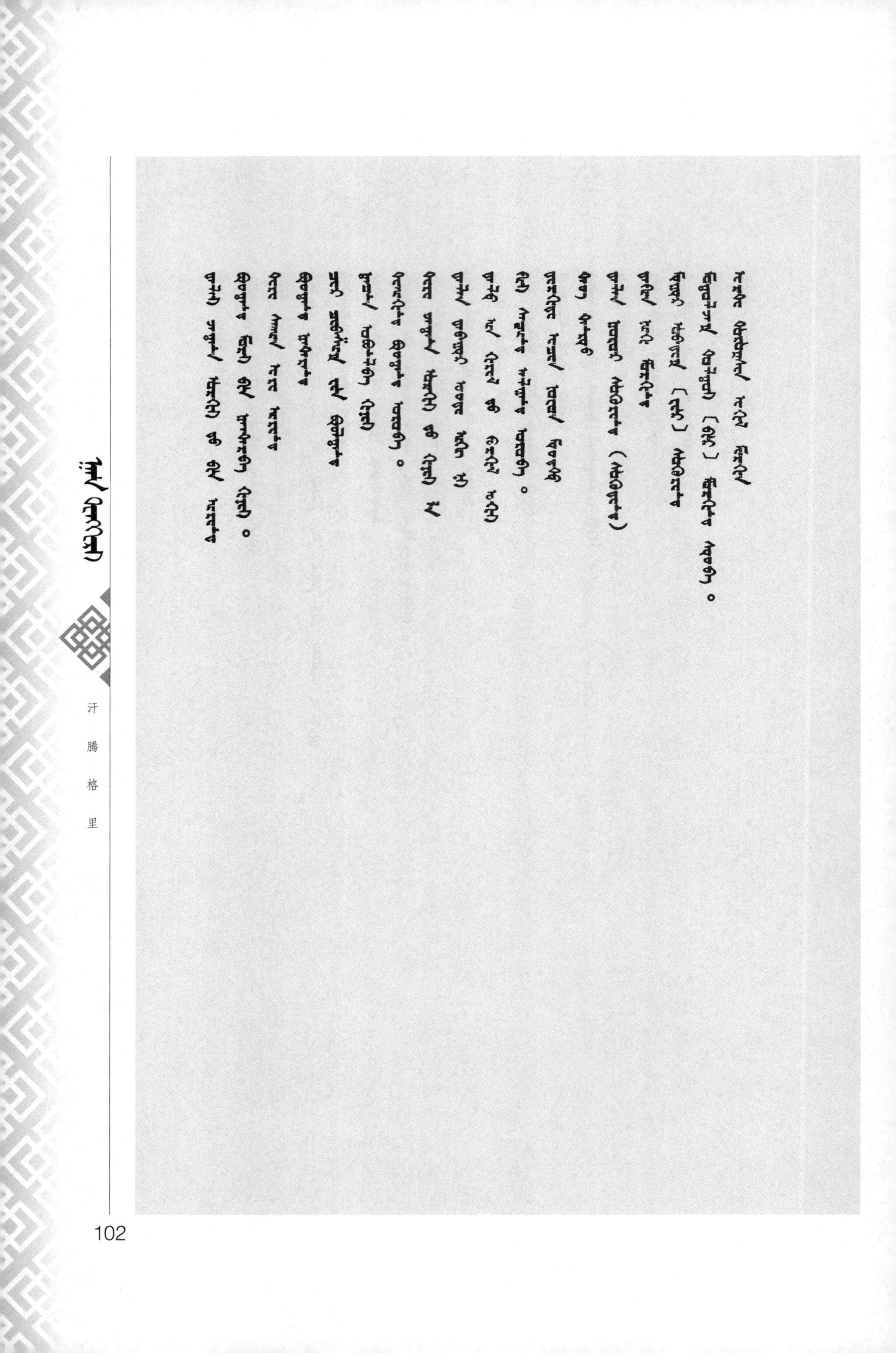

[illegible]
[illegible]
[illegible]
[illegible]
[illegible]
[illegible]
[illegible]
[illegible]
[illegible]
[illegible]
[illegible]
[illegible]
[illegible]
[illegible]
[illegible]
[illegible]
[illegible]
[illegible]

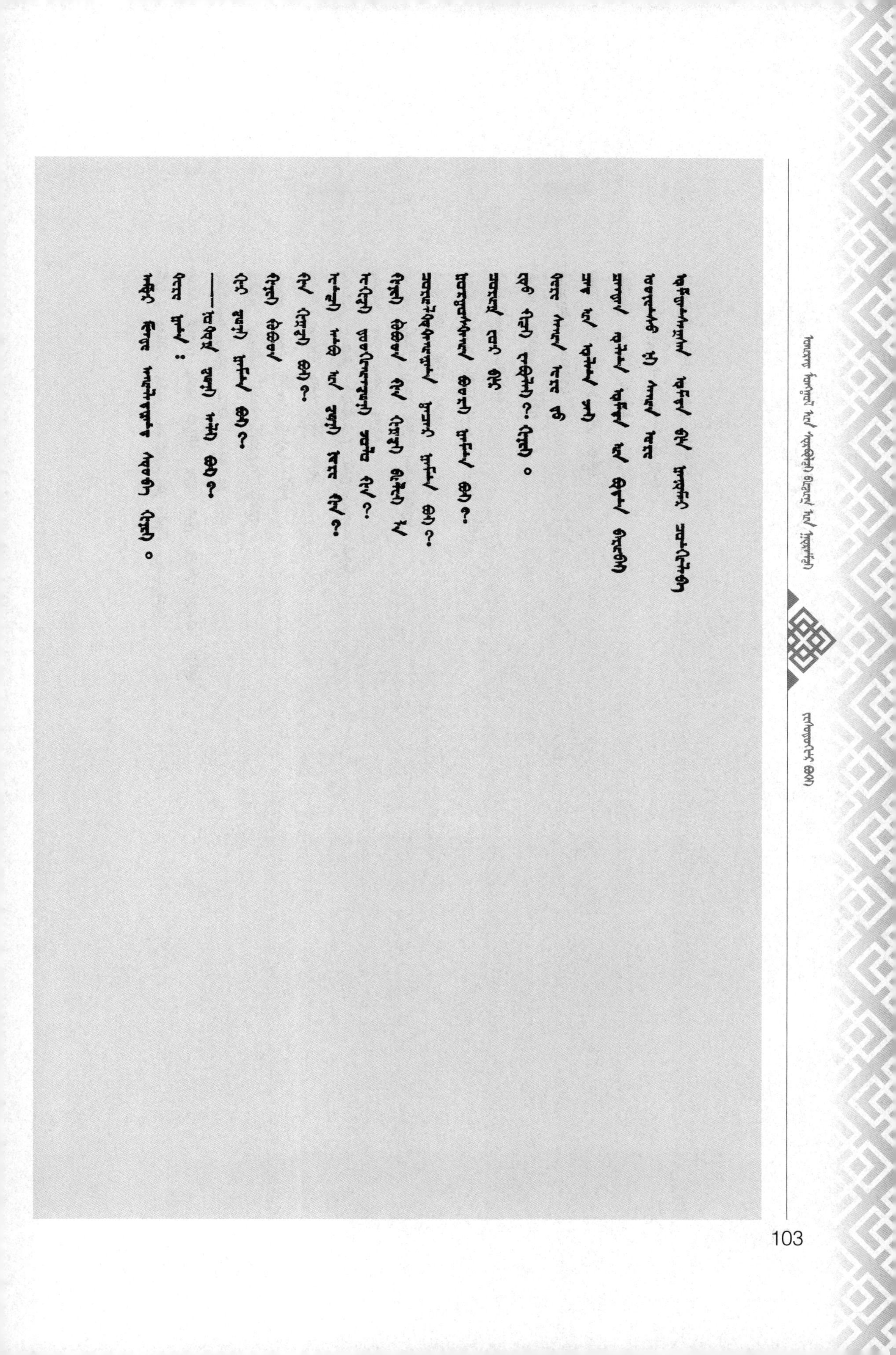

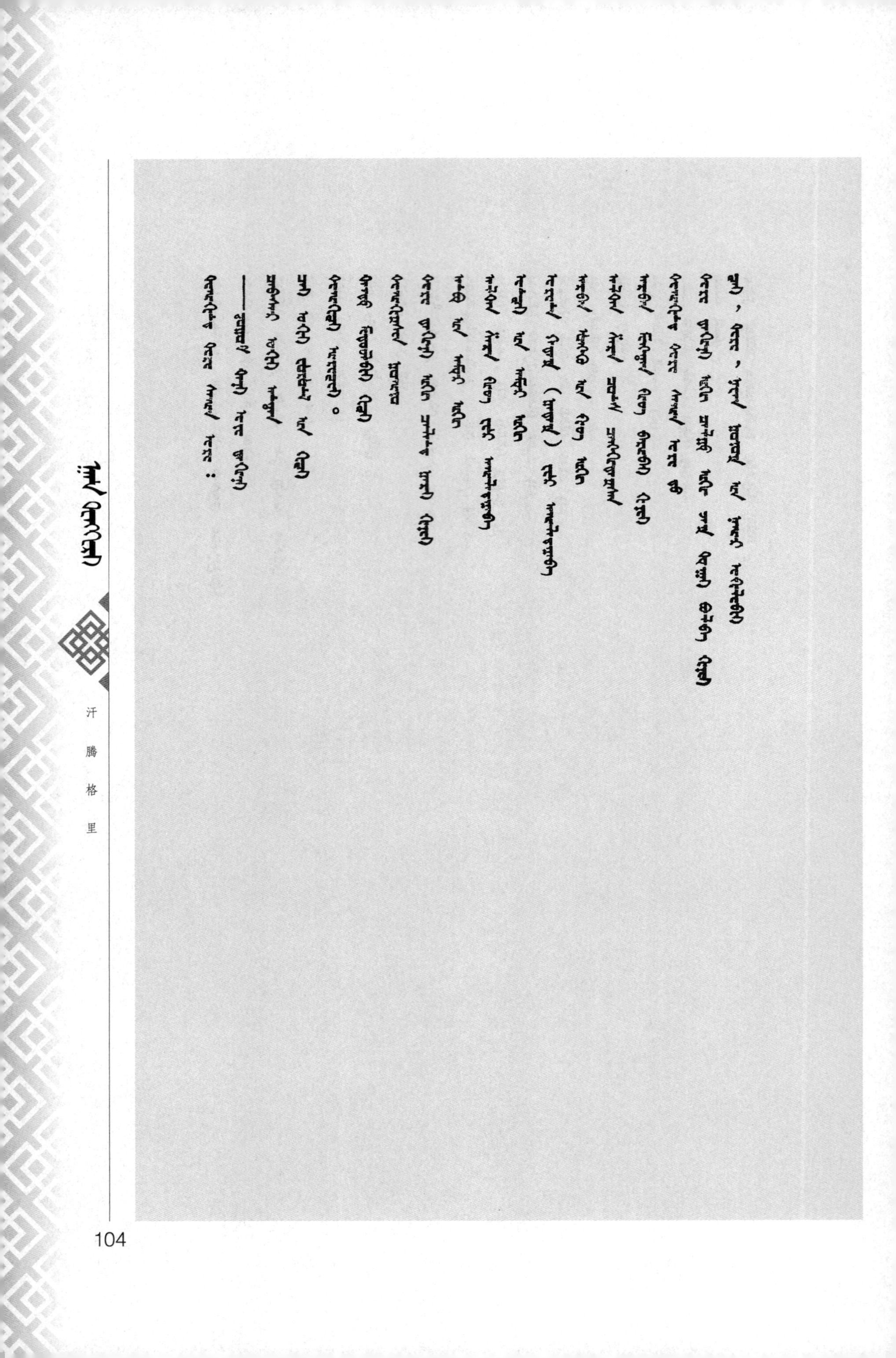

[illegible]

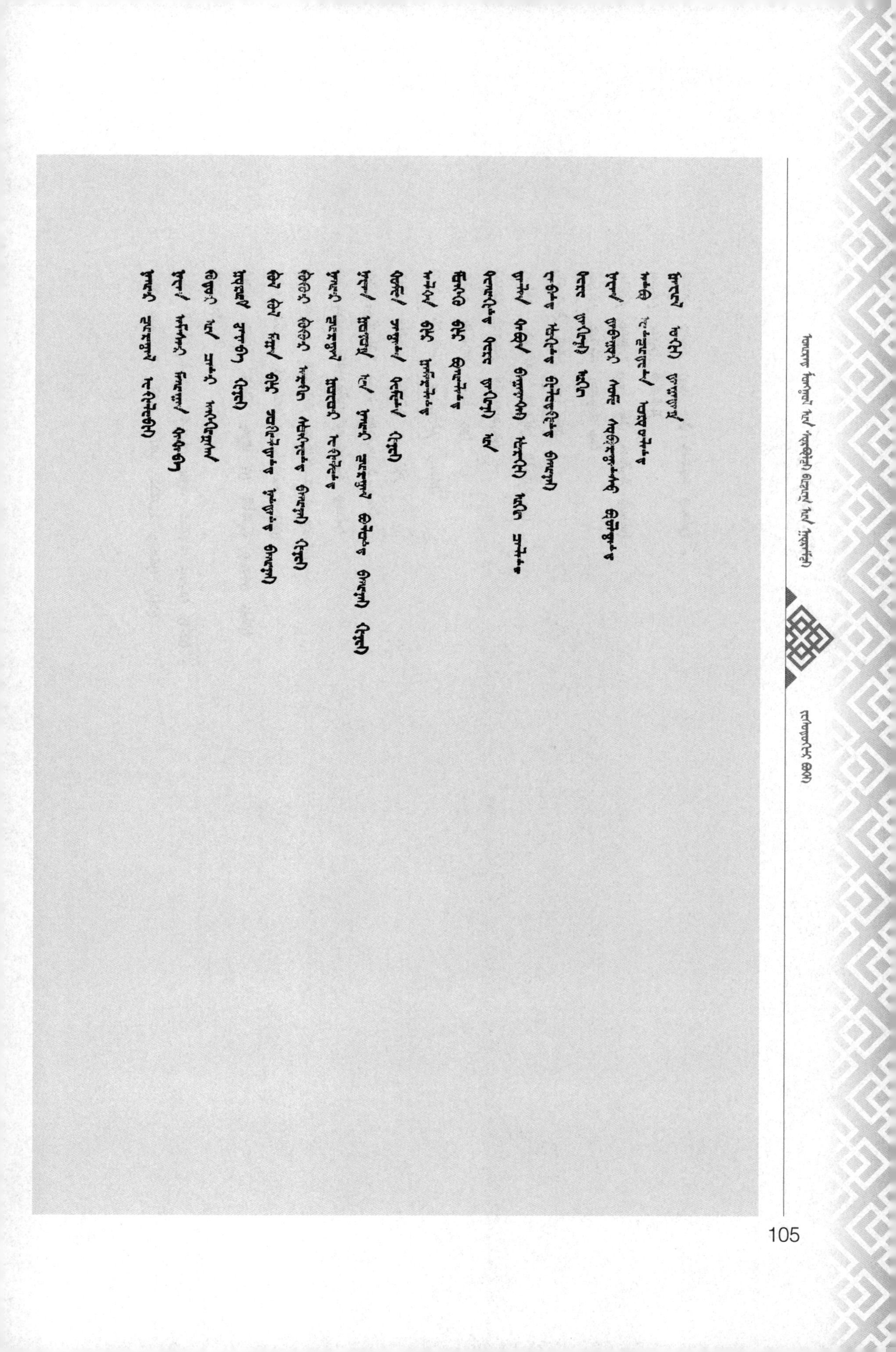

[illegible]
[illegible]
[illegible]
[illegible]
[illegible]
[illegible]
[illegible]
[illegible]
[illegible]
[illegible]
[illegible]
[illegible]
[illegible]
[illegible]
[illegible]
[illegible]
[illegible]
[illegible]

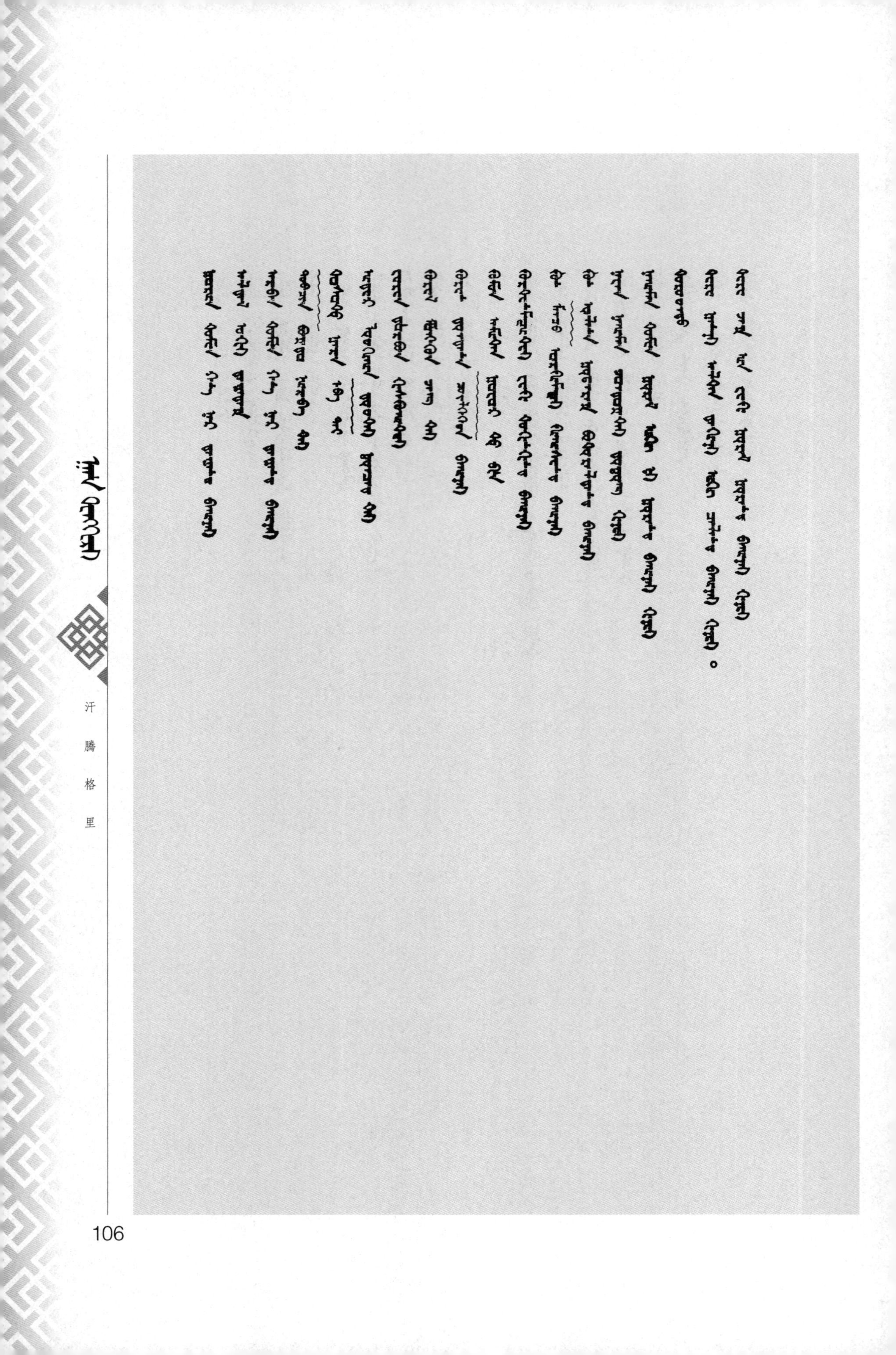

[illegible]
[illegible]
[illegible]
[illegible]
[illegible]
[illegible]
[illegible]
[illegible]
[illegible]
[illegible]
[illegible]
[illegible]
[illegible]
[illegible]
[illegible]
[illegible]
[illegible]
[illegible]

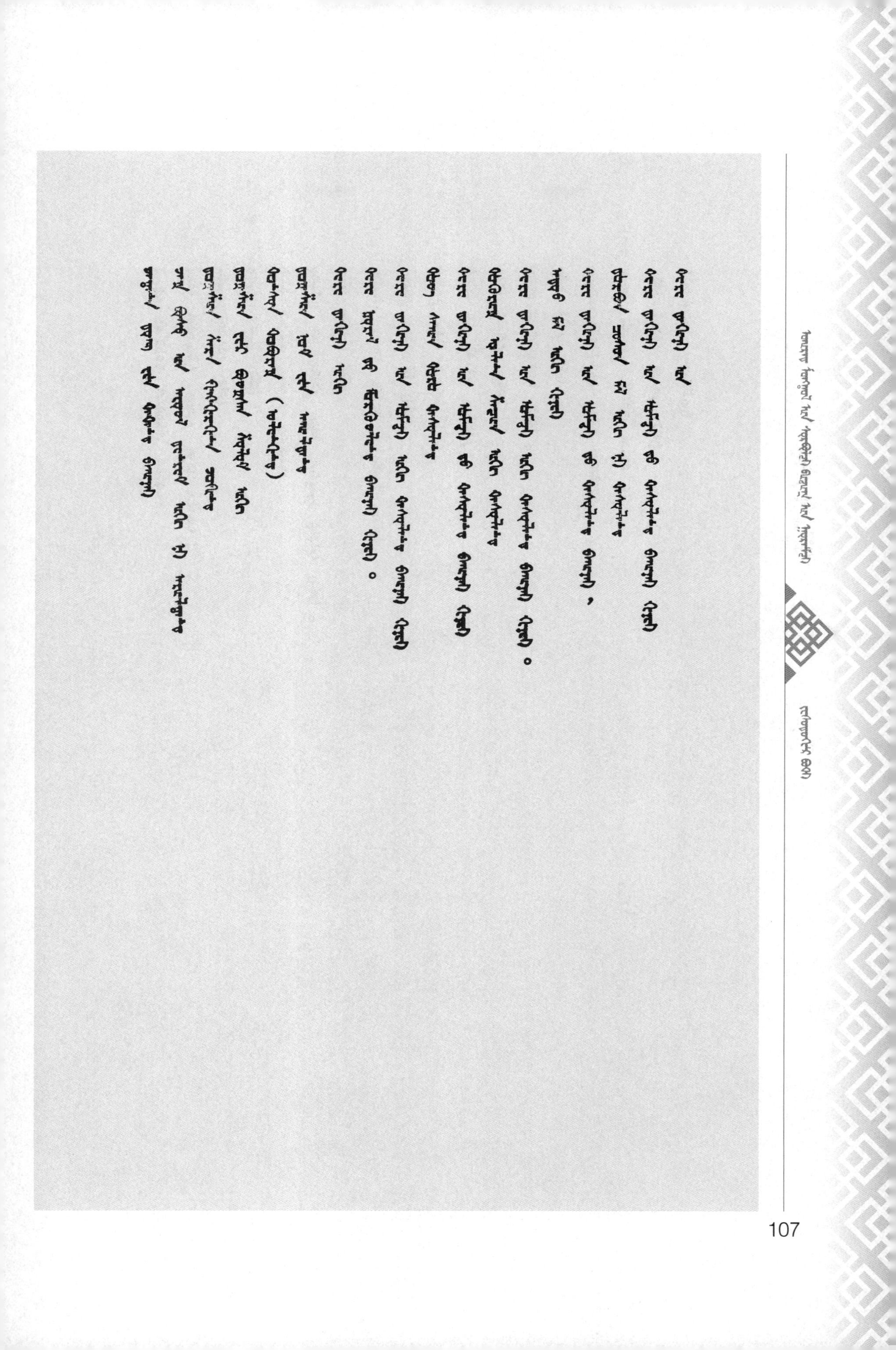

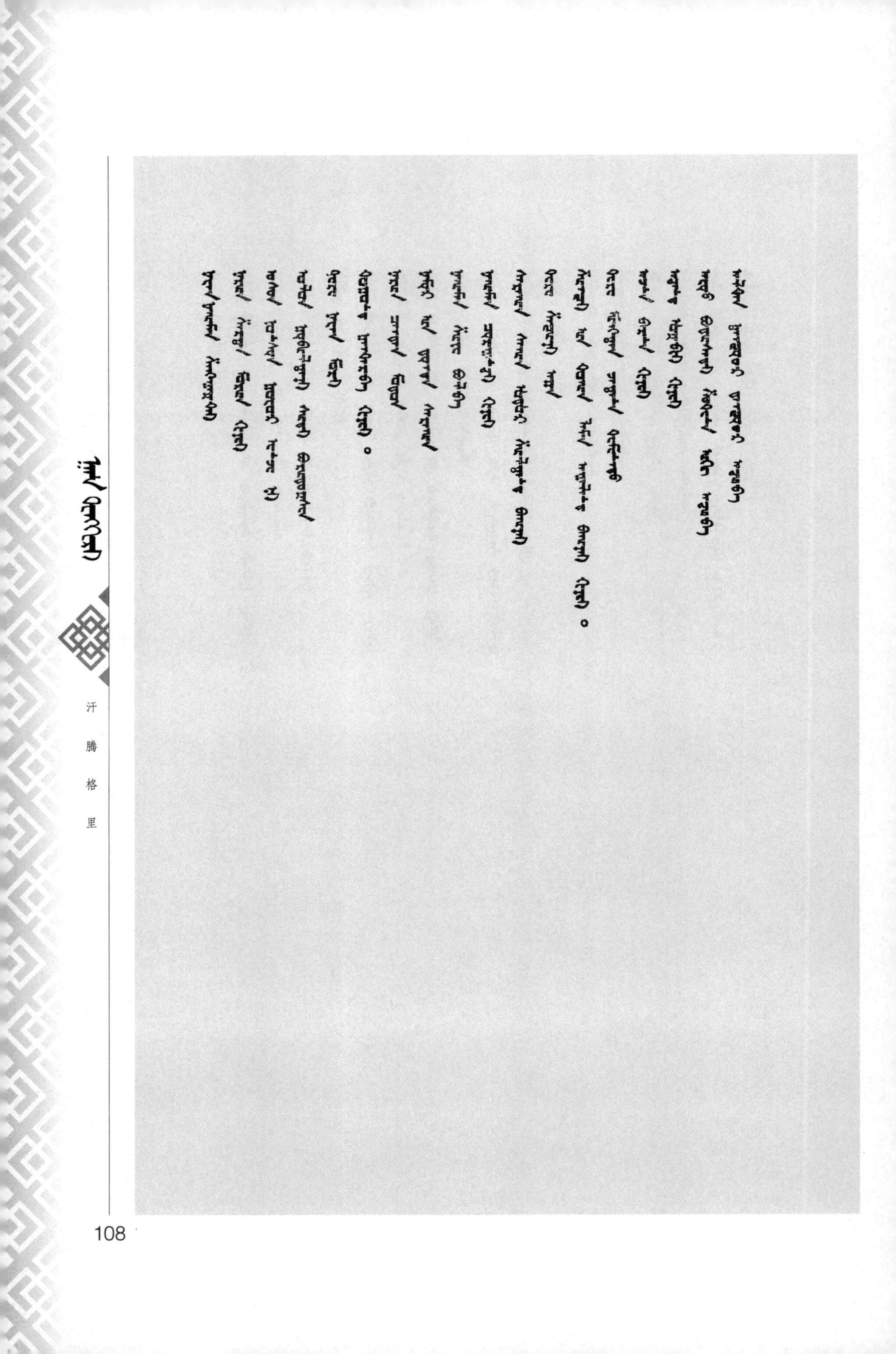

[illegible]

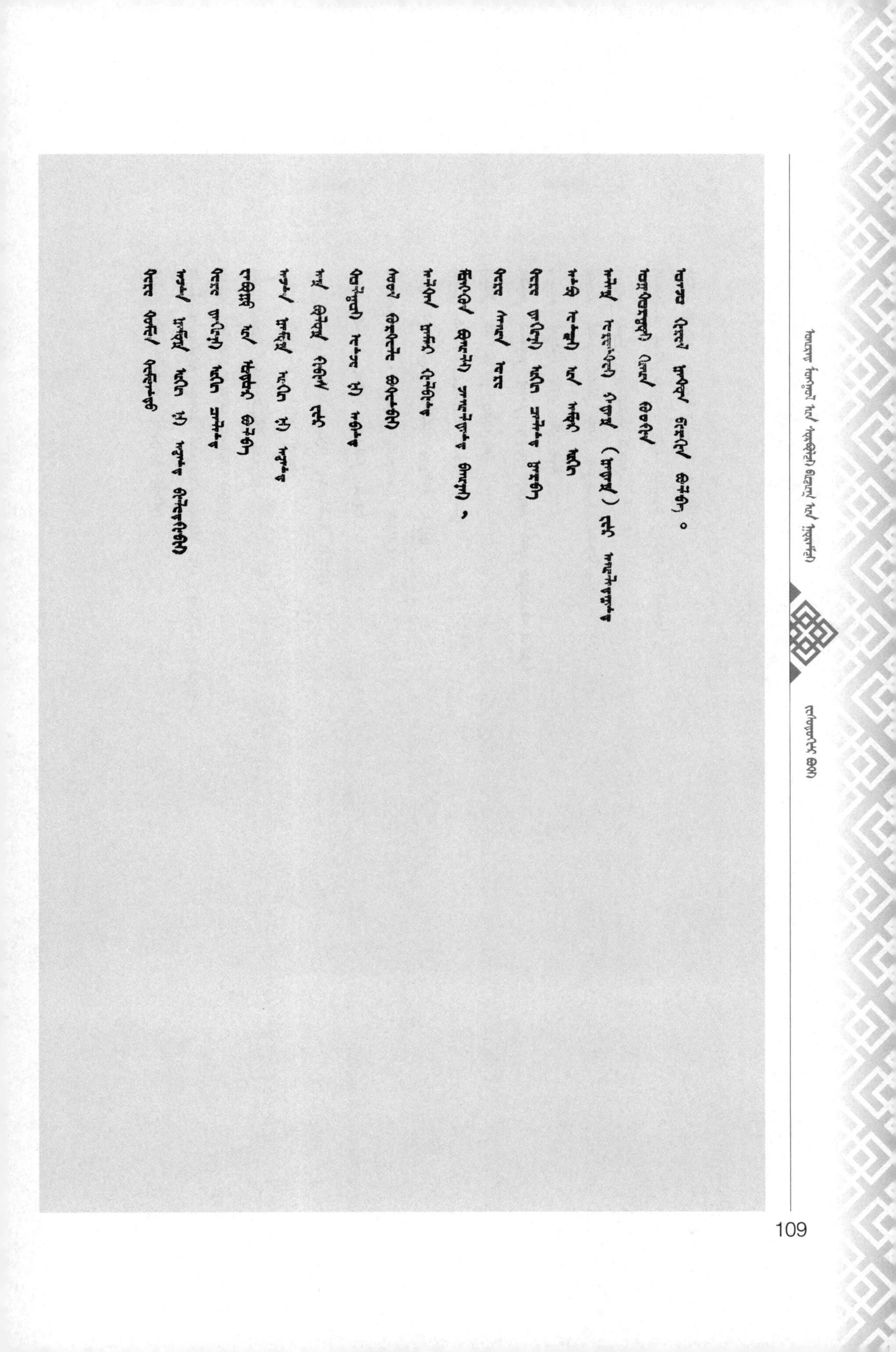

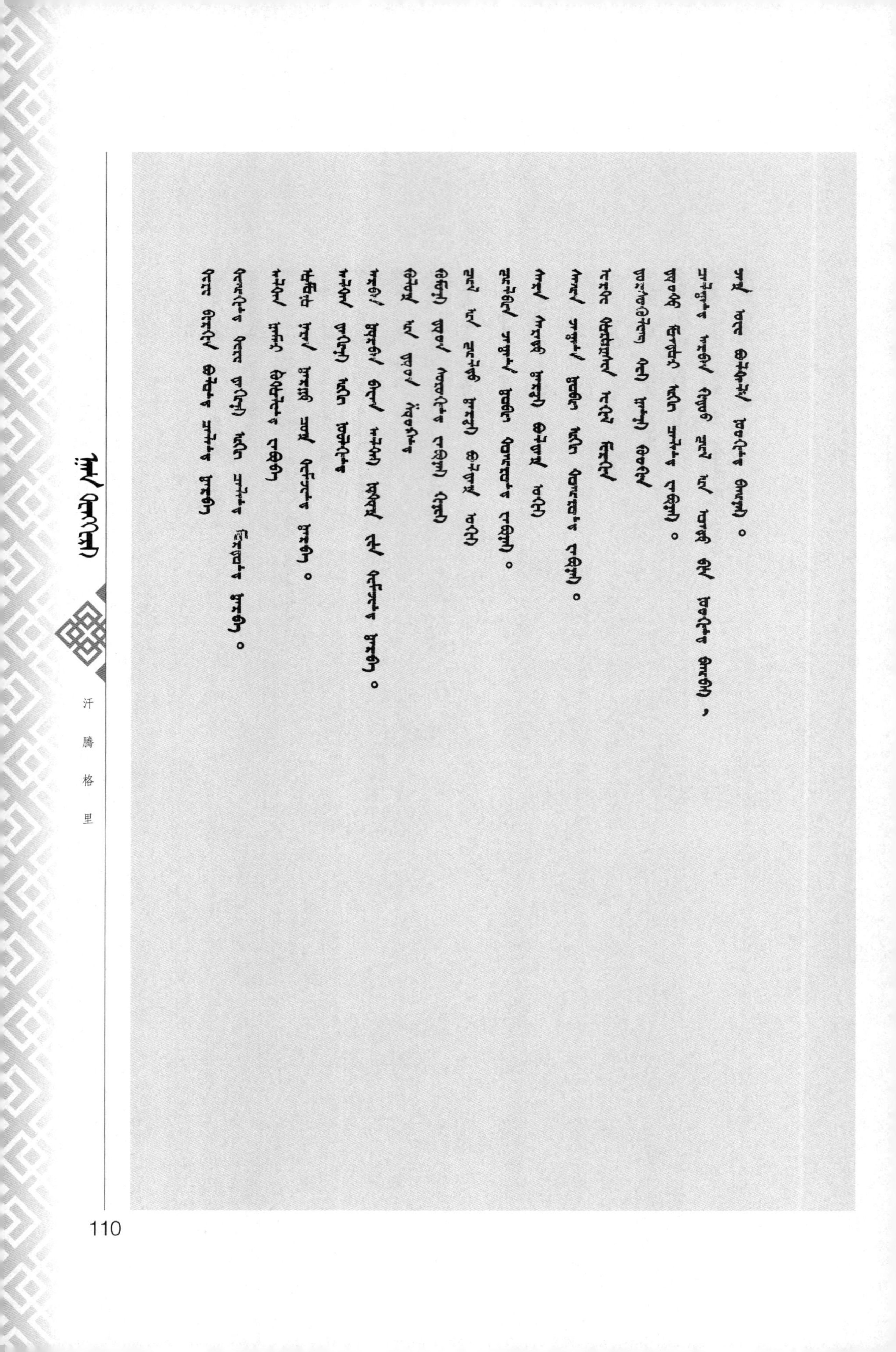

[illegible] 。
[illegible] ,
[illegible] 。
[illegible]
[illegible]
[illegible] 。
[illegible]
[illegible] 。
[illegible]
[illegible]
[illegible]
[illegible] 。
[illegible]
[illegible] 。
[illegible]
[illegible] 。
[illegible]

ᠪᠣᠳᠠ ᠵᠣᠷᠢᠭᠤᠨ ᠪᠣᠯᠵᠣᠭᠰᠠᠨ
ᠭᠡᠷᠡᠯᠲᠦ ᠮᠥᠷᠥᠭᠡᠷ ᠳᠡᠭᠡᠷᠡ ᠡ᠃
ᠭᠡᠷᠡᠯ ᠦᠨ ᠵᠣᠷᠢᠭᠤᠨ ᠭᠡᠭᠡᠯᠡᠭᠡᠳ
ᠪᠢᠳᠡ ᠶᠢᠨ ᠵᠣᠷᠢᠭᠤᠨ ᠪᠢᠴᠢᠭᠰᠡᠨ
ᠪᠠᠭᠠ ᠰᠠᠷᠠᠨ ᠬᠠᠭᠠᠨ ᠤ ᠬᠢᠯ ᠪᠡ
ᠮᠠᠨᠳᠤᠯᠤᠭᠰᠠᠨ ᠰᠡᠳᠬᠢᠯ ᠳᠡᠭᠡᠷᠡ ᠡ᠃
ᠮᠠᠨᠳᠤᠭᠤᠯᠤᠨ ᠮᠡᠳᠡ ᠮᠠᠨᠳᠤᠭᠠ
ᠪᠠᠳᠤᠷ ᠭᠡᠷᠡᠯ ᠰᠡᠳᠬᠢᠯ ᠮᠥᠷᠥᠭᠡᠳ ᠬᠦᠷᠴᠦ ᠳᠡᠭᠡᠷᠡ ᠡ᠃
ᠪᠣᠳᠣᠯ ᠭᠡᠷᠡᠯ ᠮᠥᠷᠥᠭᠡᠳ ᠪᠢᠳᠡ ᠪᠣᠭᠤᠷᠠᠭᠤ ᠬᠦᠷᠴᠦ
ᠰᠠᠷᠠᠨ ᠪᠢᠴᠢᠭ ᠪᠣᠯᠵᠣᠭᠰᠠᠨ ᠪᠠᠢᠨ᠎ᠠ᠃
ᠮᠥᠷᠡᠨ ᠪᠢᠴᠢᠭ ᠬᠠᠷᠠᠭᠤᠯᠵᠤ ᠪᠠᠢᠨ᠎ᠠ
ᠬᠠᠷᠠᠨ ᠪᠣᠳᠣᠨ ᠬᠦᠮᠦᠨ ᠬᠦᠷᠴᠦ ᠮᠥᠷᠥᠭᠡᠳ ᠪᠠᠢᠨ᠎ᠠ᠃
ᠮᠠᠨᠳᠤᠨ ᠪᠣᠳᠣᠯ ᠮᠠᠨᠳᠤᠯ ᠮᠡᠳᠡ
ᠮᠠᠨᠳᠤᠯᠤᠭᠰᠠᠨ ᠬᠠᠷᠠᠭᠤᠯᠤᠨ
ᠪᠣᠳᠣᠨ ᠬᠠᠷᠠᠨ ᠬᠦᠮᠦᠨ ᠬᠦᠷᠴᠦ ᠪᠠᠢᠨ᠎ᠠ
ᠪᠣᠳᠣᠯ ᠮᠠᠨᠳᠤᠨ ᠮᠠᠨᠳᠤᠯ ᠮᠡᠳᠡ
ᠪᠣᠯᠪᠠᠰᠤᠷᠠᠭᠰᠠᠨ ᠬᠠᠷᠠᠭᠤᠯᠤᠨ
ᠵᠠᠯᠠᠭᠤ ᠪᠢᠳᠡ ᠬᠠᠷᠠᠭᠤᠯᠵᠤ ᠬᠦᠷᠴᠦ ᠪᠠᠢᠨ᠎ᠠ᠃

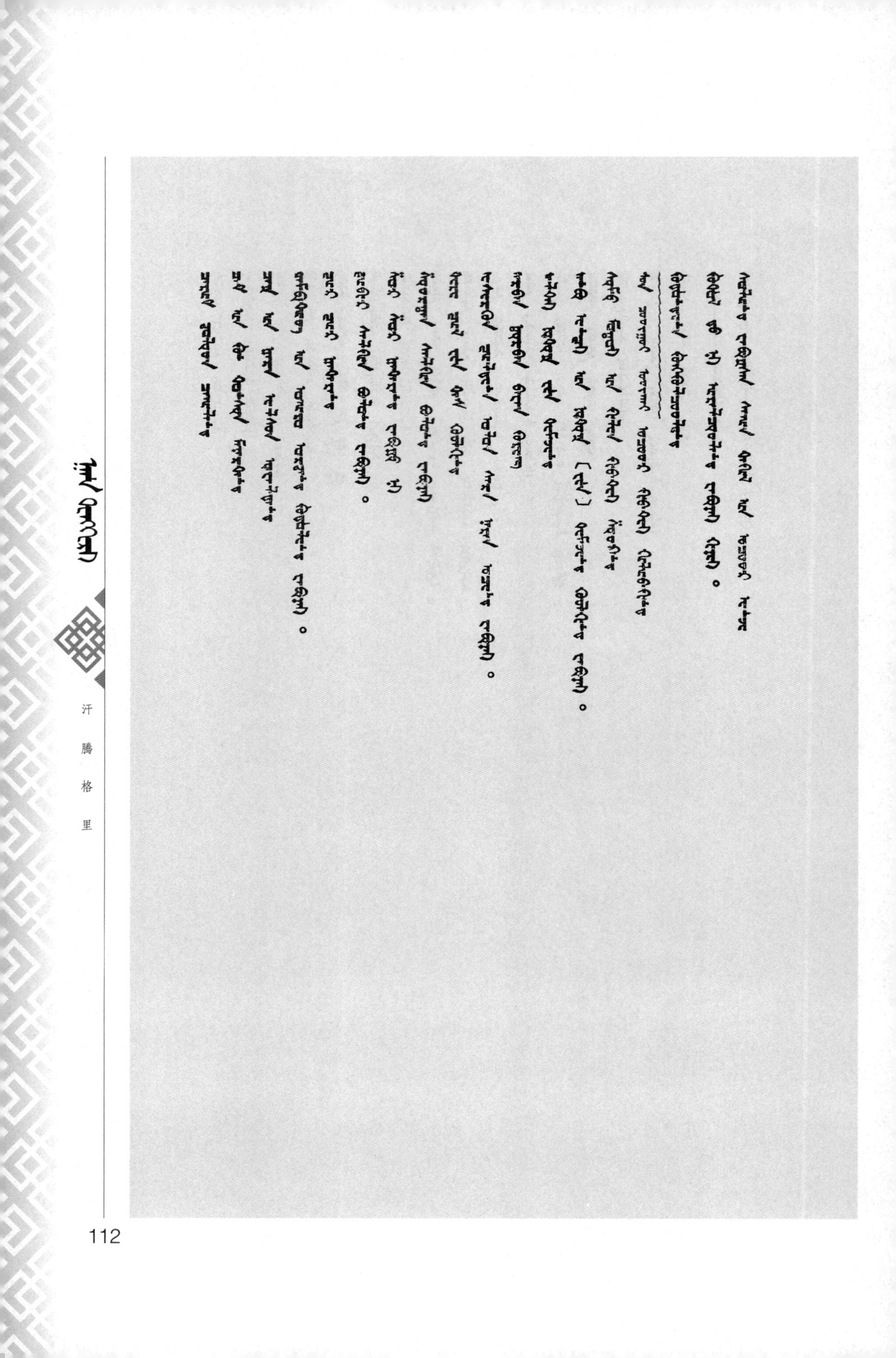

[illegible]
[illegible] 。

[illegible]

[illegible]
[illegible]
[illegible] 〔[illegible]〕 [illegible] 。
[illegible]
[illegible]
[illegible] 。
[illegible]
[illegible]
[illegible]
[illegible] 。
[illegible]
[illegible] 。
[illegible]
[illegible]
[illegible]

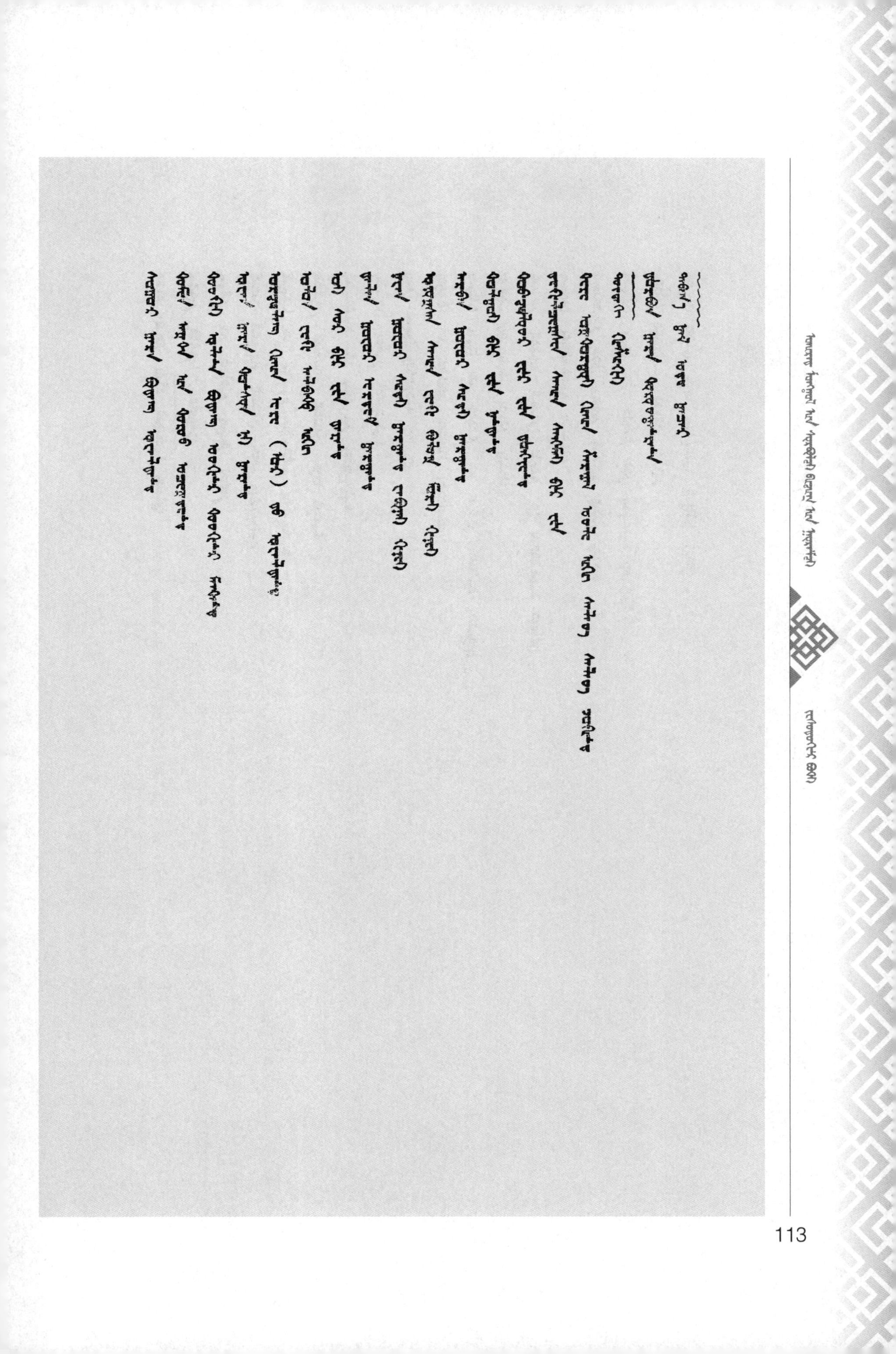

[illegible]

[illegible]

[illegible]

[illegible]

[illegible]

[illegible]

[illegible]

[illegible]

[illegible]

[illegible]

[illegible]

[illegible]

[illegible]

[illegible]

[illegible]

[illegible]

[illegible]

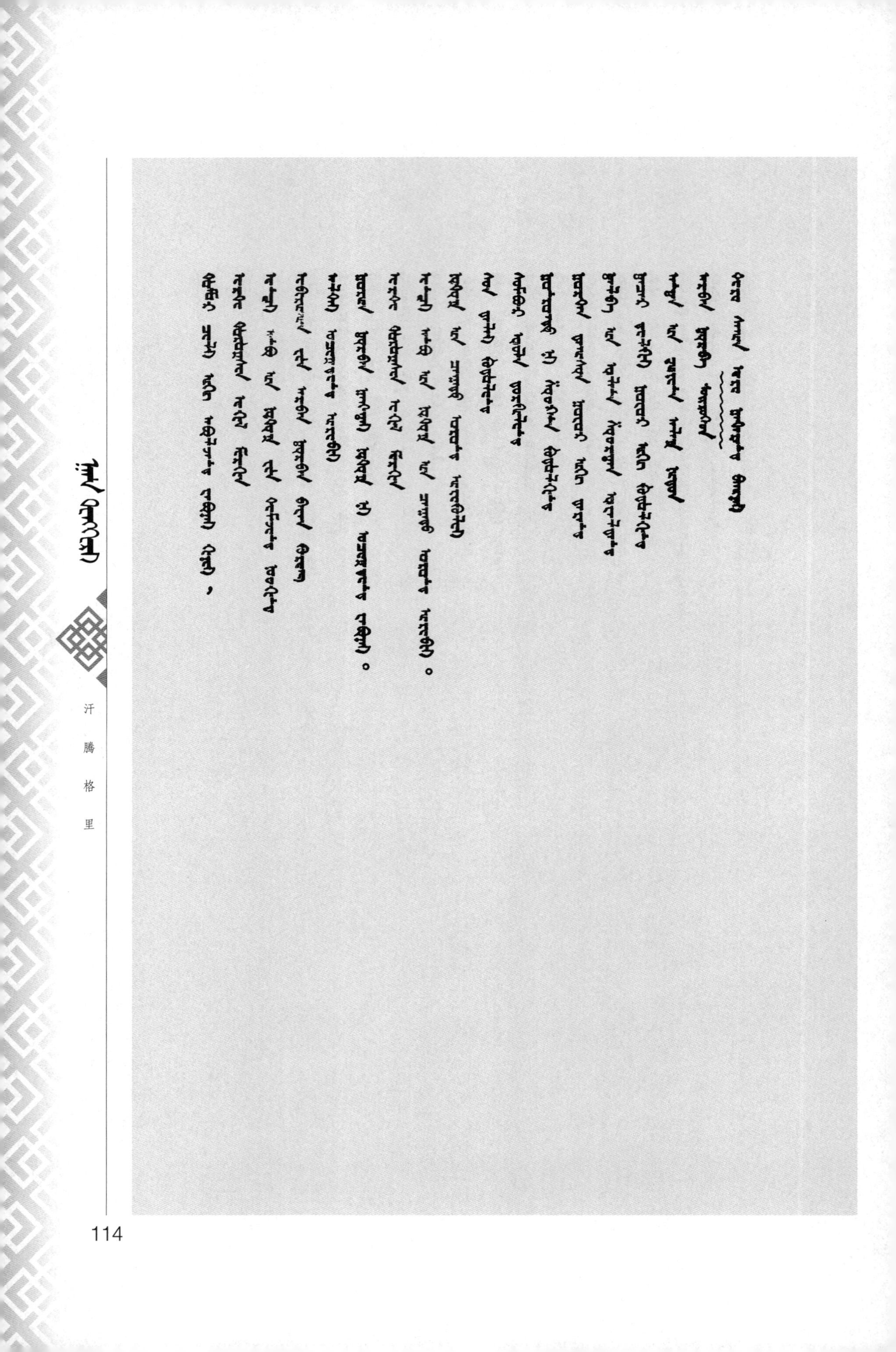

[illegible]
[illegible]
[illegible]
[illegible]
[illegible]
[illegible]
[illegible]
[illegible]
[illegible]
[illegible]
[illegible]
[illegible]
[illegible]
[illegible]
[illegible]
[illegible]
[illegible]
[illegible]

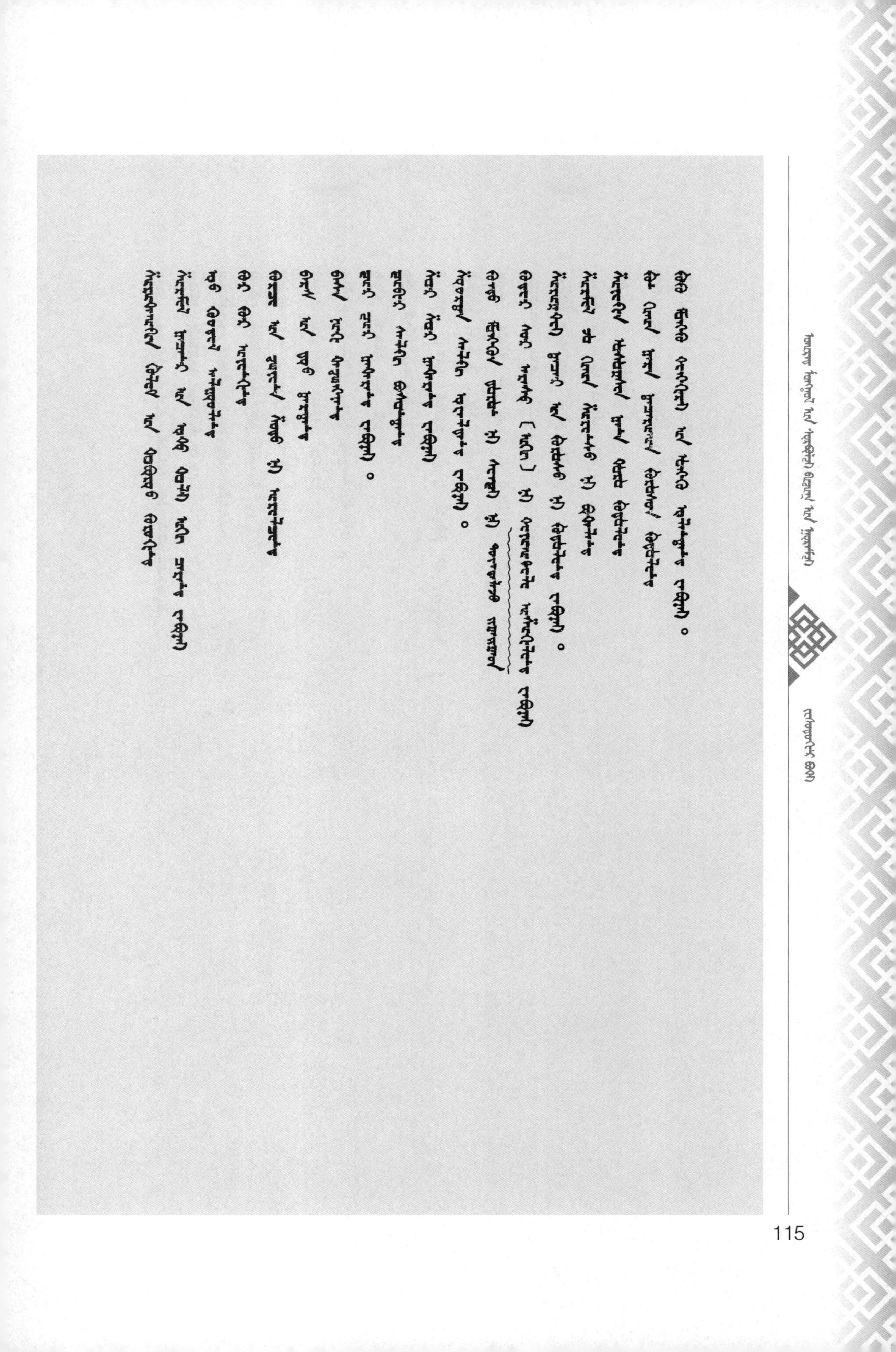

[illegible]
[illegible]
[illegible]
[illegible]
[illegible]
[illegible]
[illegible]
[illegible]
[illegible]
[illegible]
[illegible]
[illegible]
[illegible]
[illegible]
[illegible]
[illegible]
[illegible]
[illegible]

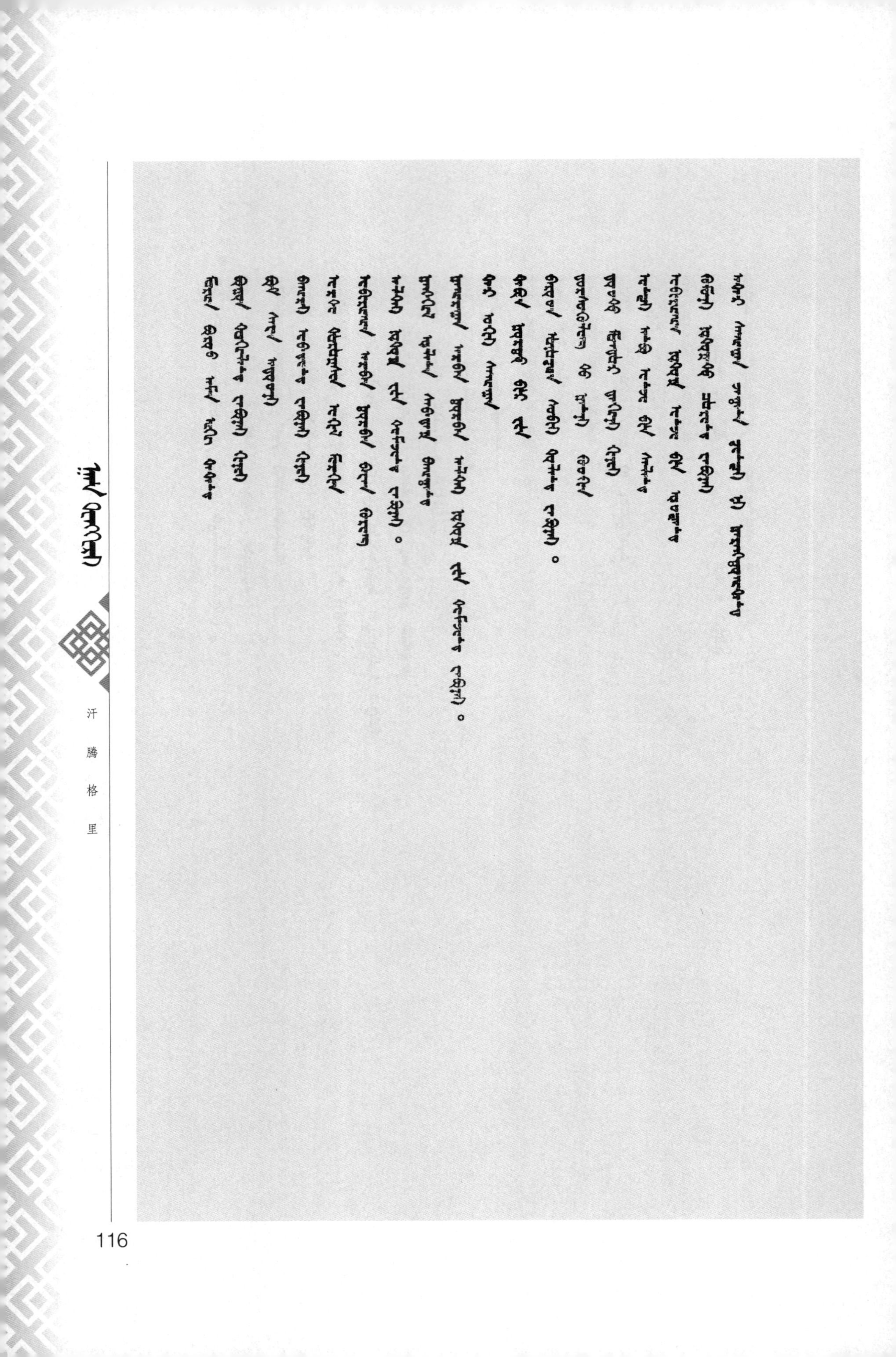

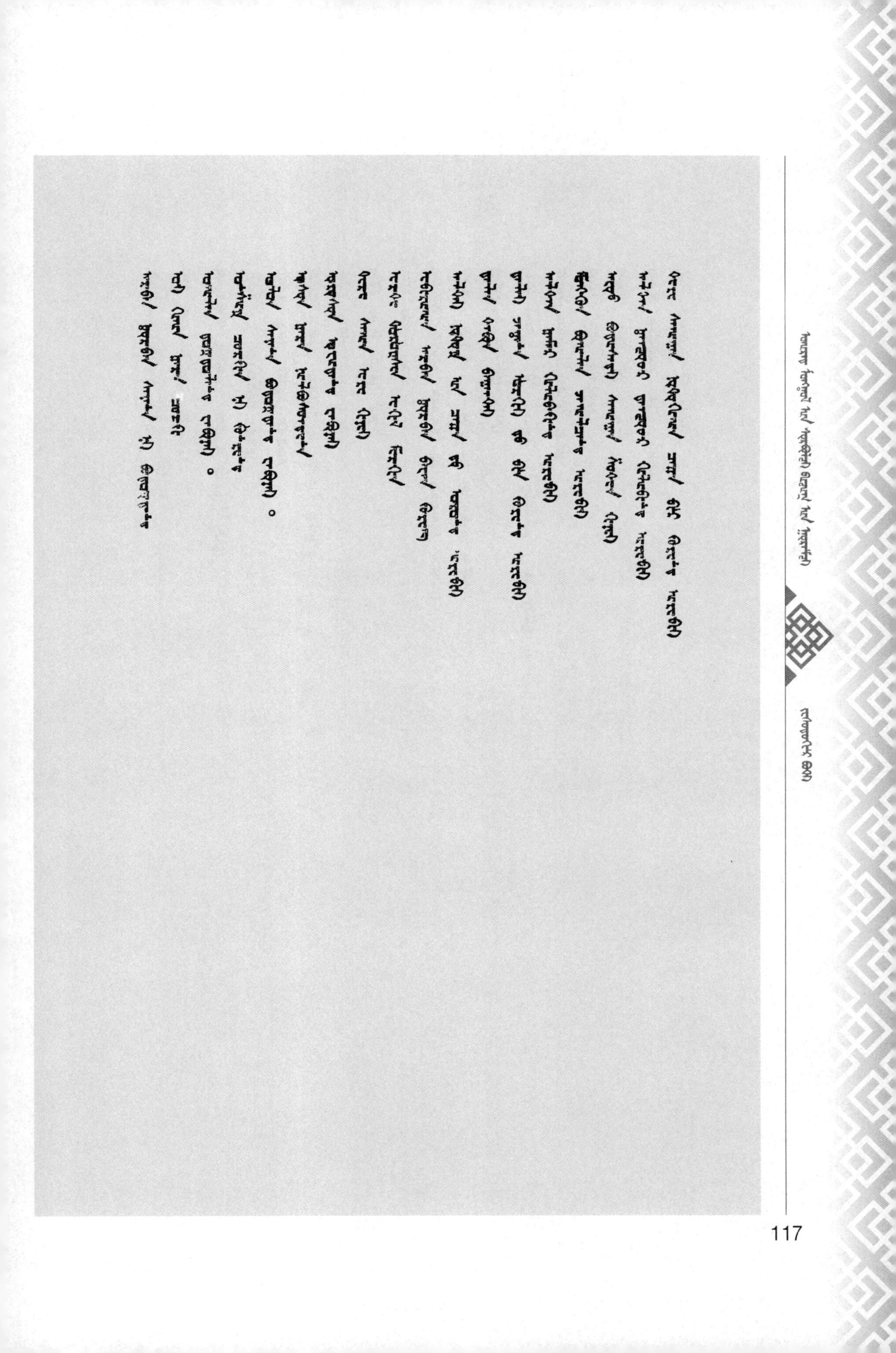

[illegible]
[illegible]
[illegible] ◦
[illegible]
[illegible] ◦
[illegible]
[illegible]
[illegible]
[illegible]
[illegible]
[illegible]
[illegible]
[illegible]
[illegible]
[illegible]
[illegible]
[illegible]
[illegible]
[illegible]

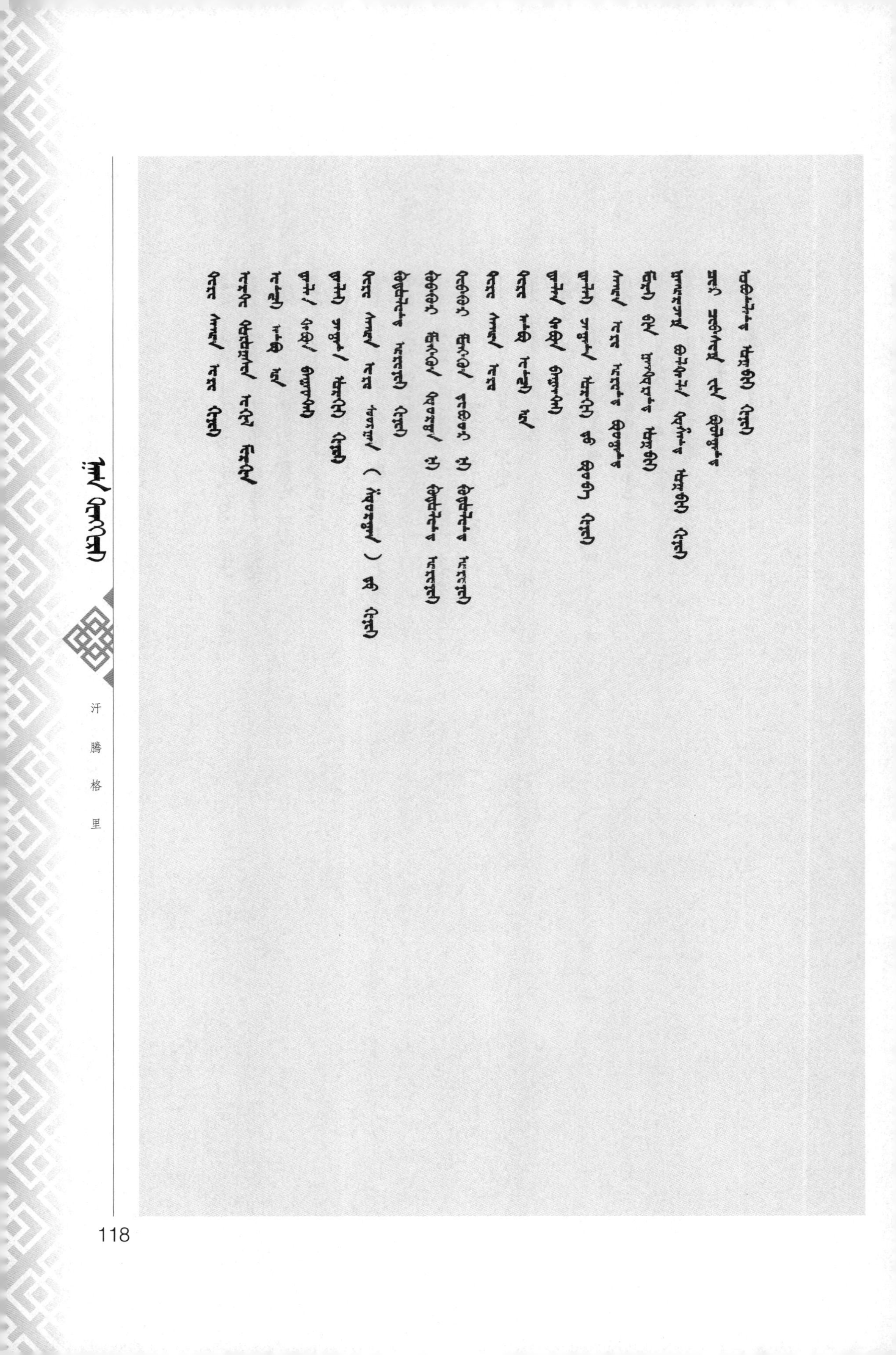

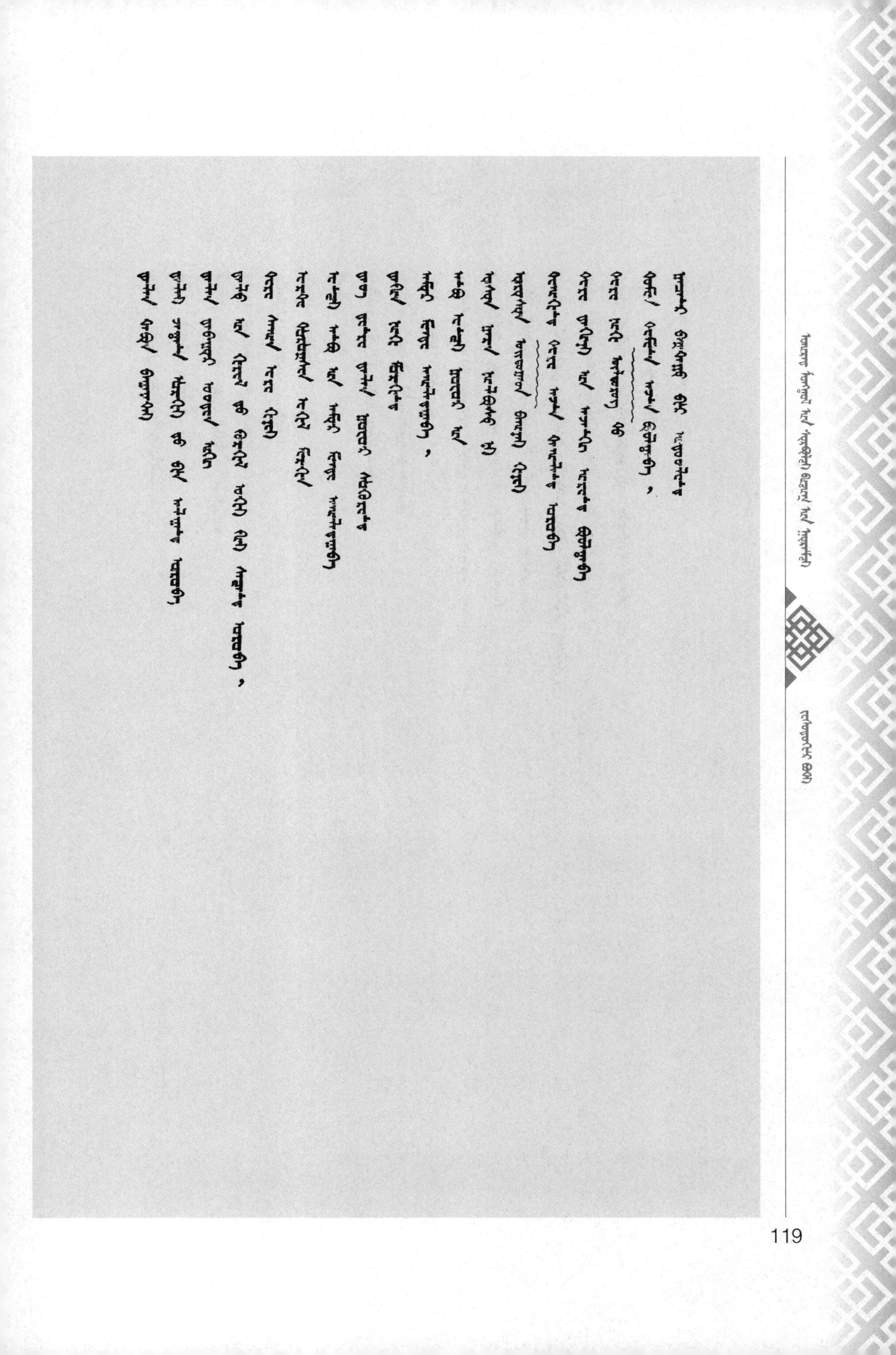

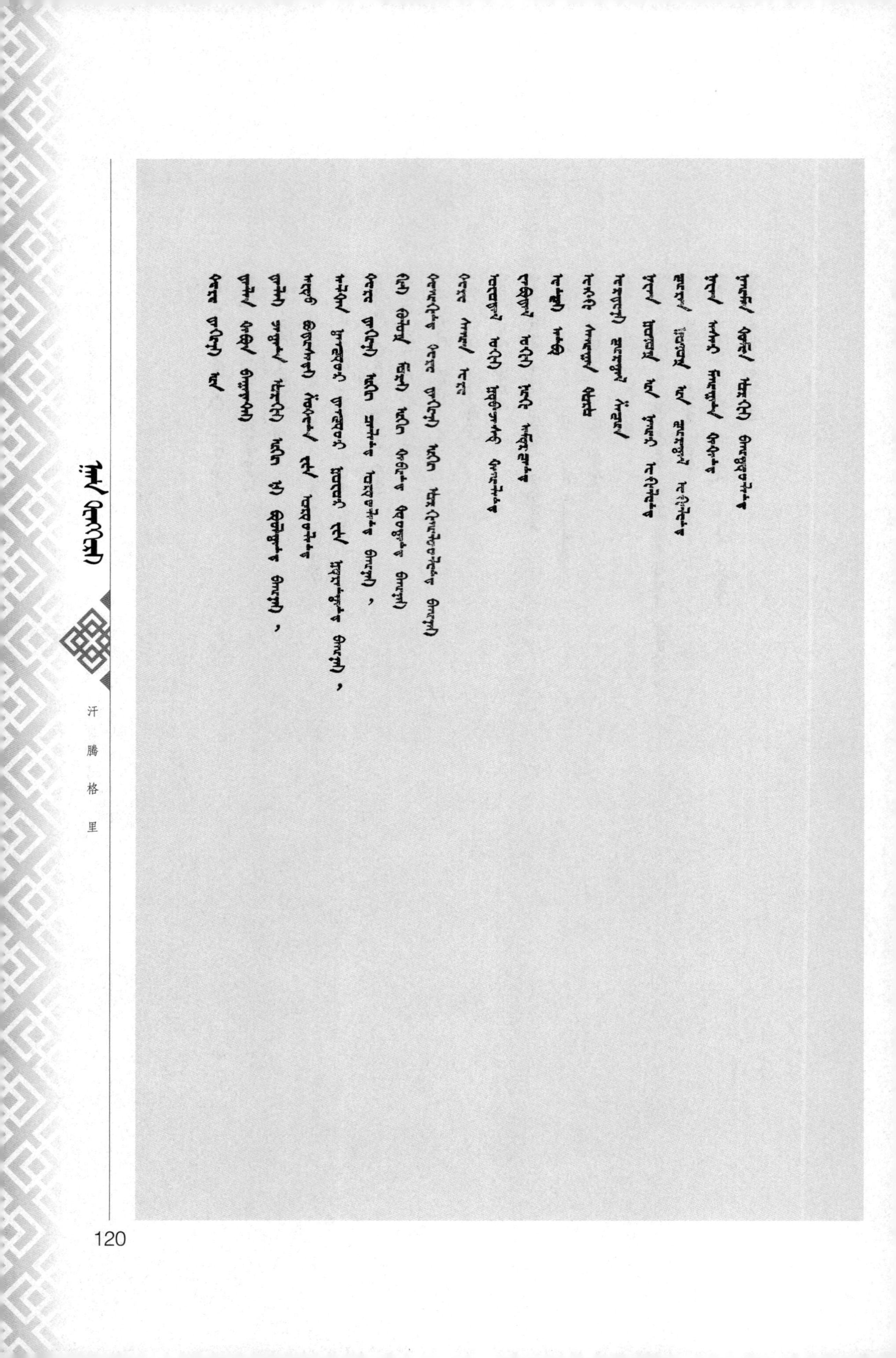

[illegible]
[illegible]
[illegible]
[illegible]
[illegible]
[illegible]
[illegible]
[illegible]
[illegible]
[illegible]
[illegible]
[illegible]
[illegible]
[illegible]
[illegible]
[illegible]
[illegible]
[illegible]

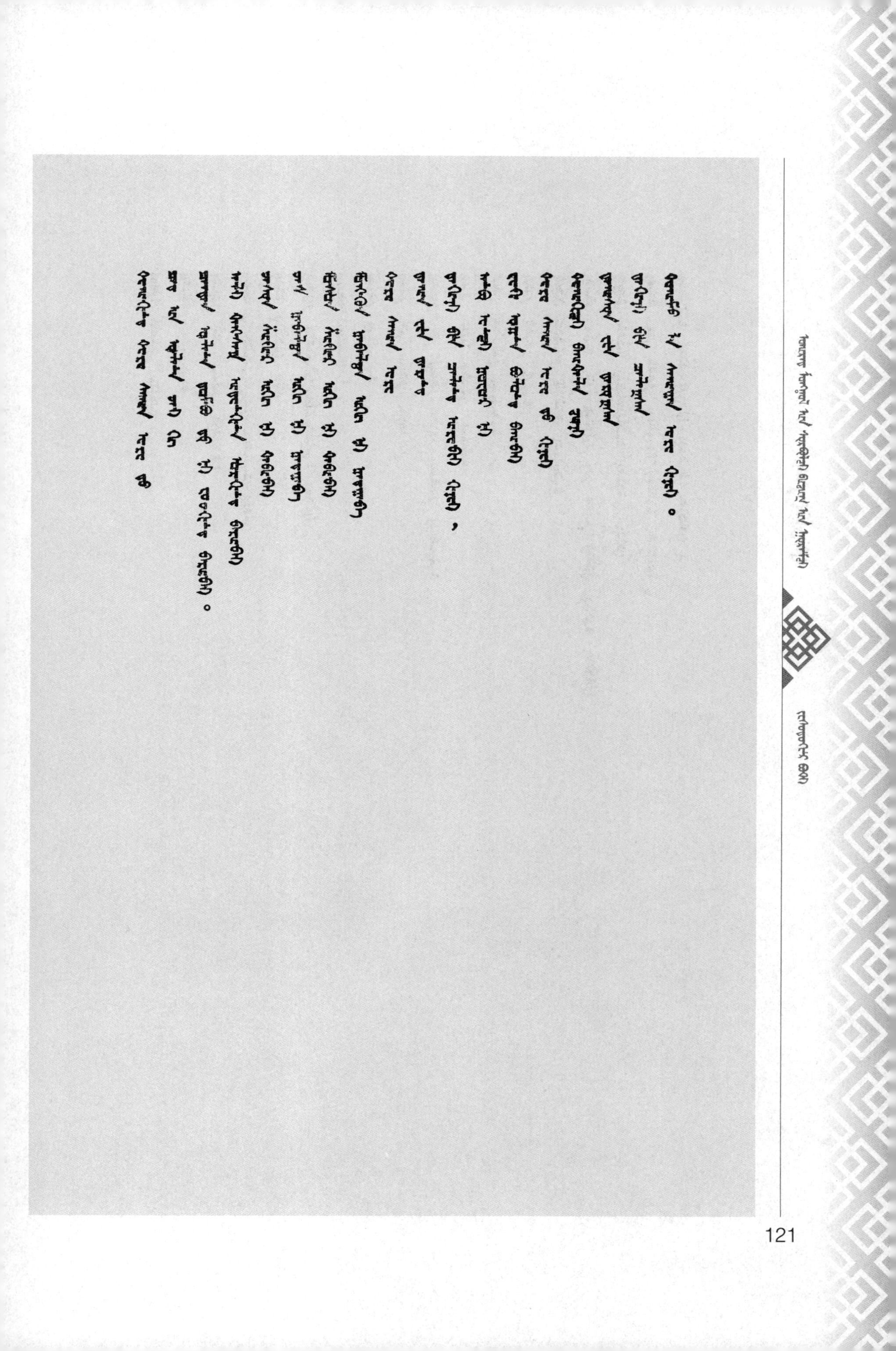

[illegible]
[illegible]
[illegible]
[illegible]
[illegible]
[illegible]
[illegible]
[illegible]
[illegible]
[illegible]
[illegible] ,
[illegible]
[illegible]
[illegible]
[illegible]
[illegible] 。

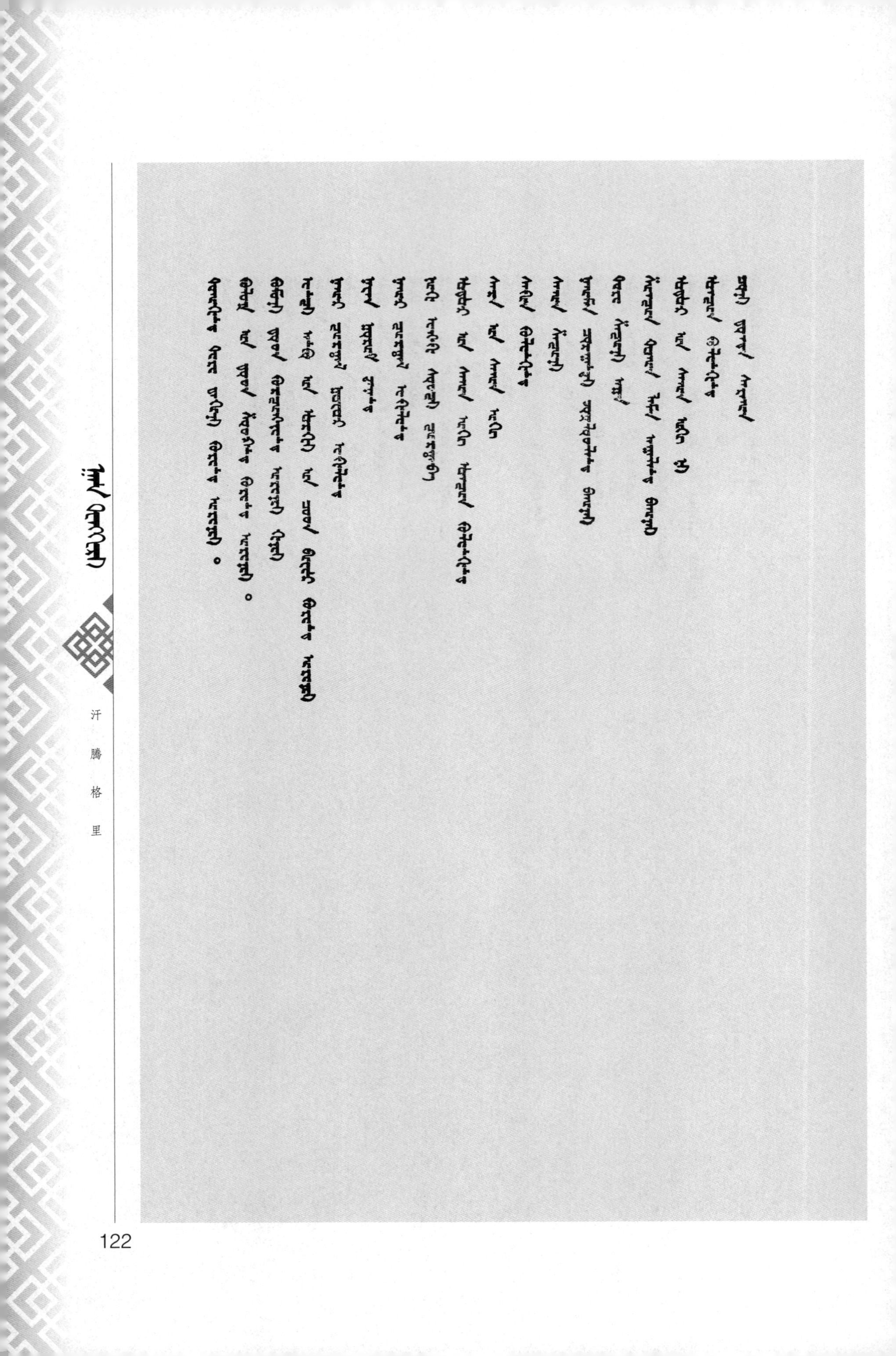

[illegible]

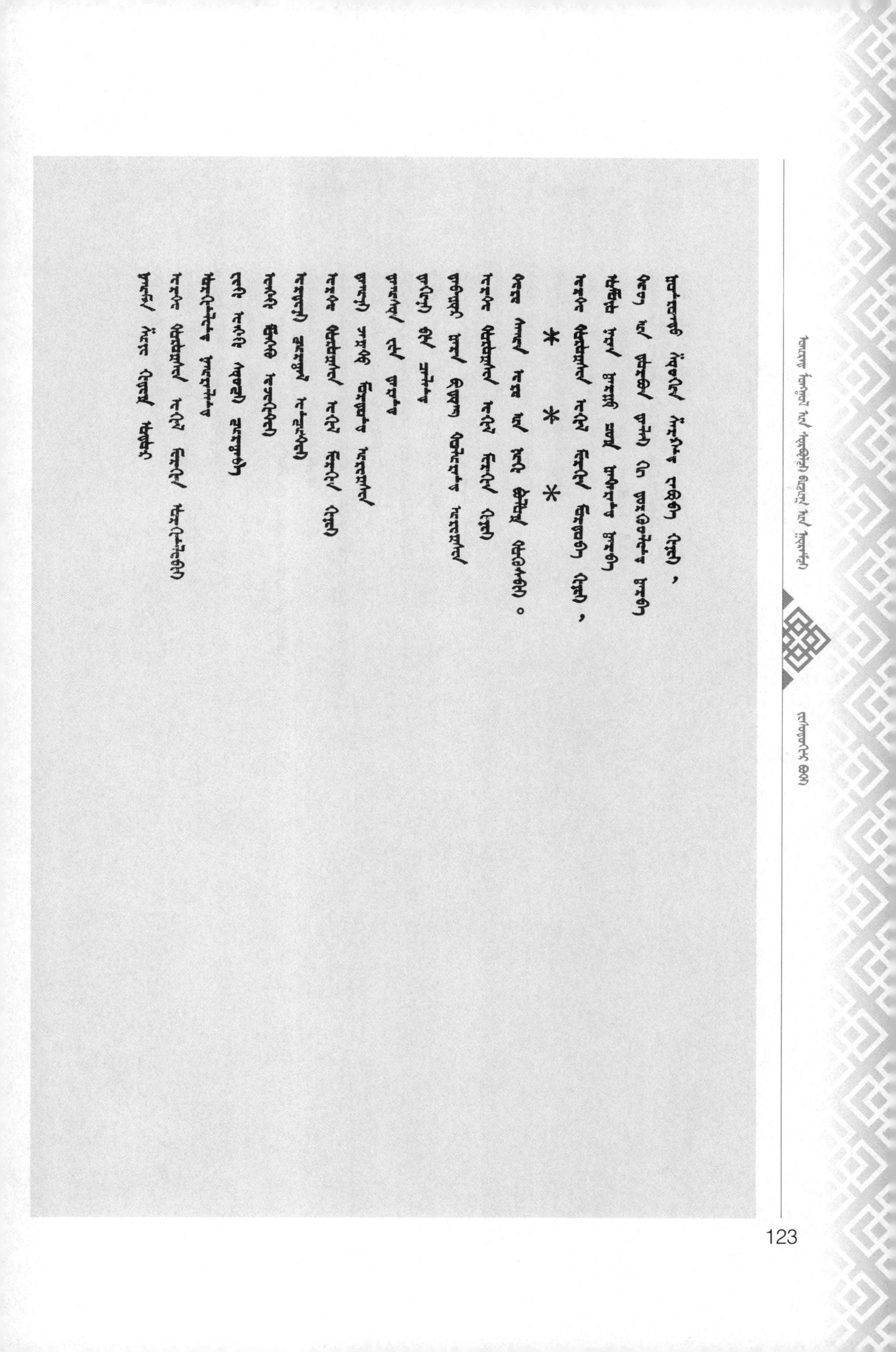

[illegible] ,
[illegible]
[illegible]
[illegible] ,

* * *

[illegible] 。
[illegible]
[illegible]
[illegible]
[illegible]
[illegible]
[illegible]
[illegible]
[illegible]
[illegible]
[illegible]
[illegible]
[illegible]

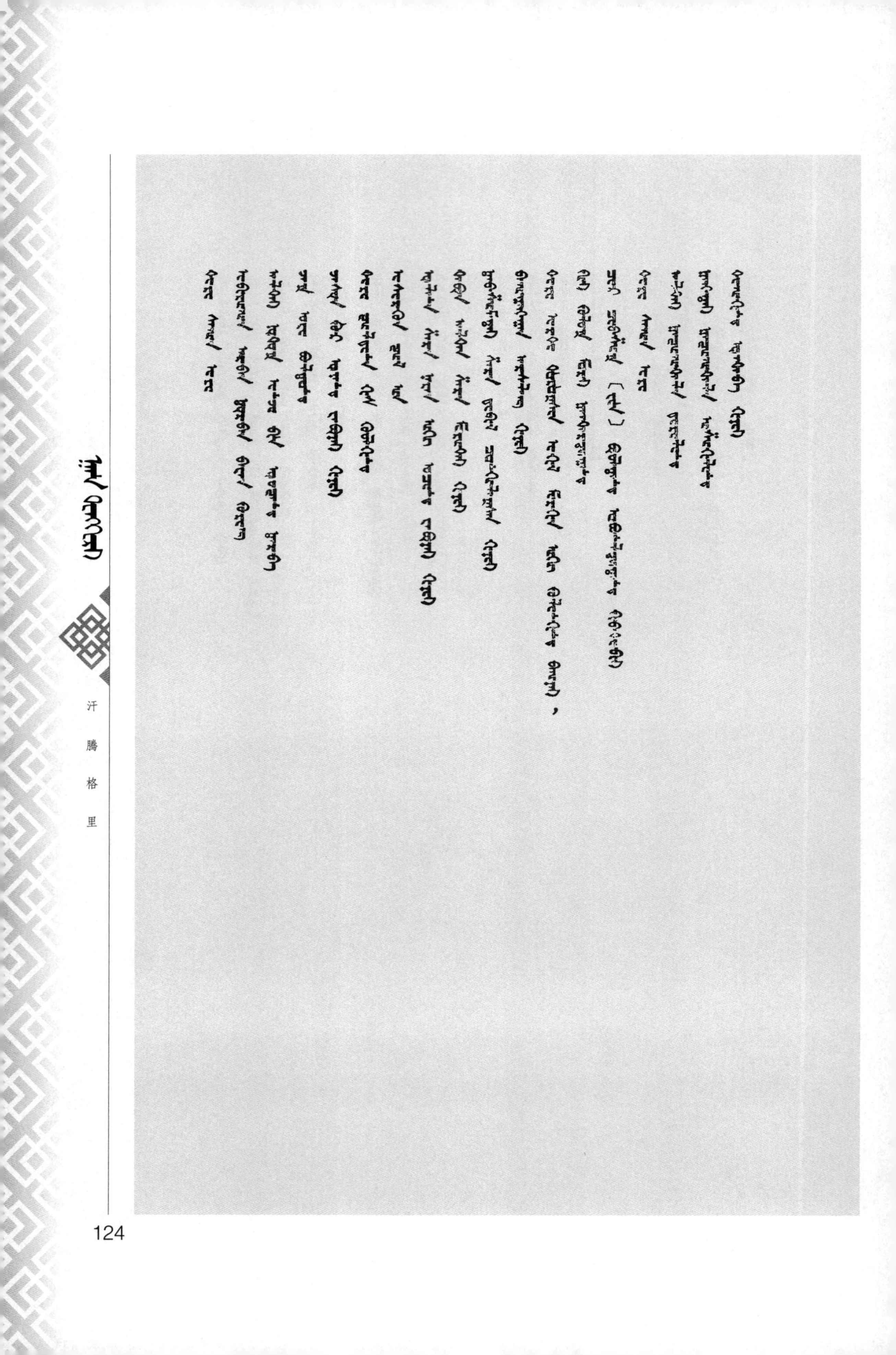

[illegible]
[illegible]
[illegible]
[illegible]
[illegible]
[illegible]
[illegible]
[illegible]
[illegible]
[illegible]
[illegible]
[illegible]
[illegible]
[illegible]
[illegible]
[illegible]
[illegible]
[illegible]

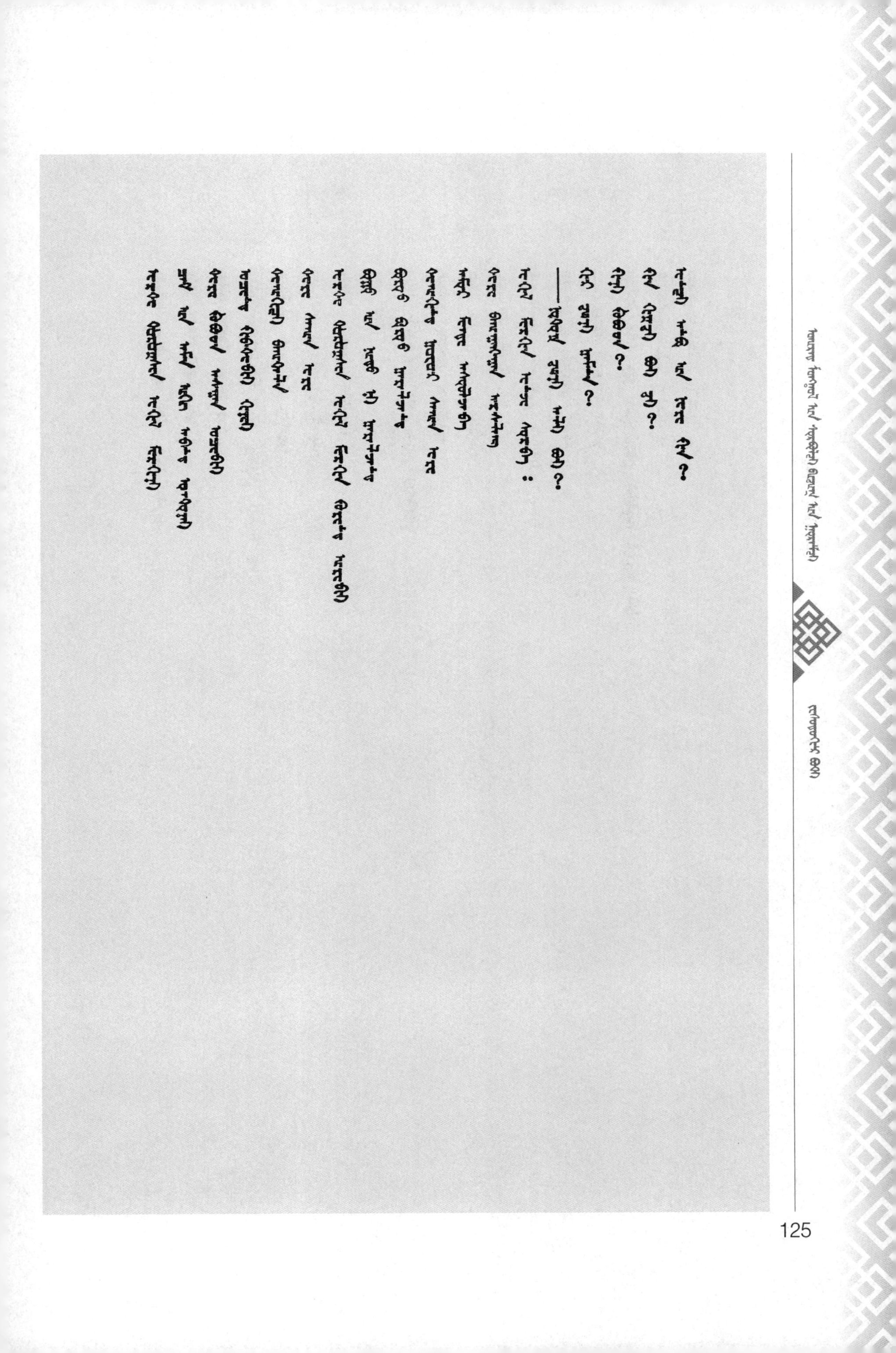

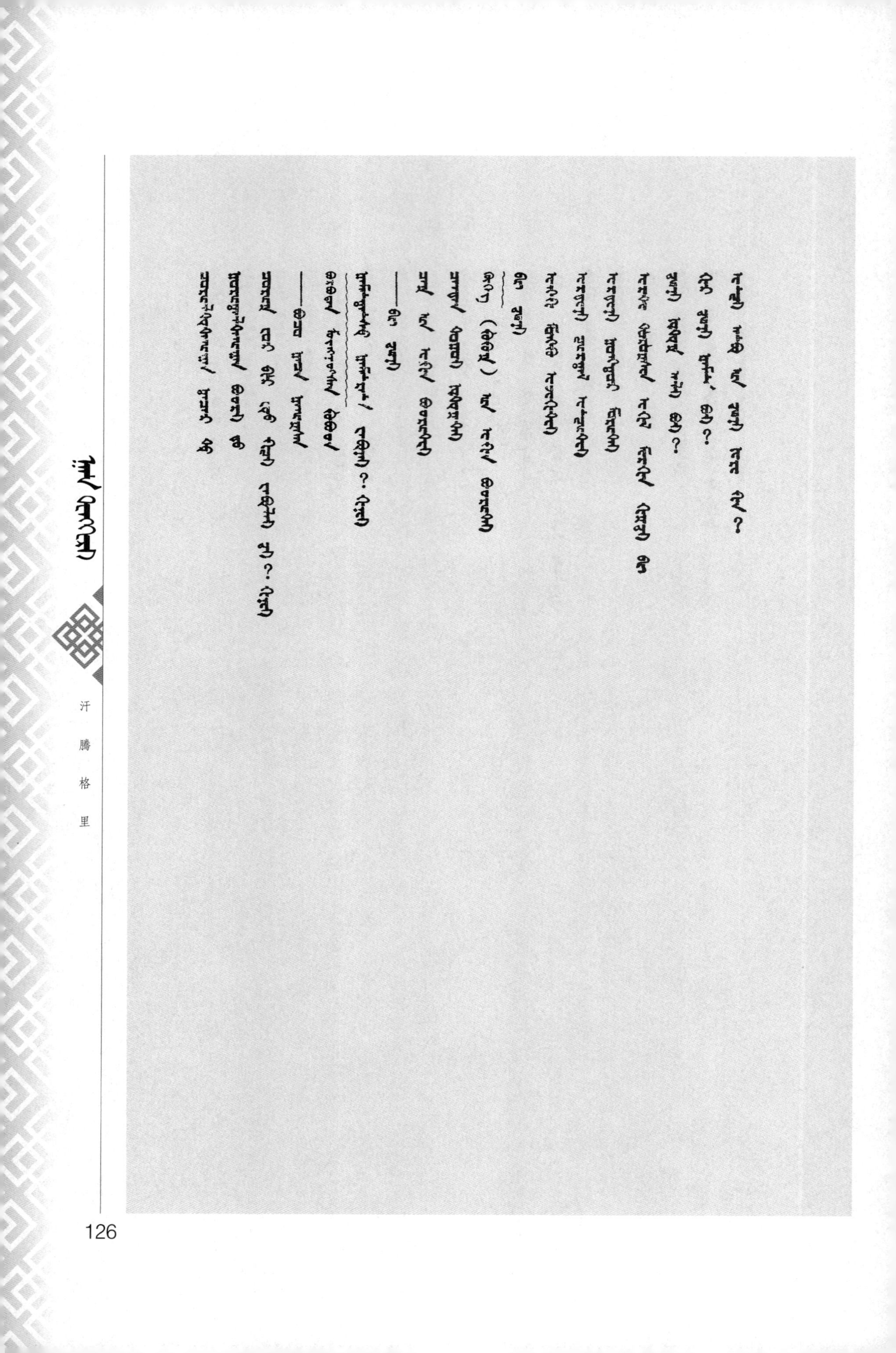

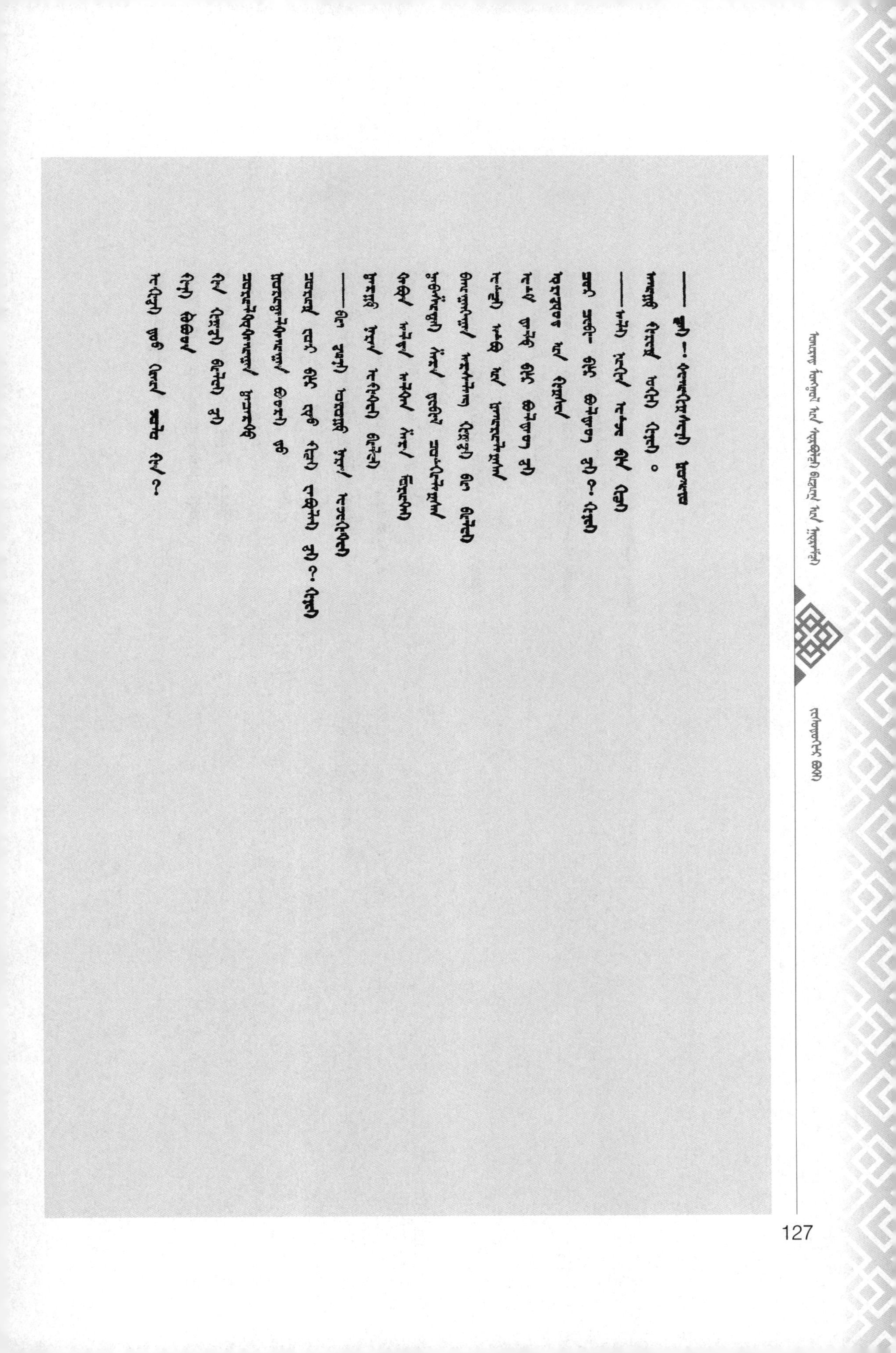

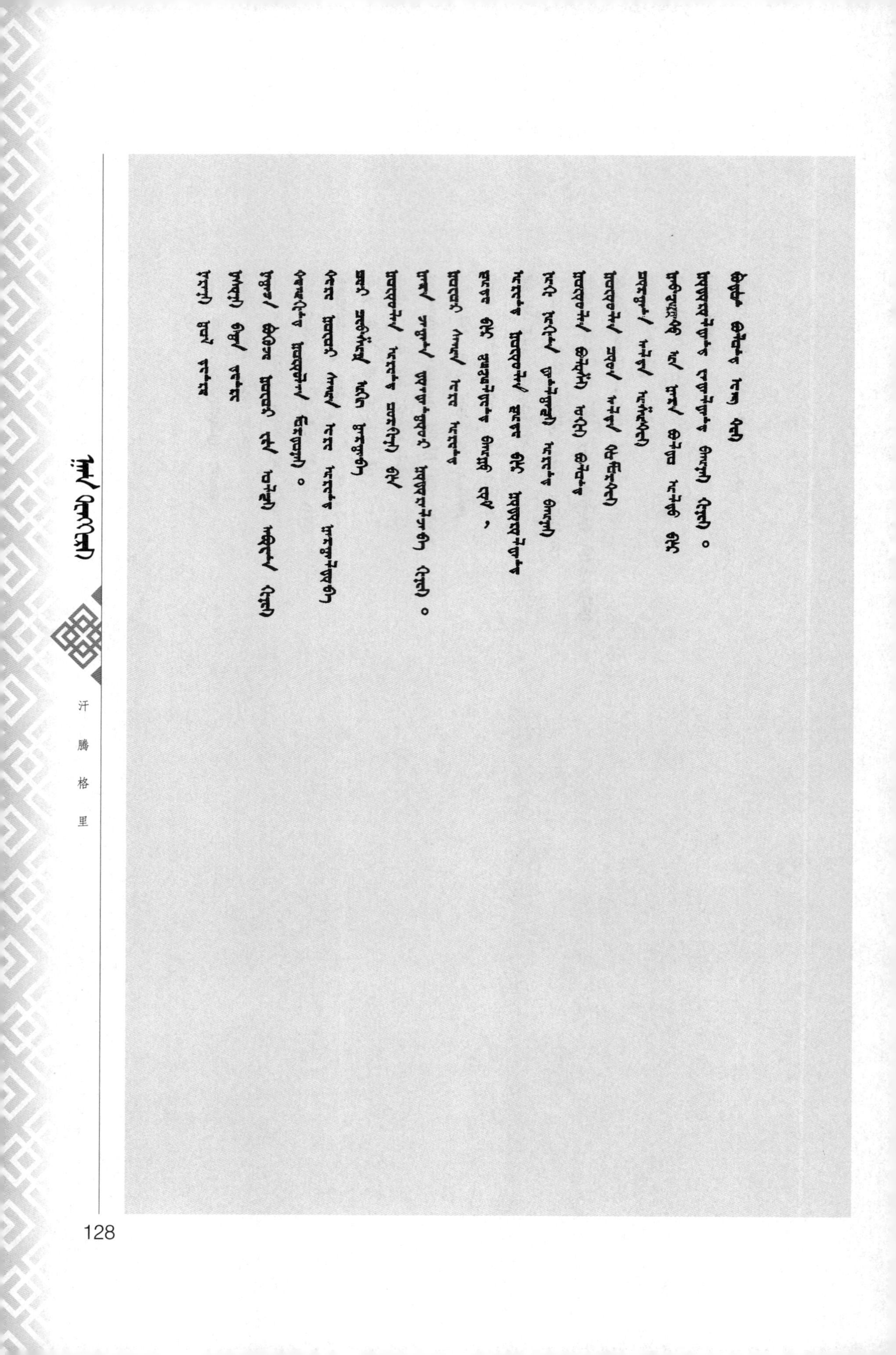

[illegible]

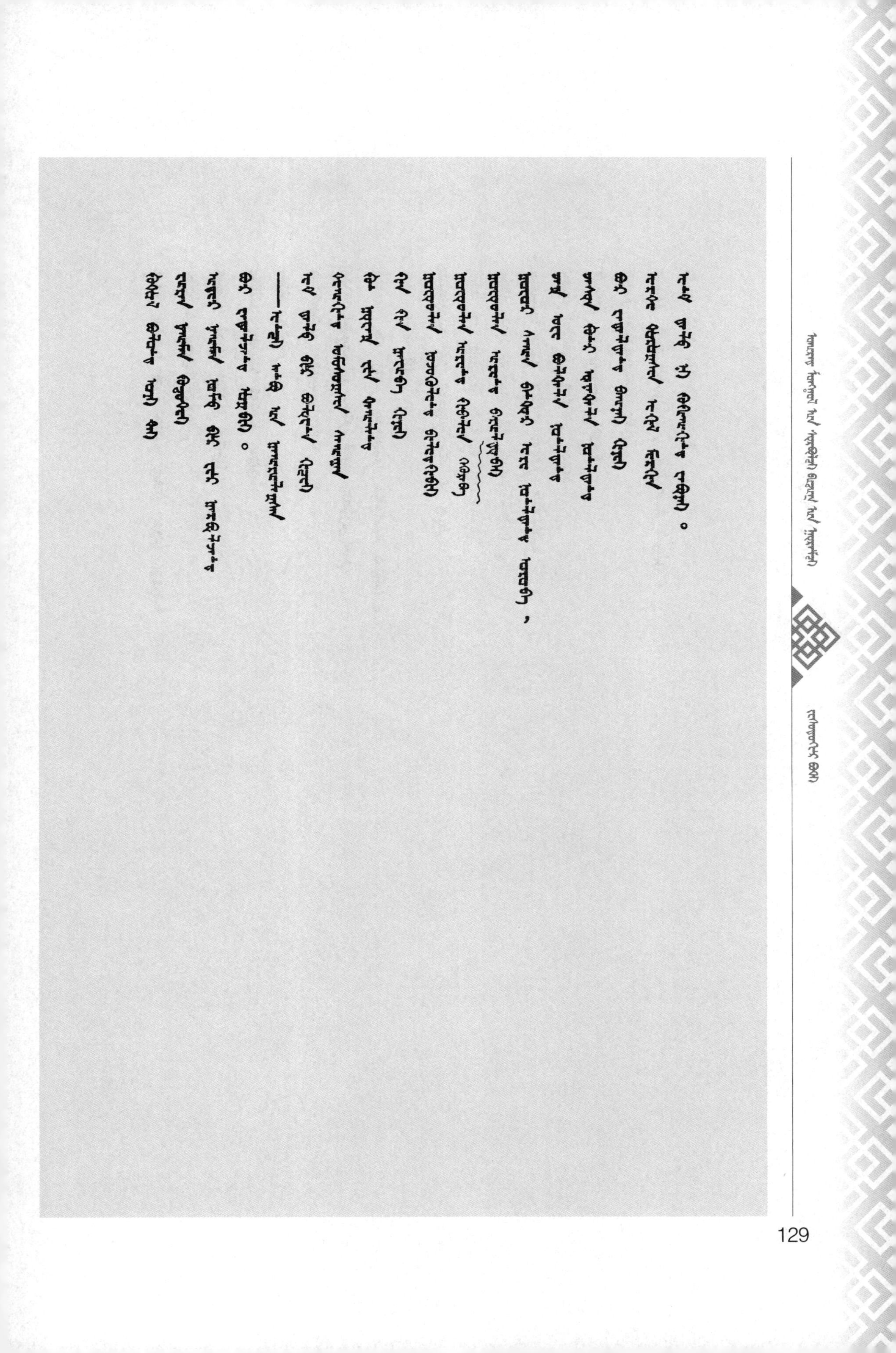

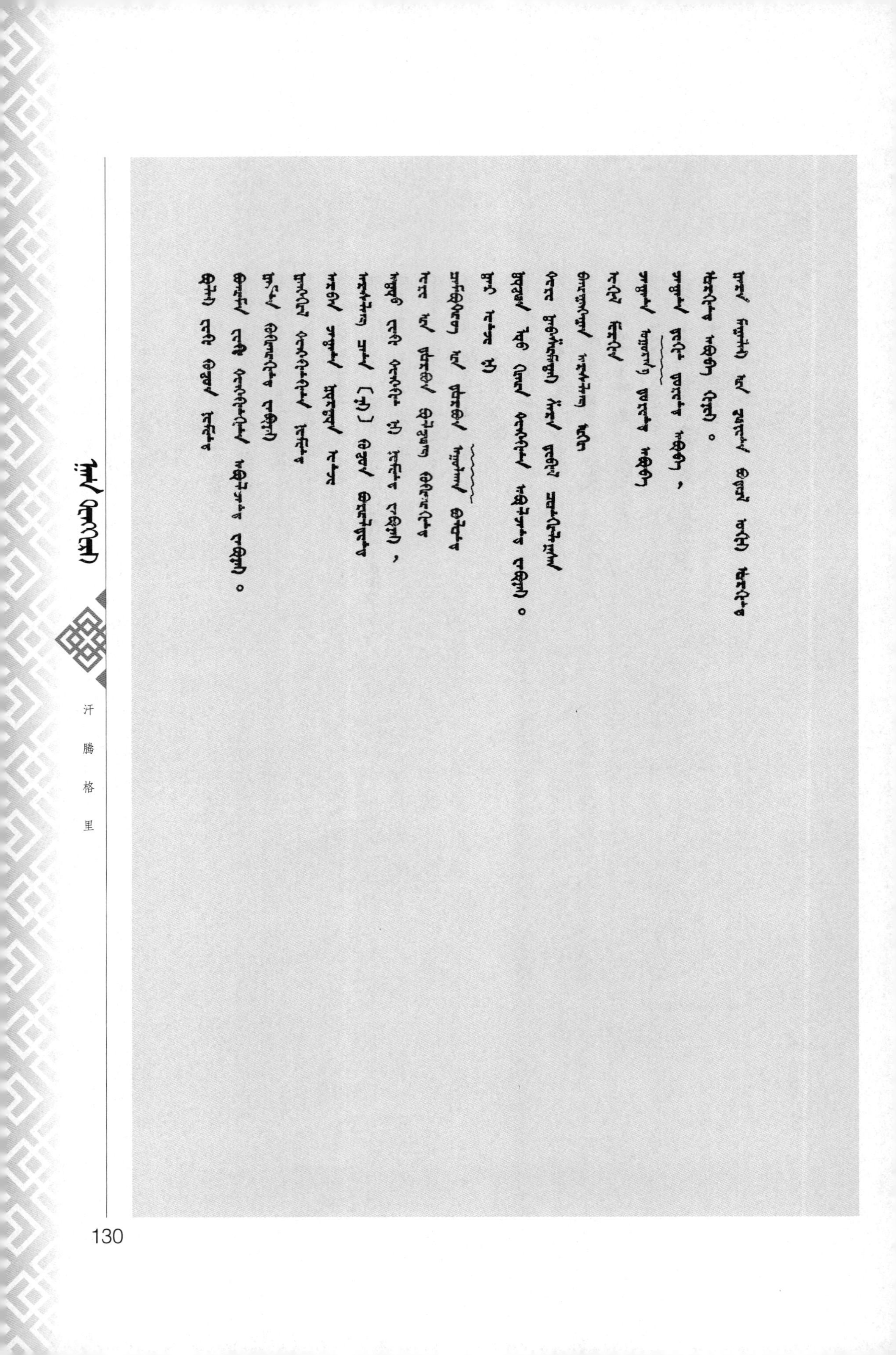

ᠪᠢ ᠰᠠᠶᠢᠬᠠᠨ ᠮᠠᠨ ᠨᠤᠲᠤᠭ ᠲᠠᠢ ᠪᠢ
ᠳᠡᠯᠡᠭᠡᠢ ᠳᠡᠭᠡᠷᠡᠬᠢ ᠬᠠᠮᠤᠭ ᠤᠨ
ᠶᠠᠭᠠᠷ ᠬᠠᠷᠠᠭᠠᠳ ᠰᠤᠷᠤᠯᠴᠠᠭᠰᠠᠨ (ᠰᠤᠷᠤᠯᠴᠠᠭᠰᠠᠨ)
ᠮᠡᠳᠡᠬᠦ ᠶᠢᠨ ᠮᠠᠭᠠᠳ ᠰᠠᠶᠢᠨ ᠪᠠᠨ ᠪᠣᠯ
ᠭᠠᠢᠬᠠᠮ ᠰᠠᠶᠢᠨ ᠪᠢᠯᠡᠭ ᠲᠡᠮᠳᠡᠭᠯᠡᠭᠰᠡᠨ ᠦᠭᠡ 。
ᠬᠦᠮᠦᠨ ᠦ ᠰᠠᠶᠢᠬᠠᠨ ᠰᠠᠶᠢᠬᠠᠨ ᠪᠠᠨ ᠪᠤᠢ ᠦᠭᠡ ᠲᠡᠢ ᠪᠣᠯ
ᠶᠠᠭᠤ ᠪᠣᠯᠬᠤ ᠪᠣᠯ ᠪᠤᠢ ᠪᠢᠯᠡ ᠤᠤ ?
ᠬᠦᠮᠦᠨ ᠪᠠᠷ ᠶᠠᠭᠠᠷᠠᠢ
ᠰᠠᠨ ᠪᠣᠯ ᠪᠤᠢ ᠪᠤᠢ ᠪᠢᠯᠡ ᠤᠤ ?
—— ᠬᠦᠮᠦᠨ ᠳᠦ ᠶᠠᠭᠠᠷᠠᠢ
ᠬᠦᠮᠦᠨ ᠳᠦ ᠪᠡᠨ ᠬᠡᠯᠡᠭᠰᠡᠨ ᠮᠠᠰᠢ ᠶᠢ ᠬᠡᠯᠡᠪᠡ :
ᠰᠠᠶᠢᠬᠠᠨ ᠬᠦᠮᠦᠨ ᠳᠦ ᠪᠡᠨ ᠦᠬᠡᠷ ᠪᠡᠢ 。
ᠰᠠᠶᠢᠨ ᠬᠦᠮᠦᠨ ᠦ ᠰᠠᠶᠢᠬᠠᠨ ᠭᠡᠵᠦ ᠮᠠᠰᠢ ᠶᠢ
ᠰᠠᠶᠢᠨ ᠰᠠᠶᠢᠬᠠᠨ ᠮᠠᠨ ᠮᠠᠰᠢ
ᠰᠠᠶᠢᠬᠠᠨ ᠬᠦᠮᠦᠨ ᠪᠤᠰᠤᠳ ᠲᠤᠰᠠᠯᠠᠪᠠ ,
ᠰᠠᠶᠢᠨ ᠰᠠᠶᠢᠬᠠᠨ ᠮᠠᠨ ᠮᠠᠰᠢ
ᠰᠠᠶᠢᠬᠠᠨ ᠰᠠᠶᠢᠬᠠᠨ ᠬᠦᠮᠦᠨ ᠪᠡᠨ ᠪᠤᠢ 。
ᠮᠠᠨ ᠰᠠᠶᠢᠬᠠᠨ ᠭᠡᠵᠦ

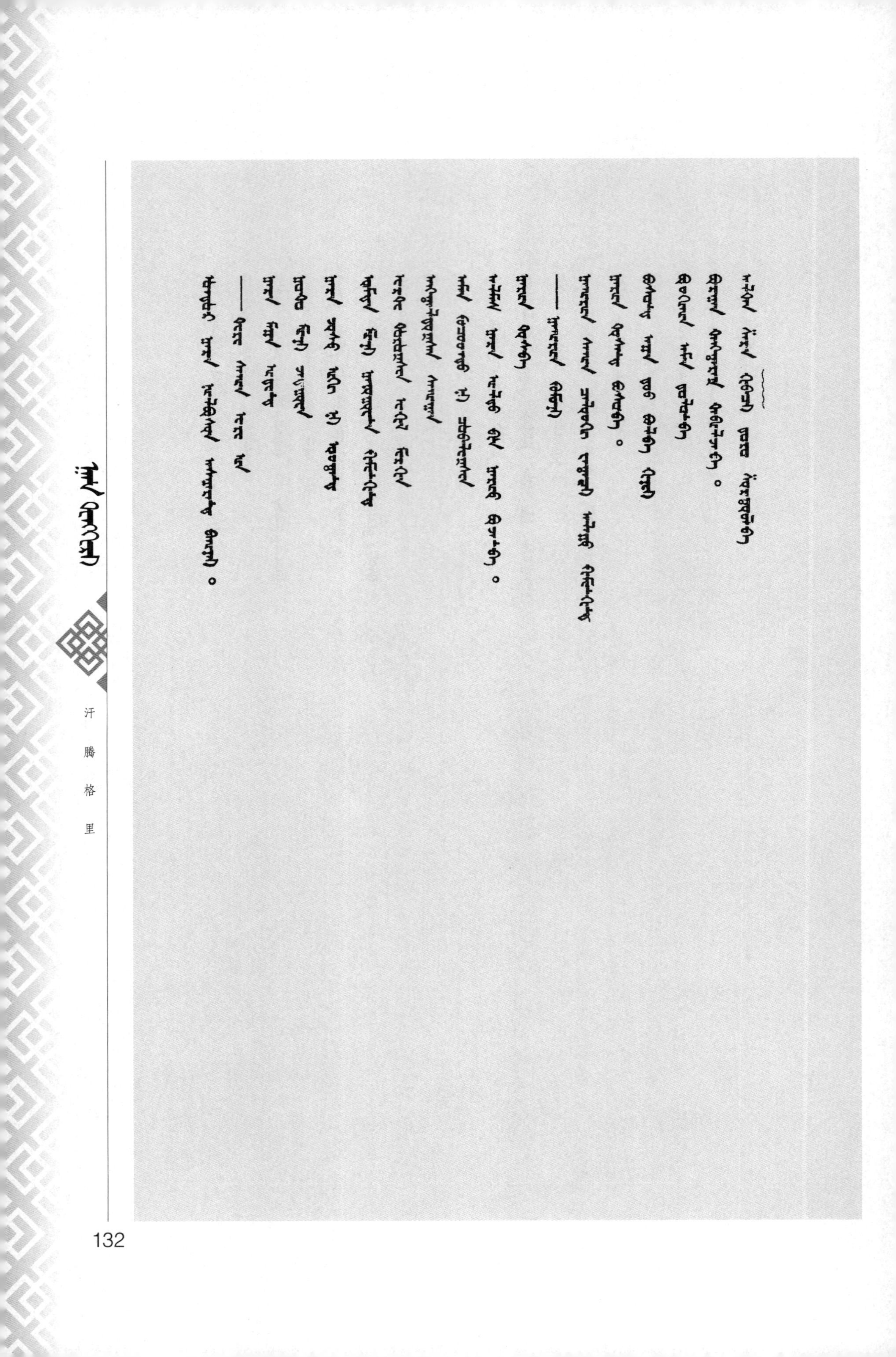

[illegible]
[illegible]
[illegible]
[illegible]
[illegible]
[illegible]
[illegible]
[illegible]
[illegible]
[illegible]
[illegible]
[illegible]
[illegible]
[illegible]
[illegible]
[illegible]
[illegible]
[illegible]
[illegible]

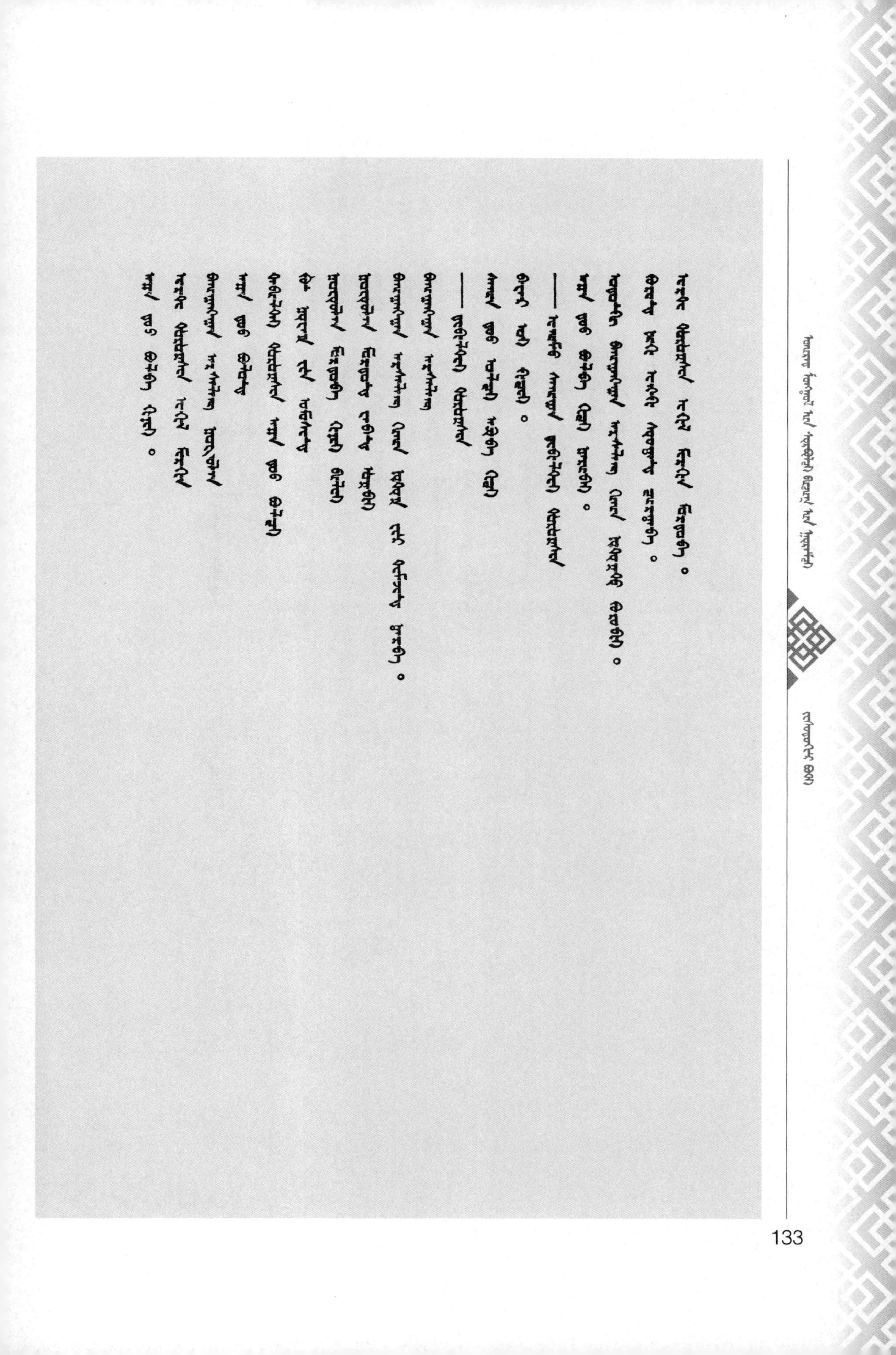

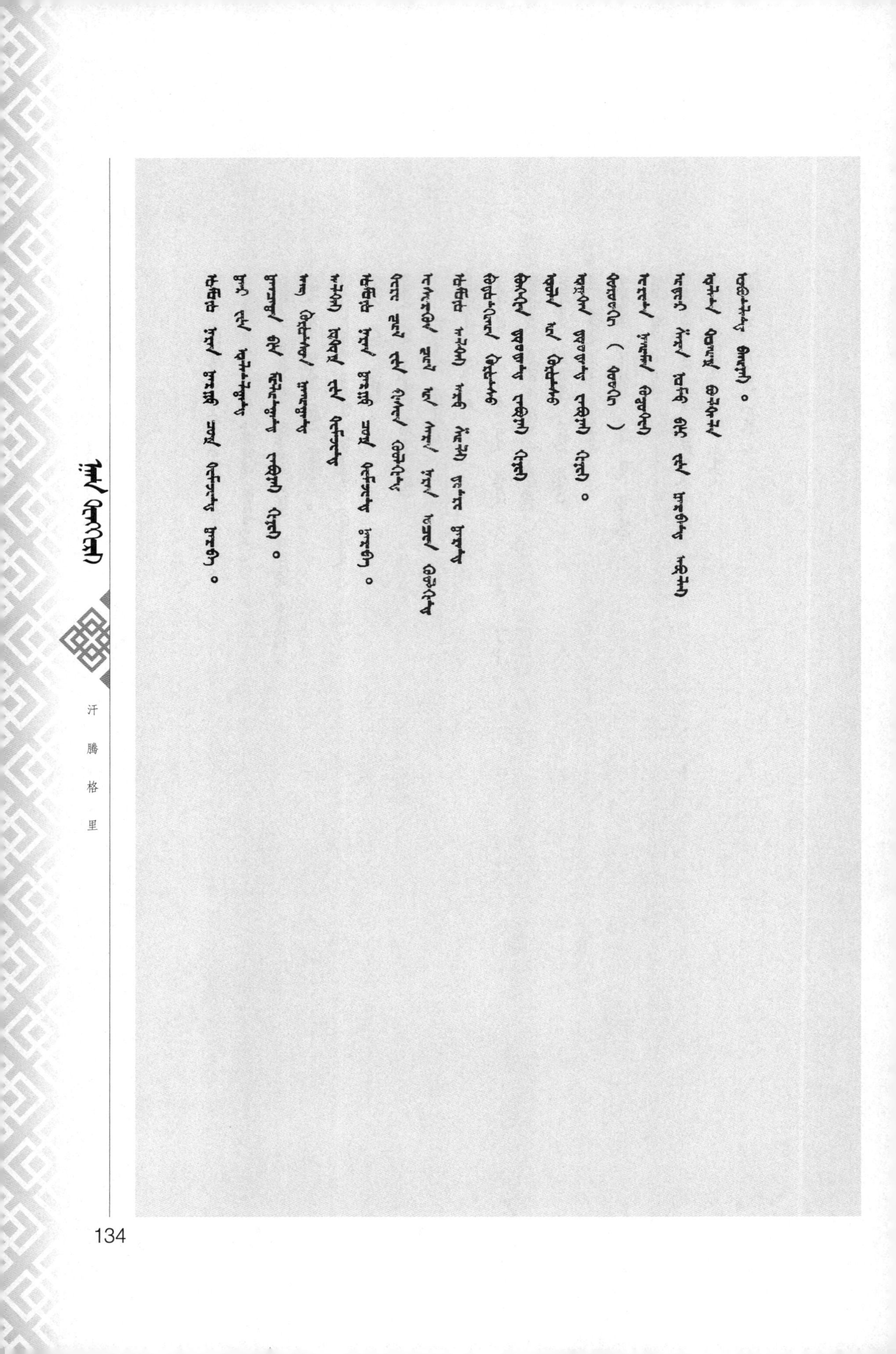

[illegible] 。
[illegible]
[illegible] 。
[illegible]
[illegible]
[illegible] 。
[illegible]
[illegible]
[illegible]
[illegible]
[illegible]
[illegible]
[illegible] 。
[illegible] ([illegible])
[illegible]
[illegible]
[illegible]
[illegible] 。

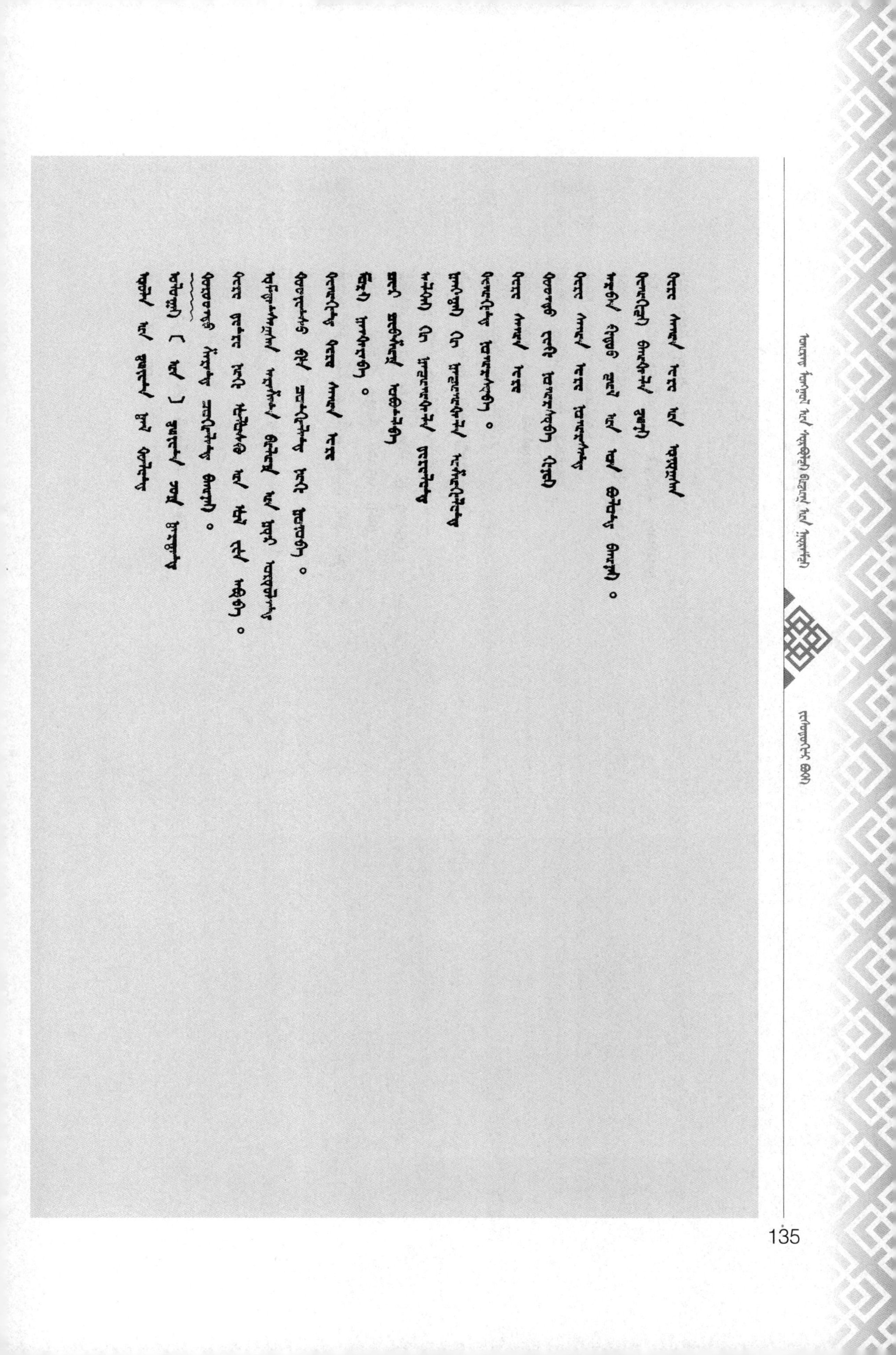

[illegible] ○

[illegible] ○

[illegible] ○

[illegible] ○

[illegible] ○

[illegible] ○

[illegible] ○

[illegible]

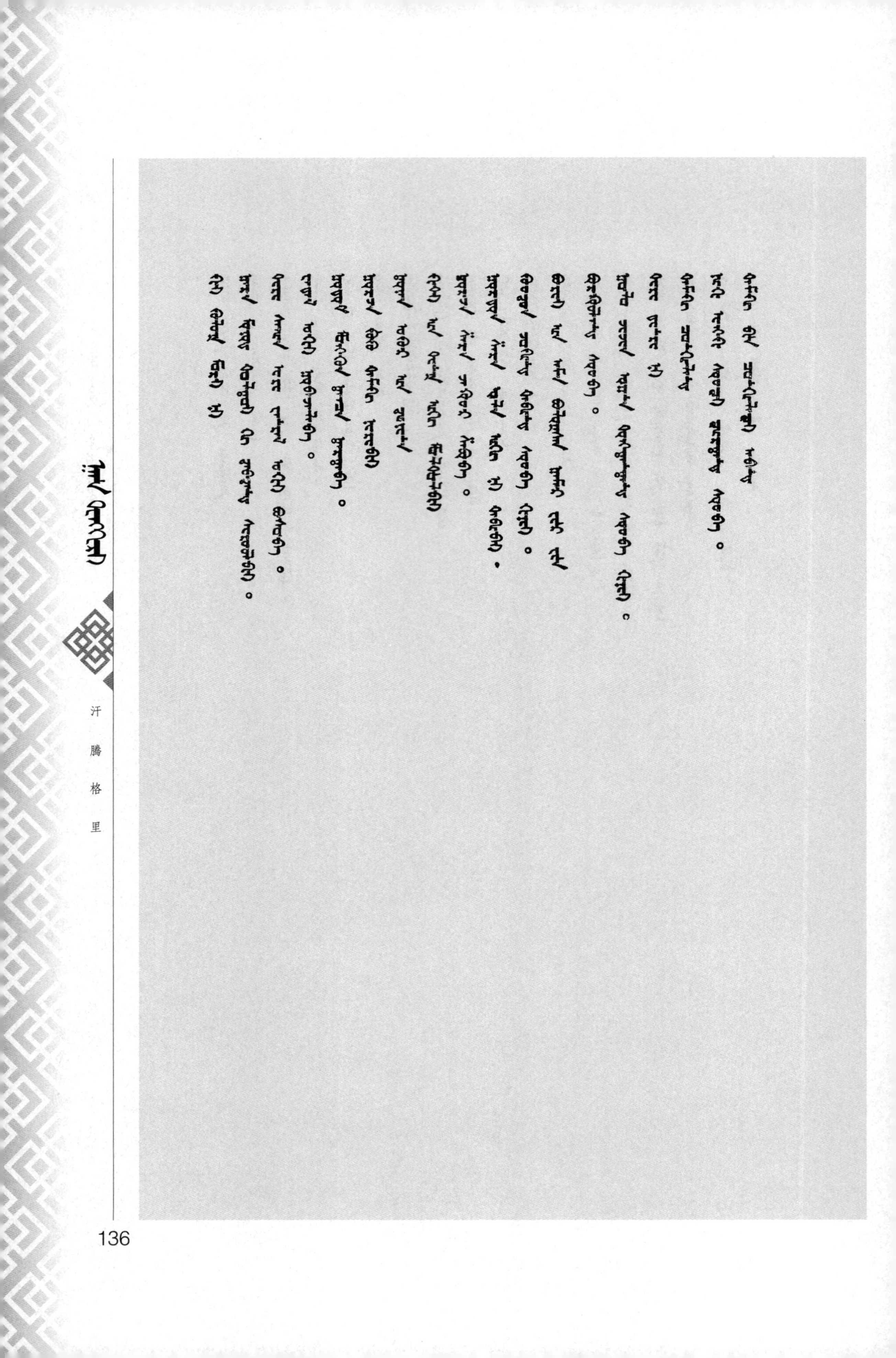

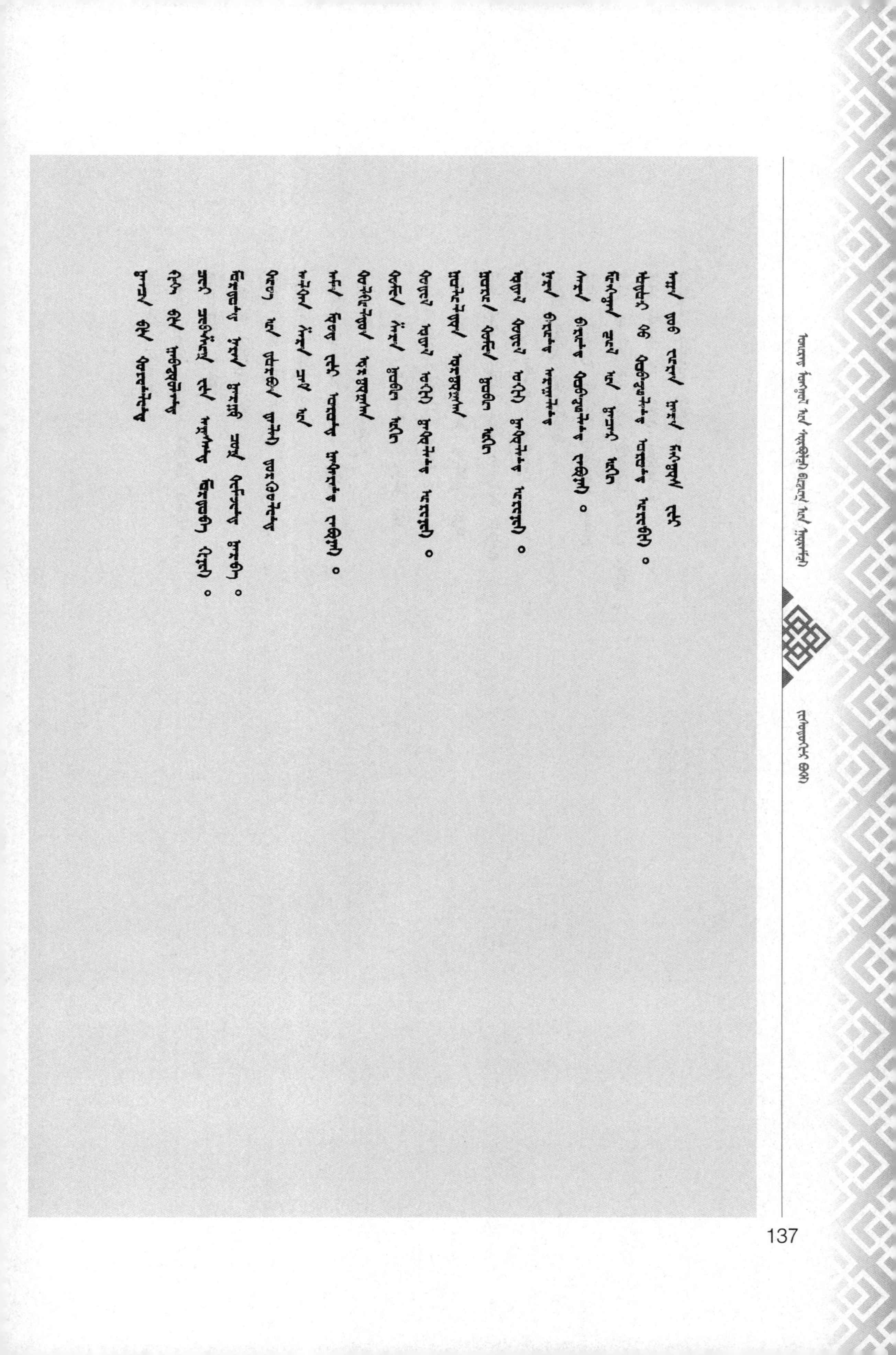

[illegible]
[illegible] ᠃
[illegible]
[illegible] ᠃
[illegible]
[illegible] ᠃
[illegible]
[illegible]
[illegible] ᠃
[illegible]
[illegible]
[illegible] ᠃
[illegible]
[illegible]
[illegible] ᠃
[illegible] ᠃
[illegible]
[illegible]

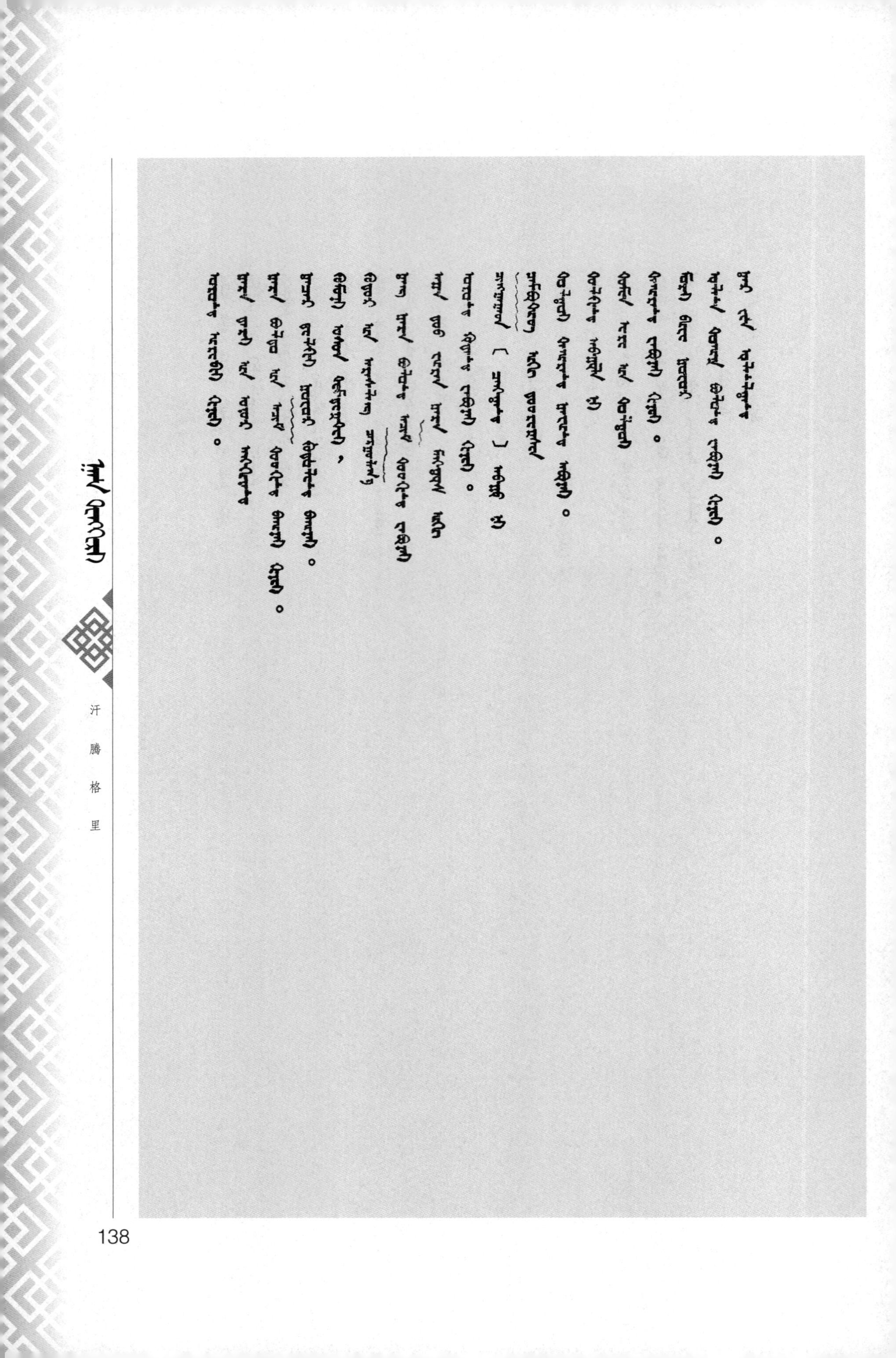

[illegible]

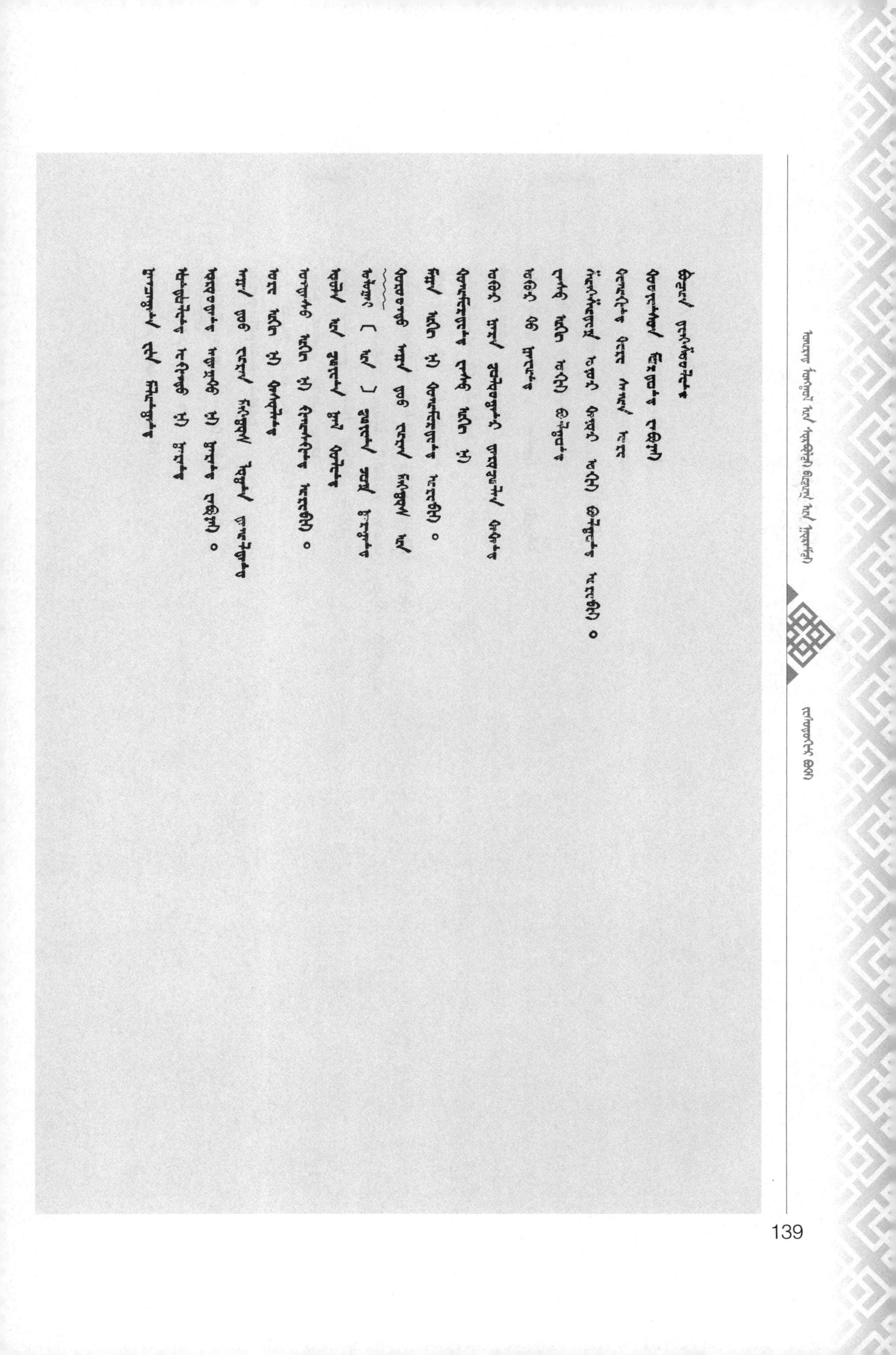

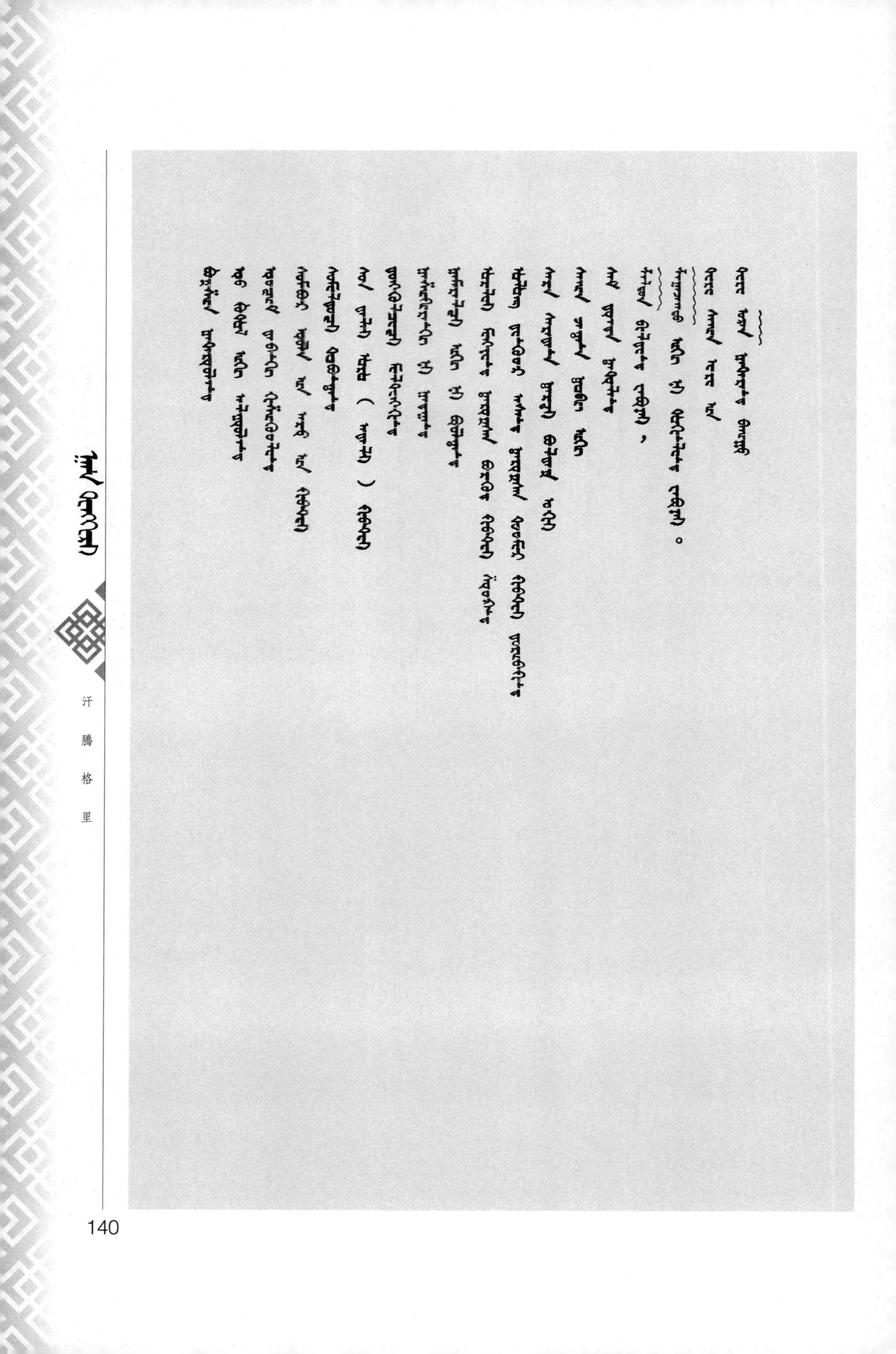

[illegible]

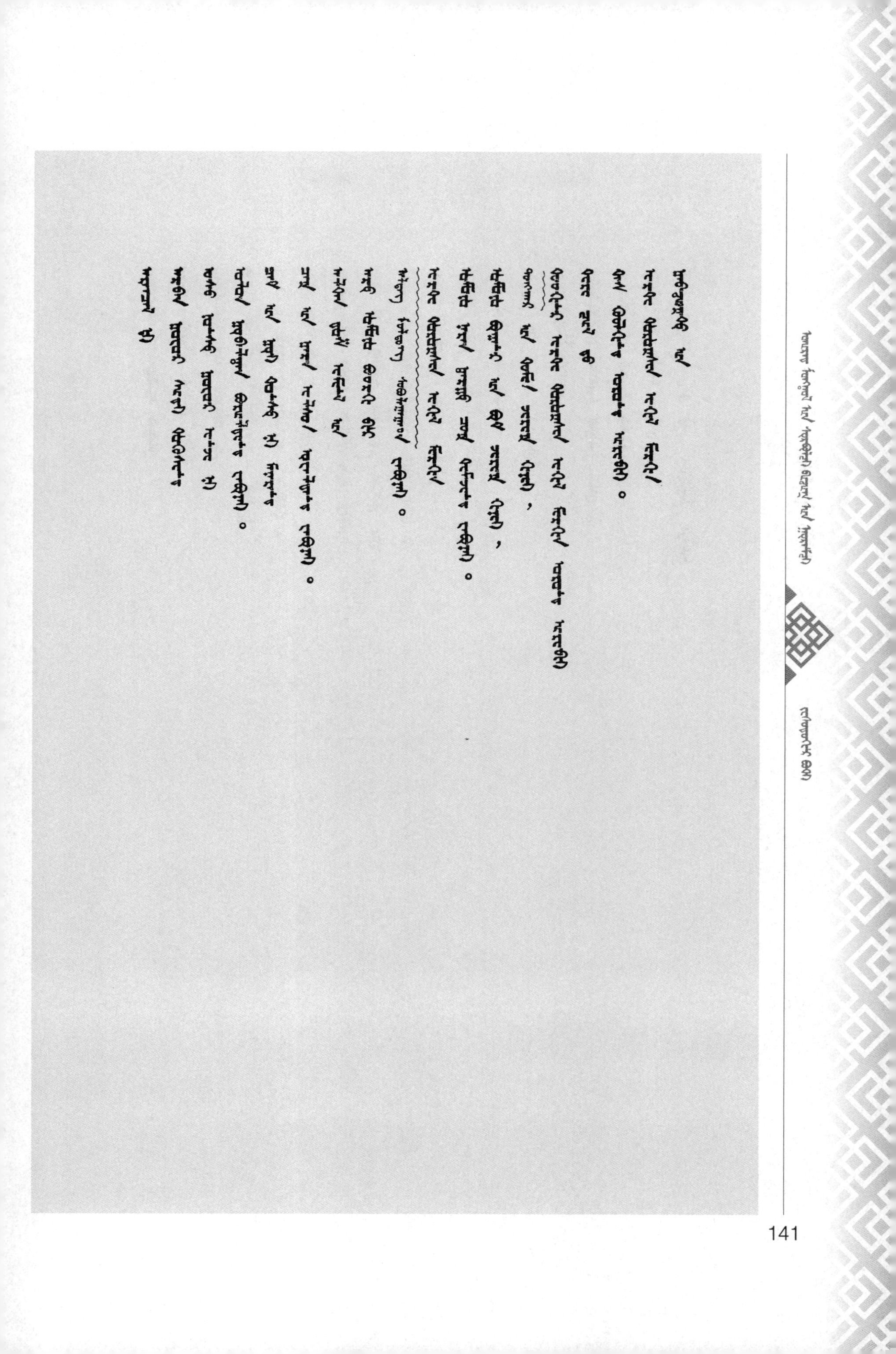

[illegible] [illegible]
[illegible] [illegible] [illegible] [illegible]
[illegible] [illegible] [illegible] [illegible] ᠃
ᠲᠡᠷᠡ ᠴᠠᠭ ᠲᠤ
[illegible] [illegible] [illegible] [illegible] [illegible] [illegible] [illegible]
[illegible] [illegible] [illegible] [illegible] [illegible] ᠂
[illegible] [illegible] [illegible] [illegible] [illegible] [illegible] ᠂
[illegible] [illegible] [illegible] [illegible] [illegible] [illegible] ᠃
[illegible] [illegible] [illegible] [illegible]
[illegible] [illegible] [illegible] [illegible] ᠃
[illegible] [illegible] [illegible] [illegible]
[illegible] [illegible] [illegible] [illegible]
[illegible] [illegible] [illegible] [illegible] [illegible] [illegible] ᠃
[illegible] [illegible] [illegible] [illegible] [illegible] [illegible]
[illegible] [illegible] [illegible] [illegible] ᠃
[illegible] [illegible] [illegible] [illegible] [illegible]
[illegible] [illegible] [illegible] [illegible]
[illegible] [illegible]

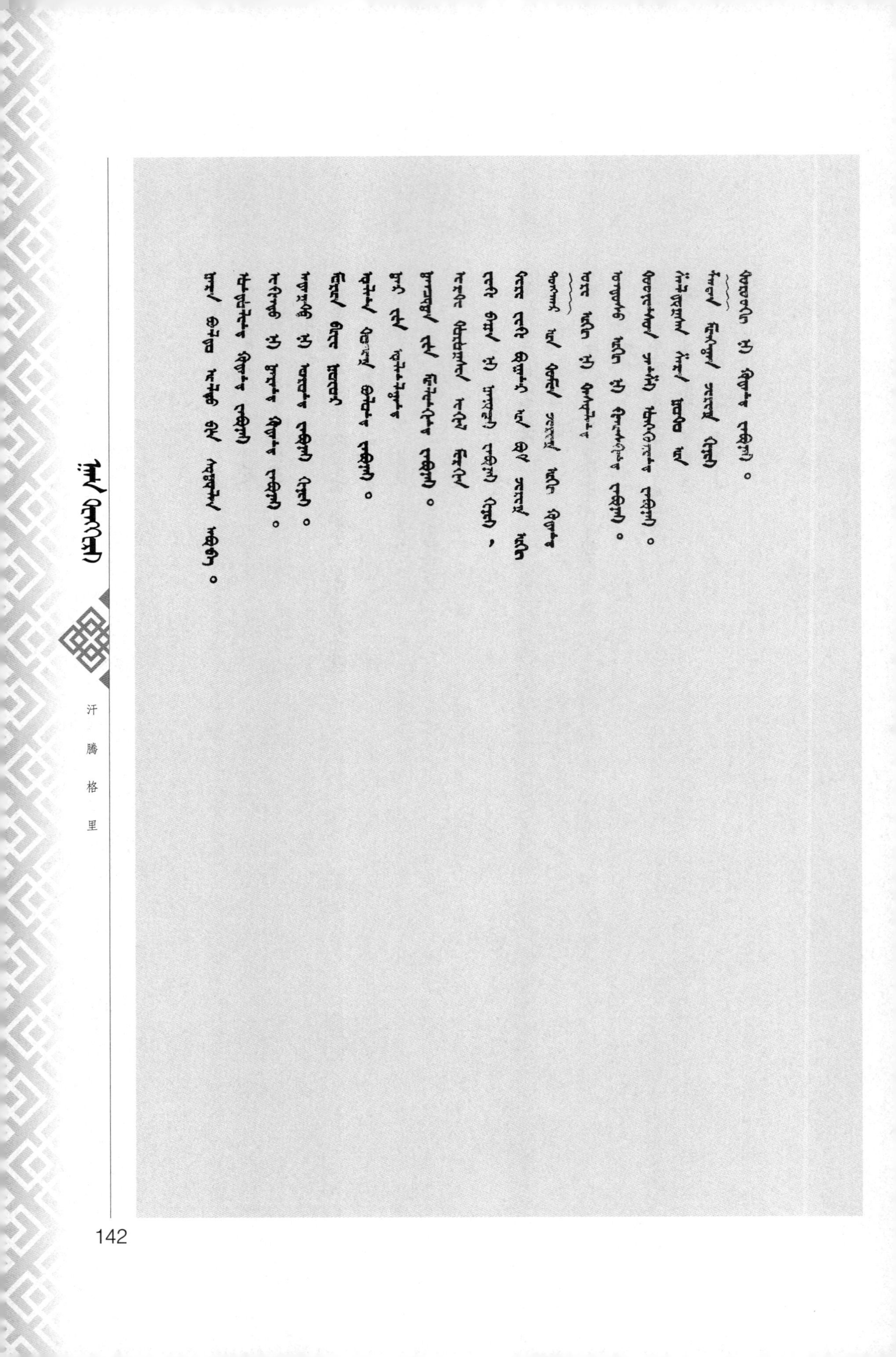

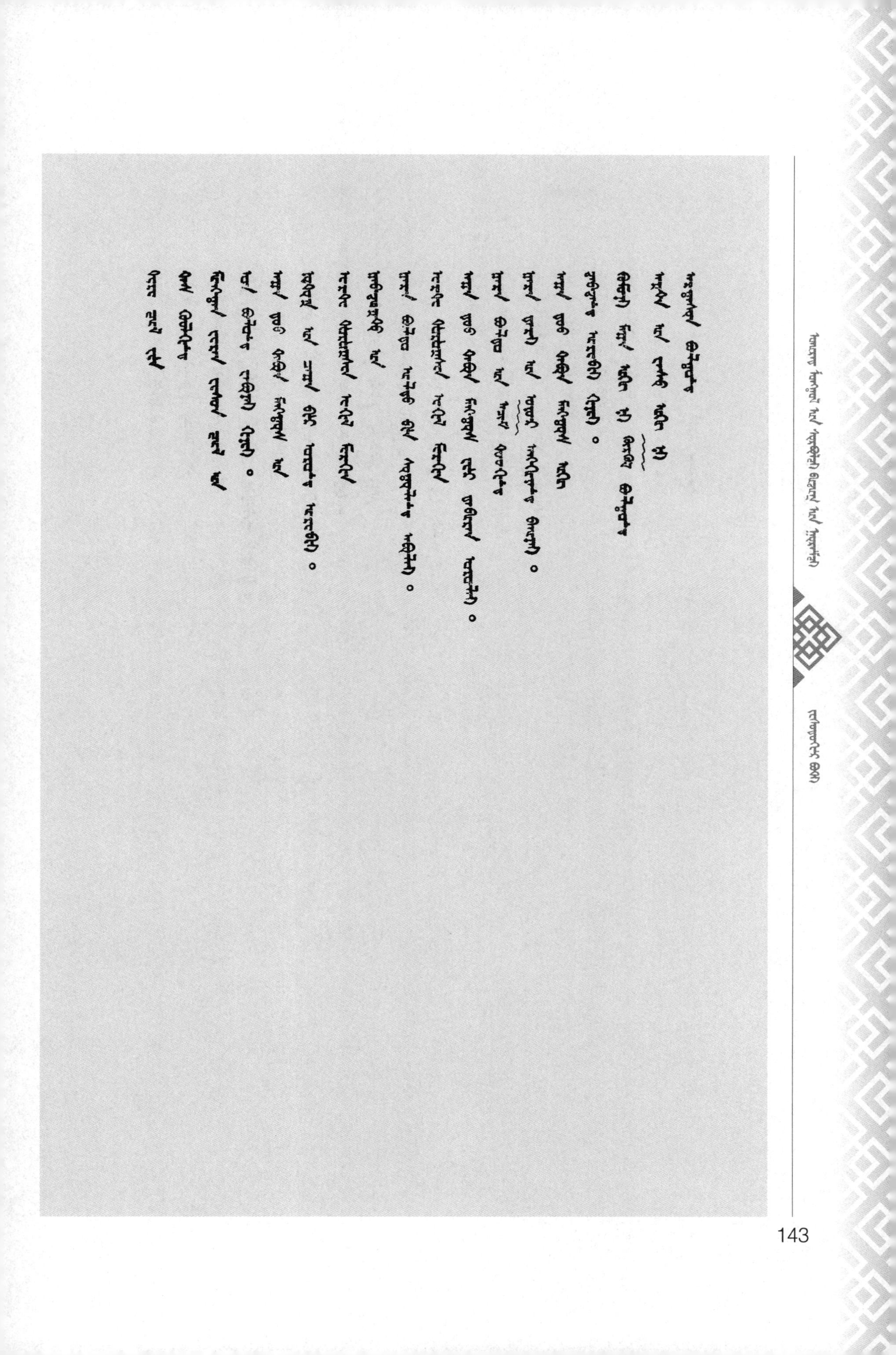

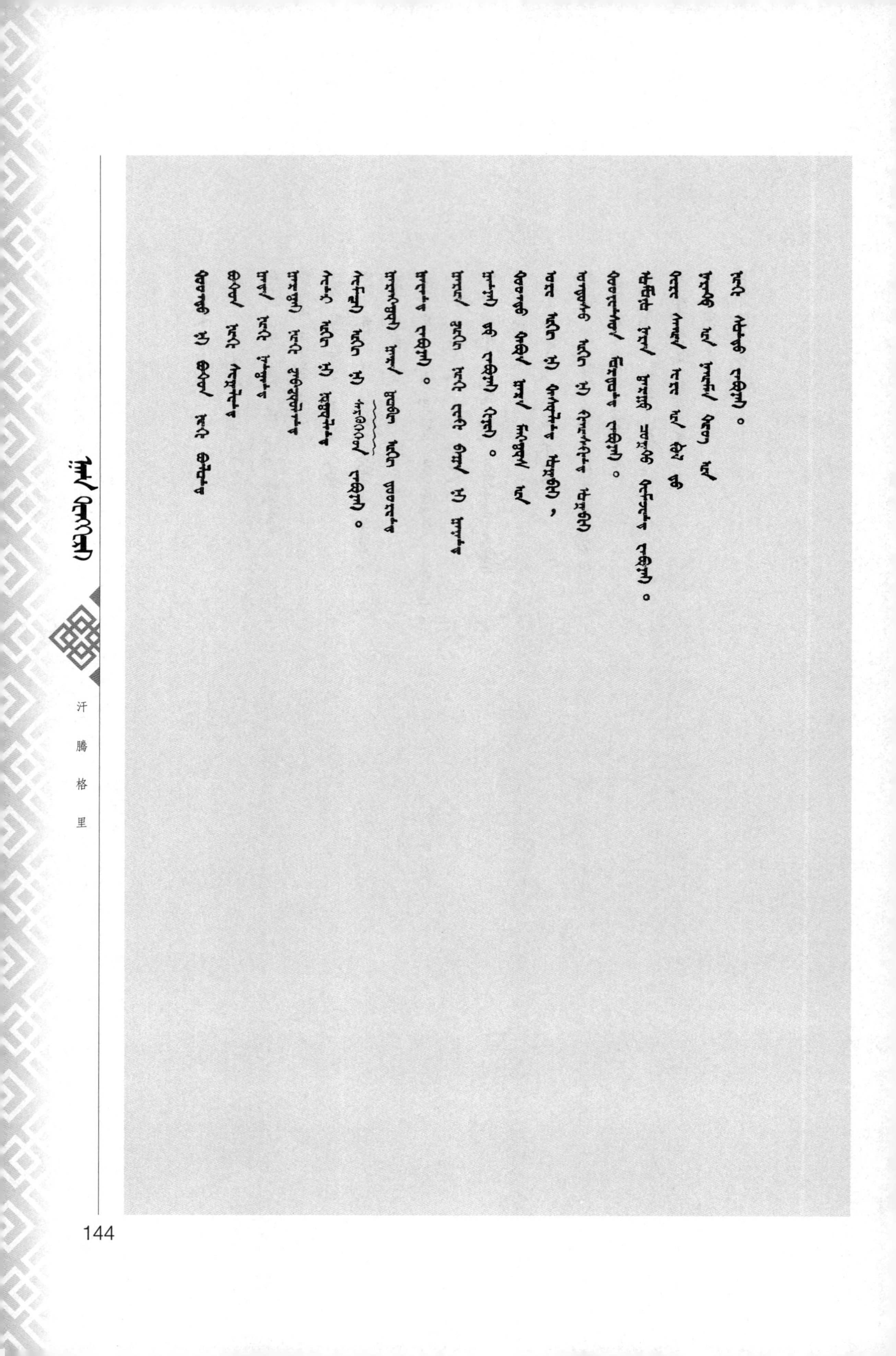

[illegible]
[illegible]
[illegible]
[illegible]
[illegible]
[illegible]
[illegible]
[illegible]
[illegible]
[illegible]
[illegible]
[illegible]
[illegible]
[illegible]
[illegible]
[illegible]
[illegible]
[illegible]
[illegible]

[illegible] [illegible] [illegible] ᠶᡅ
[illegible] [illegible] [illegible] [illegible] ᡋᡆᠯᡆᠨᡆ ᠃
[illegible] [illegible] [illegible] ᡋᡆᠯᡆᠨᡆ ᠃
[illegible] [illegible] [illegible] [illegible] ᠶᡅ [illegible] [illegible] ᡋᡆᠯᡆᠨᡆ ᠃
[illegible] [illegible] [illegible] ᠶᡅ [illegible] [illegible] ᡋᡆᠯᡆᠨᡆ ᠃
[illegible] [illegible] [illegible] [illegible] ᠶᡅ [illegible] ᡋᡆᠯᡆᠨᡆ ᠃
[illegible] [illegible] ᡋᡆᠯᡆᠨᡆ ᠃
[illegible] [illegible] [illegible] ᠶᡅ
[illegible] [illegible] [illegible] [illegible] ᡋᡆᠯᡆᠨᡆ ᠃
[illegible] [illegible] [illegible] [illegible] [illegible] ᡋᡆᠯᡆᠨᡆ ᠃
[illegible] [illegible] [illegible] [illegible] [illegible] ᡋᡆᠯᡆᠨᡆ ᠃
[illegible] [illegible] [illegible] ᡋᡆᠯᡆᠨᡆ ᠃
[illegible] [illegible] [illegible] ᡋᡆᠯᡆᠨᡆ ᠂
[illegible] [illegible] [illegible] [illegible] [illegible] [illegible] [illegible] [illegible] ᠃
[illegible] ᠶᡅ [illegible]
[illegible] [illegible]
[illegible] [illegible] [illegible]
[illegible] [illegible] [illegible] [illegible]

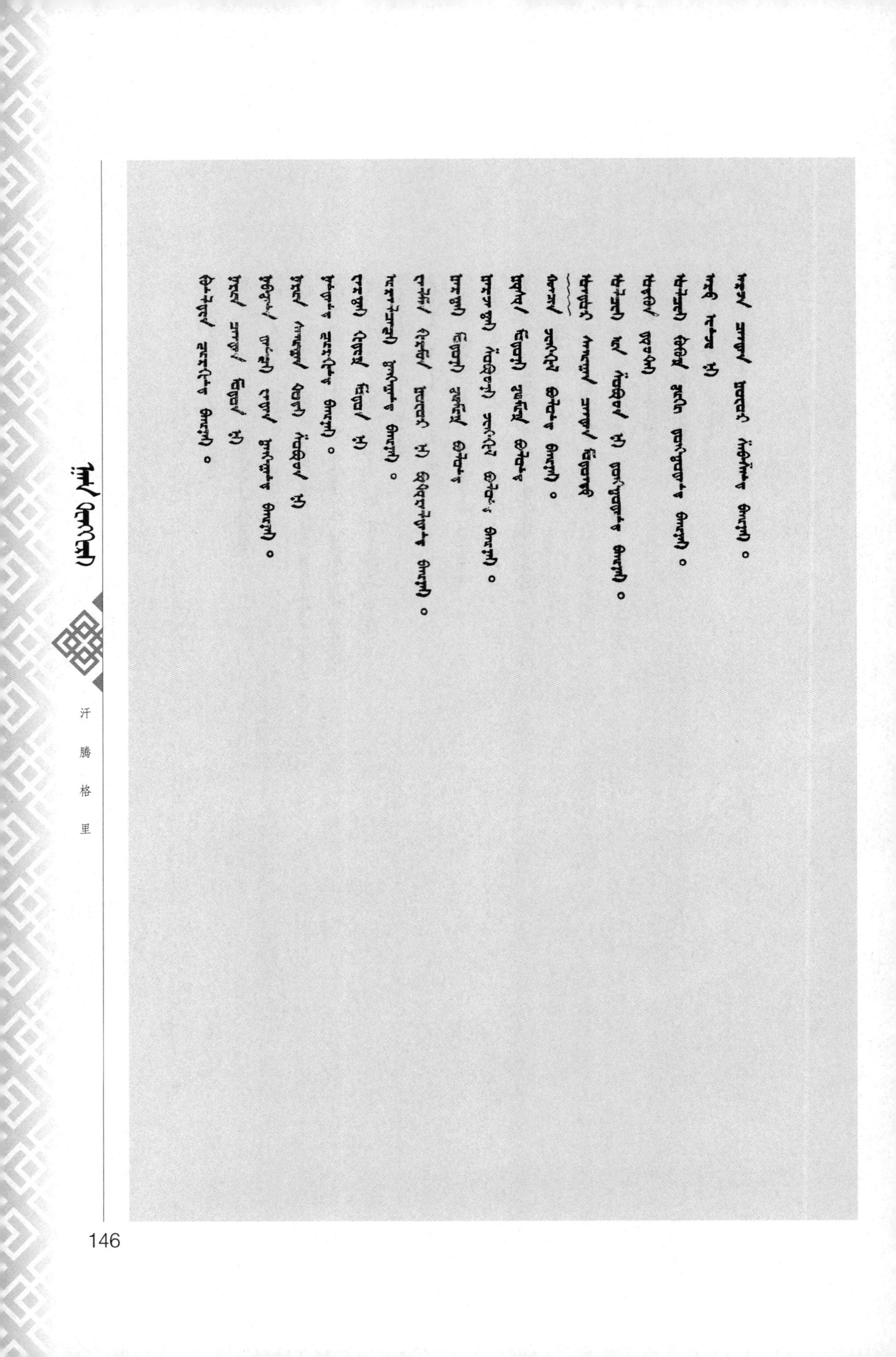

[illegible]
[illegible]
[illegible]
[illegible]
[illegible]
[illegible]
[illegible]
[illegible]
[illegible]
[illegible]
[illegible]
[illegible]
[illegible]
[illegible]
[illegible]
[illegible]
[illegible]
[illegible]
[illegible]

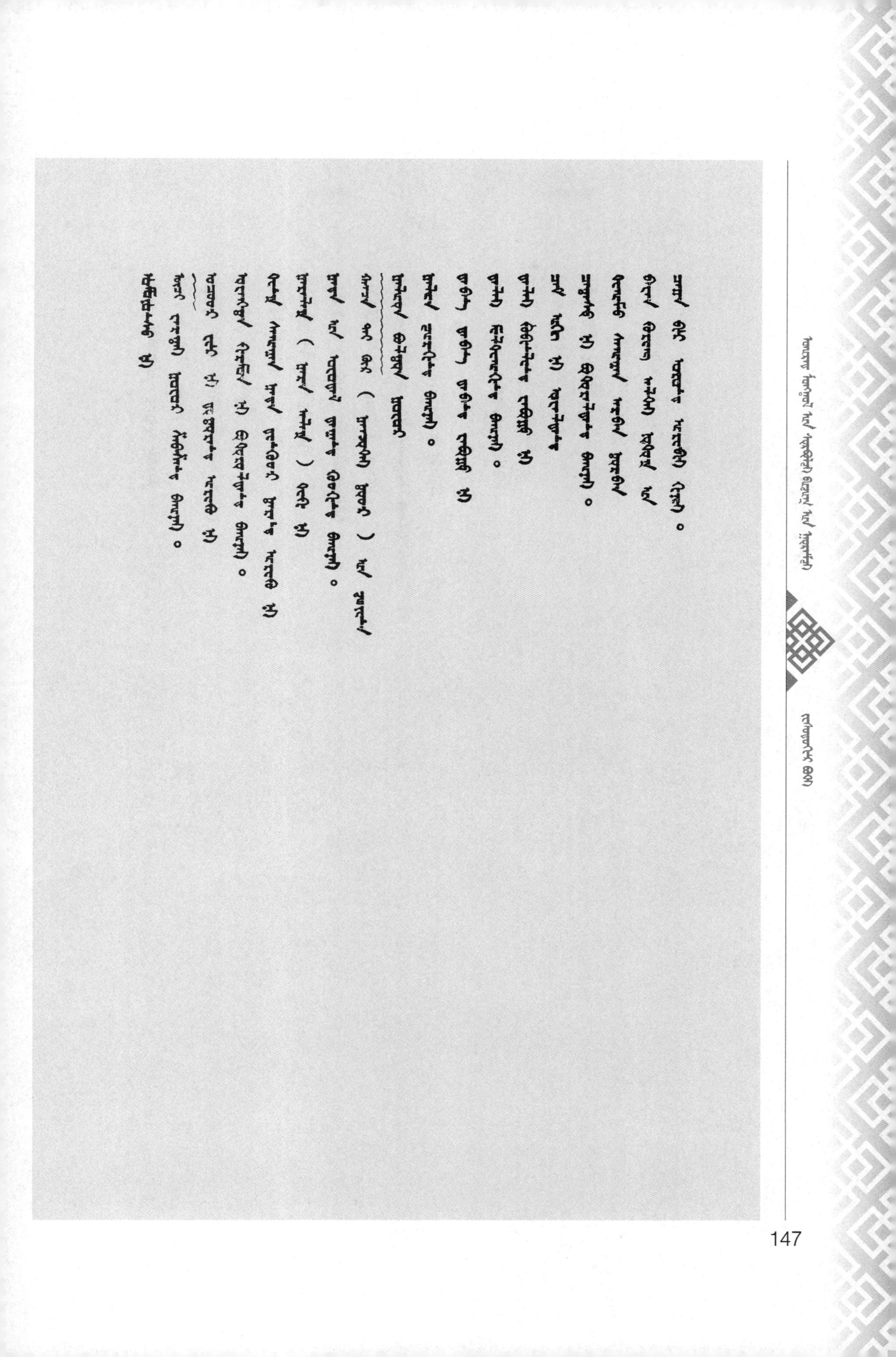

[illegible] ᠃
[illegible]
[illegible]
[illegible] ᠃
[illegible]
[illegible]
[illegible] ᠃
[illegible]
[illegible] ᠃
[illegible]
[illegible] ([illegible]) [illegible]
[illegible] ᠃
[illegible] ([illegible]) [illegible]
[illegible]
[illegible] ᠃
[illegible]
[illegible] ᠃
[illegible]

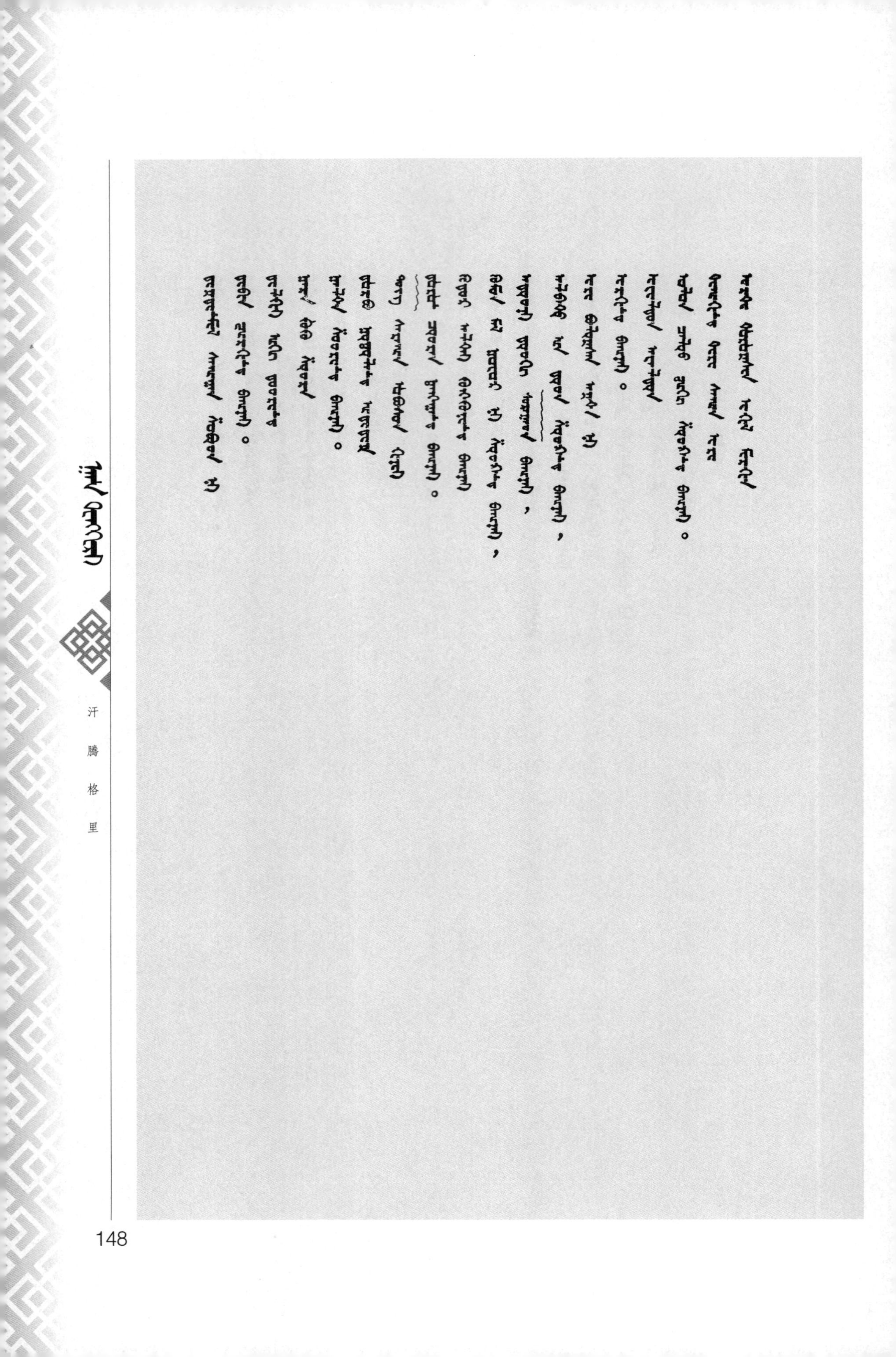

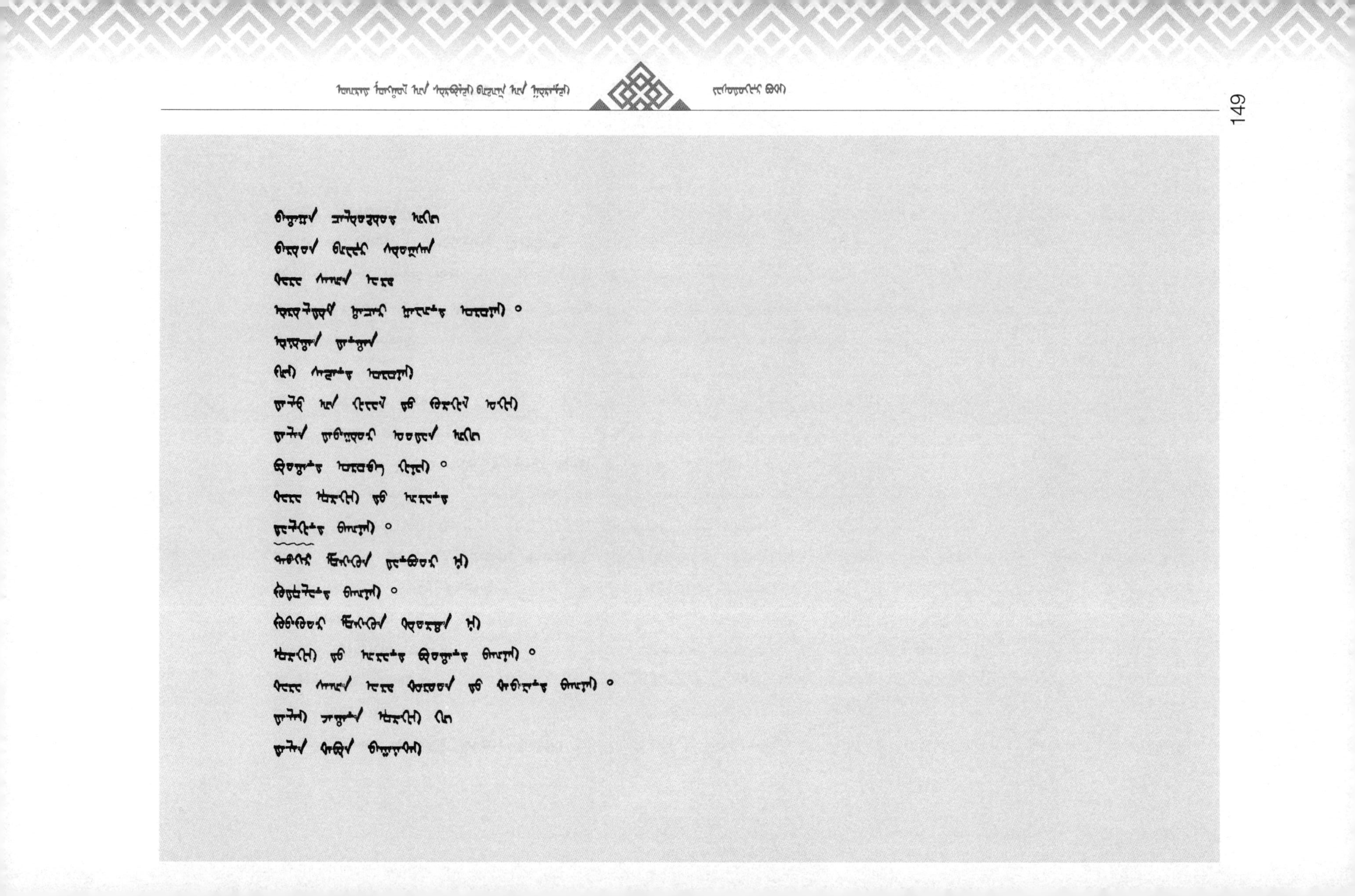

[illegible]
[illegible]
[illegible]
[illegible] 。
[illegible]
[illegible]
[illegible]
[illegible]
[illegible] 。
[illegible]
[illegible] 。
[illegible]
[illegible] 。
[illegible]
[illegible] 。
[illegible] 。
[illegible]
[illegible]

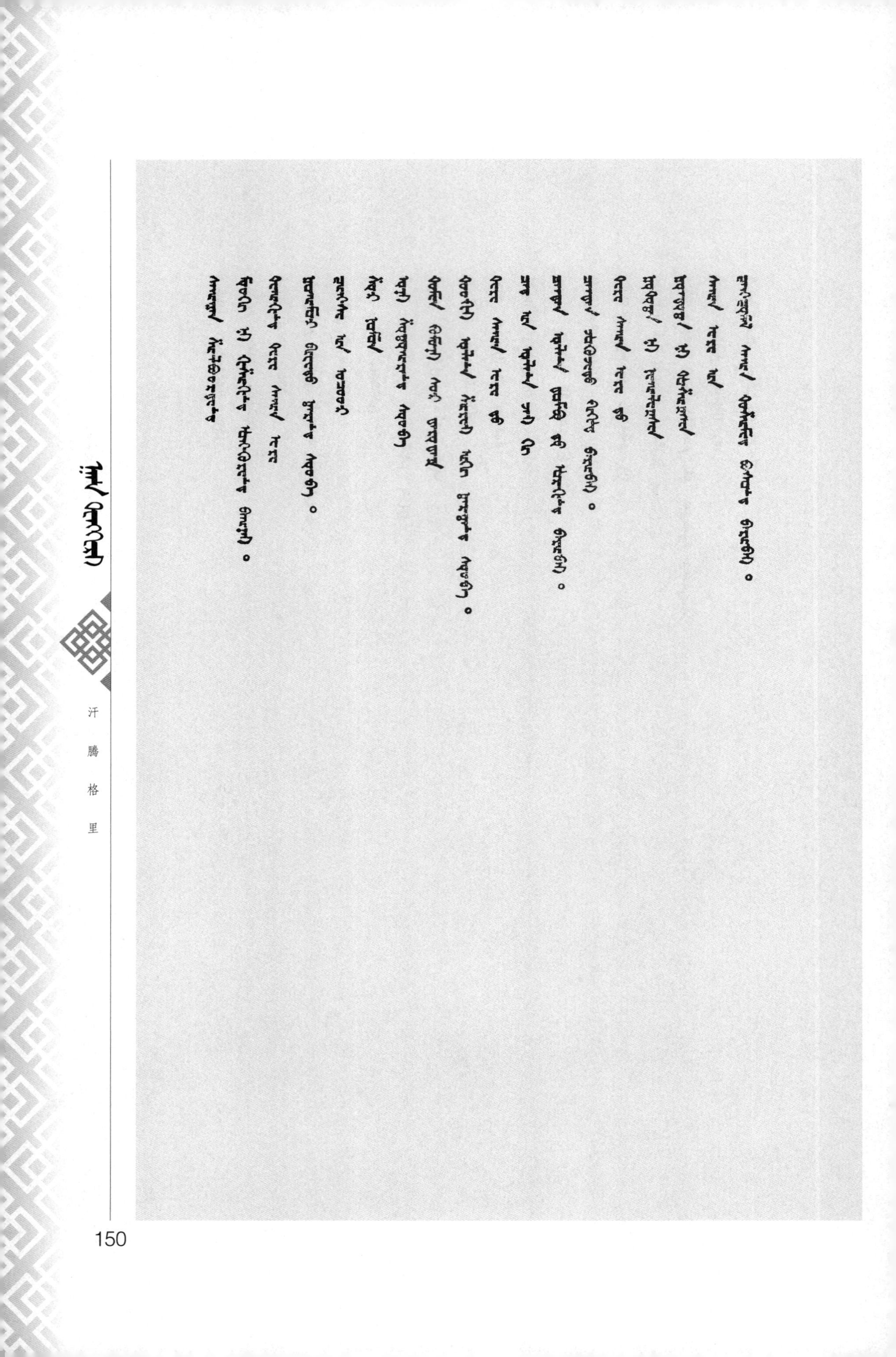

[illegible]
[illegible]
[illegible]
[illegible]
[illegible]
[illegible]
[illegible]
[illegible]
[illegible]
[illegible]
[illegible]
[illegible]
[illegible]
[illegible]
[illegible]
[illegible]

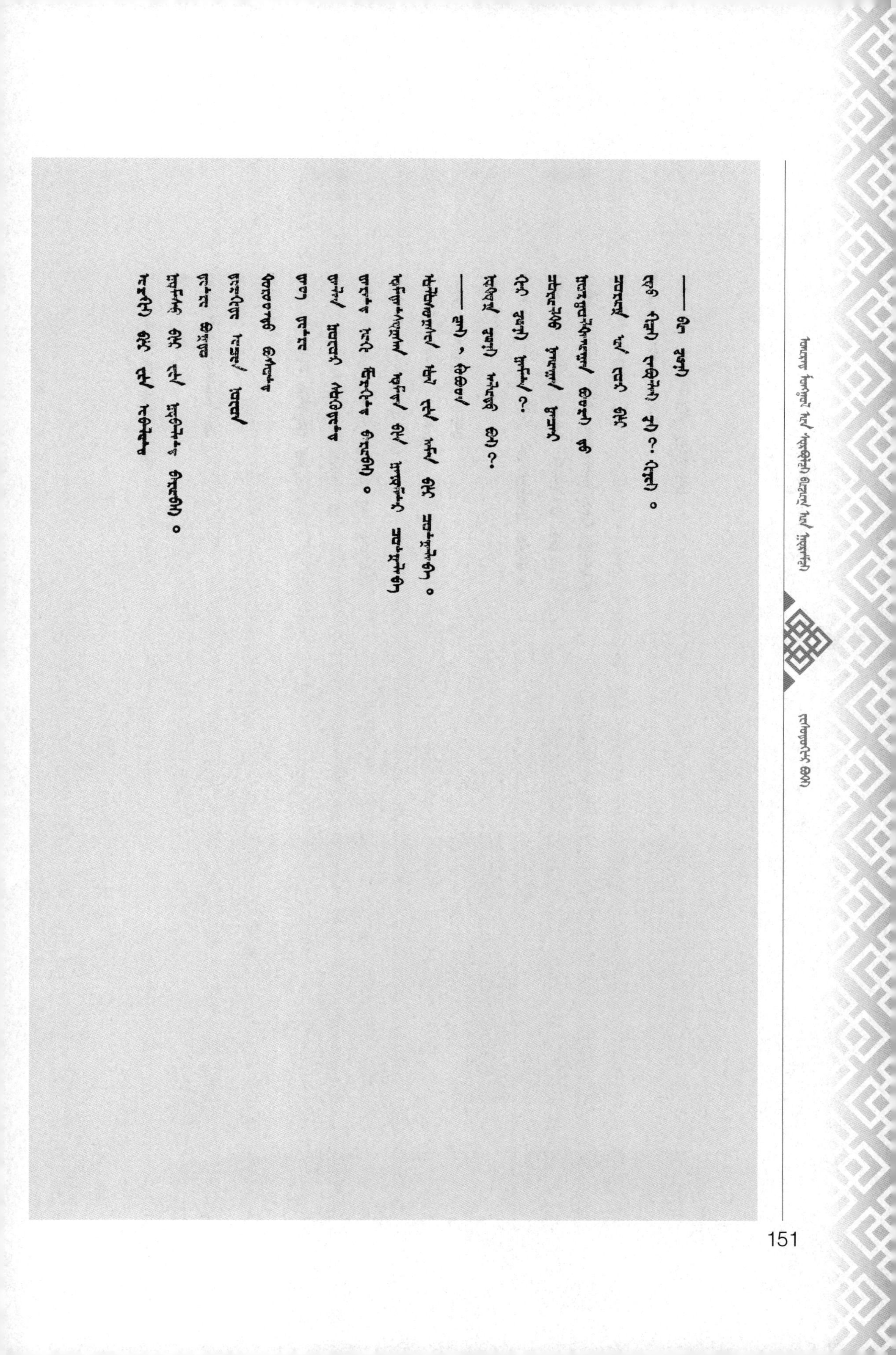

—— [illegible]

[illegible] ? [illegible] 。

[illegible]

[illegible]

[illegible]

[illegible] ?

[illegible] ?

—— [illegible] , [illegible]

[illegible] 。

[illegible]

[illegible] 。

[illegible]

[illegible]

[illegible]

[illegible]

[illegible]

[illegible] 。

[illegible]

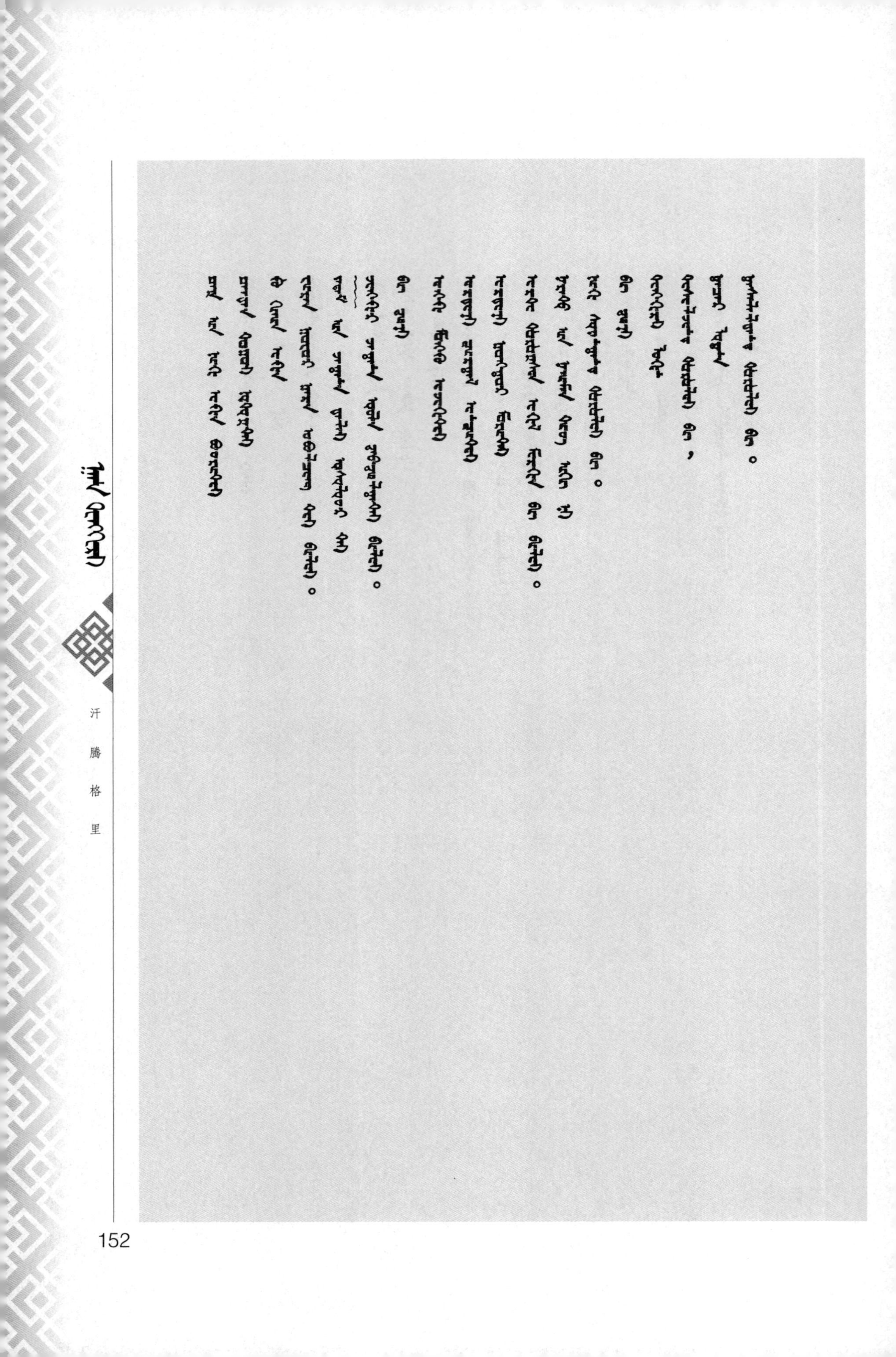

[illegible]

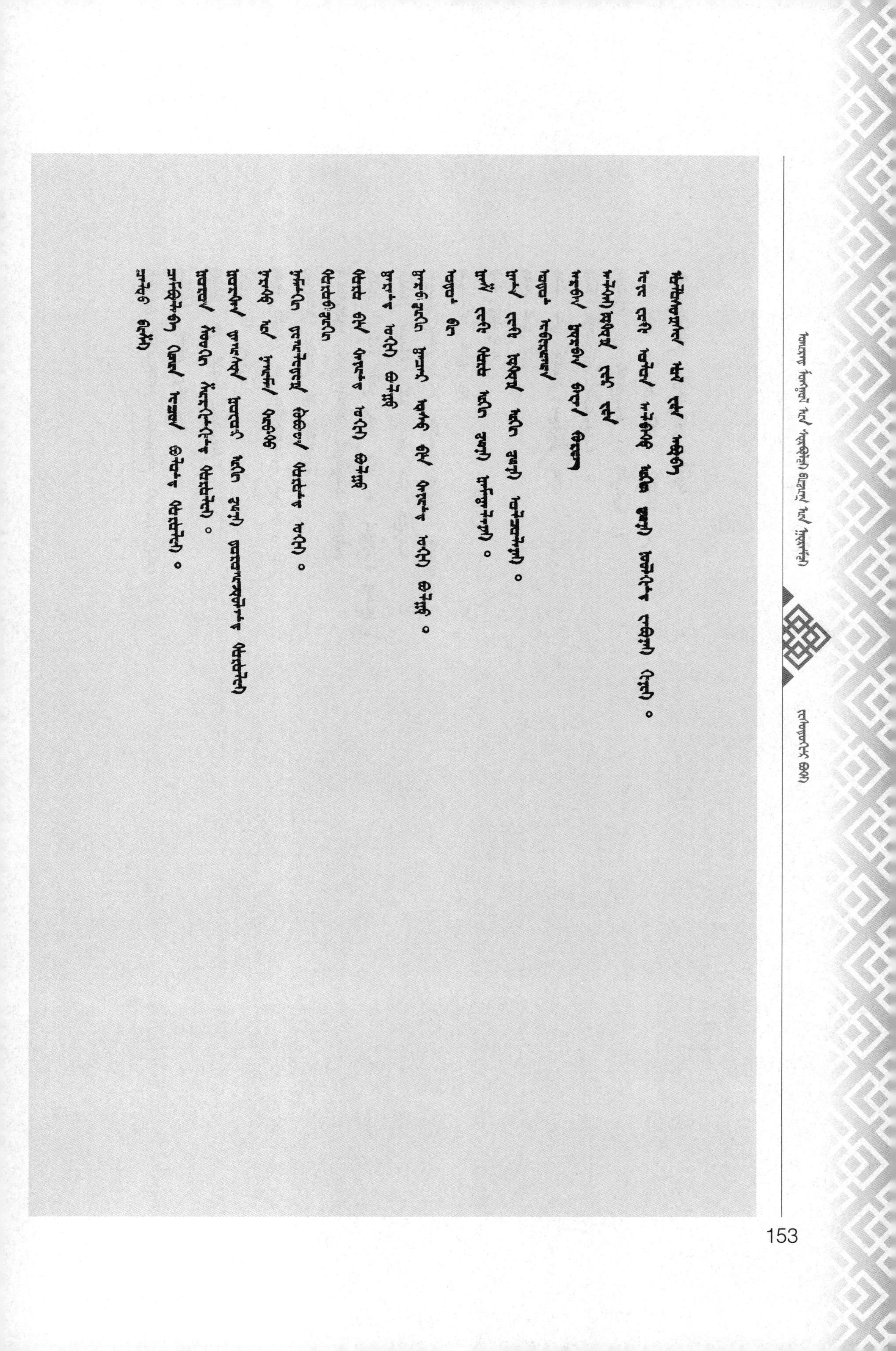

[illegible]
[illegible] 。
[illegible]
[illegible]
[illegible]
[illegible] 。
[illegible] 。
[illegible]
[illegible] 。
[illegible]
[illegible]
[illegible]
[illegible] 。
[illegible]
[illegible]
[illegible] 。
[illegible] 。
[illegible]

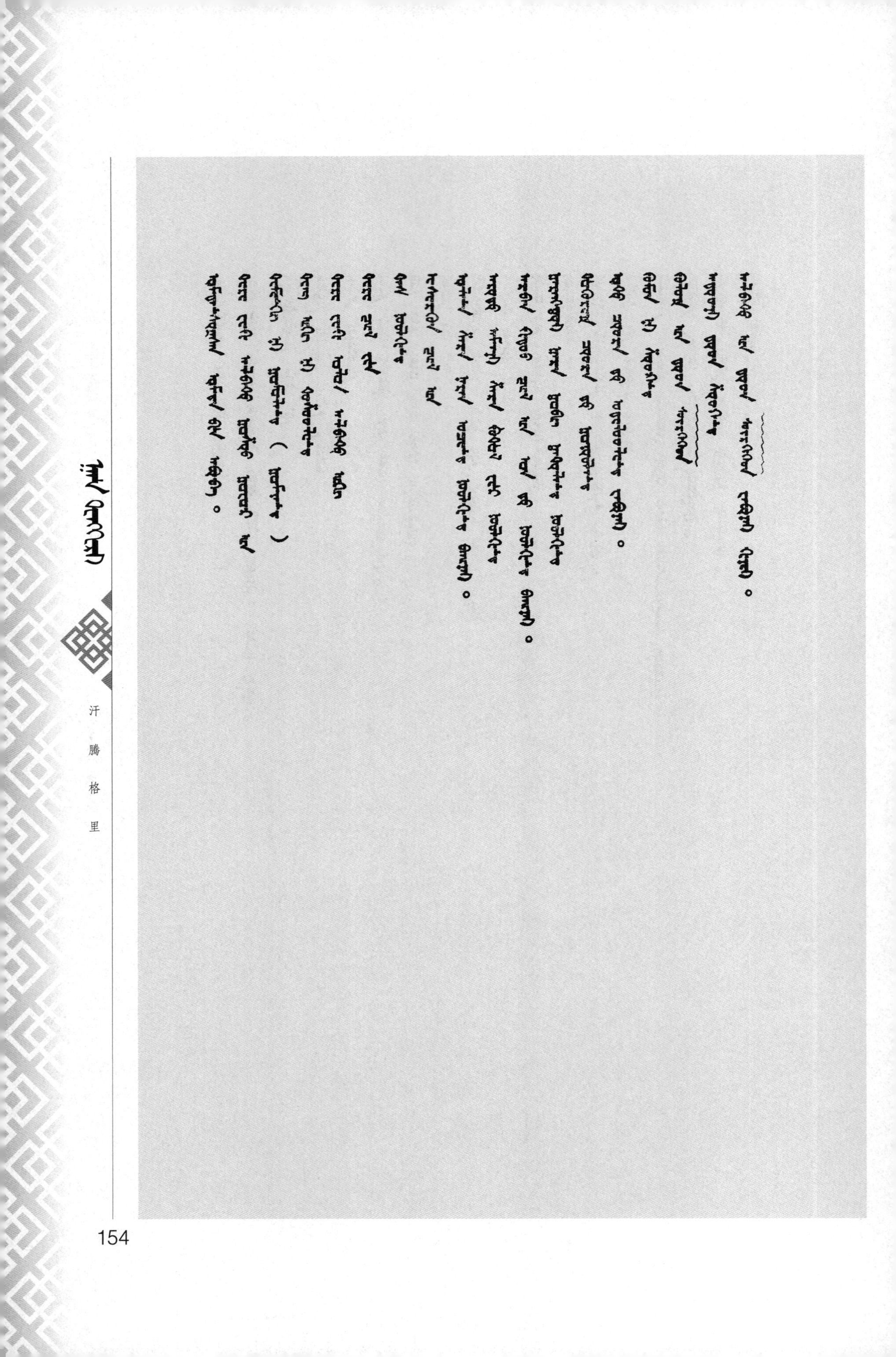

[illegible] 。
[illegible]
[illegible]
[illegible]
[illegible] 。
[illegible]
[illegible]
[illegible] 。
[illegible]
[illegible] 。
[illegible]
[illegible]
[illegible]
[illegible]
[illegible]
[illegible] ([illegible])
[illegible]
[illegible] 。

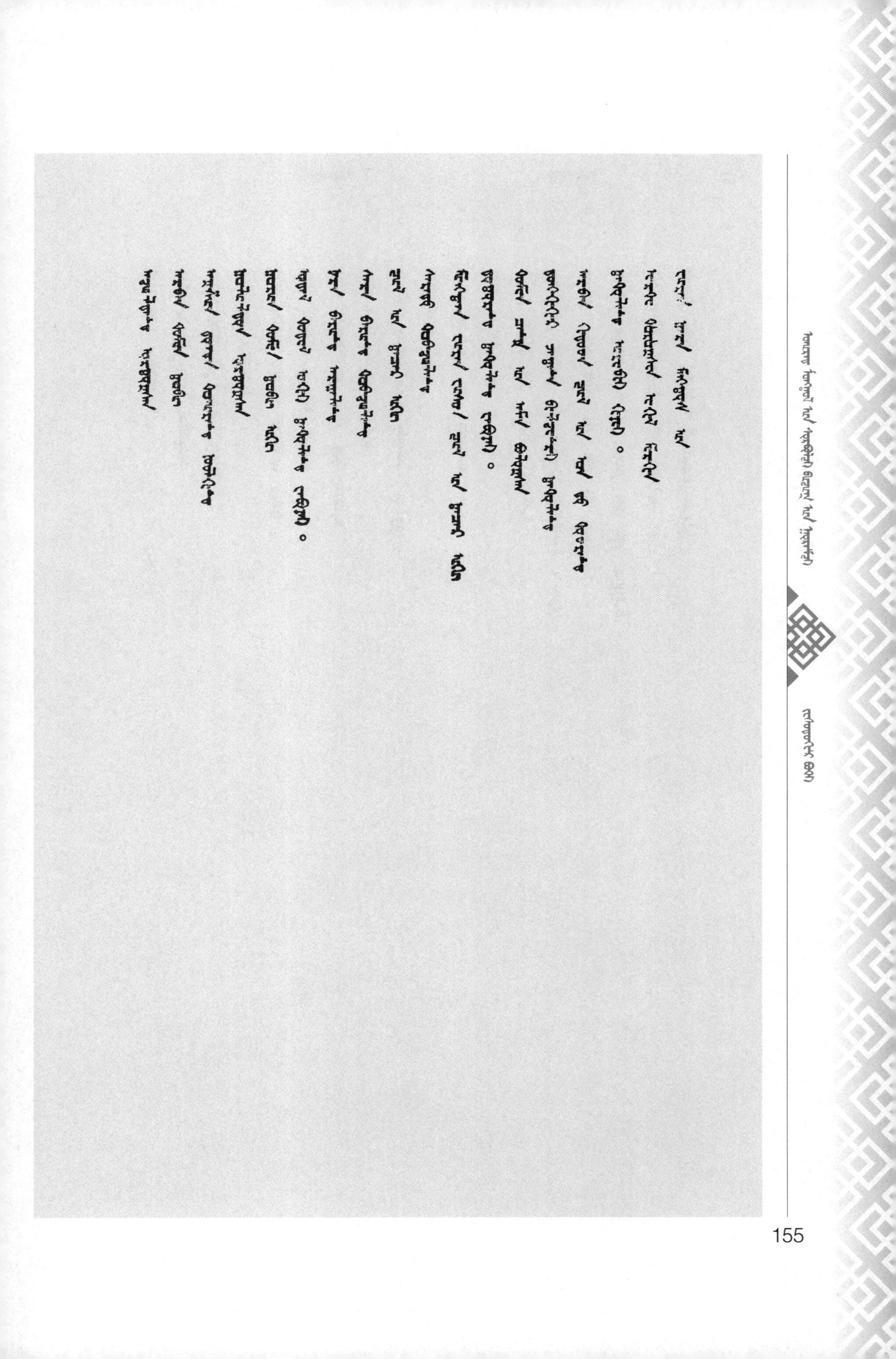

[illegible]
[illegible]
[illegible] 。
[illegible]
[illegible]
[illegible]
[illegible] 。
[illegible]
[illegible]
[illegible]
[illegible]
[illegible]
[illegible] 。
[illegible]
[illegible]
[illegible]
[illegible]
[illegible]

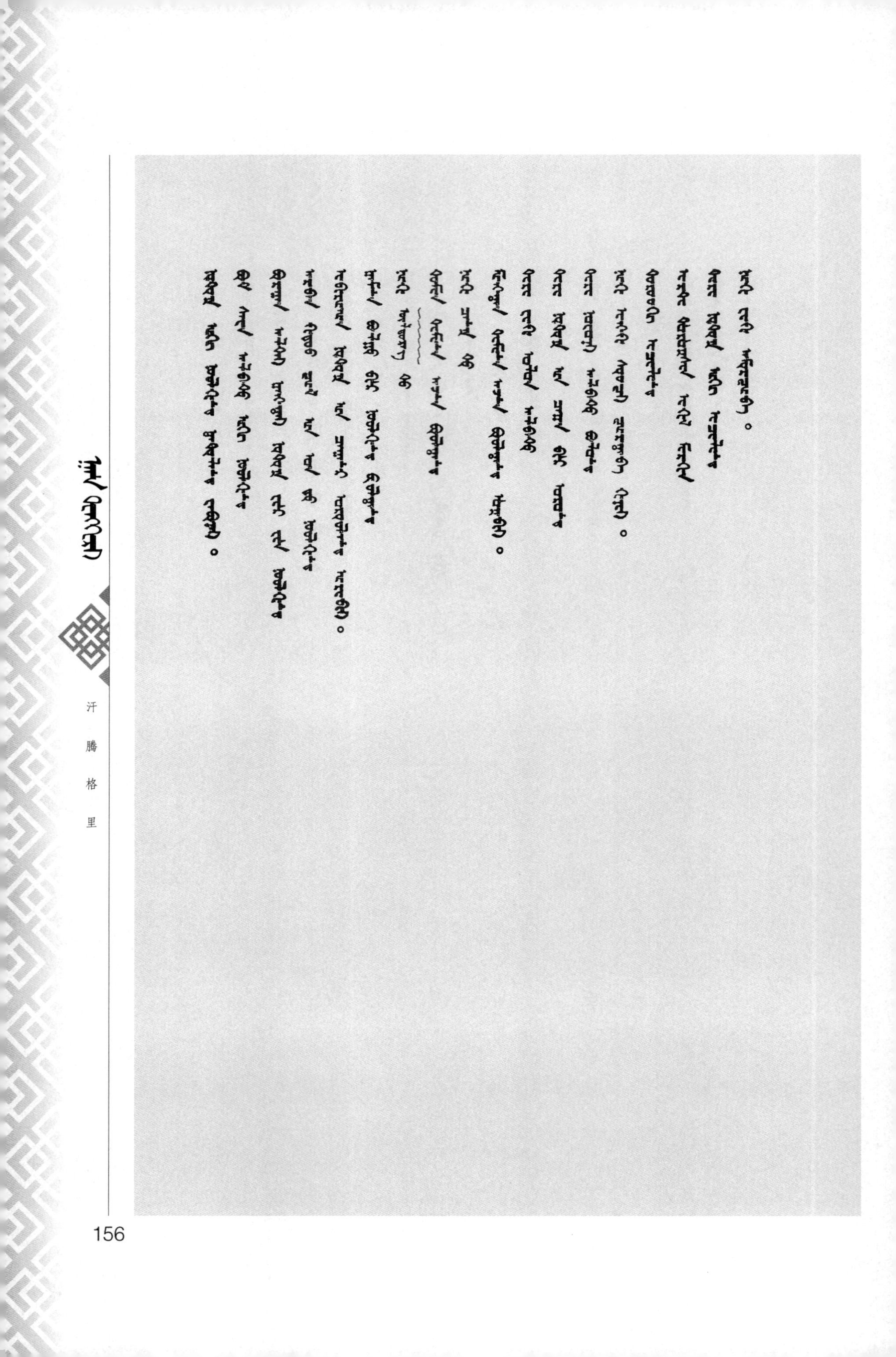

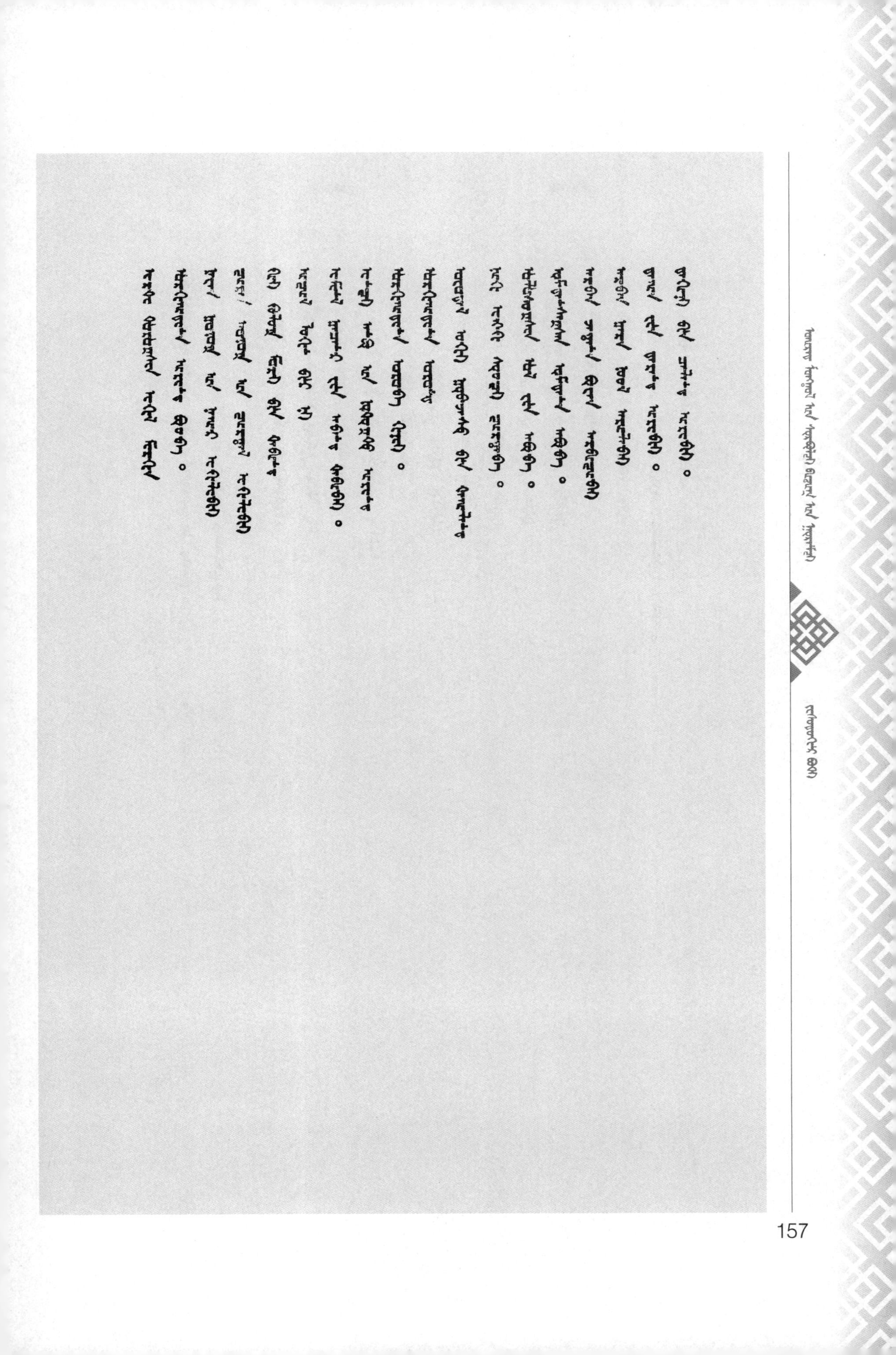

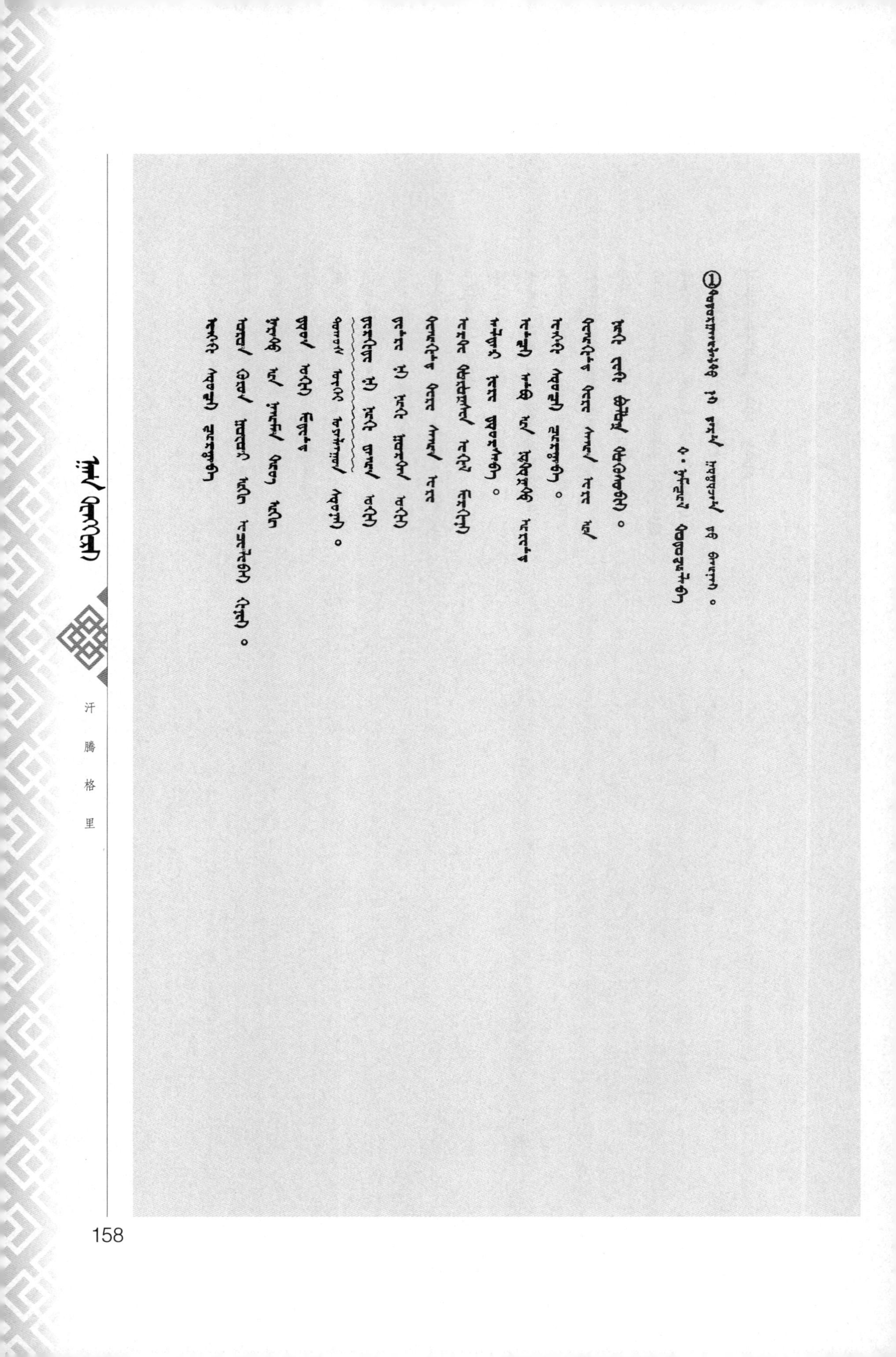

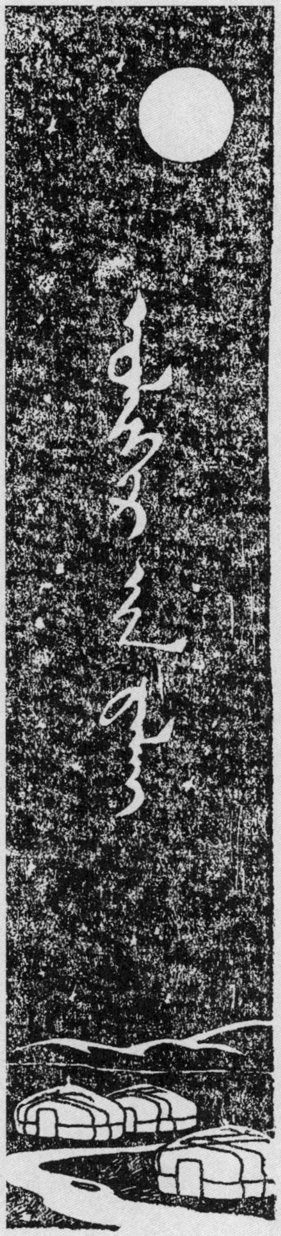

[illegible]

[illegible]

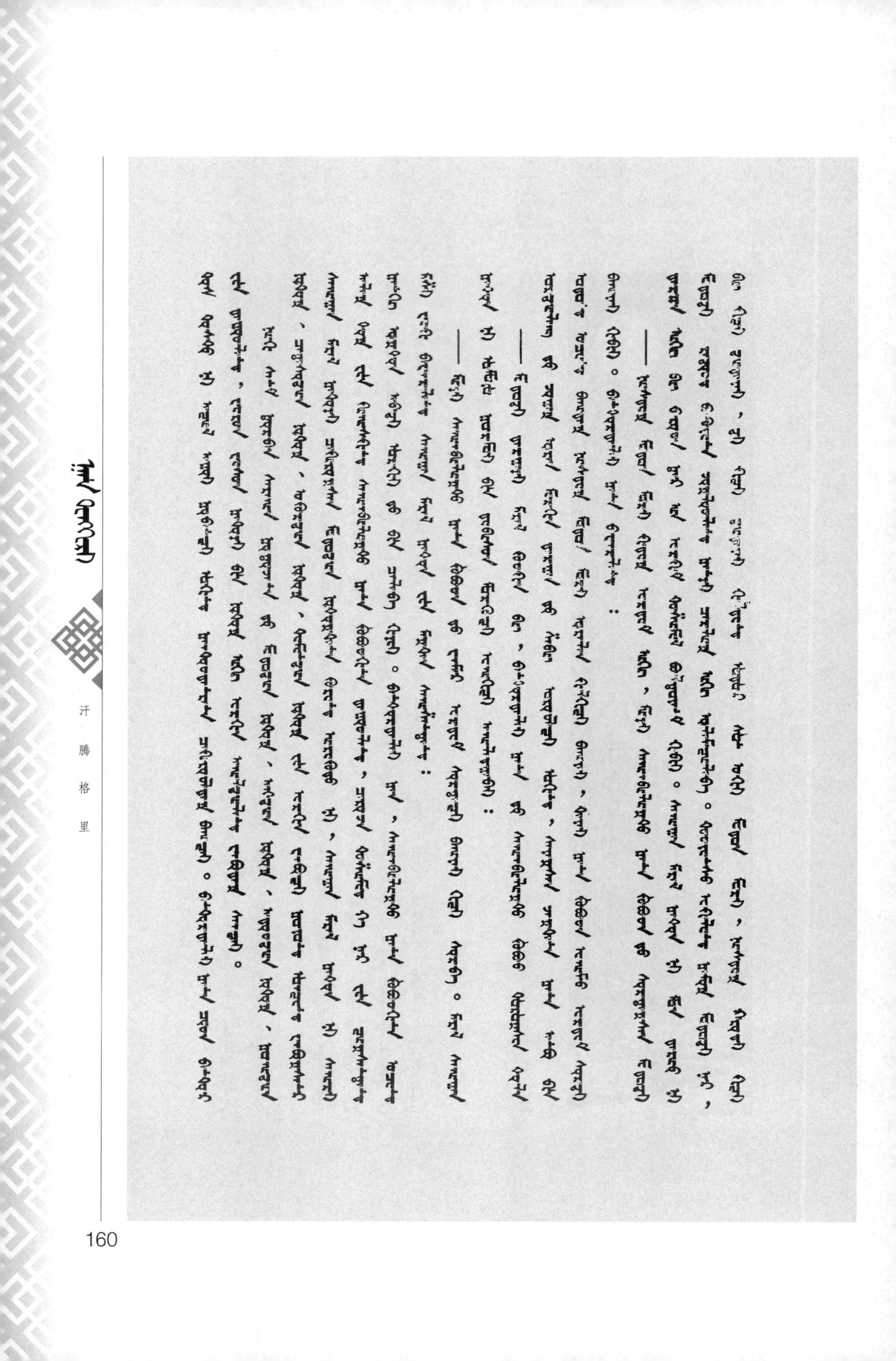

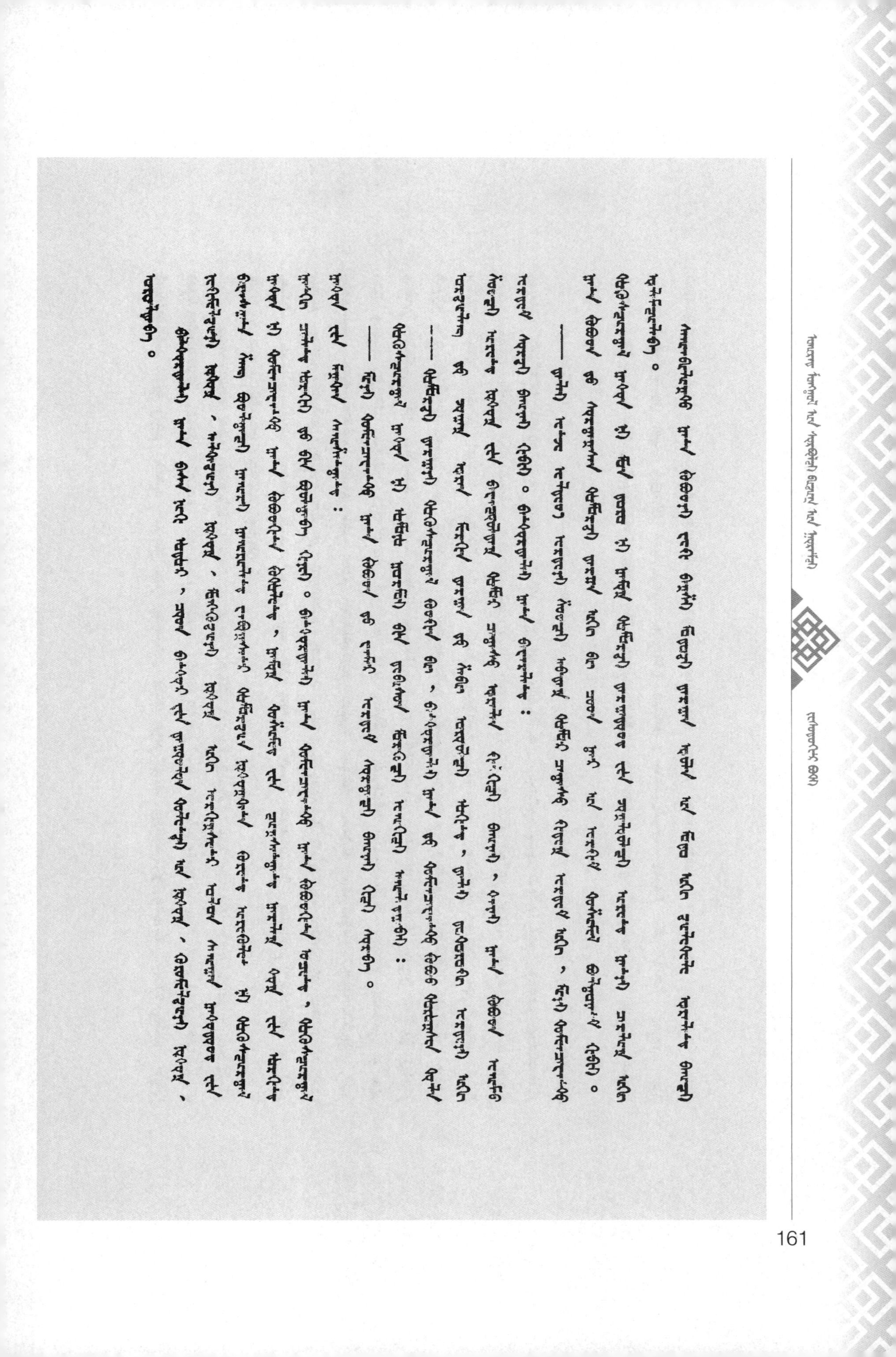

[illegible] ᠃

[illegible] ᠃

—— [illegible] :

[illegible]

—— [illegible] :

—— [illegible] ᠃

[illegible] :

[illegible]

[illegible] ᠃

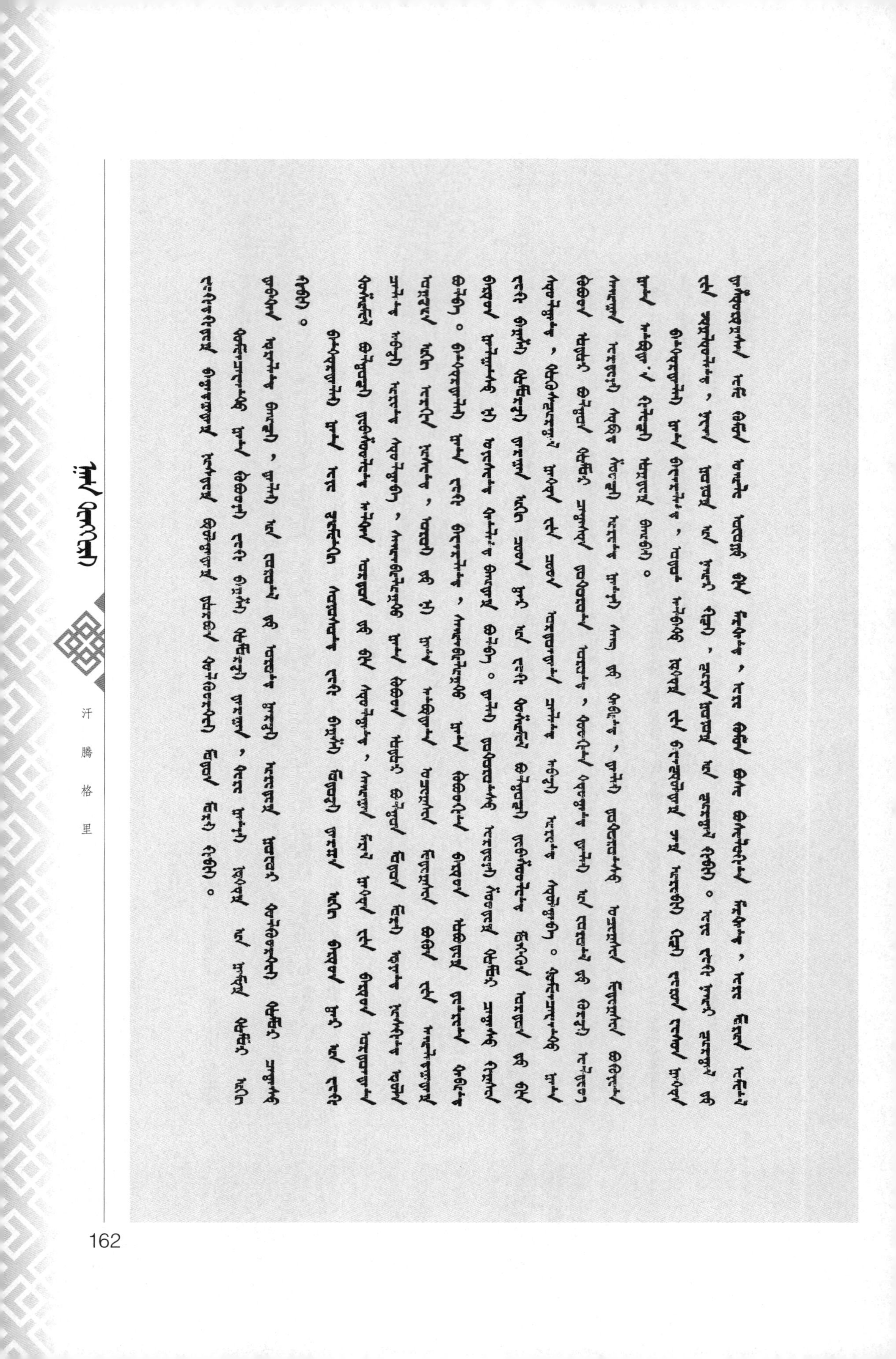

[illegible]

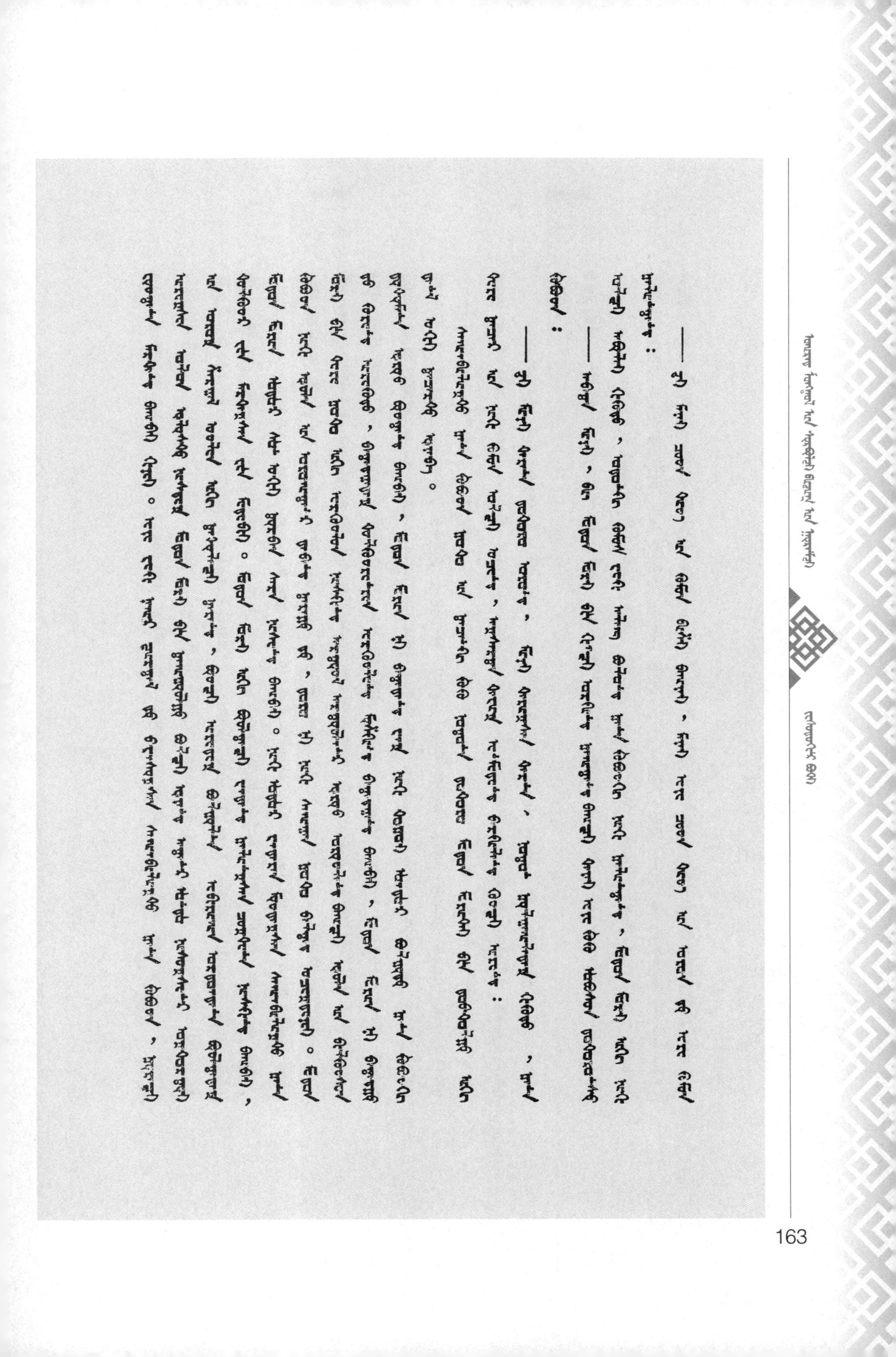

[illegible]

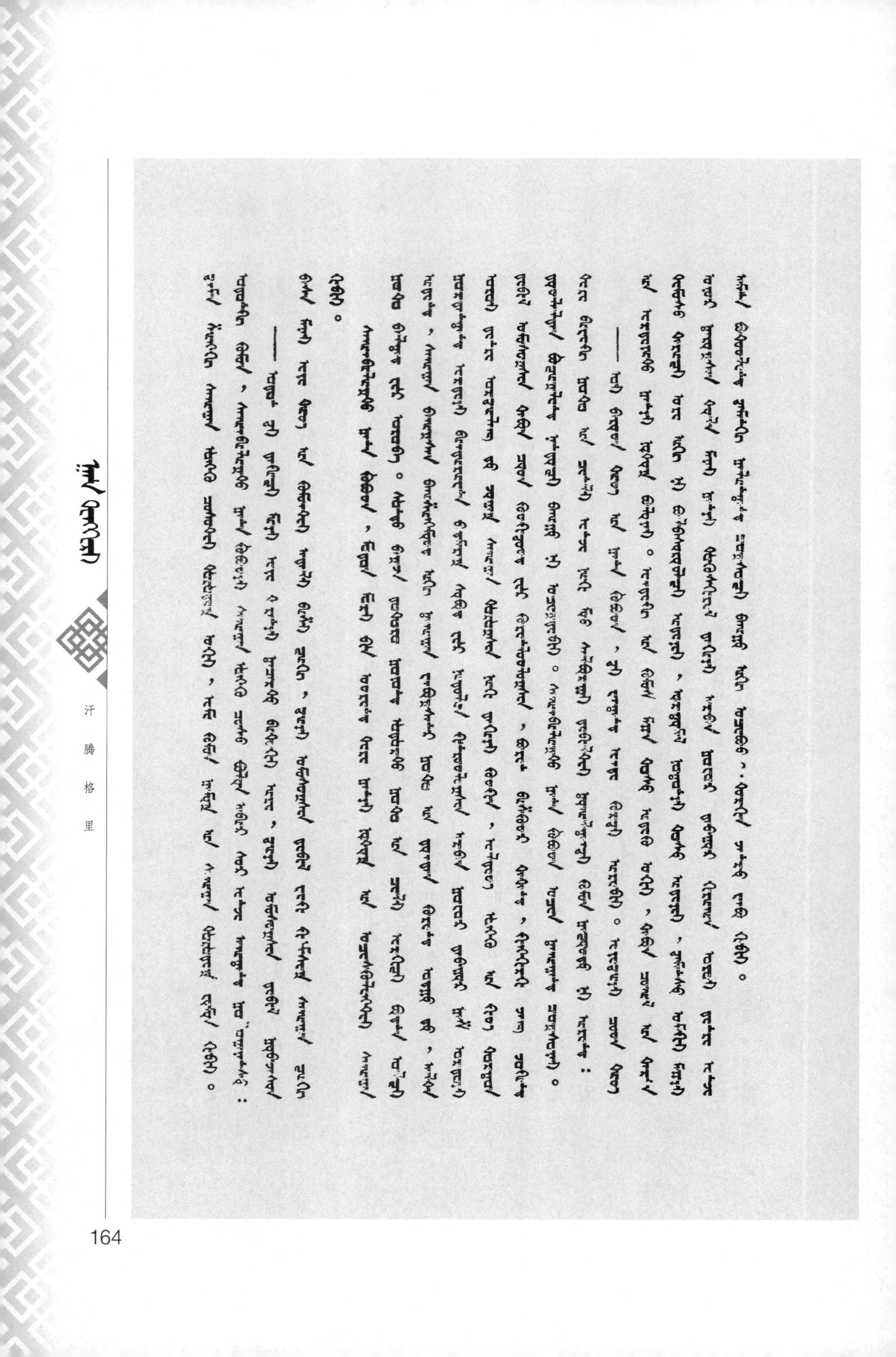

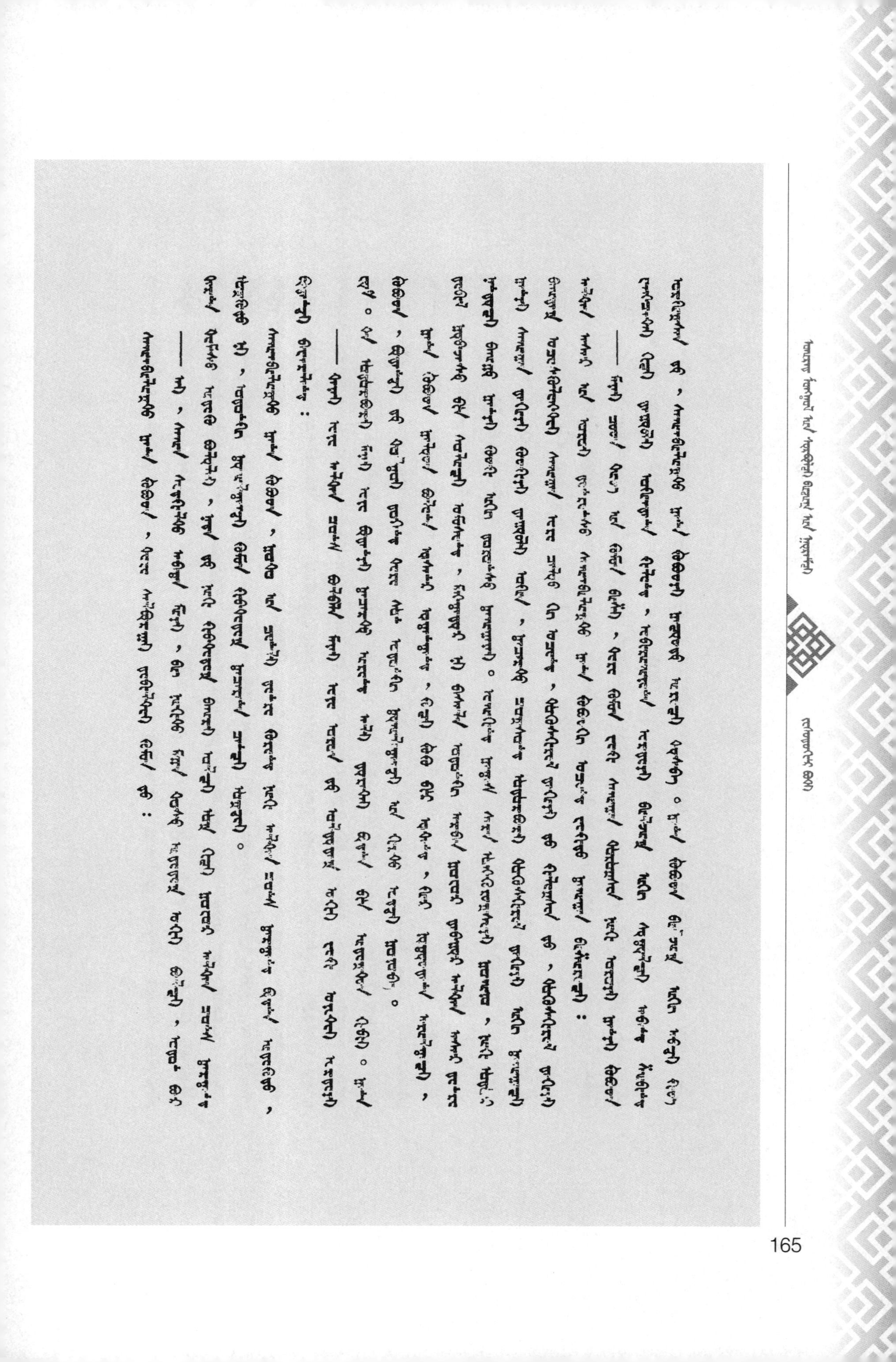

[illegible]

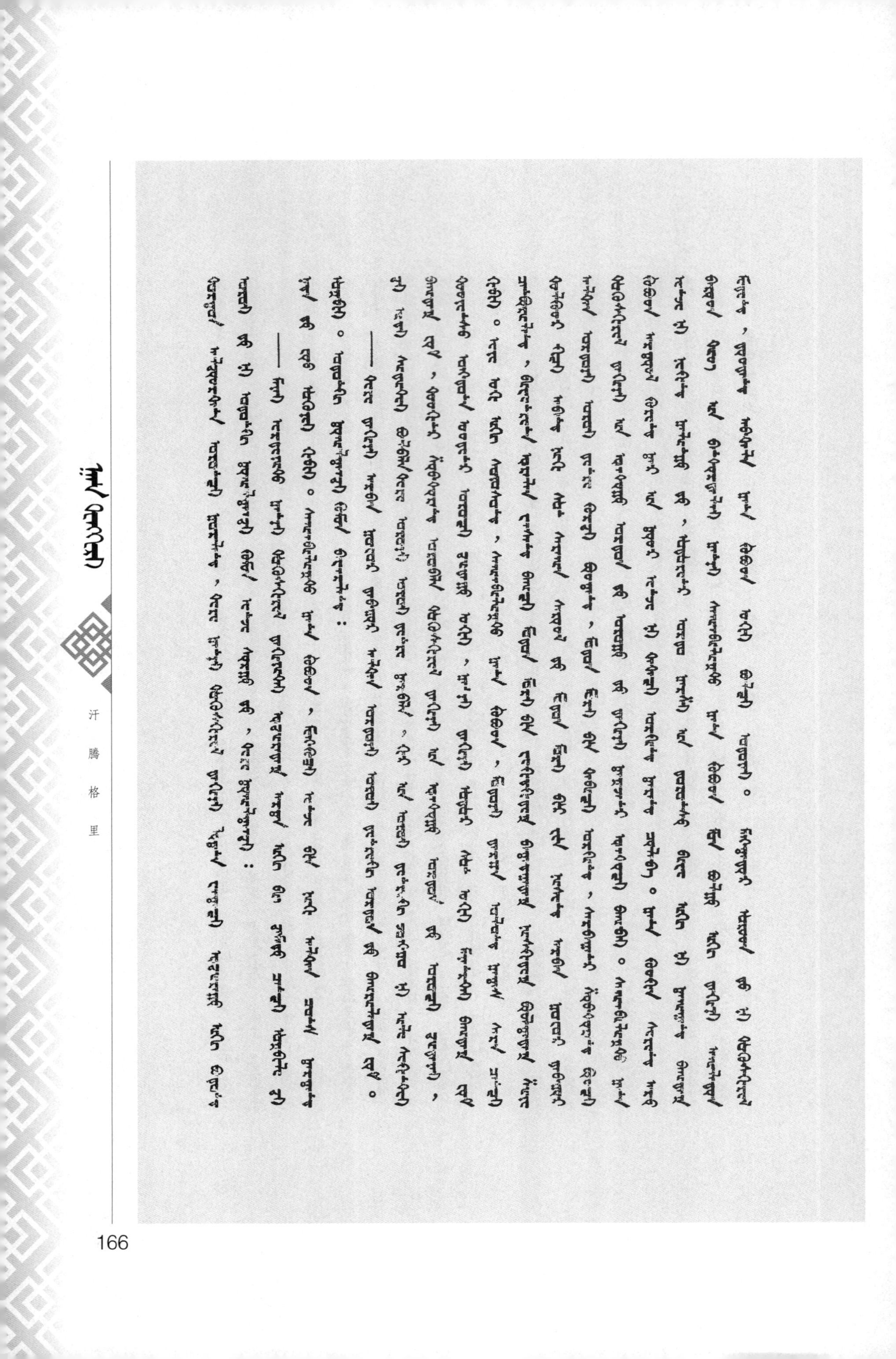

[illegible]

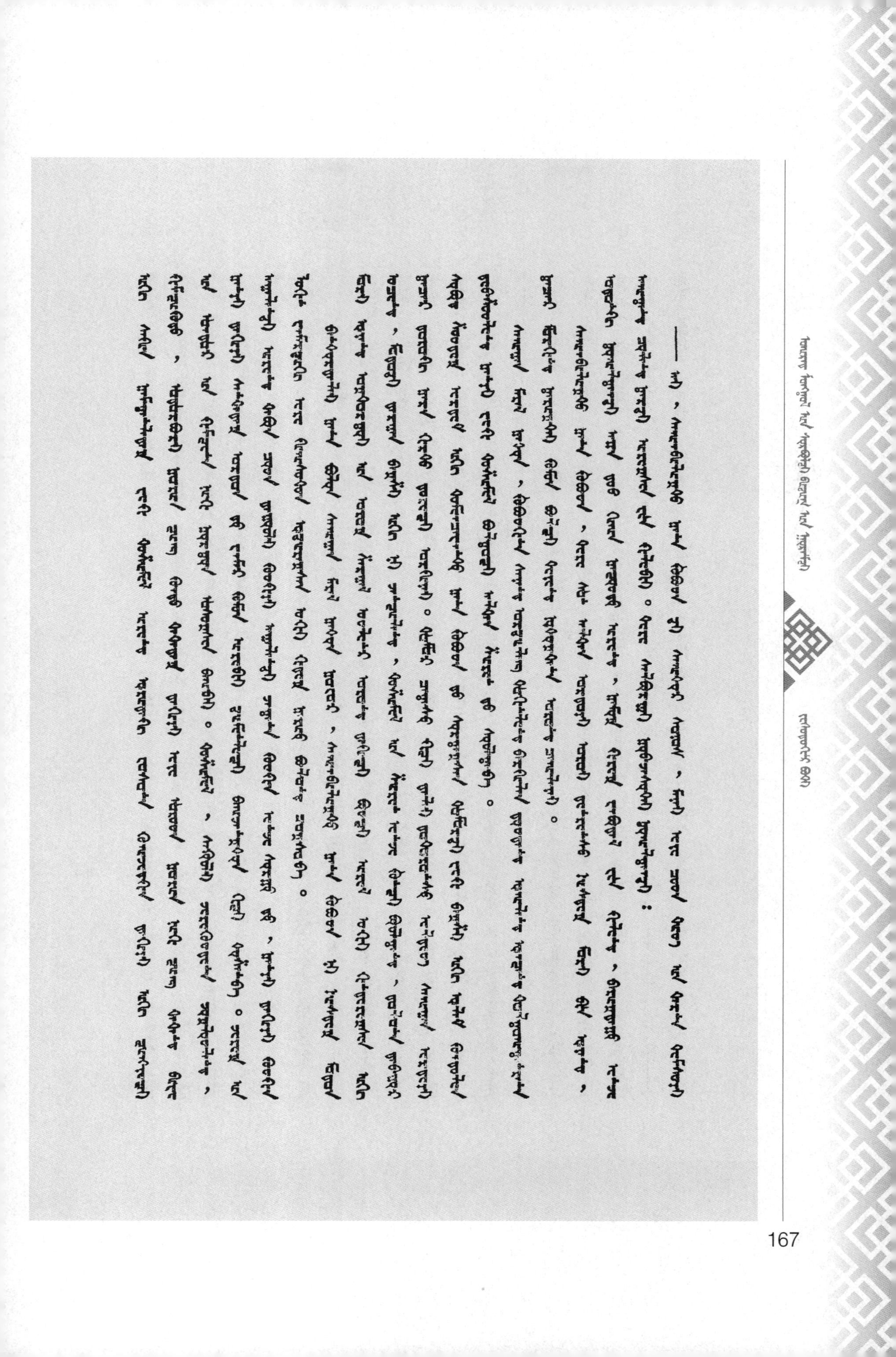

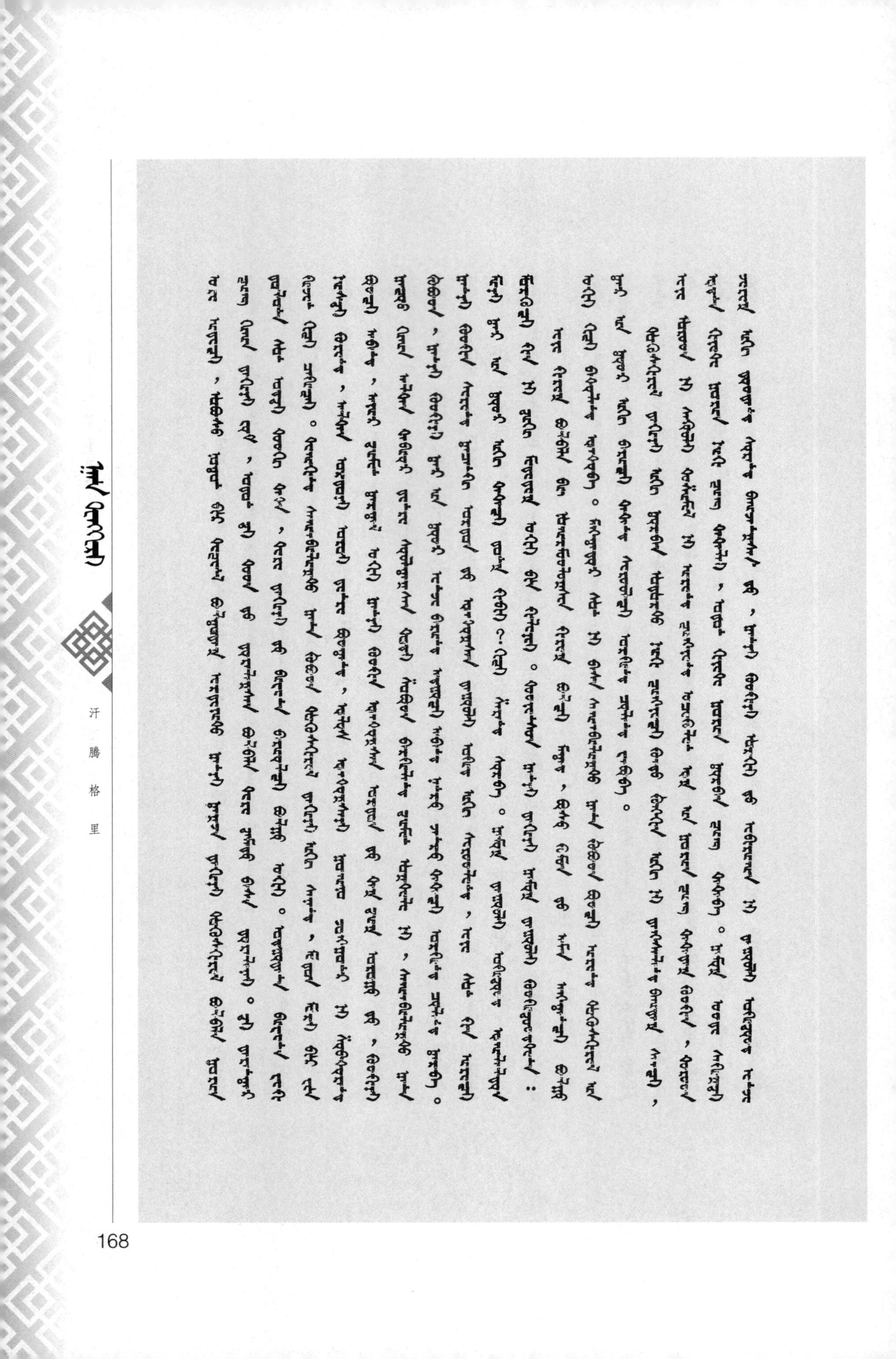

[illegible]

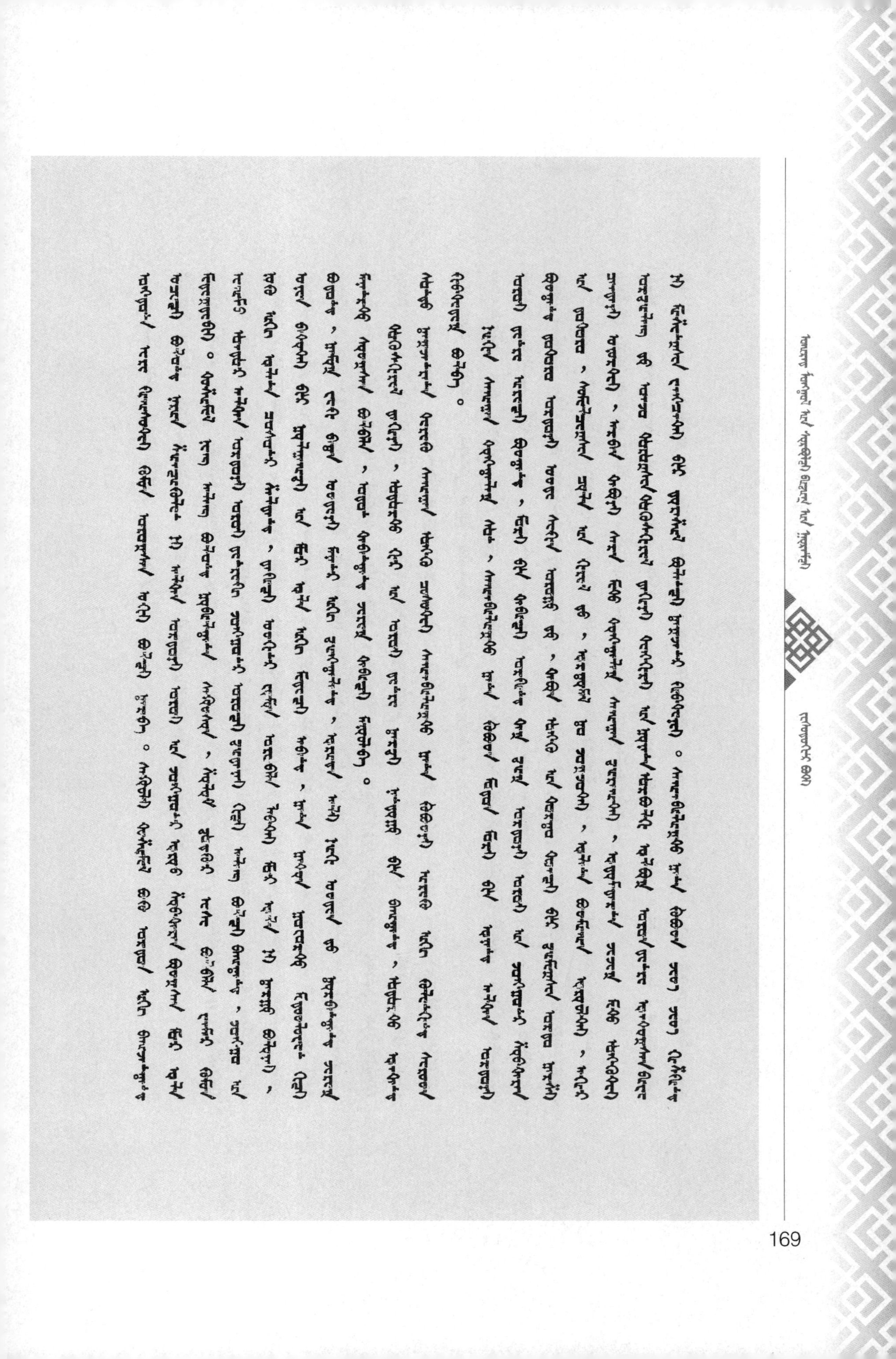

[illegible]
[illegible]
[illegible]
[illegible]
[illegible]
[illegible]
[illegible]
[illegible] ◦

[illegible]
[illegible]
[illegible] ◦

[illegible]
[illegible]
[illegible]
[illegible]
[illegible] ◦ [illegible]
[illegible]
[illegible] ◦ [illegible]

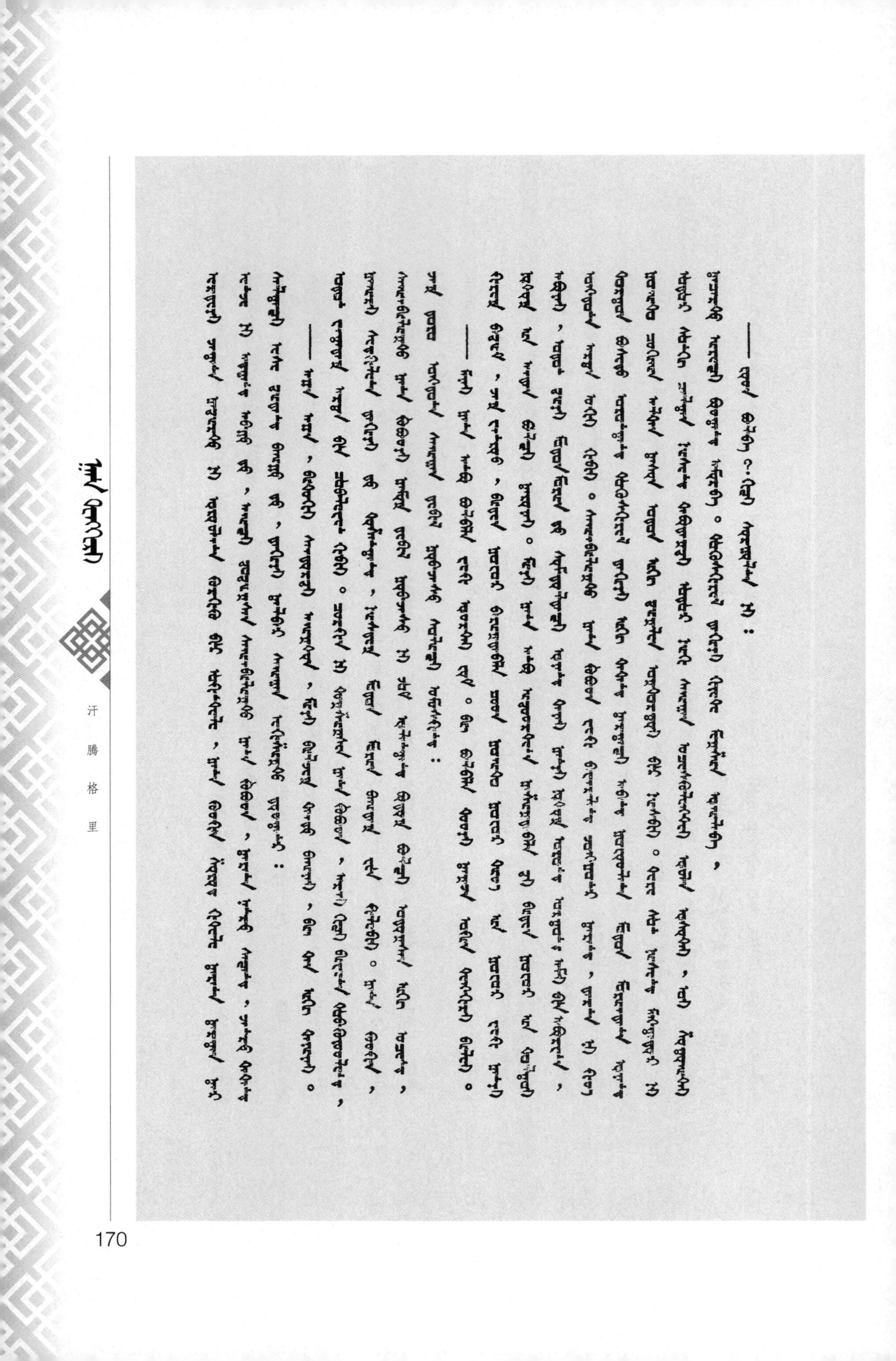

[illegible]

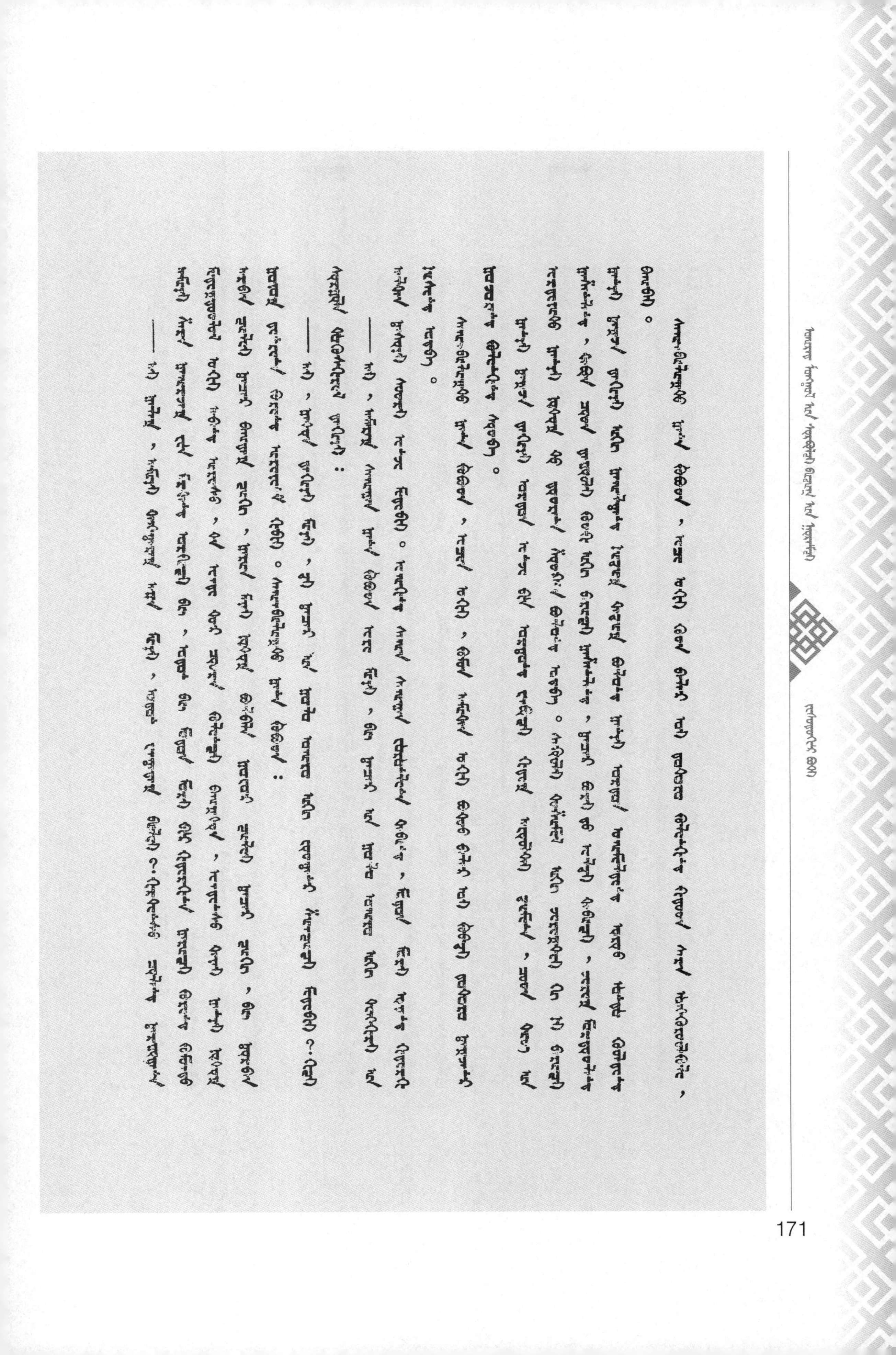

[illegible]

[illegible]

[illegible]

[illegible]

[illegible]

[illegible]

—— [illegible]

—— [illegible]

[illegible]

—— [illegible]

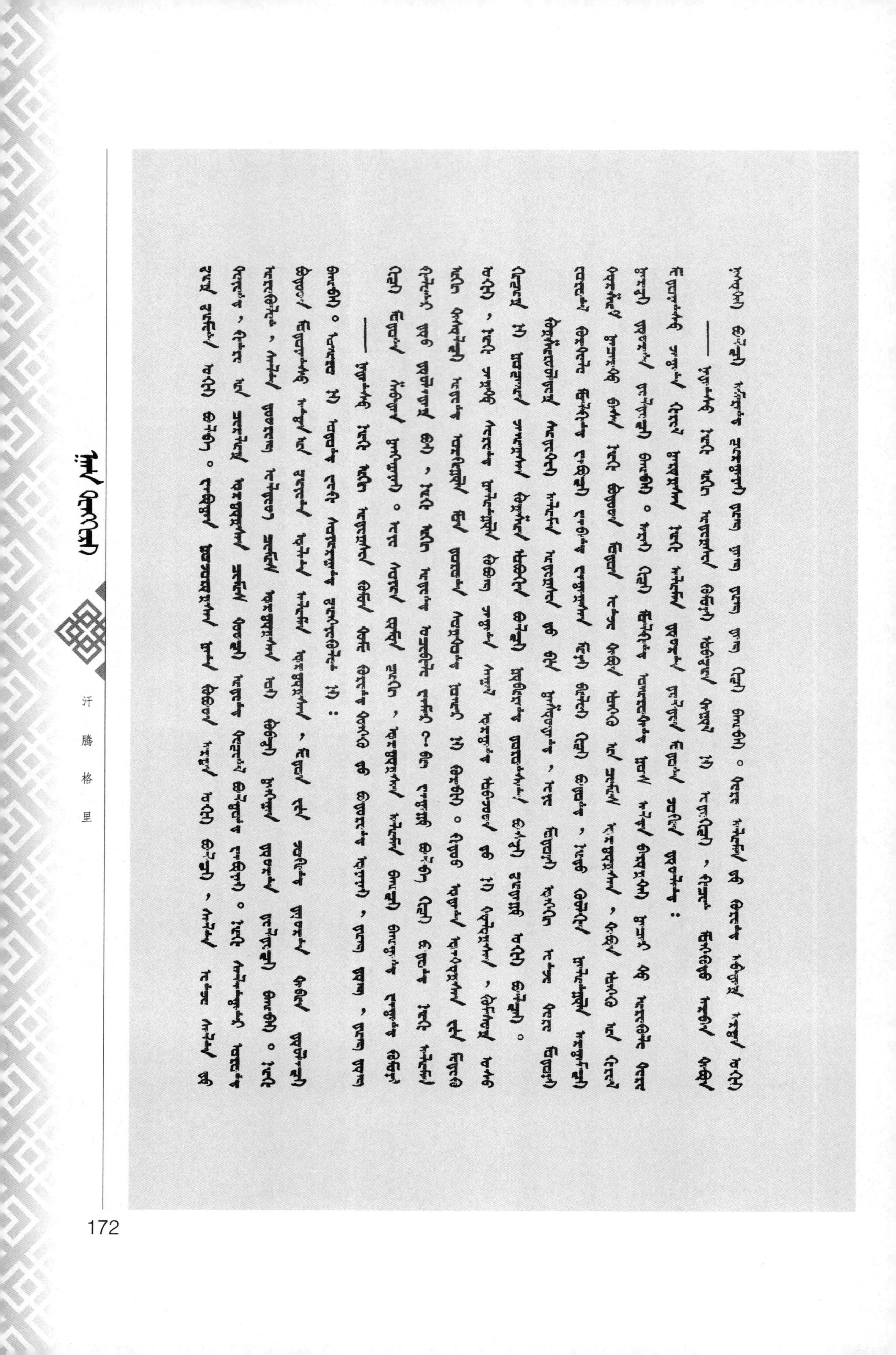

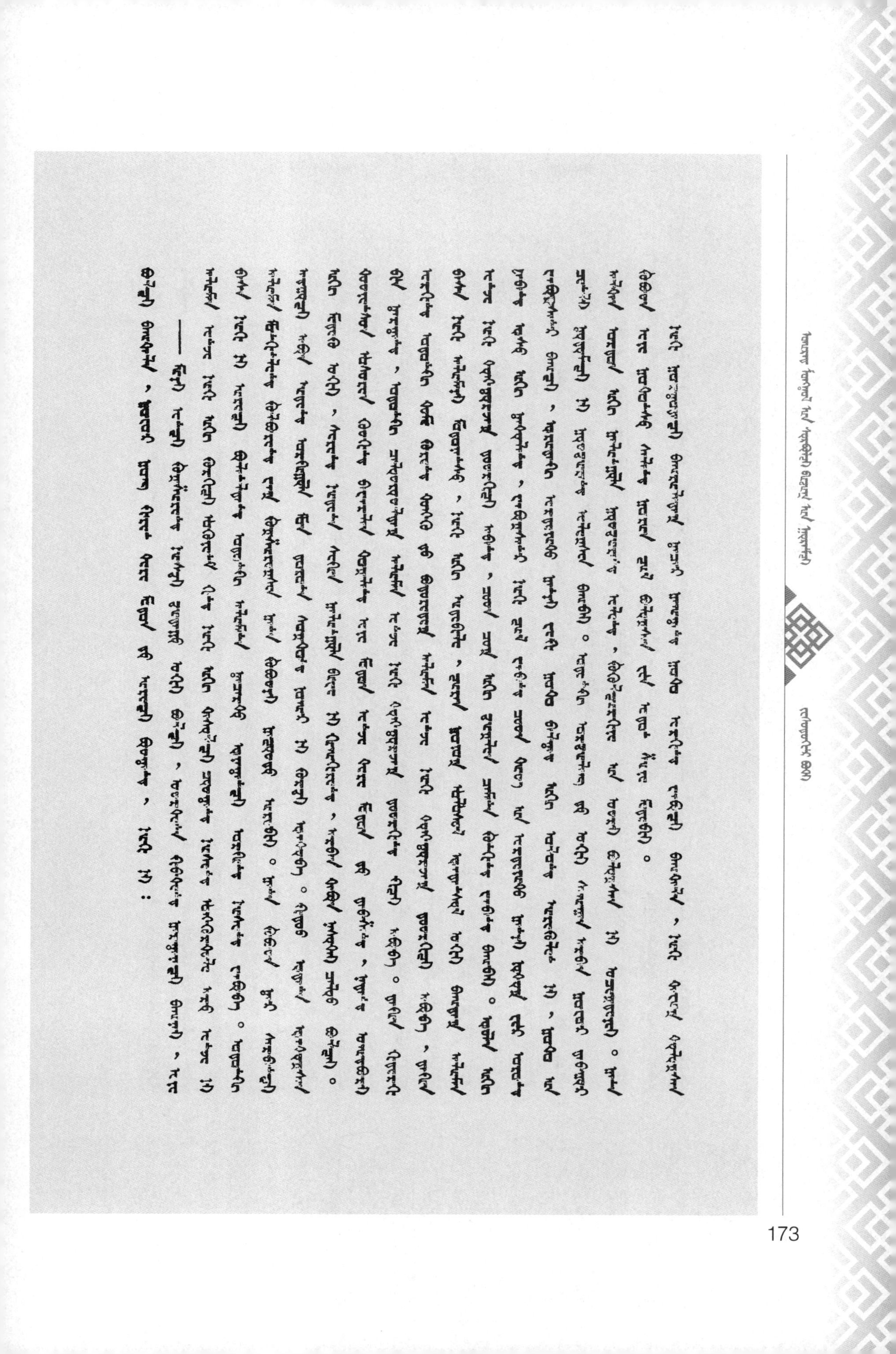

[illegible]

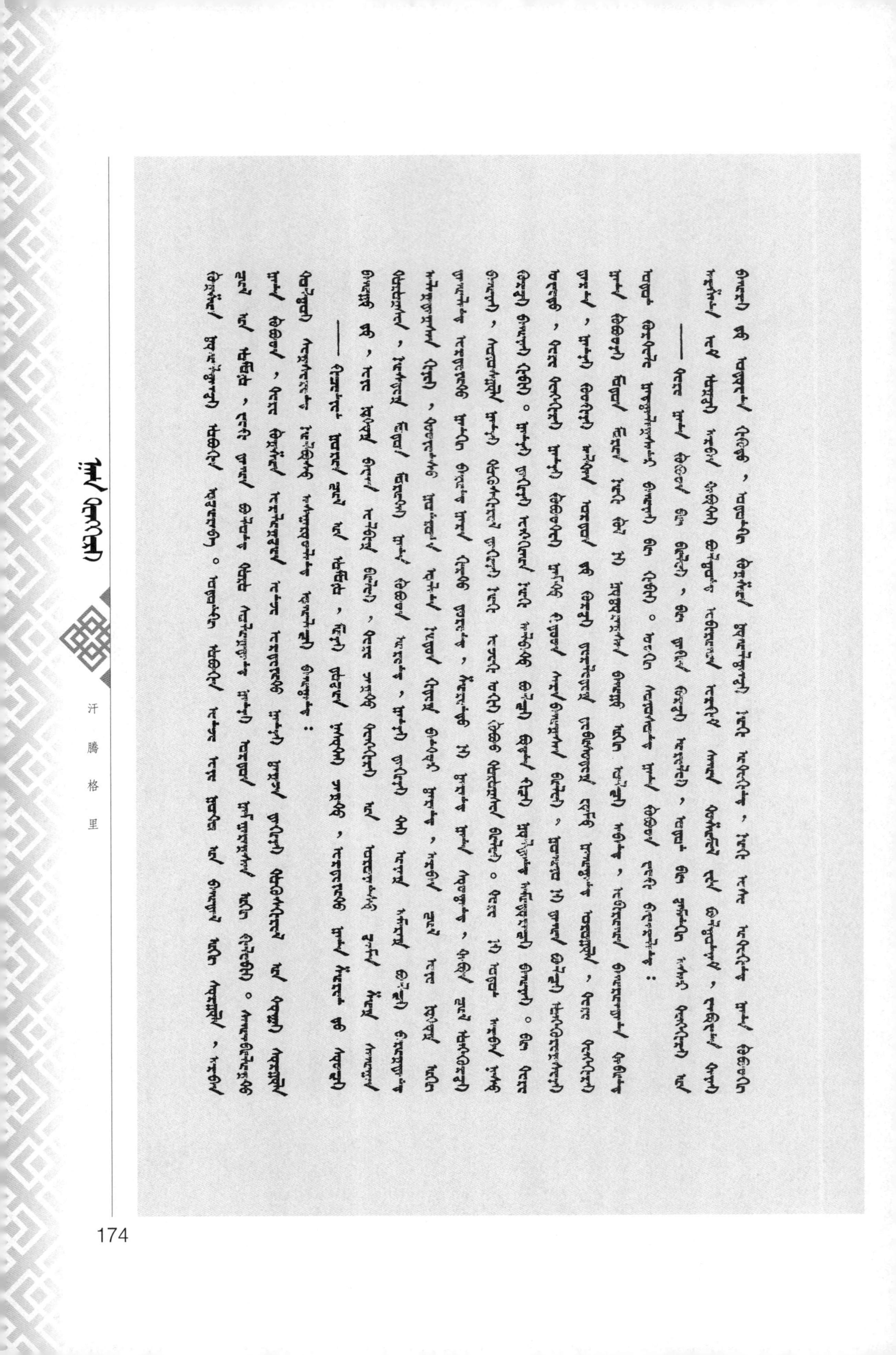

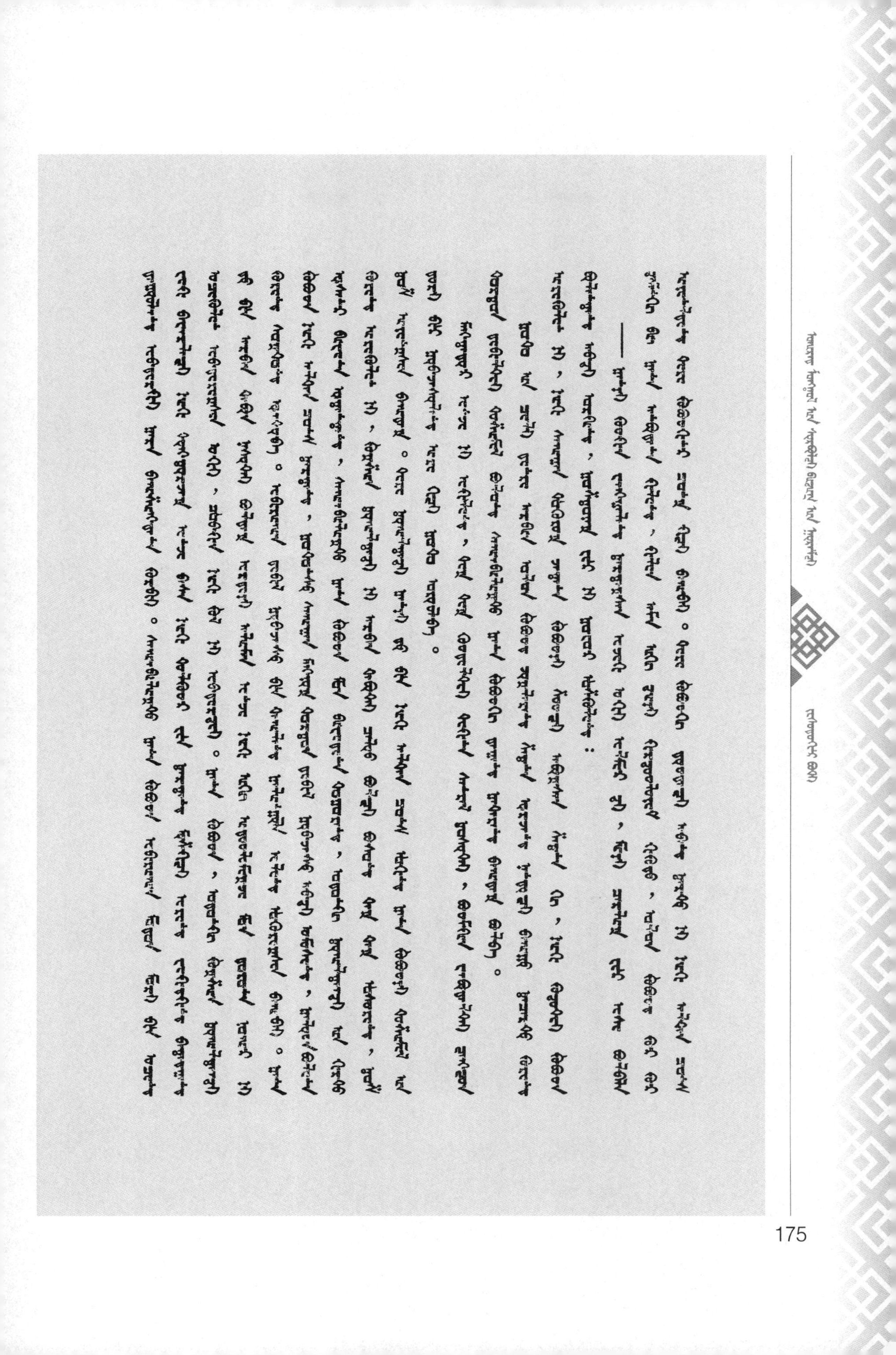

[illegible]

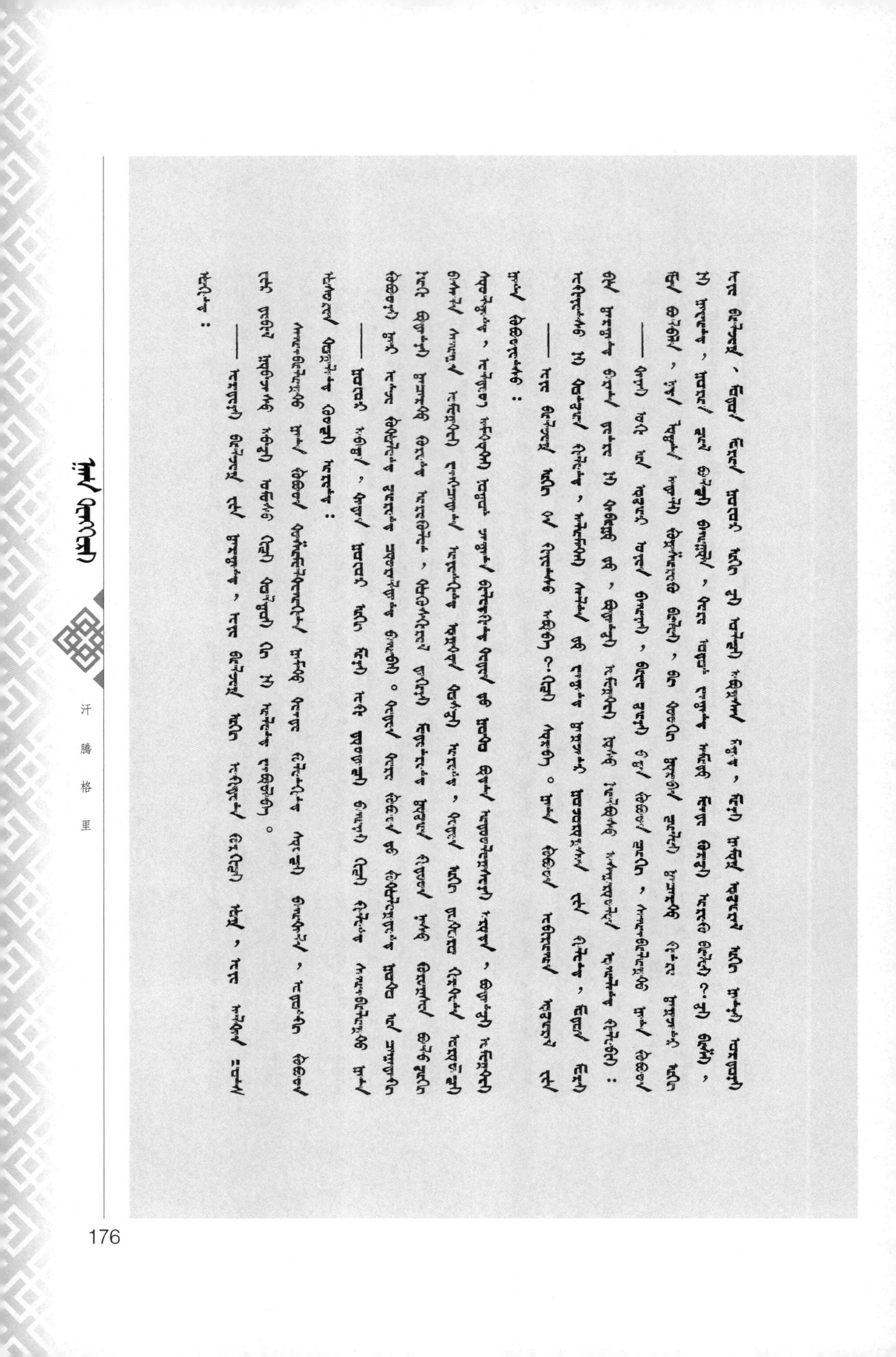

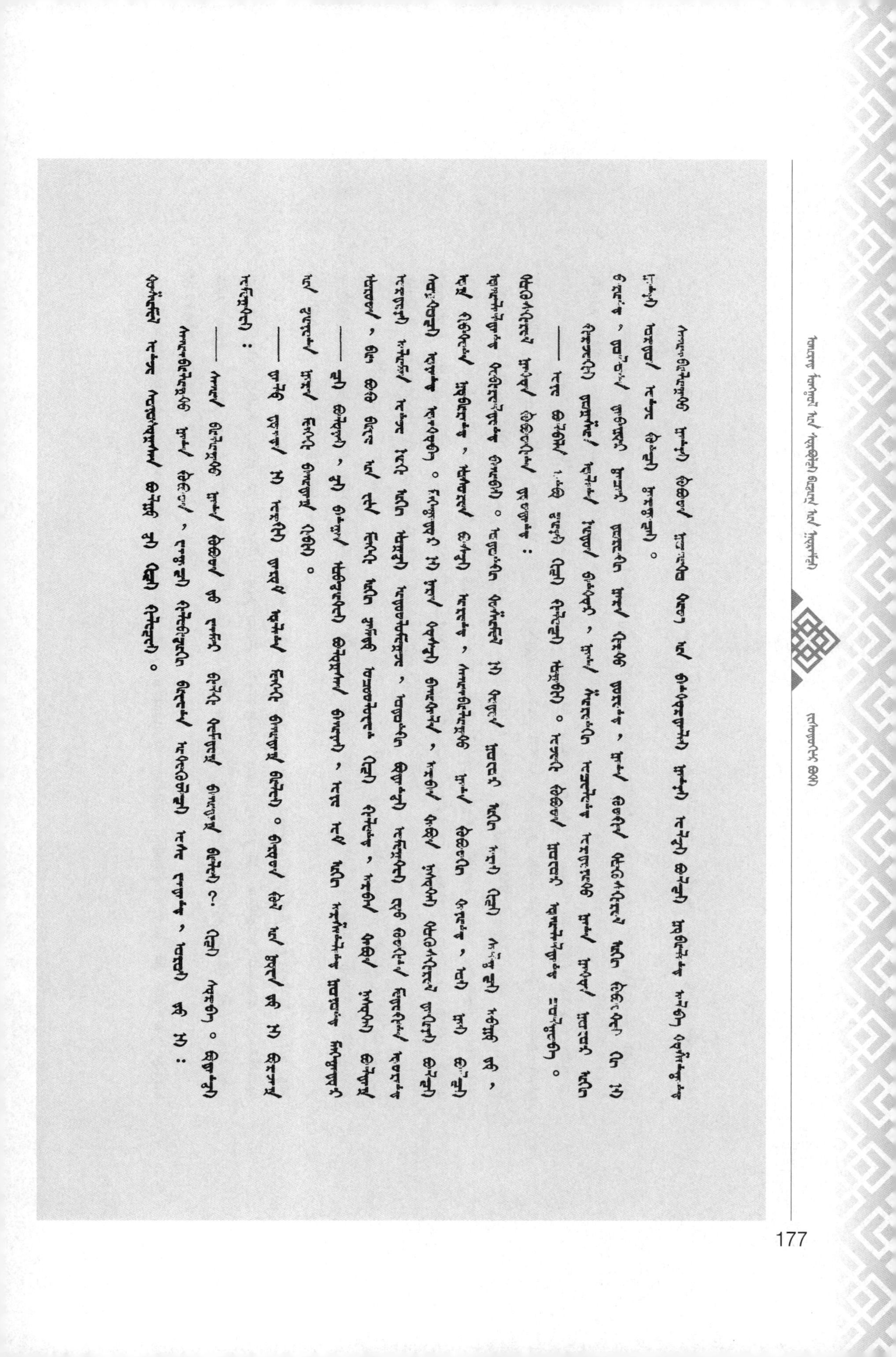

[illegible]

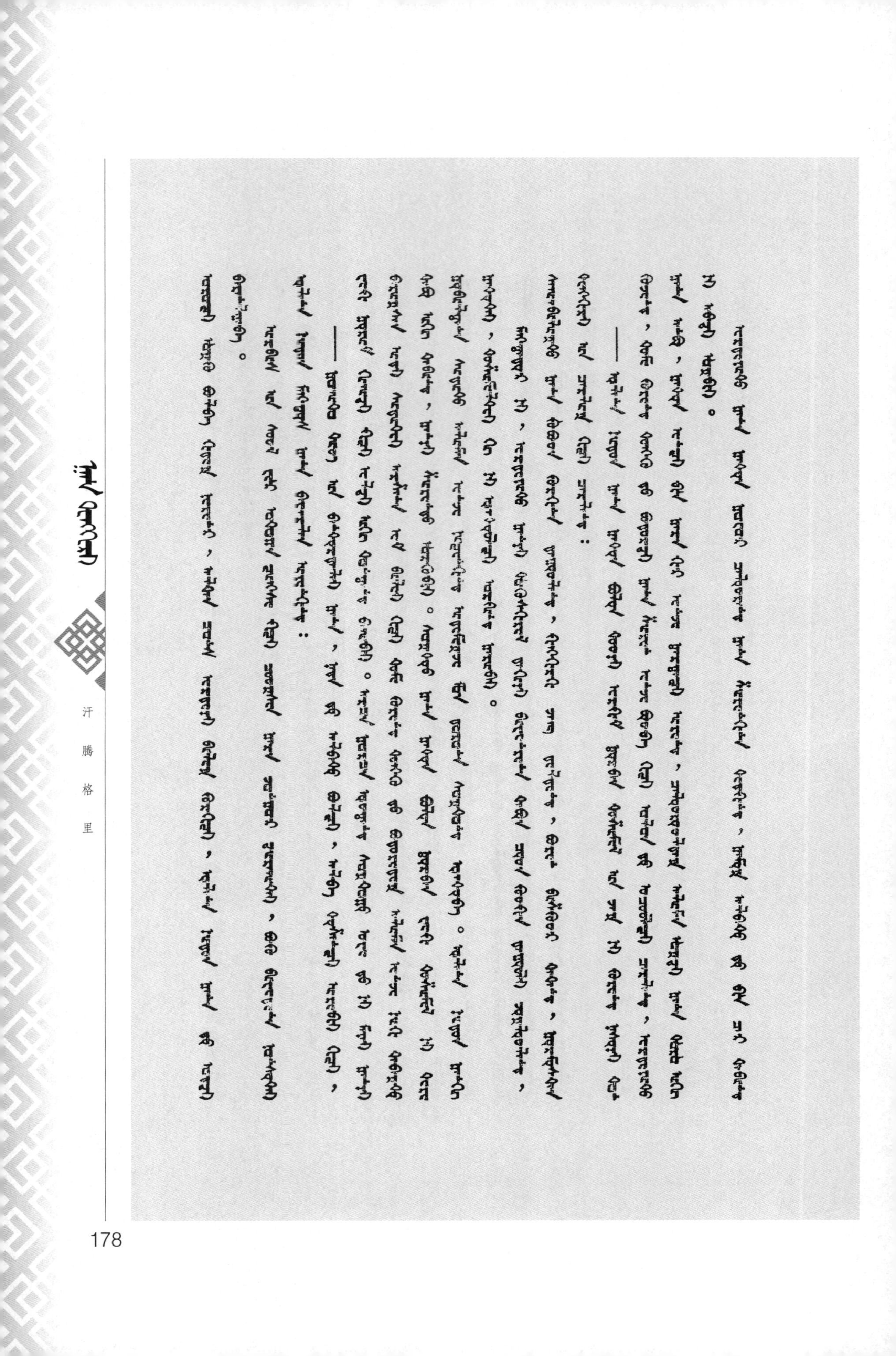

[illegible]

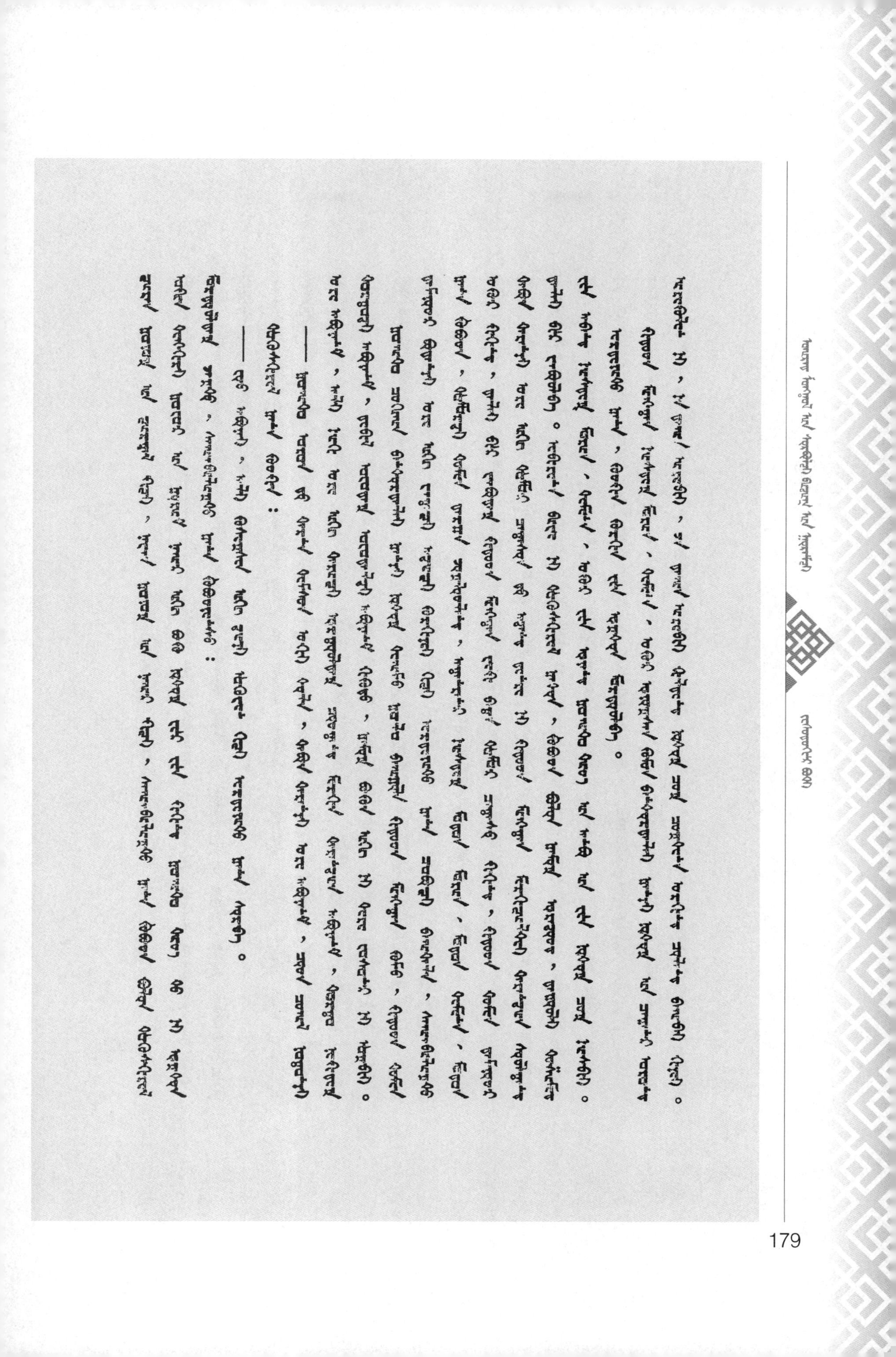

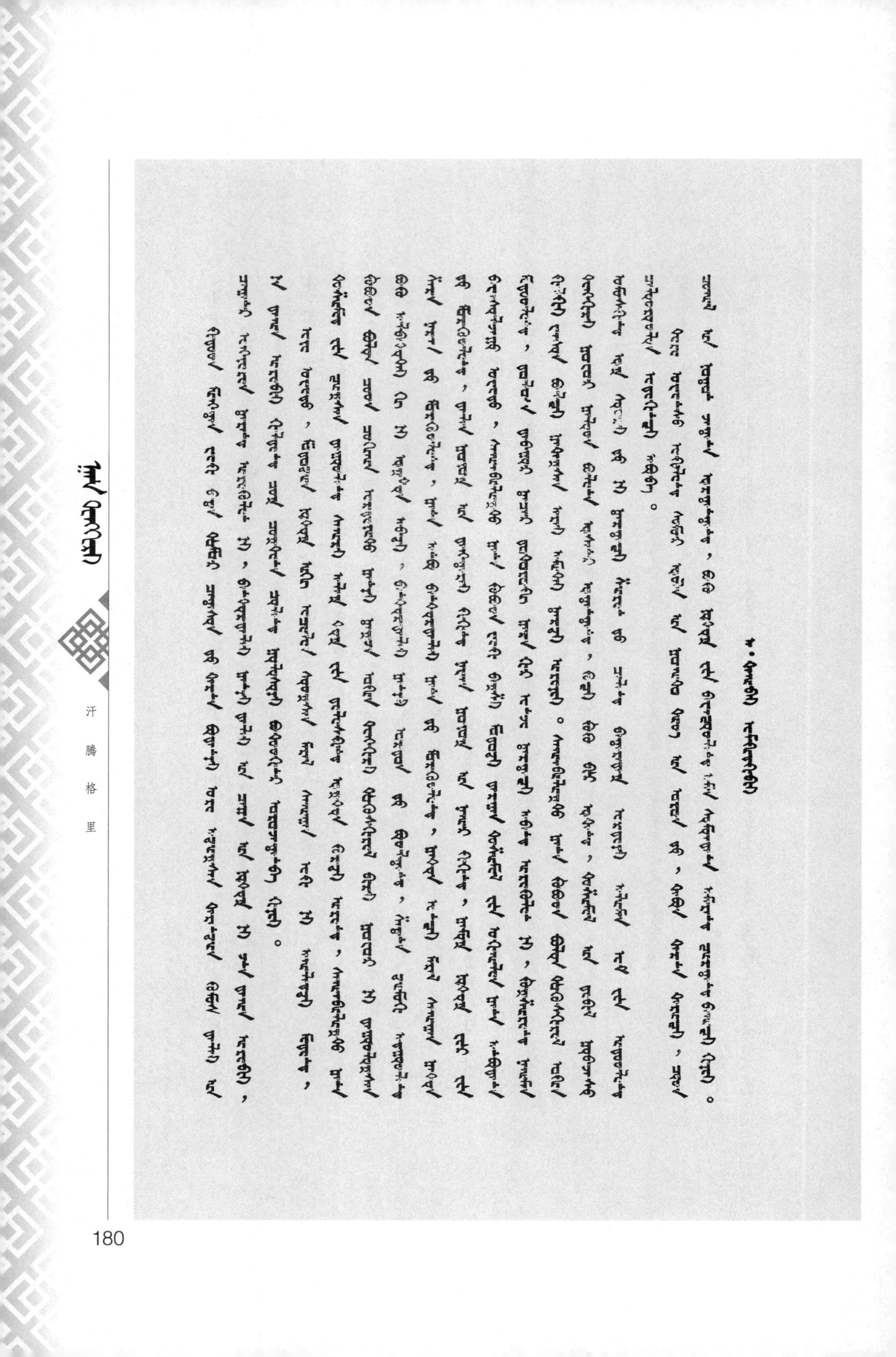

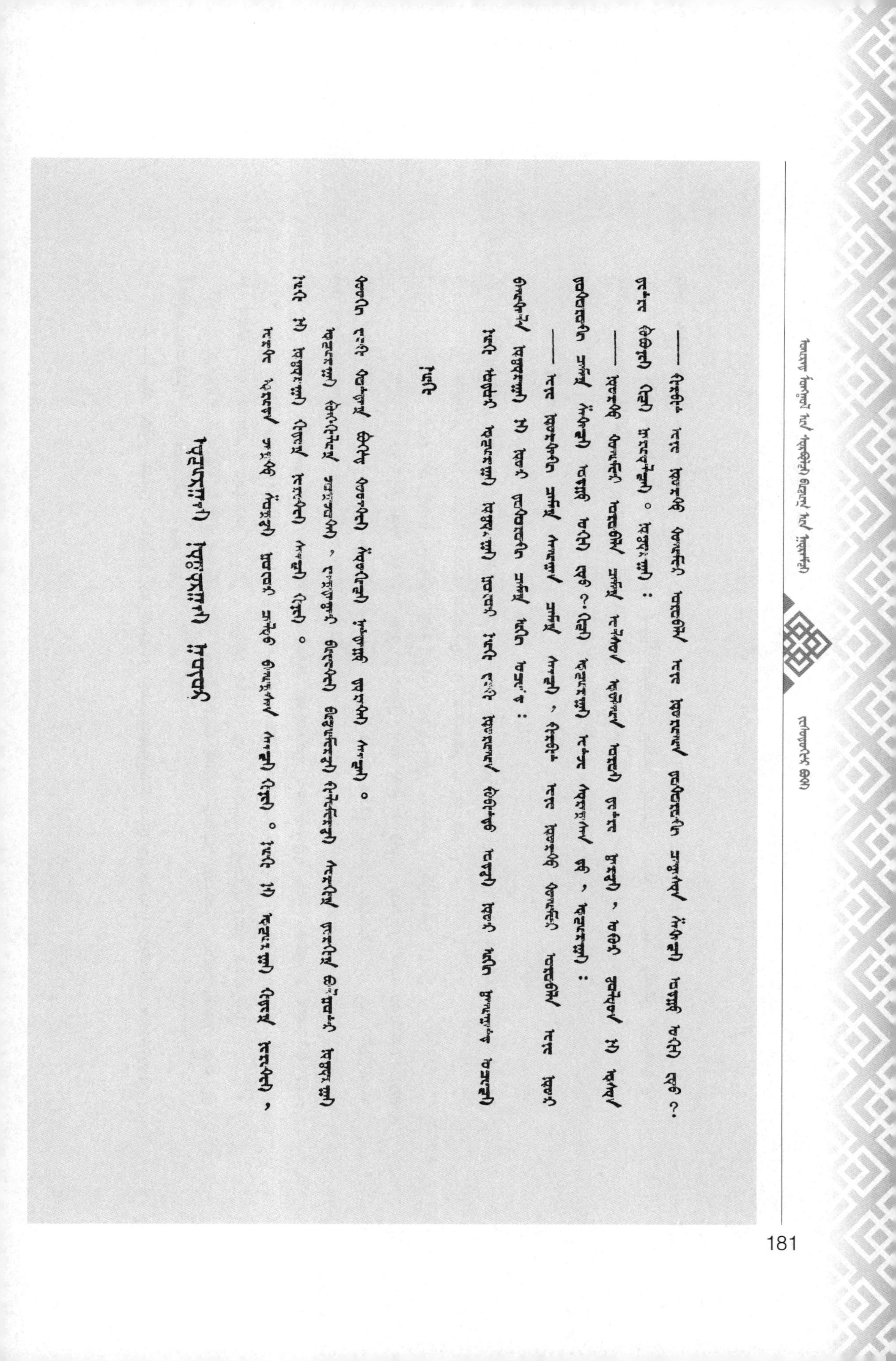

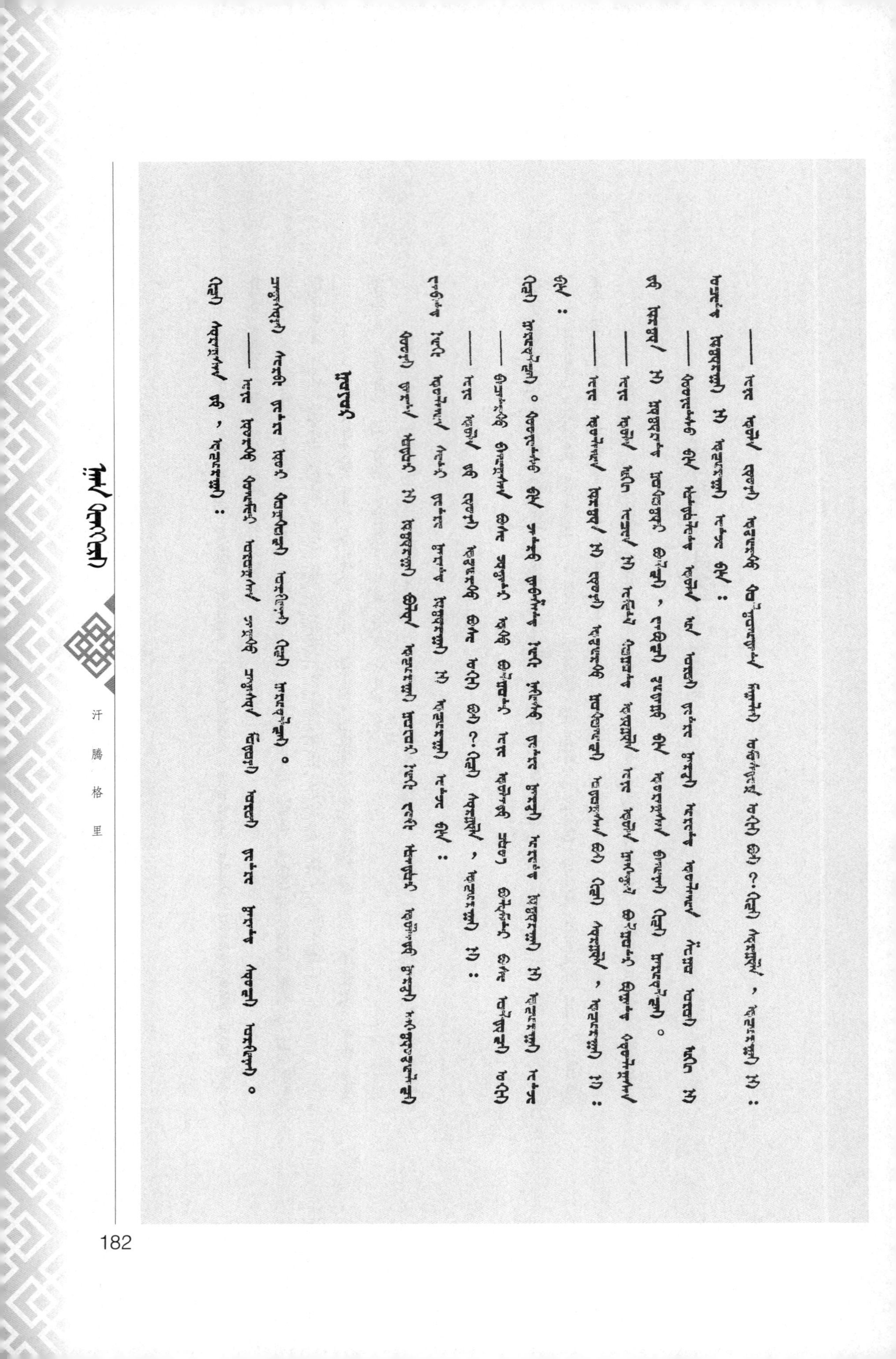

—— [illegible]

—— [illegible]

—— [illegible]

—— [illegible]

[illegible]

—— [illegible]

—— [illegible]

[illegible]

[illegible]

[illegible]

[illegible]

—— [illegible]

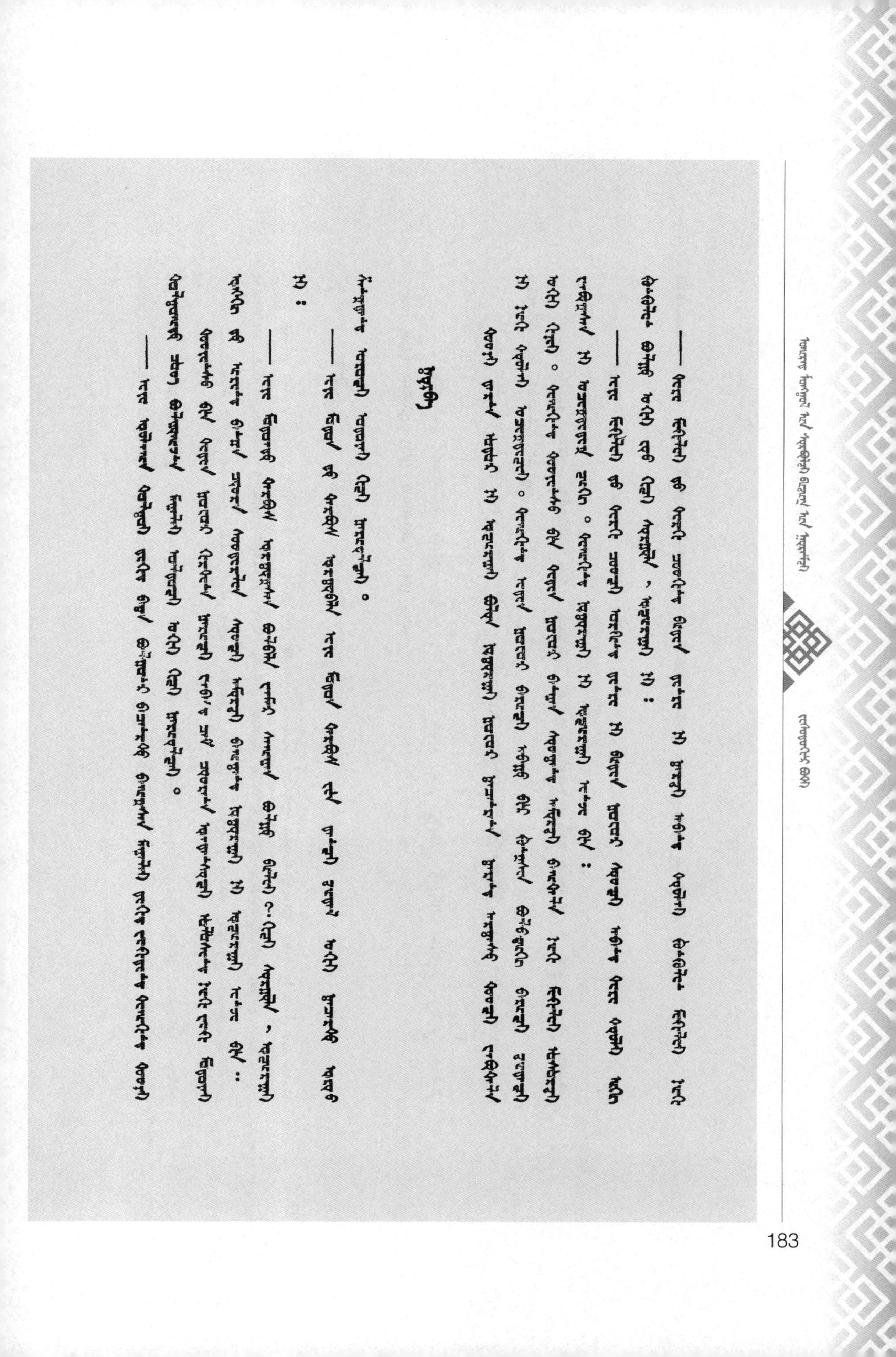

—— [illegible] ：

—— [illegible] ：

[illegible] 。 [illegible] 。 [illegible]

[illegible]

[illegible]

[illegible] 。

—— [illegible] ：

—— [illegible] ，[illegible] ：

[illegible] 。

—— [illegible]

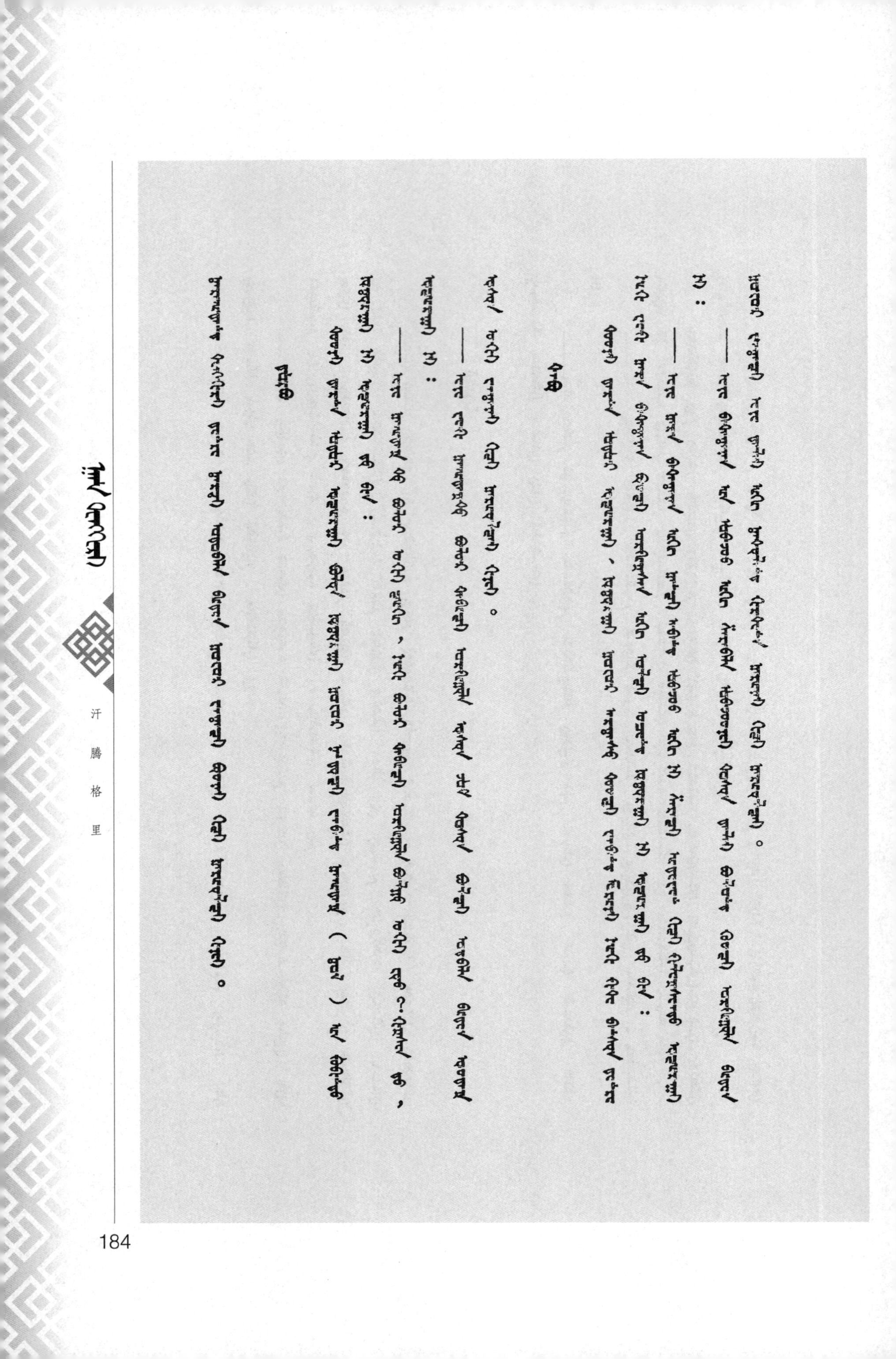

[illegible] 。

—— [illegible] :

—— [illegible] :

[illegible]

[illegible]

[illegible] 。

—— [illegible] :

—— [illegible] :

[illegible] ([illegible]) [illegible]

[illegible]

[illegible] 。

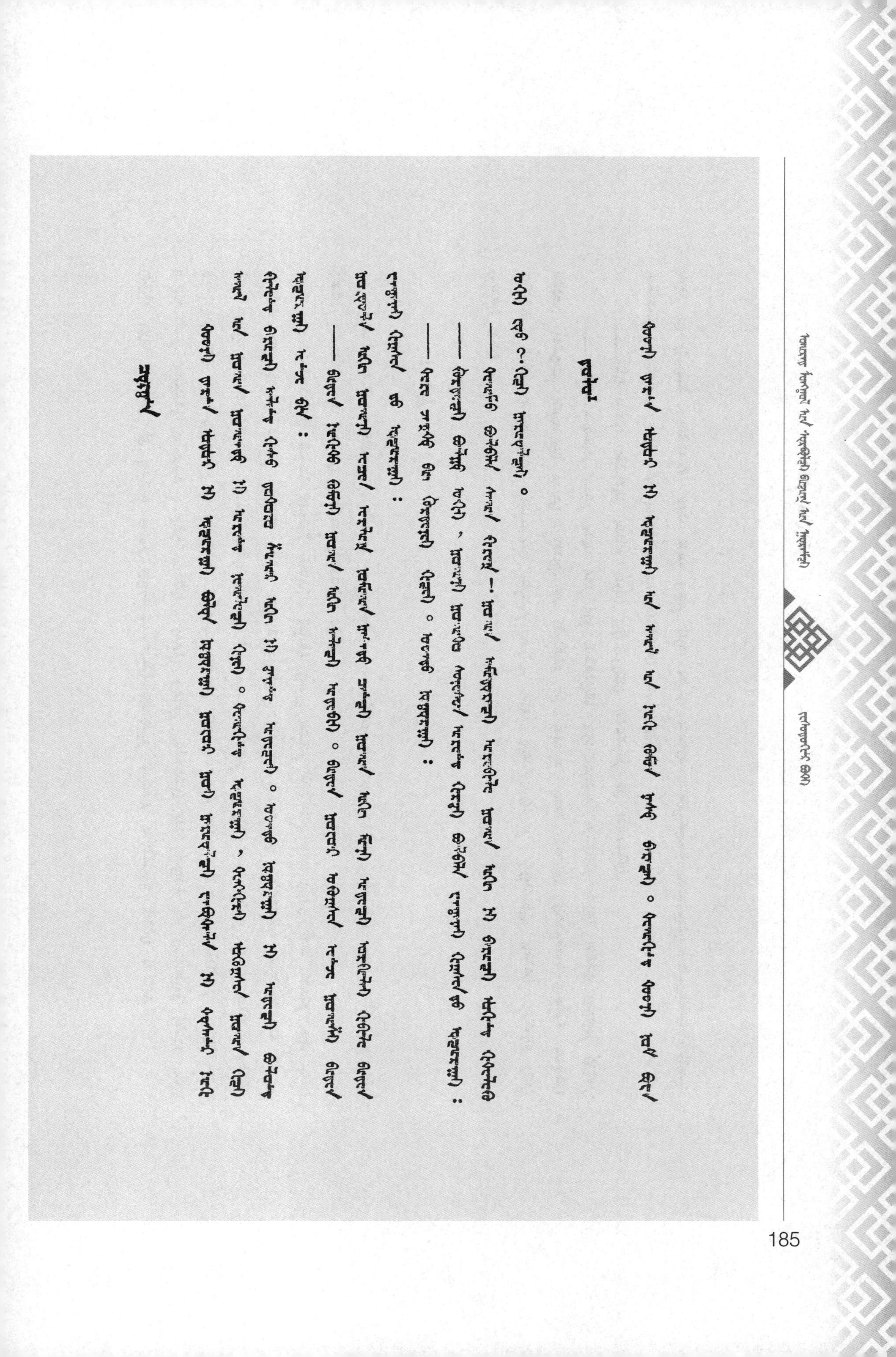

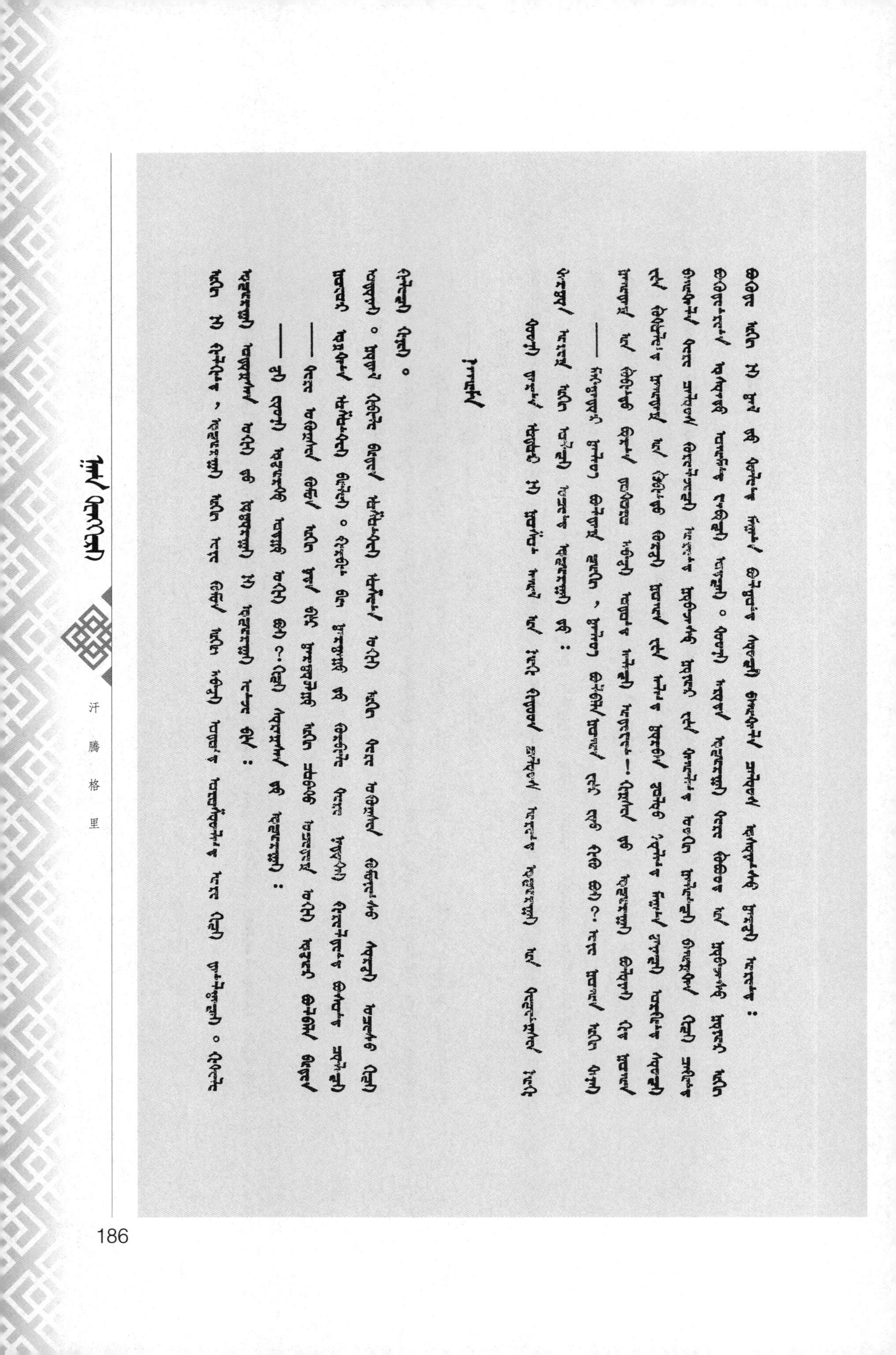

[illegible]

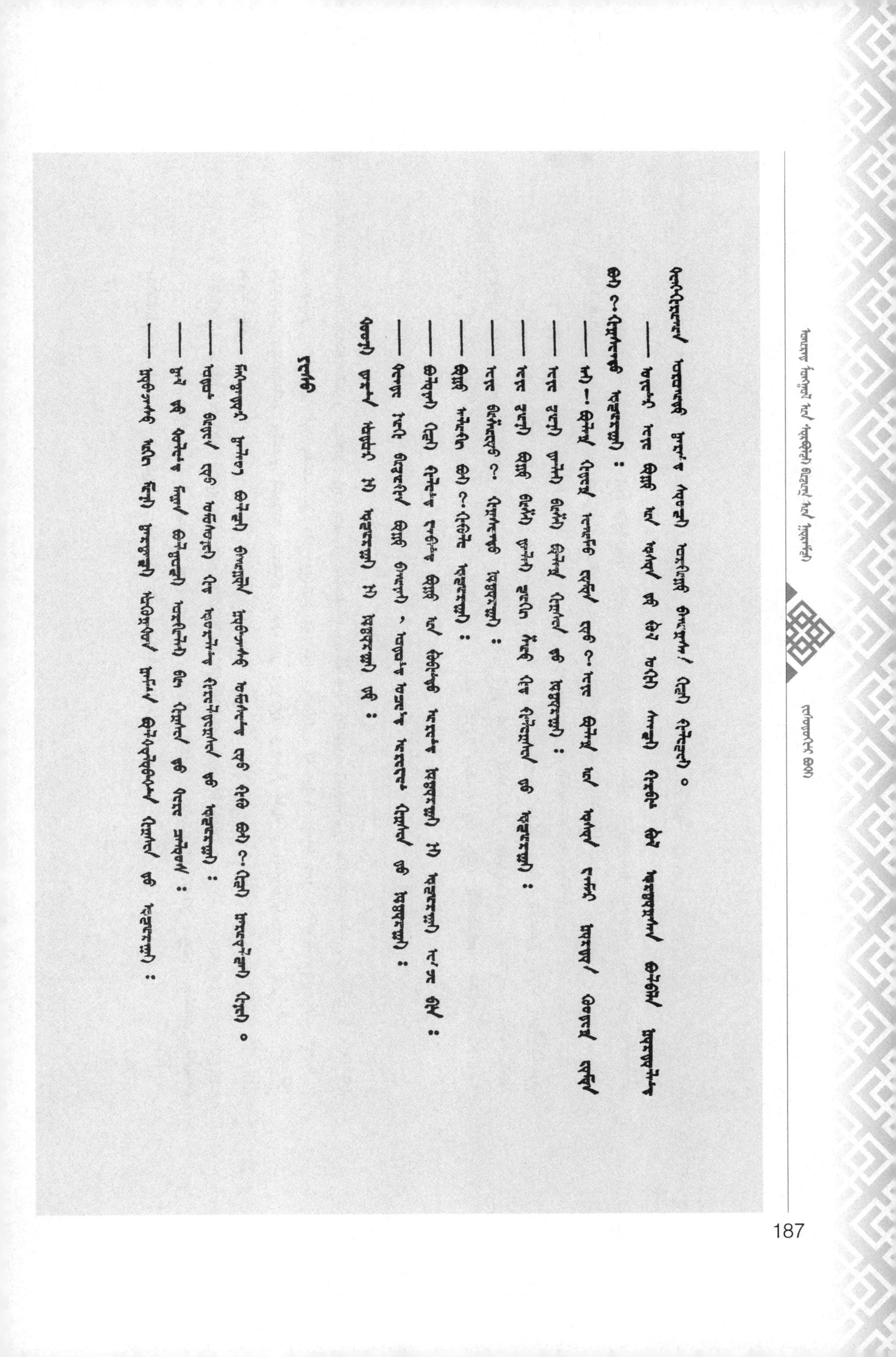

[illegible] ◦

—— [illegible] :

—— [illegible]

—— [illegible] :

—— [illegible] :

—— [illegible] :

—— [illegible] :

—— [illegible] :

—— [illegible] :

[illegible] :

[illegible]

—— [illegible] ◦

—— [illegible] :

—— [illegible] :

—— [illegible] :

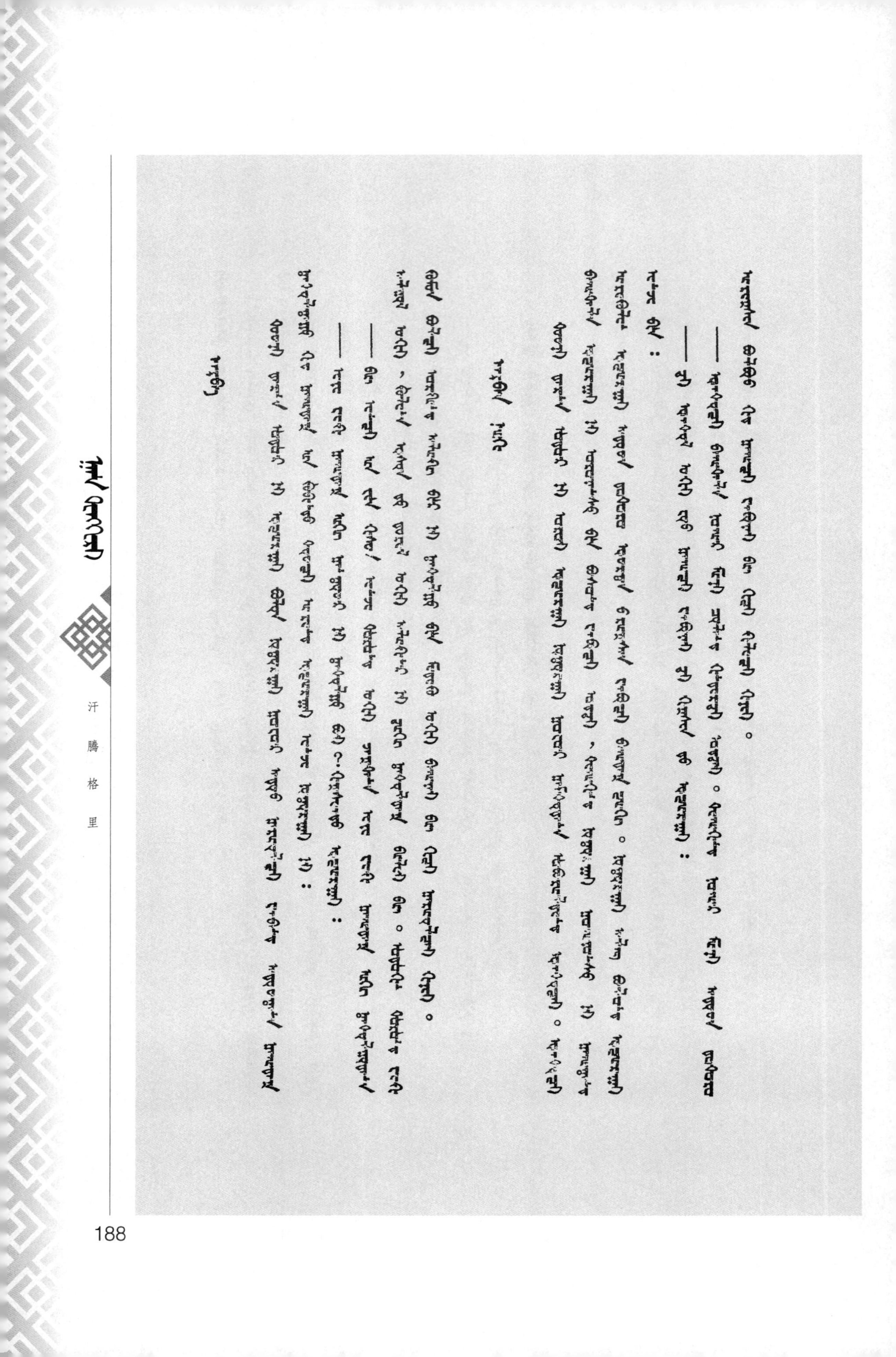

[illegible]

[illegible]

[illegible]

[illegible]

[illegible]

[illegible]

[illegible]

[illegible]

[illegible]

[illegible]

[illegible]

[illegible]

[illegible]

[illegible]

[illegible]

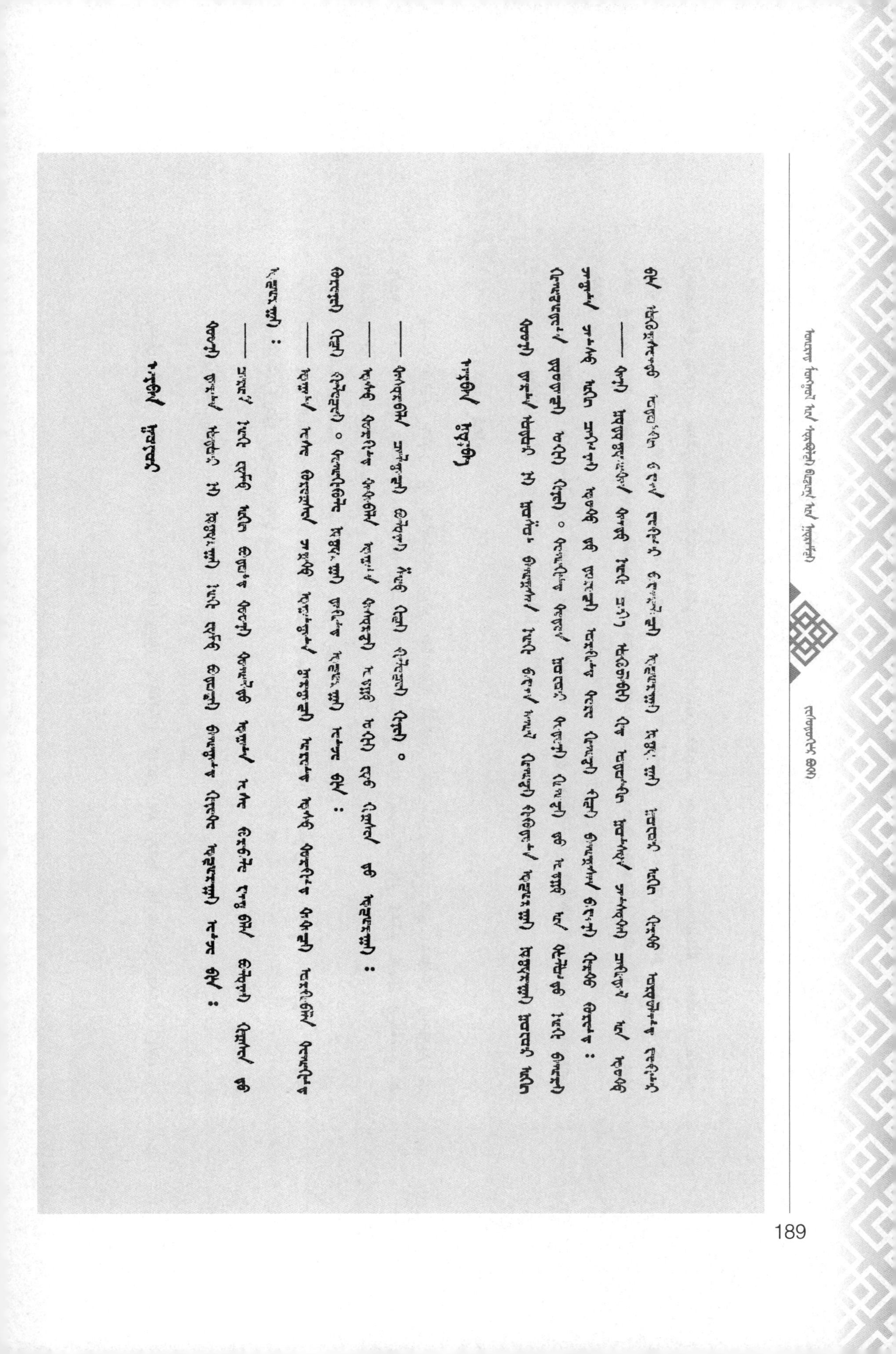

[illegible]

[illegible]

[illegible]

[illegible]

[illegible]

[illegible]

[illegible]

[illegible]

[illegible]

[illegible]

[illegible]

[illegible]

[illegible]

[illegible]

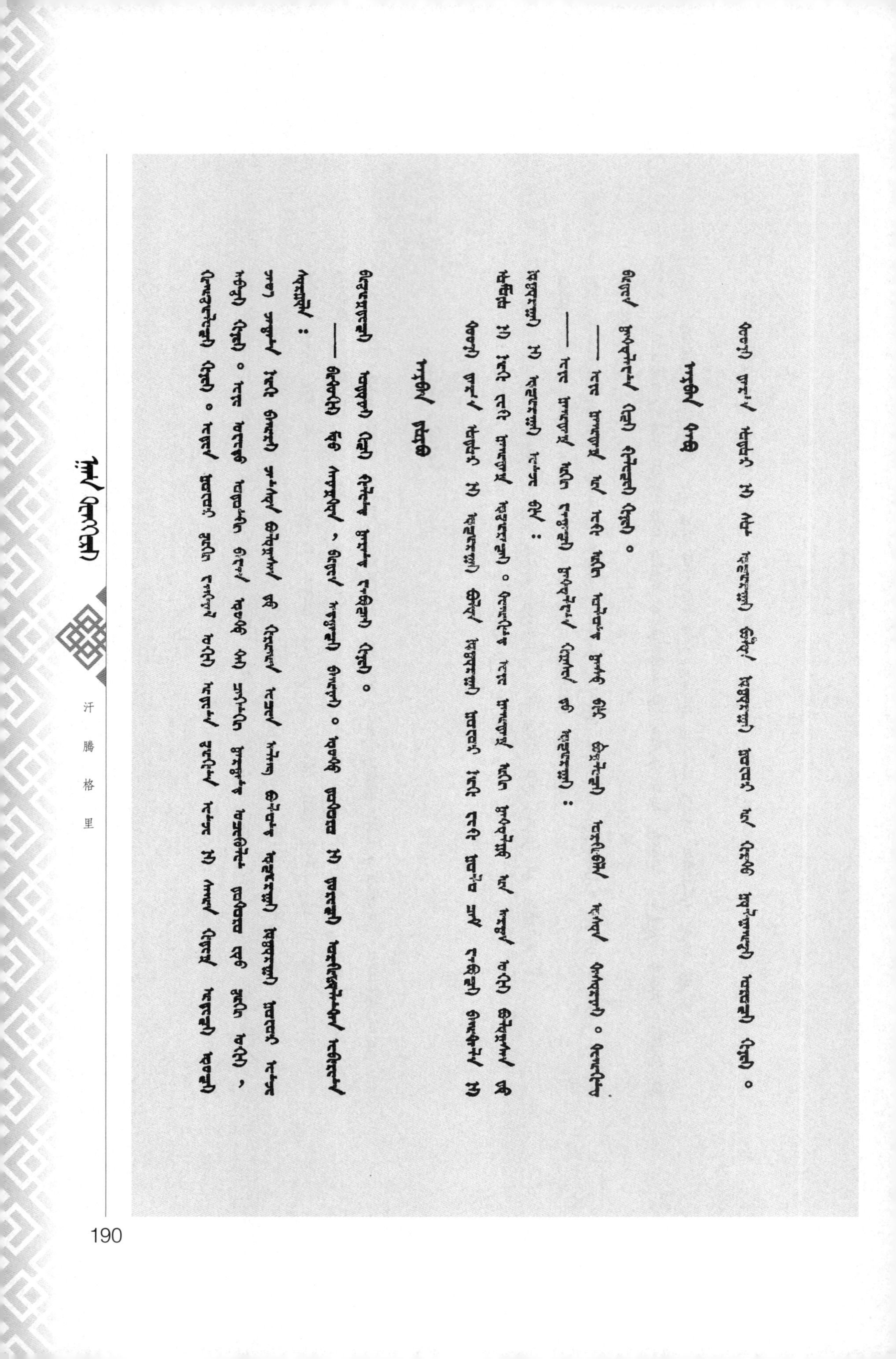

[illegible]

[illegible]

[illegible]

—— [illegible]

—— [illegible]

[illegible]

[illegible]

[illegible]

[illegible]

—— [illegible]

[illegible]

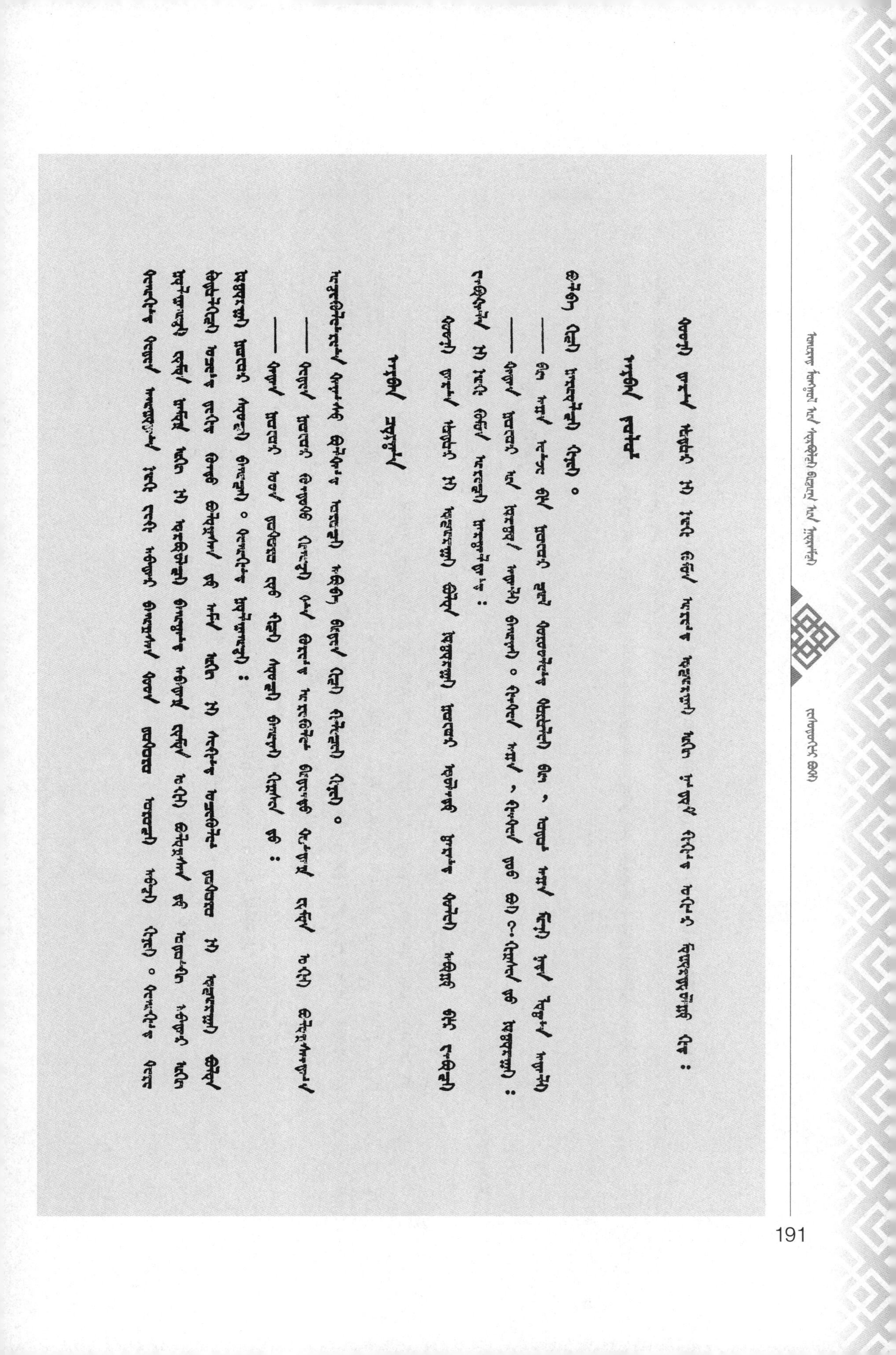

[illegible] :

[illegible]

[illegible] ᠃
—— [illegible]
—— [illegible] ᠃ [illegible] :
[illegible] :
[illegible]

[illegible]

[illegible] ᠃
—— [illegible]
—— [illegible] :
[illegible] ᠃ [illegible] :
[illegible] ᠃ [illegible]

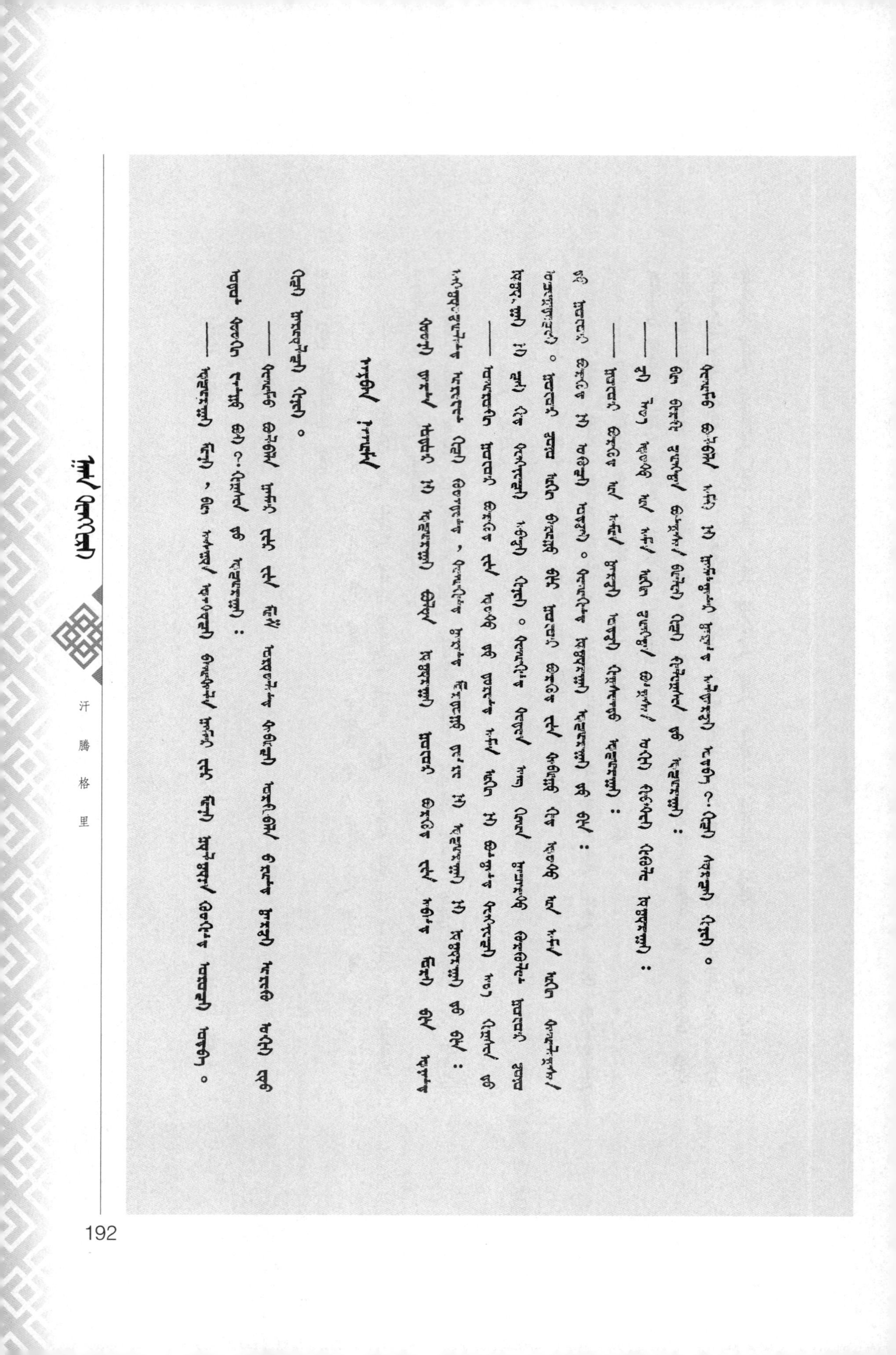

—— [illegible] [illegible] ᠃

—— [illegible] :

—— [illegible] :

—— [illegible] :

[illegible] ᠃ [illegible] :

[illegible] ᠃ [illegible] ᠃ [illegible]

—— [illegible] :

[illegible]

[illegible]

[illegible] ᠃

—— [illegible] :

—— [illegible] ᠃

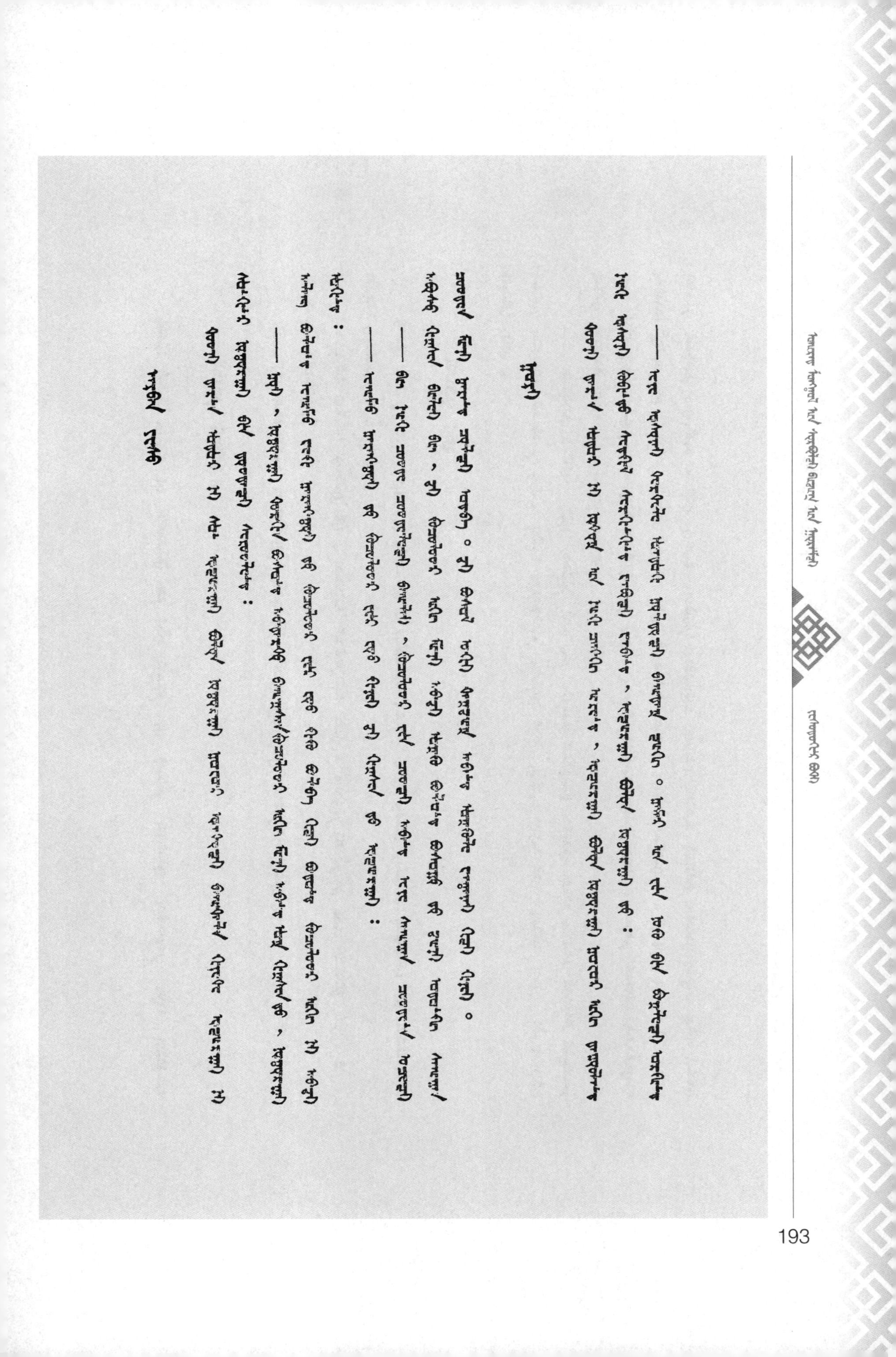

[illegible]

[illegible] :

—— [illegible] :

—— [illegible] :

—— [illegible] 。

[illegible]

[illegible] :

—— [illegible]

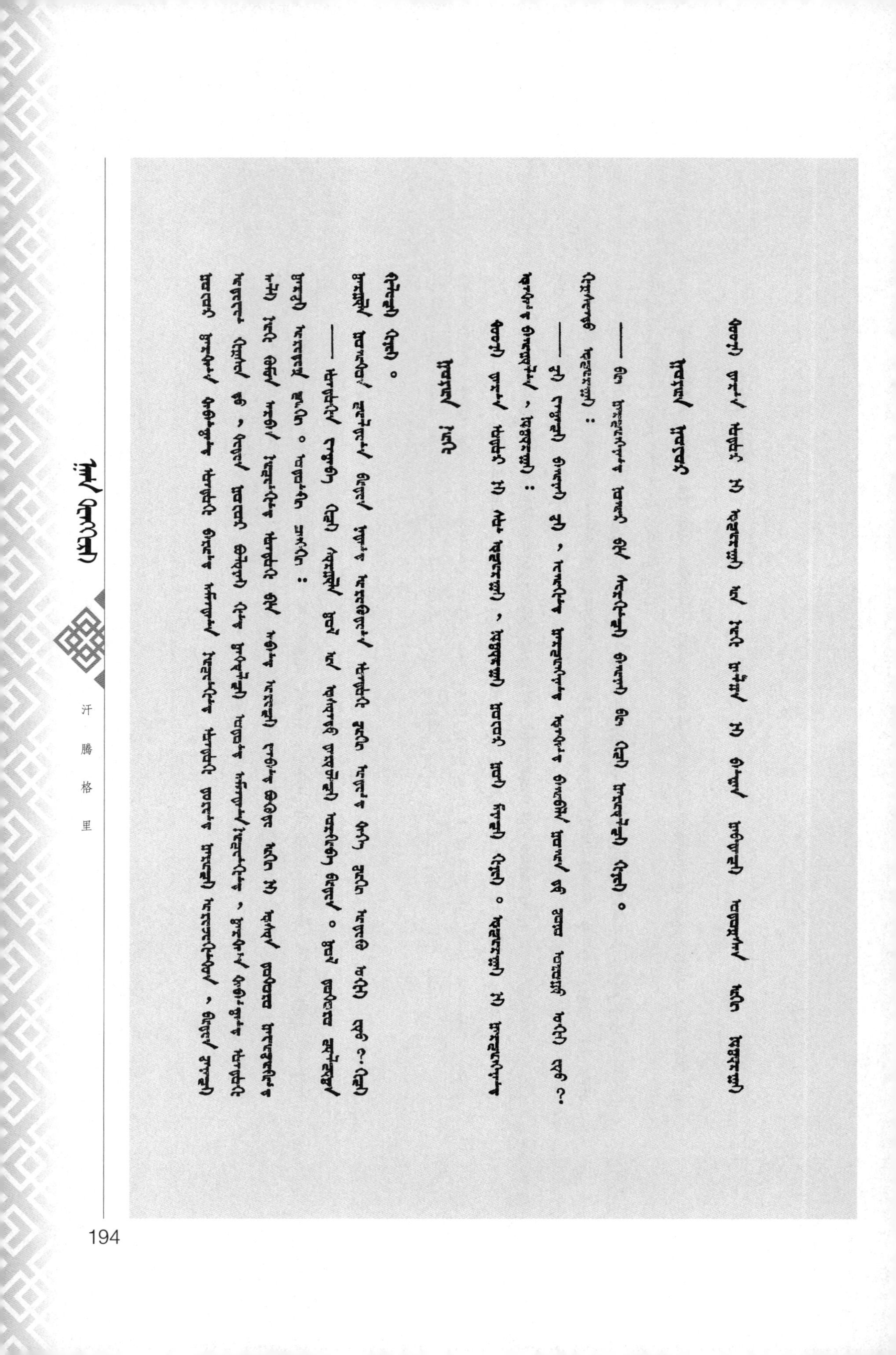

[illegible]

[illegible]

[illegible]

[illegible]

[illegible]

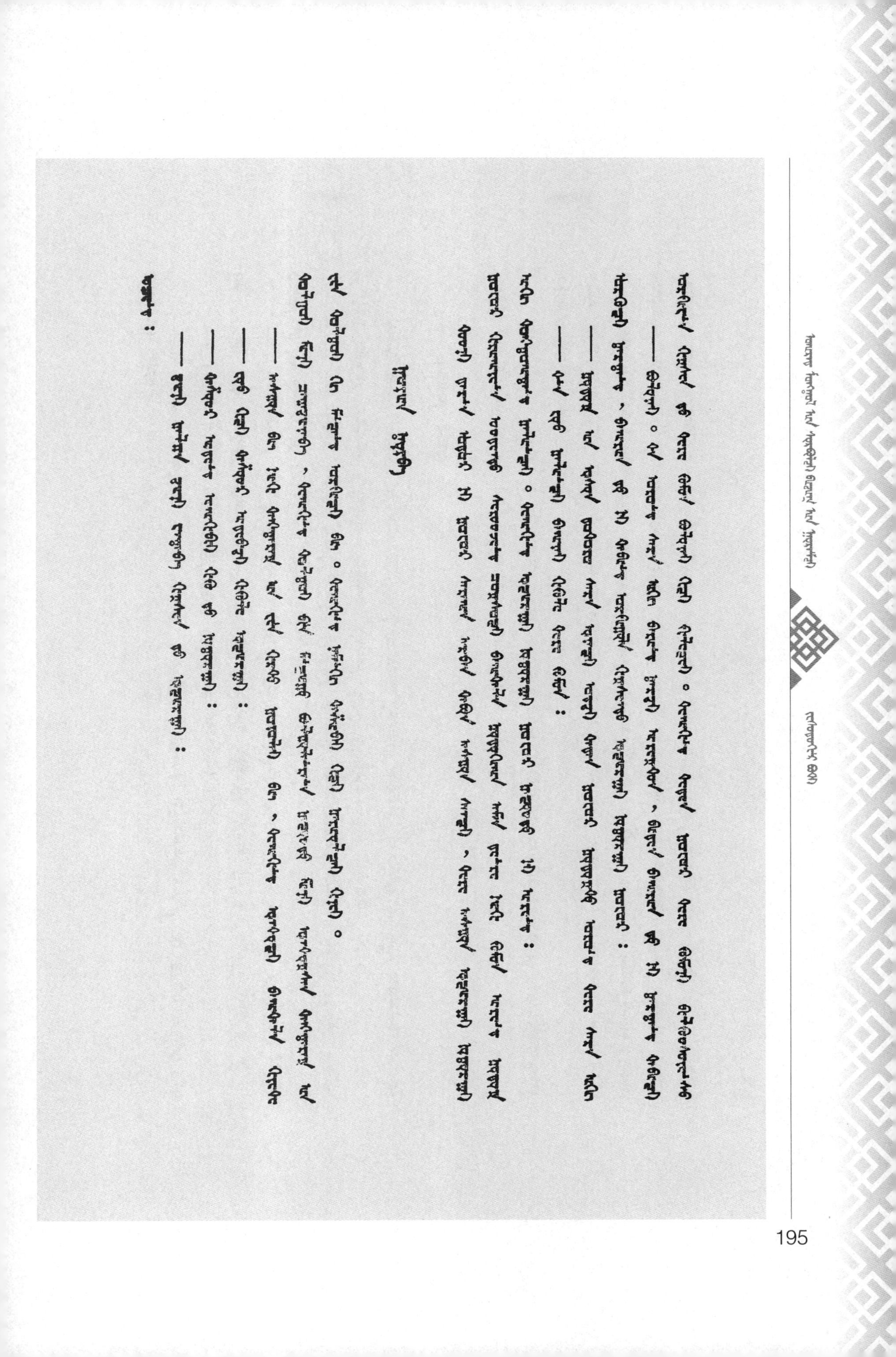

[illegible] ◦ [illegible]
—— [illegible] ◦ [illegible] ᠂ [illegible]
[illegible] ᠂ [illegible] ᠄
—— [illegible]
—— [illegible] ᠄
[illegible] ◦ [illegible] ᠄
[illegible]
[illegible] ᠂ [illegible]

[illegible]

[illegible] ◦ [illegible] ◦
[illegible] ᠂ [illegible]
—— [illegible] ᠂ [illegible]
—— [illegible] ᠄
—— [illegible] ᠄
—— [illegible] ᠄
[illegible] ᠄

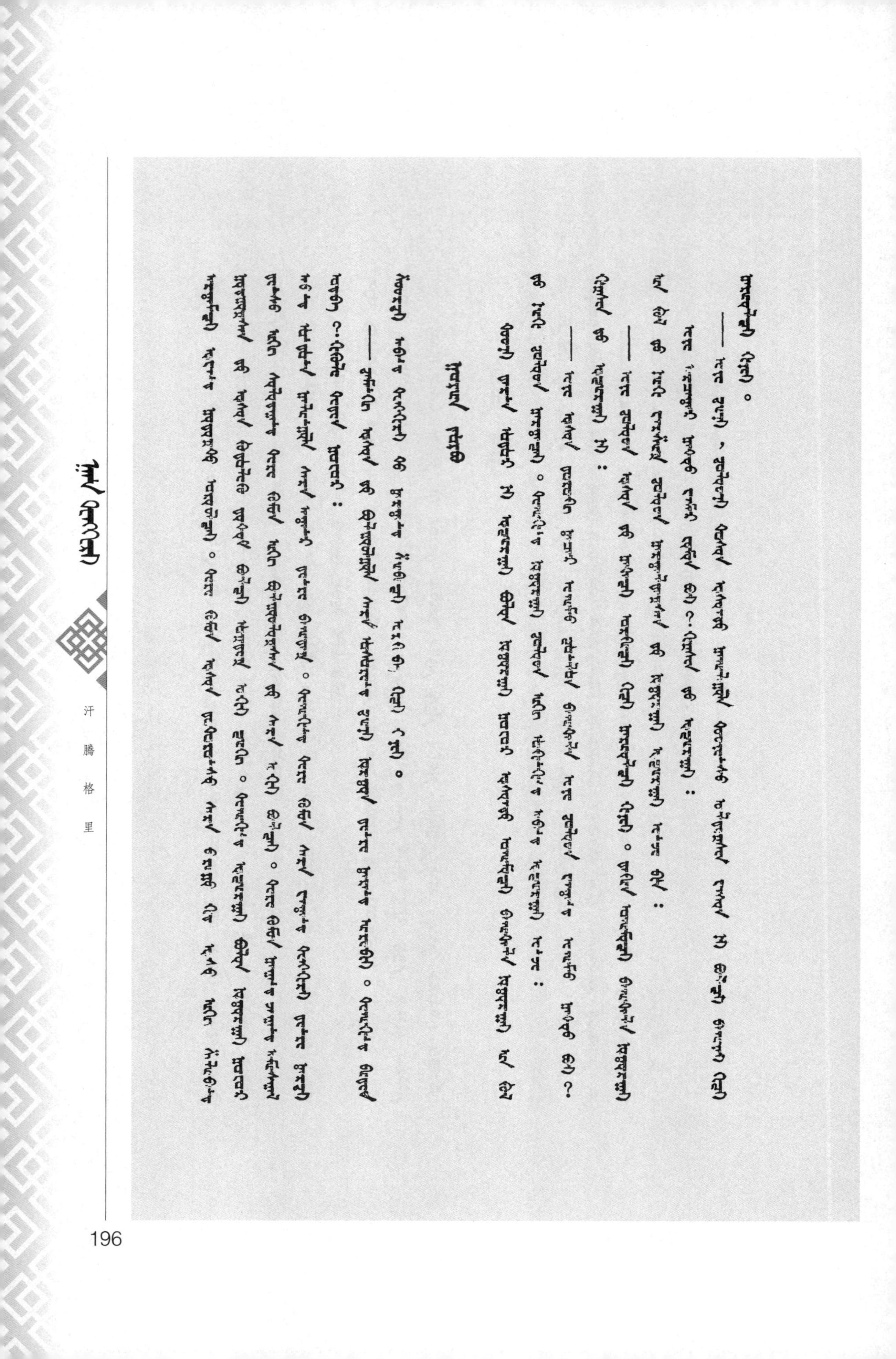

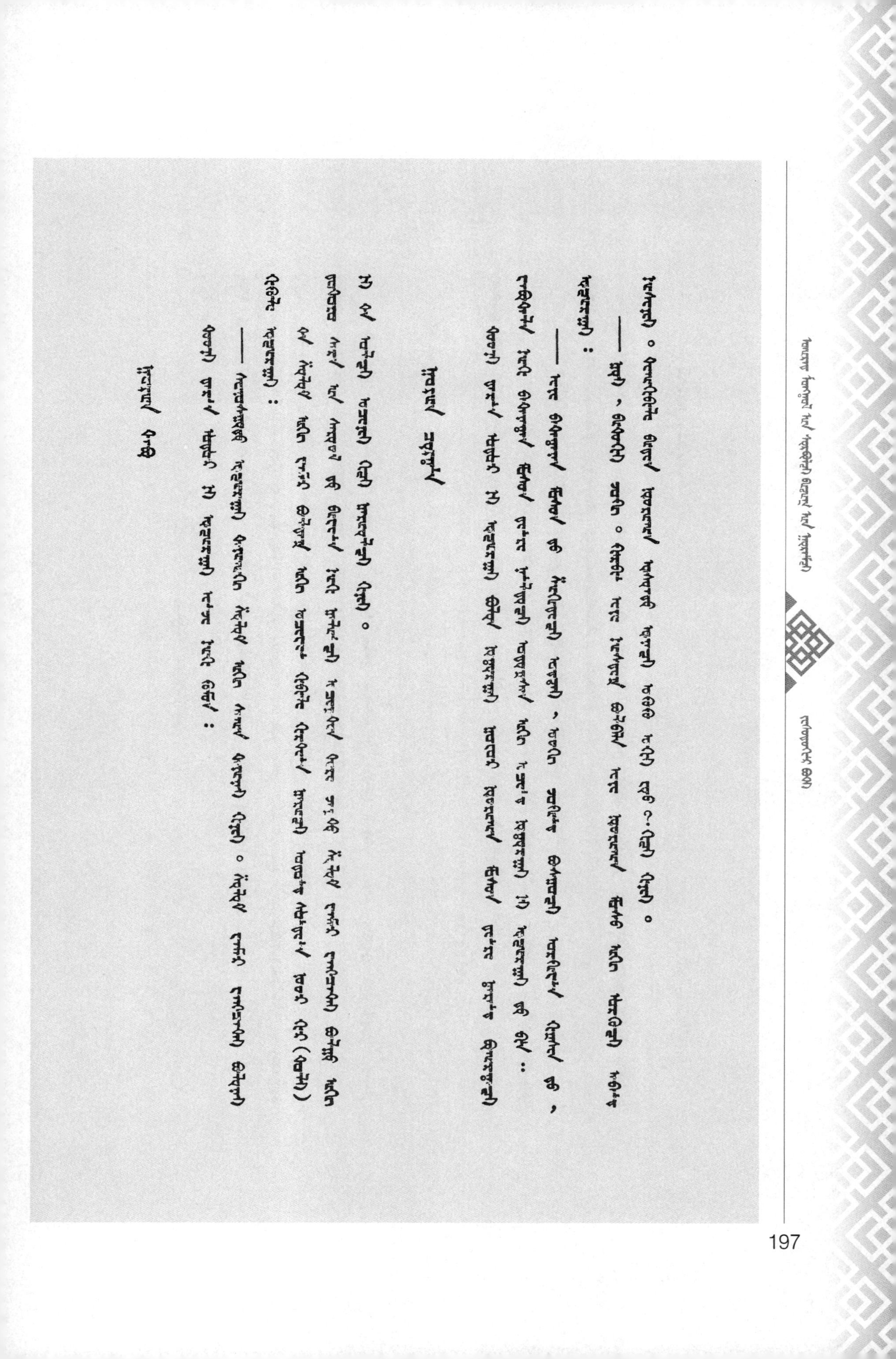

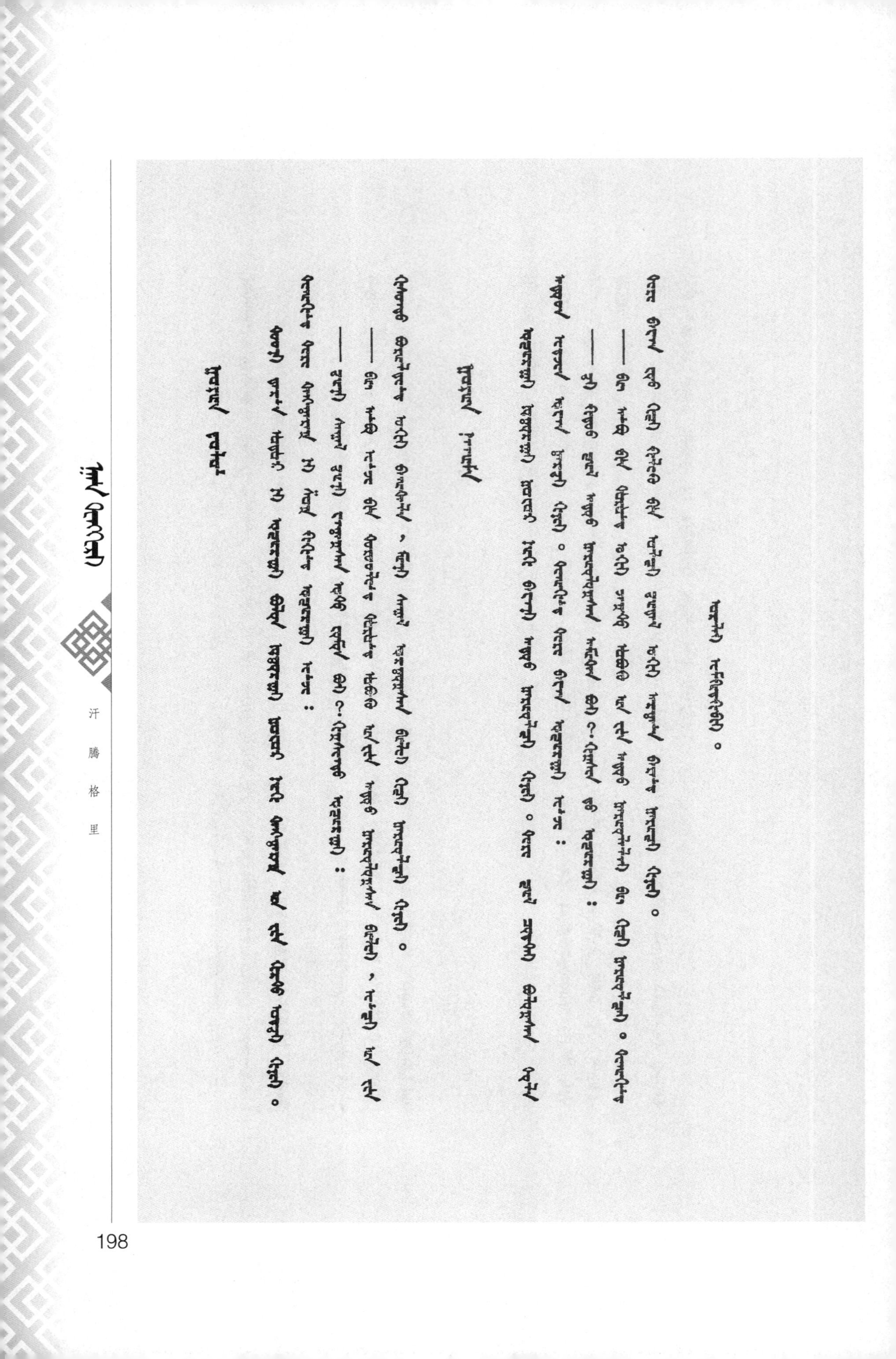

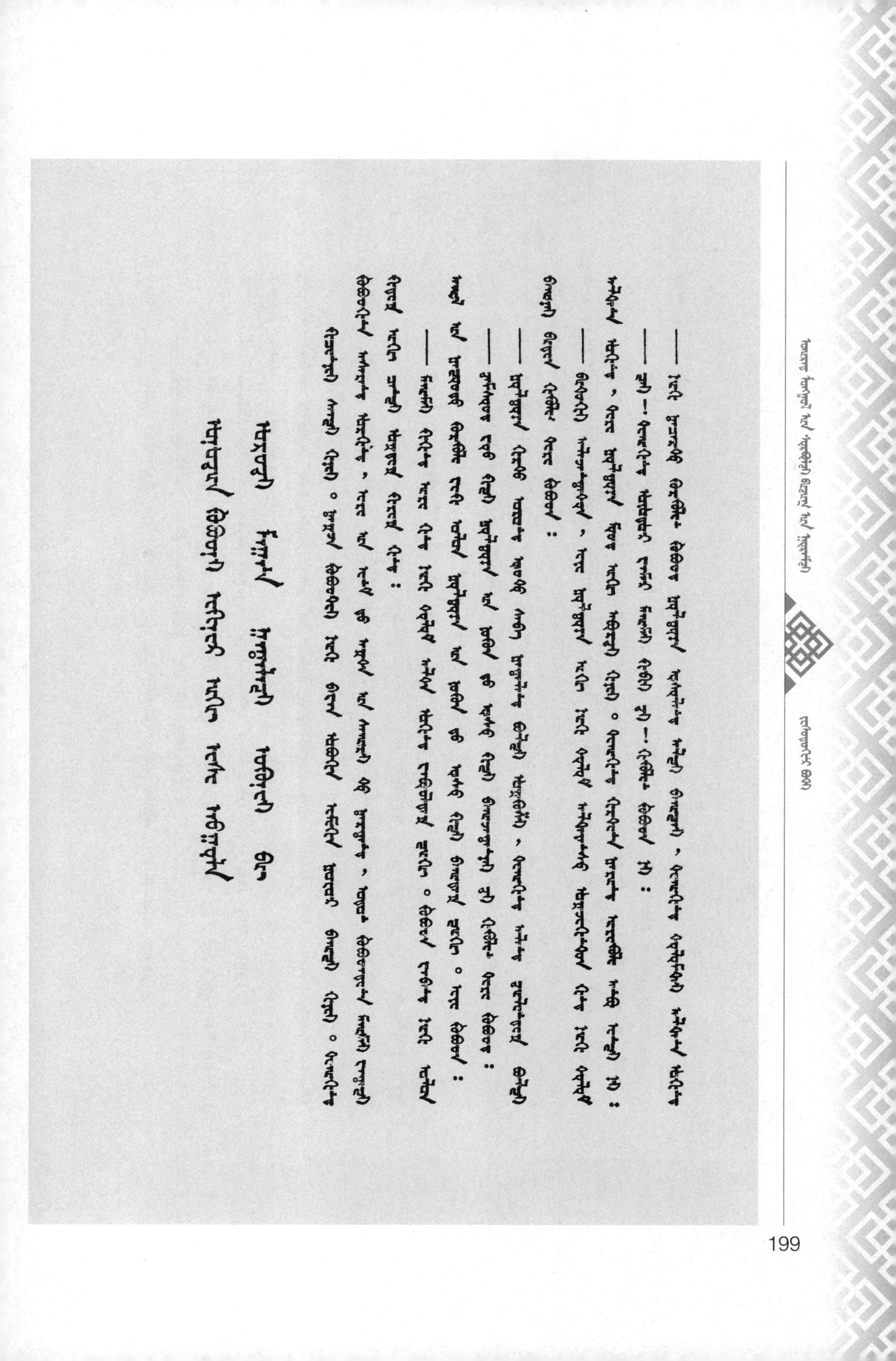

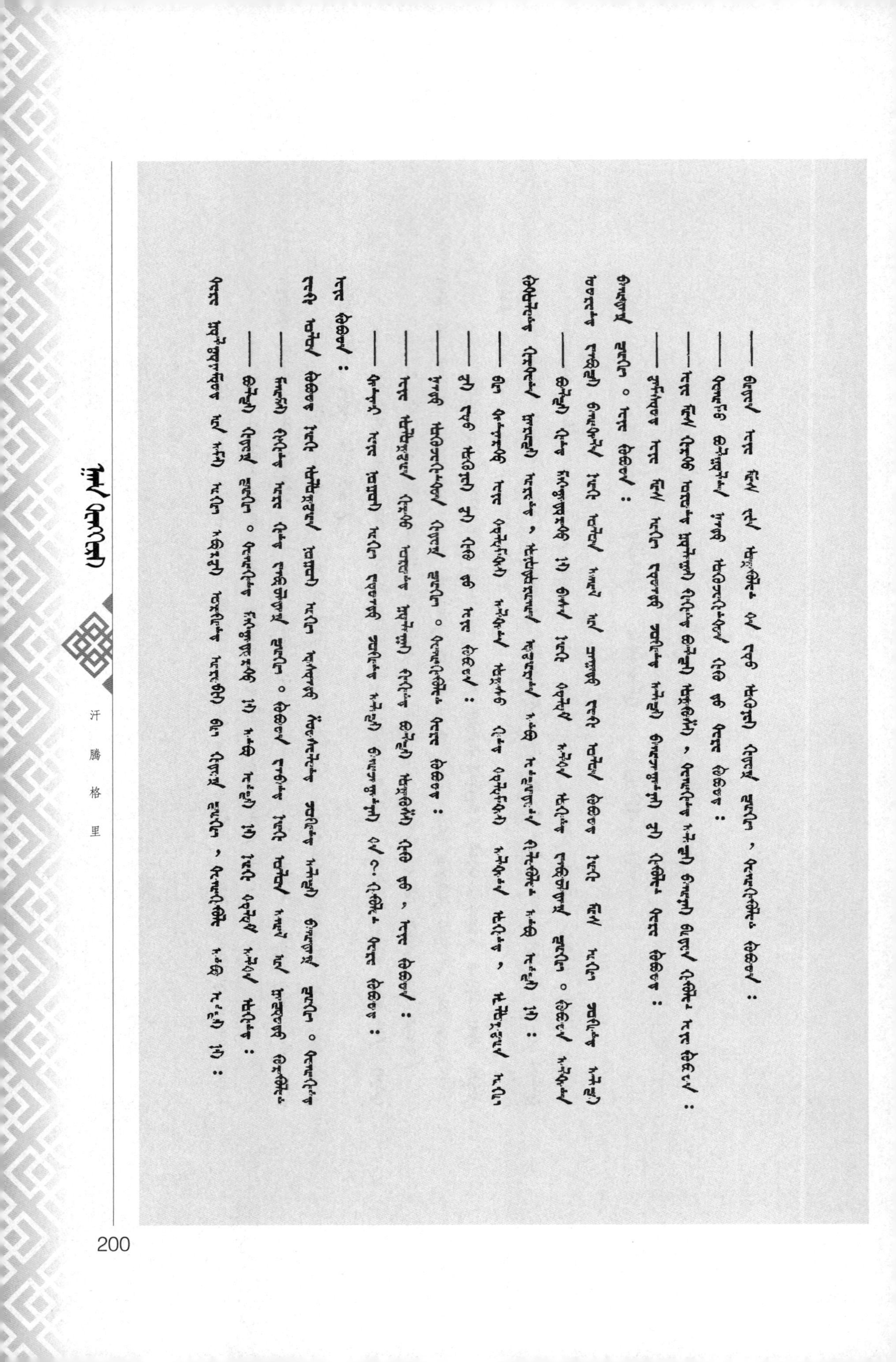

[illegible] :

—— [illegible] :

—— [illegible]
[illegible]
[illegible] :

—— [illegible] :

—— [illegible] :

—— [illegible] :

—— [illegible] :

—— [illegible]
[illegible] :

—— [illegible]
[illegible]
[illegible] :

—— [illegible] :

—— [illegible] :

—— [illegible] :

—— [illegible] :

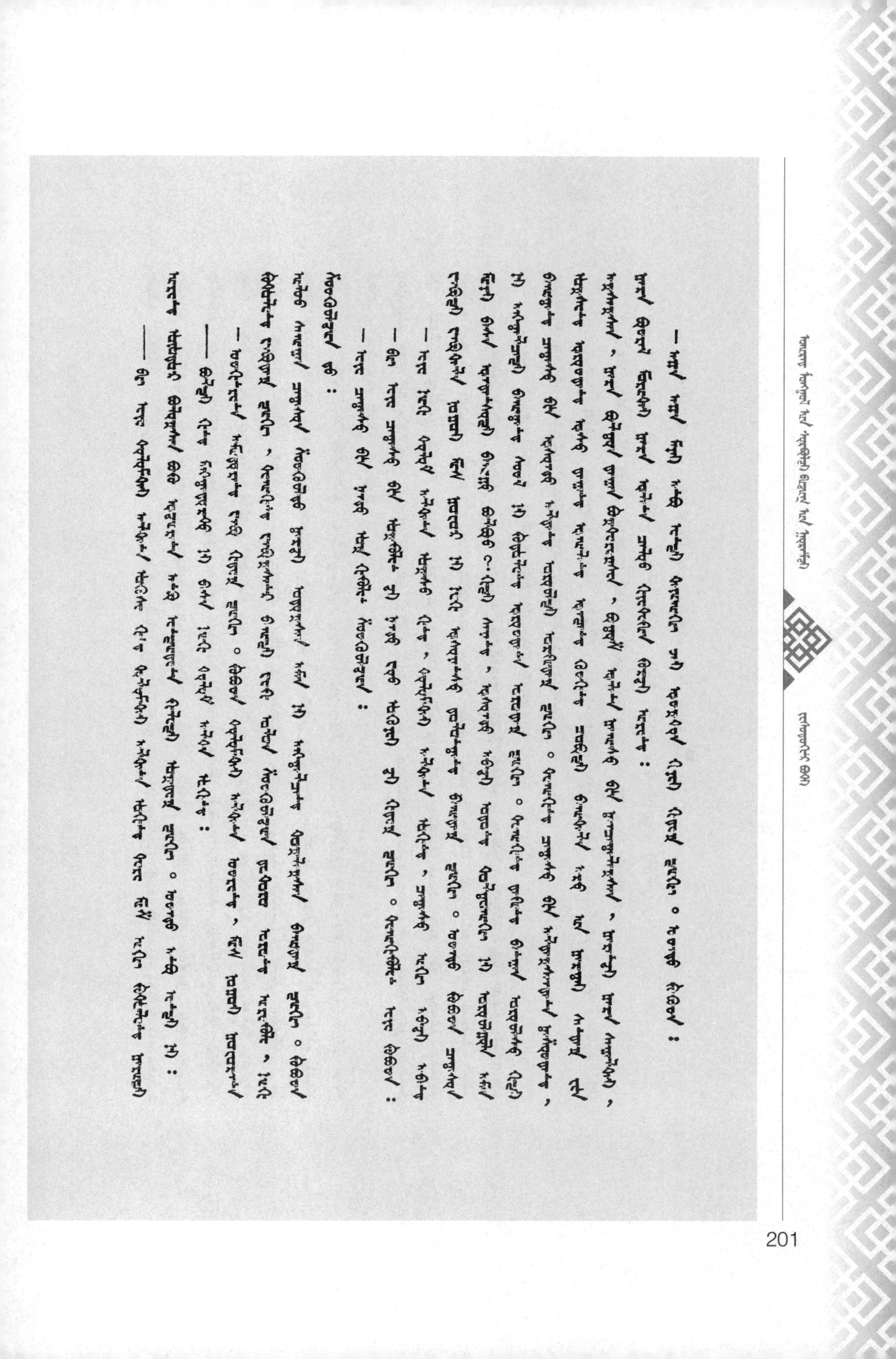

[illegible]
[illegible]
[illegible]
[illegible]
[illegible]
[illegible]
[illegible]
[illegible]
[illegible]
[illegible]
[illegible]
[illegible]
[illegible]
[illegible]
[illegible]
[illegible]
[illegible]

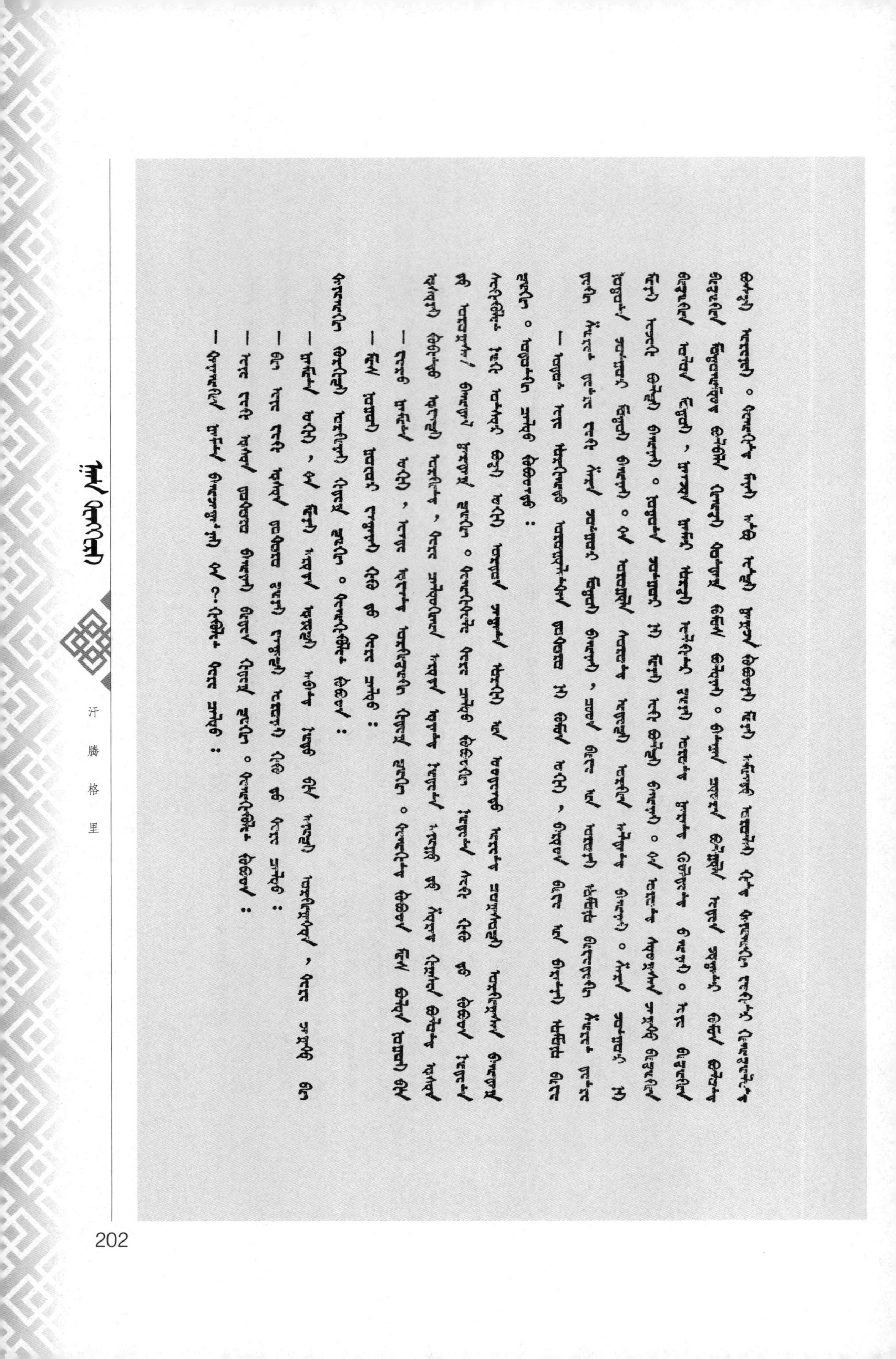

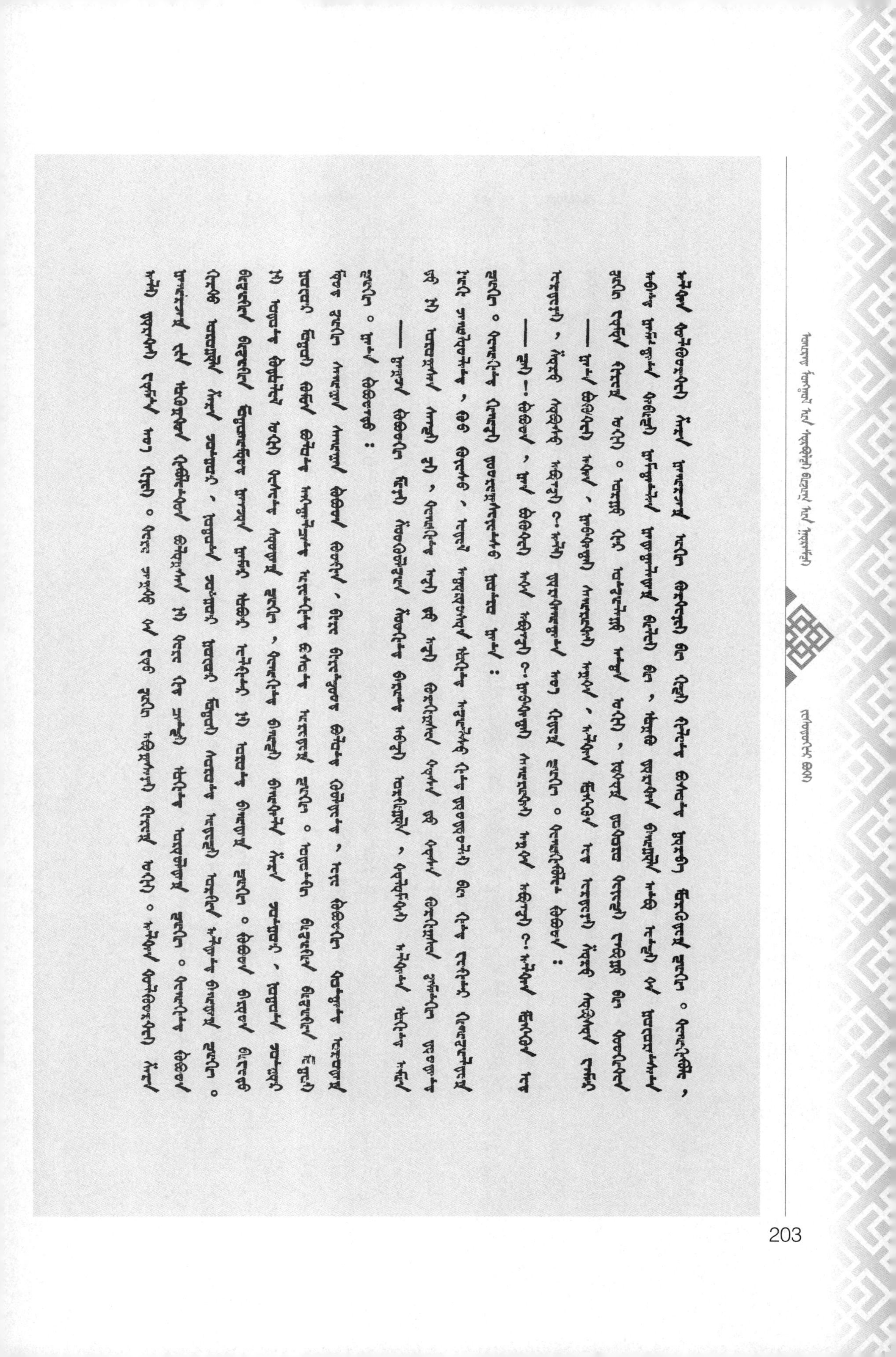

[illegible]

[illegible]

[illegible]

[illegible]

[illegible]

[illegible]

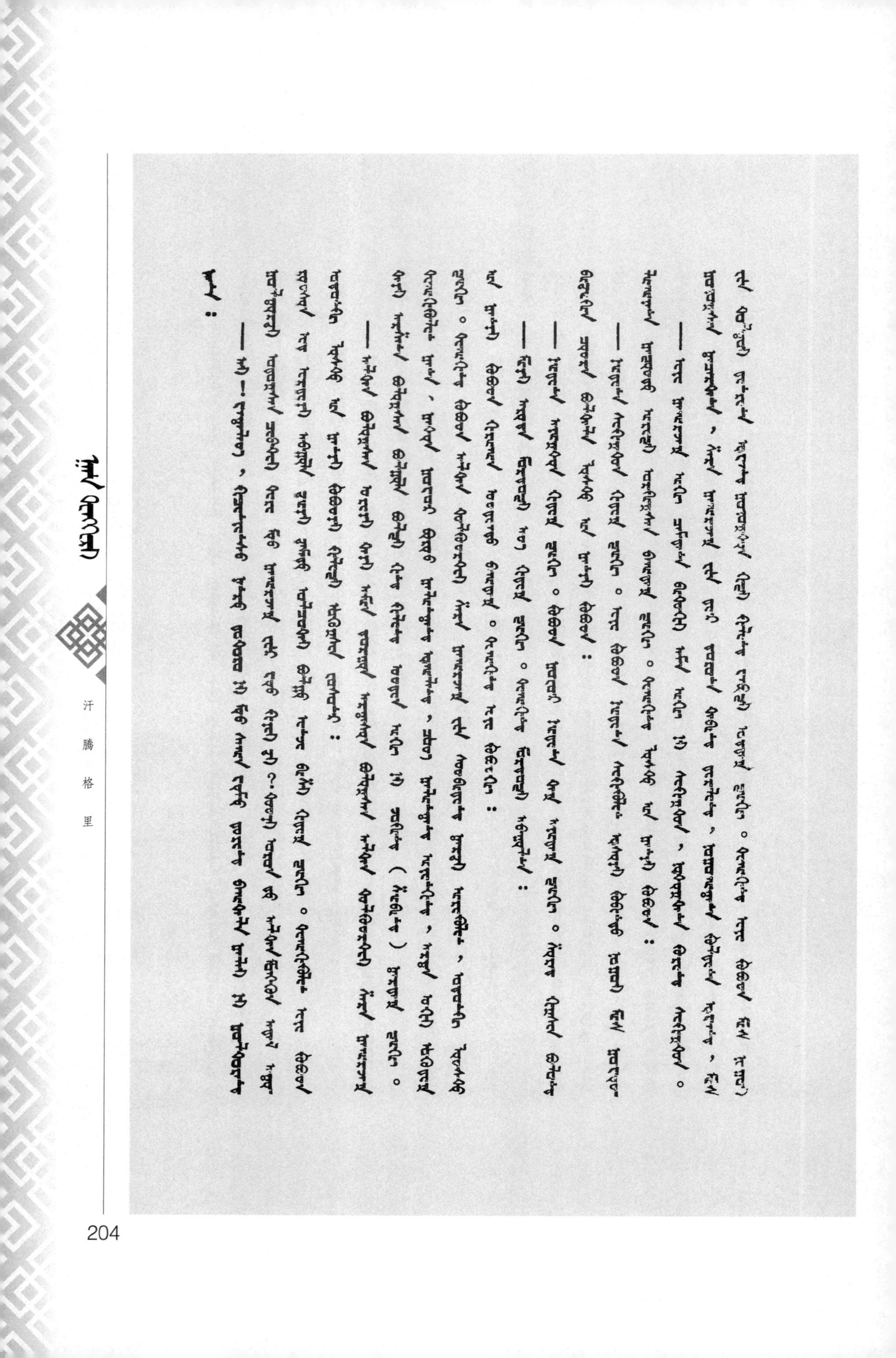

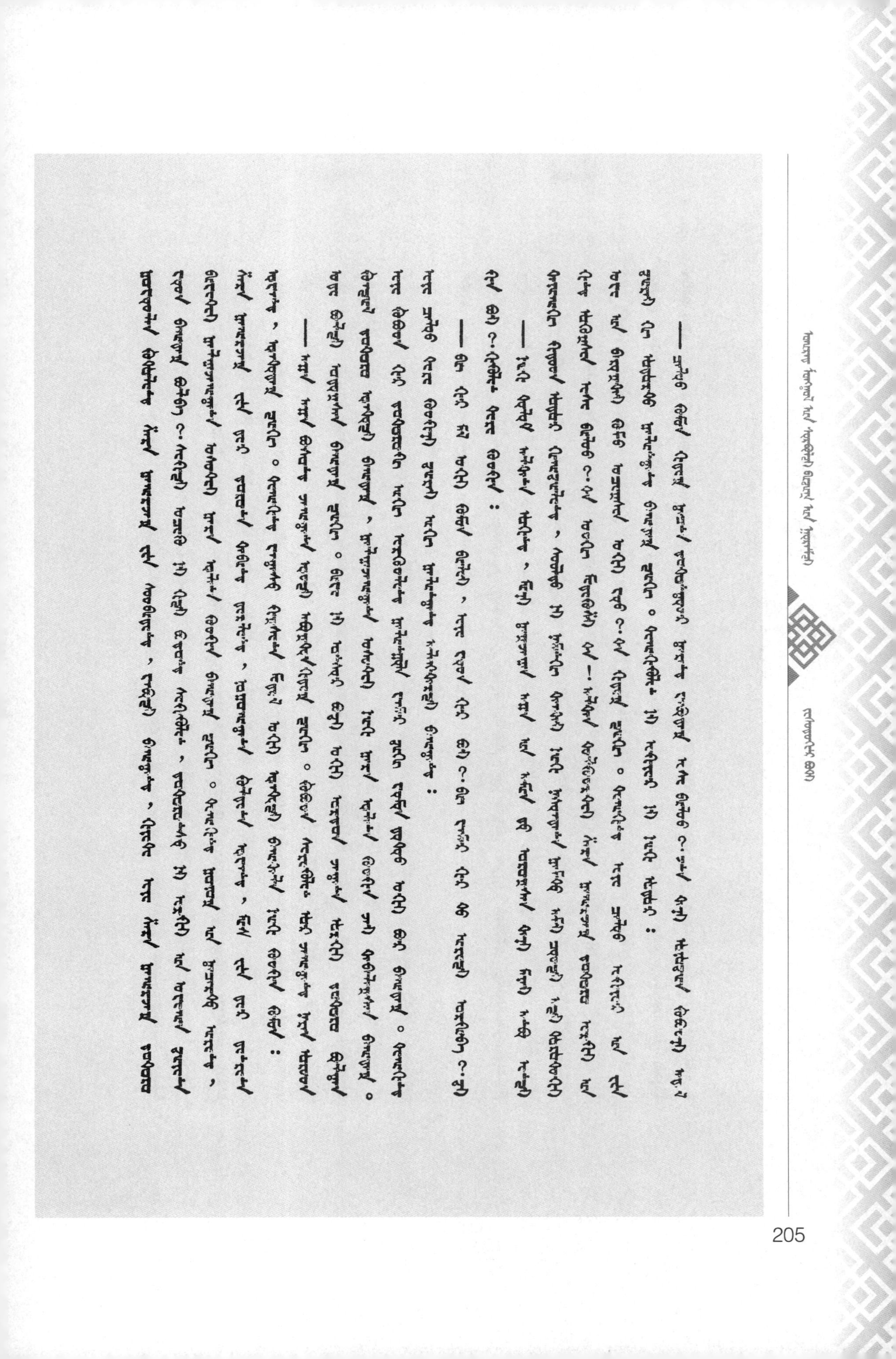

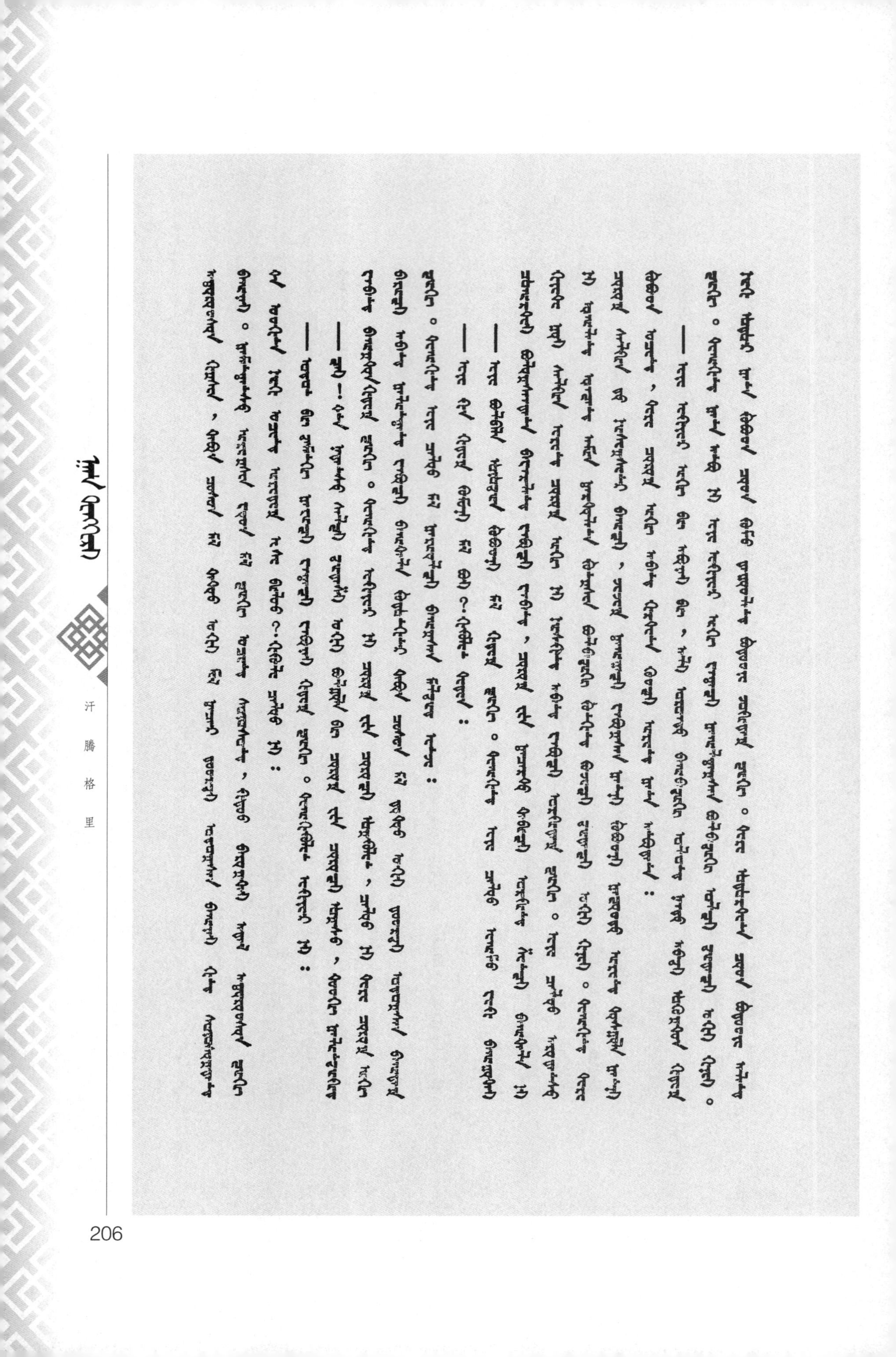

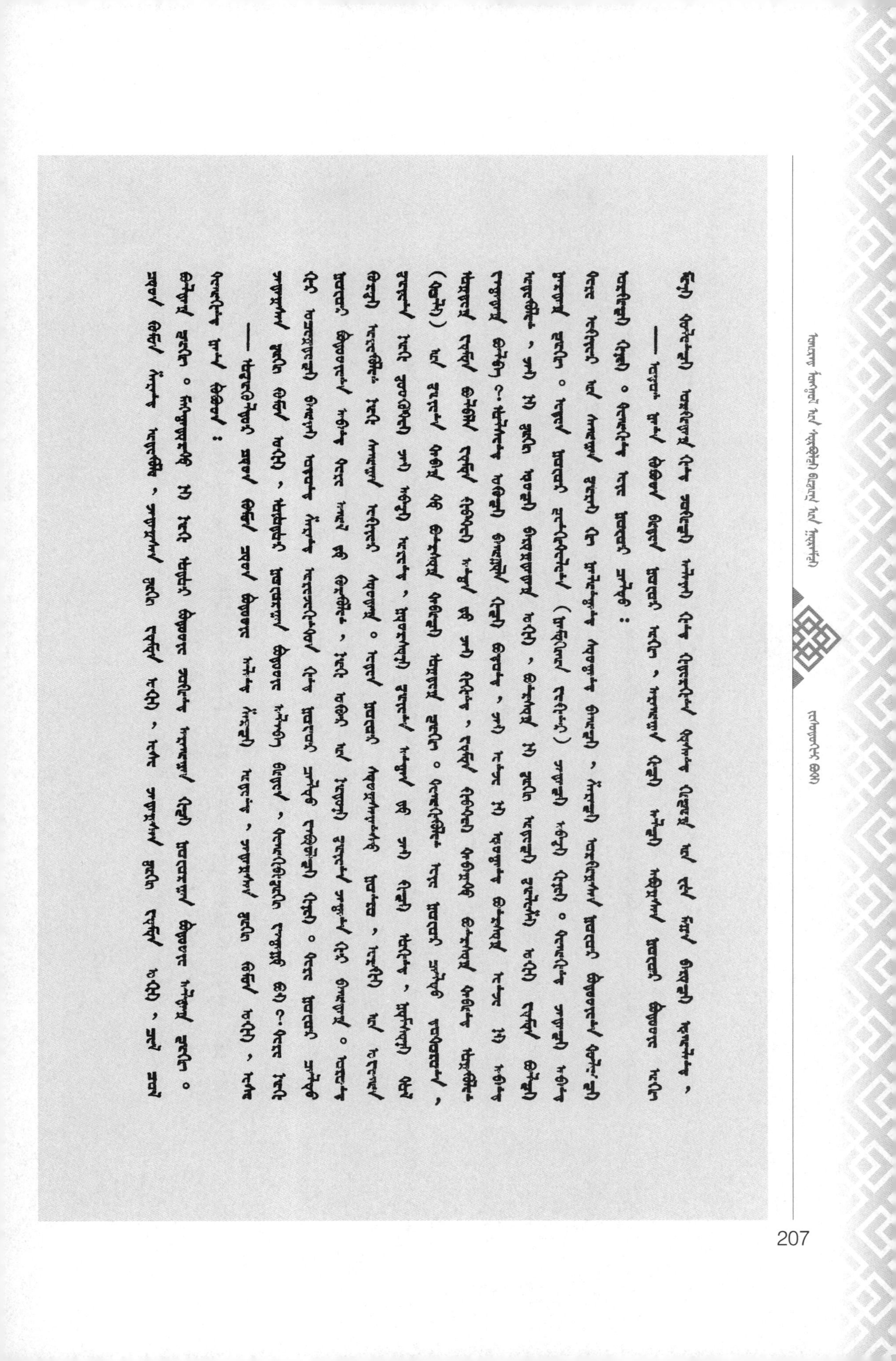

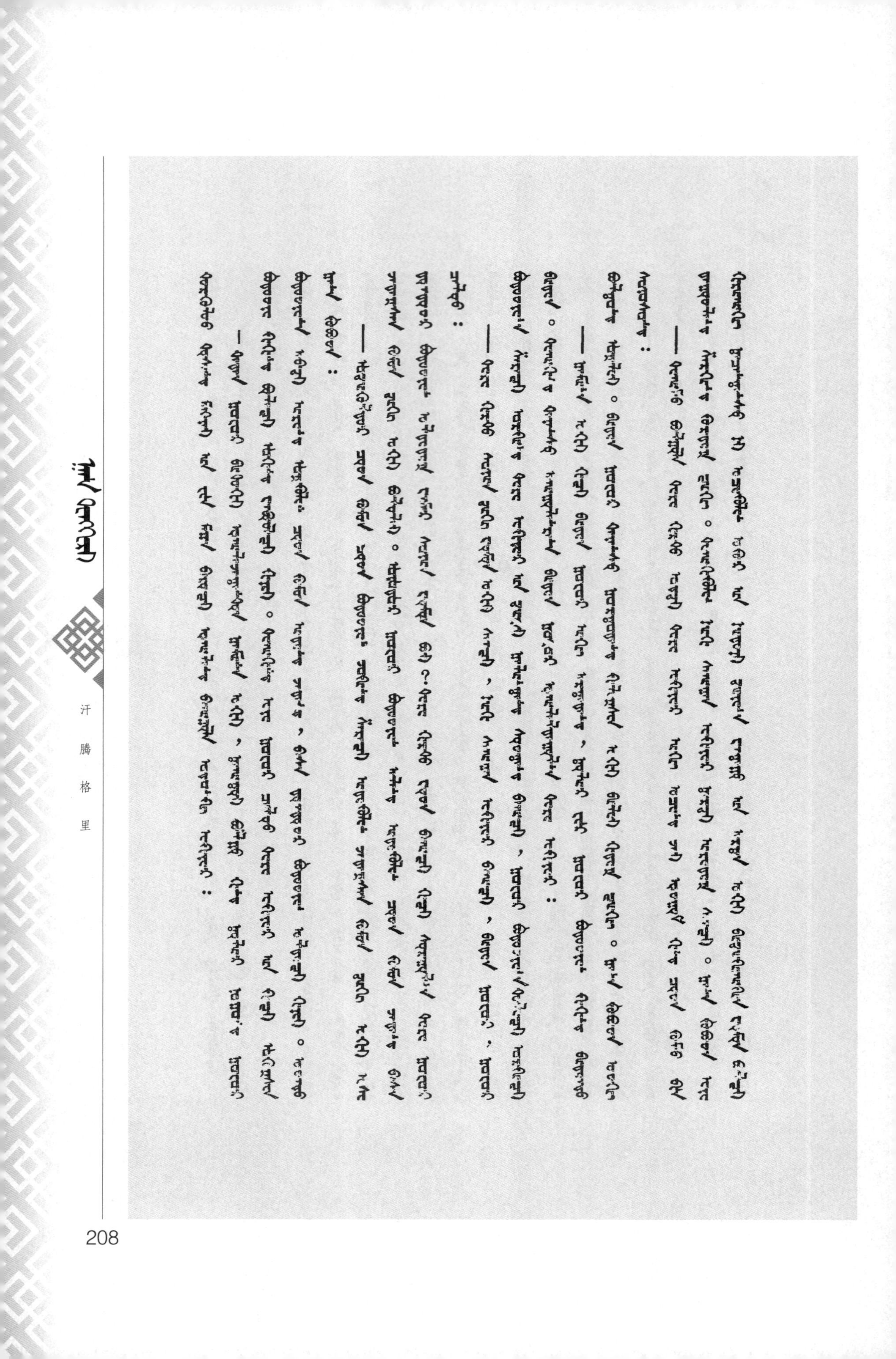

[illegible]

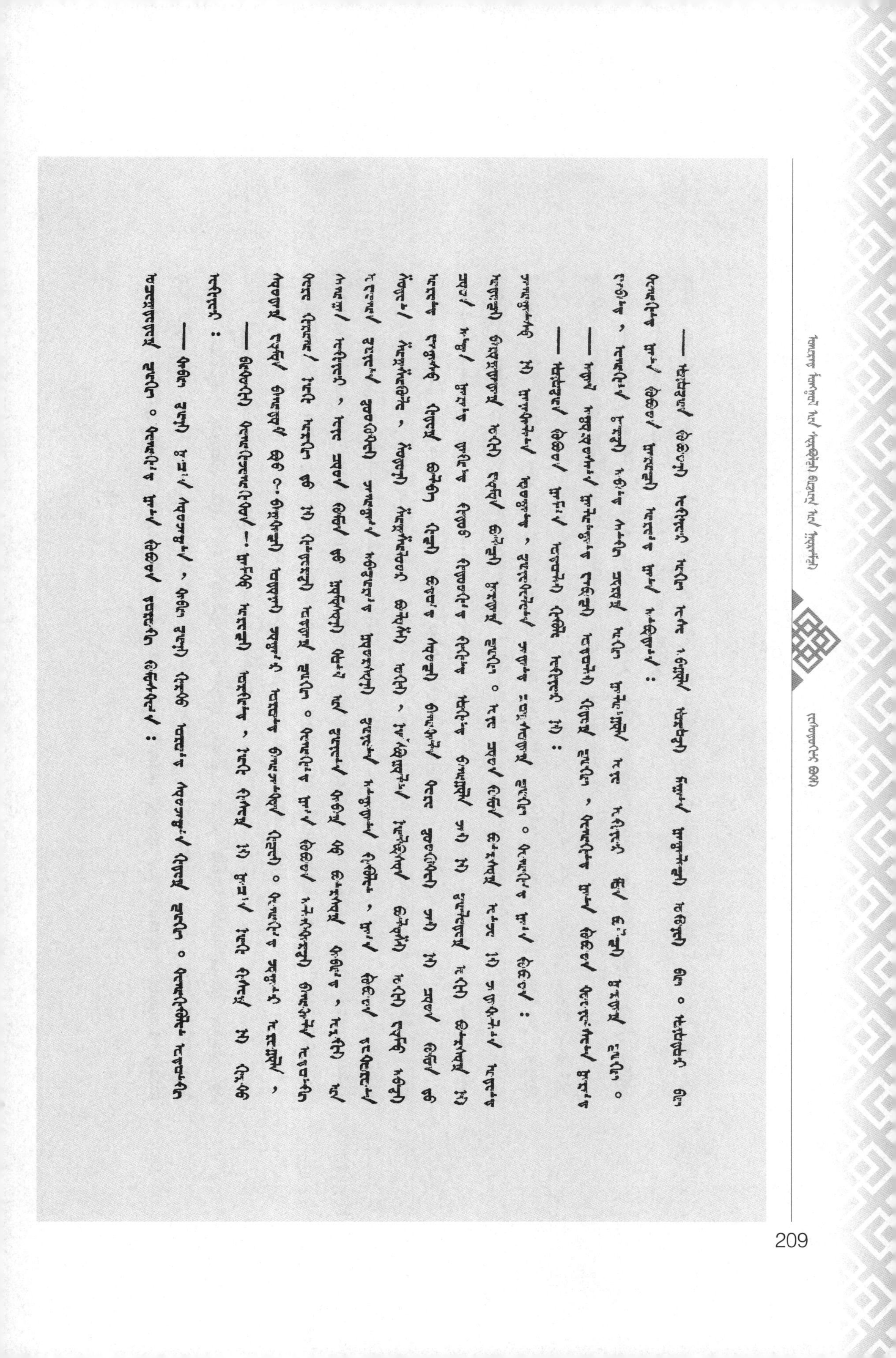

—— [illegible]
[illegible] :
[illegible] ᠃
—— [illegible]
—— [illegible] :
[illegible] :
[illegible]
[illegible]
[illegible]
[illegible]
[illegible]
[illegible]
[illegible]
[illegible]
—— [illegible]
[illegible] :
—— [illegible]
[illegible] :

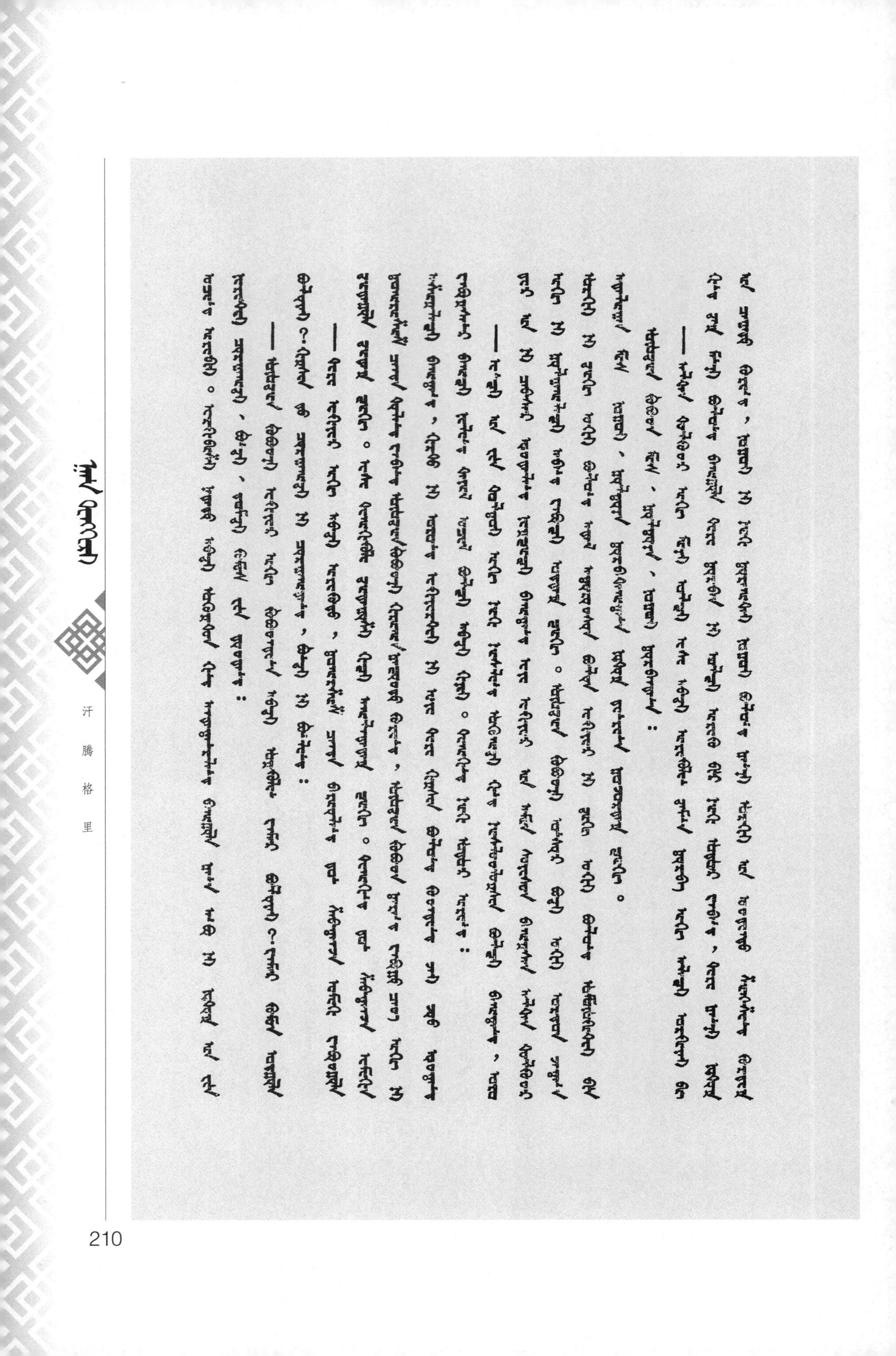

[illegible]

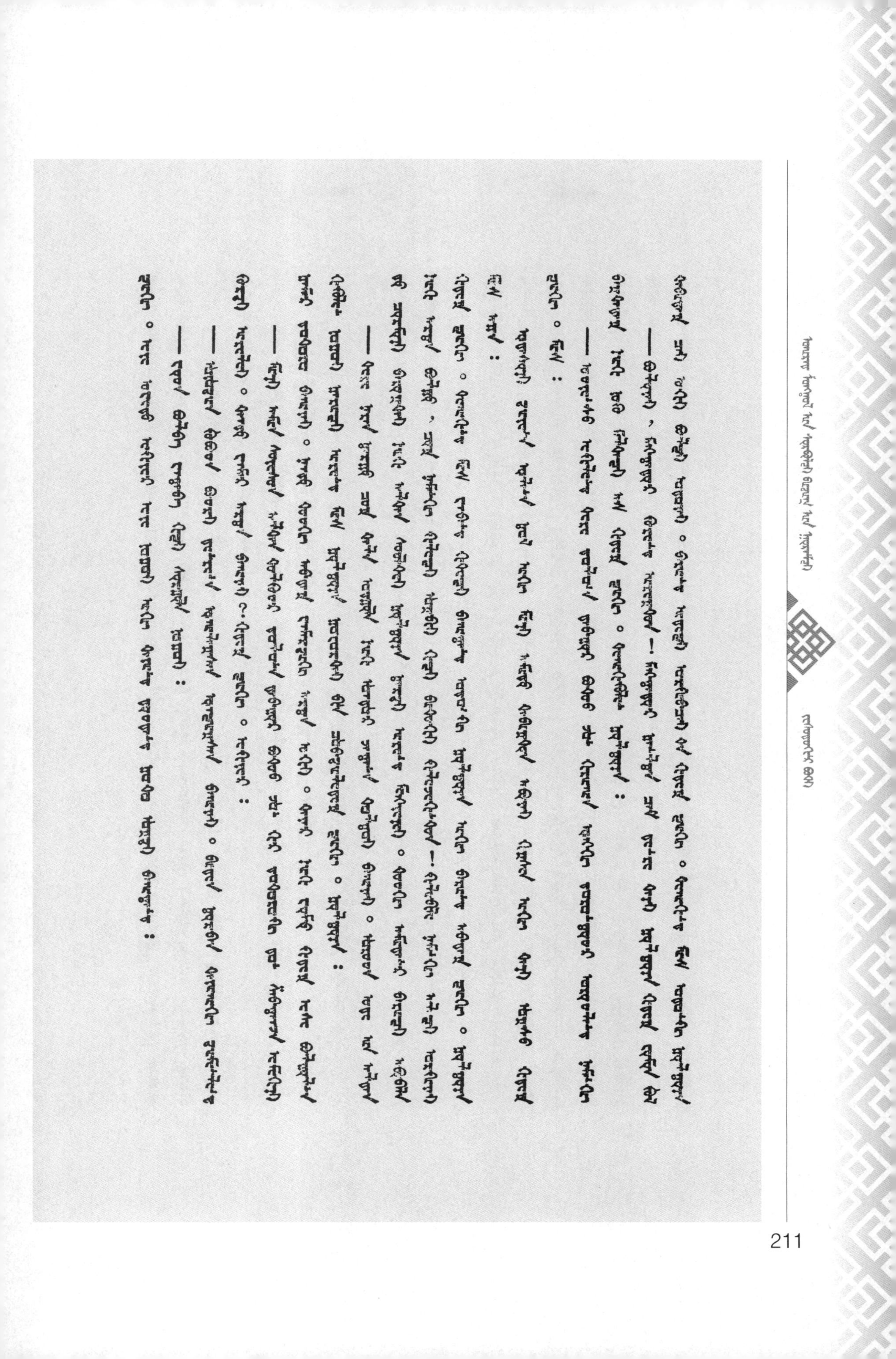

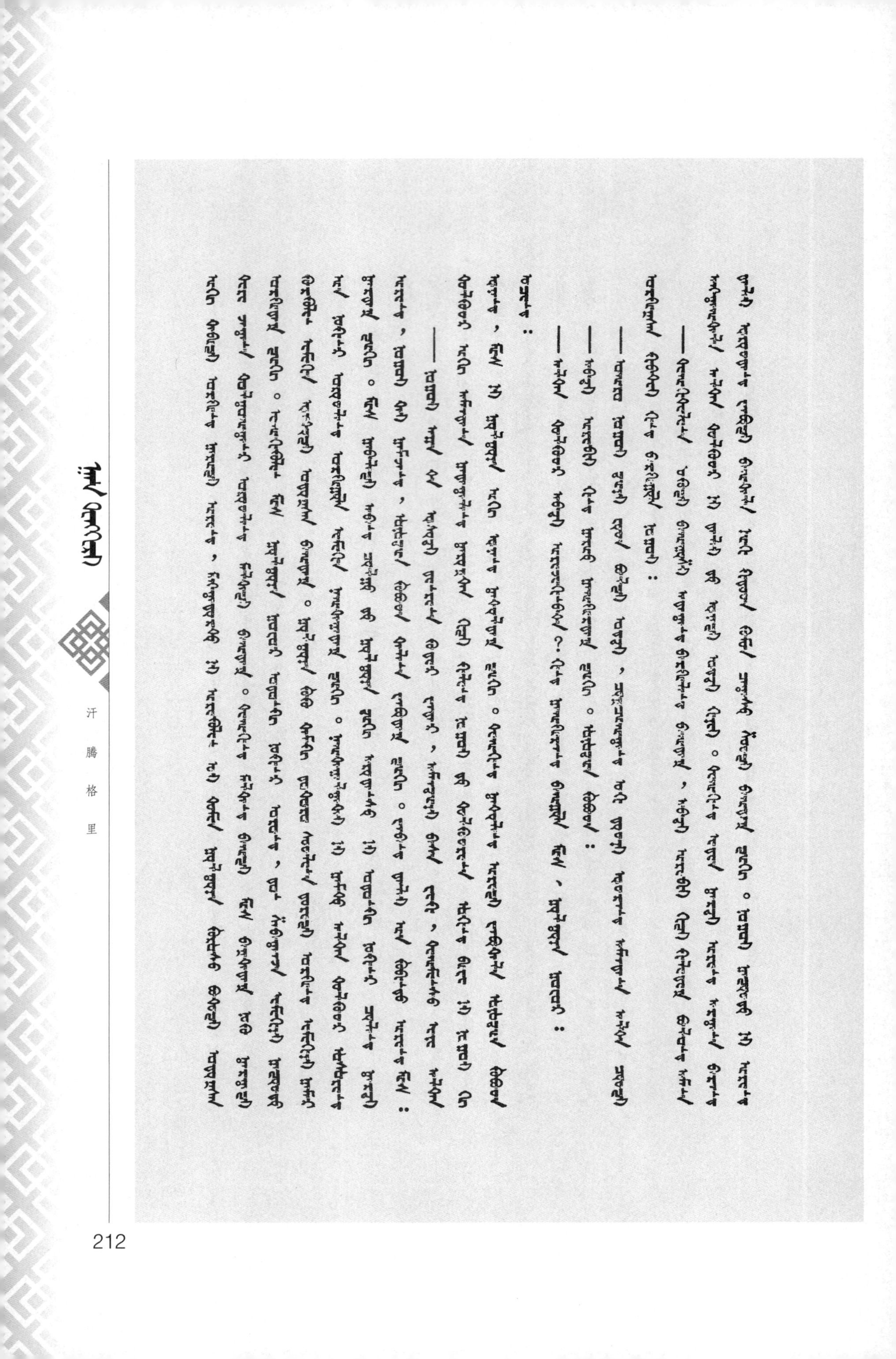

[illegible]

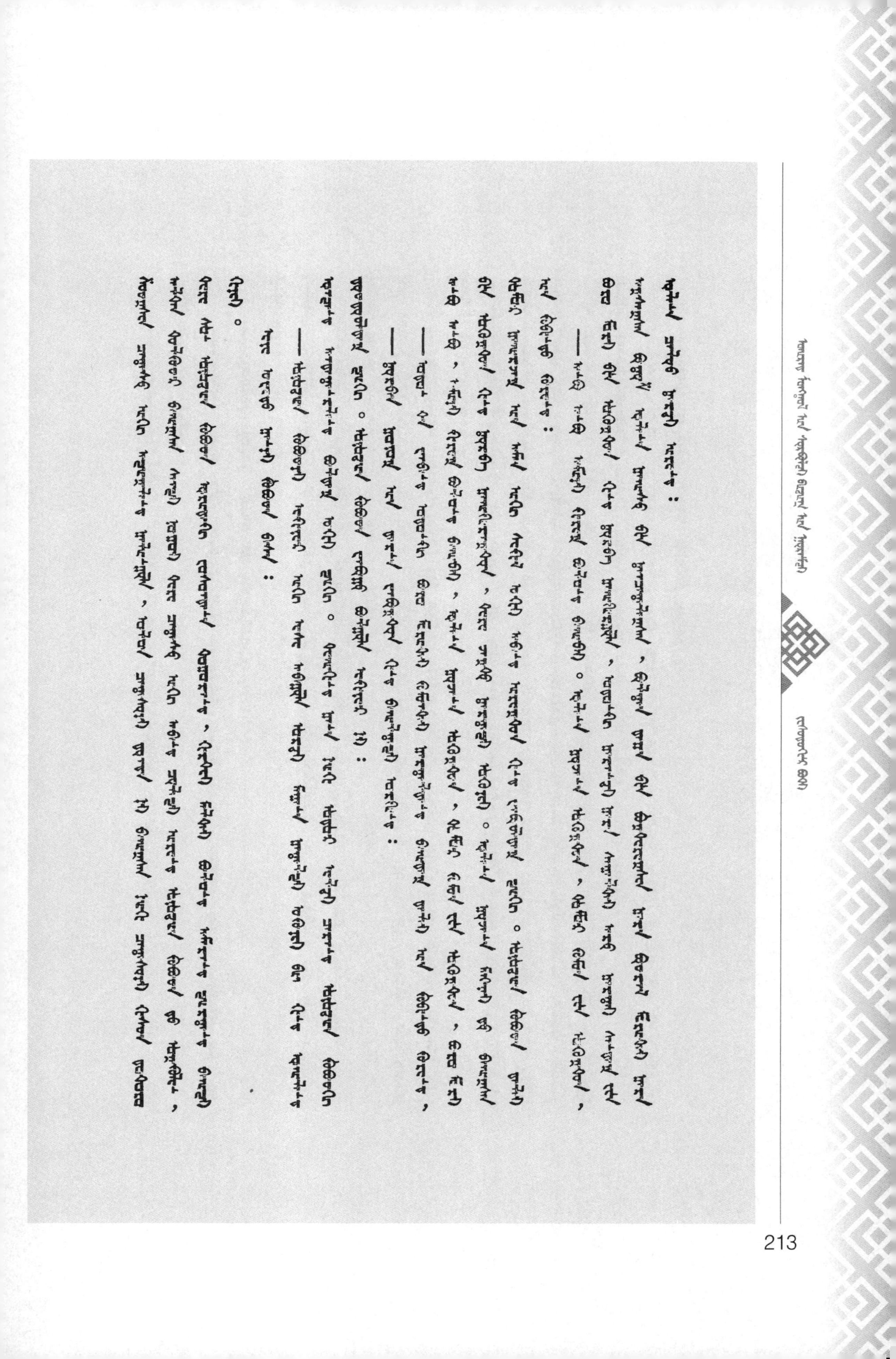

[illegible] :

[illegible] ᠂ [illegible] ᠂ [illegible]

—— [illegible] ᠃ [illegible] ᠂ [illegible] ᠂

[illegible] :

[illegible] ᠃ [illegible] ᠂ [illegible] ᠃ [illegible] ᠂ [illegible] ᠂ [illegible] ᠂ [illegible]

—— [illegible] ᠂

—— [illegible] :

[illegible] ᠃ [illegible] :

[illegible] ᠃ [illegible]

—— [illegible] :

[illegible] ᠃

[illegible] ᠂ [illegible] ᠂ [illegible] ᠂ [illegible]

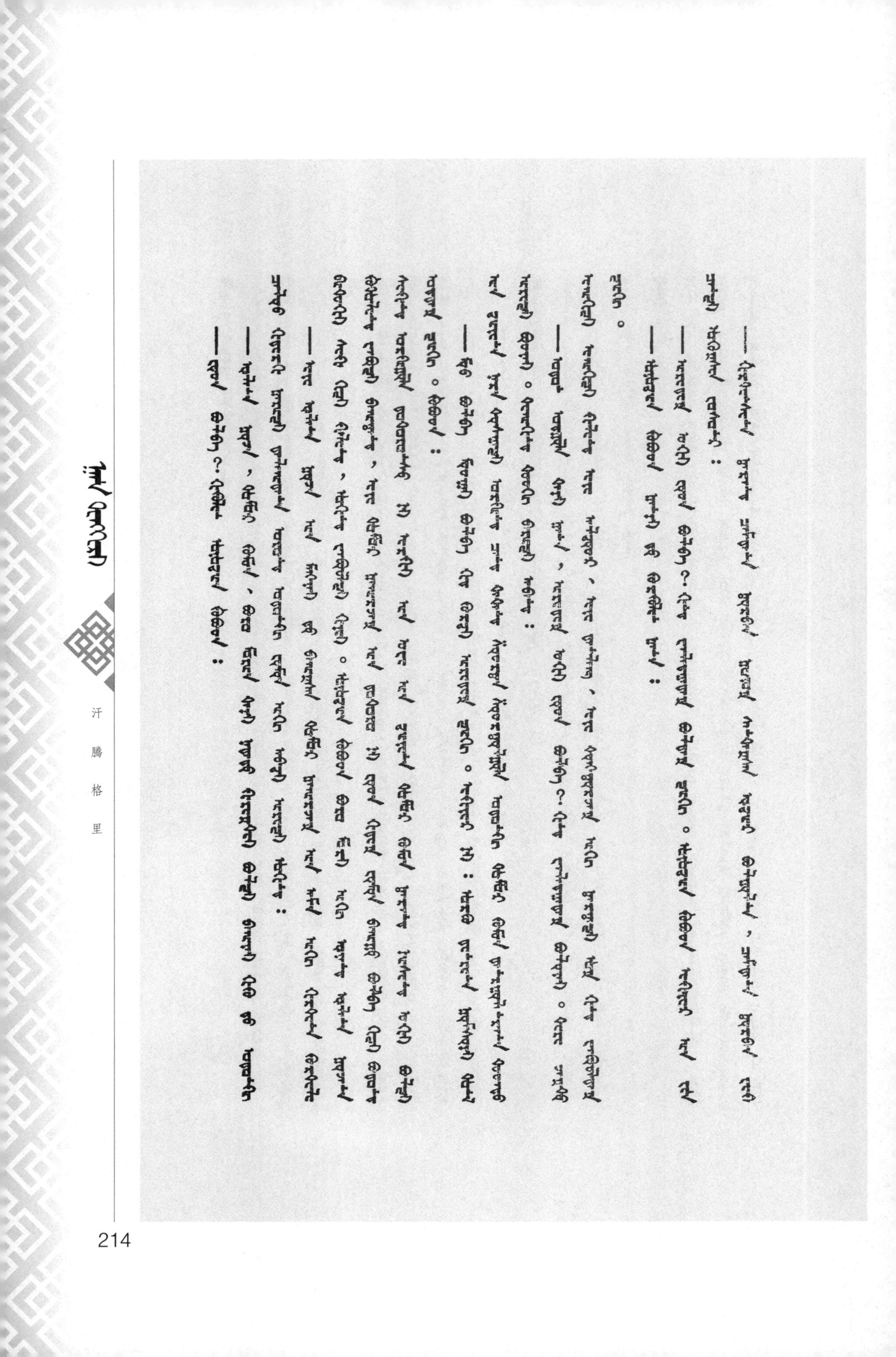

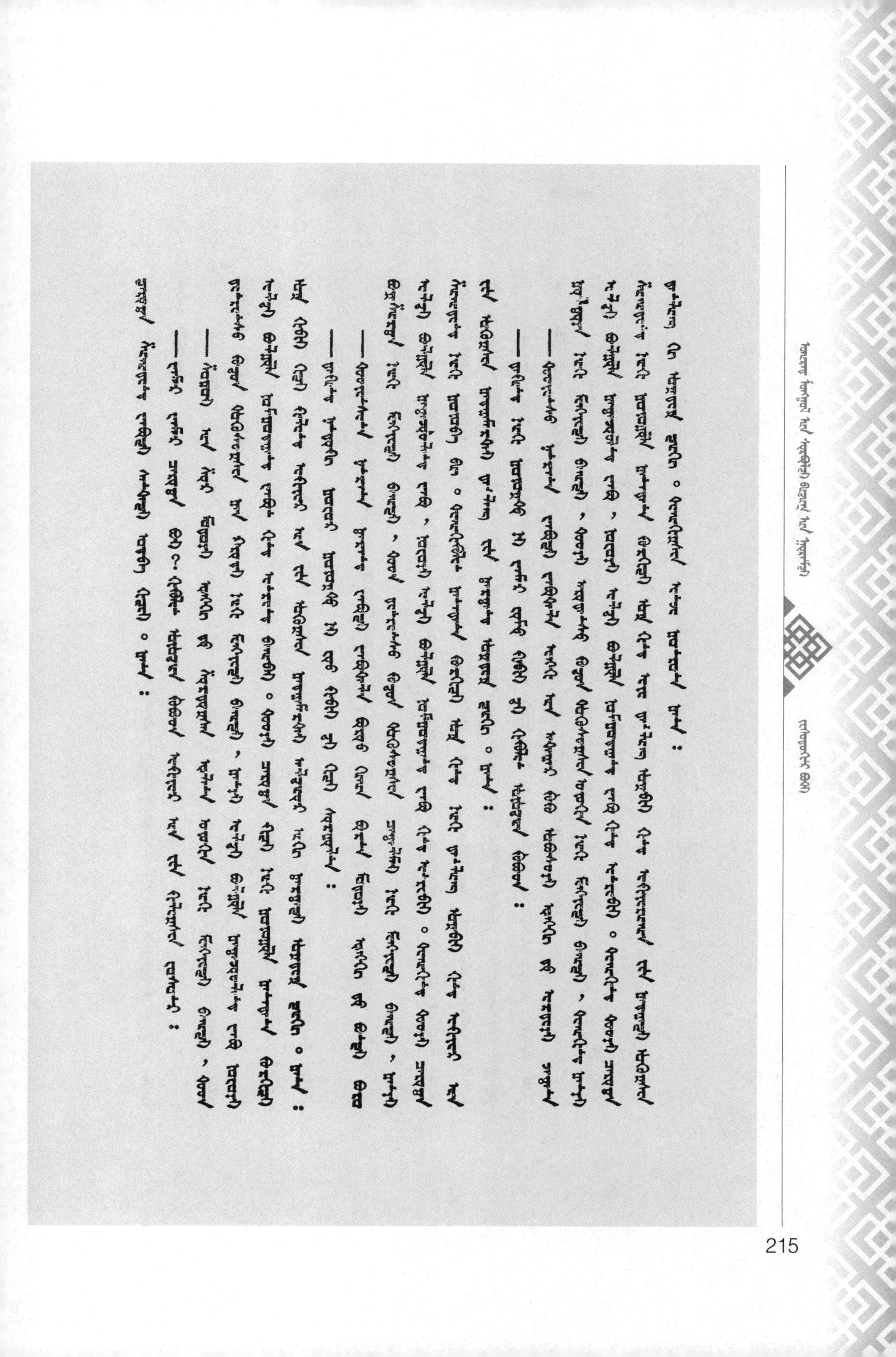

[illegible] ◦ [illegible] :

[illegible]
[illegible] ◦ [illegible]
[illegible]

—— [illegible]

—— [illegible] :

[illegible] ◦ [illegible] :

[illegible] ◦ [illegible]
[illegible] ◦ [illegible]
[illegible]

—— [illegible]

—— [illegible] :

[illegible] ◦ [illegible] :

[illegible] ◦ [illegible]
[illegible]

—— [illegible]

—— [illegible] :

[illegible] ◦ [illegible] :

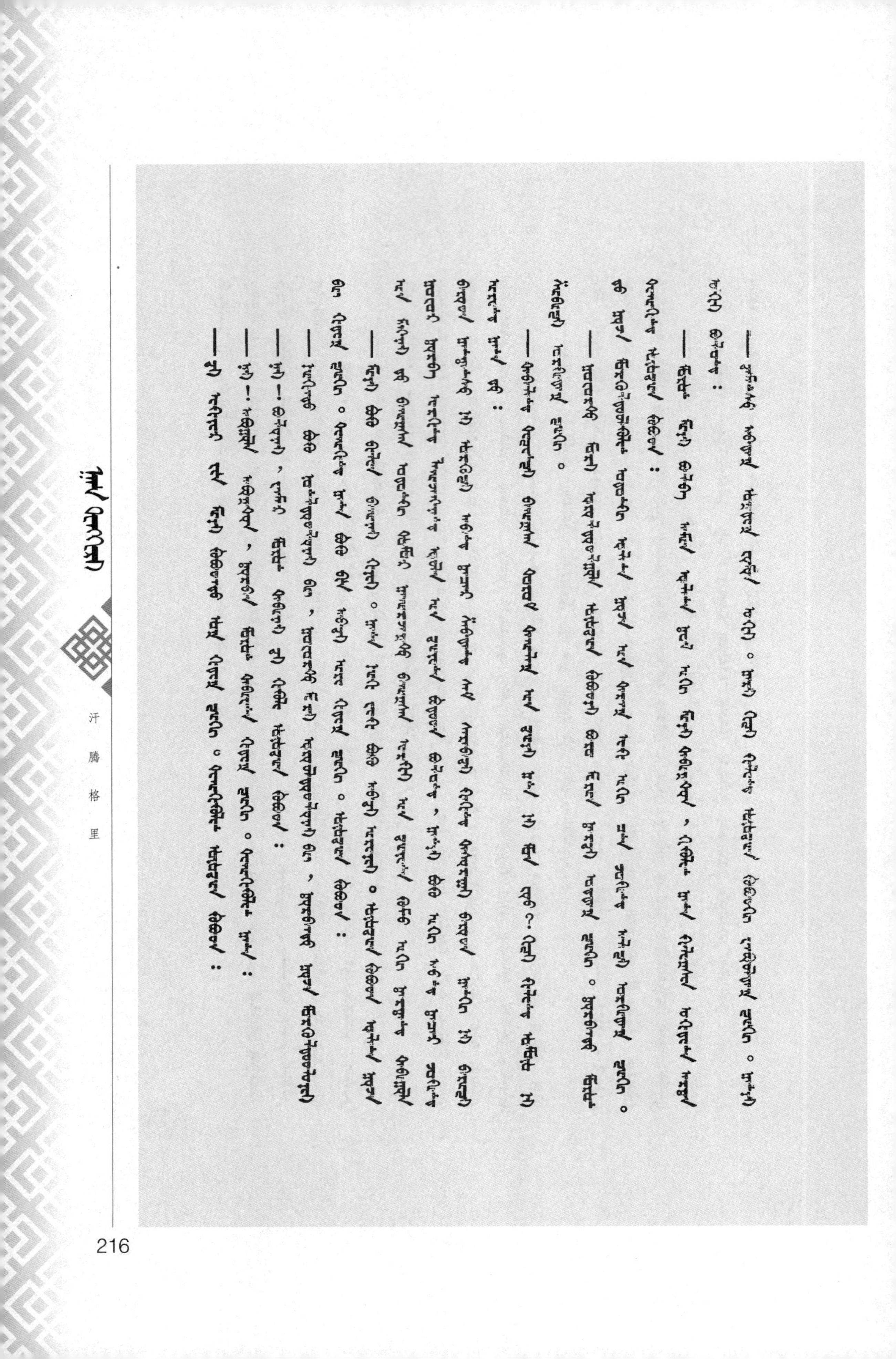

[illegible]

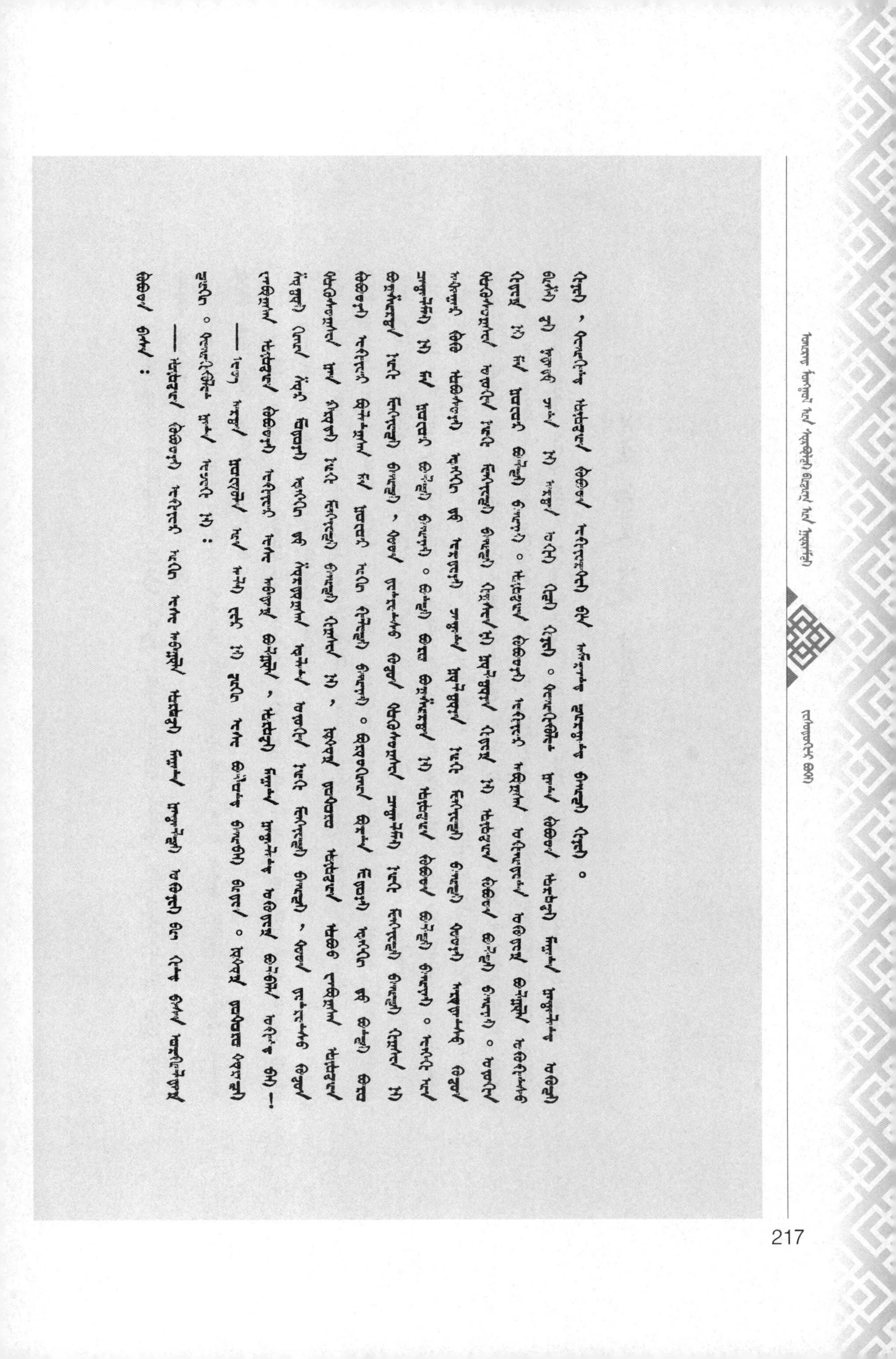

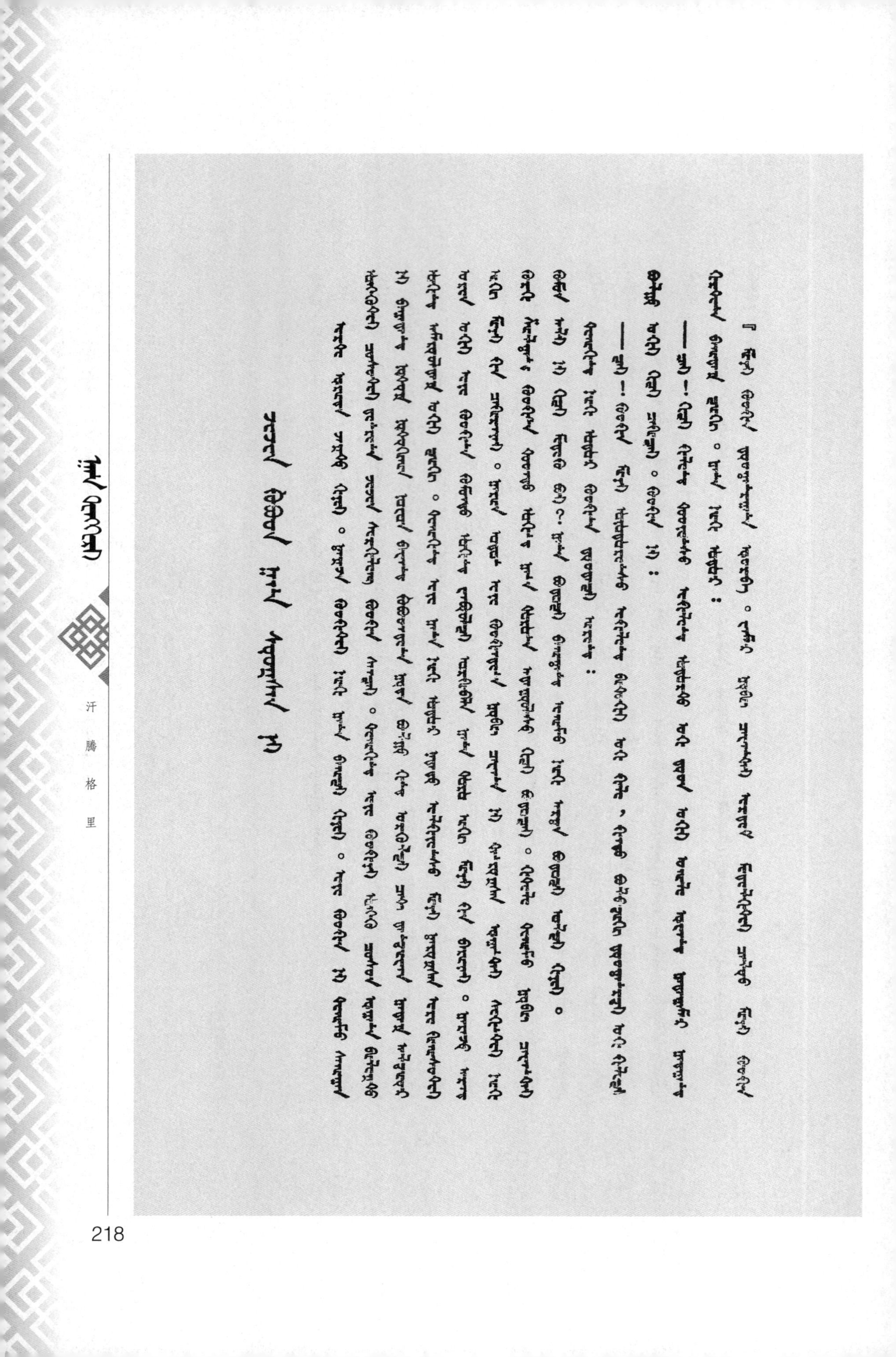

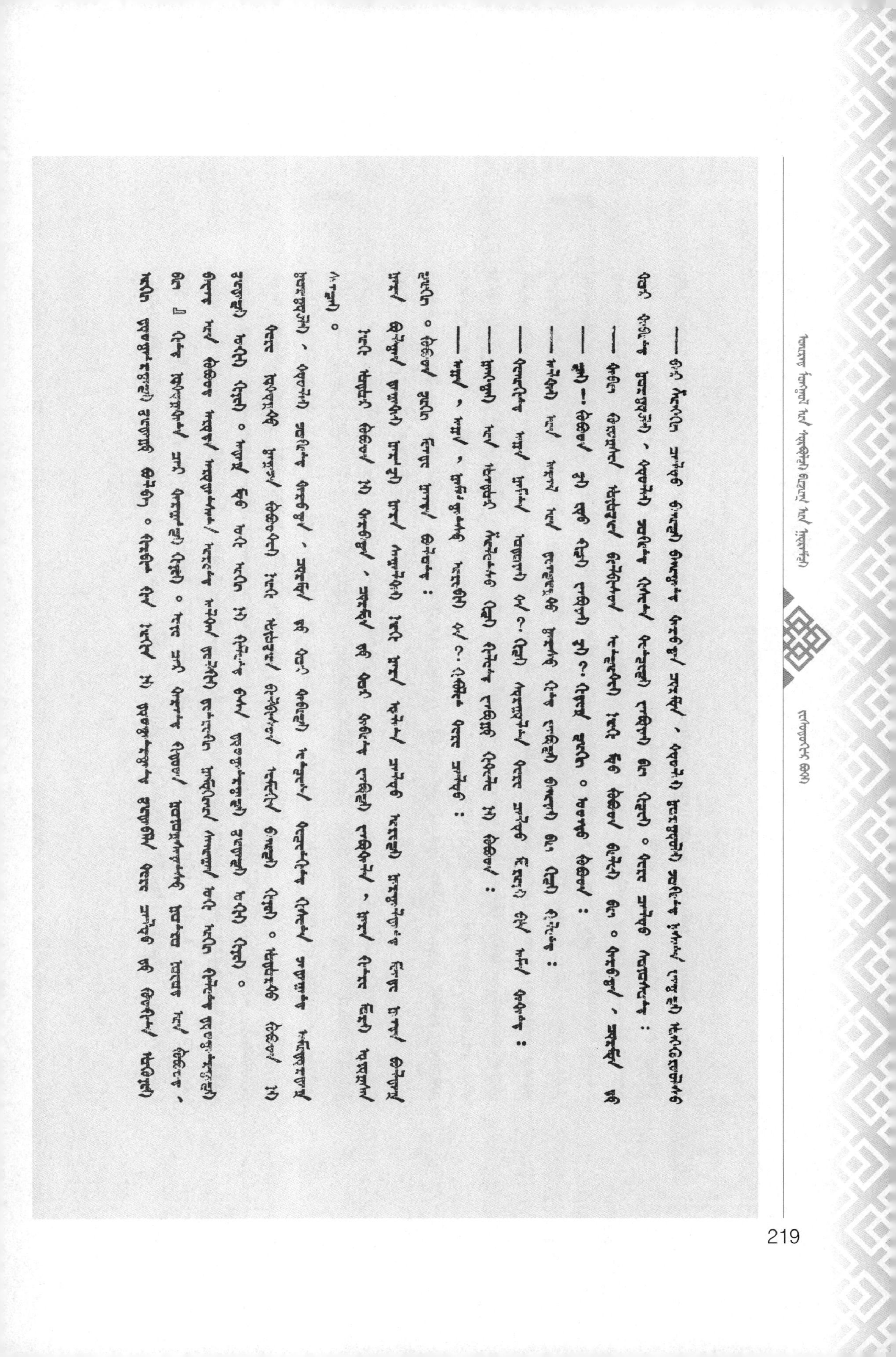

[illegible]

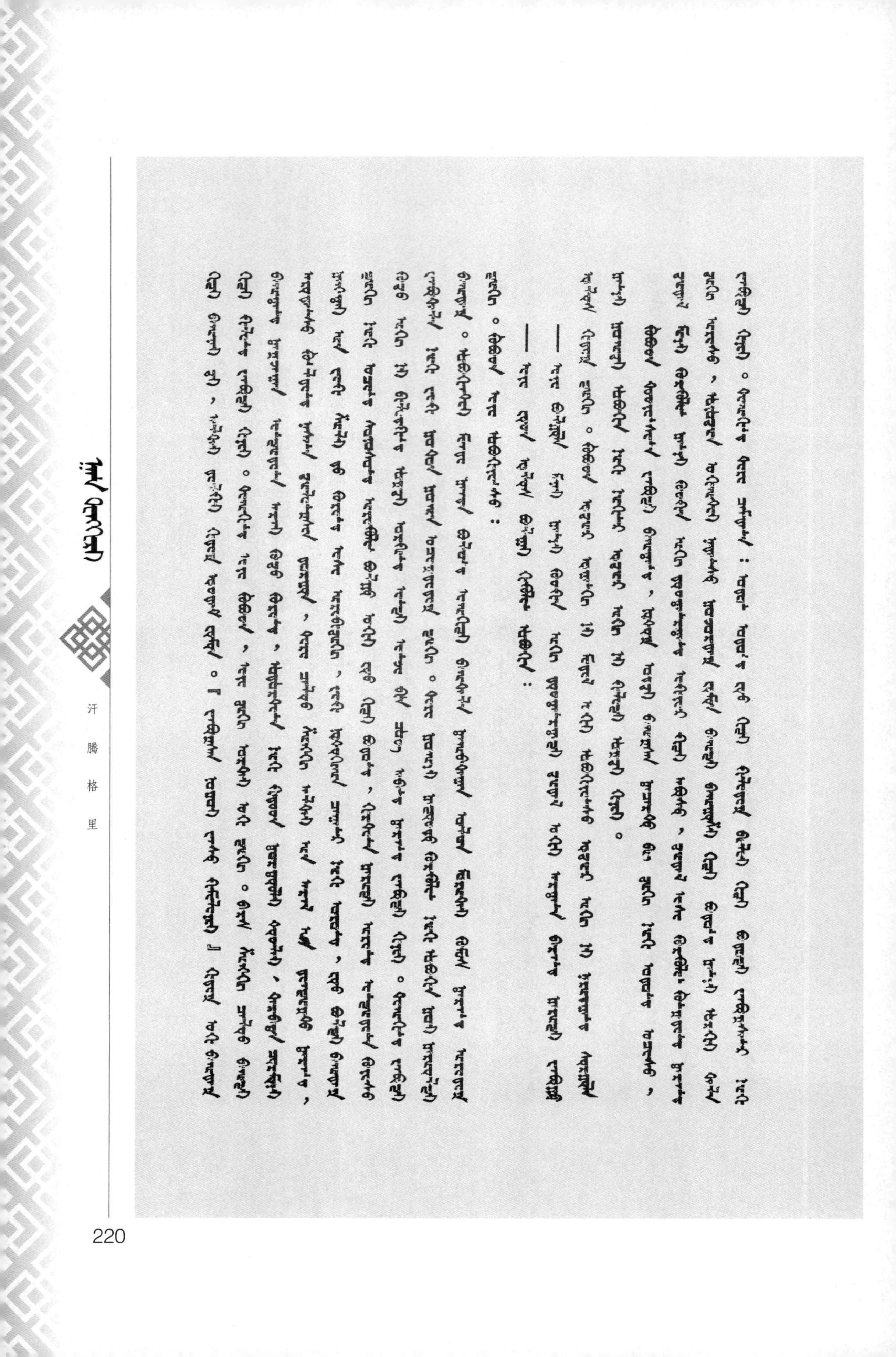

[illegible]

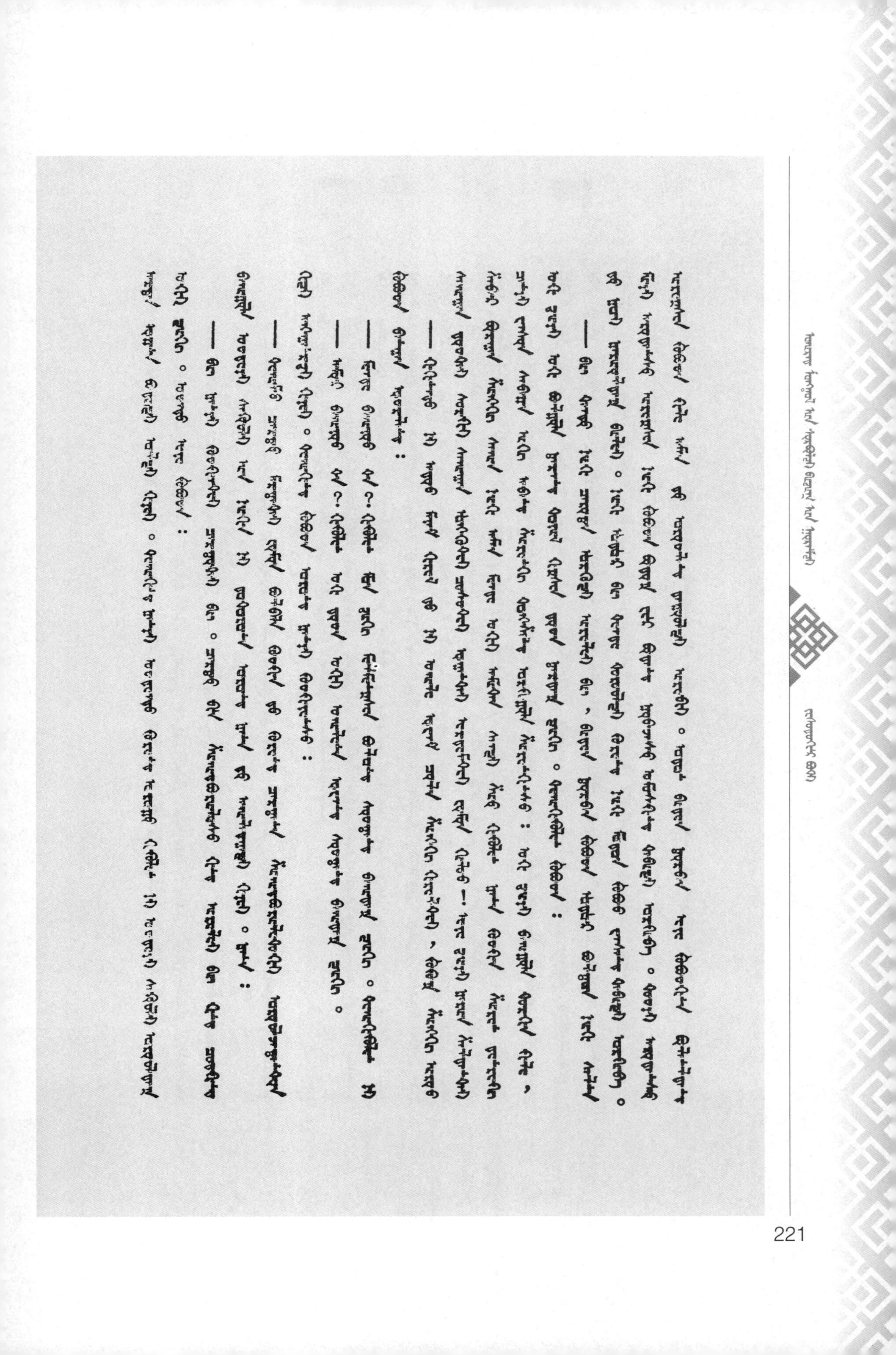

[illegible]

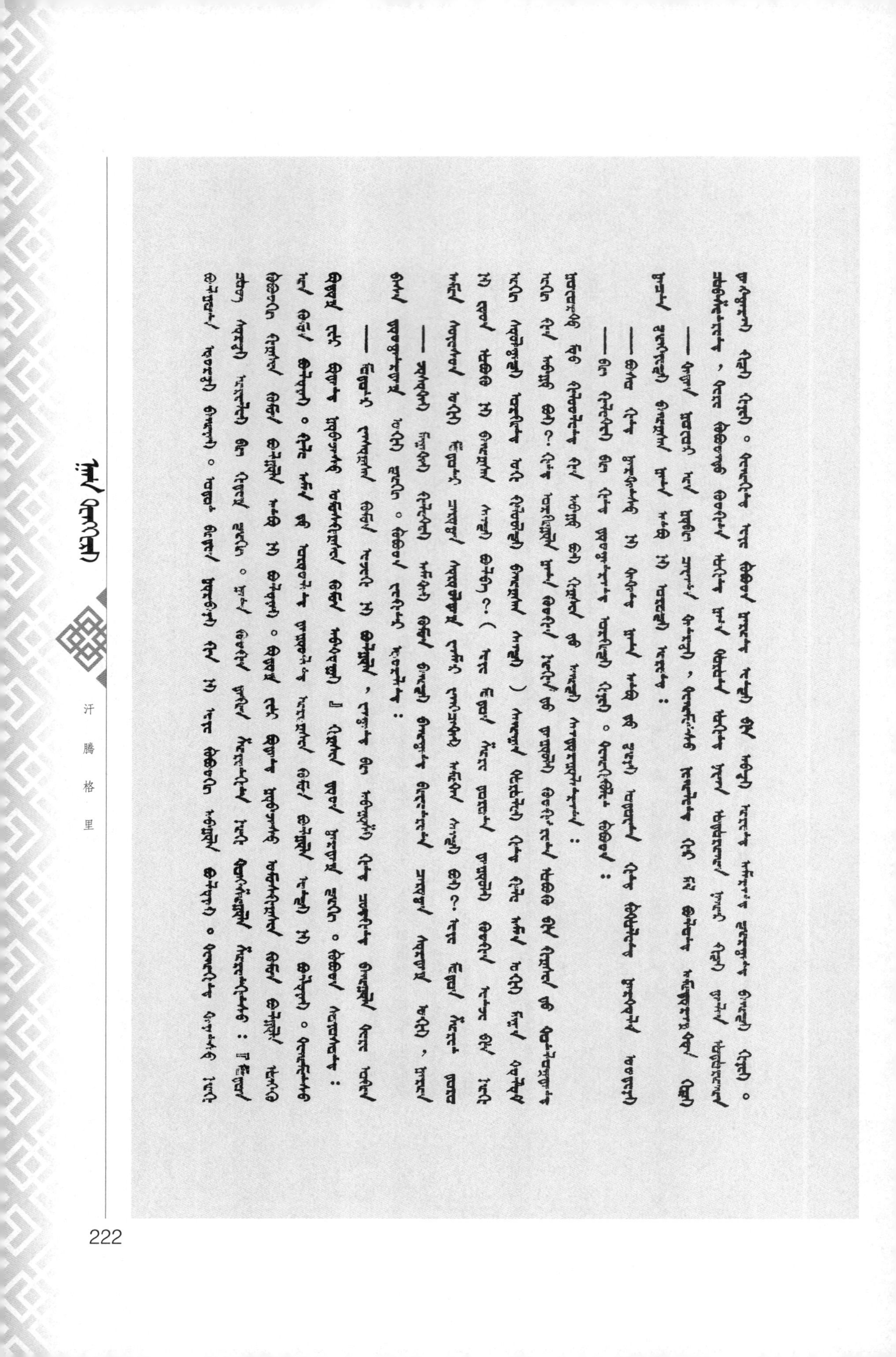

[illegible]

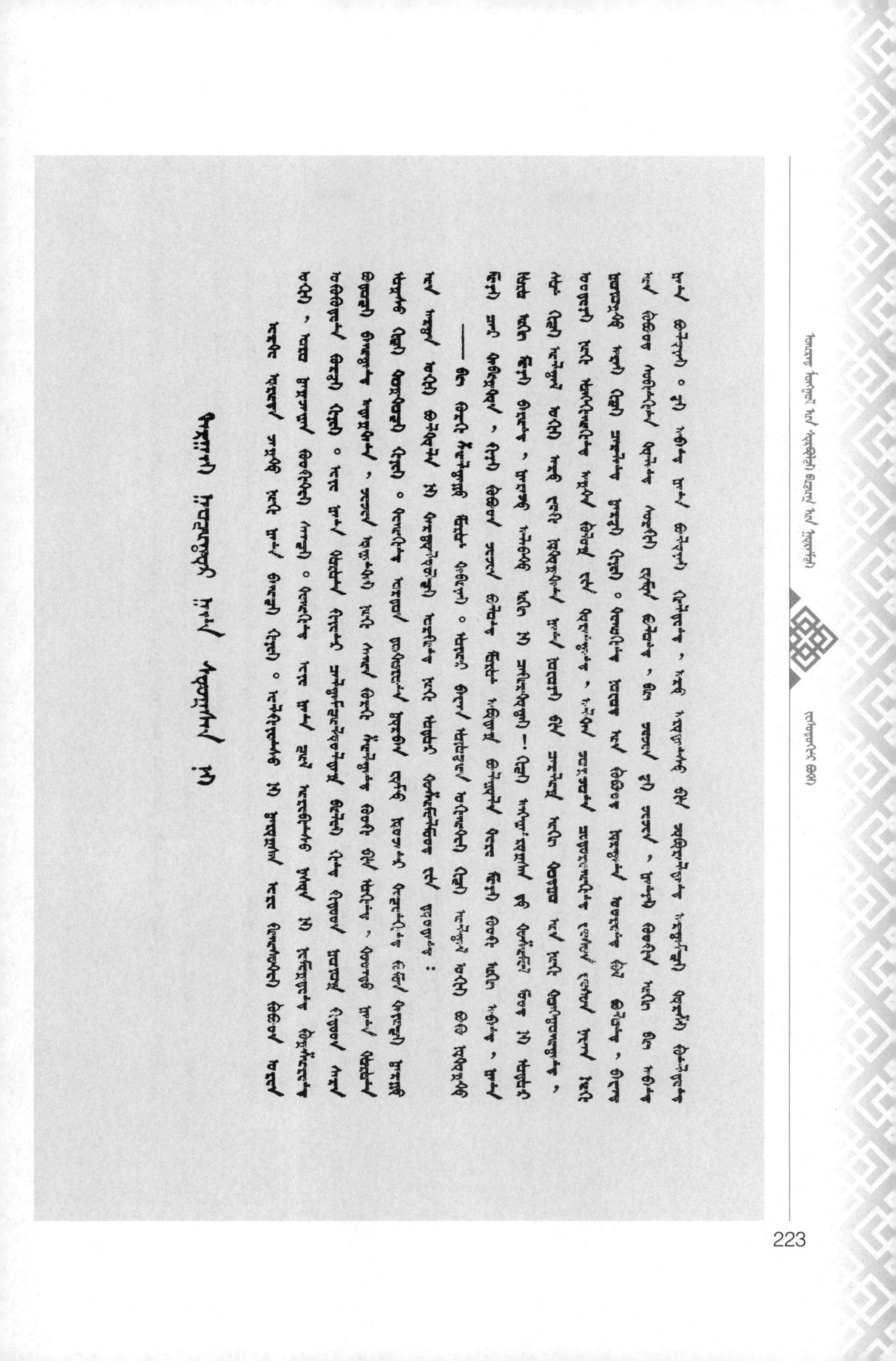

[illegible]

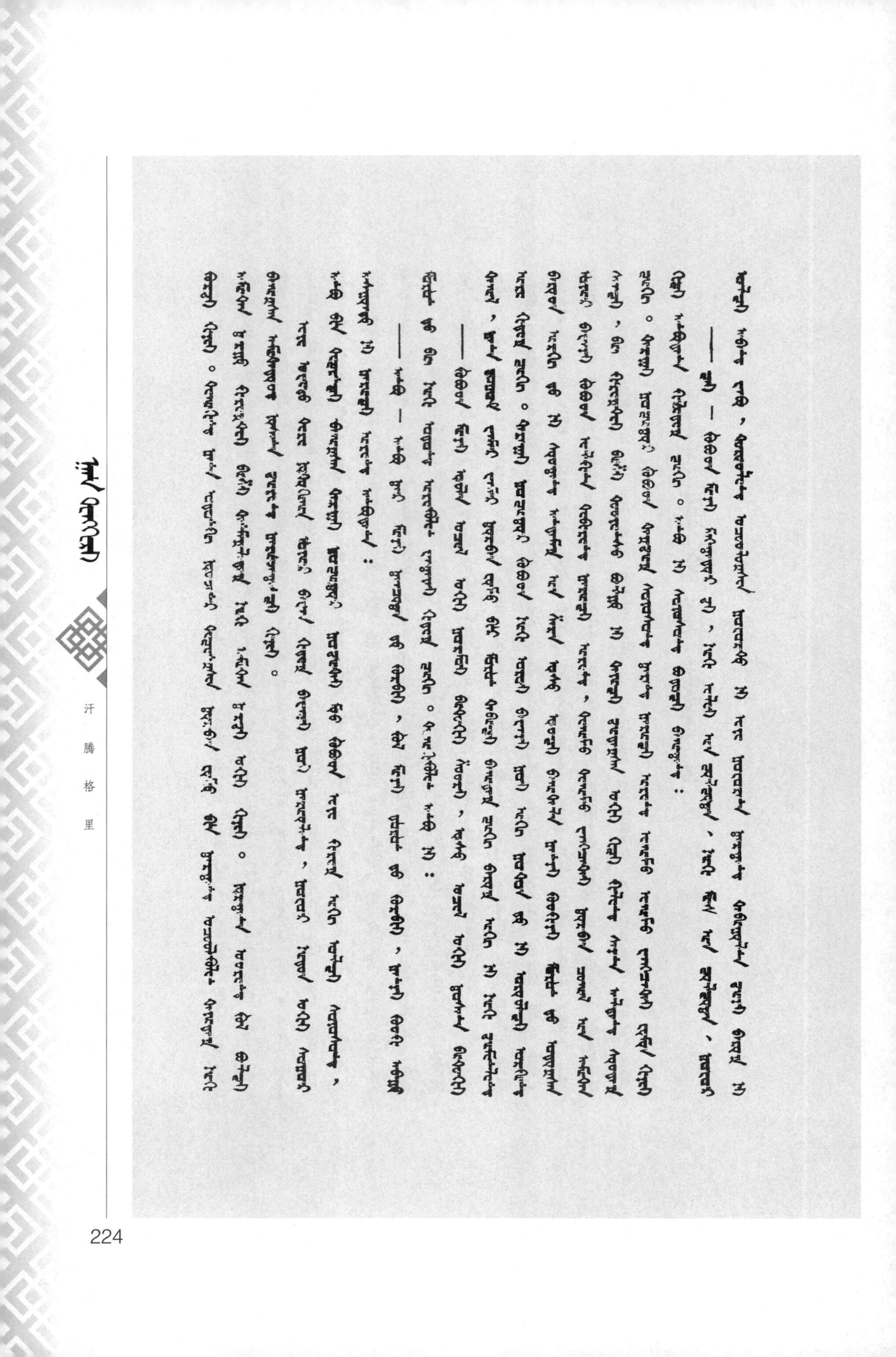

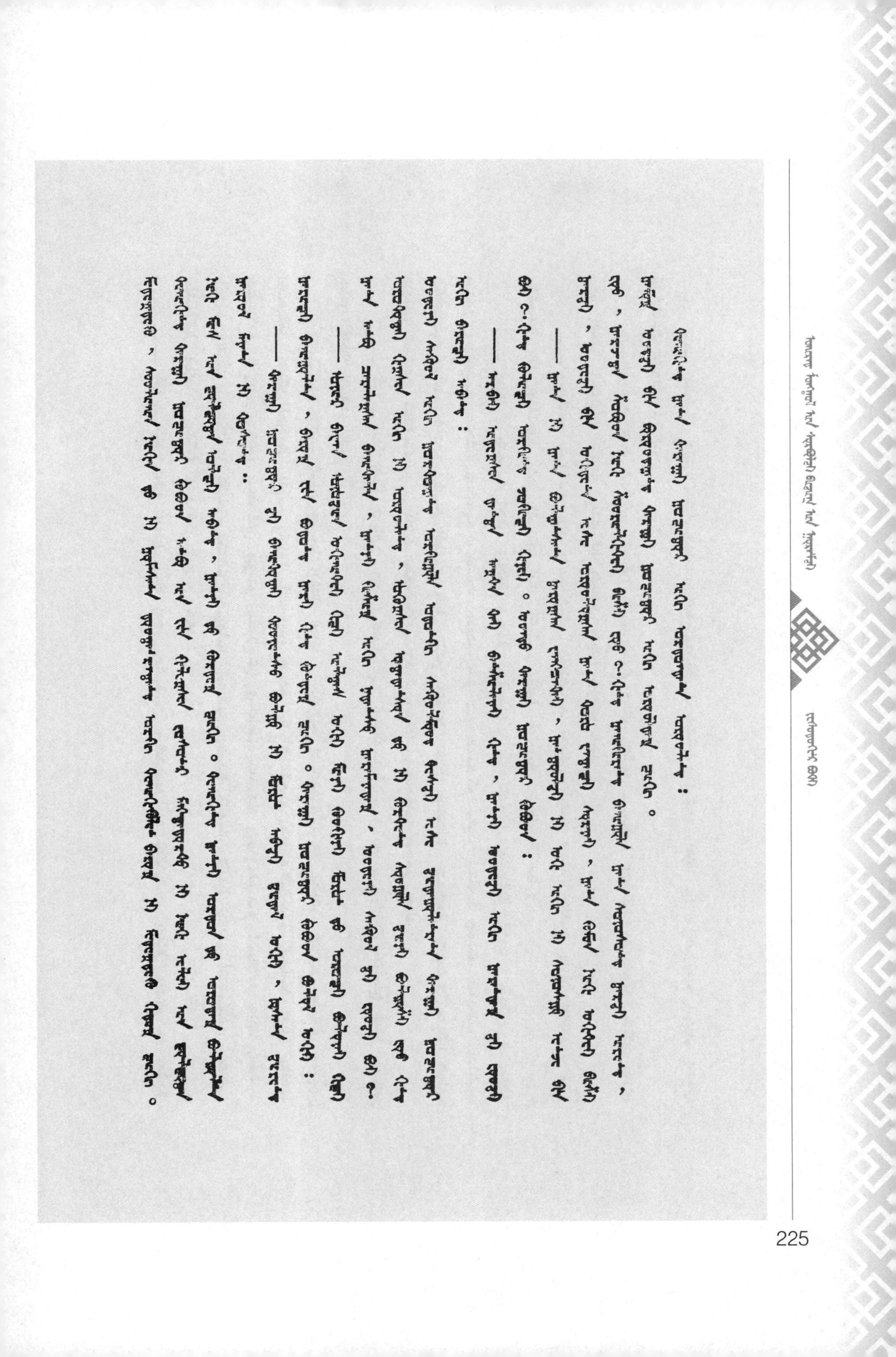

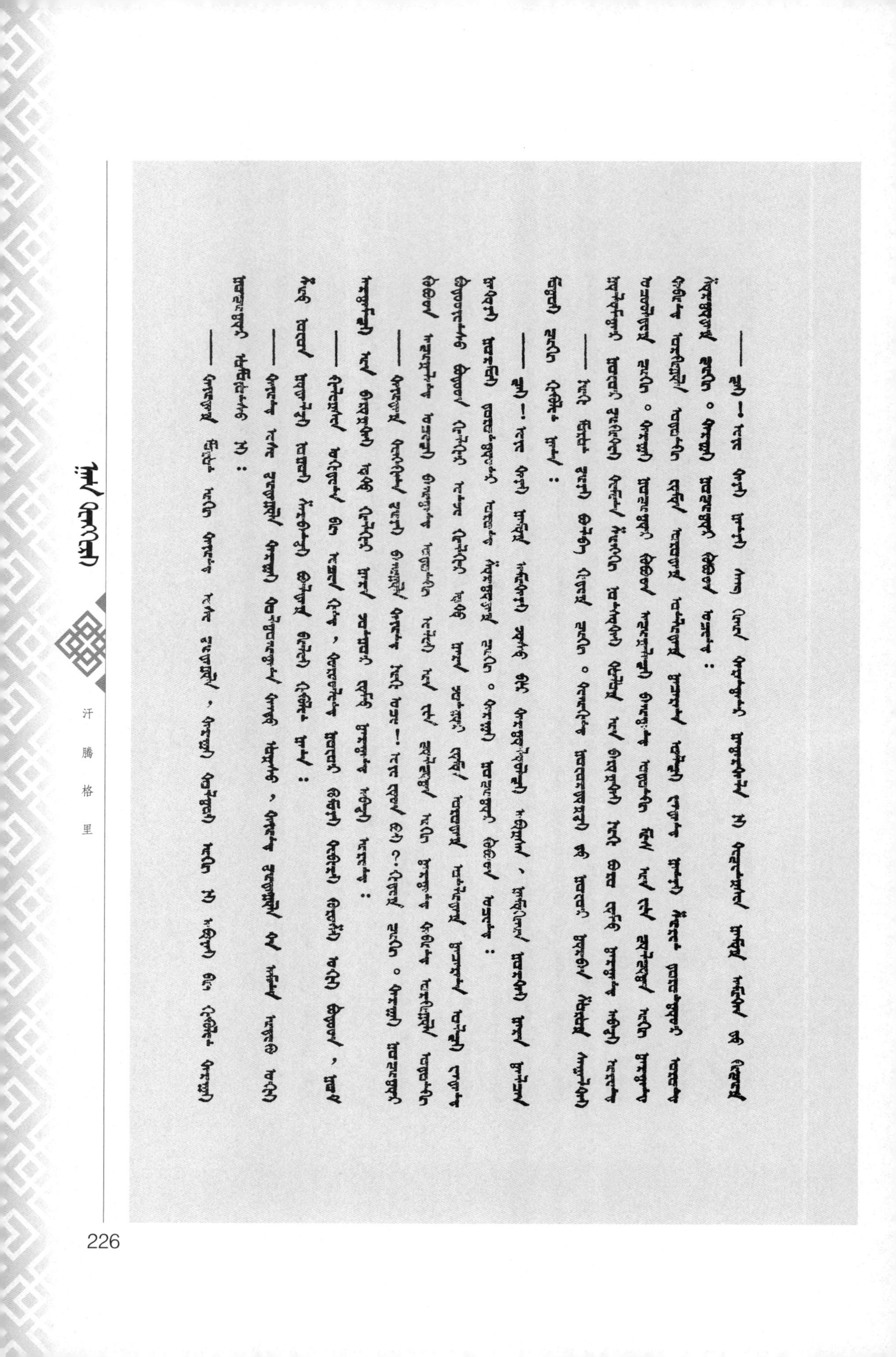

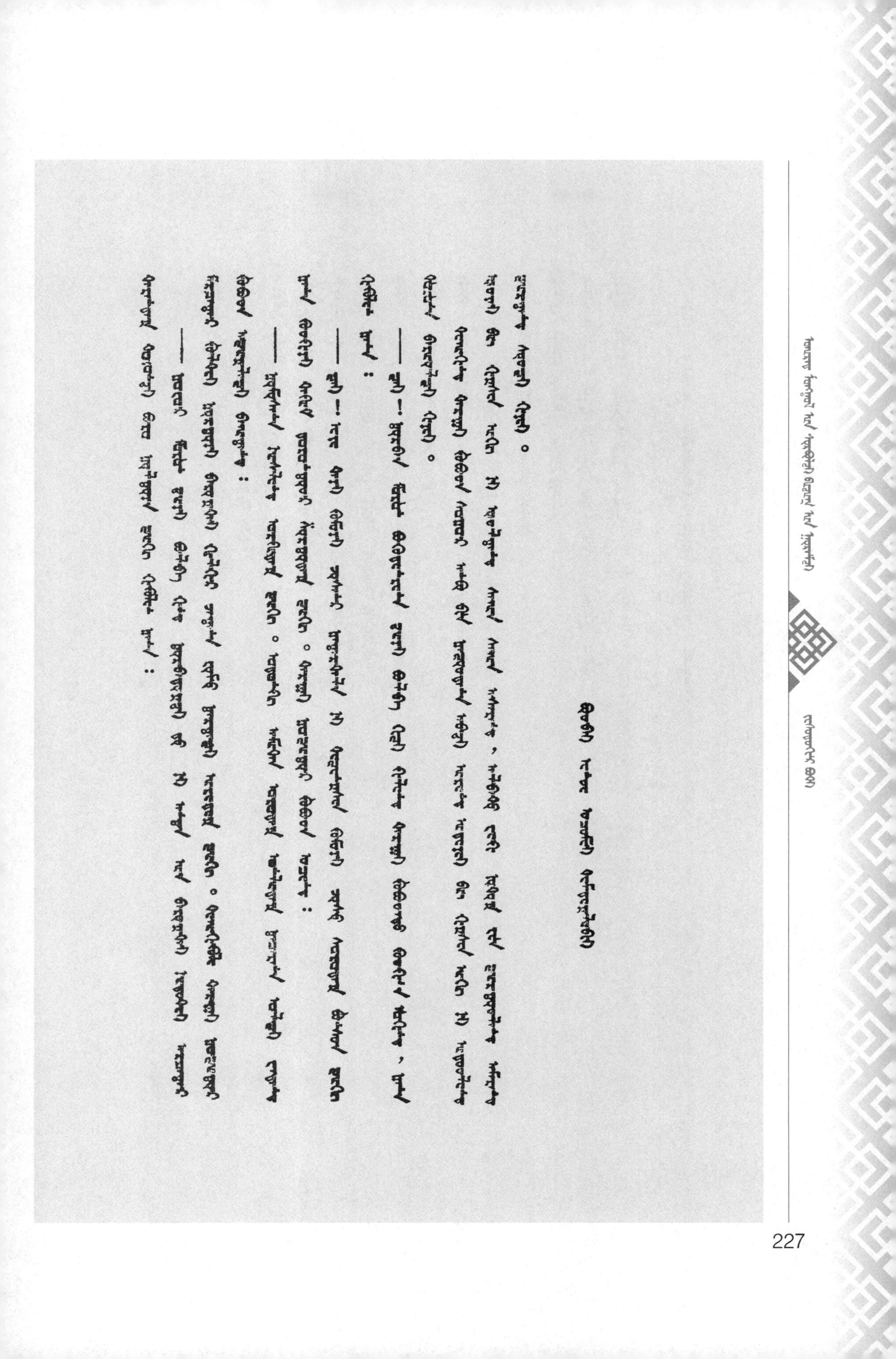

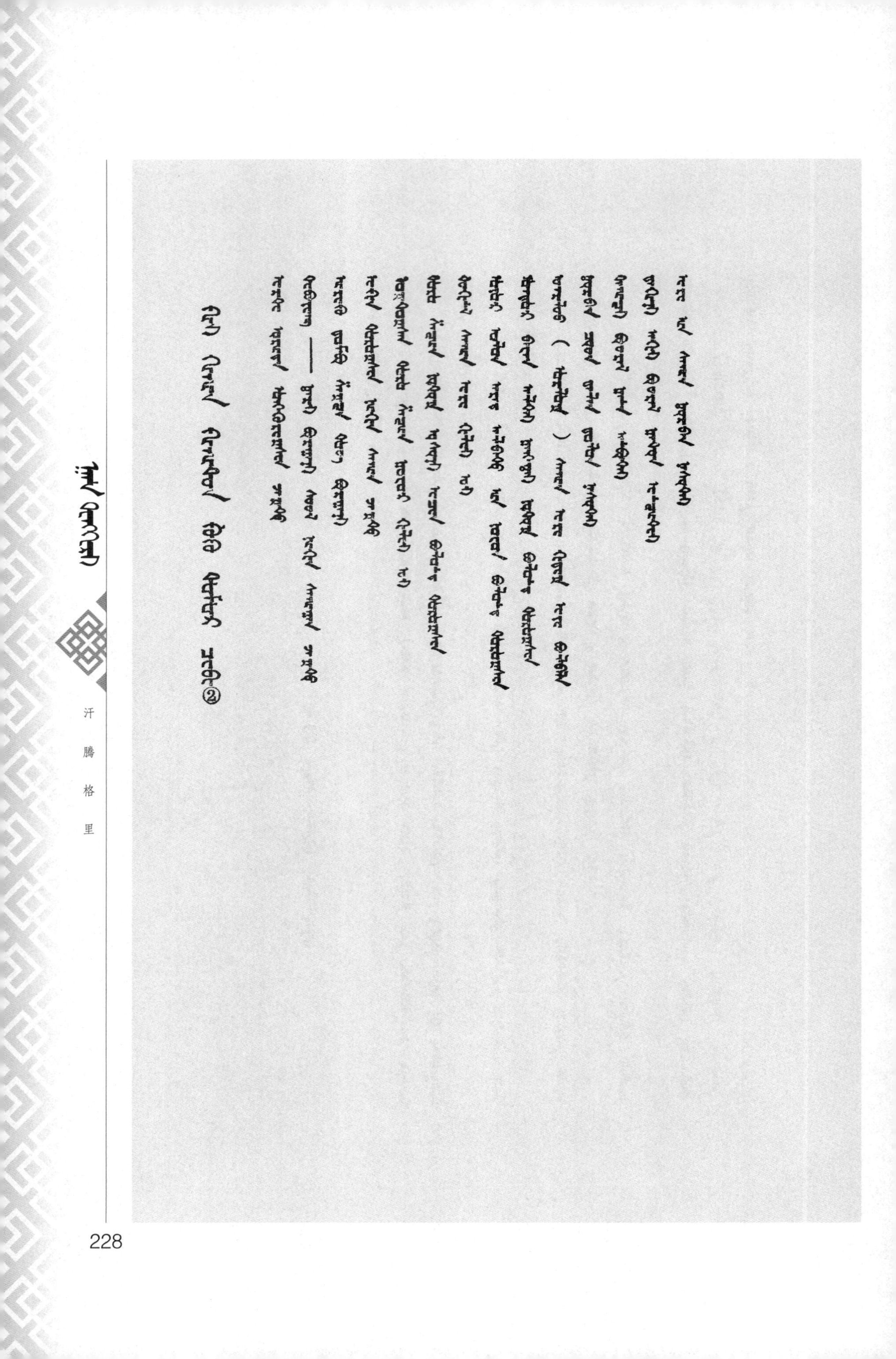

[illegible]②

[illegible]
[illegible]
[illegible]
[illegible]
[illegible]
[illegible]
[illegible]
[illegible]
[illegible]
[illegible]
[illegible]
[illegible]
[illegible]
[illegible]
[illegible]

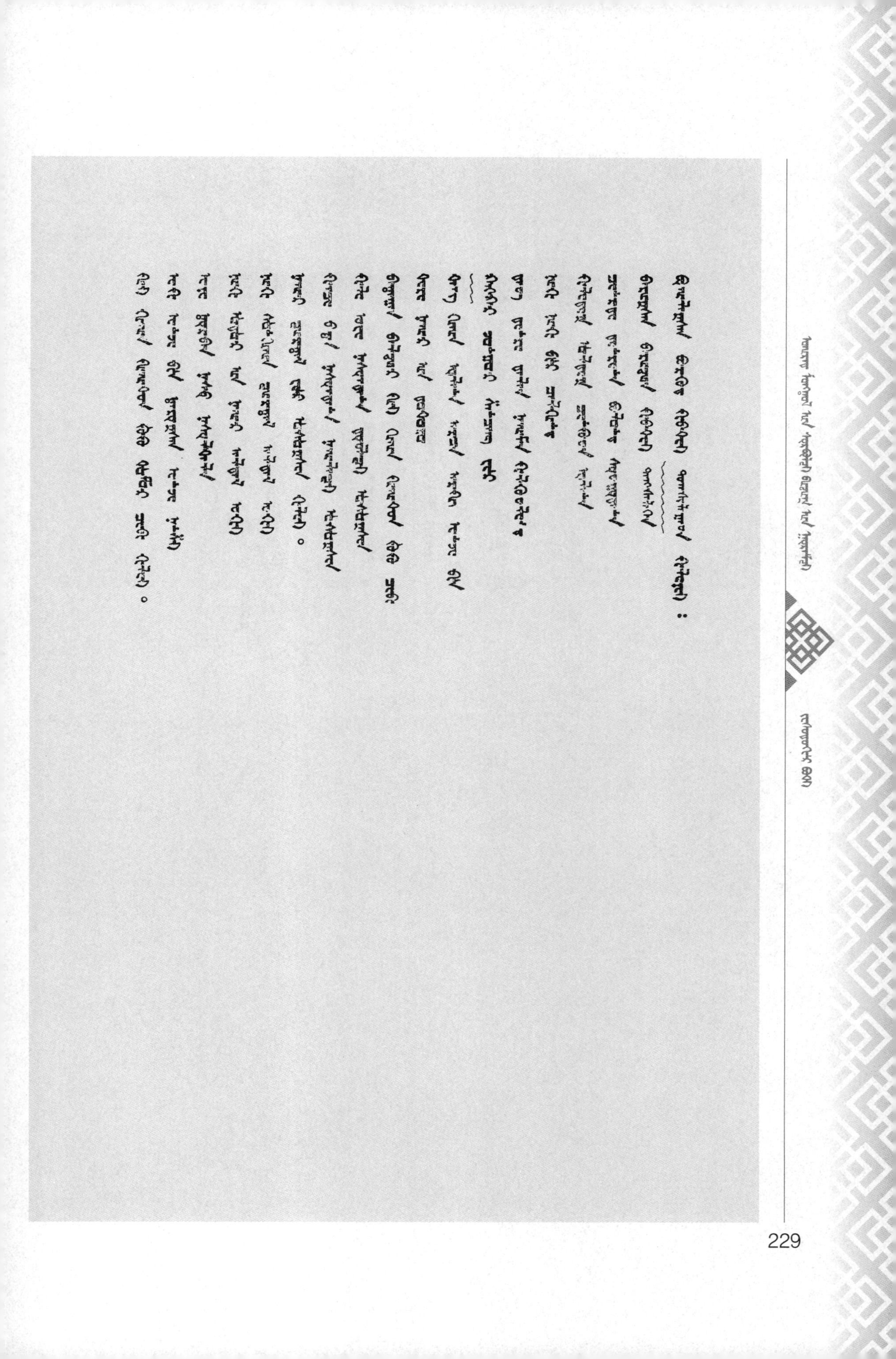

[illegible] :
[illegible]
[illegible]
[illegible]
[illegible]
[illegible]
[illegible]
[illegible]
[illegible]
[illegible]
[illegible]
[illegible]
[illegible] 。
[illegible]
[illegible]
[illegible]
[illegible]
[illegible] 。

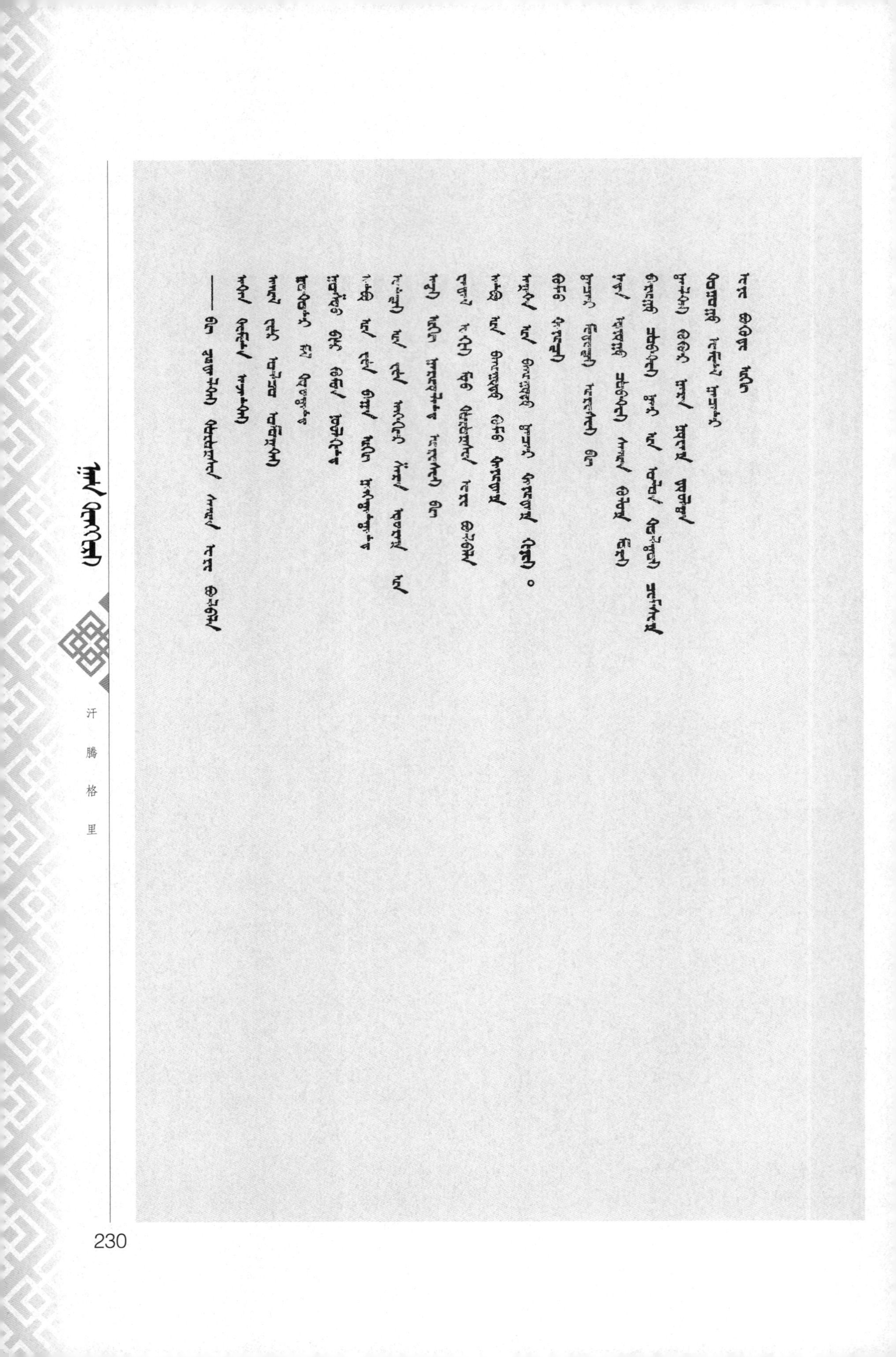

[illegible]

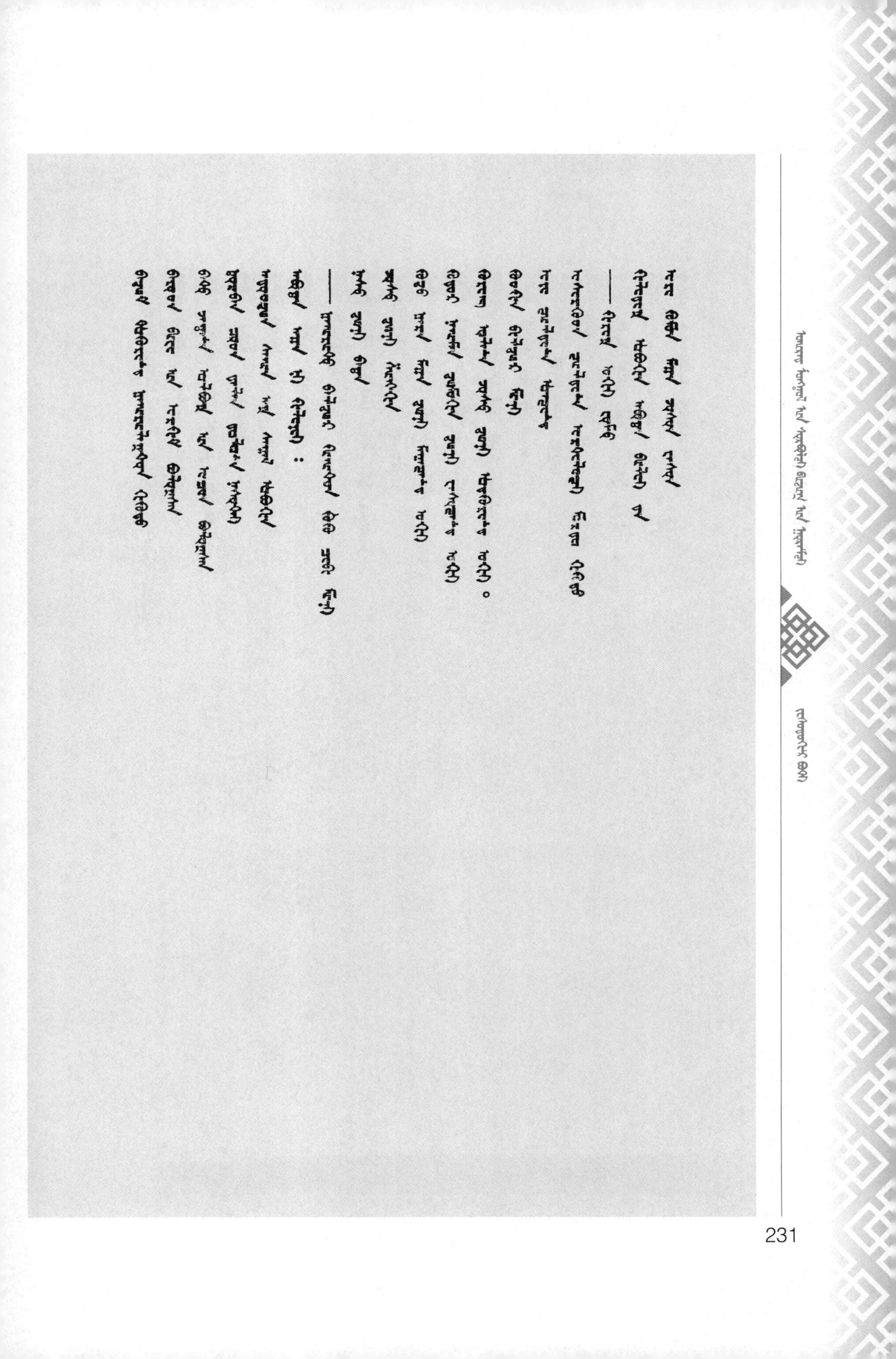

[illegible]
[illegible]
[illegible]
[illegible]
[illegible] :
—— [illegible]
[illegible]
[illegible]
[illegible]
[illegible]
[illegible] 。
[illegible]
[illegible]
[illegible]
—— [illegible]
[illegible]
[illegible]

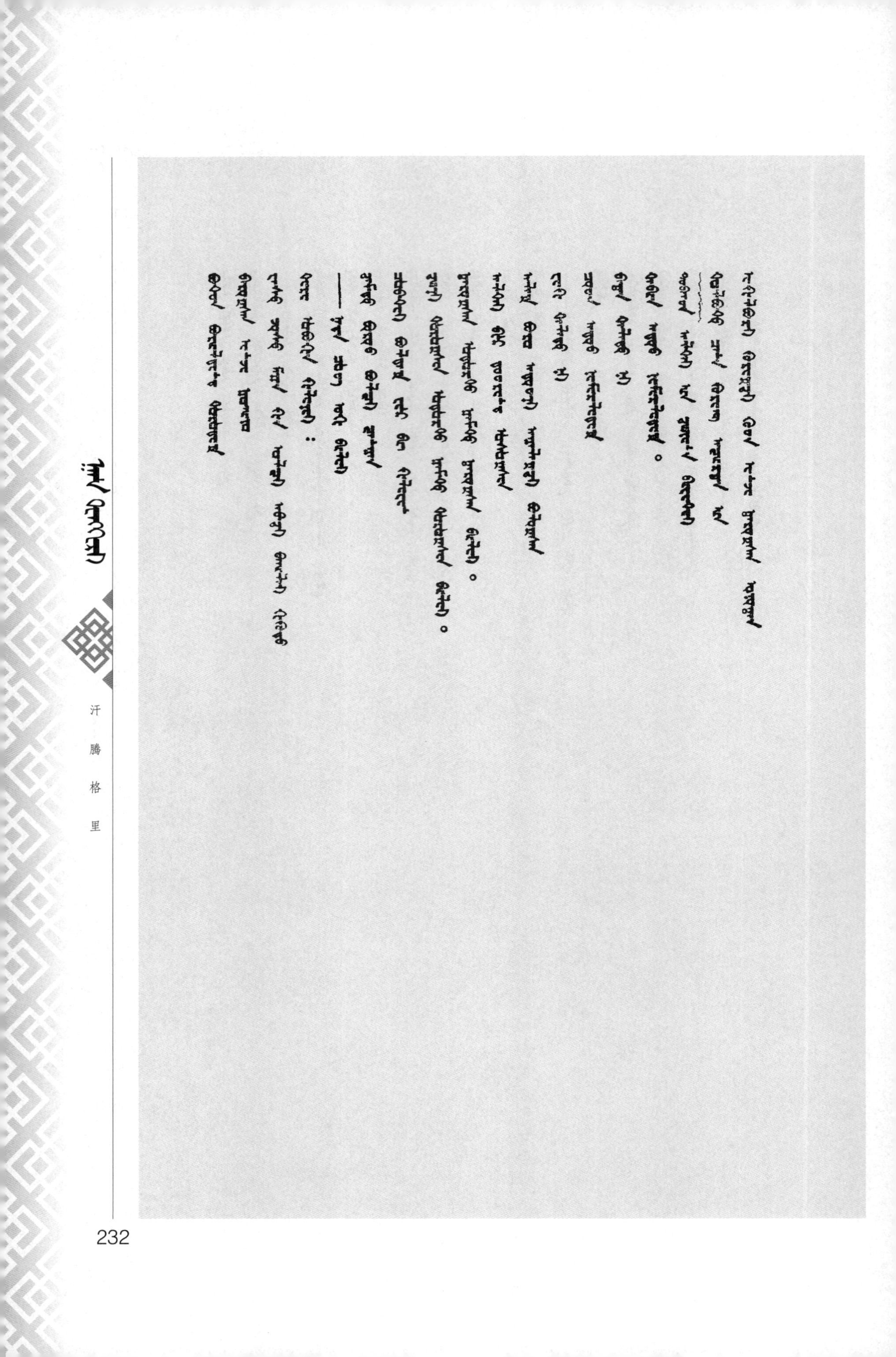

[illegible]

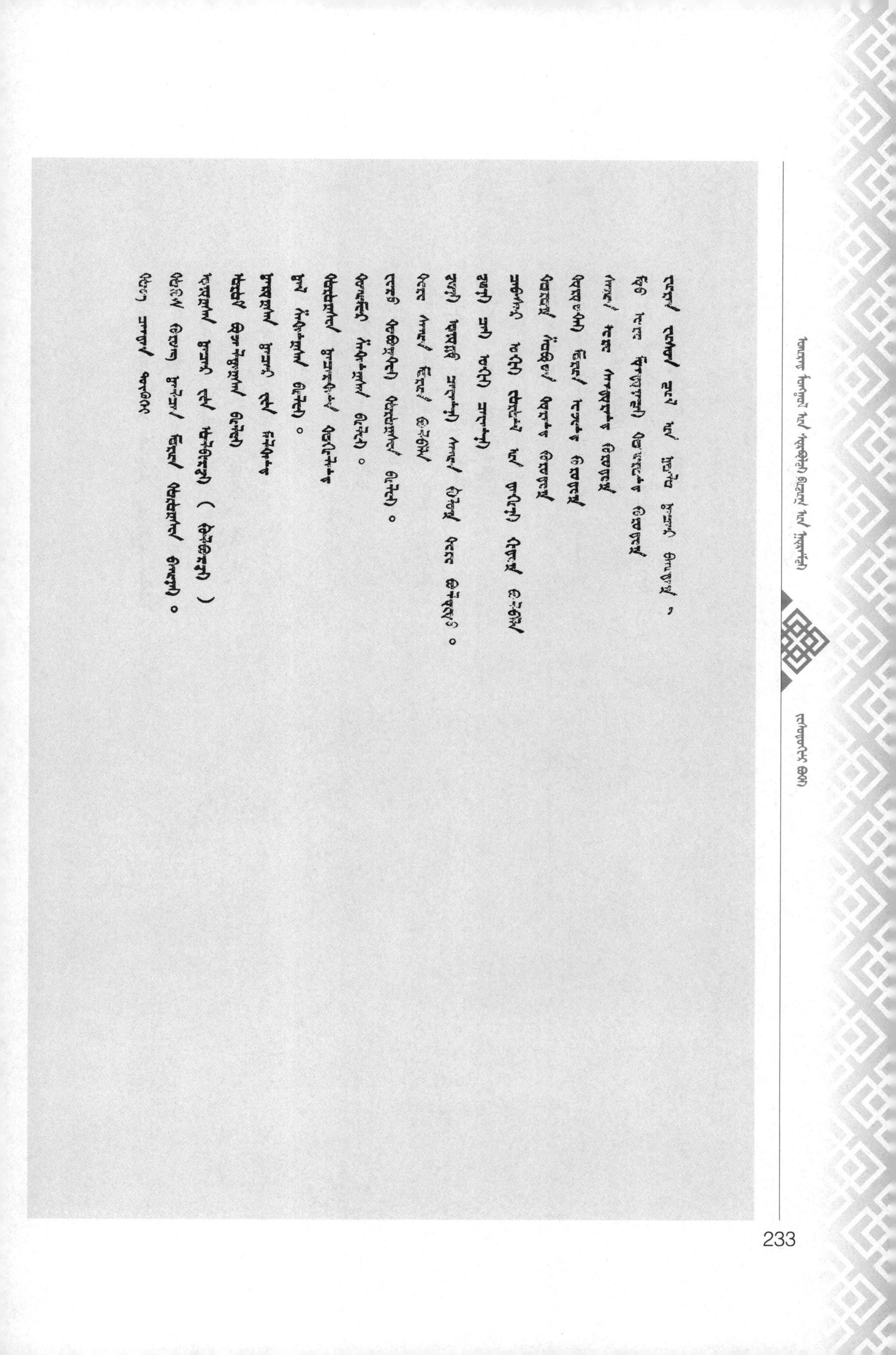

[illegible]
[illegible]
[illegible]
[illegible]
[illegible]
[illegible]
[illegible]
[illegible]
[illegible]
[illegible]
[illegible]
[illegible]
[illegible]
[illegible]
[illegible]
[illegible]
[illegible]
[illegible]

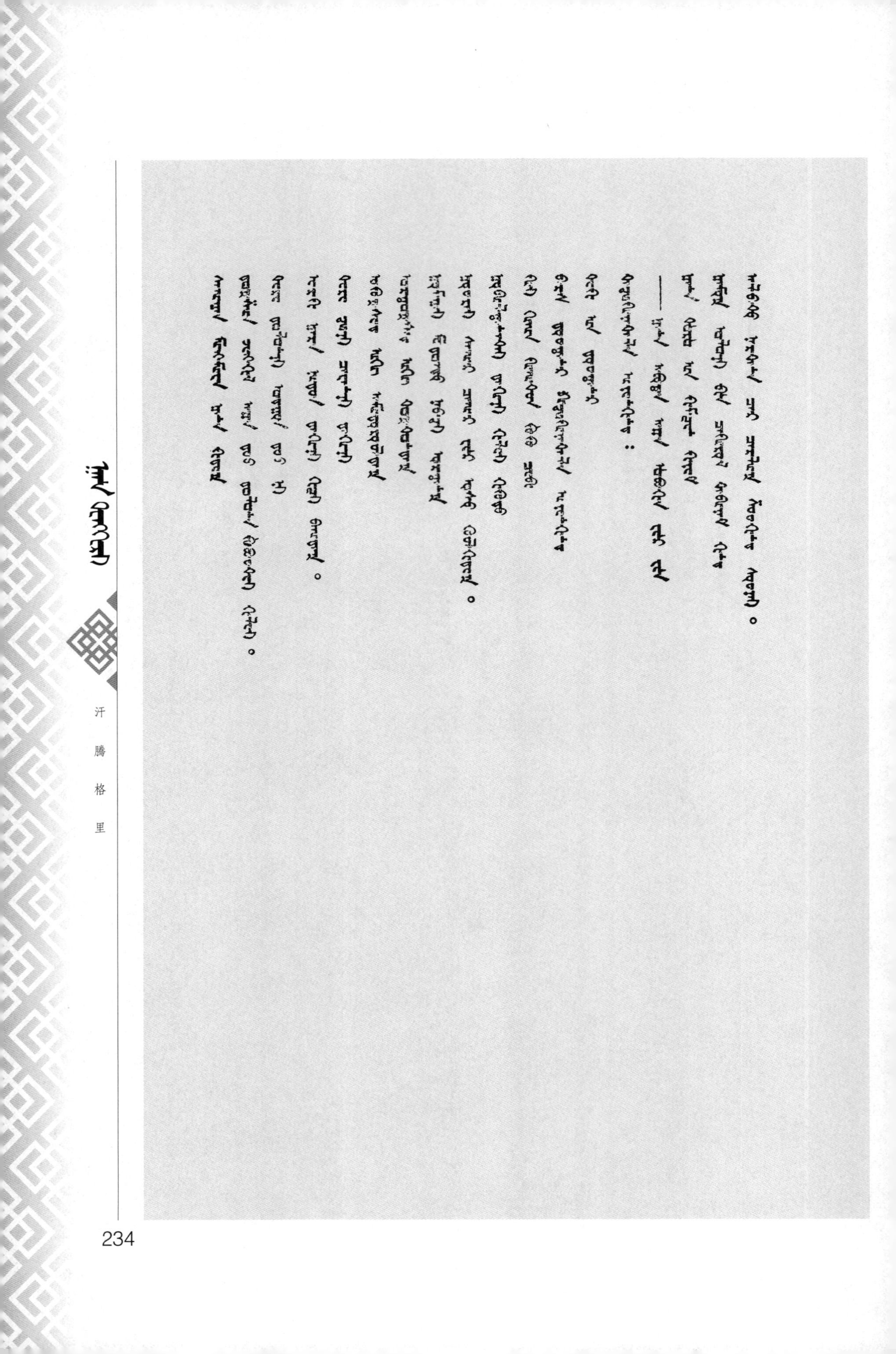

[illegible]

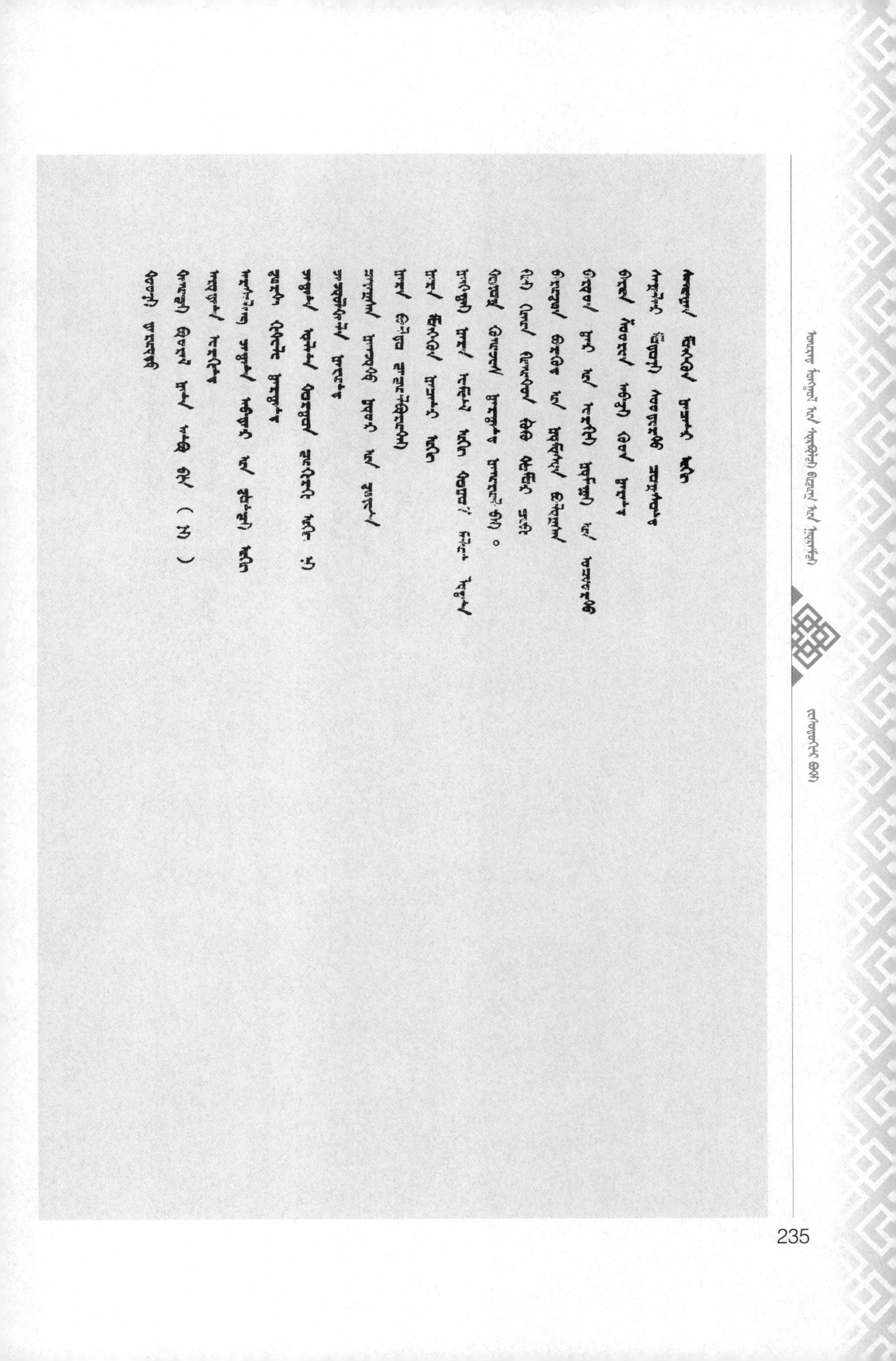

[illegible]

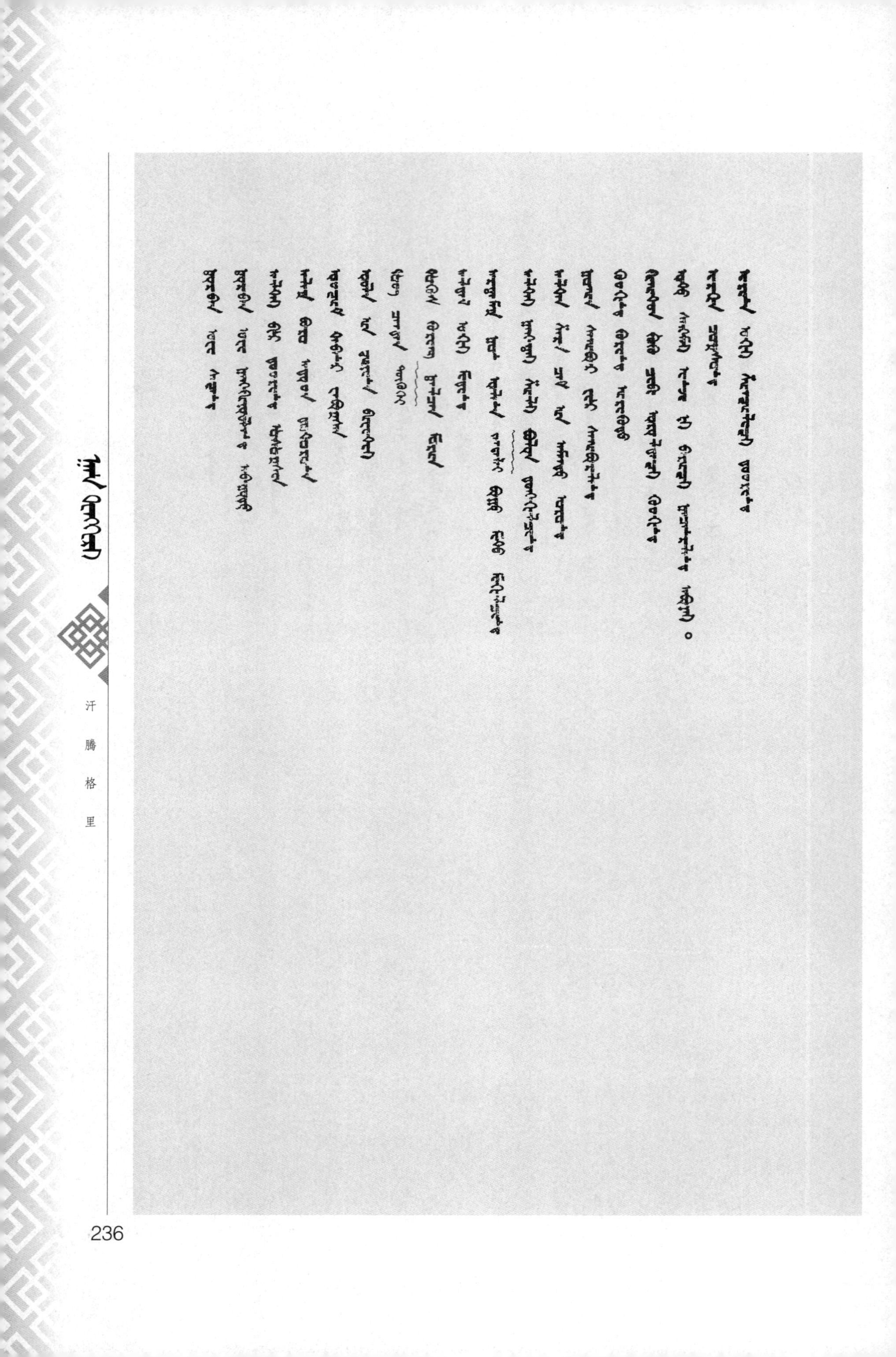

[illegible]

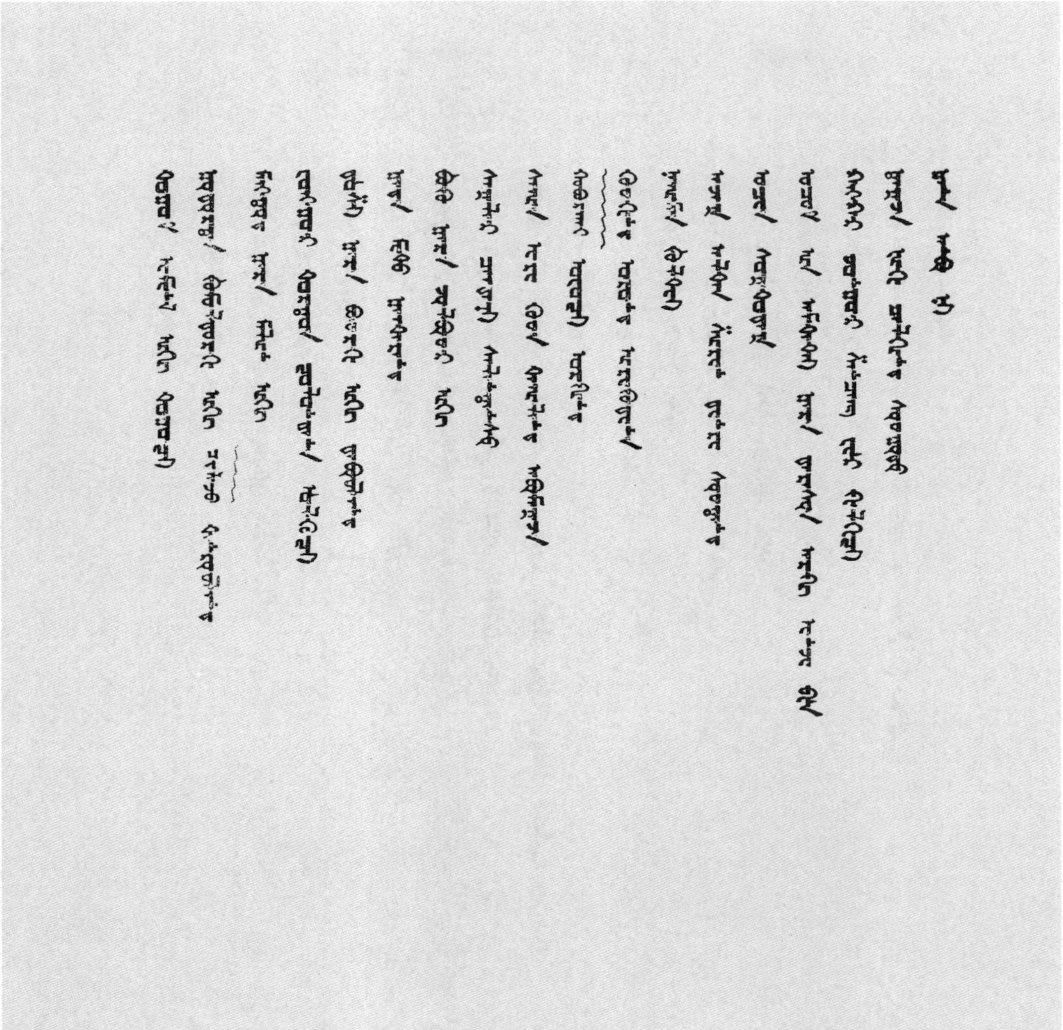

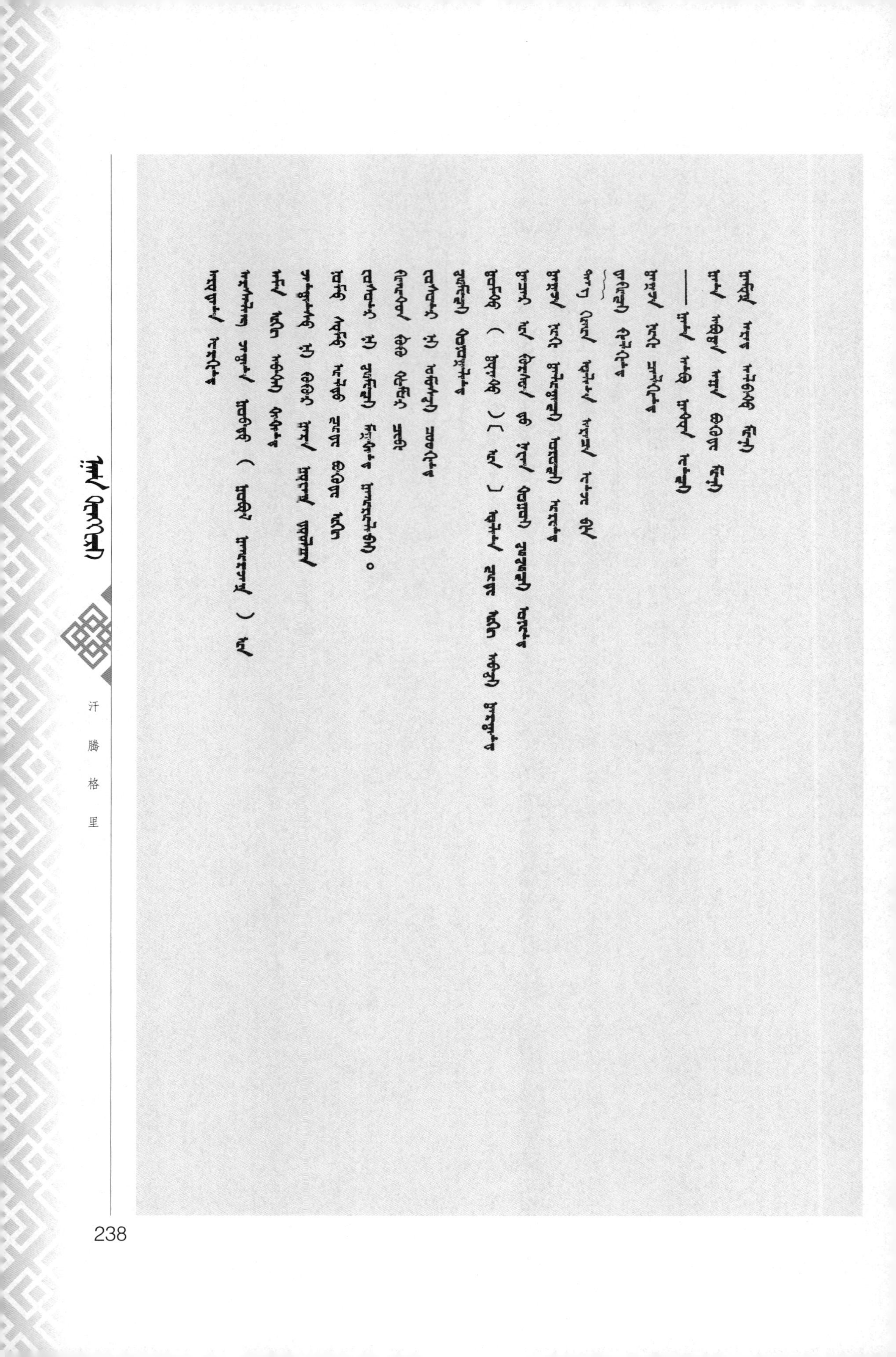

[illegible]
[illegible]
—— [illegible]
[illegible]
[illegible]
[illegible]
[illegible]
[illegible]
[illegible] ([illegible])([illegible]) [illegible]
[illegible]
[illegible]
[illegible]
[illegible] ᠃
[illegible]
[illegible]
[illegible]
[illegible] ([illegible]) [illegible]
[illegible]

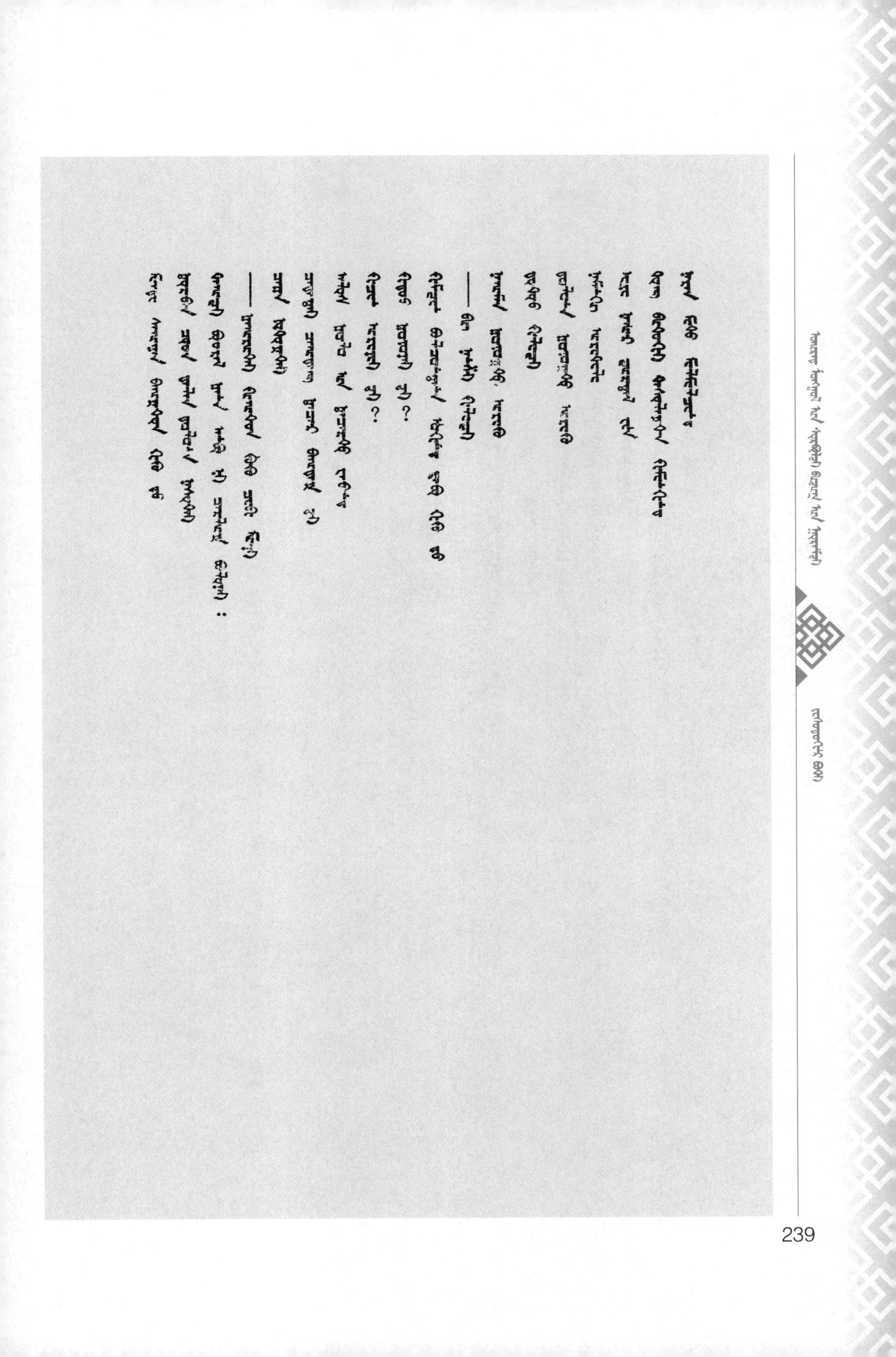

[illegible]
[illegible]
[illegible] :
—— [illegible]
[illegible]
[illegible]
[illegible]
[illegible]
[illegible] ?
[illegible] ?
[illegible]
—— [illegible]
[illegible]
[illegible]
[illegible]
[illegible]
[illegible]
[illegible]
[illegible]
[illegible]

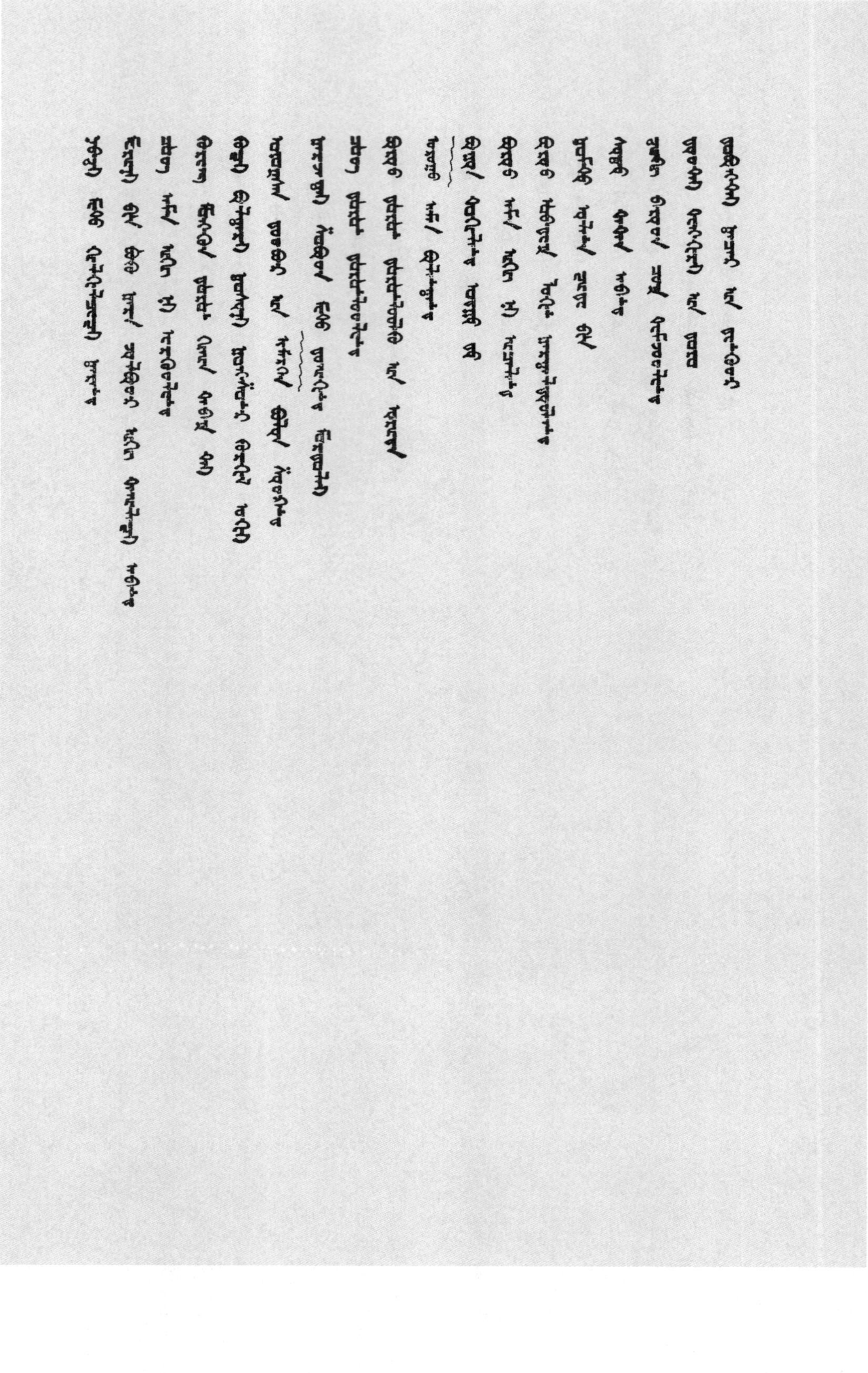

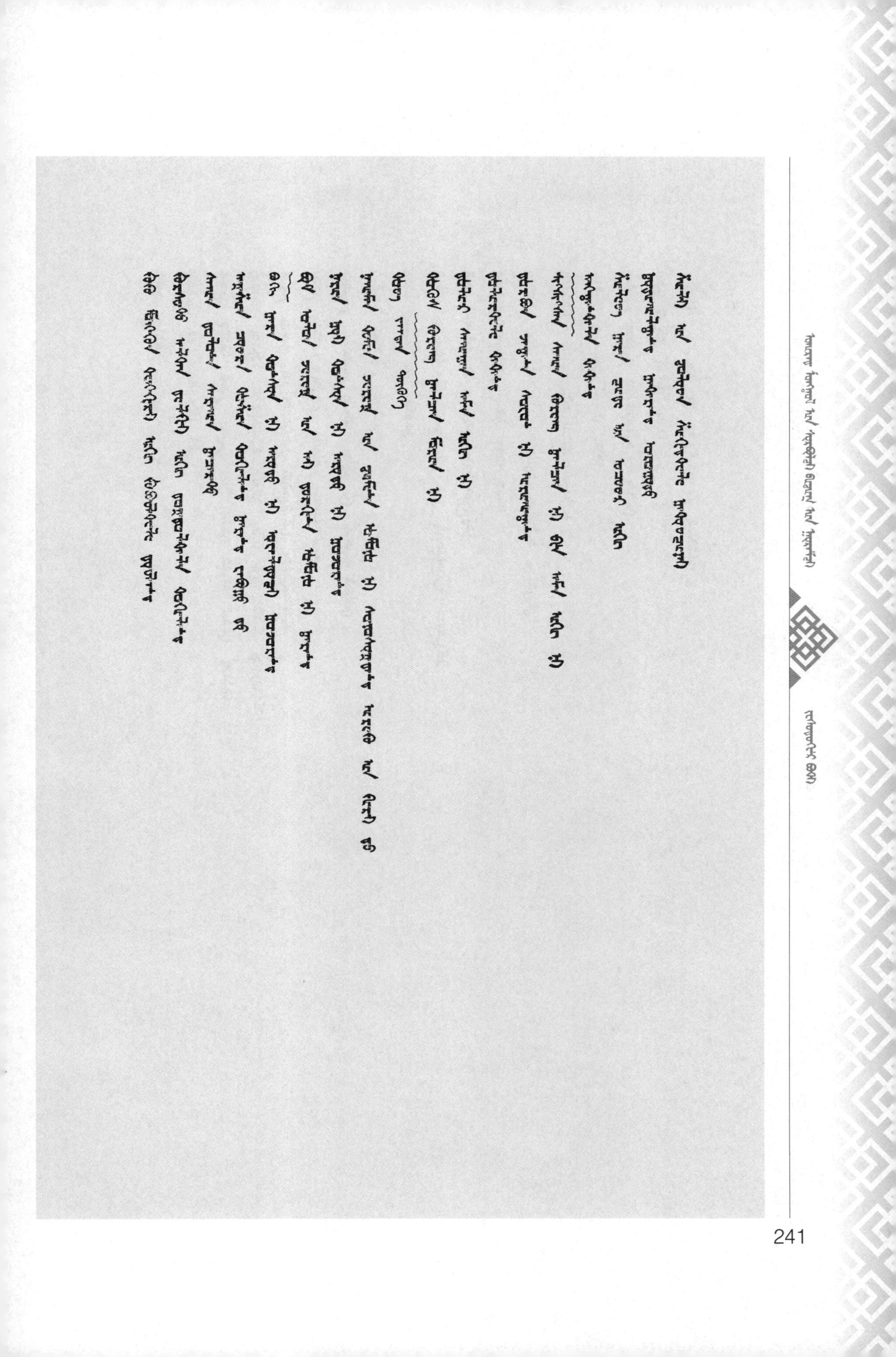

[illegible]
[illegible]
[illegible]
[illegible]
[illegible]
[illegible]
[illegible]
[illegible]
[illegible]
[illegible]
[illegible]
[illegible]
[illegible]
[illegible]
[illegible]
[illegible]
[illegible]
[illegible]
[illegible]

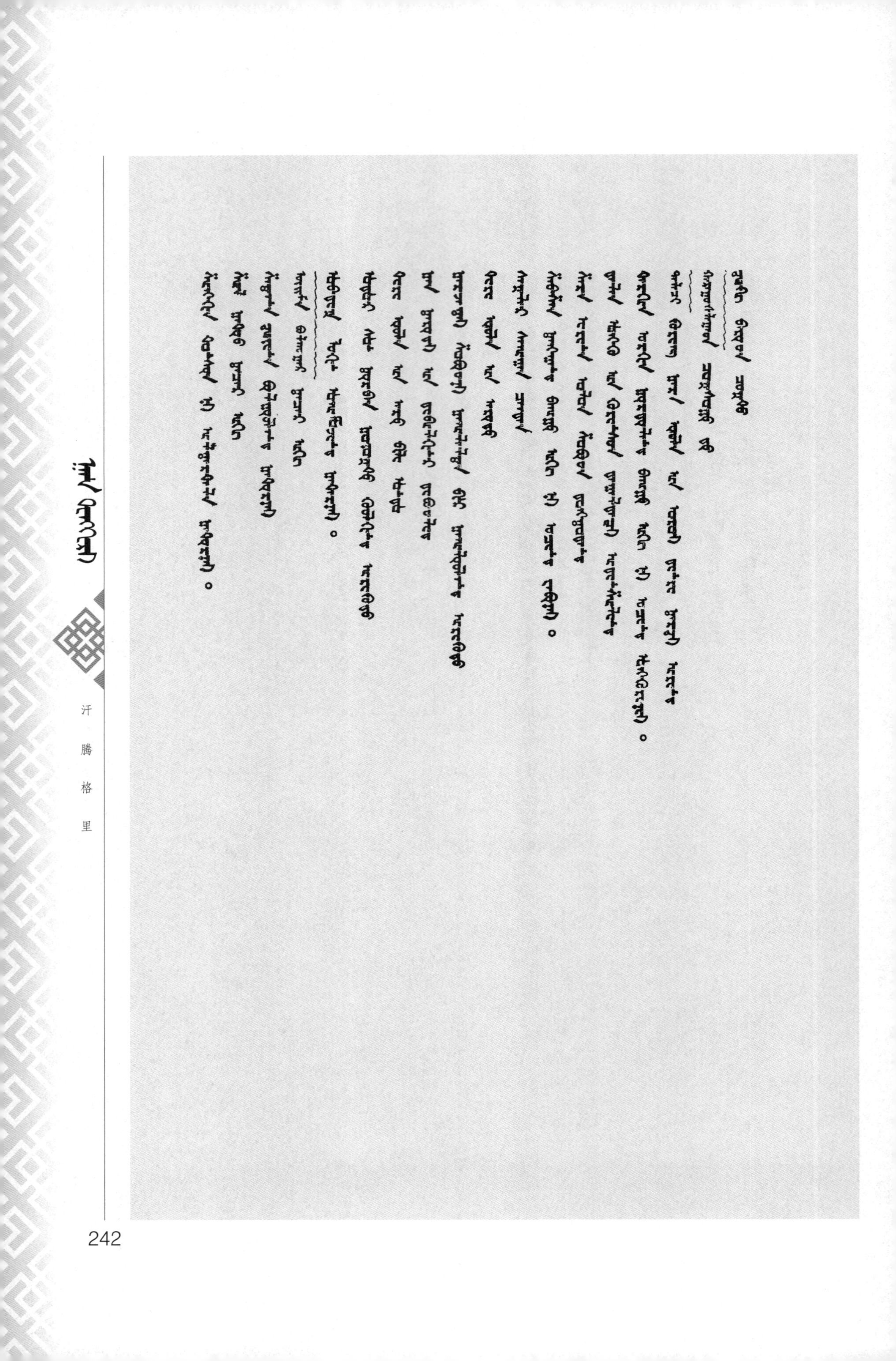

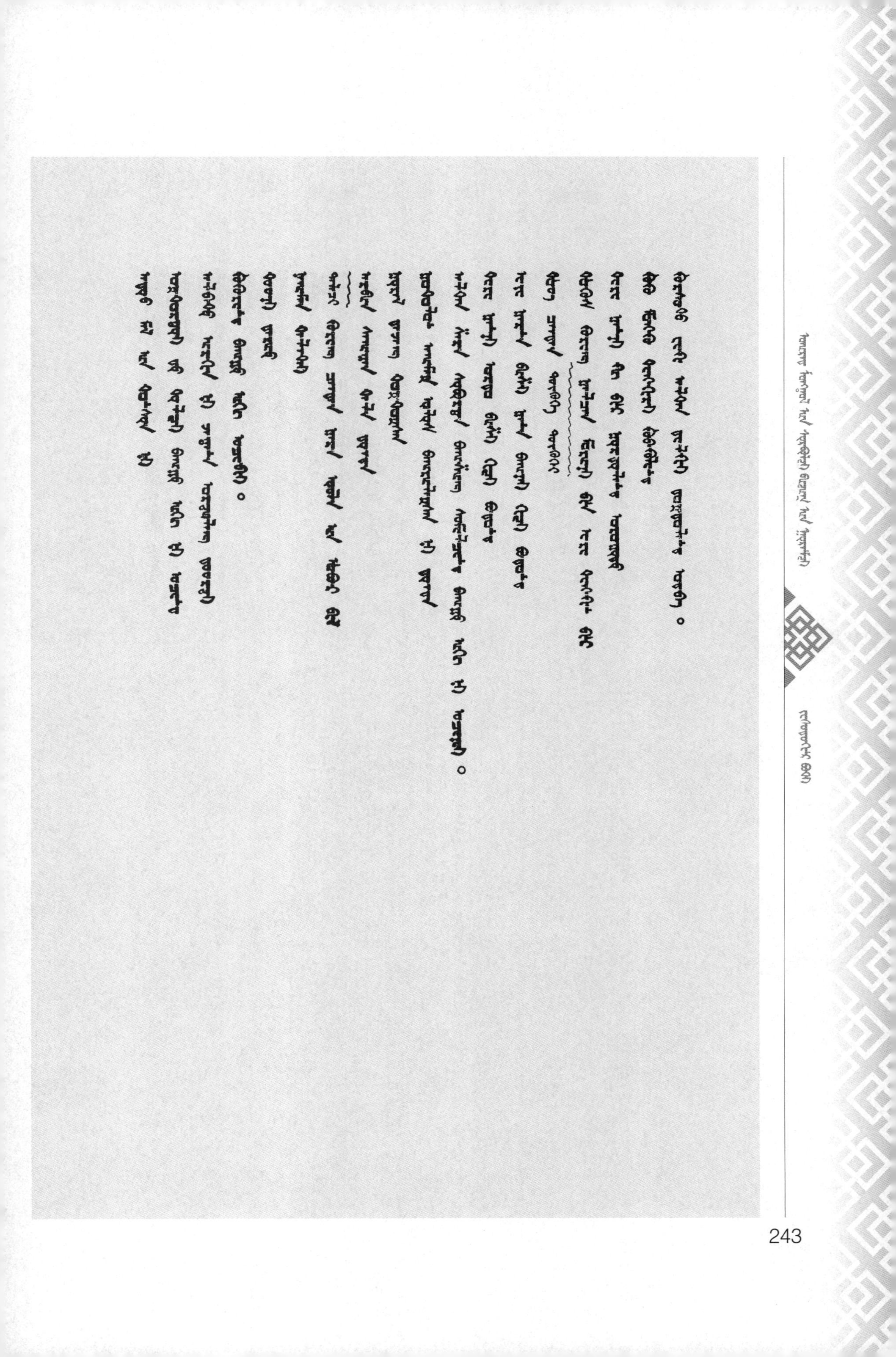

[illegible]
[illegible]
[illegible]
[illegible]
[illegible]
[illegible]
[illegible]
[illegible]
[illegible]
[illegible]
[illegible]
[illegible]
[illegible]
[illegible]
[illegible]
[illegible]
[illegible]
[illegible]

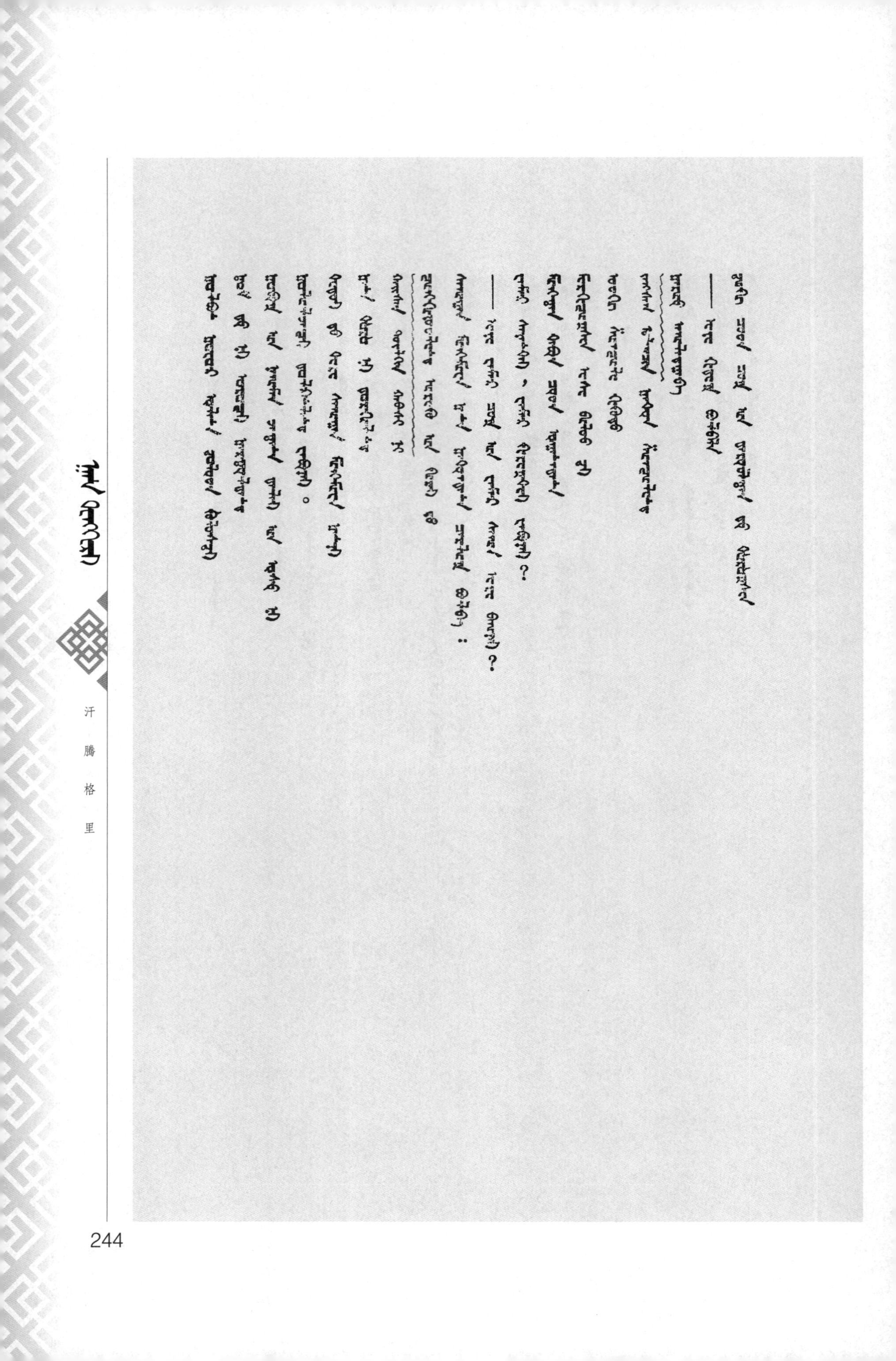

[illegible]

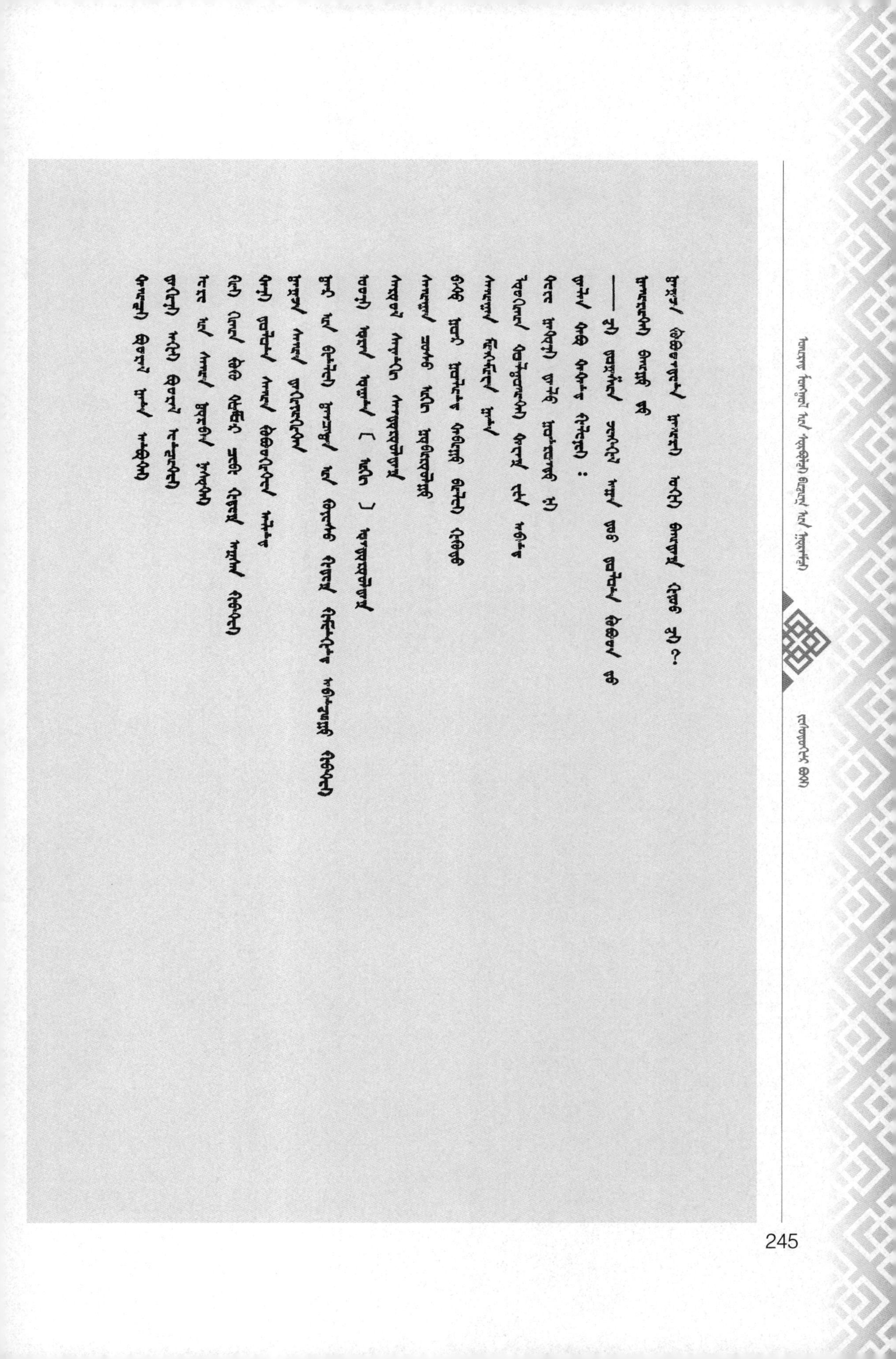

[illegible]

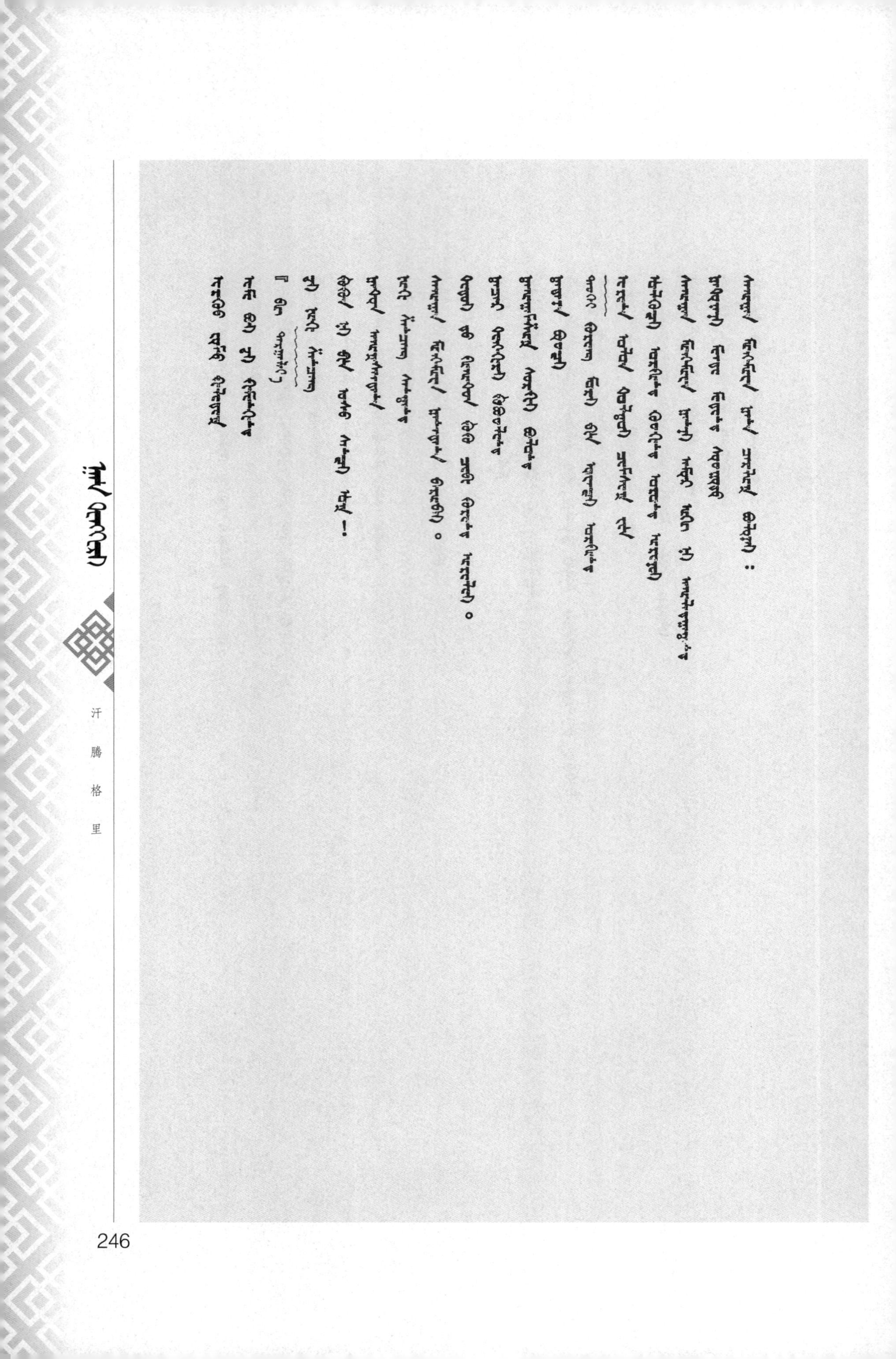

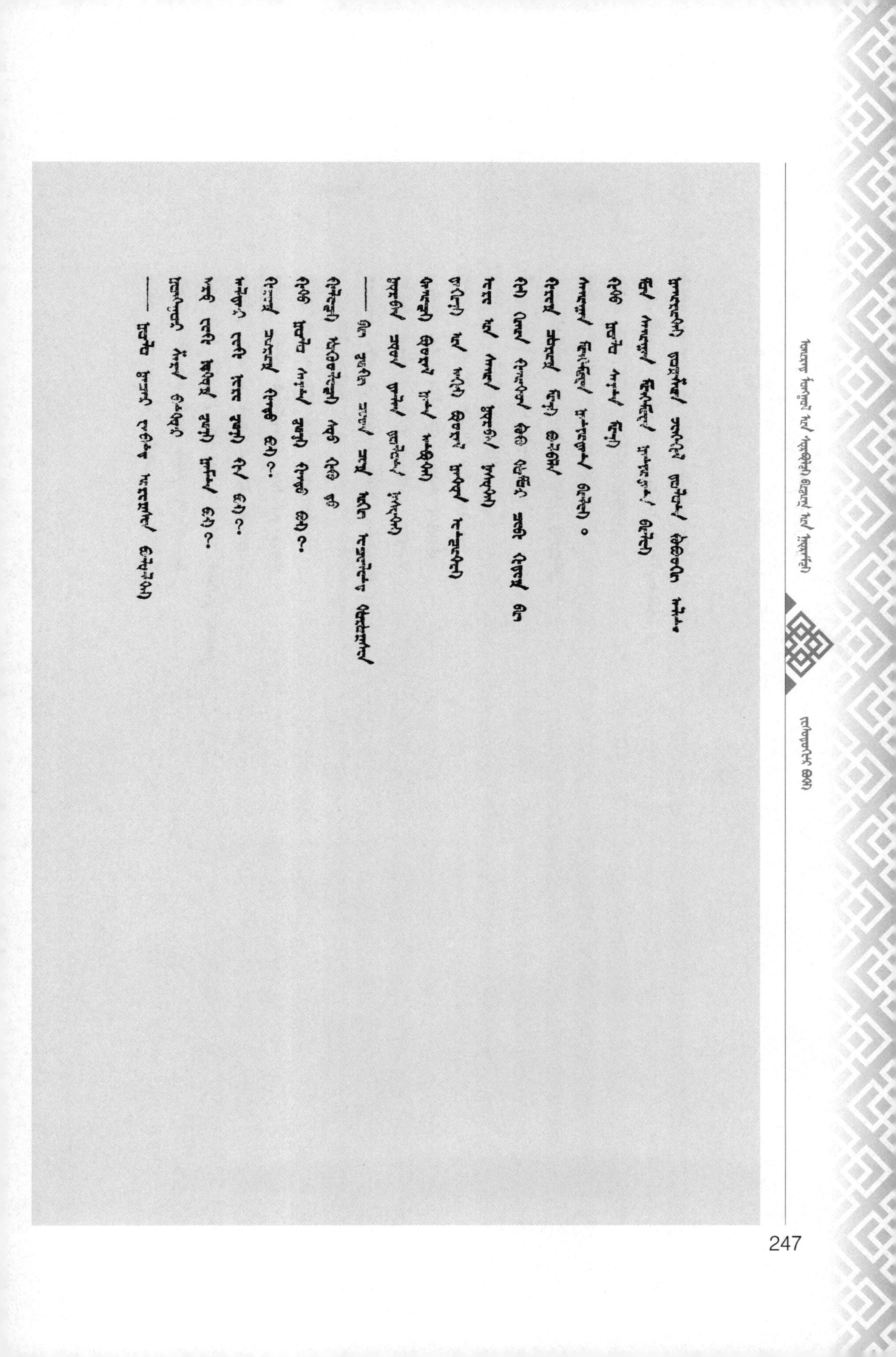

[illegible]
[illegible]
[illegible]
[illegible] 。
[illegible]
[illegible]
[illegible]
[illegible]
[illegible]
[illegible]
—— [illegible]
[illegible]
[illegible] ?
[illegible] ?
[illegible] ?
[illegible] ?
[illegible]
—— [illegible]

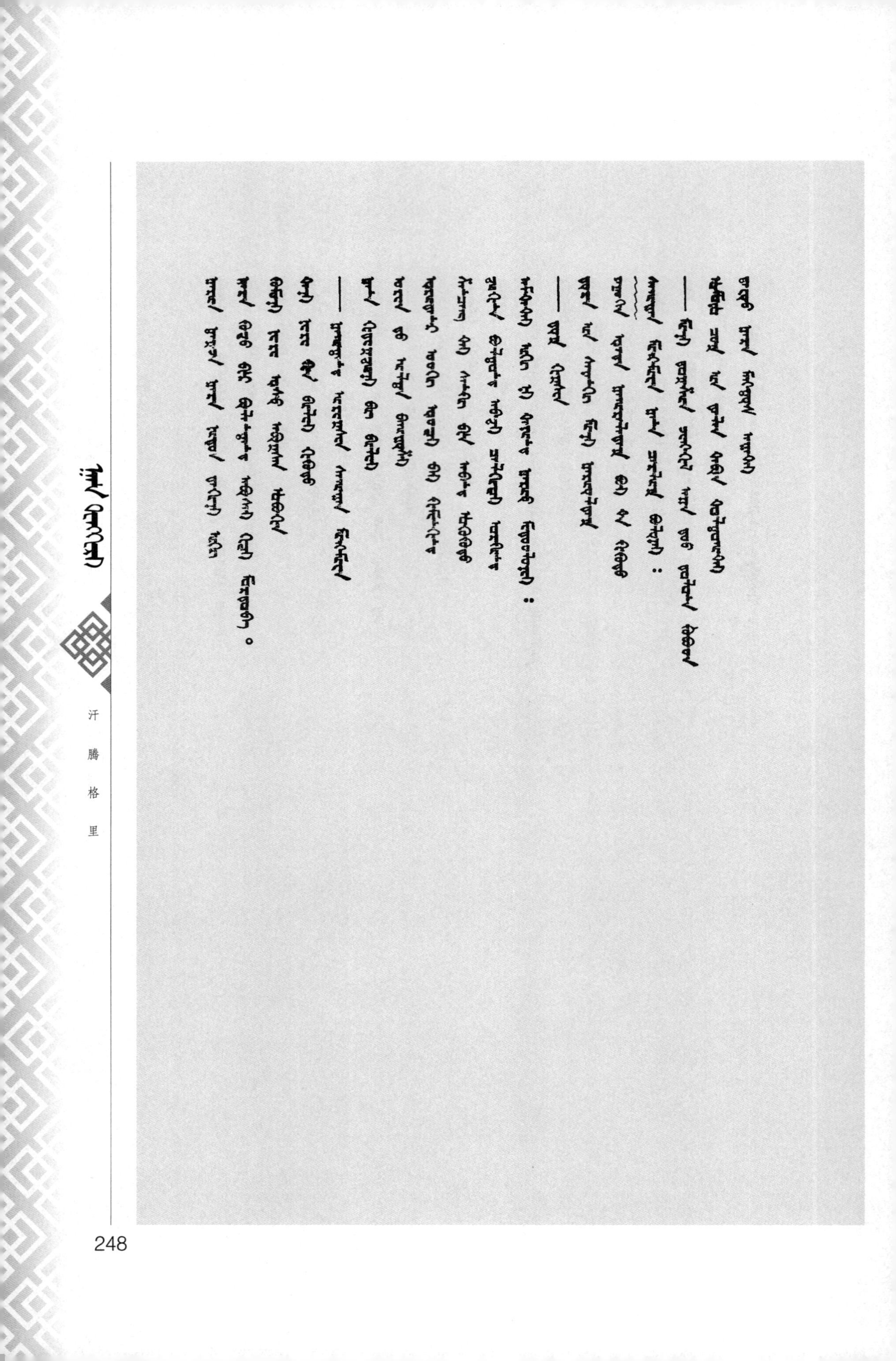

[illegible]

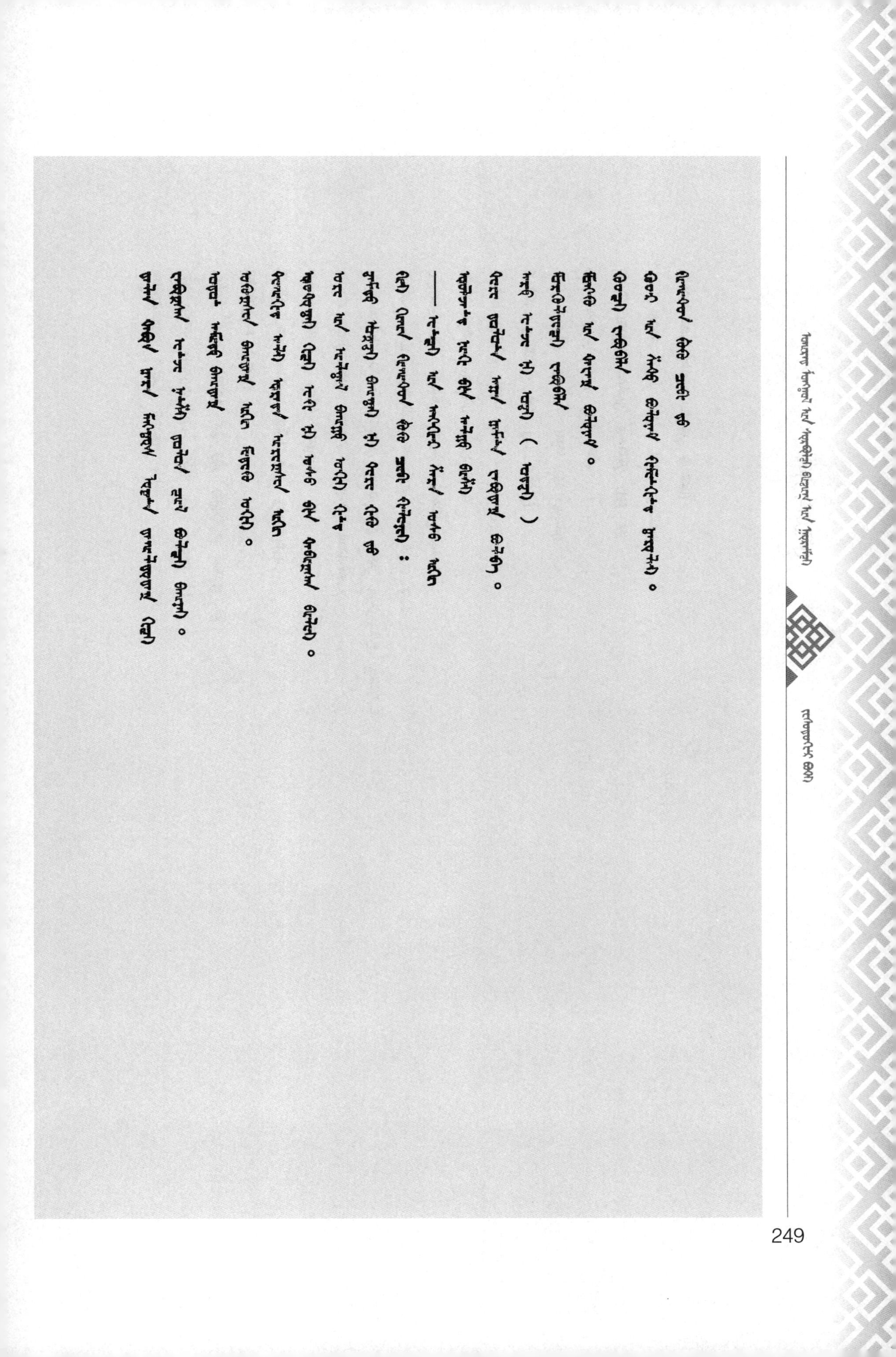

[illegible]
[illegible]
[illegible]
[illegible]
[illegible]
[illegible] ([illegible])
[illegible]
[illegible]
—— [illegible]
[illegible] :
[illegible]
[illegible]
[illegible]
[illegible]
[illegible]
[illegible]
[illegible]
[illegible]

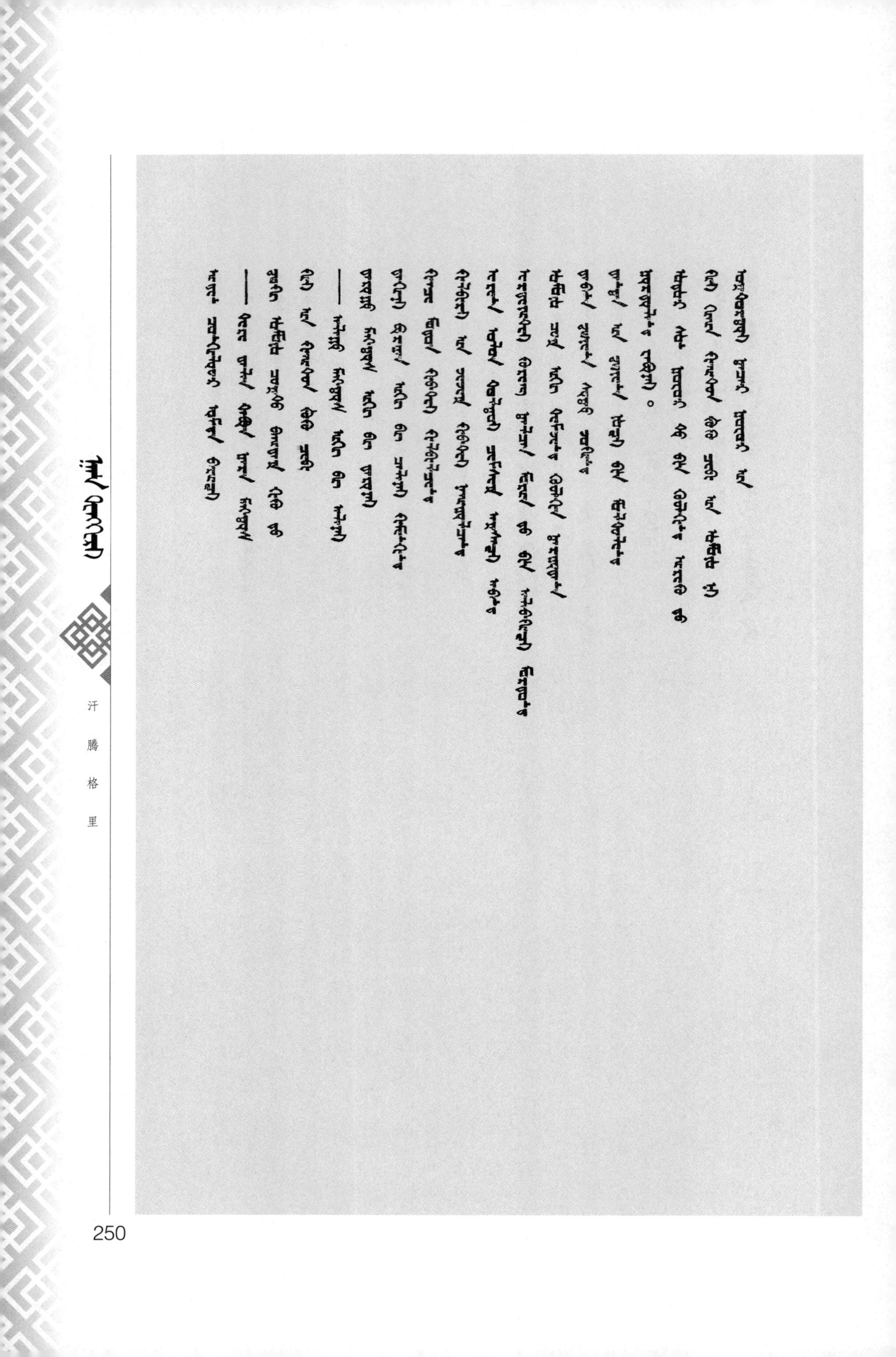

[illegible]

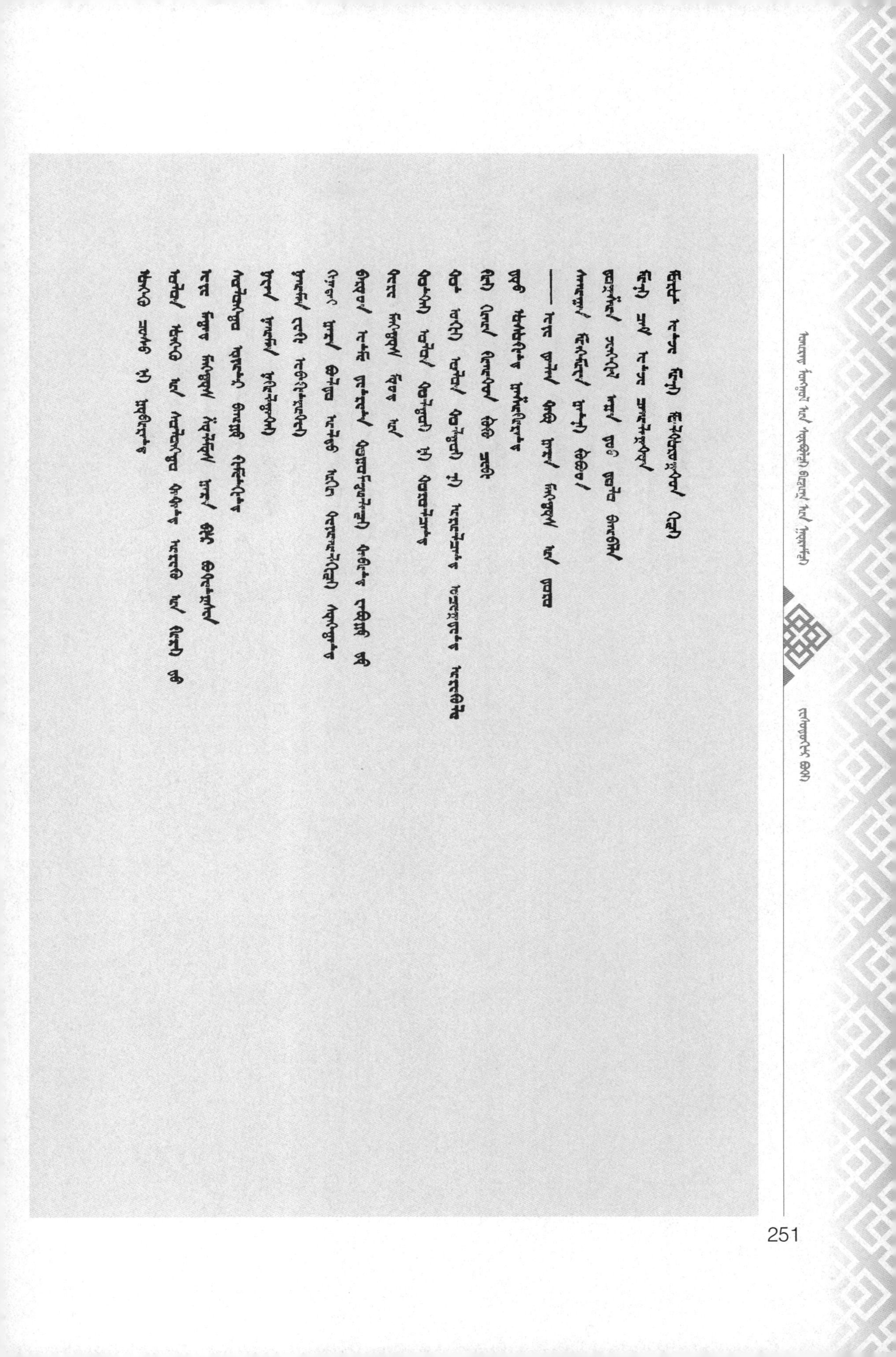

[illegible]
[illegible]
[illegible]
[illegible]
—— [illegible]
[illegible]
[illegible]
[illegible]
[illegible]
[illegible]
[illegible]
[illegible]
[illegible]
[illegible]
[illegible]
[illegible]
[illegible]
[illegible]

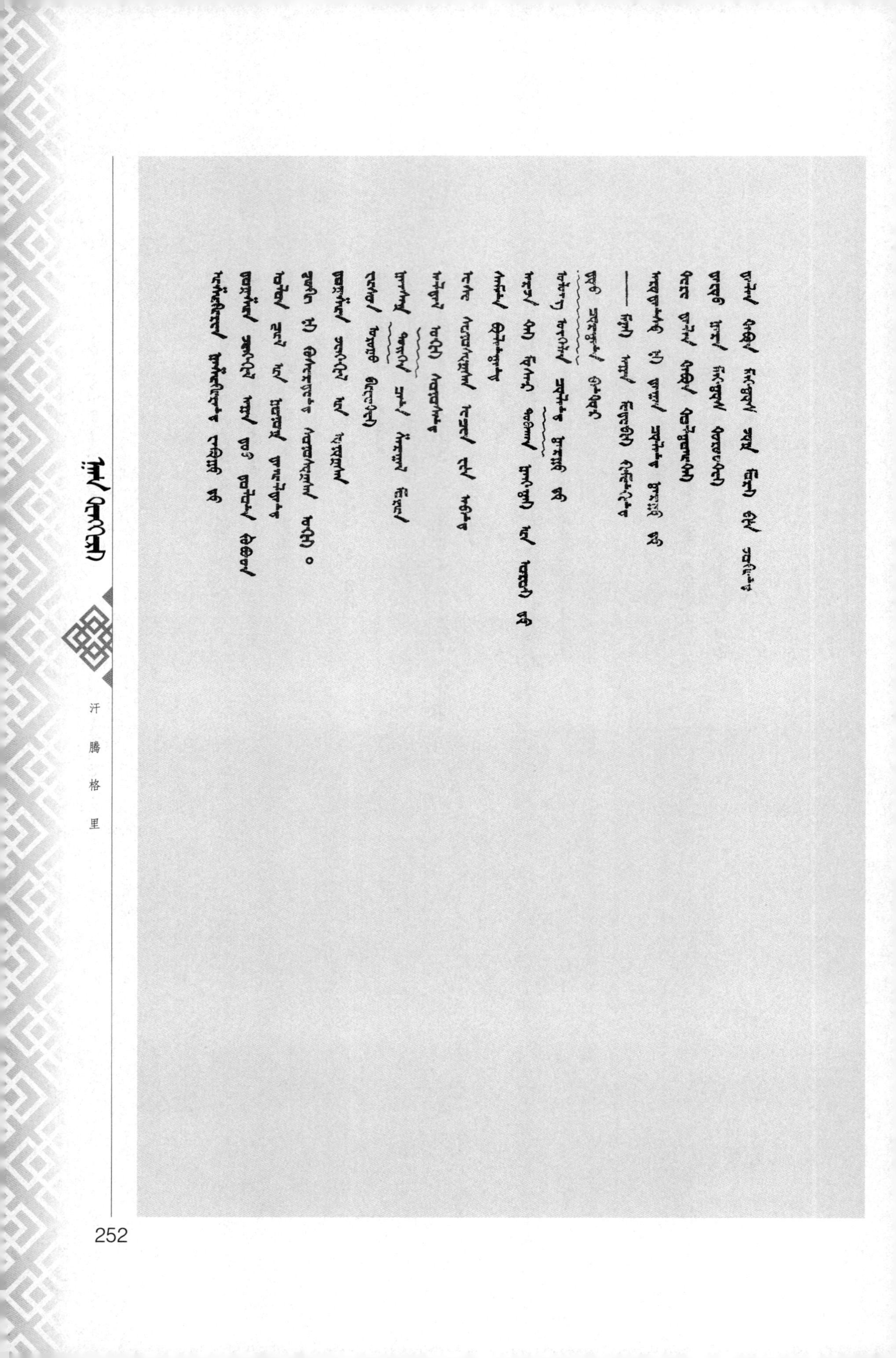

[illegible]
[illegible]
[illegible]
[illegible]
[illegible]
[illegible]
[illegible]
[illegible]
[illegible]
[illegible]
[illegible]
[illegible]
[illegible]
[illegible]
[illegible]
[illegible]
[illegible]
[illegible]
[illegible]

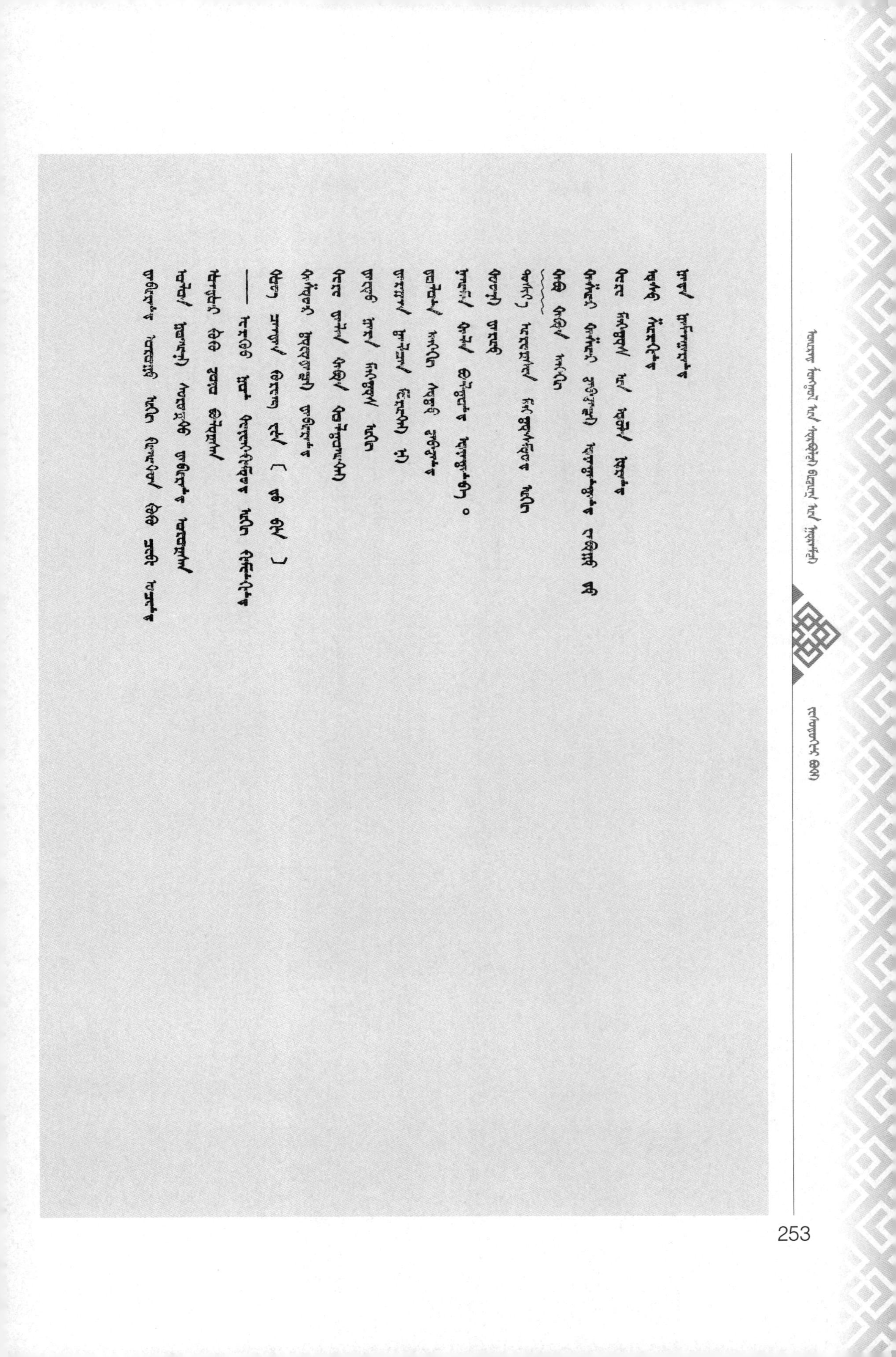

[illegible]
[illegible]
[illegible]
[illegible]
[illegible]
[illegible]
[illegible] 。
[illegible]
[illegible]
[illegible]
[illegible]
[illegible]
[illegible] 〔 [illegible] 〕
—— [illegible]
[illegible]
[illegible]
[illegible]

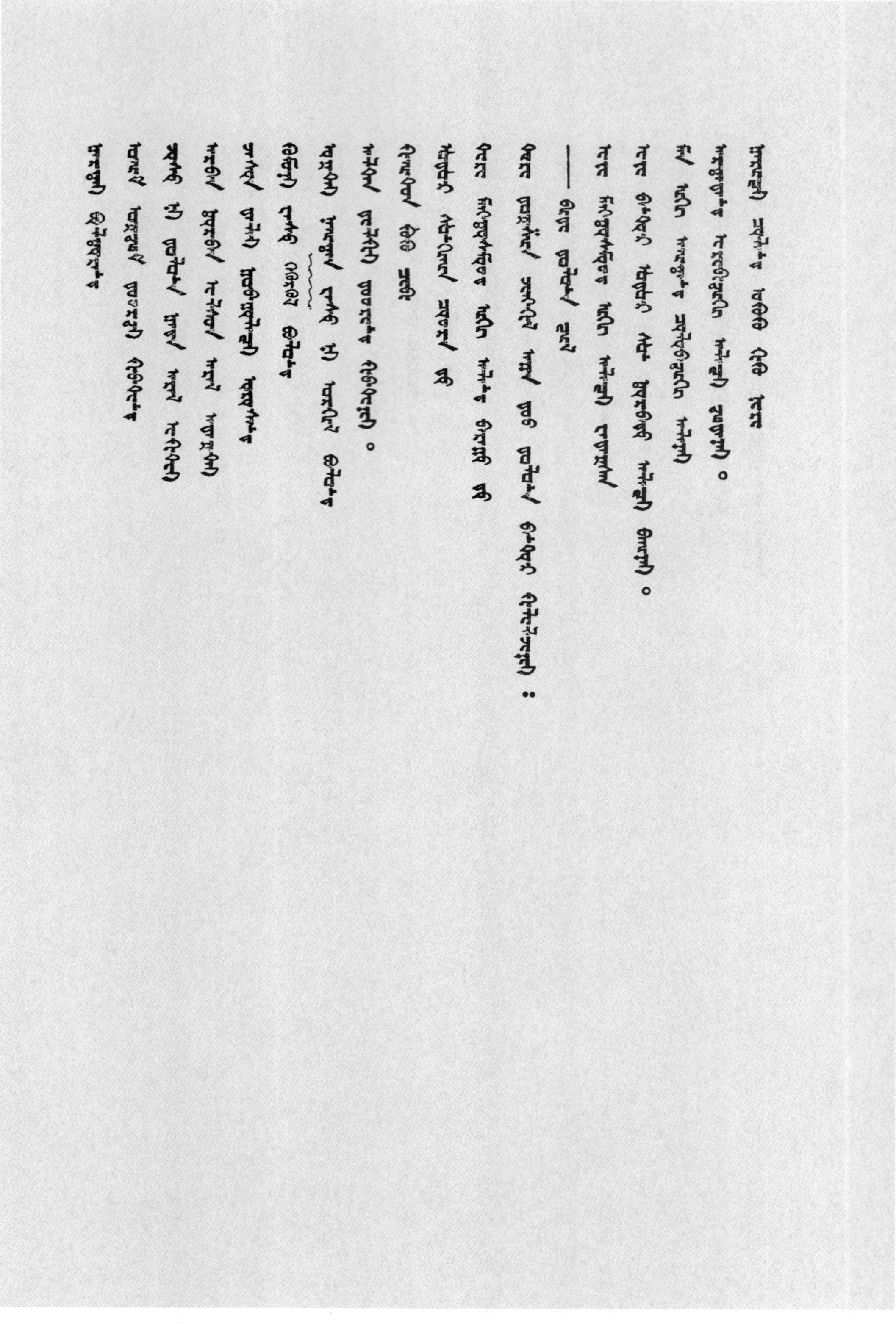

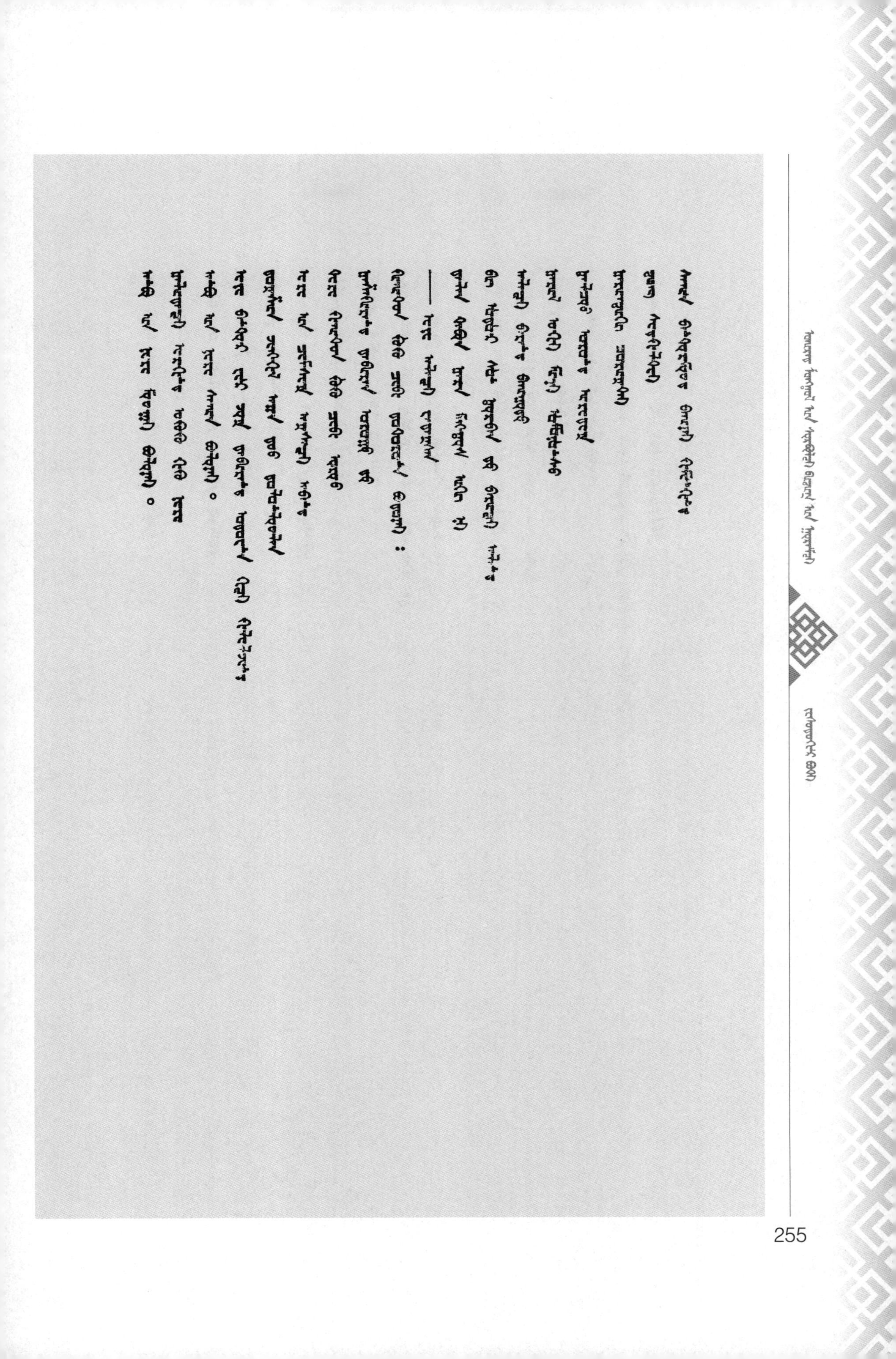

[illegible]
[illegible]
[illegible]
[illegible]
[illegible]
[illegible]
[illegible]
[illegible]
—— [illegible]
[illegible] :
[illegible]
[illegible]
[illegible]
[illegible]
[illegible]
[illegible] 。
[illegible]
[illegible] 。

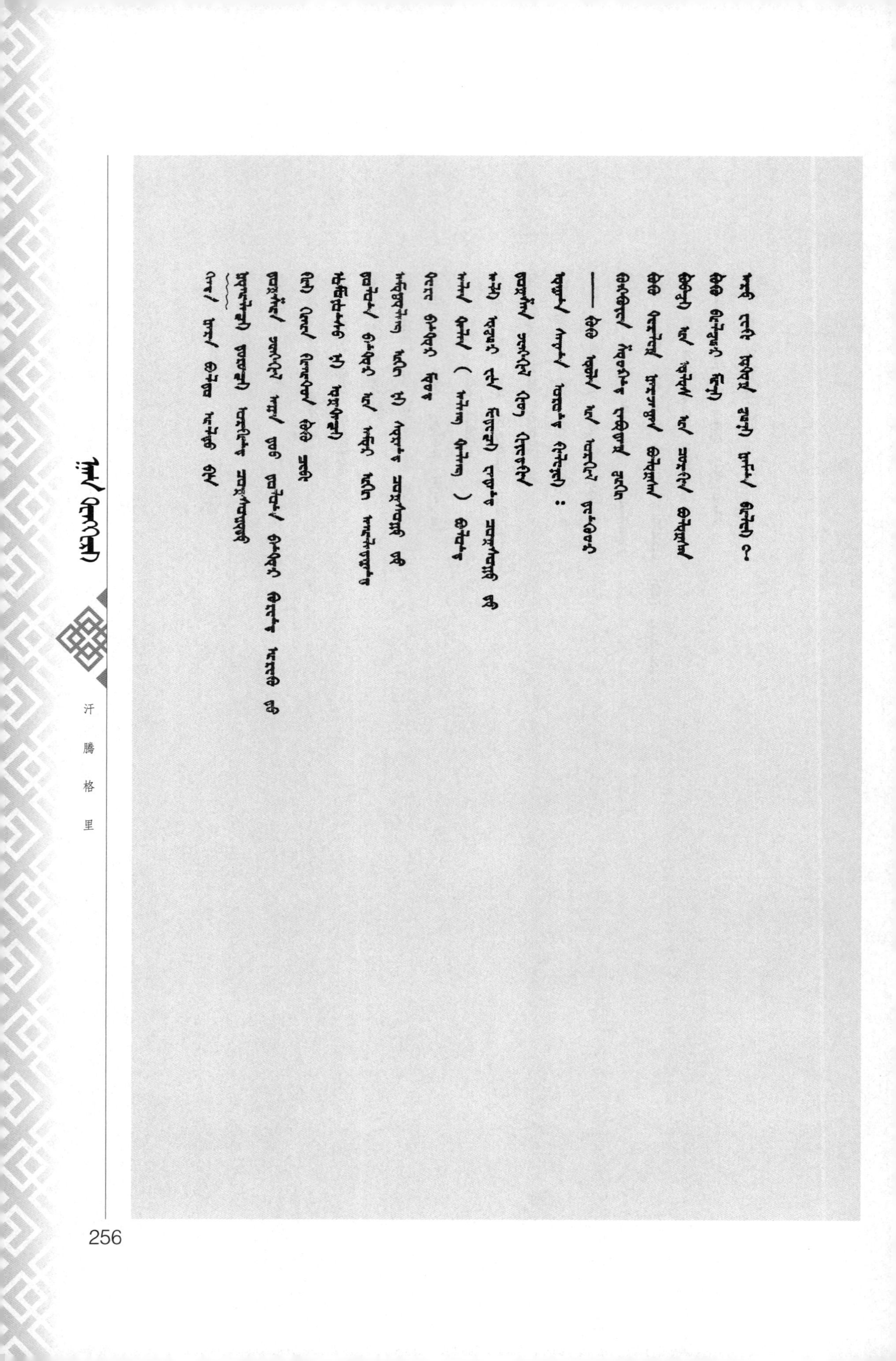

[illegible] ?
[illegible]
[illegible]
[illegible]
[illegible]
—— [illegible]
[illegible] :
[illegible]
[illegible]
[illegible] ([illegible]) [illegible]
[illegible]
[illegible]
[illegible]
[illegible]
[illegible]
[illegible]
[illegible]
[illegible]

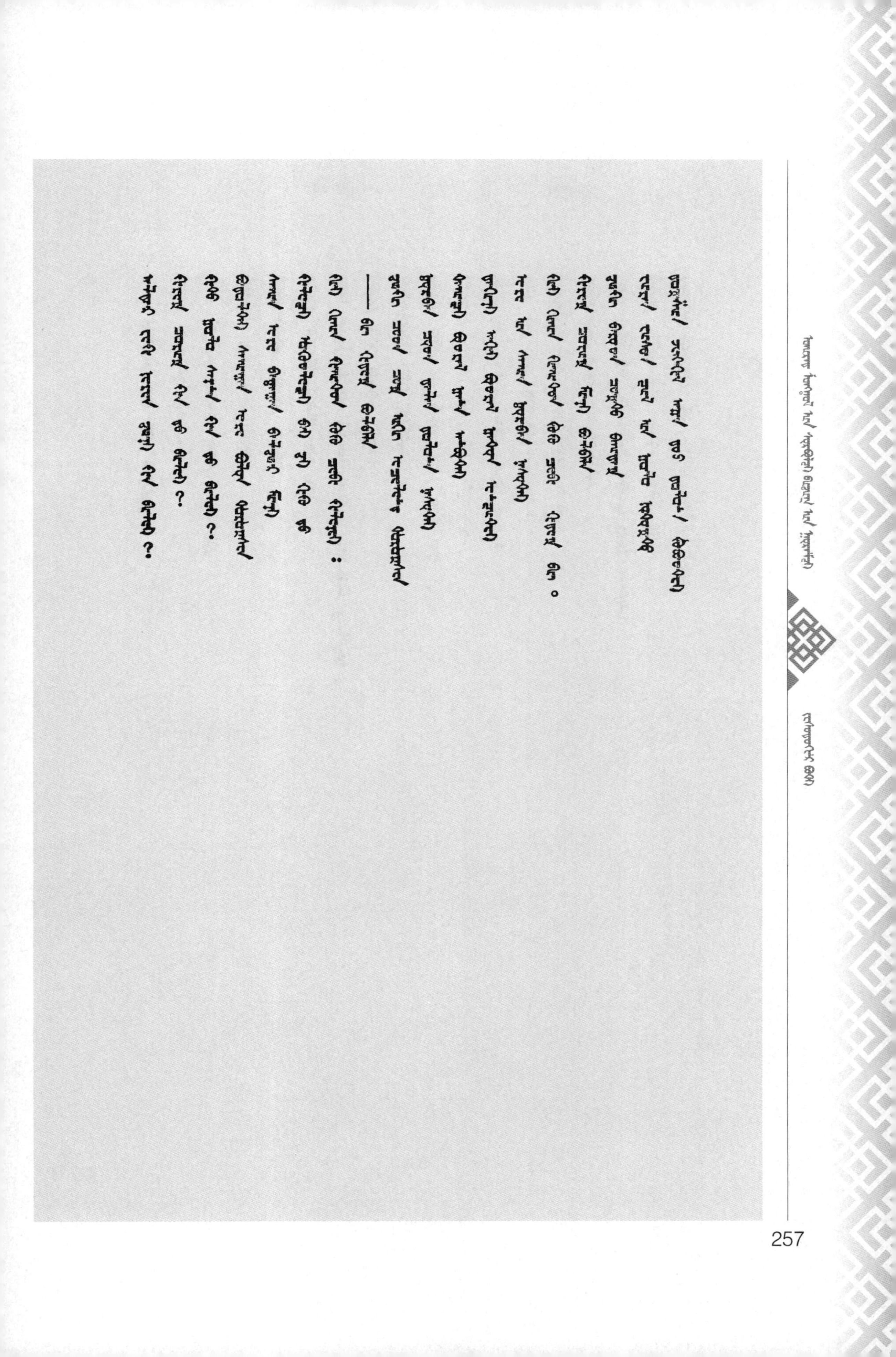

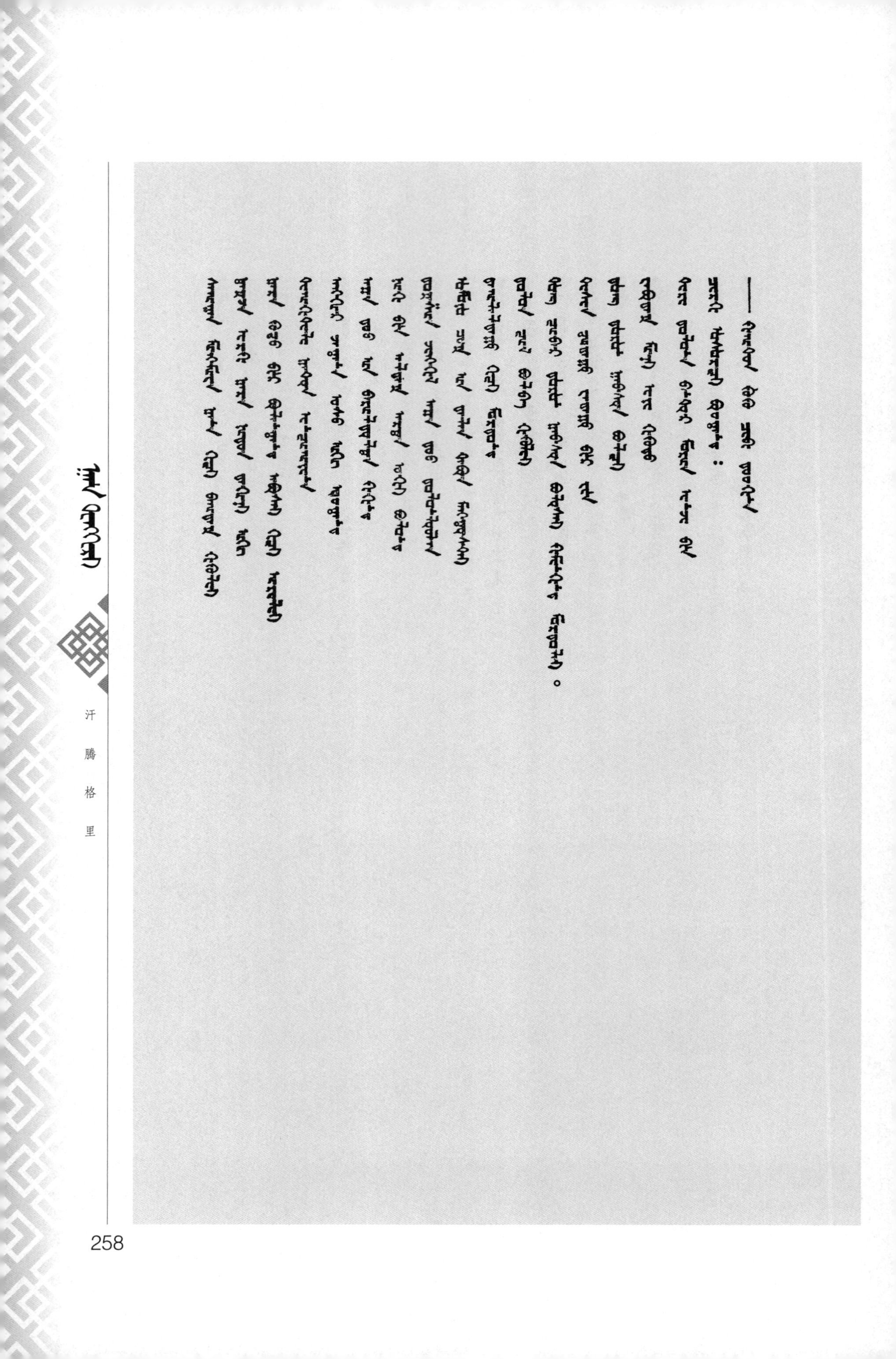

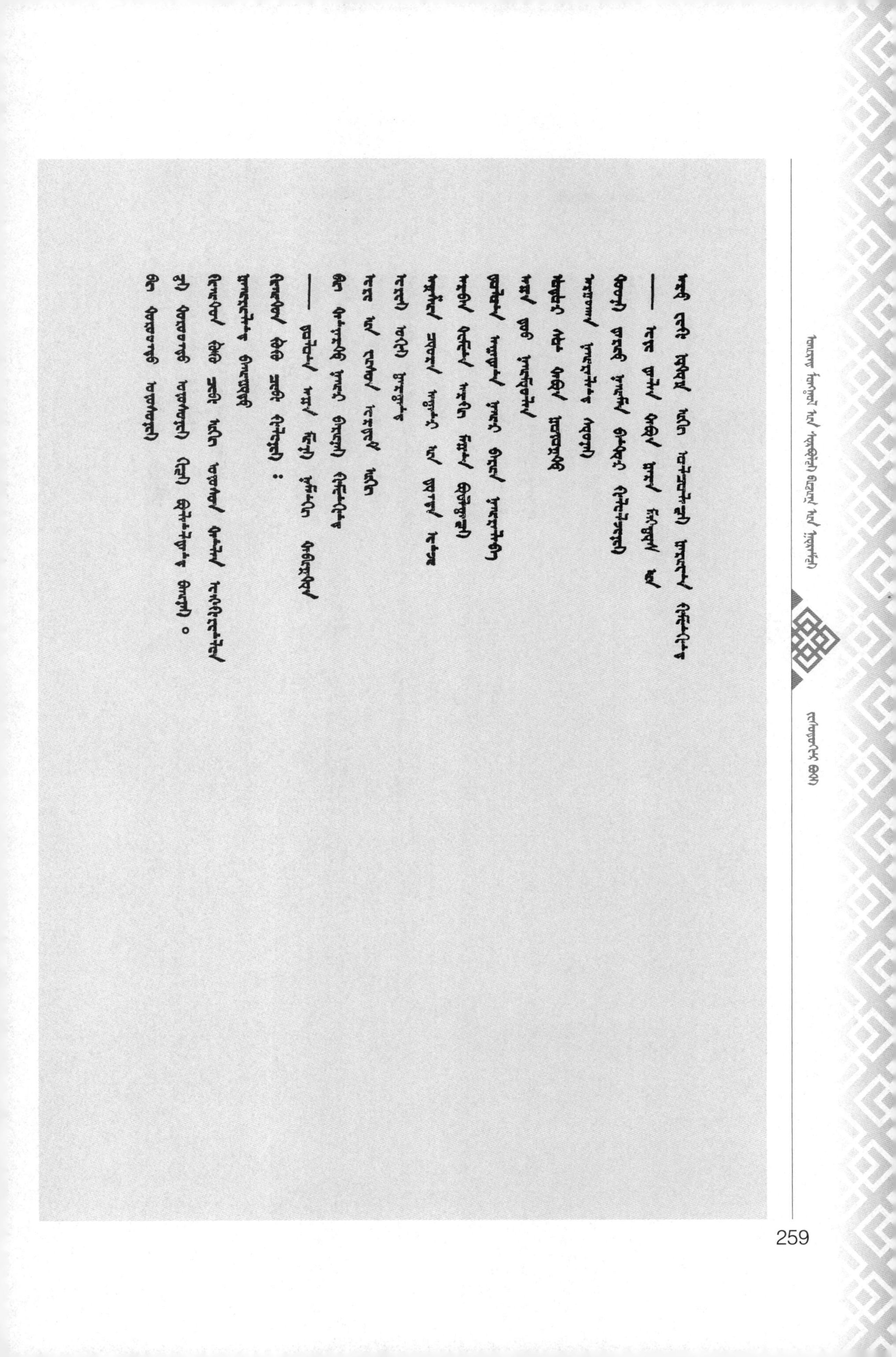

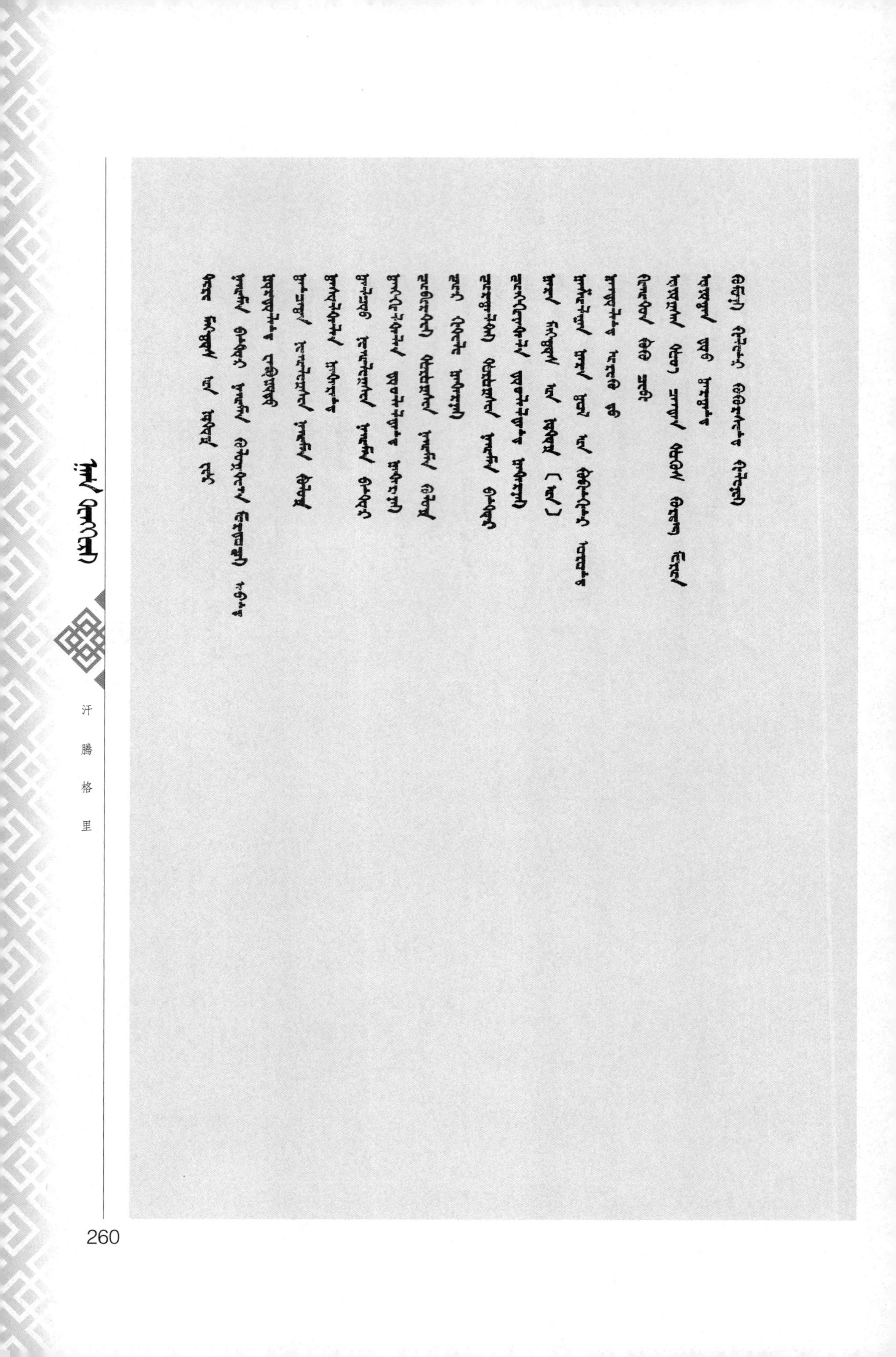

[illegible]

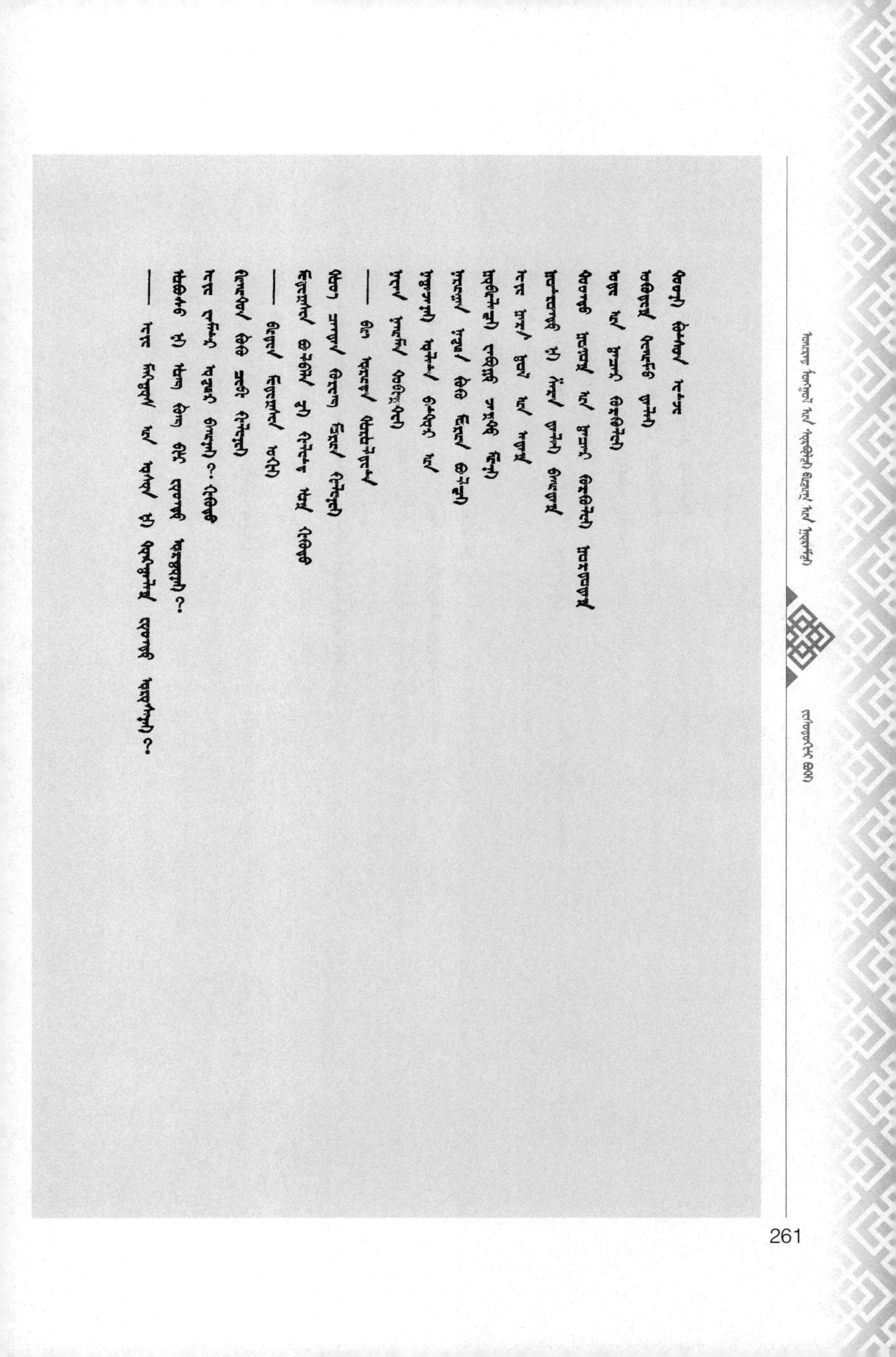

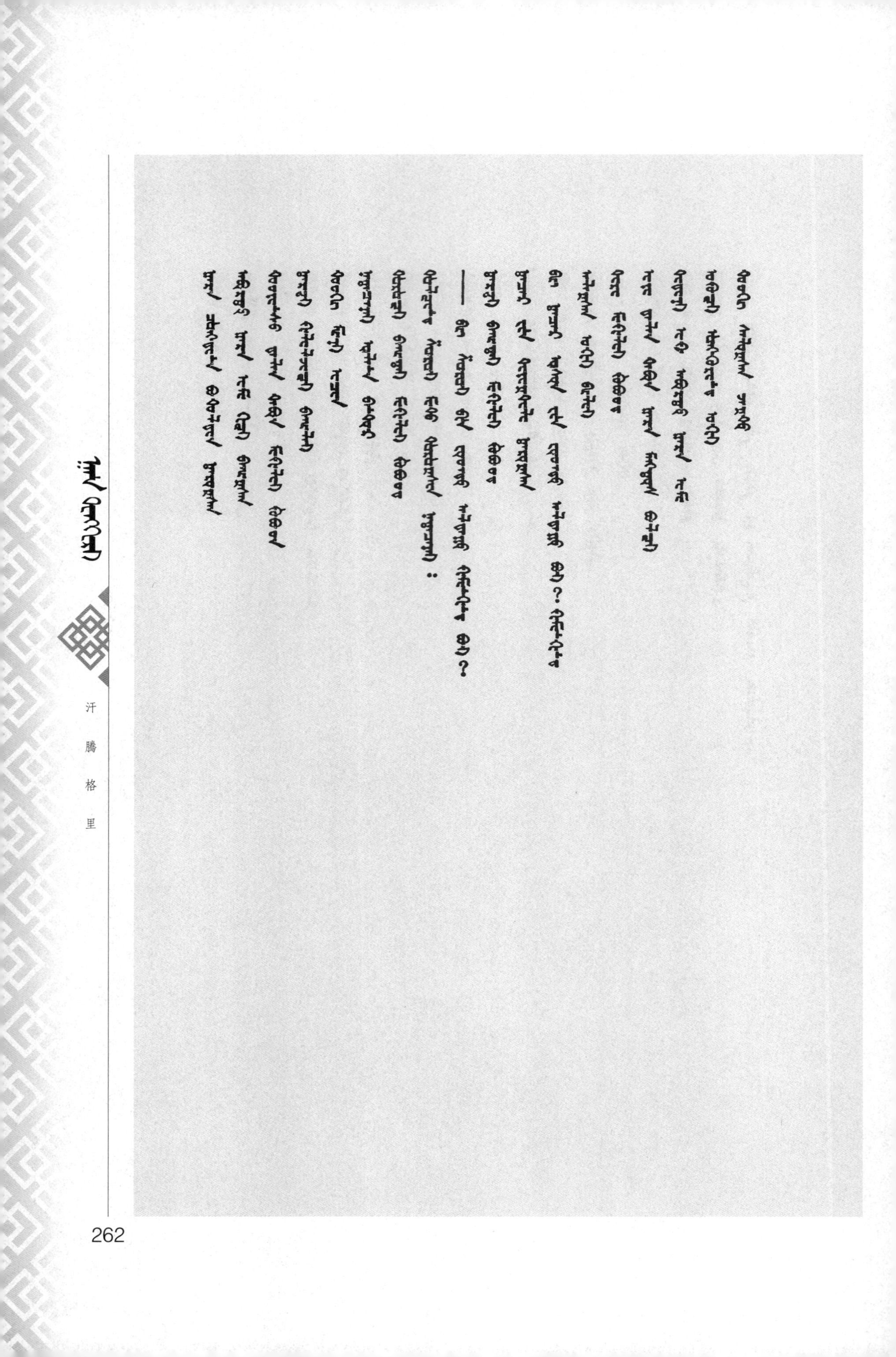

[illegible]
[illegible]
[illegible]
[illegible]
[illegible]
[illegible]
[illegible] ?
[illegible]
[illegible]
—— [illegible] ?
[illegible] :
[illegible]
[illegible]
[illegible]
[illegible]
[illegible]
[illegible]
[illegible]

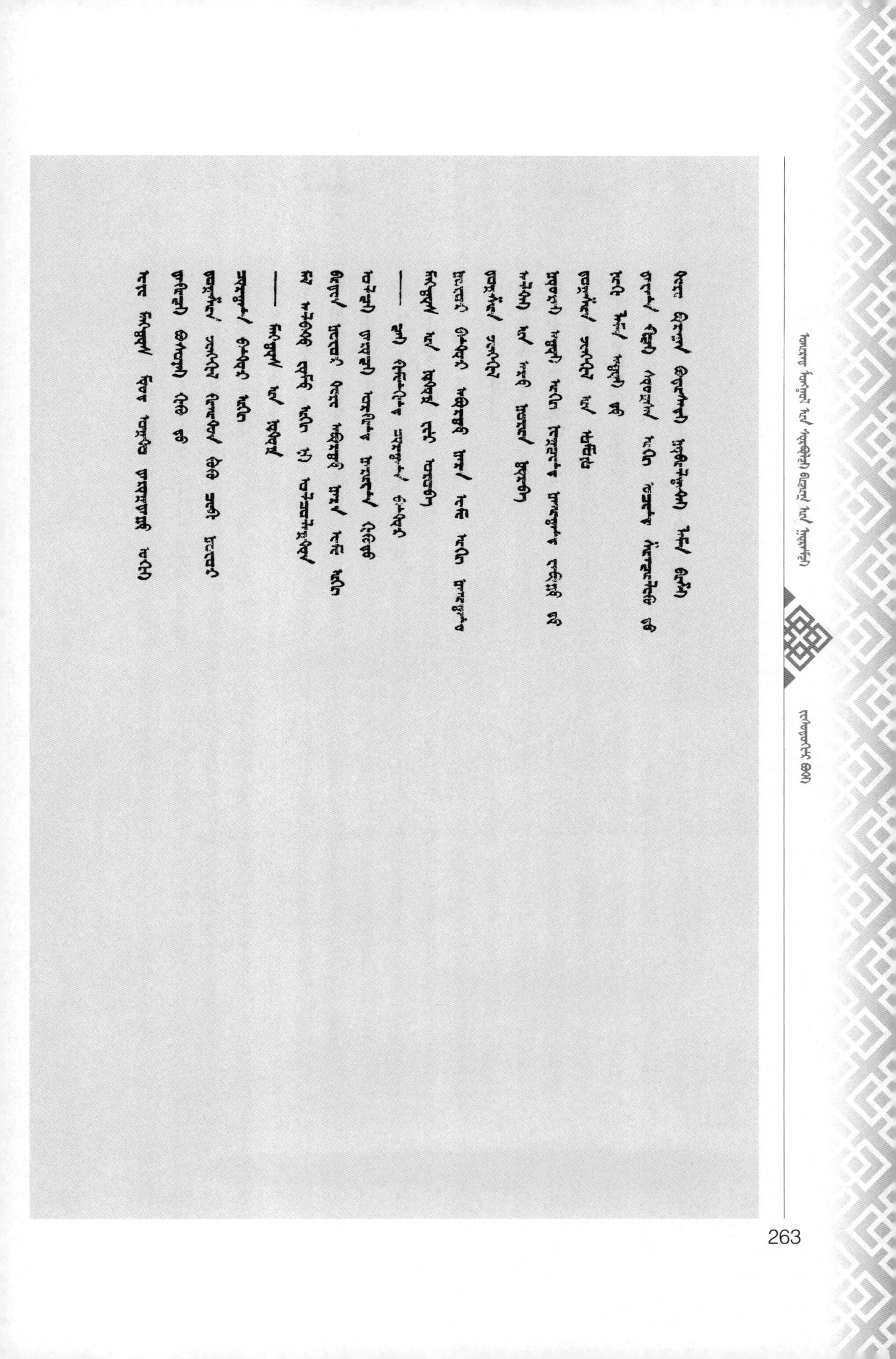

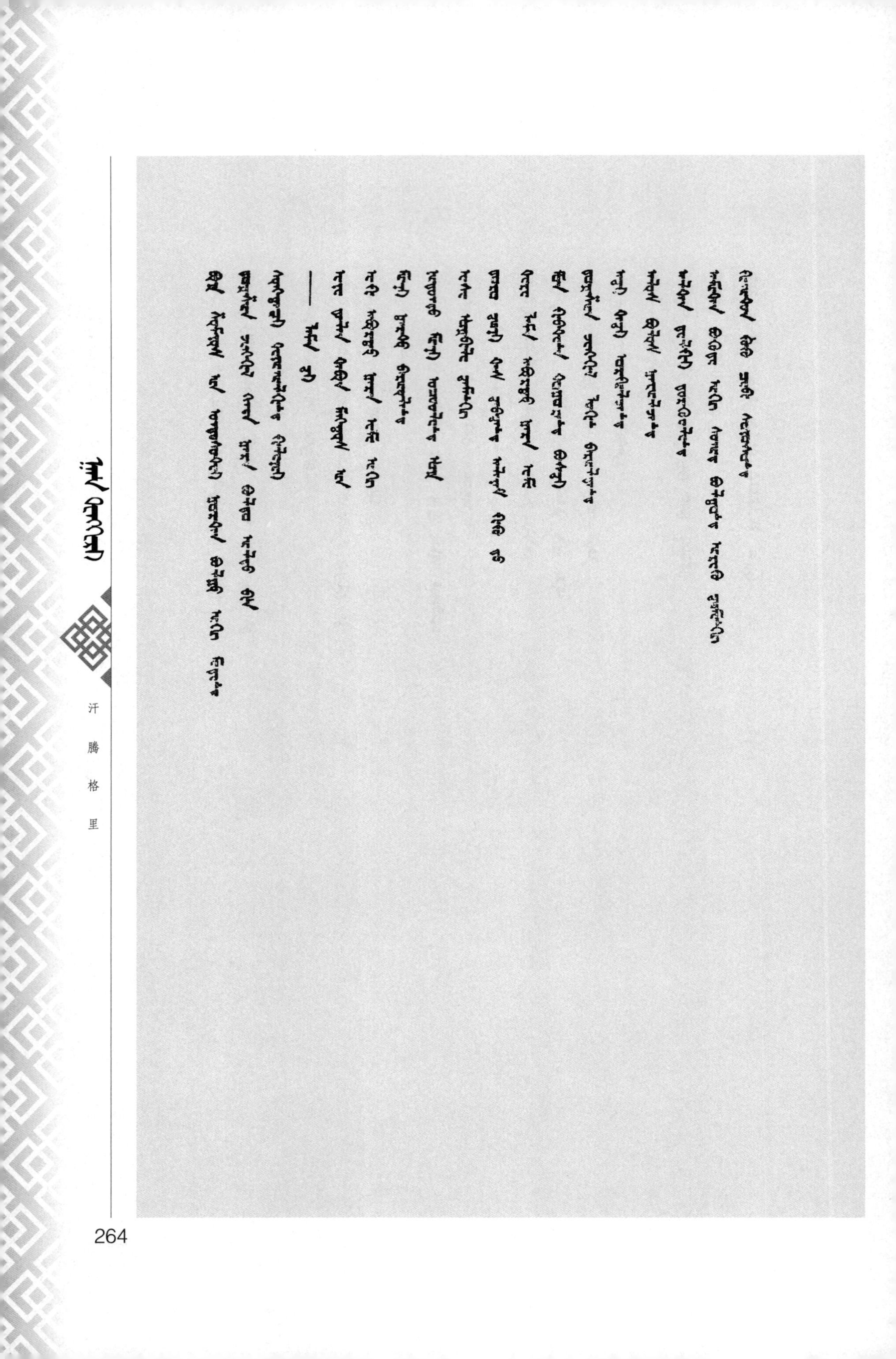

[illegible]

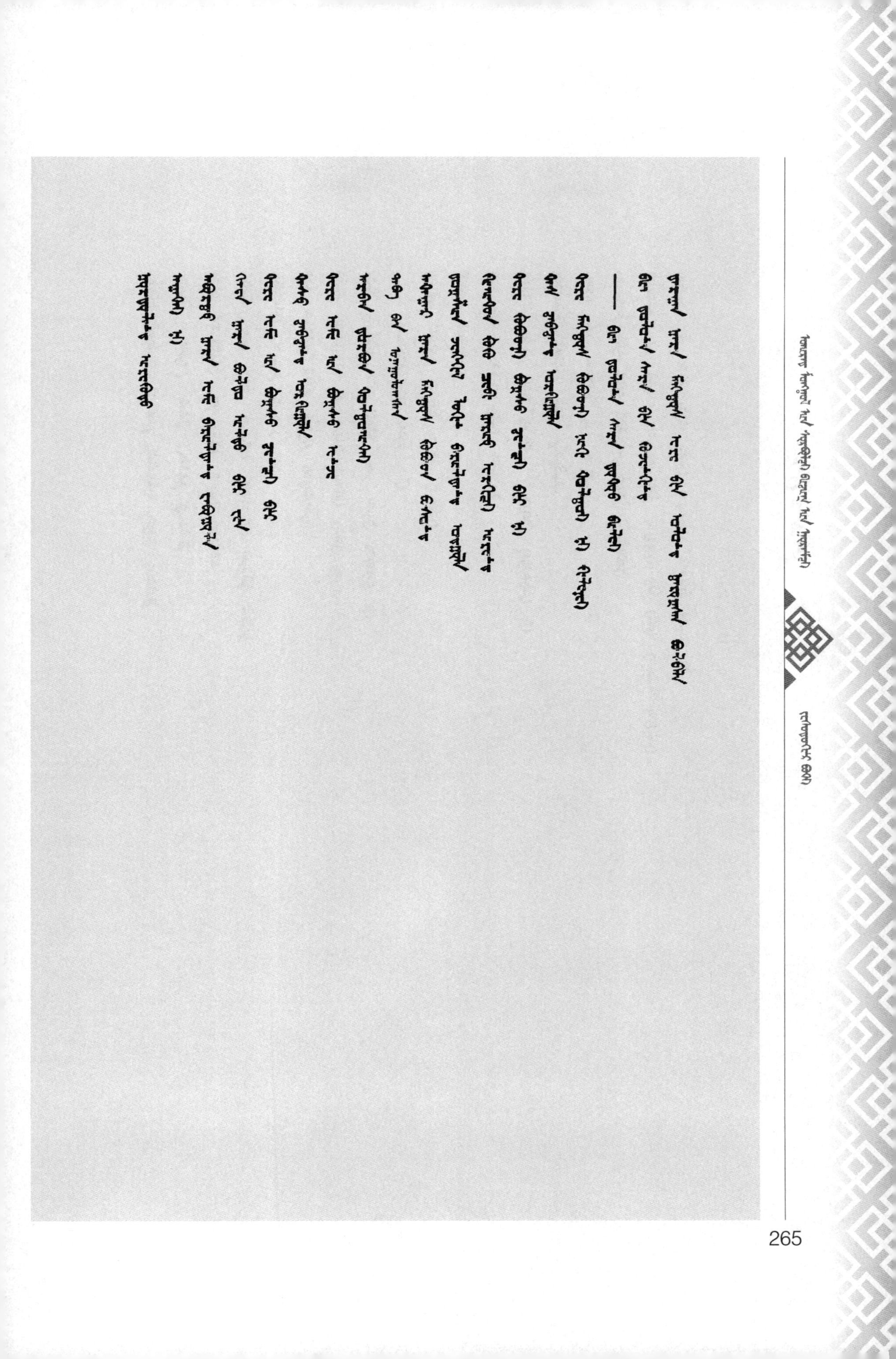

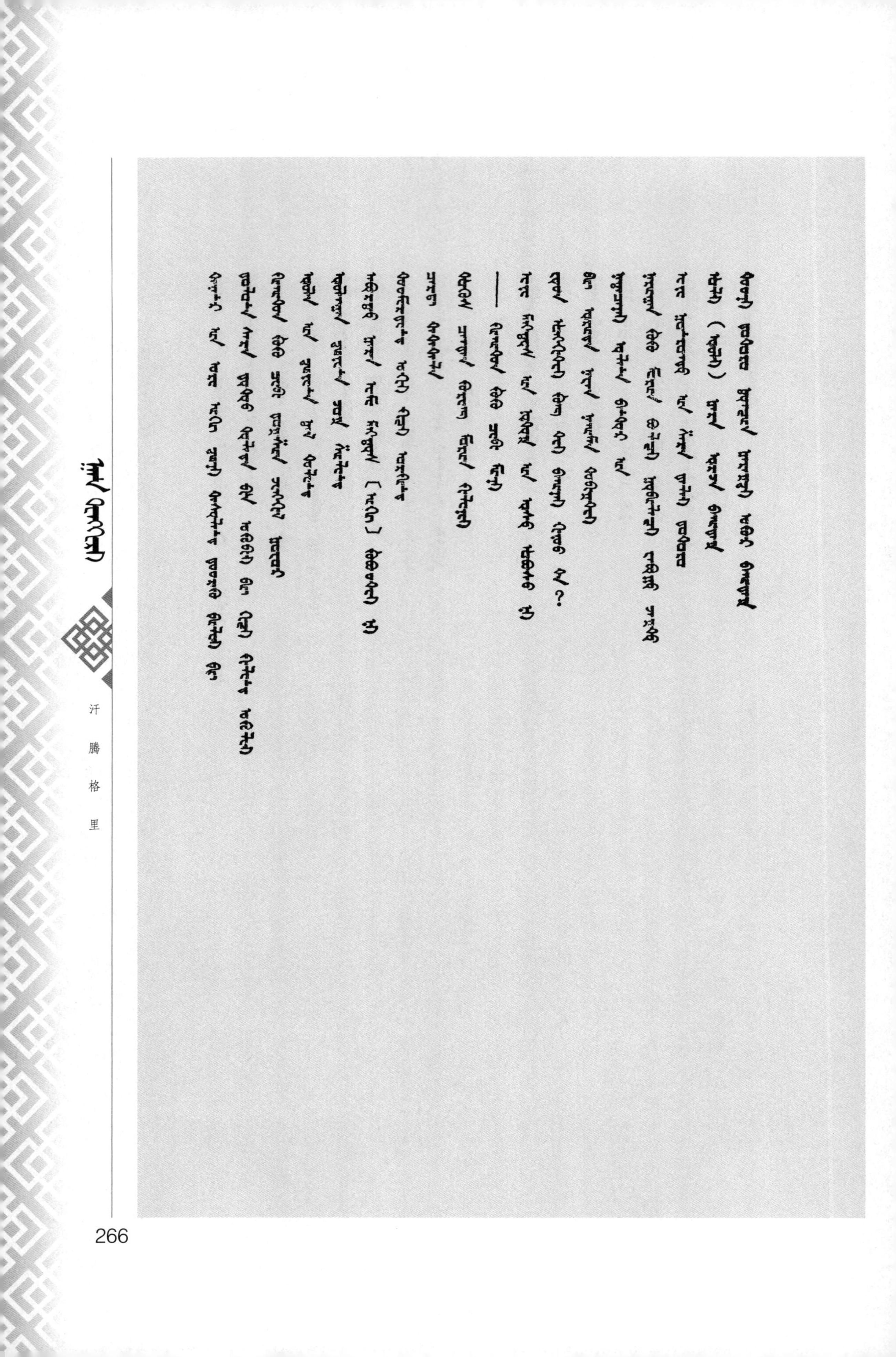

[illegible]
[illegible]
[illegible]
[illegible]
[illegible]
[illegible]
[illegible]
[illegible]
—— [illegible]
[illegible]
[illegible]
[illegible]
[illegible]
[illegible]
[illegible]
[illegible]
[illegible]
[illegible]

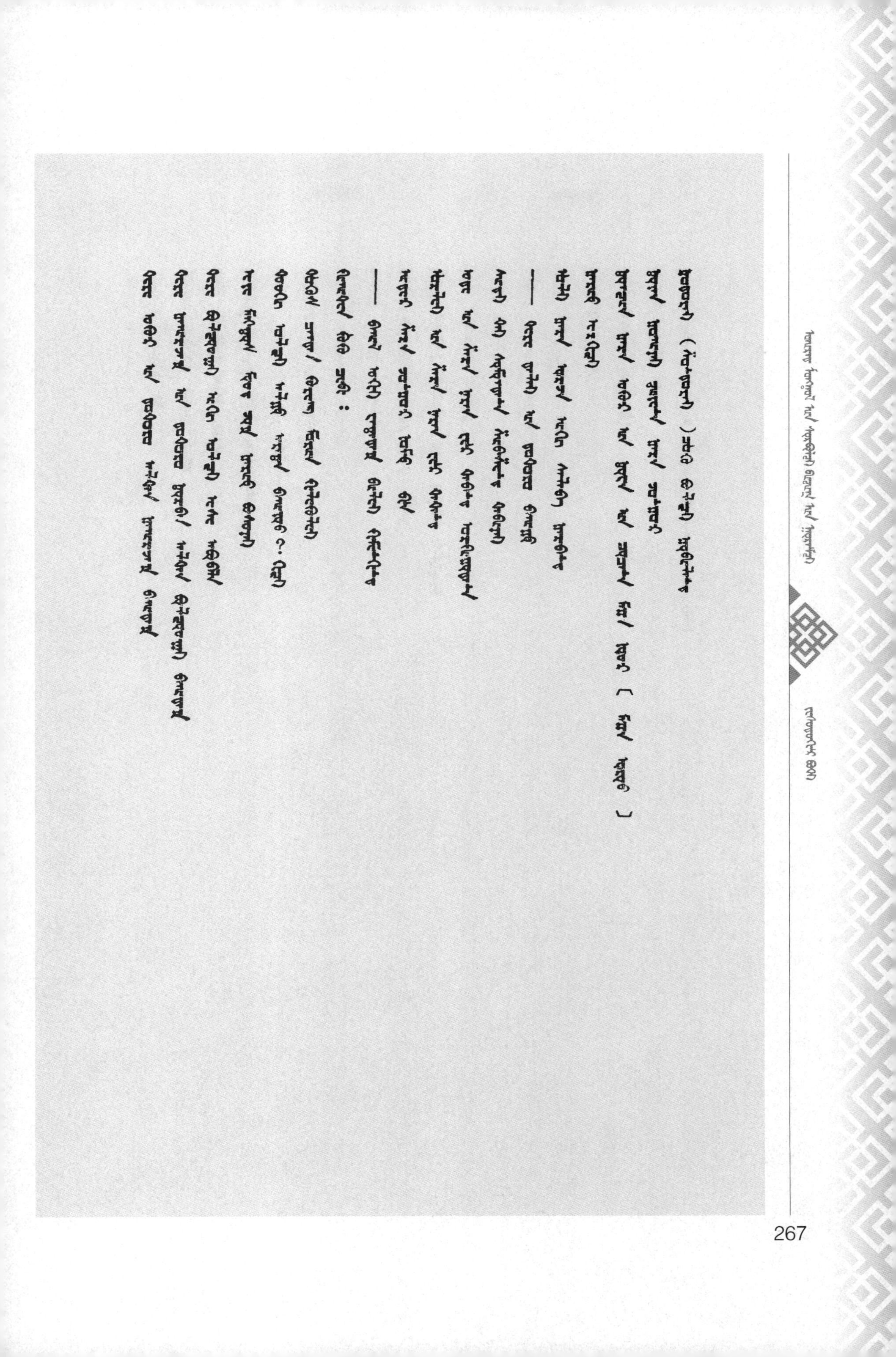

[illegible] ([illegible]) [illegible] [illegible] [illegible]
[illegible] [illegible] [illegible] [illegible] [illegible]
[illegible] [illegible] [illegible] [illegible] [illegible] [illegible] [illegible] [illegible] [illegible] 〔 [illegible] [illegible] 〕
[illegible] [illegible]
[illegible] [illegible] [illegible] [illegible] [illegible] [illegible]
—— [illegible] [illegible] [illegible] [illegible] [illegible]
[illegible] [illegible] [illegible] [illegible] [illegible]
[illegible] [illegible] [illegible] [illegible] [illegible] [illegible] [illegible]
[illegible] [illegible] [illegible] [illegible] [illegible] [illegible]
[illegible] [illegible] [illegible] [illegible] [illegible]
—— [illegible] [illegible] [illegible] [illegible] [illegible]
[illegible] [illegible] [illegible] :
[illegible] [illegible] [illegible] [illegible] [illegible]
[illegible] [illegible] [illegible] [illegible] [illegible] ?· [illegible]
[illegible] [illegible] [illegible] [illegible] [illegible] [illegible]
[illegible] [illegible] [illegible] [illegible] [illegible] [illegible]
[illegible] [illegible] [illegible] [illegible] [illegible] [illegible] [illegible] [illegible]
[illegible] [illegible] [illegible] [illegible] [illegible] [illegible] [illegible]

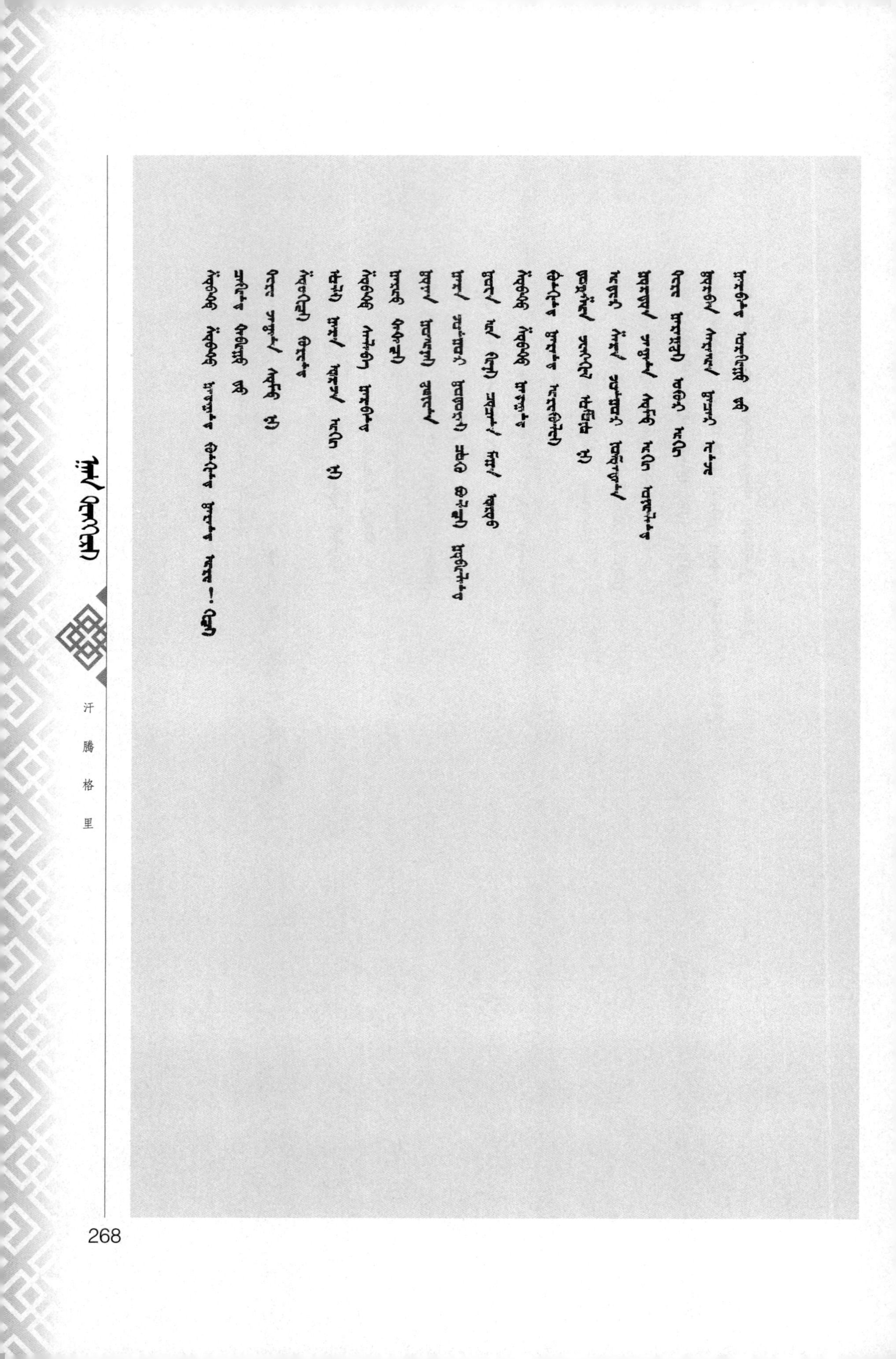

ᠡᠨᠡ ᠣᠪᠣᠭᠲᠤ ᠨᠢ ᠮᠣᠩᠭᠣᠯᠴᠤᠳ ᠬᠡᠯᠡᠨ ᠬᠡᠮᠡᠨ ᠪᠠ
ᠲᠡᠷᠡ ᠮᠣᠩᠭᠣᠯᠴᠤᠳ ᠢᠶᠠᠷ
ᠡᠨᠡ ᠪᠣᠯ ᠨᠢ ᠭᠡᠭᠡᠨ ᠭᠡᠭᠡᠷᠡᠭᠰᠡᠨ ᠪᠣᠳᠠ
ᠪᠠᠷ ᠳᠤᠷᠠᠳᠤ ᠪᠣᠯᠭᠠᠭᠰᠠᠨ ᠪᠠ
ᠬᠠᠭᠠᠨ ᠤ ᠪᠢᠴᠢᠭ ᠨᠢ ᠳᠣᠷᠣᠭᠰᠢ ᠬᠡᠮᠡᠨ ᠭᠡᠷᠡᠭᠰᠡᠨ ᠳᠤᠷᠠᠳᠤ
ᠮᠣᠩᠭᠣᠯᠴᠤᠳ ᠤᠨ ᠰᠤᠷᠲᠠᠯ ᠲᠤᠬᠠᠢ
ᠪᠣᠯᠪᠠᠰᠤ (ᠪᠣᠯᠪᠠᠰᠤ) ᠨᠢ ᠮᠣᠩᠭᠣᠯ ᠬᠡᠯᠡᠨ ᠬᠡᠮᠡᠨ ᠪᠣᠯᠭᠠᠭᠰᠠᠨ ᠳᠤᠷᠠᠳᠤ
ᠲᠡᠭᠡᠷᠡ ᠨᠢ ᠪᠠᠢᠭᠠᠳ ᠲᠤᠰᠠ
ᠮᠣᠩᠭᠣᠯ ᠢᠶᠡᠷᠡᠭᠰᠡᠨ (ᠢᠶᠡᠷ ᠡᠭᠡᠷᠡ]
ᠮᠣᠩᠭᠣᠯᠴᠤᠳ ᠬᠡᠮᠡᠨ ᠪᠠᠢᠨ
ᠮᠣᠩᠭᠣᠯ ᠲᠡᠭᠦᠨ ᠬᠡᠯᠡᠭᠰᠡᠨ ᠪᠠᠢᠨ ᠬᠡᠮᠡᠭᠳᠡᠨ᠎ᠡ
—— ᠬᠡᠮᠡᠨ ᠪᠢᠴᠢᠭᠰᠡᠨ ᠢᠶᠡᠷ ᠪᠢᠴᠢᠭᠳᠡᠨ ᠡᠭᠡᠷᠡ ᠭᠡᠭᠡᠷᠡᠭᠰᠡᠨ
ᠭᠡᠭᠡᠷᠡᠭᠰᠡᠨ ᠪᠣᠯ ᠮᠣᠩᠭᠣᠯ ᠬᠡᠮᠡᠭᠳᠡᠨ᠎ᠡ ᠄
ᠭᠡᠭᠡᠷᠡᠭᠰᠡᠨ ᠨᠢ ᠮᠣᠩᠭᠣᠯᠴᠤᠳ ᠬᠡᠮᠡᠭᠳᠡᠨ᠎ᠡ ᠮᠣᠩᠭᠣᠯᠴᠤᠳ ᠪᠠᠢᠨ
ᠮᠣᠩᠭᠣᠯ ᠬᠡᠮᠡᠨ ᠢᠶᠡᠷ ᠪᠢᠴᠢᠭᠰᠡᠨ ᠪᠣᠯᠭᠠᠭᠰᠠᠨ
ᠢᠶᠡᠷ ᠮᠣᠩᠭᠣᠯᠴᠤᠳ ᠡᠭᠡᠷᠡ ᠭᠡᠭᠡᠷᠡᠭᠰᠡᠨ
ᠪᠣᠳᠠ ᠮᠣᠩᠭᠣᠯ ᠬᠡᠮᠡᠭᠳᠡᠨ᠎ᠡ ᠮᠣᠩᠭᠣᠯᠴᠤᠳ ᠪᠠ
ᠮᠣᠩᠭᠣᠯᠴᠤᠳ ᠤᠨ ᠪᠣᠯ ᠪᠣᠯᠪᠠᠰᠤ ᠪᠠᠢᠨ ᠪᠠ

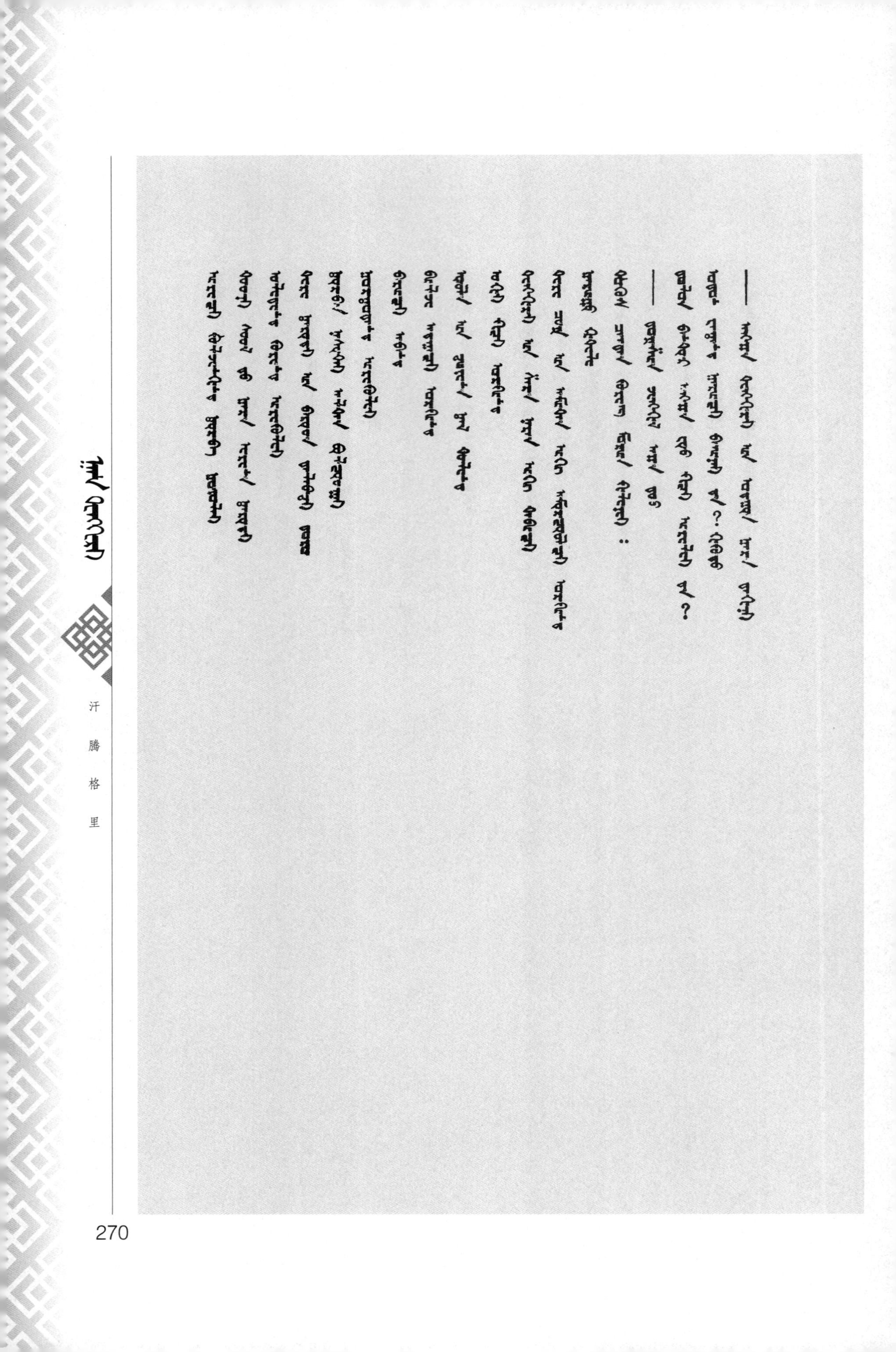

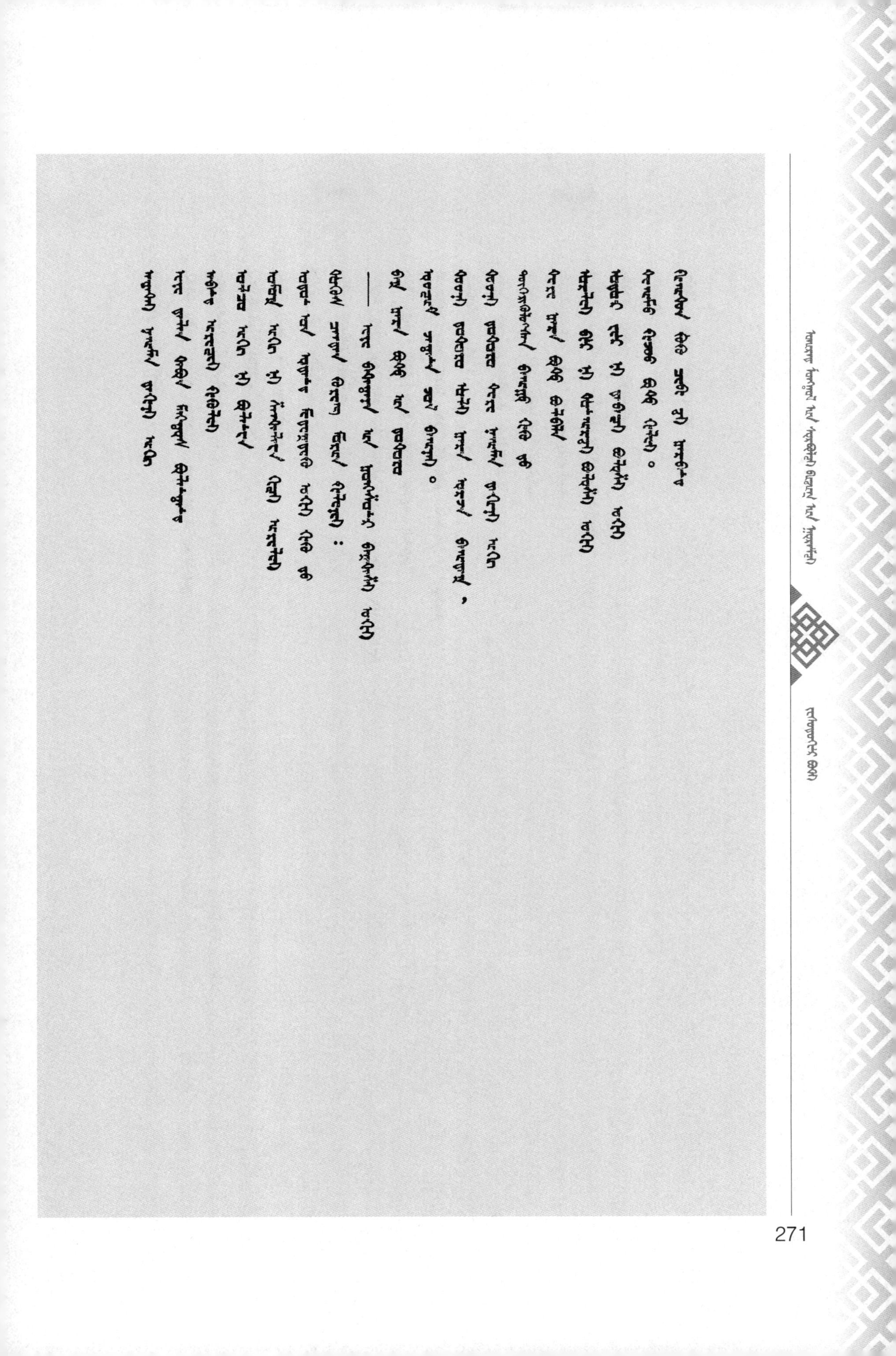

[illegible]
[illegible] 。
[illegible]
[illegible]
[illegible]
[illegible]
[illegible]
[illegible] ,
[illegible] 。
[illegible]
—— [illegible]
[illegible] :
[illegible]
[illegible]
[illegible]
[illegible]
[illegible]
[illegible]

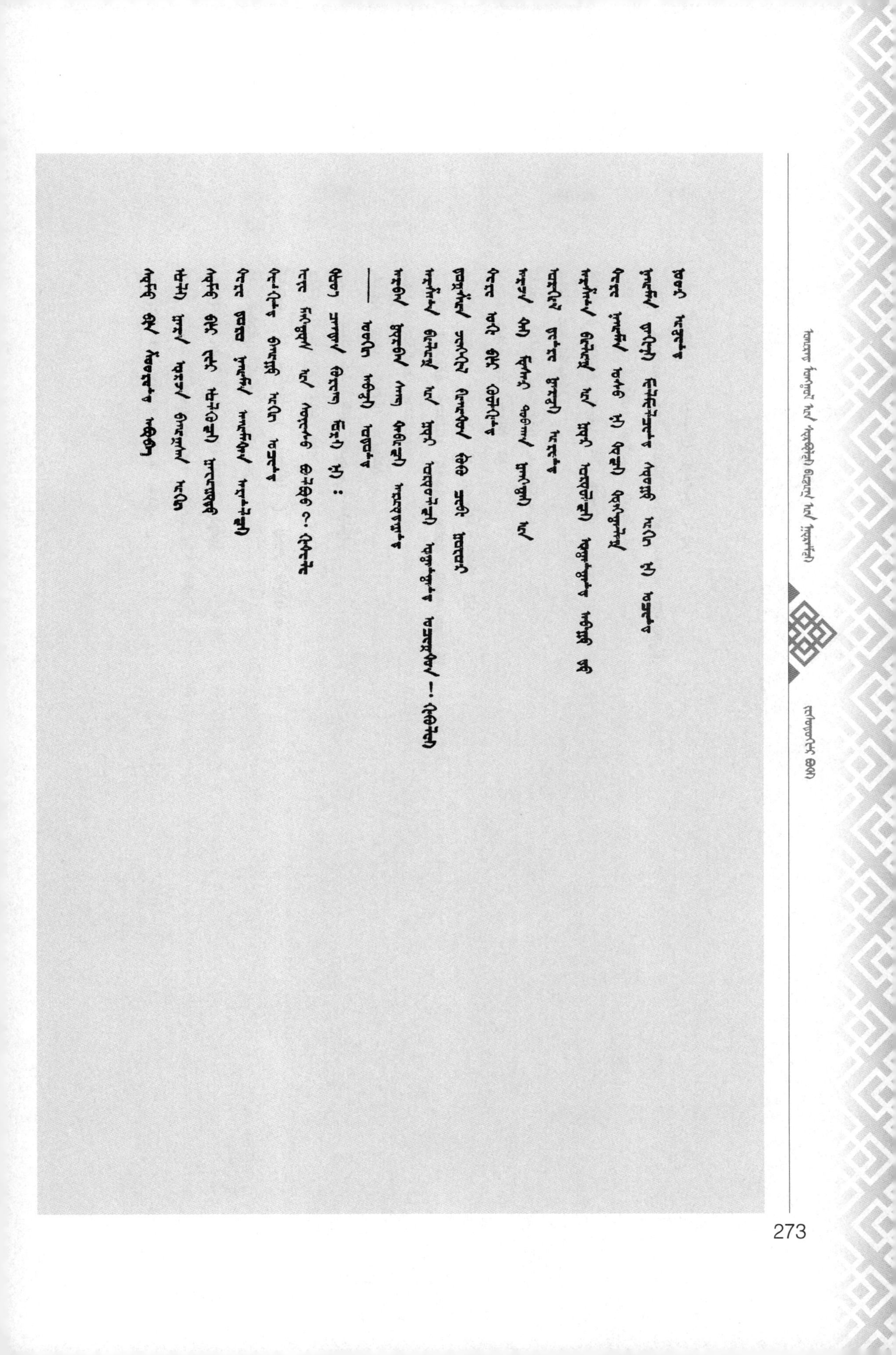

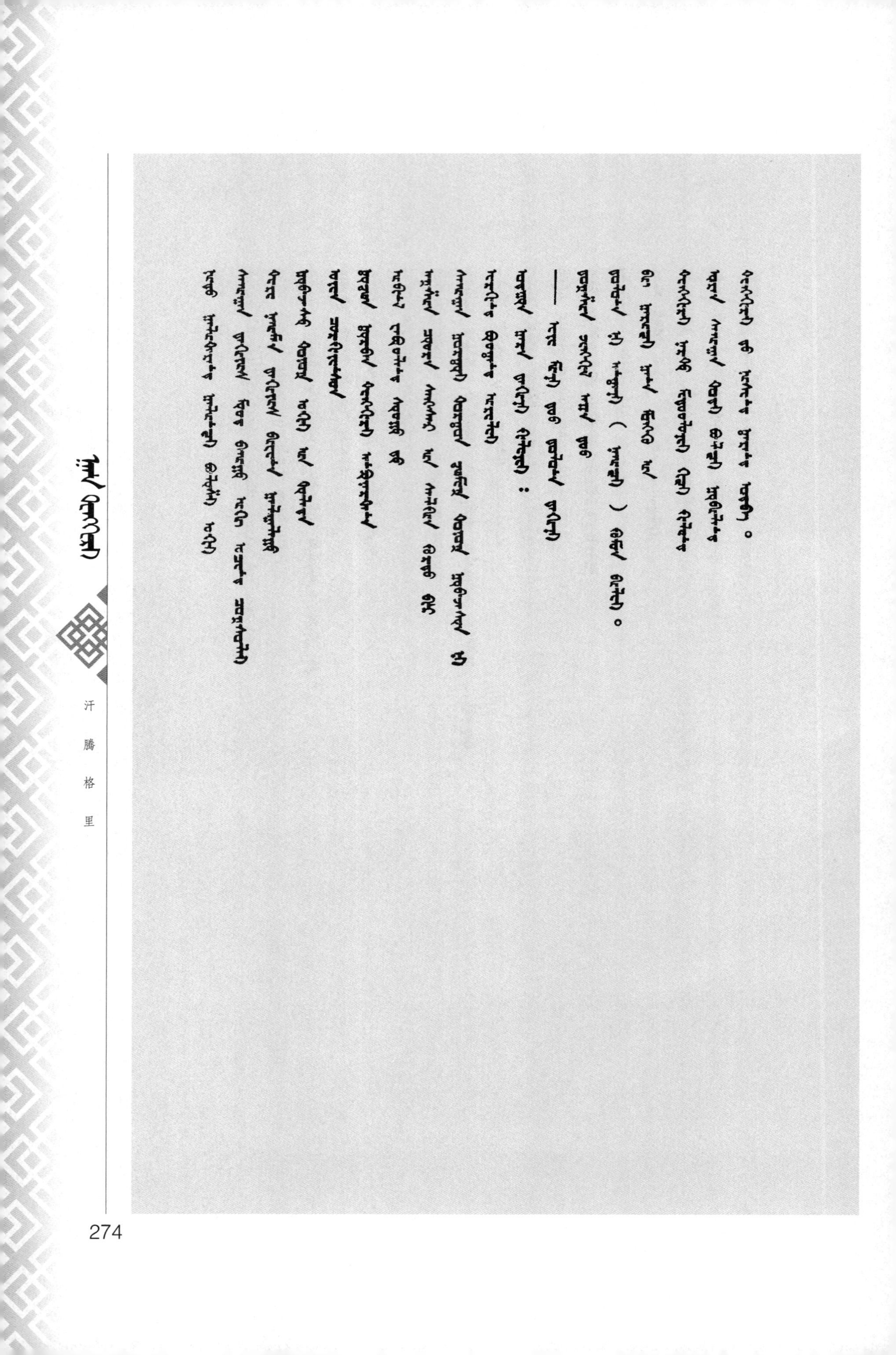

[illegible]

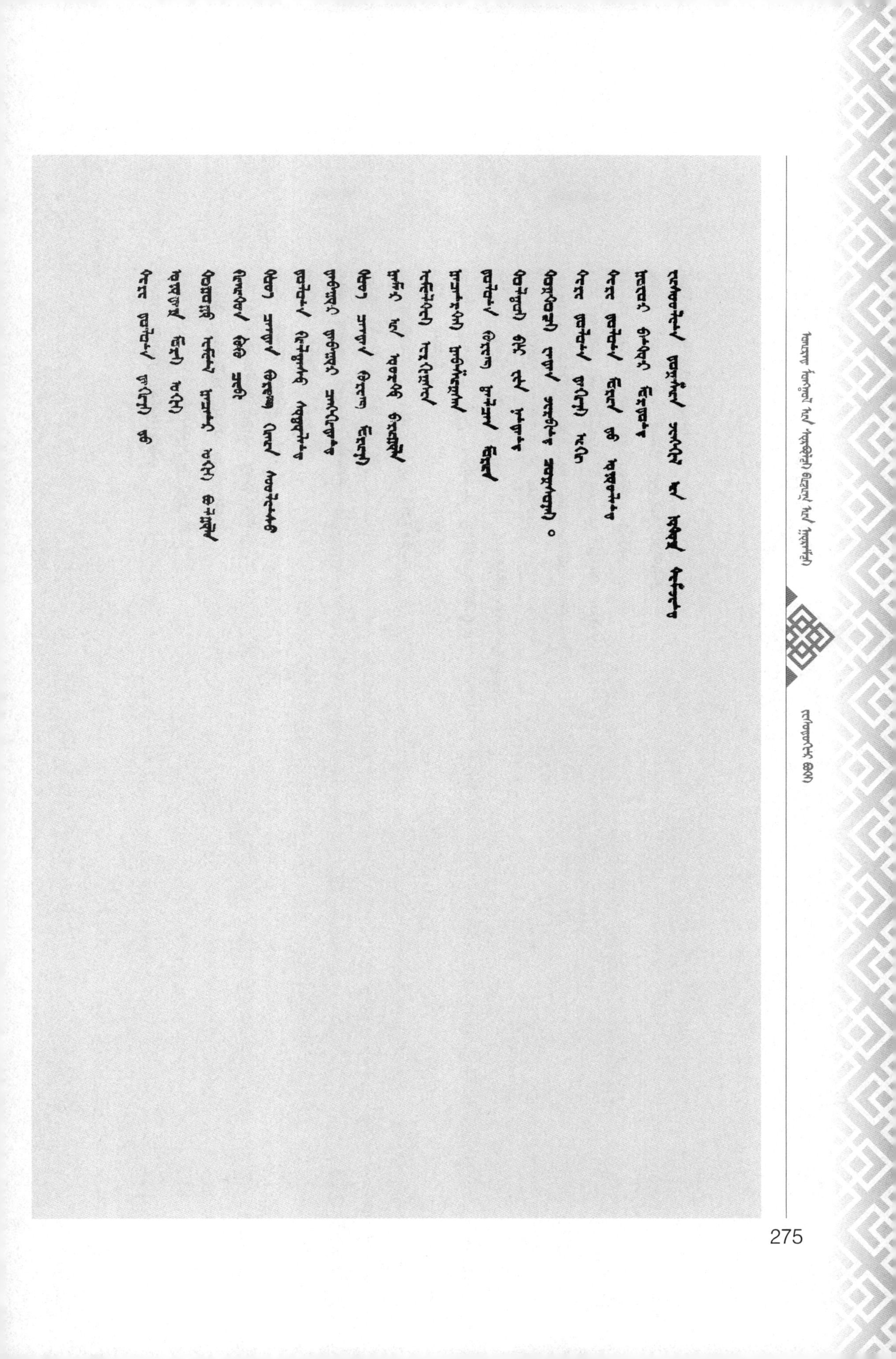

[illegible]
[illegible]
[illegible]
[illegible]
[illegible] 。
[illegible]
[illegible]
[illegible]
[illegible]
[illegible]
[illegible]
[illegible]
[illegible]
[illegible]
[illegible]
[illegible]
[illegible]

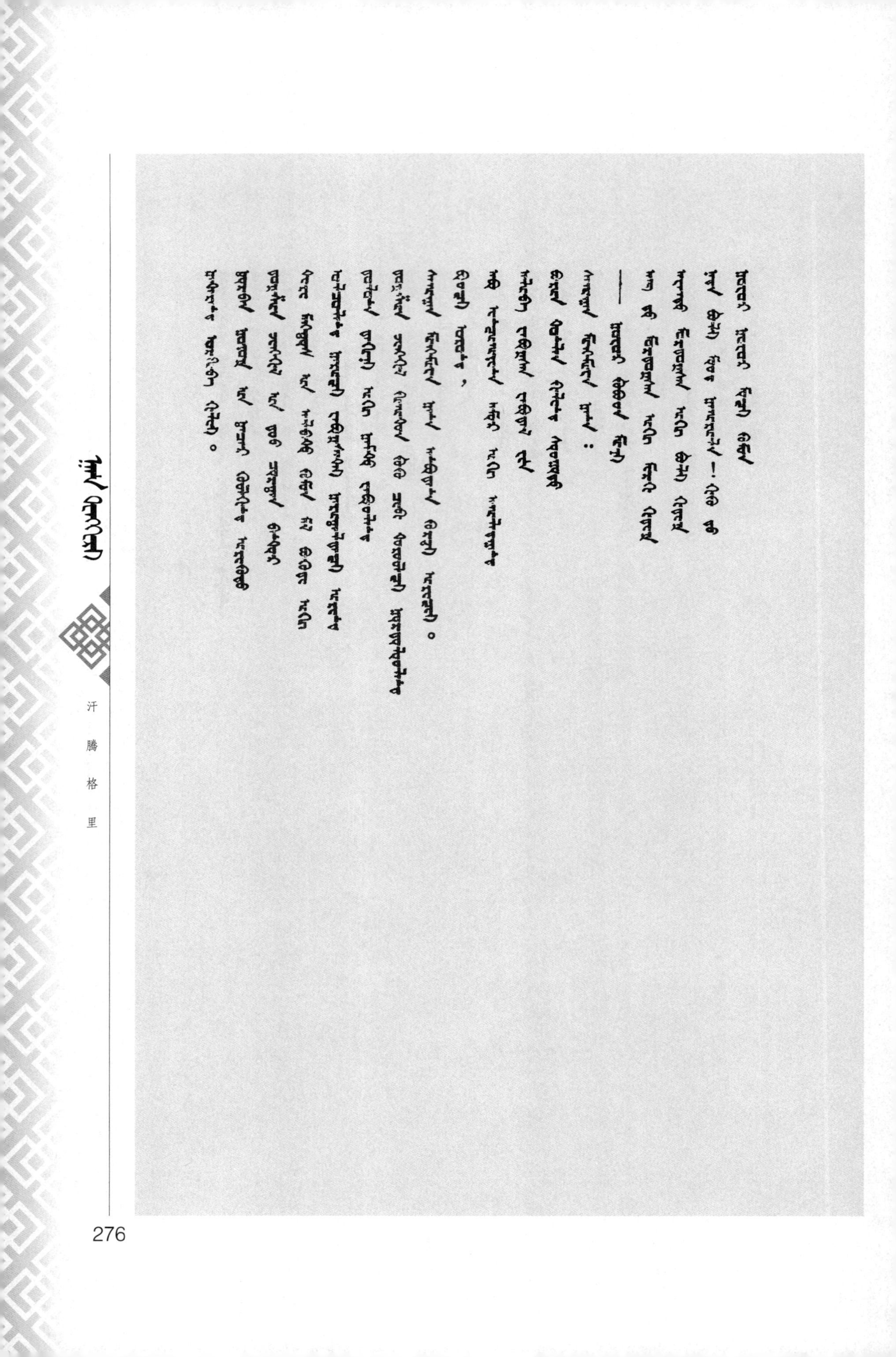

[illegible]

[illegible]

[illegible]

[illegible]

[illegible]

[illegible]

[illegible]

[illegible]

[illegible]

[illegible]

[illegible]

[illegible]

[illegible]

[illegible]

[illegible]

[illegible]

[illegible]

[illegible]

[illegible]

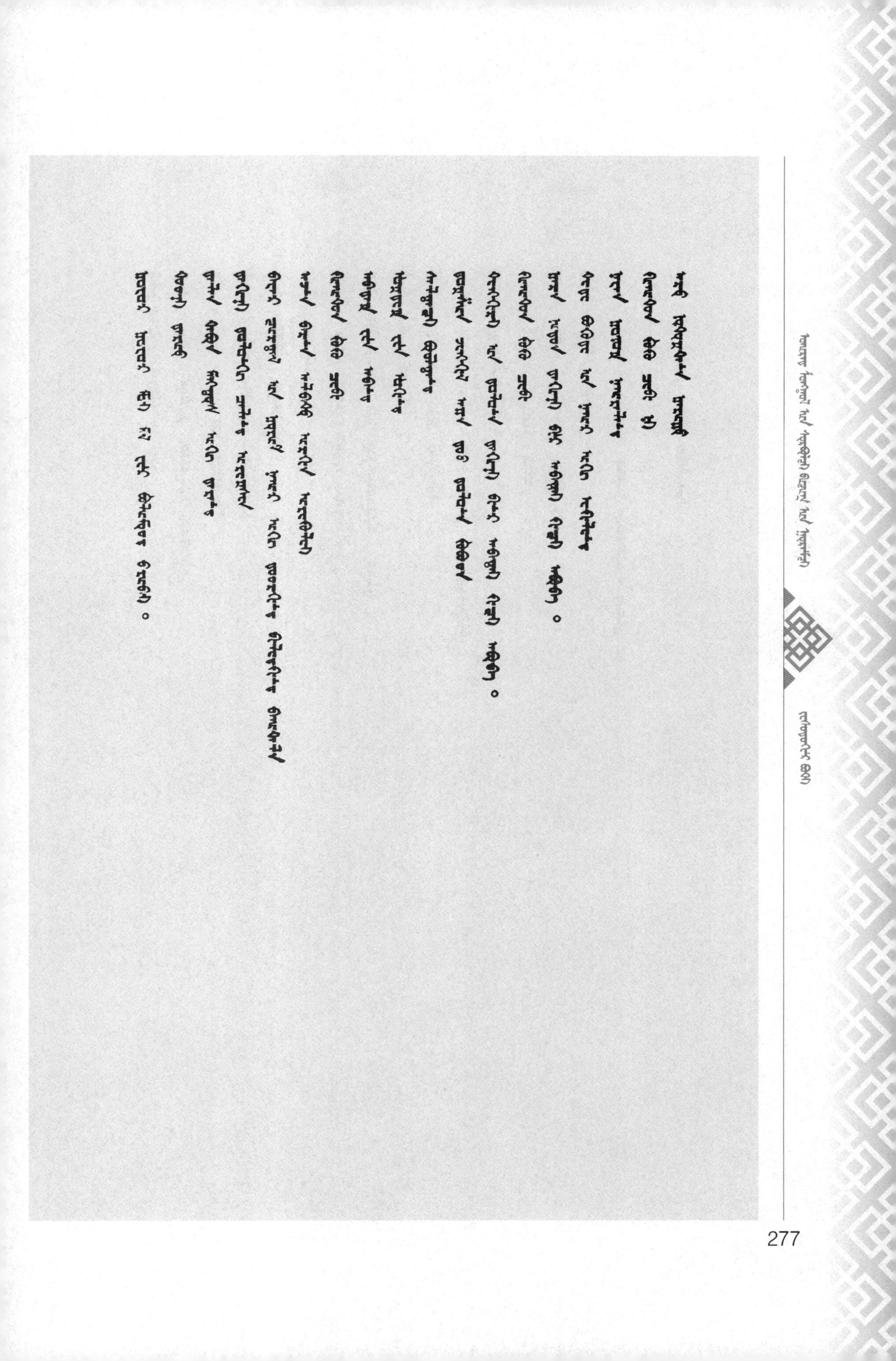

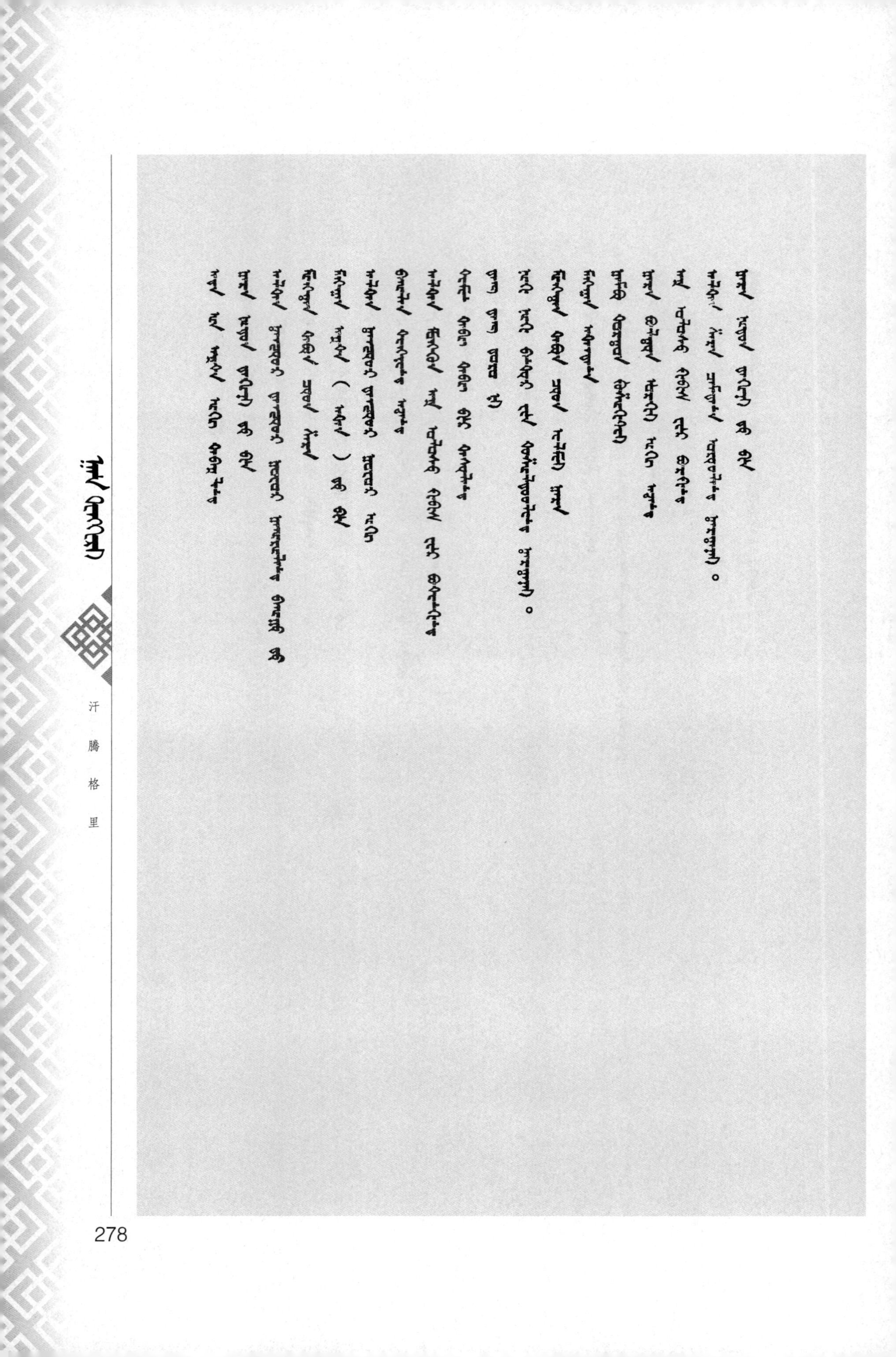

[illegible]
[illegible] 。
[illegible]
[illegible]
[illegible]
[illegible]
[illegible]
[illegible] 。
[illegible]
[illegible]
[illegible]
[illegible]
[illegible]
[illegible] ([illegible]) [illegible]
[illegible]
[illegible]
[illegible]
[illegible]

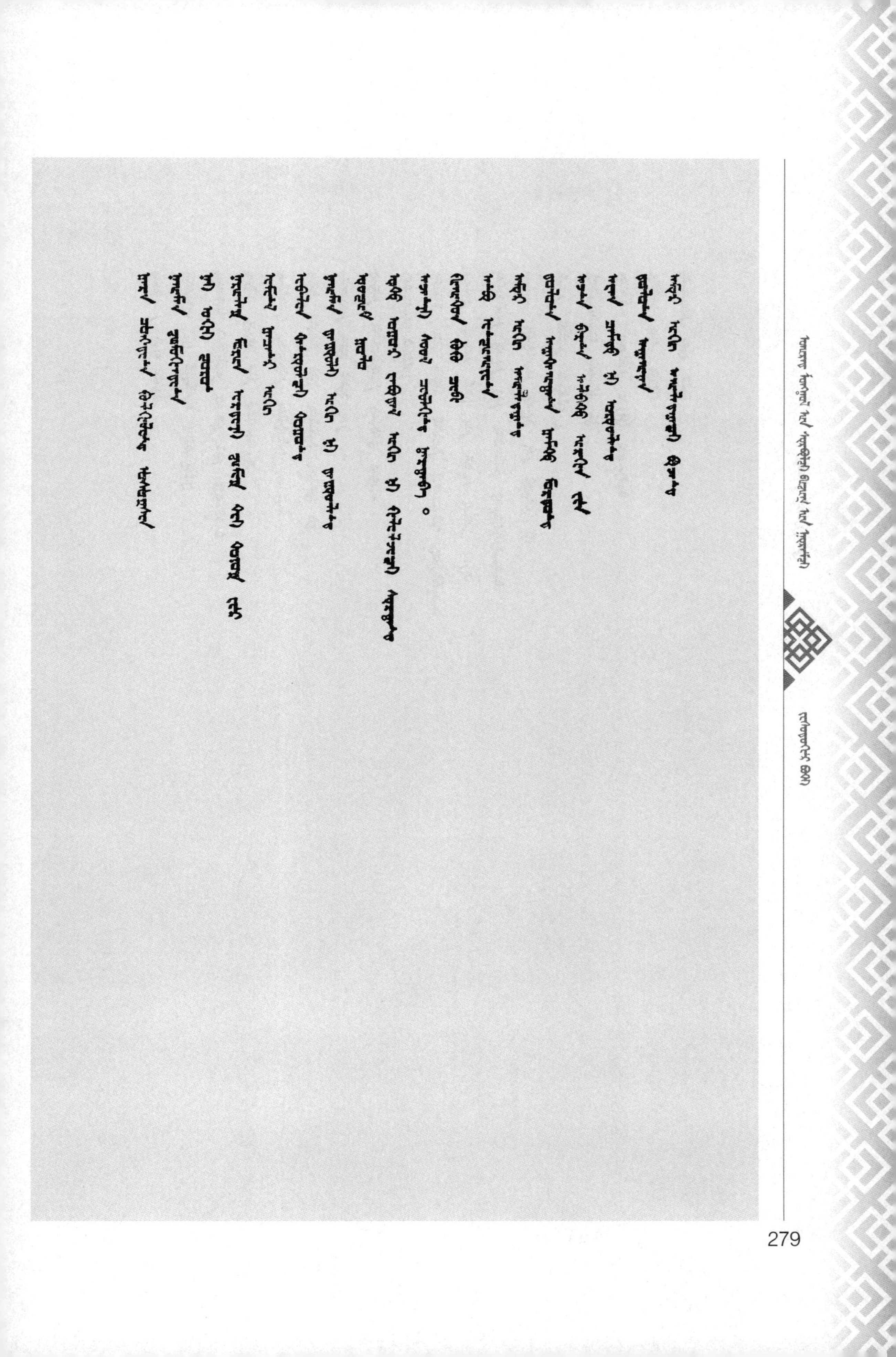

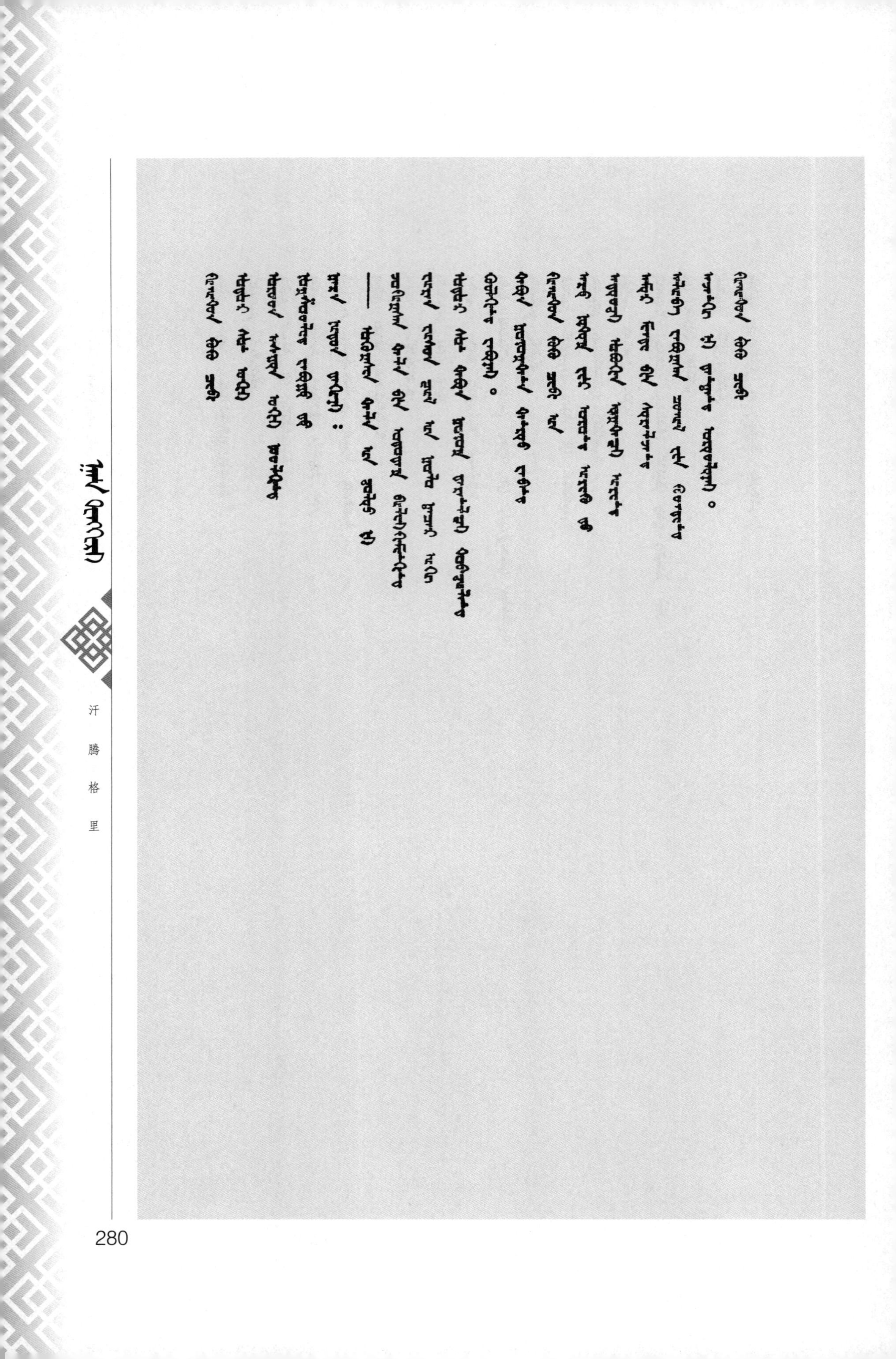

[illegible]
[illegible]
[illegible]
[illegible]
[illegible] :
—— [illegible]
[illegible]
[illegible]
[illegible] °
[illegible]
[illegible]
[illegible]
[illegible]
[illegible]
[illegible]
[illegible]
[illegible] °
[illegible]

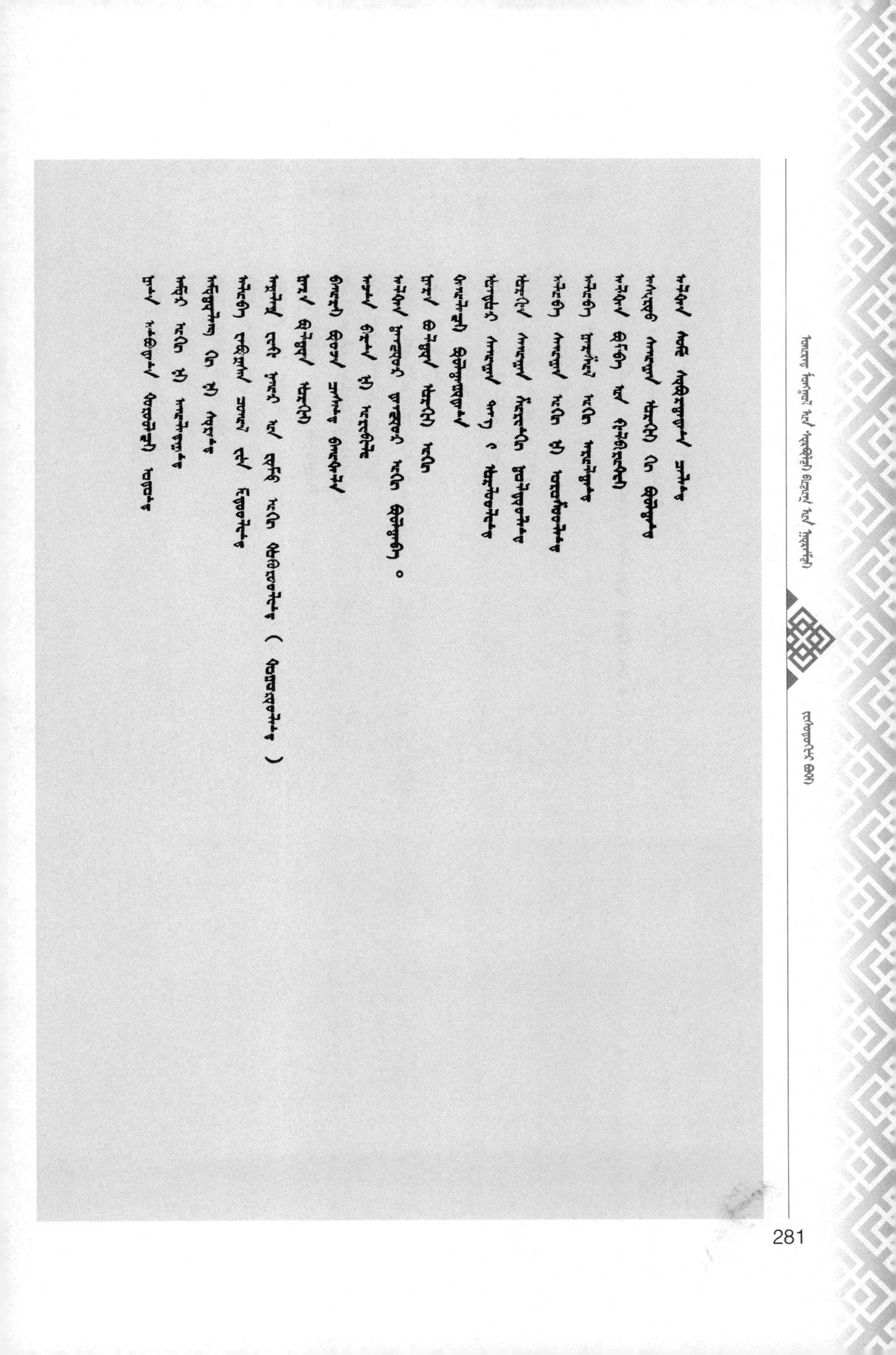

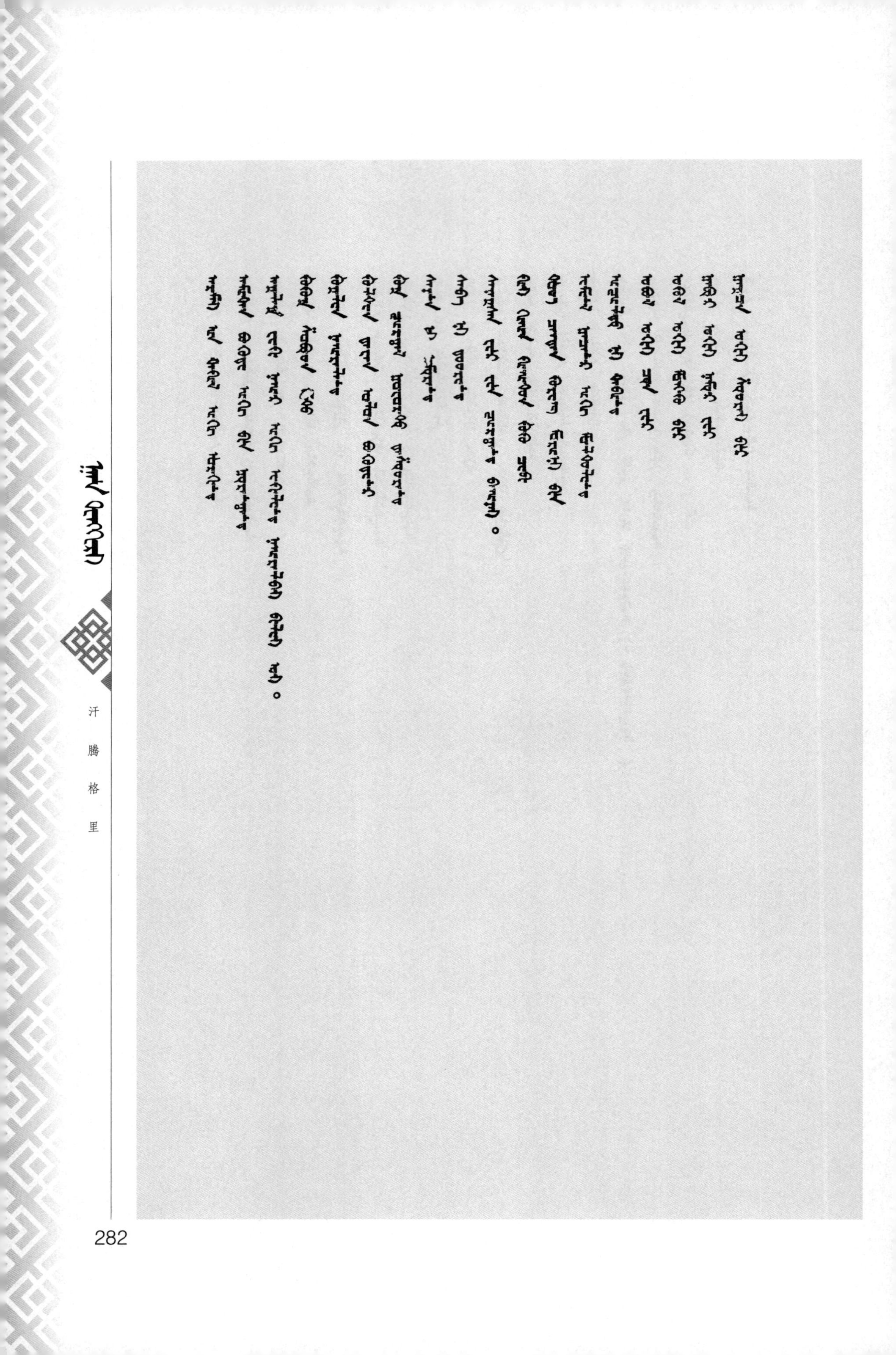

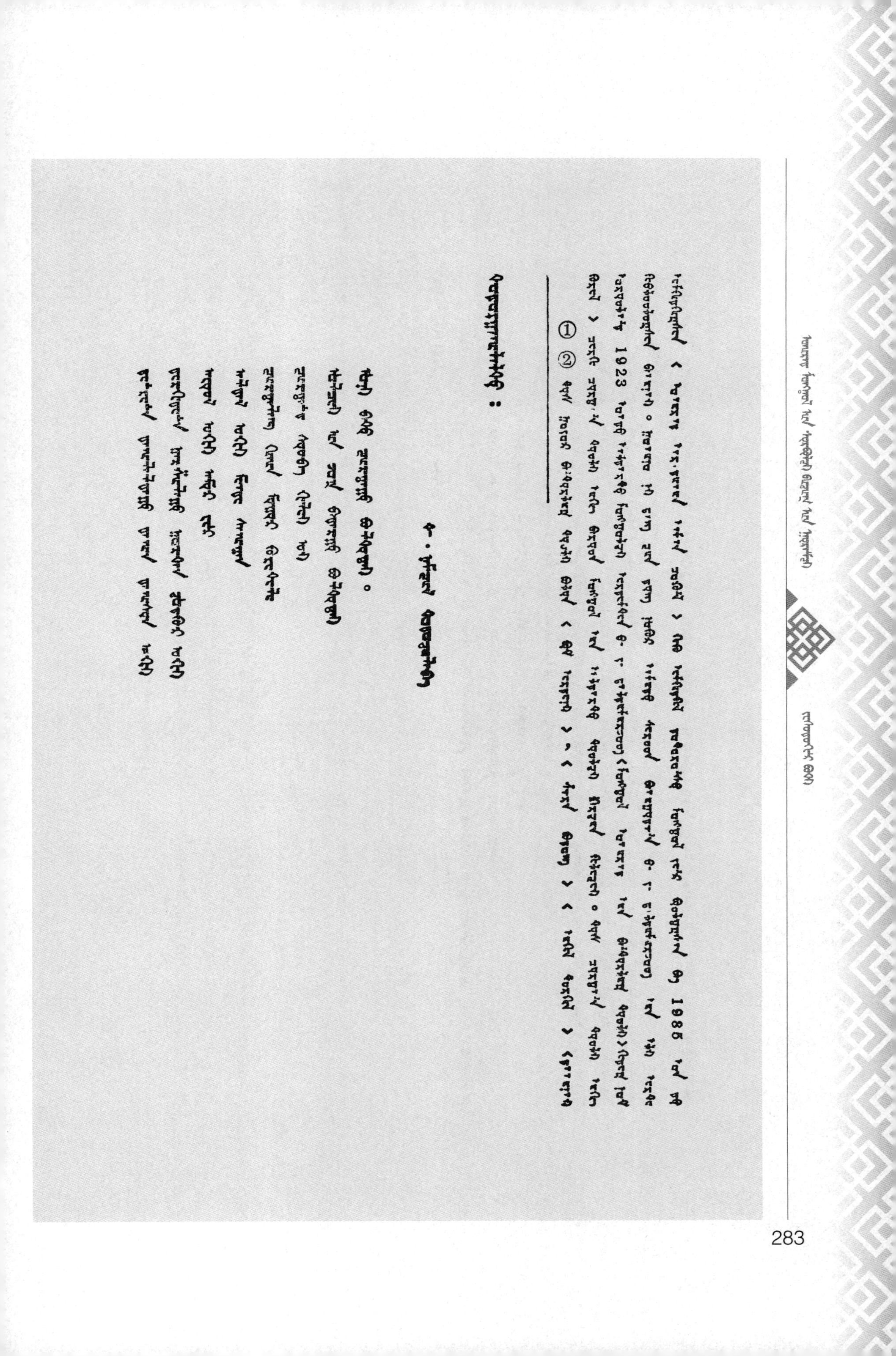

[illegible] 1985 [illegible] 1923 [illegible]

① ② [illegible]

[illegible]

[illegible]

[illegible]
[illegible]
[illegible]
[illegible]
[illegible]
[illegible]
[illegible]
[illegible]

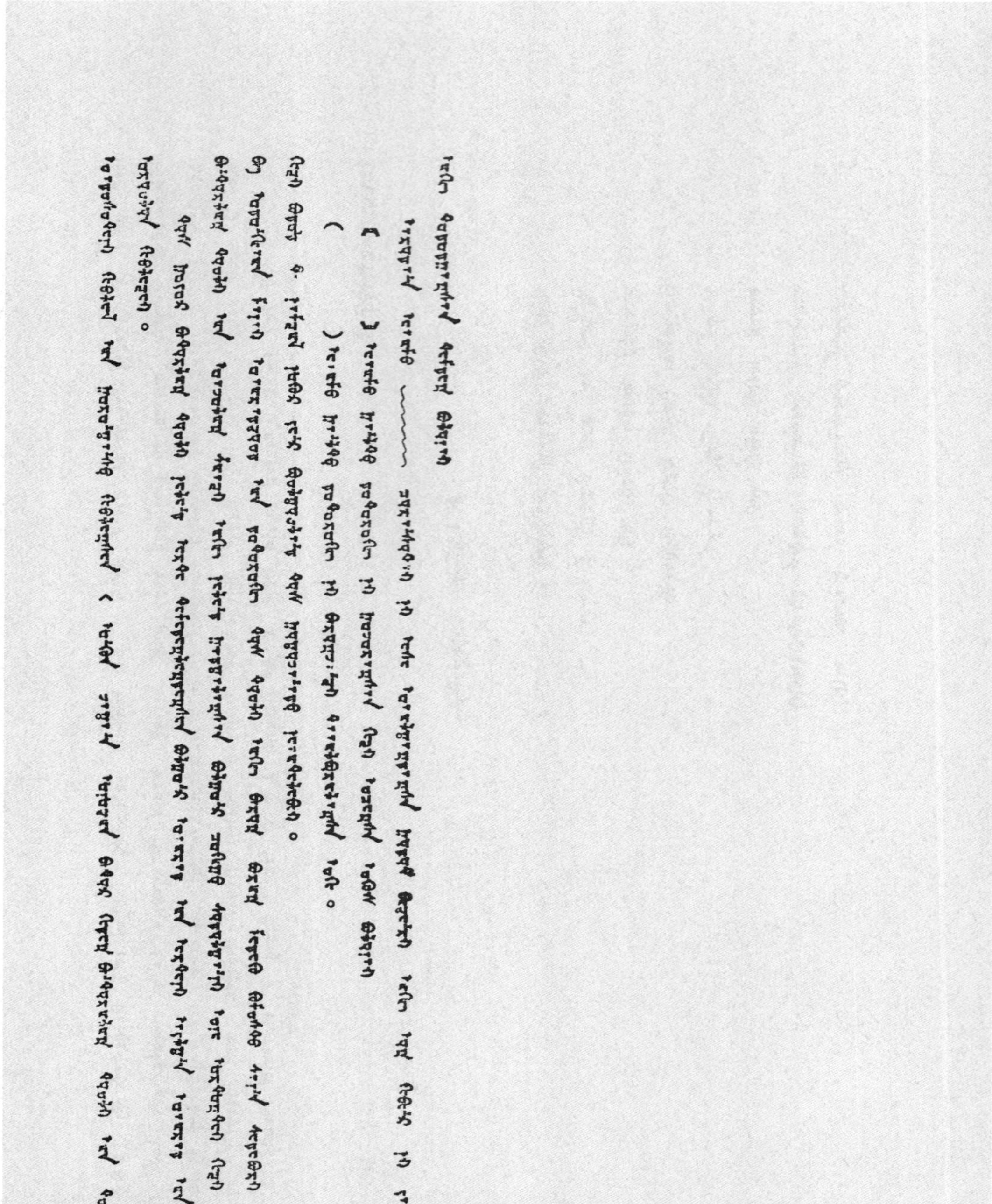

[illegible]

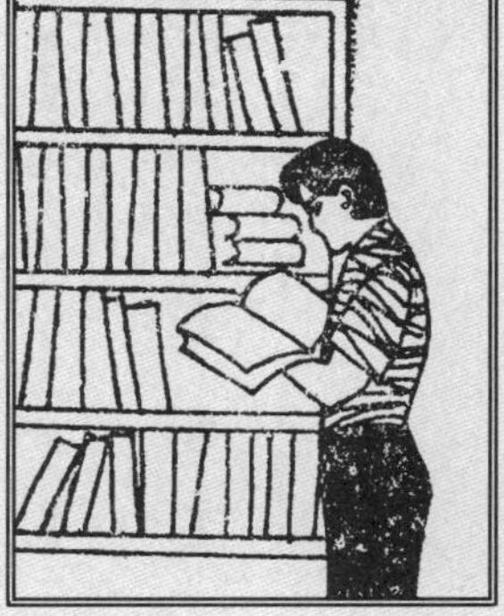

[illegible]

[illegible]

[illegible] 36

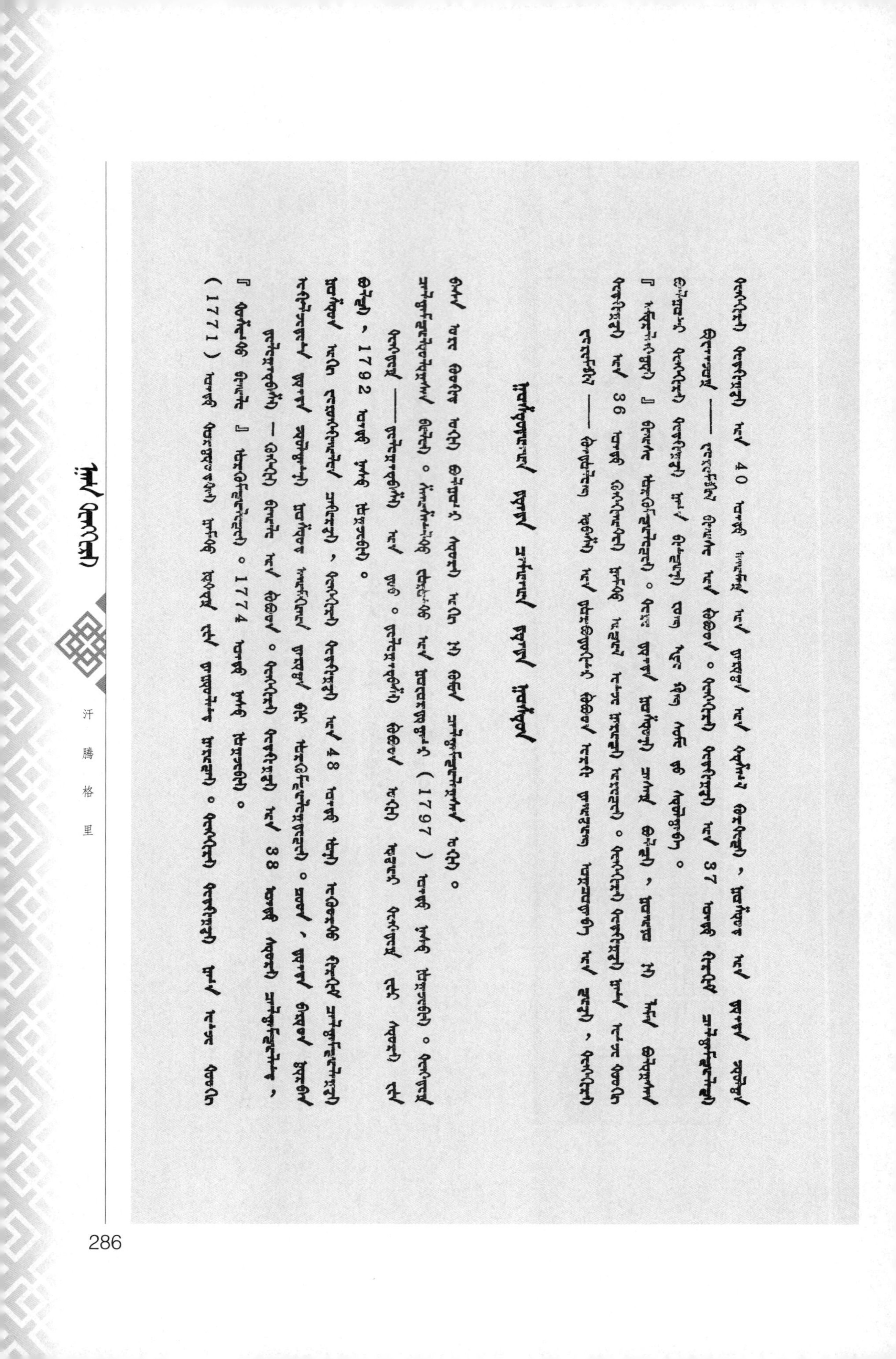

[illegible] 40 [illegible] , [illegible] 37 [illegible]
[illegible] —— [illegible]
『[illegible]』 [illegible] 。[illegible] , [illegible] 。
[illegible] 36 [illegible] 。[illegible]
[illegible] —— [illegible] , [illegible]

[illegible]

[illegible] 。
[illegible] 。[illegible] (1797) [illegible] 。[illegible]
[illegible] —— [illegible] 。[illegible]
[illegible] , 1792 [illegible] 。
[illegible] , [illegible] 48 [illegible]
[illegible] 。[illegible] , [illegible]
[illegible] — [illegible] 。[illegible] 38 [illegible] ,
『[illegible]』 [illegible] 。1774 [illegible] 。
(1771) [illegible] 。[illegible]

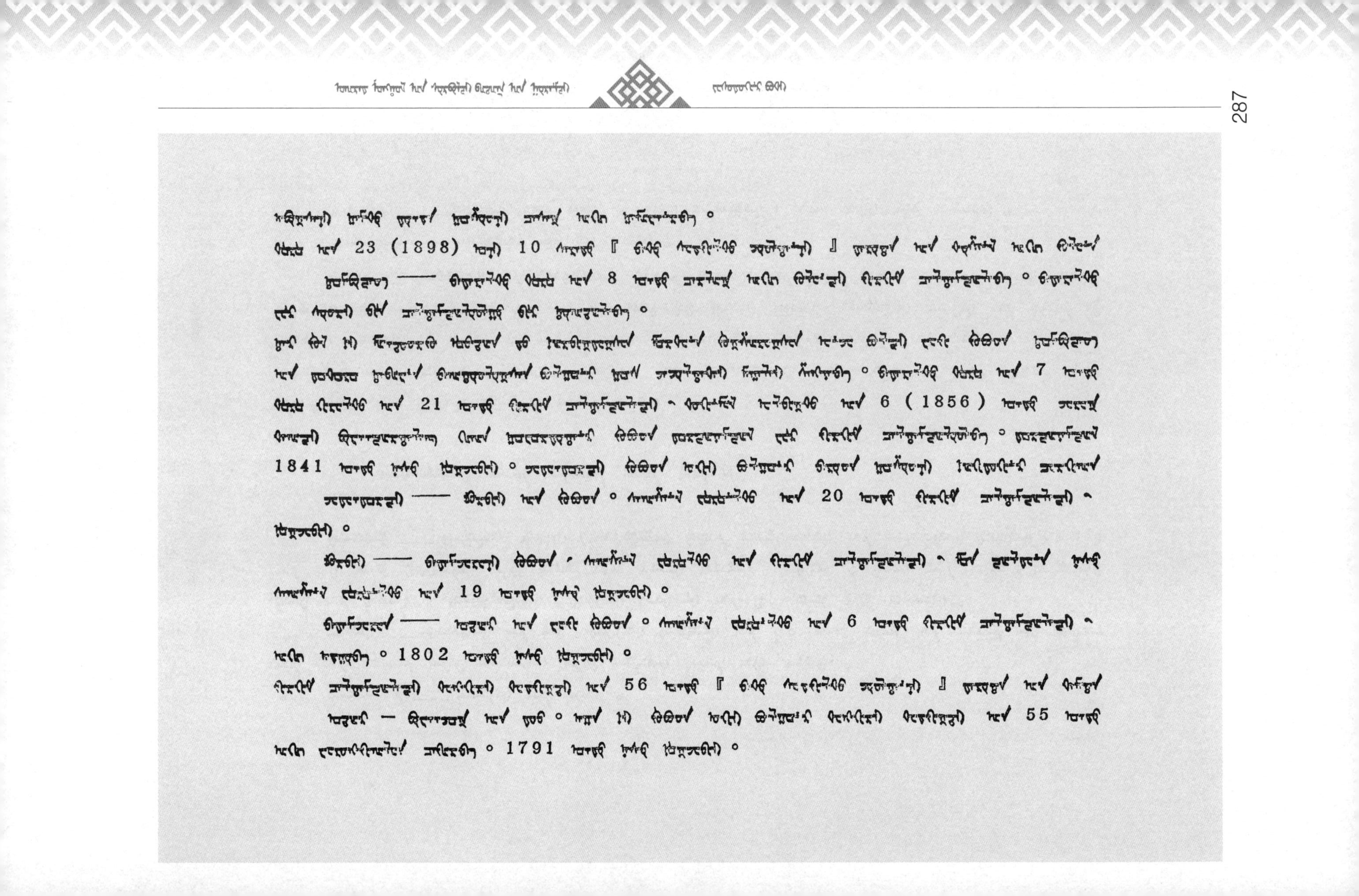

[illegible] 。
[illegible] 23 (1898) [illegible] 10 [illegible] 『 [illegible] 』 [illegible]
[illegible] —— [illegible] 8 [illegible] 。 [illegible]
[illegible] 。
[illegible]
[illegible] 。 [illegible] 7 [illegible]
[illegible] 21 [illegible] 、 [illegible] 6 (1856) [illegible]
[illegible] 。 [illegible]
1841 [illegible] 。 [illegible]
[illegible] —— [illegible] 。 [illegible] 20 [illegible] 、
[illegible] 。

[illegible] —— [illegible] 、 [illegible] 、 [illegible]
[illegible] 19 [illegible] 。

[illegible] —— [illegible] 。 [illegible] 6 [illegible] 、
[illegible] 。 1802 [illegible] 。
[illegible] 56 [illegible] 『 [illegible] 』 [illegible]
[illegible] — [illegible] 。 [illegible] 55 [illegible]
[illegible] 。 1791 [illegible] 。

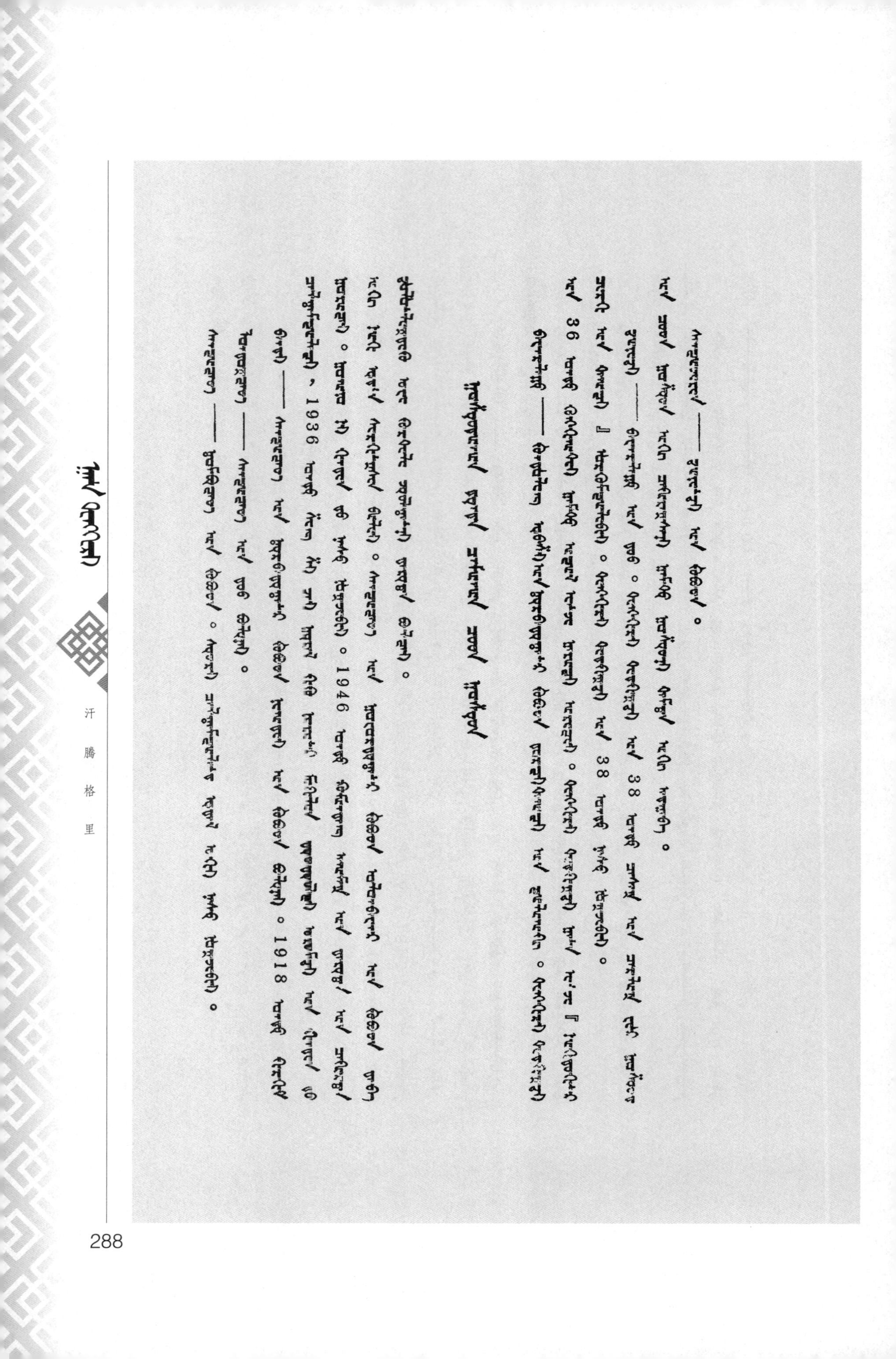

[illegible]

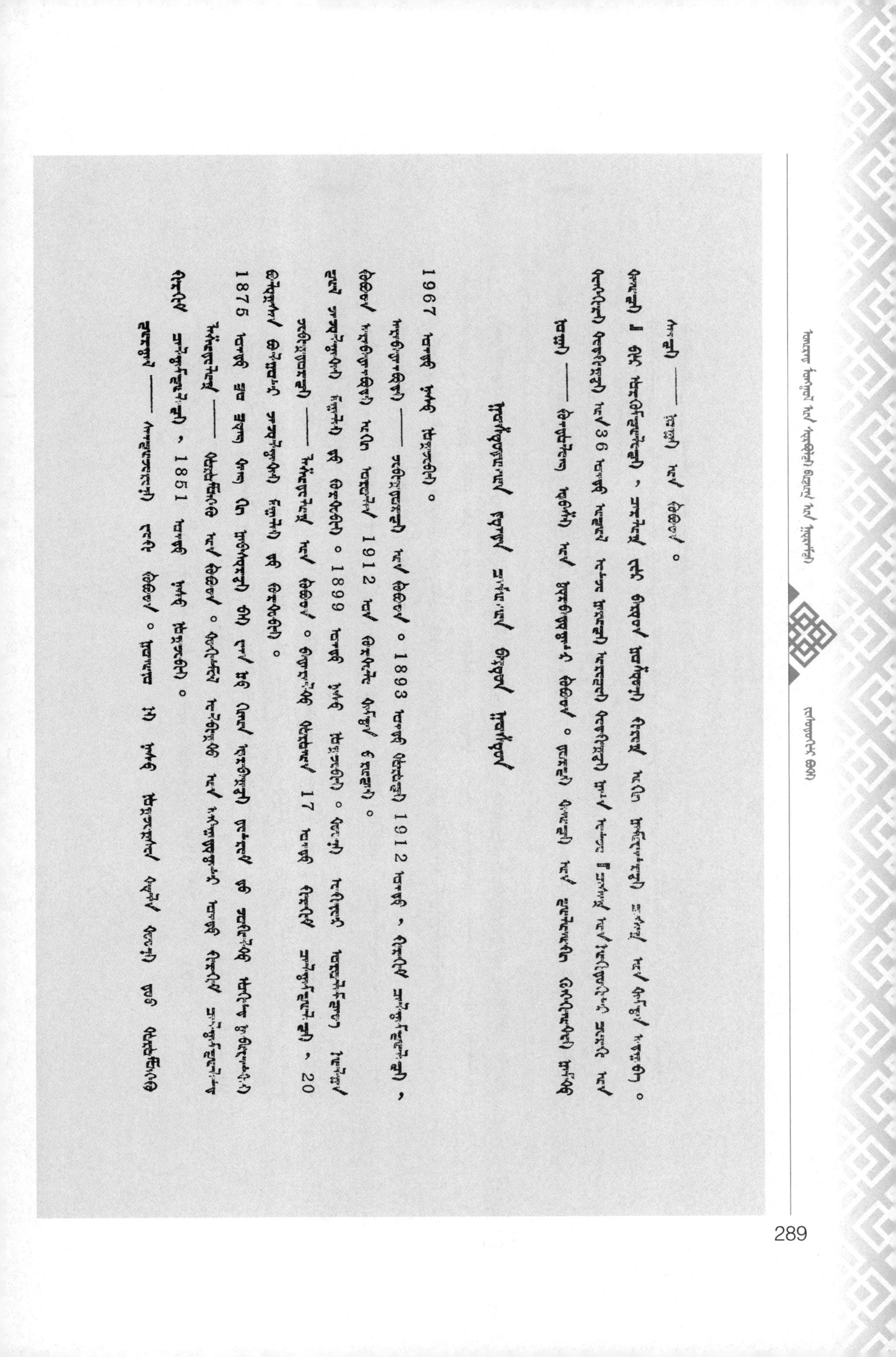

[illegible] —— [illegible] 。

[illegible] 。

[illegible] 36 [illegible]

[illegible] —— [illegible] 。 [illegible]

[illegible]

1967 [illegible] 。

[illegible] —— [illegible] 。 1893 [illegible] 1912 [illegible] ， [illegible] ，
[illegible] 1912 [illegible] 。

[illegible] 。 1899 [illegible] 。 [illegible]

[illegible] —— [illegible] 。 [illegible] 17 [illegible] ， 20
[illegible] 。

1875 [illegible]

[illegible] —— [illegible] 。 [illegible]
[illegible] ， 1851 [illegible] 。

[illegible] —— [illegible] 。 [illegible]

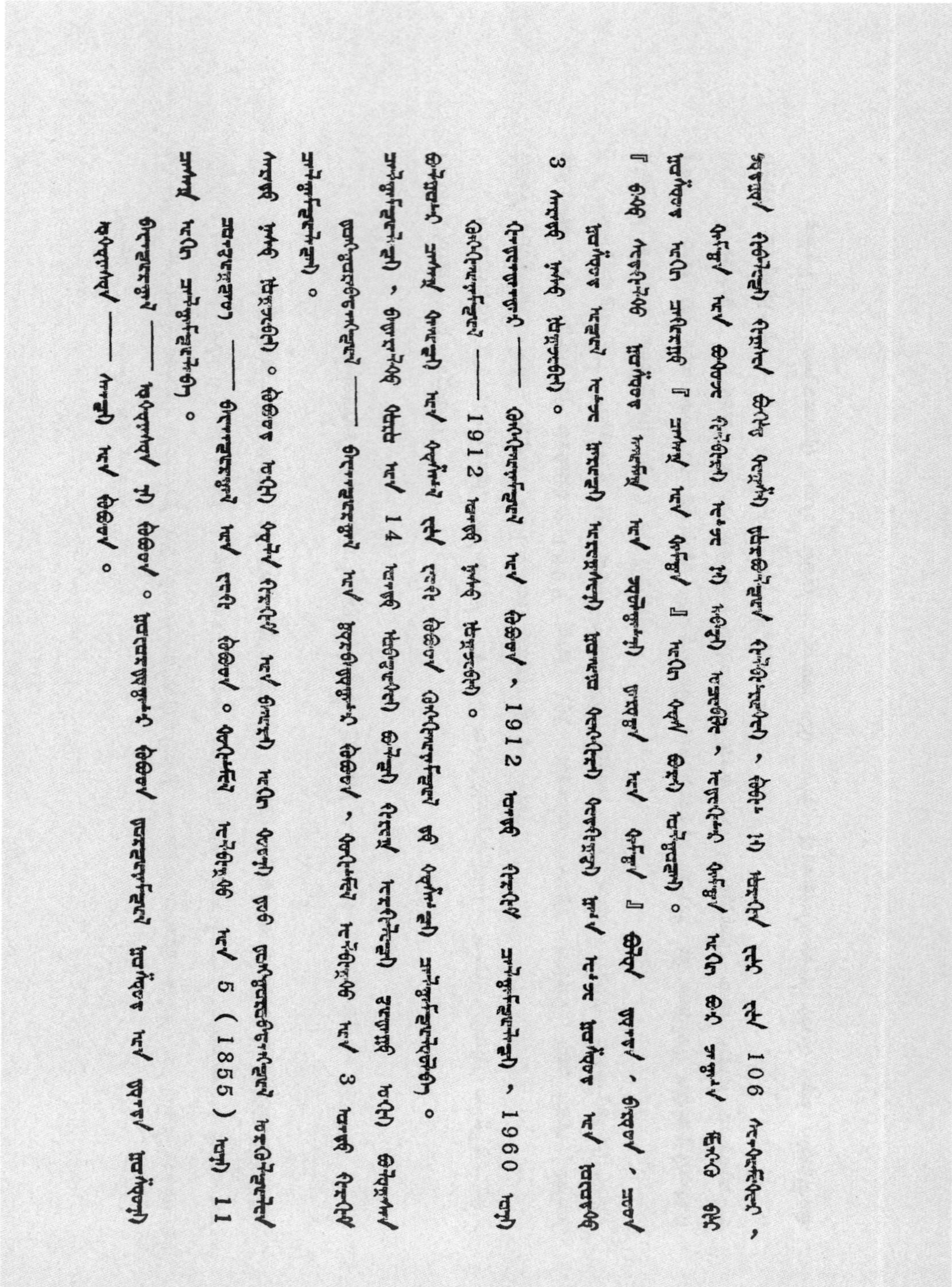

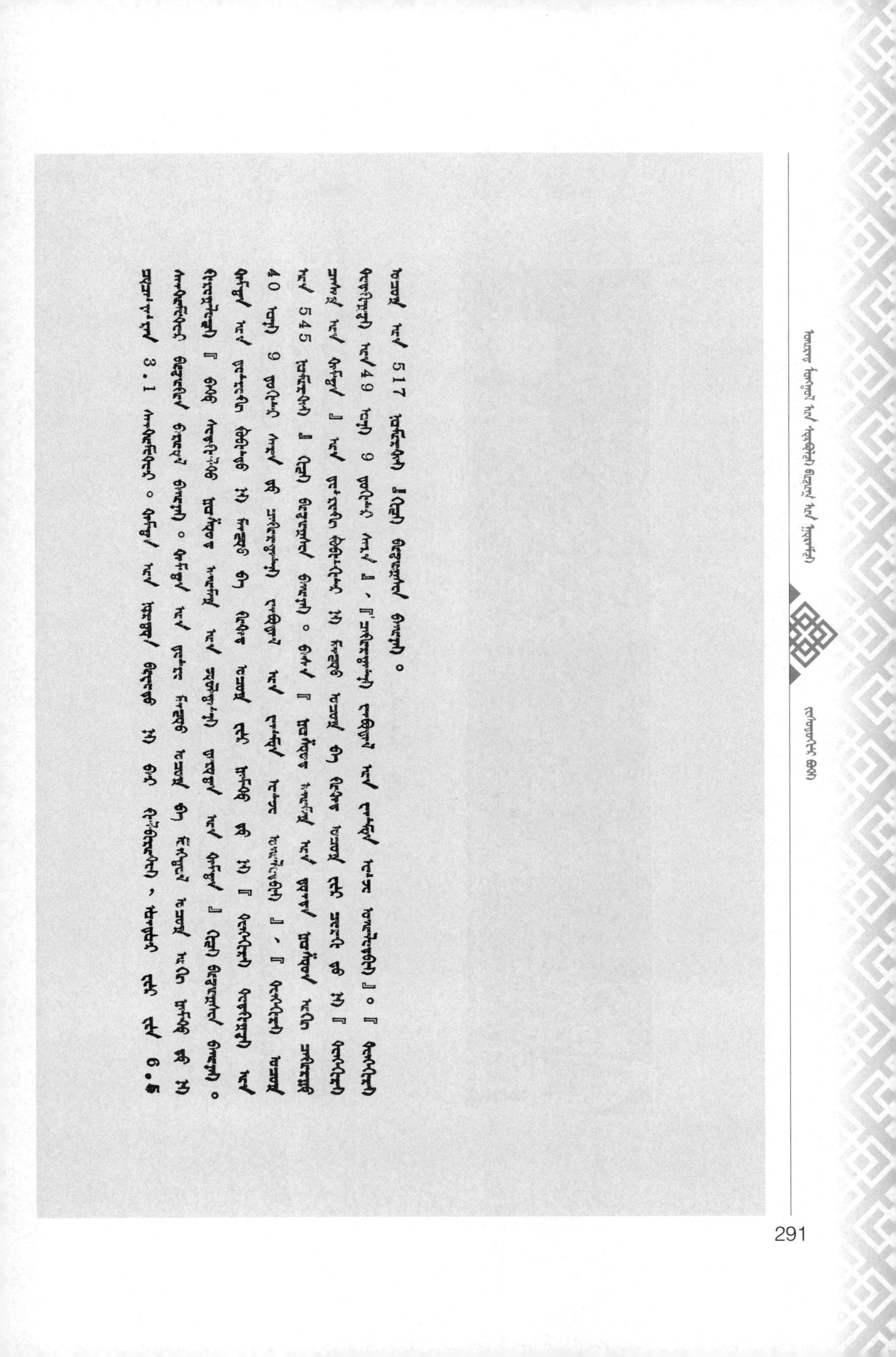

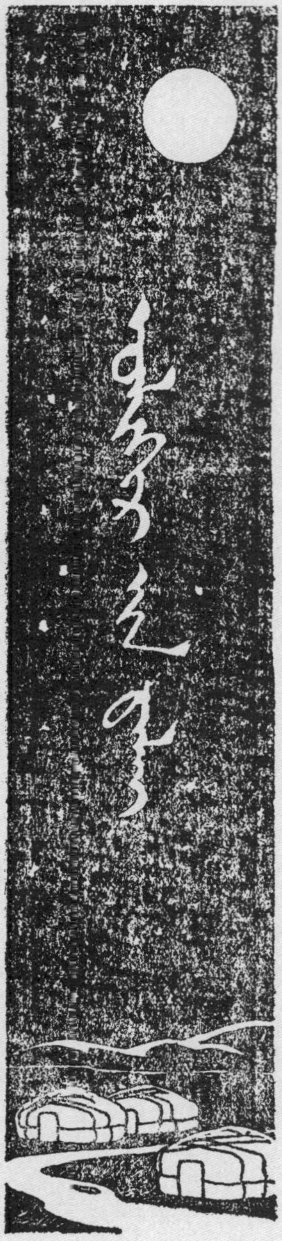

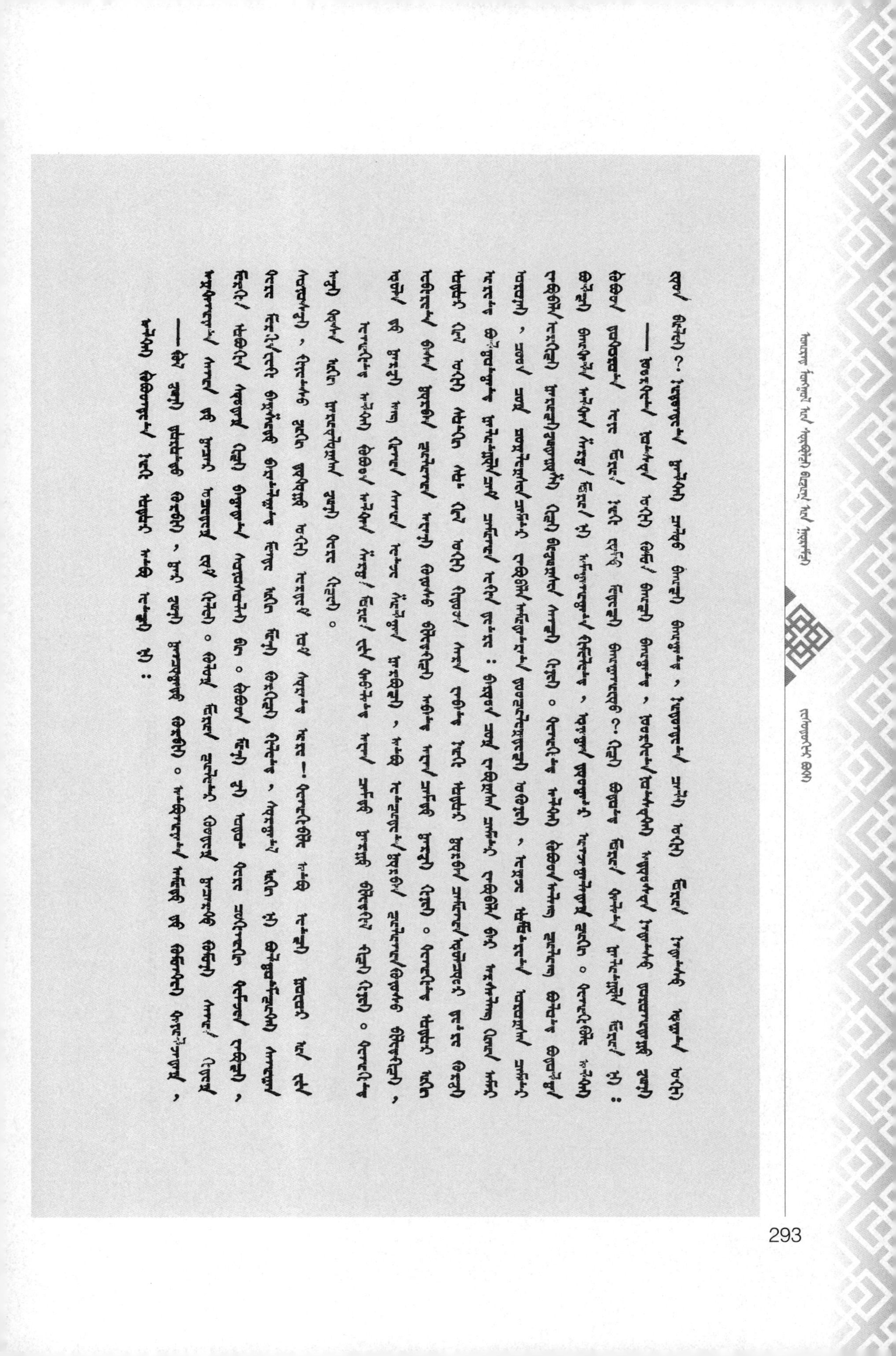

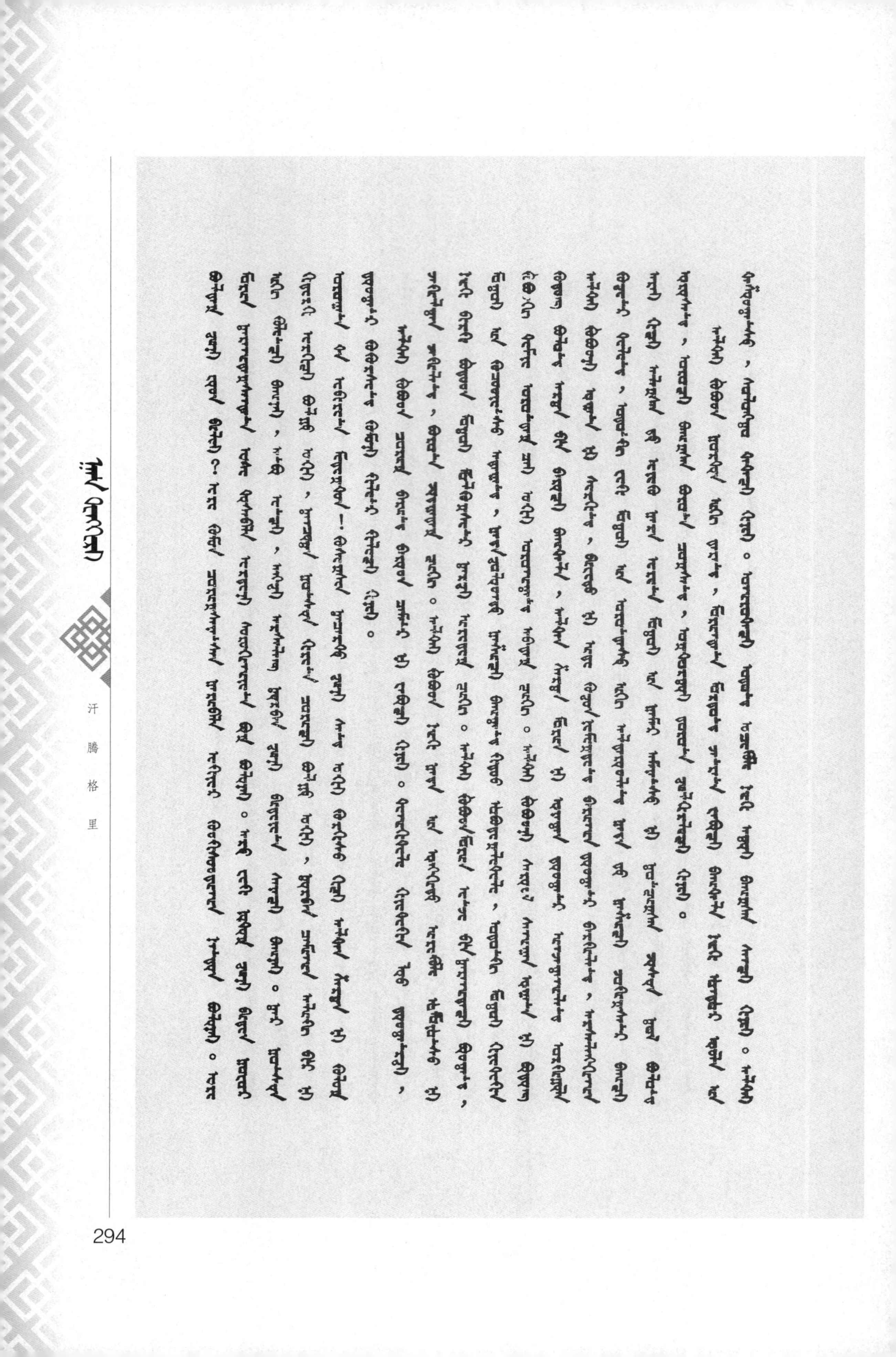

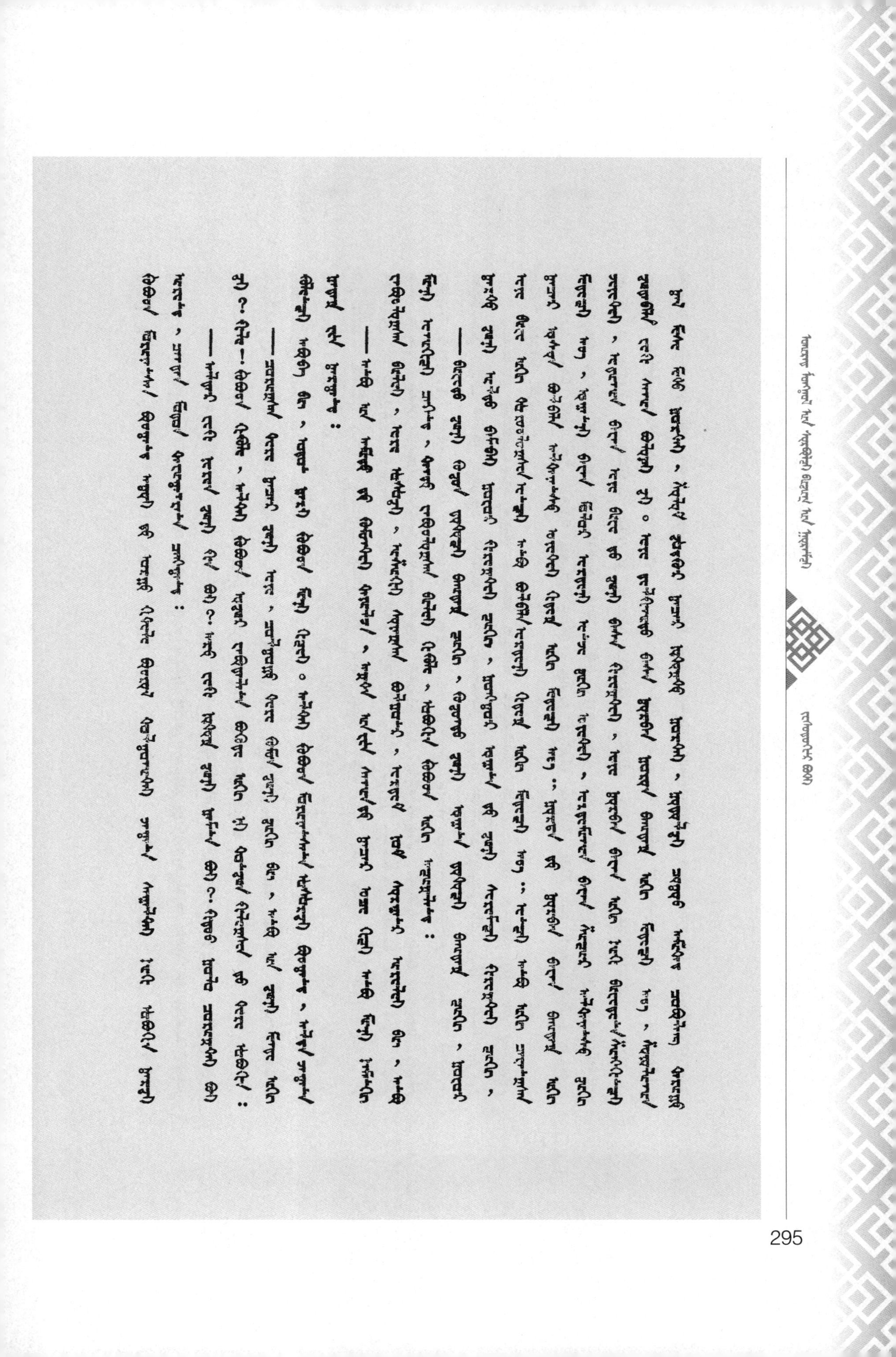

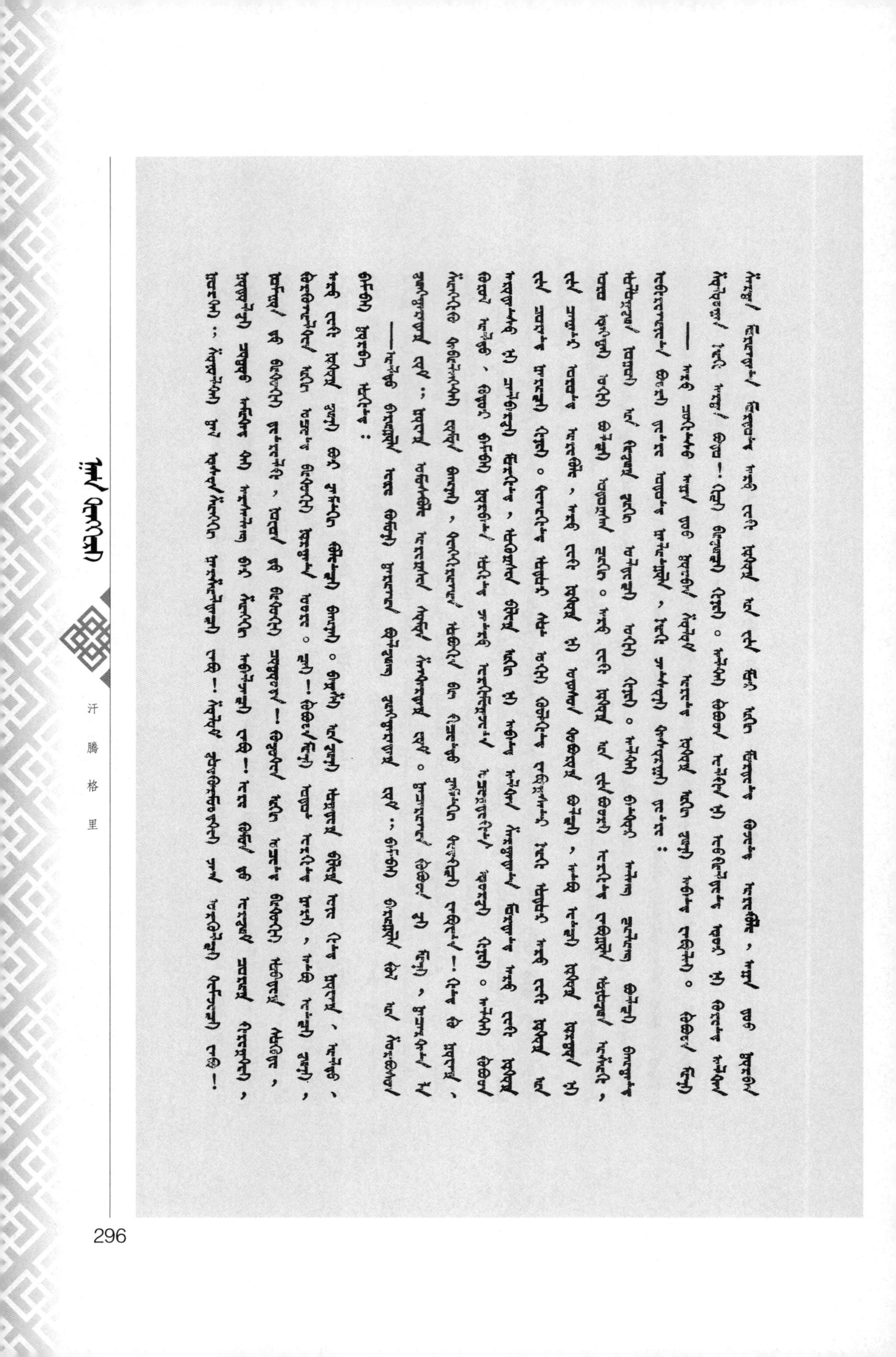

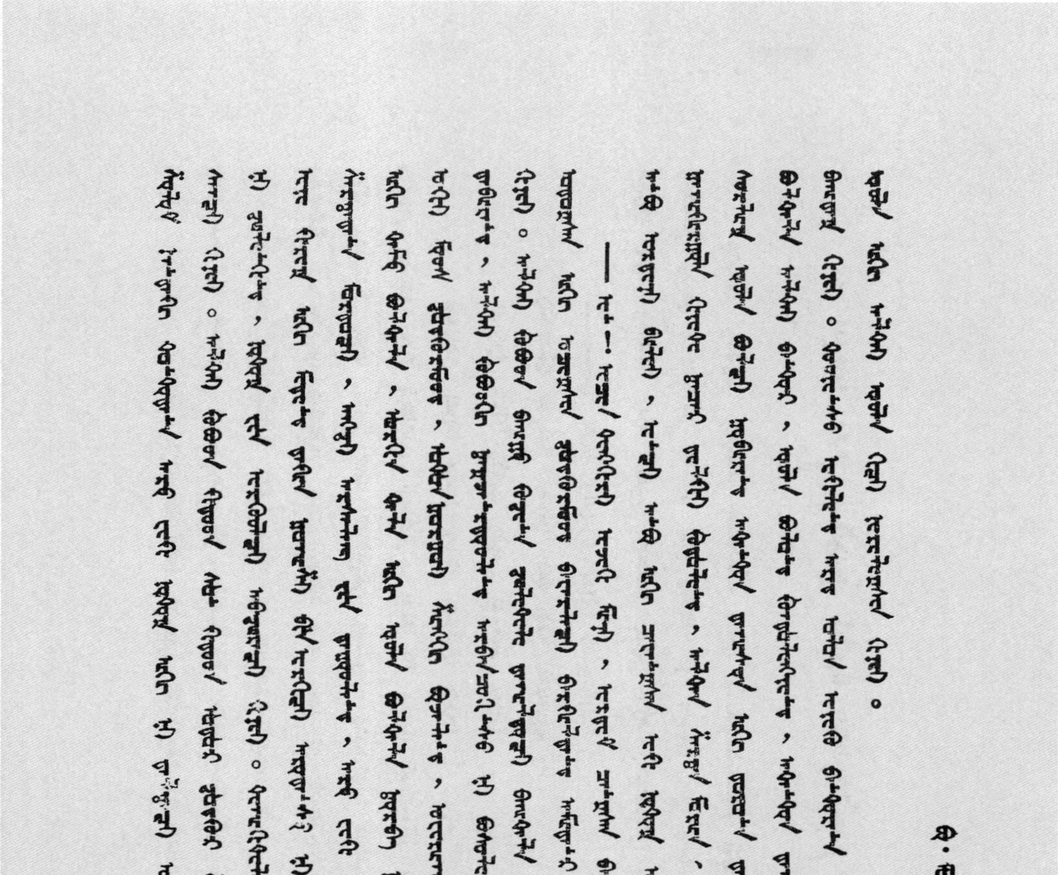

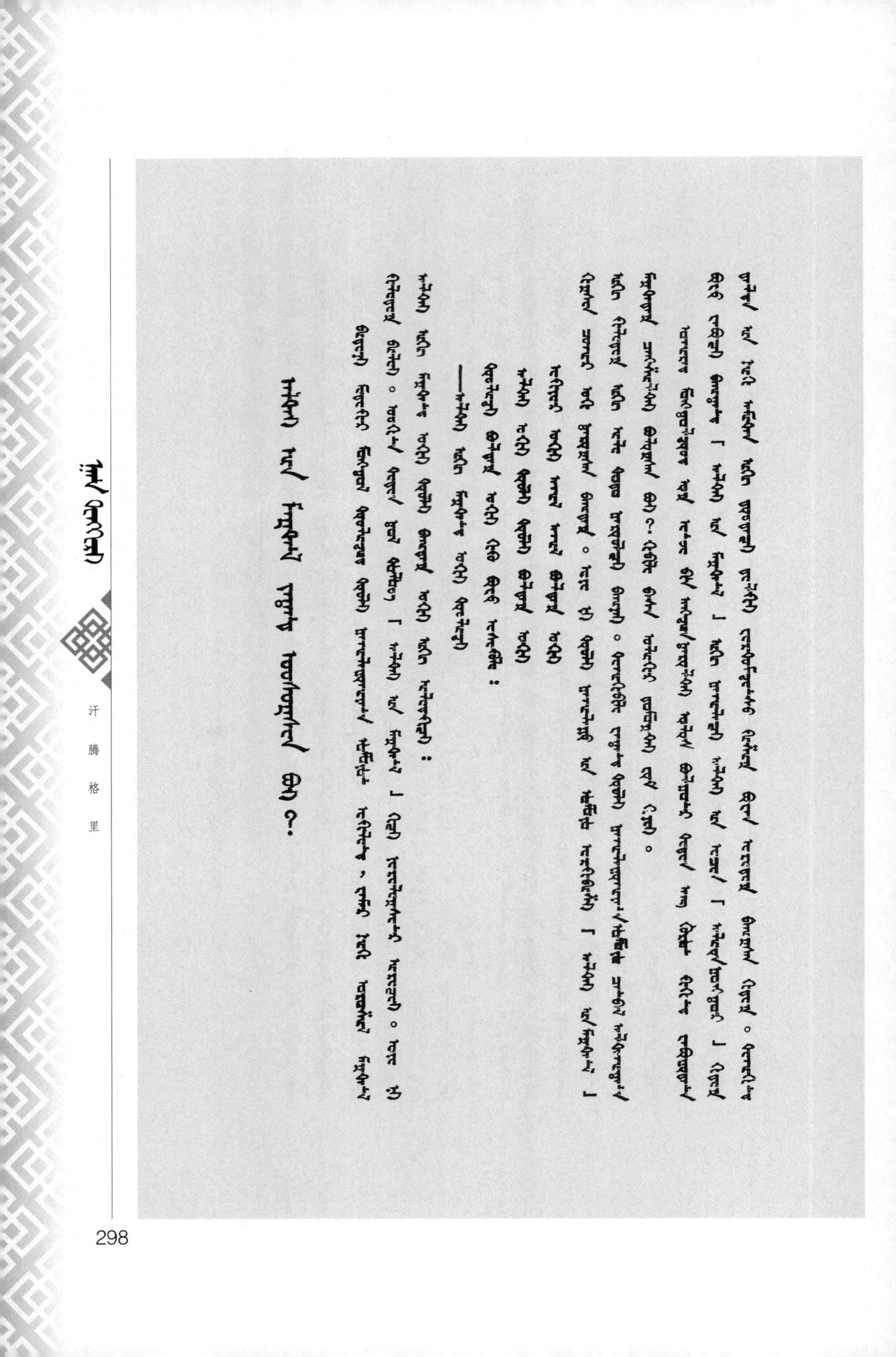

[illegible]

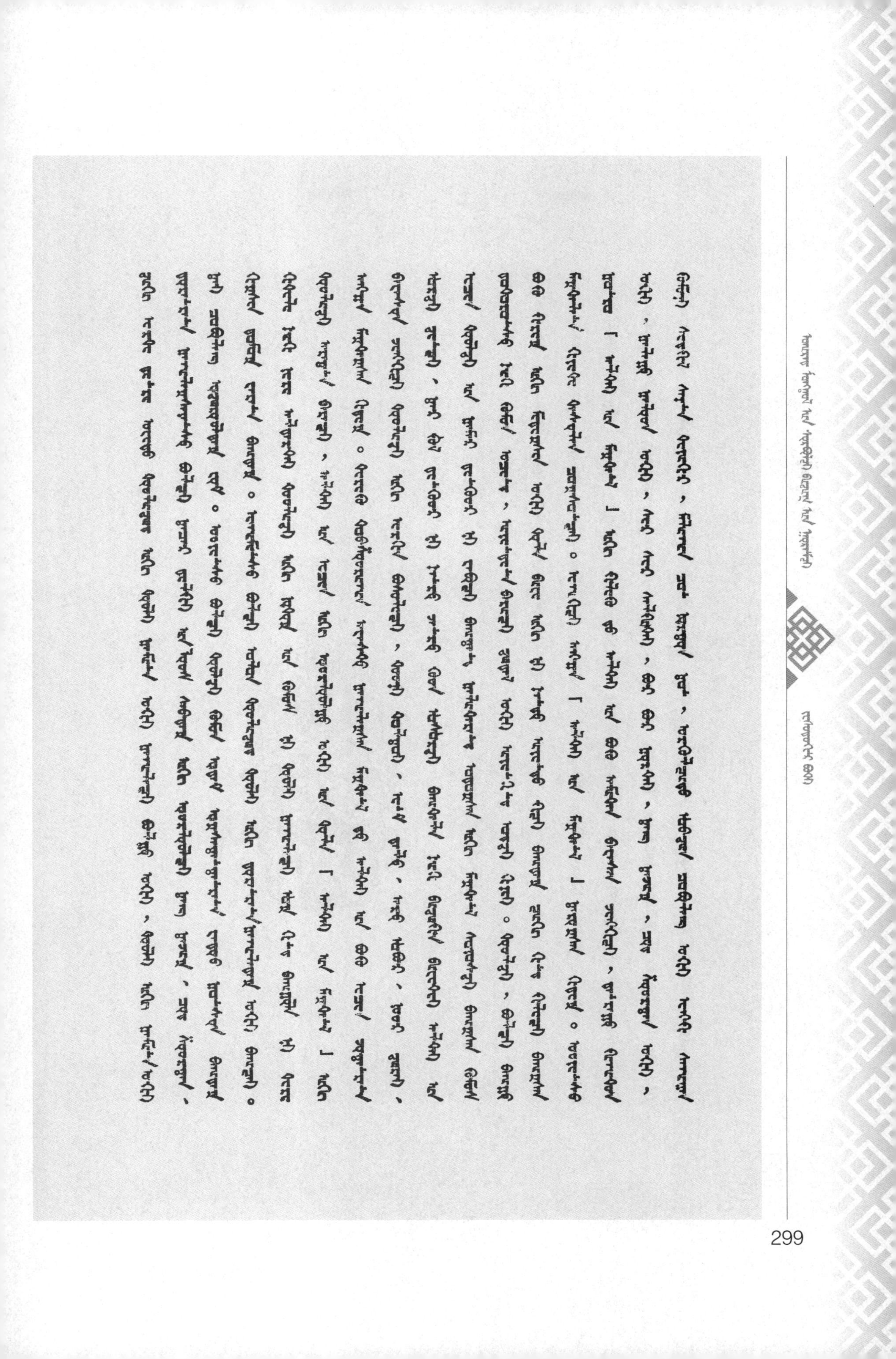

[illegible]

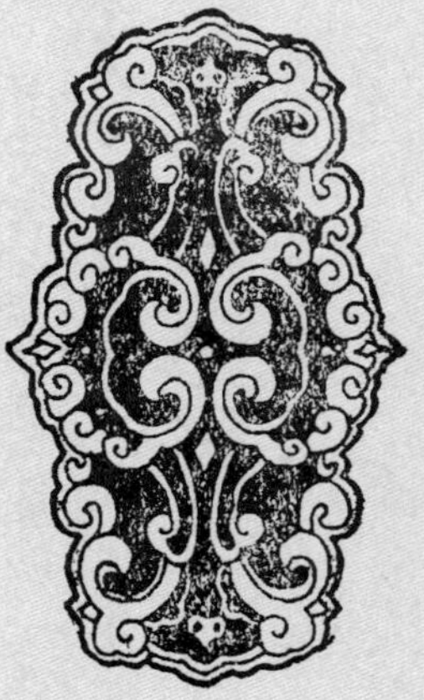

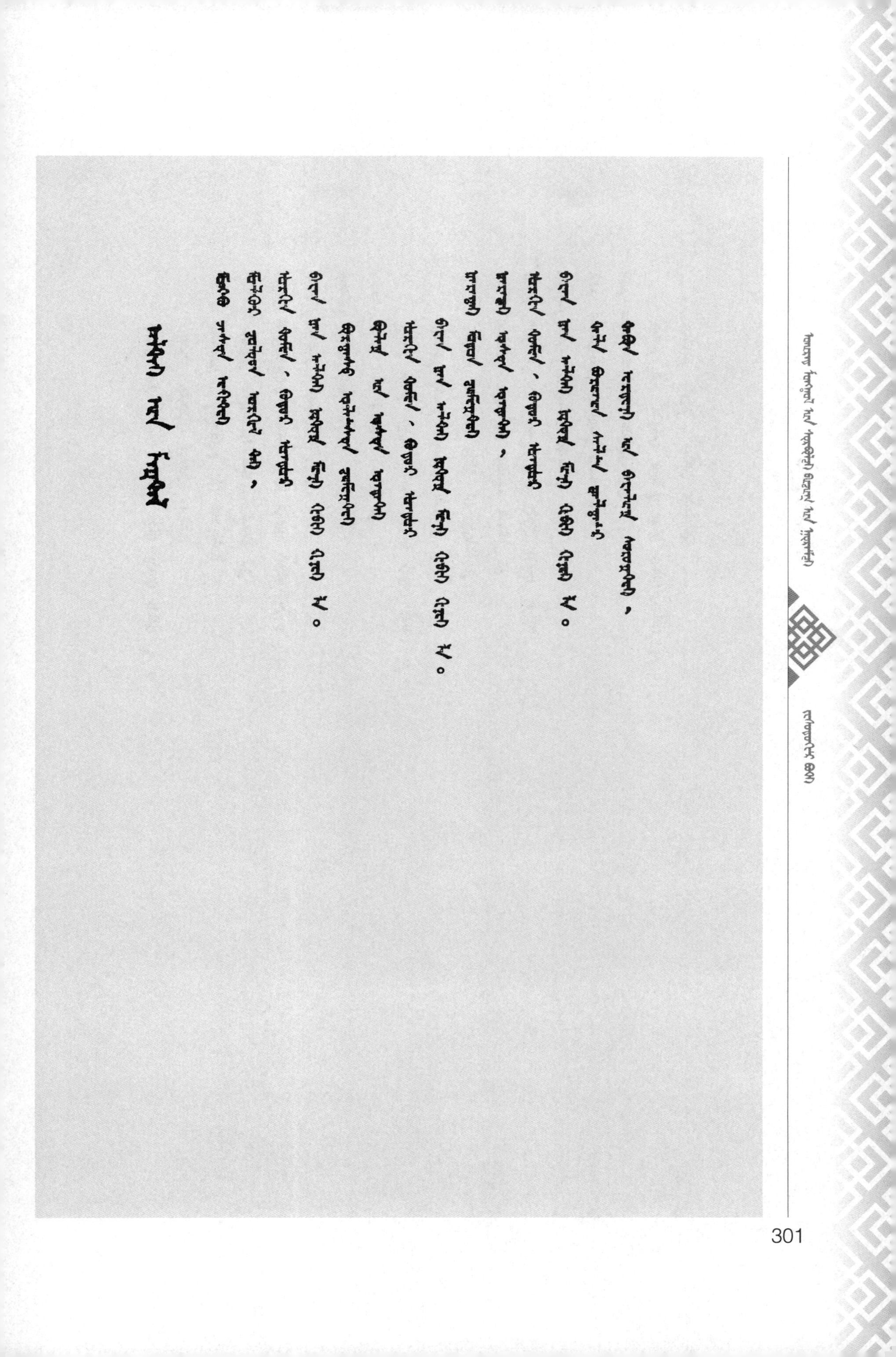

[illegible]

[illegible],
[illegible]
[illegible]。
[illegible]、[illegible]
[illegible],
[illegible]
[illegible]。
[illegible]、[illegible]
[illegible]
[illegible]
[illegible]。
[illegible]、[illegible]
[illegible],
[illegible]

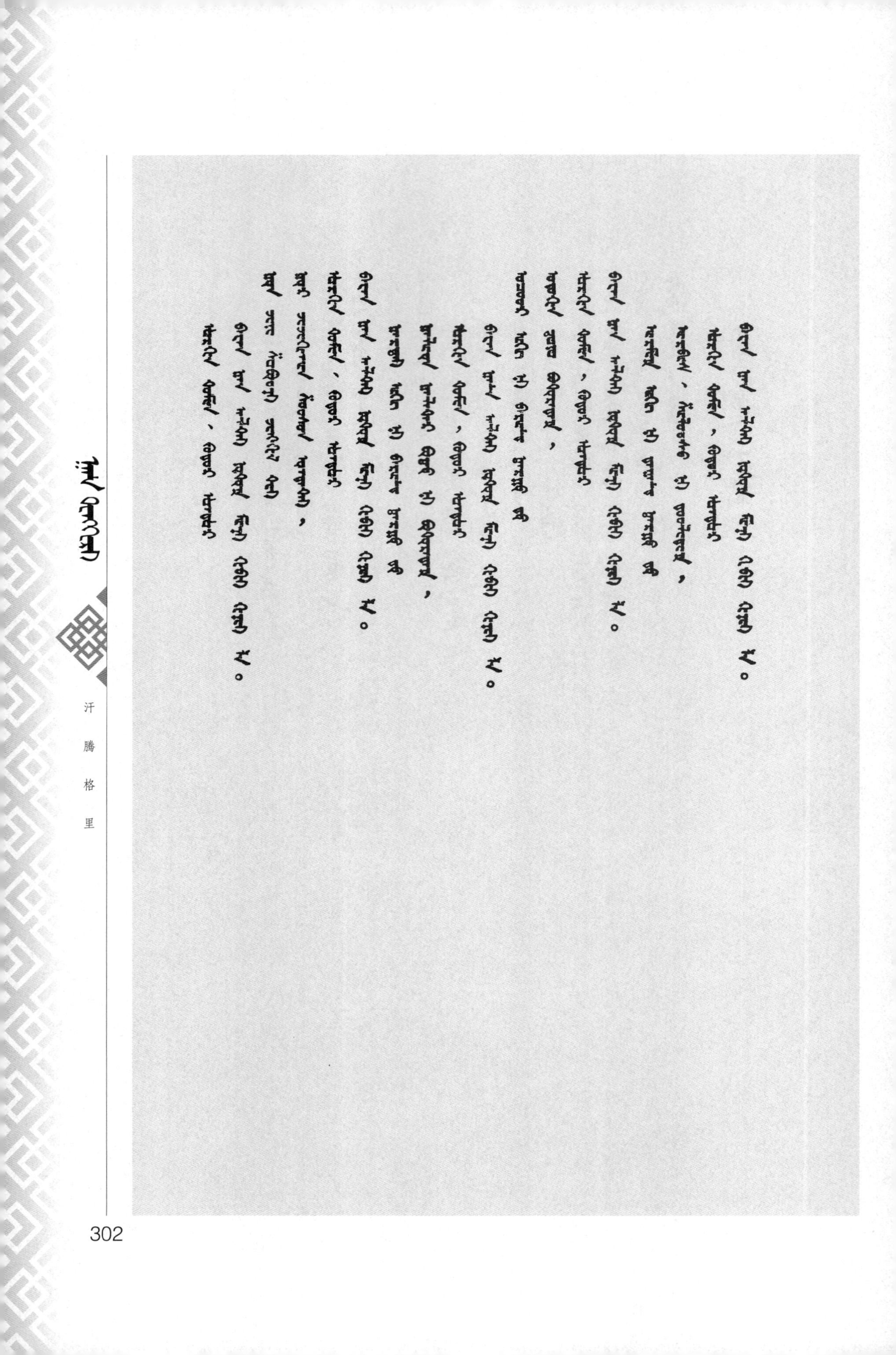

[illegible]
[illegible]
[illegible]
[illegible]
[illegible]
[illegible]
[illegible]
[illegible]
[illegible]
[illegible]
[illegible]
[illegible]
[illegible]
[illegible]
[illegible]
[illegible]
[illegible]
[illegible]

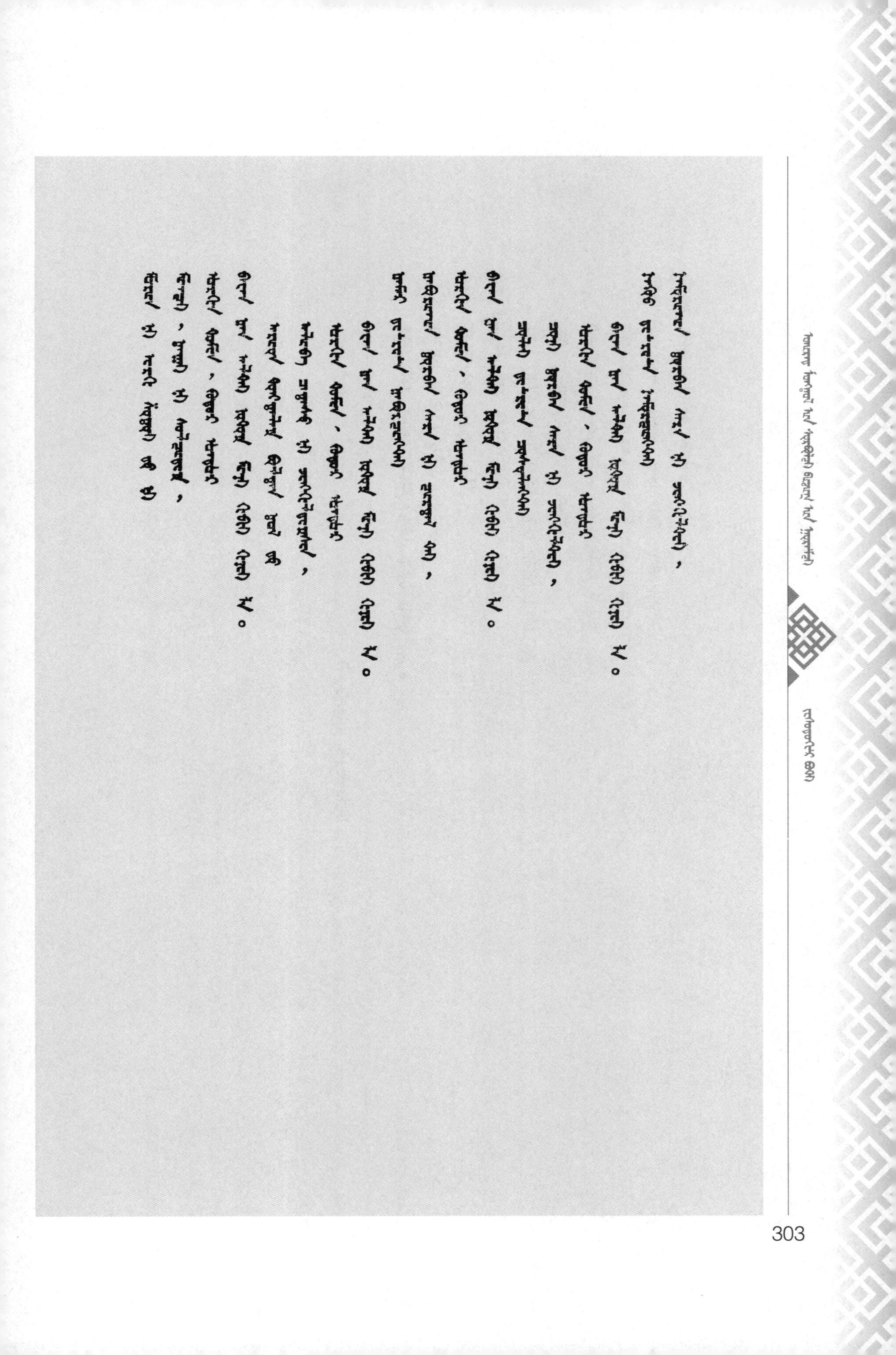

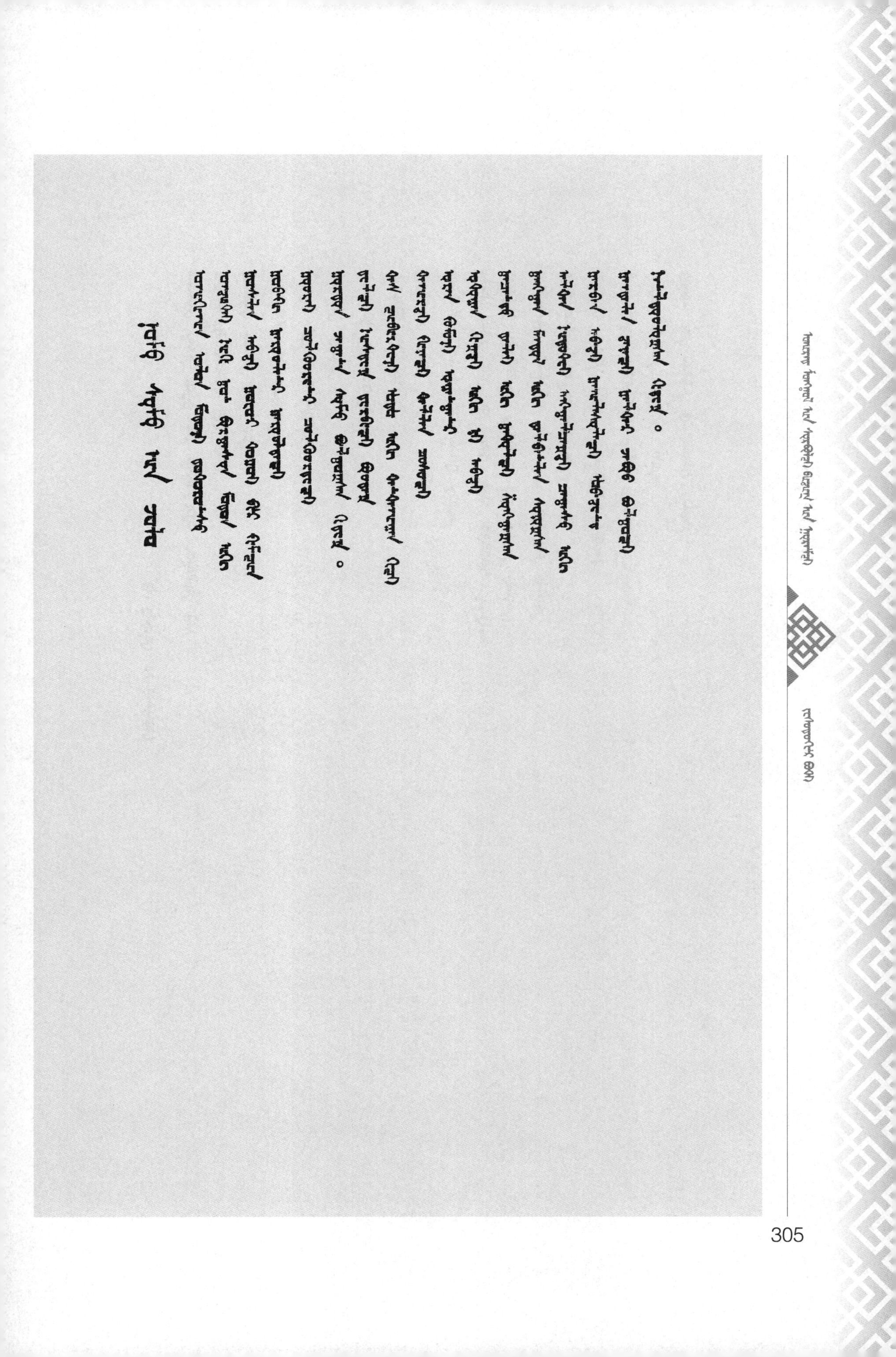

[illegible]

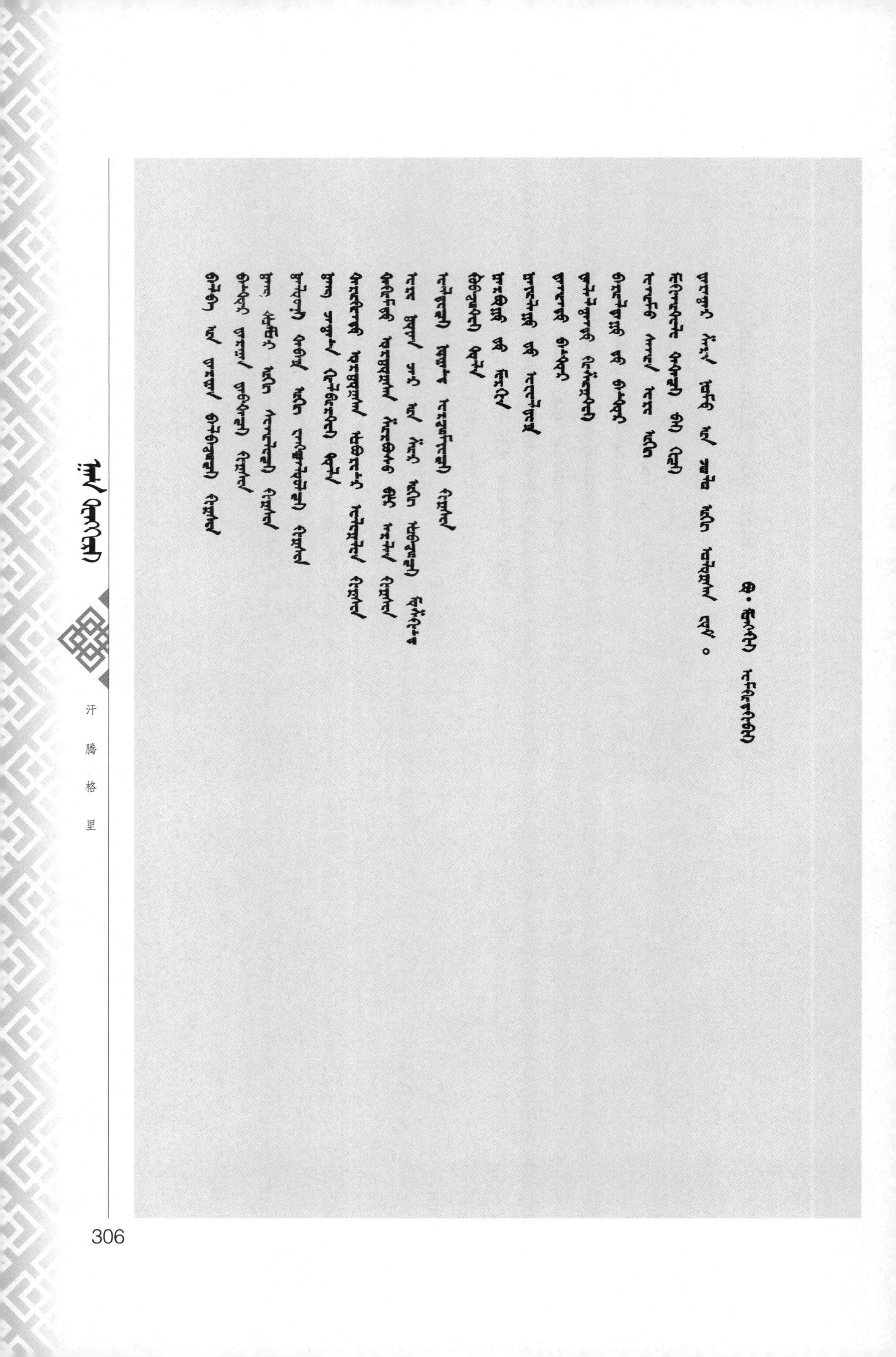

[illegible]

[illegible]
[illegible]
[illegible]
[illegible]
[illegible]
[illegible]
[illegible]
[illegible]
[illegible]
[illegible]
[illegible]
[illegible]
[illegible]
[illegible]
[illegible]
[illegible]
[illegible]
[illegible]

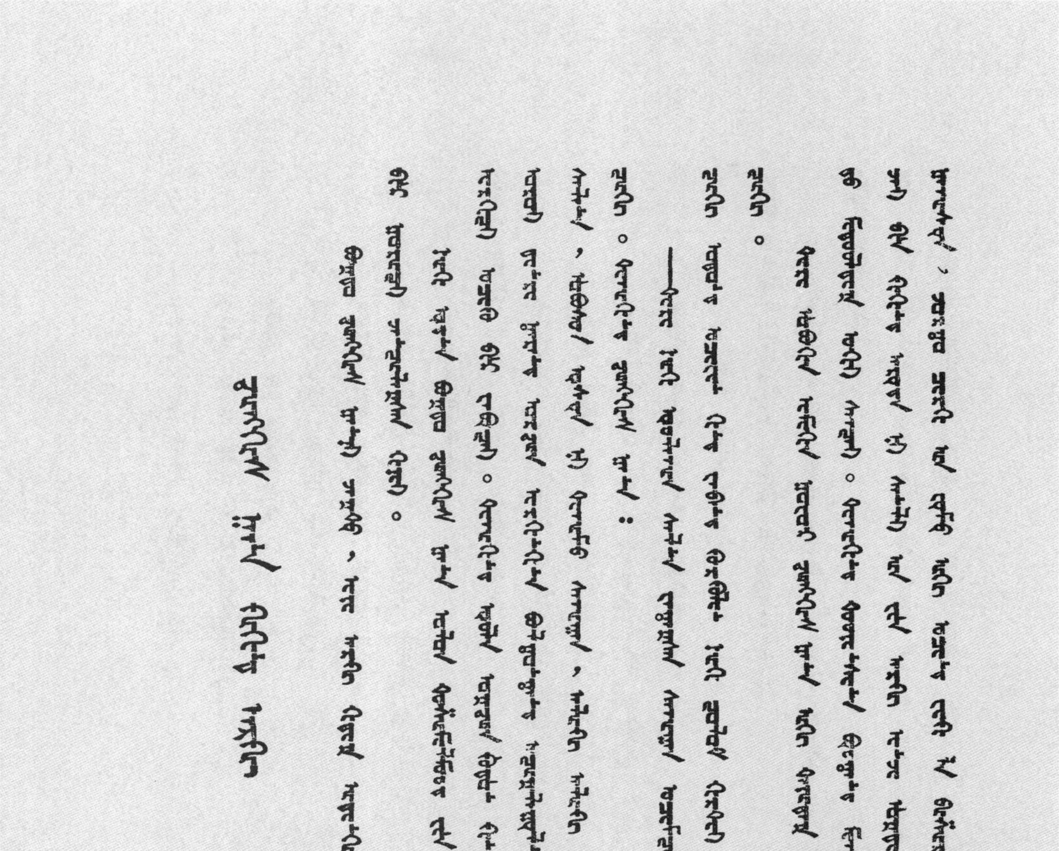

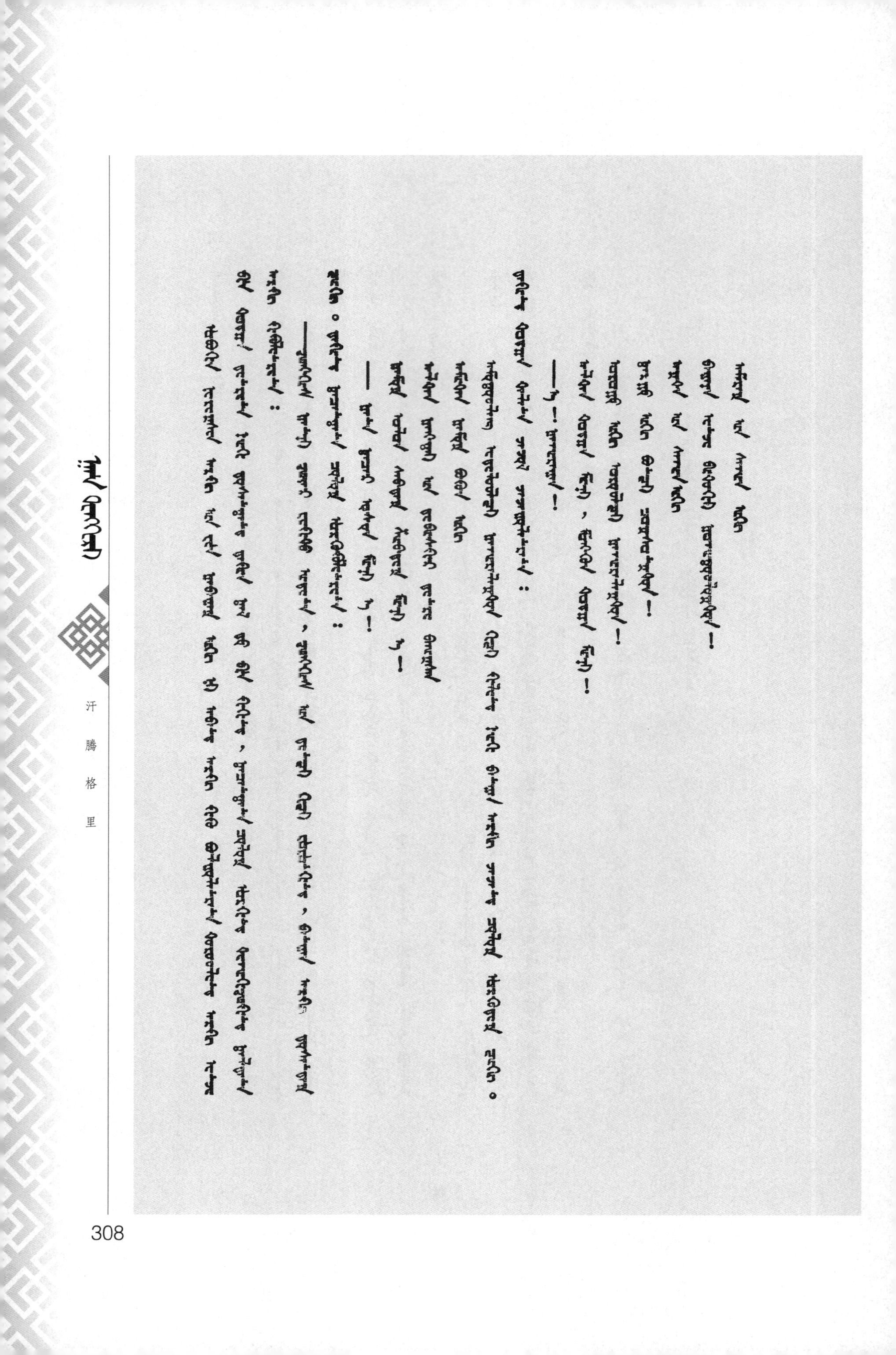

[illegible]

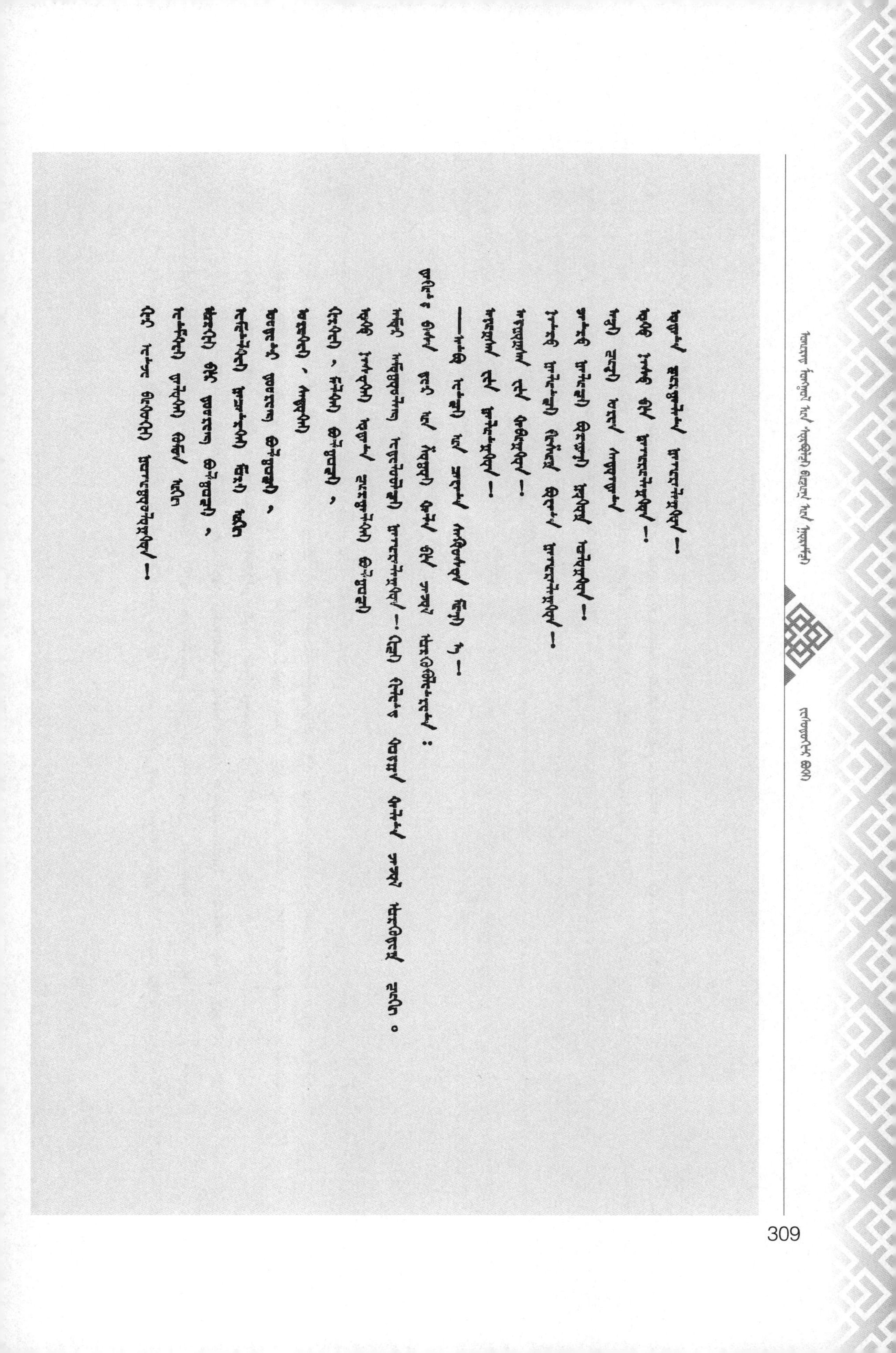

[illegible] !
[illegible] !
[illegible]
[illegible] !
[illegible] !
[illegible] !
[illegible] !
—— [illegible] !
[illegible] :
[illegible] 。
[illegible]
[illegible] ,
[illegible]
[illegible] ,
[illegible]
[illegible] ,
[illegible]
[illegible] !

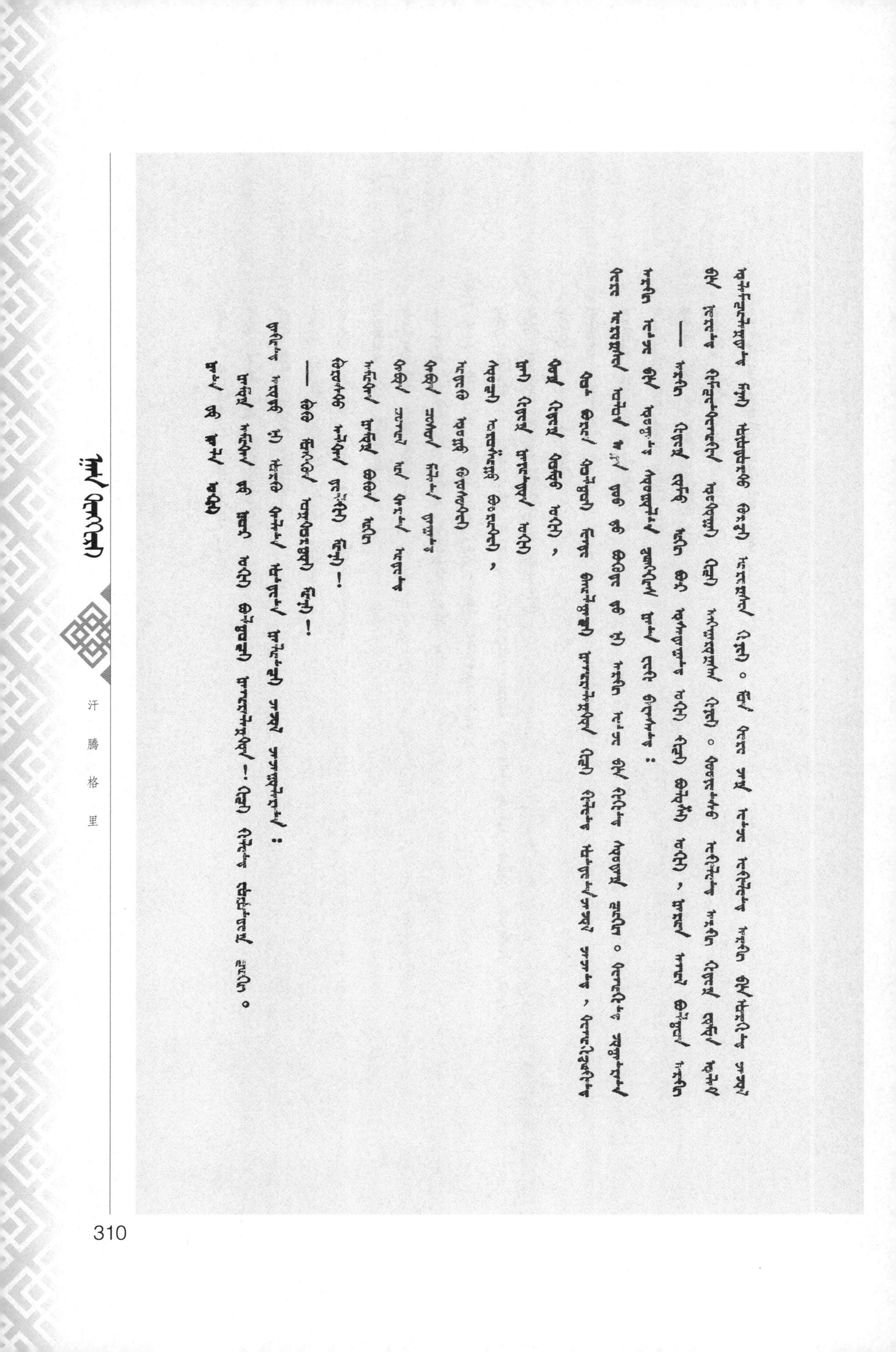

[illegible]

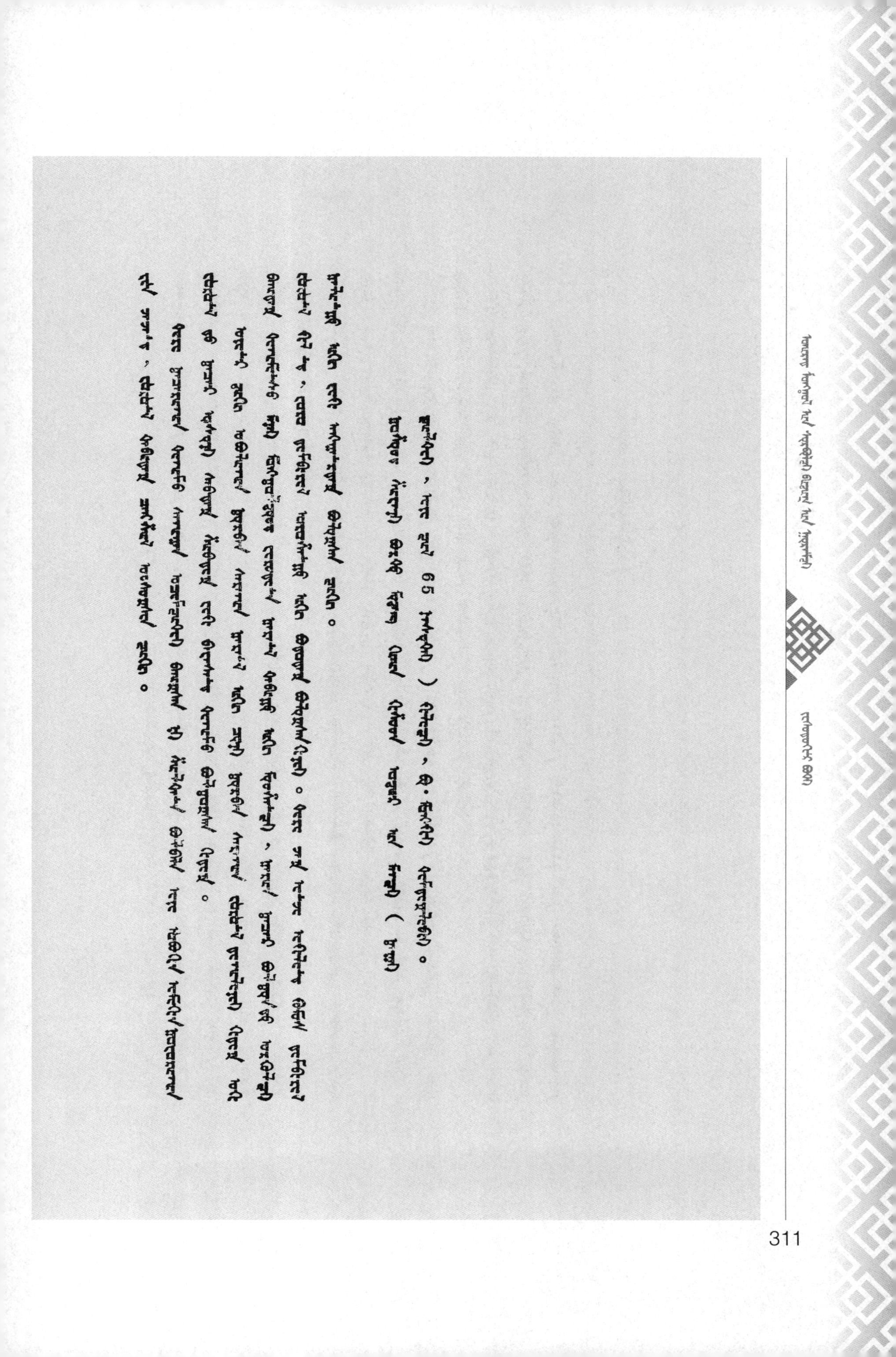

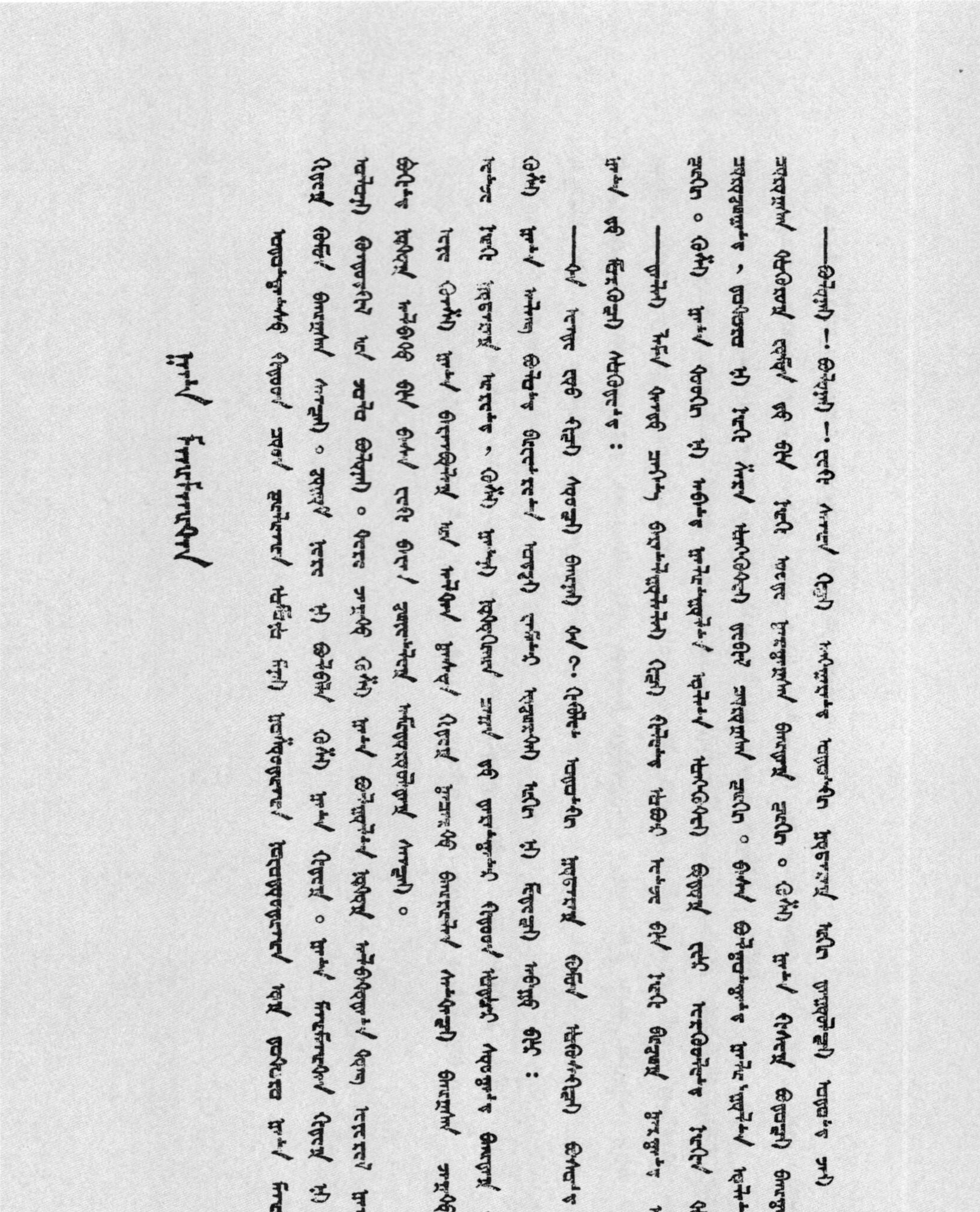

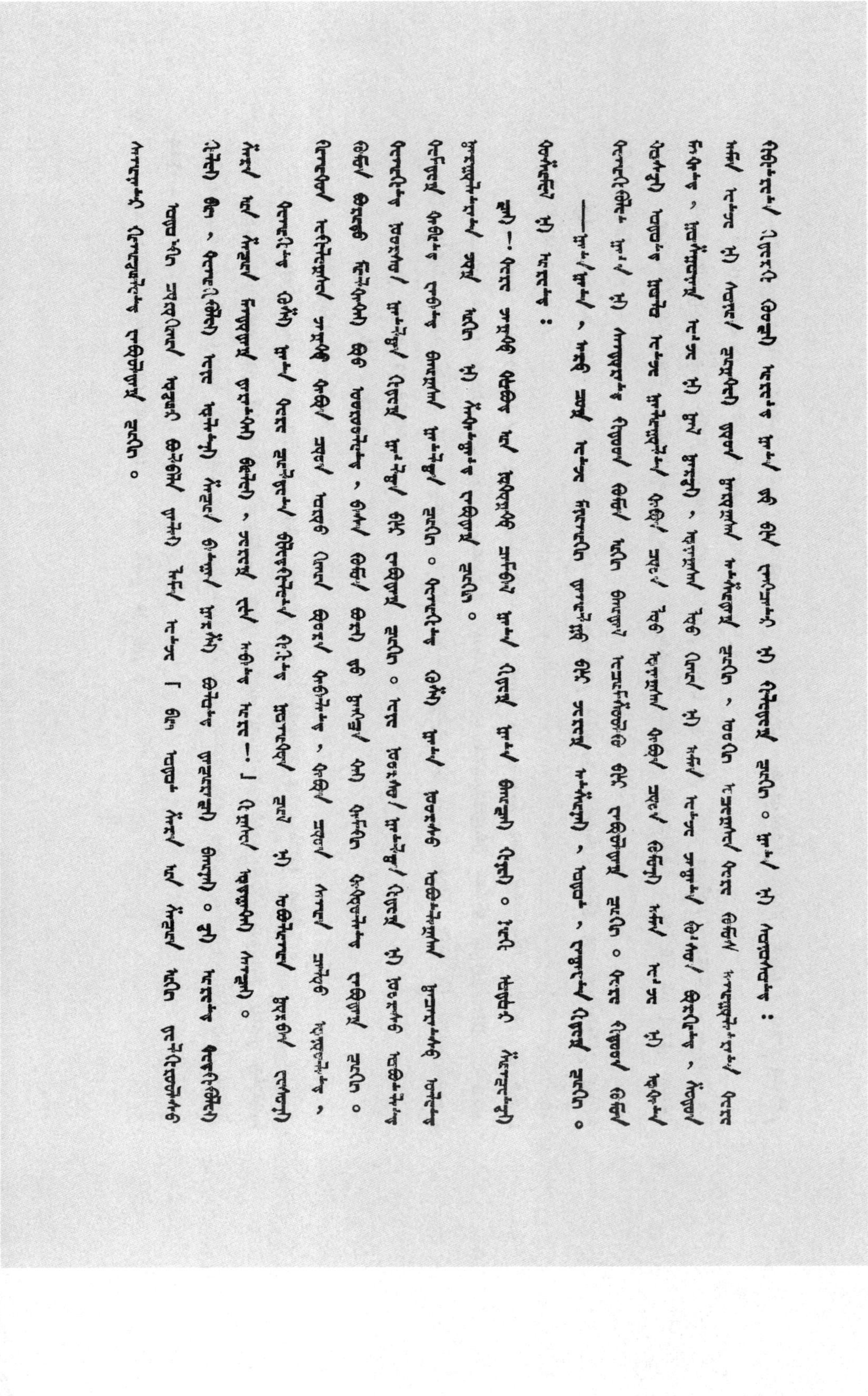

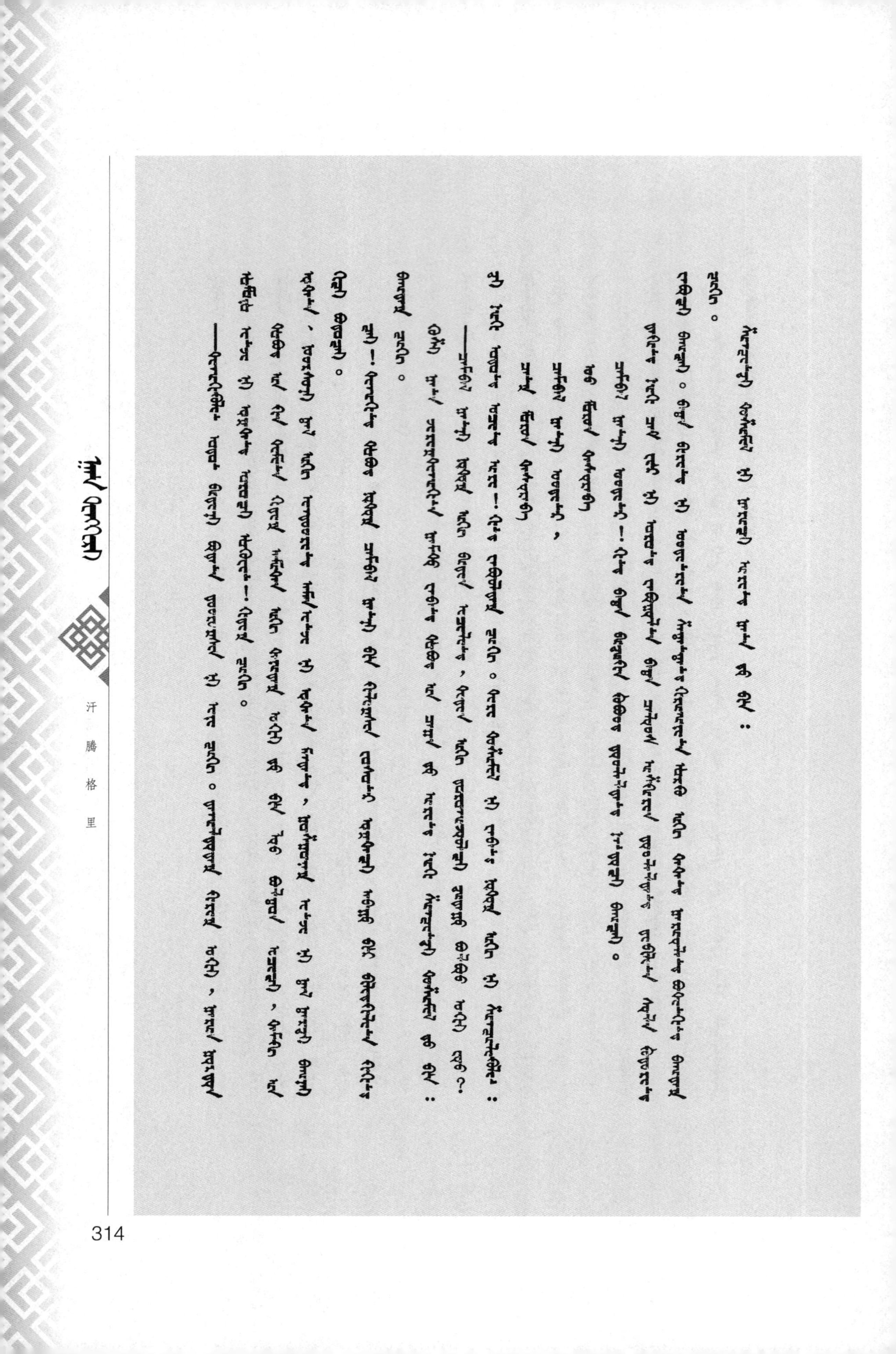

[illegible]

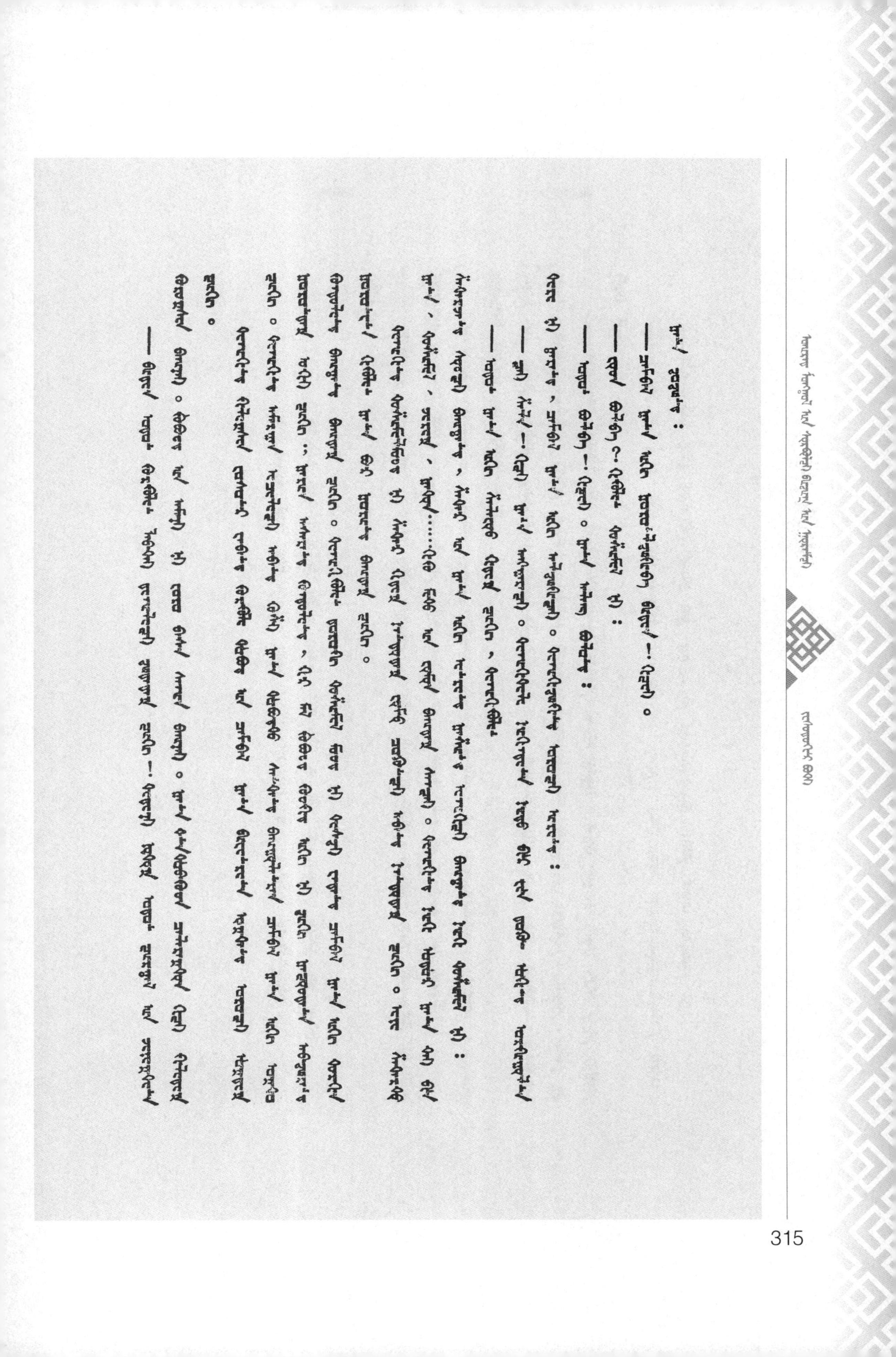

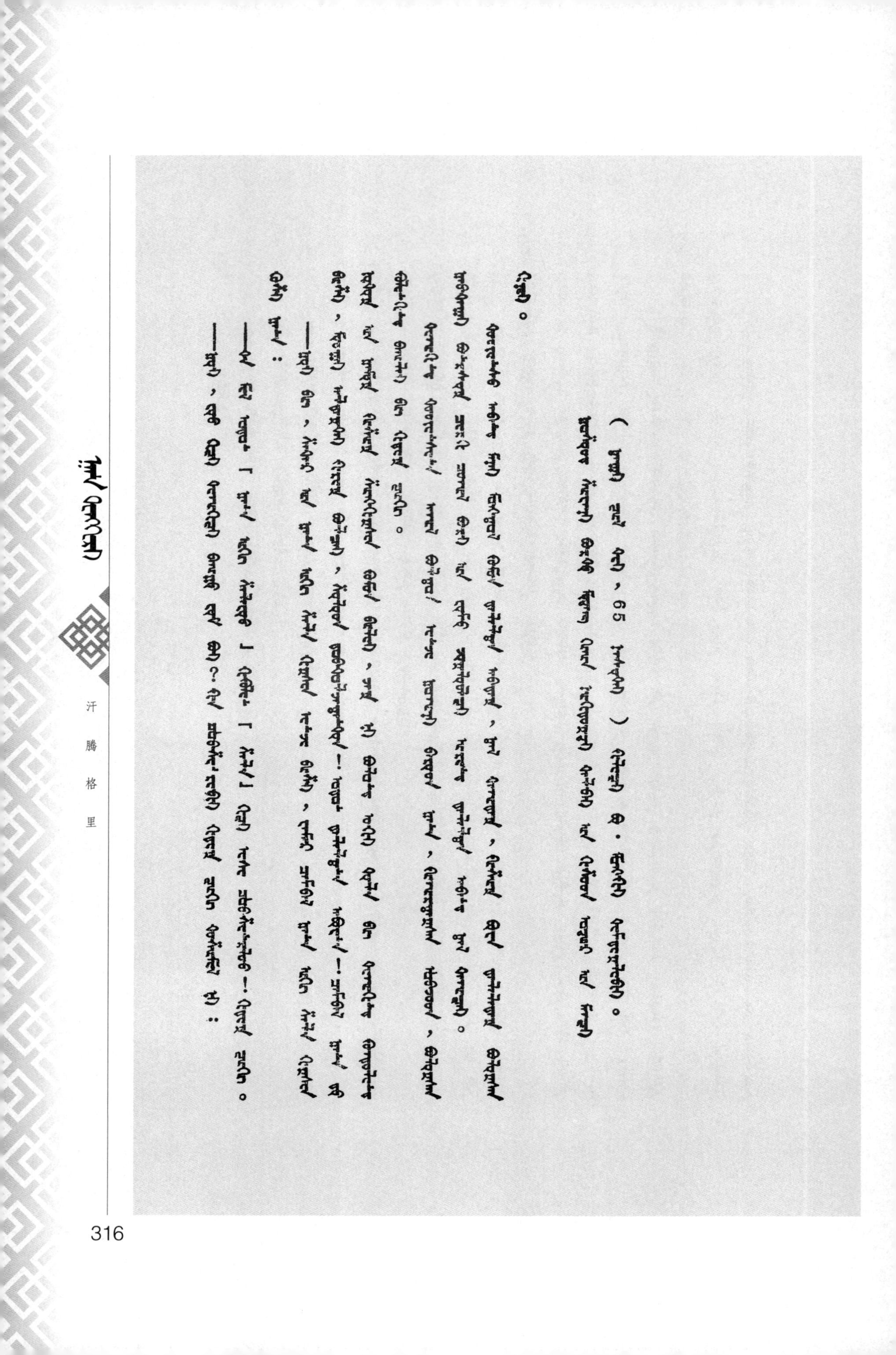

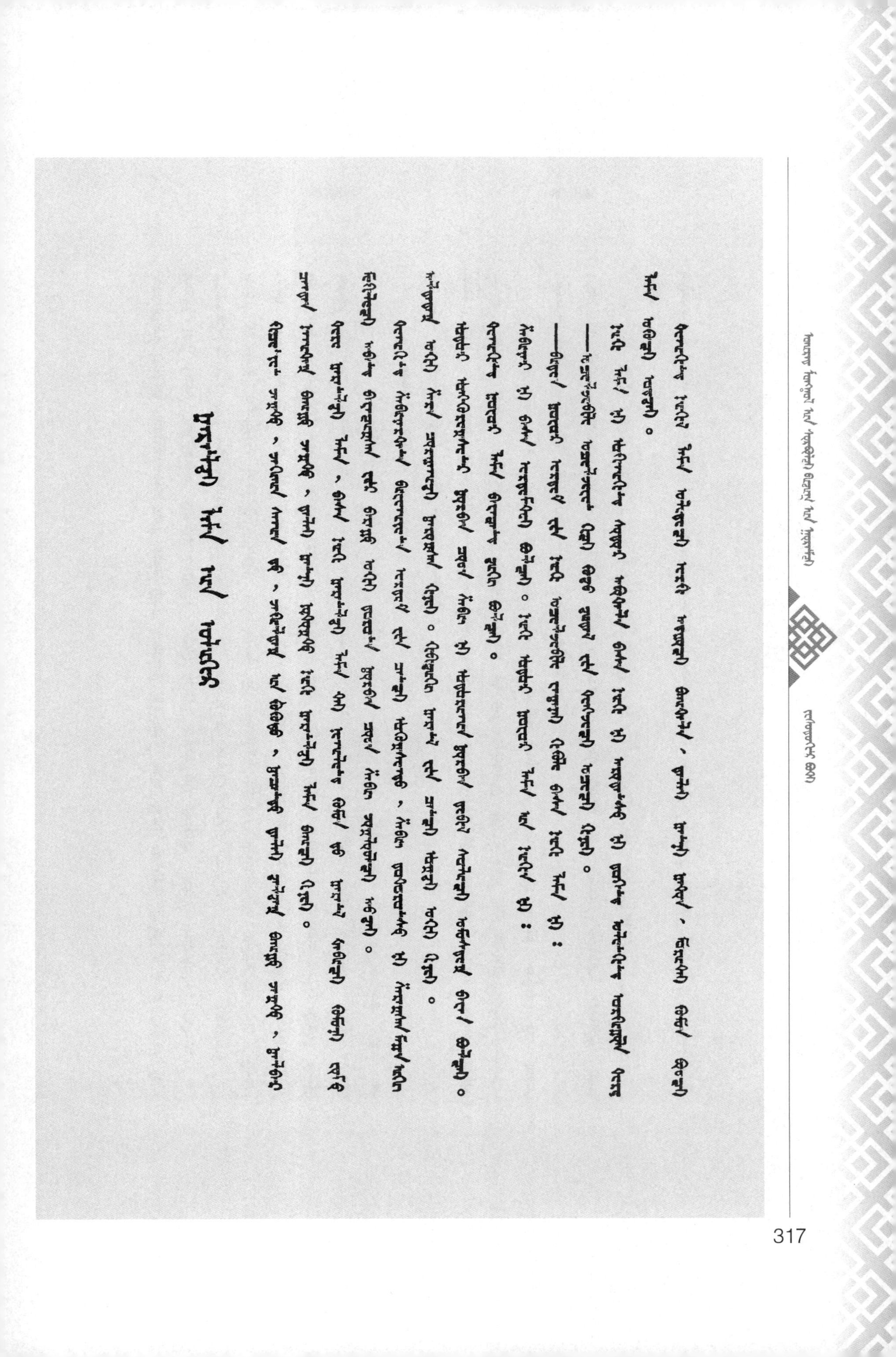

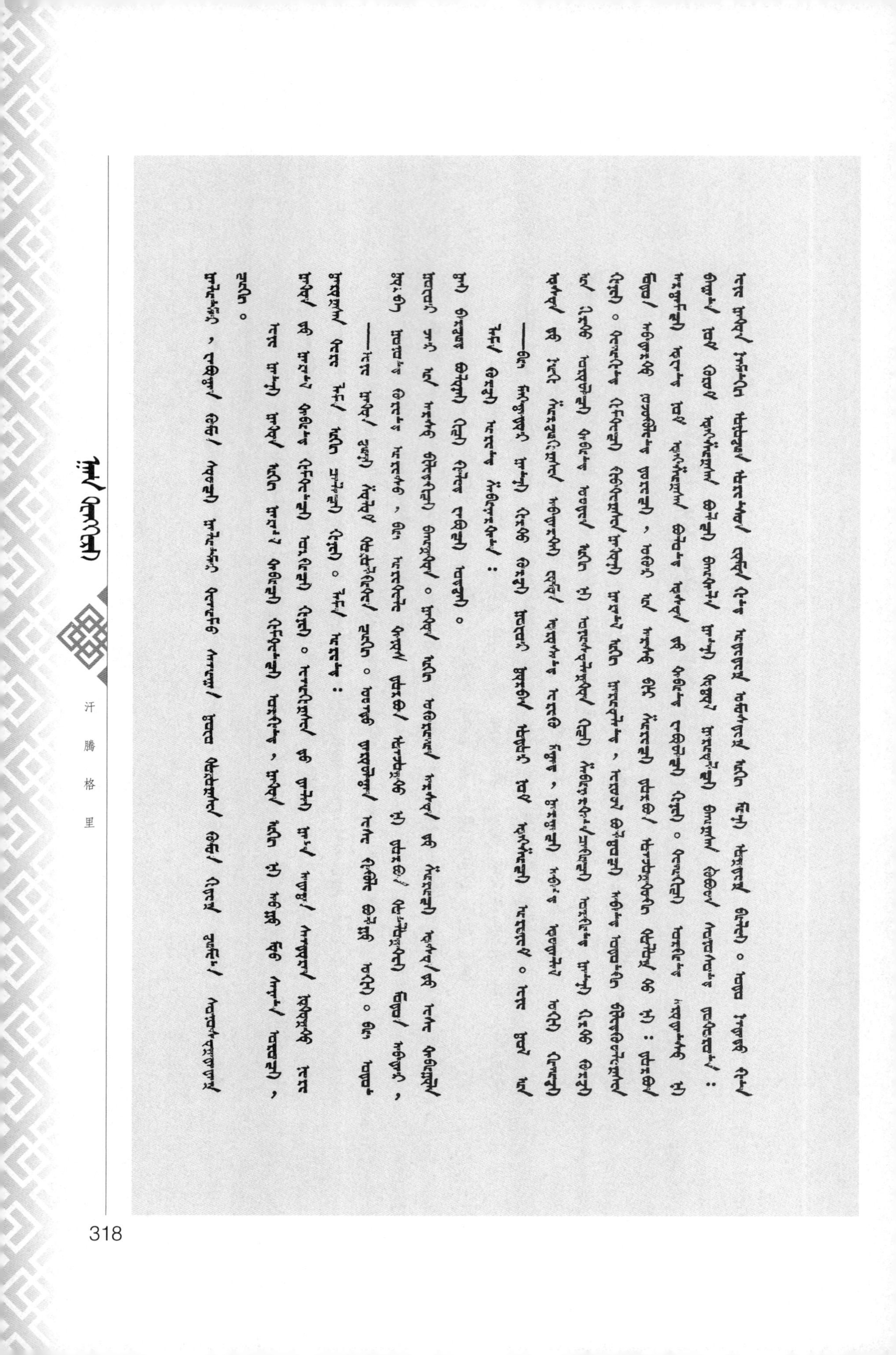

[illegible]

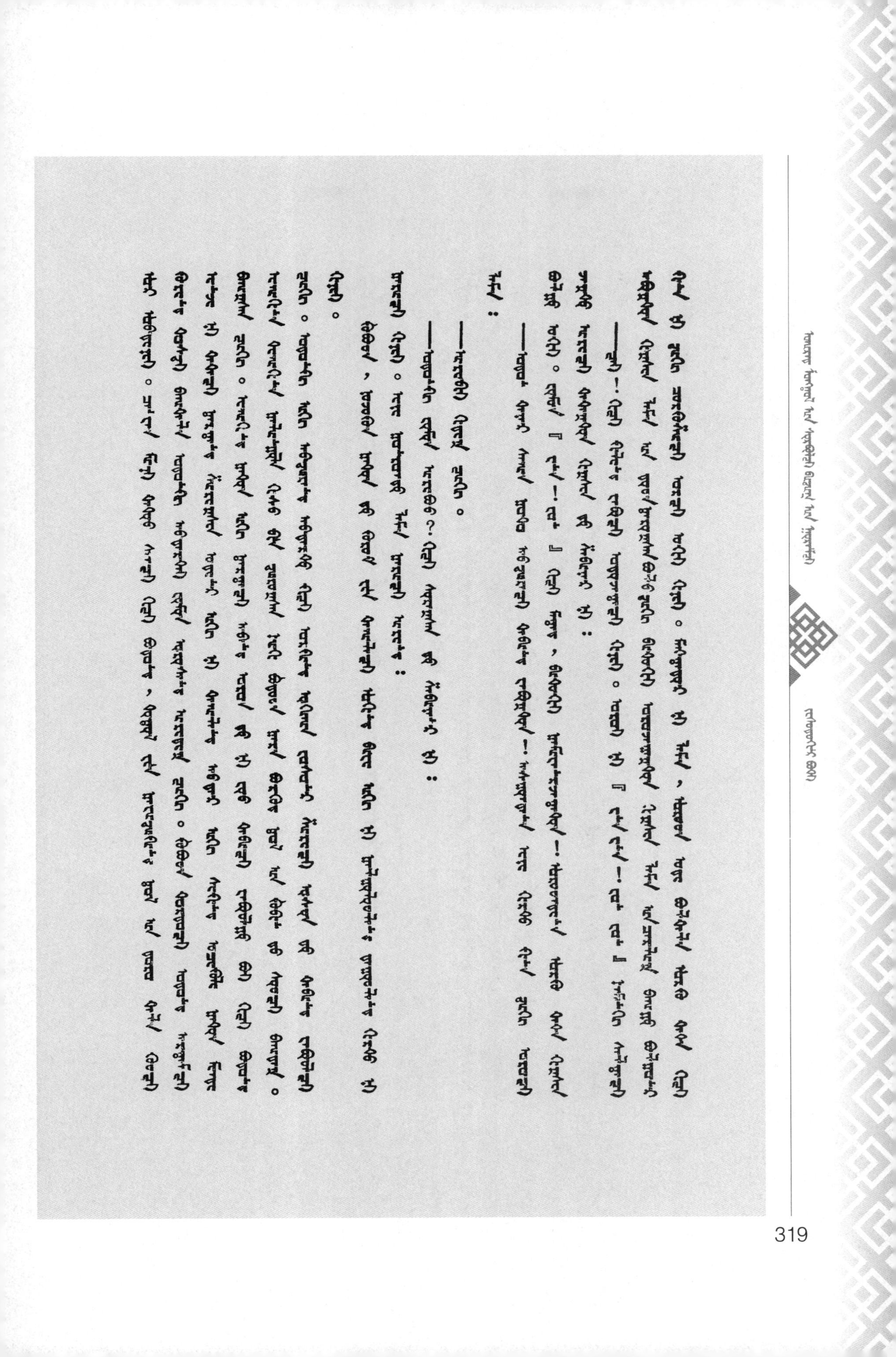

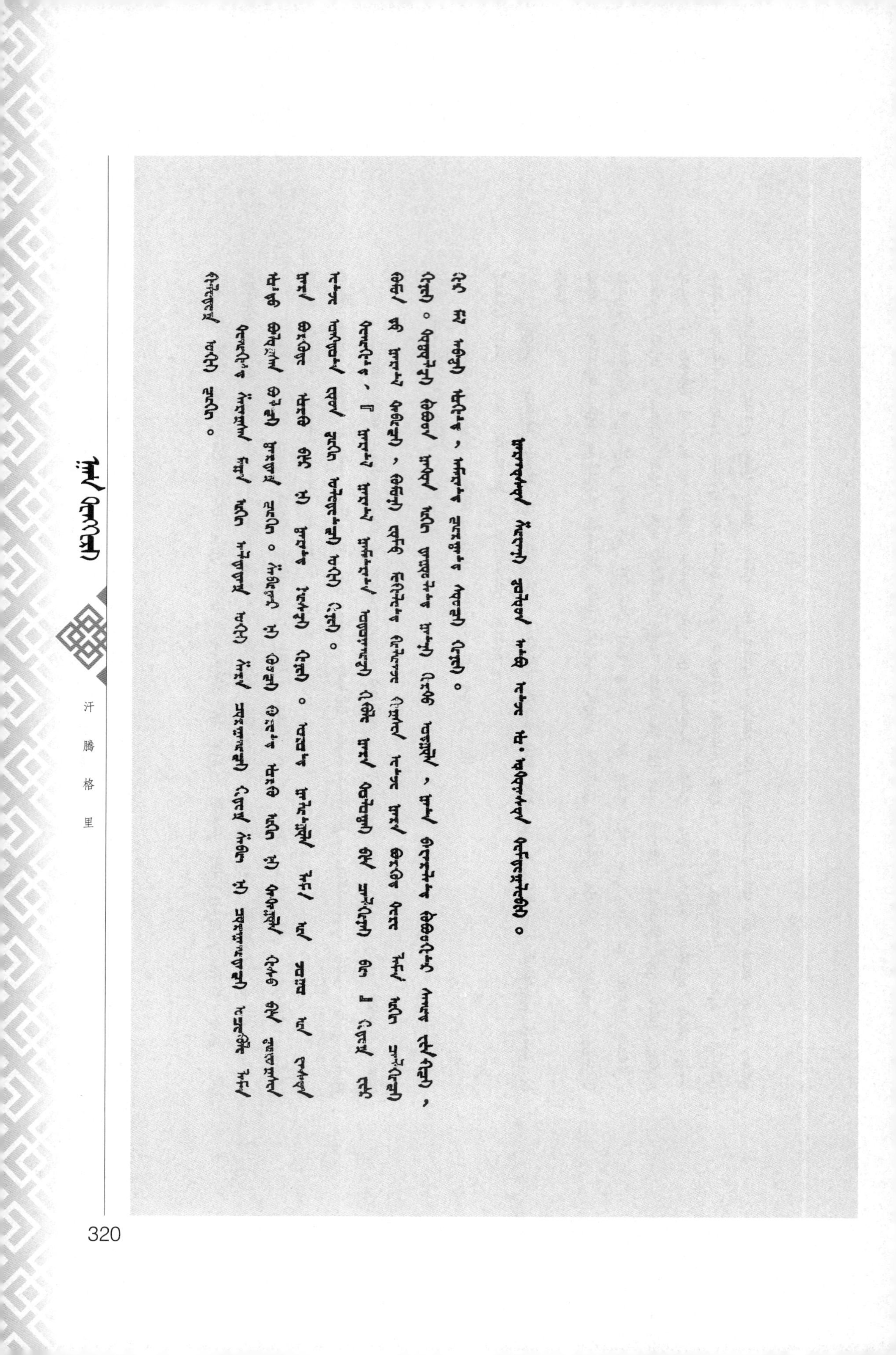

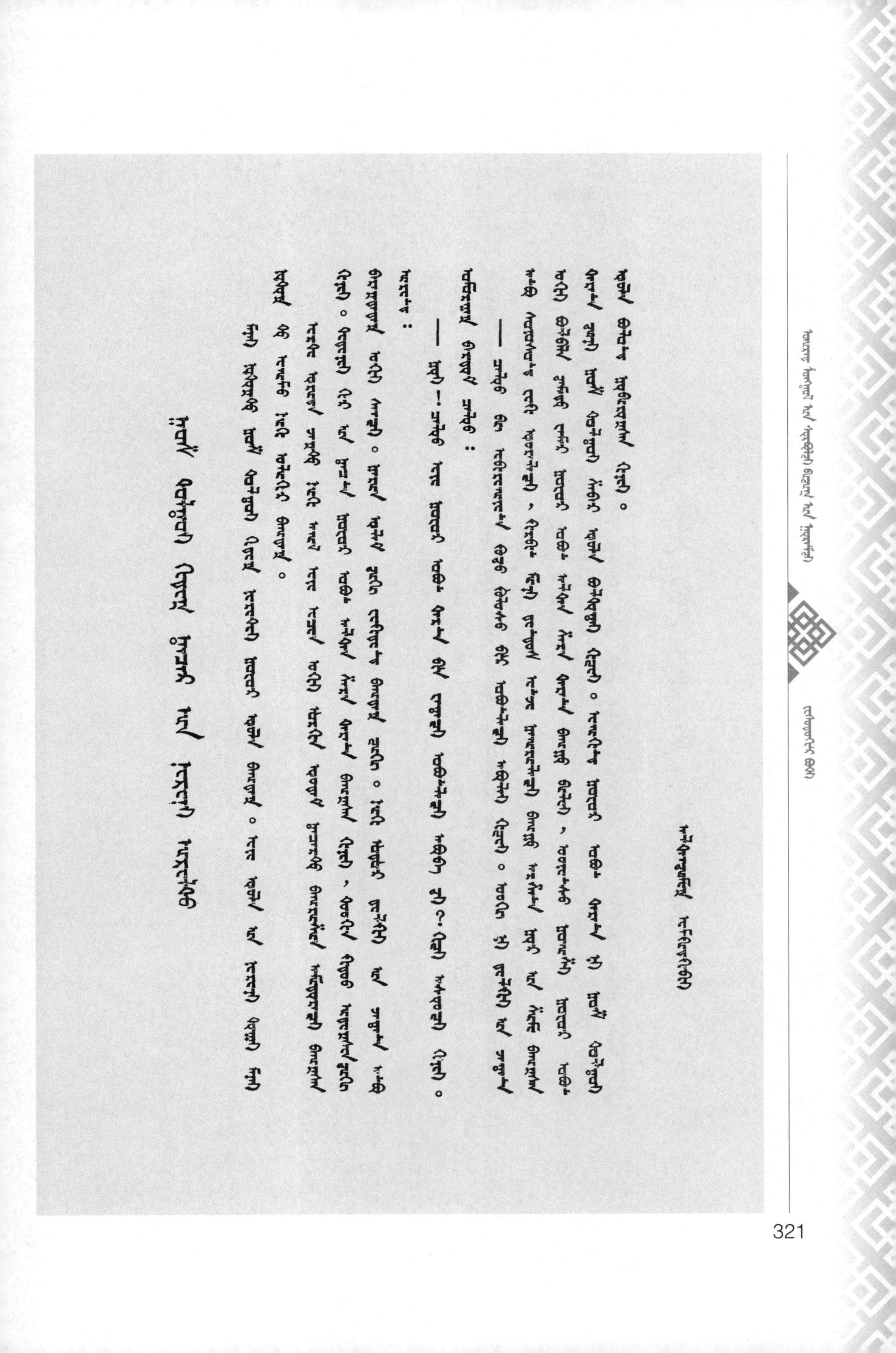

[illegible]

[illegible]

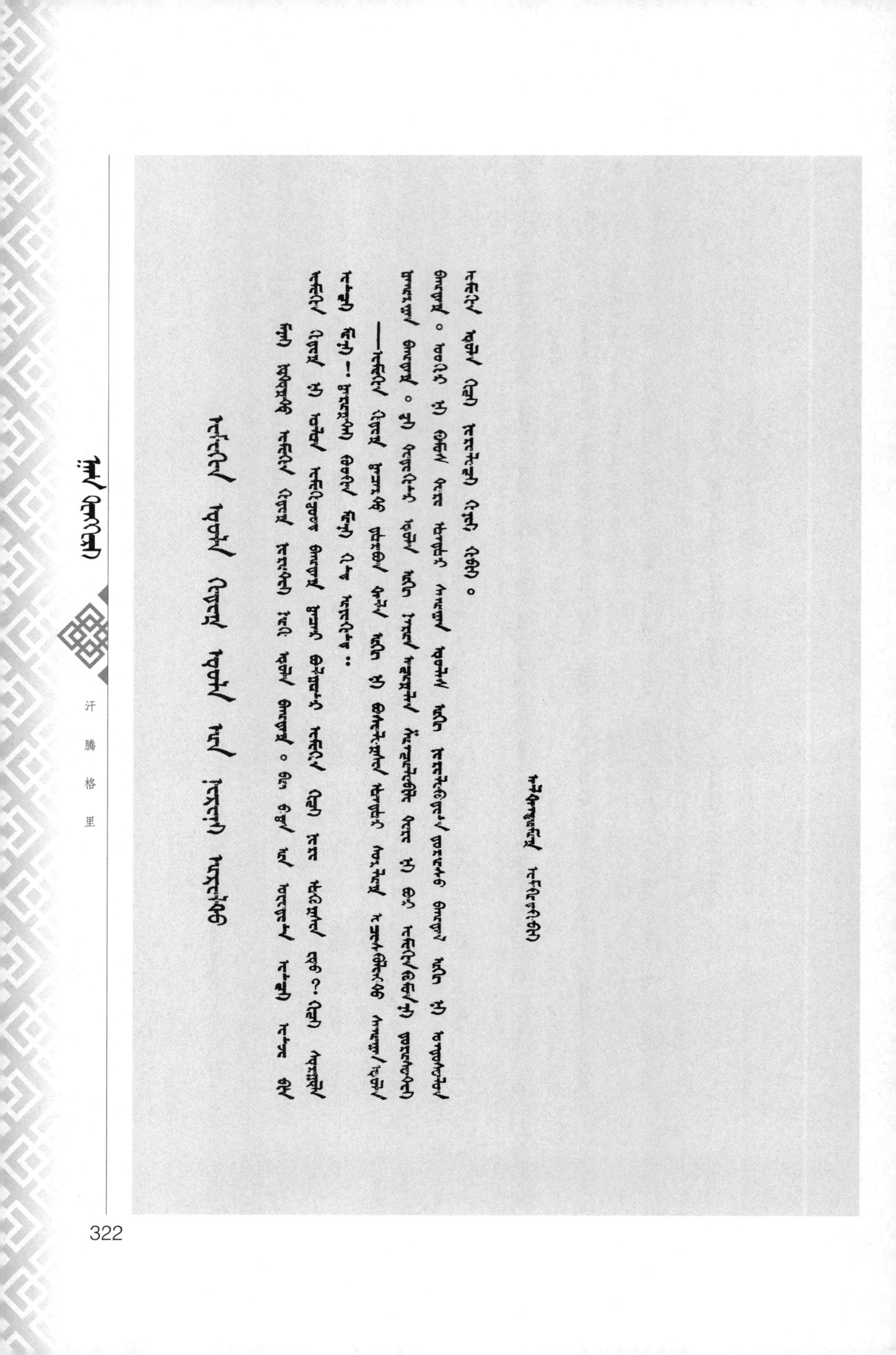

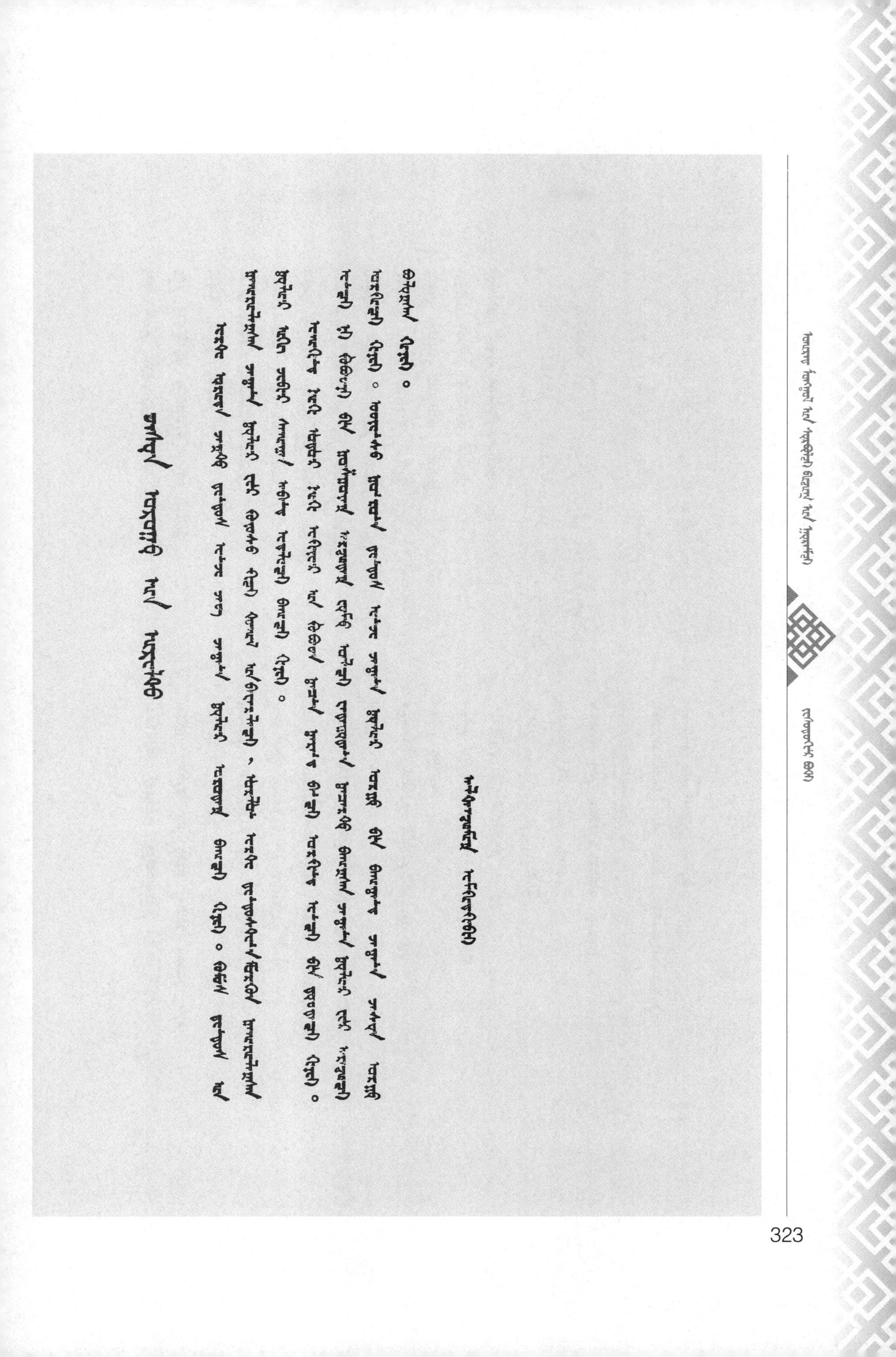

[illegible]

[illegible]

[illegible]

[illegible]

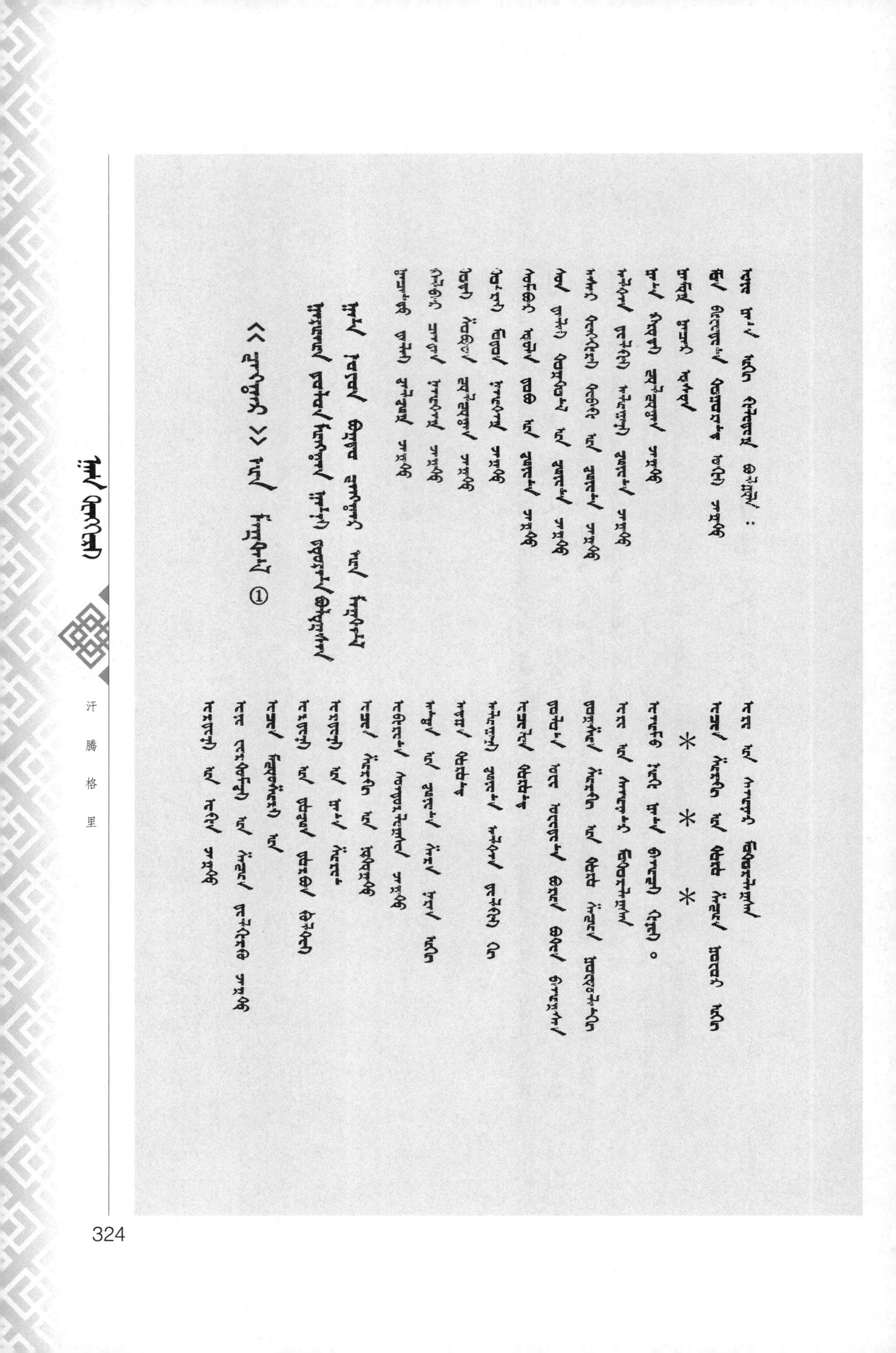

[illegible] :
[illegible]
[illegible]
[illegible]
[illegible]
[illegible]
[illegible]
[illegible]
[illegible]
[illegible]
[illegible]
[illegible]

[illegible]
[illegible]

<< [illegible] >> [illegible] ①

[illegible]
[illegible]

* * *

[illegible] 。
[illegible]
[illegible]
[illegible]
[illegible]
[illegible]
[illegible]
[illegible]
[illegible]
[illegible]
[illegible]
[illegible]
[illegible]
[illegible]
[illegible]

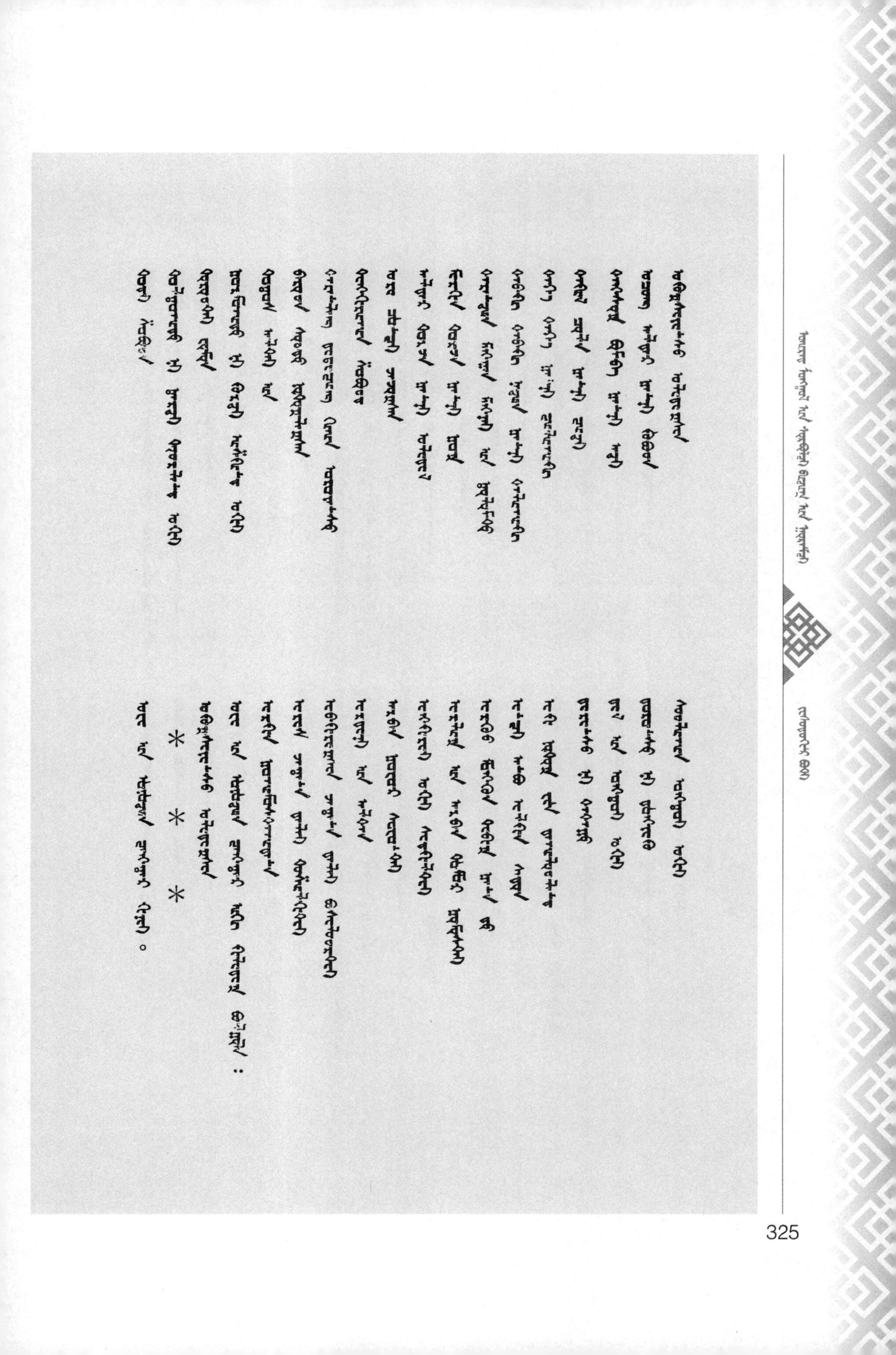

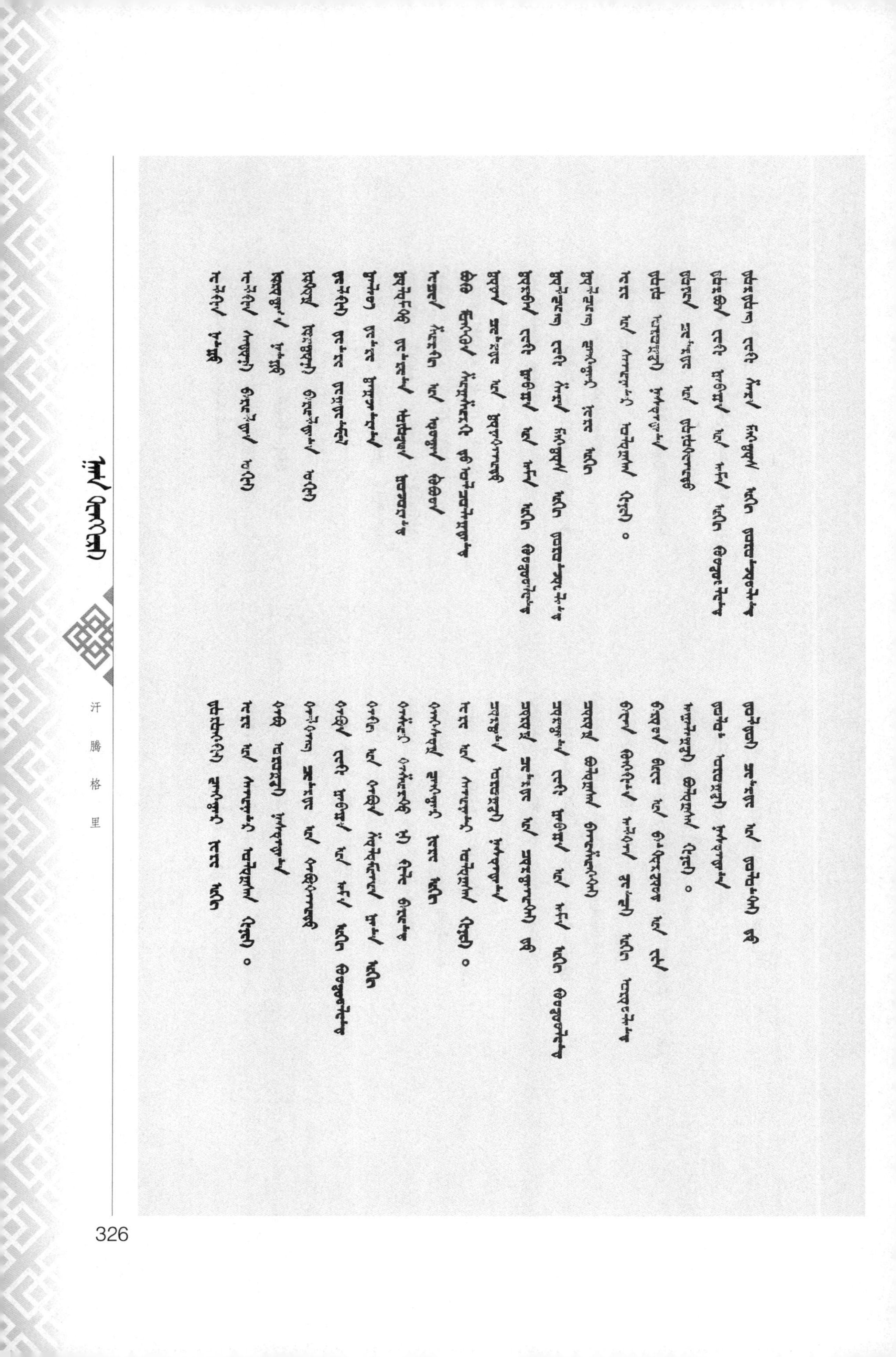

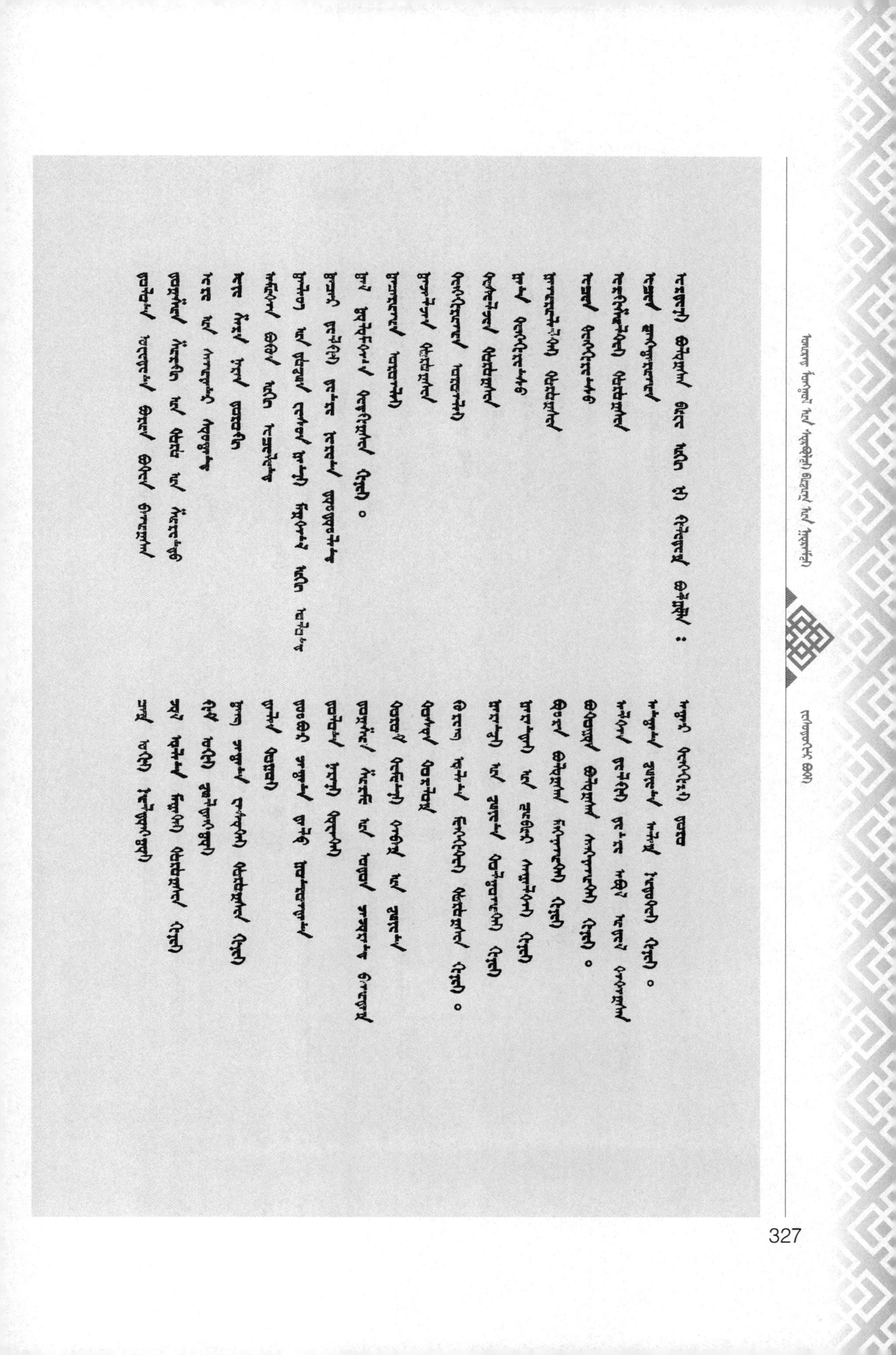

[illegible]

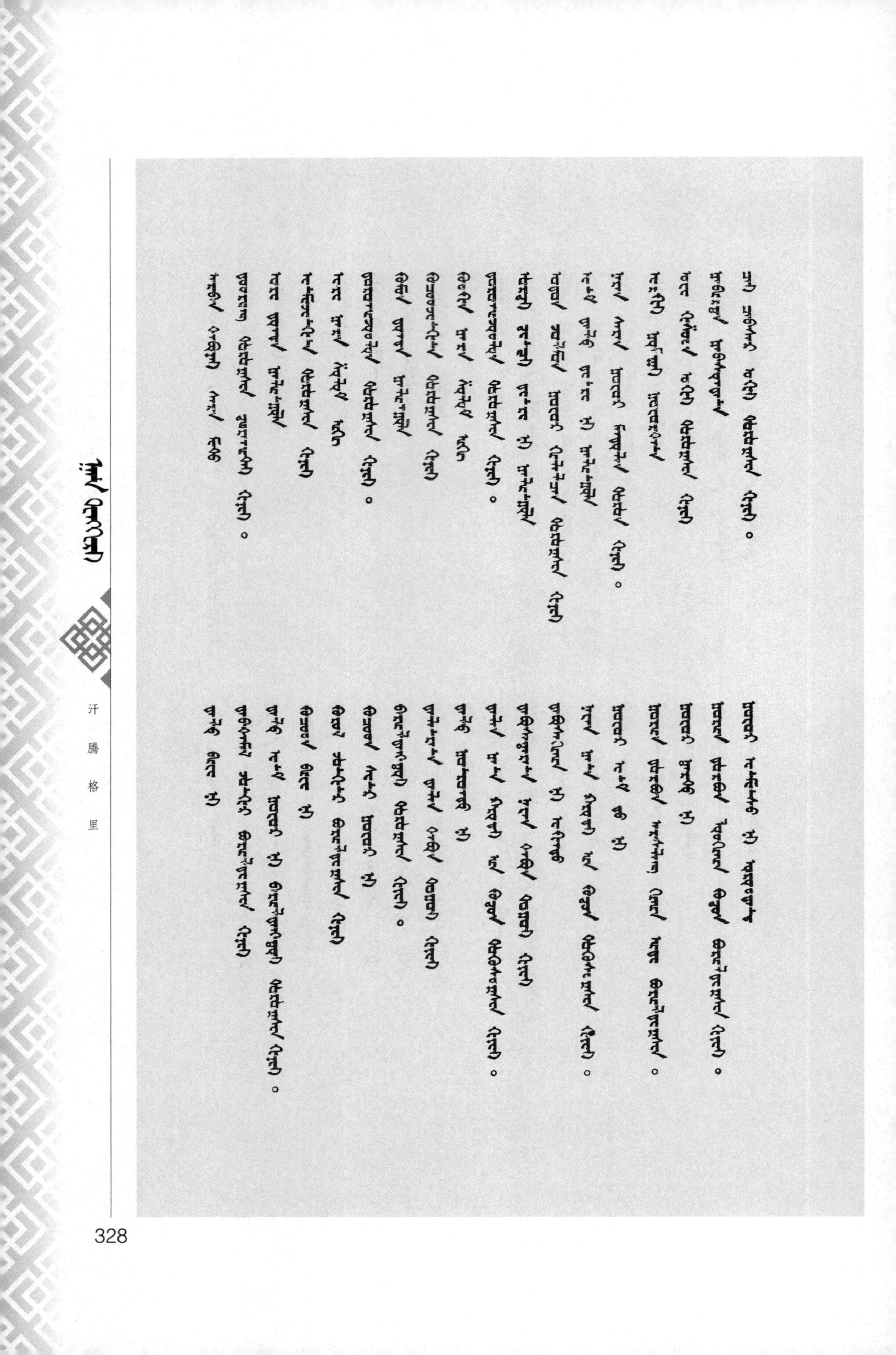

[illegible]

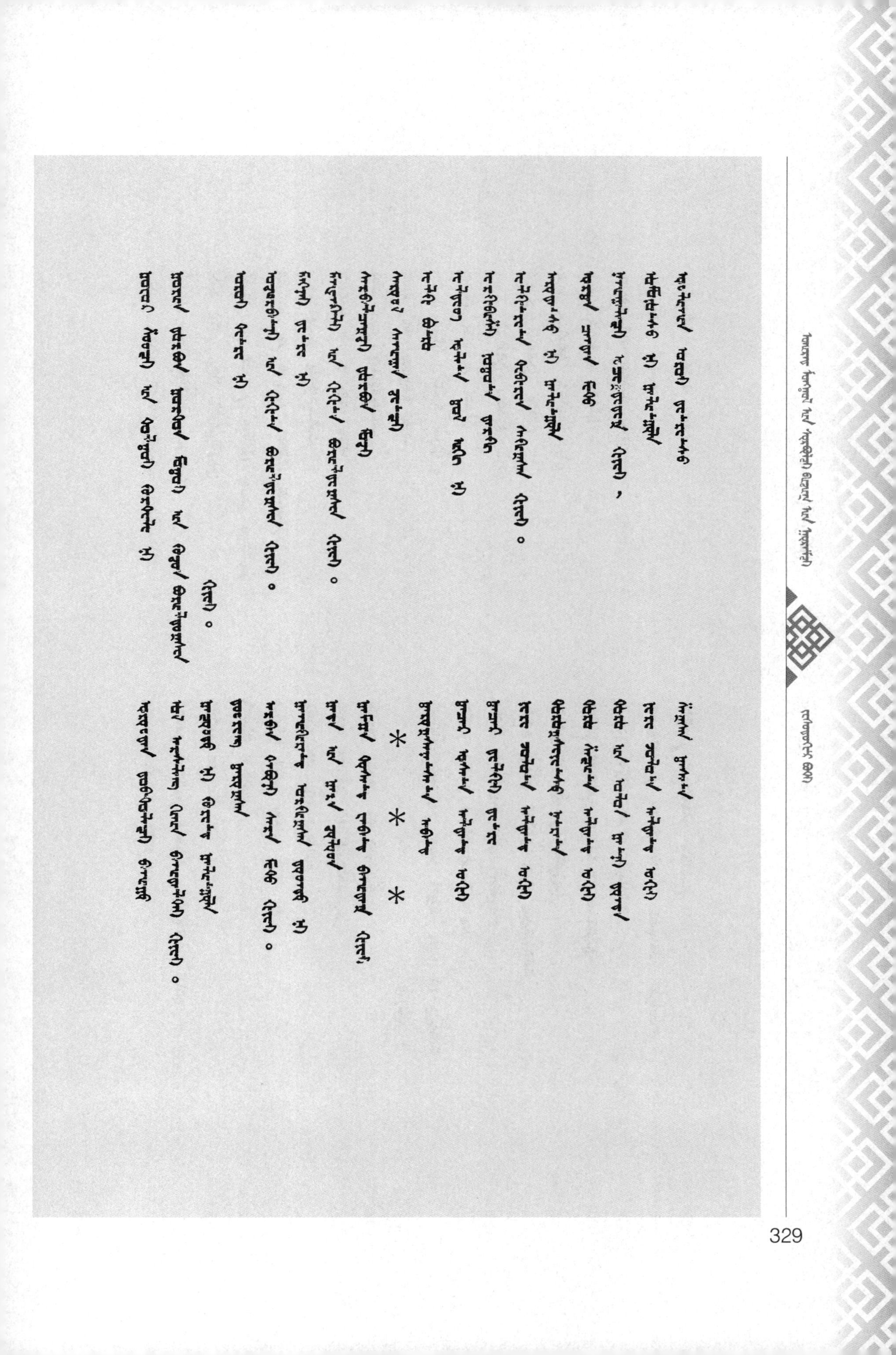

[illegible]

* * *

[illegible]

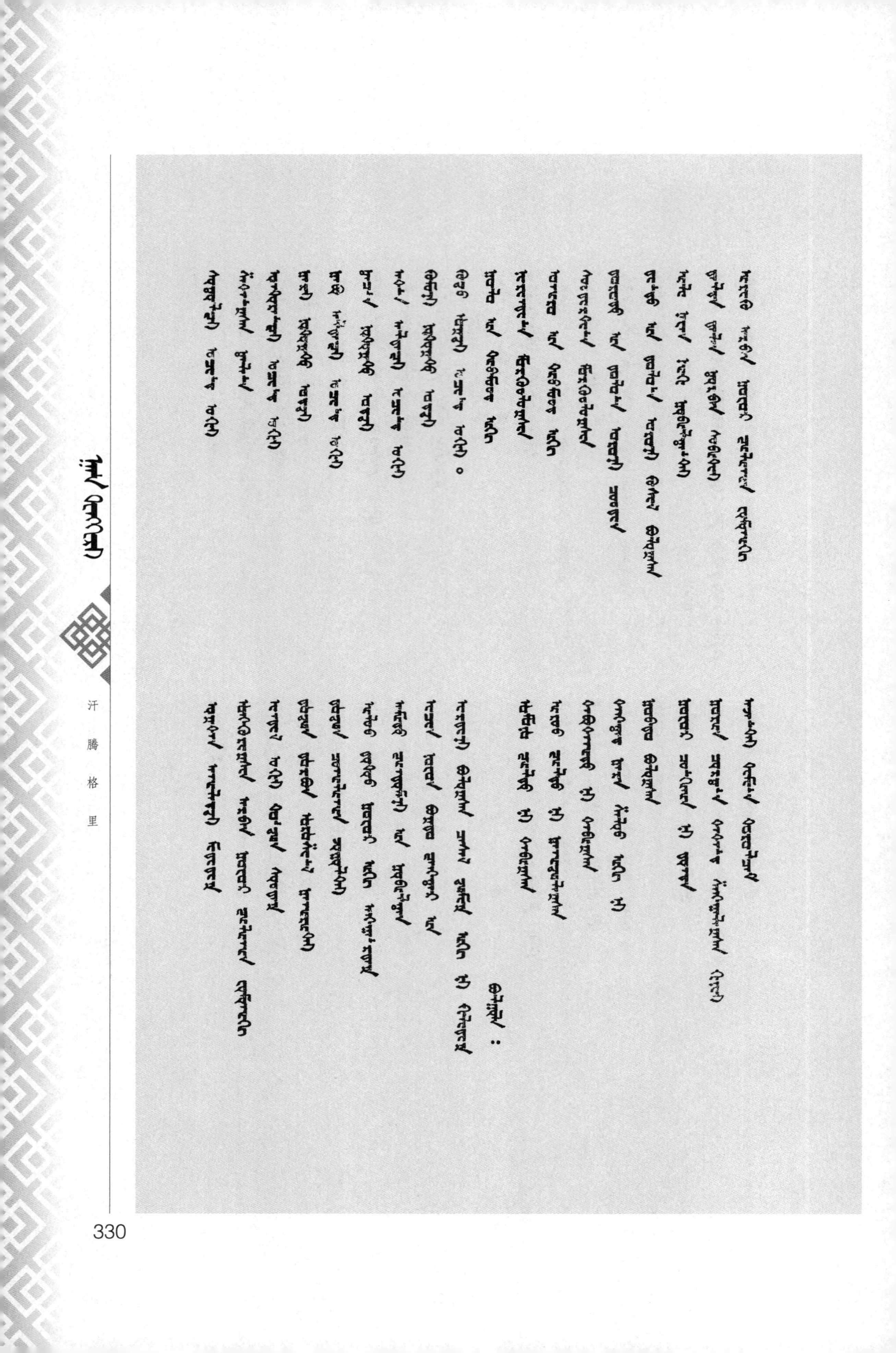

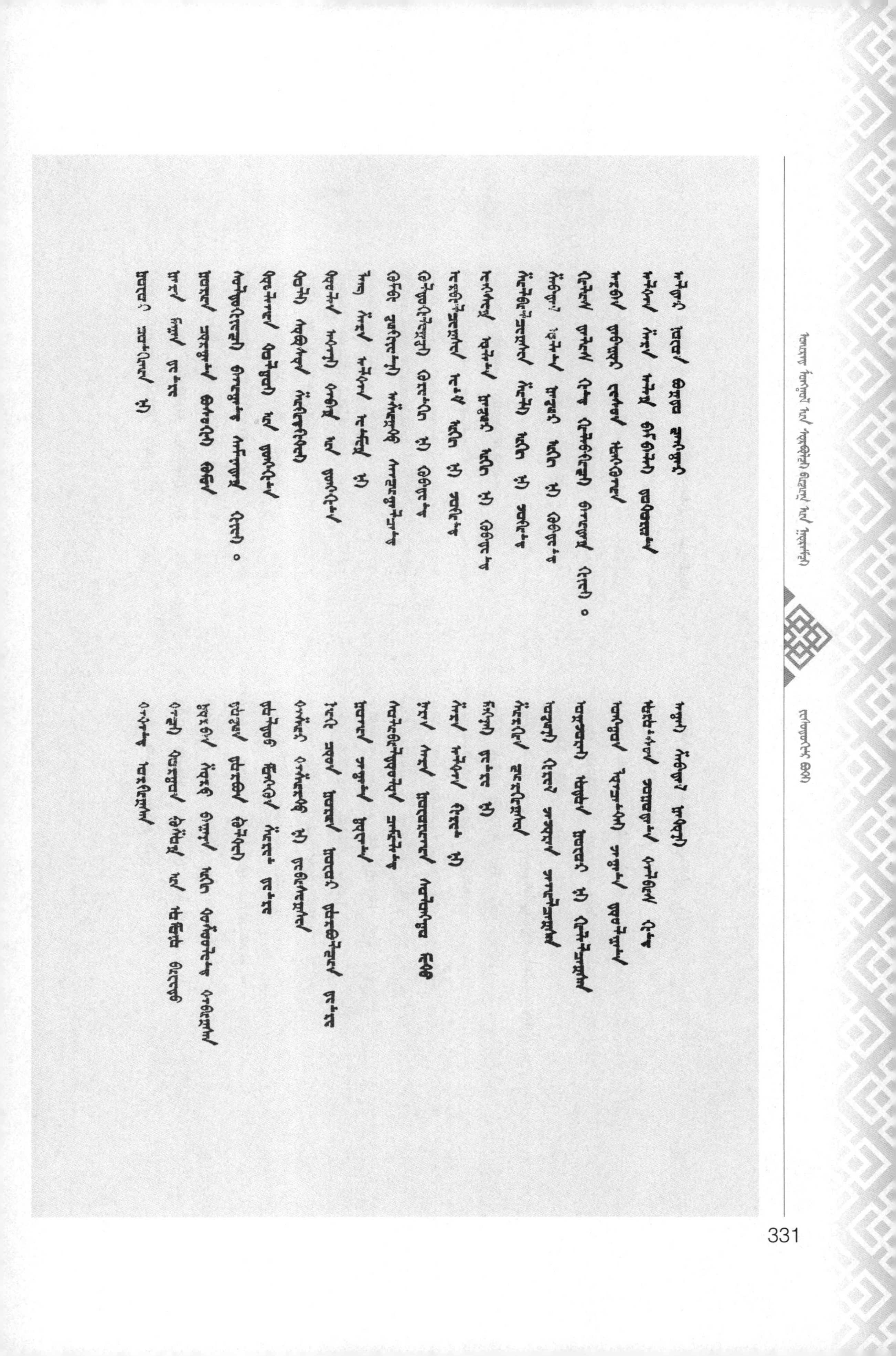

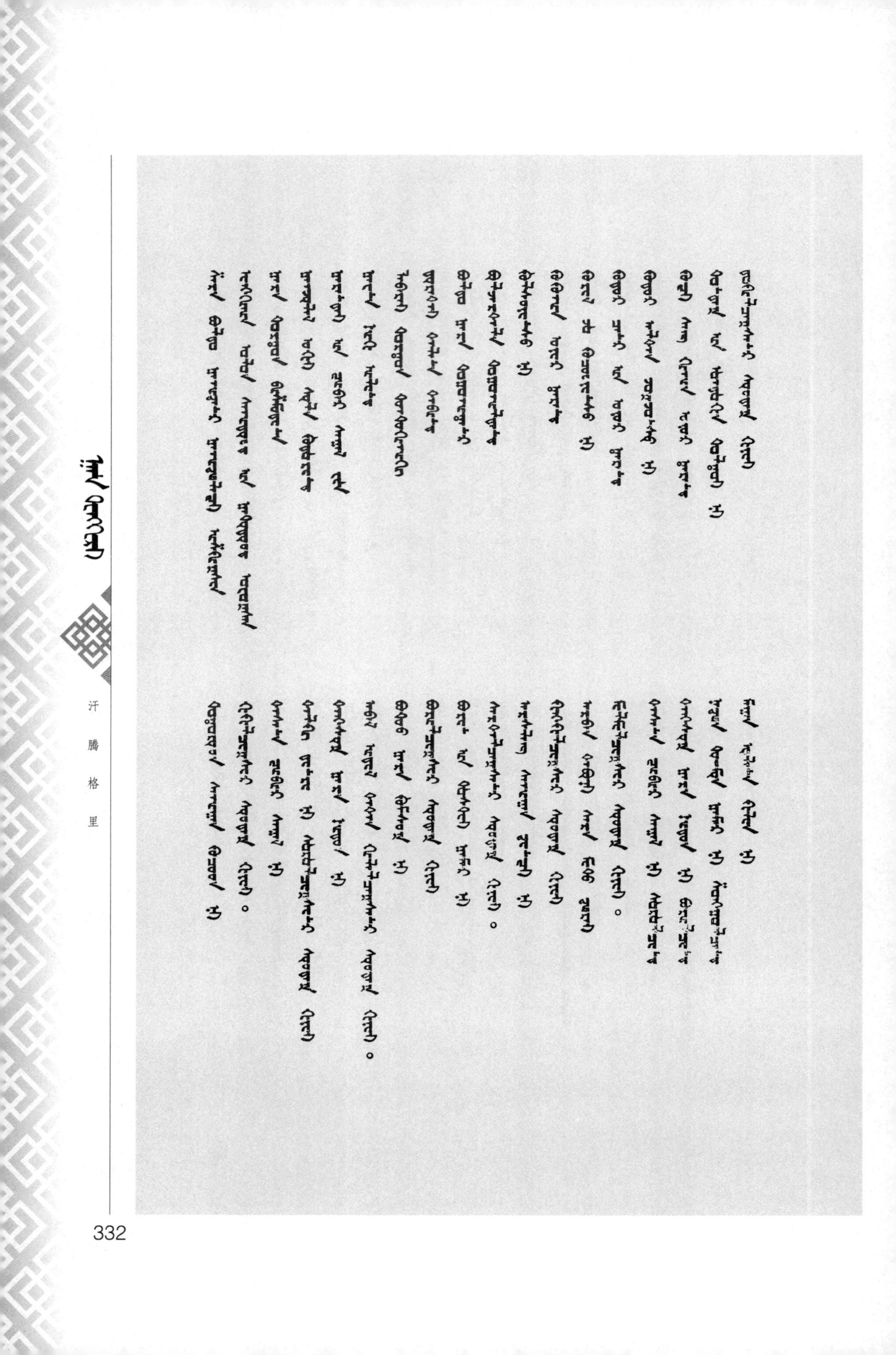

[illegible]

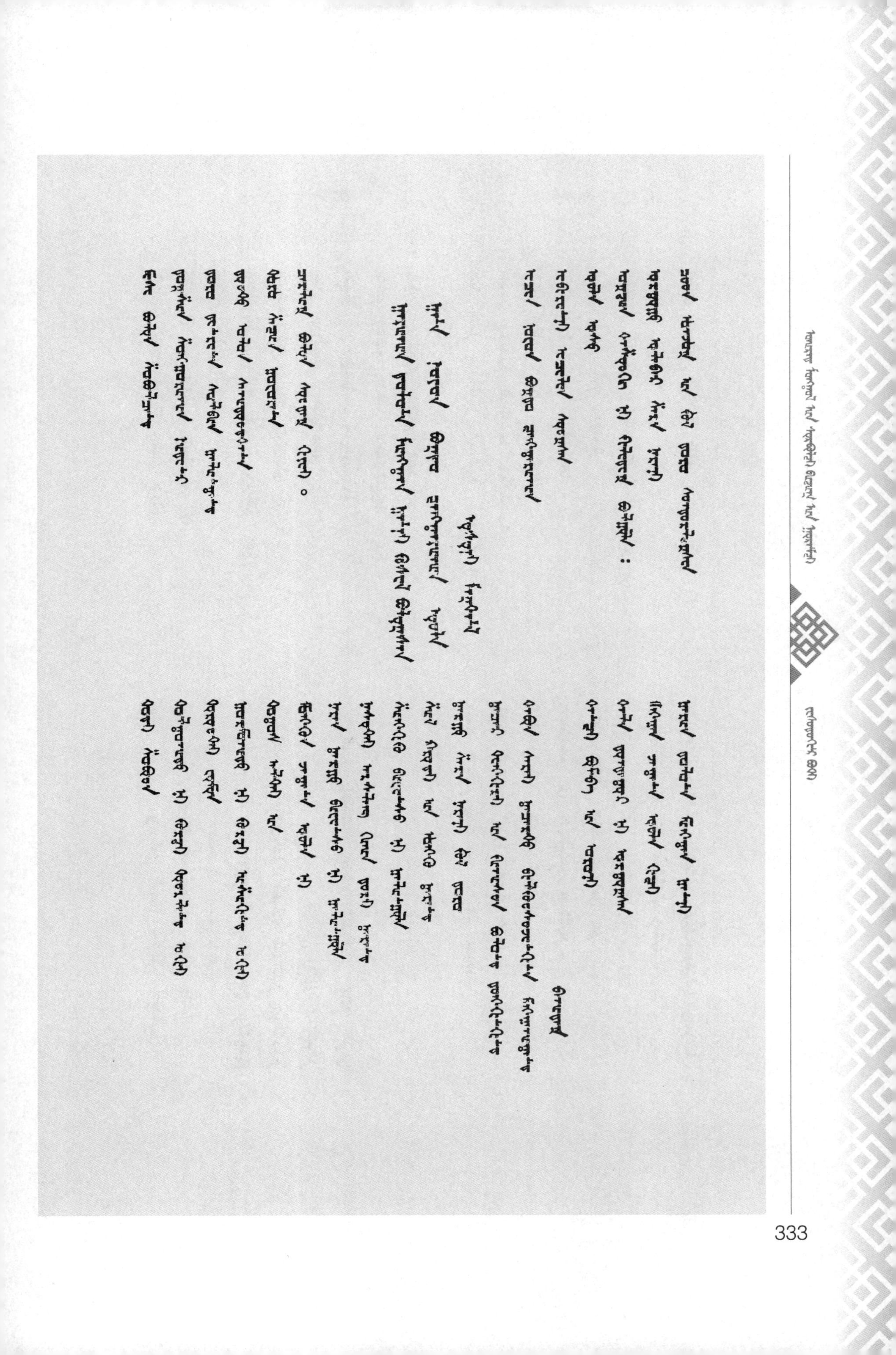

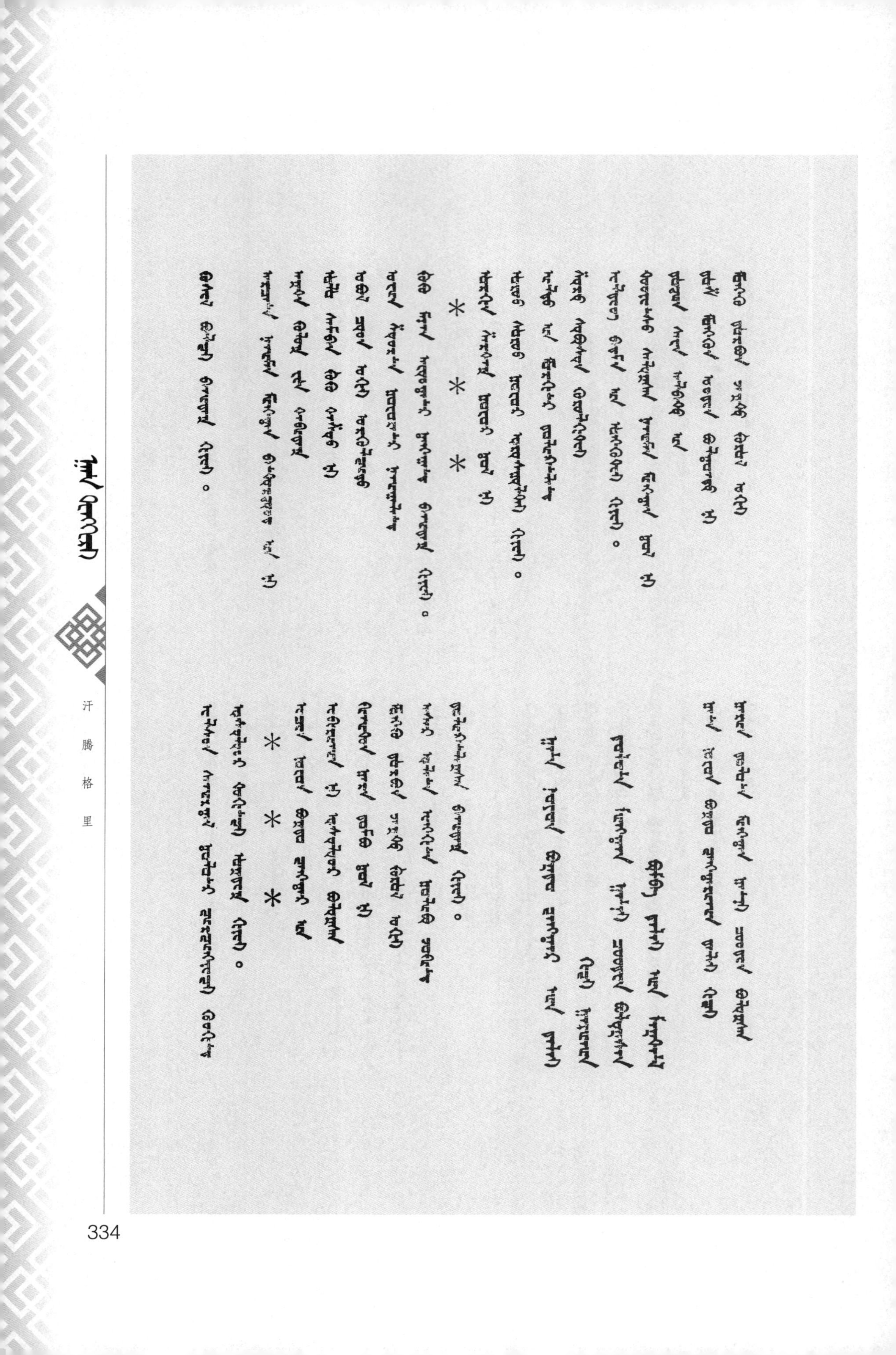

[illegible]
[illegible]
[illegible]
[illegible]
[illegible] ◦

[illegible]
[illegible]
[illegible] ◦
[illegible]

*　　*　　*

[illegible] ◦
[illegible]
[illegible]
[illegible]
[illegible]
[illegible]

[illegible] ◦

[illegible]
[illegible]

[illegible]
[illegible]
[illegible]
[illegible]

[illegible] ◦
[illegible]
[illegible]
[illegible]
[illegible]
[illegible]

*　　*　　*

[illegible] ◦
[illegible]

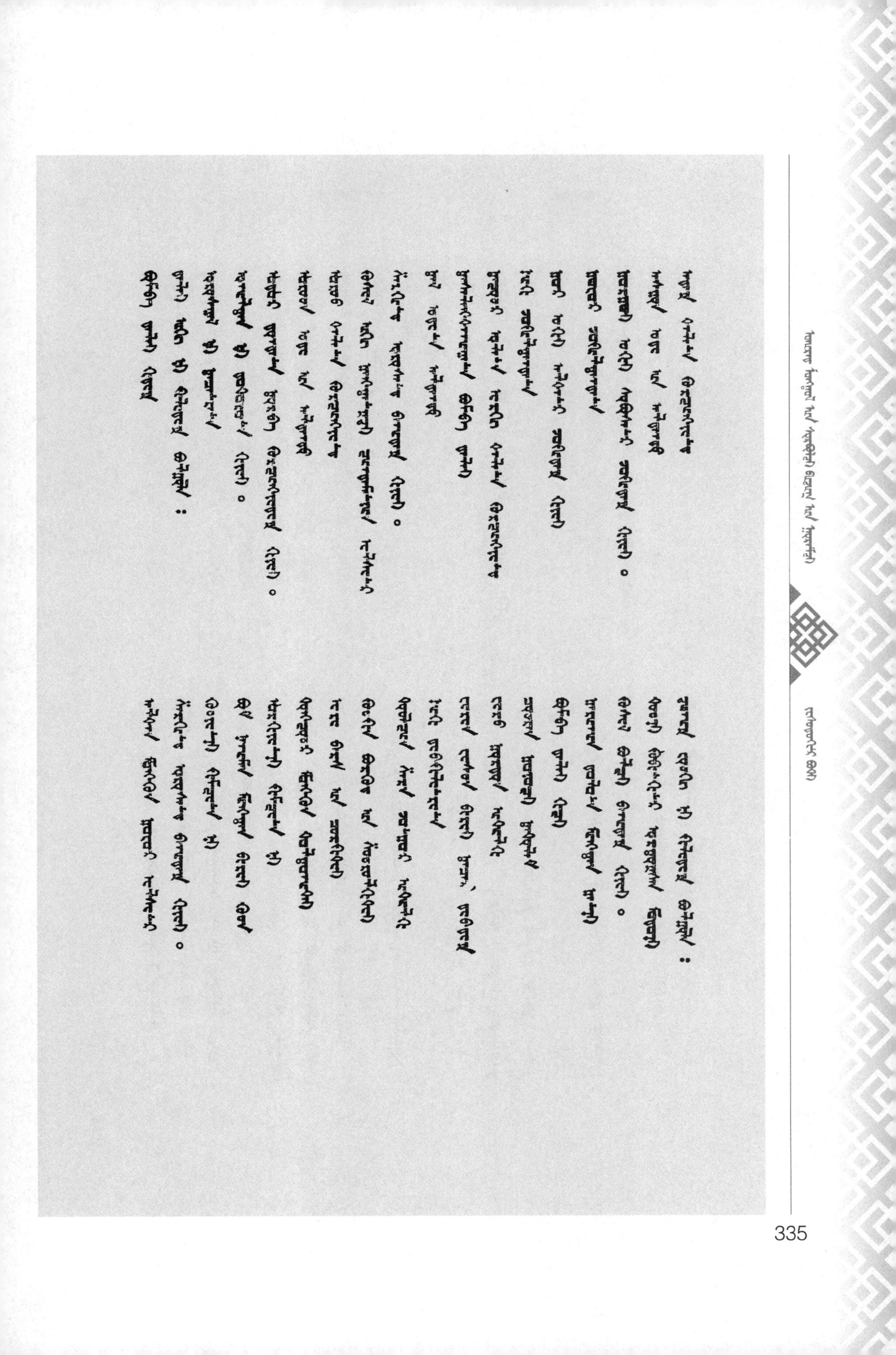

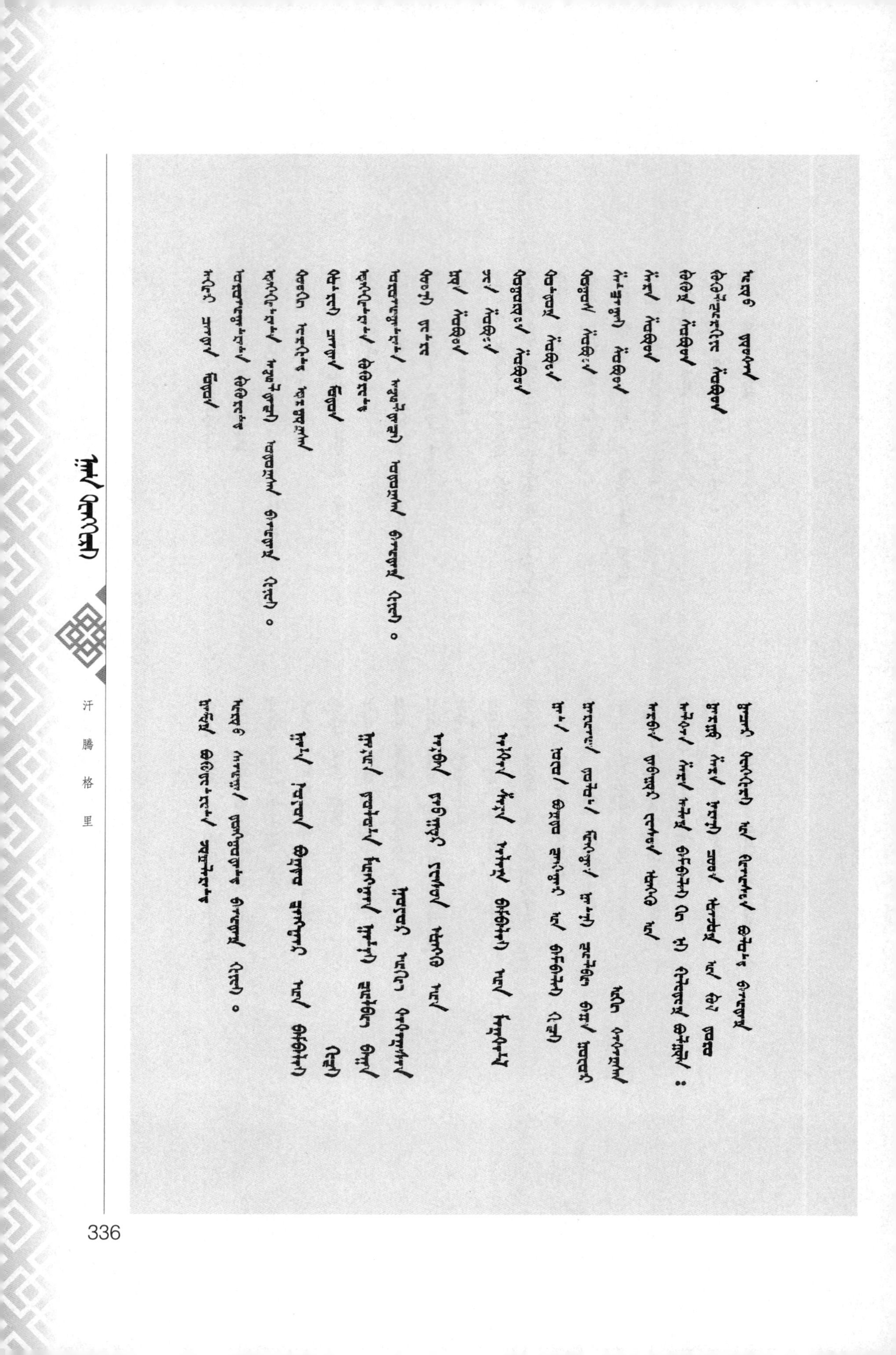

[illegible]

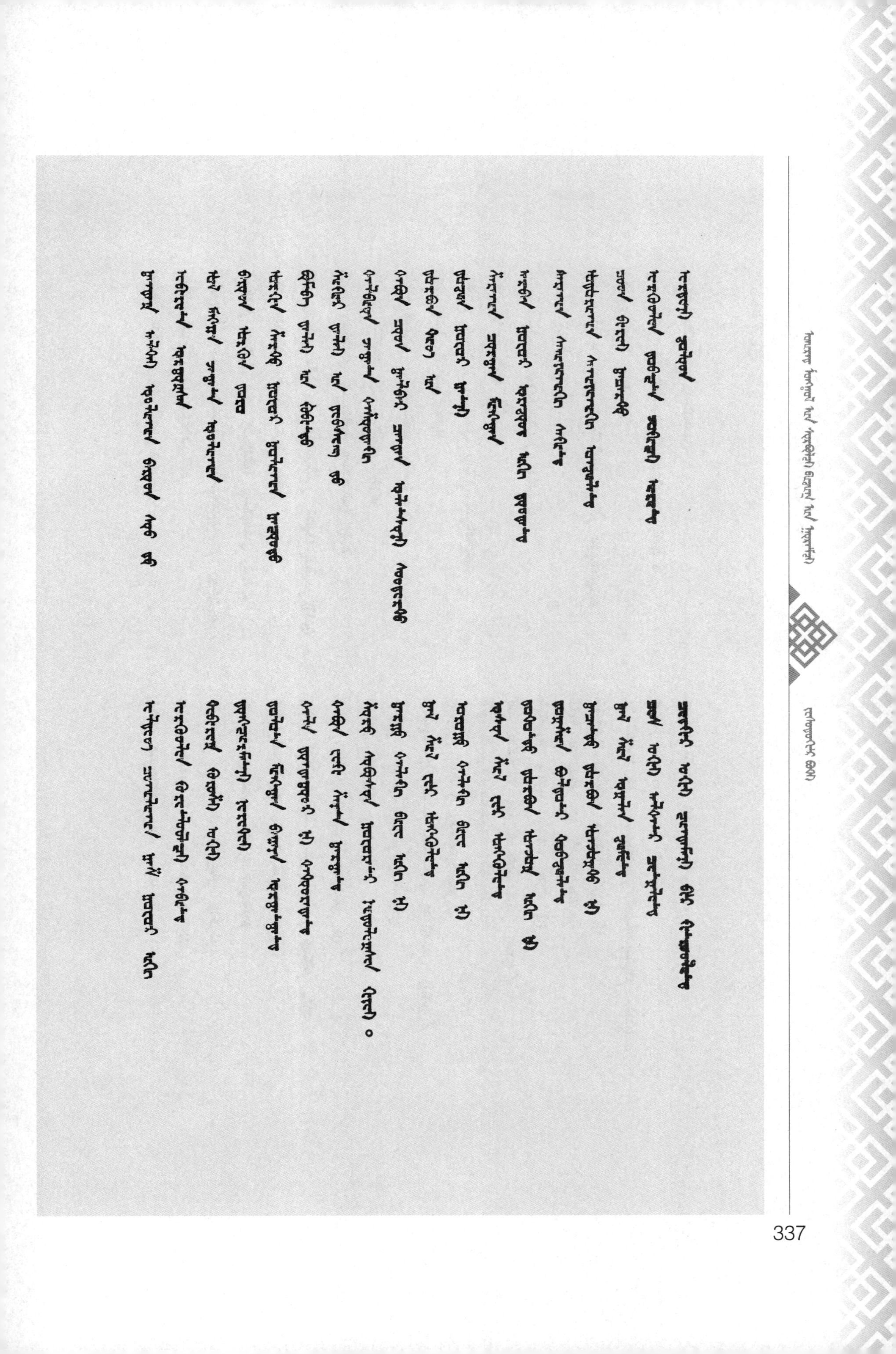

[illegible]

[illegible]

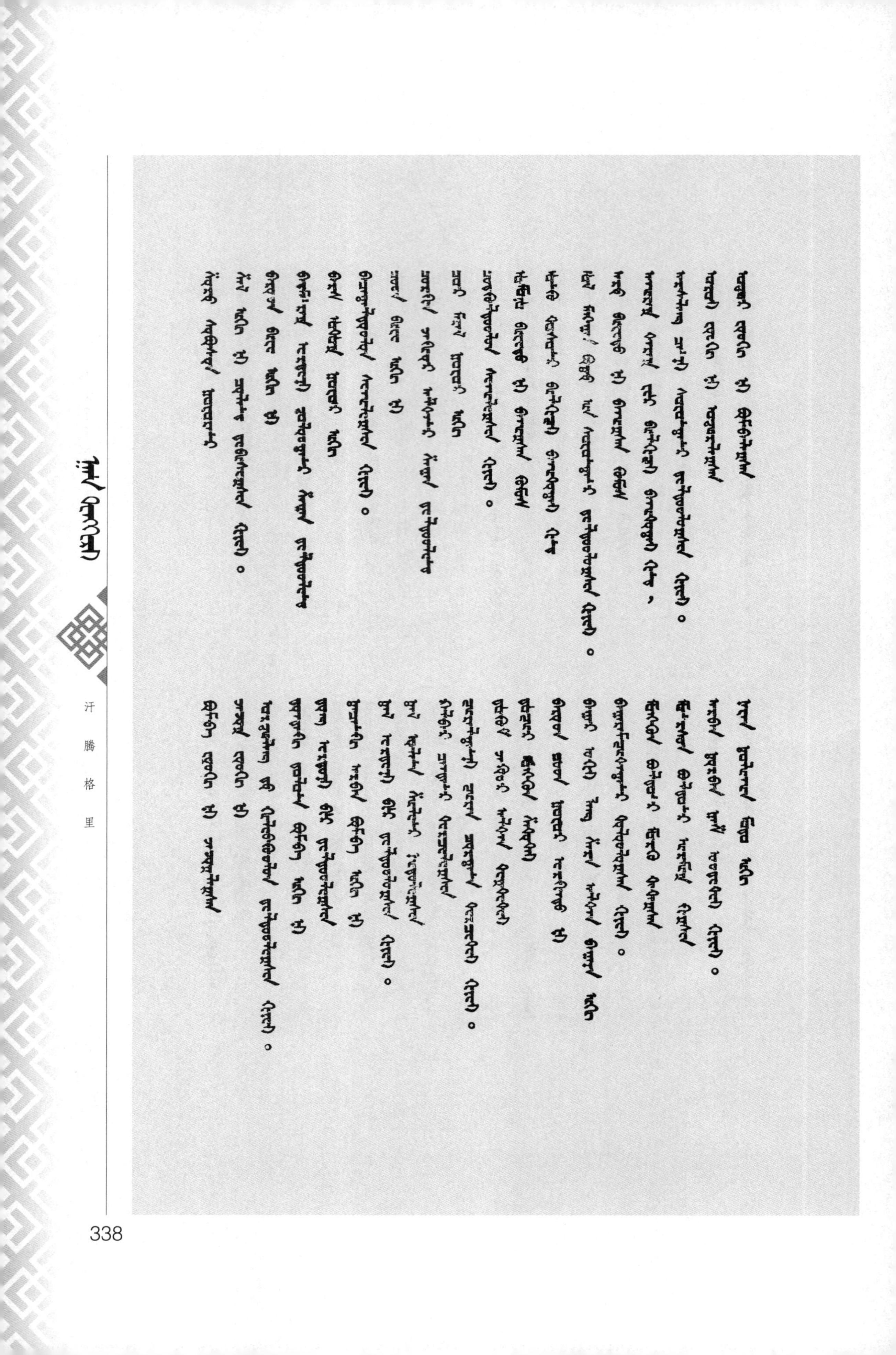

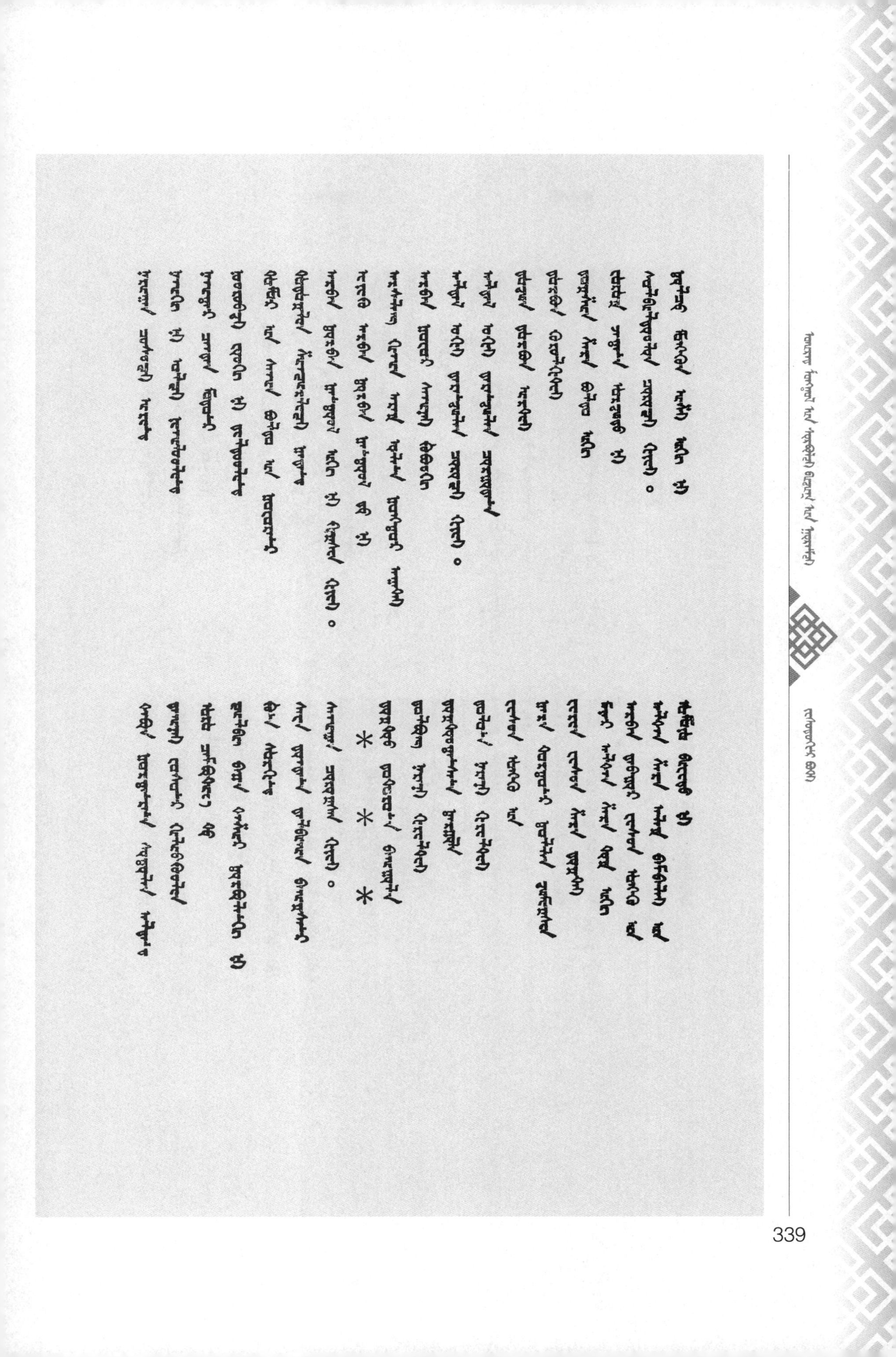

*　*　*

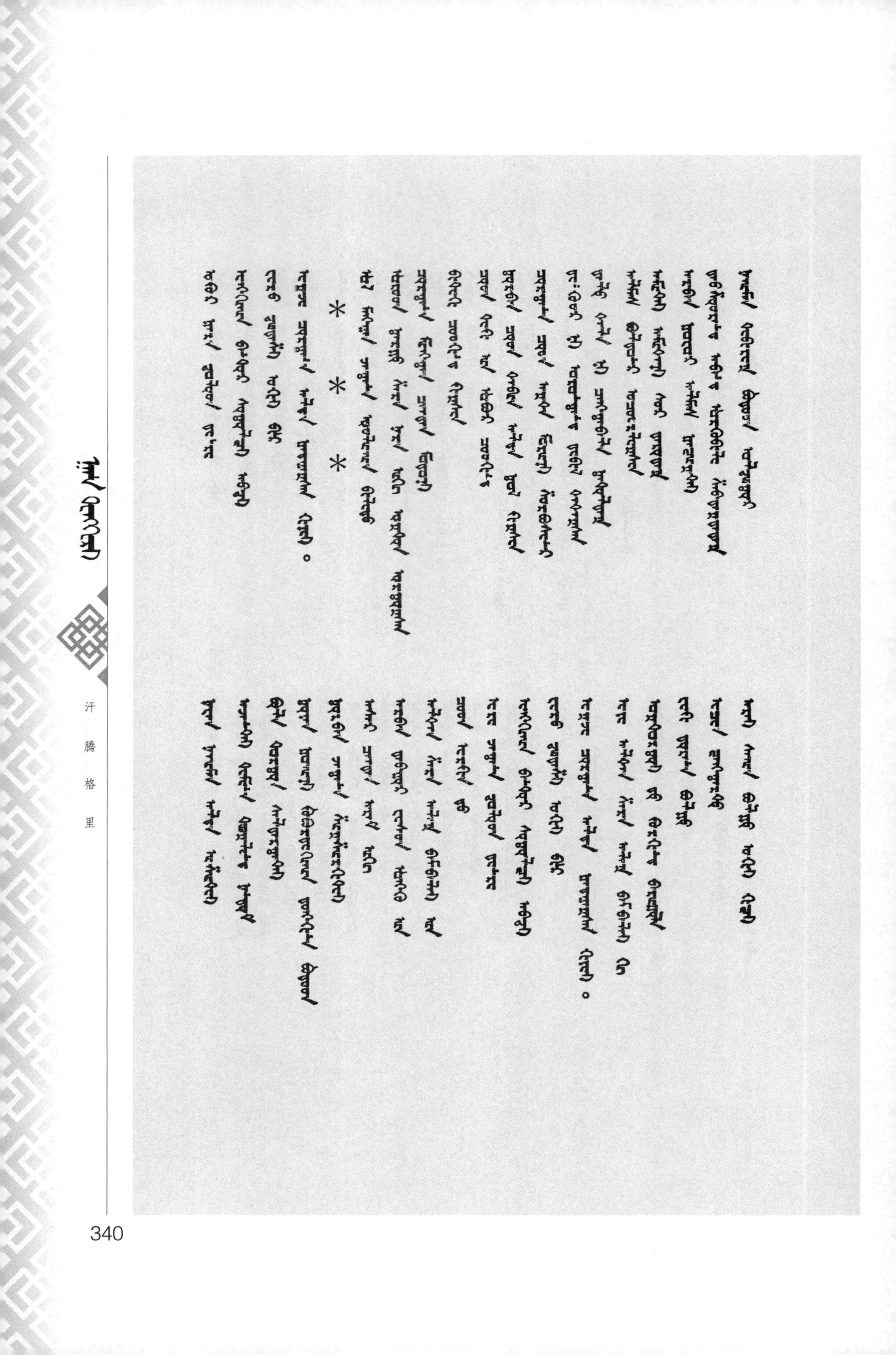

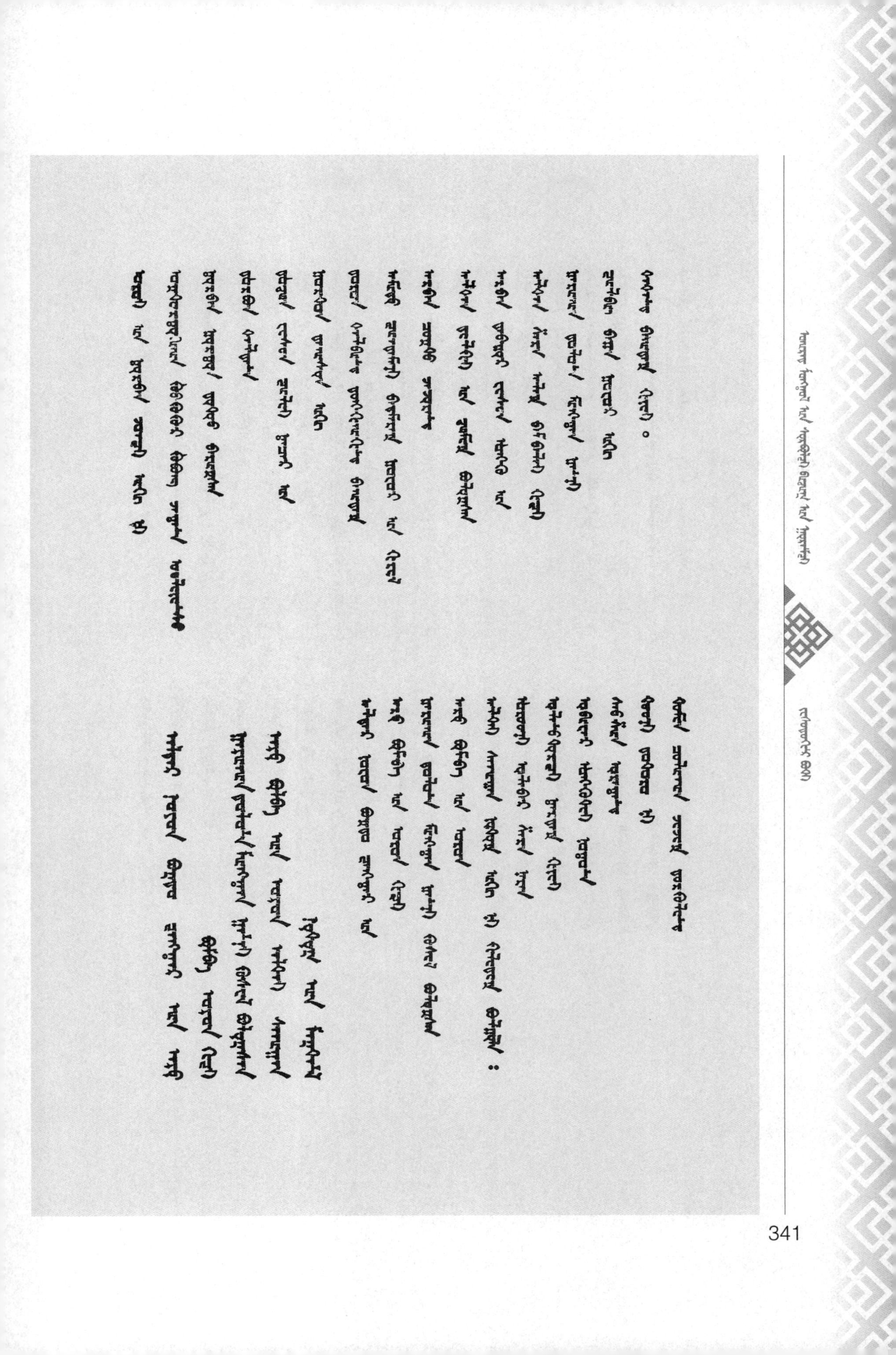

[illegible]

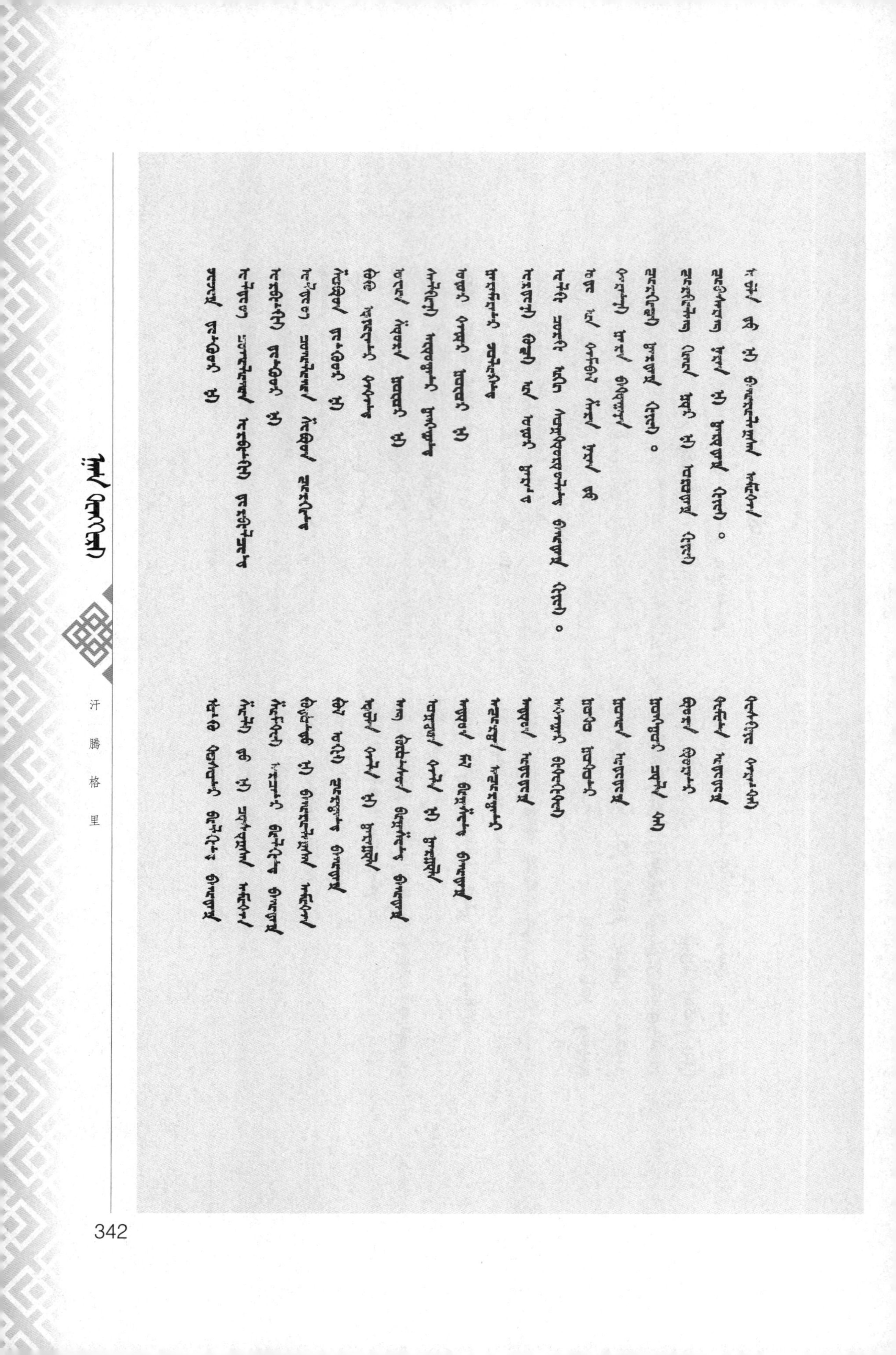

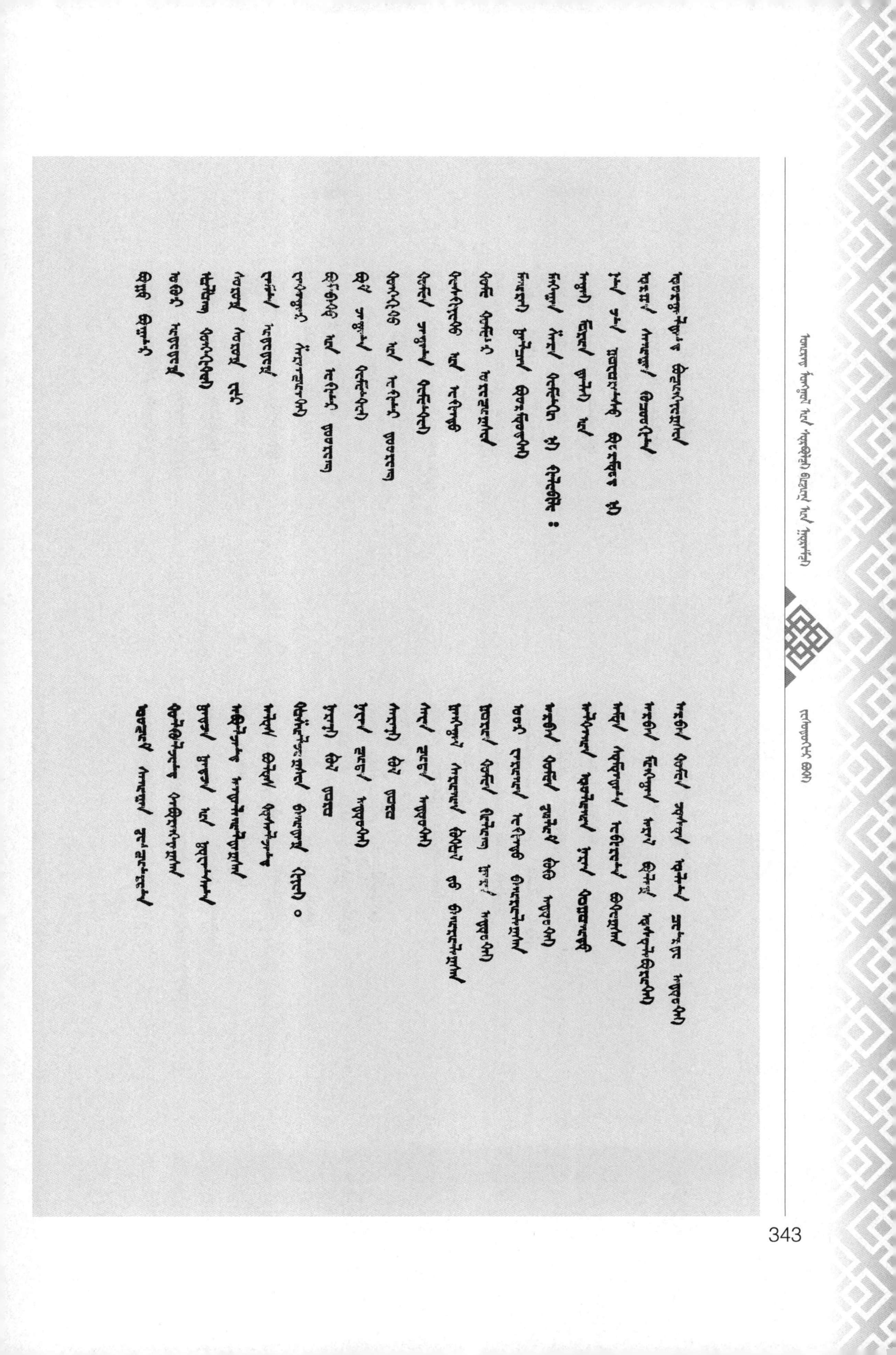

[illegible]

[illegible]

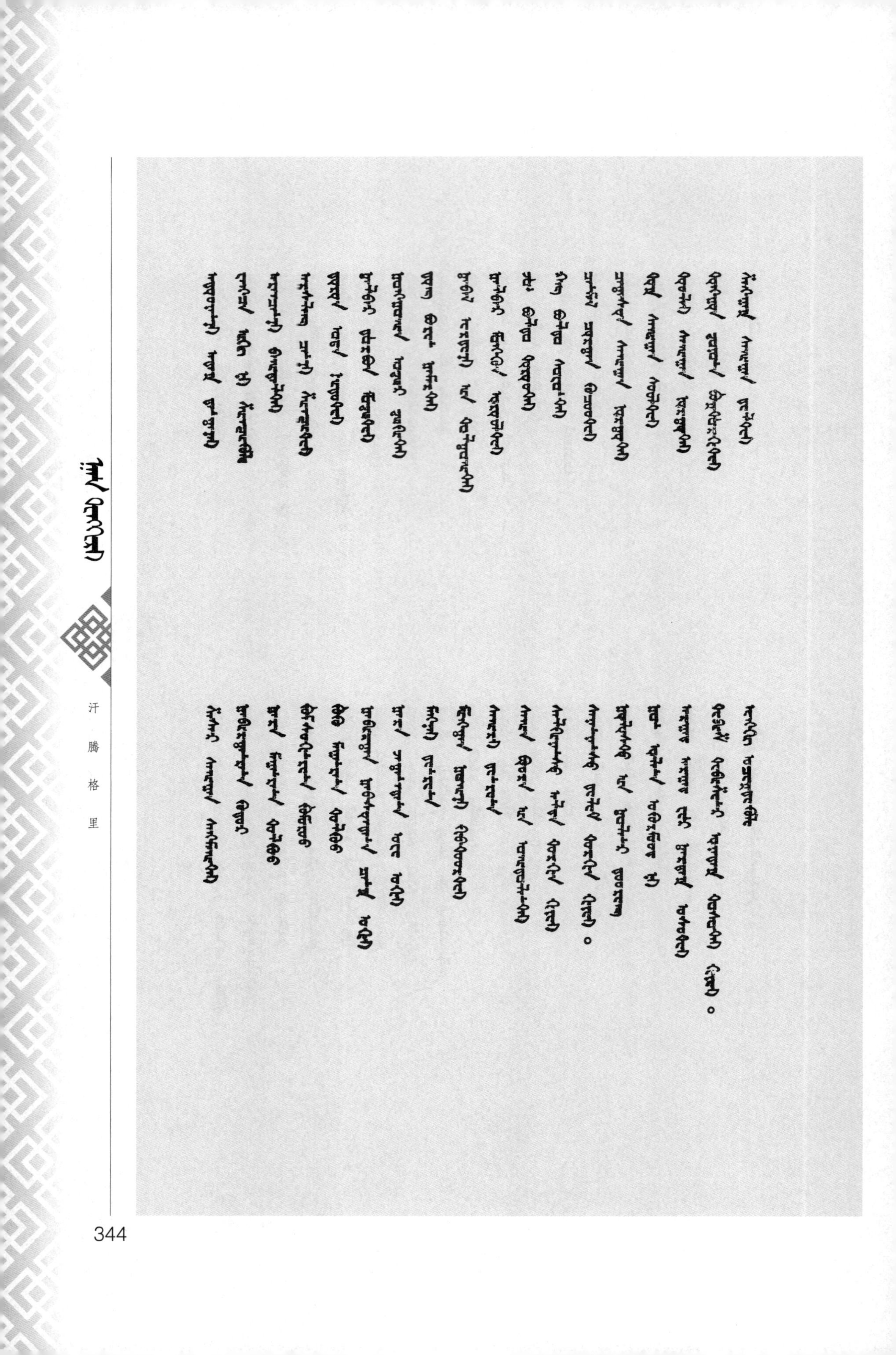

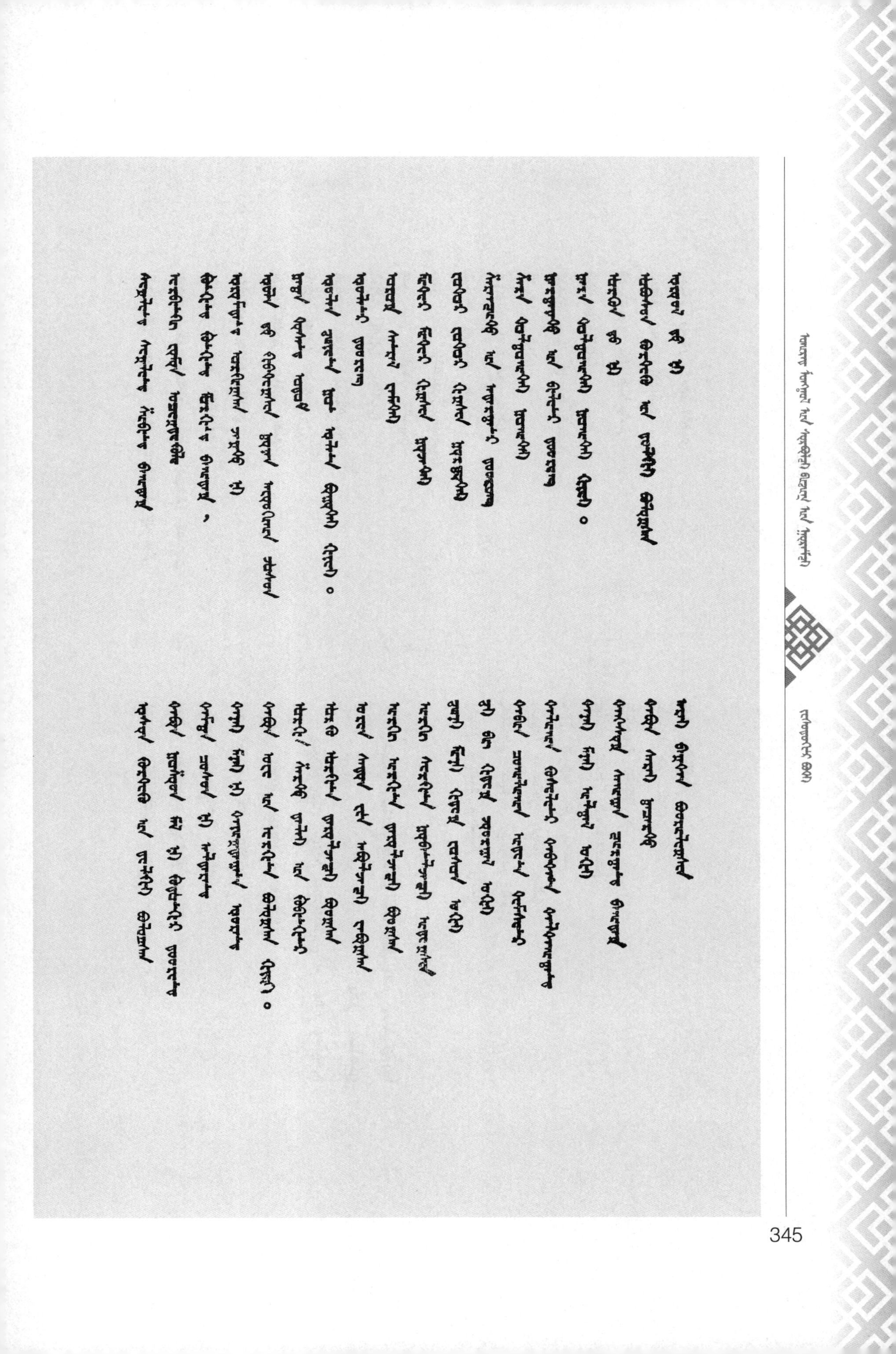

[illegible]

[illegible] [illegible] [illegible]
[illegible] [illegible] [illegible]
[illegible] [illegible] [illegible]
[illegible] ᠠᡎᡇᠯᠠ
[illegible] [illegible] [illegible]
[illegible] ᠠᡎᡇᠯᠠ
[illegible] [illegible] ᠠᡎᡇᠯᠠ
[illegible] [illegible] ᠠᡎᡇᠯᠠ
[illegible] [illegible] [illegible] [illegible]
[illegible] [illegible] [illegible] [illegible]
[illegible] ᠠᡎᡇᠯᠠ [illegible]
[illegible] ᠠᡎᡇᠯᠠ [illegible]
[illegible] ᠠᡎᡇᠯᠠ [illegible]
[illegible] ᠠᡎᡇᠯᠠ [illegible]
[illegible] ᠠᡎᡇᠯᠠ [illegible]
[illegible] ᠠᡎᡇᠯᠠ [illegible]
[illegible] [illegible] [illegible] [illegible] [illegible]
[illegible] [illegible] [illegible] [illegible] [illegible]

[illegible] [illegible] [illegible]
[illegible] [illegible] [illegible]
[illegible] [illegible] [illegible]
[illegible] [illegible] [illegible]
[illegible] [illegible] [illegible] [illegible]
[illegible] [illegible] [illegible] [illegible]
[illegible] [illegible] [illegible] [illegible]
[illegible] [illegible] [illegible] [illegible] ᠃

[illegible] [illegible] [illegible] [illegible] [illegible] [illegible] [illegible]
[illegible] [illegible]
[illegible] [illegible] [illegible] [illegible] [illegible] [illegible] [illegible]

[illegible] [illegible] [illegible] [illegible]
[illegible] [illegible] [illegible] [illegible]
[illegible] [illegible] [illegible] [illegible]
[illegible] [illegible] [illegible] [illegible] ᠄
[illegible] [illegible] [illegible]

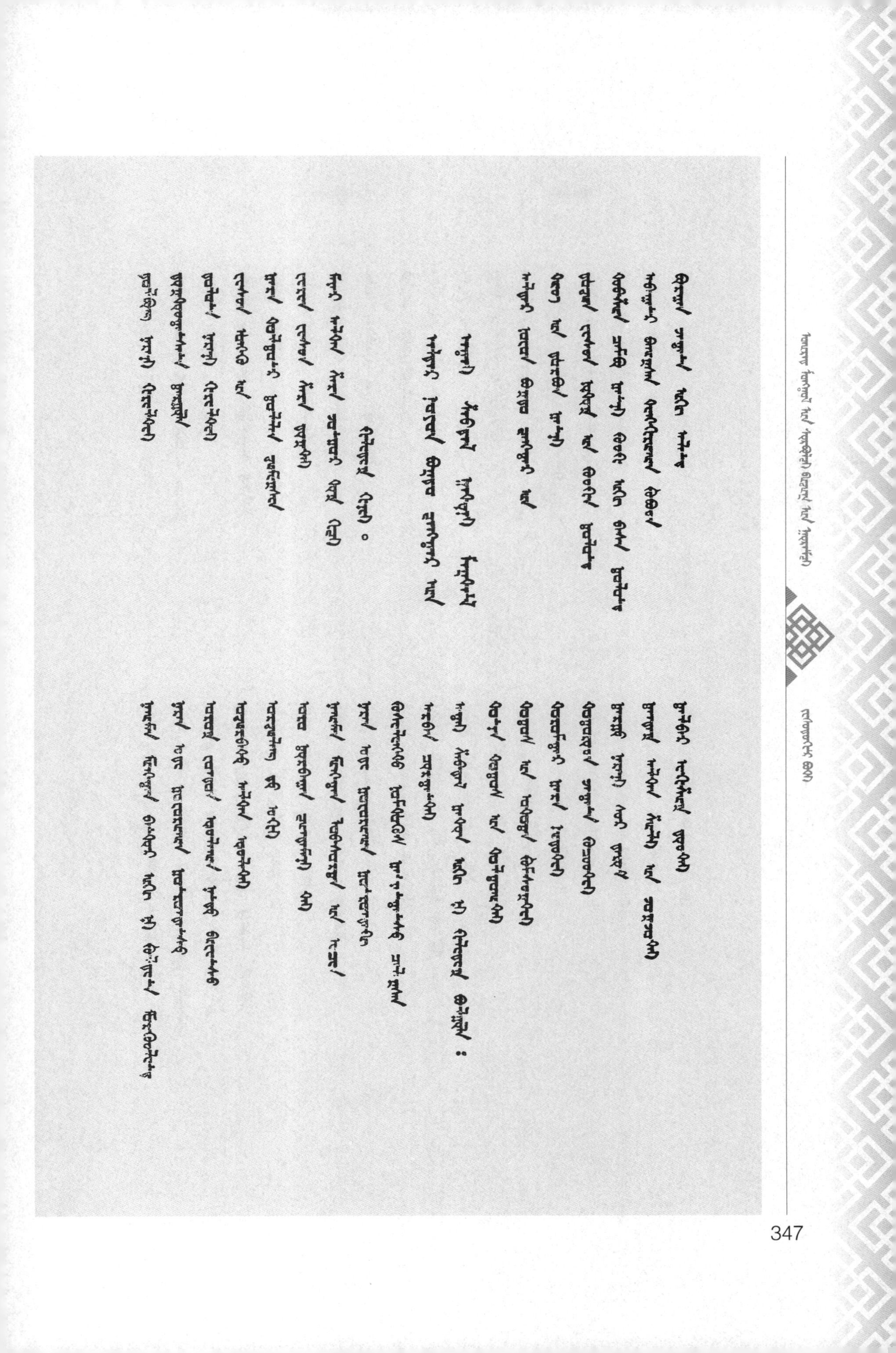

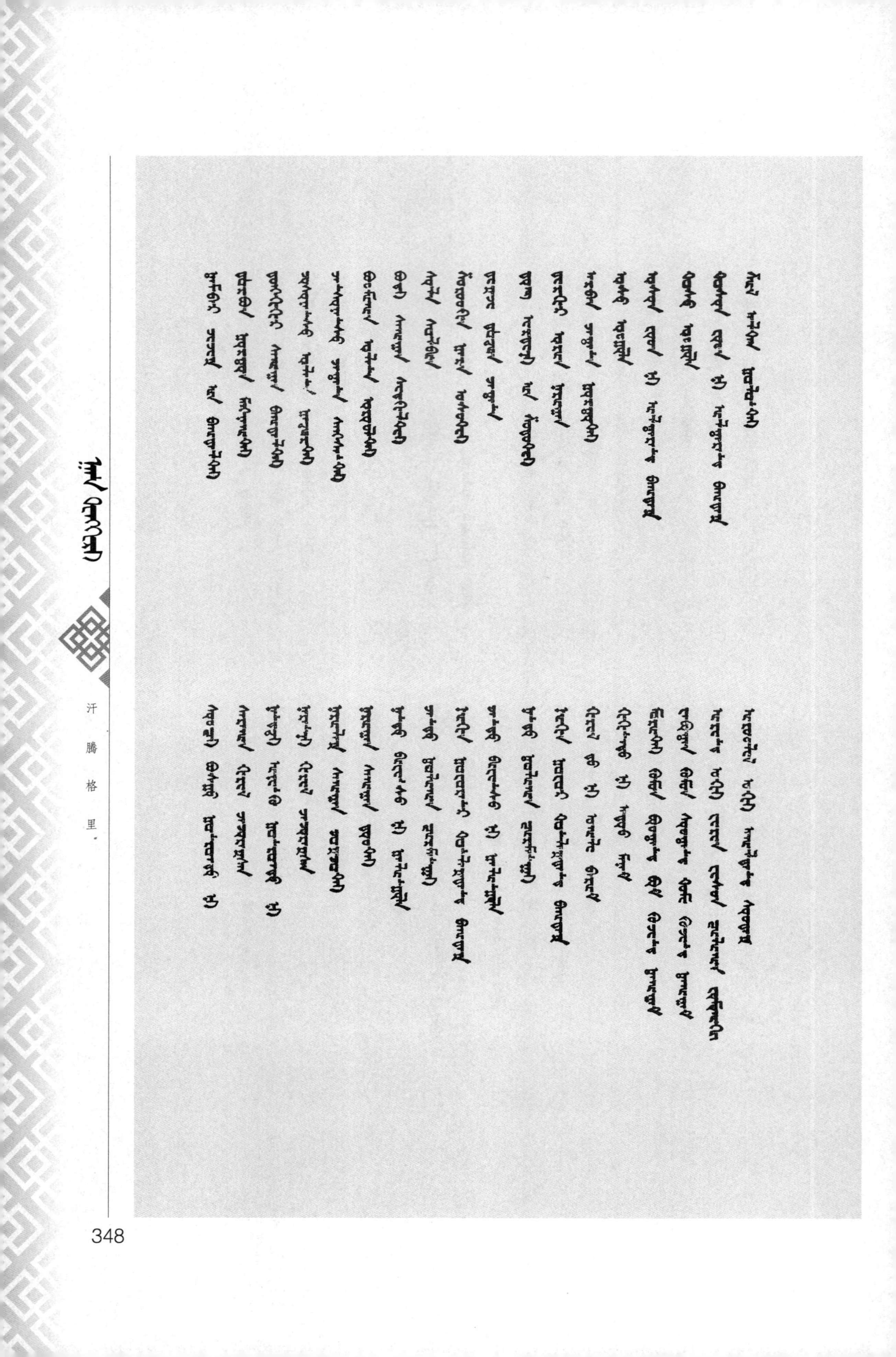

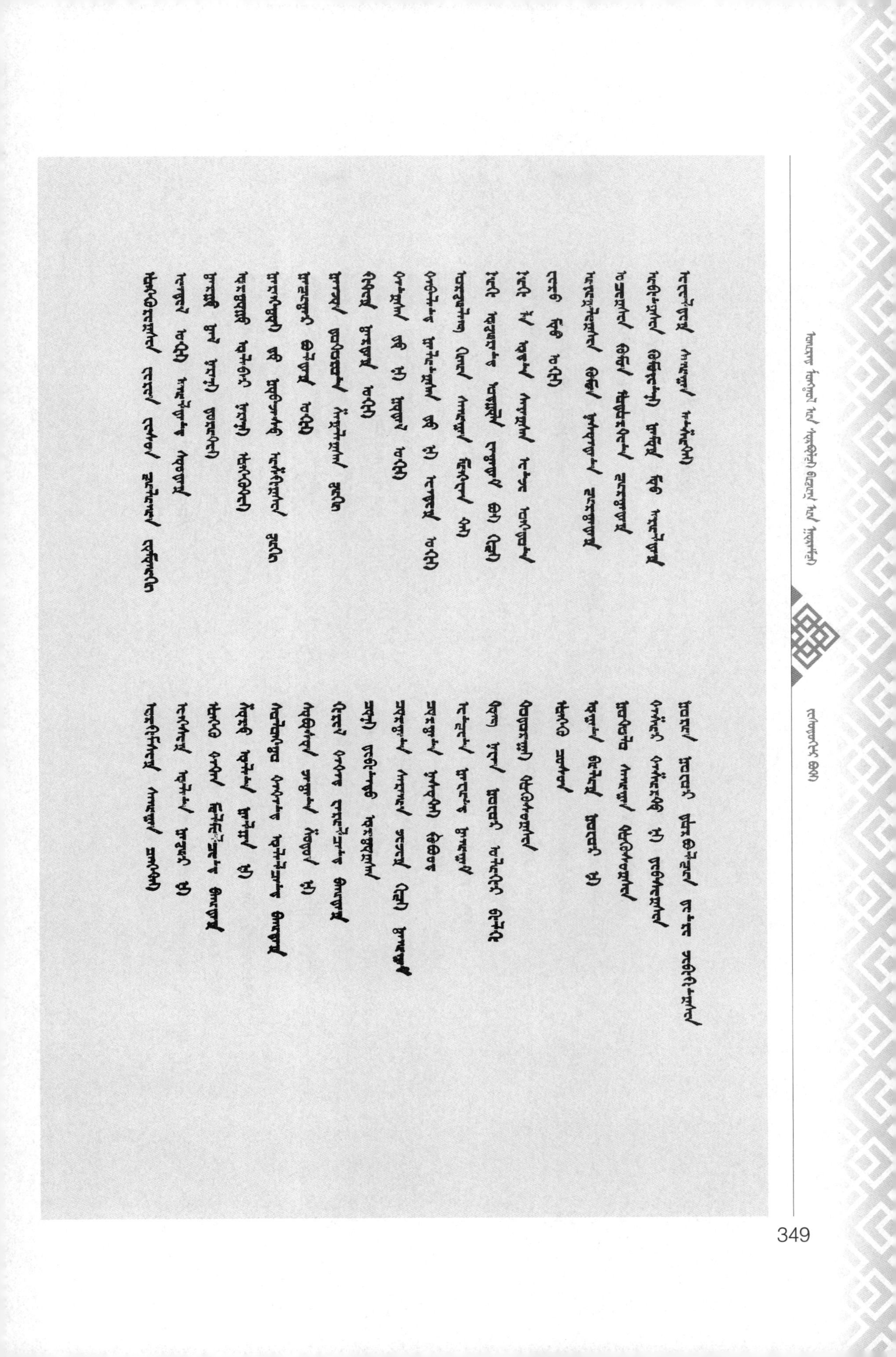

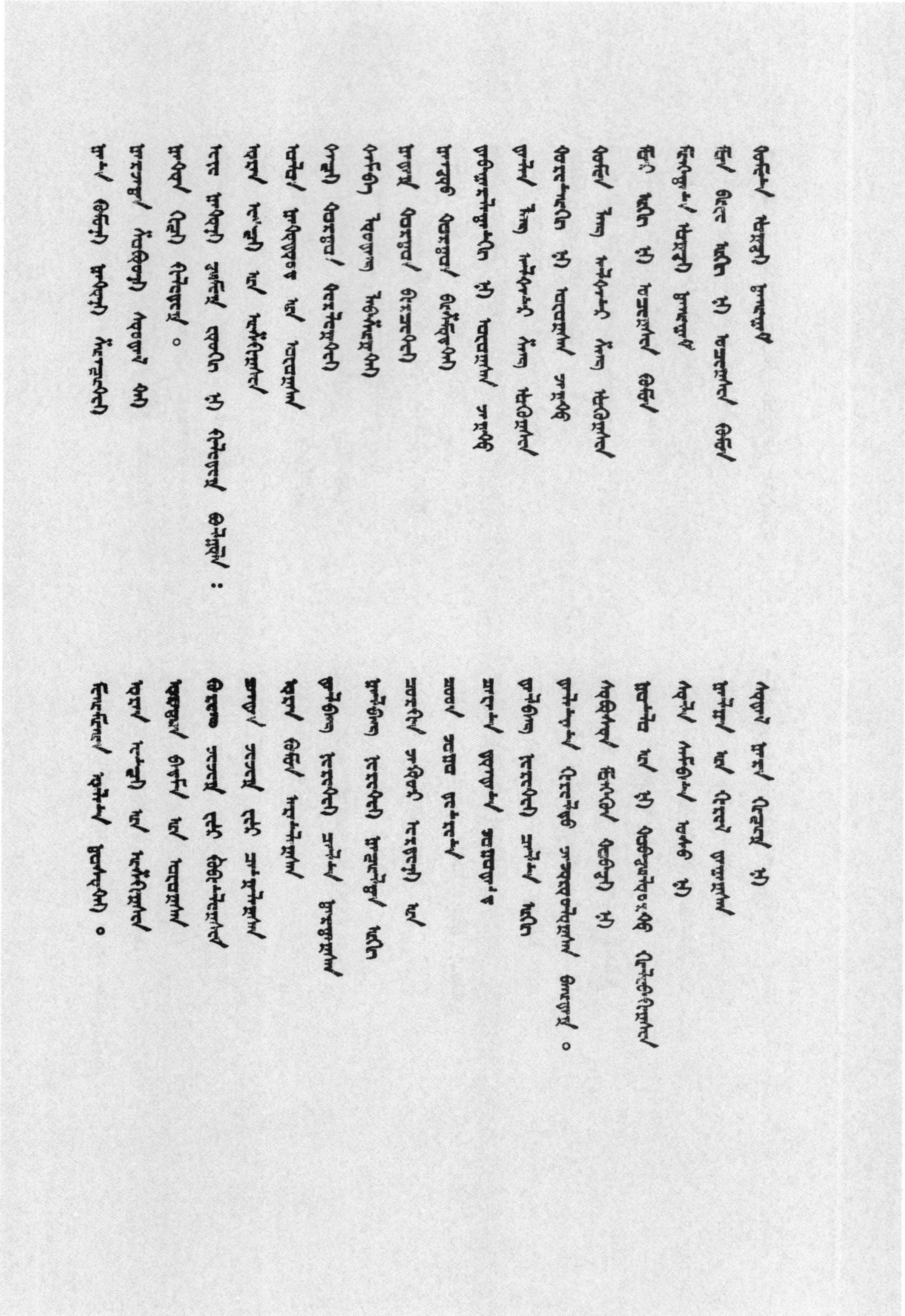

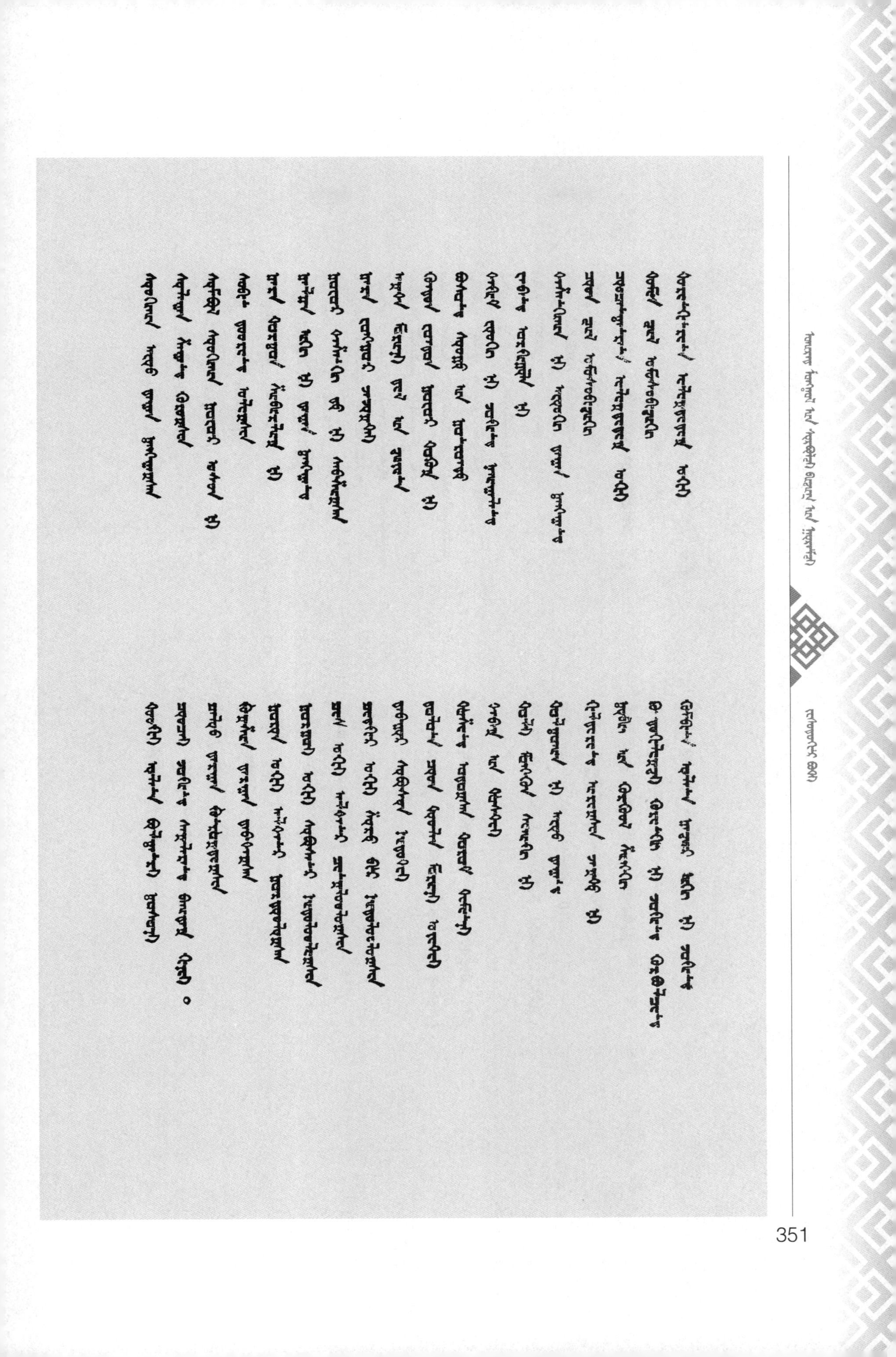

[illegible]

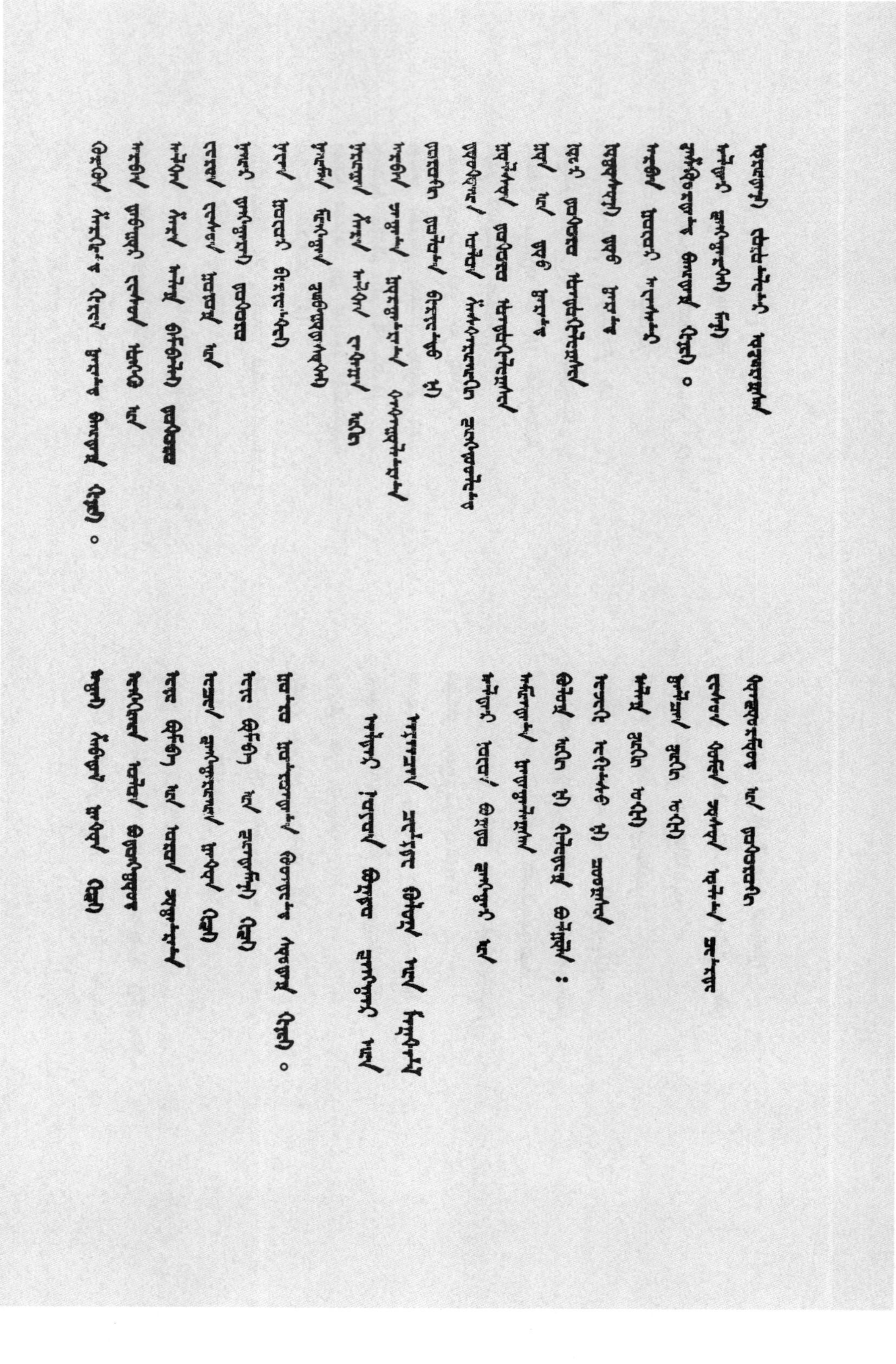

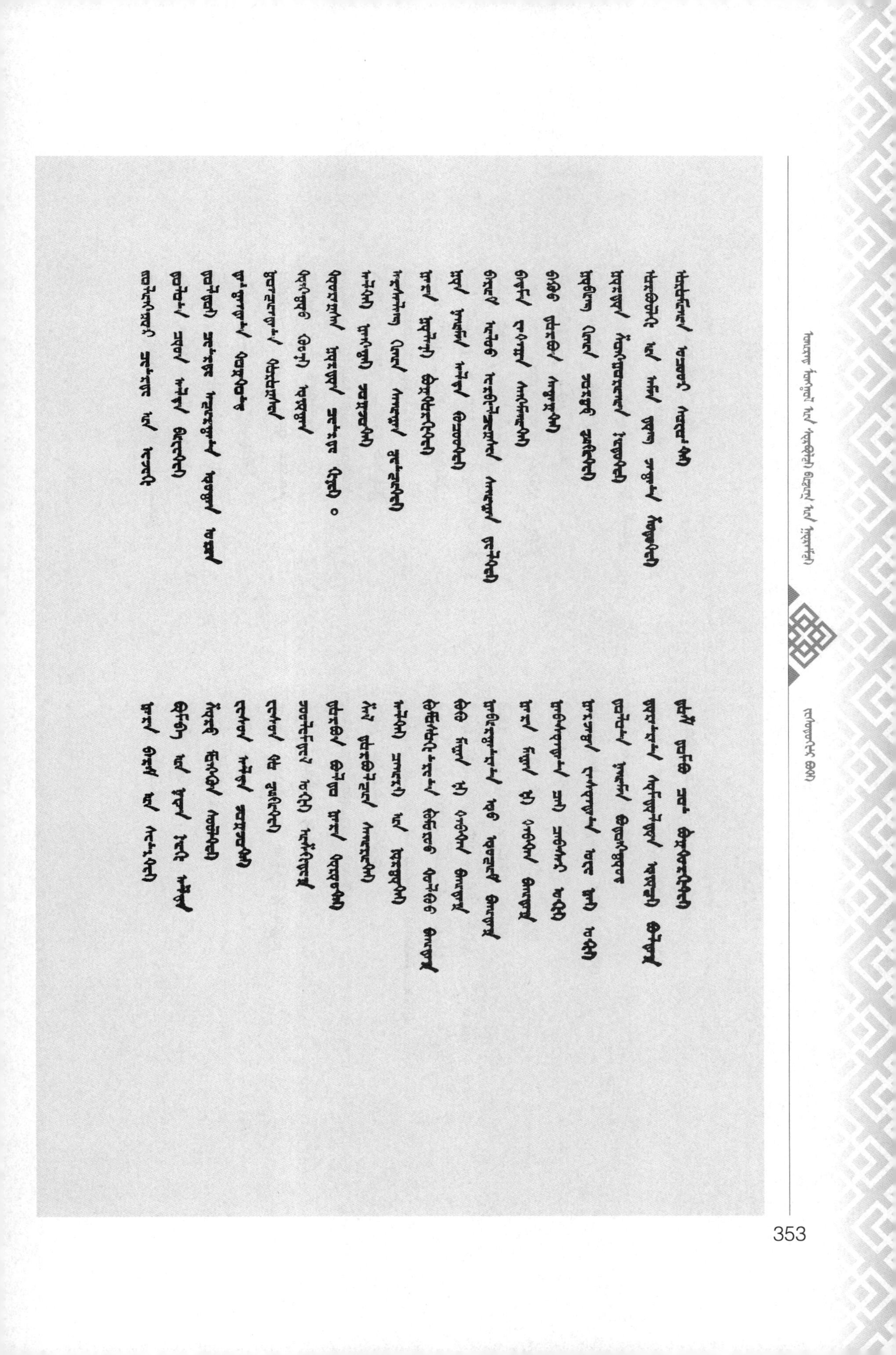

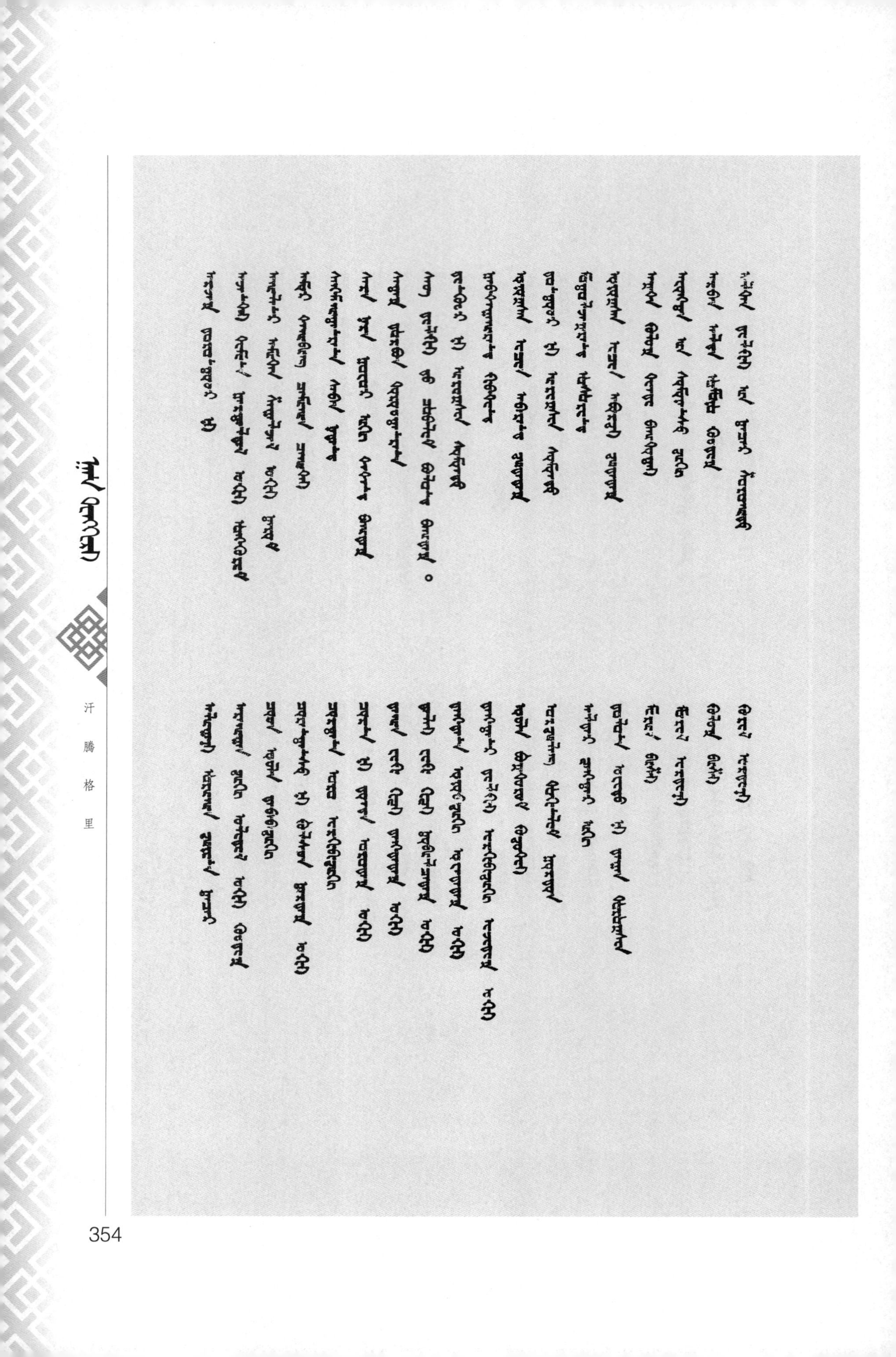

[illegible]

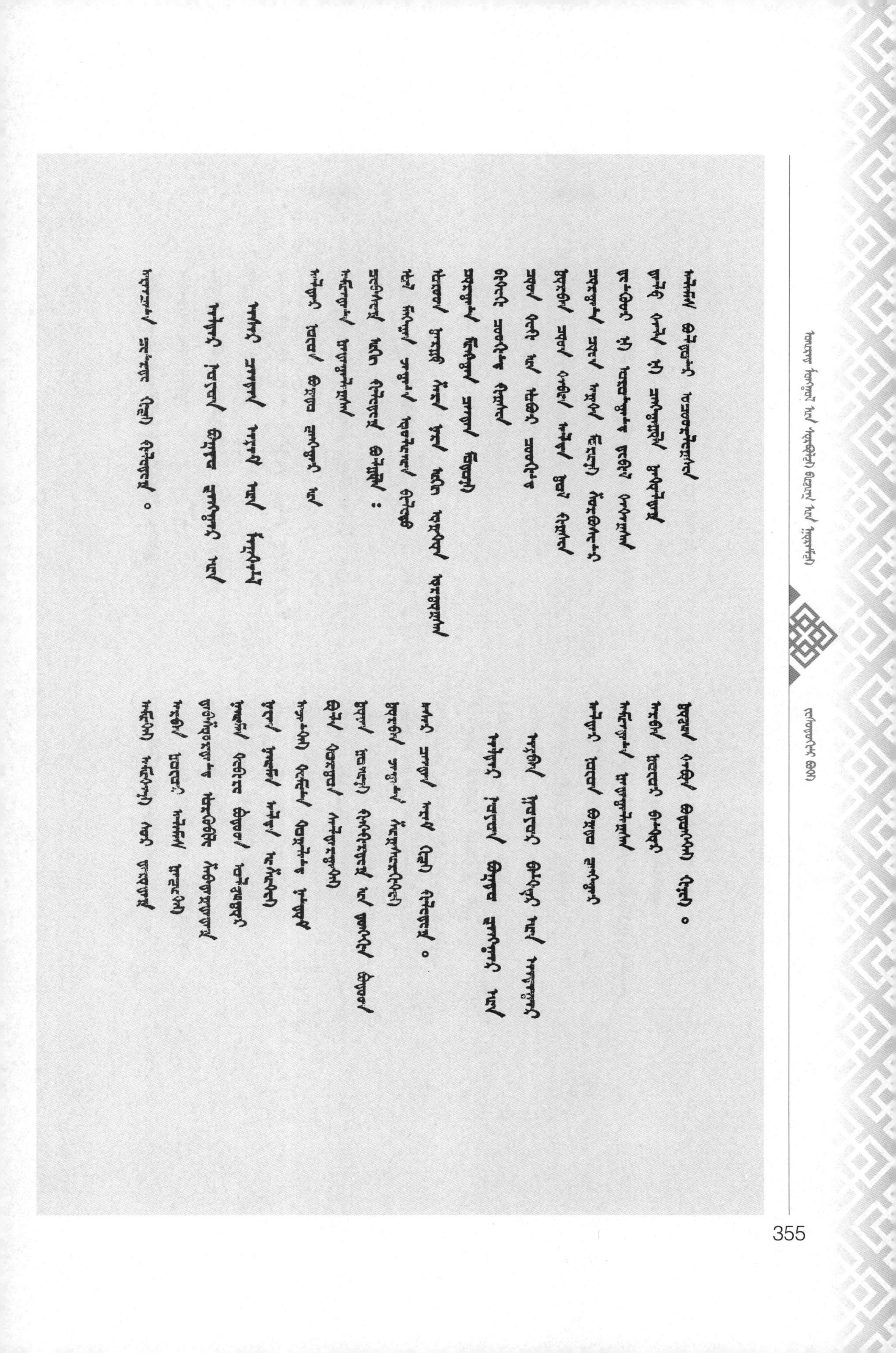

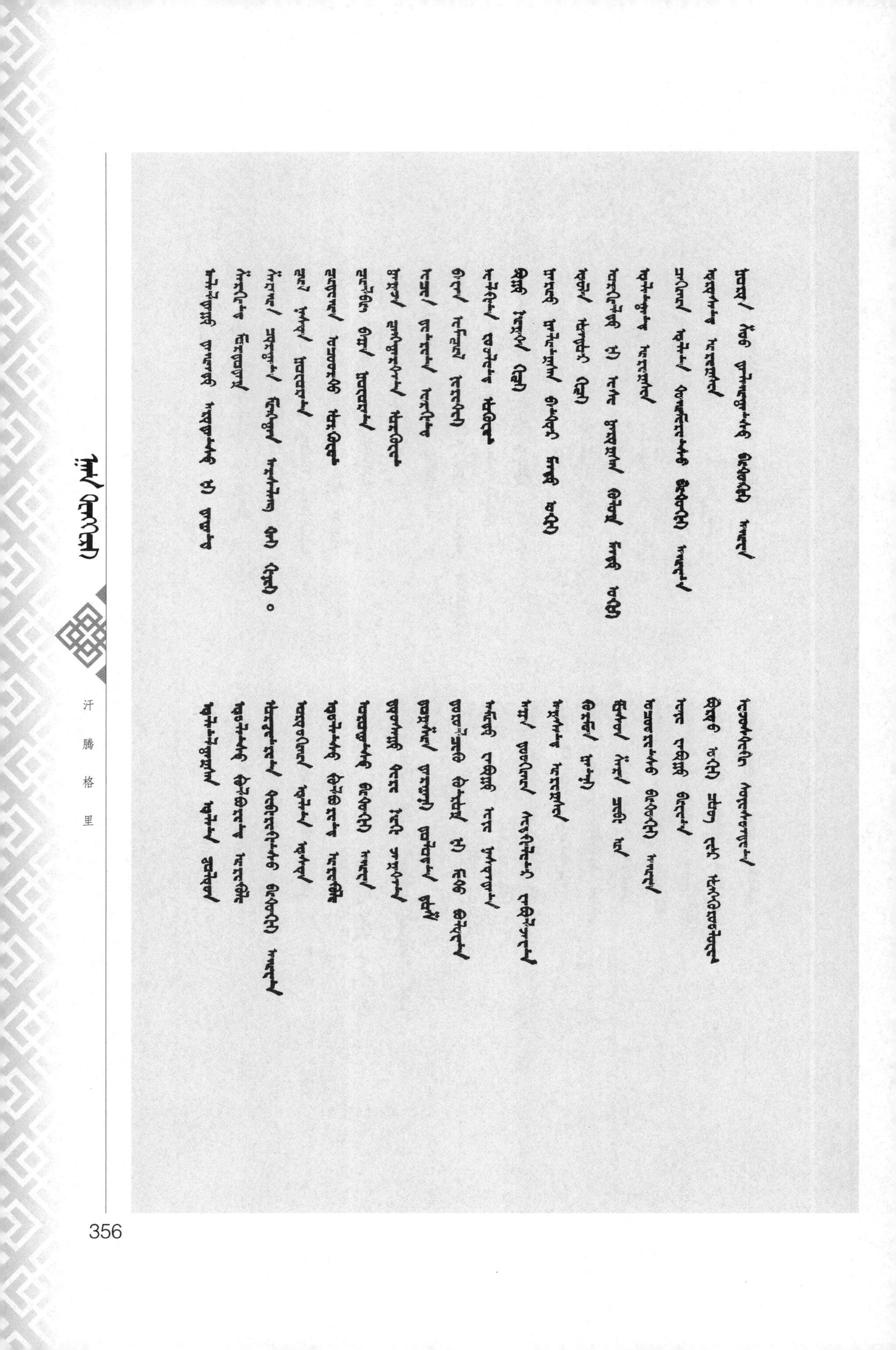

[illegible]

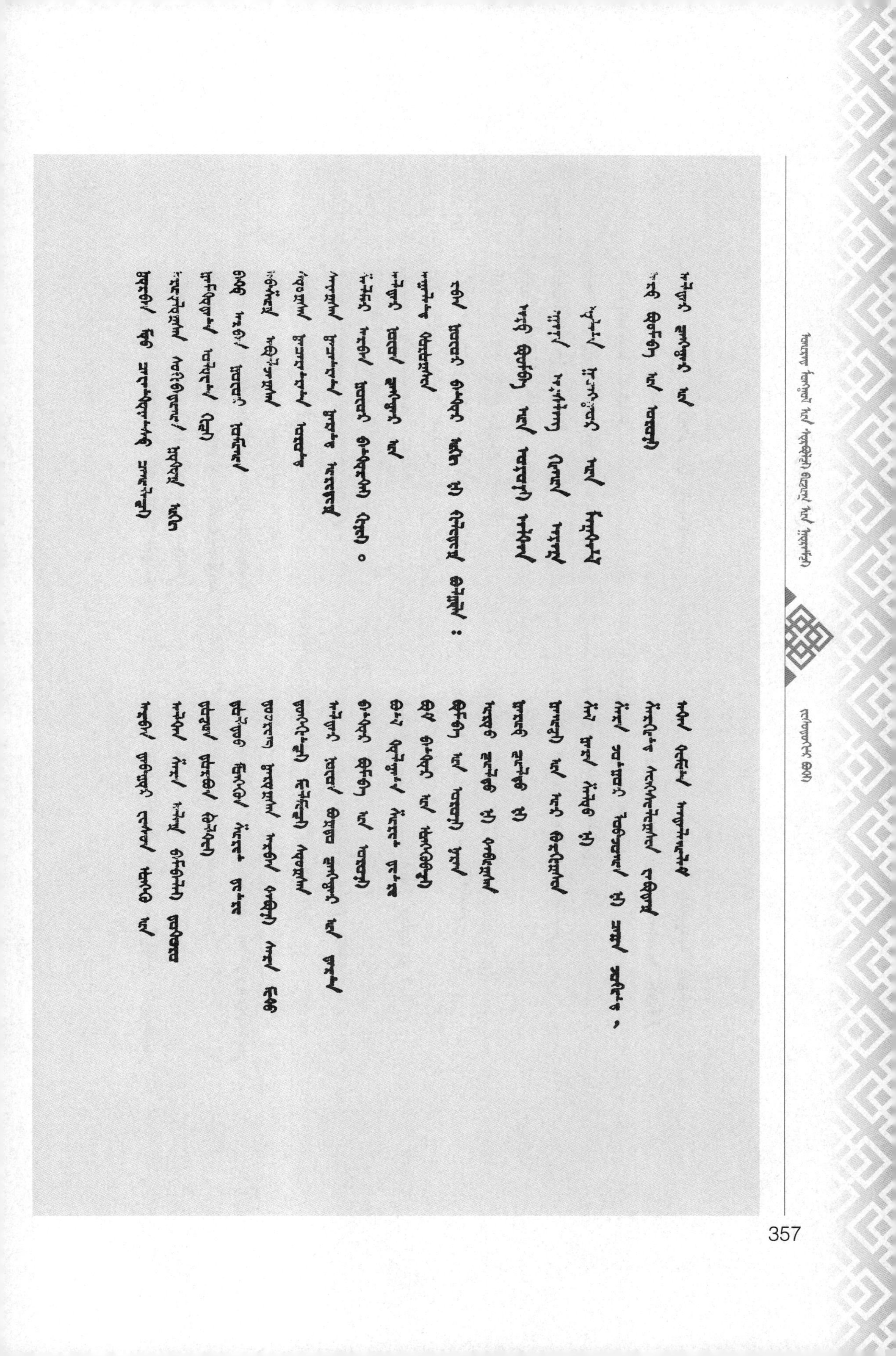

[illegible]

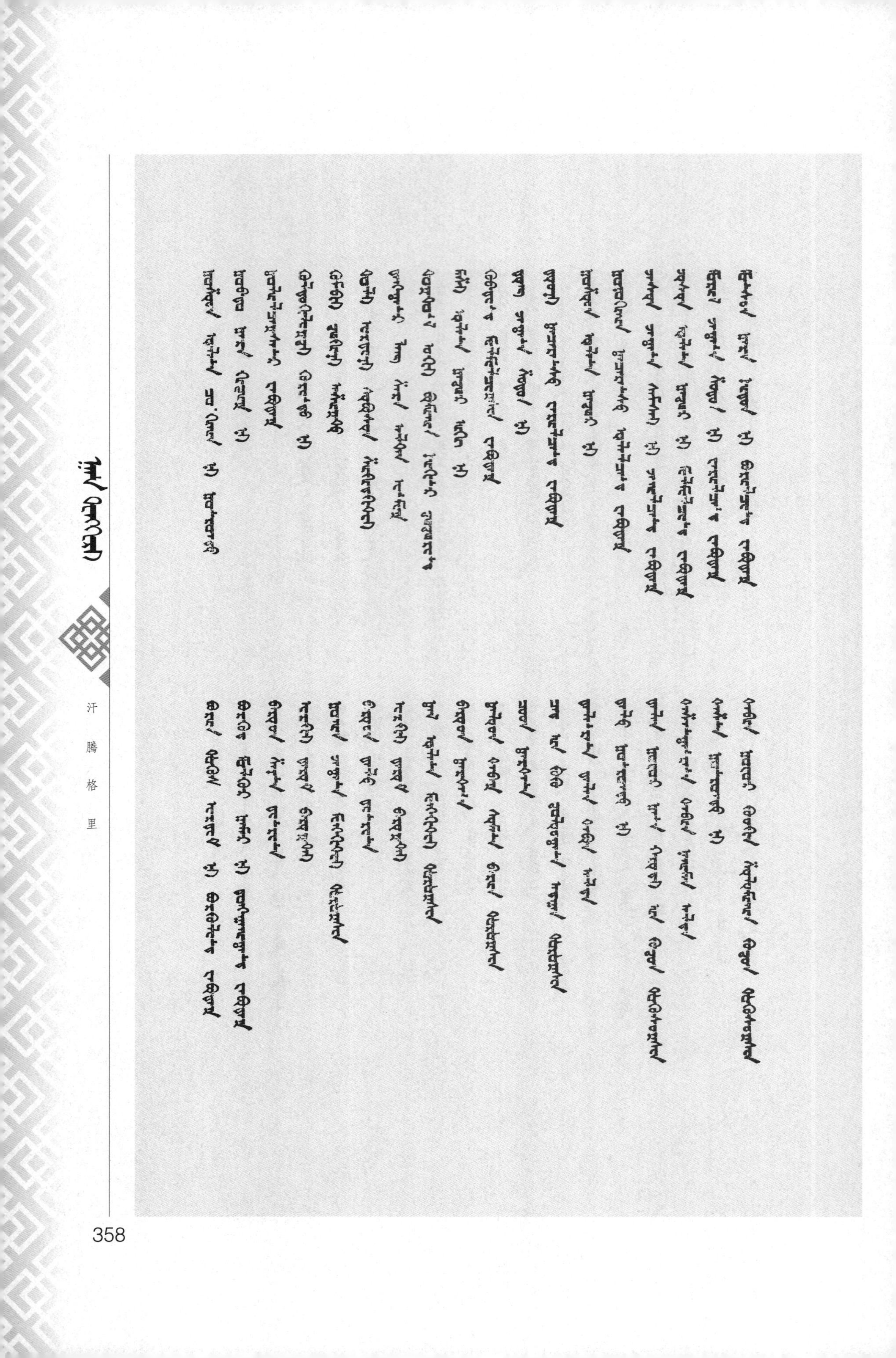

[illegible]

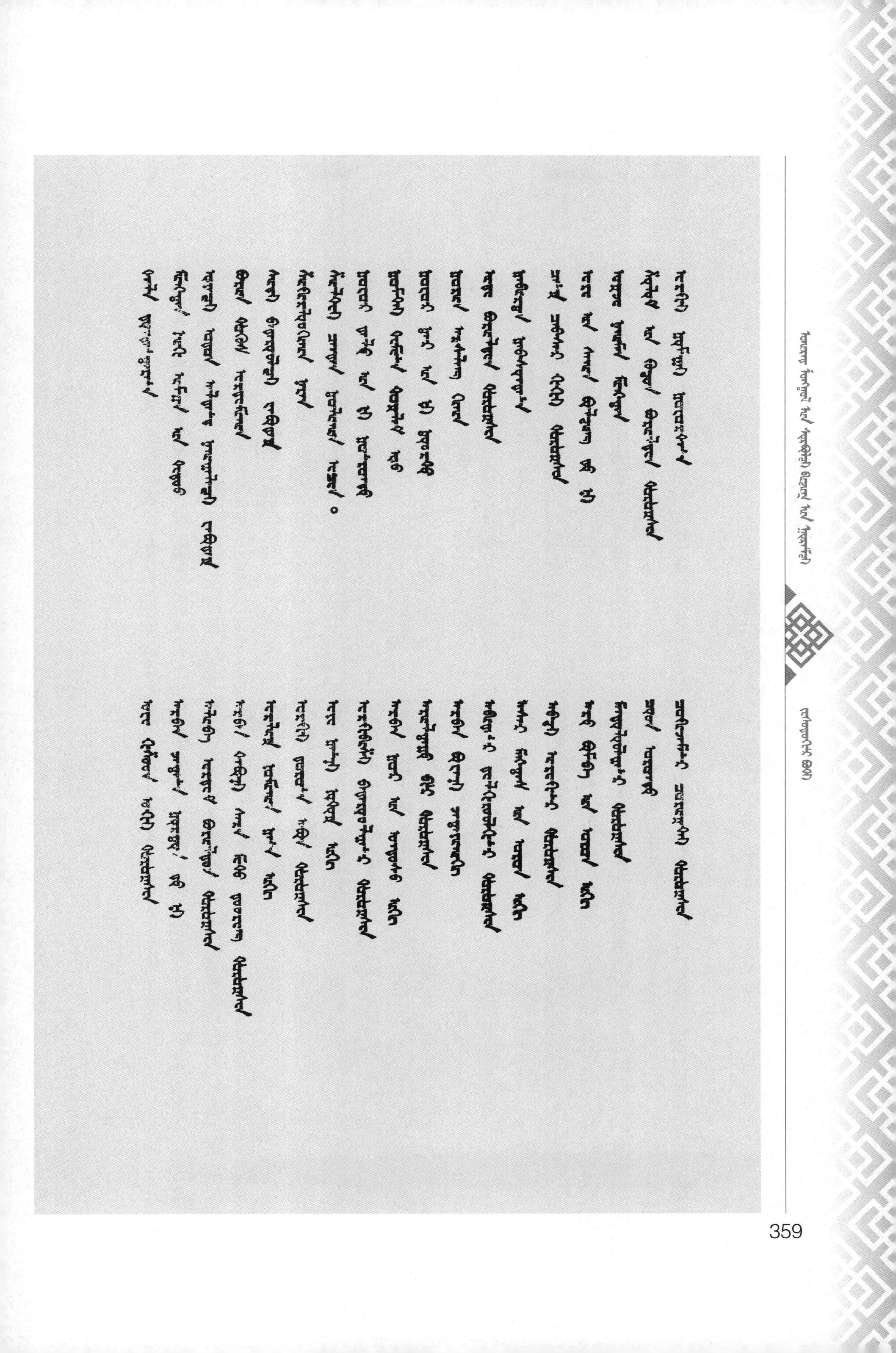

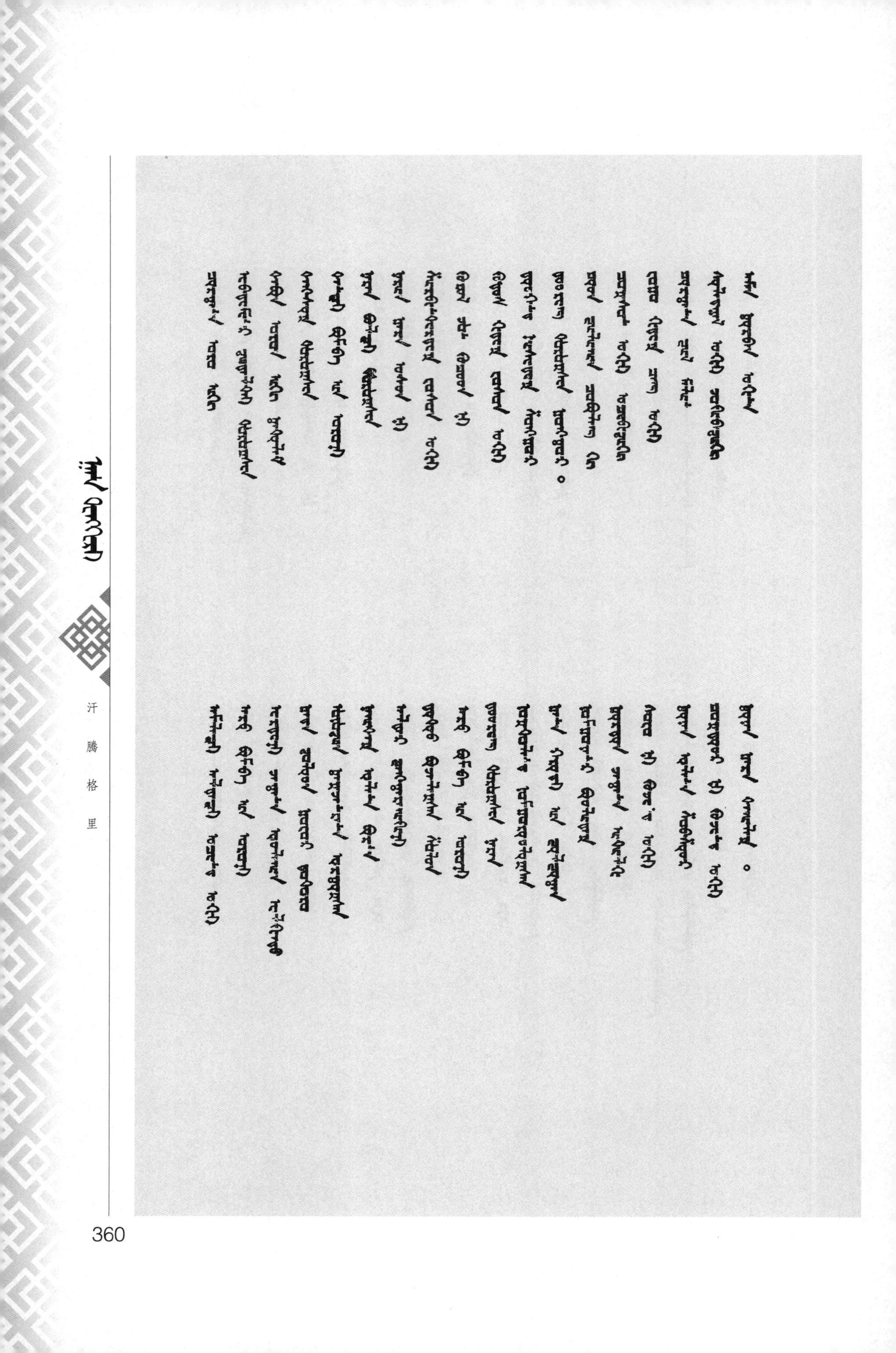

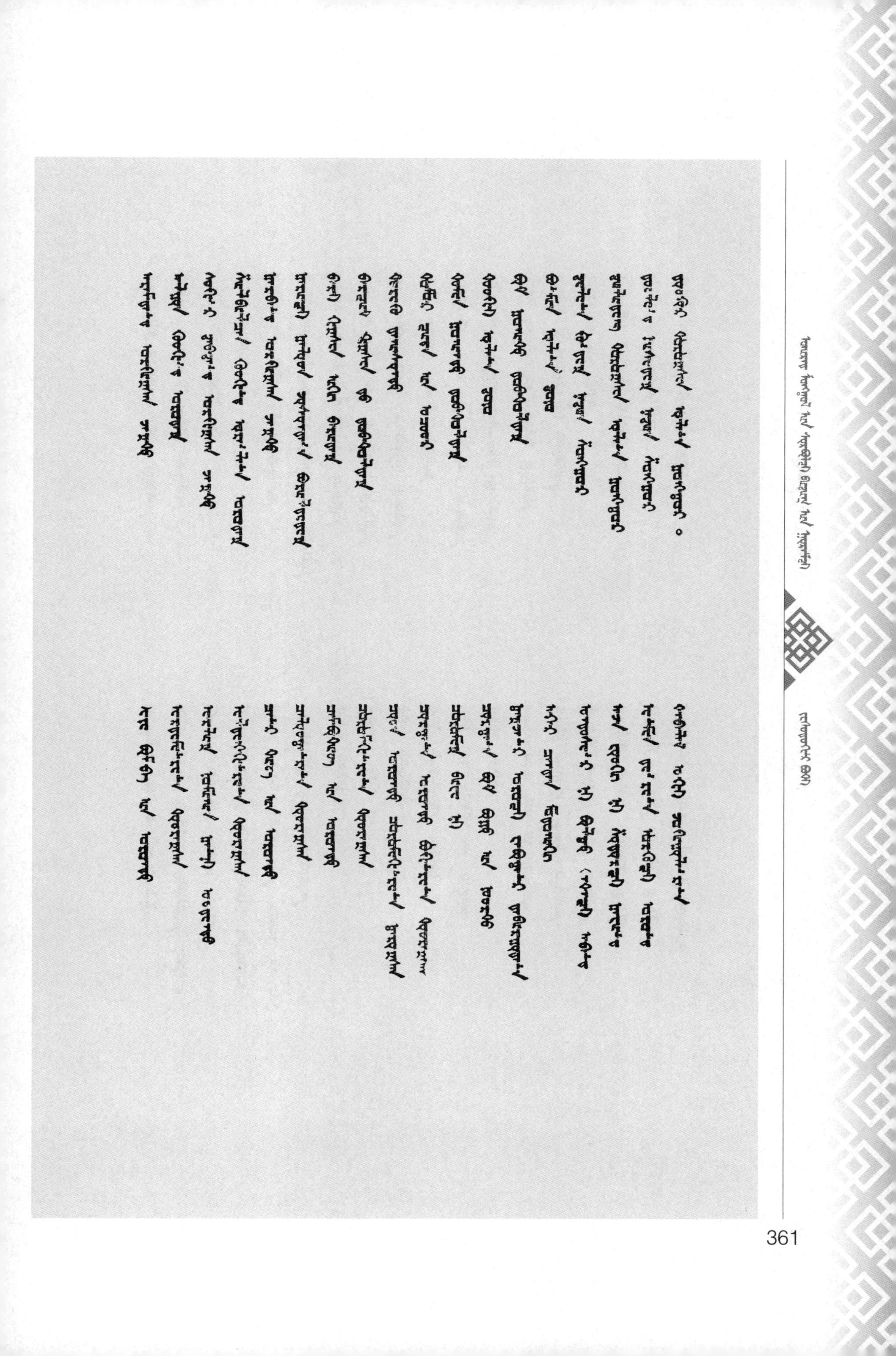

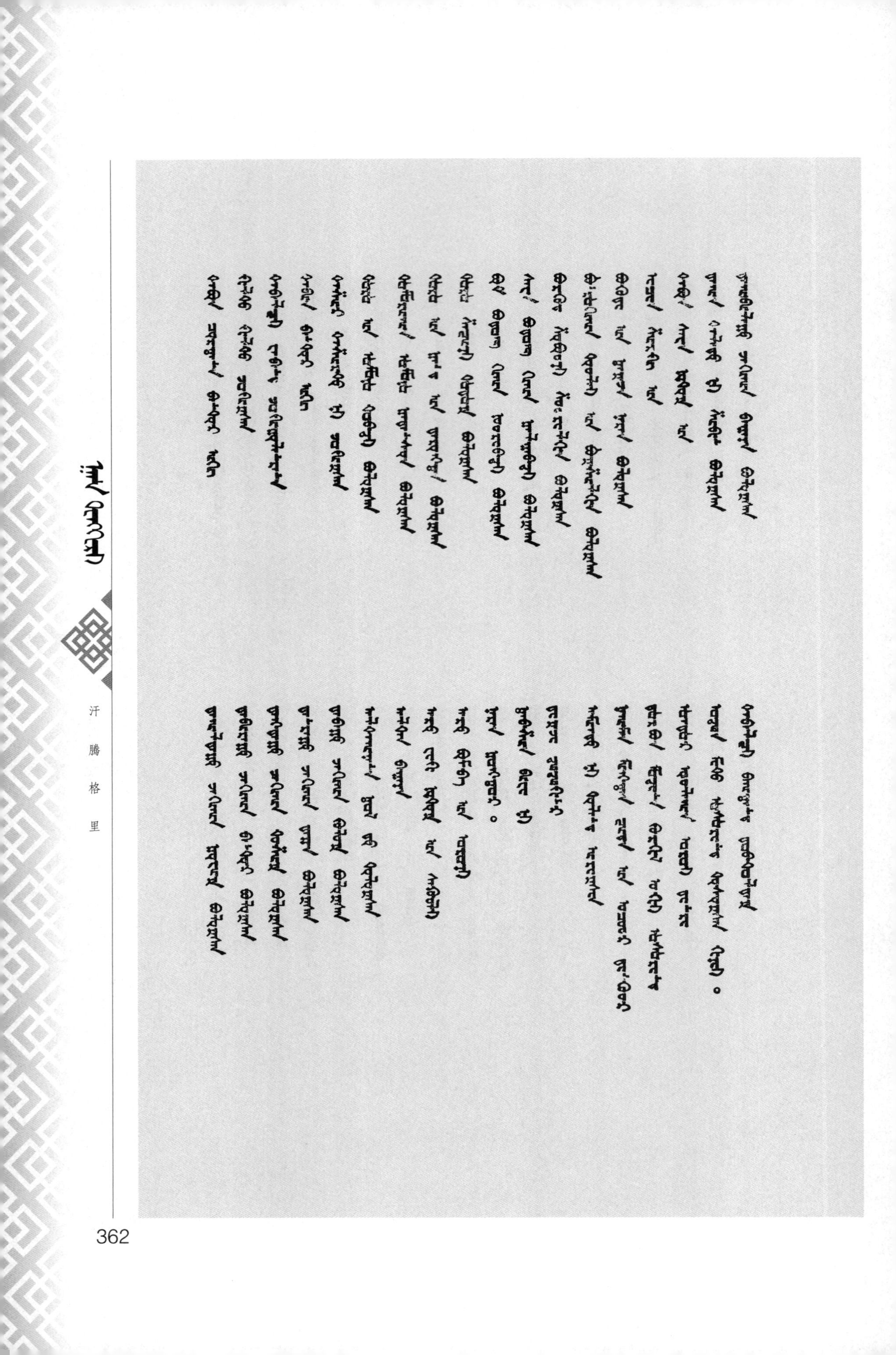

[illegible]

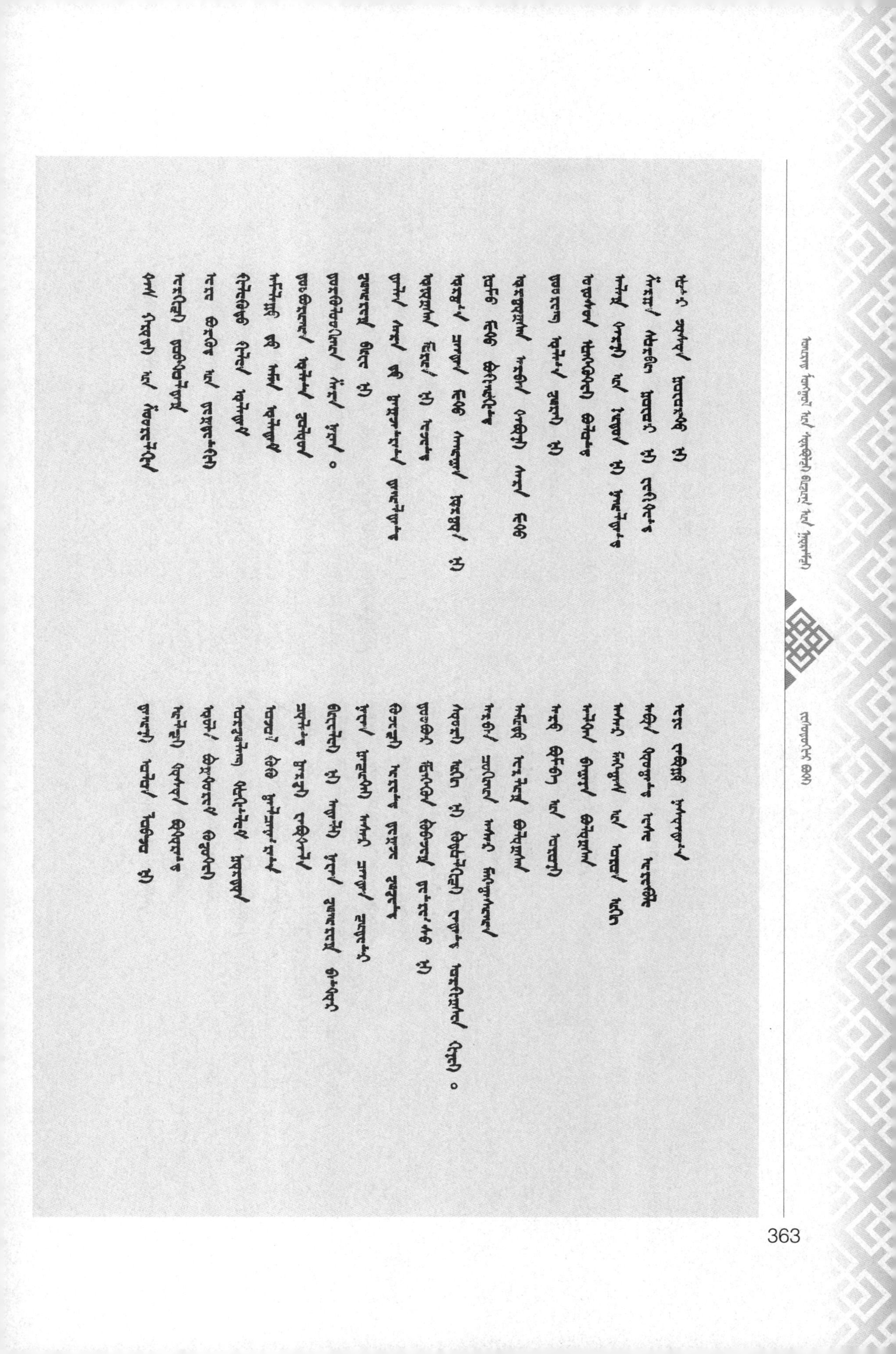

[illegible]

[illegible]

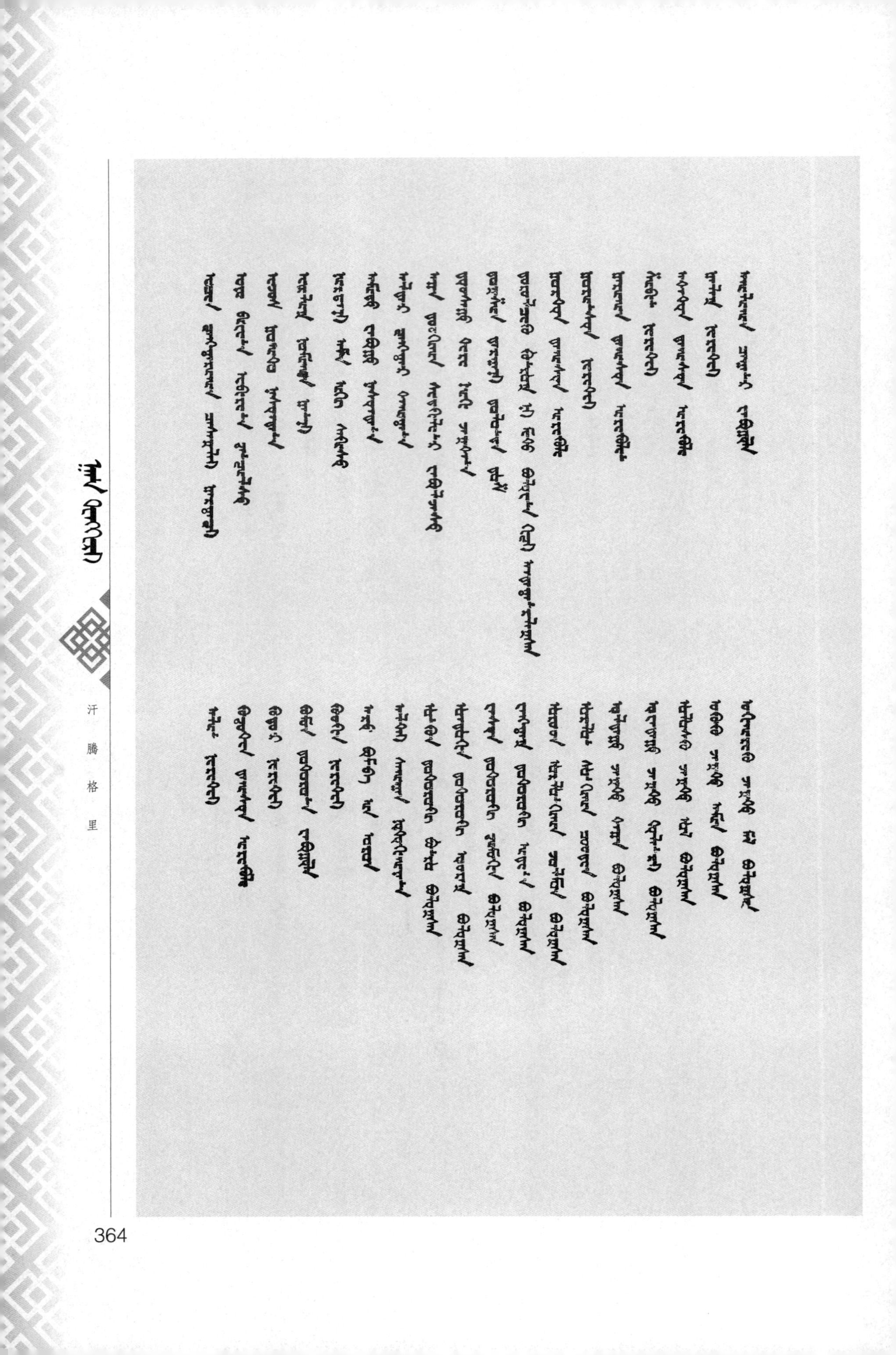

[illegible]

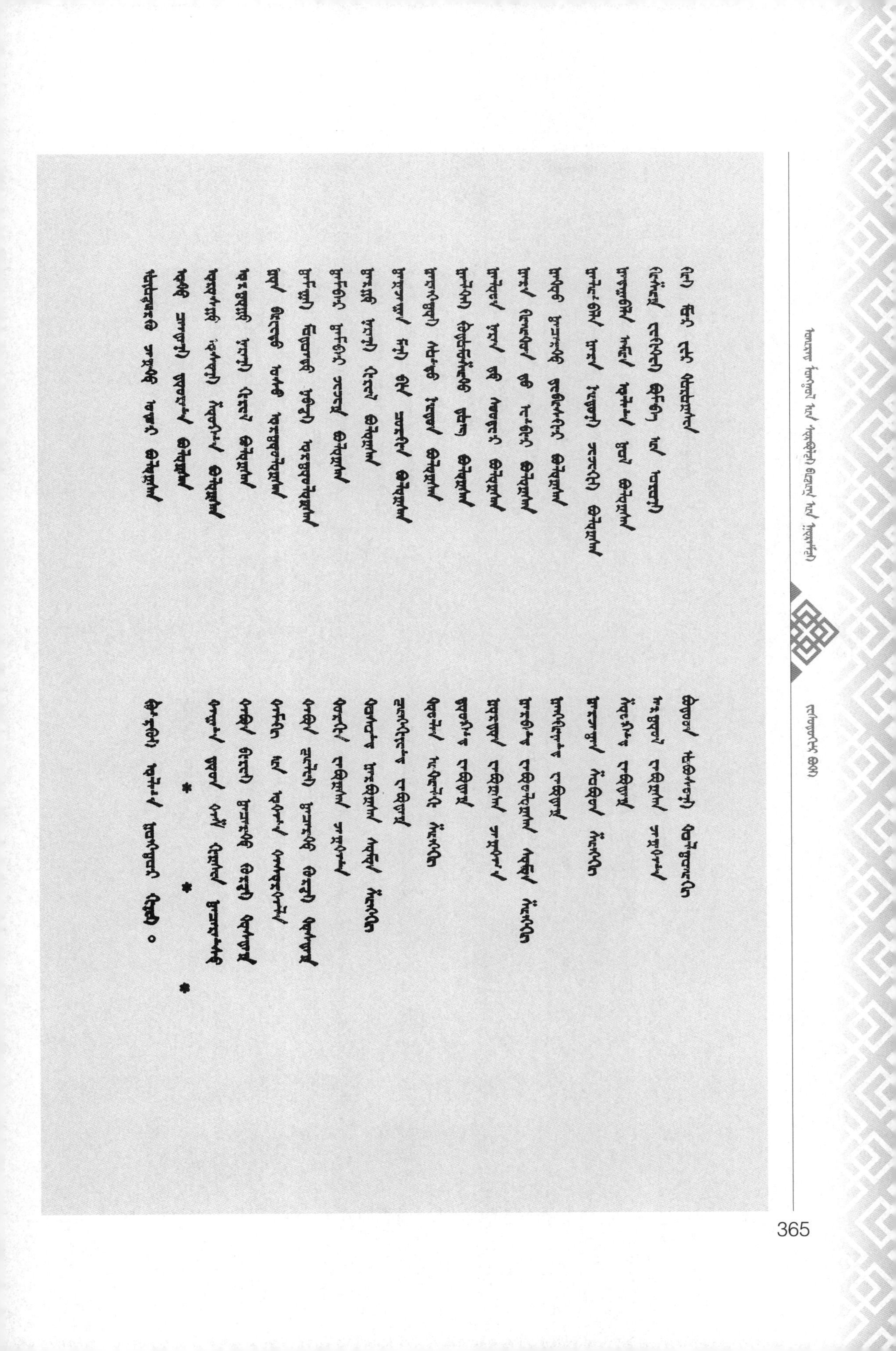

[illegible]

[illegible]

* * *

[illegible] ◦

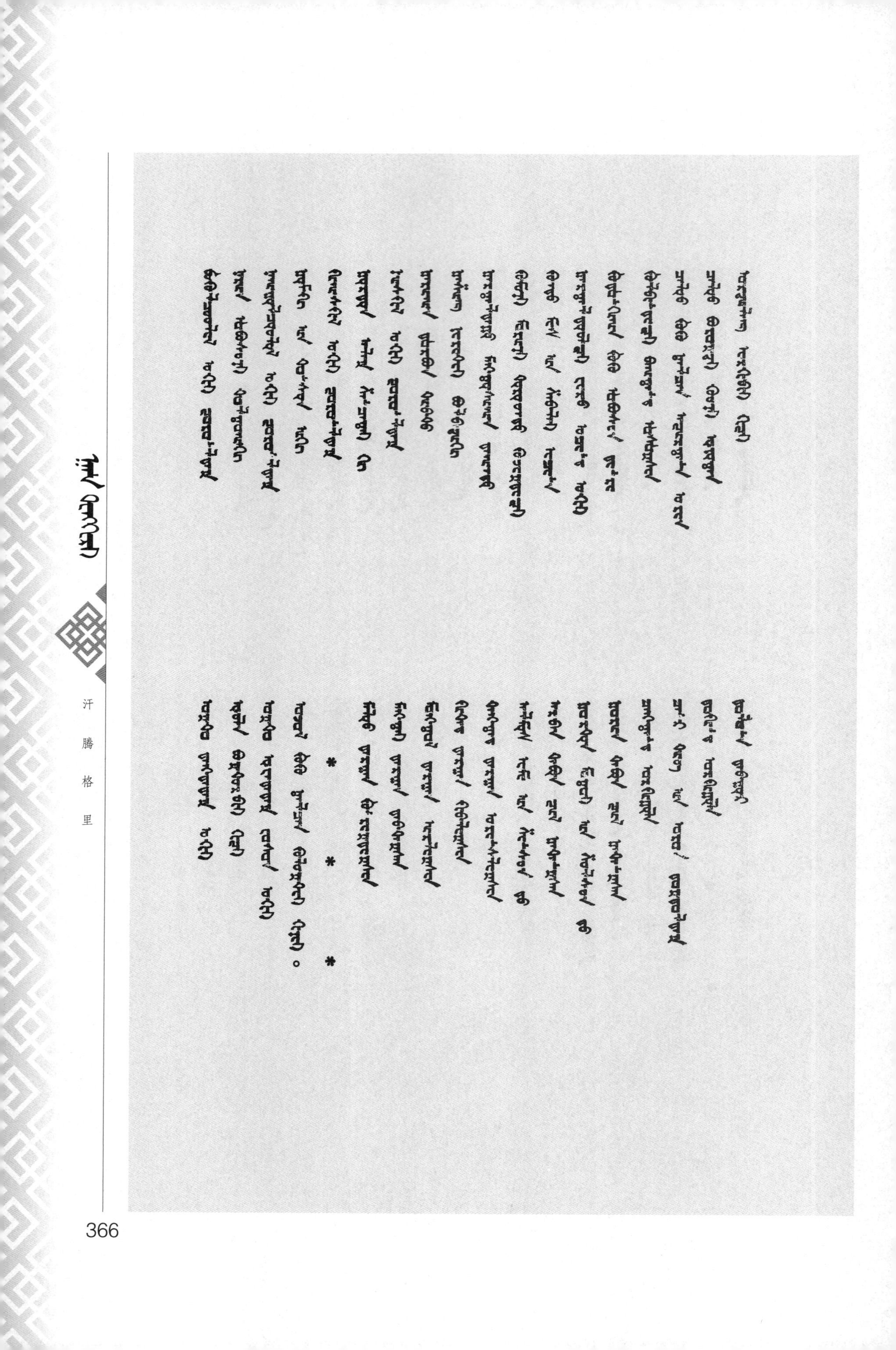

[illegible]

* * *

[illegible]

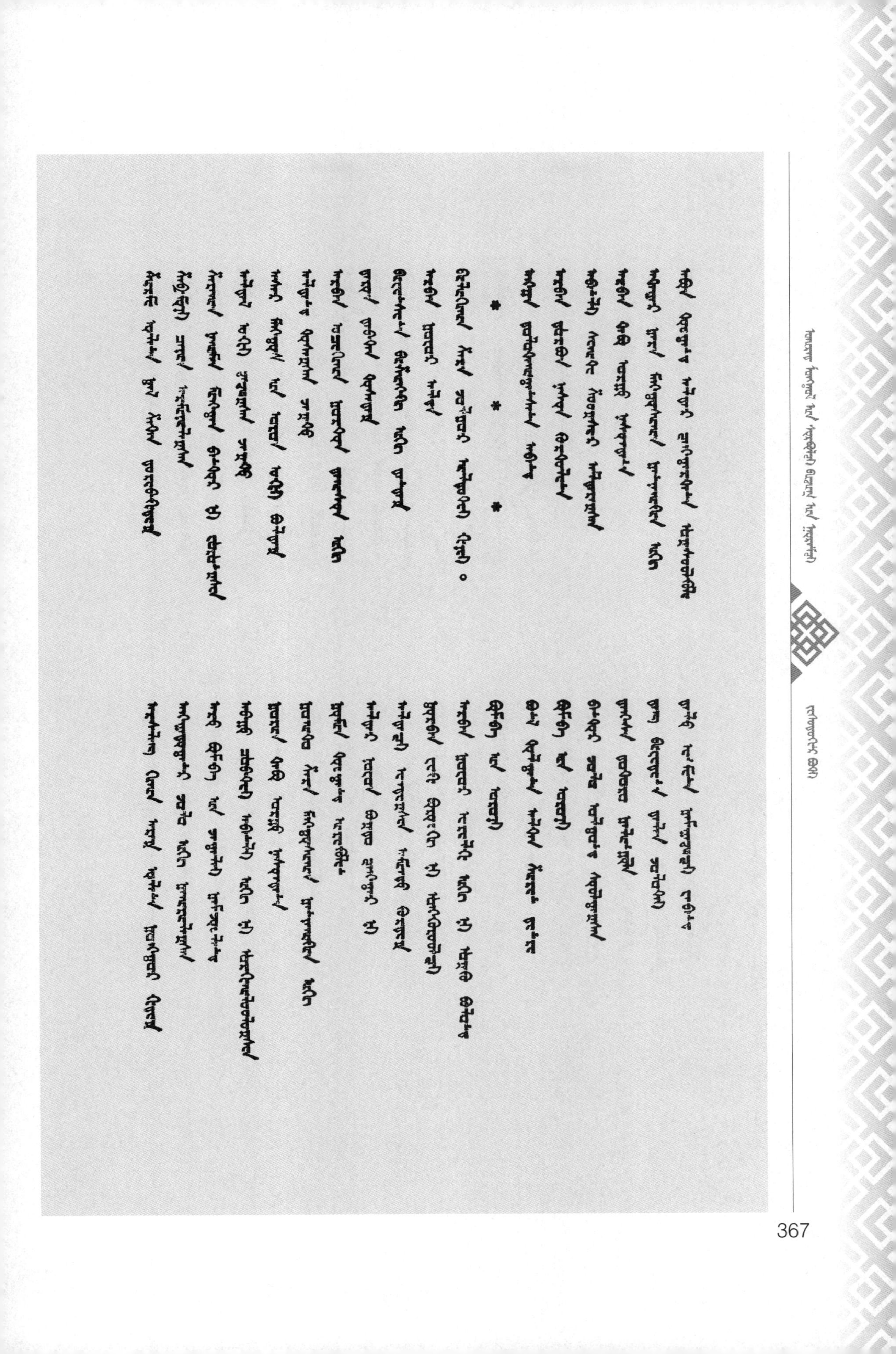

[illegible]
[illegible]
[illegible]
[illegible]
[illegible]
[illegible]

*　　　*　　　*

[illegible] ◦
[illegible]
[illegible]
[illegible]
[illegible]
[illegible]
[illegible]
[illegible]
[illegible]
[illegible]
[illegible]

[illegible]
[illegible]
[illegible]
[illegible]
[illegible]
[illegible]
[illegible]
[illegible]
[illegible]
[illegible]
[illegible]
[illegible]
[illegible]
[illegible]
[illegible]
[illegible]
[illegible]
[illegible]

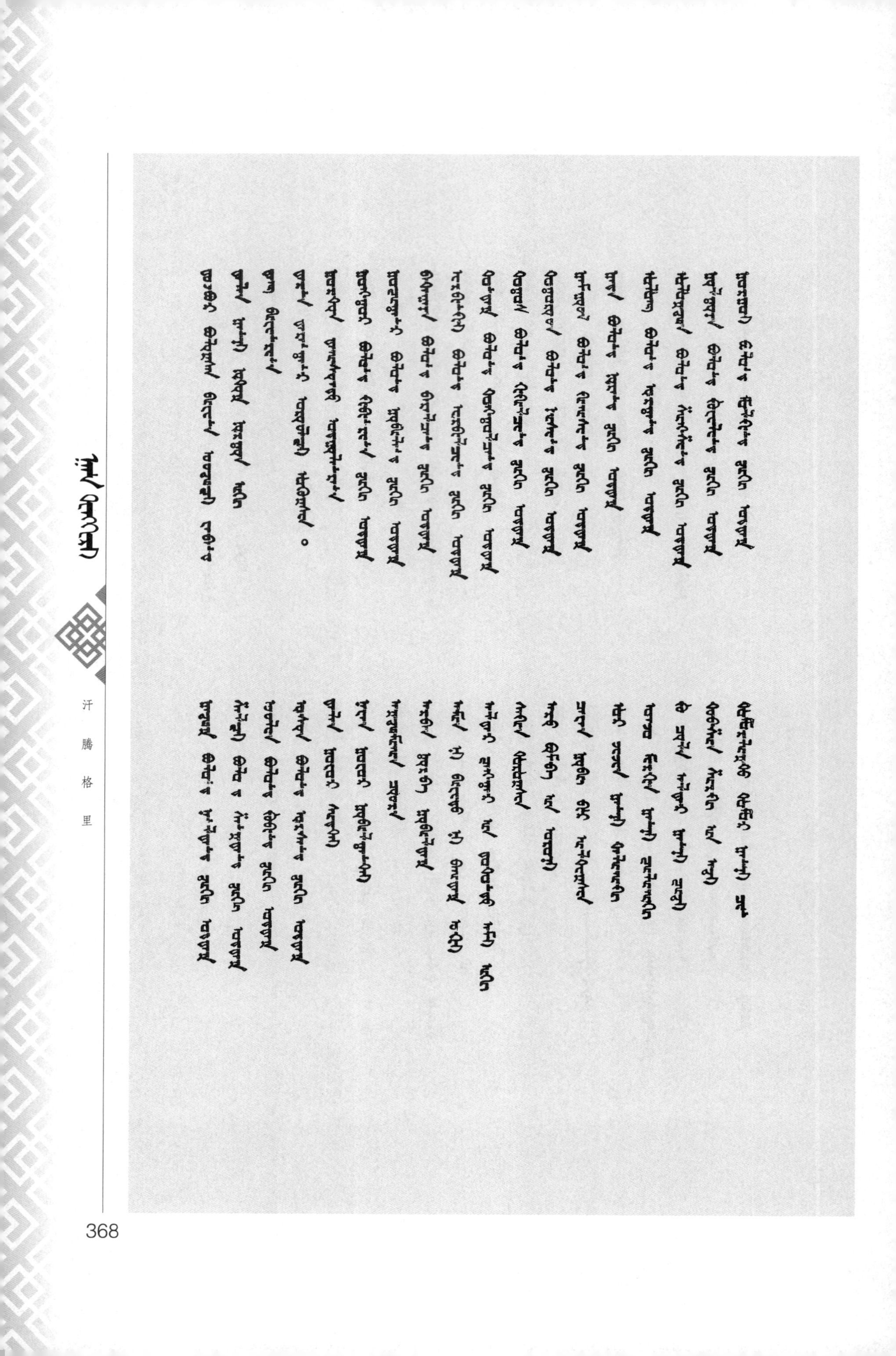

[illegible]

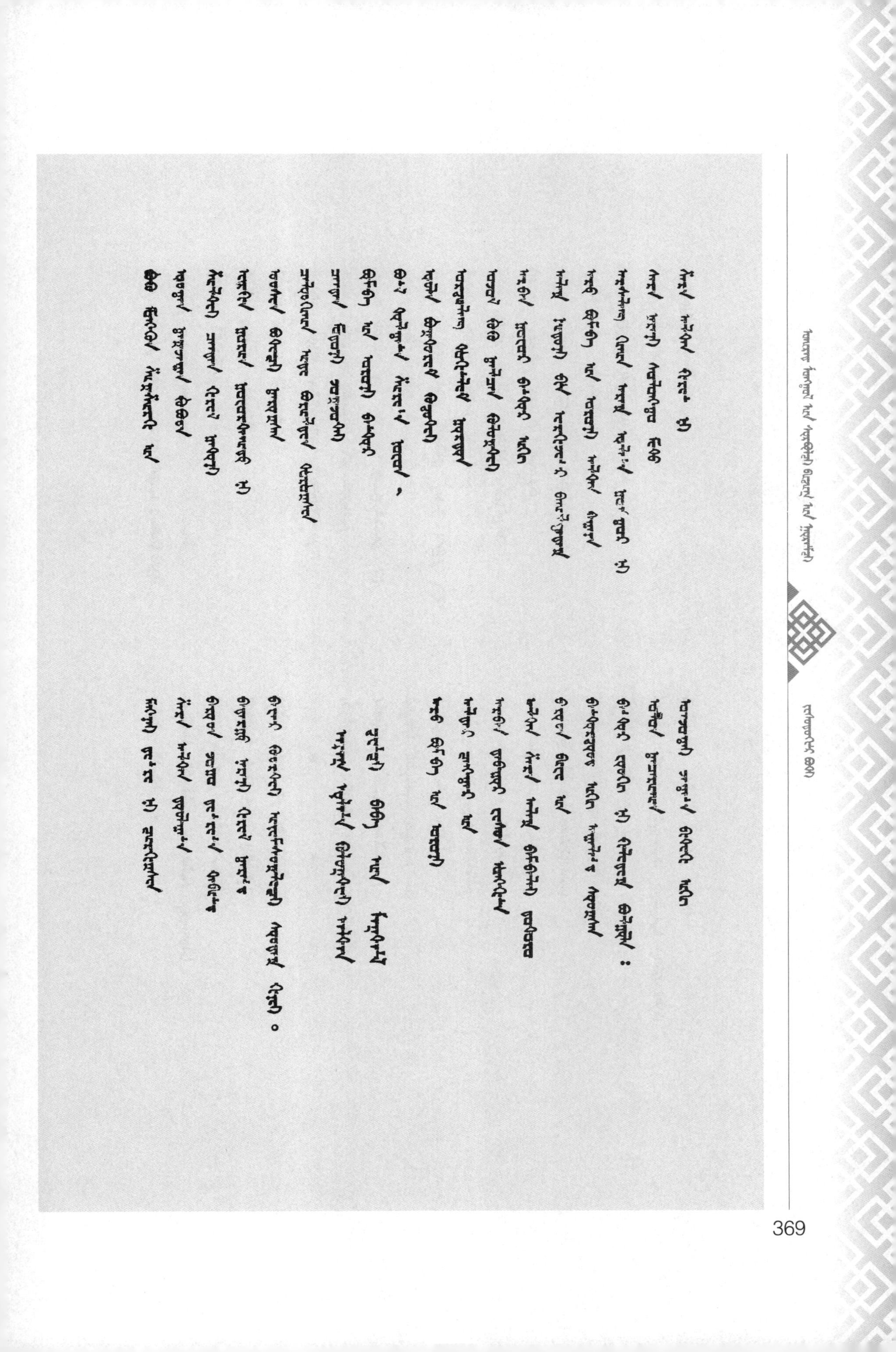

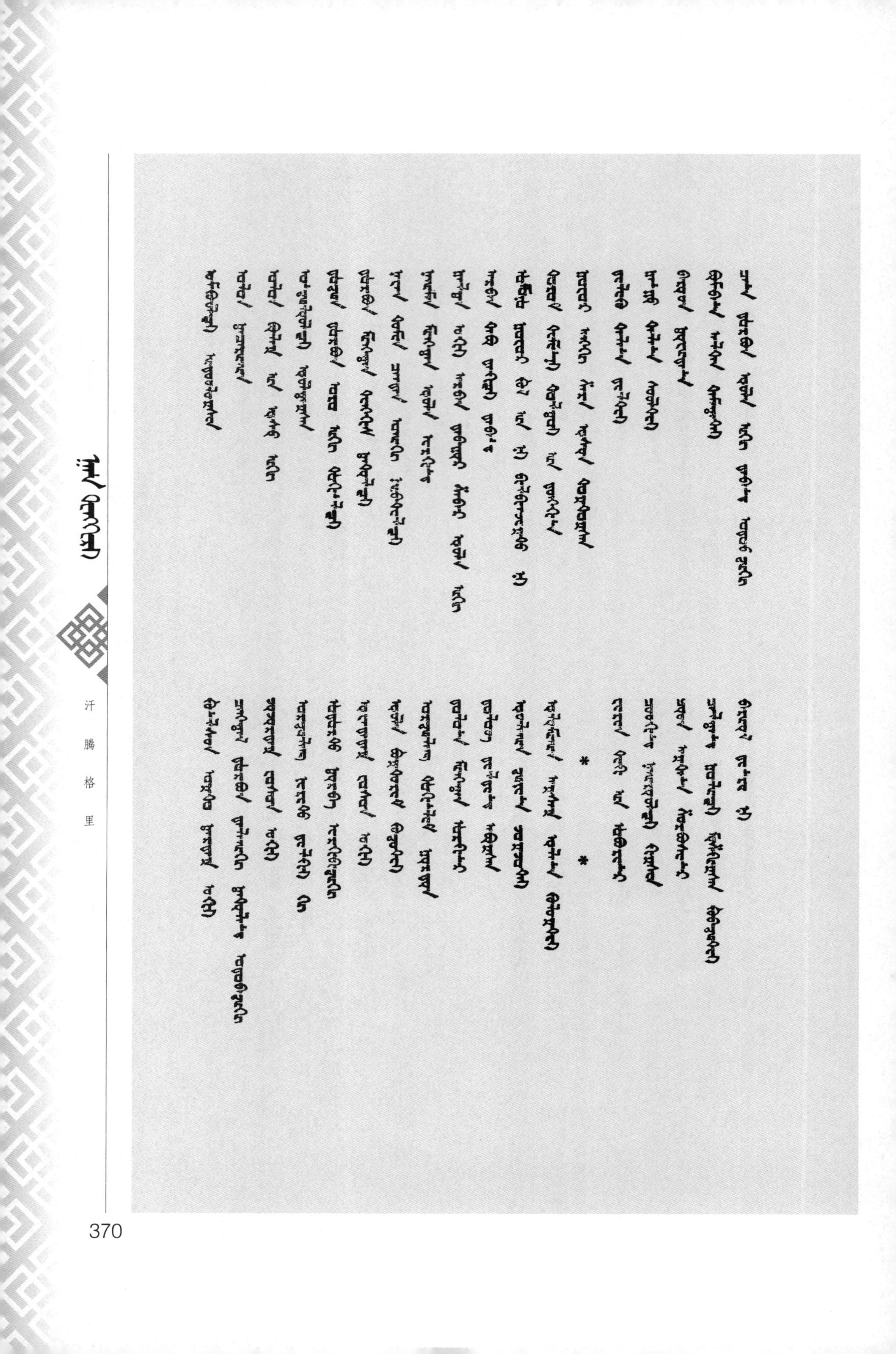

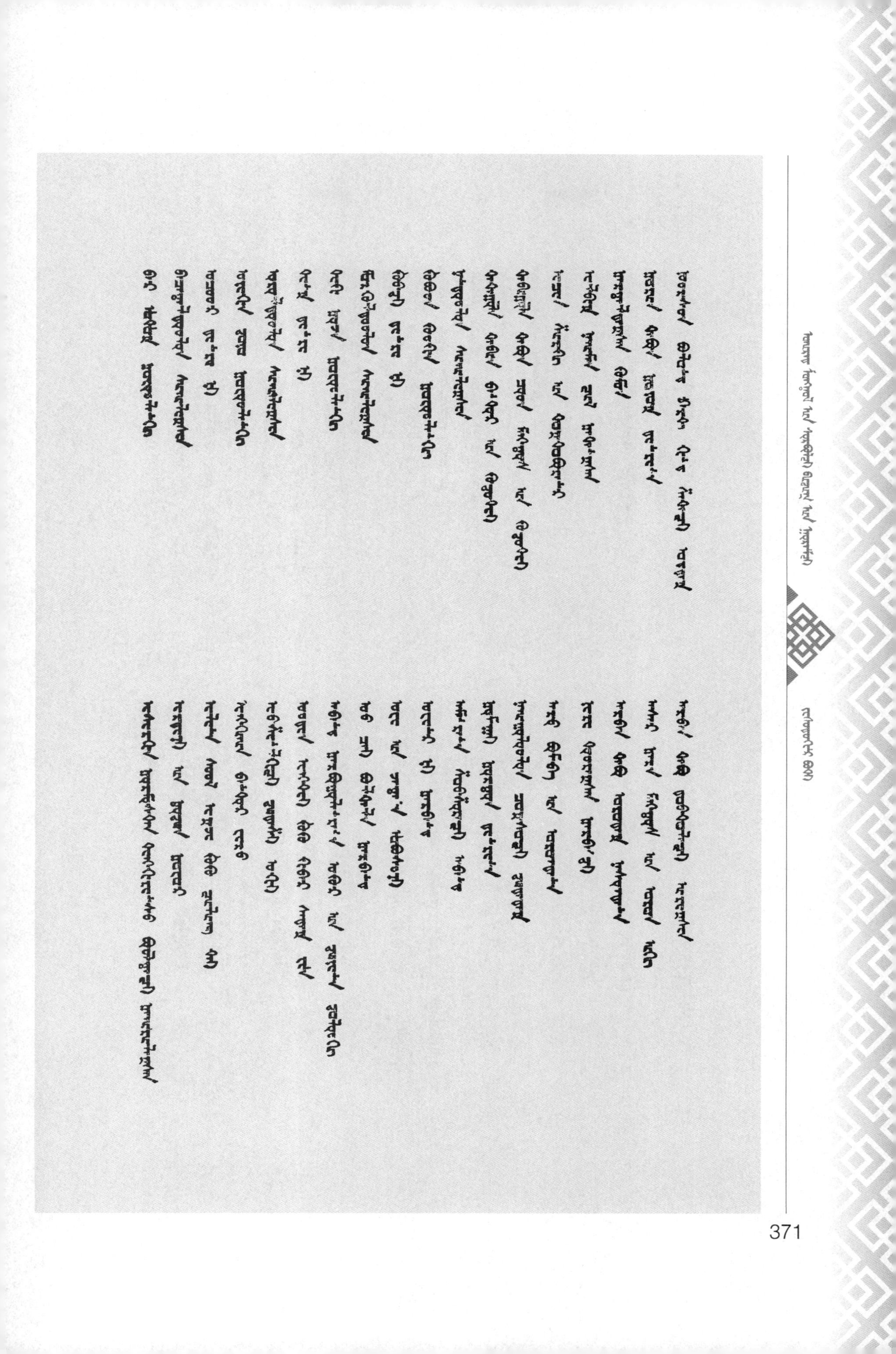

[illegible]

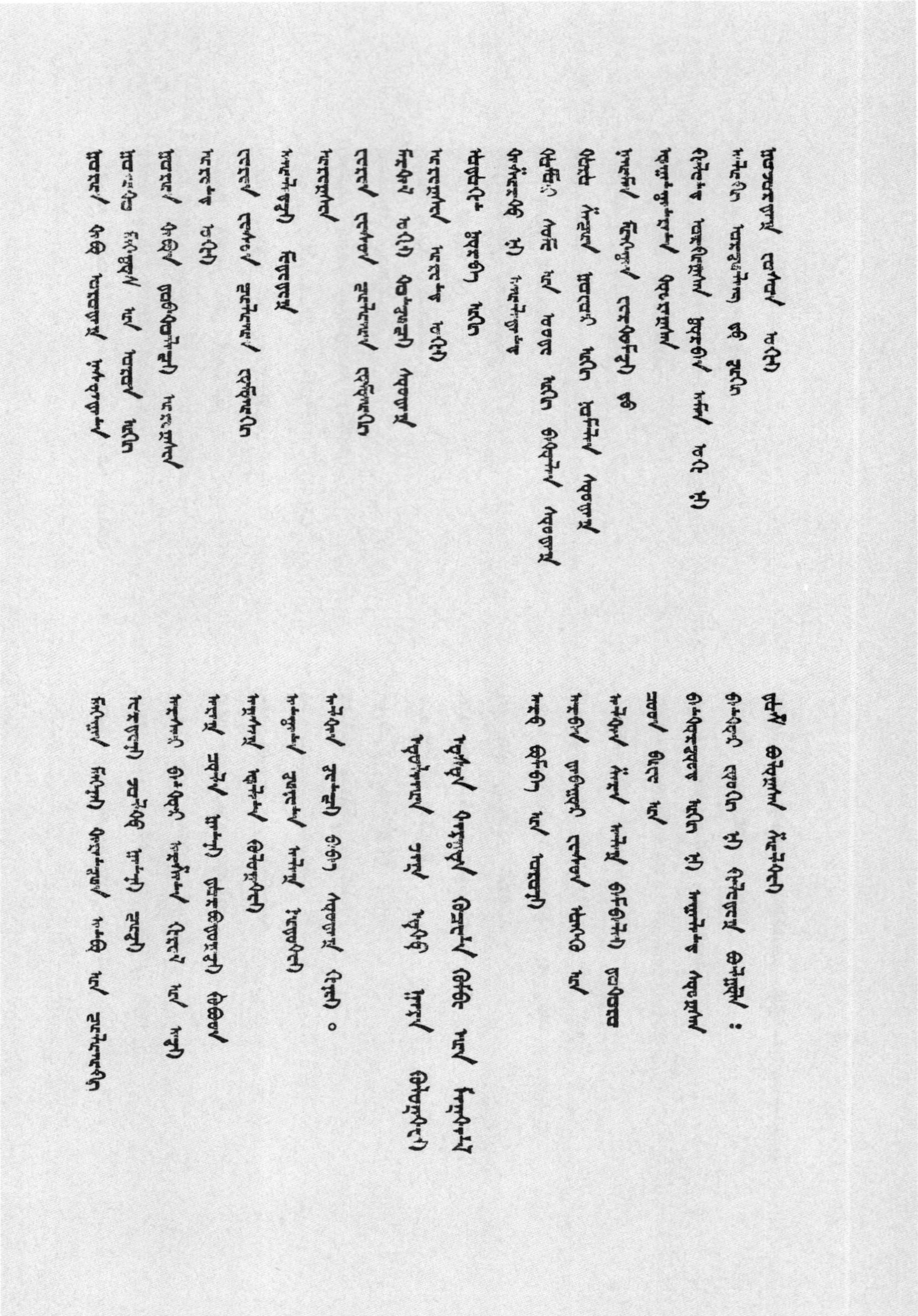

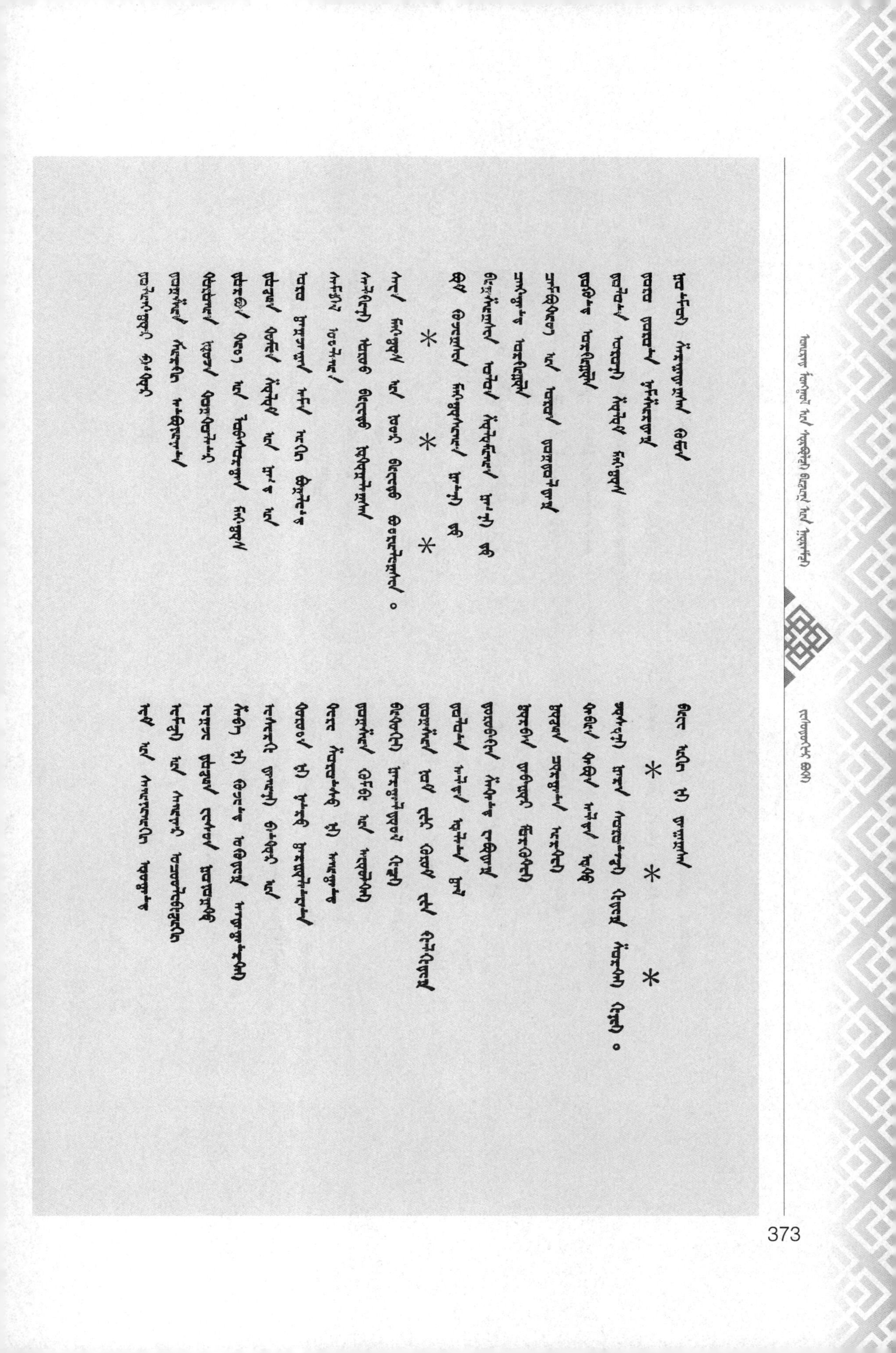

[illegible]

*　*　*

[illegible]

*　*　*

[illegible]

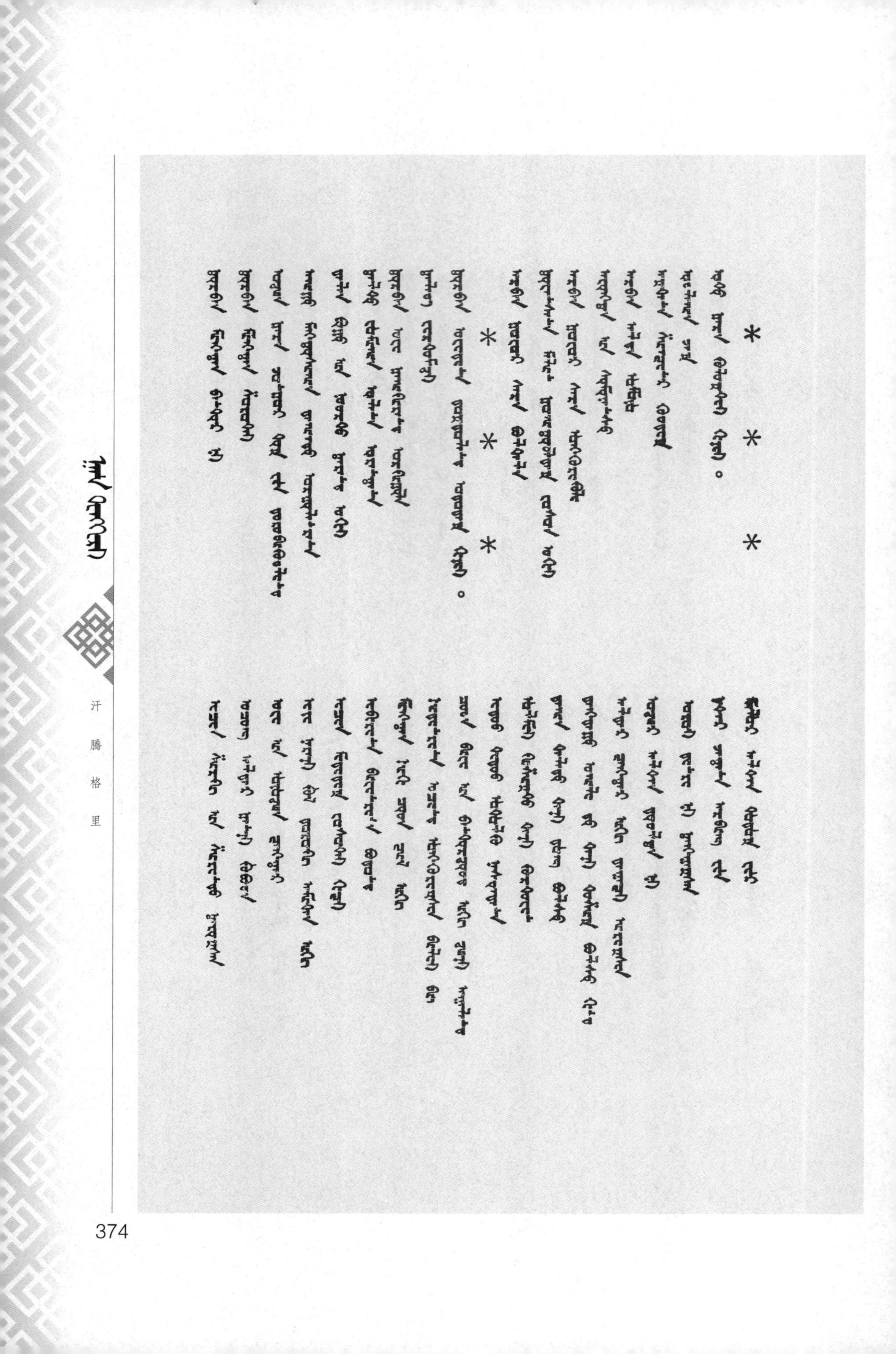

*　*　*

*　*　*

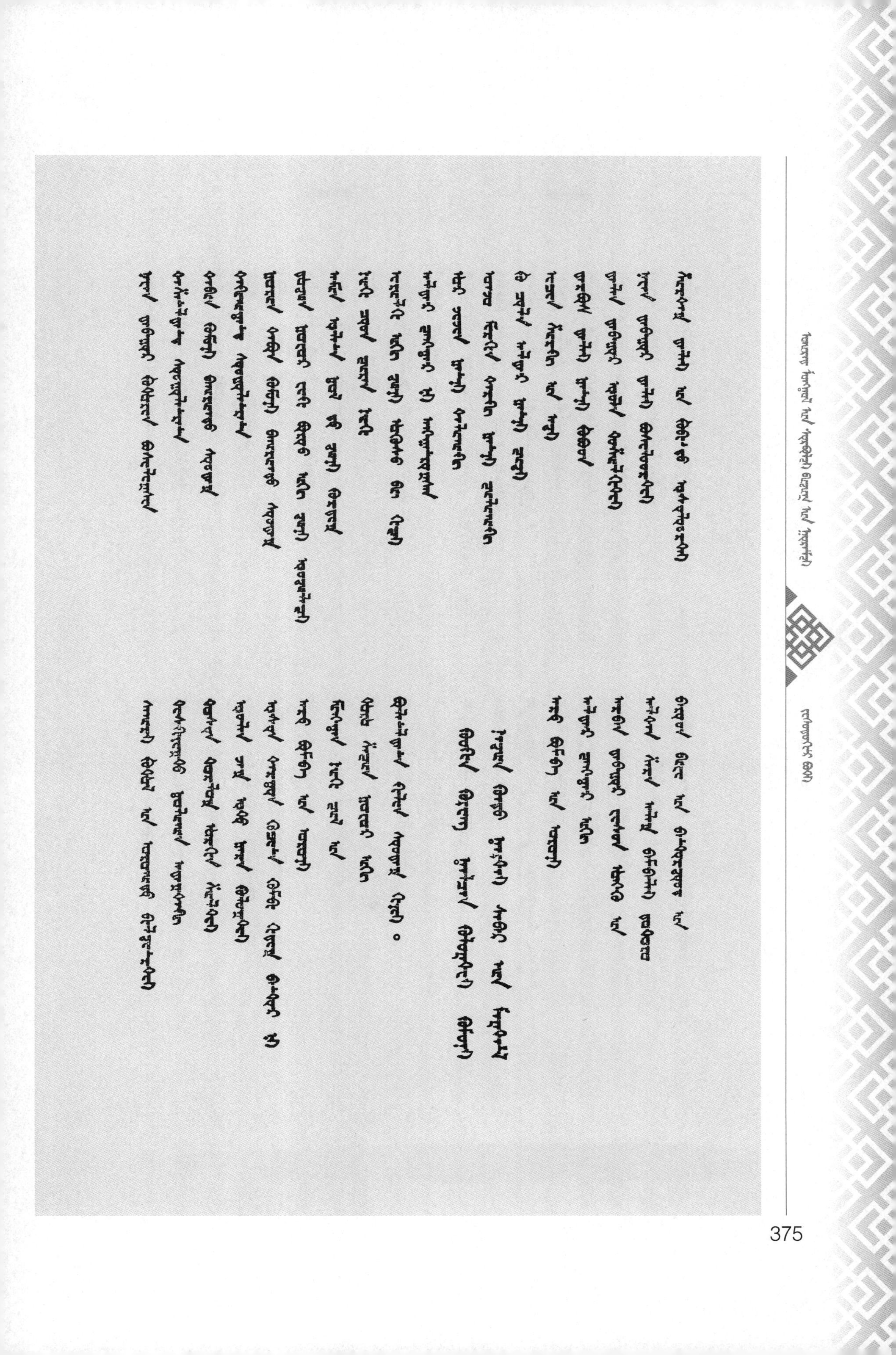

[illegible]

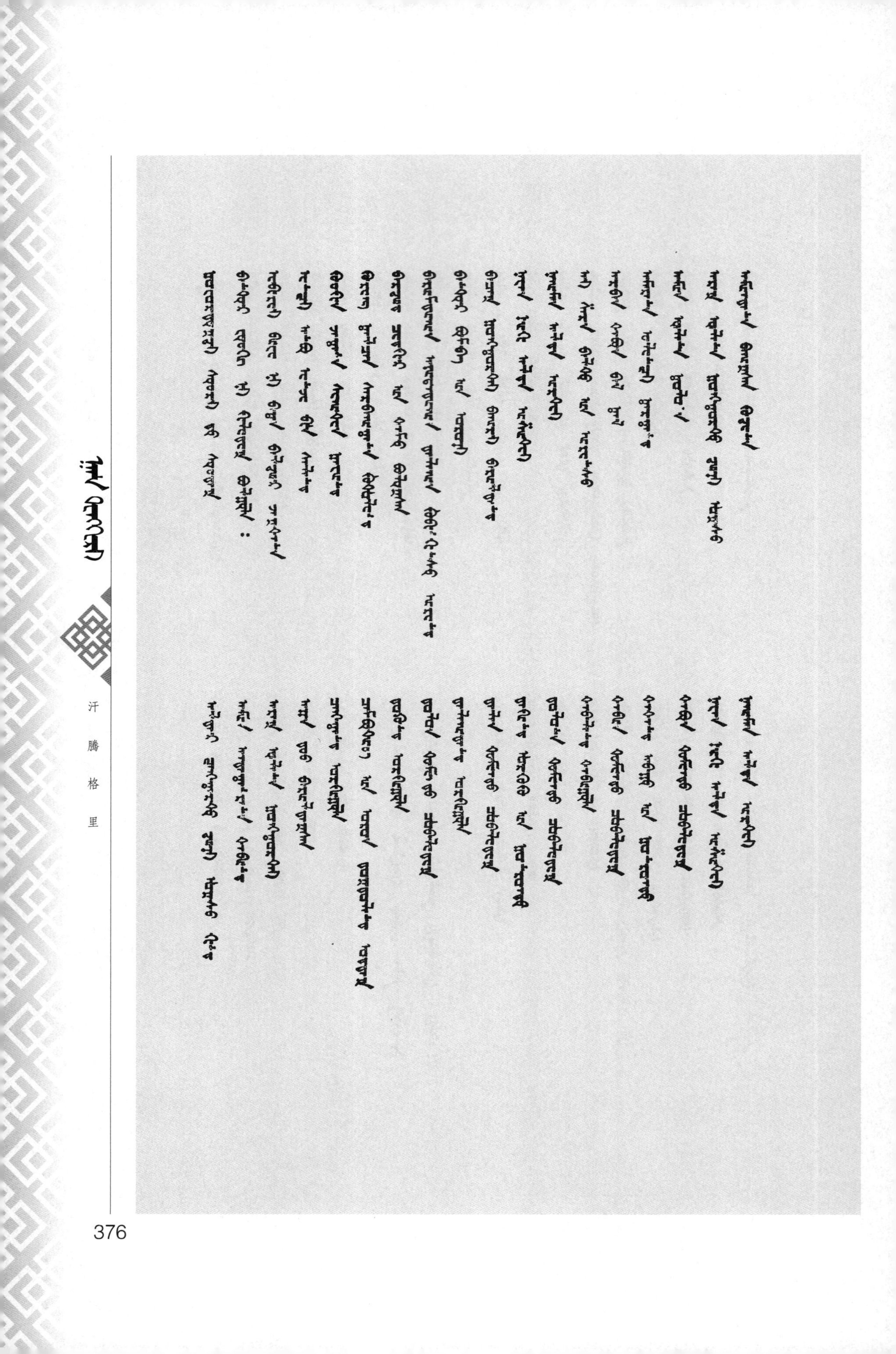

[illegible]
[illegible]
[illegible]
[illegible]
[illegible]
[illegible]
[illegible]
[illegible]
[illegible]
[illegible]
[illegible]
[illegible]
[illegible]
[illegible]
[illegible]
[illegible]
[illegible]
[illegible]

[illegible]
[illegible]
[illegible]
[illegible]
[illegible]
[illegible]
[illegible]
[illegible]
[illegible]
[illegible]
[illegible]
[illegible]
[illegible]
[illegible]
[illegible]
[illegible]
[illegible]
[illegible]

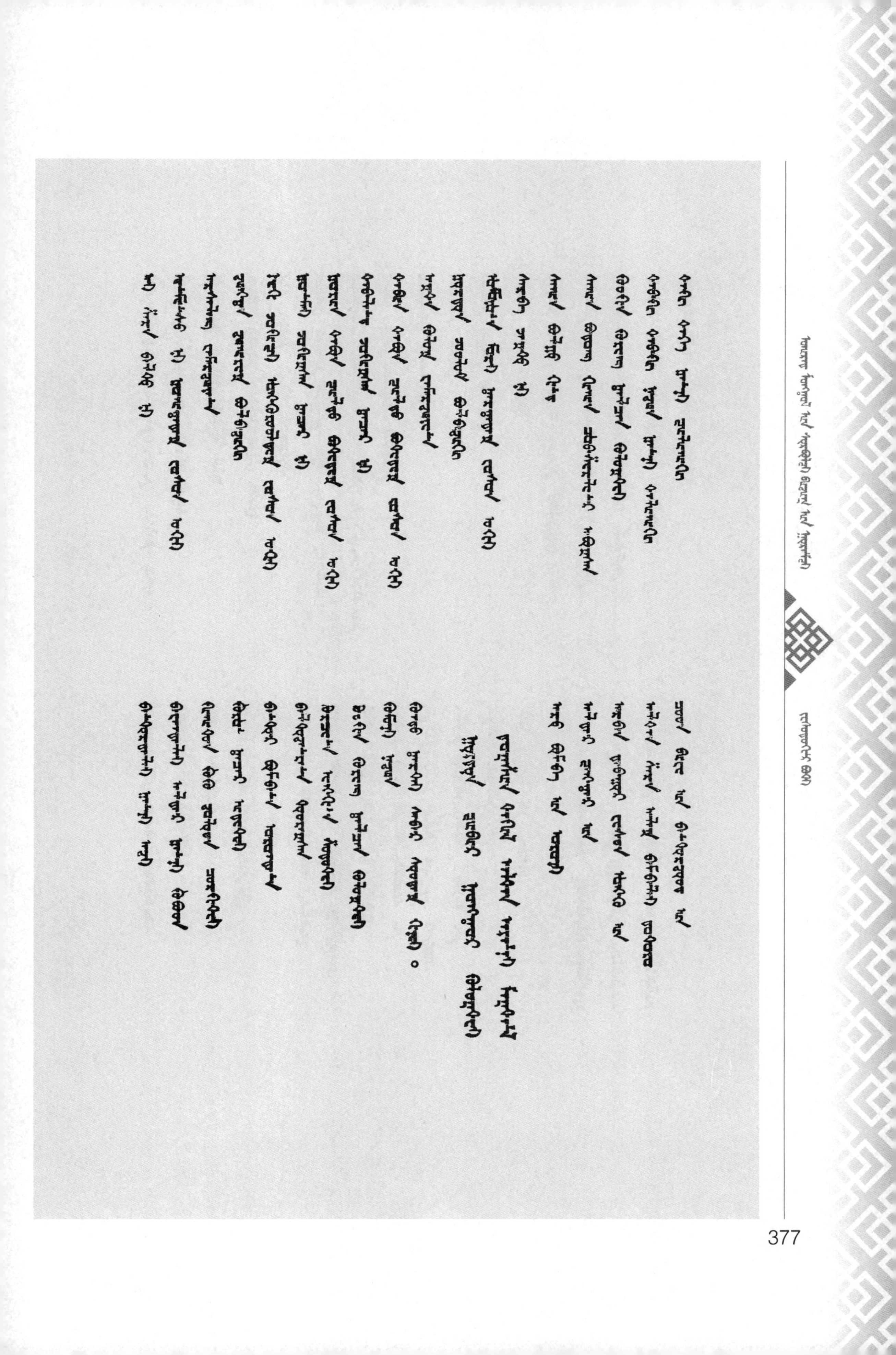

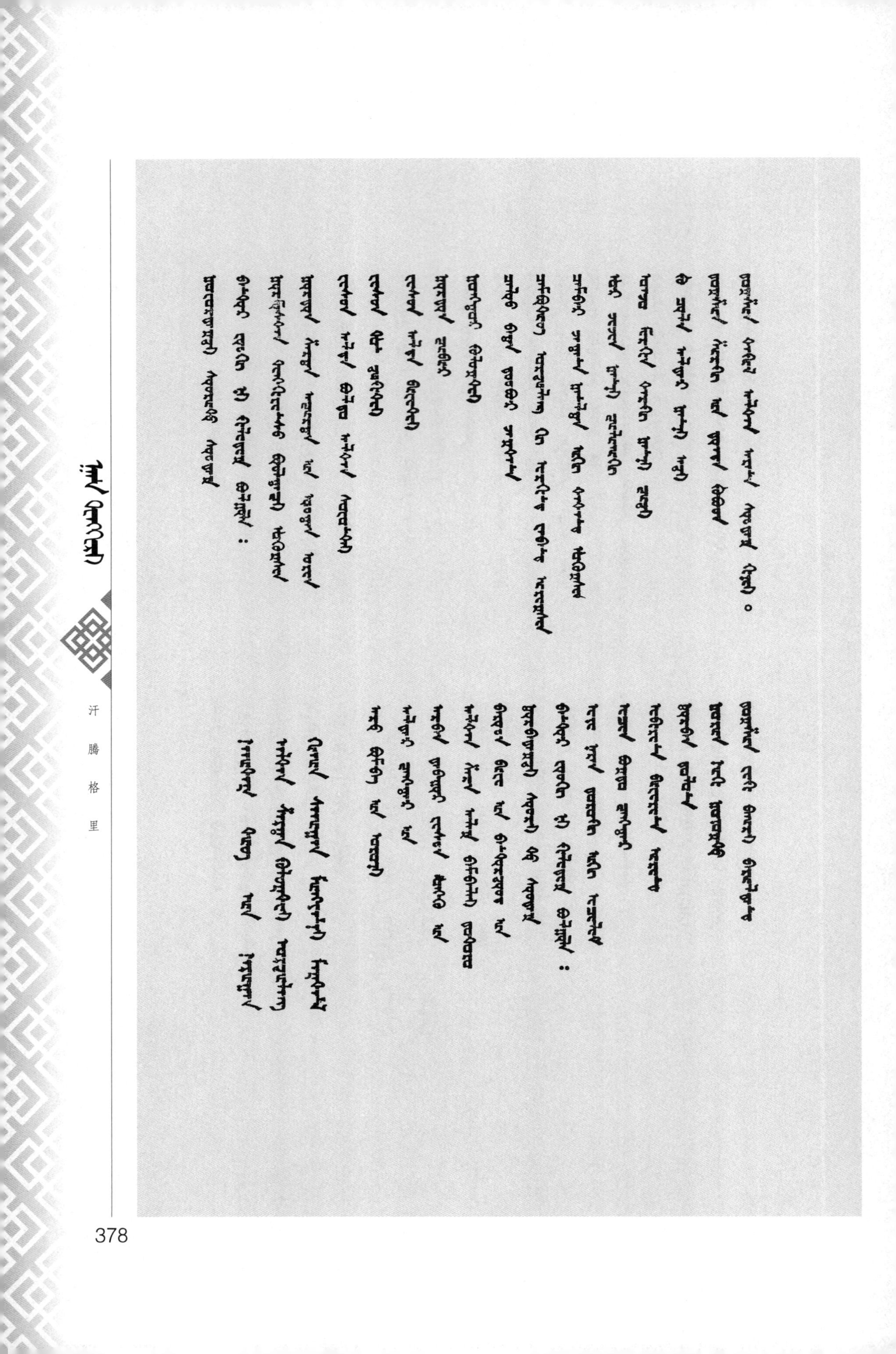

[illegible]

[illegible]

[illegible]

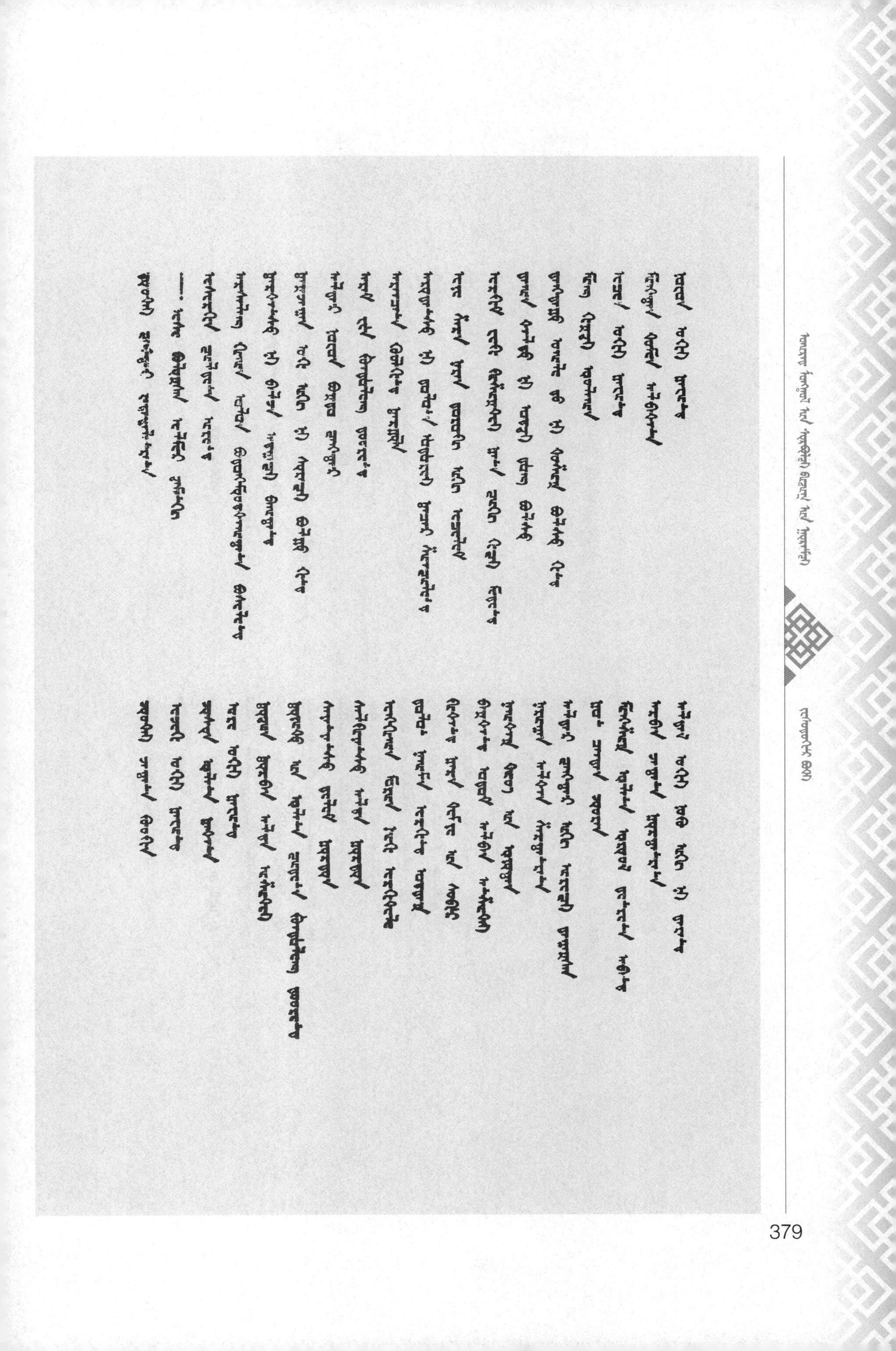

[illegible]

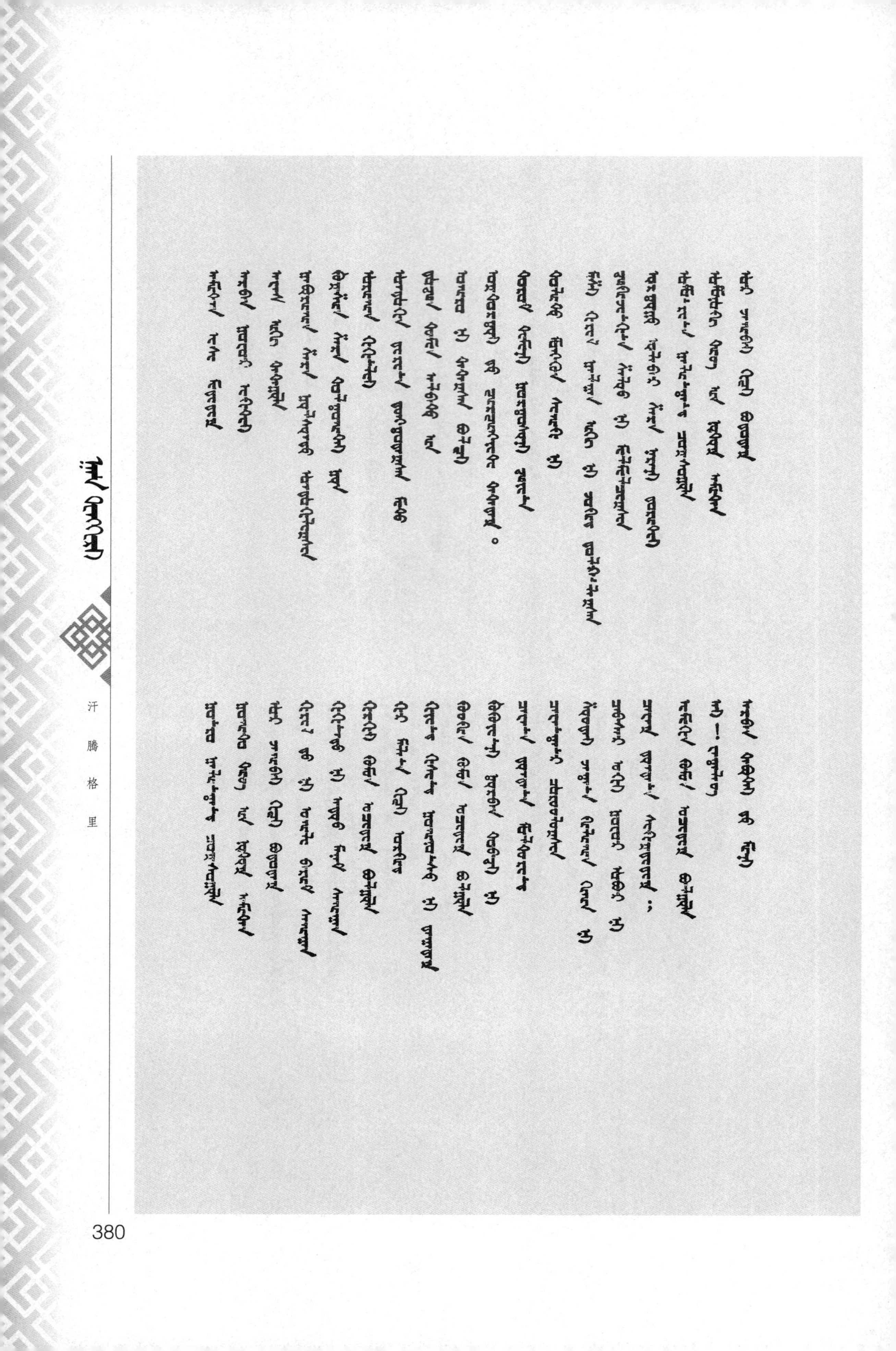

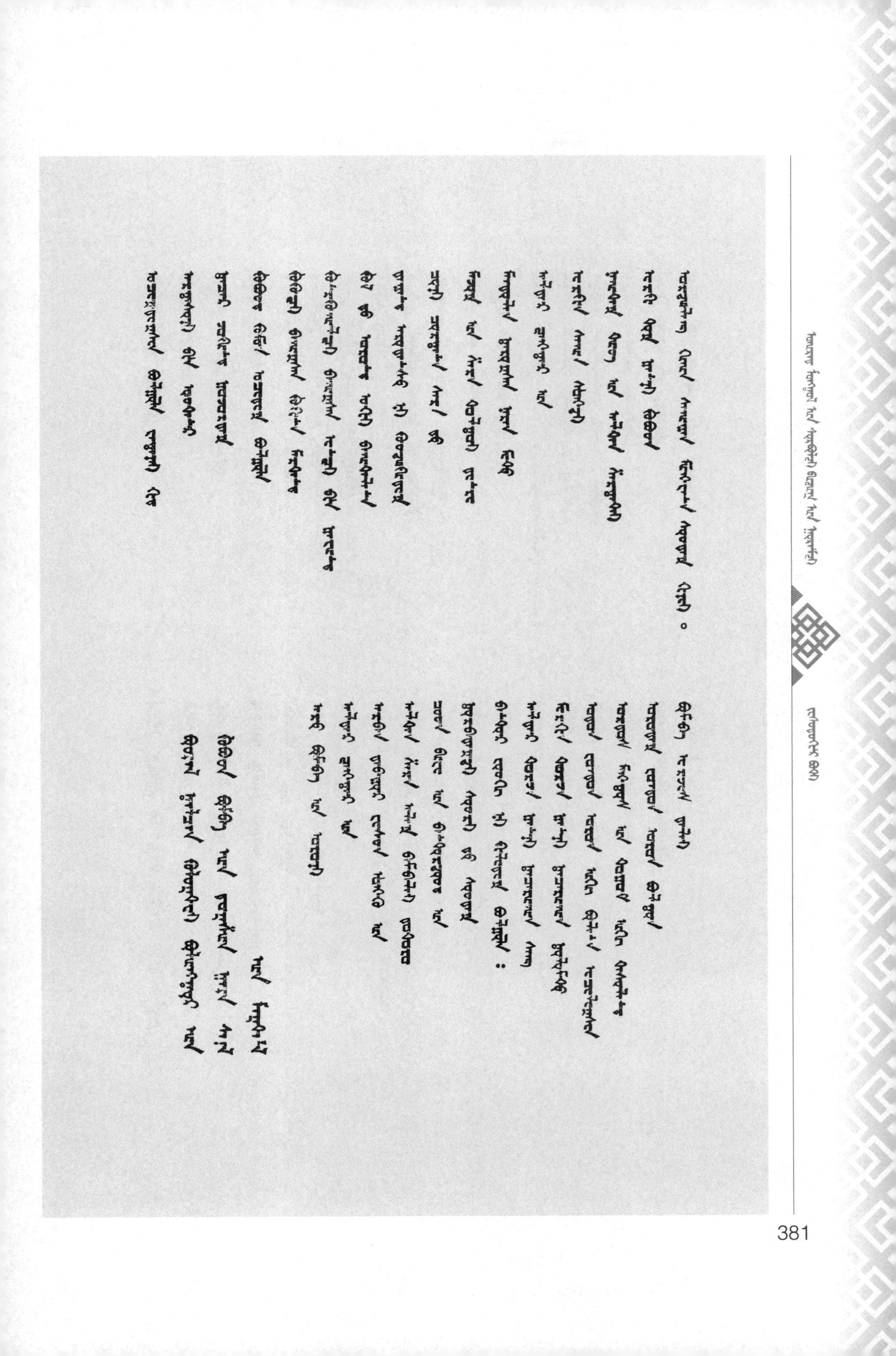

[illegible]

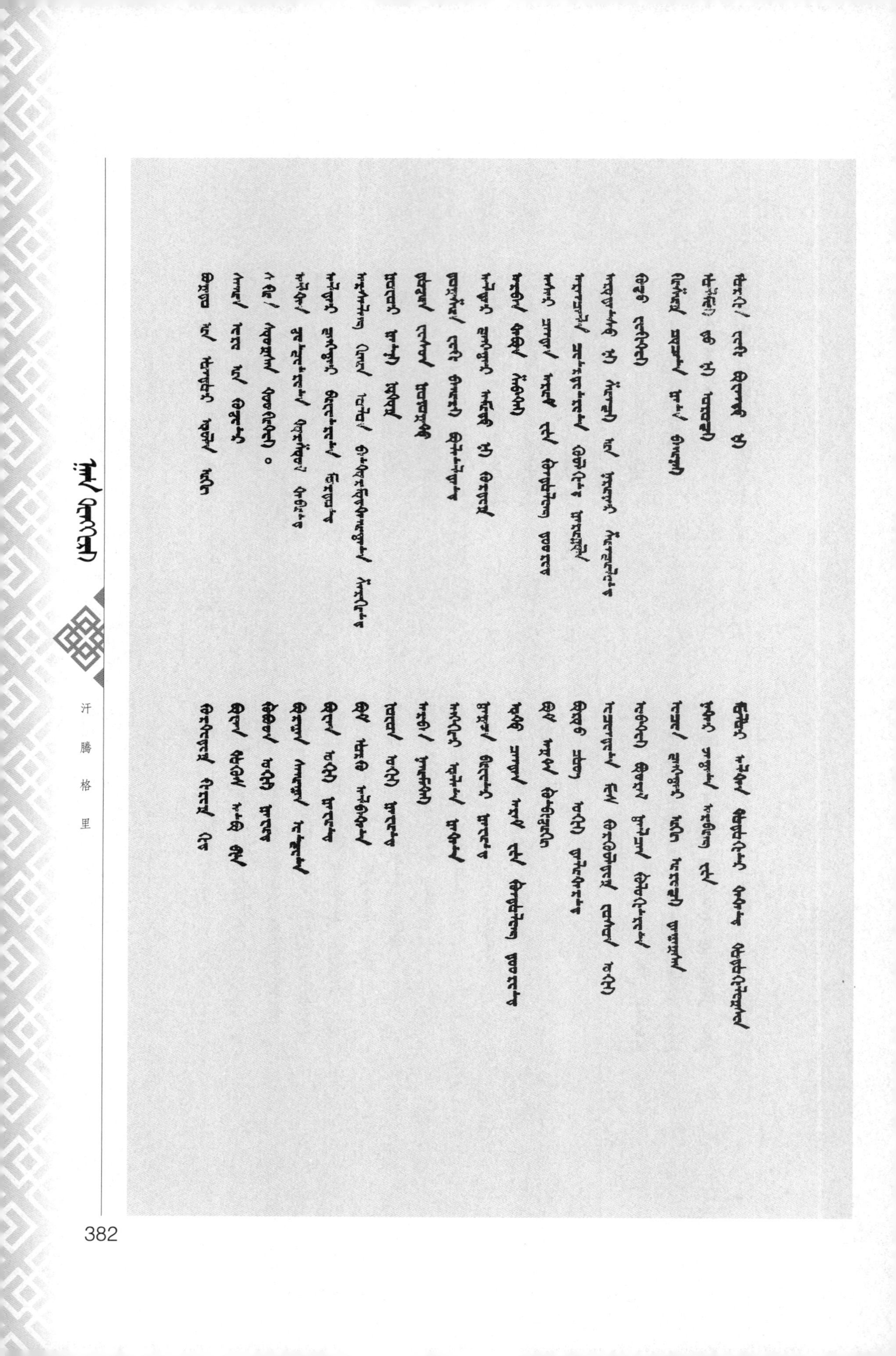

[illegible]

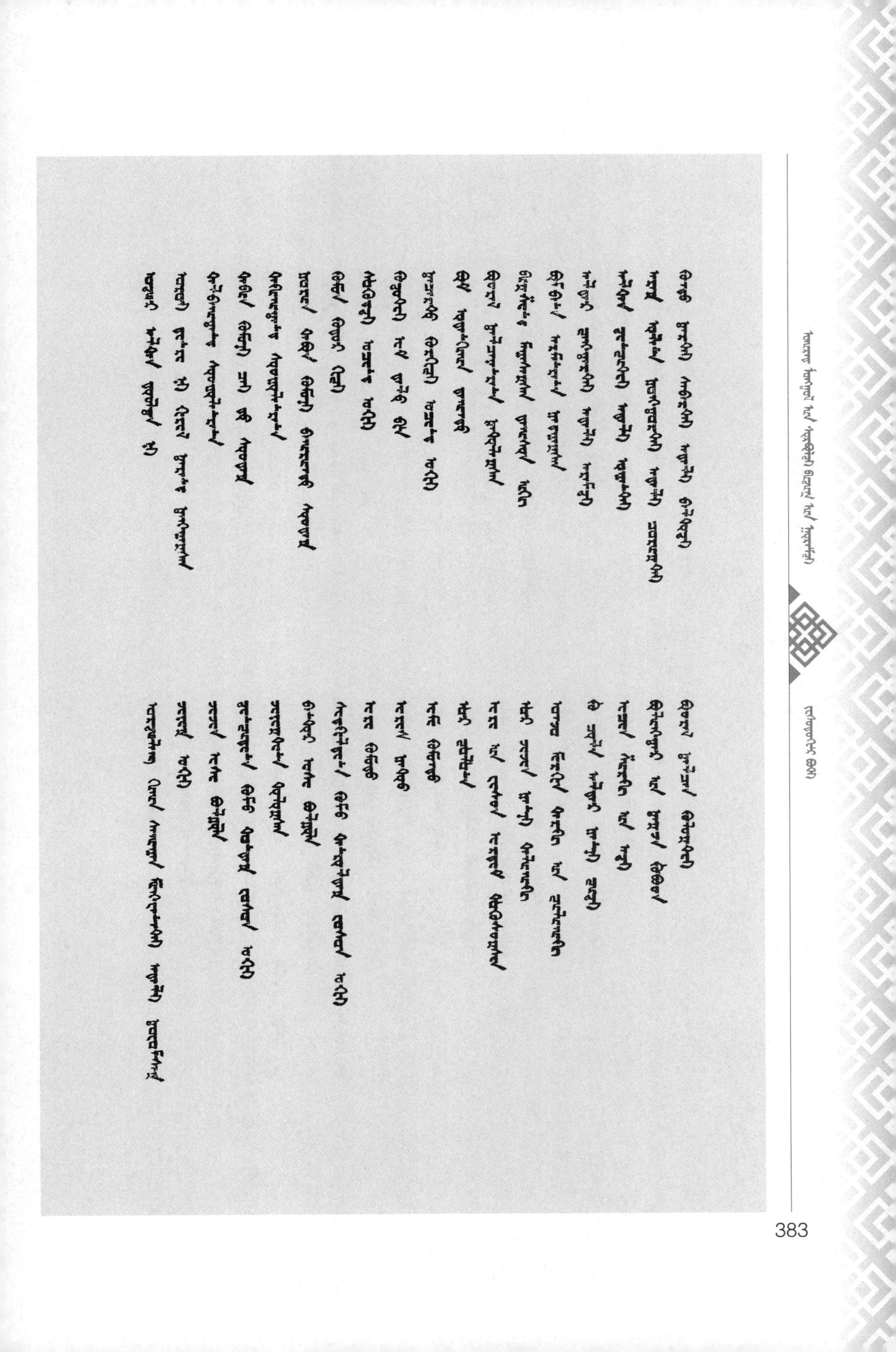

[illegible]

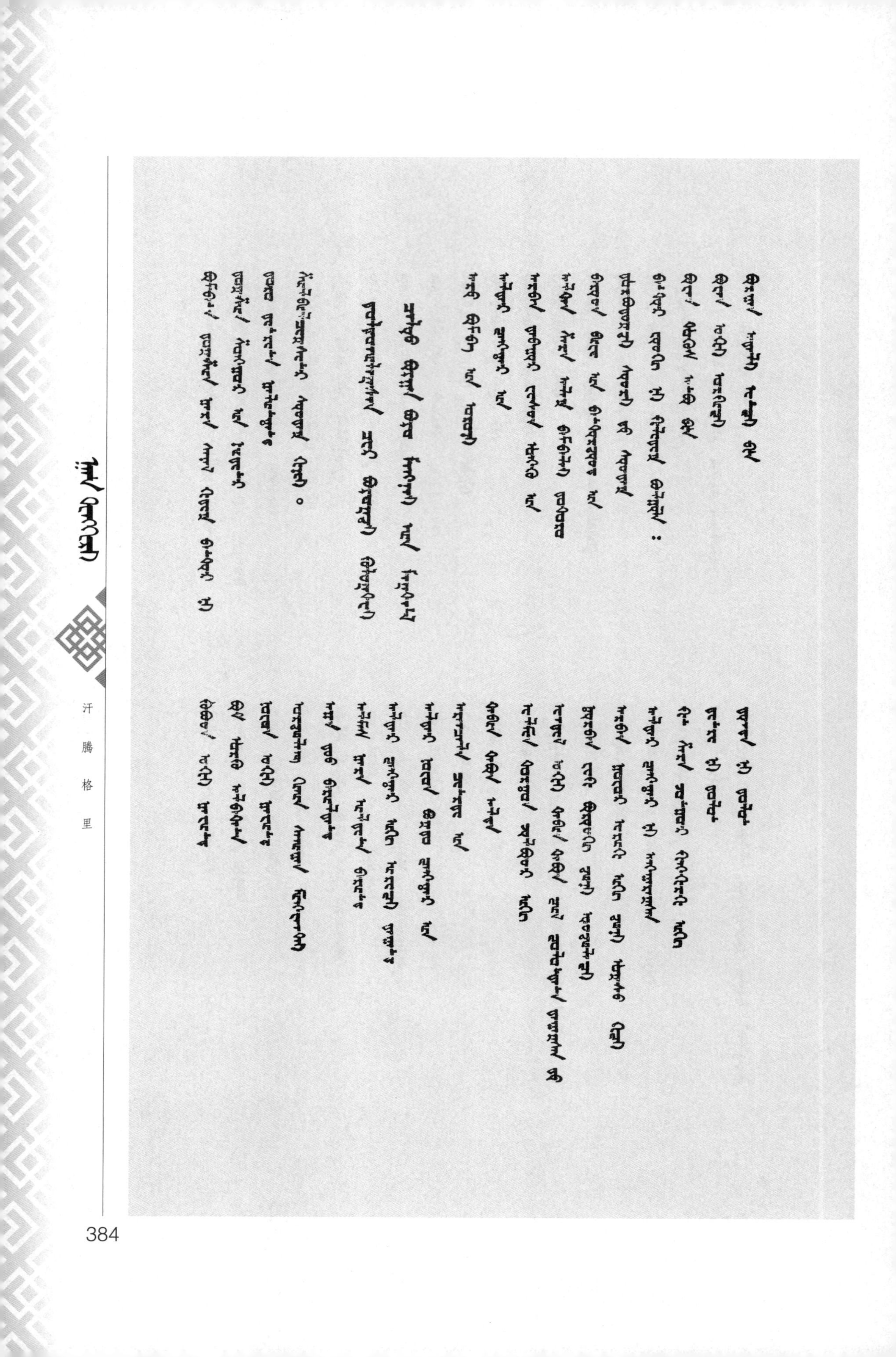

[illegible]

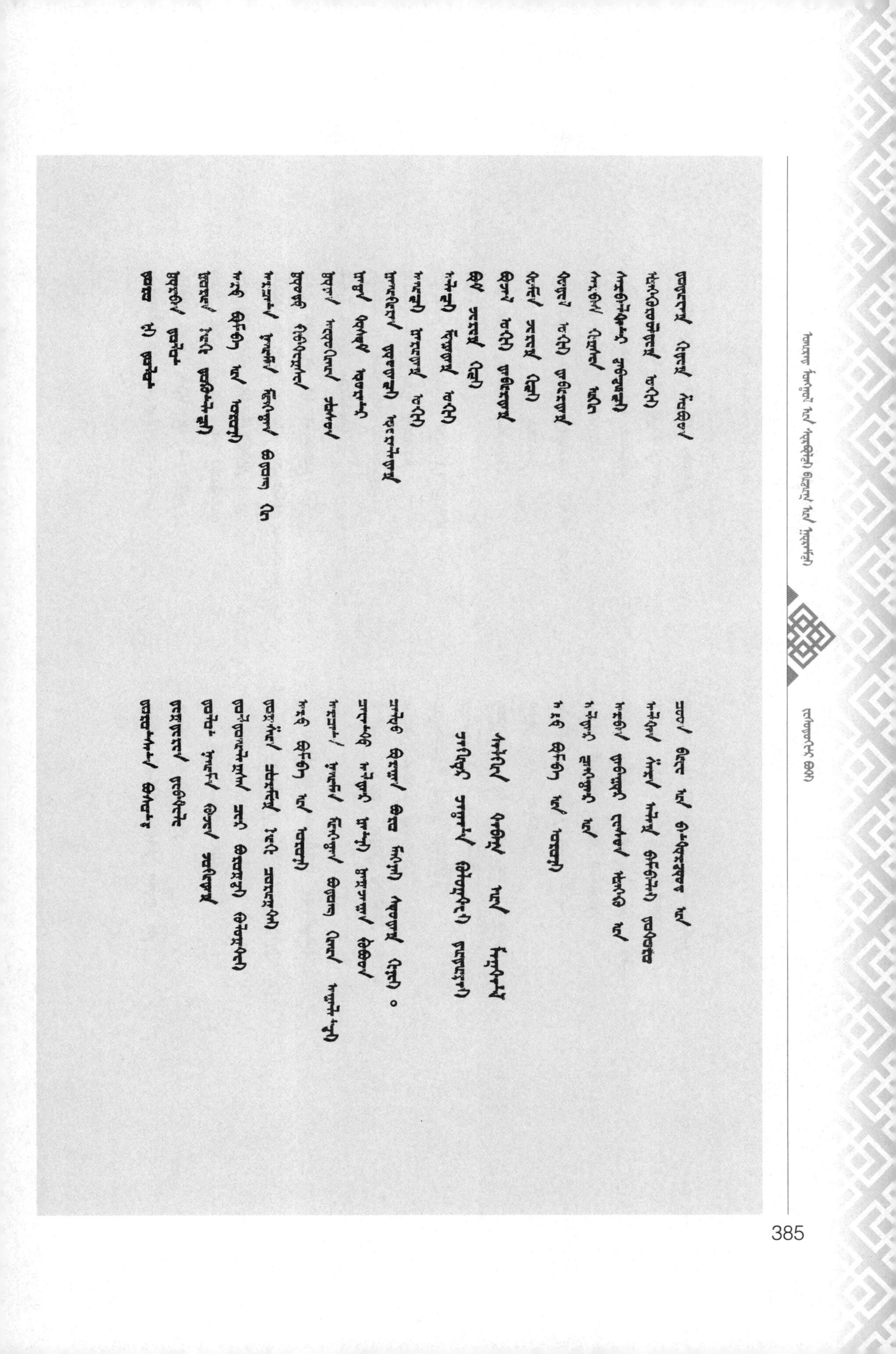

[illegible]

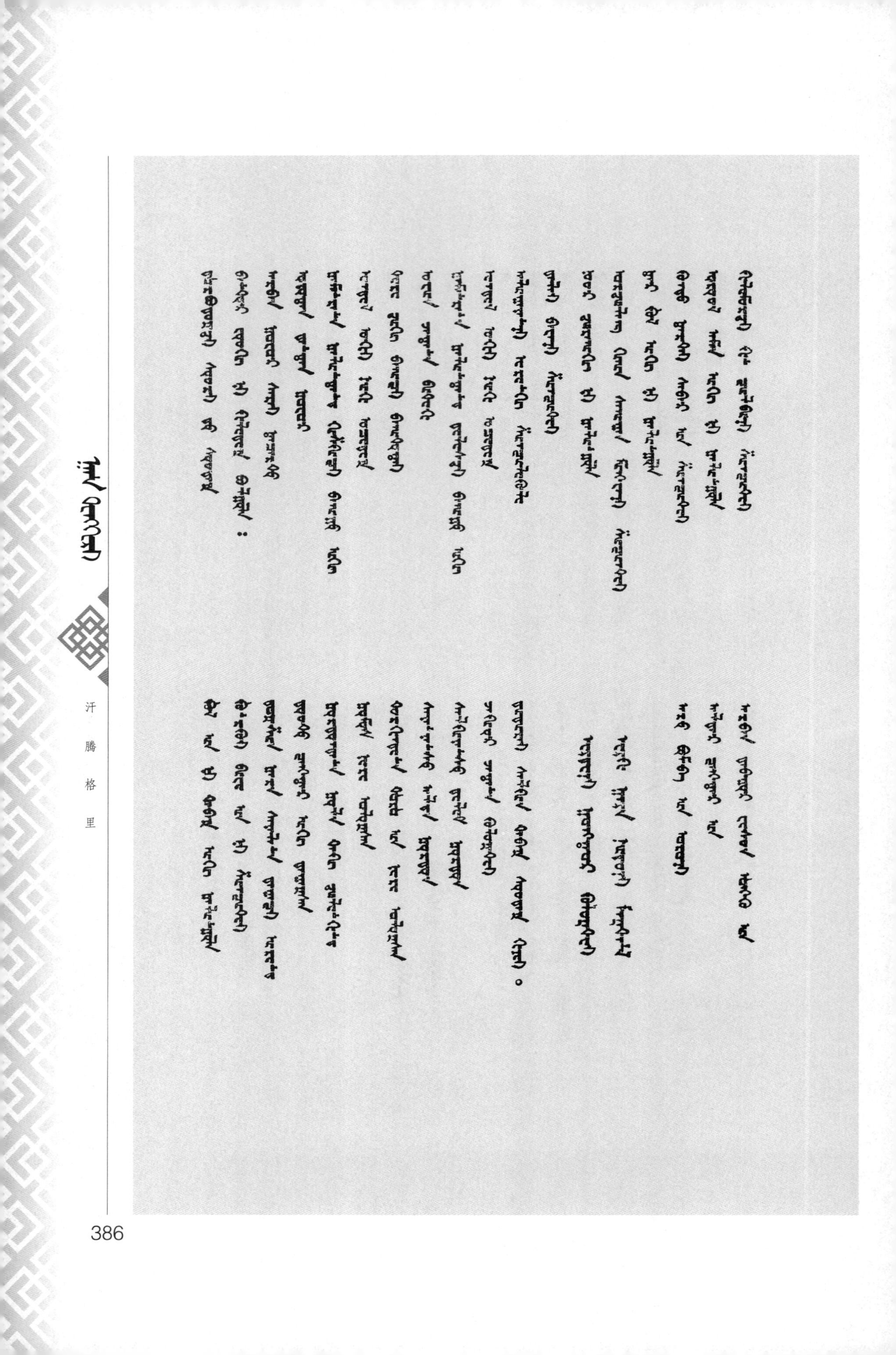

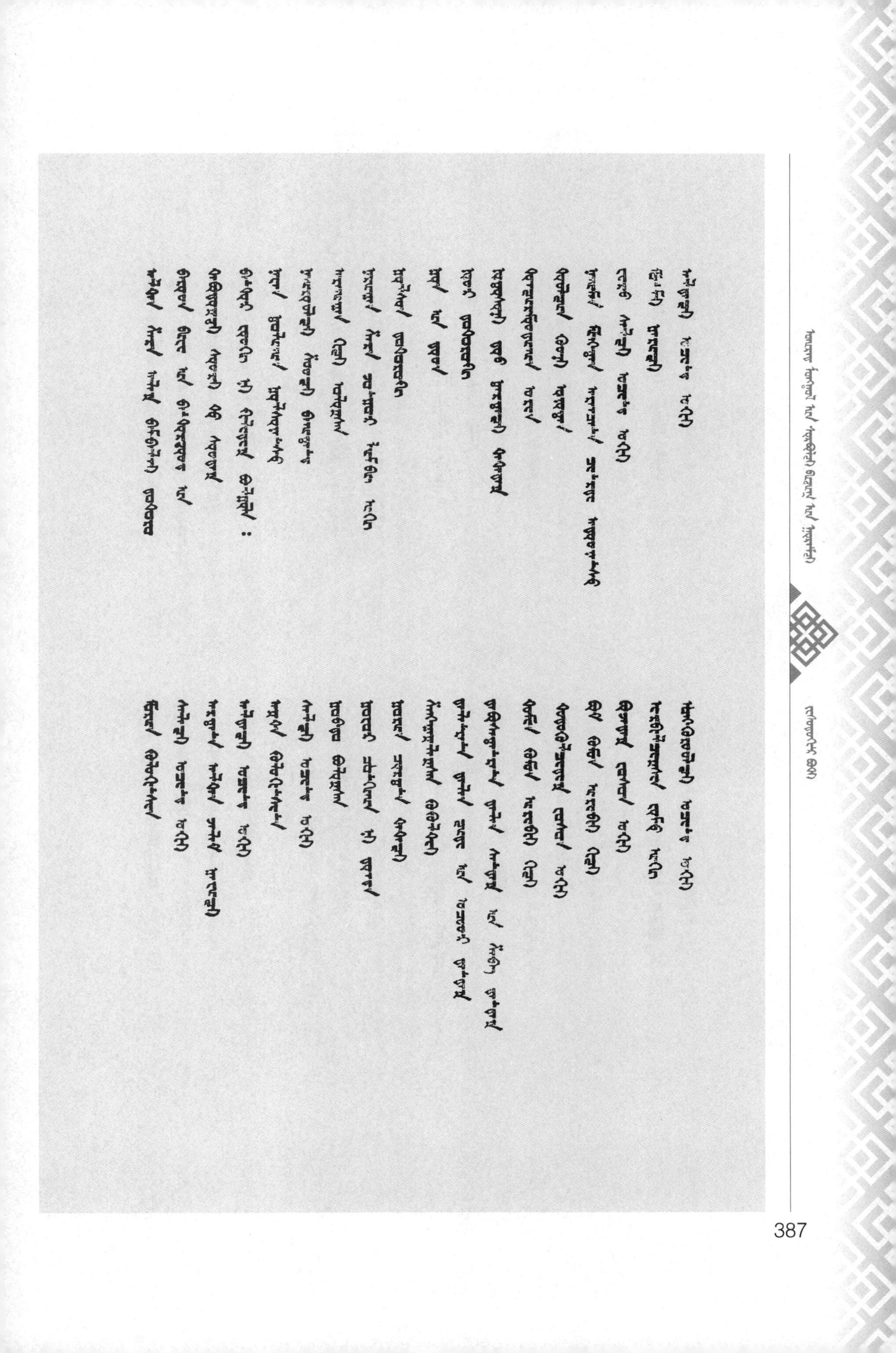

[illegible]

[illegible]

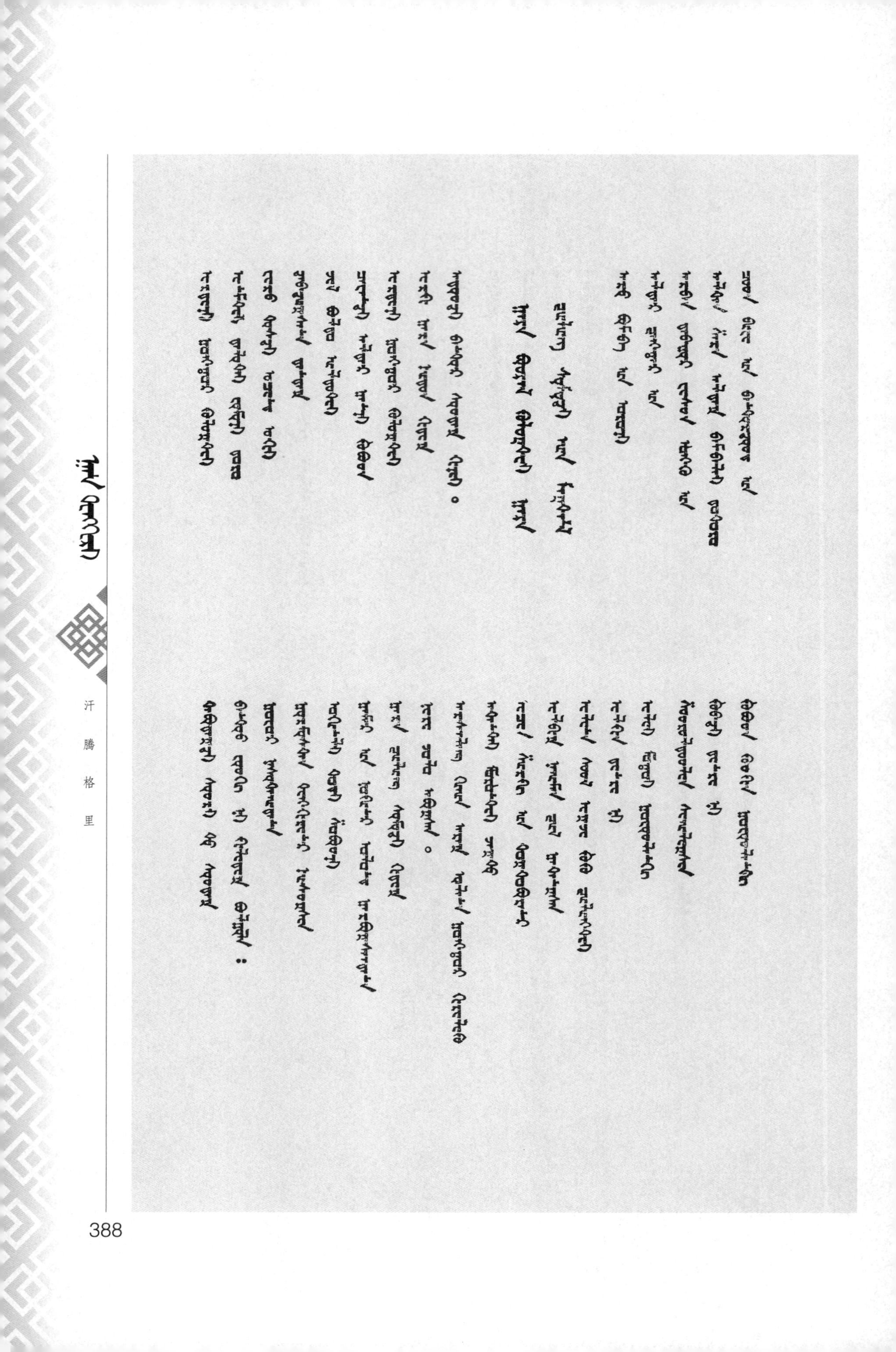

[illegible]

[illegible]

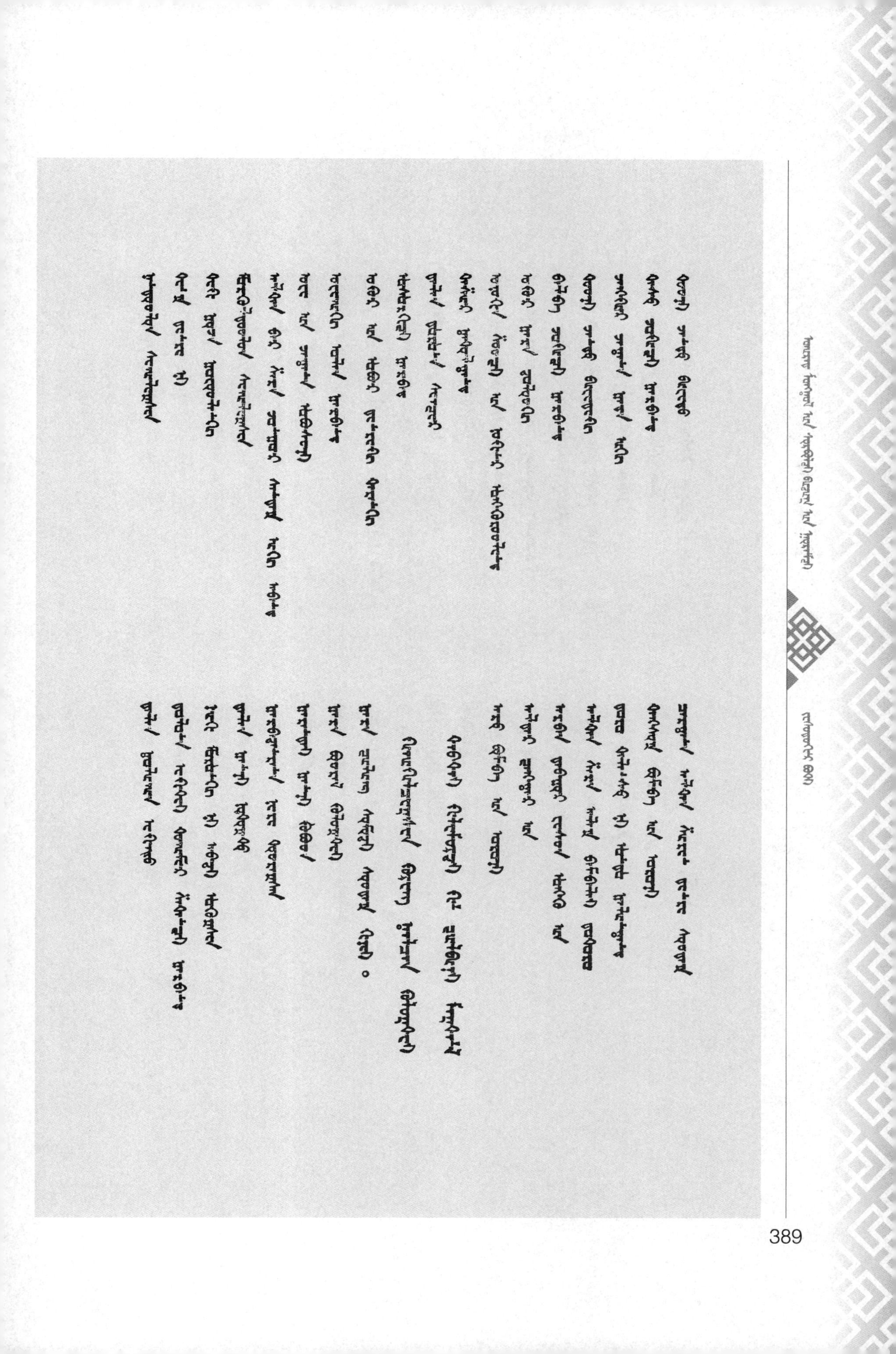

[illegible]

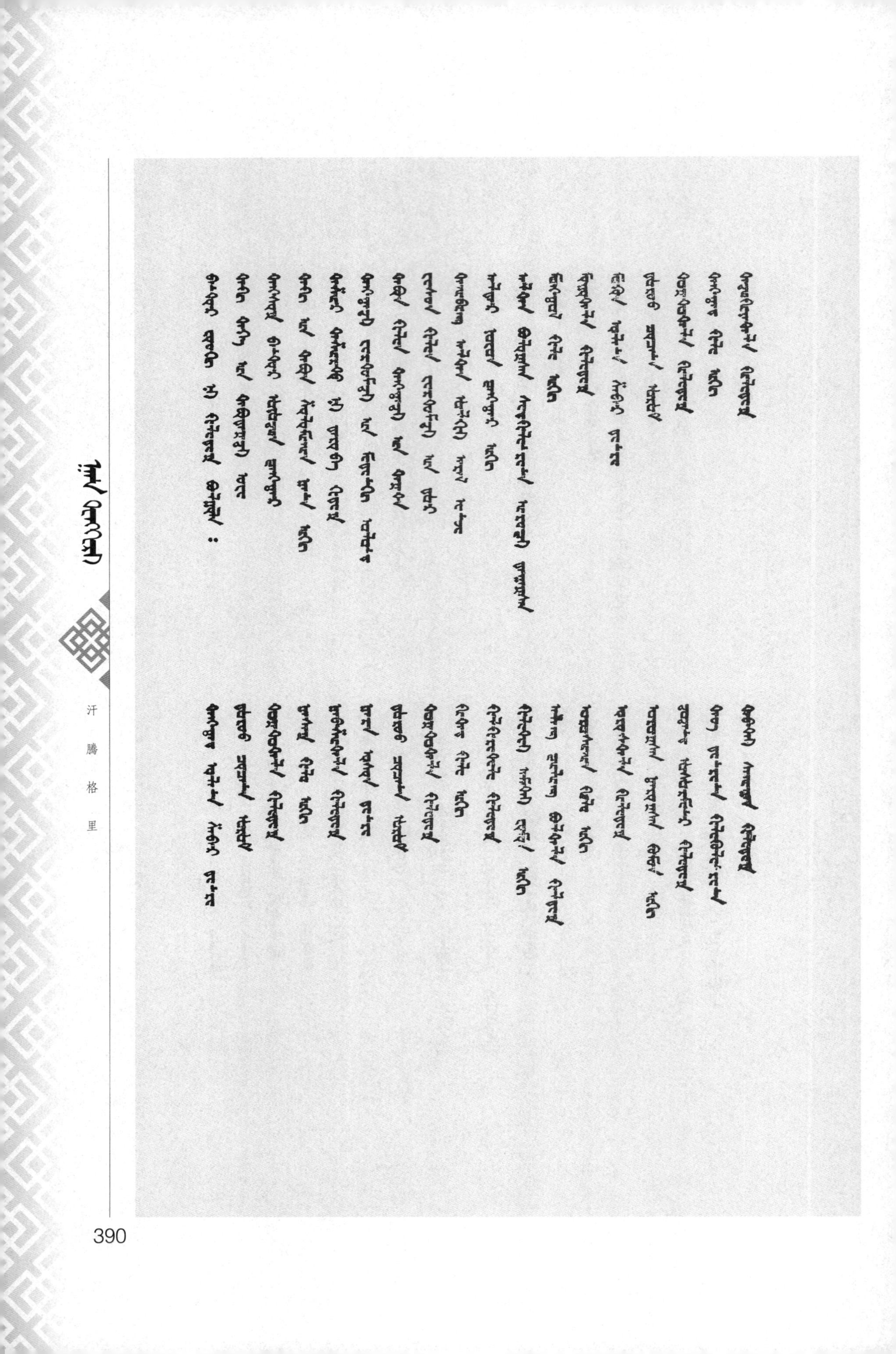

[illegible]

[illegible]

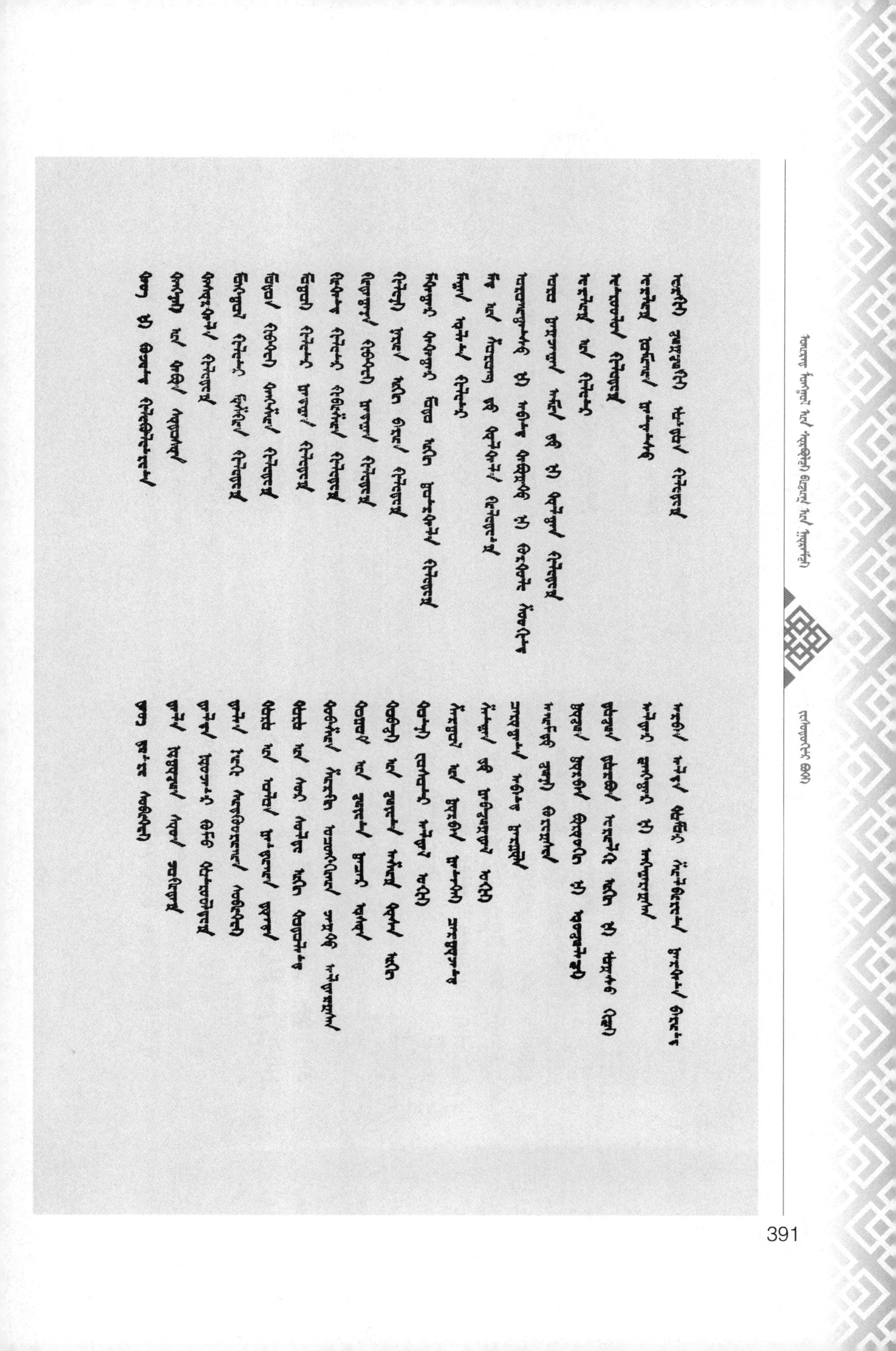

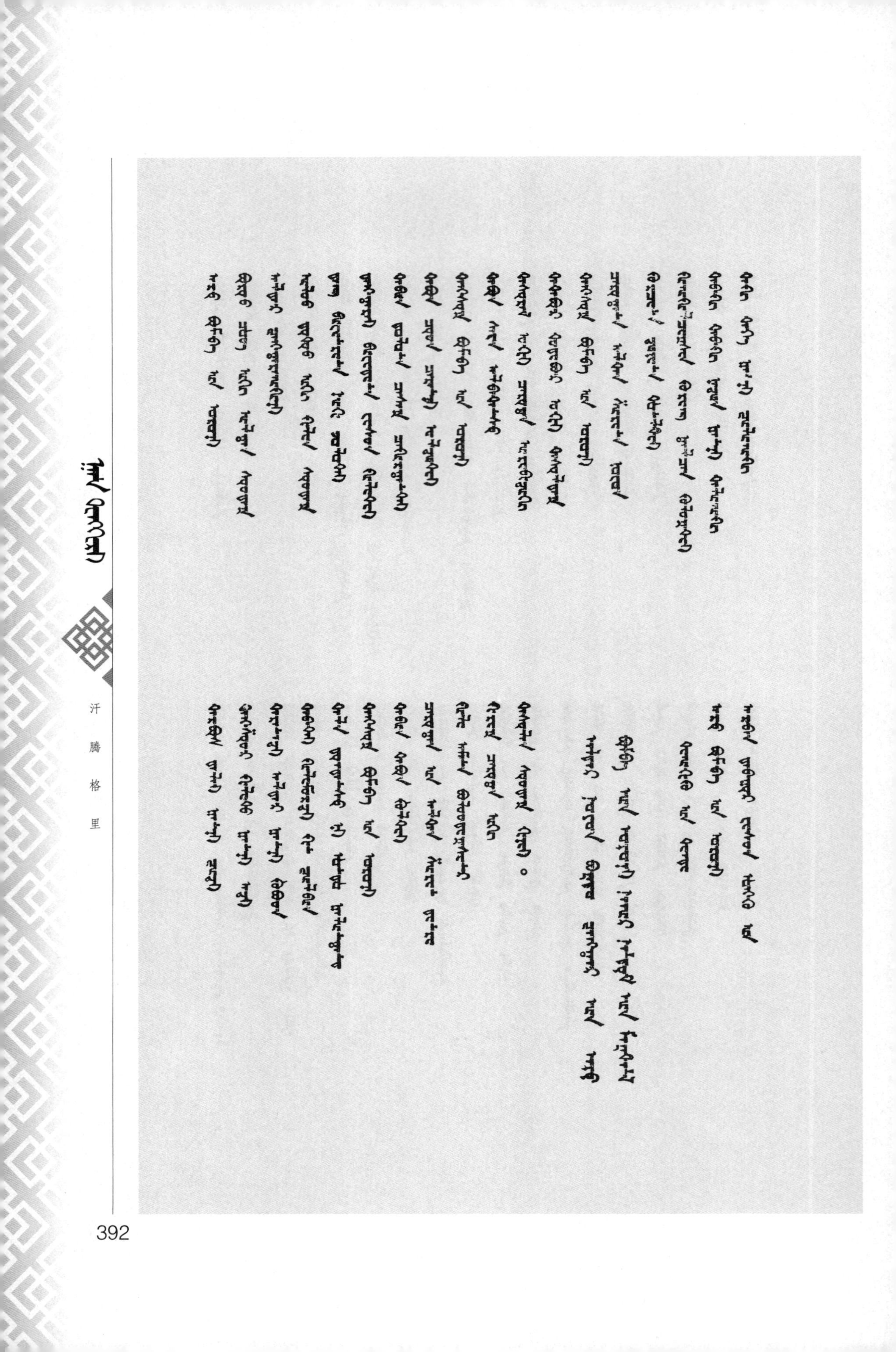

[illegible]

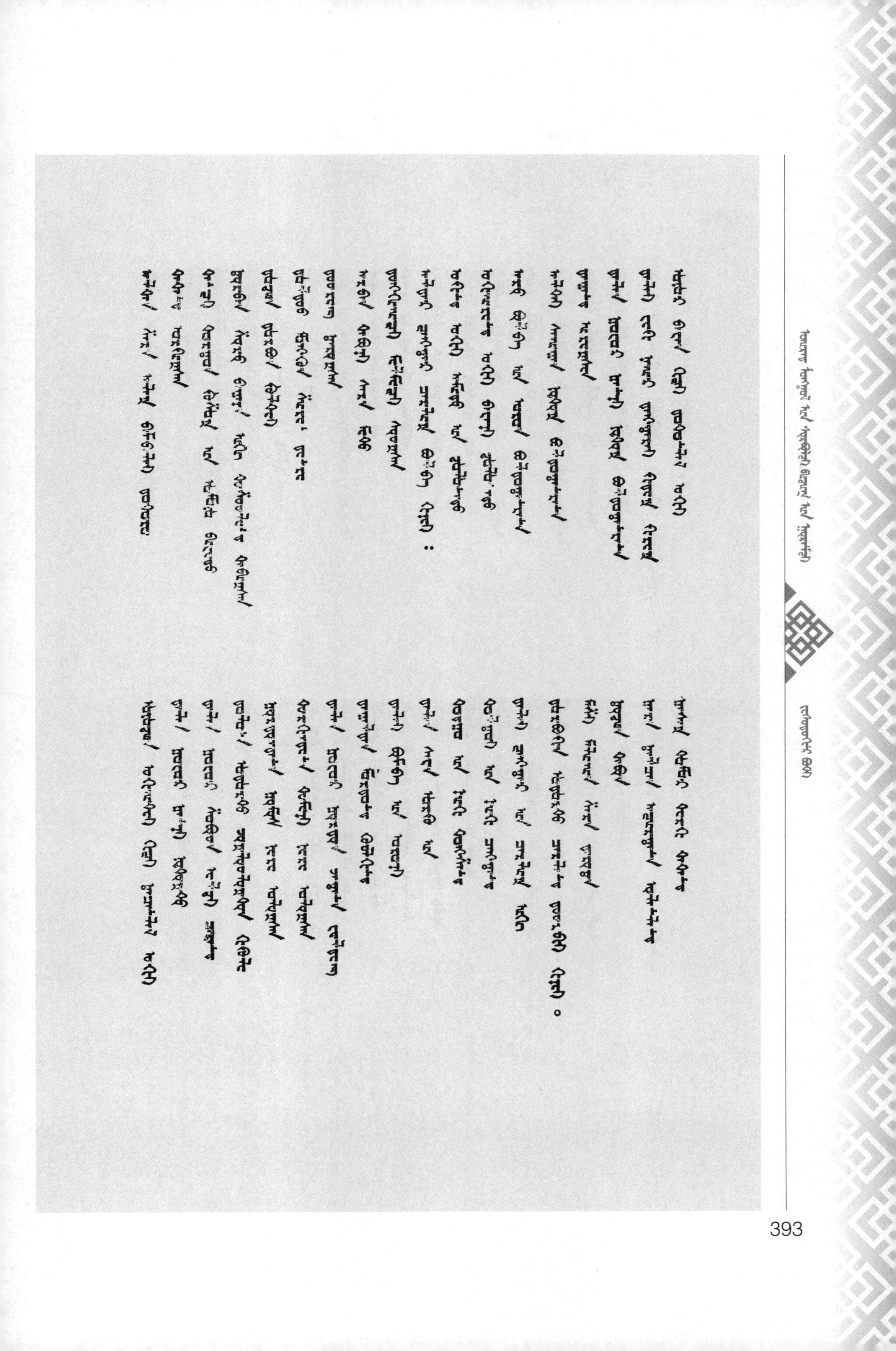

[illegible]

[illegible]

[illegible]

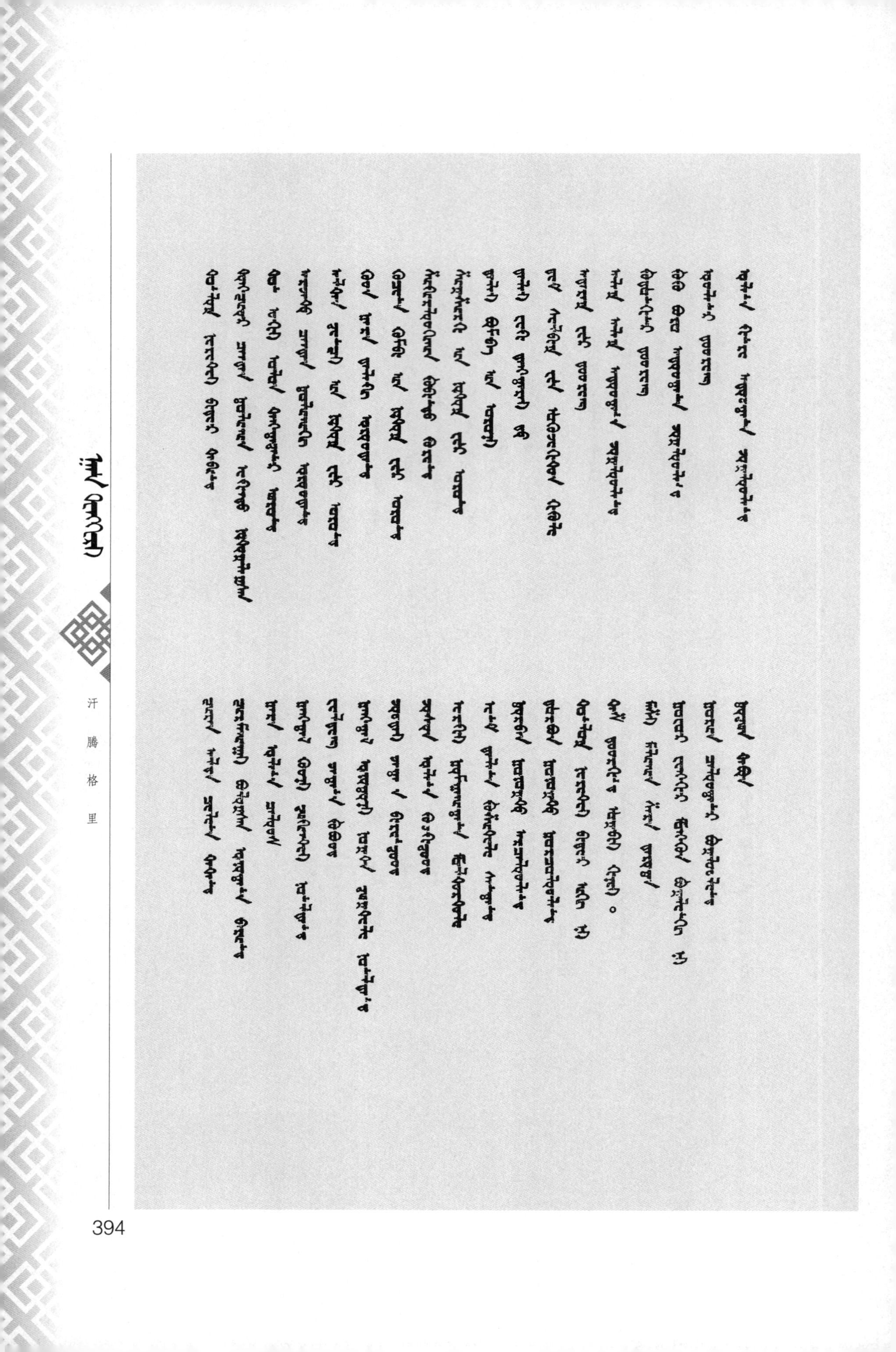

[illegible]

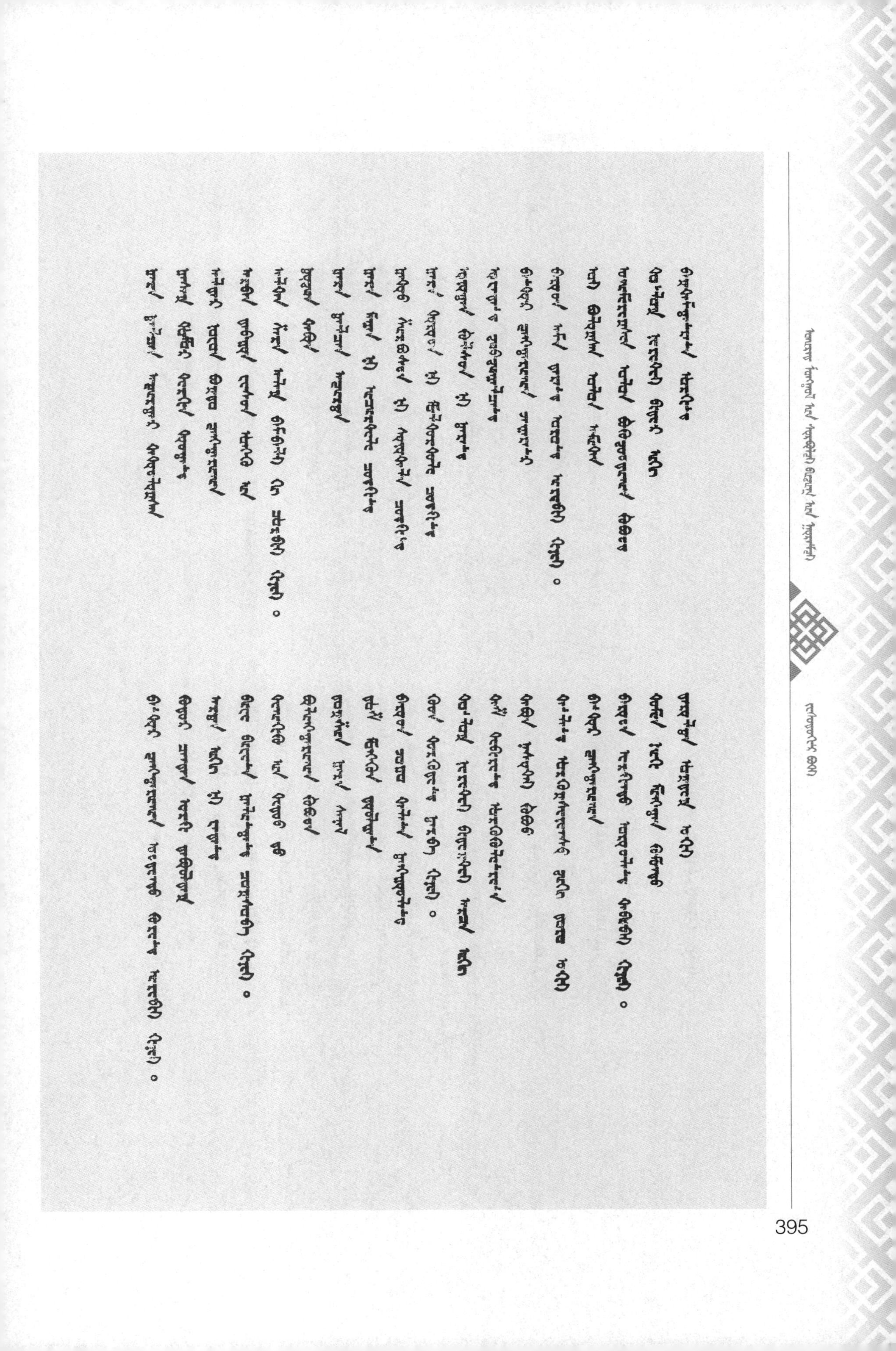

[illegible]

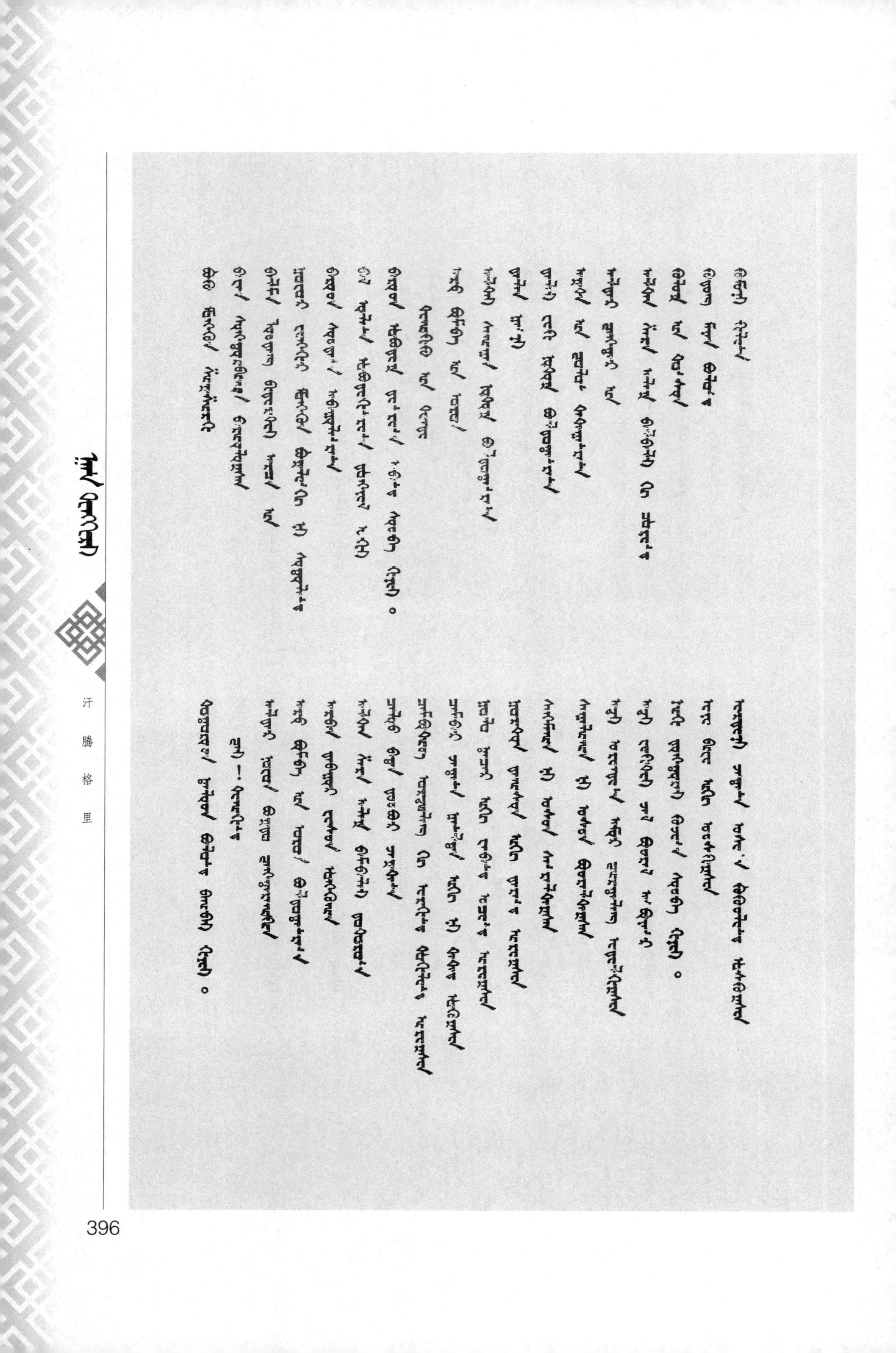

[illegible]

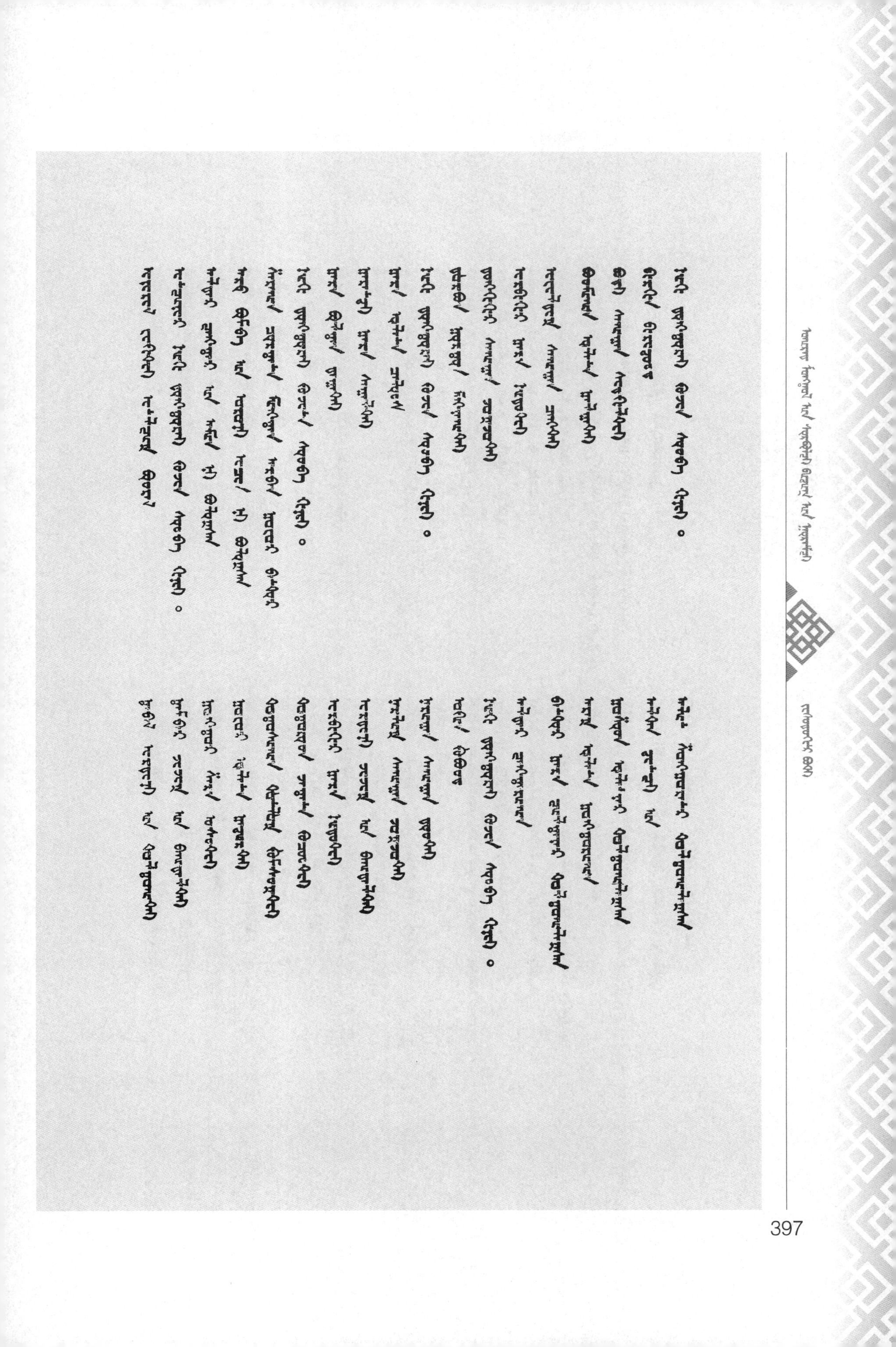

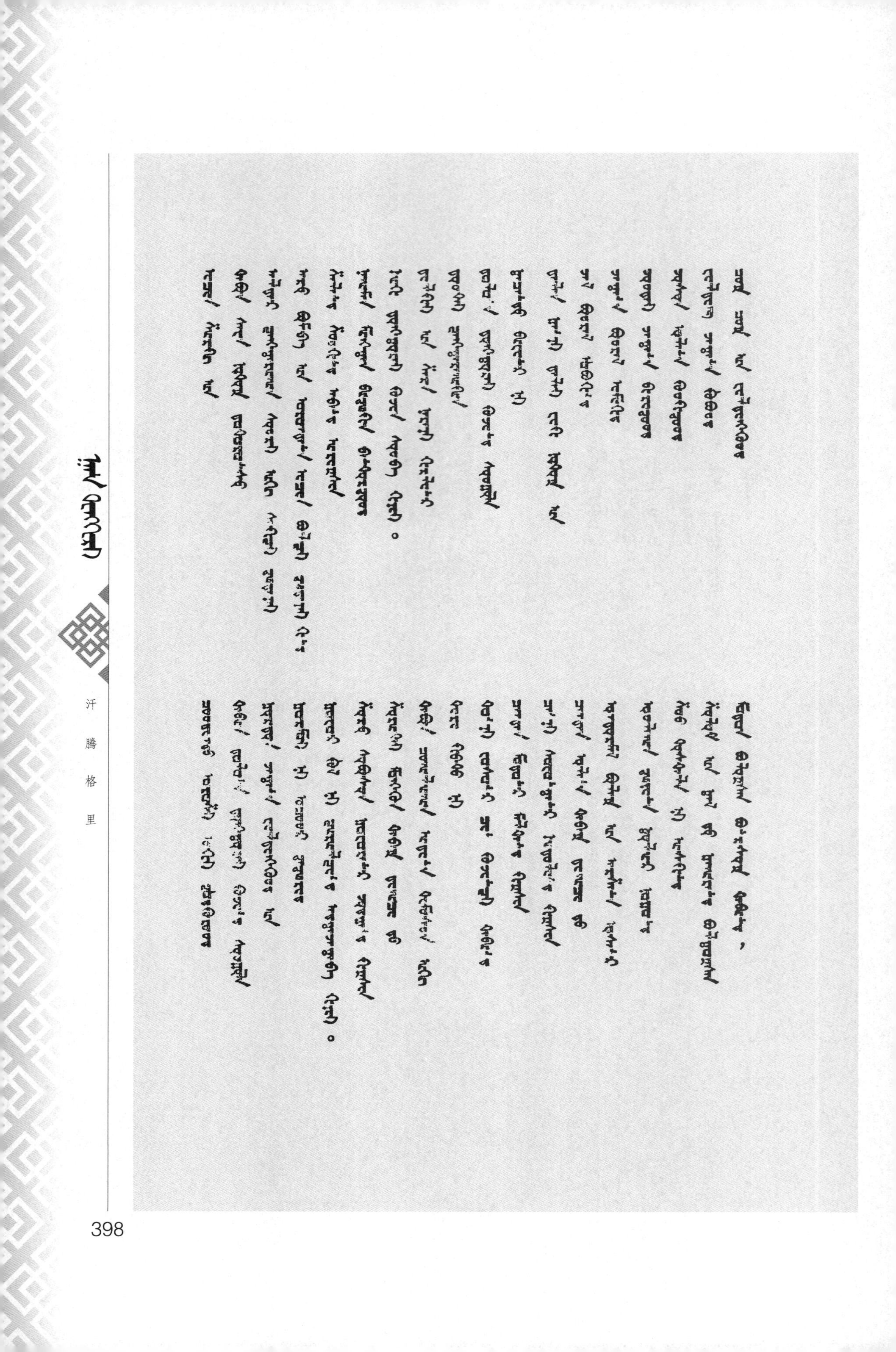

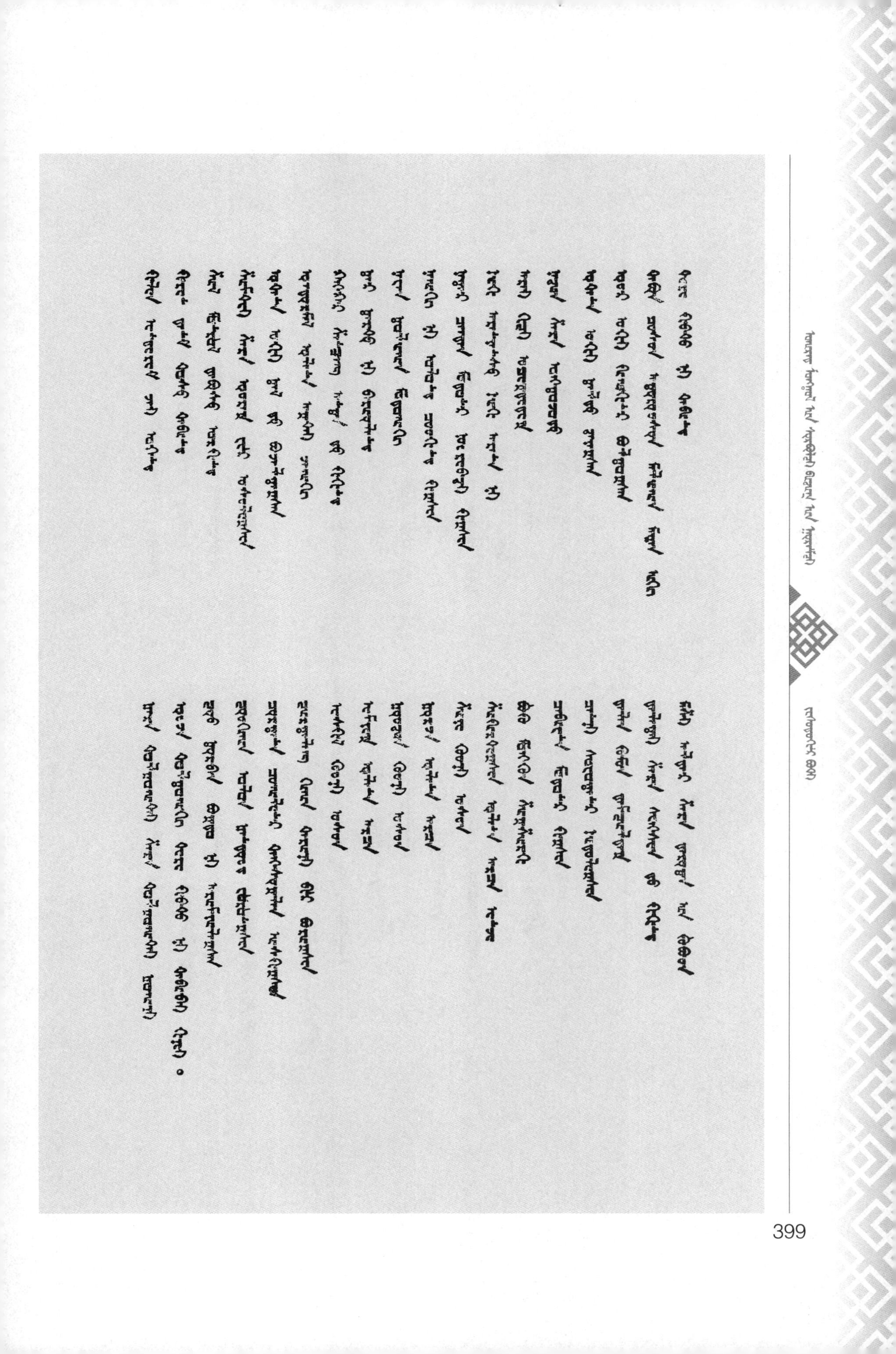

[illegible]

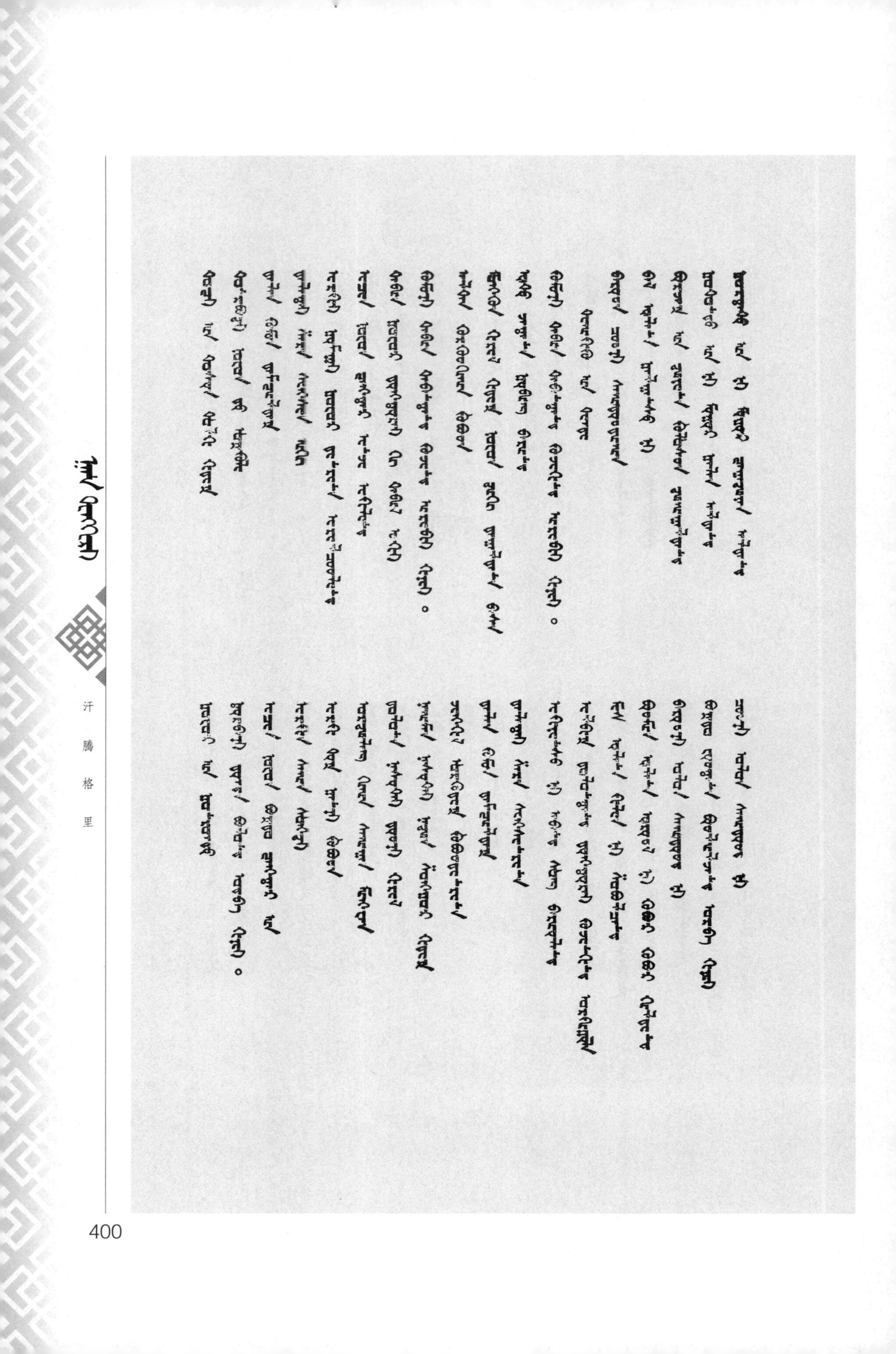

[illegible]

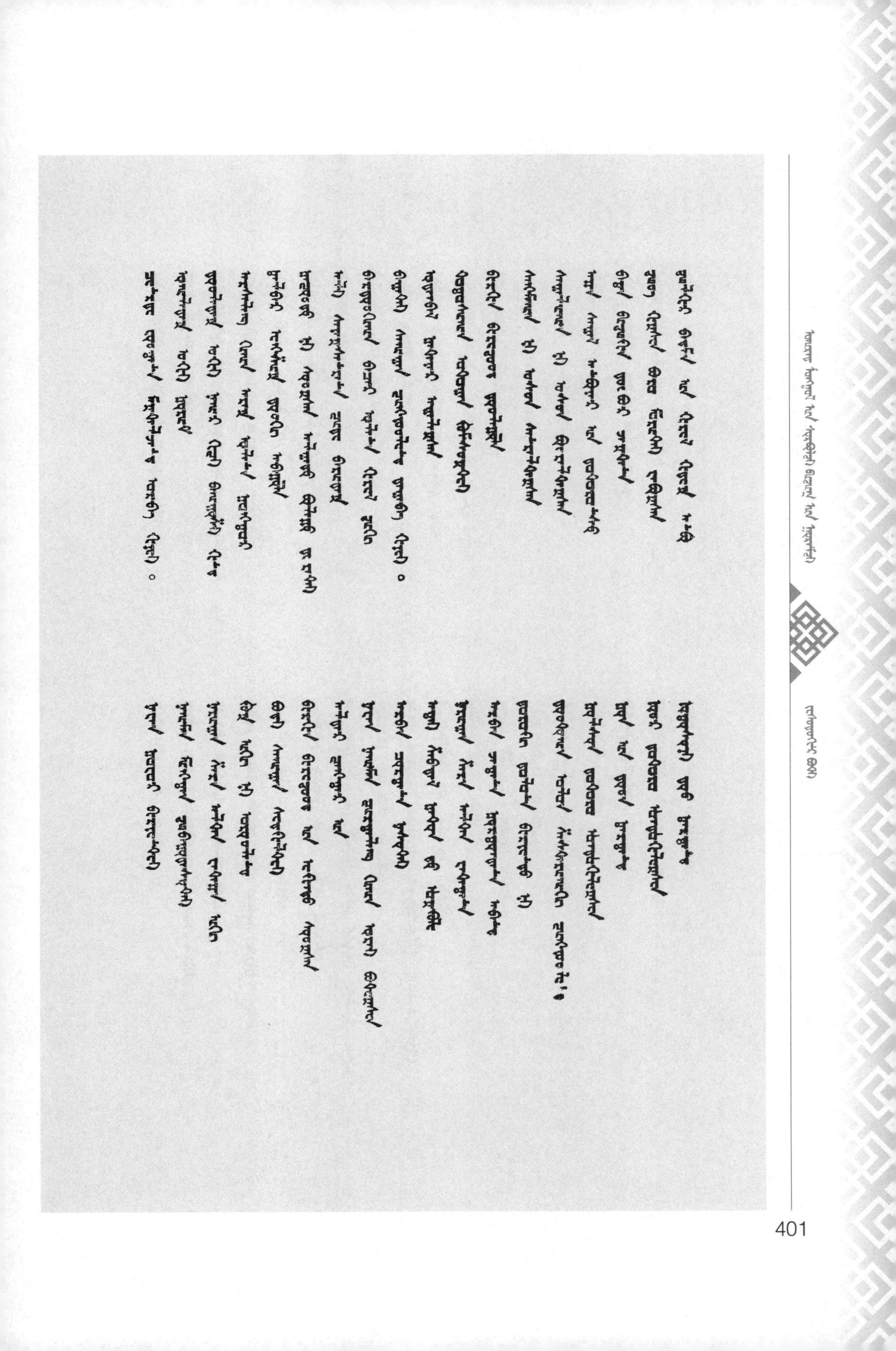

[illegible]
[illegible]
[illegible]
[illegible]
[illegible]
[illegible]
[illegible]
[illegible]
[illegible]
[illegible] ◦
[illegible]
[illegible]
[illegible]
[illegible]
[illegible]
[illegible]
[illegible]
[illegible] ◦

[illegible]
[illegible]
[illegible]
[illegible]
[illegible]
[illegible]
[illegible]
[illegible]
[illegible]
[illegible]
[illegible]
[illegible]
[illegible]
[illegible]
[illegible]
[illegible]
[illegible]
[illegible]

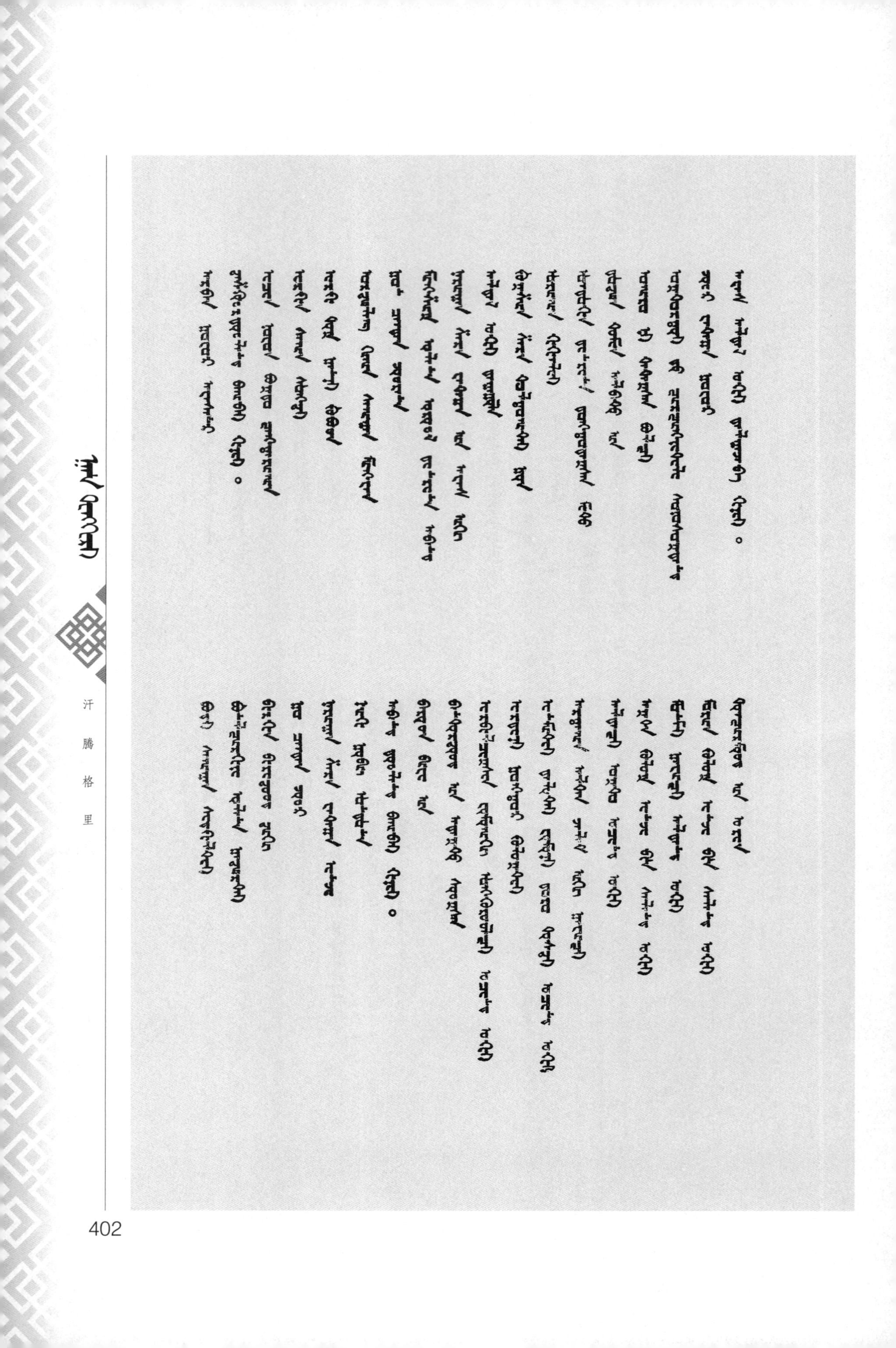

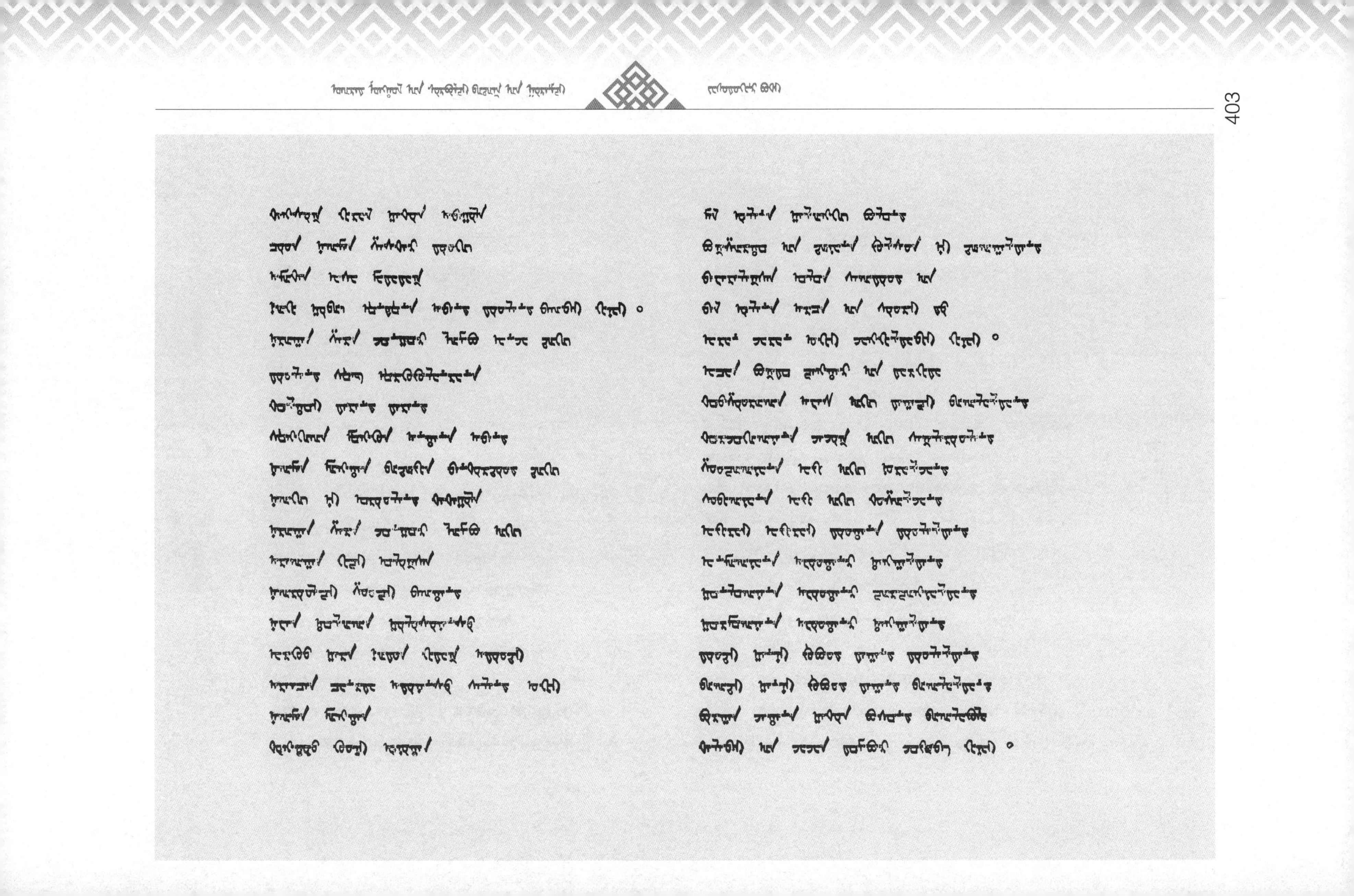

[illegible]
[illegible]
[illegible]
[illegible] 。
[illegible]
[illegible]
[illegible]
[illegible]
[illegible]
[illegible]
[illegible]
[illegible]
[illegible]
[illegible]
[illegible]
[illegible]
[illegible]
[illegible]

[illegible]
[illegible]
[illegible]
[illegible]
[illegible] 。
[illegible]
[illegible]
[illegible]
[illegible]
[illegible]
[illegible]
[illegible]
[illegible]
[illegible]
[illegible]
[illegible]
[illegible]
[illegible] 。

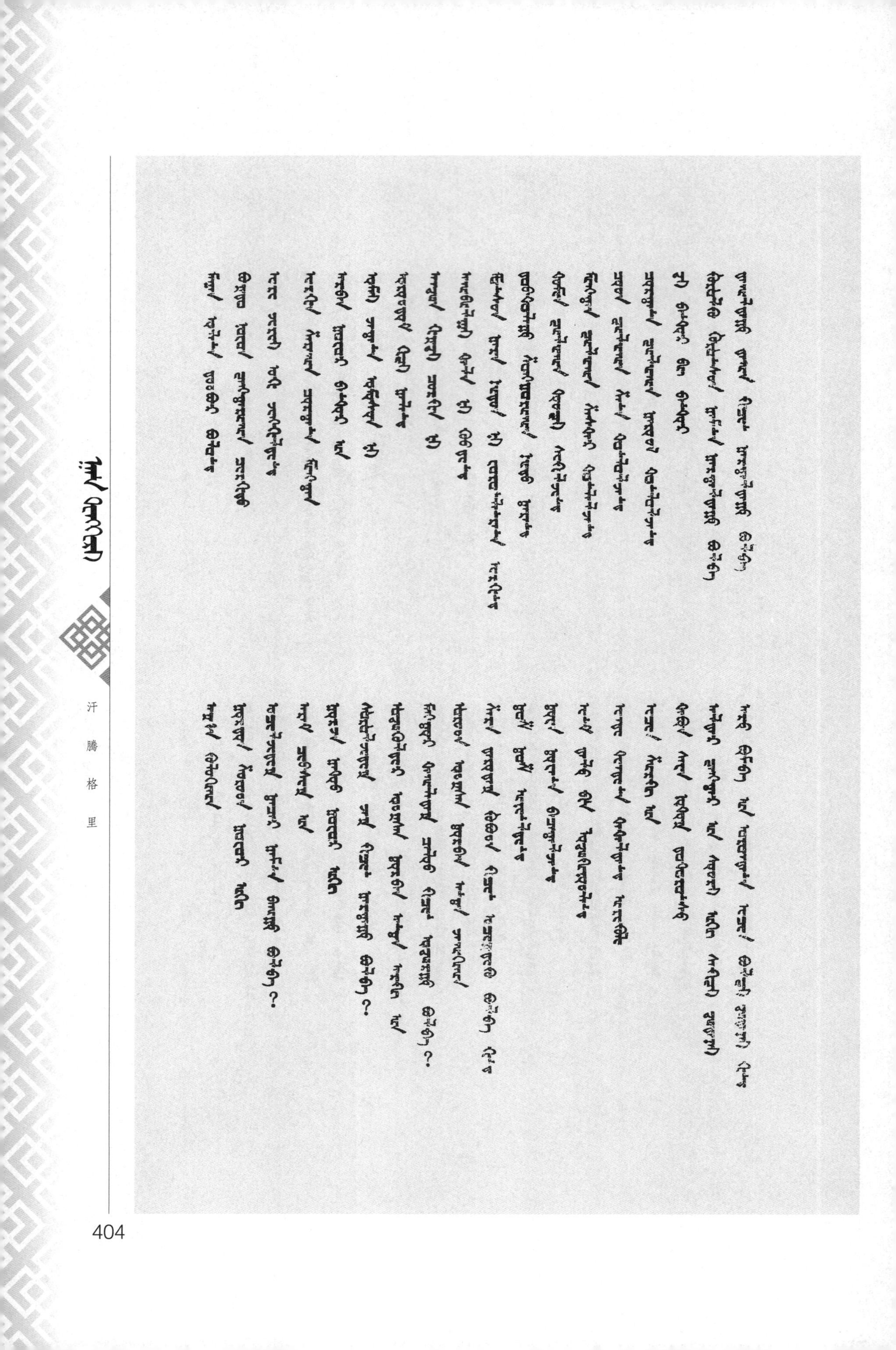

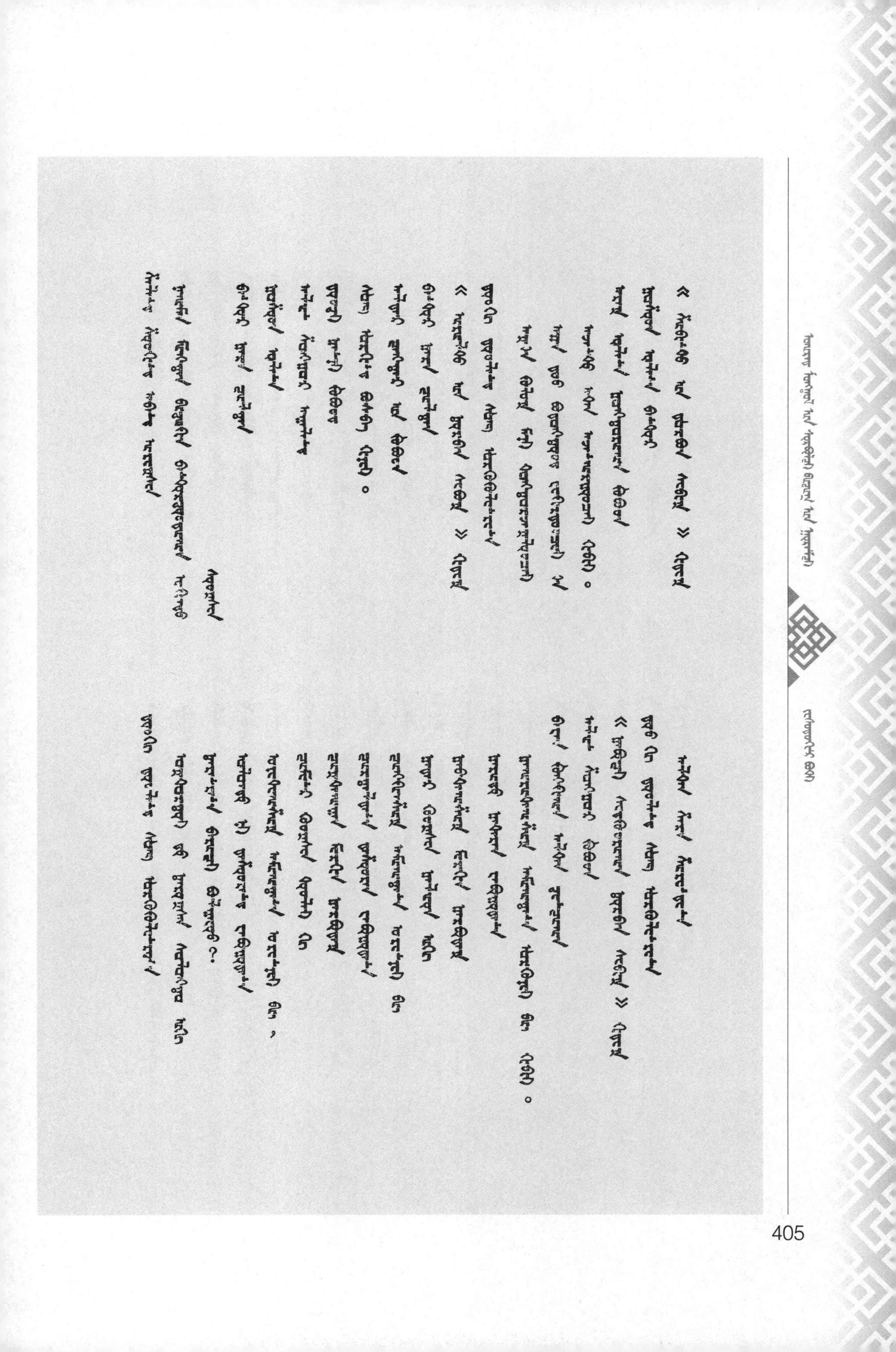

« [illegible] » [illegible]
[illegible]
[illegible]
[illegible] ᠃
[illegible]
[illegible]
[illegible]
« [illegible] » [illegible]
[illegible]
[illegible]
[illegible] ᠃
[illegible]
[illegible]
[illegible]
[illegible]
[illegible]
[illegible]
[illegible]

[illegible]
« [illegible] » [illegible]
[illegible]
[illegible]
[illegible] ᠃
[illegible]
[illegible]
[illegible]
[illegible]
[illegible]
[illegible]
[illegible]
[illegible] ᠂
[illegible]
[illegible] ?
[illegible]
[illegible]

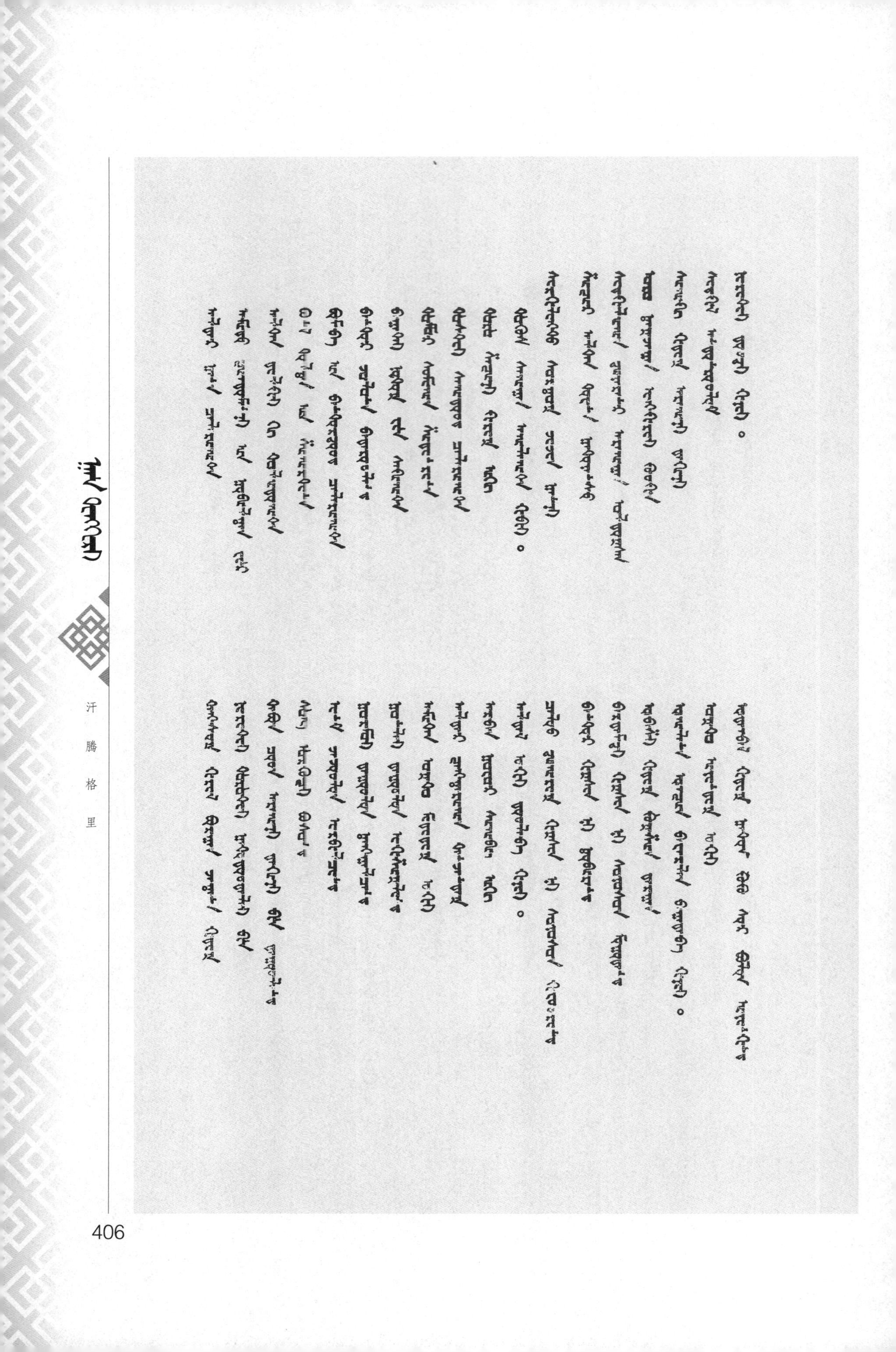

[illegible]

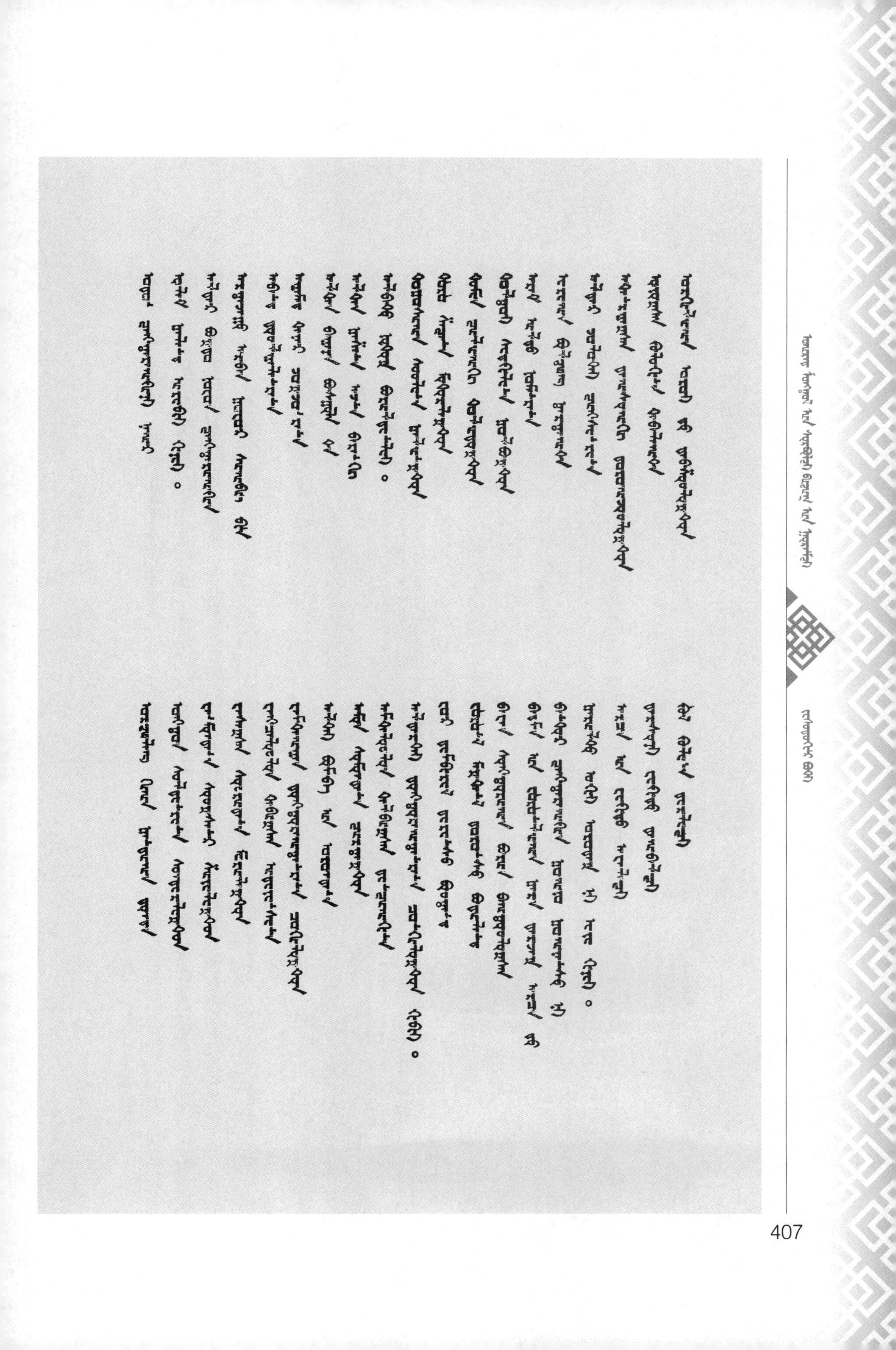

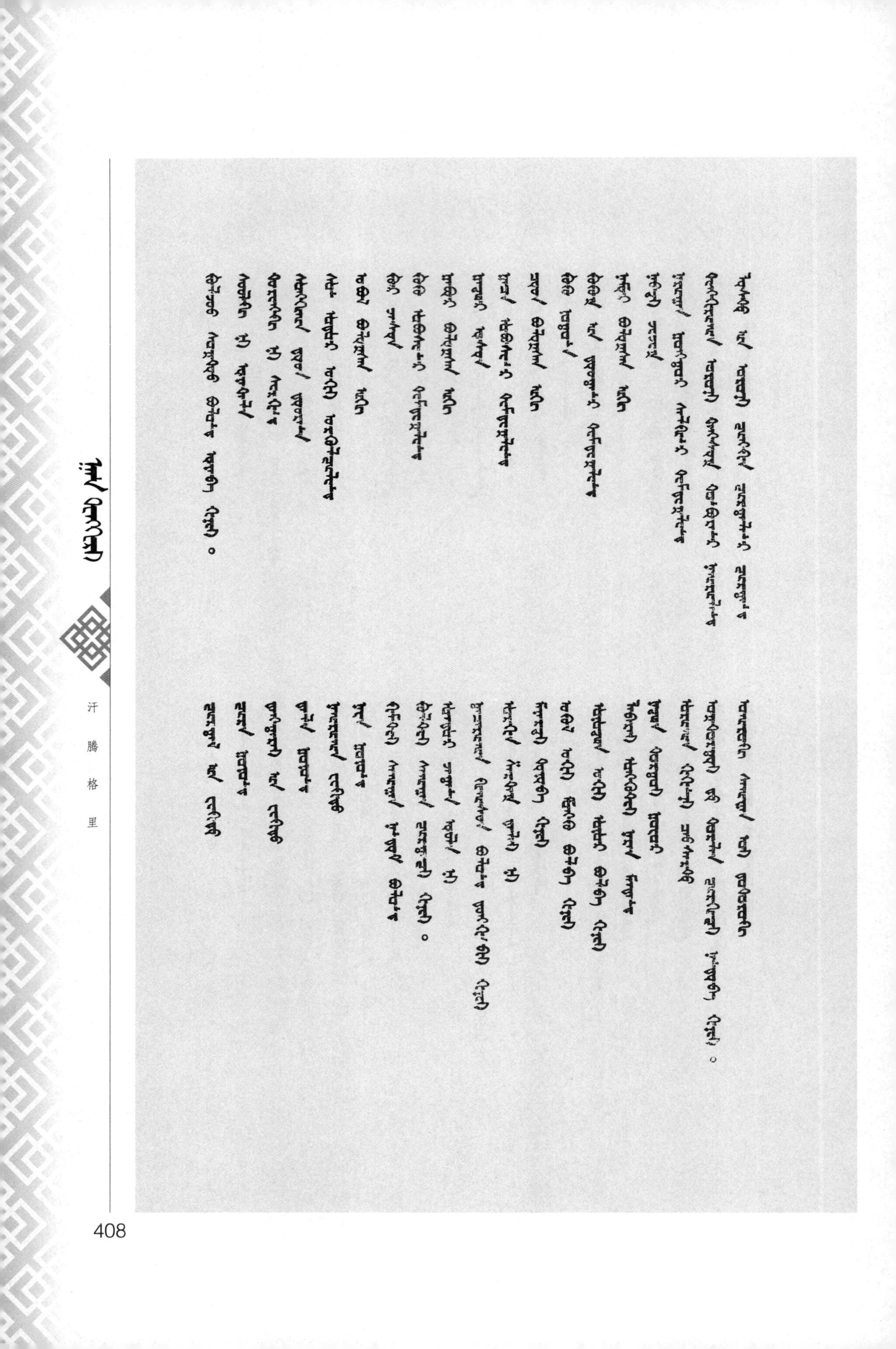

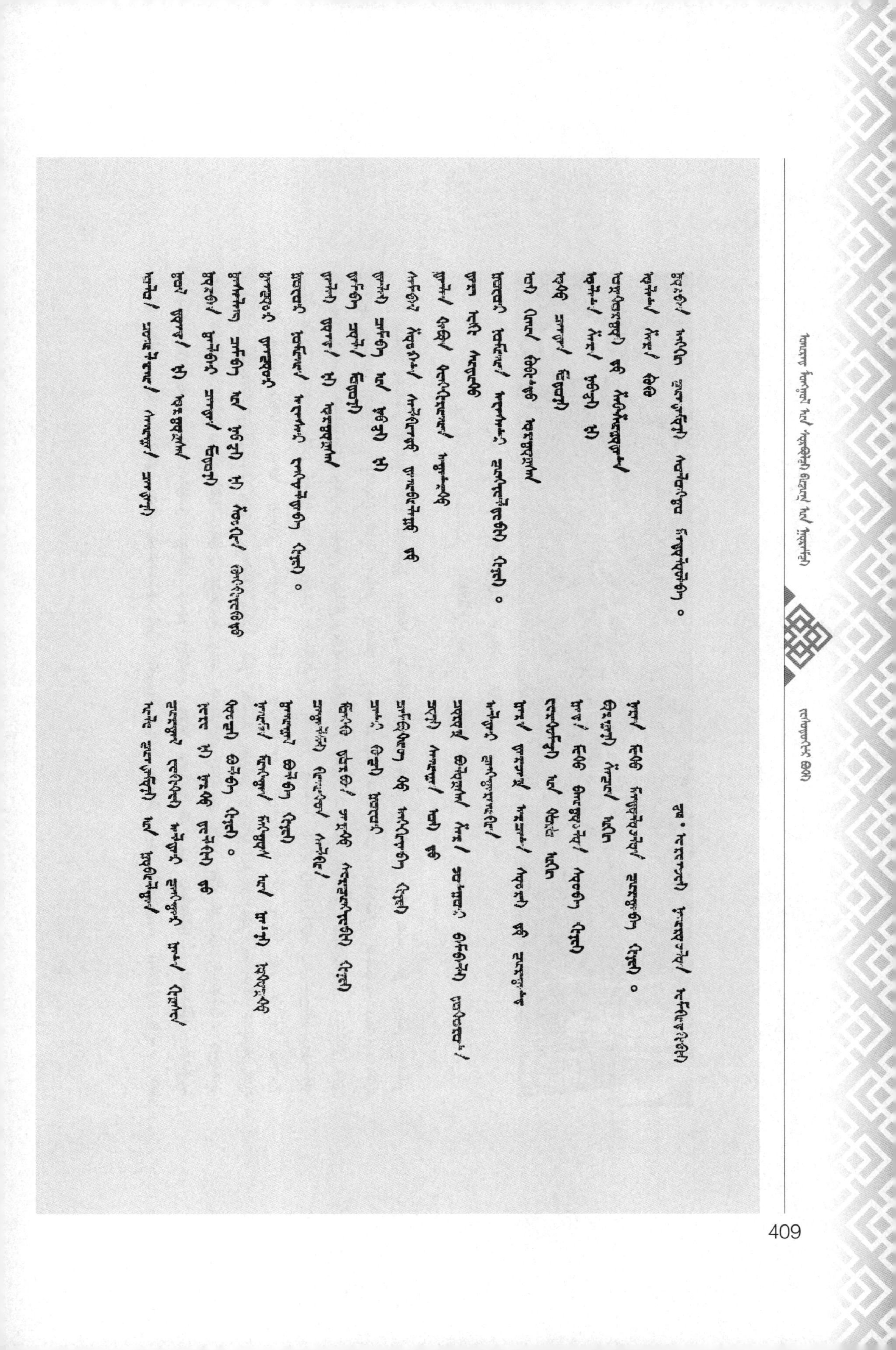

[illegible]

[illegible]

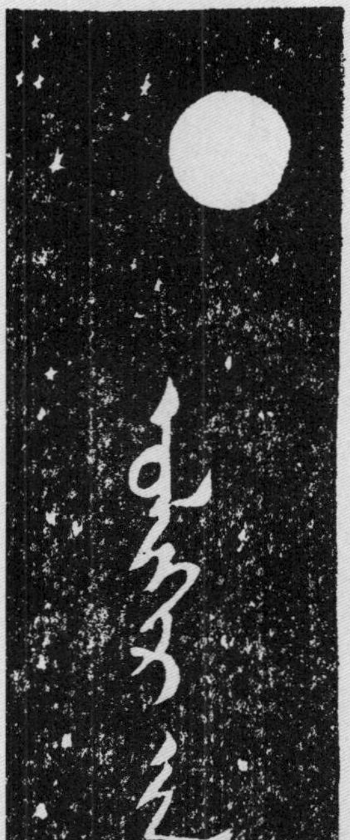

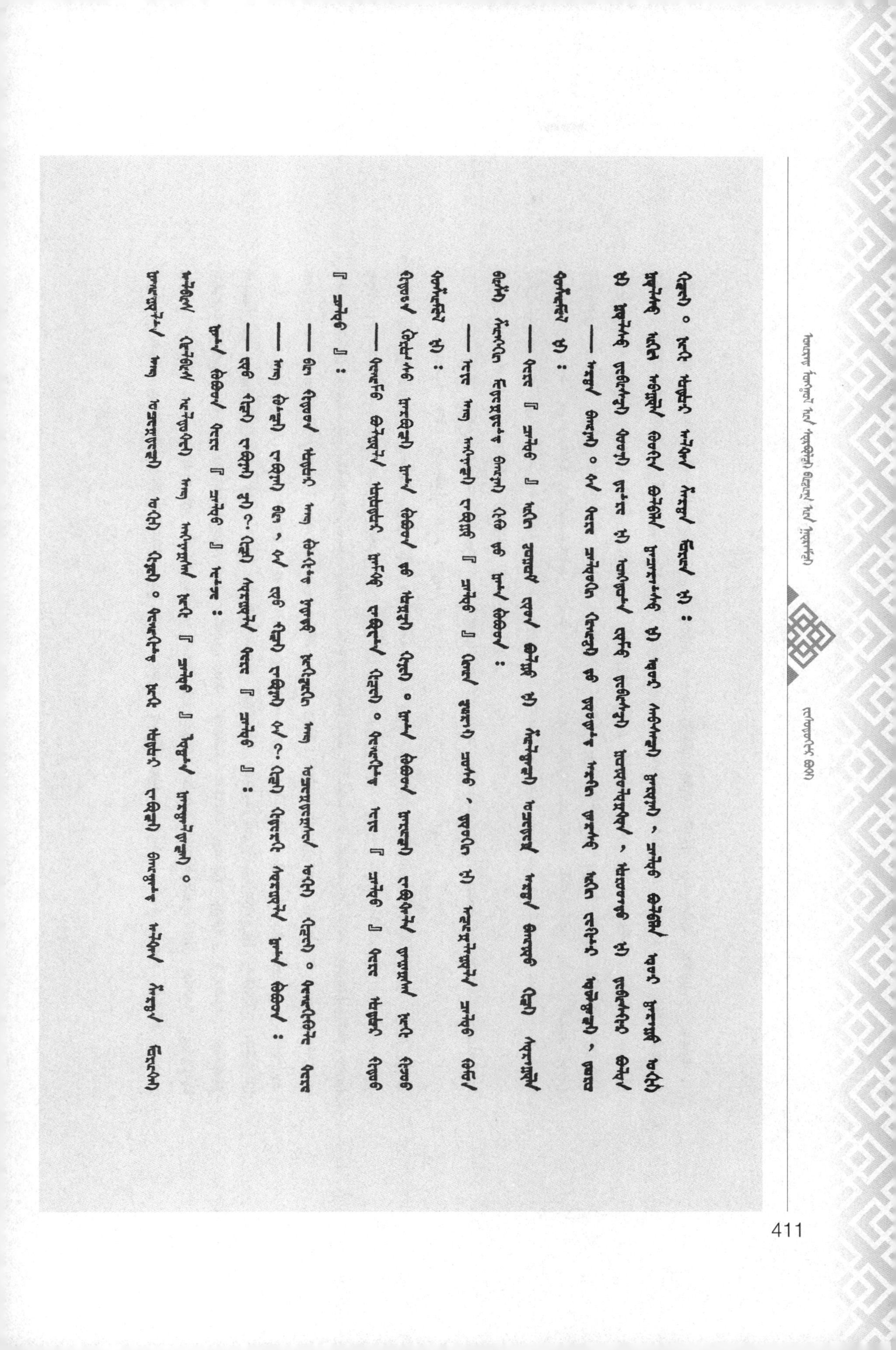

[illegible]

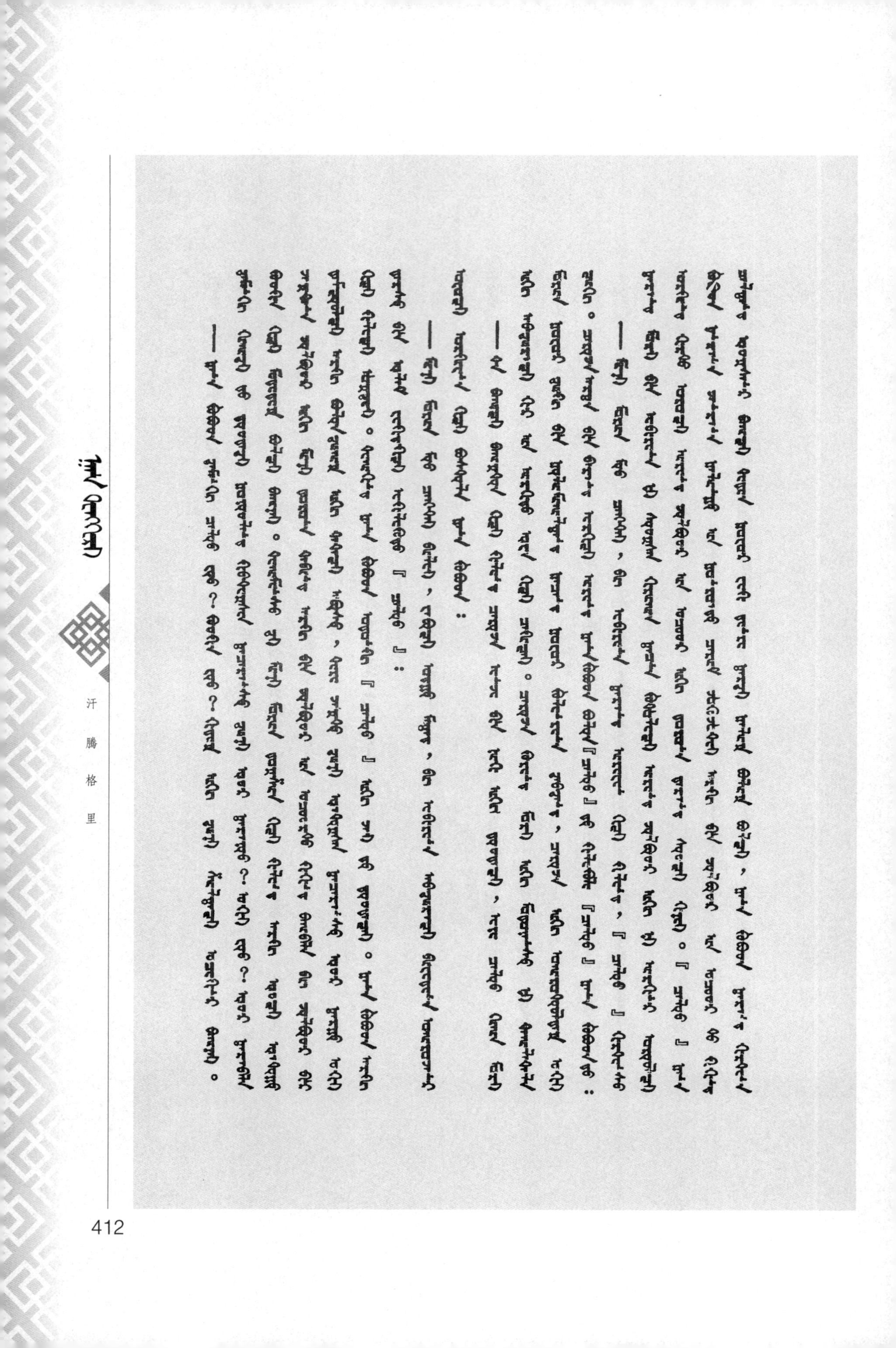

[illegible]

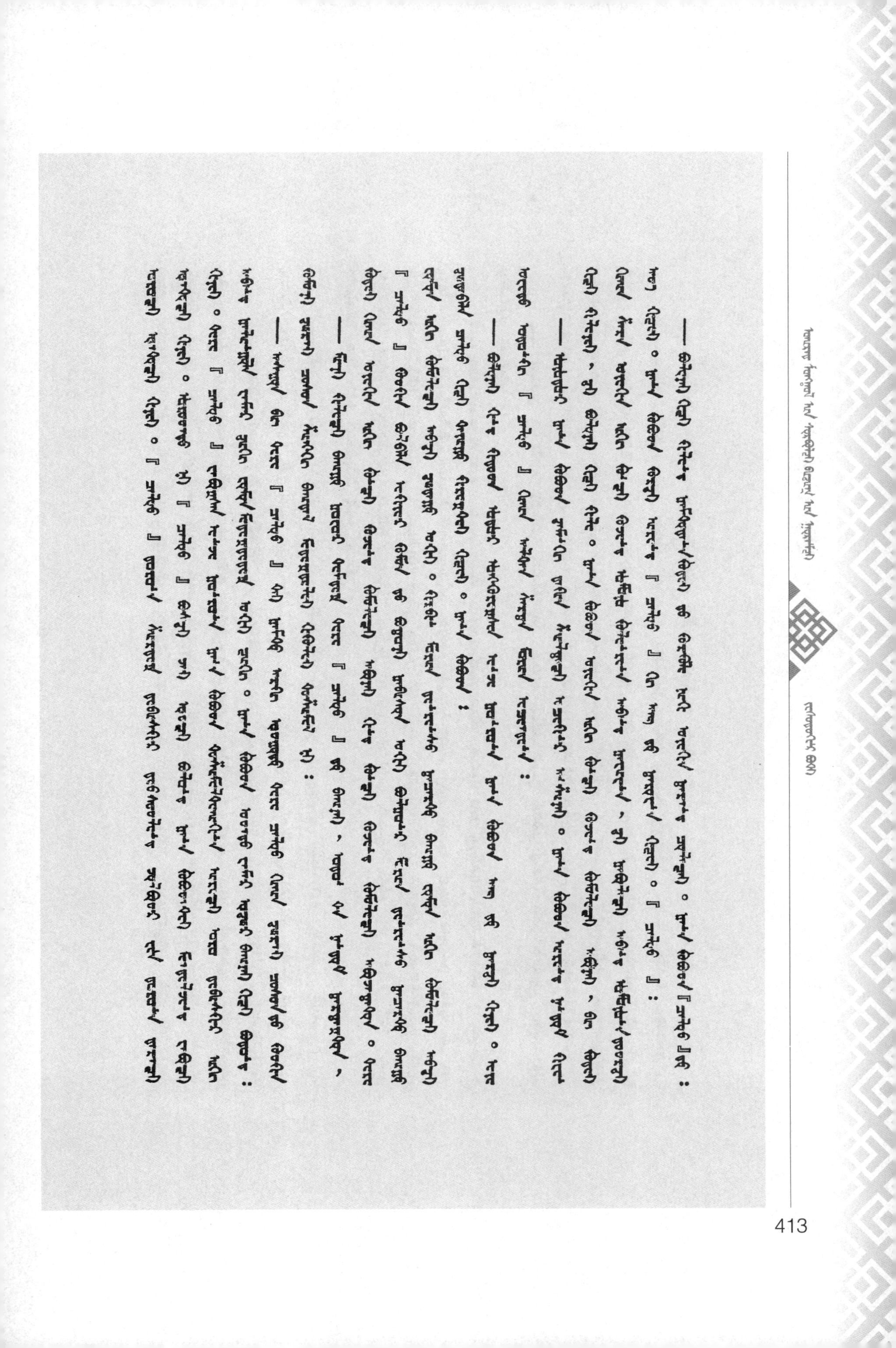

[illegible]

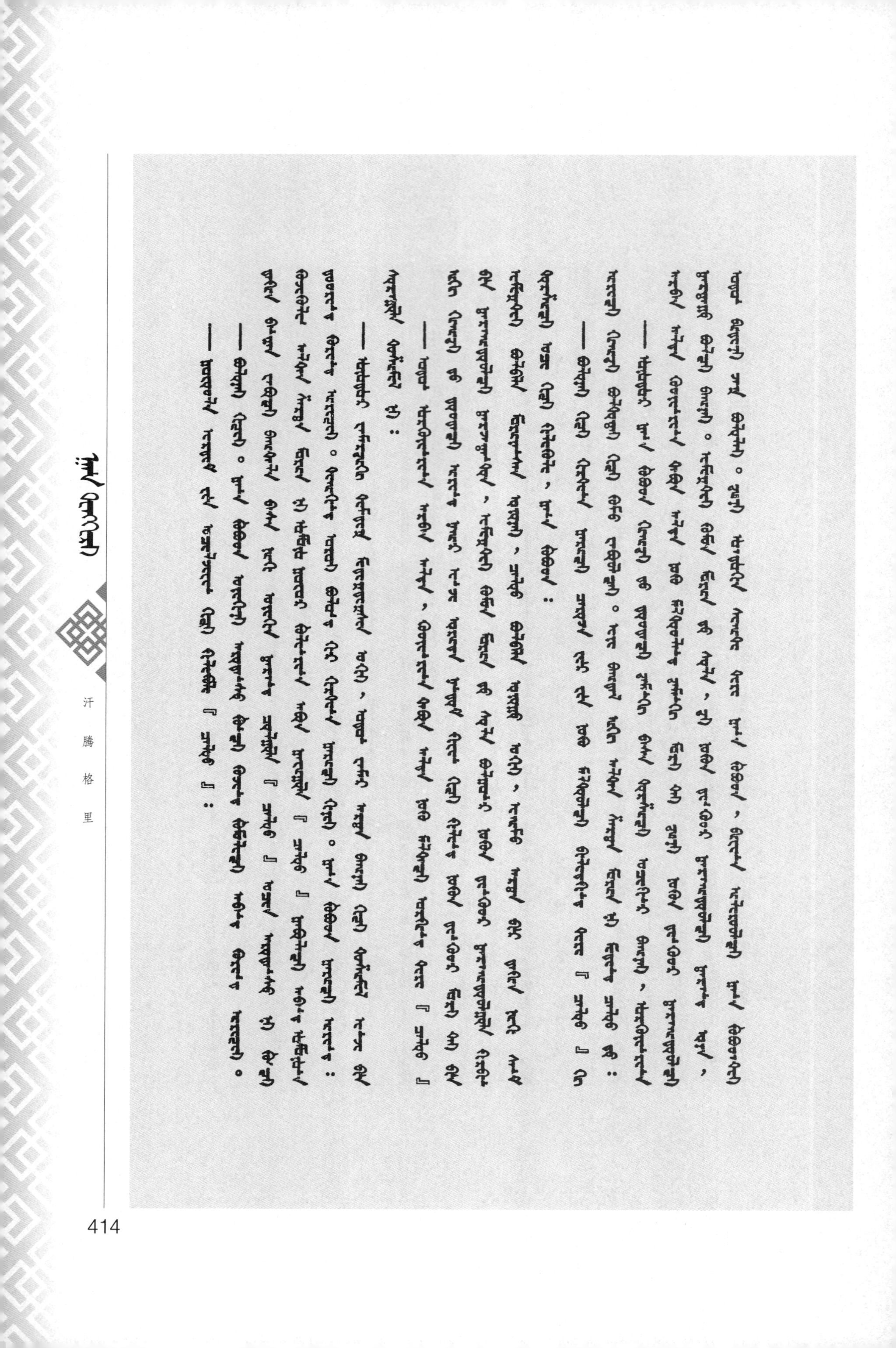

[illegible]

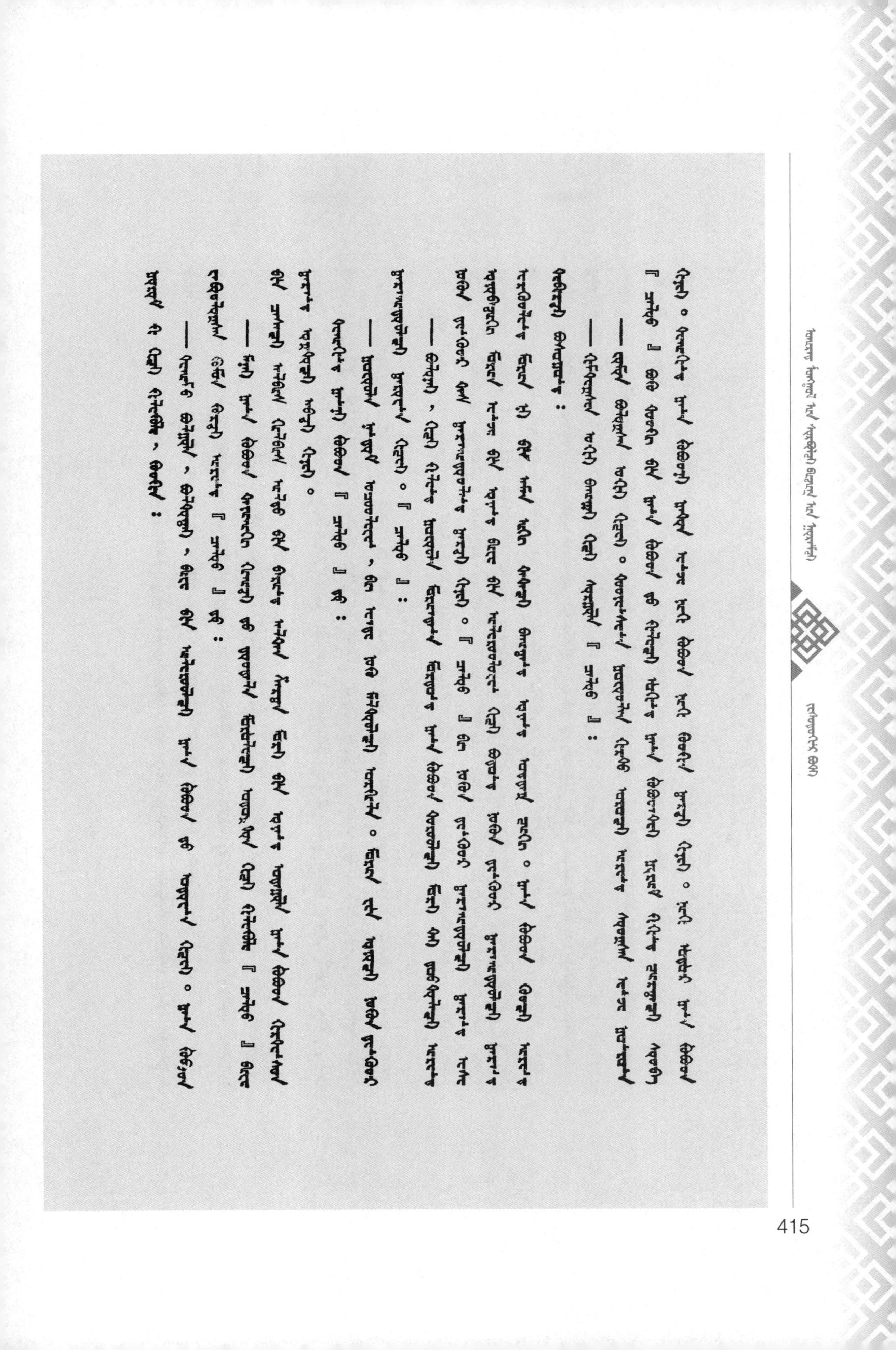

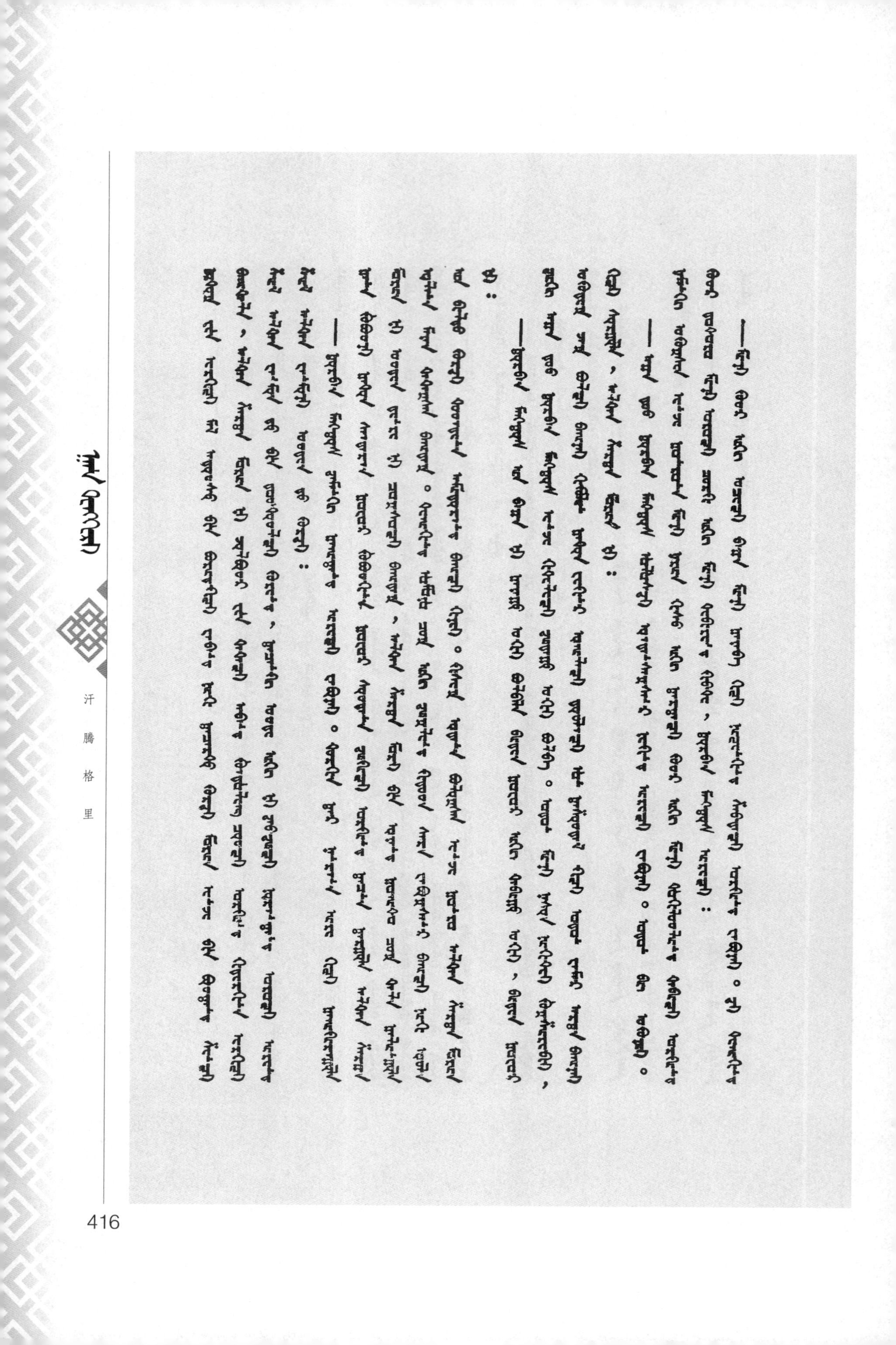

[illegible]

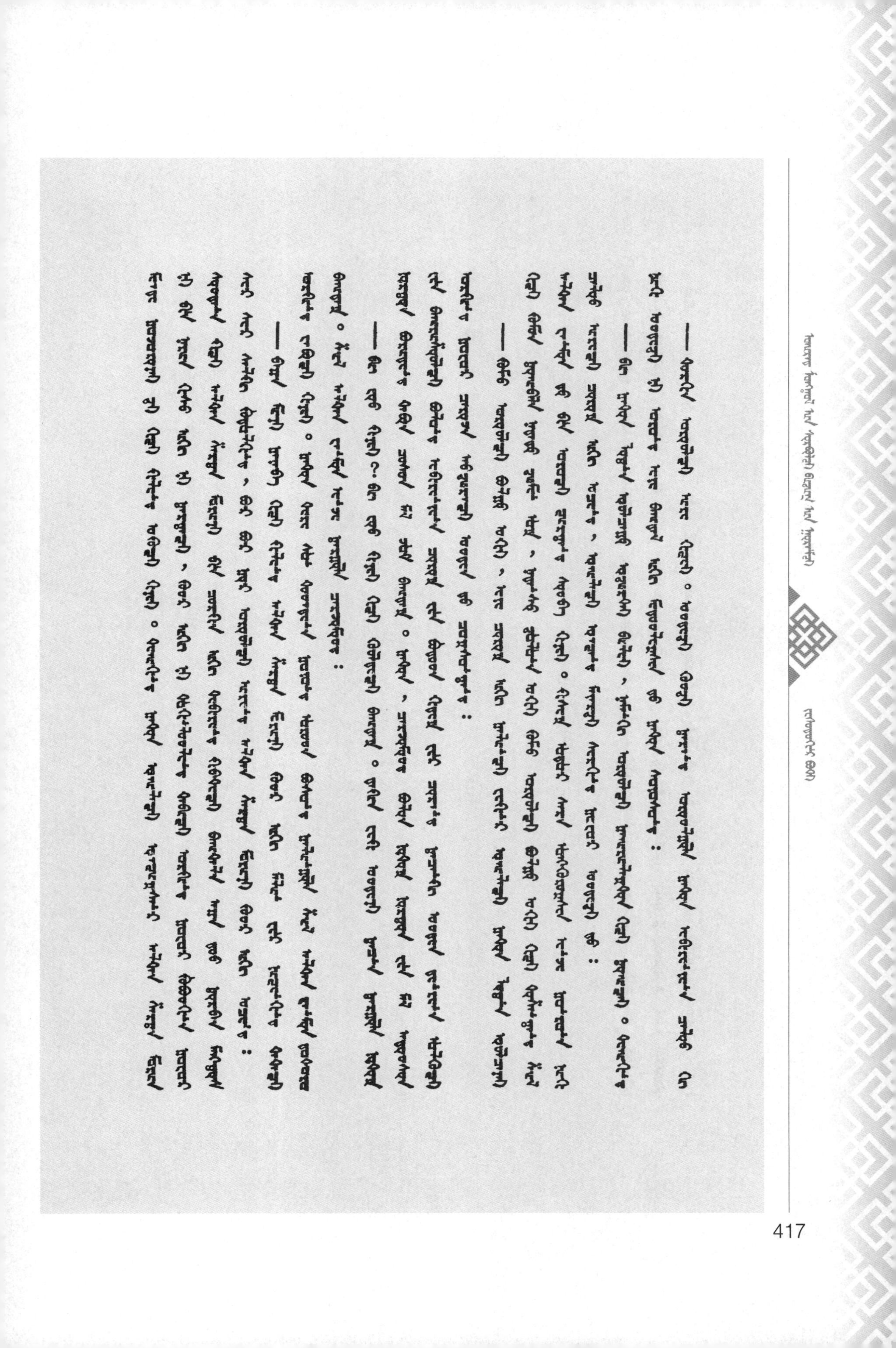

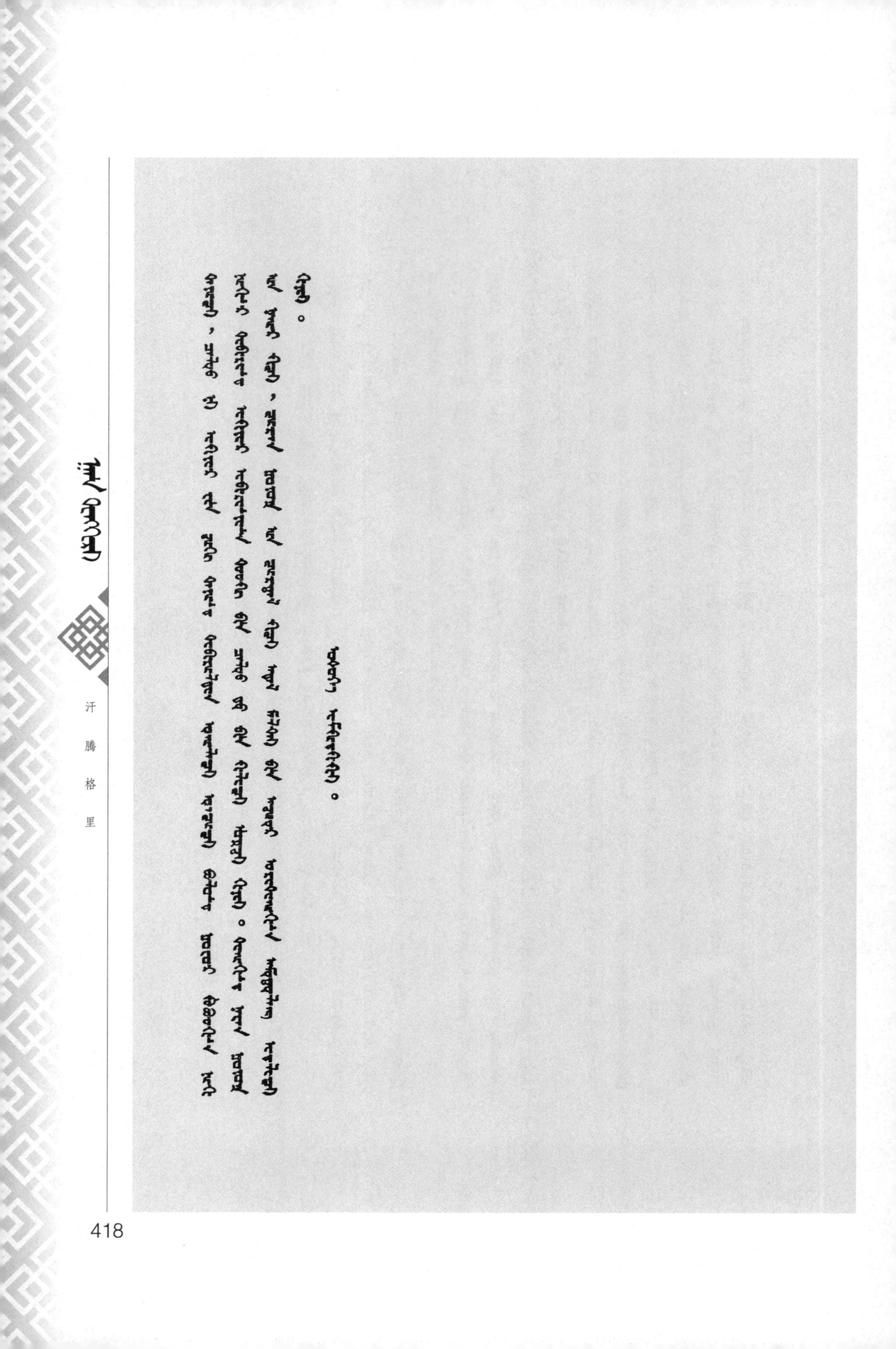

[illegible] ᠃

[illegible] ᠃

[illegible] ᠃

[illegible] ᠃

[illegible] ᠃

[illegible] ᠃

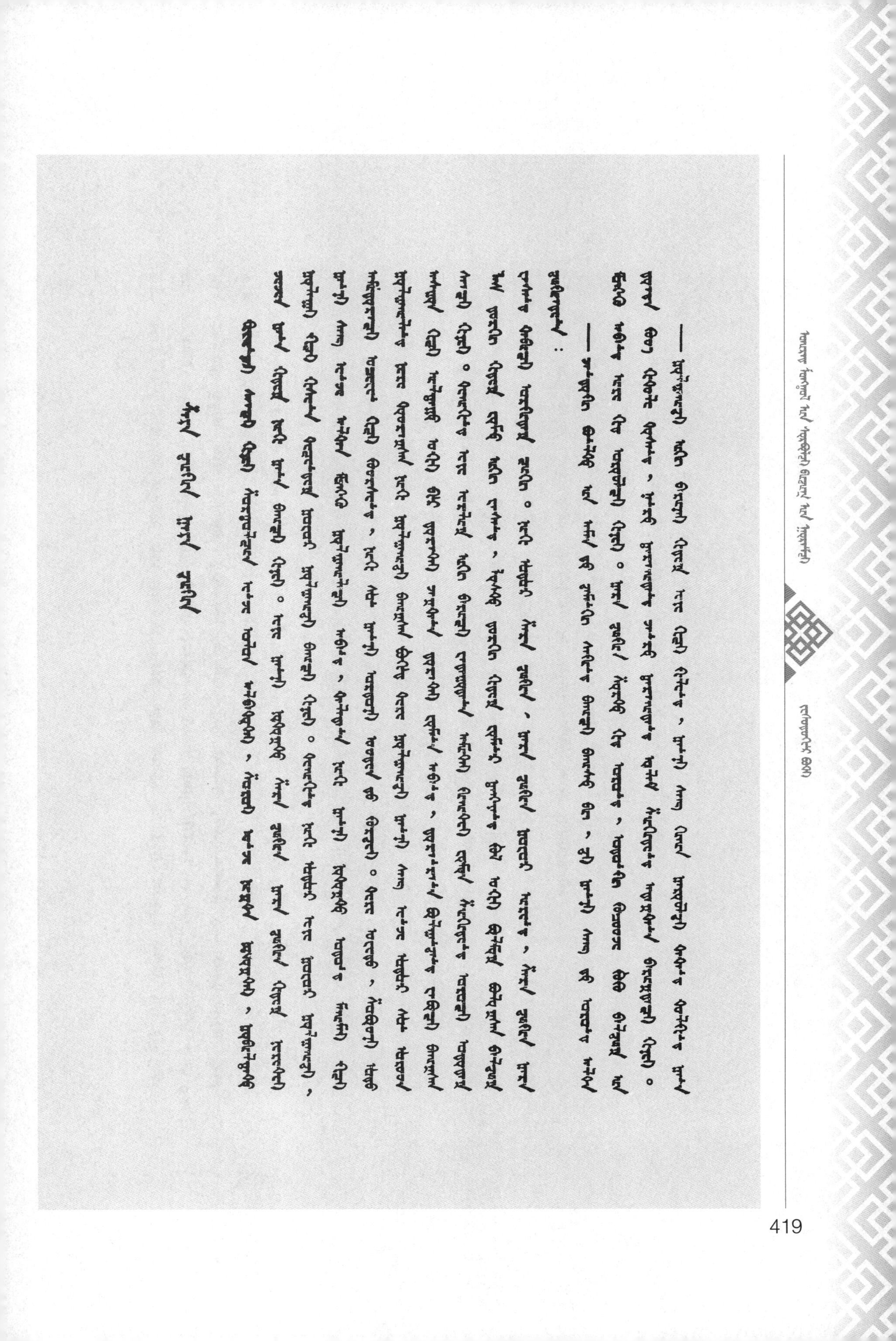

—— [illegible]
[illegible]
[illegible]
—— [illegible]
[illegible] :

[illegible]
[illegible]
[illegible]
[illegible]
[illegible]
[illegible]
[illegible]
[illegible]
[illegible]

[illegible]

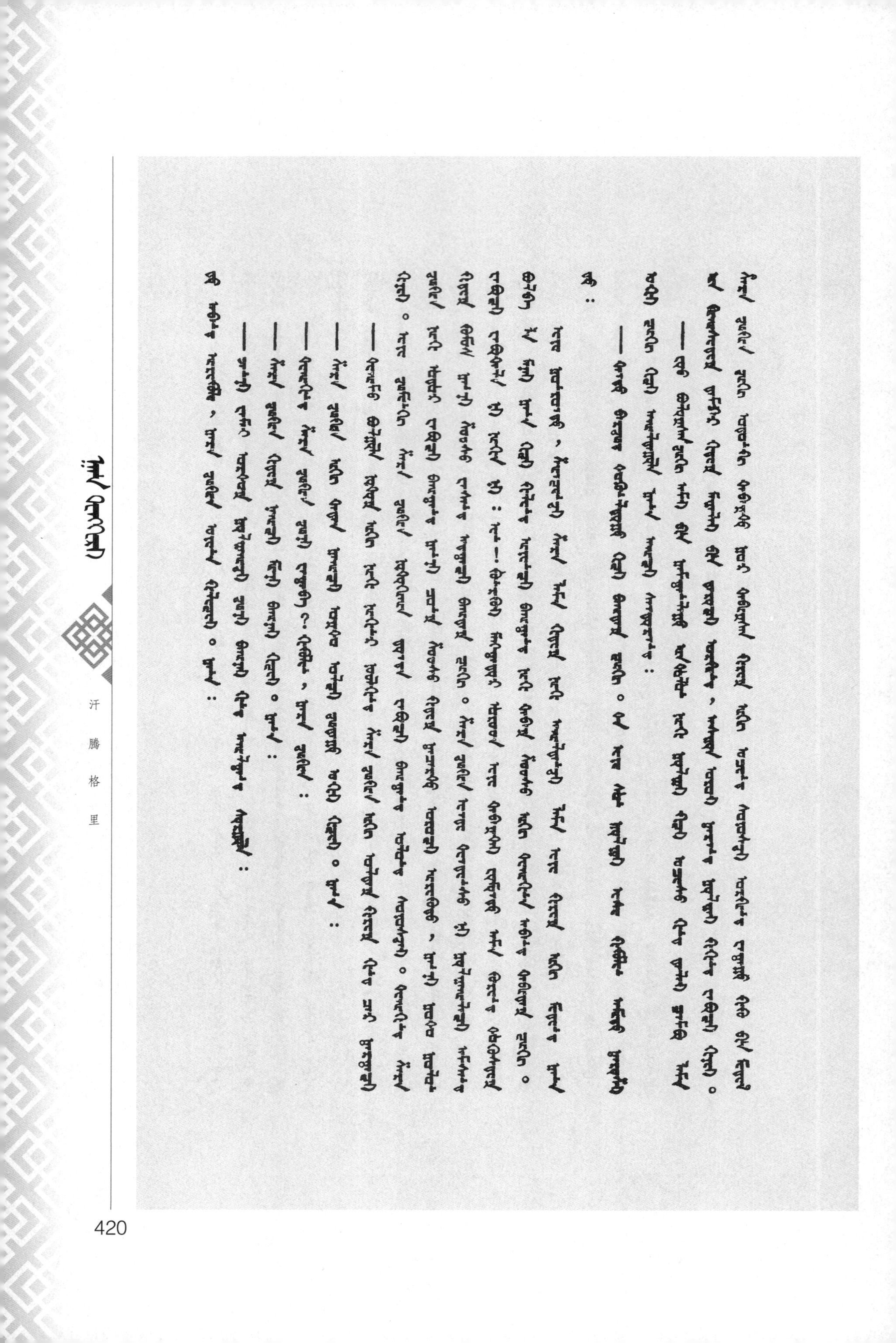

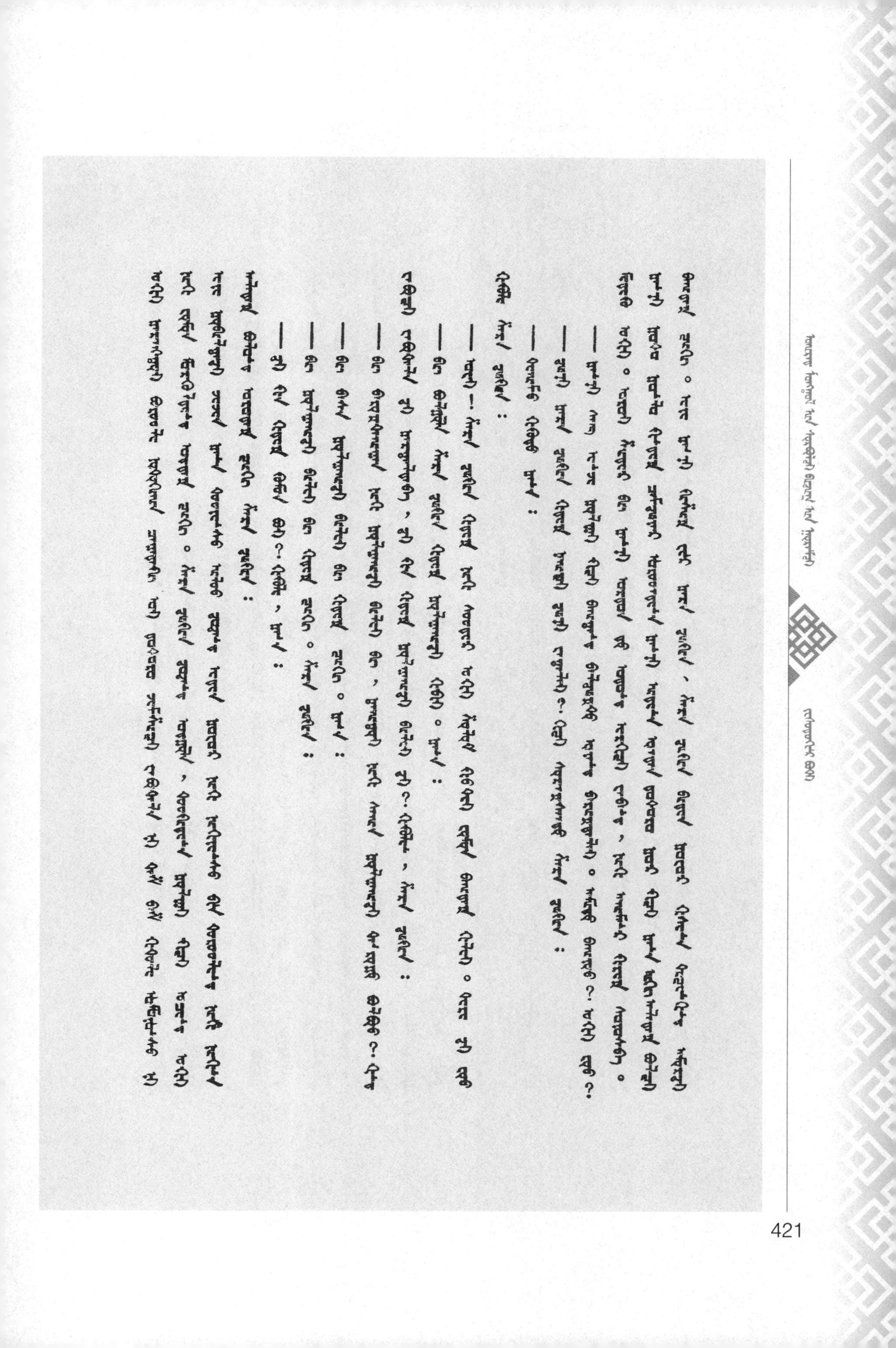

[illegible] ° [illegible]
[illegible]
[illegible] ° [illegible] °

—— [illegible] ° [illegible]
—— [illegible] :
—— [illegible] :

[illegible] :

—— [illegible] ° [illegible]
—— [illegible] ° [illegible] :

[illegible] :

—— [illegible]
—— [illegible] ° [illegible] :
—— [illegible] ° [illegible] :
—— [illegible] :

[illegible] :

[illegible]
[illegible] ° [illegible]
[illegible]

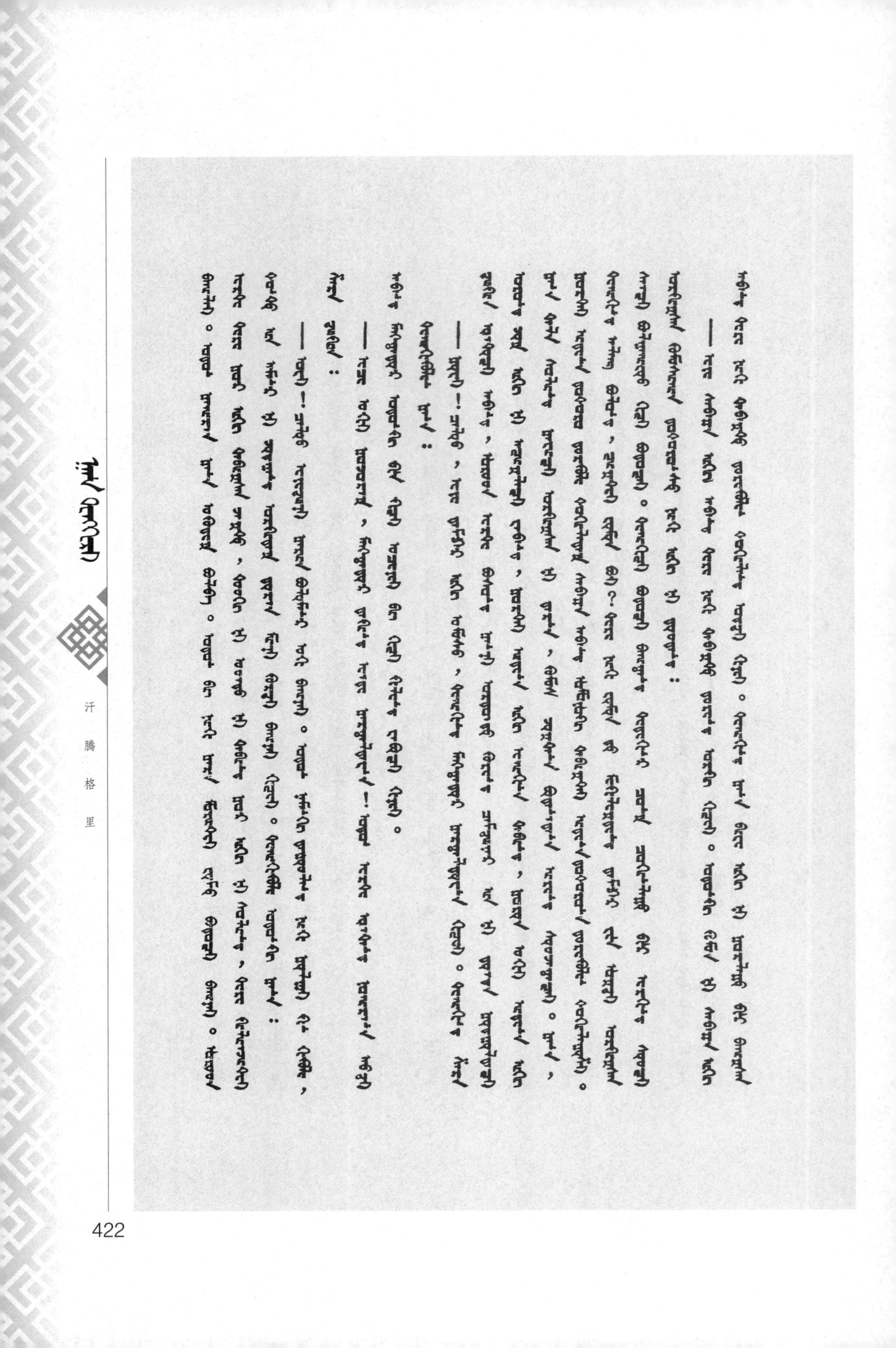

[illegible]

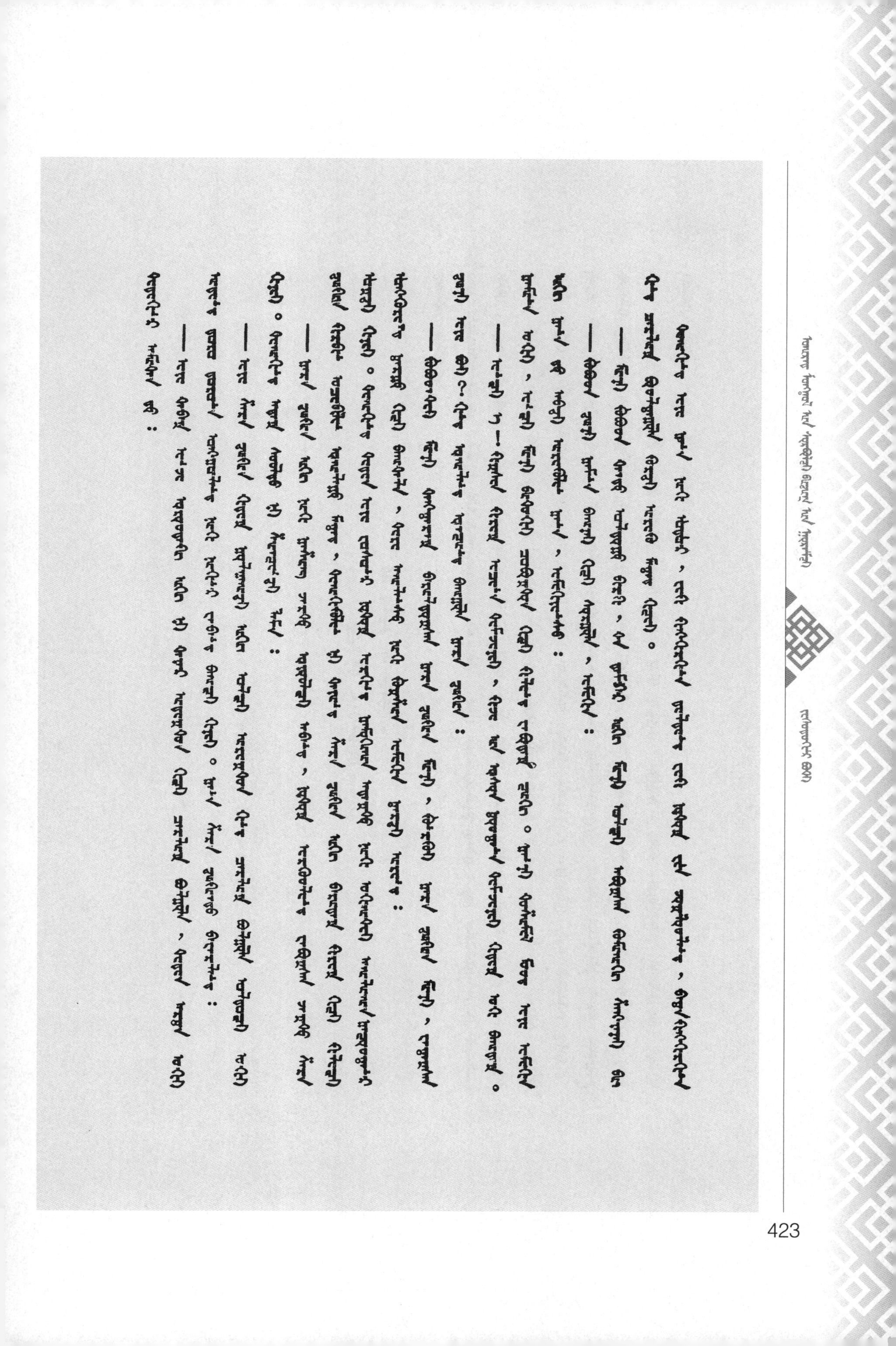

[illegible] 。

— [illegible]

— [illegible] :
[illegible] :
[illegible]

— [illegible] 。
[illegible] ? [illegible] :

— [illegible]
[illegible] :
[illegible] 。 [illegible]
[illegible]

— [illegible]
[illegible] 。 [illegible] :

— [illegible]
[illegible] 。 [illegible] :

— [illegible]
[illegible] :

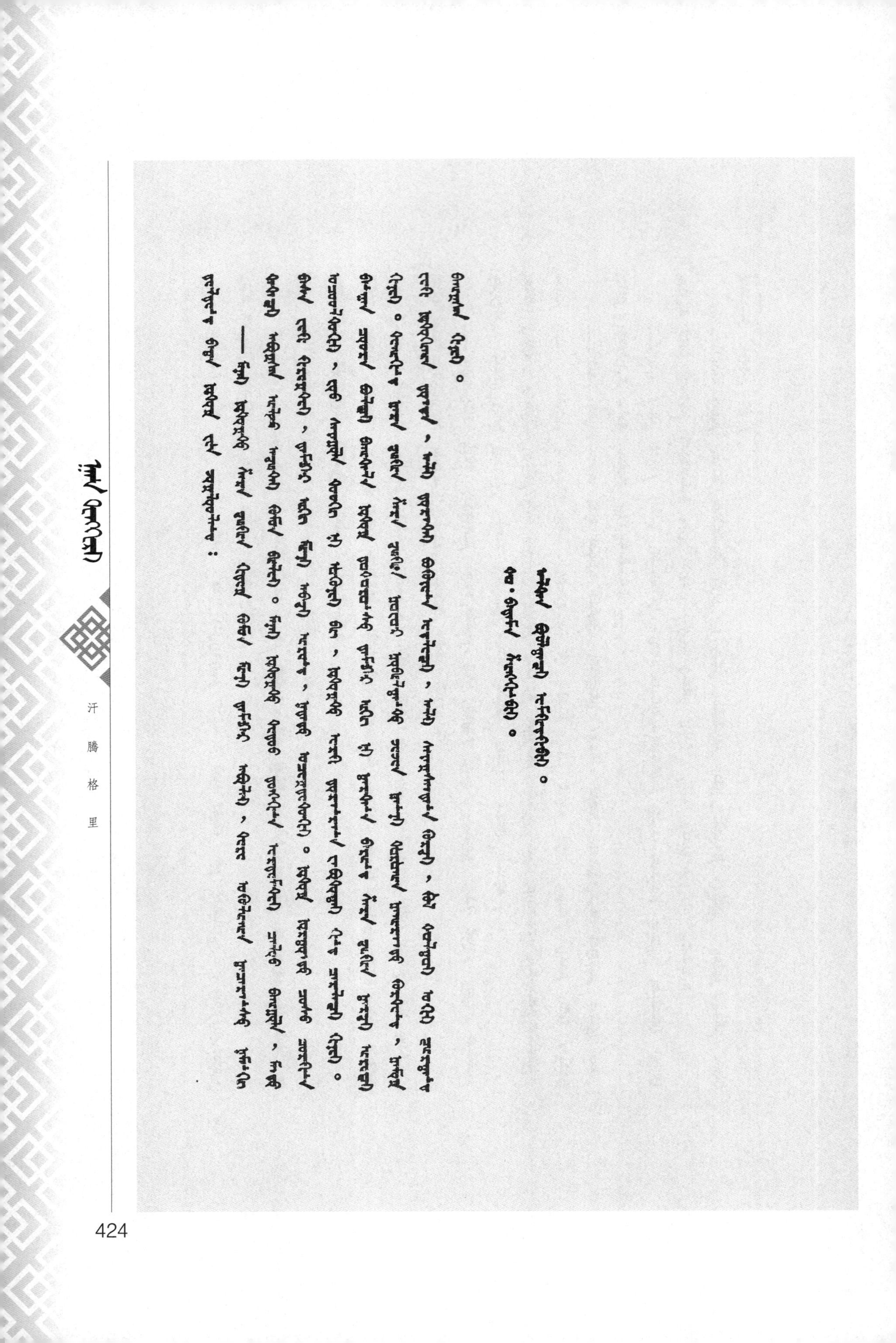

[illegible]

[illegible]

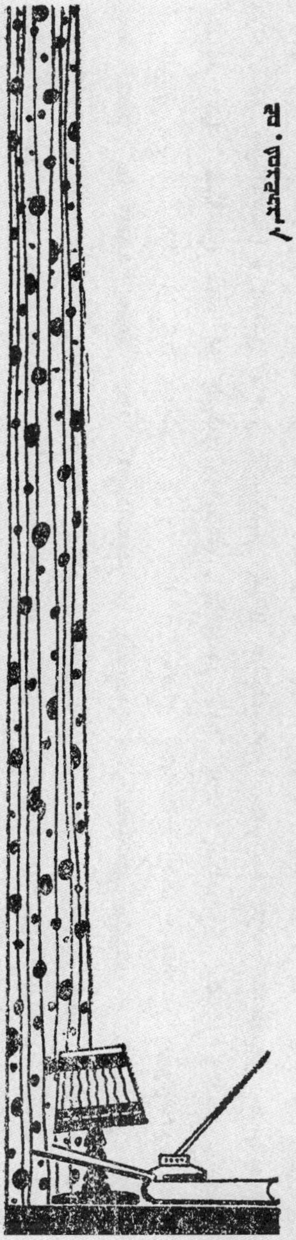

[illegible]

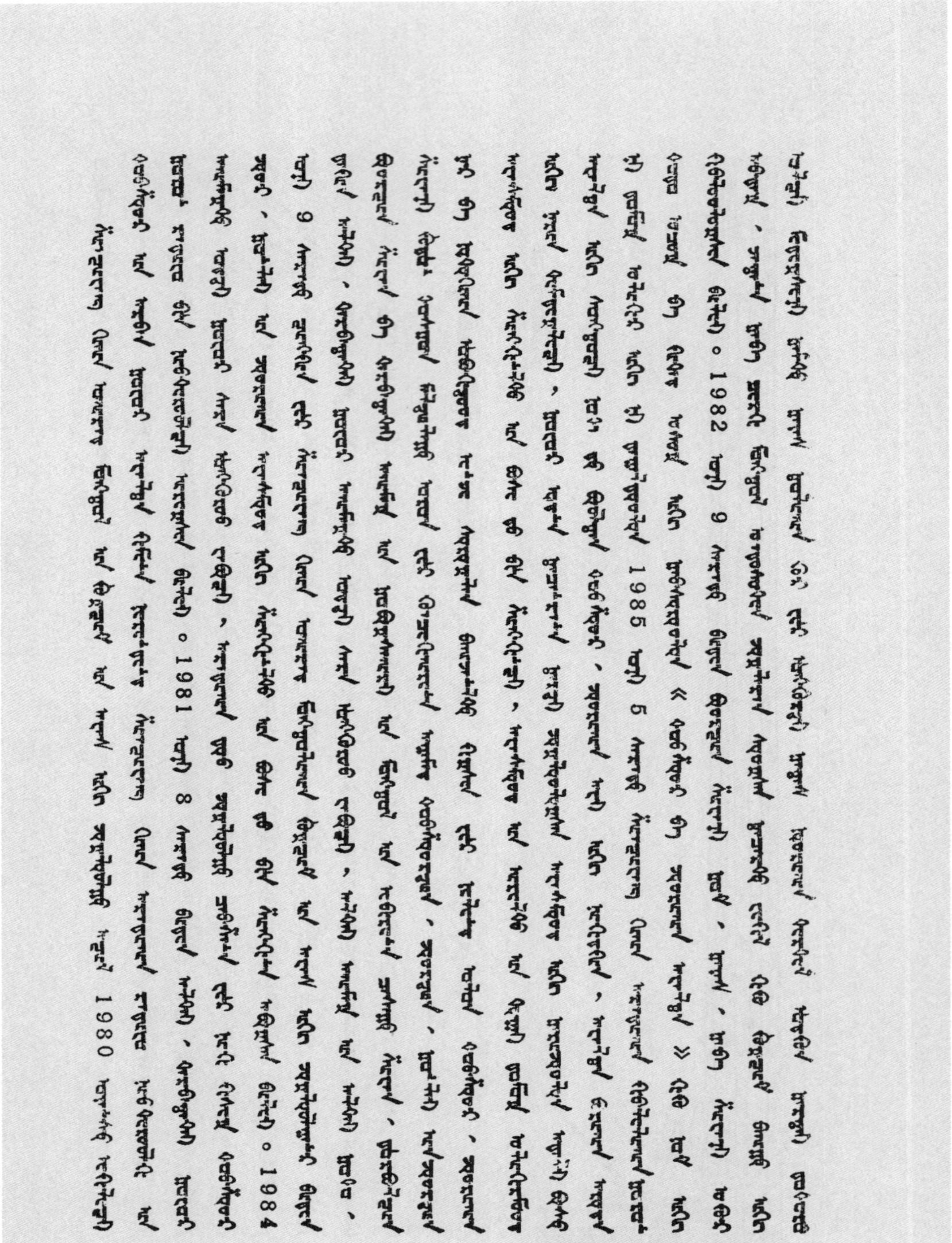

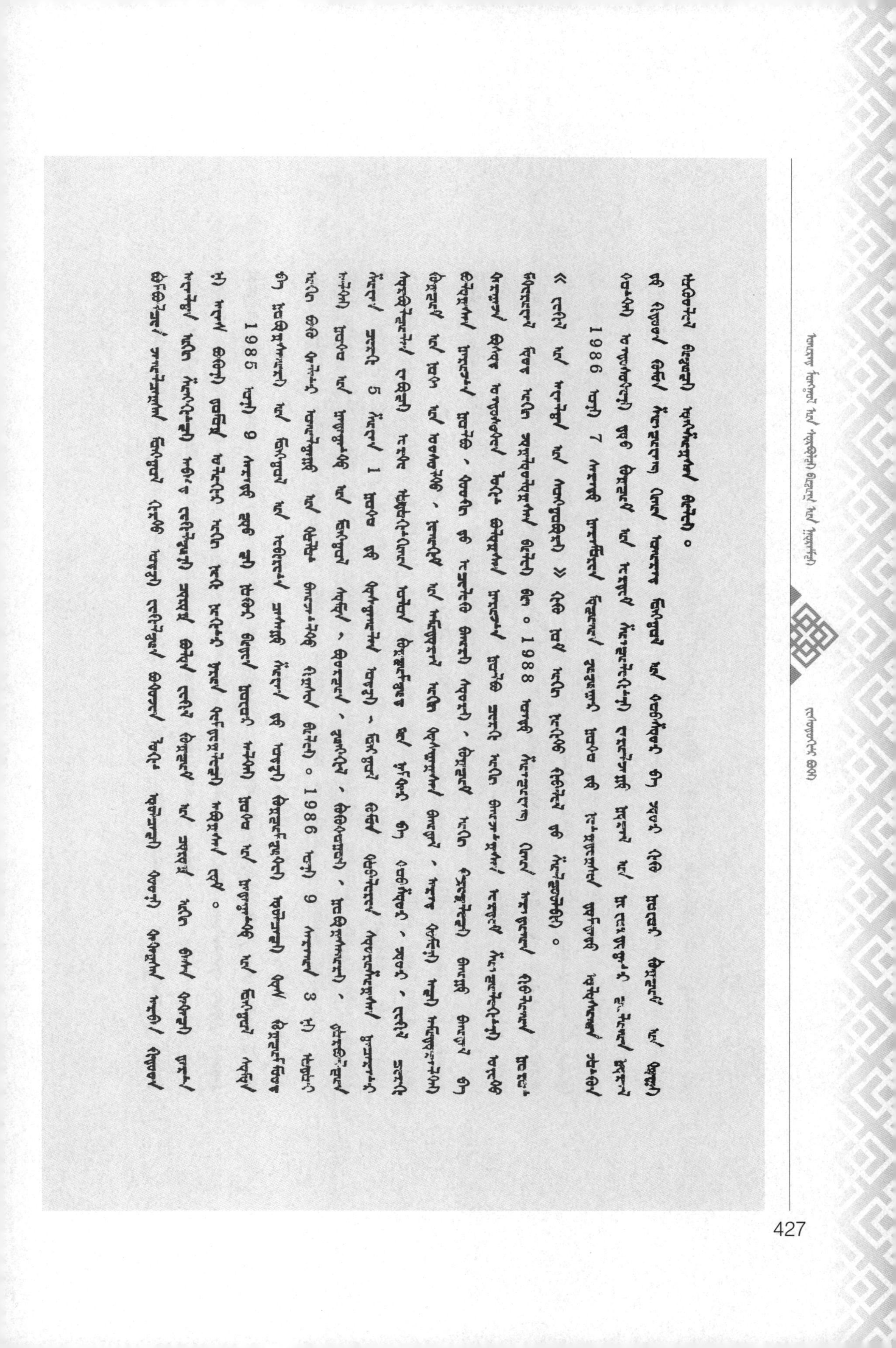

[illegible]

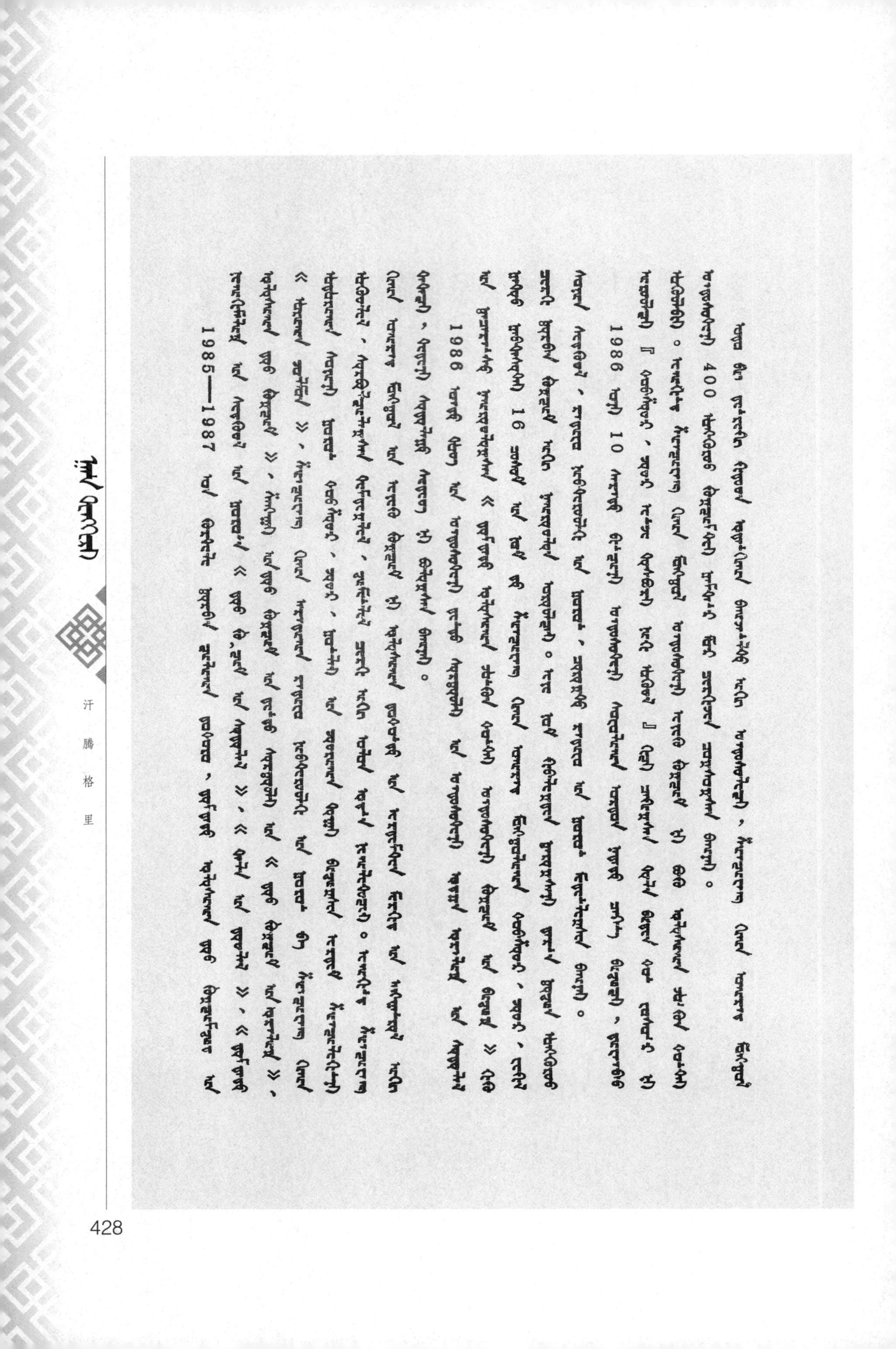

[illegible]
[illegible] 400 [illegible] 。
[illegible] 。 [illegible]
[illegible] 『 [illegible] 』 [illegible]

1986 [illegible] 10 [illegible]
[illegible] 。
[illegible] 。 [illegible]
[illegible] 16 [illegible]
[illegible] « [illegible] » [illegible]

1986 [illegible]
[illegible] 。
[illegible]
[illegible] 。 [illegible]
[illegible]
« [illegible] » [illegible]
[illegible] » [illegible] « [illegible] » [illegible]
[illegible] « [illegible] » [illegible] « [illegible] » [illegible] « [illegible]

1985——1987 [illegible]

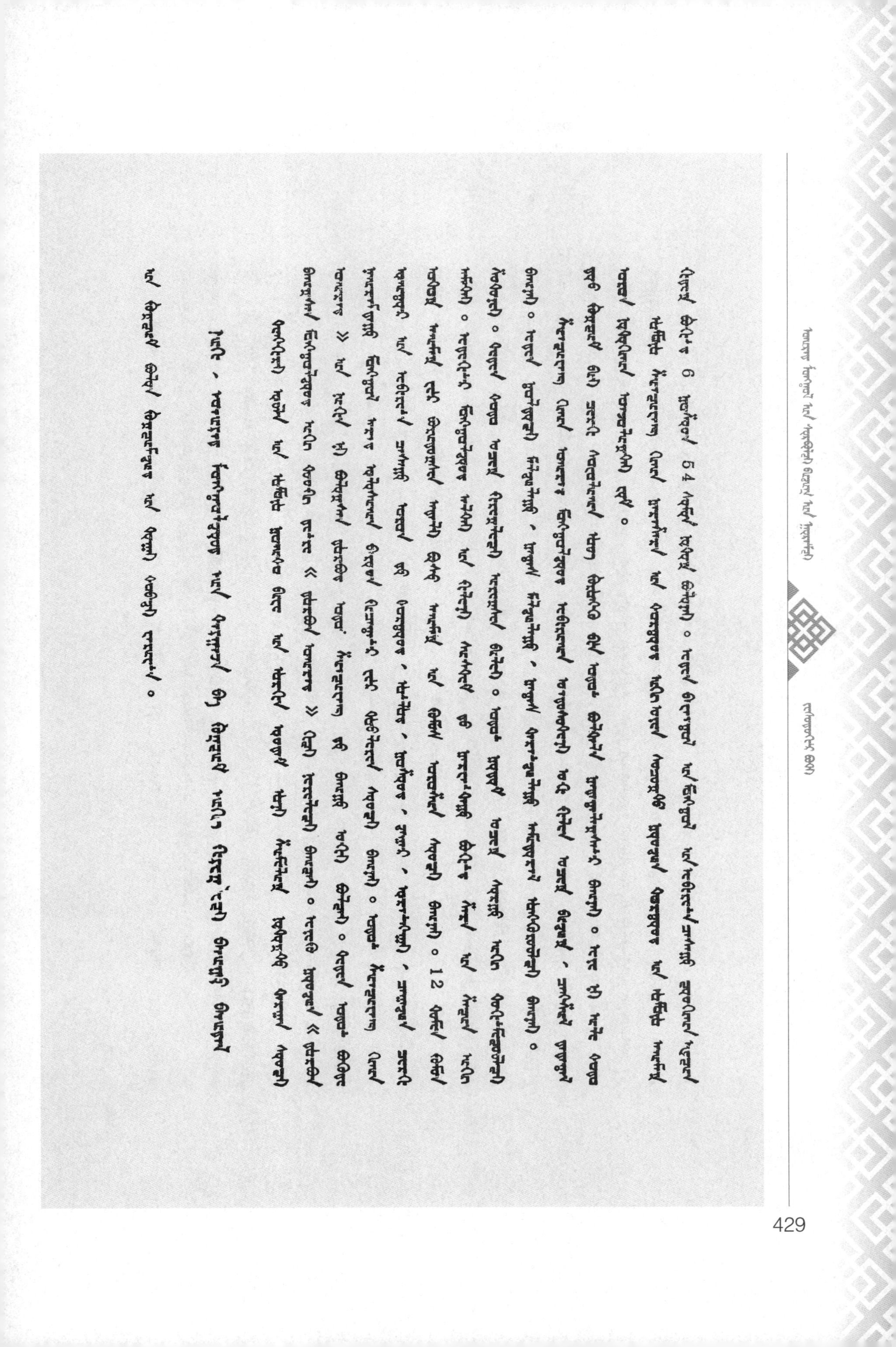

[illegible] 6 [illegible] 54 [illegible]
[illegible]
[illegible]
[illegible]
[illegible] 12 [illegible]
[illegible]

[illegible]

[illegible]

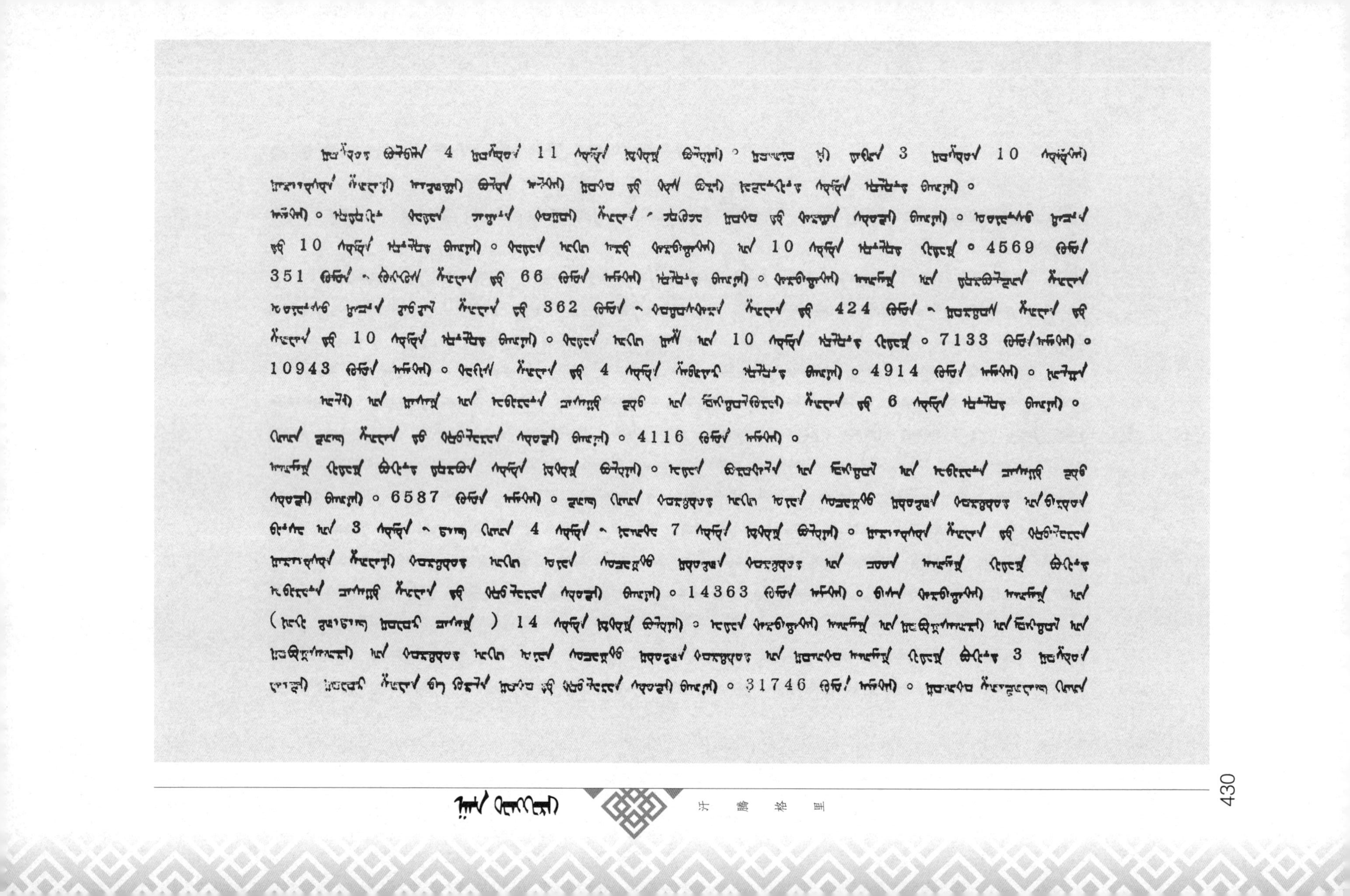

[illegible] 4 [illegible] 11 [illegible]。[illegible] 3 [illegible] 10 [illegible]
[illegible]。
[illegible]。[illegible]、[illegible]。[illegible]。[illegible]
[illegible] 10 [illegible]。[illegible] 10 [illegible]。4569 [illegible]
351 [illegible]、[illegible] 66 [illegible]。[illegible]
[illegible] 362 [illegible]、[illegible] 424 [illegible]、[illegible]
[illegible] 10 [illegible]。[illegible] 10 [illegible]。7133 [illegible]。
10943 [illegible]。[illegible] 4 [illegible]。4914 [illegible]。[illegible]

[illegible] 6 [illegible]。
[illegible]。4116 [illegible]。
[illegible]。[illegible]
[illegible]。6587 [illegible]。[illegible]
[illegible] 3 [illegible]、[illegible] 4 [illegible]、[illegible] 7 [illegible]。[illegible]
[illegible]
[illegible]。14363 [illegible]。[illegible]
([illegible]) 14 [illegible]。[illegible]
[illegible] 3 [illegible]
[illegible]。31746 [illegible]。[illegible]

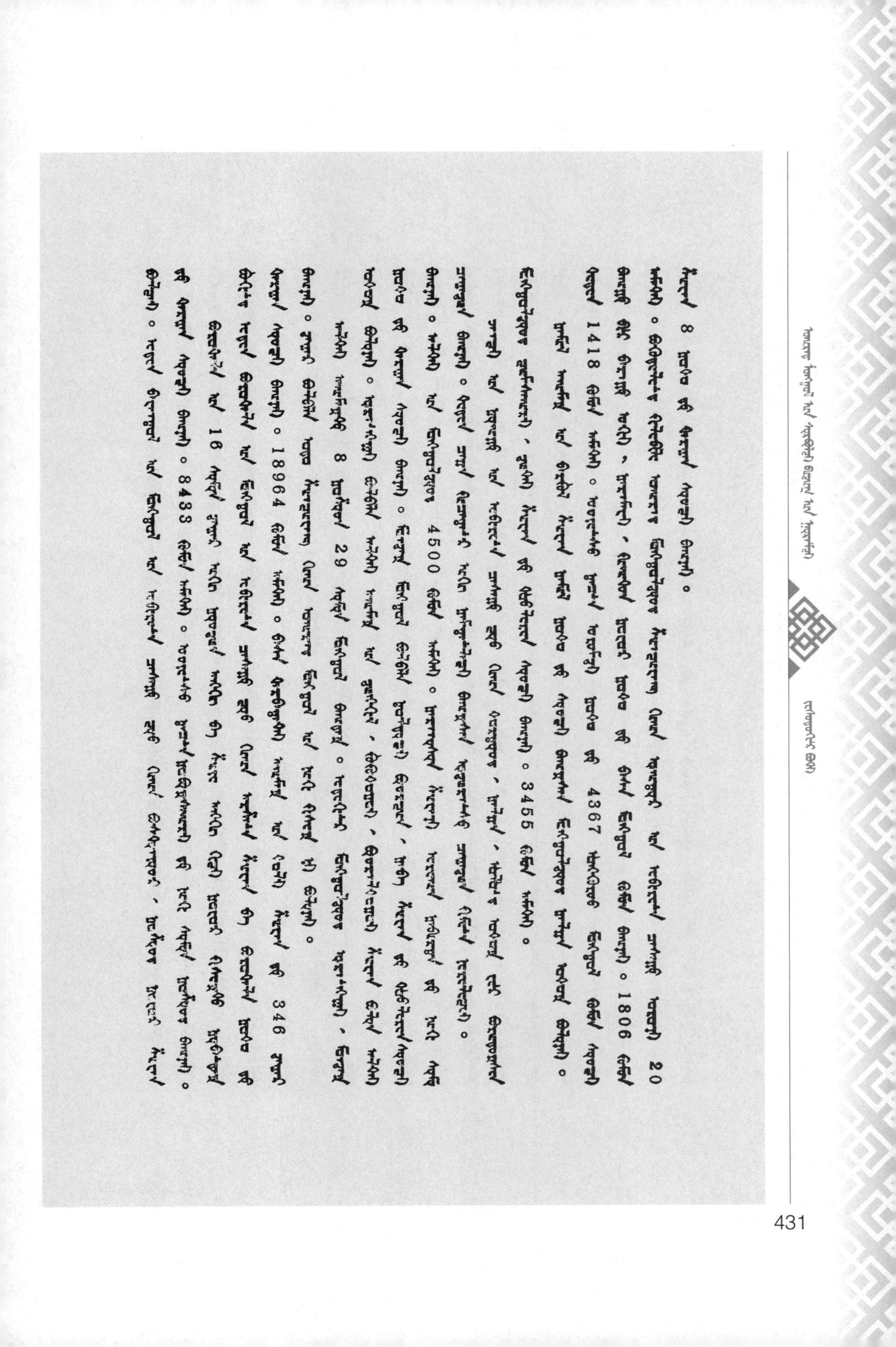

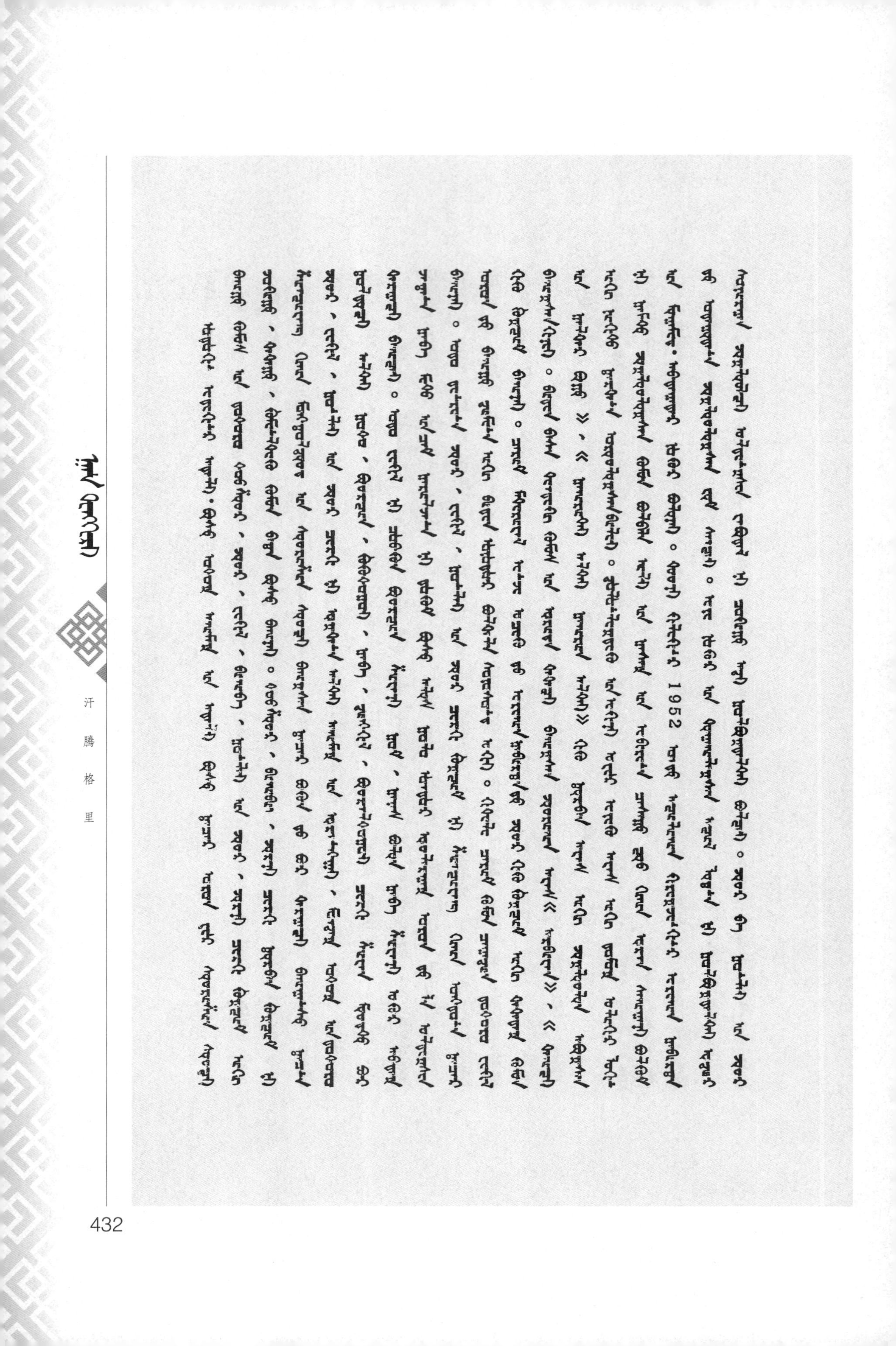

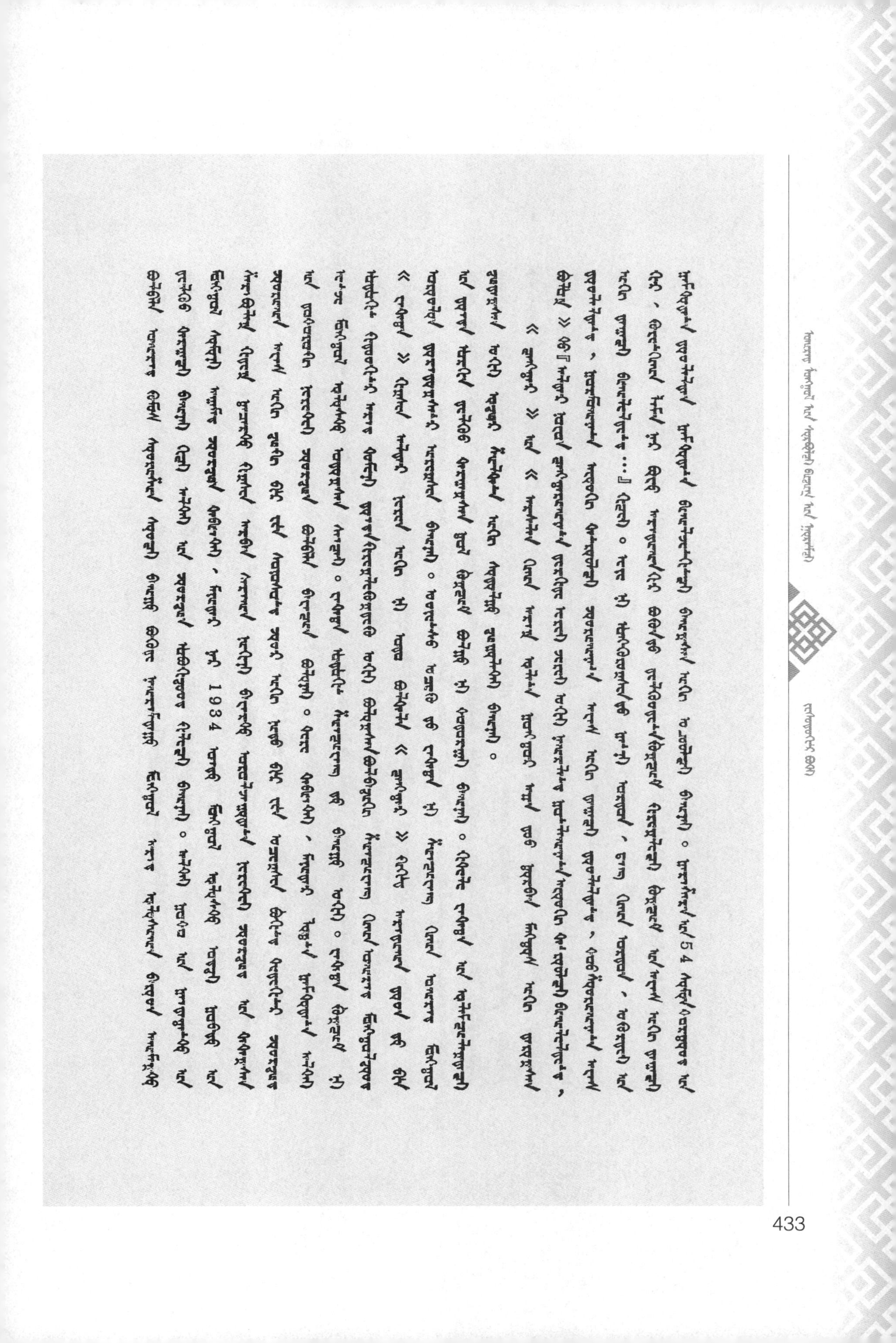

[illegible]

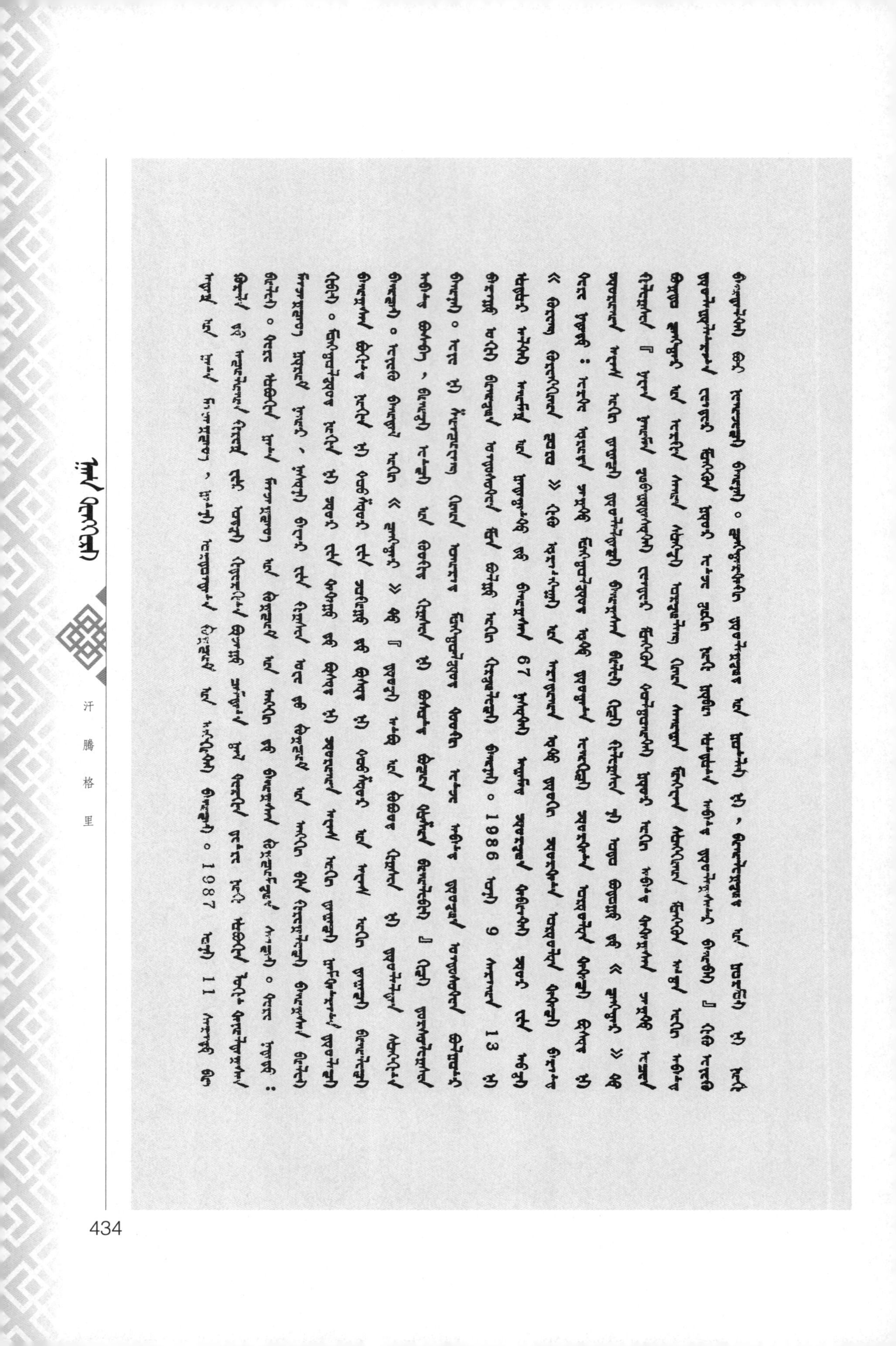

[illegible] ◦ [illegible]
[illegible] 』 [illegible]
[illegible]
[illegible] 『 [illegible]
[illegible] « [illegible] » [illegible]
[illegible] : [illegible]
« [illegible] » [illegible]
[illegible] 67 [illegible]
[illegible] ◦ 1986 [illegible] 9 [illegible] 13 [illegible]
[illegible] ◦ [illegible]
[illegible] 』 [illegible]
[illegible] ◦ [illegible] « [illegible] » [illegible] 『 [illegible]
[illegible]
[illegible] ◦ [illegible]
[illegible]
[illegible] ◦ [illegible] ◦ [illegible] :
[illegible]
[illegible] ◦ 1987 [illegible] 11 [illegible]

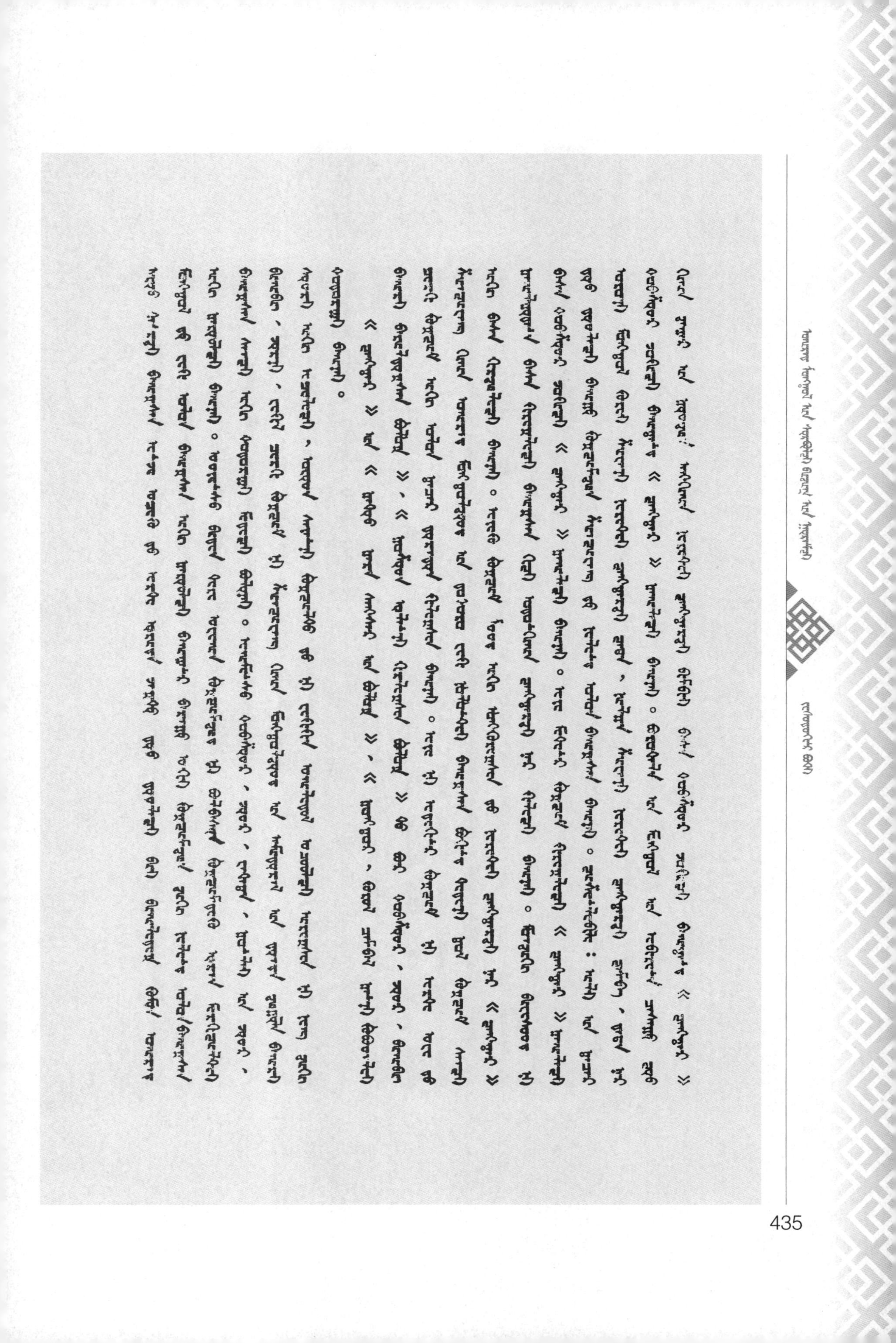

[illegible] ᠪᠠᠢᠨ᠎ᠠ ◦ [illegible] « ᠵᠠᠩᠭᠠᠷ » [illegible] ᠪᠠᠢᠨ᠎ᠠ ◦ [illegible] « ᠵᠠᠩᠭᠠᠷ » [illegible] ᠪᠠᠢᠨ᠎ᠠ ◦

[illegible] ᠪᠠᠢᠨ᠎ᠠ ◦ [illegible] ᠪᠠᠢᠨ᠎ᠠ ◦

[illegible] « [illegible] » [illegible] :

『 [illegible] ،

[illegible] ،

[illegible]

[illegible] .... 』 ᠭᠡᠵᠦ [illegible] ᠪᠠᠢᠨ᠎ᠠ ◦

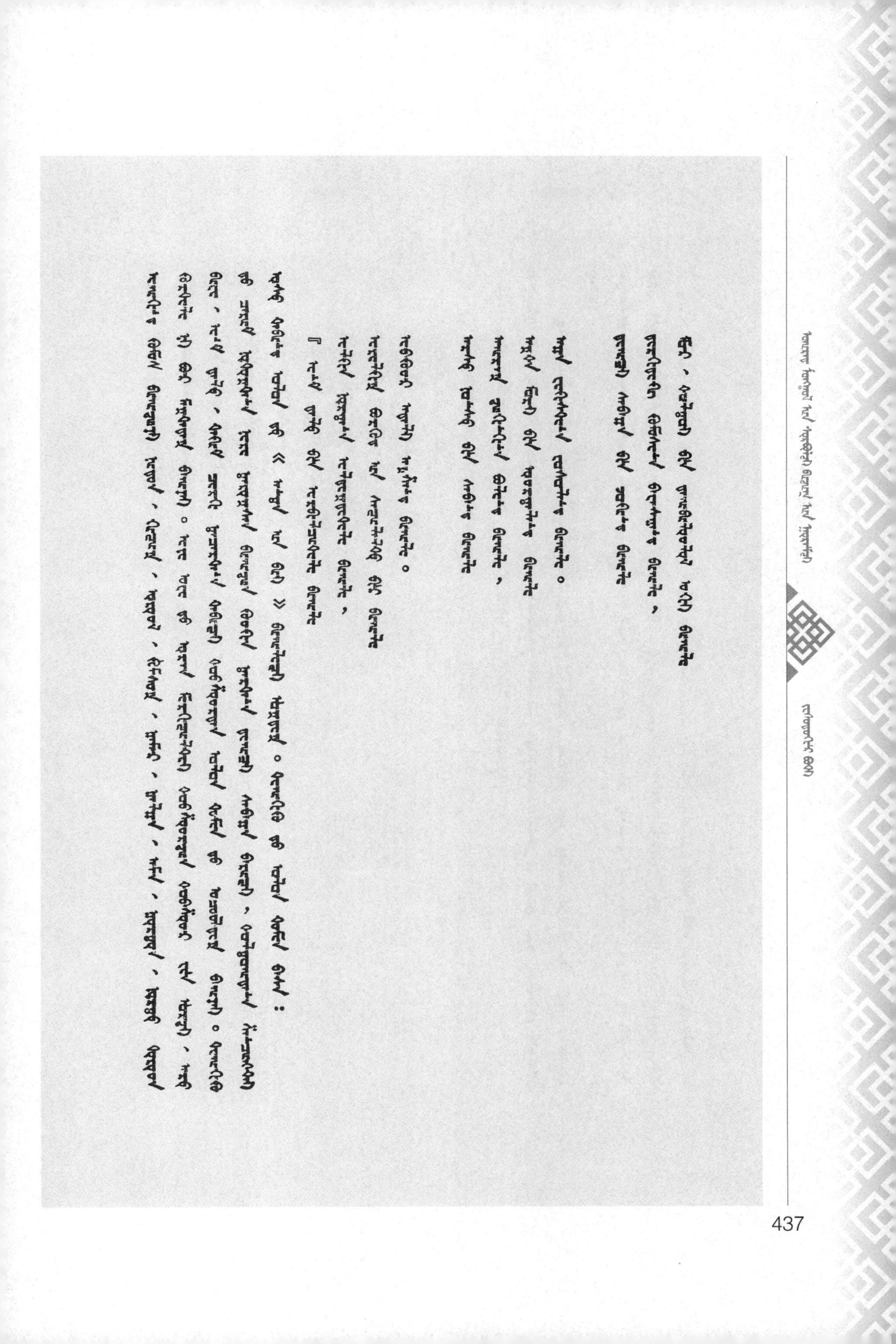

[illegible]

[illegible]

[illegible] ……… 』 [illegible]

[illegible] ᠪᠣᠯᠤᠨᠠ ᠃

[illegible] ᠬᠠᠶᠢᠷᠬᠠᠨ
[illegible] ᠬᠠᠶᠢᠷᠬᠠᠨ
[illegible] ᠬᠠᠶᠢᠷᠬᠠᠨ

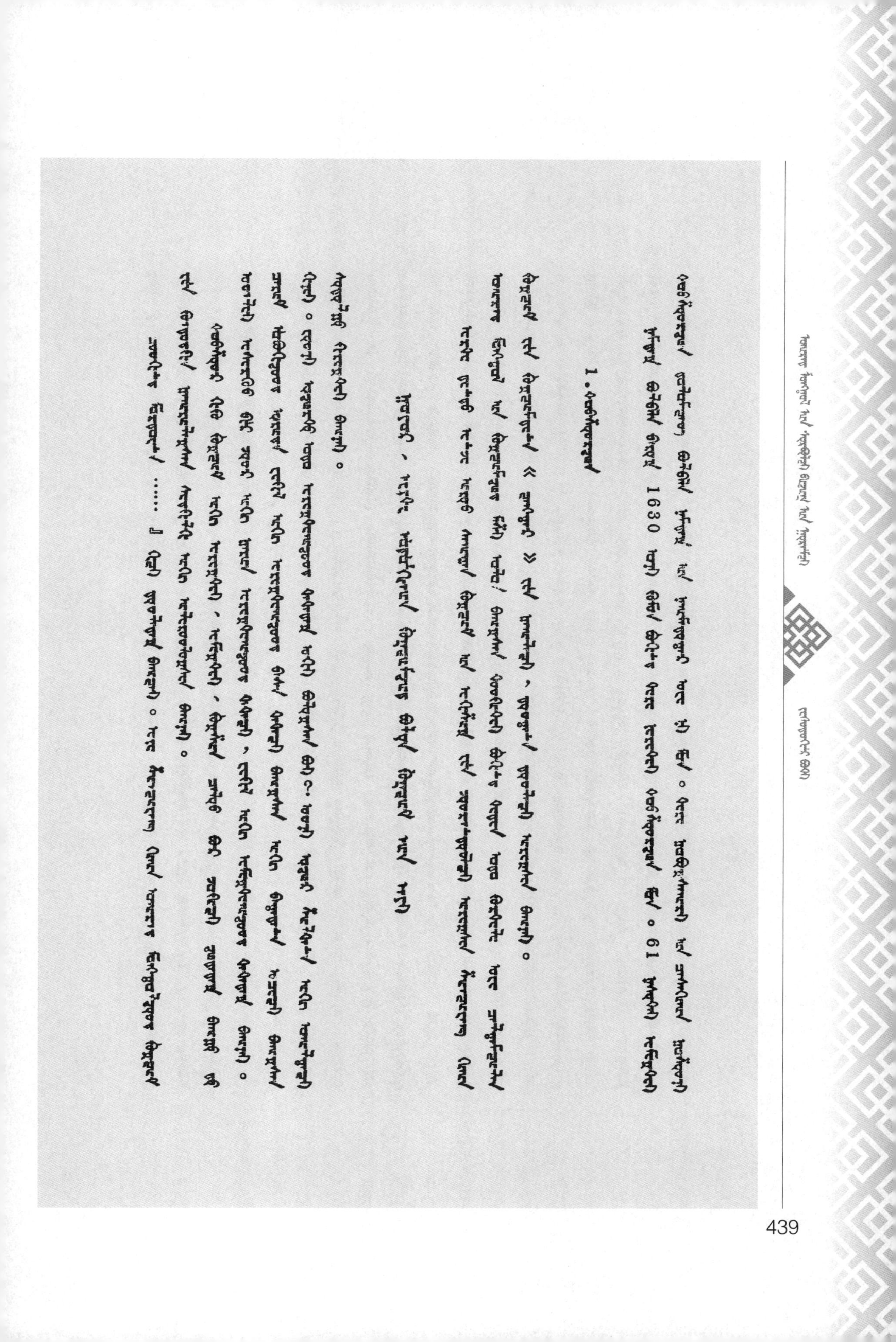

[illegible] 。 [illegible]
[illegible] 1630 [illegible] 。 61 [illegible]

1. [illegible]

[illegible] « [illegible] » [illegible] 。
[illegible]

[illegible]

[illegible] 。
[illegible] 。 [illegible]
[illegible] 。
[illegible] 。
[illegible] …… 』 [illegible] 。 [illegible]

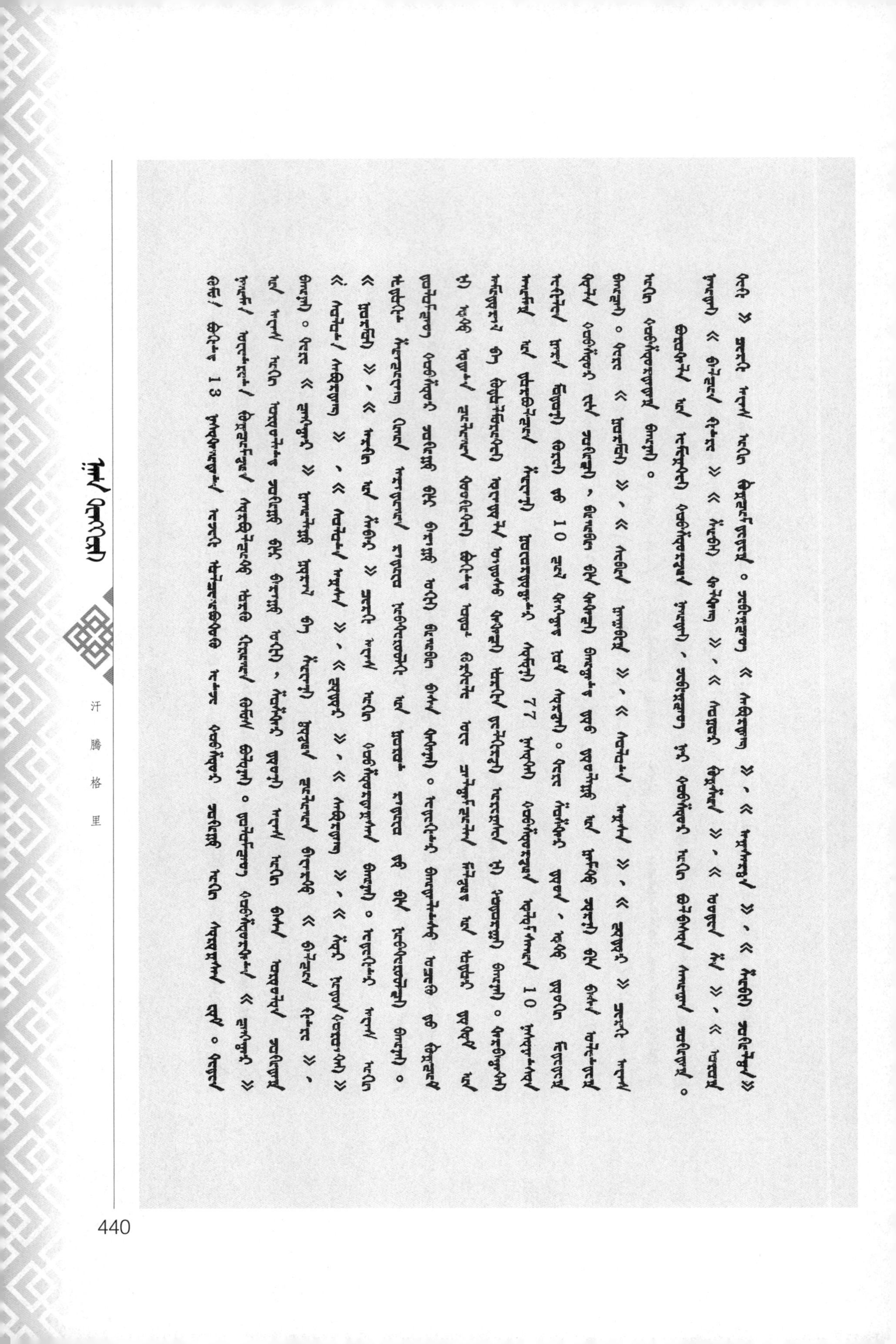

[illegible]

[illegible]

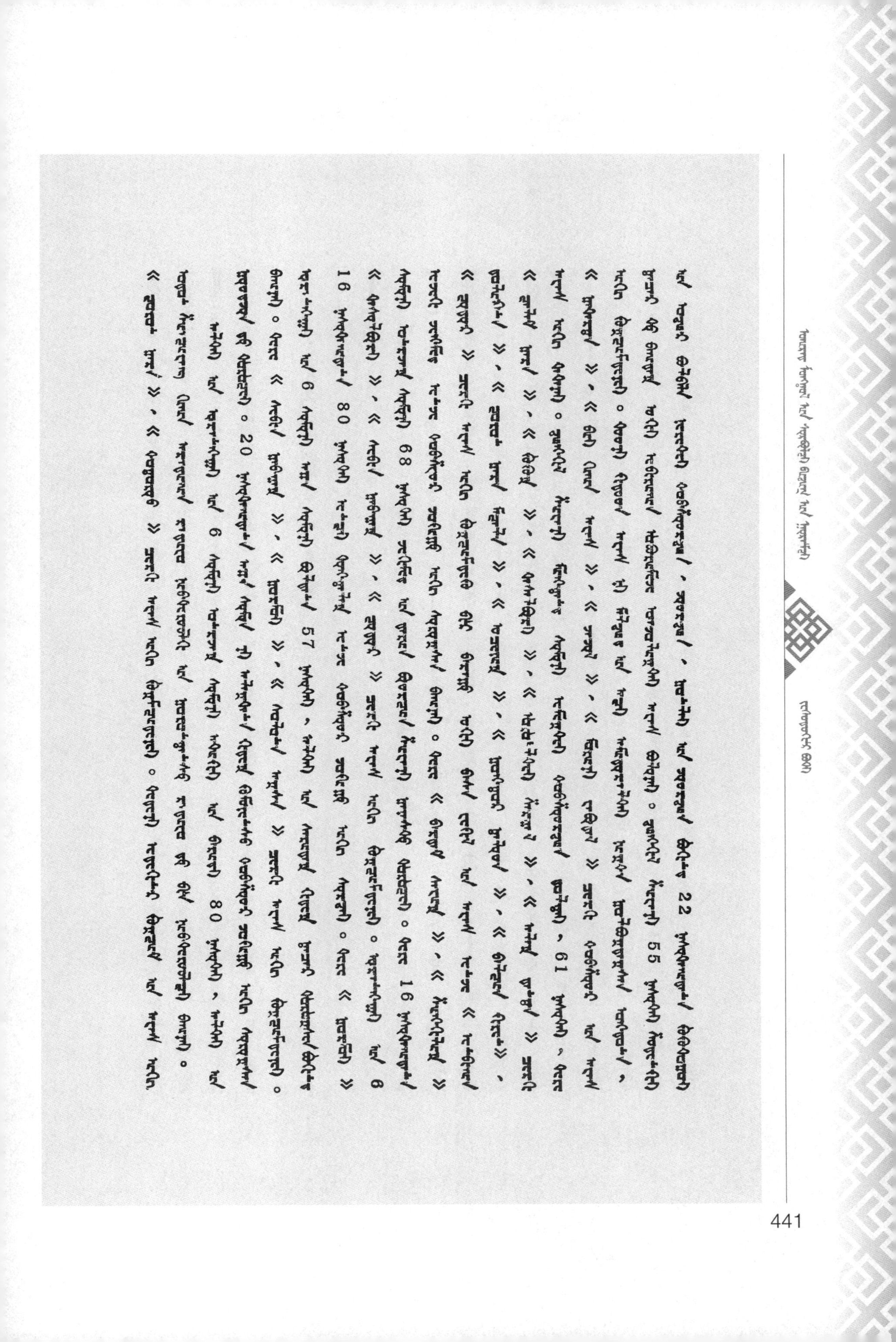

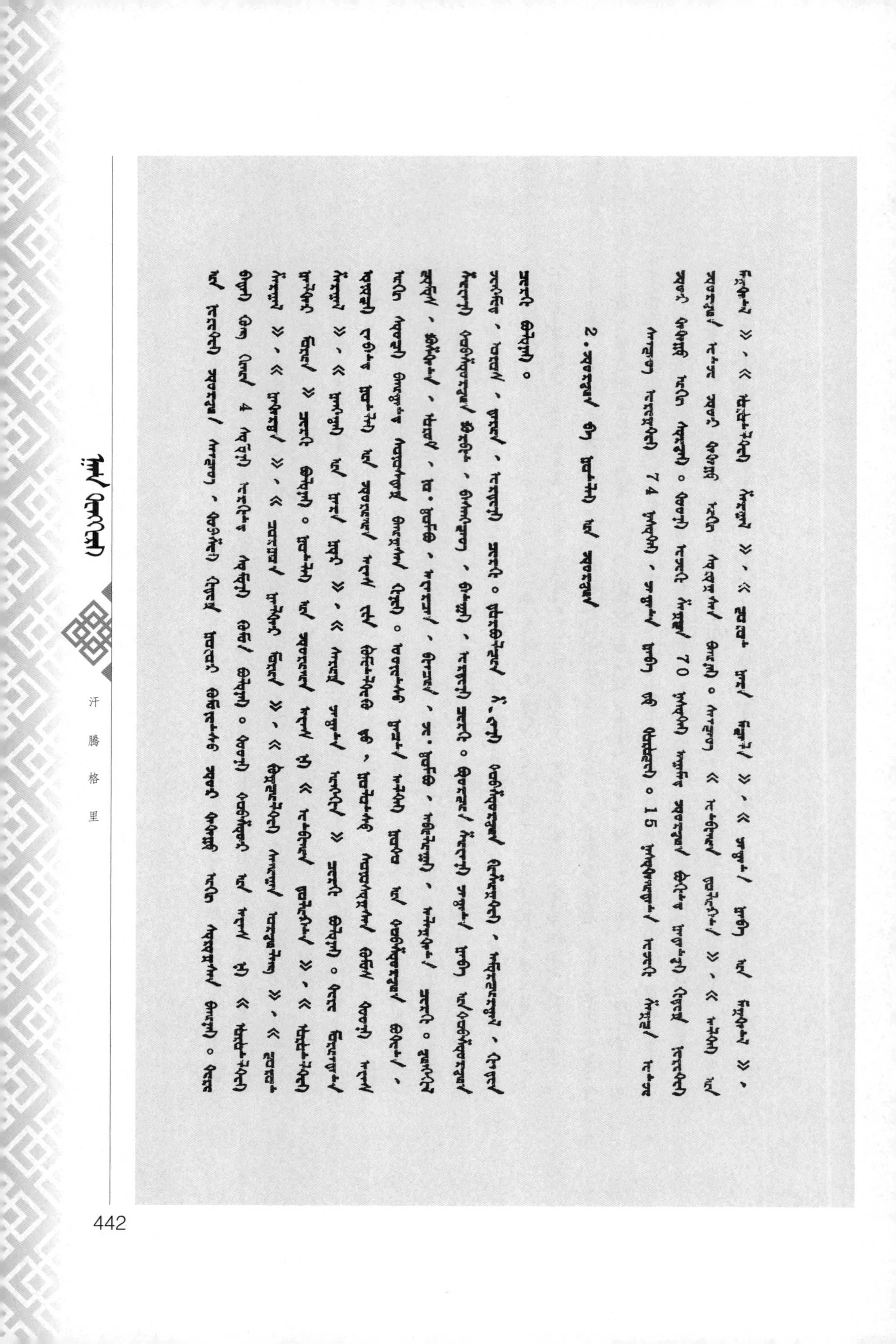

[illegible] ◦ [illegible], [illegible] ◦ [illegible] « [illegible] 4 [illegible] ◦ [illegible] « [illegible] », « [illegible] », « [illegible] », « [illegible] », « [illegible] » [illegible] ◦ [illegible] « [illegible] », « [illegible] », « [illegible] » [illegible] ◦ [illegible] », « [illegible] », [illegible], [illegible] ◦ [illegible], [illegible], [illegible], [illegible]·[illegible], [illegible], [illegible], [illegible]·[illegible], [illegible], [illegible] ◦ [illegible], [illegible], [illegible] ◦ [illegible], [illegible], [illegible], [illegible] ◦ [illegible], [illegible], [illegible], [illegible] ◦ [illegible] ◦

2. [illegible]

[illegible] 74 [illegible], [illegible] ◦ 15 [illegible] 70 [illegible] ◦ [illegible] « [illegible] », « [illegible] ◦ [illegible] », « [illegible] », « [illegible] », « [illegible] »,

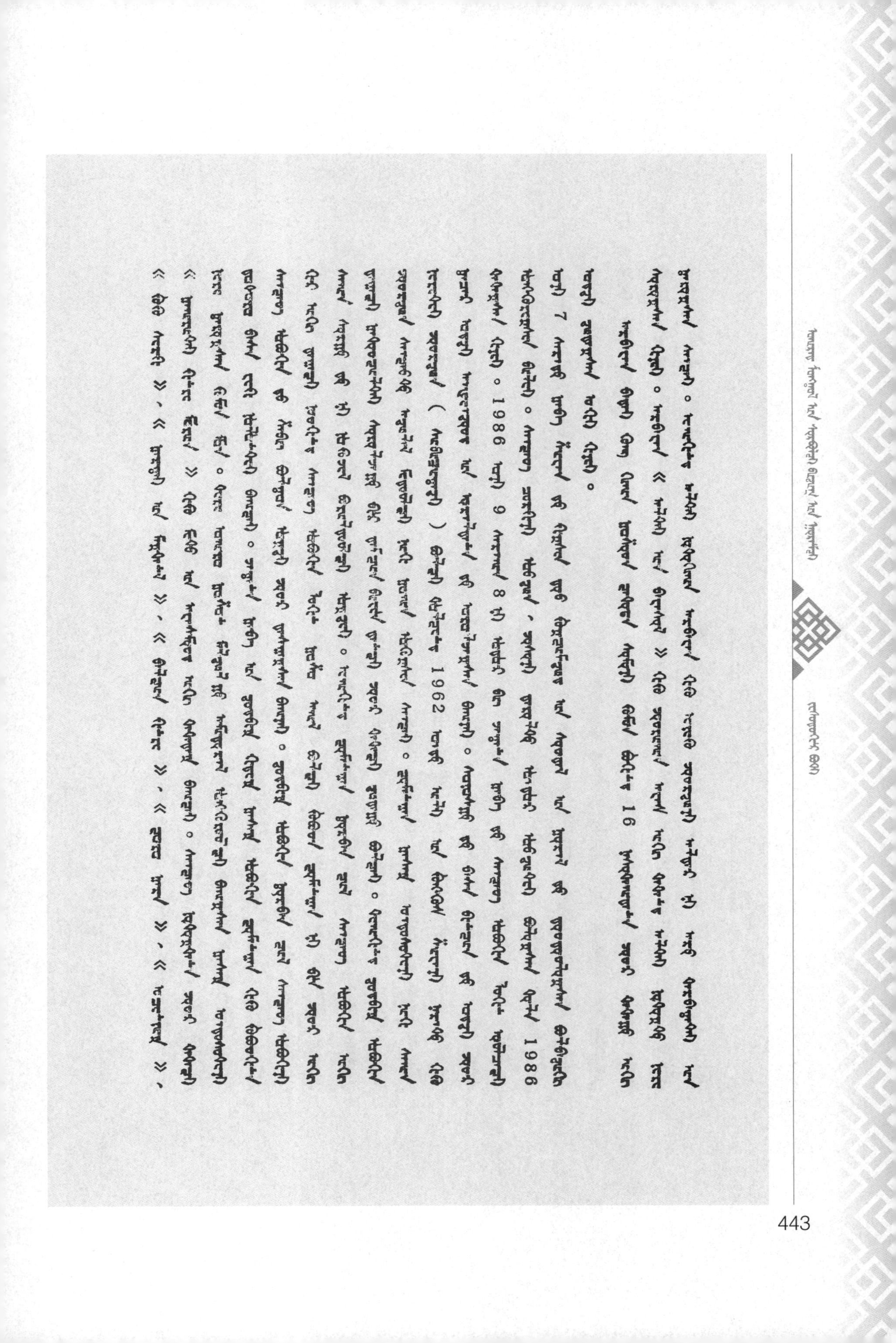

« [illegible] » , « [illegible] » , « [illegible] » , « [illegible] » , « [illegible] » ,
« [illegible] » [illegible] ᠃ [illegible]
[illegible] ᠃ [illegible]
[illegible] ᠃ [illegible]
[illegible] ᠃ [illegible]
[illegible]
[illegible] ᠃ [illegible] ᠃ [illegible]
[illegible] ᠃ [illegible] ᠃ [illegible]
[illegible] ([illegible]) [illegible] 1962 [illegible]
[illegible] ᠃ [illegible]
[illegible] ᠃ 1986 [illegible] 9 [illegible] 8 [illegible]
[illegible] ᠃ [illegible] 1986
[illegible] 7 [illegible]
[illegible] ᠃

[illegible] 16 [illegible]
[illegible] ᠃ [illegible] « [illegible] » [illegible]
[illegible] ᠃ [illegible]

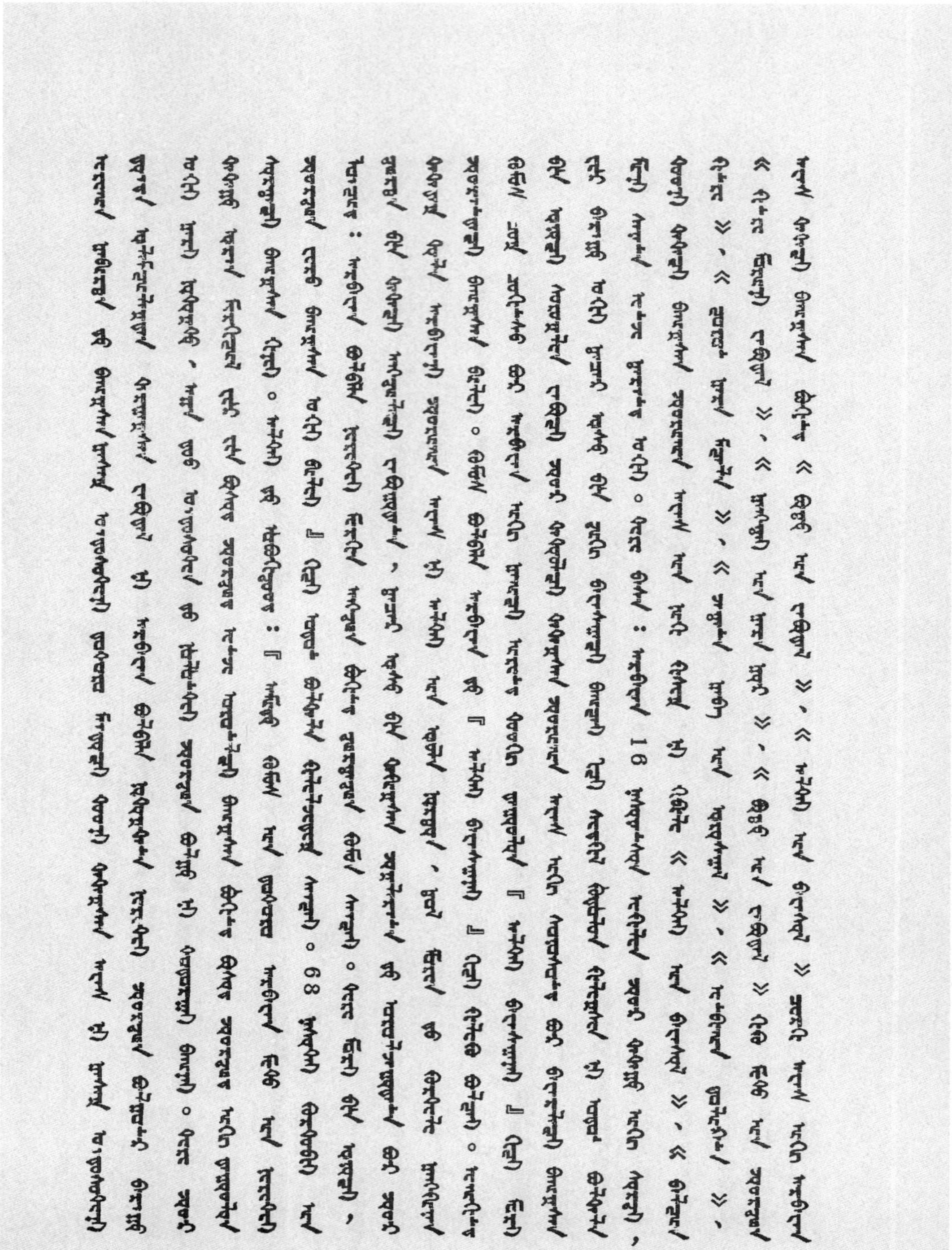

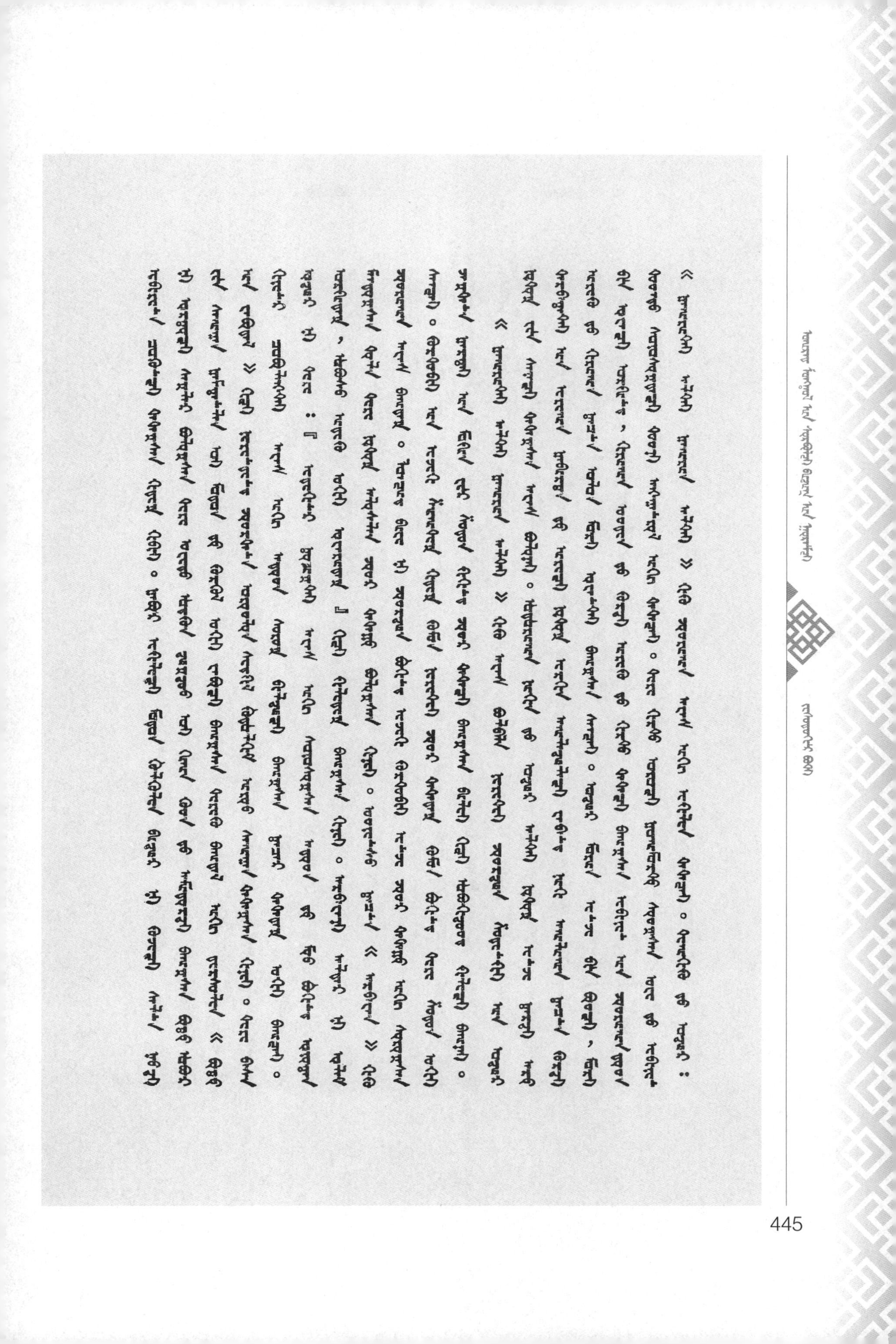

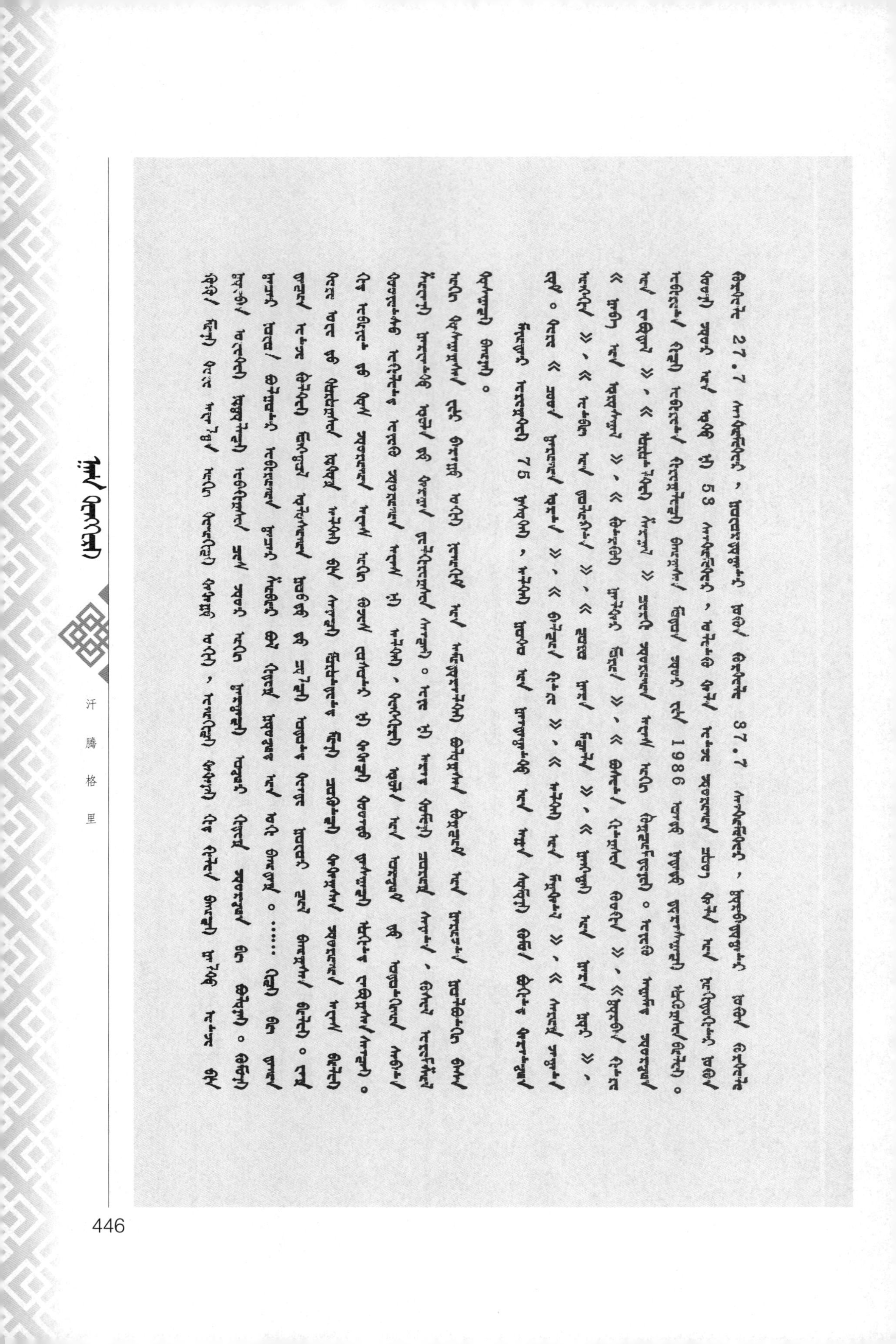

[illegible]

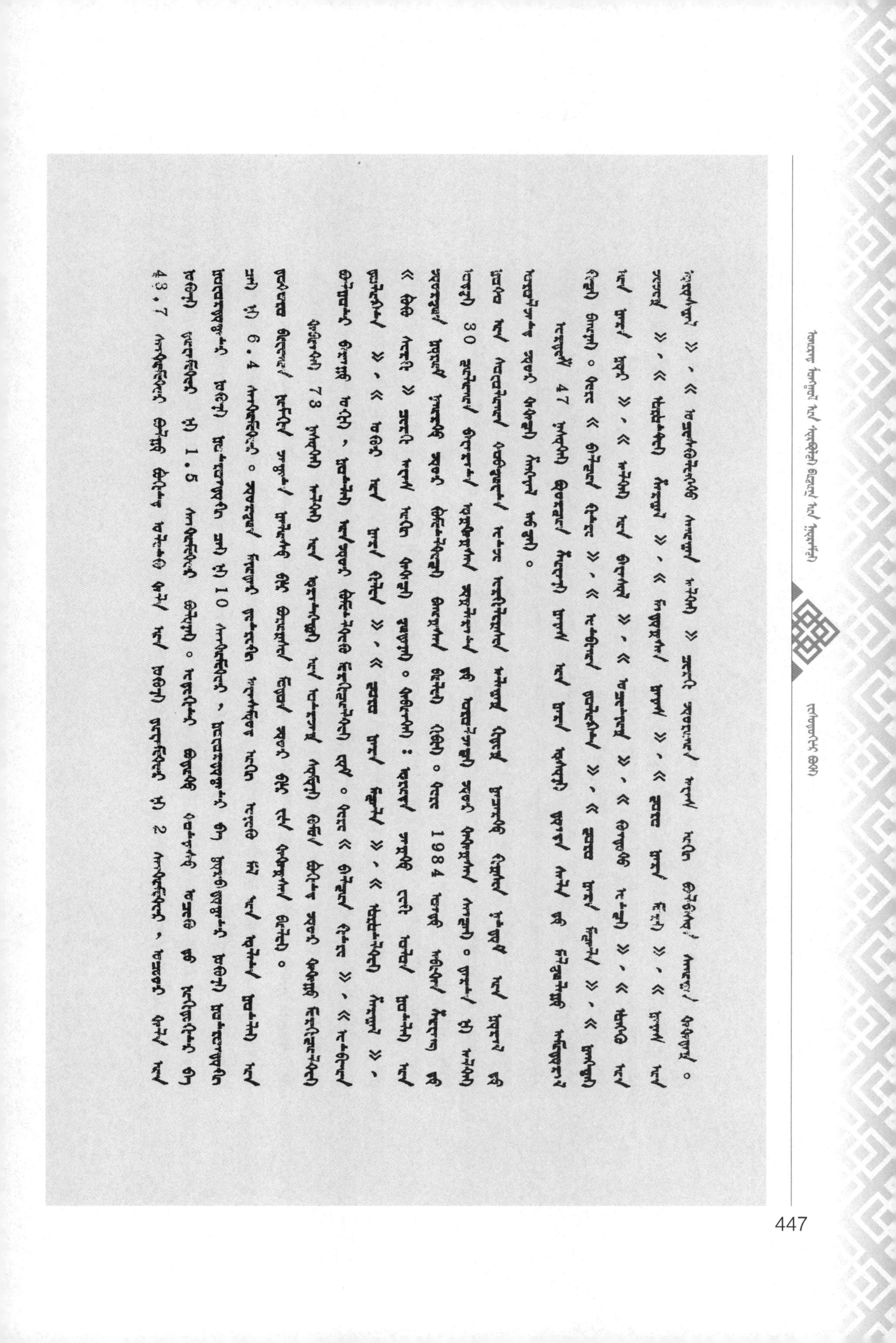

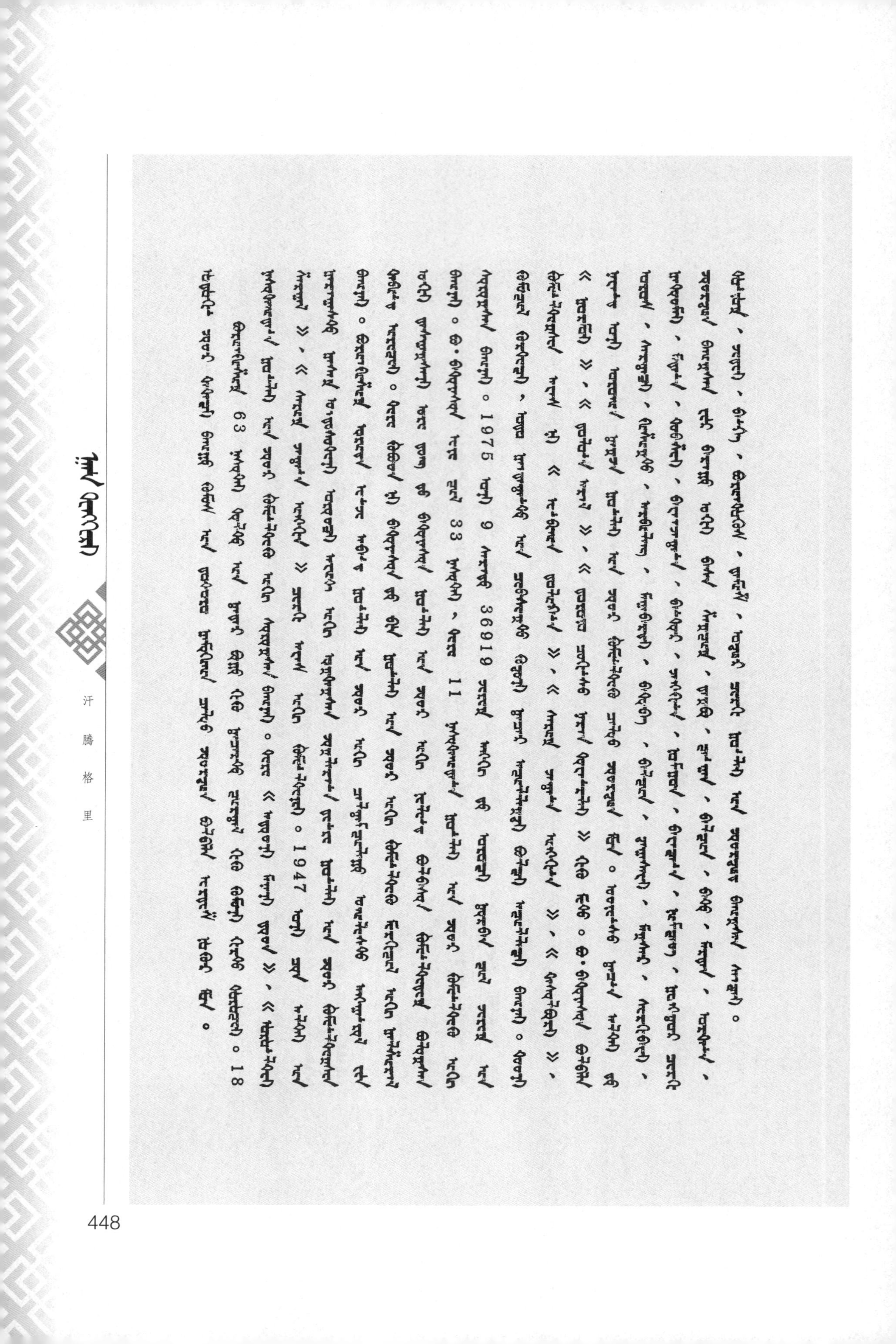

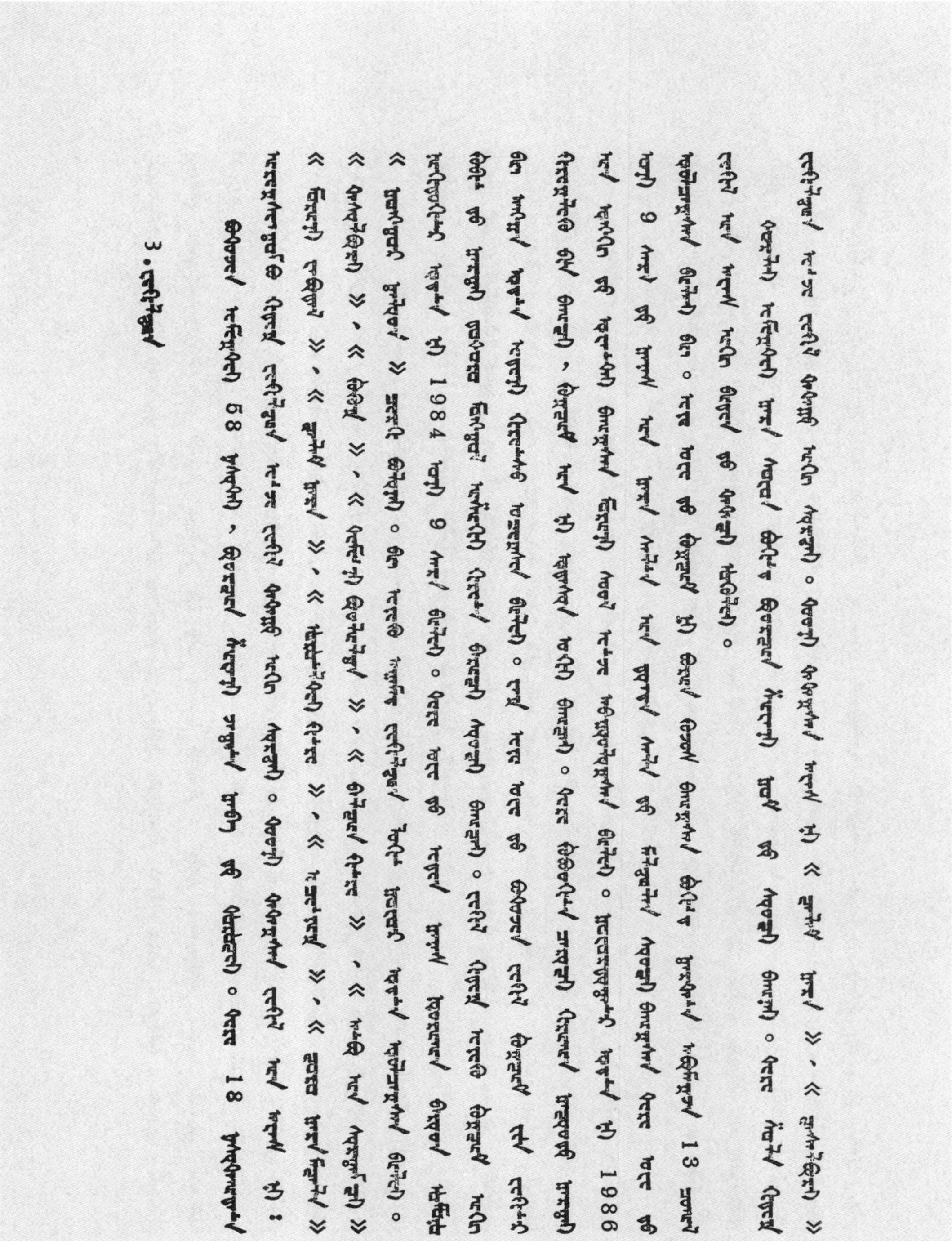

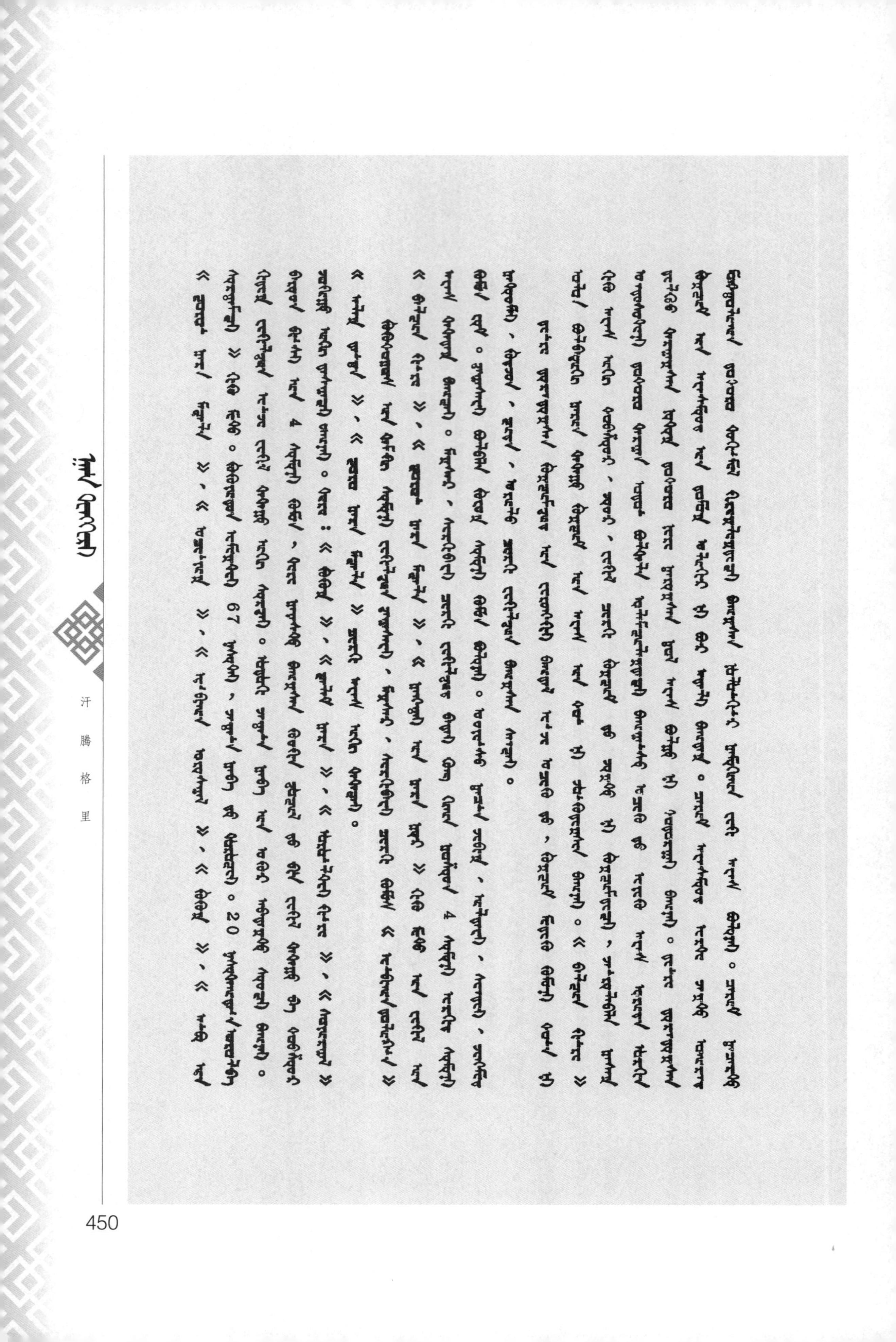

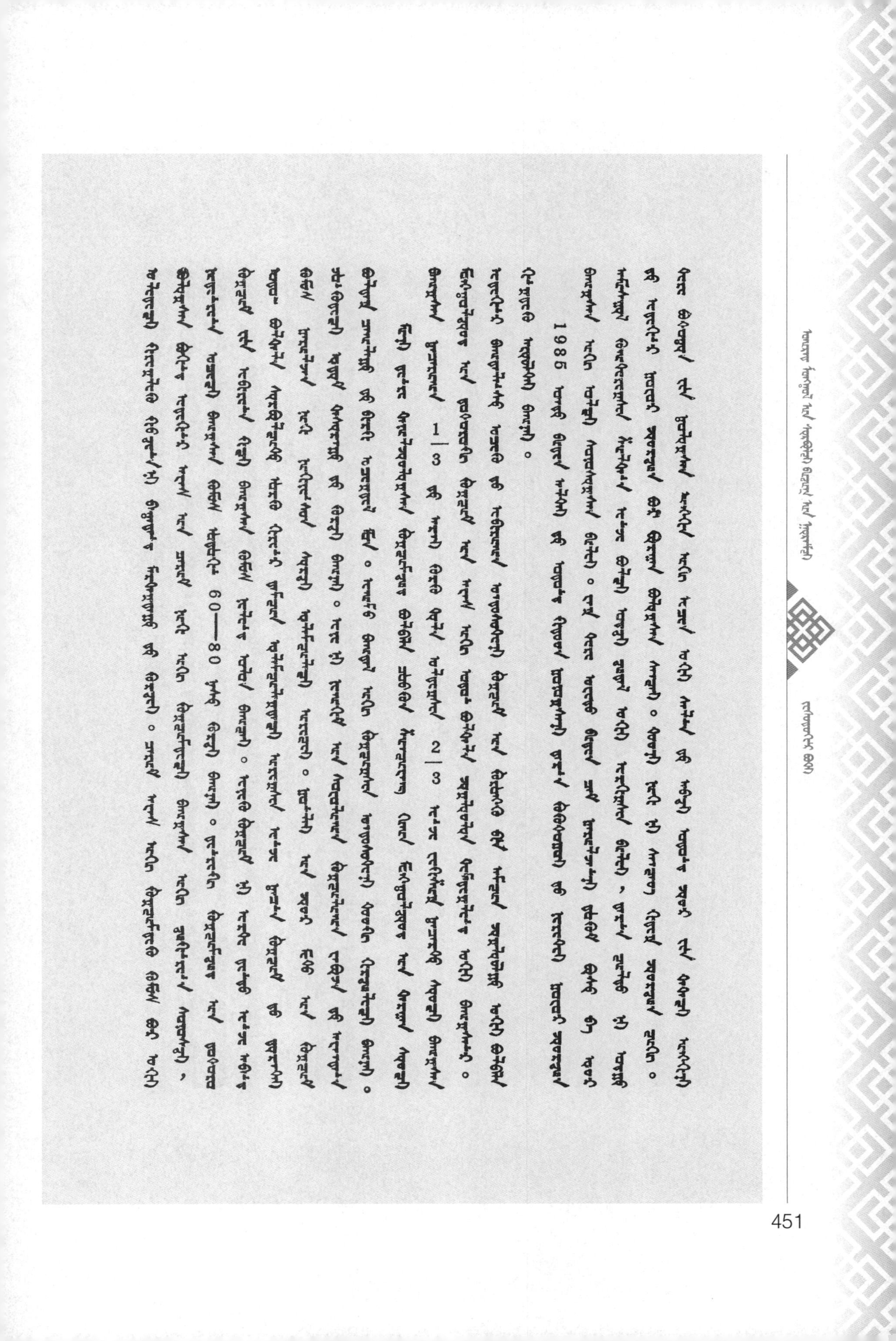

1986

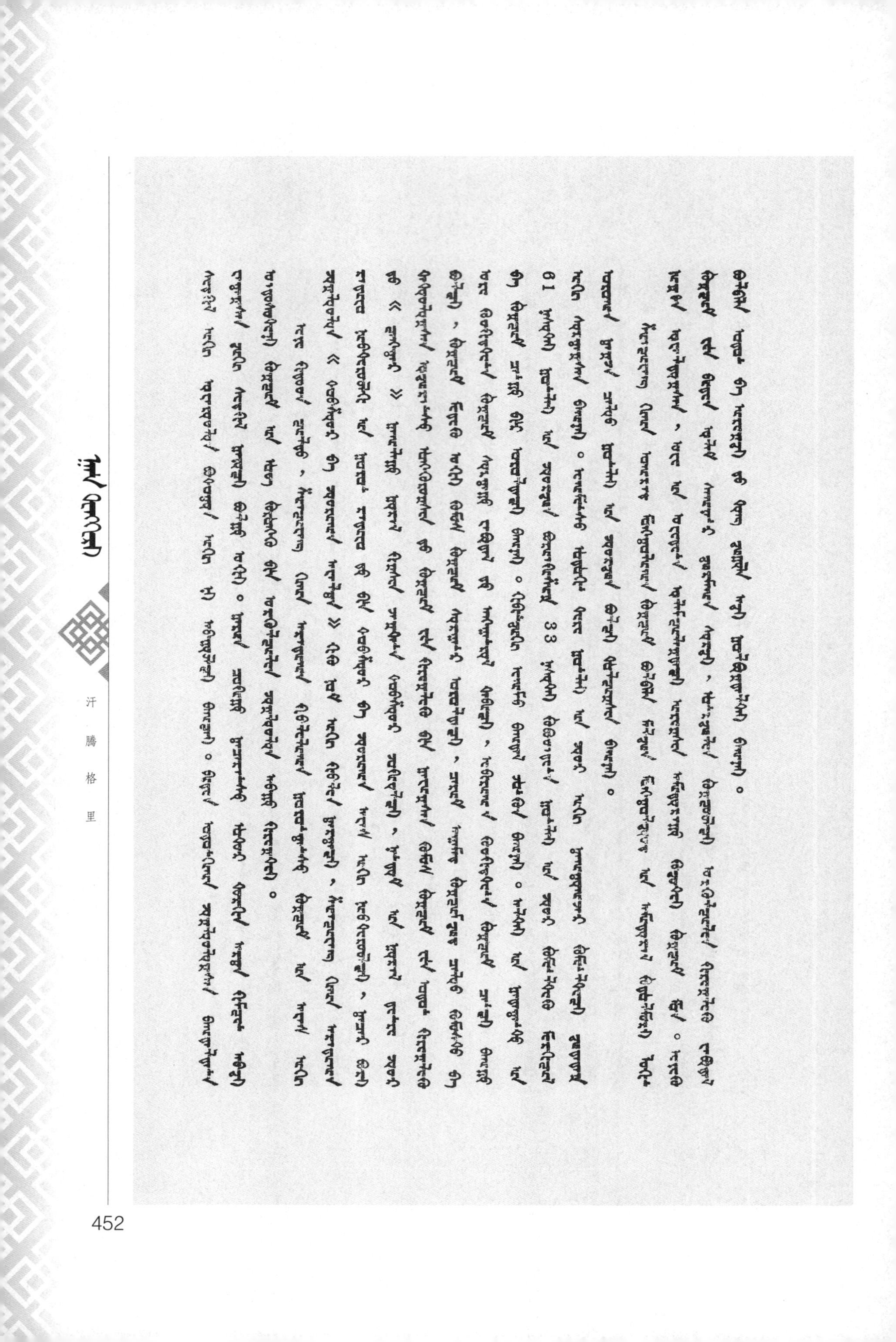

[illegible]

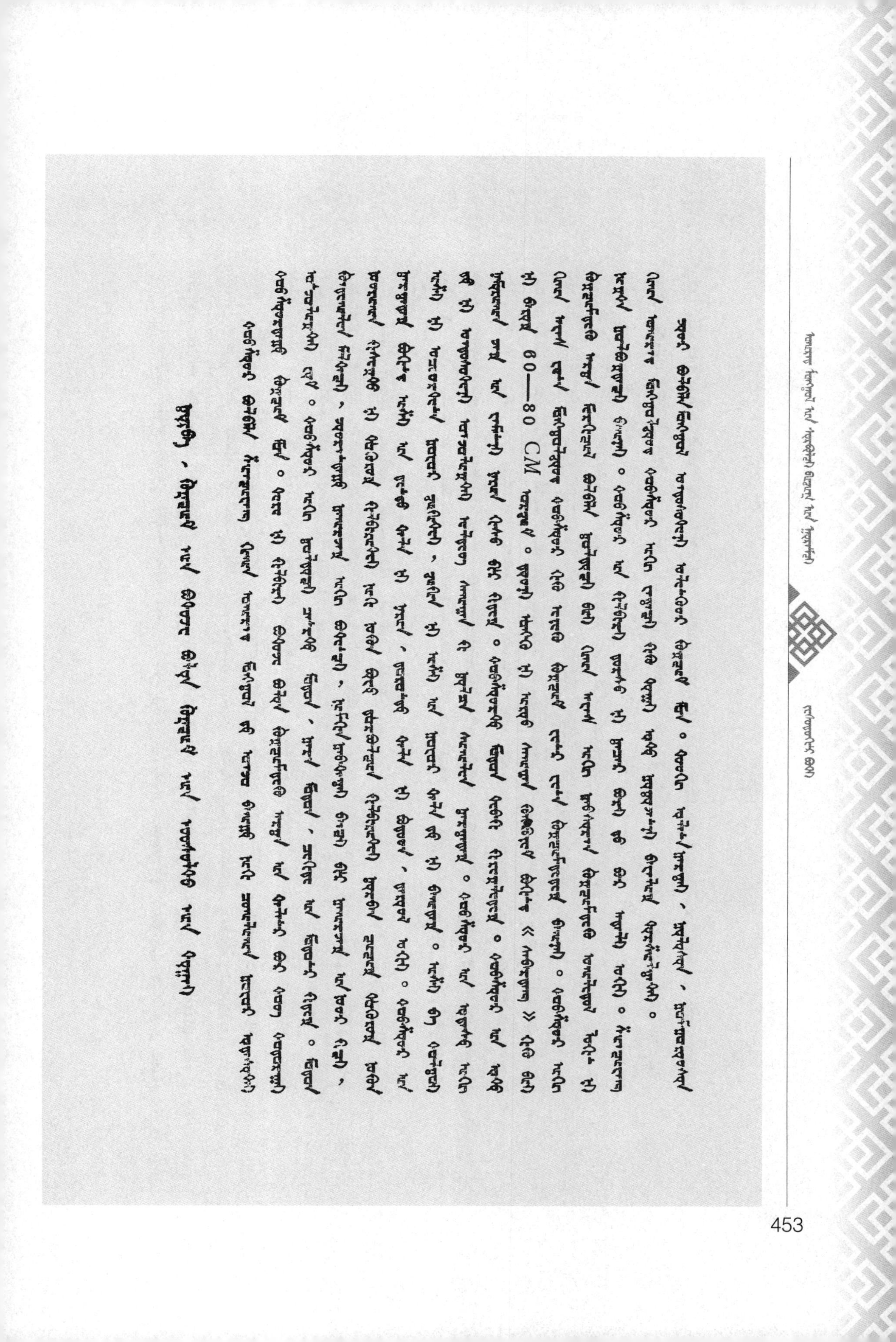

[illegible]

[illegible]

[illegible] 60—80 CM [illegible]

[illegible]

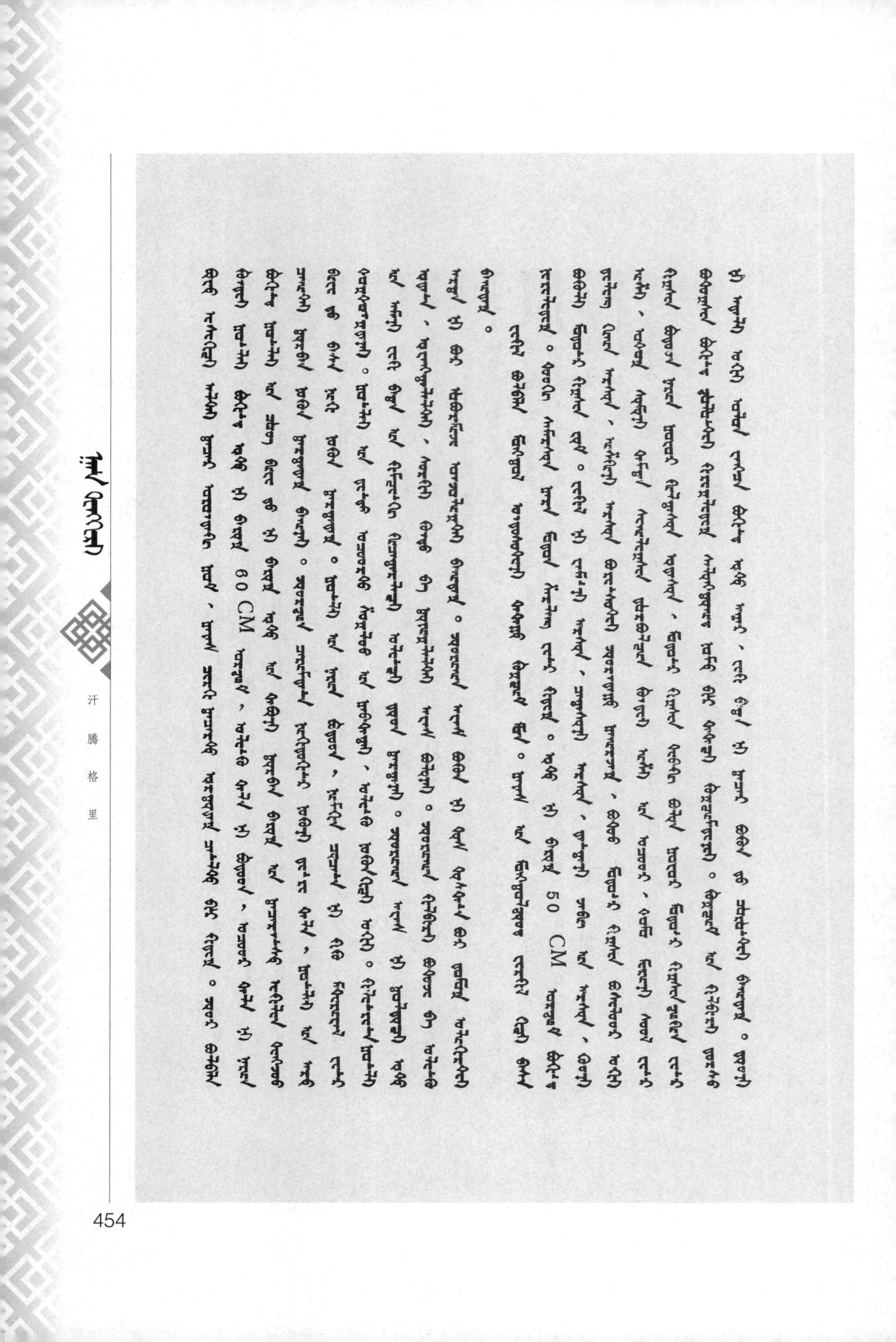

[illegible]

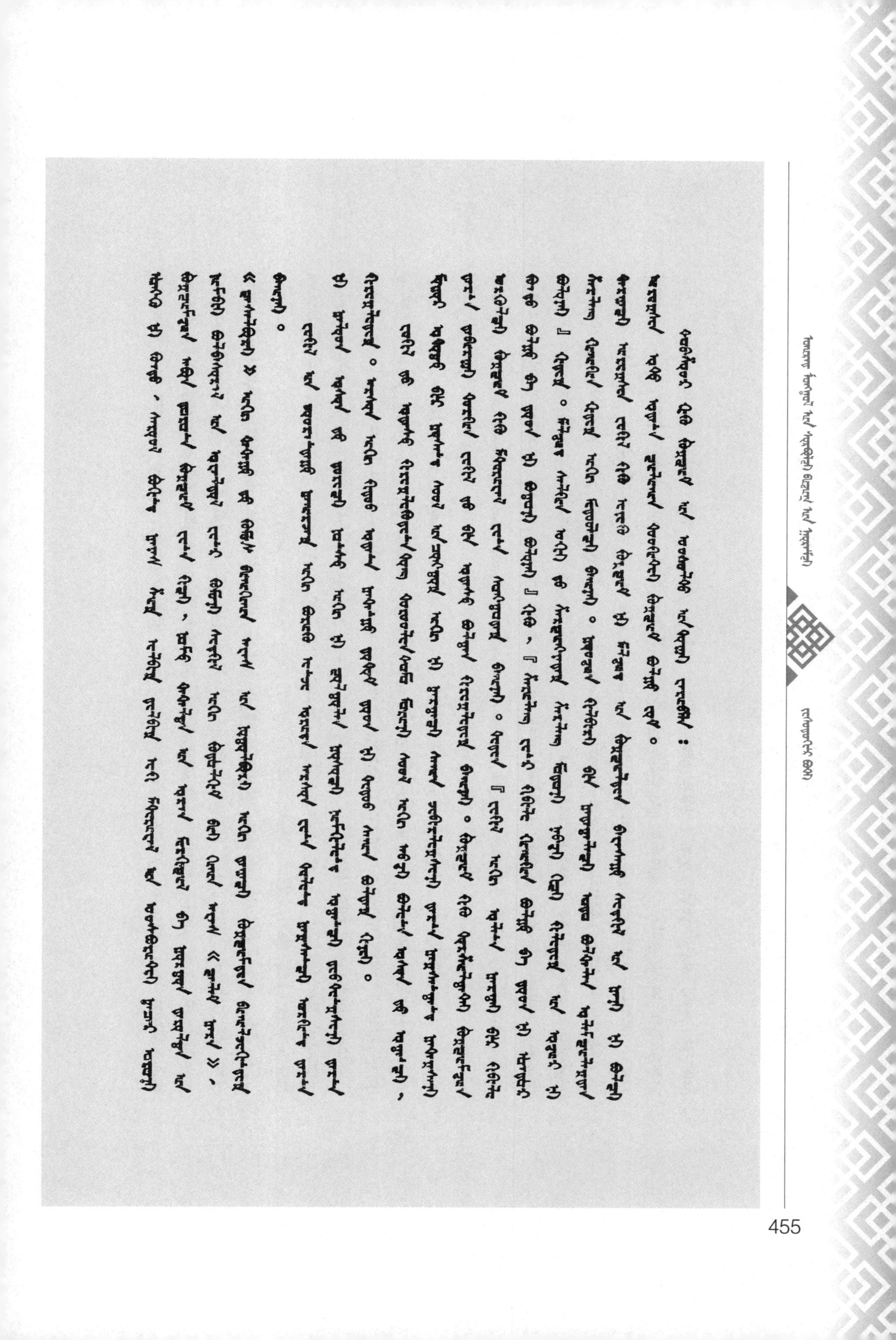

[illegible]

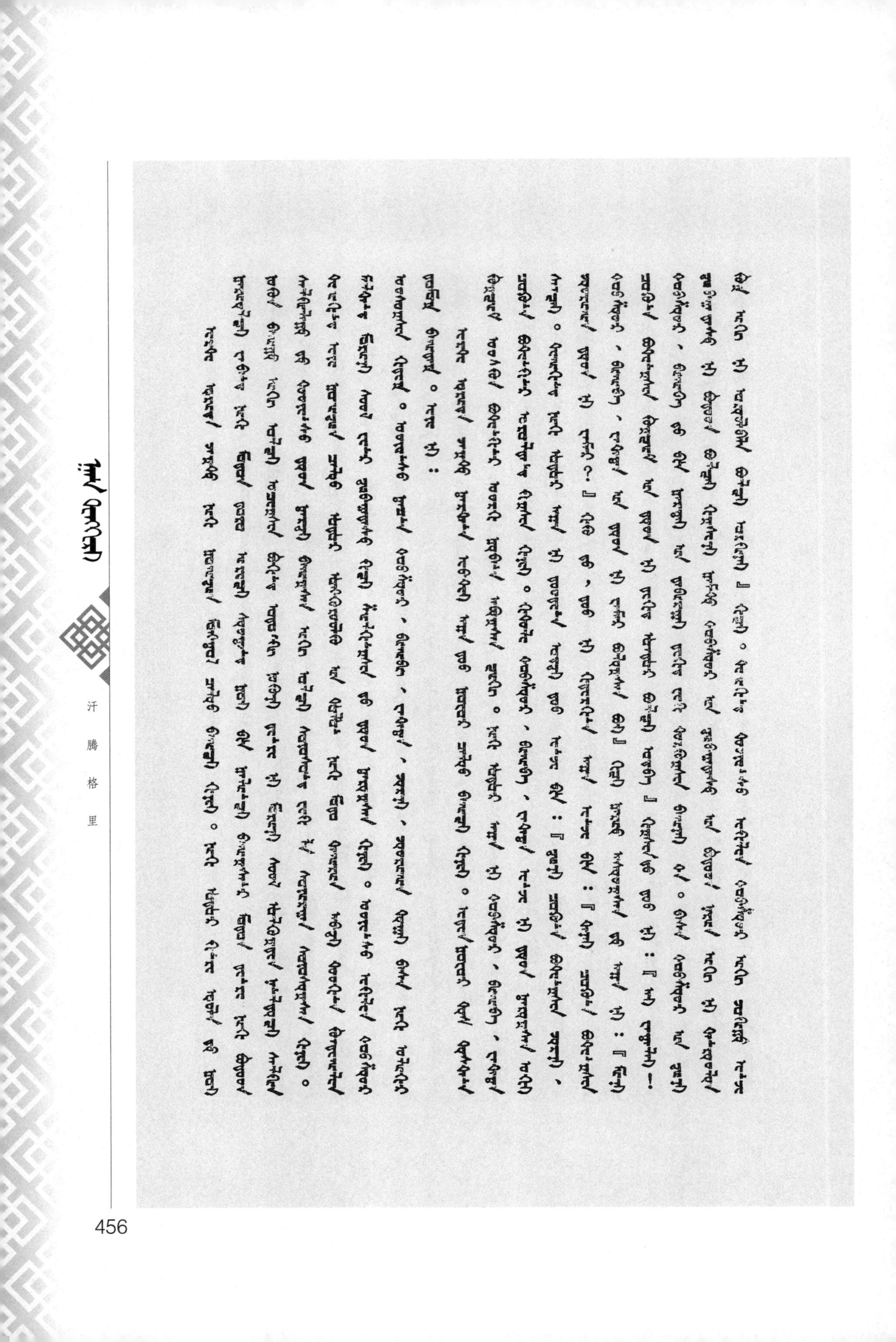

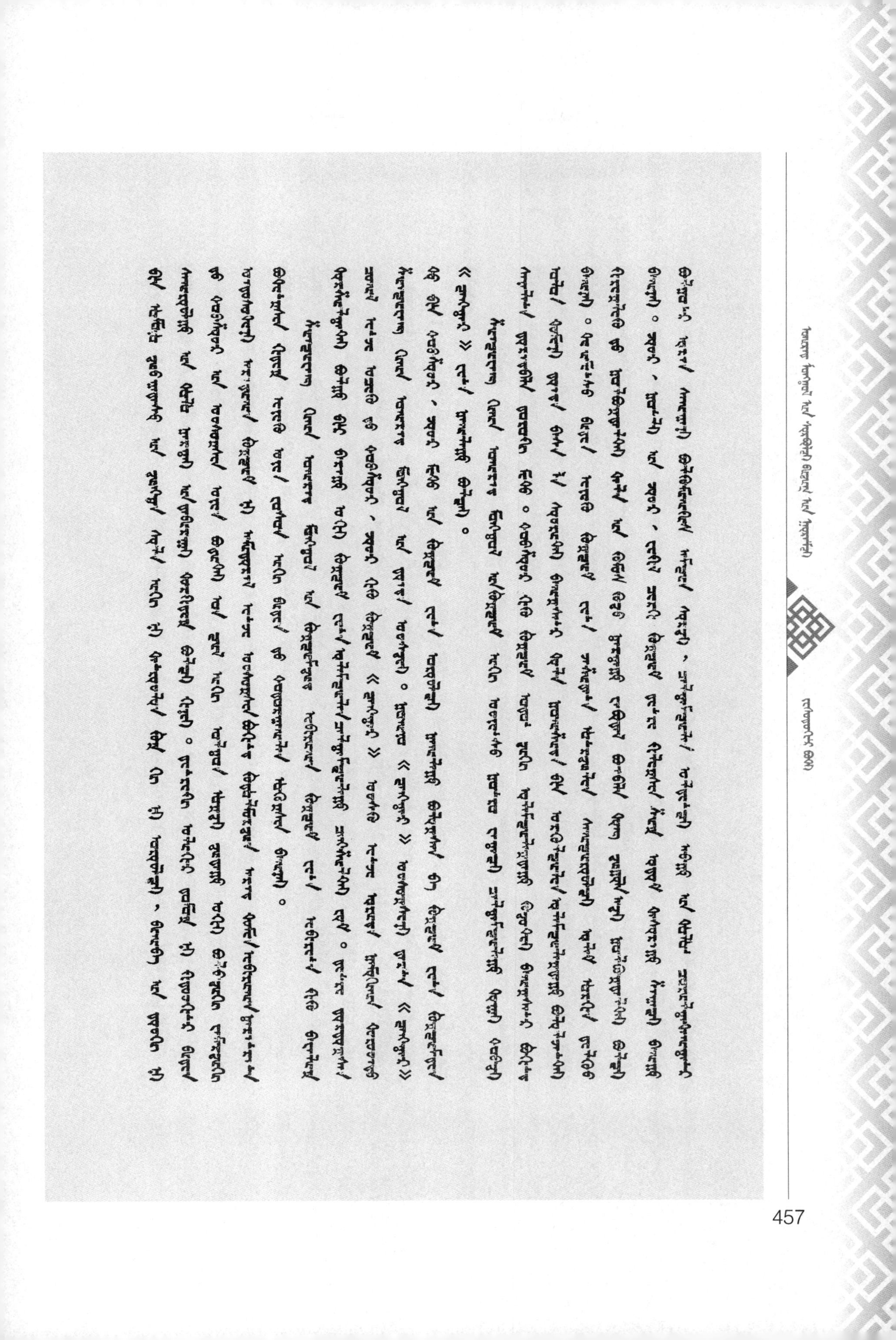

[illegible]

[illegible]

[illegible]

[illegible]

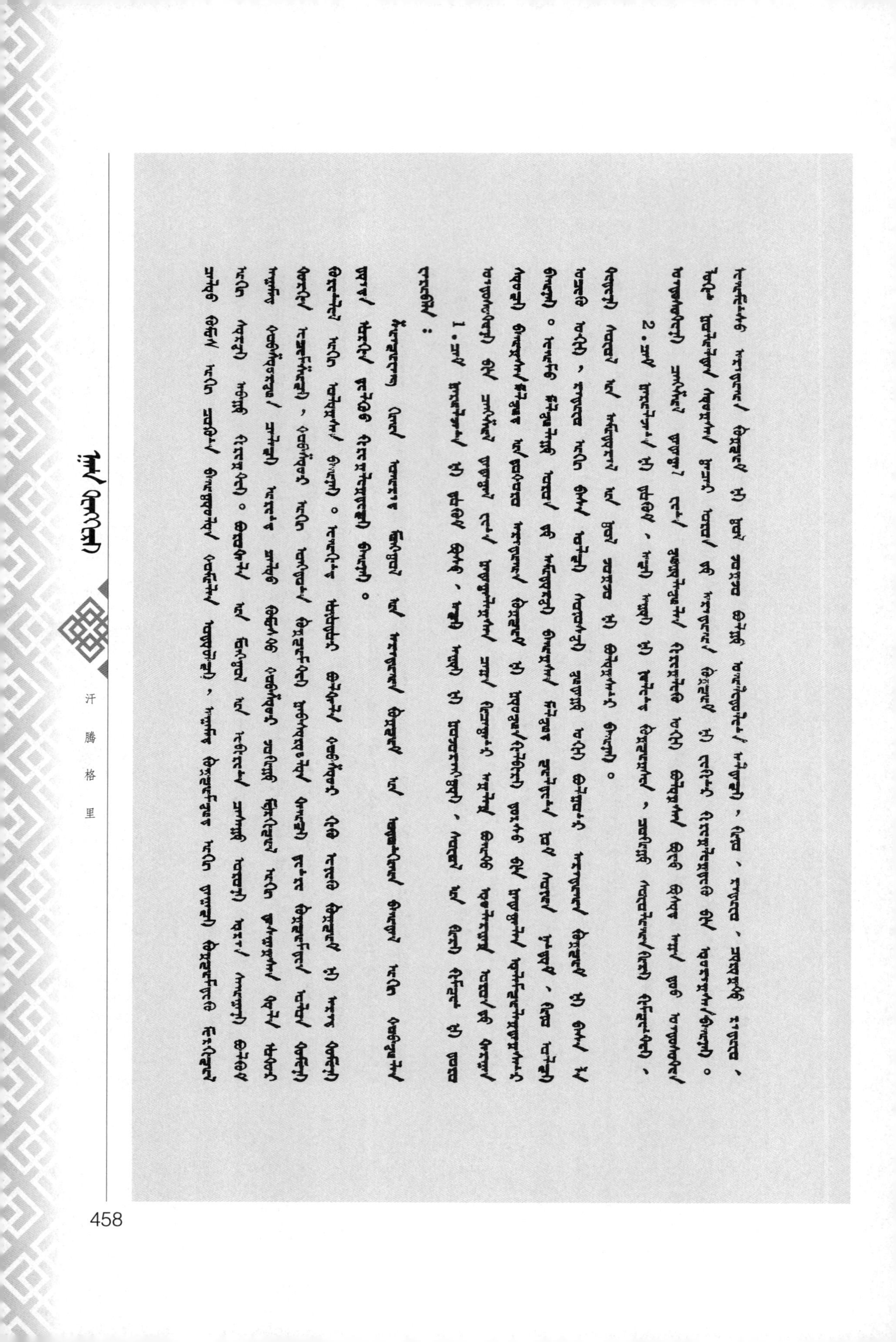

[illegible]

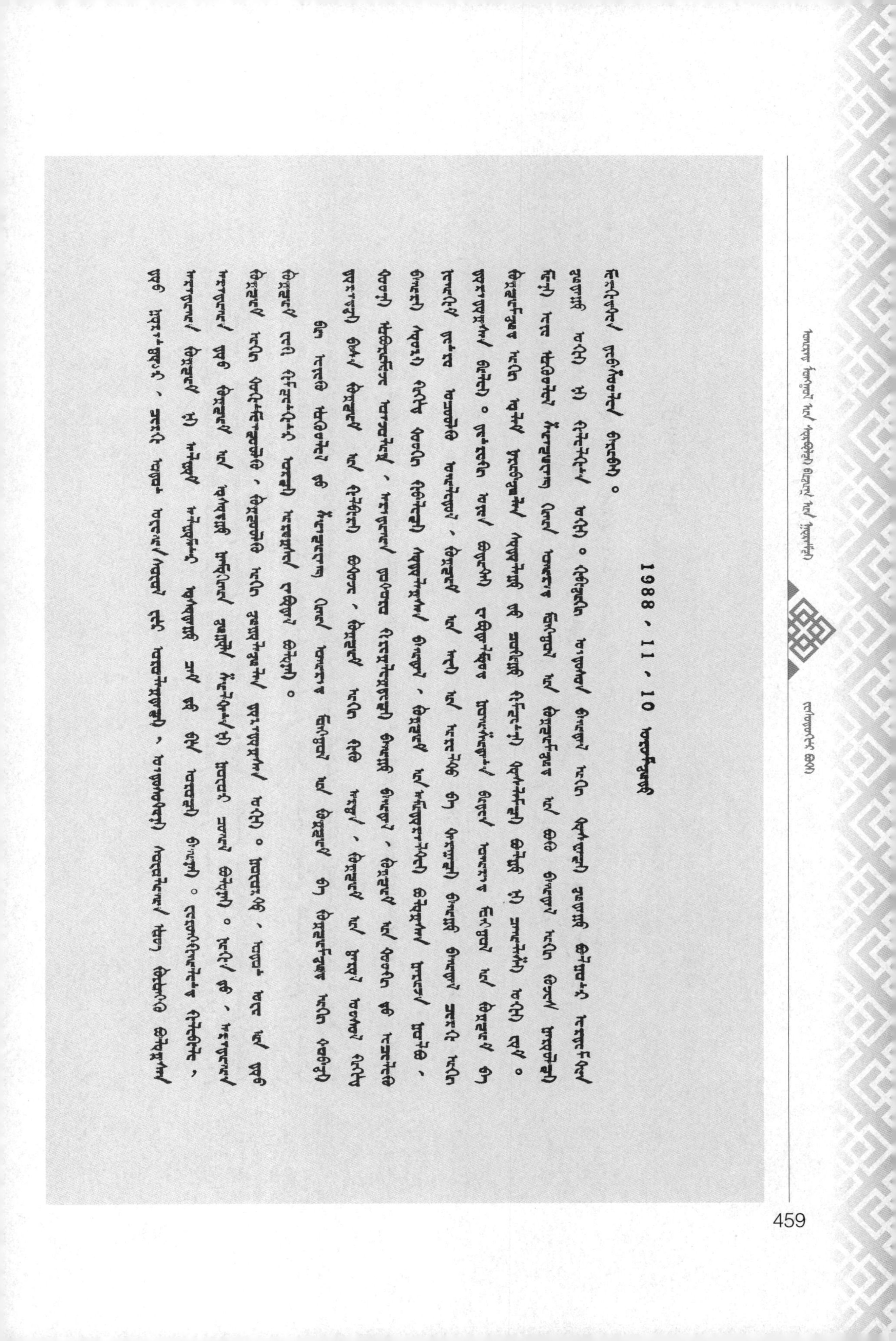

[illegible]
[illegible]
[illegible]
[illegible]
[illegible]
[illegible]

[illegible]
[illegible]
[illegible]
[illegible]
[illegible]
[illegible]
[illegible]
[illegible]
[illegible]

1988 · 11 · 10 [illegible]

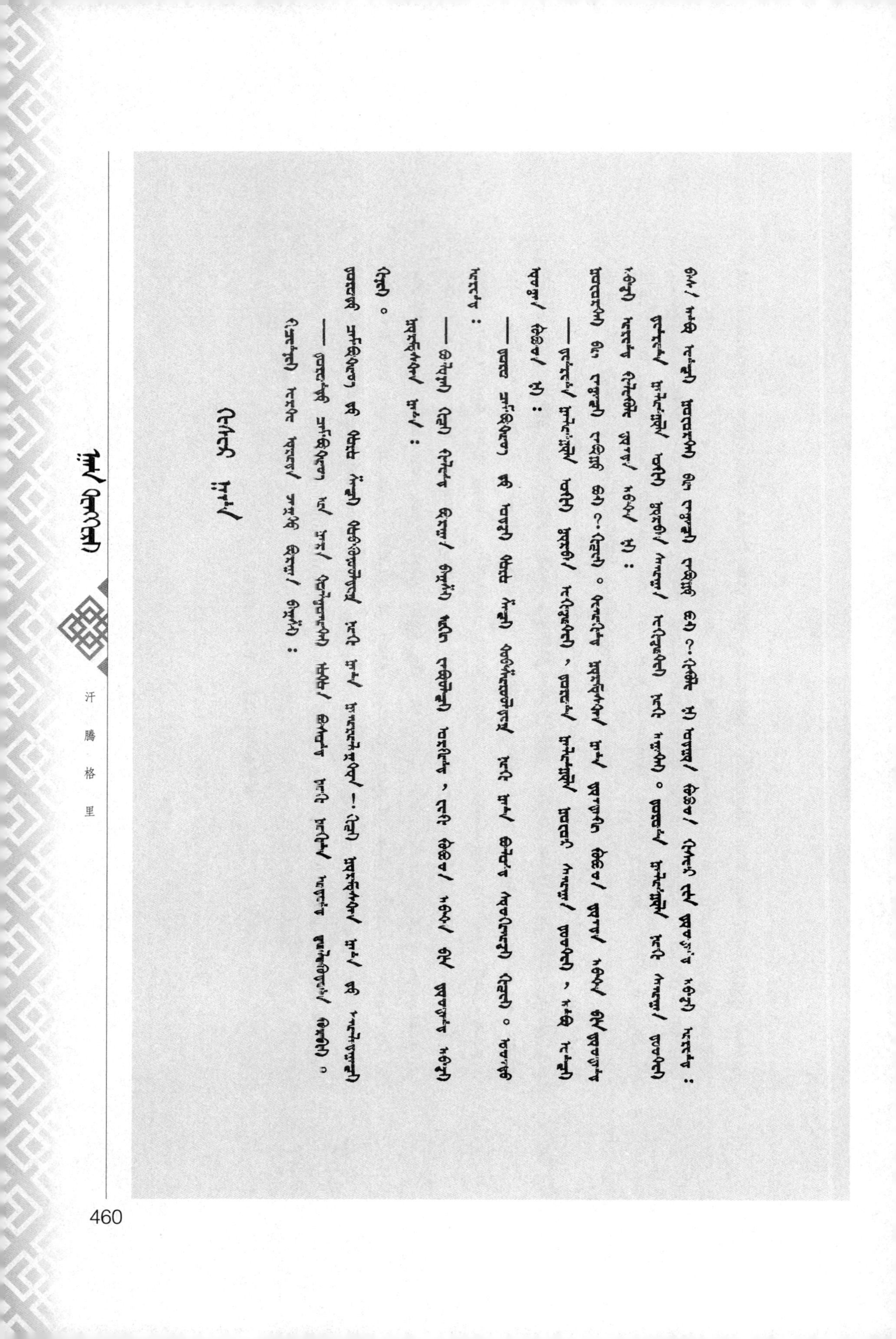

ᠭᠤᠷᠪᠠᠳᠤᠭᠠᠷ ᠬᠡᠰᠡᠭ

[illegible]

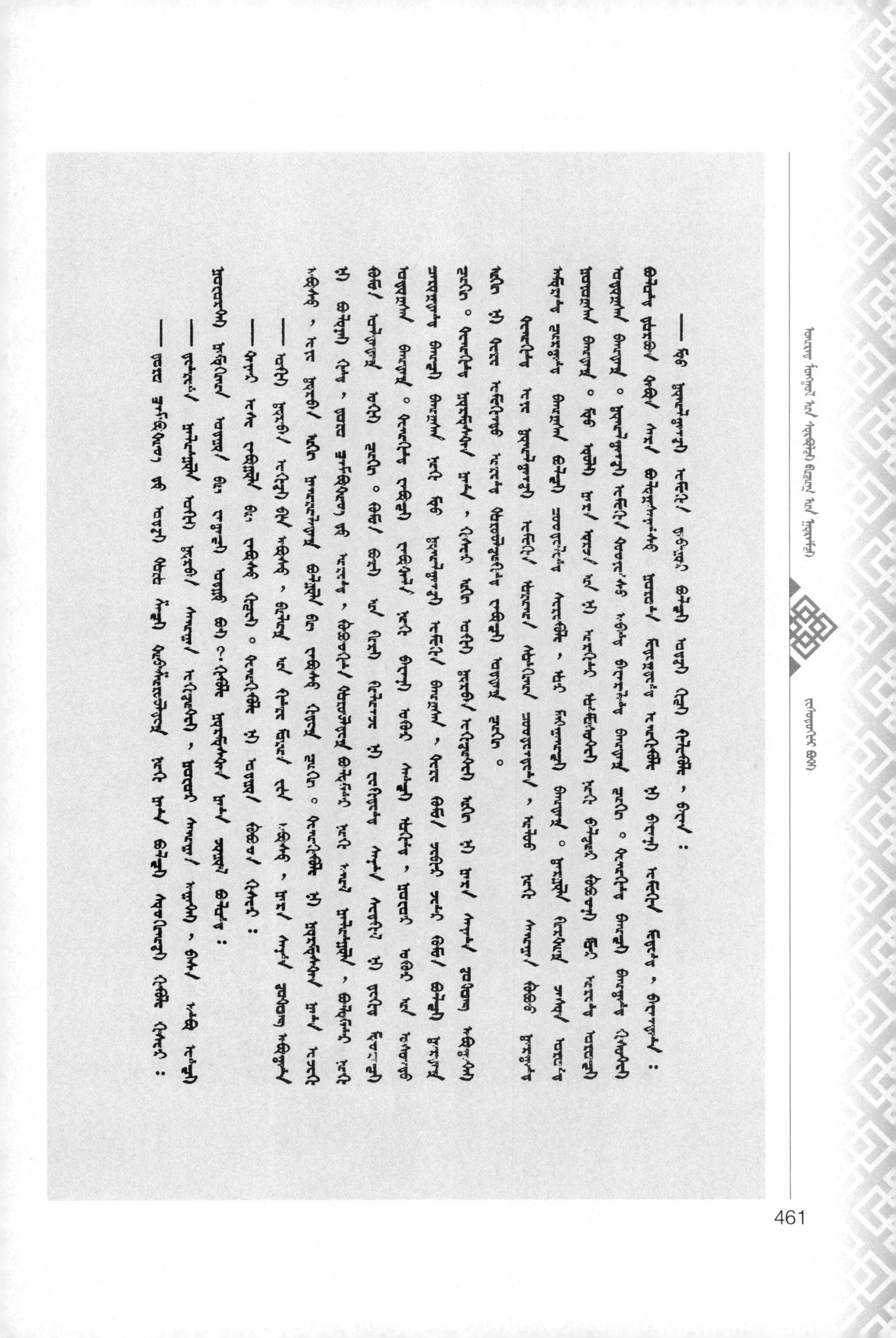

[illegible]

[illegible]

[illegible]

[illegible]

[illegible]

[illegible]

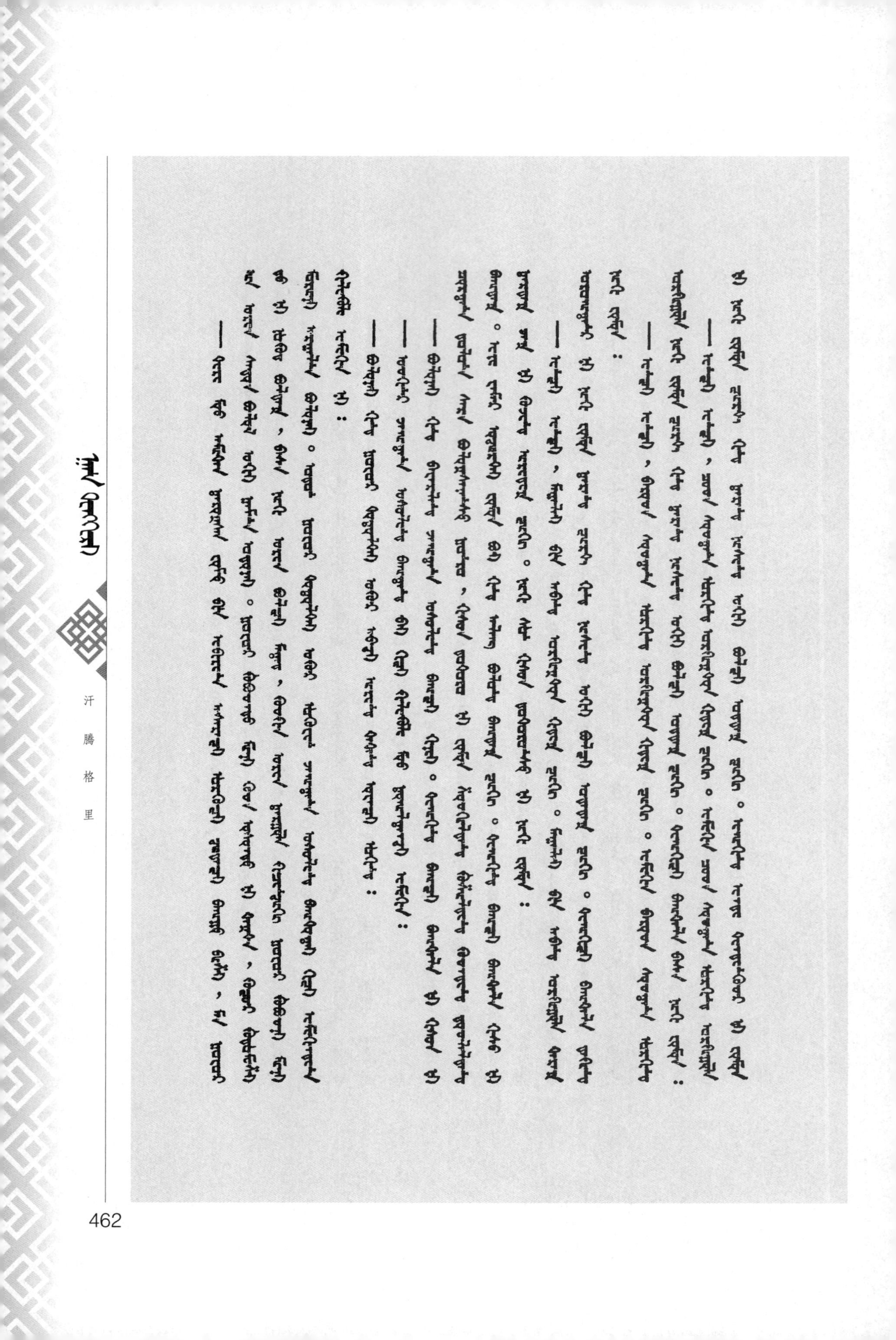

[illegible]

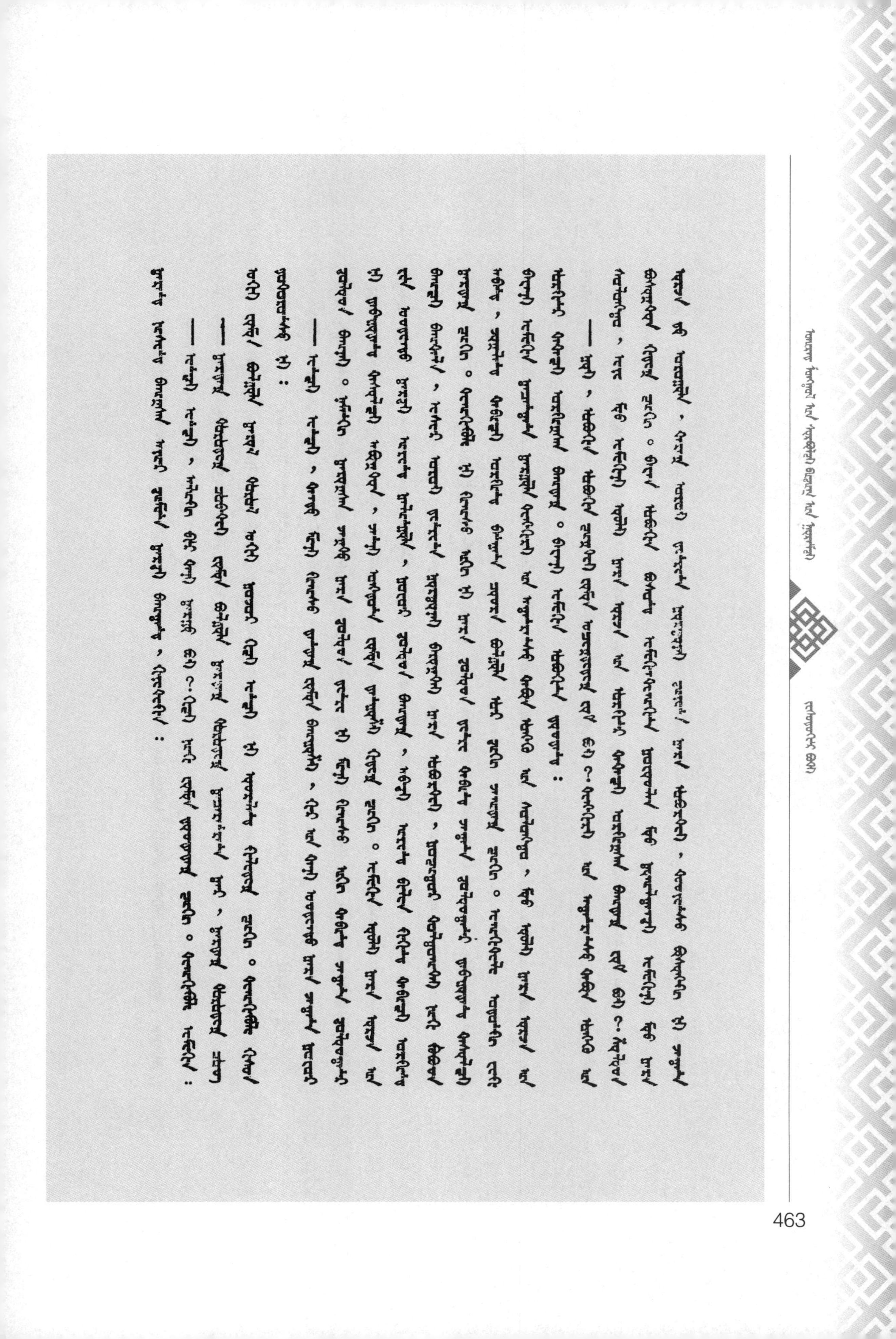

[illegible]

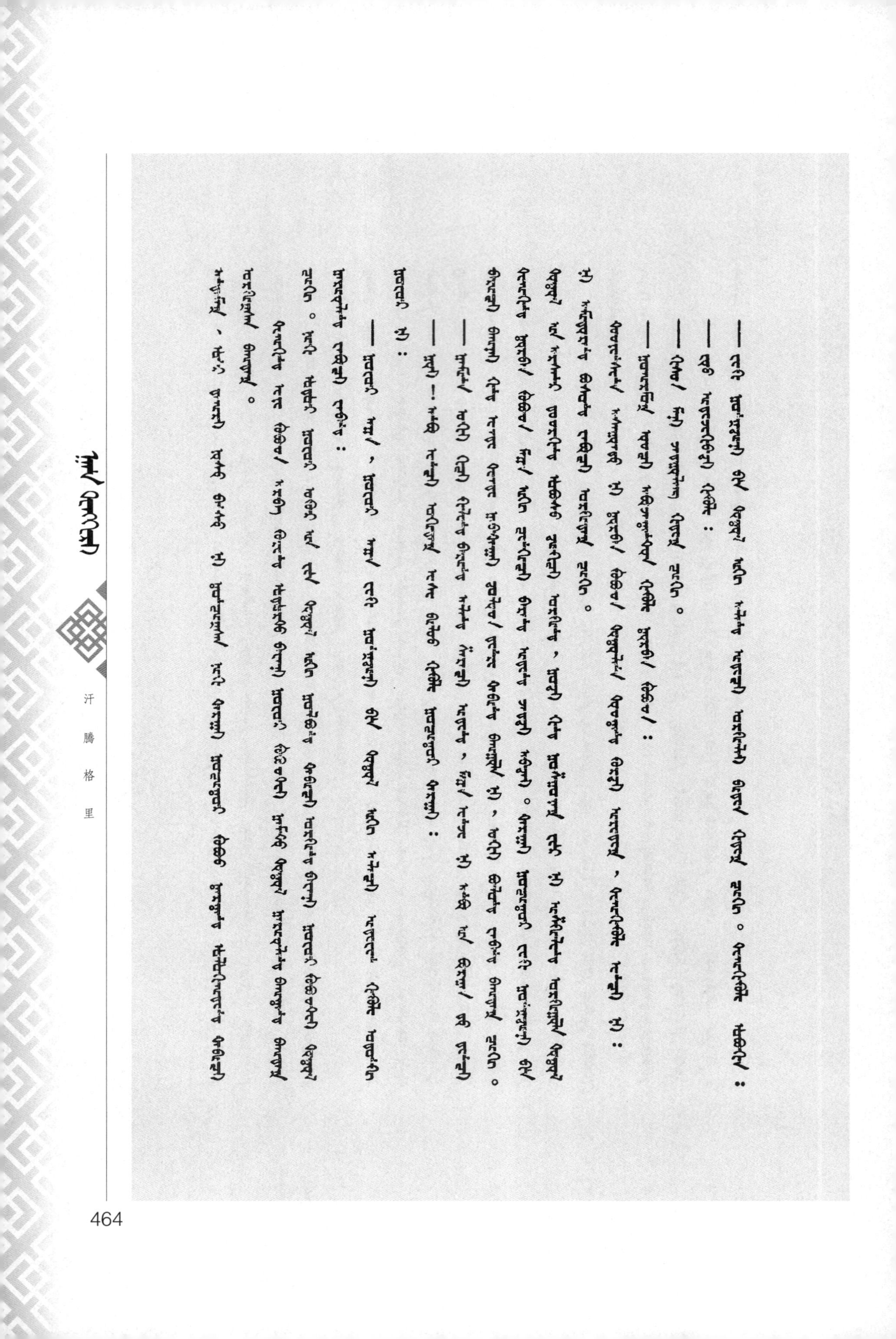

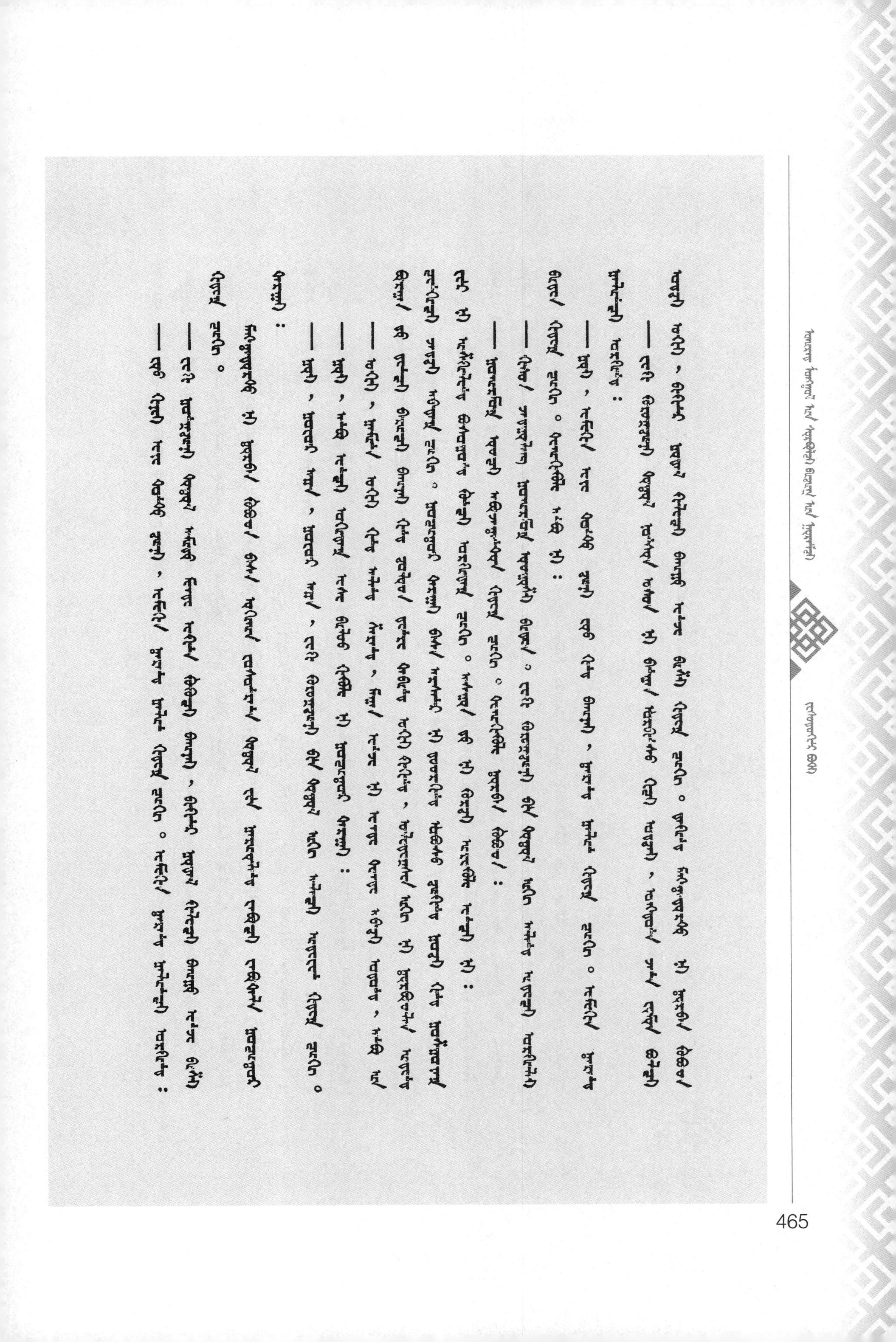

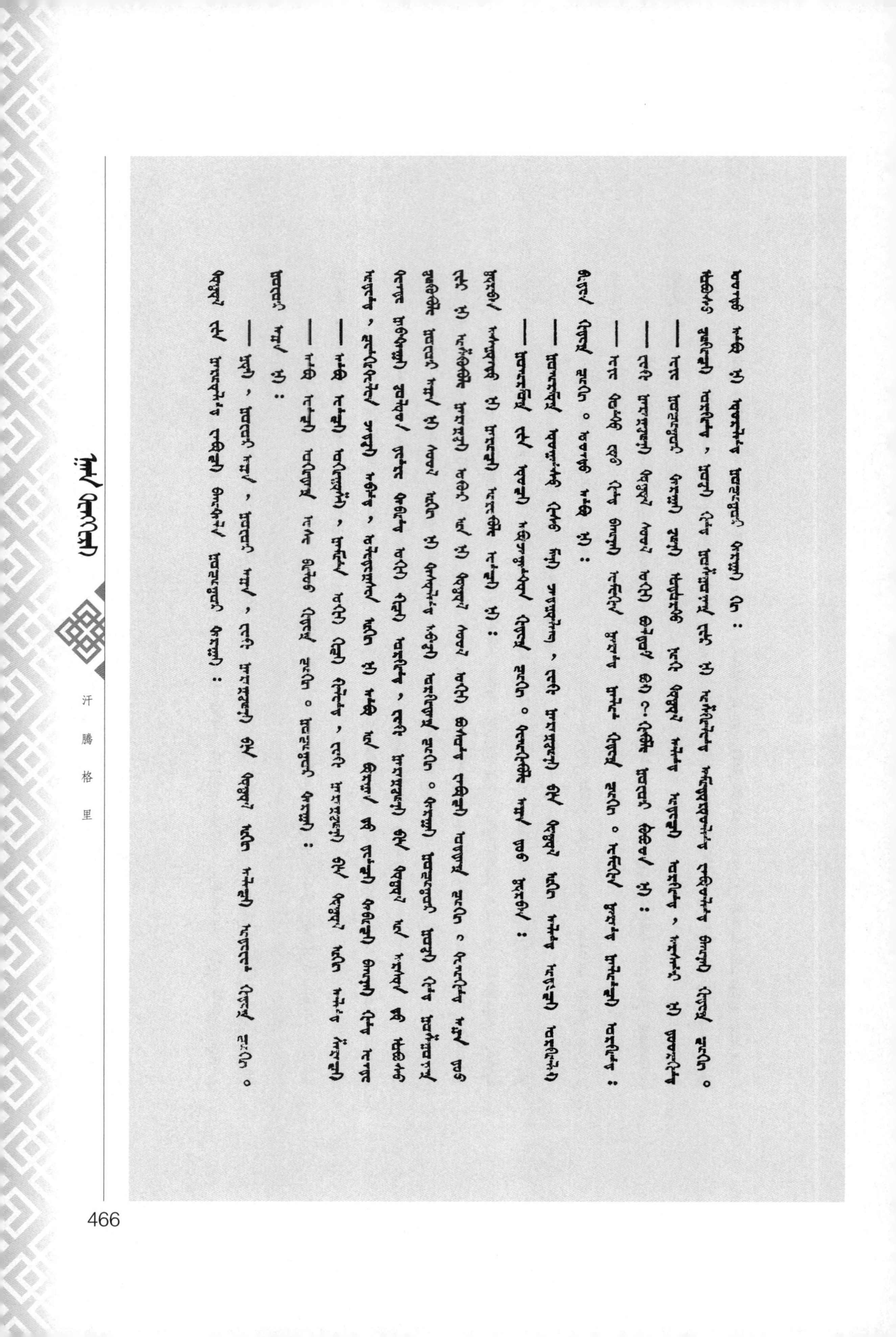

[illegible]
[illegible]
[illegible]
[illegible]
[illegible]
[illegible]
[illegible]
[illegible]
[illegible]
[illegible]
[illegible]
[illegible]
[illegible]
[illegible]
[illegible]
[illegible]
[illegible]

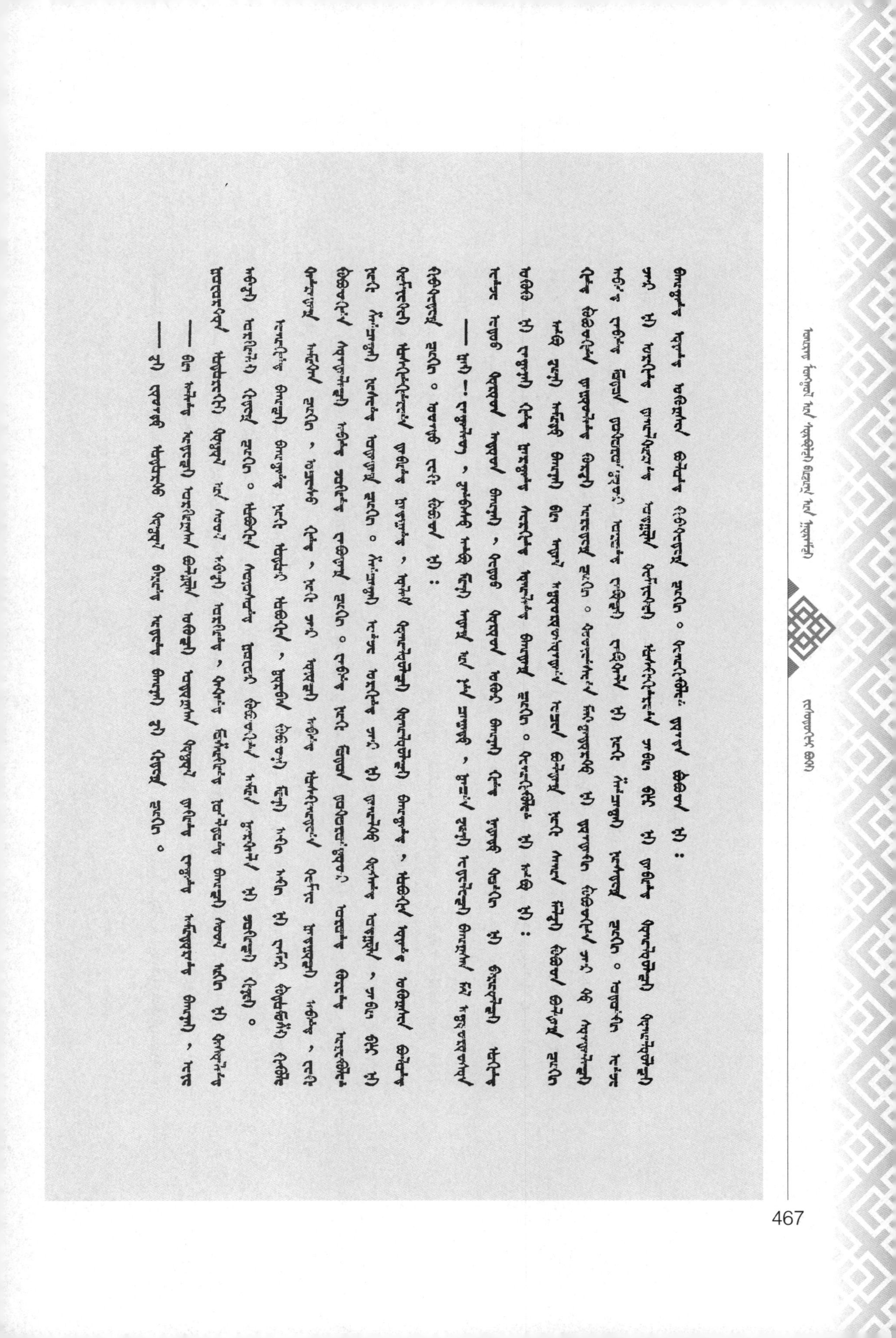

[illegible]

[illegible] ᠪᠠᠢᠨ᠎ᠠ ᠃

—— [illegible] ᠪᠠᠢᠨ᠎ᠠ ᠃ [illegible]

—— [illegible] ᠪᠠᠢᠨ᠎ᠠ ᠃ [illegible] ᠭᠡᠵᠡᠢ ᠄

[illegible] ᠄

—— [illegible] ᠭᠡᠵᠡᠢ ᠄

[illegible] ᠪᠠᠢᠨ᠎ᠠ ᠃ [illegible]

—— [illegible] ᠄

[illegible] ᠪᠠᠢᠨ᠎ᠠ ᠃ [illegible] ᠪᠠᠢᠨ᠎ᠠ ᠃ [illegible] ᠪᠠᠢᠨ᠎ᠠ ᠃ [illegible]

—— [illegible] ᠪᠠᠢᠨ᠎ᠠ ᠃ [illegible] ᠄

—— [illegible]

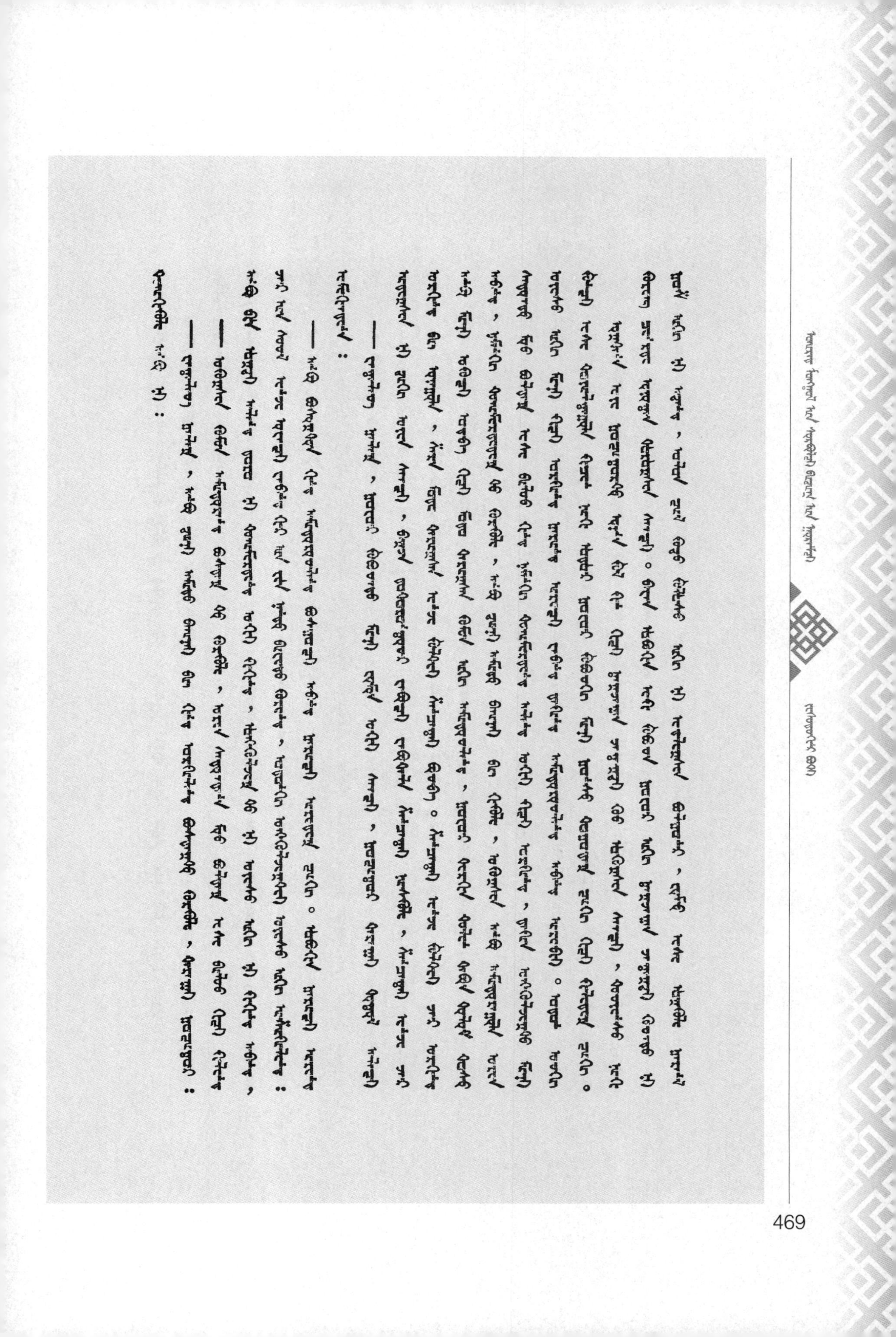

[illegible]

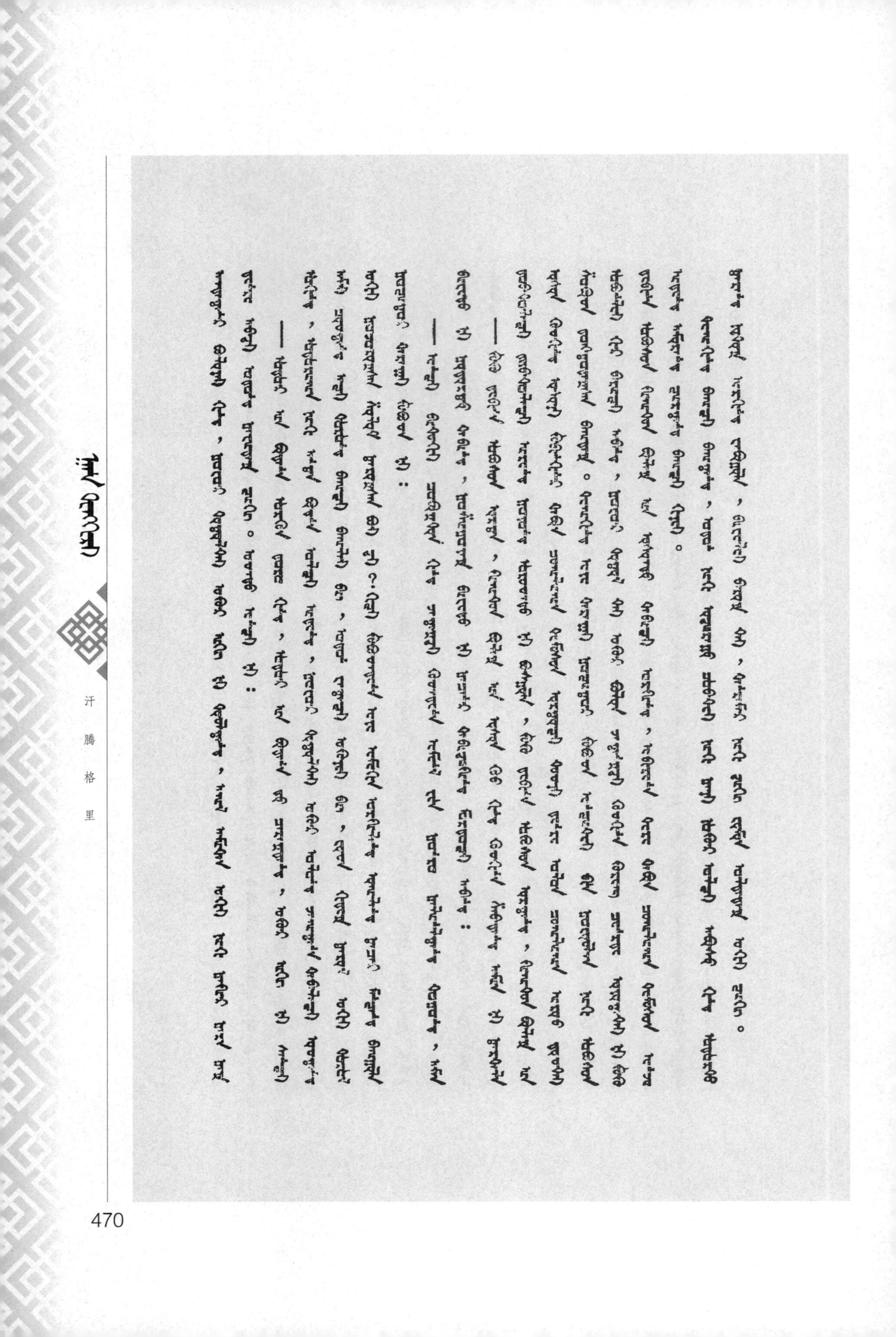

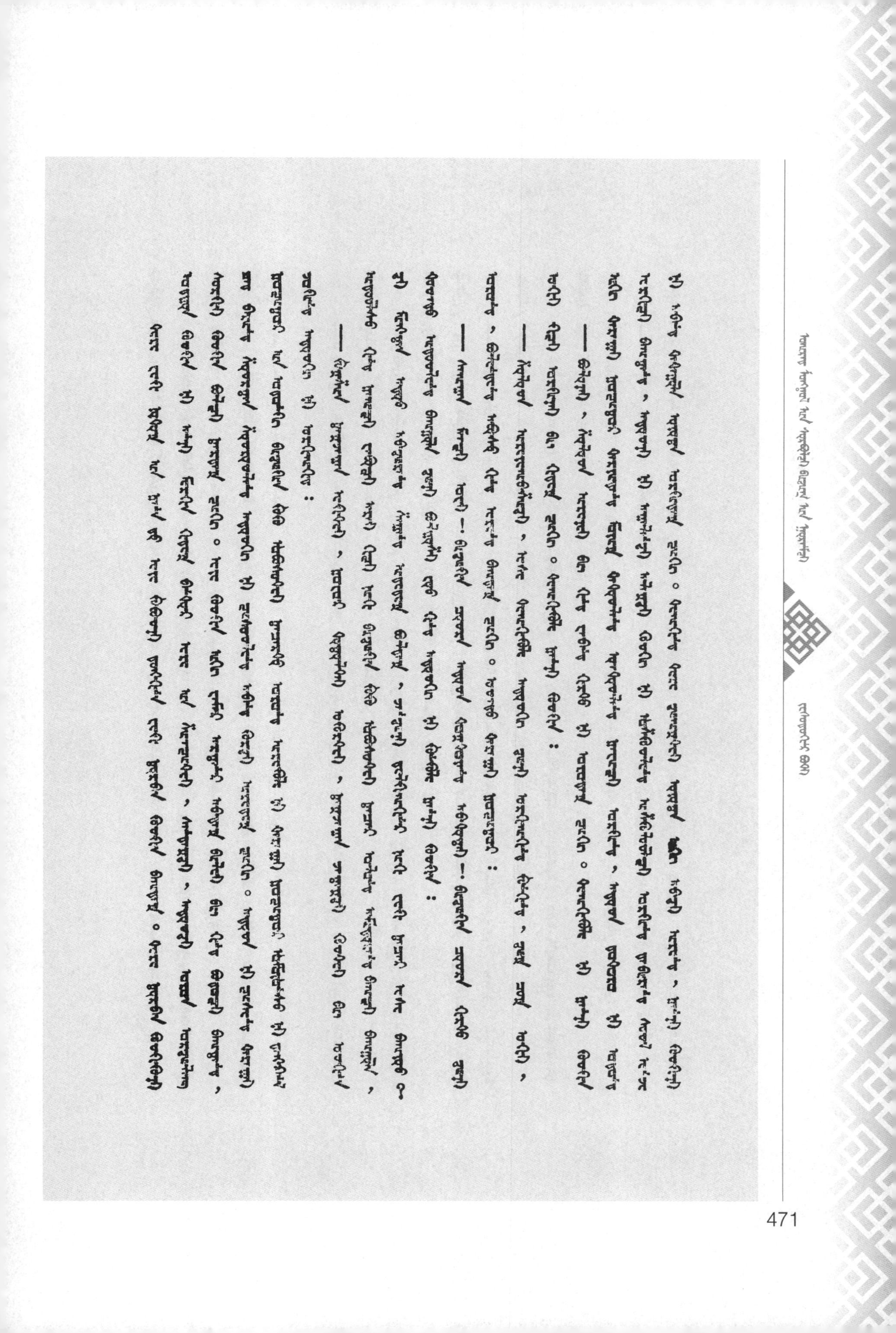

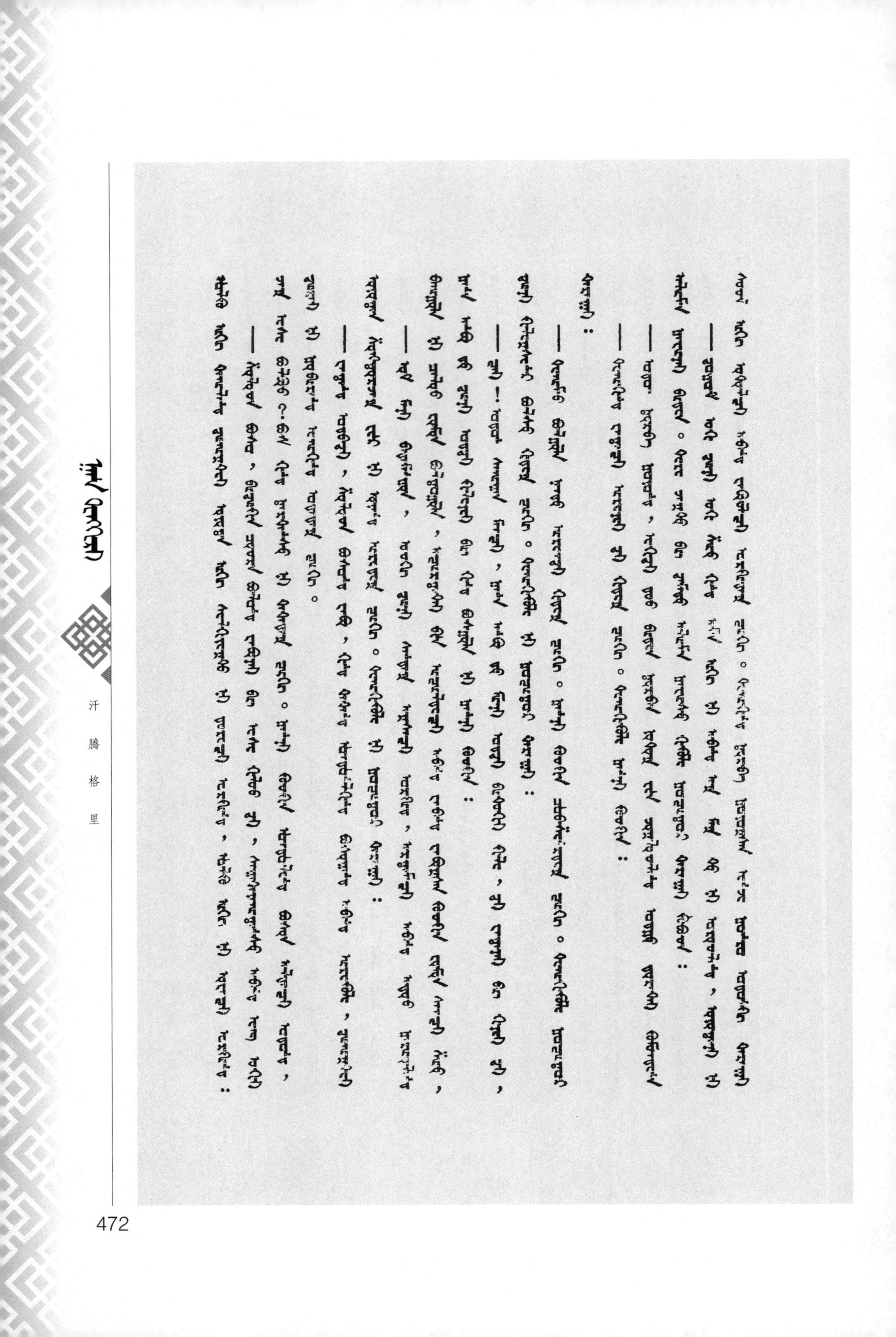

[illegible]

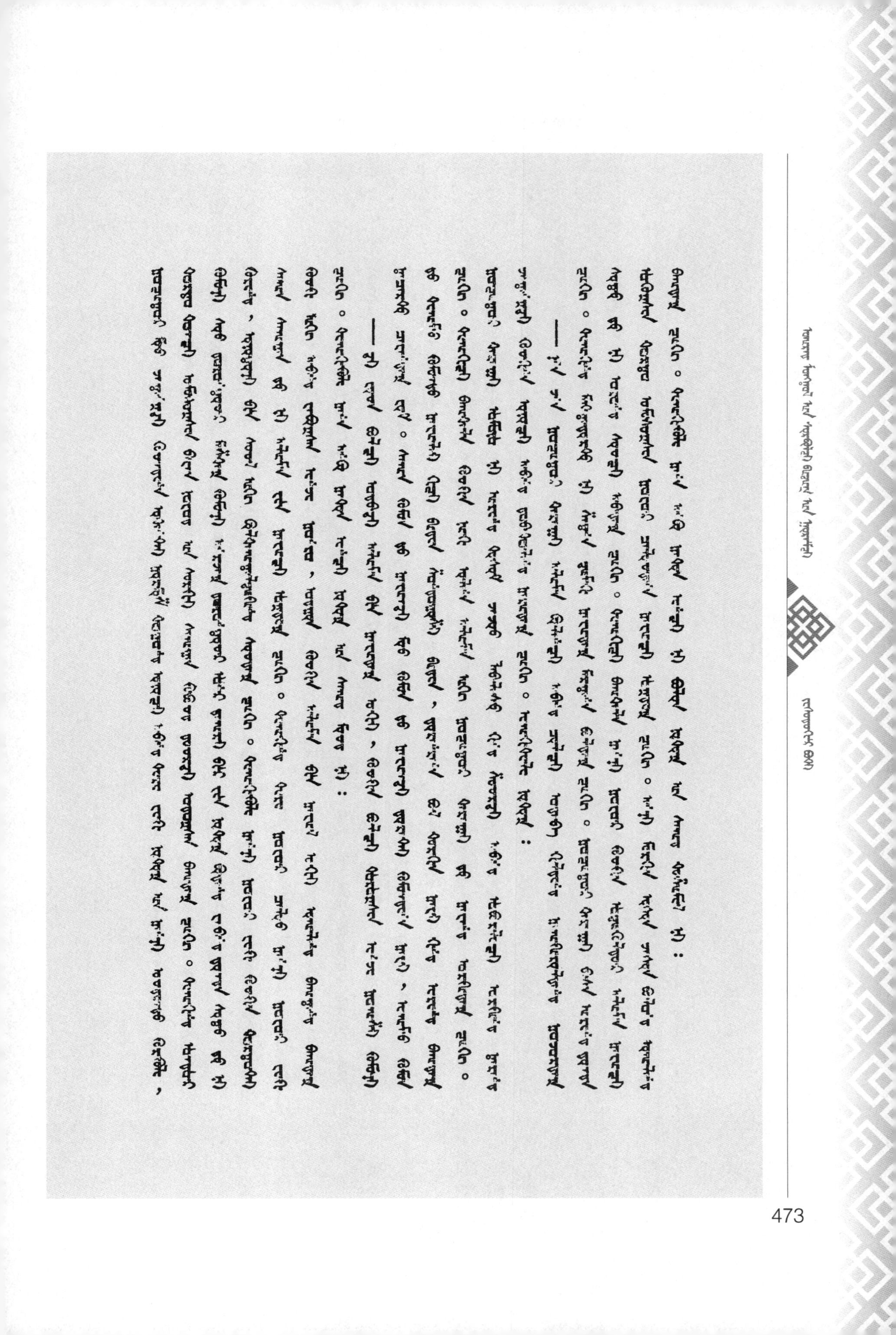

[illegible]

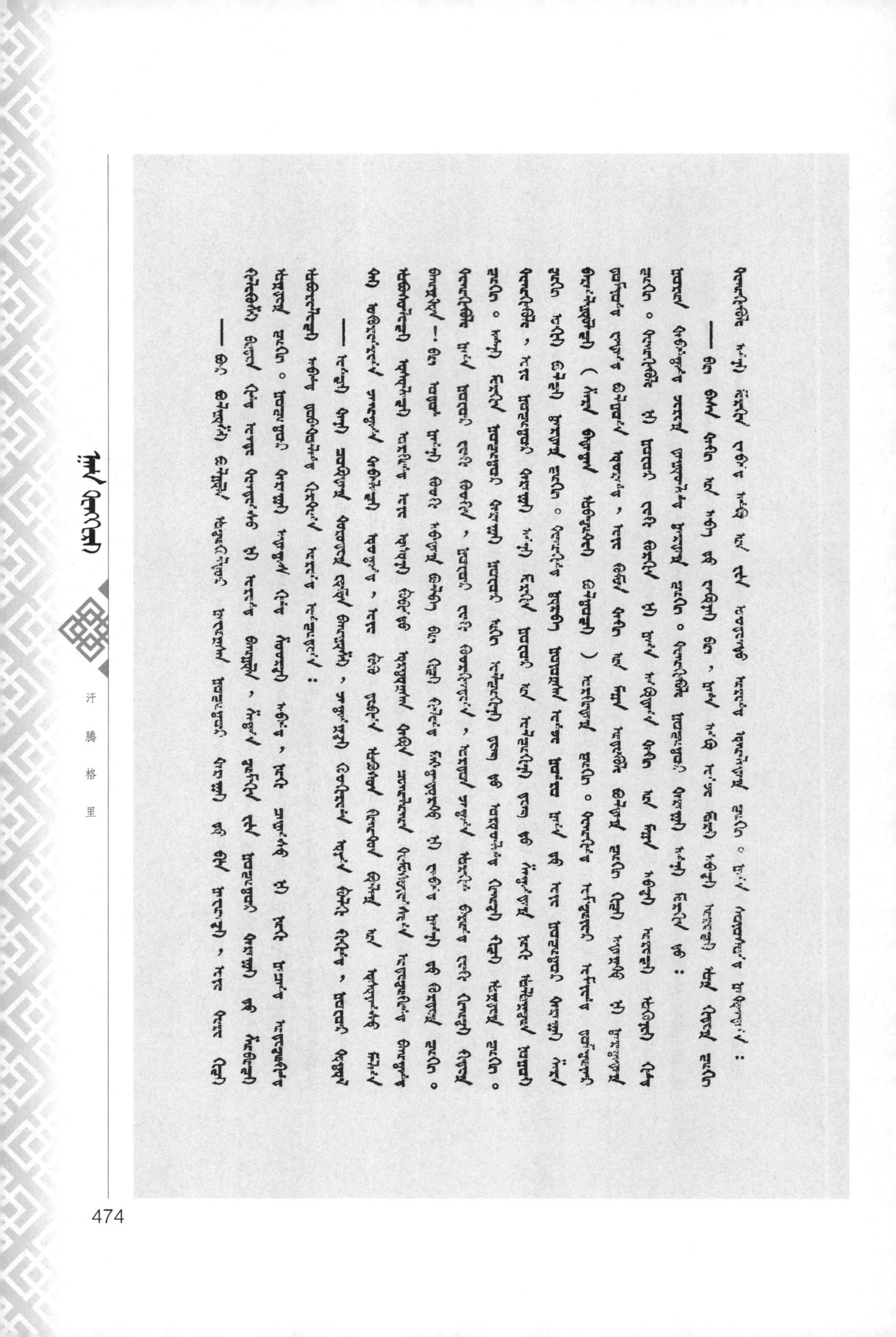

[illegible]

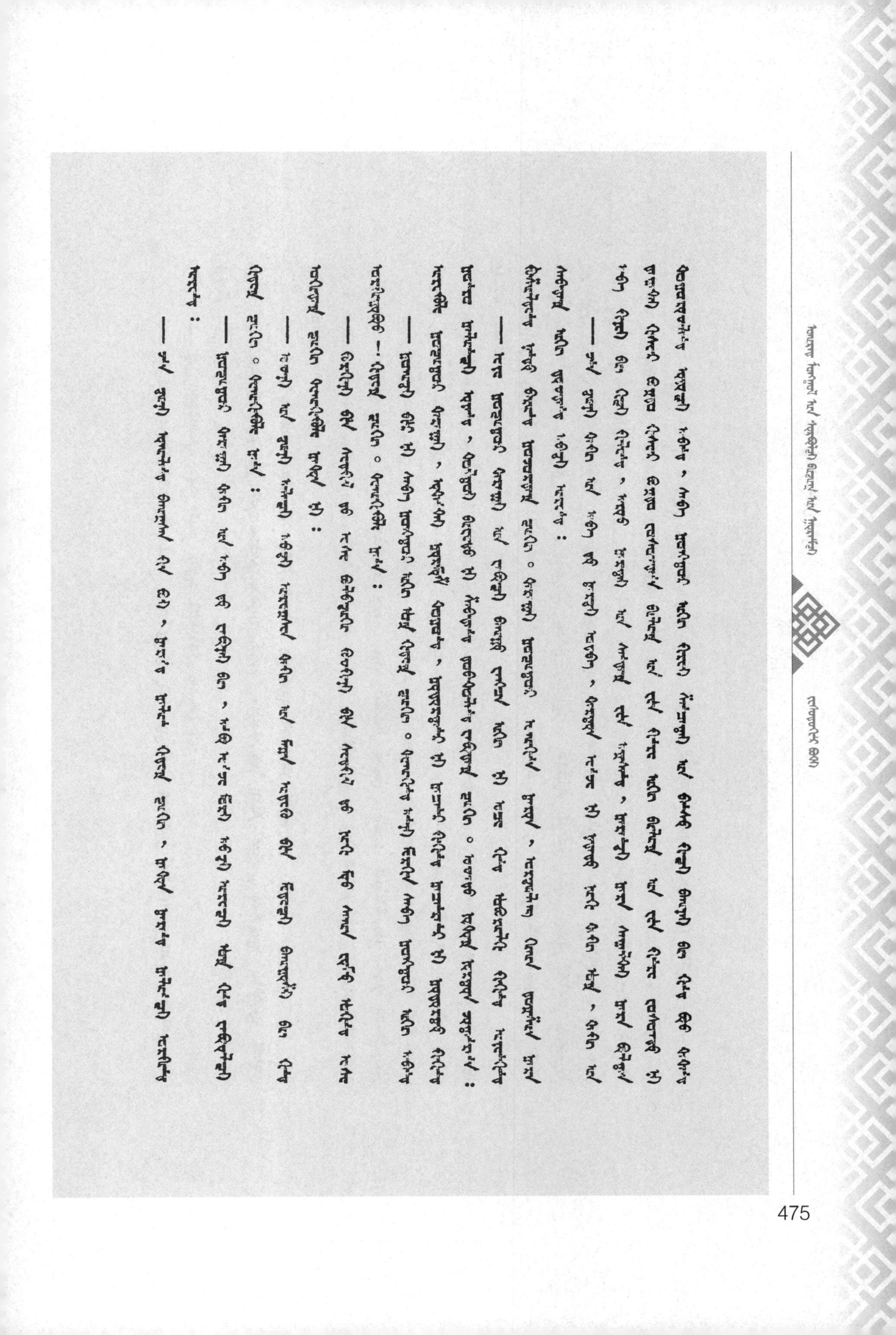

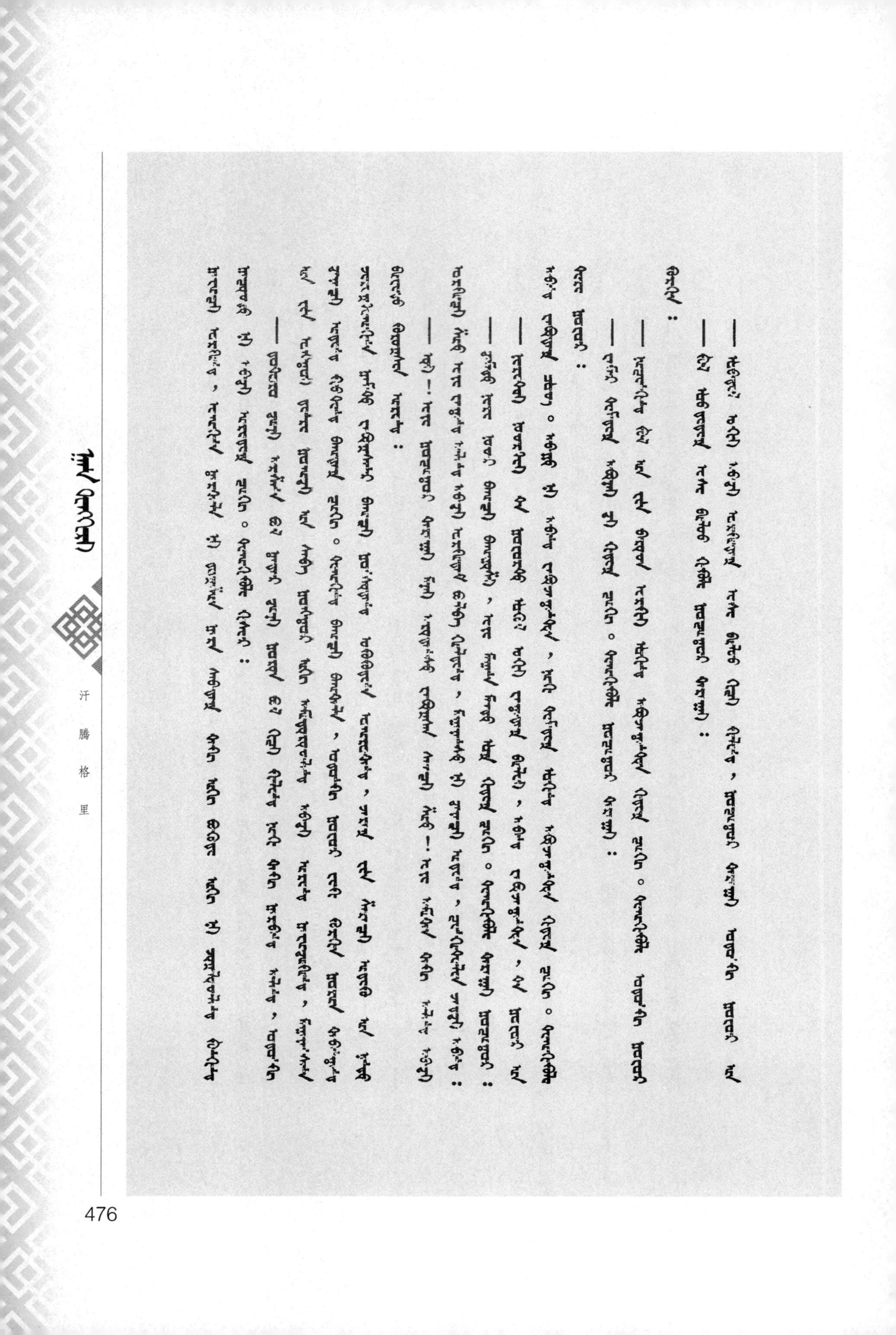

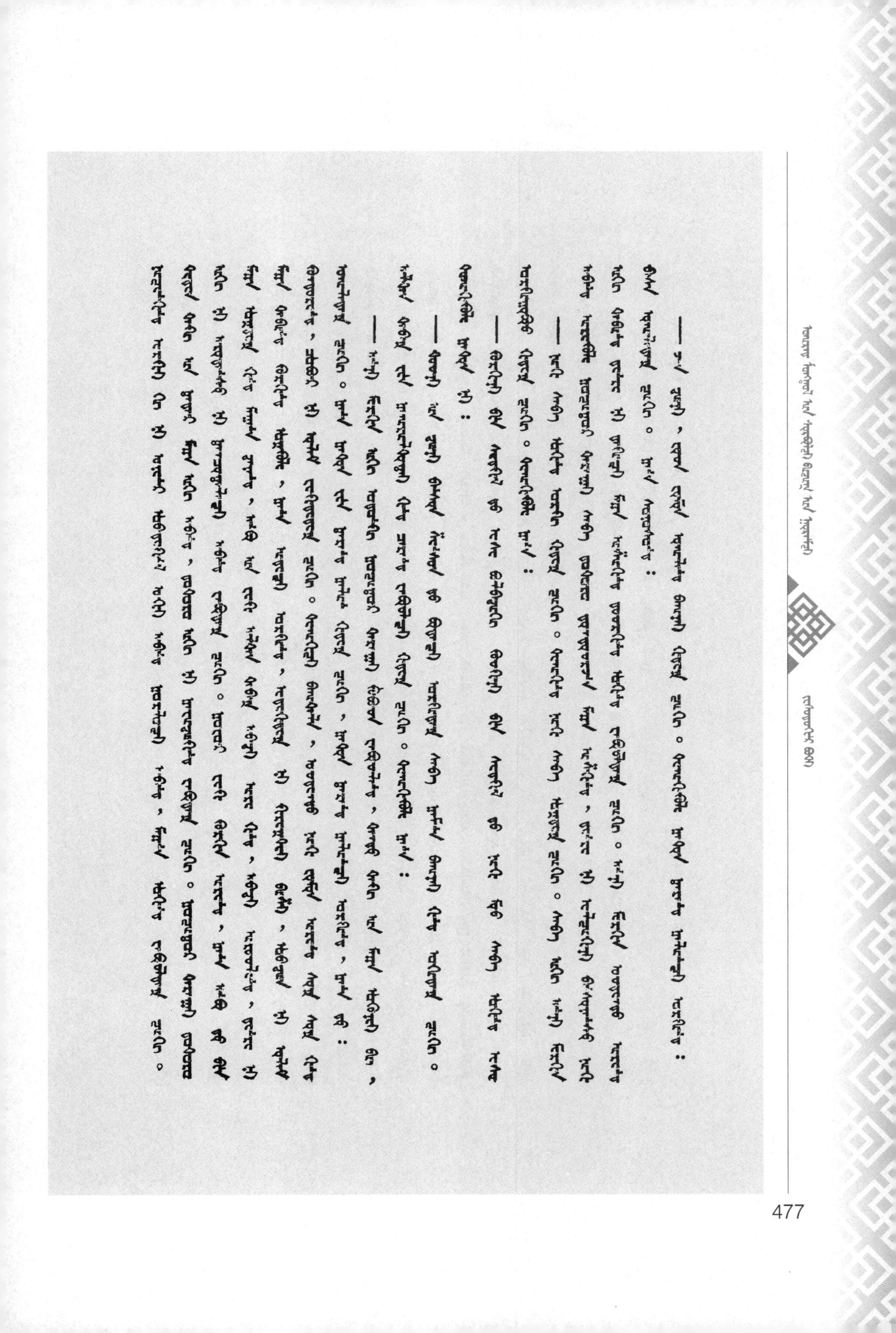

[illegible]

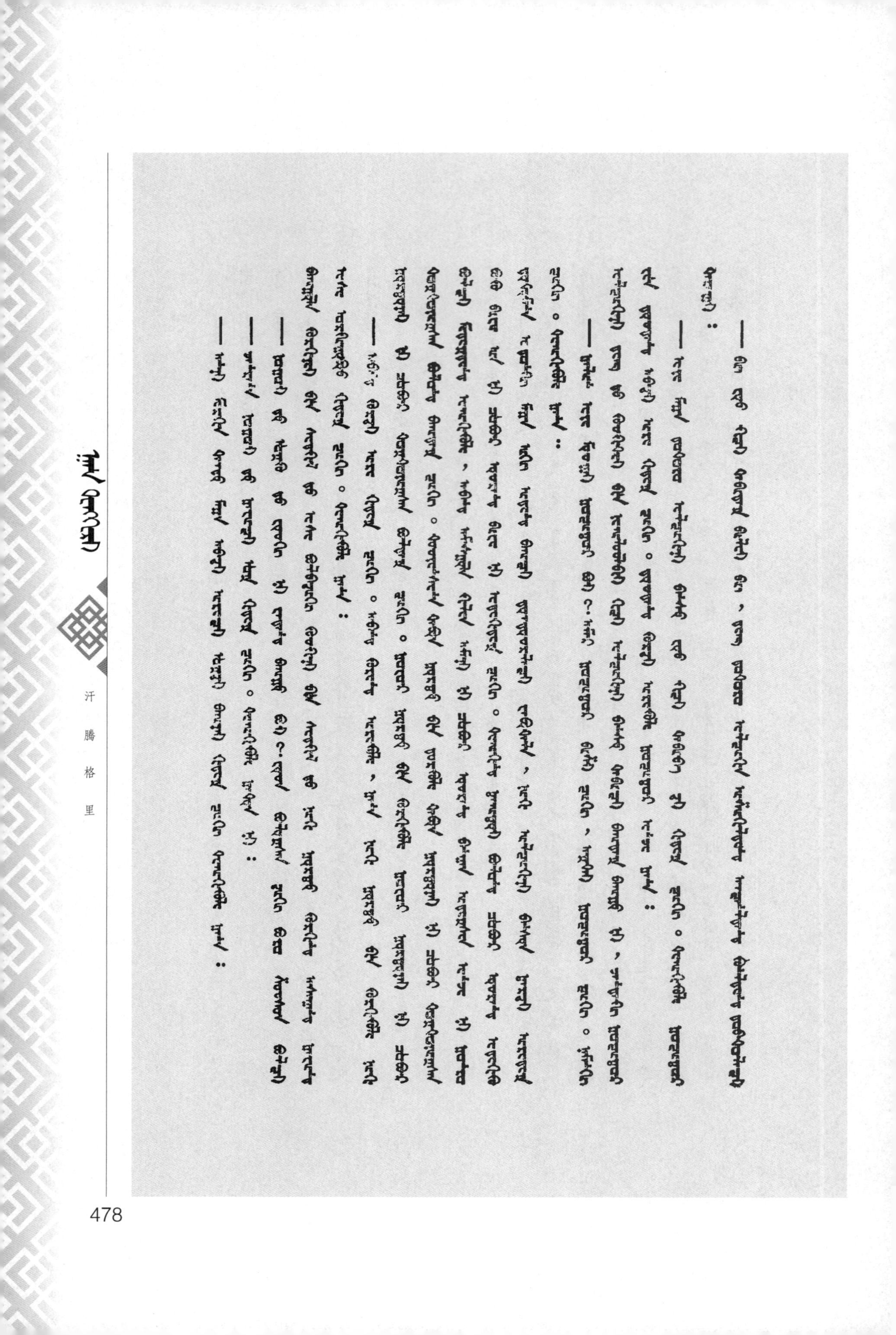

—— [illegible]

—— [illegible] :

[illegible]

—— [illegible] ..

[illegible]

—— [illegible] :

[illegible]

—— [illegible]

—— [illegible] :

—— [illegible] :

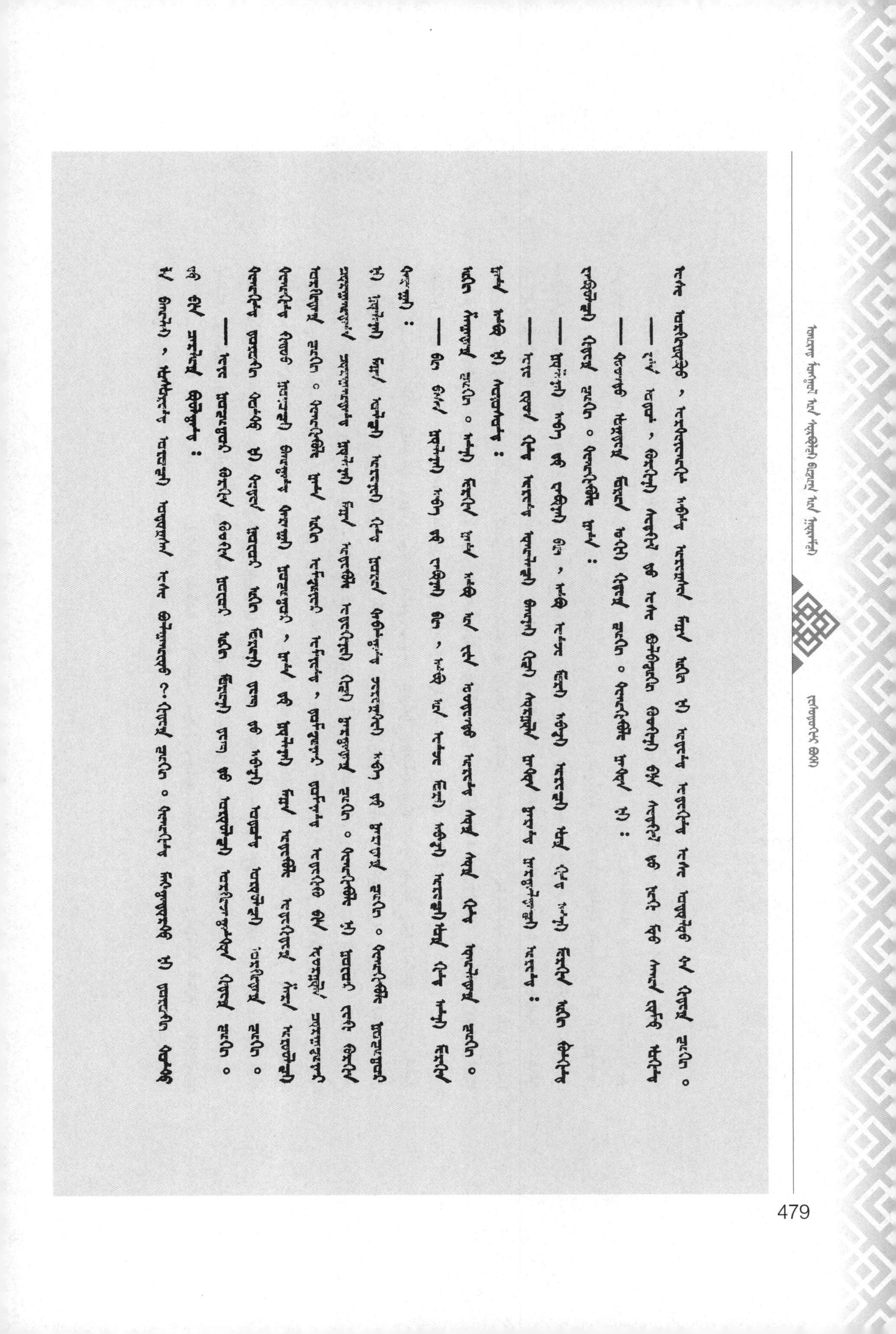

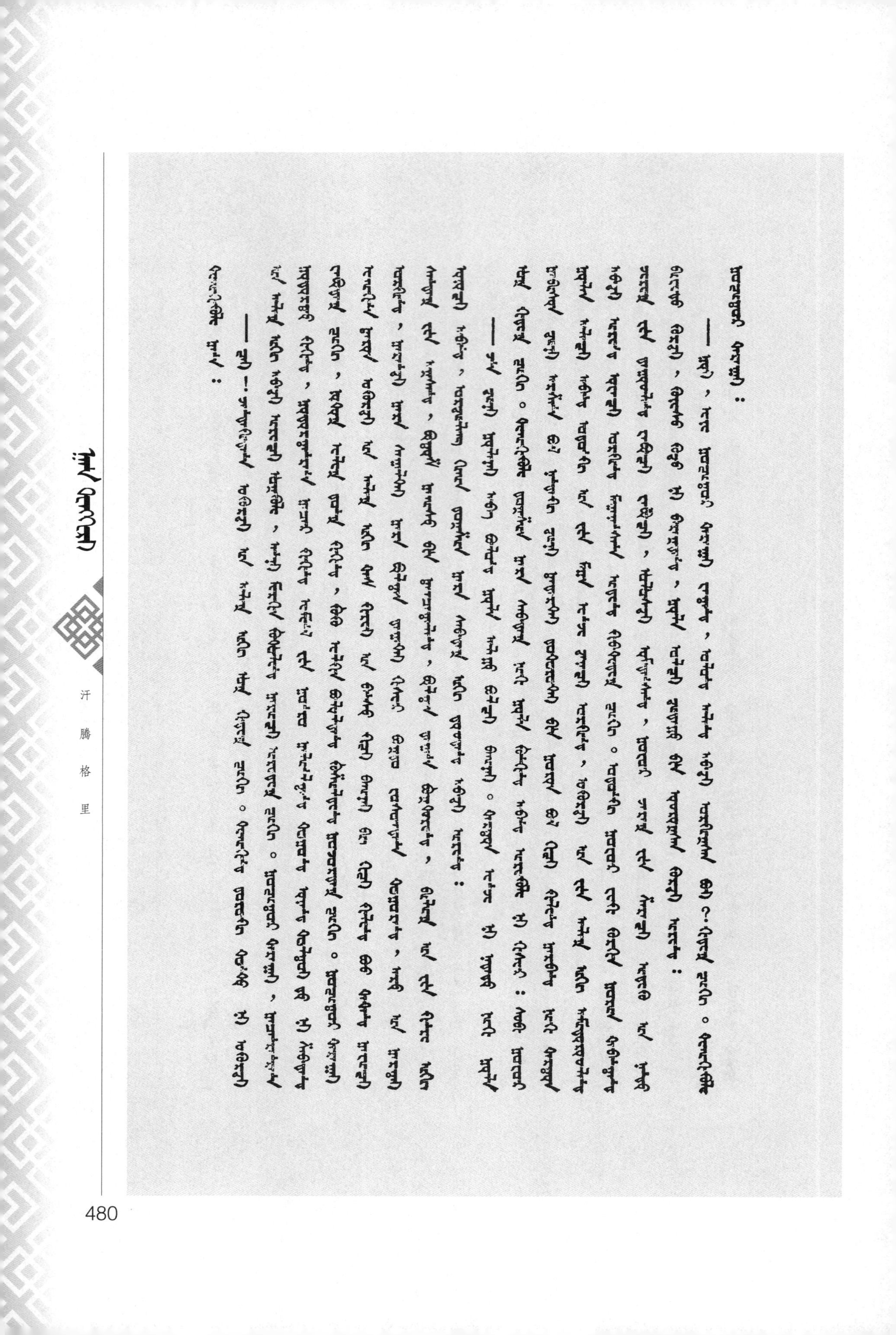

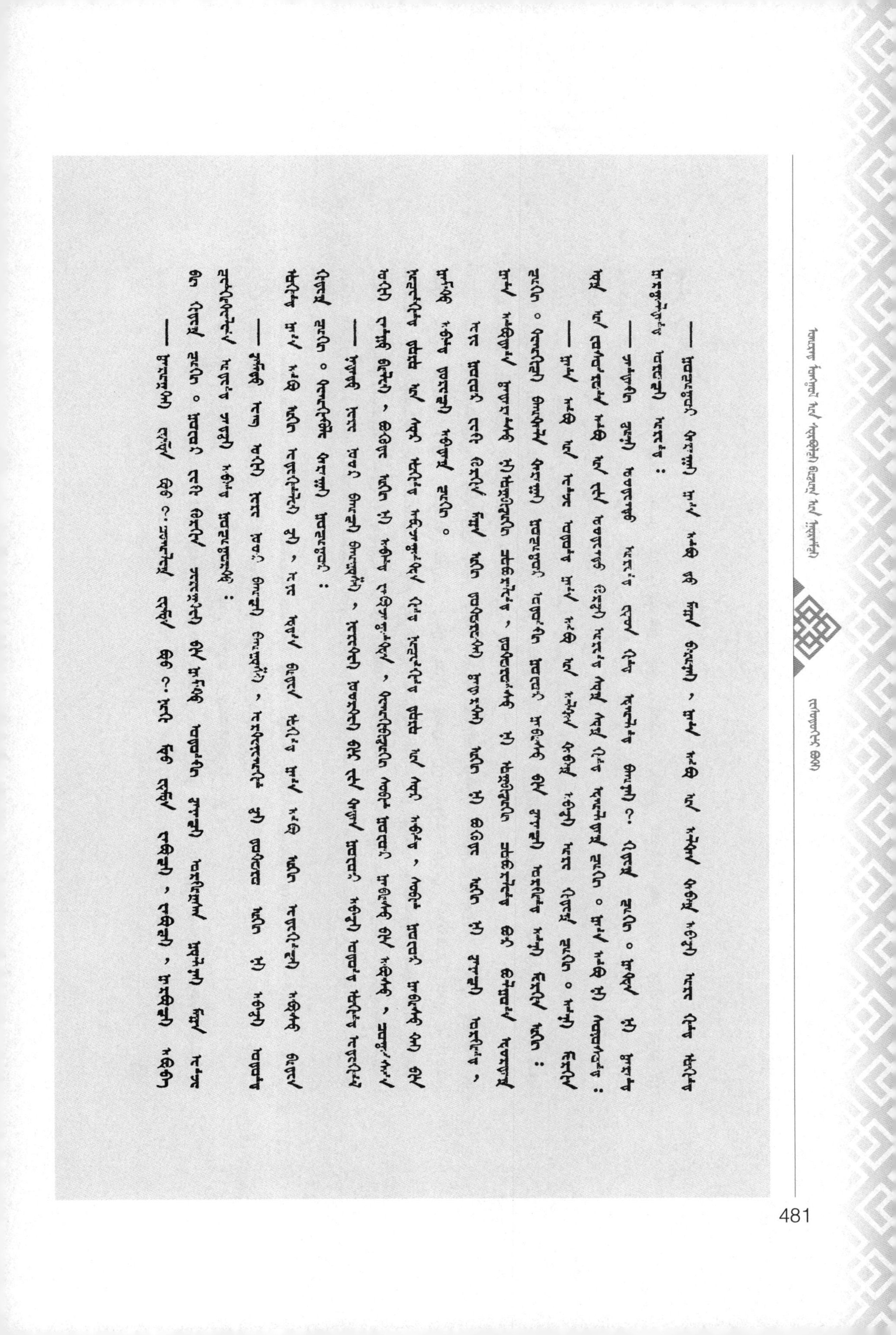

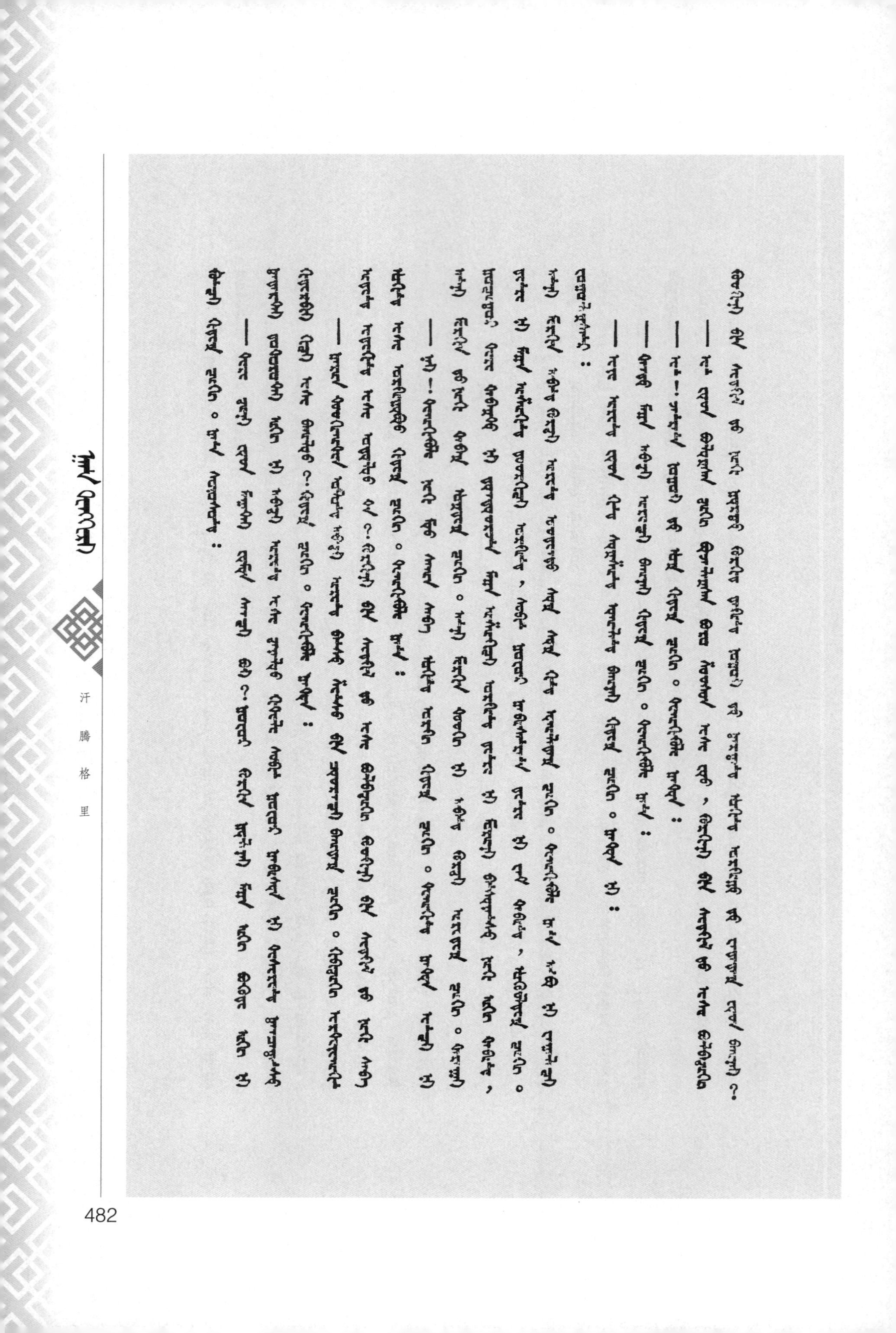

[illegible]

[illegible]

[illegible]

[illegible]

[illegible]

[illegible]

[illegible]

[illegible]

[illegible]

[illegible]

[illegible]

[illegible]

[illegible]

[illegible]

[illegible]

[illegible]

[illegible]

[illegible]

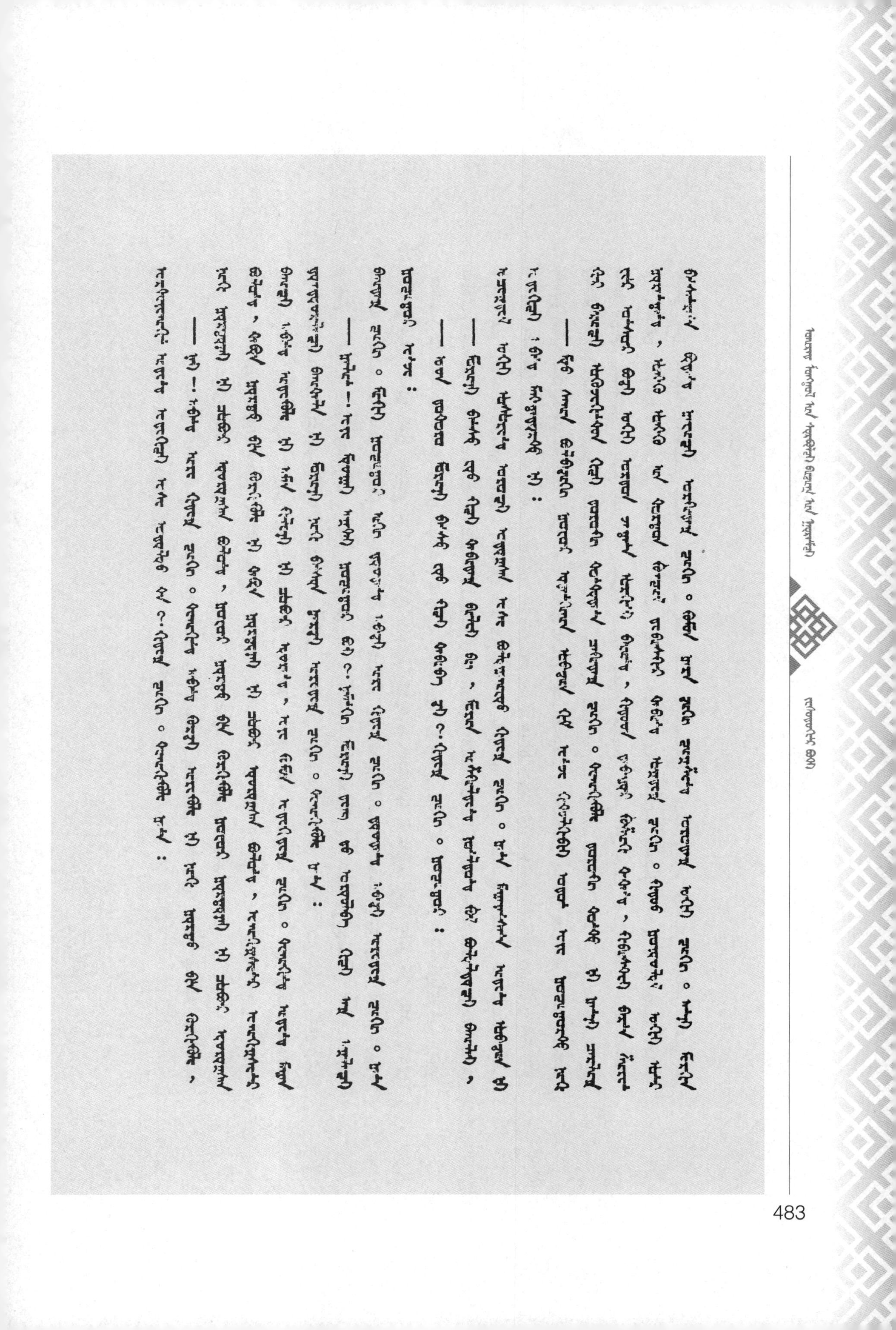

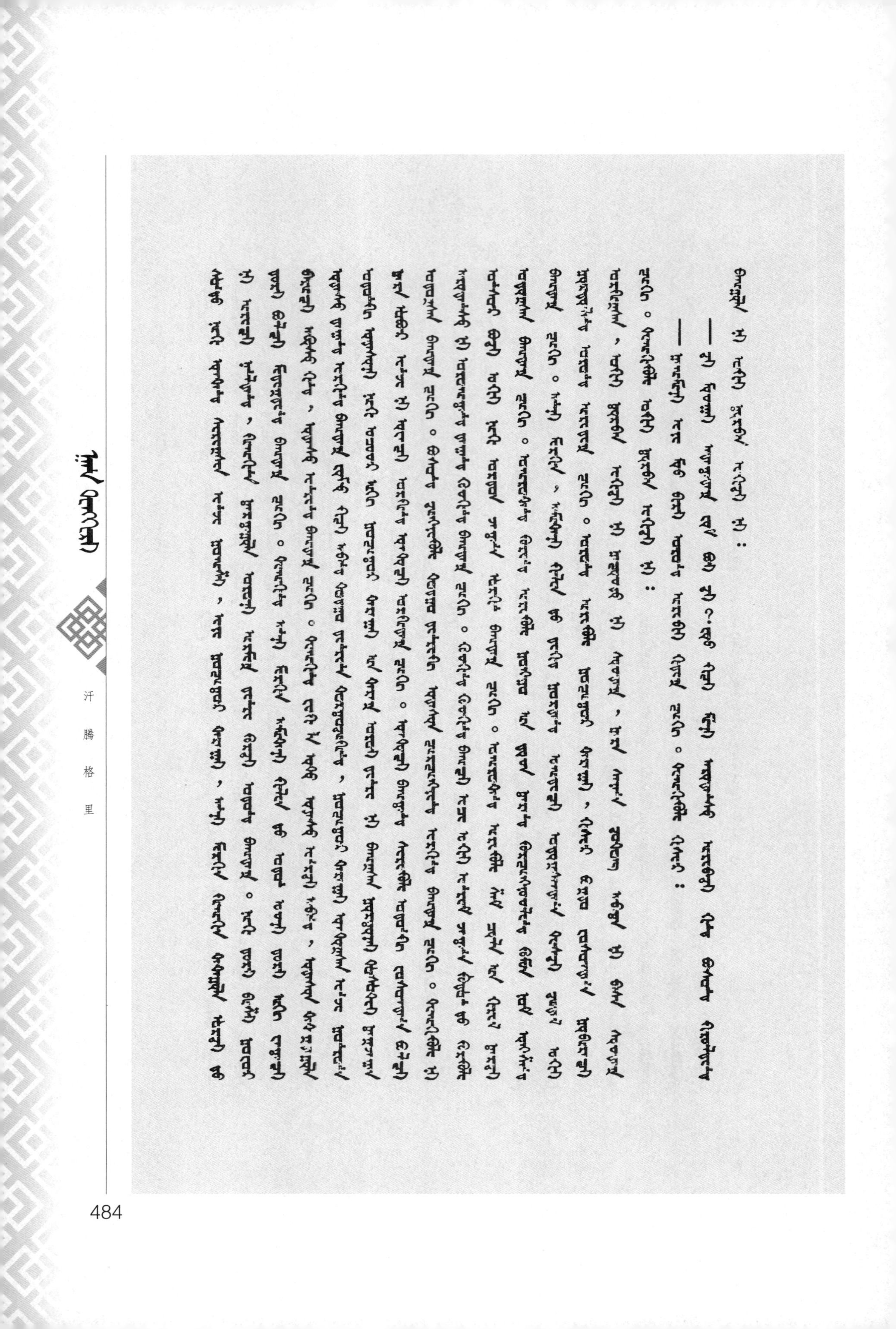

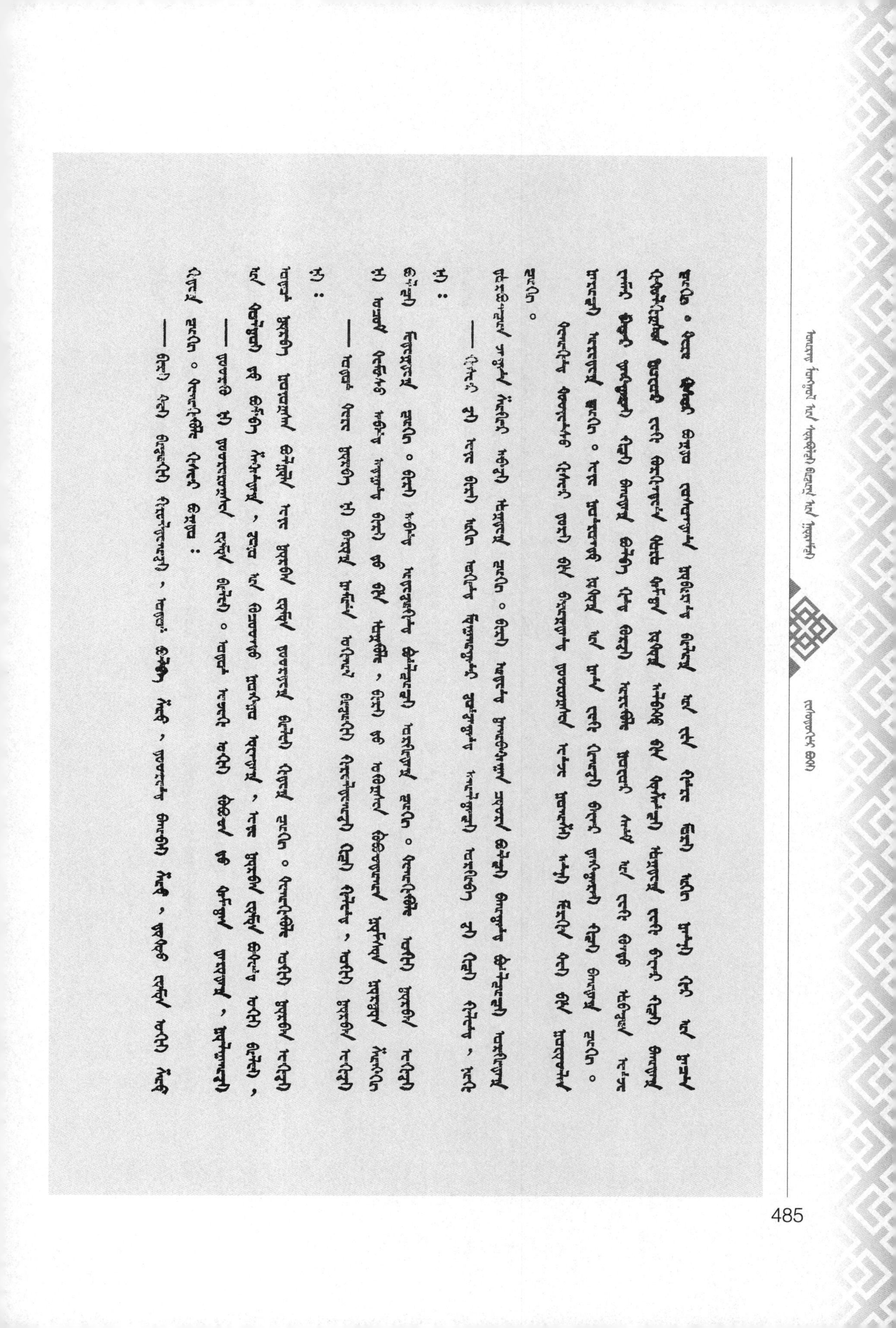

[illegible]

[illegible]

[illegible]

—— [illegible] :

[illegible]

—— [illegible] :

[illegible]

—— [illegible] :

—— [illegible]

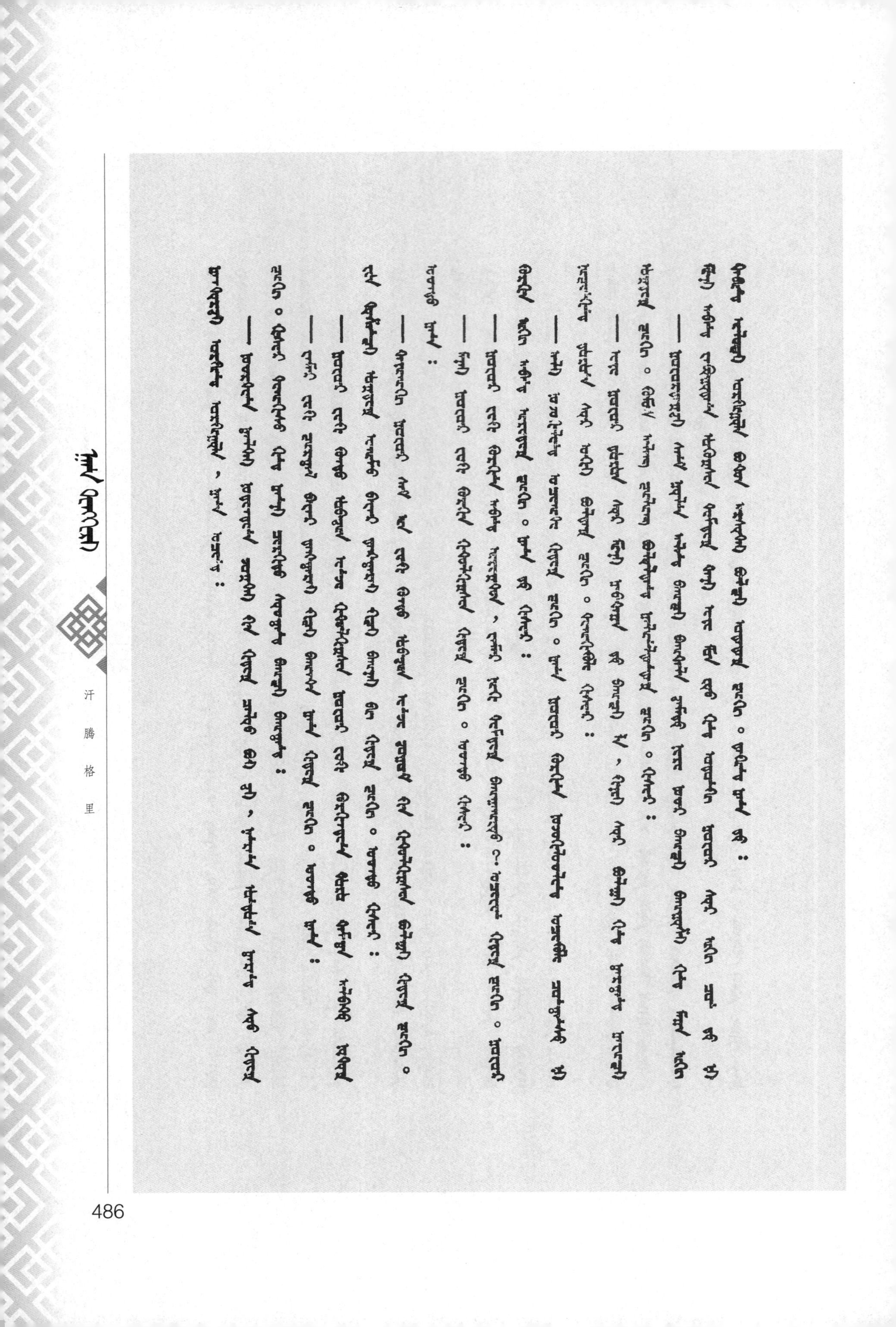

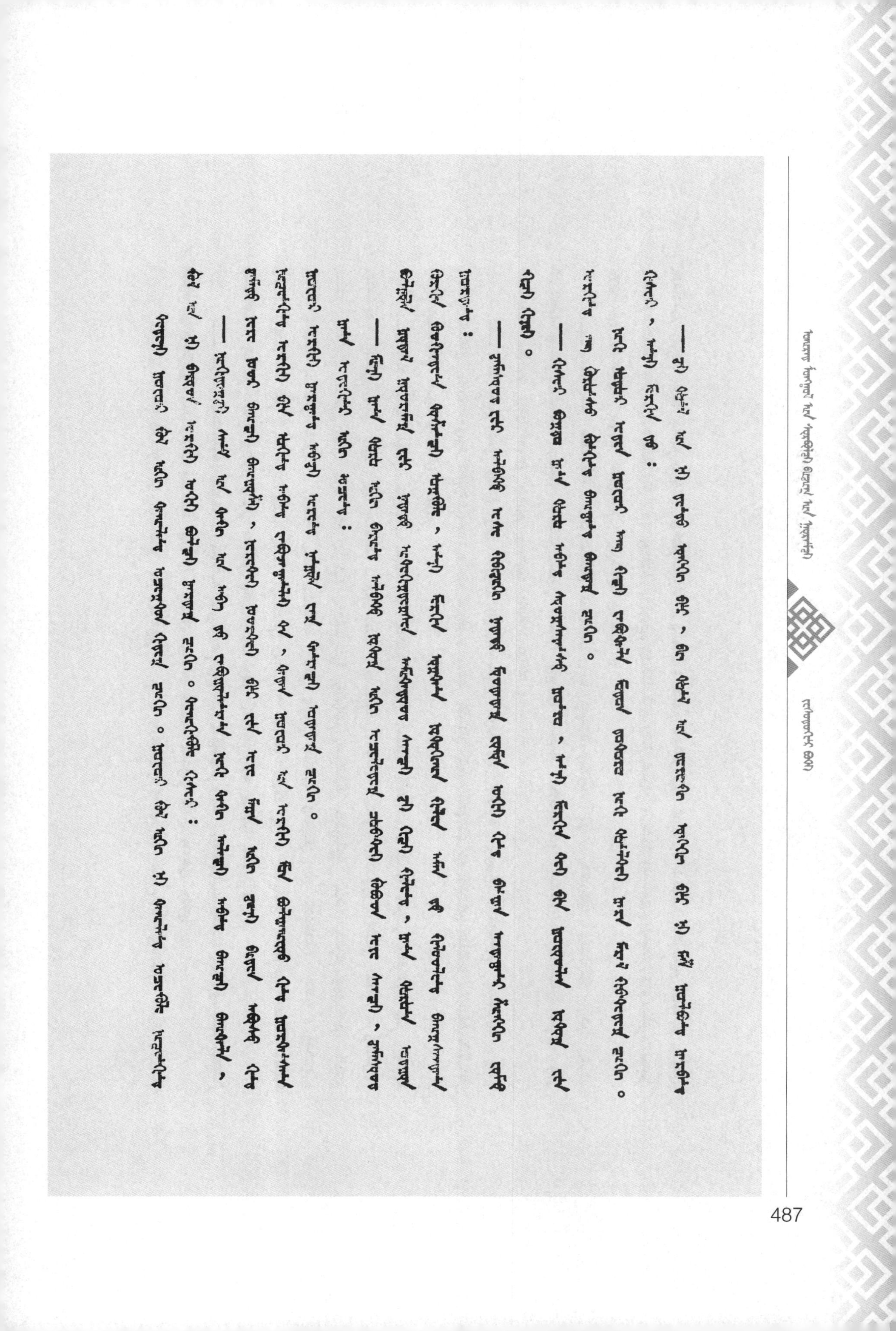

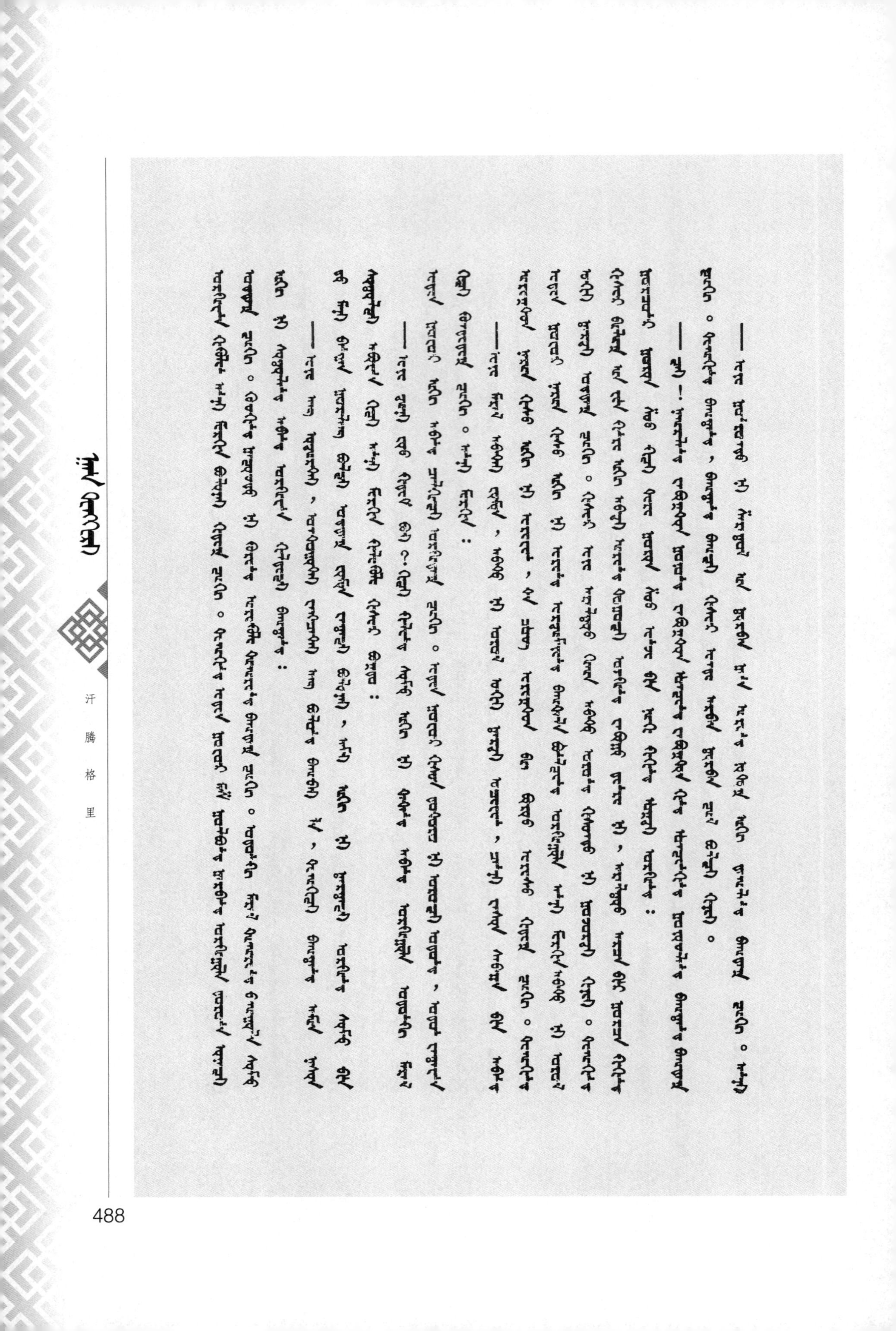

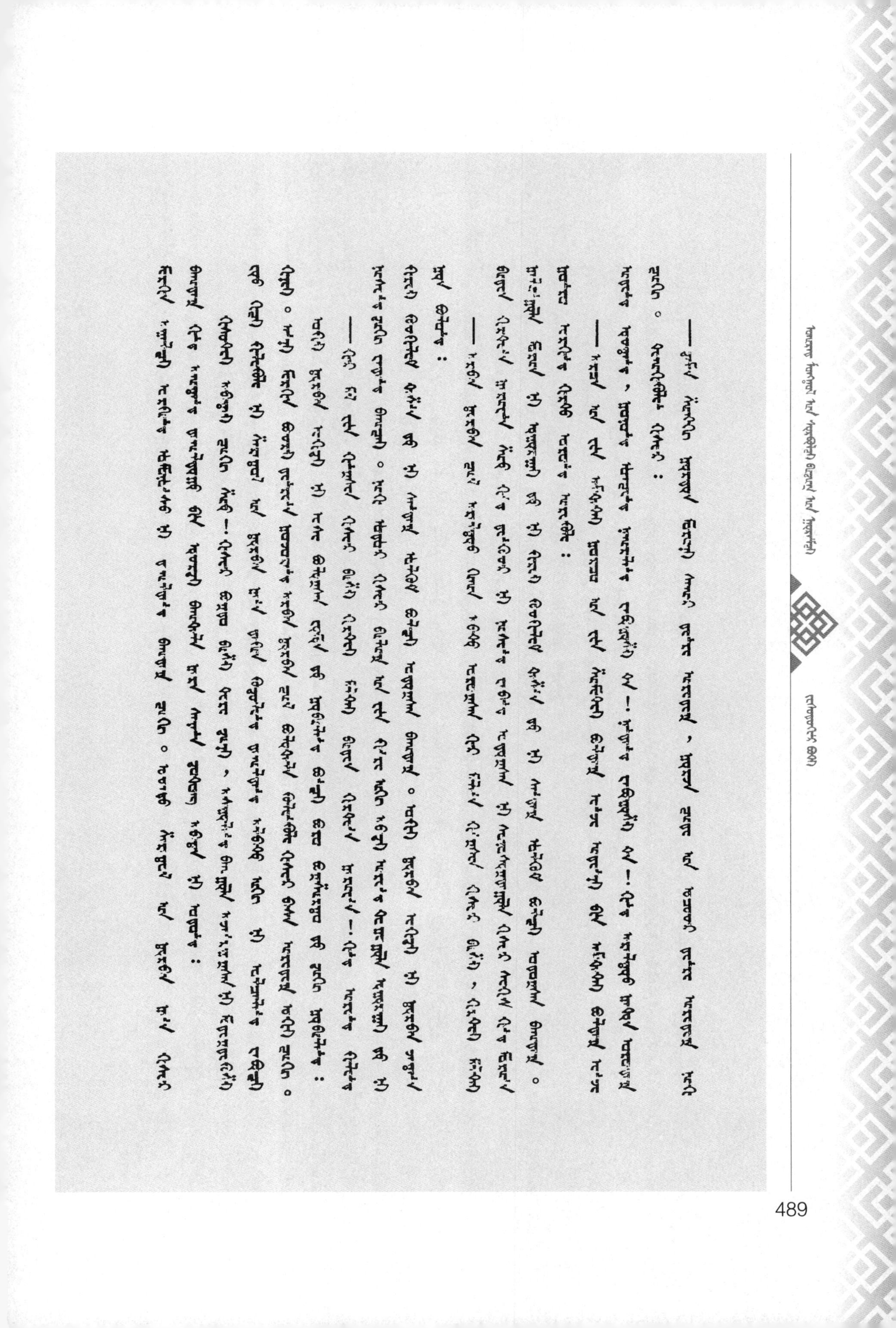

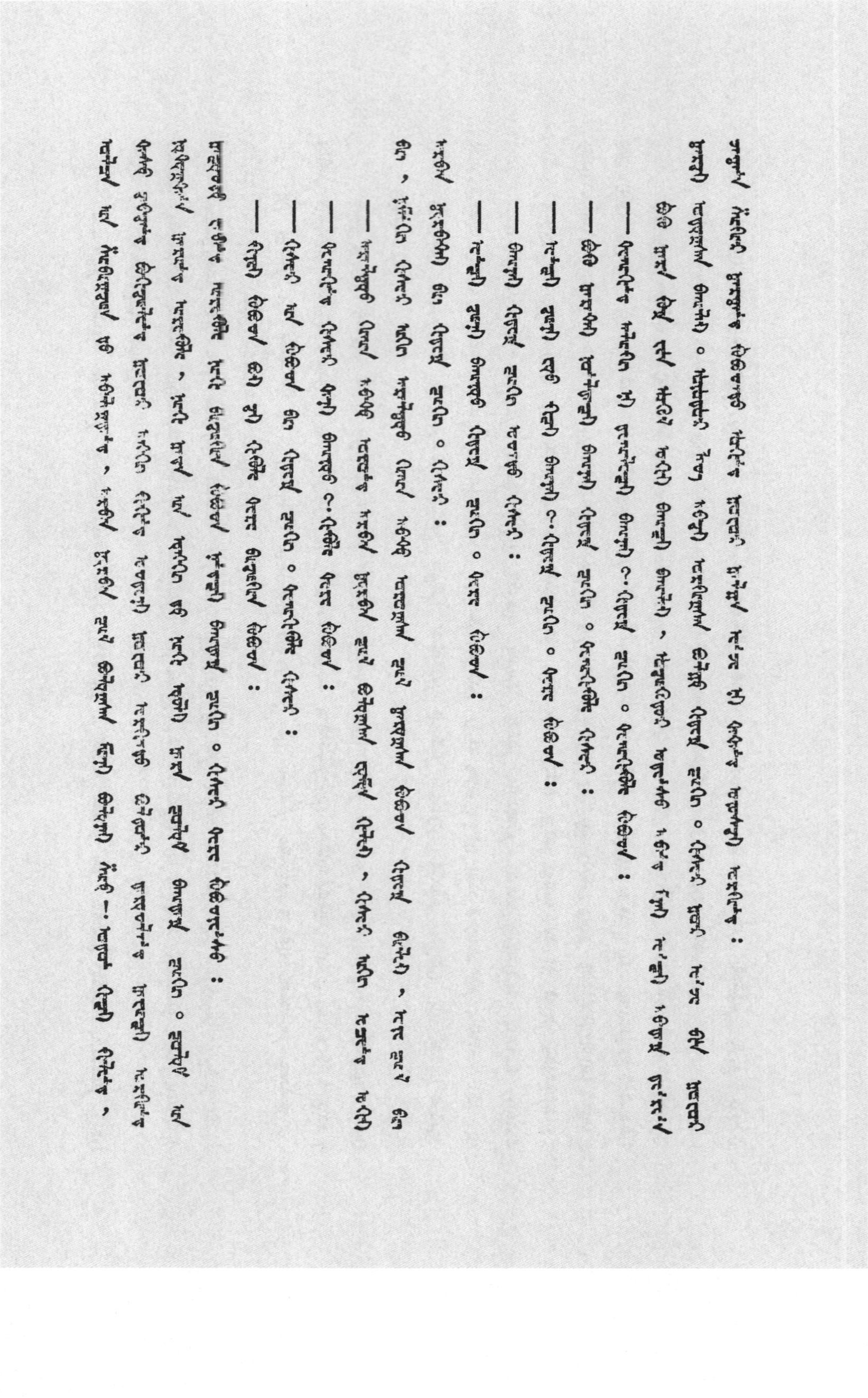

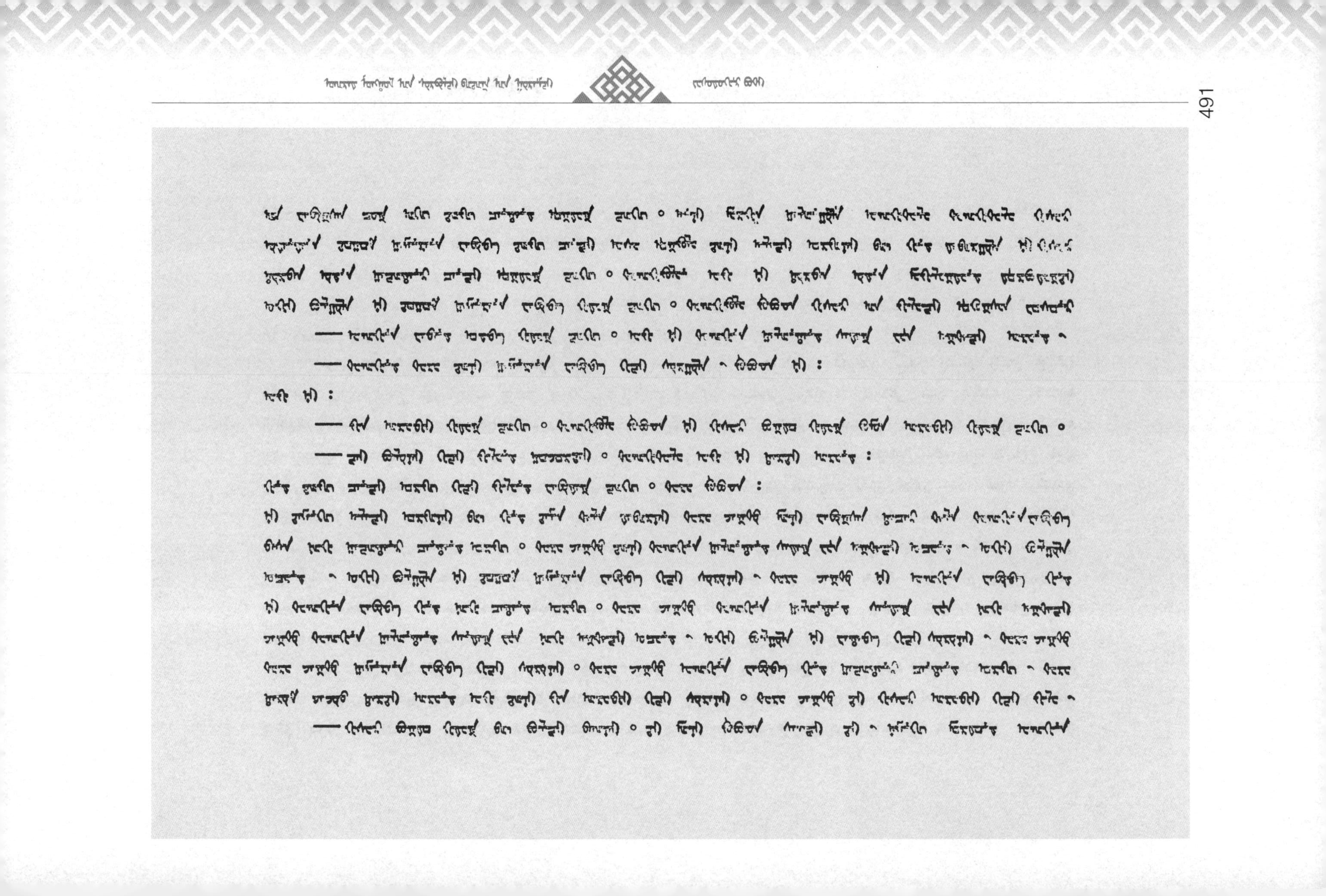

[illegible]

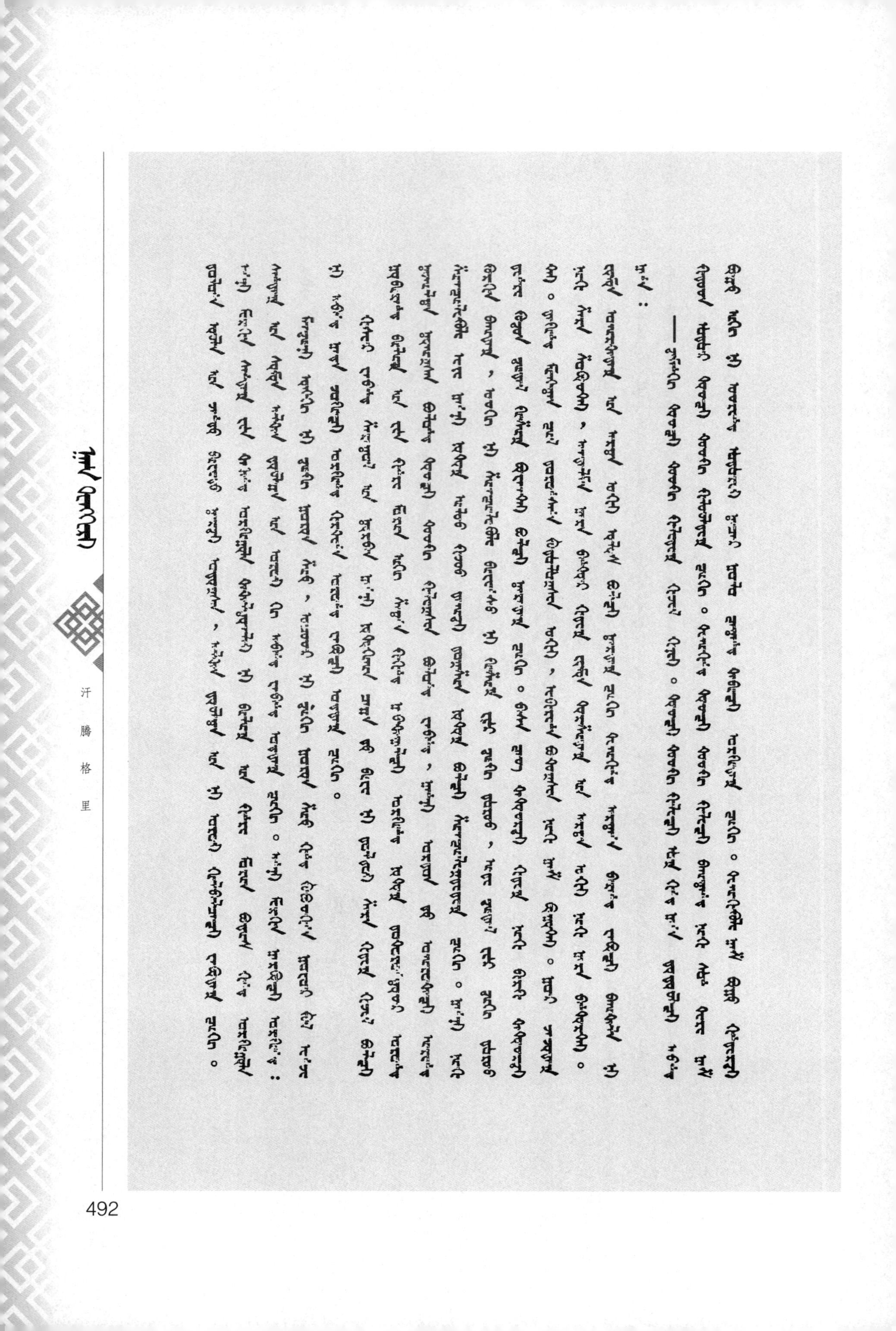

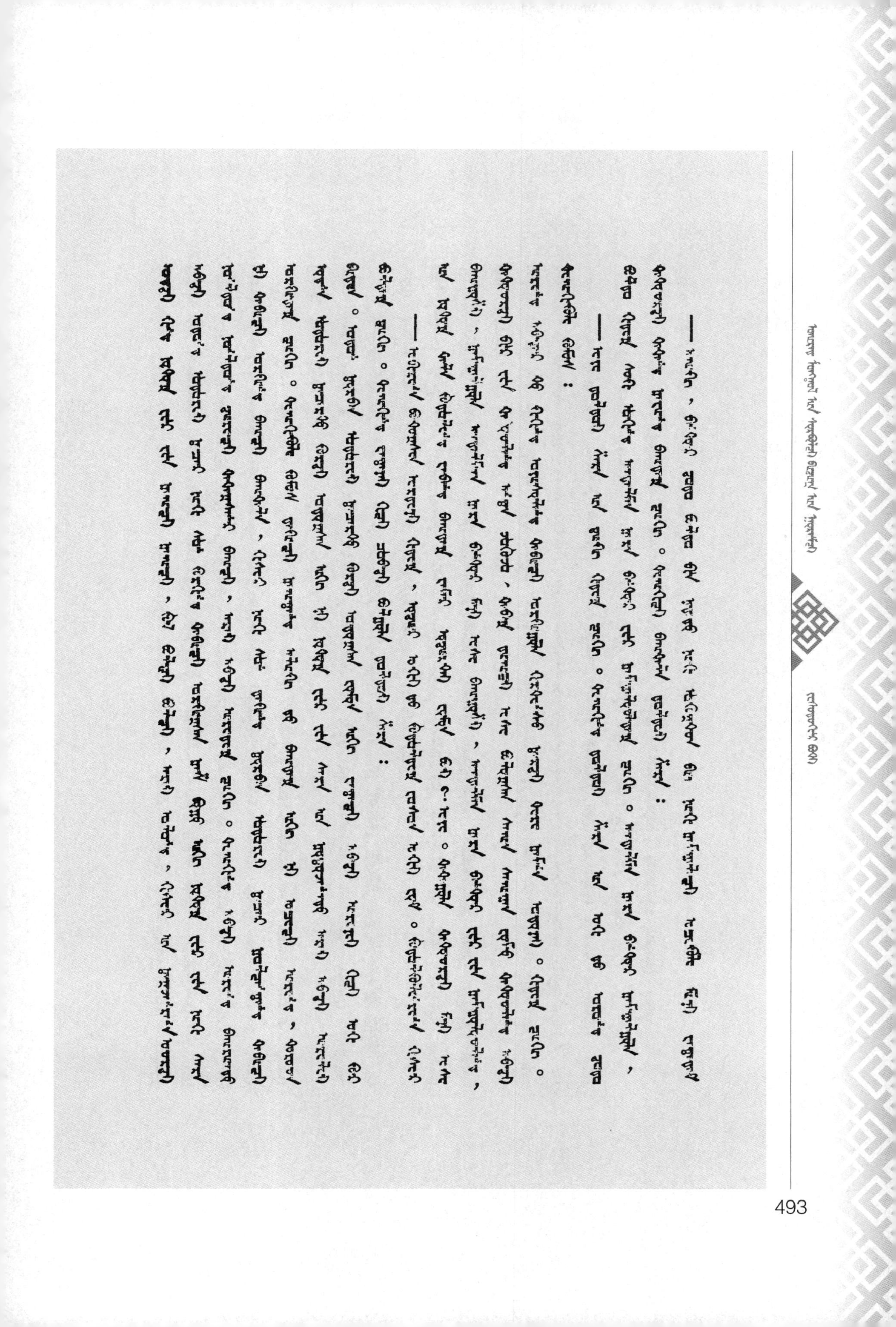

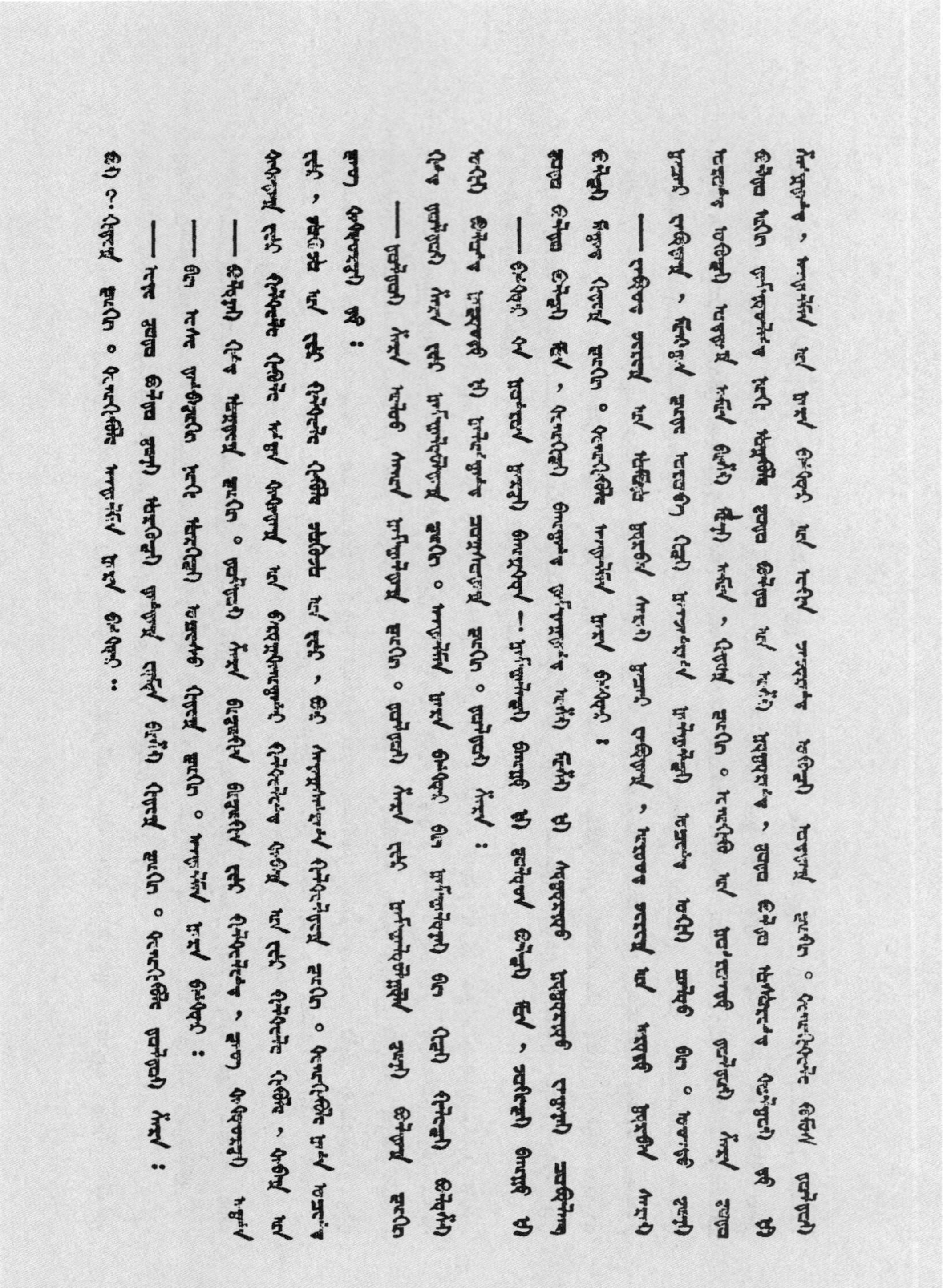

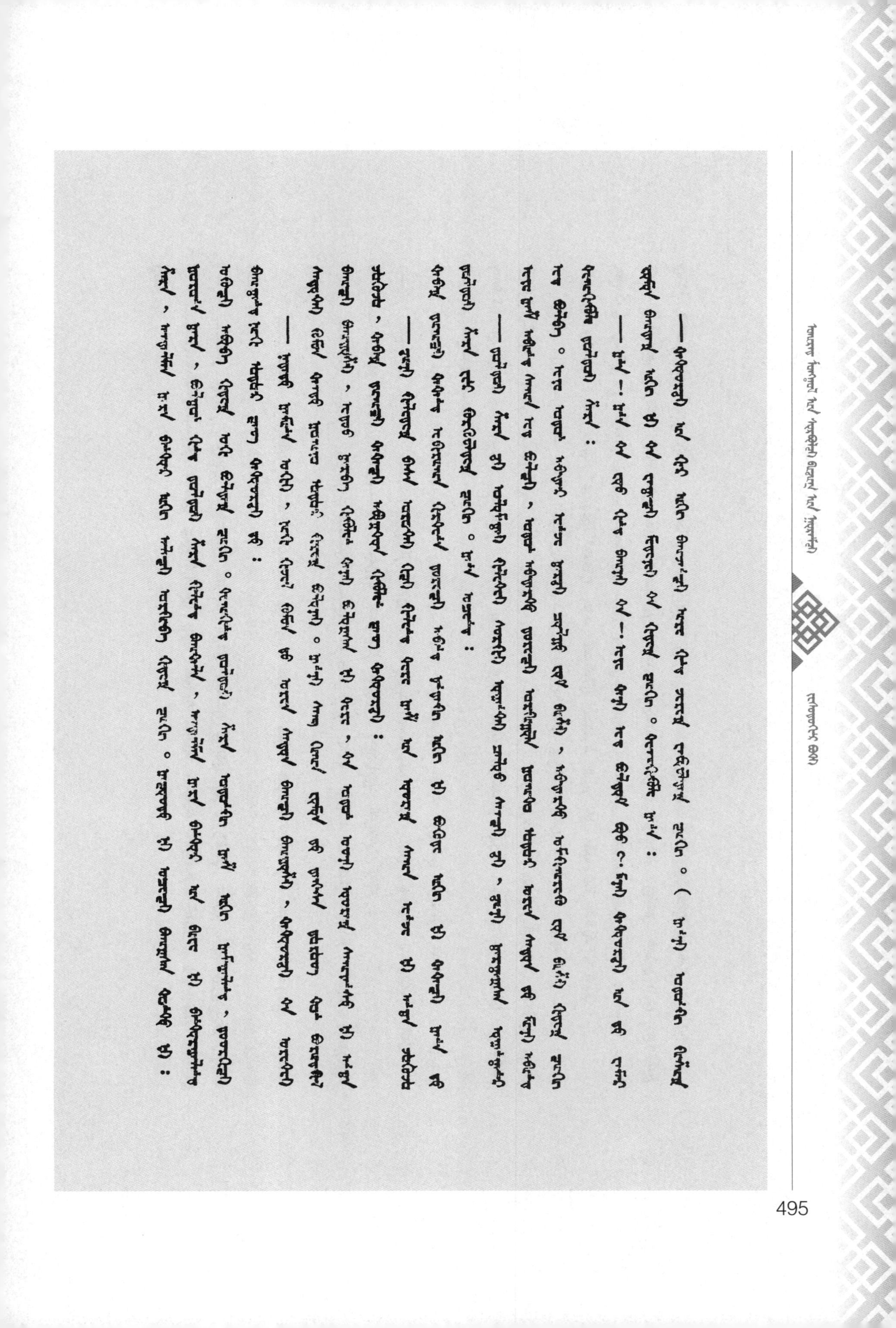

[illegible]

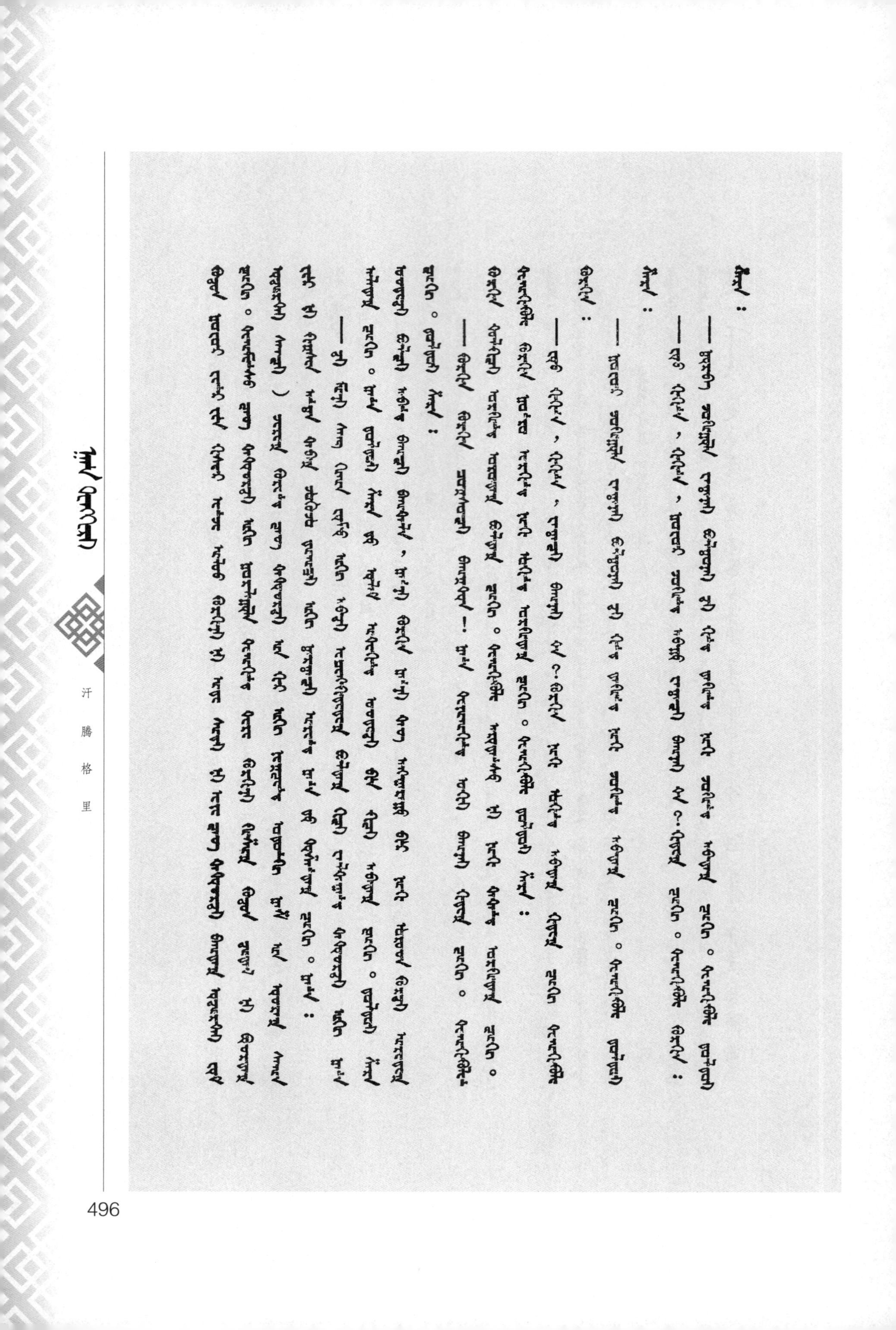

[illegible]

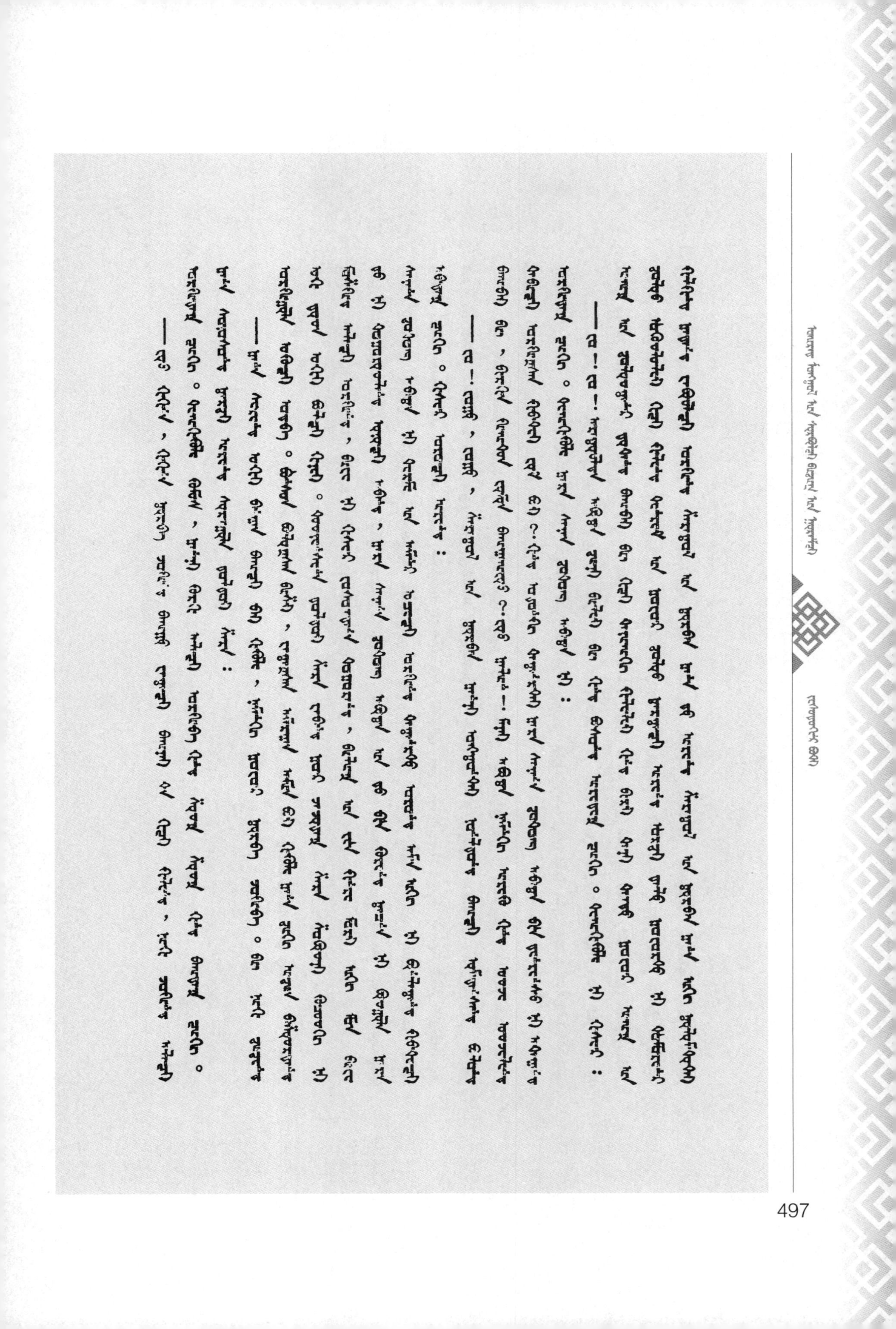

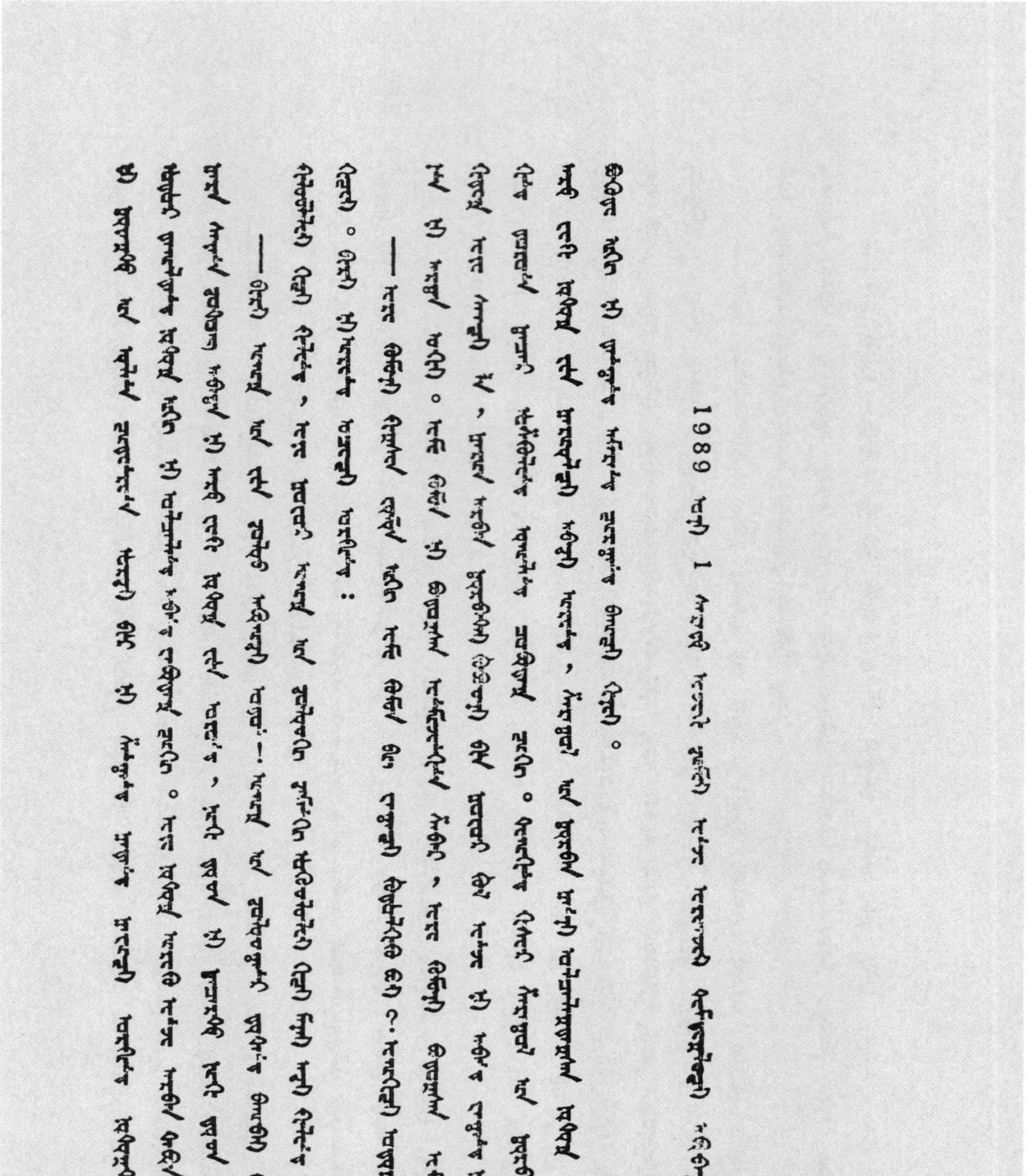

ᠮᠠᠨᠤ ᠪᠠᠶᠠᠯᠢᠭ

— ᠱᠢᠨᠵᠢᠶᠠᠩ ᠤᠶᠢᠭᠤᠷ ᠤᠨ ᠥᠪᠡᠷᠲᠡᠭᠡᠨ ᠵᠠᠰᠠᠬᠤ ᠣᠷᠤᠨ ᠤ ᠰᠣᠶᠣᠯ ᠤᠨ ᠥᠪ —

(ᠲᠣᠳᠣ ᠪᠢᠴᠢᠭ ᠡᠴᠡ)

ᠬᠠ · ᠨᠠᠮᠰᠠᠷᠠᠢ ᠲᠡᠮᠳᠡᠭᠯᠡᠪᠡ ᠨᠠᠶᠢᠷᠠᠭᠤᠯᠪᠠ

ᠱᠢᠨᠵᠢᠶᠠᠩ ᠤᠨ ᠠᠷᠠᠳ ᠤᠨ ᠬᠡᠪᠯᠡᠯ ᠦᠨ ᠬᠣᠷᠢᠶ᠎ᠠ ᠬᠡᠪᠯᠡᠨ ᠨᠡᠶᠢᠲᠡᠯᠡᠪᠡ
ᠱᠢᠨᠵᠢᠶᠠᠩ ᠤᠨ ᠠᠷᠠᠳ ᠤᠨ ᠬᠡᠪᠯᠡᠯ ᠦᠨ ᠬᠣᠷᠢᠶ᠎ᠠ ᠬᠡᠪᠯᠡᠪᠡ
ᠪᠦᠭᠦᠳᠡ ᠨᠢ 16 ᠵᠡᠷᠭᠡ ᠪᠠᠶᠢᠳᠠᠯ ᠤᠨ ᠬᠡᠪᠯᠡᠯ ᠦᠨ ᠬᠠᠭᠤᠳᠠᠰᠤ ᠪᠣᠯᠭᠠᠪᠠ
2020 ᠣᠨ 12 ᠰᠠᠷ᠎ᠠ ᠳᠤ ᠠᠩᠬᠠᠳᠤᠭᠠᠷ ᠤᠳᠠᠭ᠎ᠠ ᠬᠡᠪᠯᠡᠪᠡ
2020 ᠣᠨ 12 ᠰᠠᠷ᠎ᠠ ᠳᠤ ᠠᠩᠬᠠᠳᠤᠭᠠᠷ ᠬᠡᠪᠯᠡᠯ ᠪᠣᠯᠭᠠᠪᠠ
ᠬᠡᠪᠯᠡᠭᠰᠡᠨ ᠲᠣᠭ᠎ᠠ : 1—1000 ᠳᠡᠪᠲᠡᠷ
ISBN 978—7—228—20462—5

ᠦᠨᠡ : 68.00 ᠶᠤᠸᠠᠨ